商汤王朝

上

汤永辉 著

图书在版编目（CIP）数据

商汤王朝 / 汤永辉 著 . — 北京：东方出版社，2024.7
ISBN 978-7-5207-2784-6

Ⅰ.①商⋯　Ⅱ.①汤⋯　Ⅲ.①长篇历史小说—中国—当代　Ⅳ.① I247.5

中国国家版本馆 CIP 数据核字（2023）第 229994 号

商汤王朝
（SHANGTANG WANGCHAO）

作　　者：	汤永辉
策　　划：	张永俊
责任编辑：	王金伟
责任审校：	金学勇
出　　版：	东方出版社
发　　行：	人民东方出版传媒有限公司
地　　址：	北京市东城区朝阳门内大街 166 号
邮　　编：	100010
印　　刷：	北京明恒达印务有限公司
版　　次：	2024 年 7 月第 1 版
印　　次：	2024 年 7 月第 1 次印刷
开　　本：	710 毫米 ×1000 毫米　1/16
印　　张：	81.25
字　　数：	1026 千字
书　　号：	ISBN 978-7-5207-2784-6
定　　价：	168.00 元（全三册）

发行电话：（010）85924663　85924644　85924641

版权所有，违者必究
如有印装质量问题，我社负责调换，请拨打电话：（010）85924602　85924603

序

本书是一部宏大的商朝历史小说,用文学化的手法再现了3600年前商汤伐夏桀、创立大商的历史故事,弘扬了"苟日新,日日新,又日新"等中华民族创新精神。书中穿插了夏桀、伊尹和妹喜的爱恨情仇,体现了《尚书》中《汤誓》《汤诰》诸篇的天下大义,传递出清华简和马王堆帛书中记载的伊尹的九主素王思想和法君理念。

"汤伐夏,国号商",《三字经》中这一句,大家都知道但又不太熟悉,3600年前商汤伐夏的岁月尘封在甲骨中太久了。本书以严谨的态度考量和推广这段不为人知的历史,将大众对中华历史的了解和熟悉从春秋时期向前推进了1000年,到了4000—3000年前的夏商时期,展现中华上下五千年历史的源远流长。书中还展现了奴隶制下以人为本的井田制的起源,以及商业贸易在商国的兴起(如今的商业、商人的"商"字就来自商朝的"商"字)。

本书线索繁多,既描绘了诸国之间的战乱纷争和斗争谋略,又有神话传说的呈现,还有激烈的宫斗和凄美的爱情故事。

妹喜一歌,天下无歌。妹喜一舞,天下无舞。天子夏桀为之疯狂的天下第一美人妹喜到底有多美?夏桀把其名字刻在玉石上的琬、琰二位美人真的比妹喜还美吗?

伊挚从奴隶到大商的尹相,辅佐大商五代国君,成为兵家的元圣以及道家、中医的鼻祖,以弱者身份实现逆袭,最终掌控天下并得到心爱的女神,他的九主素王和归藏中藏着什么样的通天智慧?

商汤从差点被夏桀砍头、被囚禁在夏台几乎饿死,到被迫挑战延续几百年的大夏政权和武功盖世的天子，在九死一生的九征中胸怀天下大义，他有过怎样的心路历程？

《山海经》中无头还能战斗的夏耕、清华简中神通八方的赤鸠，只是神话传说吗？

战神夏桀到底是多么无敌？鸣条之战那天到底发生了什么，一场雷雨为何能够左右天下的归属？

伊尹把天子太甲流放到了桐宫，真的是为了篡夺大商的王位吗？

我们来看看商朝到底是一个什么样的朝代。

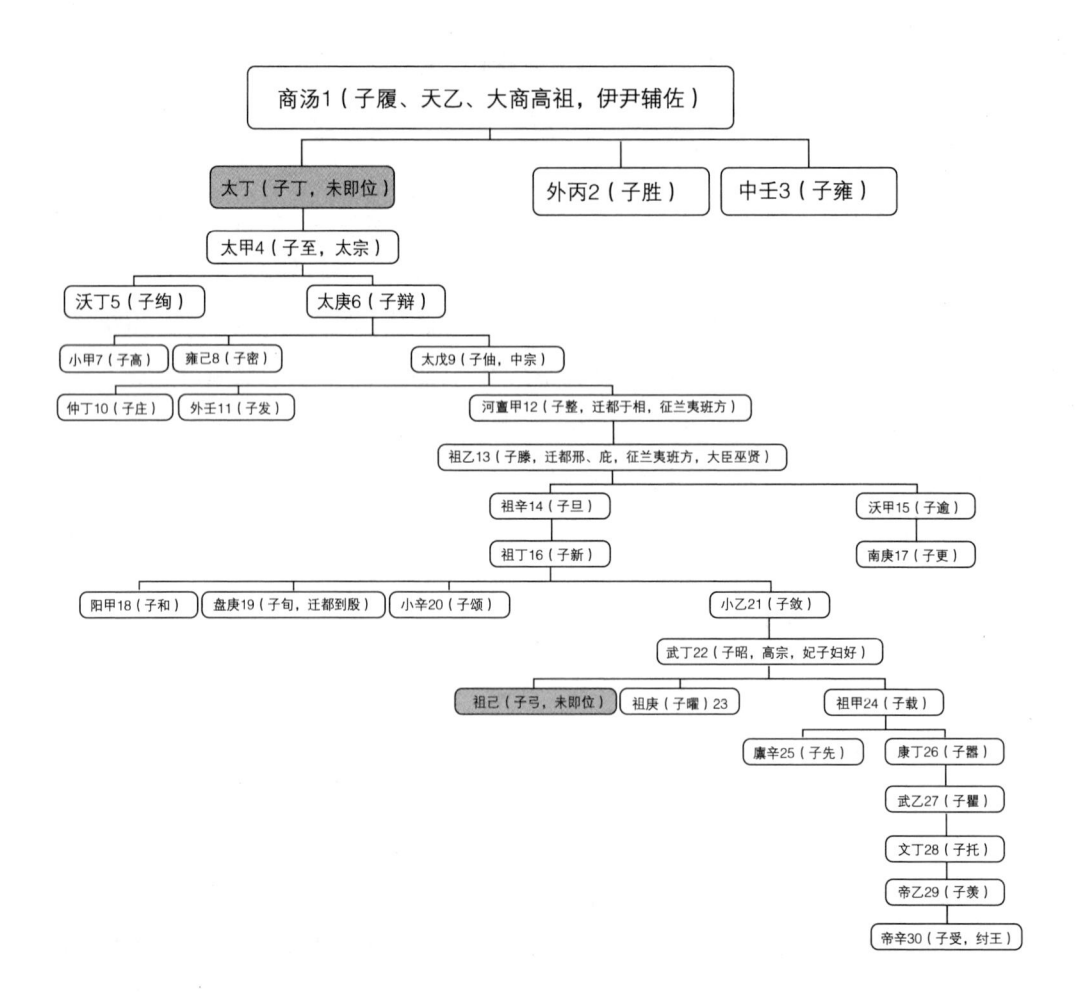

```
商汤1（子履、天乙、大商高祖，伊尹辅佐）
├── 太丁（子丁，未即位）
│   └── 太甲4（子至，太宗）
│       ├── 沃丁5（子绚）
│       └── 太庚6（子辩）
│           ├── 小甲7（子高）
│           │   └── 仲丁10（子庄）
│           ├── 雍己8（子密）
│           │   └── 外壬11（子发）
│           └── 太戊9（子伷，中宗）
│               └── 河亶甲12（子整，迁都于相，征兰夷班方）
│                   └── 祖乙13（子滕，迁都邢、庇，征兰夷班方，大臣巫贤）
│                       ├── 祖辛14（子旦）
│                       │   └── 祖丁16（子新）
│                       │       ├── 阳甲18（子和）
│                       │       ├── 盘庚19（子旬，迁都到殷）
│                       │       ├── 小辛20（子颂）
│                       │       └── 小乙21（子敛）
│                       │           └── 武丁22（子昭，高宗，妃子妇好）
│                       │               ├── 祖己（子弓，未即位）
│                       │               ├── 祖庚（子曜）23
│                       │               └── 祖甲24（子载）
│                       │                   ├── 廪辛25（子先）
│                       │                   └── 康丁26（子嚣）
│                       │                       └── 武乙27（子瞿）
│                       │                           └── 文丁28（子托）
│                       │                               └── 帝乙29（子羡）
│                       │                                   └── 帝辛30（子受，纣王）
│                       └── 沃甲15（子逾）
│                           └── 南庚17（子更）
├── 外丙2（子胜）
└── 中壬3（子雍）
```

大家看过金庸的《鹿鼎记》，应该都知道韦小宝和康熙学过一句"鸟生鱼汤"，指的就是尧舜禹汤，汤就是商朝的第一位王——成汤。

"苟日新，日日新，又日新"这句话出自《礼记·大学》，是商朝的开国君主成汤刻在澡盆上的警词，旨在激励自己自强不息，创新不已。

夏朝的最后一位王是夏桀履癸，夏桀和妃子妹喜"酒池肉林"的故事被后来的纣王和妲己给抄袭和"山寨"了。商国的首领商汤被夏桀抓起来险些砍了头，后来被困在夏台，商汤的大臣伊挚在夏朝为官多年和妹喜交好，最后是他救了商汤，使其回到商国。这是不是和姜子牙、周文王的故事有点儿类似？

商汤起兵先后大败了葛国、豕韦、顾国、昆吾，最后在鸣条和夏桀决战，大败了夏桀，开创了商朝六百年成汤江山。

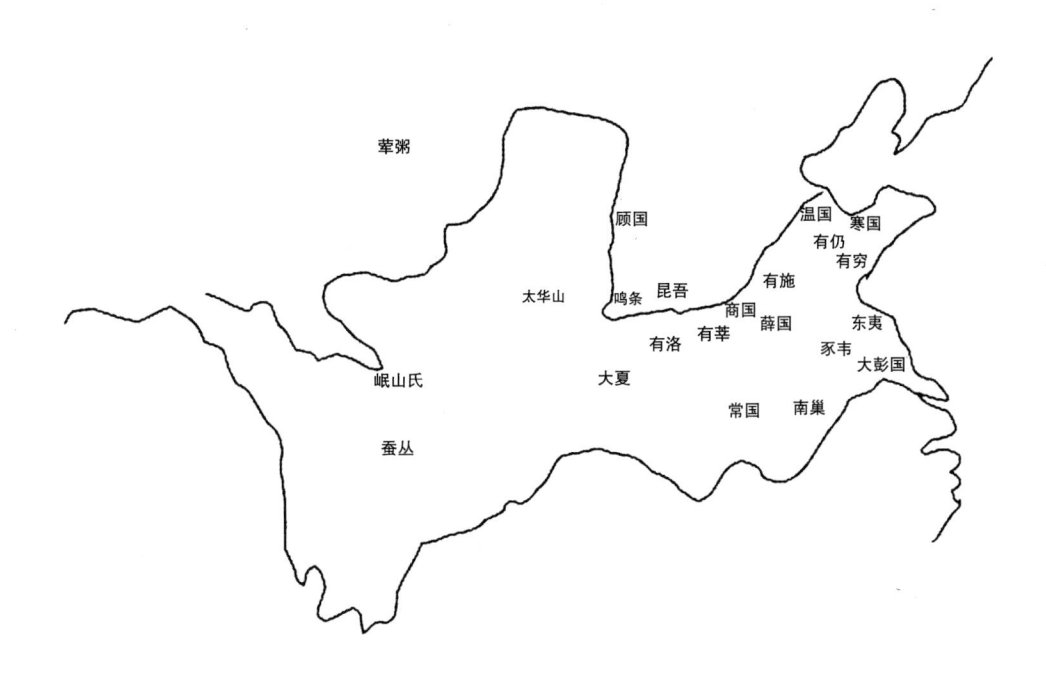

三百年之后，盘庚王迁都于殷，到了武丁王时期，在武丁对周边方国、部族的一系列战争中，武丁的妃子妇好多次受命代商王征集兵员，屡任将军征战沙场。妇好曾统兵一万三千人攻羌方，俘获大批羌人，成为武丁时期一次征战率兵最多

的将领。她还参加并指挥对土方、巴方、夷方等重大战争。在对巴方作战中，妇好布阵设伏，断巴方军退路，待武丁自东面击溃巴方军，将其驱入伏地，予以歼灭。这是中国战争史上记载的最早的伏击战。

最后到了纣王帝辛，都城朝歌被攻破，商朝覆灭，成汤六百年江山到此为止。

商朝始于商汤，终于商纣，共三十王。

当我们走在中华世纪坛的青铜甬道上，看着这些陌生又熟悉的名字——汤、外丙、中壬、太甲、沃丁、太庚、小甲、雍己、太戊、仲丁、外壬、河亶甲、祖乙、祖辛、沃甲、祖丁、南庚、阳甲、盘庚、小辛、小乙、武丁、祖庚、祖甲、廪辛、康丁、武乙、文丁、帝乙、帝辛，我们真的了解中国五千年的历史吗？我们需要更好地了解中华民族的历史，学习中国传统文化，才能增强我们的文化自信，迎接中华文化的伟大复兴。

读书，修身明理，极往知来，思进取。跟随这本《商汤王朝》，让我们走进商朝六百年。

商汤王朝

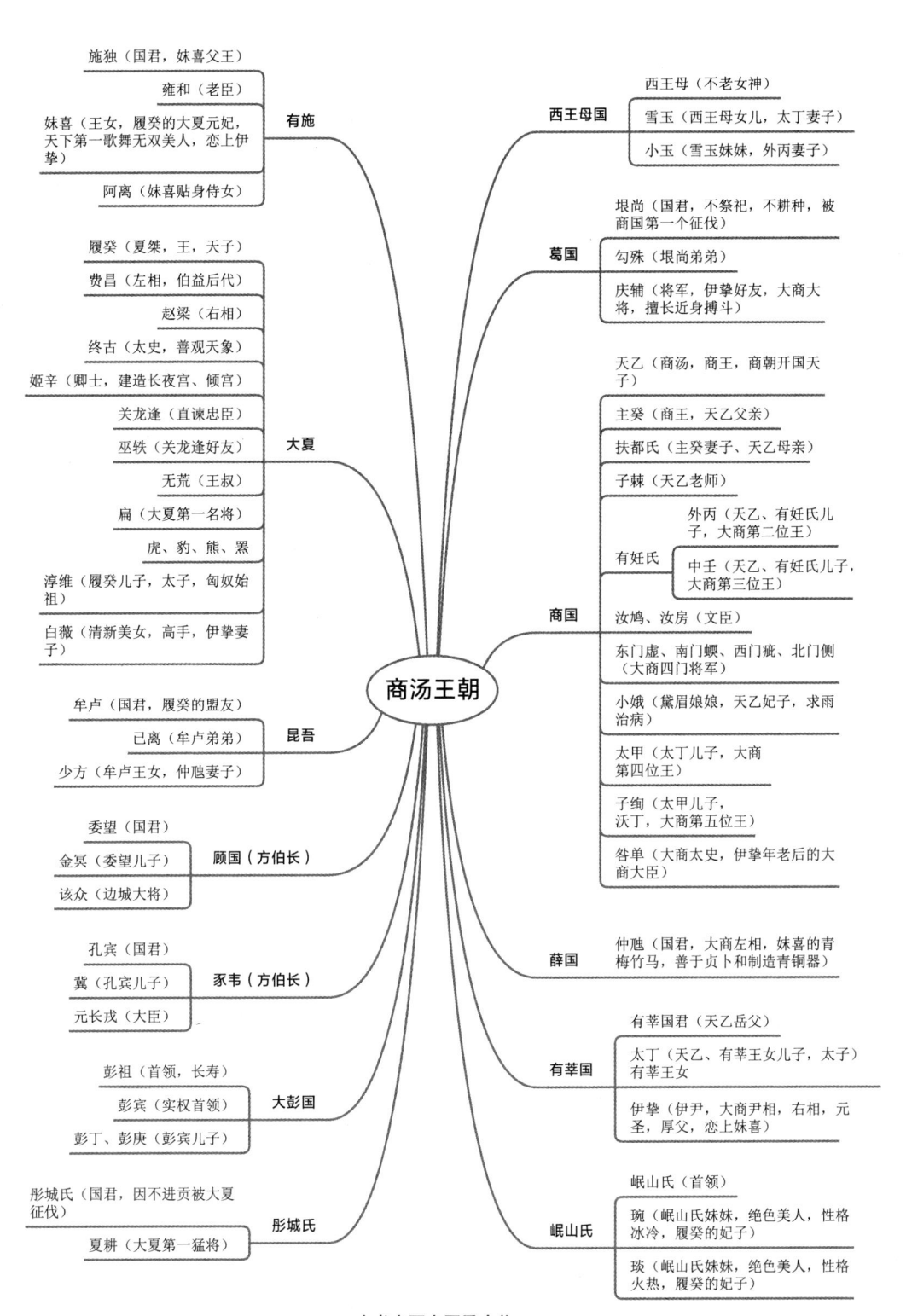

- **有施**
  - 施独（国君，妹喜父王）
  - 雍和（老臣）
  - 妹喜（王女，履癸的大夏元妃，天下第一歌舞无双美人，恋上伊挚）
  - 阿离（妹喜贴身侍女）

- **大夏**
  - 履癸（夏桀，王，天子）
  - 费昌（左相，伯益后代）
  - 赵梁（右相）
  - 终古（太史，善观天象）
  - 姬辛（卿士，建造长夜宫、倾宫）
  - 关龙逄（直谏忠臣）
  - 巫轶（关龙逄好友）
  - 无荒（王叔）
  - 扁（大夏第一名将）
  - 虎、豹、熊、罴
  - 淳维（履癸儿子，太子，匈奴始祖）
  - 白薇（清新美女，高手，伊挚妻子）

- **昆吾**
  - 牟卢（国君，履癸的盟友）
  - 己离（牟卢弟弟）
  - 少方（牟卢王女，仲虺妻子）

- **顾国（方伯长）**
  - 委望（国君）
  - 金冥（委望儿子）
  - 该众（边城大将）

- **豕韦（方伯长）**
  - 孔宾（国君）
  - 冀（孔宾儿子）
  - 元长戎（大臣）

- **大彭国**
  - 彭祖（首领，长寿）
  - 彭宾（实权首领）
  - 彭丁、彭庚（彭宾儿子）

- **彤城氏**
  - 彤城氏（国君，因不进贡被大夏征伐）
  - 夏耕（大夏第一猛将）

- **西王母国**
  - 西王母（不老女神）
  - 雪玉（西王母女儿，太丁妻子）
  - 小玉（雪玉妹妹，外丙妻子）

- **葛国**
  - 垠尚（国君，不祭祀，不耕种，被商国第一个征伐）
  - 勾殊（垠尚弟弟）
  - 庆辅（将军，伊挚好友，大商大将，擅长近身搏斗）

- **商国**
  - 天乙（商汤，商王，商朝开国天子）
  - 主癸（商王，天乙父亲）
  - 扶都氏（主癸妻子、天乙母亲）
  - 子棘（天乙老师）
  - 有妊氏
    - 外丙（天乙、有妊氏儿子，大商第二位王）
    - 中壬（天乙、有妊氏儿子，大商第三位王）
  - 汝鸠、汝房（文臣）
  - 东门虚、南门蝡、西门疵、北门侧（大商四门将军）
  - 小娥（黛眉娘娘，天乙妃子，求雨治病）
  - 太甲（太丁儿子，大商第四位王）
  - 子绚（太甲儿子，沃丁，大商第五位王）
  - 咎单（大商太史，伊挚年老后的大商大臣）

- **薛国**
  - 仲虺（国君，大商左相，妹喜的青梅竹马，善于贞卜和制造青铜器）

- **有莘国**
  - 有莘国君（天乙岳父）
  - 太丁（天乙、有莘王女儿子，太子）
  - 有莘王女
  - 伊挚（伊尹，大商尹相，右相，元圣，厚父，恋上妹喜）

- **岷山氏**
  - 岷山氏（首领）
  - 琬（岷山氏妹妹，绝色美人，性格冰冷，履癸的妃子）
  - 琰（岷山氏妹妹，绝色美人，性格火热，履癸的妃子）

本书主要方国及人物

人物介绍

本书主要人物是商汤（天乙）、履癸、伊挚、妹喜和仲虺。

商国在东方，天乙是商国的王，就是商汤，兵器为开山钺。

伊挚就是著名的伊尹，天下的元圣，道家和中医的鼻祖之一。

有莘王女是天乙的夫人、伊挚的主人，和伊挚青梅竹马。

太丁是天乙和有莘王女的儿子。

有妊氏是天乙的初恋、妃子，外丙和中壬是有妊氏和天乙的两个儿子。

白薇是伊挚后来的妻子，清新美女。

有莘国君是天乙的老丈人、昆吾的死敌。

仲虺是薛国国君，后来投奔商国，兵器狼牙棒，大商的左相，善于贞卜和制造青铜器，妹喜的青梅竹马。

伊挚、庆辅、湟里且、东门虚、南门蝚、西门疵、北门侧是辅佐天乙的七个大臣。

大夏是天下共主，都城斟鄩（zhēn xún），履癸就是夏桀。

妹喜是夏桀的元妃，一代歌舞天下无双的美人。

琬和琰是履癸的两个妃子，冰火美人。

淳维是履癸的儿子、匈奴的始祖。

费昌是大夏的左相、大禹时代伯益的后代。

赵梁是大夏的右相。终古是太史，善观天象。

关龙逢是死谏忠臣。

姬辛是卿士大臣，善于营造，负责建造长夜宫、倾宫等宫殿。

扁、夏耕、虎、豹、熊、黑、推移和大牺是大夏的大将。

大夏的几大方伯长国家分别为昆吾、顾、豕韦、常、商国。

昆吾是统领北方诸国的方伯长，在商国的西部、大夏的东部，疆域广大，都城昆吾城，是夏朝第二大诸侯国。牟卢是昆吾国国君、履癸的铁杆盟友，身材瘦高，文武双全。已离是牟卢的弟弟。少方是牟卢的女儿，红发美女。

顾国是西部方伯长，统领西方诸国，位置靠西北，委望是顾国的国君，金冥是委望的儿子，该众是顾国西部边城大将。

豕韦是东方方伯长，在东南方。孔宾是豕韦国君，冀是孔宾的儿子。元长戎是豕韦大臣。著名的寿星彭祖是豕韦的贵族，属于豕韦附属的大彭国，彭宾是彭祖的弟弟。

葛国在商国的西部，垠尚是葛国国君。

世外桃源西王母国在靠近昆仑山的西部，首领就是传说中的西王母。雪玉是西王母的女儿，后来成了太丁的妻子。

总目
CONTENTS

上册	卷一	风起青蘋	1
	卷二	归藏秘密	229
	卷三	纵横天下	365
中册	卷四	逐鹿中原	495
	卷五	问鼎天下	635
	卷六	商汤伐夏	757
下册	卷七	鸣条之战	847
	卷八	成汤江山	1033
	卷九	商朝往事	1185

本册目录

卷一　风起青蘋

第一章　王者屠龙 / 3

第二章　当王女爱上放羊的奴隶 / 13

第三章　忽梦乘舟过日边 / 19

第四章　风起青蘋 / 26

第五章　王的婚礼 / 33

第六章　九主素王 / 39

第七章　大夏天子 / 44

第八章　袲娜妹喜 / 50

第九章　天子婚礼 / 61

第十章　初见 / 71

第十一章　妹名欢喜 / 79

第十二章　凶手是谁 / 86

第十三章　血色战车 / 93

第十四章　商汤斧子 / 99

第十五章　元妃嫉妒 / 106

第十六章　重恨春意 / 111

第十七章　杀心骤起 / 115

第十八章　有洛之行 / 120

第十九章　有荆表演 / 125

第二十章　连山归藏 / 132

第二十一章　诸侯大会 / 138

第二十二章　帝都的雨 / 143

第二十三章　白昼见鬼 / 148

第二十四章　饥渴如火 / 154

第二十五章　刺客夜袭 / 160

第二十六章　海棠故事 / 165

第二十七章　空桑之子 / 170

第二十八章　夏台崩塌 / 175

第二十九章　童谣 / 181

第三十章　重获自由 / 187

第三十一章　暗夜大火 / 192

第三十二章　太行逃亡 / 197

第三十三章　海贝之子 / 203

第三十四章　毛驴商队 / 208

第三十五章　龙归大海 / 213

第三十六章　鼎内头颅 / 218

第三十七章　归藏秘密 / 222

卷二　归藏秘密

第一章　无法离开 / 231

第二章　长夜灯火 / 236

第三章　汤处于汤丘 / 241

第四章　重返帝都 / 248

第五章　天下之道 /252

第六章　长夜醉舞 /256

第七章　夏耕 /261

第八章　天下第一 /266

第九章　兵临彤城 /270

第十章　太华之战 /275

第十一章　意乱情迷 /279

第十二章　虽远必征 /282

第十三章　生死一搏 /287

第十四章　壶口遇袭 /291

第十五章　汤问 /295

第十六章　女神的汤 /299

第十七章　乌龟贞卜 /302

第十八章　突袭 /306

第十九章　殊死一战 /310

第二十章　窝囊天子 /314

第二十一章　有毒 /319

第二十二章　王师凯旋 /323

第二十三章　梦 /327

第二十四章　美酒 /331

第二十五章　断肠 /334

第二十六章　大难不死 /338

第二十七章　最美女巫 /342

第二十八章　第一美人 /344

第二十九章　千钟酿酒 /348

第三十章　醉舞 /352

第三十一章　天象异常 /356

第三十二章　长夜宫 / 360

卷三　纵横天下

第一章　孟春大典 / 367

第二章　天子震怒 / 371

第三章　网开一面 / 375

第四章　龙逢浴火 / 380

第五章　海棠心语 / 385

第六章　洛水伊人 / 388

第七章　汤在窨门 / 392

第八章　九以成天 / 395

第九章　西施偶像 / 399

第十章　后羿 / 405

第十一章　冷箭 / 409

第十二章　还之彼身 / 413

第十三章　伊挚和王女 / 417

第十四章　河神 / 421

第十五章　蒹葭苍苍 / 425

第十六章　琬琰美人 / 429

第十七章　岷山踏雪 / 433

第十八章　出征 / 437

第十九章　五国混战 / 441

第二十章　通天神树 / 446

第二十一章　螳螂来袭 / 450

第二十二章　温寒大战 / 454

第二十三章　烛龙苏醒 / 458

第二十四章　蚕丛 / 462

第二十五章　美人如玉 / 467

第二十六章　冰火渴望 / 471

第二十七章　神秘女人 / 474

第二十八章　美人独醉 / 479

第二十九章　红色神鸟 / 483

第三十章　赤鹄之集汤之屋 / 487

卷一 风起青蘋

第一章　王者屠龙

既载壶口，治梁及岐。既修太原，至于岳阳。

大禹平定九州以来，大夏经历了后羿篡位的风风雨雨，万邦林立的大夏之外有数之不清的大小方国，这些方国承认大夏天下共主地位，但拥有独立主权。

艳阳之下，几只白色鸥鹭在水光云影中游弋，一条大路在水天一色中通往远方，如登天之路，如今路上挤满了商军和夏军。

"啊！"满头红发的仲虺肩头被履癸的长矛刺穿，鲜血瞬间流了出来。

履癸一用力把仲虺挑在空中，冷笑一声把他甩了出去。"扑通！"仲虺落入水中不见了踪影，只留下水面泛起的一片殷红。

履癸率领夏军朝前杀去，仲虺的手下看到仲虺被挑起落水，顿时大乱，履癸转眼就要冲破商军而去。

这时候一个声音飘过来："履癸，还要你的元妃吗？！"

履癸回头，马车上天乙一把抓住天下第一美人妹喜，右手举起的开山钺随时就要落下。

"大王快走！妹儿生无可恋，死无可惧！"妹喜对履癸大喊。

履癸环顾四周，上万商军将他团团围住，身边夏军已不足千人，自己一人虽可杀出重围，想要带着妹喜却是不可能了。

"也罢！天乙竖子，你放了妹儿！朕任由你处置便是！"履癸傲然而立。

"大王不要。"妹喜声嘶力竭，但履癸一动不动，商军纷纷过来，无数条绳索扔过来就要捆住履癸！

妹喜突然挣脱了商汤，纵身跳入湖中，伊挚情急之下，也纵身跳入了湖中。妹喜在水中看到伊挚，脸上露出笑容，抱住伊挚的脖子用力朝湖底沉下去。

履癸恍惚间如做了一场梦，好像自己还是当年那个屠龙的少年，时间恍然回到了几十年前。

春日的暖阳如丝绸静静铺满大夏王宫的每一个角落，庭院内花树开得缤纷绚烂，翡翠一样的水面映照着天空中的白云，几只鸟悠闲飞过水池上方。

在这醉人春日时光中，一人衣饰华美坐在水池边，须发却已经都白了。他旁边坐着一个大眼睛的小男孩，八九岁的样子，长得非常壮实。

水池边竖着高大粗壮的栅栏，池水碧绿幽深，平静的水面下似乎藏着神秘的东西。

"唧！"突然一只鸟发出尖厉的叫声，好像看到什么可怕的东西，极速振动翅膀向高空飞去，其他的鸟也惊慌地拍动几下翅膀飞远了。

小男孩一会儿就坐不住了，以为水池是戏水的地方，站起来就想钻过栅栏的缝隙到水里去玩。

"宝贝，你可不能进去！曾爷爷给你看个好玩的东西。"老者拉住了小男孩。

"祖上，有什么好玩的，快点让我看看！"

"别着急！看着水面！"老者对池边的卫士做了个手势。

卫士从木笼子中抓出两只鸡，隔着高高的青铜栅栏用长竿吊着伸到水池正上方。

"咯咯！咯咯咯！"

两只活鸡原来一副了无生趣的样子，到了水池上方突然变得惊慌起来，不停地叫着，扑扇着翅膀，水面下好像有什么可怕的东西。

小男孩盯着池子里面，"什么也没有啊！"

水面一阵波动，水下有巨大的东西在动，水面出现了一个漩涡，嘭的一声水花四溅，巨大的身影从水中蹿出了水面，在半空中突然张开骇人的大嘴，一口就把一只鸡咬在嘴中。

"水怪！水怪！"小男孩一下子兴奋了起来。

这时候水中又蹿出一条大水怪，朝着另一只鸡张开大口咬了过去。

"两条大水怪！"小男孩看到这里兴奋得跳起来。

"嘭！嘭！"两条水怪落入水中，互相撕咬争抢对方嘴里的鸡。

"好玩！好玩！"小男孩没有丝毫害怕，反而兴奋地奔跑到栅栏边上去看着。

两条身形粗壮的水怪长有一丈以上，身上覆盖着厚厚的鳞片，嘴里白森森的牙齿看似能够撕裂一切，四只锋利的爪子比猛虎的更加恐怖，长长的尾巴摆动起来能够翻江倒海，褐色的双眼充满了死神的杀气，让人不敢直视。

"祖上，这是什么水怪？真好玩！"

"这不是水怪，是龙！是大夏的图腾！"老者摸着小男孩的头，对小男孩的勇敢很是满意。

老者就是如今大夏的天子孔甲，小男孩是孔甲的曾孙履癸。

闲暇的时候，孔甲就和履癸坐在养龙的水池边，把活的鸡鸭、兔子等扔进池中喂龙，看着凶猛的龙撕咬食物，孔甲在找一些做天子的雄心。小履癸最喜欢在豢龙池和孔甲一起喂龙。

"祖上，这两条龙怎么和宗庙中画的龙不太一样呢？宗庙中的龙都飞在云中，怎么这两条龙，除了凶狠的样子和宗庙中的差不多，整天就知道吃肉，其他的什么也不会。"

"小家伙想得还真多。龙是我们大夏的图腾。先祖大禹的父亲鲧治水失败之后被舜帝杀死在羽山，死后化为了一条龙，从此龙就成了大夏的图腾。"

"化成了一条龙？人死了怎么可能化成一条龙呢？我觉得是人死了掉到了水里，正好有一条龙过来吃了他的尸体，被人们看到了，就以为他变成了龙吧？"履癸好奇地看着孔甲说。

"小孩不要乱说话侮辱先祖！"一向好脾气的孔甲都生气了。

"祖上不要生气，我们继续喂龙吧，这两条还是很厉害的！"履癸命令卫士继续往水池里扔兔子。

两条龙一口撕裂猎物，鲜血四处飞溅，爷孙俩看得开怀大笑。

"履癸，这两条龙够凶猛吧！"孔甲好像感受到战场上厮杀的快感，而履癸则看到了未来，这种血肉横飞的场景让他感到兴奋和快乐。

孔甲的父王不降帝实在看不上这个只知道玩乐的儿子，便把王位传给了自己的弟弟。王位更迭太快，夏王都没来得及留下合适的王位继承人便去世了，朝中的大臣们寻找新王的人选，发现只有孔甲最有资格继承王位了。孔甲在六十多岁时竟然当上了年轻时候梦寐以求的天子，什么大事都做不了了，只能修修祖庙。不过当上就好，孔甲赶紧抓住人生的尾巴，继续尽情地玩乐。

王室所有的孩子中，孔甲最喜欢履癸，他从履癸身上看到大夏的未来和希望。孔甲到哪儿都带着小履癸，履癸也很乐意和这个好玩的曾爷爷在一起。孔甲经常给履癸讲父王不降如何勇猛，征服了东至大海、西至崆峒的广阔领土，开创了大夏的又一盛世，履癸小小的心灵被这些勇猛的故事鼓舞着。

小履癸对孔甲说："祖上，如果有一天我当了大王，号令千军万马冲锋陷阵，那是多么威风啊！"

孔甲看着履癸，心中不禁想："履癸才是大夏未来的希望，这样大夏才会像父王那样成为所有诸侯都臣服的天下共主。"

孔甲和履癸这爷俩快乐的日子一天一天地过去了。履癸的霸气越来越明显。"如果自己也像履癸这么小，那该多好，可惜人生不能重来。"孔甲只有轻叹一声。孔甲虽然爱玩但并不糊涂，这么多年看惯了王室的各种恶斗，正是由于自己这种爱玩的性格，其他人不把他当成真正的对手，他才能活着笑到了最后。

这一天，孔甲有朝政要处理，履癸一个人无聊了，独自跑到豢龙池，在栅栏外看了看，豢龙池宁静如玉。

"咦？那俩家伙去哪儿了？"履癸嘀咕着。

履癸在栅栏边走动着寻找龙的影子。突然池中水花溅起，一条龙把头从栅栏缝隙中钻了出来，张开大口对着履癸咬了过来。跟在履癸身边的卫士反应也是飞快，瞬间飞身过来挡在履癸前面。

卫士情急之下用脚去踢那龙的脑袋。龙一转头张开大嘴，咔嚓一声，就咬住了卫士的脚，鲜血顿时流了一地。龙拖着卫士就往池子中拽，水池栅栏的缝隙很大，这条龙转眼就要把卫士的身体整个拽到池子中去。

"救命！王子救我！"卫士凄厉的惨叫声让人不寒而栗。人都不想死，何况是被猛龙活活撕了吃掉！卫士从没有如此真切地看过这条龙，黄褐色的眼睛里面纺锤一样的瞳孔毫无生气，透露着死神一样的残忍气息。

卫士心中大骇，"这就是死前看到的最后的景象吗？"

眼看卫士就要成为龙的午饭了，其他卫士也都吓呆了，僵立在原地一动不动，没有人敢靠近来救。

就在这时候，小履癸抄起了卫士掉在地上的戈，举起比他还长好多的戈用力对着龙的头就是一顿刺，龙的皮很厚，履癸用力刺了几下，根本刺不动。

"啊！啊！"卫士此刻只剩下了没有意识的惨叫，垂死的哀号听起来凄厉绝望，眼看他就要被龙撕着吃了。

履癸急中生智，大叫一声，举起长戈用力对着龙的眼睛刺了过去。噗的一声，戈尖从龙的眼睛刺入，彻底没入进去。

"嗷呜——"龙惨叫一声，大地似乎都跟着晃动了一下，撒开了嘴中的卫士，翻滚着退入池中，搅动池中水花剧烈地翻滚着，溅起来的水四处喷射，打湿了池边的人。

这时候其他卫士也反应过来，赶紧把已经半死的卫士救了上来。

大家再去看履癸的时候，这个小孩两眼放着光，一直盯着池子中不停翻滚的龙。

水池中渐渐安静了下来，那条被刺中眼睛的龙肚皮朝上，一命呜呼了。

履癸命令身边的卫士："把这条龙给我拖上来炖了，让大家尝尝龙肉的味道！"

"什么？把龙吃了？这可是大王最喜欢的龙。"众人有点儿不知所措。

"还不动手？"履癸瞪了身边的卫士一眼，此时卫士看履癸再也不是一个小孩的感觉了，这就是大夏未来的王啊。

反正龙也已经死了，众人知道孔甲最宠着履癸了，便按照履癸的命令，拿长戈伸进栅栏，把死龙小心地拖到边上。另一条龙被吓坏了，藏到水底不敢出来，卫士们用绳子把死龙拴好，从栅栏上拉出了水池。

孔甲帝知道这件事的时候，龙已经在大鼎中被炖熟了。

履癸边吃龙肉边笑着说："这龙肉原来如此鲜美，比牛肉、马肉好吃。祖上你赶紧吃啊！"

孔甲看着心爱的龙变成了龙肉，再看看履癸，只好也尝了尝。

孔甲禁不住又吃了几口，"龙肉果然好吃，更加鲜嫩！"

履癸九岁屠龙的故事迅速传遍了四海，大家都说履癸之勇猛恐怕超过了当年的不降帝。大夏不能再出现先王太康那种只知道玩，被后羿夺去了王位的糊涂天子了，幸亏当年的少康王励精图治，多年之后才又恢复了大夏天子的王室血统。

大夏需要真正的强者来励精图治，才能让江山永存，一代一代传下去，履癸将是大夏的王，是大夏未来的希望。

豢龙池中的另一条龙好像知道伙伴被吃了，不停地在水池中凶恶地来回冲撞。终于在一个雷电交加的夜晚，乘着风云飞到天上去了。

龙真的飞到天上去了吗？小履癸这次竟然什么都没说，看来只有天知道了。

此时大夏东部的商国一派平和的景色。

月色笼罩着商国都城的家家户户，家人聚在院子中，老人会对着月亮给孩子讲过去那些古老的故事，嫦娥如何偷吃了仙丹飞到月亮上去……

没有人知道这些故事是真的还是假的，孩子眼中闪着光芒，充满了好奇和渴望。

商国的王宫花园中，商王也在和王妃赏月。商国此时的国君是主癸，王妃是扶都氏。

扶都氏靠在主癸的肩头，望着天空中的明月，"大王，嫦娥真的一个人住在月宫中吗？"

"夫人，远古的事情谁又能说得清呢，你不要飞到月亮中去就好。"

"我倒是想飞，大王也没有仙丹给我偷啊！"

"哈哈，朕的仙丹可得藏好了！"

商王主癸为人中正耿直，与世无争，只求商国百姓能够安安稳稳过日子。

"那是什么？！"扶都氏突然指着月亮惊呼出声。

"夫人，你不要吓朕。"主癸以为扶都氏在和他开玩笑，眼前突然一片明亮，抬头一看，也惊住了。

一道白光从天空斜着射来，朝着月亮飞去，逐渐穿过了月亮，然后消失了。

"大王，我有点儿不舒服。"扶都氏捂着胸口，心内烦躁恶心，干呕了几口，还好没有吐出来。扶都氏感觉身体不舒服，一连几天都没有胃口，主癸赶紧叫疾医。

"大王，夫人有喜了！"

"啊，真的吗？"主癸和扶都氏一直没有孩子，主癸高兴得都要跳起来了。日子一天天过去，扶都氏的肚子也越来越明显，腹中胎儿偶尔还会踹扶都氏几脚。

中午时分，响晴薄日的天空突然电闪雷鸣，大雨瞬间倾倒而下。扶都氏腹痛难忍，腰也像断了一样的疼。此刻外面大雨倾盆，如同一道雨墙。

负责接生的女疾医在城里，主癸冒着大雨亲自去请疾医和接生的女疾医。

扶都氏腹中疼痛异常，周围的丫头看到露出一个小脚丫，都吓坏了。逆生的孩子基本是很难生出来的，通常母子都会痛苦难产而死。

扶都氏心中对天祈祷："我儿定是天降大任，才会逆生。我身死没关系，我儿一定要活下来。"

扶都氏拼尽全身力气，痛苦的叫声伴随着暴雨中的炸雷和闪电。

"大王怎么还不回来？"

主癸和疾医的马车在雨中艰难地走着，赶车的车夫在地上牵着马，脚下都是齐膝深的泥水，不一会儿就滑一跤。主癸心中异常焦急，这暴雨好像就是要把他们拦住。

突然伴随着一声炸雷，一道巨大的闪电把天空照得一片明亮。

"夫人，空中有一条龙！"众人和扶都氏都看到窗外有一条龙浮现云中。

扶都氏此刻顾不上什么龙了，自己伸手拽住孩子的小脚丫。

随着扶都氏的叫声，一声婴孩的啼哭声传来。

主癸也看到了天空中的龙。他终于回到了家中，看到孩子已经平安出生，总算松了一口气。

"夫人，你受苦了。"扶都氏已经恢复了精神，微笑看着怀中的孩子。

"大王，这是未来的商王。"

主癸终于有儿子了，听扶都氏讲了孩子逆生的过程，主癸跪在地上，"感谢上天！保佑我儿！世人都说真龙降世，我儿将来定会大有作为。"

"大王，王子叫什么名字？"扶都氏问。

"天乙！他是上天神龙的儿子！"主癸说。

大夏。

随着日出日落，孔甲的快乐时光终于过完去见先祖了。大夏接下来的几代天子就如同孔甲前面的那几代王一样，几年死一个，也不知道到底是被谋杀还是都病死了。

太禹殿前的院子中摆放着九只巨大的铜鼎，鼎上铸有天下的山川河流，是当年大禹治水之后铸造的象征着天下的九鼎。

厚重古朴的廊柱后面的殿中，一群大臣面前站着一个二十多岁的男子，胳膊上、肩膀上都是要透过铠甲崩裂而出的肌肉，充满男性魅力的脸上长着让所有男人都妒忌的天然卷曲的胡子，充满英气的双眼开合之间能让人心底打一个激灵。

这就是如今的履癸。

十多年过去了，大夏的王族和大臣们发现，如今能够继承天子之位的就是履癸了，在履癸眼中天下其他人都如小鸡一样虚弱。

履癸戴上只有大夏的王者才能佩戴的冕旒，浑身似乎散发出刺目的光芒。

履癸率领大臣们祭拜了太禹殿前的九鼎之后，正式坐上了大夏的王座，接受大臣们的叩拜。

"夏后万岁，大王万岁！"太禹殿中响起了大臣们的朝贺声。

"祖上！履癸一定要让大夏变得更强大，成为真正的天下共主，让天下诸侯彻底臣服大夏！"履癸此刻怀念着孔甲，黑色朝服难以掩饰刚猛的身躯，头上冕冠更显得威仪赫赫，周身上下都透着九五之尊的王者天下的霸气，这是天下共主大夏的王——履癸。

履癸父王在位那些年，诸侯互相征伐，根本没把夏天子放在眼里，每年的朝贡变得不再隆重，有的诸侯甚至从来不来朝贡。

"天下诸侯要是谁敢对大夏不敬，朕就亲率王师打他个落花流水，看天下还有谁敢不对大夏臣服！"履癸下定了决心，一定要重现大夏往日的荣光。

就在这时一大臣走上前来。"恭贺大王！臣观天象，王邑北方沉睡着一条烛龙，大王切不可扰动，否则烛龙发怒，大地震动，大夏江山倾危！"

履癸双目一瞪："你在此胡说什么，拖出去砍头！"

大臣们赶紧劝："今日大王初登宝位不可有血光！太史终古还不退下！"

太史终古被拉了下去，此事谁也没放在心上。

履癸心中最佩服的是大禹帝，即位后把国都迁回了洛水附近的夏禹旧都斟鄩。履癸在斟鄩大兴土木修建王宫，秣马厉兵，练甲制器，准备重现禹帝时代天下臣服的大夏荣光。

履癸从天下招募了两万近卫勇士，每一个都是以一敌十的高手，从此光荣与梦想在履癸心中激荡，履癸的时代即将到来了。履癸英气勃发、年轻气盛，一心准备大展宏图，复兴大夏的霸业！

这天履癸正在新修建好的太禹殿中上朝，突然殿外进来一名车正兵。

"大王！畎夷又打来了，就要到斟鄩城下了！"

"畎夷！好！来得正好！"履癸一拍王座上的龙首。

畎夷是大夏西部一个骁勇善战的游牧民族，荒年的时候就会到大夏四处抢掠。不知道是畎夷又遇到灾荒，还是欺负夏朝履癸刚刚即位，这次来得气势汹汹，直接打到了都城附近，斟鄩城直接感受到了威胁！

履癸等这一天已经很久了，他立即召集大夏周围的诸侯一起来对抗畎夷。诸侯国来了不少，受畎夷侵扰过的诸侯太多了，大家都在看着新的夏王履癸。

大夏联军和畎夷在斟鄩城外摆开了阵势，大战一触即发。

没有一支诸侯军队主动出击，诸侯们知道去打畎夷是没有任何好处的，畎夷人骁勇善战，而且一向是打完就跑。等你军队走了，他们又会杀回来继续烧杀抢掠。

远远的山坡下，畎夷军队的狼牙旗在随风飘荡，透露着阵阵杀气。畎夷将士都戴着狼头头饰，看起来就让人害怕。众诸侯都在等着新即位的夏天子，履癸不出兵，没有任何一个诸侯会出兵。

夏军的战马开始变得焦躁不安，似乎被对面的狼头吓到了，马蹄不停跳动着，随时可能掉头逃跑。野兽的气息弥漫着战场，战争还没开始，胜负好像就已经定了。

畎夷首领看着对面的大夏联军，嘴角露出了轻蔑的笑容："弱小的中原人！一会儿就把你们的脑袋都砸碎了！"

所有人都屏住了呼吸望着履癸，都在等履癸撤退的命令。大家都准备好了，就等履癸一撤兵，赶紧跟着跑进斟鄩城内躲起来。

这时候履癸突然大吼一声："把战马的眼睛都蒙起来！"

此时有莘国君夫人刚刚生了一个可爱的王女，有莘国君却没在都城，有莘国发洪水了，他去四处救助灾民了。

汪洋中一棵大树上有一个大树洞，一个女子藏在树洞中，看着怀中刚刚出生的男孩嘴角露出笑容。小男孩的小手攥着拳头摇晃着，紧闭着眼睛寻找着妈妈的温暖，女子觉得生活又有了意义，无论多难，他也要把这个小男孩养大。谁能知道他长大后会撼动天下？天地为之变幻。

第二章　当王女爱上放羊的奴隶

大夏王邑西部。

长空下几万人对峙着，战车上巨大的龙旗呼啦啦地随风飘动，履癸身上一件黑色披风在风中飘荡着，周身盔甲散发着夺目的光芒。大夏所有的战马都被黑布蒙上了眼睛，变得安静下来。畎夷骑兵就要开始进攻了，空气已经凝固。

突然履癸大喝一声："畎夷！尔等受死吧！"大黑马一声嘶鸣，四蹄奋力一人一车如闪电冲了出去。

将士们都蒙了，"大王怎么自己冲上去了？！"一看这阵势，将士们的斗志一下子噌噌地冲了上来。什么死亡的恐惧、家中的妻儿都忘了，只有对胜利的渴望在胸中激荡，大夏的勇士们都纵马冲了上去。

履癸转瞬已经杀入畎夷阵中，畎夷骑兵看到就履癸一个人，迅速围了过来。

履癸手中一对长钩抡起来，片刻之间，不管是人头还是马头一个个滚滚而落。履癸在畎夷阵中杀来杀去，长钩都砍直了，畎夷人都成了披着狼皮的羊。履癸在车上杀得兴起，一向骁勇凶残的畎夷人成了等待履癸收割的高粱。

大夏的将士们被履癸的勇猛鼓舞，"这才是我们要誓死追随的王！"一个个也如虎狼一样冲入畎夷阵中，疯狂地杀戮。

畎夷人都被打傻了："我们只是来抢东西的，又不是来拼命的。我们抢完就走，何必这样拼命呢？"

半个时辰下来，畎夷就开始节节败退了。

履癸知道必须先发制人，如果让畎夷人冲过来，大夏的联军可能还没交战就已经溃散而逃了。

如今大夏和畎夷都被履癸的勇猛惊呆了。畎夷边打边退，履癸丝毫没有退兵的意思，一直追着畎夷打到太华山附近。畎夷那点军队哪经得起这样的消耗战，最终畎夷人只好派来使臣投降求和。

"今后不许畎夷再踏过太华山一步，否则朕定然杀掉每一个畎夷人，无论男女老幼，让畎夷彻底消失！"履癸的话让畎夷人不寒而栗。

畎夷答应了履癸的条件，灰溜溜地撤走了，从此再也不敢侵犯大夏。

残阳似血，群山巍峨，大夏的龙旗在风中呼啦啦地飘动着。履癸站在阵前，望着远远遁去的畎夷军队，第一次有了当天子的快意，有了王者天下的感觉。

"朕是大夏天子，是天下的共主。先帝夏禹帝的荣光，朕一样可以拥有。天下万国，谁敢不从，吾将踏平之！"从此天下人都知道如今的天下共主是夏王履癸。

夏军班师回朝，百姓倾城而出欢迎大王归来，又一次有了作为大夏子民的骄傲，从大臣到百姓无不为夏军凯旋欢呼雀跃。这里是天下的帝都斟鄩，这里有战无不胜的天子履癸！

有莘国边境，大地被阳光铺上了一层金黄色，一派秋日宁静的田园风光。

人们把刚从田地里收上来的谷子晾晒在自家的院子中，晒得通红的脸庞上流露着喜悦的笑容。今年的收成很好，谷穗都沉甸甸的，可以安心过一个冬天了。

"昆吾又来抢粮食了！"

突然村口传来了村民一阵急促的奔跑声。

马蹄声响起，一群昆吾的士兵骑着马冲进了村里，后面跟着几辆战车。士兵肆无忌惮地踹开农家的院门，抢了院子中的谷子穗就扔到战车上。

村民听到动静很多都逃到了村外，没逃出来的，也躲在屋子里不敢出来。

逃出了村子的村民聚在一起，远远地看着，只能任由自家的粮食被抢走。"我的粮食啊，今年冬天吃什么啊！"女人们开始蹲在地上抽泣起来。

"我们得让大王发兵好好教训下昆吾！"一个村民说。

"大王如果能发兵昆吾，我们就不会总是被抢了！"另一个村民无奈地说。

这里就是有莘国，在大夏的东部伊水边的一个国家，伊水对岸就是昆吾。

夕阳照在国都附近的伊水上，映成了一片温暖的红色。河边的草地上一群羊悠闲地吃着青草，一个少年全神贯注地看着手中的羊皮手卷，似乎忘记了周围的一切。

一位少女沿着河岸走了过来，眉头紧锁着好像有什么心事，后面不远处有两个仆人跟着，她无心欣赏这醉人的夕阳，即便是夕阳碧水，脚下踏着柔软的碧草也不能让她快乐起来。

少女看到少年正坐在河边草地上看着羊皮手卷，少年长长的头发垂下来遮住了一半光洁的额头，看背影似是哪个贵族家的公子。

少女轻轻走过去，看到少年紧锁的眉头，突然好奇心起："这个少年看起来好亲切的感觉，什么书这么吸引他呢？"

此时少年也发现了少女，抬起头来望见少女的容颜，一下竟然痴住了。

少女头上两个贝壳做的发卡挽住了如丝一样的秀发，露出雪白的脖颈和玲珑剔透的耳垂，脖颈上一条象牙做成的项链，映得少女的肌肤更加凝脂如玉。

少女凝望着少年，忽然发现少年也在痴痴地凝视着自己，内心突然羞恼起来："看什么，你不知道这样是很无礼的吗？"

"啊？哦！我失礼了！我从来没见过这么好看的女孩！"少年竟然直接说出了心底的话，少年怕以后再也没机会看到了，想多看几眼印在心里，在大多数人一辈子的活动范围不过周围几里的村落的时代，见到如此的少女简直就如见到了梦中的仙人一样。

少女见他知错了也就心软了："你刚刚在看什么呢？"

少年指着羊皮卷说："这是天下的图，我正在研习呢。你看有莘国在这里，这里是伊水。"

少女从来不知道天下有多大，每天望着夕阳落到山的另一边的时候，心中不禁也在想："山的那一边是怎样的一个世界呢？"

无数个夜晚，在闪烁的烛光下，少女看着铜镜中姣好的容颜，想到自己也许不久就要出嫁，嫁给一个毫不了解的男人，她就会暗暗落泪，这就是她经常不开心的原因，只是她没办法对任何人诉说。

看到少女在出神，少年停了下来。

少女看到少年停了下来，赶紧收回神思，继续听少年讲。

"这里是我们的有莘国，西北面是昆吾国，昆吾西面是天子所在的大夏，北面是商国。昆吾一直想吞并我们，但你知道为什么昆吾只是骚扰边境而不大举入侵有莘国吗？"

少女听到有人要吞并自己的国家，心中吃了一惊："为什么？"

"那是因为北面的商国一直在保护我们，我们有莘国和商国世代交好，商国从上甲微君主开始就一直比较强大。"

"上甲微是谁？"

"上甲微是商国古时候的首领。上甲微的父王亥的时候，商国还不是很强大。商国主要通过和各国交换牛羊等货物换取各种需要的东西。有一次商王亥和弟弟恒一起载着各种货物，赶着牛羊从商国出发，长途跋涉到了黄河以北的有易氏去交换货物。等他们到了有易氏住进了驿馆，有易氏首领绵臣看上了这批货物，但是却不想用自己的物品交换。漆黑的夜色中，绵臣带人杀进了驿馆的院子，他们抢走了驿馆中的所有牛羊和财物。商王亥和恒拼死反抗，但是终归寡不敌众，惨遭杀害。绵臣一把大火烧了院子，试图掩盖有易氏的罪行。天下没有不透风的墙，商国的随行人员有几个人趁乱逃出了驿馆，回到了商国。由于当时商族还不够强大，商国只能忍气吞声。多年后，商国的上甲微君主即位后，奋发图强，日夜训练军队。四年以后，上甲微借来河伯之师，大军长驱直入，直接灭了有易氏，杀了有易氏的国君绵臣，为父王亥报了仇。有易氏从此灭国，成了商国的一部分。上甲微一战成名，以后常年率领商军四处征战，商国逐渐变得越来越强大。此后周围的诸侯国都不敢去招惹商国。"

"你觉得现在商国的首领如何呢？"少女问。

"现在商国的首领是天乙国君，是一位贤明的年轻君主。据说天乙国君出生时有一个神奇的故事。"

"是吗？什么样的故事？"少女来了兴致，不由得靠得更近了。

少年看到勾起来少女的好奇心，心中也有了几分得意，就慢慢讲起了天乙的故事。

"天乙君主的父王是主癸，天乙的母亲是扶都氏。有一天，扶都氏在花园中赏月，圆月当空，不由得畅想嫦娥真的一个人住在月宫中吗……就在这时候突然一道白光从天边而来，直接穿过圆月……"

少年慢慢讲着天乙出生的故事，少女的眼睛紧紧注视着少年，完全被故事吸引住了。

"主癸也看到了天空中的那道白光，急忙跑回家中，看到自己的孩子已经平安出生了，不由得跪在地上，感谢上天。世人都说天乙君主乃是真龙降世，将来定会大有作为。"

"啊，真的是脚先出生的吗？真是太危险了。真的有龙吗？我现在已经对这个天乙国君充满好奇了。"少女显然是被少年的故事给吸引了。

少年看着少女如此沉醉在自己的故事中，心中的快乐也是一圈一圈地荡漾开来。

少女抬头看了看少年，心想这个少年这么年轻就能思考国家大事，我应该把他推荐给父王。

转眼暮色苍茫，鸟儿叽叽喳喳地回到了树梢，夕阳即将没入西面的山中。远处那两个一直不敢靠近的仆人在喊："小主人，天色已晚，再不回去，主人该责罚我们两个了。"

少女望着少年那双暮色中坚定善良的眼睛，有点儿依依不舍地问少年："你明天还会在这里吗？"

"我最近每天都在这里放羊看书。"少年望了少女一眼，少女的眼睛纯净得如天边的星光，这世间竟然有这么美的人呢！

从此以后，每天黄昏的时候，少女都会来和少年一起在河边散步聊天，有时候还会一起下棋、做游戏。少女从没有这么快乐过，希望这样的日子永远没有尽头。

少年也觉得自己从来没有这么开心过，觉得自己在少女面前总是那样的才思敏捷。自己从古书上学到的知识，少女听起来总是那么津津有味。不过，他知道这个少女肯定不是一般人家的少女。

他并不愿意去提及自己的身份,他只是一个奴隶,主人看他聪明好学,才允许他进入主人家的书房去借阅各种书籍来看。

他们一起走在河边,少女看到河中自己亭亭玉立的身影和少年玉树临风的身姿:"要是能够这样天天与他在一起,该是多么美好的一件事儿啊!"

这一天,少女来到父亲的房间对父亲说:"父王,女儿近日认识了一位少年。他聪明上进,且有治理国家的才能,想推荐给父王。"

有莘国君:"哦,女儿能看上的人一定非同一般。你明日黄昏叫他来见我。"

翌日,少女领着少年来到了有莘国君面前:"父王,女儿推荐的就是这位少年,他每天在河边放羊太屈才了。"

有莘国君看到少年:"伊挚?王女说的少年原来是你啊!既然王女那么喜欢你,那我就把你赏给王女吧。从今日起你只服侍王女了。看来以后朕要吃你做的菜也要得到王女的同意了。"

"做菜?他还会做菜吗?"

"是啊,伊挚说后厨的羊肉不够好吃,非要亲自去放羊,说这样的羊肉才好吃,都已经好几个月了。"

"多谢父王!"王女谢父王的时候笑着看了伊挚一眼。伊挚也跪谢了有莘国君。伊挚也在悄悄看着王女,看到王女的眼神,赶紧低眉垂首。

"伊挚,从今天起,你就可以天天陪着我了,你开心吧!"王女已经笑靥如花。

"照顾好王女是我的职责,我一定尽心尽力。"伊挚说。

"我还希望你对我像从前一样。我们平等地说话,不要你和其他仆人一样。"王女说。

"其实我从一开始就猜到你是纤夼王女了,只是我从未见过王女,不敢确认。伊挚定不辜负纤夼王女的厚爱,一定好好陪伴王女。"伊挚说。

第三章　忽梦乘舟过日边

有莘国。

"伊挚，以后你要每天都陪着我！"伊挚成了王女的奴隶，王女乐得都合不拢嘴了。

伊挚表面不动声色，心里却是朵朵花开，陪伴王女比每天在厨房里有意思多了，陪着王女读书，就有更多的时间读书了。

晨光透过窗格照在地上，王女伸了个懒腰慵慵懒懒地起床，在女奴服侍下刚刚梳洗完毕。

"伊挚，来陪我下棋！"王女在厅中喊着。

"伊挚还在厨房呢！"侍女慌忙过来应答。

"都说不用他亲自做饭了，怎么还去厨房？"王女的小嘴噘了起来。

"王女，伊挚来了，那些厨娘做饭，总得盯着点，这样味道王女才会满意。"伊挚微笑着匆匆走了进来。

"好了，先陪我下棋！"王女看到伊挚，容颜顿时舒展开了，露出了两个小酒窝。

两人摆开棋盘，王女手中捏着黑石子做的棋子，快速开始落子。伊挚也陪着王女快速落子。

不一会儿，王女开始慢了下来，王女食指和中指夹住棋子若有所思的样子，伊挚都有点儿看得发痴了。对于伊挚这种从小就在厨房当奴隶的孩子，第一次走进王女的生活，就像一下子走进了天堂。

伊挚每天要求自己身上不能有一丝汗味，鞋袜上不能有一丝尘土，生怕王女嫌弃自己。

王女其实平日在自己房间的时候，东西总是放得乱七八糟，侍女每日都要收拾很久才能收拾好，但是伊挚来了之后，侍女们发现王女再也不乱丢东西了，恍然间变得温婉娟秀了。

伊挚下棋的时候，总是暗中控制王女胜负的次数，在每一局中都让王女险象环生，却又在特别惊险的时候，不着边际地留个活口。

每次王女下棋心情都是百转千回，赢的时候笑得花枝乱颤，输的时候也是信心满满、毫不气馁地开始下一局。

王女虽然每次都赢得很艰险，最终却还是赢多输少，最后得意地刮一下伊挚的鼻子："你又输给我了啊！哈哈！"

青春之所以美好，是因为很短暂。转眼几年过去了，伊挚已经是一个温文尔雅、成熟博学的先生，王女也已经是一个冰清玉洁的美丽女子。

王女和伊挚在一起的每一天都很开心，伊挚看到王女开心，心中也是十分愉悦。每一天王女醒来的第一件事就是把伊挚叫过来陪着自己。

"伊挚！伊挚！"王女正在梳妆，嘴里已经在喊伊挚了！

"王女，早上伊挚被大王叫去一起骑马了，不能过来陪王女了。"侍女忙应声，低着头不敢抬起。

"你出去，我要伊挚！"王女突然有种失落的感觉，做什么都没了心思，无缘由地对身边的仆人发了几次脾气。

林边草地上，传来"噔噔"的马蹄声。一匹大黑马疾驰而来，踏过的青草和泥土随着马蹄飞溅起来。

马上端坐着一个身材宽厚壮实的男人，浓眉大眼，看起来就知道是个有身份的人，骑在马上的动作潇洒中带着杀气。当临近了看，他须发中已经隐隐透出几缕银丝，有一点儿壮士暮年的感觉。

一个青年骑着一匹白马跟在后面，青年身子随着马匹奔跑的动作起伏，气定神闲，虽然在疾驰，但是依旧神态轻松，云淡风轻。

这正是有莘国君在纵马狂奔，伊挚驱马在国君的后面紧紧跟随。

突然，国君狠狠地抽打坐骑，大黑马嘶鸣起来，跑得更快了，远远地把伊挚甩在了身后，伊挚策马许久方才追上。

国君见伊挚赶上来了，哈哈一笑："伊挚，你菜做得好，这骑马可比朕差远了。"

"大王神勇，下人自是不及。"伊挚回答。

"那你觉得朕率军亲征可会所向披靡？"

"国君出征自然会马到功成，无往而不利。"

"竖子也会拍马屁了。我军虽勇，但是敌军势众，昆吾屡犯我边境，我军虽然每次都将其击溃，但是昆吾强大，我国却无力举兵讨伐。"

"国君，我知道您忧虑的事情。昆吾屡犯边境抢夺财物，百姓难以安心耕种。以有莘对抗昆吾自然是力不从心的，昆吾也知道这一点。如果有莘发兵攻打昆吾，那就正中了昆吾的计谋，昆吾就有了借口大举进攻我国，恐怕到时候有莘就有亡国的危险了。"伊挚说话的时候，有莘国君看到的再也不是一个奴隶。

"这一点朕何尝不知道，朕说率兵出征也只能是造一下声势。"国君似乎在自言自语。

"国君，伊挚有一些话怕国君听了会怪罪下人。"伊挚说。

"王女说你很有治理天下的才能，我倒要听听你是真有高见，还是只会哄王女开心罢了。你但说无妨，朕不会怪罪你的。"有莘国君似无意地说。

"现在大夏控制诸侯的能力越来越弱了，诸侯间的征伐吞并早已经开始。我国疆土和军队实力均不及昆吾等大的诸侯国，昆吾吞并我们的野心恐怕不是一天两天了。为今之计，只有联合北面的商国。"

"哦？说下去。"

"下人听闻商国现今君主天乙是一位贤明的君主。商国虽然不算最强大，但从上甲微君主开始便无人敢真正和商国去对抗。我们和商国一直交好，这么多年昆吾也正是因为一直忌惮商国才不敢贸然对我国大举发兵。"

"我们和商只是睦邻友好，如果我们请商出兵帮我们抵御昆吾，那时候商要吞并我们又如何？"国君道。

伊挚沉默了良久，有莘国君看伊挚不说话，说道："我看你也没有良策，不过是个厨师而已。"

"国君，只有一个办法？"伊挚似乎犹豫了一下。

"什么办法？"有莘国君诧异地看着伊挚。

"那就是和商联姻，这样商就不会吞并我们了。"伊挚说这句话的时候，心里似乎痛了一下，不过他知道，这个痛是早晚要来的。

"联姻？朕也想过，不过商国也不一定同意吧。商的新君主天乙，朕也还没有见过，不知道是一个什么样的人？"

"据说天乙国君是一位贤明的君主，商国如今已经更加强盛了。"伊挚说。

"朕也听说了，朕想派你去恭贺天乙君主即位，找机会商谈一下和亲的事情。"

"下人一定不辱使命。"伊挚的头低得很低很低。

有莘国君和伊挚刚才做了一个对天下影响深远的决定，现在他们都还不知道。

华灯初上的时候，王女终于等到伊挚回来，发现今天伊挚和平时有点儿不太一样。

"伊挚，你去哪儿了？是父王训斥你了吗？"王女关切地问。

"哦，没有，伊挚今天还没陪王女下棋呢！"

"好啊，我等你很久了，不陪你下一盘，我怕我都睡不着！"

二人黑白互绕，似生似死，转眼间棋盘上已经布满了棋子。王女发现伊挚今天频频出错。

"伊挚，我知道你下棋总让着我，你这次也不能这么明显吧。"王女有点儿烦躁了。

王女没有听到伊挚回答，抬头看伊挚，只见伊挚神色黯然，脸上似乎还有泪痕。

"伊挚，你哭了吗？今天父王肯定训斥你了，对吧？"

"没有。只是灯油烟熏的。"伊挚注意到自己的失态，赶紧缓过神来。

"你不要骗我，你在我身边几年了，你平时可不是这个样子的。"

"没有什么，我只是怕以后不能一直服侍在王女身边了。"伊挚言语间难以掩饰心中的悲伤。

"伊挚，无论我去哪儿，我都会一直带着你在身边的，再说我哪儿也不去，就在有莘陪着父王和你。"

"王女，是伊挚失礼了。"

那一夜，伊挚和王女都没有睡好。人都希望永远这么快乐地陪着心爱的人，可人总是要长大的。

第二天，伊挚拜见有莘国君。

"国君，边关紧急，下人准备翌日就启程去商国。"

"礼物都准备好了吗？如何商谈一定要心中有数，切记不可惹恼了商君。"有莘国君叮嘱伊挚。

"礼物已经备好，就是下人放养的五十只山羊。商谈之事下人自有分寸，定不辜负国君期望。"

"几十只山羊？！是否还需要珠贝宝玉以示我有莘诚意？"

"珠贝宝玉不一定代表诚意，这几十只下人亲自放养的山羊就是有莘真正的诚意。"

"好吧！商国的确也不缺珠贝宝玉。"

伊挚别了国君，又来和王女辞行。王女虽然百般不舍，但是国家大事更重要，这一点王女还是明白的。

"伊挚，你一定要早点回来！路上照顾好自己！"

"王女放心，伊挚不在的日子，王女也需要照顾好自己！"

伊挚带着出使的队伍向商国出发了。

商国位于大夏的东面，在有莘国东北面，商国东面便是东夷和茫茫大海了。大海除了可以提供人类吃食的海鲜，人们还能够从中得到珍贵的贝壳。各国用专用的贝壳制作成货币，贵族们也喜欢用贝壳做饰物。

商国的王城离有莘国都并不远，第三日伊挚就到了。

伊挚走在商都的街上，处处民风淳朴，街道整洁干净，人们生活得积极而从容。

"看来商国国君果然是位明君。"伊挚心里想着。

伊挚住进驿馆之后，派人到商国的玄鸟堂请求拜见商国国君。

夜逐渐深了，外面变得安静下来，伊挚思考着天乙国君到底是一个什么样的人呢，希望能顺利完成这次使命。

伊挚躺在床上闭目凝气，杂念慢慢消散，迷迷糊糊地不知过了多久，感觉到一阵晃动，赶紧睁开眼睛坐了起来，四处一看，发现自己正坐在一艘小船上，小船漂在如镜的水面上，四周出奇地安静，没有流水的声音。

"这是哪里呢？是在做梦吗？"

伊挚向四周看去，只有自己一个人，远处一片朦胧，什么也看不到。水面很亮，抬头向上看去，天空中一轮明月出奇地大。

"这里难道是天河吗？"伊挚疑惑起来。

水面散发着柔和温暖的光，不像是月光，伊挚感觉身后更加明亮，好奇地转过头来。

只见远处红光万丈，一轮红日挂在水面之上，散发着温暖的光芒。伊挚大吃一惊。就在这时候，船开始摇晃起来，好像随时要翻了。伊挚险些摔倒，四处去寻找船桨，却什么也找不到。

"日月怎么会同时在天空中发着光呢？不对，这一定是在做梦！"伊挚伸手对着空中乱抓，手突然抓到了什么柔软的东西，用力一扯。

一切都消失了，伊挚睁开了眼睛，手中正抓着自己的被子，四周一片寂静，窗外依旧是漆黑夜色。

"原来是一场梦！"伊挚松了一口气，从梦中醒来，"这梦预示着什么呢？日月为明，是说商国国君天乙是一位明君吗？"

天亮之后，大商传来了消息："有莘使者，今日去玄鸟堂朝拜我家大王！"

伊挚命人抬着准备好的礼物，奔商王府而去。

远远地就望见了白色玄鸟旗在迎风招展，不张扬却透露出一种肃杀与威严，走过大门外面宽大的广场，仰头看到坚固的城楼上面站着威武的士兵。

进入大门是一个院子，环抱粗细的两株古柏已经几百年了，玄鸟堂屋檐上飞翔的玄鸟图腾古朴中暗暗透着一种力量。

伊挚穿过厚重的木门走进大堂。大堂里面灯火通明，群臣都站立在两侧。商国的玄鸟堂并不高大奢华，朴素的梁柱粗壮中透着一种王者的威严。

伊挚慢慢向前走，有人对他微笑示意。伊挚心里稍微放松了些，商国应该不是一个难以交往的国家。

大臣们望见一个青年走了进来，身后好几个仆人抬着一个大鼎，还有人抱着炭火。大家面面相觑："这个使臣怎么如此年轻，身后还抬有大鼎。今天应该不是祭祀的日子吧？！"

伊挚慢慢走近天乙的王座，终于看清了天乙国君。

大堂正中端坐着一位高大的男人，面色白皙，几缕长髯潇洒地垂下，颇有国君的威仪。白色的朝服下面依旧能看出若隐若现的肌肉，能看出天乙是一个孔武有力、身手矫捷的人。伊挚感到天乙威严中又流露出一种平易近人的和蔼，给人一种亲和的感觉，就像以前就相识似的。

这时候天乙也看清了伊挚，伊挚身后的仆人竟然抬着一个大鼎进入了玄鸟堂，天乙顿时神色大变。

"嗯？"

伊挚能够顺利完成任务吗？

第四章　风起青蘋

天命玄鸟，降而生商。

商国都城玄鸟堂内。

"拜见天乙大王，伊挚代有莘国君祝贺大王继位商国之主！"伊挚拜见了天乙，递上了有莘国君的国书。

天乙看完国书，问道："有莘使臣，后面的大鼎是贵国送来的贺礼吗？"

伊挚拱手行礼："正是，请允许在下在堂中烹制羊肉，供国君品尝。"

"哦，朕今日就尝尝你的羊肉！"

天乙来了兴致，走下王座，来到伊挚身边，观察伊挚带来的羊肉。

伊挚此刻离天乙很近，暗中观察：天乙天庭饱满，面色光洁白皙，胸前飘着几缕长髯，透着一股不怒自威、难以掩藏的王者气度。

"这礼物倒是新奇有趣，朕对厨艺也略知一二，你且做来。"天乙声音不大却很浑厚，带有男人特有的魅力，让人感觉绝非凡夫俗子。

大鼎下面的木柴燃烧起来，不一会儿大鼎中的水就开了，咕嘟咕嘟地冒起了泡。

玄鸟堂中烟气升腾，不知道的以为在举行祭祀呢。大臣们也觉得新奇，都朝伊挚这边望着。伊挚一面让下人控制火候，一边随时添加调料，用大木勺子翻动鼎中羊肉。

伊挚对天乙说:"食物都有本味,要美味可口就要去其腥臊膻臭。一要适当地利用水火木来烹煮,要注意火候,不可操之过急;二要把握好调味品投放的次序和分量,时机、方法和分寸都很重要;三要仔细观察鼎中之变,这样才能尽炊器之妙用。国君治理天下亦是如此。"

"说得有理!"天乙一听精神为之一振,目不转睛地盯着伊挚。

伊挚看到天乙听进去了,慢悠悠地继续娓娓道来。

"做不同的美食需要用不同的器具,烹全牛就必须用大鼎,用大鼎就必须用大火,大火必须有大柴,大鼎和大柴天下之内非常稀有。"伊挚说到这里停住,看了一下天乙。

"大材天下的确稀有!"天乙身姿更加挺拔,脸庞在火光中映衬得更加丰神俊朗,隐隐有王霸天下的气度,他已经听懂了伊挚话中的意思。

伊挚搅动着鼎中的羊肉,接着讲关于烹饪的见闻,却不再提起"天下"二字。转眼间,鼎中羊肉的香气已经飘满了整个大殿。

"好香啊!"大臣们纷纷赞叹。

伊挚给天乙盛上第一豆冒着热气的羊肉。

天乙尝了一口,不由得赞叹:"果然是美味,除了伊挚先生,天下恐怕没有第二个人能烹制出如此的美味。"

接着伊挚命下人给大臣都盛了羊肉,大臣们也都赞不绝口:"从来没有吃过这么美味的羊肉。"

"大王爱吃才是美味。同样是羊,这些是在下挑选的最活泼可爱的羔羊,在伊水边青草最鲜嫩的地方养成。这些羊每天快乐悠闲地在河边吃草散步,羊是开心快乐的,自然肉就是鲜美的。再加上在下独一无二的烹制方法,自然就是世间独一无二的美味了。"

天乙一口气吃光了豆中的羊肉:"哦,原来如此,在我商国也能天天享用这等美味吗?"

"大王的商国太小,不足以具之,只有天下的霸主才可以享用这样的美味。"

群臣听到伊挚竟然当着天乙的面说商国太小,顿时满堂哗然。

"哦?天乙愿闻其详。"天乙看伊挚似乎没有说完,就示意大家安静。伊挚等众人安静下来接着说：

"天下的三群之虫，长在水里的有腥味，吃肉的有臊味，吃草的有膻味。虽然有臭恶，如果烹调好了确实也是美味。味道的根本，水最为始。五味三材，九沸九变，火为之纪。时疾时徐，灭腥去臊去膻，必以其胜，无失其理。调和之事，必以甘酸苦辛咸，先后多少，其齐甚微，皆有自起。鼎中之变，精妙微纤，口弗能言，志弗能喻。若射御之微，阴阳之化，四时之数。故久而不弊，熟而不烂，甘而不浓，酸而不酷，咸而不减，辛而不烈，淡而不薄，肥而不腻。肉之美者：猩猩之唇，獾獾之炙，隽燕之翠，述荡之腕，旄象之约。流沙之西，丹山之南，有凤之丸，沃民所食。鱼之美者：洞庭之鱄，东海之鲕。醴水之鱼，名曰朱鳖，六足，有珠百碧。藿水之鱼，名曰鳐，其状若鲤而有翼，常从西海夜飞，游于东海。菜之美者：昆仑之苹，寿木之华。指姑之东，中容之国，有赤木玄木之叶焉。余瞀之南，南极之崖，有菜，其名曰嘉树，其色若碧，阳华之芸，云梦之芹，具区之菁。浸渊之草，名曰土英。和之美者：阳朴之姜，招摇之桂，越骆之菌，鱣鲔之醢，大夏之盐，宰揭之露，其色如玉，长泽之卵。饭之美者：玄山之禾，不周之粟，阳山之穄，南海之秬。水之美者：三危之露，昆仑之井，沮江之丘，名曰摇水，曰山之水，高泉之山，其上有涌泉焉，冀州之原。果之美者：沙棠之实，常山之北，投渊之上，有百果焉，群帝所食，箕山之东，青岛之所，有甘栌焉，江浦之橘，云梦之柚，汉上石耳。"

伊挚口若悬河滔滔不绝地说着，却都是天下美食，没有再提天下和商国。

商朝的大臣都听傻了，天下原来有如此博学之人，而且如此年轻。

"天下如此多美味，如何才能得到呢？"天乙也听得出神了。

"所以致之者，青龙之匹，遗风之乘。非先为天子，不可得而具。天子不可强为，必先知道。道者止彼在己，己成而天子成，天子成则至味具。故审近所以知远也，成己所以成人也。圣人之道要矣，岂越越多业哉！"

天乙听到天子二字，心中一震。伊挚似在说美食，又像是在说天下。天乙入神良久，回味着伊挚话中的意思。

天乙早就听说有莘国的伊挚是位贤人，却一直不知如何才能相见。今日堂中一见，真的是大贤，心中思忖着："这样的贤人如能为大商所用，必为朕的臂膀。"

伊挚讲完之后，天乙双手一拍："伊挚先生果然是天下的大材！"

"大王过誉了，伊挚不过是有莘的厨师，今日只是为大王烹制一份羊肉而已！"伊挚不再多说，收拾起了大鼎。

群臣议论纷纷："这使臣真是奇怪！"

伊挚知道目的达到了，拜别之后便回了驿馆。

众人散去之后，天乙回味着刚才羊肉的鲜美滋味，心中一直想着伊挚的话。

子夜时分，天乙辗转反侧，难以入眠，不知过了多久，天终于亮了。

"彭，给我备好马车，朕一早要出门！"天乙让人把御手彭喊了起来。

彭给天乙准备好了马车，马车沿着城内的大街出发了。

"大王您这一大早要去哪儿？"彭很好奇。

"朕去拜见有莘国的伊挚先生。"

"大王，伊挚在有莘国不过是个奴隶。如果您一定要见他，只要下令召他过来问话，他就已是蒙受恩遇了！"

"你有所不知。如果现在这里有一种药，吃了能让朕的耳朵更加灵敏，眼睛更加明亮，朕一定会努力地去得到它。如今伊挚先生对于商国，就好像这种药！"

"就那个在朝堂上做羊肉的伊挚吗？那大王也不能不顾尊卑独自一人去一个有莘使臣居住的驿馆啊！"彭依旧对伊挚充满了不屑。

"你不想让朕去见伊挚，是不想让商国日益强大吗？朕看你去了可能会怠慢伊挚先生，朕还是自己驾车吧。你赶紧下车！"

"大王！"彭还想说什么。

"下去！"天乙已经坐在了御手的位置，从彭手里接过了缰绳，"你回去吧！"

"大王，这是怎么了？"给天乙当了多年御手的彭迷茫地站在路边，完全不知道做错了什么。

天乙驾车到了驿馆。看到天乙亲自驾车前来，驿馆的人急忙迎接，在门前跪了一地。

伊挚听到外面有动静，看到天乙已经大步走了进来。

"大王，您怎么来了？！"伊挚忙把天乙君主引入屋内。

一番礼让之后，天乙说："伊挚先生不必客气，今日天乙是孤身前来，不要拘泥于礼数尊卑，朕今日是作为学生来向先生请教的。"

"大王这是折煞伊挚了。"伊挚躬身谦让。

"堂上听先生一席话，天乙茅塞顿开。朕正想向先生请教，诸侯争斗日烈，不知商国该如何自处？"天乙开门见山。

"大王要做一个素王！"伊挚已经明白了天乙的来意。

"素王？"天乙听了，若有所思，良久道，"天乙愚钝，还请先生指教。"

伊挚道："大王可知道九主之说？"

"九主？"天乙迟疑了一下。

"天下的王分为九主，即法君、专君、授君、劳君、等君、寄君、破君、固君、三岁社君。"

"哦，天乙愿闻其详。"

"法君，就是法度严厉，百姓臣子都严格遵守法度，条理有之，灵活稍差。专君，就是独断专行，不任贤臣也。授君，谓人君不能自理，而政归其臣也，大禹晚年不得不将政事交给益便是如此，好在启帝最后拨乱反正，打败了益，重掌大权。劳君，谓勤劳的君主。等君，等者平也，平均分配，赏罚不明，但是大家都得到好处，平安相处，就是老好人的国君。寄君，就是寄人篱下，没有实权的君主。破君，不用说了，身死国灭的君主。固君，就是固守城池，倚靠军士守国，而不修德行。三岁社君，就是还是小孩子就当了君主。我们夏朝太祖大禹，正是一个法君、劳君、等君。"

天乙听得入了神，伊挚讲完良久方回过神来。

"先生觉得天乙是哪种？"

"大王如今哪种都还不是，这个九主之说伊挚还需要重新梳理分类，他日大王如果坐拥天下，伊挚再为大王细说九主之事。"

"坐拥天下？伊挚先生不要取笑朕了。"

"大王，来日方长，如今大王应先做好素王！"

"素王？"

"素王，就是人心之王，虽然没有实际名号，却已经势同王侯，行使天子之事，天下百姓也像敬仰帝王一样尊敬服从他。黄帝还不是天子的时候，便已心怀天下，征伐无道的部落，得到天下人的敬仰，终被拥戴为天下共主。当今之世，大王想独善其身，唯有行黄帝之道，做一个人心之王！有朝一日，大王必成黄帝一样的不世功业！"

天乙连忙说："国家富强是天乙的职责，如今夏天子英勇威猛，黄帝之道，天乙不敢妄言，如果天子知道天乙有天子之心，那天乙还能有命吗！"

"大王不要着急，今日只有你我，但说无妨，天下之势需待以时日，大王先要让商国民安。现今，前有葛氏，上有豕韦、顾，下有昆吾，此皆虎狼之辈，而商国都城城不高池不深、三面距河，常有水患，且不说进取天下，只怕祖宗之祀都难自存。"

"啊！先生可有破解之法？"

"都城七十里外，便是古帝喾的都城亳，亳城郁郁葱葱，连有莘压葛氏，可进可退，又是帝喾古都，豕韦、顾、昆吾都会敬仰有加，轻易不敢冒犯。大王是黄帝和帝喾后人，商国何不迁都亳城，行王政以救天下之民，强大商国？大王在亳城只需修交通、恤万民、任用有才能的人，自然就会人才云集、政通国强，然后静待时机，自然天命所归！"

天乙听完了，站起身来，直接对着伊挚拜了下去："多谢先生指点！天乙愿请先生为我的尹相，不知先生可否垂青？"

伊挚也起身拜了下去："伊挚实在承受不起国君这等厚爱，伊挚这次来到商国，还有一个使命！"

"先生有什么使命，朕一定帮先生完成。"

"听说大王还未迎娶王妃？伊挚此次正是为了和亲之事！"

天乙沉吟道："和亲？"

"伊挚正是替有莘国君来与大王商讨在下的主人有莘王女和大王和亲之事。"

天乙说："久闻有莘王女贤良端淑，蕙质兰心，品貌都是上乘，天乙自忖不配。如有莘国君有意，天乙自是愿促成此事。"

"大王有意，伊挚此次出使就可完成有莘国君的心愿了。"

天乙恍然所悟说："有办法了，朕可求有莘国君让先生一起和亲过来，也不用朕大费周折了，就是不知道有莘国君能否割爱。"

"伊挚会追随王女而来！"

天乙和伊挚相谈良久，最后伊挚把天乙送到驿馆外。

"朕今天甚是开心，回去朕自当设下厚礼作为聘礼，去有莘国求亲。"

"多谢大王，在下总算能够完成我家国君交付的使命了。"

此时伊挚和天乙的心中都充满了快乐，未来的路上有了彼此，从此人生便不再孤军奋战。

天乙心中澎湃激荡，商国自此有了强大的希望，先祖君主被他国杀害的耻辱再也不会出现。

驿馆内的池塘上布满了细细碎碎的青蘋，微风吹过，青蘋荡起了一层层涟漪，远远扩散开去。

第五章　王的婚礼

有莘国。

有莘王女在房间中一会儿坐下，一会儿站起来，摊开案几上的竹简，双手不时揉搓着自己的发辫，一个字也没看进去，在房间中转了几圈，更加坐立不宁了。不一会儿王女快步走了出去，穿过院子走进一间宽敞的房间，粗壮结实的有莘国君正在整理盔甲上的牛皮。

"父王，伊挚什么时候回来啊？"王女心中从未如此焦急过，她很多天没见到伊挚了。

"快了，应该就要回来了！"这几天有莘国君被王女问得也不知道如何安慰这个宝贝女儿了。

又一个黄昏，王女不由自主地散步到了和伊挚最初相识的伊水河边。

夕阳温暖的光笼罩着大地，碧草萋萋，水面有水鸟飞过，河边有人在放羊。

"伊挚？"王女揉了揉眼睛仔细看了下，却是一个老人。没有了伊挚，风景再美也没有了意味。王女不得不承认她是在思念伊挚，原来自己是那么依赖他，没有他在身边是如此地六神无主。

远远的一行人沿着伊水边的道路而来。最前面一匹白马上一人，夕阳在他的身上布满了柔和温暖的光芒，一切恍若在梦中。

笑容开始在王女脸上绽放，她不顾一切地跑了过去，一边跑一边挥着手："伊挚！伊挚！伊挚！"

风吹起了王女的长发，衣裙在风中飘动着。

"啊！是王女，她正在呼唤我！"伊挚也远远地望见了王女，心口一热，几乎是从马上摔了下来，朝着王女跑过去。

"王女！伊挚回来了！"伊挚跑到王女面前，赶紧伏身行礼。

王女一把托住了伊挚。"伊挚，你回来就好了，看你头上的汗。"

王女伸手给伊挚擦了擦额头的汗，抚平伊挚那被风吹乱的发丝。"父王说你出使商国了，一切都还顺利吧？商君是否愿意帮助我国抵御昆吾呢？"

"启禀王女，一切都顺利。"伊挚不愿多说出使的事情。

其他人远远退开，只剩下他们两个人，王女拉着伊挚的手再也不撒开，生怕伊挚又消失了。

两个人就如初识时候那样，在河边一起走着。

"我一直以为你和我一样是个孩子，这次出使，你已经像个大人了。"

"王女，不管愿不愿意，我们早晚都要长大。"伊挚无奈地感慨。

王女絮絮地说了这几天读书，如何朝仆人发脾气的事情，以及还是伊挚如何聪明细心，其他人都没法和伊挚比，等等。

伊挚默默听着，偶尔不经意地看下王女因兴奋而微红的脸庞，王女靠着伊挚，随风飘动的发丝不停地拂到伊挚的面颊，弄得伊挚很痒。

伊挚回到有莘国，便向国君回禀了出使的经过。有莘国君大喜。伊挚婉拒了国君的赏赐，回到了王女身边。伊挚每天就是静静地看着王女。

平静美好的日子总是那么短暂，不久商国求亲使臣就携着聘礼到了有莘。王女终于知道了和亲的事情，在父王那里大哭大闹了一通，发了疯似的跑了回来。

王女看到伊挚，还没等伊挚说话，便狠狠扇了他四个耳光，王女的手顿时就红了。

"和亲！是不是你一开始就知道？是不是你给父王出的主意？你一直瞒着我，一直在骗我。"

"王女，你再打手就疼了。我不告诉你是为了让你能多些快乐的日子，既然早晚都会知道，为什么要早知道呢？王女迟早要出嫁的，而且会嫁给一个国君或者王子，商君不是最好的归宿吗？"

"既然早晚要嫁，为什么是现在，我要继续陪在父王和你身边！"

"王女，我们都长大了，不是小孩子了。现在只有你能够挽救有莘国，你忍心看国君亲自出征吗？有莘根本没有实力和昆吾对抗，你那么冰雪聪明怎会不明白？"

王女沉默了，默默地抽泣。

伊挚拿出一面铜镜："王女，这是我母亲留给我的，现在我把它送给你，王女想伊挚的时候拿出来看一下，就会觉得伊挚就陪在王女身边，伊挚也会知道王女在想我。"伊挚勉强抑制住内心的伤感，从怀中取出他最珍爱的铜镜。

王女双手接过，镜子古朴厚重，背后一圈有天干地支，中间是古老的两个字"归藏"，镜身周围还布满了更细碎的小字。

"归藏，这是你母亲留给你唯一的物品，我一定好好替你珍藏，这样我就不担心你离我而去了。"王女把铜镜收入怀中。

"王女，我只是一个奴隶，我们是永远不可能在一起的，国君是不会让你嫁给我的。况且有莘国现在危机重重，只有王女能帮助国君了，伊挚将作为你的嫁妆随你嫁入商国，我还会经常陪在王女身边的。"

王女看着伊挚，脸上晶莹的泪珠噗噜噜地滚落。

伊挚吹着埙，心绪在呜呜的声音中蔓延飘远：多想，有你陪我看这静美的晚霞。和你携手在这晚霞中散步，看我们的孩子，在这光晕中欢笑着奔跑；多想，以后所有美丽的风景，都和你一起欣赏，因为最美的风景，在彼此深情凝望的眼中；多想，唱一首古风给你，从此感动的不再只有自己，可以从身后抱住你，在你耳边说着呢喃细语；多想，每夜看你甜甜入睡，可以一直握住你的手，暗夜中能够亲一下你的额头，梦中也能够闻到你的发香。但我只是你的嫁妆。

王女仿佛听到了伊挚的心声，王女发现只有在伊挚面前自己才能那样无拘无束，如今那些天真烂漫的日子已经是奢望了。

"我随王女出嫁，国君命我到了商国好好照顾你。我一定不辱使命！我会永远守候你的，无论我们能否相见。"伊挚说。

"伊挚，你永远不要离开我。"王女抱住伊挚的肩头哭了起来，伊挚感到肩头一阵湿热，是王女的泪水湿透了伊挚的衣服。伊挚胸中不由得一阵大恸，身子摇晃了一下。王女和伊挚那些快乐纯真的日子再也回不来了。

王女出嫁的日子还是到了。

有莘国君几乎倾尽所有给王女备足了嫁妆，这个嫁妆当然包括伊挚。

王女在有莘国君的怀里哭了良久，终于含泪上车。浩浩荡荡的和亲队伍出发了，各种装嫁妆的大木柜子装了十几辆马车，陪嫁的奴隶仆人就有好几十人。

有莘国君派了几百勇士护卫和亲队伍，所到之处百姓纷纷夹道观看，都想一睹王女的芳容。

一路上，伊挚和王女都希望队伍走得慢一些，但是有莘国和商国离得并不远，几天之后就已经进入商国的地界。

如今商国已经迁到新都亳城。当巍峨的商都城出现在地平线上的时候，伊挚长舒了一口气。

远远的商的白色玄鸟旗在招展，天乙早就在等候迎接王女了。

"王女和伊挚先生一路辛苦了。"天乙出现在迎接队伍的最前面，此刻的威仪告诉所有人这是王的婚礼。

婚礼之前是盛大的祭祀和贞卜仪式。

子棘是商国的元老，天乙的老师，正举着一块龟甲在火上烤着。

王女和伊挚都感到商国和有莘不一样，从大臣的风度以及士兵的气势都能感觉得出来，商国的实力的确要比有莘强很多。

商国人民崇拜祖先、鬼魂、神灵和山岳河流。无论大事小事，从战争征讨到疾病婚嫁，都要通过隆重的祭礼典礼进行贞卜。祭祀是国家的第一要事，比军事和政治都重要。商国通过乌龟的腹甲贞卜，结果会隐含在龟甲的裂纹中。

"王的大婚大吉！"子棘老师苍老低沉的嗓音，让所有人欢呼。

祭祀完毕，今夜是王的大婚。

雄伟气派的玄鸟堂到处都是红色的装饰，红烛照亮了每个人的笑容。盛大的婚礼，樽爵里面盛满了美酒，鼎中装满了伊挚亲自做的美食。

主持婚礼的子棘高声吟唱："绸缪束薪，三星在天。今夕何夕，见此良人。子兮子兮，如此良人何！绸缪束刍，三星在隅。今夕何夕，见此邂逅。子兮子兮，如此邂逅何！绸缪束楚，三星在户。今夕何夕，见此粲者。子兮子兮，如此粲者何！"

鼓乐齐鸣，琴瑟和谐。这是一个令所有人狂欢的日子。

天乙春风满面，脸上洋溢着笑容，接受着满朝贵族和大臣的朝贺。

宴席之后，天乙和王女被众人拥着送入了寝宫。人们送上了美好的祝福："南有樛木，葛藟累之。乐只君子，福履绥之。南有樛木，葛藟荒之。乐只君子，福履将之。南有樛木，葛藟萦之。乐只君子，福履成之。"

那一夜，伊挚第一次喝醉了；那一夜，群臣散去，伊挚依旧没有走。伊挚是王女的奴隶，晚上可以住在宫中自己的房间里。所有人都散去了，依旧是伊挚的埙声，竟然有了一种呜咽的感觉。

这时候有人递过一个酒爵，伊挚抬头一看是天乙。

"大王怎么会在这里？"

"我知道先生没有尽兴，天乙陪先生继续把酒当歌。"天乙举起了酒爵。

"国君大喜之日应该陪王女，何故来此？"伊挚问。

"天乙得王女自然开心，但得先生更是大幸。今宵就你我二人喝到天明，不用去管君臣之礼。"

伊挚明白天乙有很多事情要和自己谈，他来商国当然不是只做陪嫁的，他的未来也决定着有莘王女和有莘的未来。

王女也是一夜未眠，独自一人对着红烛，眼泪也不由自主地淌下来。她不敢哭出声音，因为只有自己安心地嫁给商君，有莘国和商国联合起来，父王的有莘国才能不被昆吾吞灭。

堂上天乙和伊挚都已经微有醉意。

伊挚问天乙："大王，商国的粮食收成如何？"

天乙说："百姓安居乐业，日出而作，日暮而息，春种秋收，商国百姓都能穿暖吃饱。"

"那国家储备的粮食又如何，可有三万将士三年征战的军粮？"伊挚接着问。

"商国何来三万将士，商国的粮食只够商国四千将士一个月食用，朕爱惜百姓，不愿苛征暴敛。"天乙有点儿不好意思了。

"大王仁义，故百姓爱戴，众心所归。但若与邻国开战，鏖战超过三月，我军无粮，岂不是必然失败，有亡国之忧？大王如果到时候再强征粮食，定会丧失民心。人民流离失所，国家危矣。"伊挚平静地说。

天乙出了一身冷汗："先生一语惊醒梦中人，敢问先生有何良策？"

"国君应推行井田制！"

"井田制？什么样的井田制？"

"八户人家共同耕种划成井字形的九块田地，中间一块是公田，大家轮种，收成属于国家，边上八块分属八家，收成自有。国君意下如何？"伊挚说。

天乙想了一下，突然击掌而起，说道："中间属于国家的粮食由八家共同耕种，如果靠近哪一家那边庄稼种植得不好，我们就惩罚哪一家，大家必然齐心为国家耕种，就像耕种自己家的粮食一样。而且中间的土地本身就是国家的，所以不存在征敛百姓的问题，这样国家粮仓不出三年必然丰盈。先生这个办法实在是好，而且不用朕派人监看，只需收获的时候去收割，而且实现了百姓自我监督，人人都会努力为国家耕种。"伊挚看天乙听懂了，举起了酒爵。

天乙却起身对着伊挚拜了下去："先生解决了天乙一个最大的难题，得先生真是商国之大幸，百姓之福，我替商国百姓感谢先生。"

伊挚赶忙起身，说道："大王，你我君臣不必如此。我如今已随王女嫁入商国，便已是商国之臣，定当竭尽心力辅佐国君成就霸业。如今国家要强盛，什么最重要？"

天乙说："军队？"

伊挚说："是人口和百姓，如果没有众多的百姓和人口，军队也会因没有兵源而衰弱。大王一定要让商国的百姓越多越好！"

"商国就那么大地方，那么多人，如何才能让百姓越来越多呢？"天乙问。

"男人四十而无子者，则许另娶一妾，或前妻去者，再娶妻。五十无子者，则许养他人子，帮助其种田。男子三十而不娶，女子二十而不嫁，或者嫁娶一味索要彩礼的，轻者可以剃光他们父母的头发，严重者知错不改的可以削掉鼻子作为惩罚。"

"削掉鼻子，这也太残忍了吧！"天乙吃惊地看着面前这个文弱的伊挚先生。

第六章　九主素王

商国亳城，天乙和王女的大婚之夜。

已是凌晨时分，玄鸟堂上的红烛都已经燃掉了一半，时不时噼啪闪着灯花，大堂上依旧有两个男人在喝酒。天乙没有陪伴自己新婚的王女，而是和伊挚在这里彻夜共饮，畅谈天下大势。

伊挚给天乙爵中斟满酒，说："大王，当然不会真的削掉很多人的鼻子，削掉一两个人的倒是有可能的，如此百姓才能知道大王法典的信用，所有人才会遵从，也就不会有人被削掉鼻子了。"

"哦，那就好，那就好。"

"男人三十岁，女人二十岁还不结婚的，必须找人结婚，否则就要罚钱，其父母要受髡（kūn）刑剃光头发，或者劓（yì）刑削掉鼻子。这样百姓就都要忙着生儿子了。大王意下如何？"

"啊，剃光头发比削掉鼻子好，人如果没有鼻子和头发走到大街上，哈哈哈！"天乙笑了出来。

"国君莫笑，虽然有趣，但这是国家大策。父亲早亡的，弟弟到了三十岁，哥哥必须为他张罗婚事。男人结婚之后要告诉当地的首领分给他新的耕地。生的人多，种的田自然就越多。种田一般需要用到三个劳力，兄弟或者父子之间可以互相帮助，或者邻里之间互助耕种。一家人最多可生九个孩子，孩子多的，可以过继给无法生孩子的,或者入赘于有女无子之家,让其有后,这样我商国就无鳏寡孤独之民了。"

"先生说得有理!"

"每里之中要设一学立一师,举一里中之贤士为之,教一里之子弟。而设一义廪于里学之旁,举一里中长厚耆老管理仓廪,十井之民要把每岁所贡租粟运到里廪,里长验收之后收入仓廪。国家如需要用粮食可以从里廪中取,国家取剩下的就是义廪。如果发生旱涝灾患,无依无靠的人,如果年幼可养于新受田地且人口少的民众家,如果已经成年可到国中作坊做学徒,年老的就用义廪供养起来。井田之外居民庐舍之间,可以种植桑麻菜果等。春耕时节大王要派人考察百姓是否有牛耕种土地,粪力是否有不足的,如果缺少的就要帮助补上。秋天收获的时节大王要去考察百姓的收成,收成如果不够一家人一年的口粮,大王就要补助救济。遭受不幸不能劳作的百姓,无家可归的老人都可以住在里廪之旁,用每年结余的粮食供养起来。禁止民间买置玩物巧奢之器,不许多为末作。丧有哭泣衣木,而无饮食;嫁娶有布缕,而无币帛。民家则会三年余一年之粟,九年余三年之食。到那时大商就有足够的军粮了。"

伊挚说了许多,此刻停下来饮了一口爵中的酒。天乙坐在那里望着远方良久一动也没有动。

"伊挚讲了这么多,大王是否听得有些发困了?"伊挚微笑着看着天乙的反应。

天乙正在沉思,听伊挚问忙说:"先生所言博大精深、思虑缜密,常人难以企及,天乙刚才一直跟着先生所说在思索,如今已经豁然开朗!"

"大王没有听得发困就好。"伊挚向天乙敬酒。

"我们这酒越喝,头脑反而越清醒了。朕现在感觉天地都明朗了起来!哈哈!"天乙举起酒爵,声音洪亮透着兴奋,哪里有半分困意。

伊挚也笑了,天乙看来真的听懂了他的话。"大王,那我们继续。不知如今村落中首领是如何产生的?"

"这个,天乙也不清楚。"

"伊挚建议每里之师是为下士。其有成德令闻者选以为学于都中,观礼乐刑政事，是为中士。五里为一邑。邑有元土之令德者，又举为大人。七十里之国：十四邑长，十四邑师，七十里学师，七十里一长。以教治其士民。"

"如此选出的首领必是可靠之才！"

"商国目前主要作物是谷子、黍子和稻米，高粱也要加大种植面积，其实高粱是重要的军马口粮，粮食的收成也会随着上升。"

"先生真是博学，对农耕也如此精通。对，大商还要多多饲养战马。朕甚是喜爱骏马。"天乙道。

"大王刚才说，商国上下四千将士，据我所知昆吾的军马应该过万人。商国恐怕是无法与其匹敌的。有莘国君，您的岳父大人饱受昆吾国欺凌，商国如果总是袖手旁观，恐怕国君夫人也不会答应吧。"伊挚说完微笑着看着天乙。

天乙脸上有点儿尴尬："呵呵，天乙知道夫人和先生主仆情深，但商国国力目前只能养得起四千将士。"

伊挚继续说："商国有了生产粮食之法自然可以多招募士兵，还要鼓励百姓生育，人口兴旺国家才能强盛。"

"百姓开垦耕种的田越多，收成自然就越多；收成越多，自然养的人就越多。到时候商国士兵就可以成千上万地增加。生产和人口国策都有了，商国强盛指日可待。"天乙已经踌躇满志了。

"只是国家富足是不够的，强大国家必须有所向披靡的军队，大商还要强兵。这方面大王自是天下无双，只请大王多加用心。"

"若论征战，朕自认天下罕有对手。朕精通阵法，可使纵列进退有度。朕尤好骑射，麾下士兵个个都是骑射好手。朕会严加训练，将我军将士训练成为虎狼之师。"

"如此大王大事可成矣。大王要常把伊挚所说的九主素王之说记在心底！"

"哈哈！有先生在身边，真乃天助天乙。"

两人的笑声远远地从玄鸟堂传了出来。

宫中的侍卫宫女都偷偷笑了："自从伊挚先生来到商国，大王连笑声都多了起来。"

有莘王女成了商的国君夫人，亳城内欢庆多日。

玄鸟堂中大朝，伊挚站在天乙身旁。

"朕今日要拜伊挚为大商的尹相！"天乙低沉的声音带着不容置疑的威力。

大堂内顿时一片哗然。

商国的大臣们虽然见识了伊挚鼎中羊肉的高论，知道伊挚的才华，但对天乙把伊挚拜为尹相这件事，依旧不太服气。

商国两个重臣汝鸠、汝方从小和天乙一起长大的，心中很不服气，二人为商国的卿士，地位这次竟然排在伊挚后面。

"这个伊挚是出身高贵，还是能够打仗，或者能够铸造战车呢？难道只是因为当了国君夫人的奴隶就能当尹相？"

汝方和天乙一起长大，心里想什么就对天乙说，此刻朝堂之上也是毫无顾忌。

"伊挚先生之才足可匡扶天下！"天乙不容置疑地说。

天乙对着伊挚一拜，把大商尹相的官服和印信交给了伊挚。

伊挚伏在地上行了稽首礼，伊挚正式成为大商的尹相。

天乙对伊挚很尊重，大臣们也只得对伊挚敬而远之，等着看这个伊挚到底有何才能，能够配得上这个商国第一大臣的位置。

时光如梭，一年过去了。

散朝之后，天乙和伊挚商议强国之策。

这时候门外传来一声通报："天子使者到！"

天乙和伊挚同时诧异："天子？！"

暖春午后的大夏王邑斟鄩。

阳光温暖和煦地照耀着王宫花园中各种盛开的鲜花，绚丽的蝴蝶在花丛中飞来飞去，履癸和洛元妃坐在凉亭中饮酒赏花，花园中一派旖旎风光。

洛元妃除了女红之外，最大的爱好就是赏花了。走在花园中，总是让人觉得赏心悦目。而履癸觉得花园的景色再美，也美不过洛元妃。

冷若冰雪的洛元妃会让所有男人望而止步，只有征服天下的天子才配得到洛元妃。花和美人已经足够让人心情舒畅，但对履癸来说还得有美酒。

洛元妃端庄秀丽举世无双，为天下女子的典范。

履癸也很欣赏洛元妃的美，但洛元妃高高在上的感觉让履癸像个要犯错的学生，总是有点儿不自在。

　　"今日春光上好，大王与我去花丛中的小径走走吧。"洛元妃说。

　　两个人在花丛间走着，蝴蝶在姹紫嫣红的花朵中上下翻飞，开得正艳的芍药花如美人的面庞，层层的花瓣柔软鲜嫩。

　　洛元妃轻轻拈过一枝花，在鼻子下轻轻闻着。"大王，你看这花朵多好看。"

　　履癸也凑过脸去，元妃的脸庞被花朵映照得娇红鲜嫩，履癸心里不禁一荡，洛元妃头上金钗的珍珠坠子在脸旁晃来晃去，履癸情不自禁地在洛元妃的脸上亲了一下。

　　洛元妃倏然正色道："大王，注意威仪，您可是堂堂天子！"

　　"夫人，朕每天在臣子面前端着威仪已经够累了。这花园中就你我二人，你看流蝶翩翩起舞，你我也在这花园中流连嬉戏岂不开心？"履癸说。

　　"夫君既为天子，就当任何时候都要有天子威仪，岂能有狎昵放浪的行为？！"元妃一本正经地说。

　　履癸顿时兴致全无，回到凉亭中独自喝酒。"这个女人怎么这样呢，都说冷艳的女人只有在自己心爱的男人面前才能变成热烈的火焰。朕怎么就一直没有感觉到过元妃热烈的爱呢？在外人面前清高，在朕这里依旧是冰冷。"履癸困惑了。

　　在软玉温香的寝宫中，更是不要奢望洛美人会有什么让你兴奋的事情，不过，没有男人不被洛元妃那冷艳的容貌吸引。高贵美丽端庄的女神，只有她才最有资格当这母仪天下的元妃。

　　履癸眼睛看着那端庄美丽的夫人，更觉得烦闷燥热了。

　　"朕需要一个能陪朕一起开心的女人，而不是一个和大臣们一样管着朕的夫人。"

　　履癸心中梦寐以求的女人要出现了！

第七章　大夏天子

王邑斟鄩宫中。

履癸一爵接着一爵地喝着酒，年轻的宫女紧张地在履癸周围伺候着。斟酒的宫女都不知道从樽中打了多少爵酒了。

"如此下去，谁还会把大夏当作天下共主！"

履癸心中恼怒，两道漆黑浓密的剑眉紧蹙着，一句话也不说。

周围的小宫女都战战兢兢地小心伺候着，这时候如果惹恼了履癸，可能立马被拉出去砍了脑袋。

大夏祖制天下诸侯每年要来朝拜天子，实在来不了的，也要把贡品凑足送来，天子当备礼物赏赐来朝的各国诸侯。

但自孔甲天子时，来大夏朝拜的诸侯就越来越少了，贡品更是不用说了。有的诸侯国干脆就当没这么回事，不来朝拜，贡品也不送来。

多年以来天下诸侯互相攻杀，大国吞并小国，天下逐渐形成了几个霸主。

昆吾是几百年的霸主。豕韦是新崛起的，到处征伐吞并弱小，一年比一年强大，风头无人能及。东方还有一个无声无息变强的商国，除了控制了黄河以南的大部分地区外，和当时东夷族关系密切，隐隐是东夷之主。

这三国都是大夏的方伯长，可以不经过天子同意征伐他国。

天下各个小国为了生存，都去朝拜这三个方伯长，而不来朝拜大夏天子了。

商国国君一直遵循礼制，按时来朝拜夏天子，这次又准时前来。

"主癸，这次征伐，商国准备出兵多少？"履癸要商国一同前往征伐。

"大王，商国目前只可以出兵五百。"

"速去准备！"

此时的商王是天乙的父王主癸，主癸是一个温良醇厚的人，主癸回到商国后病了，只得上书请求因病不能随履癸出征了。

履癸看到主癸的上书大怒。

"好你个主癸，竟敢装病，免去商国方伯长之位！"

履癸下令免去了商国的方伯长。

昆吾和商国一直是互相竞争的对手，此时商国失去了方伯长的地位，昆吾岂能放过这个打击商国的机会，趁机夺走了商国周边的大片土地。商国的疆域一下子只剩方圆百里而已，实力从此变弱了。

少年天子履癸四处征战。夏军看到了新天子的勇猛，跟随天子征伐，顺便也能得到不少战利品。履癸征伐了很多不来朝贡的诸侯，天下诸侯都知道了如今大夏天子的勇猛。但每年朝贡依旧有很多诸侯不来，大夏的天下共主的地位依旧名存实亡。

王宫中履癸又在饮酒，今天有洛元妃在旁边陪着。

履癸今日异常安静，完全不是往日那种坐不住的样子。

洛元妃缓步走到履癸身边，从酒樽中倒了一爵酒。

"大王可是有心事？"

履癸看了看不愿轻易说话的元妃，想这件事情也许可以和她说一下。

"天下诸侯竟然有不来朝贡的，朕定要亲自征伐这些不来的诸侯，不服者就地正法！"

洛元妃神色依旧如水。

"天子虽神勇，能征讨天下所有不来朝贡的诸侯吗？武力虽然重要，大王治理天下还是要靠德行。"

"德行？！"履癸看了洛元妃一眼，如果是大臣这么和他说，估计履癸早就开骂了。

"天子打败畎夷之后,诸侯已知天子神威,估计都在观望而已。"

"哦?如果不征伐?他们如何肯来?"履癸把酒爵往几上"啪"地一放。

"天子只需要重赏第一个来朝的诸侯就可以了。"

"重赏?"履癸好像明白了洛元妃的意思。

"爱妃所言极是!不愧是大夏的元妃。"

"妾愿大王重振我大夏神威。"洛元妃郑重向履癸敬了一爵酒。

大朝。

履癸端坐在王座之上。打败畎夷之后,满朝文武已经从心底把履癸当作了大夏的天子。履癸看着太禹殿中的群臣,王者的荣耀在心里荡漾开来。

朝中重臣为首的是左相费昌和右相赵梁。后面站着三正六事,车正掌管车服,庖正掌管膳食,牧正掌管畜牧,六事对应负责三正具体事务,这几位就是大夏的股肱之臣。掌管史书和天象的太史终古的后面是以姬辛、关龙逢为首的几十个卿士。

右边的武将中为首的身材不高,但派头十足的是扁将军,后面几位目中杀气外露的是熊、罴、虎、豹四大将军,一个个威风凛凛、杀气腾腾,都是履癸器重并信赖的兄弟。熊、罴二将军人如其名,块头是普通人的两倍,这二人直接压在人的身上就能把人给压死。

朝中左相费昌德高望重,须发已经花白,腰身却依旧挺拔,是群臣之首。

履癸双目如电、气度威严,双臂一晃能生擒虎豹,费昌心中暗想:"天子威仪不凡,是大夏之福。"

费昌上前启奏:"大王,按例又是各诸侯王来朝拜天子的时候了,豕韦侯孔宾已经来了。"

"孔宾?!"履癸应声,想着孔宾到底是什么样。

豕韦的国君孔宾留着长髯,脸上总是带着一股笑意,让人容易放松对他的戒备之心。

孔宾的嗅觉极其灵敏,在履癸征服了畎夷之后,知道如今的天子再也不是以前那样得过且过的样子了。

孔宾知道必须去朝拜天子了。

这天，孔宾对自己的儿子冀说："豕韦要去给大夏送贡品，我们要去朝贺天子了。"

"父王！大夏的天子只是个虚名而已，豕韦这么多年不去朝贡，不照样没事，只要不惹得天子纠集其他诸侯一起来讨伐我们，我们豕韦就不用搭理大夏。"豕韦冀依旧不以为意。

"豕韦去朝贡，对豕韦只有好处，没有坏处！准备出发吧。"

孔宾备好了进贡的礼物，率领大队人马朝斟鄩准备出发了。

豕韦冀说："父王，离朝会的日子还有一个月，我们何必这么早出发呢？"

孔宾一笑，说："冀，现在天子是最需要人的时候，谁最早来到天子身边支持他，谁以后就是天子最器重倚仗的人，以后豕韦国就能无忧了。如果怠慢了大夏天子，以天子的勇猛，亡国不是不可能的！"

"哦。"豕韦冀不再说话，孔宾留下了豕韦冀在国内代理国政。

半个月之后，豕韦使团到了斟鄩附近，便停了下来。

孔宾派人来请示天子。

履癸听到消息很高兴，就找来赵梁等商议。

赵梁对履癸说："现在诸侯都不来朝拜，大夏肯定是要教训他们的。如果仅靠我们自己的军队想要对付所有诸侯，恐怕很难，大夏必须借助别人的力量。现在豕韦来朝，对大夏来说，这就是一个机会。只要我们厚待豕韦，其他诸侯看到了，肯定会有越来越多的诸侯跟着来朝。届时大夏再率领来朝的诸侯去讨伐那些不来朝的诸侯，天下就再也没有敢不来朝贺的诸侯了。"

"梁相不愧为大夏的右相！"履癸听了大喜。

履癸派了宠臣姬辛去迎接豕韦使团。孔宾没想到履癸竟然派人来迎接，大喜过望。姬辛除了没有孔宾的野心，性格和孔宾很像，表面上从来不得罪人。很快两人就成了好朋友。

孔宾进入斟鄩，他很久没来斟鄩了，入朝尽礼，太禹殿外的九鼎显示着天下共主的威严。进入太禹殿内，一股王者之气压了下来，孔宾赶紧跪下。

"豕韦孔宾拜见大王。"

"豕韦贤侯孔宾来朝，堪为天下诸侯之表率！"履癸看到殿下一个精明的老者，进退有度，每一步都很得体。

履癸走下宝座扶起了孔宾。孔宾看到履癸态度谦和，还称自己为贤侯，大喜之下有点儿受宠若惊。

履癸设宴招待了孔宾，像先祖大禹那样举行了盛大的阅兵式。

孔宾看到履癸的两万近卫勇士，心中彻底臣服，豕韦再多人也没法和天子的这些勇士抗衡。

履癸送了很多珠宝给孔宾，正式赐封豕韦为方伯长，赐予豕韦征伐东部一带的所有诸侯的权力。

履癸礼遇豕韦果然起到了作用，慢慢地入朝的诸侯越来越多，昆吾也来朝拜了，昆吾使团同样看了场阅兵式。

昆吾历来就是夏的重要盟友，昆吾的国君牟卢也是一个尚武之人，入朝之后和履癸两人更是惺惺相惜。两人打猎演武，玩得不亦乐乎；夜晚来临二人就一起喝得酩酊大醉，成了要好的朋友。

履癸六年。

以夏朝旧制的名义，举行大朝。这次大朝是孔甲之后三世未有的盛况！

豕韦为首的东方一带诸侯全来了！昆吾为首的北方一带诸侯也全来了！商侯为首的东南一带诸侯全来了！还有和夏宗室沾亲带故的诸侯，基本能来的都来了。

大朝的日子到来了，天子履癸宝座后面是龙纹的屏风，左相费昌、右相赵梁等众公卿陪在左右；方伯长以及太史等三公的位置，在殿上中阶之前。

东方各部族在殿上东边台阶以东；西方各部族在殿上西阶的西边，面朝东以北为上；北方各部族在内门东边；南方各部族在内门西边。塞外荒远的方国以及一世来见一次的方国国君，都在正门靠近大门左右。

履癸端坐在宝座上，看着大殿内的诸侯王。

"众位国君，远方而来。今日大夏诸王齐聚于此，真是天下的盛会！"四方诸侯都一起躬身行礼。"大王盛德远播，四海臣服！"

履癸不但大宴诸侯，让大家吃好喝好玩好，还让自己的近臣到各个诸侯住处，设小宴和每个诸侯单独谈心，了解每位诸侯的喜好、能力和想法。

这可把赵梁和姬辛忙了个不亦乐乎，这两人也乐得如此，各个诸侯都知道这两人和天子关系最好，私下赠送各种礼物，两人收得不亦乐乎，都飘飘然了。

葛国的国君葛侯垠尚，一见到赵梁和姬辛顿时就像见到了亲人，这三人相见如故，天天宴饮歌舞，垠尚更以厚礼相送，大有相见恨晚之意。

费昌对履癸说："大王，如今各诸侯已知晓大王的神威，大王要统领诸侯只靠每年的朝拜是不够的。"

履癸望着费昌，问："费相有何办法？"

"要让各个诸侯把本国的尹相送入朝中为大夏效力。这样我们既可以更好地了解各国的虚实，大王的旨意也能更好地传达到各国，天下诸国就都在大王的掌握之中了。"

履癸点头，说道："让各国的栋梁之材都来大夏，费相此招果然高。本王即刻便派出使臣，要各国派出尹相来大夏为官！这样天下尽在大夏掌握之中了！哈哈哈！"

商国。

大夏使臣到达商国亳城的时候，伊挚正在殿中与天乙讨论国策。大夏使者进殿之后，天乙按照礼法迎接使臣。使臣拿出旨意宣读。

"各国国君派出贤臣入朝，襄助本王治理天下，为天下苍生之福，望各国君不负本王期望。天子履癸。"

天乙听完，陷入了沉思。

"国君，伊挚入朝吧。"

第八章 袅娜妹喜

阳光照在湖面上,湖光和天上的白云互相辉映,如同天空之镜,湖旁边是连绵的群山。这里就是薛国。

仲虺就出生在这里,小时候和小伙伴在湖里摸鱼戏水,慢慢长大,仲虺发现自己与其他小伙伴不一样。仲虺是薛国未来的国君,对于祭祀和青铜铸造技术都很感兴趣,各种手工做得让人叹为观止。

仲虺的先祖是鼎鼎大名的奚仲,奚仲在大禹时代发明了马车,被封为薛国的国君。

奚仲家族的薛国西北面就是有施,有施和奚仲家族世代友好,两国一直互相护卫。

有施国君有一个女儿。仲虺每次去有施的时候,这个小姑娘就会蹦蹦跳跳地跑出来,围着仲虺跳一圈舞蹈。

"仲虺哥哥,舞蹈跳完了,我的礼物呢?"

仲虺去有施的时候,每次都会为这个王女带一个自己亲手做的玩具,带门窗的小房子、能活动的小人、会跑动的小马车等。仲虺每次摆弄那些小东西的时候,小王女都会在一边崇拜地看着。仲虺把玩具交到有施王女手中,看着她在那儿摆弄这些玩具,也是仲虺最开心快乐的时光。

仲虺祖上从奚仲时就世世代代生活在湖边,从湖的这一边隐隐约约能看到对岸，仲虺从小就想到湖的对面去看一看，湖的对面就是商国。

仲虺很快青出于蓝，不仅继承了家族造车的本领，冶炼青铜的技术更是炉火纯青，制造战车武器等更是天下无双。几年之后，仲虺继承了薛国王位。

又是一个风和日丽的日子，白云悠闲地在天上飘着。

一队马车拉着一个巨大的东西，缓缓驶出薛国都城，上面盖着芦苇，看不出是什么，最前面一辆马车中坐着的正是仲虺，国君仲虺要出远门了。

仲虺的心中一直挂念着一个人，他要去看她。作为国君的仲虺再也没有那么多时间经常给有施王女做玩具，经常去陪有施王女玩乐，但是仲虺却越来越思念有施王女。仲虺决定送小王女一个特别的礼物，他想她一定会非常喜欢这个礼物，不会像别的玩具一样玩几天就觉得没有意思了。

到了有施之后，他又见到了熟悉的宫殿和依旧笑容满面的有施国君施独。

"仲虺，你当了国君之后好久没来了。"有施国君依旧把仲虺当成孩子，而不是以国君之礼相待。有施老国君一直很喜欢仲虺，心中早早就把仲虺当成了自己未来的女婿。他见到仲虺就笑得合不拢嘴——仲虺文武双全，又是大家族奚仲之后，仲虺制造的战车可是天下最好的，号称天下无敌。将来如果娶了有施王女，有施国和薛国联手，其他诸侯国就不敢轻易欺负有施了。

仲虺并不在意施独的随意，说道："国君，我这次给王女带了一件新礼物！"

"就知道你肯定惦记着她！你去后堂找她吧，她一直等着你呢！"

"这次的礼物比较特殊！请王女到湖边找我吧，我带的礼物在那里！"

"湖边？我这就派人去叫她。"

最近的日子，王女总是在不停地问有施国君："父王，仲虺哥哥怎么好久没来找我玩了啊！"

"你仲虺哥哥现在是薛国的国君了，哪有时间天天陪你玩啊？"

有施王女失望地噘着小嘴走了。

这一天，王女跳跃着来到有施国君面前，如同蝴蝶在花丛中飞舞。

"是仲虺哥哥要来了吗？"

"今天也许就能到了。你不要着急，父王也想见他呢！"有施国君安慰王女。

仲虺终于到了。听说仲虺哥哥终于来了，王女装扮好之后就奔了出来。仲虺在湖边等待着。突然看到一个美丽的女子走了过来，脚步轻盈如天上的行云流转，每一步都很有节奏，速度却很快。

女子慢慢走近了，身材显得更加颀长，耳环是美丽的彩色贝壳做的。雪白的颈项中一串美丽的珍珠项链，衬托出美人的珠圆玉润。

"这是谁呢？很像妹儿，又比妹儿高出一头，比妹儿还要美！"仲虺心里嘀咕着，不一会儿，女子已经走到仲虺面前。

"仲虺哥哥，你傻傻地看什么呢？你不认识我了？"女子向仲虺露出了他魂牵梦绕的笑容。

"妹儿，真的是你吗？！你长这么高了，变得这么……再也不是一个小姑娘了。"

这个女孩正是有施王女，名为妹喜。

仲虺有点儿恍如梦中，眼前的妹喜身材轻盈如燕，腰身更加修长，美得让人不敢去直视。仲虺竟然有些紧张了。

"仲虺哥哥，你总这么看我，我是变美了还是变丑了？"妹喜发现仲虺在看自己，故意打趣。

"当然是变美了，妹儿，你长大了，成了一个仙女了。"仲虺都不知道该怎么夸妹喜了。

"哼！我就知道我变丑了，你的话听着就没诚意。算了，我的礼物呢？"妹喜假装生气。

"妹儿，你是我见过的最美的女孩了！而且现在更美了，让人都不敢直视了。"仲虺一着急，就把心里话都说出来了。

有施国君不禁抿嘴一笑，其他大臣也在偷偷地笑。仲虺这才发现他忘了周围还有有施国君和其他大臣呢，赶紧说："请大王和妹儿看在下的礼物！"

"哦？大家一起去看看！"有施国君很高兴，唤群臣一起来到湖边观看。

仲虺走到湖边亭子的台阶码头边，湖中漂着一只轻舟，是用一根独立的木头雕刻而成的，又细又长，只能坐两个人。

"希望大王和王女喜欢在下的礼物！"

"这个小舟好漂亮啊！"众人赞叹道。

"哦，朕年纪大了不会划船，你们谁帮朕去划下！"

妹喜身边两名侍女自告奋勇去划这艘小船，两个人一上去，小船就不停地左右晃动。

"哎哟！哎哟！"两个人哎哟了半天，最终还是有一人落入了湖中。众人不禁哈哈大笑。

"大王这船太细了，根本不可能划啊！"侍女狼狈地从湖中爬了上来说。众人看着她们的狼狈样，笑得更开心了。

"大王，还是仲虺亲自来吧！"

仲虺缓步登上轻舟，轻轻坐下，小船左右轻轻漂动着，仲虺向有施国君伸手。

"大王愿同乘否？"

刚才落水的侍女赶紧劝阻："大王不识水性，太危险了。"

有施国君略微一沉吟。这时候一个轻柔的声音传过来："父王，妹儿想坐这个轻舟。"

"哦，妹儿啊！"有施国君看看仲虺说，"仲虺，你可得照顾好妹儿啊，她可是朕的掌上明珠。"

"请国君放心，我会用自己的性命去保护王女。"

妹喜上了船，看着仲虺说："仲虺哥哥你划吧，如果你掉入湖中，我会救你的。"

仲虺一笑，看到妹喜坐好了，双臂一震，船在水面上飞了起来。顿时清风拂过妹喜的双颊，长发飘了起来。仲虺身上的肌肉随着双桨跳动着，他划着轻舟在湖面上左右旋转，如水中游弋着一条龙。妹喜咯咯地笑着，伸开双臂，微闭着双眼，享受这从未有过的飘荡飞翔的感觉。

仲虺身材壮硕，满头浓密的红发扎成一束，用精致的青铜发箍扎住，更显得容貌俊朗。此时在湖中的妹喜眼波流动，看着仲虺划动轻舟的有力臂膀和起伏的宽阔胸膛，妹喜第一次快乐得像飘在云端。她看着仲虺的时候脸颊上竟然有了一点儿害羞的绯红。仲虺望向她的时候，她竟然不自觉地避开了。

妹喜心中纳闷："今天到底是怎么了呢？怎么在仲虺哥哥这儿还会害羞呢？"

"仲虺哥哥，划船一定累了吧，我给你唱首歌吧。"说罢就唱了起来，"有少年兮，素衣飞舟，有少女兮，轻歌流转。"仲虺自小颇通音律，放下手中的船桨，从怀中掏出自制的埙吹了起来。歌声悠扬，埙声低婉。

湖畔的人不由得赞叹："真是一对璧人啊！"

仲虺每日在有施同妹喜唱歌、划船，日子过得很快乐。快乐的日子总是过得很快，只有痛苦的日子才会觉得那么漫长。仲虺每天如果见不到妹喜，就会感觉茶饭无味。有施国君准许他在宫中自由行走，但他又不便主动去妹喜的闺阁。

仲虺等待妹喜的时候感觉时光过得好慢好慢，妹喜出现的一刻，一切的煎熬就都化成了心底的欢乐。仲虺不知道自己如果见不到妹喜了会如何，心里总是害怕将来会有这么一天。

"仲虺你可是奚仲家族的首领，不能这样软弱。"仲虺告诫自己，"一定要把妹喜妹妹保护好，不让她受到任何的伤害。"

妹喜和仲虺划船的趣事整个有施都知道了，整个有施都在盛传妹喜如何如何美，妹喜的歌声如何如天籁般动听，妹喜的舞蹈如何让人如痴如醉。

有施妹喜，眉目清兮。妆霓彩衣，袅娜飞兮。晶莹雨露，人之怜兮。渐渐地妹喜的声名传遍了天下。

夏都斟鄩。

太禹殿内，一场宴会正在进行中，殿中笛声悠扬，钟鼓叮咚。

履癸最近感觉有点儿无聊，在宫内举办大宴，姬辛和赵梁等和履癸能玩到一起的大臣都被邀请来了。姬辛和赵梁知道履癸就是为了寻开心，宴席之上开始肆无忌惮地让宫女陪自己喝酒。戏谑之声传了上来，也勾起了履癸的兴致，履癸侧目看到旁边的元妃。

"爱妃，今日如此欢宴，群臣都很尽兴，你不陪朕喝酒吗？"

元妃看到姬辛的样子心中早就怒了，说道："毫无礼法可言，简直和市井浪子没什么区别！"

洛元妃强忍住怒火，给履癸斟了酒，举到履癸胸前，说："大王，请饮酒！"

履癸有些醉了，眯着眼看着冷艳的元妃，并不伸手去接，凑过嘴去直接喝元妃手中酒爵中的酒。元妃无奈，只好配合着履癸。履癸身子摇摇晃晃，元妃一手扶住履癸肩头。

"大王，你醉了，切莫失仪。"

履癸一把抱住元妃："洛儿，你每天这么冷冰冰的不累吗？今天没有外人，我们一醉方休！"说着就把酒爵递给元妃。

元妃接过酒爵，厉声说道："大王，我要回去休息了！"

趁着履癸愣神的一瞬间，洛元妃挣开了他的怀抱，起身对着履癸行了一礼，头也不回地走了。总是高高在上的洛元妃，对履癸来说只能说是看起来很美，除了正襟危坐，实在找不到其他的共同话语。

宫中歌舞看得多了，履癸也渐渐觉得没什么意思了。

"难道身为天子也只能这样孤独吗？"

姬辛早就看出了履癸的心思，说道："臣听说有施国的王女，能歌善舞，容貌赛过月中嫦娥。我主何不聘来为妃，以填补大王的寂寞后宫？"

履癸也听闻过妹喜的美貌。"朕是天子，天下的女子哪个不想成为朕的女人呢！"履癸做事绝对不会拖沓，当即准备了厚重的礼物，派了使臣带着诏书出发去有施求婚。半月之后，使臣到了有施。

有施国君施独接到履癸的求婚诏书，觉得非常为难，施独自是舍不得把宝贝女儿送去大夏。

"爱女尚且年幼，尚无德才侍奉天子。"施独婉言回绝了履癸。

施独有一种不好的预感，觉得天子履癸也许不会就此善罢甘休。施独急忙修书给仲虺，让他速速准备彩礼来迎娶妹喜。仲虺想把婚礼举办得隆重一些，这样才配得上自己的妹儿。

但现实总是残酷的！

施独今天一直心绪不宁，卫兵传来消息："天子履癸亲率三千龙虎之师已到了有施国城外！"

"什么？天子亲自来了！"施独大吃一惊，险些没有跌倒在地，怎么来得这么快？天子履癸竟然亲自征伐。

大夏派姬辛做使臣来到有施城下，施独赶紧将其迎入城内。到了城中，姬辛趾高气扬地说："不交出妹喜，大夏就要踏平有施，让有施从大地上消失！"

施独大怒："欺人太甚，我有施立国几百年难道就没人了？把姬辛给我绑了关入大牢！"

姬辛本想着来耍耍威风，没想到有施国君被激怒了，刚想再说什么但已经来不及了。卫士上来就把姬辛用麻绳捆了个结实，拉去囚禁了。

有施国有两员猛将，分别叫作乔英、昌勇。施独即令二人领兵车数百，乘战车出城准备迎战，有仲虺在，有施绝对不缺战车。

施独有个贤臣雍和，多年不问朝政。雍和听说国有大事，来找施独。

"大王！天子虽然无道征伐我国，但大夏是天下共主，能号令天下诸侯，有施如何抵挡？"

"这个……"施独无言以对了。

"无论如何囚禁大夏使臣是不合适的，不如让一个近臣陪着大夏使臣住在驿馆中，暗地里限制行动就可以了。然后看战况如何，若战况不利，我们有施还要靠这位使者为有施和大夏和解。"

"和解？难道真的让履癸把朕的女儿抢去斟鄩不成？！"施独一拍几案。

"大王先别发火。大王之女终究不免嫁人，女之美闻于天下，此岂常人能得到？凡物之极者，藏于幽密而耀于四海，不有大善必有大凶，非至德无以胜之。今大王去一女，未必祸也。天子得到王女也是天子和大王的福分，大王当仔细权衡啊！"

施独气消了一些，开始觉得仲虺也没有那么好了。

"好吧，就先依雍老先生的办法。"施独依计，命雍和陪姬辛入馆居住，将姬辛随从人等俱监守在内。

姬辛随身带有珍宝，给了守卫的人，让守卫去请雍和。雍和本来就不想和大夏弄僵，随即来到姬辛住处。

"姬大人受苦了！"雍和见到姬辛就开始讨好。

"你家大王不知时势，天子实为迎娶施君之女而来，不是来问罪的。"姬辛看到雍和的态度，也赶紧和雍和解释，好早日回去。

雍和不动声色，问姬辛："如果是迎娶我家王女何故兴兵而来？"

"不兴兵则恐施君不肯从命，趁机把王女嫁人，天子岂不是就得不到你家王女了。天子娶你家王女，是做宫中的正妃，不是做宫嫔。"

"为何不一开始就如此说呢？"

"雍大人，这事如果天下皆知，恐天下诸侯不服。此次王师来此，诸侯实不知为何而来，独我知之。天子派我先来说礼，实大有益于有施，是你家大王没看出来。"

"雍和明白了，姬大人不要着急，等雍和的消息。"

雍和心里有了底，到宫中告诉了施独。施独想了一下，说道："今已出兵迎战，且看胜败如何，再作商议。"两个人话还没说完，外面急报。

"天子履癸听说姬辛被抓了，大军已经到了城下！"

施独赶紧聚集有施文武群臣。

"乔英出城会一会夏军！"

"昌勇也去教训一下夏军！"

乔英和昌勇分左右各率领三百乘兵车，出西门接战。

乔英的大军正好遇到熊将军，昌勇大军挡住了虎将军的进攻。

城外喊杀声震天，双方打在了一起。

与夏王前军熊将军交战，乔英不愧为有施第一名将，一根长矛用得出神入化，一般人根本看不清。熊将军勇猛异常，兵器为一个大石杵，一般人碰到都会头裂身碎，但是乔英如一条蛇，绕着熊将军来回奔走，不一会儿熊将军就气喘如牛，动作没有以前灵活了。

乔英看机会来了，冲上来将长矛一顿乱刺，熊将军抵挡不过来，一下被刺中了，好在熊将军皮糙肉厚，外面又有盔甲，伤得并不重，但也狼狈地败下阵来。

"看朕的！"履癸气得大吼一声，自持长大钩乘车出阵，竟奔入乔英阵中。履癸双钩如风，每一钩钩杀刺杀数人。乔英于车上用长矛架隔不住，被履癸一钩穿心挑了起来。乔英被杀了，乔英的士兵立即没了斗志，大败而逃，弃车奔回城中。

右边昌勇与虎将军大战，一直未分高下，但见乔英兵败，担心被围困，昌勇也率队慌忙退回城内。

施独忙飞马报给仲虺，请仲虺速速来商量应对之策。仲虺接到战报，也是大吃一惊，迅速集结了薛国的三千人马，浩浩荡荡地去驰援有施。仲虺到达有施都城之后，履癸并没有包围城池，所以仲虺的军队顺利进入城中。

仲虺见到有施国君。

"吾愿率三千人马誓死保卫有施！"仲虺行礼。

"你我两国世代友好，这一次恐怕我们联合也抵挡不住天子履癸啊！"施独见到仲虺心里踏实一些。

"天子这次带了三千人马，我薛国就有三千人马，而且还有上百辆战车，有施也有两千人马，我们总数比天子的人马要多。"

"听说天子之勇猛，天下无敌！"有施国君说。

"我倒要见识一下天子到底如何！"

第二天，仲虺率领人马到了城外，双方列阵，旌旗如林，杀气压得人大气也不敢出。

战马也知道这是一次生死的较量，不发出一丝声音。

大夏天子军队的战车还是木头的，武器也不是那么锋利。战马和士兵的铠甲大多还是皮的。

"天子的军队也不过如此！"仲虺有了一些信心。

履癸这次主要目的不是来征伐的，所以没有亲自出马。熊将军和虎将军看到战场就兴奋得跃跃欲试。

"进攻！""进攻！"

夏的大军如潮水涌来。

他们就是为战场而生的，跟着履癸四处征战多年，如果长时间不能杀戮，就会觉得浑身不舒服。这些勇士从不知道畏惧，只会让对手恐惧，弓箭射到身上都懒得去拔。猛兽般直接杀入阵中，四处屠杀，如入无人之境。

仲虺的三千车马虽然勇猛，身上也有铜甲保护，乘坐着坚固的战车，但根本抵不住履癸的熊虎之师。

仲虺发现大夏的熊虎之师的勇猛，远远超出自己的想象。仲虺咬牙坚持着，虽不能取胜，但仲虺军队装备精良，还能够勉强守住阵线。

突然，仲虺发现形势似乎发生了变化。人群之中，一人眼中放着光芒，犹如猛虎看到了猎物，双手一对青铜大钩，一扫就能割下好几个士兵的头颅。仲虺手下的声音都充满了恐惧:"那就是夏帝履癸,他是天神!和太阳同在!"

原来是履癸看着厮杀的场面,手心实在痒痒得厉害,按捺不住,催动战车,舞动双钩冲了上来。夏军立即士气大振,变得更加勇猛了。

仲虺的军队一会儿就被冲散了。将士虽然有铜甲护身,但仍经受不住夏军的勇猛和蛮力,有些士兵的头颅竟然被直接拧了下来。这是血淋淋的杀戮!

仲虺第一次经历血腥惨烈的战争。他把战争想得太简单了,他以为车最快,铠甲最坚固,长戈最锋利,士兵训练有素不畏死,便可天下无敌了。太幼稚了!

仲虺挥动手中的狼牙棒,想自己冲上去和履癸决一死战,手下的几名将军生怕自己的国君有失,拼命拉着仲虺后撤。

有施国君在城头看到,再不投降军队都要打光了,届时就只能灭国了。于是有施国君赶紧挥动旗帜收兵。大势已去,仲虺只好带领残兵退回到城中,好在履癸并不追赶,停止了进攻,也并不攻城。

有施国君见到仲虺无奈地摇摇头,拿出天子送来的书信。

"有施国君,朕真心迎娶有施王女妹喜为大夏妃子!从此大夏、有施结为姻亲之盟,天下诸侯再也没人敢侵犯有施。望有施国君成全!天下共主夏王履癸。"

施独和王妃一起读完履癸的书信,两人相对无言。过了一会儿,有施国君夫人清了清嗓子对仲虺说:"仲虺,我知道你喜欢我家妹儿,但是事到如今,我们只能把妹儿嫁给天子,否则我们有施就要灭亡了。你的薛国也会被株连的!"

仲虺心中的怒火都要把他烧成灰烬了,但脸上不好表现出来。仲虺说:"我想见一见妹儿。"

"嗯,你俩去见一面吧!"施独扬手让仲虺离开。

有施花园中,仲虺见到了妹喜。

"仲虺哥哥!"妹喜抱住满身血污的仲虺,秀丽的脸颊上,晶莹的泪珠流了下来。

仲虺心如刀绞,这世间怎么有如此美丽的女子,她在哪里,哪里就是最美的风景。"妹儿,不要怕,明日我再去和履癸决一死战!我就是死,也会保护你!"仲虺紧紧抱住妹喜。

"仲虺哥哥,我不要你死!也不要父王和母后因为我受牵连!"妹喜已经泣不成声。

"妹儿,仲虺哥哥为了你什么都不怕!我们的总兵力比履癸多。我们一定能守得住有施城的!"

"仲虺哥哥,天子有数万大军,即使我们抵挡住了他的三千大军,我们也抵挡不住他的几万大军!妹儿已经决定嫁给天子了!"

"妹儿,你不要仲虺哥哥了吗?"

"妹儿为了父王,为了母妃,为了有施,为了仲虺哥哥会好好活下去!仲虺哥哥你一定要好好地活着。"

"履癸!你要抢走我的妹儿吗?有一天,我一定要杀了你!"仲虺仰天长啸,树上的飞鸟都被惊得飞了起来。

"仲虺哥哥,你不要这样,至少我们都还活着。"妹喜抱紧了仲虺。

"妹儿,你等着我。有朝一日,我一定攻入夏都接你回来。我发誓!"仲虺低头轻抚着妹喜梨花带雨的脸庞。

"也许我等不到那一天,不过,我一定要帮助你让夏灭亡。仲虺哥哥,你还是忘了我吧。"

"妹儿,如果忘了你,仲虺活着还有什么意义?"

"履癸抢走我,我一定要让他灭亡。"妹喜咬着洁白的贝齿,眼中充满了仲虺从来没见过的坚定。

想得不可得,你奈人生何?
问君,可有梦似经年,倩影婉婉,眼波滟滟。
恍相见,魂梦惊起,心怅然……
轻拂面,泪湿涟涟。
伊人远,却怎能说断则断。
问此生,何日再见……

第九章　天子婚礼

有施。

城外的旷野上到处散落着兵器，一片片殷红的血迹还没有干涸，谁都能看得出来这里刚刚经历了一场血腥的大战。高高的十字旗杆头上一面大旗迎风飘扬，旗上一个巨大的夏字隐隐透出王者之气。履癸的大夏大军依旧停留在有施城外。

有施的第一名将乔英被履癸杀了，薛国国君仲虺的战车也大败而归，有施城四门紧闭。士兵们在城墙上紧张地望着城外，如果城外的大军攻城，他们到底能够坚持多久，是否还能看到明天的太阳，城内的所有人心头都如同压了一块大石头。

还好城外天子履癸的夏军并没有攻城的迹象。

施独坐立不安，找雍和等来商议。雍和来了，依旧是那样气定神闲，施独看到雍和的样子，怒火更盛了，不过也只能强压住。

"雍大人，事到如今，有施该如何应对城外的天子大军呢？"

"大王，如今看来我有施万难是天子的对手了，除了薛国，天下估计也没人会为救有施而和天子为敌！大王不可因爱女而亡国，如果有施亡了，王女将到何处去呢？"

"雍大人可有良策？"施独只剩下无可奈何。

"为今之计，大王还是应该让妹喜王女嫁给天子，如此还可与大夏结亲，以后就不会再有人敢欺负有施了。"

雍和说完,还等着施独回答他。施独已经气得胡子都翘了起来,起身离开,把雍和给晾在了那儿。施独回到后堂见到有施王妃:"你去把妹儿叫来。"王妃看到施独面色不好,已经知道了大概。

妹喜没一会儿就来了,容色出奇平静。

"儿可知数日来外间祸事否?"有施王妃问。

"妹儿听到战鼓之声,心甚忧之,安得不知?"

"你可知道兵从何来?"施独说话了。

"儿听闻是天子履癸之兵。"

"你知道夏军为何而来吗?"施独继续问。

妹喜当然都知道,心里羞愧自己让有施遭遇灾难,不再说下去,低着头揉着衣角。

有施王妃接着对妹喜说:"天子发兵是为你而来。你父王与我只生我儿一人,所以对你关爱备至,应当择良婿给你。我儿常随父母,父母不该迁执,迟误你的青春,使你及笄还未适人,才惹此不测之祸。若你早和仲虺完婚,怎么还会有此事?前日天子先遣人来下聘,你父王又不同意,怕你进宫受一生凄凉。不想天子大兵压城,有施危亡在旦夕。昨天雍和说王使有言,天子履癸实图我儿去做正妃,不知真假。时势危急,只有你才能救父母及城中数万人性命。不知我儿如何想?"

有施王妃絮絮叨叨地说着,妹喜孳蹙低首,跪在地上已经泣不成声。

"儿身父母所生,以儿之身,反贻祸于父母,如死在父母前可以免难,也是甘心!若使不能免难,任从父母主张也。"

有施王妃哭着扶起妹喜。"我儿不要伤心,我让你父王差人去纳款天子履癸,以求和好。将你许配天子,天子定会以礼迎娶你。我儿这般乖巧,嫁给天子,以后也许有好日子过。妹儿千万不要太过伤心,母亲也是没有办法!"说着有施王妃抱住妹喜又哭了起来。

妹喜哭了很久很久,直到眼里再也流不出眼泪来,从此妹喜再也不哭了。

有施王妃和施独说:"大王,还是把女儿许配给天子,向天子求和吧!"

施独仰天长叹:"唯有如此了,只是委屈了我儿。"

施独让雍和去请姬辛。姬辛被扣留之后，心里一直七上八下的，生怕有施国君一怒之下，他的性命就没了。姬辛到了，施独正在等着他。

"姬大人最近受苦了，施独代表有施给大人请罪！"

姬辛一时没搞清状况，只是回道："劳有施国君记挂，贵国款待也算周到，没受什么苦，只是扣押大夏使臣，有施国君可知天子会不高兴吗？"

"施独留下姬大人并非关押，是为了和姬大人商议小女嫁给天子之事。"施独语气平静却透露出隐藏不住的无奈。

"有施国君若早如此，大夏有施何必兵戈相见呢？！"姬辛脸上终于恢复了往日让人看着就不爽的笑容。他知道，这件事情有门了。

施独瞪着姬辛，竟然一时间说不出话来。

"姬辛即刻回营回禀天子，请国君遣使同行。"姬辛看着施独的表情，心中又打起鼓来，还是赶紧走吧。

施独只得为姬辛整饬车马、仪卫，派雍和拿着自己的亲笔书信，带着白璧及布帛等礼物随姬辛同行，并且准备了牛羊酒食犒劳大夏之师。

一行人开门出城，来到天子履癸军前。履癸的大帐内，空的酒坛子散落着，履癸正在百无聊赖地喝酒。进入大帐之后，雍和跪地向履癸请罪。

"有施雍和代我家大王来向天子请罪！"

"雍大人站起来说话吧。"

履癸见姬辛回来了，心中顿时有了五分欢喜，听到有施肯以王女妹喜求和，心中早已十分欢喜了。

雍和陈辞婉转："我王愿与大王成就姻亲之好，从此有施有了大夏的庇佑，人民得以安居乐业，是有施之福。"

这几句话说得履癸心里很舒服。

"雍大人辛苦了！"

履癸让人接受了有施送来的璧帛等物，也赏给雍和玉佩，雍和跪拜叩谢。

转眼天色已暮，原来压得人喘不过气的天空，如今晚霞红彤彤的，鸟儿自由自在地飞来飞去。

第二天，履癸命姬辛备了聘礼进城，准备即日迎娶有施王女。姬辛这次来到有施，又恢复了天子使臣的气派。姬辛给施独看了天子的聘礼。只见珠光宝气灿烂夺目，各种珠玉、精美青铜器皿、各色华美丝绸、牛羊、酒果等琳琅满目。

施独看到如此多的聘礼，脸上也逐渐露出了笑容，安排姬辛住下。

有施王府内堂。

施独对王妃说："如今天子正式送了聘礼来，也算给足了有施面子，朕看可以把妹儿许配给天子了。"

有施王妃看到履癸的聘礼心中也淡定了许多。

"须从容些，最好说过些日子才好，太急了，有失我有施的国威。"

"夫人说的也对，不能太委屈了妹儿。"施独也就不那么焦急了。

施独把姬辛召来。"姬大人，大王要迎娶我家妹儿，还须挑一个良辰吉日为好。"

"天子性急，恐怕不会同意，我们还是从命的好。"姬辛怕夜长梦多。

施独与王妃无计可施，只得来问妹喜。

妹喜听完之后，说道："父王，此事并不为难，可垂帘于堂中，叫姬大人到帘外。母亲可引儿上堂，立于帘内。儿自有话发落他。"

"如此可行？"施独和王妃不知道妹喜要说什么。

施独于是设帘于半堂之中，命群臣远立堂下。姬辛立帘外，雍和立帘旁。

姬辛在堂下来回踱着步，早已不耐烦："有施国被打败了，还非要摆架子！"

此时，帘内传来悦耳的叮当声，是女子身上的环佩碰撞之声。姬辛心里一个激灵，虽然看不到帘内的女人，但隐隐有种感觉传过来，姬辛停住脚步。

妹喜和母亲在帘内坐下。

"雍大人，引王使于帘外见我。王既聘我，我即其主也。"

姬辛听了之后，大吃一惊，一时之间不知如何是好。

雍和过来一把拉住姬辛，把姬辛拉到大堂北面。

"还不叩见大夏未来的妹喜娘娘！"

姬辛心里这个骂啊，一百个不情愿，但又没有不叩拜的道理，只得就帘而拜。

妹喜于帘中南面受拜。

"姬卿平身，站起来说话吧！"

姬辛爬了起来，仰起头来。

"天子命使臣来是问罪的还是来行婚配之礼的？"妹喜质问姬辛。

姬辛也觉得有点儿失态。"天子闻内主令淑，特遣下臣行礼聘内主以为妃，并无他意。"

妹喜缓缓地说："既行礼矣，礼者吉也，兵者凶也。吉则缓以情言，凶则暴以威劫，如此可是天子本意？今大兵围城而不解王命，即日而娶女，是要威胁我有施吗！口口声声的礼节在哪儿呢？今天子命娶女，难道不愿祥瑞之福而愿意要凶兆吗？"

"这……"姬辛被问得哑口无言，一时不知道说什么了。

"我父王生女，上嫁于天子而不择吉利之事，如果这样传出去，不是我有施国脸上无光，而是天子的颜面丢尽了。敢烦贤使回到天子面前，诉说妹喜此意，让天子了解臣妾的一番苦心。若天子宽有施的罪，以三五日为期，妹喜当顺父母之命。若天子不同意，妹喜只有死，也不接受天子的威胁！虽灭家国，姬大人也违背了天子的心意，恐怕姬大人也无法交差！"

妹喜说完就退到内堂去了。妹喜的声音似乎依旧在堂内回荡，妙舌轻调，呜呜嘤嘤的声音如泣如诉，良久之后妹喜犹在帘际。

姬辛感觉魂魄俱飞，心志丧尽，身体不能凝立，不由自主地伏地而拜，直到妹喜走远才敢起身。姬辛领命下堂，心中暗暗吃了一惊。

"是天生之人以配我家大王啊，我等此行大有功劳！"

姬辛回去向履癸复命，详细说了妹喜所言的情形。

"大王，王女妹喜言语婉转清澈，其妙才雅致如此，必是大夏之福。"

姬辛明白是自己让履癸来娶有施之女，如果此事不成，恐怕天子以后也不会和他亲近了，如果此事成了，自然是大功一件。

履癸听了之后，心中大喜："果真是朕的爱妃。姬辛，你再入城协商婚礼之事，朕答应退兵三十里，三日之后让有施王女出嫁，随行大军返回斟鄩。"

姬辛再次回到有施，和施独说了履癸的旨意，施独如今也只好同意。

当夜，夏履癸退兵三十里。

次早，施独命王妃为妹喜准备行奁，自己率臣下出城朝拜履癸。

履癸那睥睨天下的王者威风，让施独心里扑通扑通直跳。

履癸以礼接见："望有施国君早早送女出嫁！"

施独只得应声，唯唯称是，退回了城内。

履癸手下将士都野蛮成性，这几天没有仗可以打，便开始劫掠有施地方周围百姓人家。大夏的士兵依仗履癸的凶威，从来都是肆意妄为，进门见到酒肉就直接吃喝起来，骚扰百姓妻女，抢劫财货，一时间有施百姓苦不堪言。

有施百姓怨气冲天："只为了一个妹喜，城外的百姓遭受了各种荼毒，不少人家的贞女烈妇上吊自尽。"

施独听说了这些，对王妃叹了口气。

"只要天子大军留在有施，百姓就一日不得安宁，不如早打发女儿去吧。"

到了第三日，施独送妹喜艳装出城，一行人来到了履癸的大帐。

履癸迫不及待地来到大帐中："你们都退下，朕有话和王女说。"

施独无奈，只得退了出去。

帐中王女背向大帐口而立，身影颀长婀娜，肩背之间的曲线柔美，流露出一种高贵之美。

大帐中只剩履癸和妹喜，如今的妹喜只有十六岁，是一个女子最好的二八年华。

妹喜秀丽中透着傲气，周身散发着让人迷醉的气质，举手投足之间，让人心神荡漾，自然和元妃不是同一类人。

履癸只是一恍惚，已经被眼前的女子迷住了，看着妹喜已经不舍了。

"王女，今晚就留在朕的帐中休息吧！"

"天子至尊，岂宜野宿路处？"

履癸怔住，竟然有点儿不知所措："那王女何意？"

"大王，愿先发一军，护臣妾先行，大王率领王师还国，臣妾待之于大夏城门之外。"

妹喜说话时义正词严，但声音婉转动听，履癸心头有一种酥酥麻麻的感觉。

妹喜此刻的妩媚妖娆，履癸已经有点儿不能自已，又听妹喜诉说婉转真情，心痒痒起来。

妹喜越是顾及礼法，越让履癸心里喜欢，不由自主地就顺了妹喜的心愿。

"好好！一切都依王女。"履癸已经开始对妹喜百依百顺了。

施独夫妻不舍女儿独行，便请亲自送女到斟鄩。履癸心情很好，点头同意了。

履癸把带着的宫女分了二十人去陪伴妹喜，妹喜自己也有几名有施的亲近宫女陪着。

履癸犒赏了三军，即刻班师。

以往每一次征伐战胜了对手之后，总有一种若有所失的感觉。履癸这一次得到了妹喜，连路上的风景似乎都变得好看起来。

施独留下昌勇等大将守护有施国，亲自送女儿去夏都斟鄩。

一路上，有施王妃和妹喜有说不完的心里话，教导妹喜如何做好天子的妃子，一定要照顾好自己，还把阿离等从小和妹喜在一起的宫女都留在了她的身边。

因为有妹喜等女眷，大军行进得并不快，履癸途中经常跑到妹喜的马车前问候，妹喜只是简单地用礼回应，并不多说话。

十日之后，大军回到了斟鄩。

第二天履癸上朝，施独、有施王妃随妹喜入朝，商议举行大婚。

太禹殿前是十亩左右平坦宽阔的庭院，可同时聚万人之众，天子在此发布政令、召见诸侯群臣。

围绕宫殿和庭院四周的廊庑彼此相连，一百五十六根廊柱间距两丈左右，形成一道围绕着宫殿的长廊。绵延的廊庑把整个宫殿庭院严密地封闭起来，增强了王宫的防御能力，加强了王宫的安全。面南而开的王宫大门是一座面宽八间的牌坊，大门有三条通道，各通道之间筑小室共四间，为守卫武士的居所。廊庑的东北角开设两道小门，供宫内人员通行。

"果真是天子气象！"施独被大夏王宫的气势震慑住了。

履癸和妹喜的婚礼定在三日之后举行。

朝霞映红了东方天空，漫天的彩霞如婚礼中的红色纱幔，大婚的日子到来了。太禹殿内外布置一新，履癸率领妹喜和族人去庙堂举行祭祀仪式。

祭祀完毕,在太禹殿中举行婚礼仪式。德高望重的费昌为天子操持婚礼。

履癸和妹喜身穿华服,妹喜第一次仔细看着面前的天子,威风和气度果然与众不同,仲虺哥哥虽然也是勇猛威武,但气度与威仪上和履癸差了许多。

"仲虺哥哥,妹儿以后不能陪你一起荡舟了。"妹喜心中有了一丝遗憾。

天子的礼器高大厚重,鼎中盛满了美食,长案上摆满了瓜果点心。所有人都变得不再拘束,脸上洋溢着笑容。盛大的婚礼,千万人的狂欢,无数人的醉饮。

履癸命费昌等陪着施氏夫妻。婚礼过后,费昌厚礼送有施国君队伍回国。

履癸自携妹喜入宫,命设宴于别宫,立妹喜为妃,合卺为乐。

妹喜给履癸行礼,说道:"妹喜如山野腐草,蒙甘雨露,能够侍奉大王,实在是妹喜的福分!"

"爱妃,能每天看到你,朕就很开心了,朕一定每天都陪着你。"履癸竟然变得像孩子一样。

"大王万不要过施恩宠于我,超过了礼法,反而会让臣妾不能在宫中待下去。大王应该让妹喜先去拜见洛元妃,然后臣妾为大王和元妃斟酒,献上歌舞,让大王和元妃开心。"

履癸听到这般温柔微妙的娇辞,对妹喜更加怜爱了,哪顾得这么多道理。

"爱妃言之有理,只今日且不能如是。明日再去拜会元妃不迟。"

宫嫔之稍长者知趣地退下了,只有两个履癸平时最喜欢的小宫女,左右执壶,下面歌姬奏乐。和妹喜并坐,履癸今天格外开心,行起酒来。

喝着喝着履癸就有点儿把持不住了,开始调弄妹喜,妹喜娇羞怯让,弱不能胜。

数巡酒后,履癸已等不及,一把抱起妹喜入了锦帐,妹喜浑身颤抖着,接受了这个把自己抢来的男人。

履癸得到妹喜之后,慢慢发现妹喜美艳才巧过绝天人,似乎从此世间再无要紧事,无时无刻不想和妹喜在一起,旦夕也顾不得,昼夜为欢,无有断绝。

两人过午而起,履癸以为是早晨,问了宫女才知道已经下午了。

"算了,今日不上朝了。"

妹喜妆罢即宴,宴席间众女歌舞,履癸看得不够过瘾,妹喜就亲自起舞歌唱。

妹喜一开喉而天下无人矣，妹喜一举袖而天下无容矣。

妹喜的好远远超出了履癸的想象，天下怎么会有这么完美的女人，于是履癸更是爱得片刻也不想离开，片刻见不到妹喜就会觉得无聊空虚。

一个女人轻易地就能把雄狮一样的男人变成一只乖乖听话的小猫咪。

王宫之外。

此时天下并不是无事，履癸去有施之前，发布过广求天下贤才的旨意。

费昌知道商国伊挚是个贤人，履癸的旨意明确要召伊挚来大夏为官。

商国亳城。

天子下旨召伊挚入朝，这些日子天乙每日都和伊挚讨论商国的大政。天乙舍不得伊挚走："先生去了斟鄩，没有先生在天乙身边，商国之事如何处理？"

伊挚微笑着说："大王，即使夏帝不来旨意，伊挚也想去夏都看看。"

"难道先生觉得天乙愚钝，要弃天乙，去辅佐天子吗？"

"大王多心了，大王可实施我们定下的国策，三年后商国才能强大。现在只有等待，伊挚回来再和大王共图大业。"

"天乙只求商国和有莘国繁荣昌盛，先生去辅佐夏帝，能得夏帝赏识也比在我商国更能大有作为。"

"国君不必激伊挚，国君待伊挚情同手足，我们互为知己，而且还有王女在，伊挚定会回来的。"

"如此朕就等先生早日归来。"天乙笑了。

第二天，伊挚去拜别有莘王女。

"王女，伊挚明天就要启程去夏都了。"

有莘王女如今挽起了发髻，愈发端庄秀丽，早已不是当年少女模样，再也看不到当年那无忧无虑的笑容了。

"伊挚，你要去多久？"有莘王女打发走了所有的下人。

"三年。"伊挚说。

"三年？我知道天乙是个很好的夫君和国君，但只有你在，我心里才宁静。你走了，我就只剩下等你回来的煎熬了。"

有莘王女说着，再也控制不住自己的情绪，晶莹的泪珠顺着面颊滚落下来，她多想回到在有莘的日子。

"王女不可这样说。王女是伊挚的主人，伊挚的一切都是王女的，包括我的心。伊挚所做的一切最终都是为了王女。"

伊挚看到王女的眼泪，心中也是酸楚一片，但如今他不再只是王女的奴隶，他还是大商的尹相，他只能坚强。

"听说夏帝履癸为人刚猛，你去夏都恐有危险，我和天乙说为你贞卜下，如果为吉兆，你再去夏都吧。"有莘王女也恢复了平静。

"一切都依王妃。"

"王妃？是啊，我如今是王妃了，大王的夫人！"

第二天午夜时分，天乙、有莘王女和伊挚等人在祭祀台下等待着。

祭祀台总共分为三层，每一层都站满了举着火把的青铜人像，照得整个祭祀台明亮而神秘。祭祀台顶上是高高的青铜神树，神树枝叶卷曲纵横，缝隙中还有神秘的神兽和神鸟。树上布满燃烧的灯盏，如永远绽放的美丽烟花。

子夜时分是和天地相通的时候。祭祀台周围的所有人都虔诚地注视着祭祀台上，人们在等待着上天的旨意。

王女眼中的焦虑慢慢变为了平静。伊挚看着王女平静下来，心里也终于变得宁静。

"吉！"贞人说出了贞卜的结果。

人生很多时候只能在等待中忍耐。为了明天，爱和恨都要深埋在心中，我们不能哭也不能笑。那个能陪你哭陪你笑的人，如今却连面也见不到了。

天亮的时候，王女早早去给伊挚送行。但她还是来晚了，伊挚的房中只剩下收拾得整整齐齐的陈设。王女扶着门框，不禁簌簌地掉下泪来。

"伊挚，难道你是无法忍受离别的伤感吗？"

第十章　初见

商国亳城，城外长亭中一人清瘦飘逸，另一人长髯随风飘动，气度非凡。

"先生此去，一路多多珍重！"天乙实在舍不得伊挚走。

"大王，聚散离合本是难免，待伊挚回来时，商国就更加强大了！"伊挚双膝跪下，额头触地行稽首礼，天乙赶紧过来扶起伊挚。

伊挚拜别了天乙及商国的众位大臣，带着小童上了马车，启程前往斟𨟼。

一路之上，伊挚察看各处民情和山川形势。随着日出月落，半月之后，斟𨟼已经远远在望了。

"先生，前面一座大城，应该是大夏的王邑了吧。"小童说。

伊挚从来没有来过斟𨟼，此时挑开蓝布车帘向前望去。大夏的王邑斟𨟼城在洛水的北岸，隔着洛水望过去，都城倒映在洛水之中，宛如水中的仙城。城内宫殿重重，千万间屋宇层层叠叠。

二人走进高大威严的城门，城门口的武士身材魁梧，城内街道比亳城的还要宽阔得多，一眼望过去看不到尽头。

"先生，夏都城好大好气派啊！"小童不由赞叹出声。

"天下的王邑自然有些天下之都的气派！"

伊挚找到驿馆住了下来，准备去拜见大夏的左相费昌。

"商国伊挚前来拜访左相大人。"

门前通告之后，仆人直接把伊挚领了进去。费昌的宅子看起来古朴大气，院子干净整洁，没有多余的草木。院子的后面就是大堂，里面走出来一人，中等身材，步履矫健中带着稳重，五官端正厚重，一双眉毛又粗又浓，双目透着真诚的光芒，须发已经花白，更增加了几分持重和睿智，这人正是费昌，费昌看到伊挚，赶紧迎了过来。

"伊挚先生，你可来了，费昌早就听说了先生的才名，如今见到真是年轻有为啊！"

"费相过奖了，费相才是国家的栋梁之臣。"伊挚赶紧行礼。

费昌爽朗地哈哈大笑起来，露出洁白整齐的牙齿。费昌和伊挚一见如故，二人聊得很是投缘，很快就成了忘年的好友。

伊挚在王邑斟鄩协助费昌处理夏朝农耕等事务，日子不知不觉过去了。

到了红日西落倦鸟归林的时候，伊挚的心头总会升起一种莫名的思绪。夜晚来临，商国的驿馆中已经透出昏黄的灯光，伊挚看着油灯在墙壁上映照出的自己空落落的影子，总是会不由自主地想念有莘王女和天乙。

伊挚弄不清自己对有莘王女到底是怎样一种感情，他知道有莘王女肯定也会思念他，这一点他是确信的。

他在清醒的时候从来不允许自己对有莘王女有任何奢望，但他总会梦到王女，梦到和王女一起骑马在河边散步的日子，他知道这些日子一去不复返了。

伊挚对着油灯继续发呆。天乙国君对他的感情也已经不仅仅是君主和臣下的关系。天乙国君尊重自己，国家大事都来询问自己的意见，伊挚觉得自己绝对不能辜负了天乙的厚爱。

伊挚本就是一个奴隶，世上对自己最好的两个人就是有莘王女和天乙，一定要尽心辅佐好天乙国君，这也是回报有莘王女最好的方式。

伊挚拨了拨油灯的灯芯，油灯的火苗不再闪烁。孤灯如豆，伊挚静静端坐在床上。不一会儿，周围的一切似乎都不存在了，伊挚只能感觉到自己的呼吸，渐渐地连呼吸也感觉不到了。

朦胧中，伊挚竟然看到了有莘王女正对着灯托腮凝思。

"阿嚏！"王女打了个喷嚏，自言自语道："伊挚，是你在想我吗？"

伊挚一惊，坐直了身体。片刻间，竟然又做了一个梦。

几天之后，又到了大朝的日子。

费昌极力在履癸面前推荐伊挚，履癸来了兴致，决定亲自见一见这个伊挚。

大夏王宫宫殿、楼阁、苑囿一片连着一片，果然比商国的亳城更加具有天下王邑的气度。廊庑式的建筑群由正殿、庭院、廊庑和门楼等建筑物组成，布列于巨大的高台之上，构成了层次分明、错落有致的大夏王宫。

建筑如此宏大的豪华宫殿，用土至少有二万石，挖基、筑墙、垫石、伐木、运料、盖房等所需劳力当以数十万计，耗费了大量的国财民力。

太禹殿前的天下九鼎告诉天下人，这里是天下共主天子的宫殿。

伊挚被震撼了。

宫内的内官看到伊挚的样子，不禁揶揄一笑："大王此时不在正殿，请伊挚先生到后宫中相见。"伊挚跟随内官来到后宫，穿过曲曲折折的走廊，经过一个一个的院子，眼前出现一座宫殿，庭院中花香扑鼻，殿中温馨雅致，这就是容台——妹喜娘娘的寝宫。

"大王让先生在容台外等候！"

"是！"伊挚躬身应道。

此时妹喜正在容台中，今日履癸说要做一个新鲜的玩意儿给自己看，妹喜正在百无聊赖地等着。

这时候宫外有声音，妹喜抬眼看到院中站着一个白衣男子，衣带飘逸，身姿挺拔，散发出一种博学而温润的气息。

"大夏还有这样的男子呢，他是谁呢？"妹喜突然来了兴致。

这时候内官也发现妹喜在容台中，就进来禀报。

"娘娘，外面是从商国来的伊挚先生！今日大王要召见他！"

"让他进宫来，大王说伊挚先生是位贤人，本宫也想见见！"

内官出去传伊挚进容台。

伊挚走进容台，容台内富丽堂皇，但他的眼眸一瞬间就被妹喜吸引住了，刹那间两个人都愣住了。女子身形纤细婀娜，千般言语难以形容。伊挚竟然忘形地向前走了几步，离得近了，看见女子一双清幽妙目藏着幽幽沉沉的心事，寂寞如无声的暗夜。

妹喜长身玉立，比一般女子高出许多，柔肩削骨，手指纤细，秀发飘散，长眉细目，眼中却是英气逼人。丹唇微闭，显出娇媚百态；秋水泛波，映得人目眩神迷。妹喜如一朵初开的鲜花，在宫殿之中绫纱宫帷的衬托之下，显得妩媚动人。

伊挚知道这就是天子的新妃妹喜娘娘。

"你就是商国的伊挚？"妹喜先说话了。说话时柔声细语，更显得容姿清丽。

"参见娘娘，在下正是商国伊挚。"伊挚自觉失态，忙行礼。

"早就听说商君得了一位贤臣，今日见先生果然气宇非凡，先生来夏都，定会受大王重用，来日宏图大展。"

"伊挚唐突，冒犯了娘娘！"

"大王来了！"这时内官通告。

伊挚和妹喜迎了出来，远远地看到大王坐着一辆车过来了。

伊挚不由得吃了一惊，天下竟然有如此威猛之人，真的不愧为大夏的天子，看其气宇就知道是天子履癸。

伊挚赶紧行礼。

履癸跳下车，把伊挚搀扶起来。

"先生就是商国的尹相伊挚吧，这是后宫，无须多礼。"

履癸不像传言中那样凶猛、冷酷无情，反倒有一点儿率真可爱的感觉。

"妹儿，你看我送你的礼物如何？"履癸给妹喜看自己新做的车。

伊挚也注意到履癸的车与众不同，比马车小很多，而且没有笼配，竟然是人拉着的。自古以来，拉车的从来都是牛马，还没有人拉过车，的确是个稀奇东西。

履癸觉得在宫中坐马车太不方便，尤其是宫中众妃子、宫娥经常被车马惊吓。于是就研究了一个小一点儿的车，让人拉着在宫城内行走。

妹喜看到这个小车也很喜欢。

"大王，这车真好，在宫城内再也不用闻到马匹的味道了。这个车可有名字？"

"这个……伊挚先生才名天下皆知，可否给这车起一个名字？"

伊挚看到妹喜欢喜地在车旁来回看着，心中一闪念。

"大王，此车叫作辇如何？"

"两人一车，好，这名字好！"妹喜不觉称赞出口。

"嗯，看来妹儿喜欢，那就叫作辇。妹儿，请上辇。"

妹喜和履癸坐上辇车，就要去王宫花园游玩了。

"伊挚先生，明天你到演武场来吧。"

两个健壮的武士拉着辇车走了，伊挚看着妹喜和履癸坐在辇车上远去的背影，正准备退去。

就在这时候，妹喜回头望了伊挚一眼，脸上绽放了一个比晚霞还要美的笑容。

"妹喜娘娘这是在对我笑吗？"妹喜的笑让伊挚的心里瞬间绚烂璀璨了，伊挚奇怪这是怎么了，见到天下闻名的妹喜娘娘也不至于这样吧。

第二天，王宫外的演武场，履癸正式接见了伊挚。平日里履癸最喜欢在演武场中和大夏勇士们一起演练武艺。履癸手下有虎、豹、熊、罴四员猛将，皆力举千斤，手持兵器一百斤，射贯七札，对方穿再厚的铠甲也难以抵挡。

"来！熊、罴将军把你们的石杵都给朕！"

熊、罴二人的石杵每一个都有百斤，履癸如回风舞袖一般，巨大的石杵带出一阵风。

"好！好！"场内千人欢呼起来。

履癸将石杵扔还给熊、罴，把自己的大长钩，两头架于一人多高的大石头上。

"有没有人来试试朕的长钩！"

人群中立即上来四个将军，这四个人双手拉住长钩往下拽，长钩竟然纹丝不动。

"下来吧！"履癸双手抱住长钩，双臂肌肉隆起，长钩顿时弯曲如弓，履癸大喝一声，两边大石咔嚓一声，碎裂开来。

"大王神勇，天下无敌！"满场欢声如雷。

履癸接着大喝一声，用力一扯，长钩竟然变直了。履癸一松手，长钩瞬间弹了回去，嗡嗡的声音震得所有人耳朵发疼，长钩顿时恢复如初，弯曲如新月。

"大王好神力！好神力！"场内人不由得人人骇服。

履癸狂笑起来："以本王之力伐天下，宁有敌哉？"

伊挚吃了一惊，世上果真有如此勇猛之人！

"大王真乃神人，神勇天下，无人能及！"伊挚赶紧过来行礼见过履癸。

履癸大笑："朕就是天子，太阳与我同在，伊挚，你就在朕身边帮朕治理天下吧，有你为朕分忧，朕就无忧了。"

伊挚躬身："好！"

天乙的威仪让伊挚觉得他散发着温暖的光芒。履癸的光芒则更加强大，强大得让人觉得刺眼和害怕，不敢靠近，远远超过了一般人的能力，也许只有这样的人才能为天子吧。

薛国。

妹喜出嫁的车队远去的时候，有施城墙上站着一个人，这个曾经以为自己是天下最幸运、最聪明的人，如今心中只有无限愤恨和无奈。

妹喜跟随天子履癸去了斟鄩，仲虺只能远远地看着心爱的人就这样被另一个男人带走了，却无能为力。如果付出生命能够抢回自己心爱的人，仲虺愿意死一百次。

爱别离，求不得！想得到的最终注定要失去，仲虺开始尝到了人生的滋味。

仲虺回到了薛国，他依旧是薛国人人敬仰的充满智慧的年轻国君，却再也没有快乐了。仲虺慢慢意识到凭自己区区奚仲家族是无法与履癸的大夏抗衡的。虽然他心里知道希望渺茫，但为了能够早日再见到妹喜，每天都在祈祷贞卜，慢慢地他成了贞卜祭祀的大师。

伏羲创造的八卦揭示出一切冥冥中皆有联系，此时的仲虺通过龟甲的裂纹，辨识卦象，预测很多未来的事情。仲虺已经能够控制龟甲裂开的角度，给人们想要或者不想要的上天的答案。他知道如果施加了自己的意志，上天的旨意便已不再存在。仲虺知道要见到妹喜，唯有靠自己。

彻夜无法入睡之后的清晨，仲虺红着眼睛在薄雾中独自散步。

爱自古以来就是个很神秘的东西，很多人从来没有拥有过爱，但真正拥有过爱的人，在失去之后才明白爱的美好，剩下的只有无尽的痛苦。

仲虺正在经历这一切，他想起了妹喜的那句话："把我忘了吧。"

"是啊，如果我能够忘记你，该有多好，可惜我做不到。这样下去我就要死了，我必须有所行动。"

仲虺痛苦地对着苍天发问："天帝，你告诉我该怎么办？"

仲虺沐浴换上巫衣，走上了祭台，点燃铜人中的烛火。铜人的眼中和口中冒出诡异的光和烟雾，仲虺举着龟甲在中央一个昂首铜人的嘴中吐出的火焰上烤着，龟甲慢慢地发出了噼噼啪啪的声音，裂开了。

"西方大吉。"

仲虺若有所思："西方？是，我要去夏都，在夏都最少能看到妹儿吧。"

仲虺只身一人来到了夏都。

夏都中左相费昌在朝中威望极高，为人亲和，尤其喜爱贤士。费昌在朝中从不多说话，但如果费昌提出建议，履癸都会顾及费昌的声望遵照实行。

仲虺是薛国的国君，以前和费昌有过书信往来，属于君子之交。这次仲虺隐藏了国君的身份来到斟鄩，希望能从费昌这里知道一些妹喜的消息。

其间，仲虺经常来到费昌府中拜访。

"仲虺，我给你介绍一个人。"费昌给仲虺介绍。

仲虺看到堂中一个儒雅清秀的年轻人，正是伊挚。此时伊挚恰就住在费左相家中，伊挚看到一个红头发红胡子、颇有威仪的贵族。

两个人聊了几句之后，顿觉对方非凡夫俗子，心生惺惺相惜之感，伊挚精通归藏之术，仲虺精通贞卜之术，两人探讨贞卜和八卦之术，更感到相见恨晚，不知不觉间两个人成了朋友。仲虺也就搬到了伊挚的商族驿馆中。

仲虺想从费昌和伊挚那里得到妹喜的消息，但是履癸已经有好多日子没有上朝了。

"咚！咚！咚！"这一日，太禹殿前的金鼓被敲得整个夏都都听见了，履癸终于上朝了。伊挚随着左相费昌以及关龙逢等入朝，希望能见天子履癸一面。履癸整个人神采飞扬，暴戾之气消减了不少，面上透着光泽，眉眼里透着一股活力和英气，看起来更年轻了。大臣们看到心中都很欣慰，看来新妃果然改变了大王许多。大王虽然沉迷新妃但并没有纵欲过度伤身。大臣们看到履癸气色很好，心里宽慰了很多。

"如果没有重大朝政，以后朝中具体事务都交给左相费昌处理，右相赵梁协助费相处理政务。"不等大臣们多言，履癸就退朝回了后宫。费昌等留在殿中，无可奈何地摇摇头，继续议论处理朝中事务。

仲虺看到伊挚散朝回来了，急忙上前。

"伊挚先生，可有妹喜娘娘的消息？"

"天子匆匆回了后宫，想必是对妹喜娘娘宠爱有加。"伊挚不知道如何对仲虺说才好。

仲虺若有所失，怔住良久。"难道妹儿已经忘了我吗？我不相信！……"

第十一章　妹名欢喜

容台。

王宫中的容台一直是履癸的寝宫，如今妹喜就住在容台之中。妹喜从有施被履癸抢到了夏都之后，慢慢接受了这一切，作为履癸的妃子也许是一个还能接受的归宿，心已经平静下来。但不知为什么，妹喜最近却总是莫名烦躁，以为又是想念在有施做王女逍遥自在的日子，似乎每天的日子缺少了什么。

"我到底是怎么了？"

妹喜终于不得不承认心中总有一个人的影子，那个影子就是伊挚。自从上次见到伊挚之后，妹喜就一直烦躁不安，妹喜以前从来没有过这样的感觉，以前有时候会想念仲虺哥哥，但那也只是一种静静的想念而已，从没有过如此烦躁的时候。

"伊挚这个人哪一点好呢？据说以前是一个奴隶，根本就不是贵族。看起来温文尔雅，但没有履癸那样的大丈夫气概，各个方面都没法和叱咤风云的履癸相比，即使是和一国之君的仲虺哥哥相比，也是比不上的。仲虺哥哥不仅有大丈夫气概，还能做各种玩具给自己，可惜仲虺哥哥再也不能陪伴自己了。"想起仲虺的时候，妹喜的嘴边竟然有了一丝微笑。

履癸可是权倾天下的夏天子，所有的诸侯国都得服从夏天子的领导。可妹喜脑中总浮现那个温文尔雅、玉树临风的谦谦君子的影子。

"我最讨厌穷酸的书生了！"妹喜自言自语道。

这时候履癸噔噔的脚步声传来，妹喜更加愁眉不展了，手中扯着的纱帐哧的一声撕裂开来。

"妹儿，你怎么又不开心了，又想家了？"履癸看出了妹喜的不开心。

"是，大王能送我回有施吗？"

"那我怎么能舍得？"履癸说着就往妹喜身边蹭。

"你要在我不高兴的时候碰我，我就死给你看，我说到做到！"

妹喜眼睛瞪着履癸，似乎真要寻死的样子。

履癸心里顿时被一种酸酸痒痒的水充满了。

"好，好，朕的宝贝，你说你喜欢什么？"

妹喜把纱帐抓起来，哧的一声又撕开了几条。

"我什么都不喜欢。"妹喜继续撕着纱帐，柳眉蹙着，双手用力的样子却让履癸看得更加心痒难耐了。

"你喜欢撕纱帐吗？"妹喜撕纱帐的样子，有一种平日见不到的风情。

"我就喜欢撕，怎么了！"

寝宫里的纱帐，转眼就变成了一条条的，要知道这些纱帐是用了多少女工的日日夜夜才用蚕丝织出来的。

履癸目中浮起笑意，吩咐宫女。

"去把宫里的纱都找来，让妹喜娘娘撕个痛快！"

妹喜一怔，眼中闪现一丝诧异。

不一会儿宫女就搬来了许多纱帐，大多是一匹匹崭新的彩纱。

妹喜才不管那么多，你敢送来，我就敢撕。

"哧——哧——"

妹喜细长柔软的手指扯住纱帐用力一拽，纱帐就应声而裂。妹喜继续撕着纱帐，那响亮的撕裂声听起来的确能够发泄心中的怒火，让人安静下来。

站在周围的宫女们的脸色却都越来越难看，这些纱有多少是这些宫女亲手织出来的。

妺喜看了履癸一眼。

"只有今天这件事能让我开心一下，看来这个男人不只是想要占有我，还是真心喜欢我的。不过男人就这样，绝对不能给他好脸色，得不到的才永远是最好的。"

妺喜撕了个痛快。

履癸哈哈大笑。

"看你撕，朕也很开心，很过瘾啊！"

妺喜斜着眼睛看着履癸，瞪了履癸一眼，转身而去。自从见到伊挚之后，妺喜看到履癸心里就烦。

这一天午后，妺喜正一个人在容台中发呆。

"也许自己以后的日子都要如此度过了。"

噔噔的脚步声响起，妺喜眉头蹙了起来。履癸大步走了进来。

"妺儿，走，朕带你去看个新鲜的东西，你肯定从来没有见过。"

妺喜本不想去，却被履癸拽住了手腕朝外面走去。妺喜正欲发怒，但听说是自己从没见过的，心中也有点儿好奇，就被履癸拽着走出了容台。

穿过夏宫那些长廊，来到花园的一个角落，这里是一面厚厚的石头砌成的墙，墙的边上是一个石头砌成的台阶。

履癸和妺喜沿着台阶走上墙，墙的里面是一个院子，院子的墙壁上似乎有被什么抓过的痕迹。妺喜突然闻到了一股腥味，不由得用袖子掩住了口鼻。

"大王，这是什么地方啊？"妺喜禁不住问履癸。

"一会儿你就知道了。"对男人最大的折磨就是自己喜欢的女人对自己的冷漠，此刻妺喜竟然主动问自己，履癸看妺喜有点儿紧张的样子，不禁开心起来。院子下面的墙上有一个黑洞，里面有个粗壮的青铜栅栏门，似乎有一对闪闪发光的眼睛在向外看着。

妺喜看到那对眼睛更紧张了，履癸轻轻拍了拍妺喜的背。

"妺儿，朕要给你看一个有趣的东西。"

履癸对墙上的士兵下令："把它给朕放出来！"

士兵拉动墙上的锁链，随着哗啦哗啦的声音响起，栅栏门被提了起来。

"大王,里面是什么东西?"

妹喜看着那个黑乎乎的洞口,已经看到里面有一双绿色的眼睛,闪烁着凶狠可怕的光。嗖的一下,一个巨大影子从洞中蹿了出来。一头黄褐色的猛兽呼啸着就奔墙上扑来,嘴里发出震天的怒吼。妹喜突然看到野兽瞪着凶猛的眼睛,森森的白牙和张开的大嘴,似乎一下就能跳上来把自己一口吞了,瞬间觉得灵魂出窍,全身汗毛都竖了起来,妹喜饶是胆量大,也尖叫一声钻到履癸怀里。履癸哈哈大笑起来。

"哈哈!朕难以驯服的妹美人,也有害怕的时候啊。你连本王都不怕,竟然怕这个畜生!"

那头猛兽在墙上扑腾着,利爪在石头上划出一道道痕迹,却无法跳上墙来。

"大王,这是什么猛兽,也太过凶猛了!"

妹喜的心仍旧咚咚跳个不停,一直惊魂未定,过了好久才敢睁开眼睛。

"这就是猛虎,是朕豢养来让妹儿开心的!"

妹喜伏在履癸的胸膛上,履癸第一次心中有了和妹喜心意相通的感觉。履癸身边一直是美女如云,此刻第一次有了纵使舍弃自己的生命也要保护怀里这个女人的感觉,不知为什么,只要能让她开心,自己什么都愿意做。

商国驿馆内。

伊挚来斟鄩有一些时日了,天子履癸几乎不上朝,伊挚想自己是否该回到商国了,王女最近也总是在思念自己。伊挚让仲虺为自己贞卜,卜卦似乎在说伊挚应该回到商王的身边去。

履癸不上朝,一应朝政只要经过费昌就可以了。伊挚和费昌请辞,准备先回到商国去。费昌虽然不舍得伊挚走,但从来不强人所难。费昌为伊挚摆酒送别,盼望伊挚早日归来。伊挚的马车走在荒凉的古道上,前后都是黄色的苍茫大地,就在这时候,斟鄩方向突然传来了急促的马蹄之声,一辆马车疾驰而来,尘土中似乎带着一股杀气。

"先生,后面好像有人追我们,不会是劫匪吧?"赶车的小童紧张起来。

"劫匪不会这样急匆匆地从背后而来,到了近前就知道了。"伊挚依旧不慌不忙。

马车果然追到近前。

"伊挚先生，仲虺要和你一起去商国！"

追来的人正是仲虺，仲虺不仅会制造战车，驾驭战车的水平也是独步天下，如今这马车赶起来也能风驰电掣地来到伊挚的马车近前。

"伊挚走了，我该如何呢？一人留在王邑又有何用？"仲虺仰头望向天空，空中一群玄鸟朝东方飞去。仲虺似乎明白了什么，跪在地上，朝苍天不停地磕头。东方就是崇尚玄鸟图腾的商。"当今天下，只有商国天乙的威望可以一呼百应。也许只有商国才能够带领大家和大夏抗衡，如果，也许……无论如何仲虺都要试一下，不能这么窝囊地坐以待毙，否则这辈子就再也见不到妹儿了。"于是，仲虺和伊挚一起回了商国。

天乙听闻伊挚回来了，喜出望外，急忙出城来迎接。

"伊挚先生，你可回来了。这位是？"

"大王，这位是奚仲家族薛国国君仲虺！"

"仲虺国君，有失远迎！"天乙更是大喜。

天乙用国君之礼接待了仲虺，仲虺发现自己和天乙性格颇为相似，两人一见如故。既然仲虺是伊挚先生极力推荐的贤才，天乙自然敬为上宾。仲虺决定留下来和伊挚一起辅佐天乙成就大业，天乙心里自然是乐开了花。有了薛国的支持，商国的实力立即大增，而且仲虺在各方面都是天下的翘楚，对天下之道也有独到的见解。

天乙这天向仲虺请教天下兴亡之道。

"大王，商国国土不是天下最大的，士兵也不是最多的。但大商的气度隐隐有天下之主的迹象，大王亦有王者天下的风范。"

"仲虺国君不要谬赞天乙了，天乙无他，唯有自知和知人而已，虚怀若谷，商国的百姓才能够安居乐业。"仲虺所言，让天乙将信将疑。

"大王如今潜龙在渊，未来飞龙在天，一切不可限量。所以大商只是百姓安居乐业是不够的。假如哪天天子来征伐，大王何以保商国不覆灭于大夏的车轮之下？"

"这个……"天乙陷入了沉思。

"大王,仲虺以为商国强盛而屹立天下之策为兼弱攻昧,取乱侮亡。"

"兼弱攻昧,取乱侮亡?"

天乙没有完全明白其中的意思,继续等着仲虺说。

这时候在一边的伊挚,不由得微笑着对仲虺点了点头。

仲虺接着说:"力少为弱,不明为昧,政荒为乱,国灭为亡,兼即吞并,攻城略地,取为己有,侮慢其人。"

"攻取他国,这个是否与仁德相悖?"天乙问。

"大王,此处只有你、我和伊挚先生三人,要成霸业,就必定要攻取他国,但一定师出有名,不违背仁德。"

此时伊挚说:"大王,如果一国已经弱、昧,表示该国已经开始衰败,若肯来服,则制为己属,不服则以兵攻之。对于弱、昧者,开始要服其人,最终则要灭其国。乱是已乱,亡即将亡,衰败到了极点,其国将灭,商国应当仁不让。对于亡国的,因其败亡形势已经显著,所以已经无可忌惮,故侮其人。既侮其人,必灭其国,故以侮言之,只有侮其旧主,臣民才能臣服商国的仁德之道,真正成为商国的子民。"

仲虺听了伊挚的解释频频点头。

"大王,弱小的、开始衰败的国家就收为附庸国,它若不愿意就打到它愿意,再慢慢让它消亡,成为商国领地。衰败到了极点、势必要灭亡的国家,如果错失良机就可能被别的强国征服,商国要抓住机会征服它。"

"对!仲虺将军真是天下雄才!"

天乙听得酣畅淋漓,抱住仲虺和伊挚的肩膀用力拍着。

清晨,天乙到练武场去巡视,这时候远处突然车轮滚滚,一辆战车冲了过来。

"这战车好不威风!"

战车到了近前,不仅车轮大了一圈,车轴中间更加粗壮,两端还有青铜害套在车轴两头,上面插着铜栓固定住车轮,比一般的木头车轴的战车不知道要坚固多少倍!

前面双马一辕,蹄声清脆,哒哒地来到天乙面前。

"大王，这是仲虺做的新战车！大王以为如何？"

车上一人红发飘扬，正是仲虺。

"好车！如此精美细腻的青铜配饰，也只有仲虺将军才能做出来！"

仲虺给天乙带来的惊喜不止如此，天乙惊喜地发现仲虺还是个青铜铸造大师。仲虺背上的赤蛇在散发着光芒，一切只是刚刚开始。天乙拜仲虺为商国的左相，和伊挚地位相当，并为大将，统领商军，成了天乙的左膀右臂。从此薛国和商国联合在一起，商国开始变得更强。

第十二章　凶手是谁

花园中。

"上啊，上啊！"一个衣服华贵的男人扭动着肥胖的身子，正在指手画脚奋力喊着。他的周围围着一群人，一个个瞪着眼睛，嘴里呼喊着，看着中间，恨不得自己能冲到中间去参加搏斗。

中间的搏斗正在激烈地进行着，地上不时地溅上几滴殷红的鲜血。主角正在纵跃躲闪，你一嘴它一爪互相攻击，昔日漂亮的羽毛已经凌乱，冠子上的鲜血滴落了一地，输赢可能就在一瞬间。

两只大公鸡正在啄架。

而这两只鸡的周围围着一群人，这个胖男人就是葛国国君垠尚。垠尚的爱好就是斗鸡，每日和近臣在太和堂边斗鸡边饮酒。

大夏当今有天下五霸，葛国、昆吾、顾国、豕韦和常国。五霸经过多年征战都成了所在区域的霸主，国君都是大夏的方伯长。方伯长具有代天子征伐四方诸侯的权力，可以不经过天子同意征伐不臣服或者有过错的诸侯，方伯长的权力极大。

这些方伯长也一直四处征伐，扩张地盘，征伐他国的理由自然好找，大多时候天子也和方伯长基本一条心，四方诸侯无不对方伯长心生敬畏。

夏朝初年，和大禹的儿子夏启争位的伯益的长子名为大廉，被封于葛，建立了葛国。

如今葛国国君是垠尚，垠尚这个人好喝酒，为人凶狠好杀戮。垠尚常年讨好履癸和牟卢，尤其和牟卢关系最好，二人经常一起饮酒打猎，所以葛国虽然不是几个方伯长中最强大的，但横行天下多年，却几乎没人敢惹。

最近几年，履癸让各个方伯长征收天下财宝和少男少女，葛国趁机把中原附近众诸侯国搜刮了一遍。

太康氏是大夏宗亲，当然不能忍受葛国的肆意妄为，但葛国竟然出兵把太康氏给灭国了，太康氏只好四处流浪。众诸侯都从心底怨恨葛国，但也只敢怒不敢言。

垠尚几乎天天喝得大醉，尽日酣饮，养着几十个身姿曼妙的舞女，夜夜笙歌，朝中事务一概不管。国内有功不赏，有罪不罚，百姓的民讼也不理，大臣们求见也不见。垠尚每日浑浑噩噩，似乎时光就这样永远没有尽头。百姓纷纷暗地里咒骂，天下不是所有人都能容忍垠尚一直这样下去。

商国。

伊挚和仲虺一起回到商都亳城，天乙见到伊挚回来，又带来仲虺这么一个得力的左相，最近心情一直很好。

这一年，一些葛国的百姓跑到了商国。仲虺找来这些百姓询问原因，原来葛国税收越来越重，这些自由平民不堪忍受葛国繁重的税收，才跑到商国这边来了。这些百姓说："葛国的国君垠尚每年不祭祀天地和祖宗，每日在太和堂中喝酒吃肉，歌舞买醉。哪有一国之君的样子！"

"好，我知道了，你们都留在商国吧。"仲虺听了这些之后，沉思了一会儿，脸上隐隐浮现出微笑。

第二天，朝堂议事之后，仲虺和伊挚到后堂和天乙商议事情。

仲虺问天乙："大王，商国疆域如何？"

"方圆不过百里而已，自从先王得罪了天子，我们的封地就只剩下了这么多。"

"方圆百里，人口不过十万，士兵不过几千，大王可曾听说有施国的事？"

"朕当然听说了，有施国的国土和我们相当，夏王几千大军一到，将有施国打了个落花流水。"

"大王难道就不担心吗？如天子亲征，我们也将毫无还手之力。"

"我商国自夏国开国以来就是望族，朕自然不会让商国葬送在朕手中！不过大商国力如此，只望百姓勤于耕种，士兵勤加操练，还能如何？"

"那大王觉得如此可以保商国万事无忧否？"伊挚继续追问。

"商国的声望虽然不错，但仅是一个小国，疆域连昆吾的一半都不到，更不能和大夏相比。军队只有几千而已，这五大方伯长随便都能轻松把我们踏灭，朕又为之奈何？"天乙不由得叹了一口气。

"大王要壮大商国，就要先吞并掉旁边的葛国！"伊挚说完双眼直视着天乙，他在等天乙的反应。

"葛国？！无端征伐岂不遭天下人唾骂，天子知道了，如果兵发商国，商国就有亡国之危了，天子正觉得没有理由杀朕呢。"

伊挚看天乙果然大吃了一惊，微微笑了。

"大王可曾听说葛王的无道？葛王每日歌舞饮宴，连祭祀这头等大事都不进行。百姓流离失所，加之捐税太重，葛国土地已无人耕种了。"

天乙听了恻然。

"祭祀乃是国中头等大事，那还了得。虽然商国不是方伯长了，但我们还是遣使规劝一下葛国的垠尚吧？"

使臣几天就回来了。"葛国国君说没有多余的牛、羊可供祭祀。"

仲虺赶紧准备了牛、羊，请示了天乙，又派使者送了过去。牛、羊是送了过去，但是葛侯却把送来的牛、羊统统吃了，还是没有祭祀。

"小小商国，竟然多管闲事。"垠尚轻蔑地冷笑。

"垠尚太过无礼！"使者很快又回来，天乙开始愤怒了。仲虺看到天乙的怒火，反而笑了。

"大王不着急，且等来年。"

第二年，春风吹拂大地的时候，燕子从南方归来，开始在檐前筑巢，河堤上的柳树不知什么时候抽出了嫩绿的枝条。

商国田野间一派春耕的气象。阡陌纵横处，耕牛拖着犁铧翻开刚刚解冻的土地，人们赤着脚踩在刚刚翻起的泥土上，感受着生命欣欣向荣的欢乐。这个时代缺少的不是土地，而是耕种土地的人。

天乙和仲虺穿便装到田野间视察百姓春耕的情况。大奴隶主的土地早早地就让奴隶们耕种完了。泥土翻开之后，用耙把翻开的大土块打碎，然后就可以耩地了。田中一个农夫戴着斗笠，光着脚踩在泥土中，一手扶着犁的把手，一手拿着鞭子赶着牛保持直线。

"这位耕田的农家，请问你看到伊挚大人了吗？"天乙对农夫喊道。

农夫停住了牛，摘下斗笠。"大王，您也来了！"脸上充满了汗水和笑容。

"哈哈，伊挚大人，我听说你之前放过羊，没想到你还会耕田呢！"天乙笑了起来。

"伊大人果然是国之栋梁，事必躬亲啊！"仲虺也笑了起来。

有的百姓家劳动力和耕牛等不足，伊挚很担心耽误了春耕，就每天到田间视察春耕的情况，这可是春天的头等大事，有了粮食才能有一切。

"那个农夫回家去取种子了，我正好帮他耕一会儿。这一番景象，耕田岂不是一件让人心情愉悦的事情？"伊挚擦干脸上的汗。

"朕也要耕一圈试试。"天乙说着就要脱鞋下地。

"大王，且慢。伊挚有重要的事情要找大王商谈。"伊挚急忙拦住天乙。

"大王听说葛国的土地很多都已荒废无人耕种了吗？"

"嗯，朕听说了。这件事情很重要吗？"天乙看着伊挚说。

"非常非常重要，我们要去帮他们种地，请大王准许。此事大王听在下安排就是了，但大王和仲虺大人一定要抓紧操练兵马，大王的霸业就要开始了。"

"我商国将士一直都能征善战，士兵也能为了保卫国家奋勇杀敌，你是说葛国没了粮食，便会来攻打我国吗？"

"天机不可泄露，大王只需做好准备等待就可以了。"

百姓一直感激天乙的恩德，听说天乙让大家帮葛国去耕种，百姓一呼百应，都欣然前往。伊挚很快就找了许多百姓去葛国，帮葛国耕种土地，还免费提供种子。葛国贵族们看到如此情景，正好不用自己的奴隶多费力气，反正土地你们商国人又带不走。

"难道秋收的时候，你们还想过来收庄稼不成？到时候就不会再让你们过来了。一群商国傻子，哈哈！来来，继续斗鸡了。"葛国的贵族们继续玩着流行的斗鸡游戏。

葛国大地上，渐渐到处都是耕种的商国百姓。商国男男女女，扶老携幼，葛国大地也是一片欣欣向荣的春天景象了。

耕种土地自然就需要饮食。葛国长年捐税沉重，百姓家里自然没有余粮。葛国贵族奴隶主们更是不肯出一丝一毫。

商国的老人孩子都要给去葛国耕种的人们送干粮和水。尽管只有百里的路，走过去也很艰辛。春天的太阳已经让这些老人和孩子汗流浃背。在去葛国的路旁有一片树林，人们就经常到林边纳凉休息。

这一日，人们正在树林边休息。这时从树林里跑出了一群人，看穿着，应该是葛国的百姓，但看起来都很精壮，不像是饿得要死的流民。

"他们有吃的，大家抢啊！"这些人上来就抢夺人们的食物。老人们一生都唯唯诺诺，此时也不敢争执。商国的孩子们却是天不怕地不怕。"凭什么抢我们的食物，如果你们饿了，我们可以分你们一些！"

那些蒙着头面的人也不说话，竟然拿手中的木棍和孩子们打了起来。其中几个孩子竟然被乱棍活活打死了，孩子的母亲抱着死去的孩子痛哭。"天啊！还能活吗？把我也打死吧！"

葛国人打死送食物的商国孩子这件事情，立即在商国沸腾了。几个孩子的尸首就陈列在大商王宫外的广场上。痛哭之声，悲悲切切地笼罩着整个广场。所有人的眼圈不禁红了，眼泪止不住地落下。

"这些孩子死得太冤了！大王一定要为他们报仇啊！"商国人愤怒了，他们要报仇，一定要为这些孩子报仇。

"杀入葛国！为孩子报仇！"人们头上扎上黑色的束发带，跪在王宫门前请求大王发兵为孩子报仇。

天乙看到了这一切，脸上阴云密布，一言不发地回到玄鸟堂。天乙坐在那里纹丝不动，异常冷静的面庞上透着隐隐的杀气。大堂上只剩下了仲虺和伊挚在静静地站着。天乙猛然一拍虎座的扶手。

"那些孩子到底是怎么死的？"

伊挚和仲虺第一次见到天乙发怒，大堂柱子上伸出的兽头里的烛火似乎都在颤抖。

"大王，应该是葛国的流民为了抢夺饭食，和我国子民起了争执，或许其中有强盗也未可知。"伊挚躬身回答道。

"仲虺，我问的是你，你来说！"天乙依旧怒气不减。

"大王，臣下的想法和伊大人是一样的，定是葛国的流民，欺我百姓，杀我孩童，罪不可恕，必须举兵征伐。"

"当真是葛民吗？葛国的百姓素来懒惰懦弱，突然杀我商国孩童，只是为了几担食物？"

"大王，真相并不重要，重要的是我们的孩子死了，我们的人民要求大王发兵征伐葛国，为孩子们报仇。"

"看来我果然没有猜错！"天乙仰天长叹，"你们是要陷朕于不仁、不忠、不义的境地啊！"

"大王，天下大势，积之寸心数十年，今大势已极，时机不容更刻，旦暮就迟了。"伊挚正色对天乙说。

天乙愕然："先生何出此言？！"

伊挚继续说："夫人动以天，天得以人。有人无天，天下不兴。有天无人，天下不成。百姓之穷苦困极，夫不保其妻，父不保其子，子不保其母，母不保其女，兄不保其弟者，尽天下之人。葛国百姓每天吃不上一顿饭，衣服破烂得都不能遮羞，多少百姓辗转而流离。大王忍心不救这些百姓吗？"

天乙听了之后叹息一声。"然则奈何？又能如何？"

伊挚看了一眼犹豫的天乙。"善民死于苛政，善士死于乱刑。今天子履癸在上，众诸侯恶霸在四方，荼毒天下百姓，葛国不应该为天下百姓而灭吗？往昔共工作乱，有女娲灭之。当年炎帝榆罔失道，不足以统领天下，轩辕黄帝就出现了。义起于时，商国也是不得已。今夏王与五霸作恶，天下百姓都在呼唤明主。今日能为女娲氏、有熊氏者，除了大王，天下还能有谁？天下四方诸侯都将来投奔商国。大王！一切就在此时！"

天乙依旧叹息："噫！黄帝而后，大禹王以天下传家。君臣之分，遂如一定，而不可移。一言一事，不敢稍违天子之命。"

"夫势极而反，时至而化，天地之道也。彼有熊之子，独非榆冈之臣乎哉？身为帝王，上天所命也。天命绝之，虽处天子位，就如上天在惩罚天下子民，人人可取而代之！有仁德者，生于是时，则天之所续也。今之天下仁德之君，除了大王还能有谁？"伊挚的话不容置疑。

"天下纷争多年了！五霸竞斗，谁能平之？吾国小而力微，自存恐或不足，何以救天下？"天乙依旧没有信心。

"救天下者，非以我救天下，使天下自救也。故圣人后天下而具，先天下而成！"伊挚继续说。

"敢问先生，后天下而具怎么解？"天乙发问。

"夫后天下而具者，顺人者也。人未顺而先之则穷，天下人心已顺而后之则通。"

天乙似乎有点儿明白了："何以让人心先天下而成？"

伊挚看到天乙怒气已消，接着说道："先天下而成者，人顺者也。已顺人心再有了征服天下的大王，顺应民心人意天下就可成了！夫圣人者，动于天意人心之不得已也。天变人穷之极，旦夕不能待。圣人念天下之民，亦旦夕不能安。就像背着芒刺在集市上光着膀子被人鞭打。天下的事都是不得已而为之，大王身为大商的王，以为今日还能够只考虑自身？"

"朕从来就不是为了自己，朕所有的一切都是为了大商。如果大商行动，天下人会支持我们？"

伊挚望着天乙的双眼。"天下所以不敢具者，无智人以率之。而其所以不能具者，非仁者人不归之。民众之所以日夜在广场绝食请愿，不正是人心之所在吗？那些失去孩子的父母，有的只有一个孩子，从此变得无可依归，每日只剩下号泣。大王难道不该给那些失去孩子的父母一个交代？"

天乙不由得怅然。"先生之言至情至礼！我们该从何处开始？"

"葛国就在眼前，如今形势已经具备，大王不可迟疑，兵发葛国！"

"商国一向以恩德感化百姓，刚刚帮葛国耕种，突然征伐？"天乙捋着长髯，依旧在迟疑，商国到底该何去何从？

第十三章　血色战车

商国亳城，玄鸟堂。

"大王，如今民怨沸腾，如果按兵不动，民众可能会自发去攻打葛国，到时就一发不可收拾了。"仲虺难以掩饰心中的急躁了。

"朕只求保住商国，让子民能够安居乐业，邻国能够交好。朕厉兵秣马只期不让别国欺侮商国，不是为了入侵别国。不经天子同意征伐葛国，只有方伯长才有这个权力，商国已经不是方伯长了。擅自征伐，万一天子怪罪，发兵来征伐，我们不是以卵击石、自取灭亡吗？"天乙依旧不为所动，他是商国的王，一切重担都在天乙肩头。

"大王，商国越来越小，如今只有百里之地，如若强国来袭，大商将何去何从？"仲虺直接挑明了形势。

"朕何尝不知，只能从长计议。"天乙还是不同意。

"但若我们有了葛国的土地，商国的实力才有可能和强国进行一搏，况且葛国杀害我们孩童在先，大商征伐是正义之师，人心所向，机不可失。"仲虺继续劝说。

"大商攻打葛国能胜吗？"天乙虽然嘴上不松，目光却已经望向了远方。

仲虺不由得对伊挚露出了笑容。

"大王尽管发兵，伊挚担保天子在我们出兵的时候绝对不会征伐商国。大王难道不想恢复大商的昔日荣光？"伊挚如同在自言自语。

"哈哈，伊挚先生，身为商国的大王，天乙怎会没有恢复昔日大商荣光的信念！天乙一人生死算不得什么！"

"伊挚怎会不知大王鸿鹄之志！伊挚定会助大王展平生所愿！征葛之后，我们主动去夏都斟鄩和天子认错，必有回旋的余地。"

"大王要成霸业，必有英雄胆气才可！"仲虺此刻刺激了天乙一下。

"仲虺将军所言极是！哈哈！"天乙一拍几案大笑起来，震得玄鸟堂梁上的尘土纷纷落了下来。"天下大事，谋事在人，成事在天！"

伊挚也笑了，他看出来天乙终于下定了决心。

"得二位真是天乙三生有幸！三日后出兵征伐葛国！"天乙望着远方，已经没有一丝迟疑。

仲虺听到天乙的话，眼中逐渐透出兴奋的光芒，嘴角露出难以隐藏的笑容。天乙看着仲虺笑了。"仲虺将军看来等待此刻多时了！"

仲虺立刻去整顿军马，准备出征的事。如今出兵葛国只是时间问题，商军上下已经做好了准备，时刻等待着天乙出征的命令。

第三天清晨。天空阴云翻动，冷风吹得玄鸟旗发出飒飒的响声。天乙命人敲响了朝堂门前的大鼓，民众和士兵都聚集在广场上。在葛国被打死的五个孩子已经装入棺材，无声地摆在大军的前面。天乙满面泪痕，吹起牛角，如同遥远的呜咽之声，所有人开始为这些孩子举哀，广场上哭声一片。

"我们帮葛国耕种土地，他们却杀我孩童，残我骨肉。都是朕的错，对葛国过于仁慈宽厚。是可忍孰不可忍！孩子不能白死，朕一定替你们复仇！朕与葛国不复共生！有葛无商，有商无葛！"

"有商无葛！有商无葛！"广场上尽是晃动的长戈和嘶鸣的战马。

仲虺制造了数百辆新的战车，这些战车被赋予了杀戮的灵魂，战车辕下的战马跃跃欲试地踏着前蹄。

"今日朕就要出征葛国，为孩子们报仇！！！"天乙举起了手中的开山钺。

"征葛报仇！征葛报仇！"数千名士兵同时发出了震天的呐喊声，声浪此起彼伏，天地都在震动。

广场上十字旗杆顶端的大旗随风飘动，好像随时要飞起来。士兵们早就在等待这一刻。伊挚只启用了国中西路三军，东路三军受命严阵以待，以防别国趁机偷袭商国。

"出发！"天乙在战车上用手中的开山钺指向前方。大军徐徐而动，商军出征了。天乙心里有一种异样的感觉，他不确定自己走出这一步之后，后面迎接自己的是什么，但天乙知道自己必须走出这一步。商国大军辞别了国中父老，大军前后蜿蜒数里，如一条巨龙直奔葛国而去。大军启程之后，天乙的脸上没有一丝笑容，既然已经踏出了这一步，就再也不能回头了。此刻谁也不知道，前面到底是什么在等着商国，在等着天乙。

第二天，大军进入了葛国境内。天乙让大军时刻戒备，随时准备作战，大军走了半天，葛军依旧没有出现。

"葛军都去哪儿了？难道在前方埋伏着？"仲虺也狐疑起来，派出士兵快马去侦察前面的情况。

大军经过葛国的村庄的时候，路边站着一些孩子，这些孩子衣服破烂不堪，一双双大眼睛好奇地看着大军徐徐经过。孩童们看到大军，慌忙跑回家中告诉父母。葛国百姓开始以为又是葛国国君垠尚来狩猎，准备举家藏匿起来。远远望过去，商国大军阵齐车正兵肃马静，旌旗整戈矛齐。商军步伐在大地上踏出铿锵有力的节奏，大军如行走的树林，又仿佛一堵堵墙在路上行进，没有一卒乱走一步，没有一兵抢掠百姓。

村中年龄大一些的智者看出些什么。"这是商师来征伐无道的葛国了，商王素来仁义，大家不用害怕，继续忙自己的事情就是了。"葛国百姓不再惊慌，依旧耕田劳作，丝毫不受影响。

商国大军一路上竟然没有遇到葛军。

"大王，前面有一座城！"侦察兵回来禀报。旷野之上一座大城隐隐在望。

"大王，那就是葛国的都城赞茅！"伊挚也看到了前面的城。大军顺利到了赞茅城下，天乙命令大军在城外三里扎营。

葛王垠尚此刻依旧在太和堂中喧饮。

"大王！商军兵临城下！"一名士兵慌慌张张地跑了进来。

"慌什么！没用的东西！"垠尚一挥手。

垠尚命令手下关闭城门，召城外百姓入城躲避，但城外并没有人进城躲避，似乎这场大战和他们没什么关系。

垠尚早就听到禀报说商军只有三千人马，心中不再惊慌。"等商军来到城下我们以逸待劳，叫天乙那竖子有来无回！"葛国的将士根本没把商国放在眼中。

黎明来临了，垠尚点了国中兵马出城列阵。葛国有两员大将，一个是勾殊，一个是垠尚的贴身护卫大将庆辅。勾殊是垠尚的弟弟，是垠尚的死党，垠尚最信赖勾殊。庆辅最近病了没有出阵，留在城内守城。

勾殊和垠尚长得有几分相似，面相有些凶狠。勾殊虽然也酗酒，却一直在军中，看起来更强壮，一看就是一个凶残且不好对付的角色，葛国大军都归勾殊指挥。

此时天乙的大军早已列阵赞茅城前。从赞茅城中涌出大量葛国士兵，最少是商国军队的两倍。天乙不由得倒吸了一口凉气："看来有一场硬仗要打！"

垠尚催车上前，以马鞭指着天乙："好你个天乙，竟敢犯我大葛，这次定让你有来无回，此处就是你们的葬身之地！来啊，将他们给我包围起来！"葛军迅速分开，从左右两侧开始朝商军后方移动。垠尚退回城中，登上城楼观战，勾殊指挥葛军，葛军来回穿插，等商国人明白过来，已经被葛军围在了赞茅城下，只有对着赞茅城头的一面没有葛军。

与其和城外的葛军纠缠，不如直接攻城，天乙准备攻城了。

此刻，垠尚立于城楼上下令："盾牌阵进攻，弓箭手放箭！"

勾殊指挥葛军前阵用藤条做的盾牌挡在身前，后面的弓箭手弯弓搭箭。城楼上的士兵居高临下，一排一排的士兵一起放箭，瞬间密集的箭雨就落了下来。

商军的阵形微有骚动，天乙也是脸色一变。

此时勾殊指挥葛军再次放箭射向商军，一时间天空又下起了漫天箭雨。

"啊！"商军中有人中箭了。伊挚忙命令商军采用防御阵形，使用弓箭还击，但敌我兵力悬殊，加之对方有藤牌阵护持，转眼间，就有不少士兵中箭倒地。

天乙抡起开山钺准备朝葛军冲过去。紧张万分的时刻，仲虺却始终保持着镇定的微笑。

"大王莫慌，让我来。战车出击！"仲虺命令道。

随即上百辆战车，前后交叉两排！大地上似乎响起了雷声，商国的战车风驰电掣地朝葛军冲过去。

战马的前腿和前额都覆盖了新的青铜护具，前额一根独刺伸出，犹如天马下凡。

"射死那些战马！"垠尚喊道。葛军的弓箭朝着商国的战马飞了过去，弓箭射到战马身上就掉了下来，战马继续朝前飞奔。

"这些战马怎么射不死？"葛军心中骇然。原来商国战马身上也披着牛皮，一般弓箭根本无法伤到战马一分一毫。

勾殊看到弓箭没有作用，商国的战车却已经冲到面前了，便赶紧命令葛国的战车出击。葛国的这些士兵曾纵横周边诸侯国，所向披靡，犹如一群野兽一样催动战车冲了上来。

"出！"这时候，仲虺一声令下。商国战车的车轴在机关作用下长出了长长的狼牙棒，向车身两侧各伸出去一丈左右，棒上的狼牙刺就有一尺长。战车像一排滔天巨浪冲向敌军，两边的狼牙棒旋转起来，犹如一个个吃人的旋风，看得人胆战心惊。

阵前的葛军慌忙放箭，但是弓箭根本伤不了带着铠甲的战马和躲在车围后面的士兵，战车所到之处，葛军两边逃窜，正好被车轴上翻滚的狼牙刺挑了个血肉模糊，惨叫声此起彼伏，让人似乎听到了来自地狱的魔鬼的喊叫。

战车上的商国士兵拿着戈和长矛，对着下面的葛军一顿狂刺，战场瞬间就成了杀戮的地狱。战车之后，各有一队商军同时掩杀过去。

葛军虽然也有战车，却都是木头做的，被商军战车到跟前一个转弯侧撞，就被狼牙刺绞断了车轮，战马也被狼牙刺绞得内脏横飞。商军战车冲杀几个来回，战场上只留下了葛军横七竖八堆积的尸体，红色的血雾弥漫了天空，商军的战车和士兵都被染成了红色。

天乙和城楼上的垠尚都被眼前的景象惊呆了。

勾殊的确够凶悍，催动战车朝着仲虺杀来。

此时的仲虺早已不是当年在有施城外的仲虺了，他举起手中的狼牙棒和勾殊打到一处。

勾殊久经沙场，手中的长矛凶狠灵活，仲虺开始用狼牙棒四处抵挡，不一会儿明显处了下风。仲虺心中骇然，想起有施城外的遭遇："难道今日又要再一次输掉吗？！"

"不！绝不能再输！为了妹喜，一定要战斗下去！"仲虺咬着牙，抵挡着勾殊拼死的进攻。慢慢仲虺看到周围已经都是商军了，勾殊也不过是拼死想迅速战胜自己求得一丝机会，但勾殊的算盘落空了，仲虺的心已经没有那么脆弱了。几个回合之后，仲虺知道勾殊怕了："受死吧！"

勾殊一愣神，一狼牙棒正好打在勾殊的头上，狼牙棒上几寸长的铜刺刺入勾殊的脑袋，他顿时一命呜呼。

仲虺杀得兴起，对着城楼上喊道："昏君垠尚，还不开城受死。"仲虺浑身都是血腥之气，斗志被激发出来，再也没有什么畏惧了！

如果此刻回到有施城外，他定会为了妹喜和履癸拼死一搏，再也不会像当初那样眼睁睁地看着妹喜被抢走了。

第十四章　商汤斧子

葛国都城赞茅城外。

天亮了，残酷真实的血战还要继续。夯土的城墙厚重结实，似乎牢不可破。

高高的城楼上坐着一个人，肥胖的身体压得藤椅吱吱呀呀作响，两条腿颤抖个不停，双眼一直紧紧盯着城下的战况，脸上现出惊恐的表情，似乎看到了人间的地狱。

这人就是葛国国君垠尚，他背后的丝绸衣服已经被汗水浸透了。

勾殊死了，商军士气顿时大振，疯了一样地屠杀葛军。一阵恐惧袭来，垠尚浑身的汗毛都竖了起来，垠尚一瘸一拐地下了城楼，命人将城门紧闭，再也不敢露面了。

残阳映照着城外的鲜血，天地之间一片血红。

葛军败退回城，仲虺得胜收兵。

"哈哈哈哈！仲虺将军真是神勇无敌，不愧文武双全，天下的雄才！"天乙兴奋地拍着仲虺的肩膀。

"大王过奖了，仲虺侥幸取胜，商国将士勇猛杀敌，今日才能取胜。"仲虺心底那日履癸带给他的阴影终于消失了，他将无所畏惧。

"将赞茅城围起来！不许任何一个人出城。"天乙知道垠尚肯定会派人去昆吾求援。

商军此战之后士气高涨，将赞茅城团团围住。当东方出现鱼肚白的时候，商军开始继续攻城。商军刚攻到城门口，城上就箭如雨下，商军没办法靠近，只得退了下来，如此几日均未有所斩获。

夜晚来临，天乙的大帐内。

所有将士都感觉心头压了一块大石头，只有燃烧的火把偶尔发出"噼啪"的声音。

"难道就攻不下这个赞茅城了？！"天乙发火了。攻城时间一长，天乙已经隐藏不住内心的焦虑。

仲虺想说什么却又咽了回去。

"其他诸侯如果知道消息趁机偷袭商国，或者天子发兵来攻打商军，那一切都完了！"

"大王，天子应该不会为了葛国出兵，昆吾的牟卢也没有准备，要想出兵到达这里那也是一个月之后的事情了。到那时候，这里的一切都已经结束了。"伊挚看出了天乙的焦躁。

"垠尚闭门不出，赞茅城久攻不下，时间长了，大军士气必然逐渐耗尽！商国进攻葛国的消息早晚会传出去！"

"国君不要着急，三日内必有人献葛侯来！"

"真的？希望一切如先生所言！"天乙心底对伊挚说的这件事将信将疑。

垠尚每天依旧在太和堂中饮酒作乐，借酒消愁，只盼望商军早日退去。当下身边只剩不到三千护卫，都不肯出战了。

夜晚来临。一人在王府院中，身材精瘦，双眼在黑夜中闪着逼人的光芒，他对面是上百名垠尚的守卫，这人正是垠尚的护卫大将庆辅。

"大战在即，各位如愿为葛侯死战，则明日出城一战。有愿出战者，速去准备！"护卫哗啦散去了一半，这些人走出院门，经过一个长长的胡同。"都不要动，不许出声！"两边墙上伸出无数长矛、弓箭。这些人不明所以，待在原地不动了。如今院中剩下的都是庆辅的心腹了。

"垠尚终日饮酒，不祭祀先祖，不带领国民耕种。百姓不能自给自足，税负沉重不堪。商国国君天乙是仁德之君，商国发兵葛国只是针对葛侯垠尚，我们何不拥立商国天乙国君为主，那样葛国的百姓才会有好日子过！"庆辅素知商国天乙国君的仁德，早已不满垠尚平日的所作所为。

"愿听庆辅将军命令，拥戴商国天乙国君。"属下士兵都附和道。

"今晚我们就擒了垠尚献给商君发落，有功劳者商君必有赏赐！"

庆辅大步在前，一群人蜂拥而行，转眼就到了太和堂前。太和堂中和平日一样，灯火辉煌，垠尚依旧在太和堂中饮酒。他派人顺着绳子爬下城墙去昆吾求救，奈何商军包围严密，派出去的人都被商军给抓了。

"索性朕就在城中死守了，时间一长，昆吾必定得到消息，待牟卢派大军前来救援的时候，来个里应外合，商军定会一败涂地！"垠尚一爵一爵地喝着酒，越喝心里越烦躁。

灯火摇晃中，垠尚好像看到殿下有一群人影，揉了揉眼睛仔细一看，是自己的近卫勇士，当前一人正是庆辅。

"庆辅将军，你们不去守城，在此做什么？"垠尚隐约感觉到似乎哪里不对。

"大王，庆辅看大王寂寞，特来陪大王喝酒！"庆辅笑眯眯地说。

"喝酒，好，过来，陪朕一起喝！"

庆辅走上前，坐到垠尚对面，给垠尚手中的酒爵倒满了酒，自己也倒了一爵。庆辅举着酒爵，跪在垠尚面前："庆辅一介布衣，蒙大王赏识做了葛国的将军。这爵酒敬大王的知遇之恩！"说罢，庆辅仰面干了爵中的酒。

垠尚有点儿不好意思了，也干了爵中的酒："庆辅将军武功盖世，自是不会被埋没的！"

庆辅看到垠尚的酒干了，就伏身在地，向垠尚跪拜了三次。

"庆辅将军，你不必如此！"垠尚并没有动，看着庆辅给自己磕了三个响头。

庆辅站起身来，给垠尚满上了酒，又跪在垠尚面前，说道："这爵酒敬大王，庆辅如果做了对不起大王的事情，希望大王不要记恨！"

"庆辅将军，今日何必如此客套！"垠尚狐疑地喝了第二爵酒。

就在这时候，庆辅突然站起来。

"葛侯垠尚，昏庸无道，每日只知道饮酒作乐，不祭祀先祖，土地荒废，民不聊生。今日庆辅要擒了你去献给商国。"

"啊？！好你个庆辅，今日看你就不对劲，竟敢造反！来人！"

垠尚一声呼喊，身后的帘内蹿出了十几个大汉。庆辅也不说话，直接朝垠尚飞扑了过去，周围那些大汉手里的铜剑纷纷朝空中的庆辅刺过来。

庆辅全无惧色，手中两把短刀，在十几个人中上下翻飞。殿下那些士兵都看呆了，他们知道庆辅将军武功高强，今日一见，果然是高出自己不知道多少倍。

转眼就有两个人的手腕被庆辅给刺伤了，这十几个人知道了庆辅的厉害，变得更加谨慎了，想依靠人多，把庆辅累垮。

垠尚看自己的贴身卫士挡住了庆辅，赶紧迈开步子朝堂后跑去。

"你们快去抓垠尚！"庆辅急得大叫一声。

庆辅带来的那些人，面面相觑，在这种胜负不明朗的情况下，什么都不做才是最明智的，这个时候如果做出错误的选择，脑袋可能就不在自己肩膀上了。

垠尚转眼就要跑了，庆辅看到没人行动，自己又无法脱身，心中不免焦急。就在这时，围着庆辅的那十几个人突然眼前白光一闪，瞬间什么也看不到了。

"怎么突然看不见了！"

这些人急忙跳出去揉眼睛，等再看清的时候，庆辅已经朝着垠尚而去。

垠尚一看不好，急忙加快速度。垠尚天天喝酒吃肉，身上全是肉，大肚子一颠一颠的，根本跑不快。庆辅转眼到了垠尚身后，飞起一脚正踹到垠尚屁股上，垠尚一个趔趄，扑倒在地，庆辅飞身过去，短刀抵住了垠尚的脖子。

"都别动！垠尚大势已去！我们今日归降商国！"

那十几个人素来也佩服庆辅，看到垠尚被擒，互相看了一眼，纷纷扔了兵器。

"我等愿听庆辅将军差遣！"

庆辅带来的那些人赶紧上来把垠尚绑了起来。

"竟敢绑你们大王！哎哟，疼！"垠尚一下就没有了大王的威风。

一群人到后堂中把垠尚一家全给抓了起来，然后是垠尚的近臣，统统都抓了。本来寂静的夜晚突然喧闹起来，城中一片聒噪呐喊之声。

"垠尚被擒了，欢迎商国天乙大王进城！"庆辅带领自己的人，走到天乙所在的城门前，守军早就听说垠尚被抓了，庆辅不费吹灰之力就赶退了大门守军，打开了城门。

伊挚一直盯着赞茅城的动静，听到城中喧闹之声，脸上露出笑容。

"垠尚必定被擒了！大王我们进城吧。"

"进城？"

天乙半信半疑，率领大军到了城下。

果然赞茅城门大开，葛军高呼："迎接商国天乙大王入城！"

城上城下都点起了火把，把赞茅城照得如同白昼，百姓也都醒了，都到路边观看。

天乙大喜。

"伊挚先生，这是怎么回事？！"

"大王，大军先进城，伊挚再详细向大王禀报！"

天乙命三军直举戈矛进城。商军军纪严明，一人不出伍，一戈不斜拟。葛国百姓，没有一人害怕躲闪，都在路两边看着，商军进城和他们似乎一点儿关系都没有。

此刻天色初晓，曙光透过城墙照入城内。葛民齐声呼拜："天乙大王！"

天乙到了太和堂，见到被捆绑于地的垠尚。

时光回到数月之前。伊挚在给葛侯送祭品过来时，便已经和庆辅成了朋友。一天，庆辅和伊挚一起喝酒，庆辅讲起了一个故事。

"伊挚先生，当年共工撞倒了不周山之后，撑住天空的柱子便发生了变化，西北的天穹失去撑持而向下倾斜，故天倾西北，日月星辰就飘了过去；大地的东南塌陷了下去，于是江河都流向了东南。天空因此有了漏洞，才有女娲补天的故事。"

"若不是有共工，何来江山秀丽？哈哈！"伊挚也喝得不少了。

"这些什么撞倒不周山天地变化的事情，伊挚先生，你相信吗？"

"不可不信，不可尽信！"伊挚也微醺了，笑着对庆辅说。

"哈哈！就知道你也不信，其实我也不信这些。你可知庆辅虽然外貌猥琐，但我也是共工之后。"

"伊挚早就知道庆辅将军是共工之后了！庆辅将军神采天下无双，何来猥琐之说？！"伊挚眯着双眼看着庆辅。

"这个先生都知道？但我会飞檐走壁，瞬间消失你信吗？"庆辅也笑着对伊挚说。

"这个我不信，我知道庆辅兄武功高强，近身肉搏无人能敌。"伊挚说着，准备继续喝酒。突然眼前白光刺眼，瞬间什么也看不到了。伊挚忙遮住双目，手中喝酒的陶杯都掉到了地上，摔了个粉碎。等伊挚能看清的时候，庆辅确实不见了身影。

"我在后面呢！"声音突然从伊挚耳后传来，原来庆辅就紧紧贴在自己身后。

伊挚大惊："庆辅兄如此本领，取任何人首级岂不易如反掌。"

庆辅和伊挚交往越多，就越佩服伊挚，对商国的天乙也是越来越钦佩，就有了归降商国的想法。

"庆辅将军，不要着急，等时机成熟了，庆辅将军会有大功一件，到时候你再到商国，天乙国君必定对庆辅将军感激不尽，那样岂不是更好？！"

商军的到来，使庆辅终于知道了自己的"大功一件"是什么了。

此时的太和堂前一片灿烂的阳光。

天乙亲自在太和堂前审判垠尚，周围挤满了黑压压的百姓和士兵，垠尚被推了上来，跪在人群中央。

"朕曾经和你们说过，人照一照水就能看出自己的形貌，看一看民众就可以知道国家治理得好与不好。"

仲虺用脚踩住垠尚的后背。"不杀了垠尚，何以快葛民之心？如何为死去的孩子们报仇！"

垠尚大呼："我没有杀商国的孩童啊！"

"你真的没有杀那些孩子吗？"天乙盯着垠尚问。

这时候天乙看到伊挚对着自己摇了摇头，伊挚又看了下广场上无数的将士、商民和葛民，伊挚做了一个横向的手势。

"伊挚为什么要杀垠尚呢？"天乙看着广场上躁乱狂热的人群。突然，天乙不由得寒意直透脊背。

"是啊，不杀了垠尚，他肯定会到天子那儿告状，到时候死无葬身之地的就是自己了。而自己死不足惜，这广场上的万千将士和商国中的家眷妻儿，都将无一幸免。谁都知道天子履癸的勇猛与凶残，而以后自己终将要去面对那个对手。眼前如果稍有犹豫，杀身灭国之祸就会立即到来。"天乙已经明白了伊挚的意思，望向台下的人群，站在这里就是这些人的王。真是庆幸自己有了伊挚和仲虺这样的人才辅佐，如果是自己该如何面对这些杀戮和诡计呢？

"枭首葛侯，以报商国死去的孩童之仇！"

垠尚每日喝酒取乐，肚子大得和一个瓢葫芦一样，跪在那里喘不上气来。垠尚抬头，只看见天乙是那么高大威猛，胡须在风中微微飘舞。

天乙缓缓举起巨大的开山钺，钺上面的玄鸟在刺眼的阳光下，似乎变得凶猛而狰狞。

"饶命！"垠尚的求饶已经来不及了。垠尚留下的最后一句，天乙并没有听见，谁杀了商国的孩童，这已经不重要了。

"受死吧！"随着天乙臂膀晃动，一道青光闪过。

垠尚头颅滚落在地，鲜血喷了出来。喧闹的广场上，立即变得鸦雀无声。将士们望着天乙，眼神中充满了敬畏，天乙就像天神一样。

"那些死去的孩子们的仇报了！"

天乙高呼！寂静的广场上，突然爆发出呼喊："天乙大王！天乙大王！"

天乙望着人群，明白自己和商国已经踏上了一条不能回头的路。从此，葛国的土地都归了商国。

真正的考验才刚刚开始。

第十五章　元妃嫉妒

何事弄心舟，漪漪散愁痕。频频雁字去，悠悠鸿书还。
遥忆杏花远，痴梦笑罄时。盈盈含笑未，沧海可为缘。

夏都斟鄩，容台。

一个美丽的女子斜靠在榻上，檐外的海棠花瓣一片一片地掉落，落花时节最易伤感。

在大夏宫中的日子虽然难熬，但时间依旧在妺喜每日思念父母和仲虺中流逝着。时间不会等任何人，转眼半年时光过去了。

"天子履癸是真的喜欢我吧！没有强迫过我做什么。每日都会来看望，除了一应衣服吃食，还不时送来各种珍奇的礼物讨我欢心。难道女人遇到这样一个男人就是最好的结果了？"

履癸自从放出猛虎吓得妺喜扑倒在自己怀里之后，妺喜对履癸却也没有那么抗拒了。

当一个男人真的爱上一个女人之后，自然也希望这个女人是真心喜欢他，而不是因为惧怕他大王的身份。

履癸得到了妺喜之后，平日里就总喜欢待在妺喜这儿，每日宴饮歌舞，生怕妺喜一个人闷，想尽办法让妺喜开心。

纵情歌舞是妹喜最喜欢的事情，宫中本来也有些舞姿翩翩的女子，自妹喜来了之后，顿时都黯然失色，一个个只能给妹喜伴舞了。妹喜不仅擅舞，歌喉婉转，宫中更是无人可比。

妹喜一歌，天下无歌。妹喜一舞，天下无舞。履癸越发从心底喜爱妹喜了。

人的心中有爱，整个人就充满了朝气和动力。思念也会让一个人充满了动力，历经多年也不会变，即使那个人并不思念自己。

今夜又是宴饮歌舞。

有了妹喜之后，整个容台都变得明媚起来。元妃和妹喜比起来，就如庙堂中的塑像一样，虽然看起来很美，但谁也不会总盯着看。

履癸突然想到，似乎很久没见到元妃了。以往这个时候，应该是元妃洛氏端坐在自己对面，仿佛吃饭也是一种仪式。

妹喜看履癸出神："大王可是想元妃了？"

"没有，没有。"履癸急忙否认。

"妹儿明日也应去拜见元妃了。"

妹喜身为新妃，应先去拜见元妃，日后在宫中也好有个照应。孤身一人在宫中，日子终究还是要过下去的。只有活下去才有希望再见仲虺，还有那个伊挚先生。想到了这里，妹喜顿时觉得一切都有意义了。

妹喜派阿离去元妃宫中请求拜望，元妃宫中的宫女传话过来："翌日请新妃到宫中相聚，叙家常。"

窗外红霞满天，晨鸟叽叽啾啾。

"大王，妹喜今日要去拜见元妃娘娘！"妹喜早早洗漱完毕，履癸还在床上睡意未消。

"哦，元妃估计不会给你好脸色，需要朕陪你去吗？"

"我们女人说说闺阁间的事情，大王就不用陪我了，我会把握好分寸的！"

履癸本来想起见元妃就浑身不自在，正好落得不去，端端正正地去上朝了。费昌、关龙逄、太史终古等臣子看到天子上朝，急忙拿着各种奏章来启奏。履癸今日春风满面，言语温和，处理奏折时不明了的地方，耐心咨询费昌等重臣的意见。大臣们互相交换了下眼神。

"这个新妃妹喜改变了天子,而且是好的改变。也许抢来的新妃,是来辅佐大王的,是我们大夏之福。"

夏宫中亭台楼阁虽不是过分精致华美,但有一种天子的气派。妹喜在元妃宫女的带领下前往元妃宫中。这些宫女她并不熟悉,妹喜突然有了一种陌生感。

"元妃娘娘请新妃单独留下说些私密话,其他人都退下吧!"元妃的宫女说。

"你回去等我吧!"妹喜对身边的阿离说,阿离犹豫了一下,只好独自回了容台。

元妃寝宫所在之处清幽宁静。妹喜走进了大门之后,身后咣当一声,大门立即被关上了。妹喜回头看了一眼,隐隐有一种不好的感觉。

简约古朴的院子中并没有花草,不知几百年的两棵古柏让院子中透着一股清凉,柏树下放着厚重的石桌和石凳。妹喜轻步穿过院子,进入元妃宫中的正堂,大门随即被从外面关上了。

宫女在外面说:"元妃请妹喜娘娘在此稍候。"

妹喜立在堂中,环顾四周,只见正堂极其简洁古朴,墙上有一篇古文。

"既载壶口,治梁及岐。既修太原,至于岳阳。"

妹喜从小就读诗书,知道这是夏先王大禹的文章,大禹勘定了九州,才有了真正意义的天下九州。堂内除了桌椅之外,几乎没有任何装饰。妹喜也不敢坐下,站在原地等着。过了良久却不见元妃到来。堂内不一会儿就变得寒气逼人。堂内空无一人也没有掌灯,越发让人觉得阴冷异常。妹喜本来觉得到元妃这里请个安,客套几句就可以回宫了,没想到等了这么久,时间一长不由得寒意浸身。

"元妃娘娘,妹喜在此等候,给您请安。"

妹喜说完,四周并没有任何回应,连个宫女都没有。室内幽暗,窗纱透过来的光线昏暗不定,映得树影如同张牙舞爪的恶魔。妹喜有些害怕,赶紧朝后堂走去,后堂的门是关着的,门从里面插着,里面静悄悄的,似乎空无一人。

妹喜急忙回到正堂的大门,发现大门也被人从外面拴住了。

"外面有人吗?"依旧没人回应。

日光在窗棂布上划出了斜斜的影子。不知几个时辰过去了,妹喜出来的时候是辰时,如今已经斜阳西坠。半天多水米未进,妹喜也不敢越礼坐下,双腿发酸,头开始晕起来，渐渐有些支持不住了。就在这时，外面传来宫女的声音。

"元妃娘娘驾到！"

吱呀一声，宫门打开了。

妹喜赶紧强撑住精神，夕阳中一个影子斜斜地映进大堂中，妹喜偷偷看了一眼，一个黑色的人影慢慢在宫女搀扶下走了进来。元妃面无表情地进来，坐在了堂中主位上，但没有给妹喜赐座。

"妹喜娘娘，你入宫数月，天子天天在你处徜徉，都忘了本宫这里了！"

"妹喜不敢，妹喜一直想着找机会来拜见元妃娘娘！"妹喜赶紧跪地行稽首礼。

"希望你以后知礼，好好陪伴天子，不可有任何不合祖礼的行为！请回吧。"元妃继续说道。

妹喜本来又渴又累又冷地待了一天，刚才突然跪地行礼，人几乎要虚脱了。妹喜哭着离开了元妃宫。

履癸在朝堂和费昌等讨论处理了诸多国事，中午设宴款待了朝中群臣。今日履癸心情格外好，酒宴上喝得酣畅淋漓，和大臣们一起指点江山。

履癸突然觉得，人生原来如此美好，自己拥有天下，是天下的天子，宫中又有了妹喜。以前怎么没觉得做天下的王是如此有成就的一件事呢，这一切应该都是因为妹儿，是她让自己变成一个更好的大王。

履癸回到容台已是黄昏时分，发现妹喜不在，急忙遣人去找。宫女在去元妃寝宫的路上遇到妹喜，急忙把她迎了回来。妹喜一见到履癸就大哭了起来。相比起元妃来，妹喜才明白，只有履癸才是真心对自己好的人。其他人也许都恨不得把自己踩在脚下而后快，这也许就是天子的后宫吧。妹喜想起父王母妃送自己来夏都的时候，就嘱咐她一定要学会保护自己。

"看来我还是太幼稚了，活着不仅仅是歌舞，不仅仅是爱或者不爱，还要努力生存，要打败那些想要打败你的人，和那些必须搞好关系的人搞好关系。"

而妹喜现在唯一拥有的就是履癸的爱。妹喜珠泪暗垂，雨落海棠的样子，恐怕天下任何男人见了都会心潮澎湃。履癸本来见惯了妹喜爱搭不理的样子，此刻内心顿时酥了，履癸第一次发现自己原来这么在乎这个女人，她受一点儿委屈，都是自己的过错。

"妹儿,何苦至此,元妃责罚你了吗?"履癸无限怜惜地抱住妹喜。

妹喜挣脱了履癸的手,跪在地上,一五一十地哭诉了今天事情的经过。

"妹儿固然常得天子眷顾,但妹儿并无半分狐媚天子行径,请大王为妹儿做主。"

履癸愤懑起来:"那元妃洛氏平时就对朕横挑鼻子竖挑眼,朕从来都是顾看她的颜面,如今竟然欺侮爱妃,岂能一直容她作怪?"

妹喜呜呜地哭着不说一言,履癸的心都碎了不知道多少次了,鼻中酸涩。

"都是本王不好,以后一定不让你受一点儿委屈!"

妹喜不说话,依旧抽泣着。

"妹儿受委屈了,天色已晚,我们早点休息吧。"

阿离在一旁说道:"娘娘站了一天,还被训斥,到现在一口饭、一滴水都没有碰过呢。"

履癸大怒:"这个女人以为自己是先王给朕指定的元妃,就处处要求本王,本王即使在后宫中也无半分自在,还好本王已经有了你,本王才变得开心些。朕一定要废了她,区区洛氏能耐朕何?"

妹喜又抱住履癸双膝哭诉:"君王为贱妾而伤元妃,天下不服,朝臣多言。且万一后悔,又如何呢?唯愿赐妹儿一死,他们才能心里畅快。"说着说着,妹喜已经泣不成声。

履癸也忙跪了下来,两人相拥。履癸的臂膀宽阔有力,妹喜心里踏实了很多,抬头看到履癸英武的面容,履癸也正看着自己,眼中满是温柔怜惜。

第十六章　重恨春意

夏都斟鄩。天空飘起了雪花，大地白茫茫一片。

岁初犹自杨花舞，蒙蒙漫遮尘世。

遍洒冰河，轻沾襟袖，揉细愁丝飞坠。

雁来声碎。正谢苑徘徊，诗心谁会？

蒙草滋芽，总教重恨唤春意。

沉沉荒径玉积，眼穿肠断处，遗踪深瘗。

缀柳妆花，旋楼湿幕，魂梦长迷帘际。绮窗还闭。

念伫久霜人，带围憔悴。万缕萦思，忍堪融逝水。

妹喜裹紧了白狐斗篷，看着院中片片飘落的雪花，突然觉得好冷，回头望见雪地上留下孤单的脚印，心中涌起一阵莫名的孤独。

"仲虺哥哥在心中的样子渐渐地模糊了，眼前能让自己有些许温暖的也许就只有天子履癸了。如果再失去了天子的宠爱，自己就真的如这雪花般融化在地上消失不见了。"妹喜的思绪随着雪花飘舞着。

妹喜知道必须活下去，那个洛元妃不会轻易放过自己这个异类。自己的一切，青春、舞蹈和歌喉都是元妃没有的，元妃有的只是礼仪和端庄。

元妃从不和履癸同床就寝，这让妹喜吃了一惊。履癸说她就是一块冰冷冷的石头，从不见她欢笑，也不愿意参加任何娱乐活动。

元妃每天除了陪伴王子，其余时日尽在宫中织布，宫中很多精美的纱幔都出自元妃之手。妹喜突然明白元妃为什么那么恨自己了。除了嫉妒和对她的威胁，那就是自己撕了那么多纱幔，而且都是履癸亲自送来的。

　　妹喜脑海中立即浮现出履癸到元妃那里要纱幔，她明知履癸是送来给自己撕的，依旧拿出来给了履癸的情景。妹喜不禁打了一个寒噤。

　　"洛氏对天子的爱藏得这么深，对天子的爱有多深，对我的恨就有多深，我们看来是难以并存了。如果我不能迅速除去元妃，后宫中各个妃子和满朝大臣见天子因为我不上朝，岂不是个个都会置我于死地？"

　　履癸处理完朝中的事情，到了容台。

　　"妹儿，外面下雪了，你要去花园中赏雪吗？"

　　履癸见妹喜没有像平日那样迎出来，心中纳闷走到里面，看到妹喜正坐在铜镜前抽泣着。

　　听到履癸的声音，妹喜转过头来，面颊上依旧珠泪双垂，双眼中满是哀婉和无助。梨花带雨的妹喜早已让履癸心中的酸热潮水在不停流淌了。履癸赶紧过来把妹喜抱在膝上。

　　"妹儿，你怎么了，又有人欺负你了吗？"

　　"妹儿想到日久必会死于元妃之手，所以伤心。大王还是放妹儿回到有施父母身边吧。"

　　妹喜的双眼漆黑深邃，满是哀怨凄婉，娇弱的身体此刻柔弱无骨，隐约间有弱不胜衣的感觉。

　　履癸觉得从来没有一个人这么依恋自己，顿觉心和这个柔弱的女子相合在一起了。

　　"其实何止是你，就连朕，洛氏都容不下，该回有洛的是她，否则朕终究有一日被她逼疯了。这天下还是朕的天下吗？！大臣们总是看朕在朝堂威风凛凛地发脾气，谁知道朕在后宫的拘束与无奈！"

　　"大王——"妹喜在履癸怀里哭得更厉害了，肩胛骨一起一伏地止不住，履癸轻抚着妹喜的背，心中已经做了决定。

　　第二天，履癸找来了姬辛和赵梁商量。

"洛氏倨傲不顺于朕，你二人都知道。今又妒朕的新妃，险些加害，怎知有一日不会害朕，她想一切都按照她自己设想的那样，那朕还是天子吗？"

"大王难道想废掉元妃吗？"姬辛说着脸上却露出看起来不怀好意的笑来。

"大王，这件事情事关国体，必须经过左相费昌和太史终古同意。"赵梁答道。

"这两个老家伙，一个比一个顽固，朕懒得和他们说，二位替朕去劝说左相、太史大人，辛苦二位爱卿了。"说罢履癸甩手回宫了。

左相费昌和葛国垠尚一样，祖上都是伯益的后代。当年大禹要把王位继续禅让给伯益，大禹王的儿子启不同意，发兵去讨伐伯益。伯益并没有和启全力对抗，而是尊启为天子，继续辅佐。伯益家族在夏朝威望极高，朝中重臣一半以上都是伯益家族的人，兢兢业业协助天子把国家治理得井井有条，转眼间已四百余年。费昌是黄帝的十世孙，在朝中威望极高，履癸对其只能敬而远之，不敢正面违逆。

赵梁和姬辛领命先到了费昌府，费昌把二人迎入，姬辛说了天子的意思。

赵梁小心地问费昌："费相对于大王要废黜元妃意下如何？"

费昌沉默了一会儿，说："此君王家内事，还是请大王自己做主，费昌不敢多言！元妃在民间一直声望极好，废黜元妃似不合民意，望天子三思。"

费昌竟然没有直接反对，这已经让赵梁和姬辛喜出望外。看来元妃在左相这儿人缘也好不到哪儿去，没有极力反对就好。赵梁长出了一口气。

辞别了费昌，赵梁和姬辛又到太史终古那里，太史终古是个极其刚正不阿的人，二人去之前心里就打着鼓，最好不要让这老头儿骂一顿才好。

二人到了太史府中，终古的府邸要比费昌的小很多，门口有小童引入。

终古院子中摆满了玉璧、玉琮以及各种观天仪器，赵梁和姬辛都是第一次见。

"太史大人就在书房中。"小童说。

终古的书房，木头架子上到处都是竹简，一排一排的，一眼望过去不知道有多少。

"太史大人？"姬辛清了清嗓子喊了一声，没有回音。二人开始一排一排竹简架子地找终古，人呢？

"老夫在这儿。"

姬辛终于在一排排的竹简当中找到了终古。终古正翻着一本羊皮古星图，自言自语着。

"天象似乎要大变,但是又不确定,紫微星最近总是闪烁。"

二人实在听不懂这些星象,也懒得去听,只得咳嗽了几声。终古终于停住了自言自语,看到是他们二位,也不客气。

"二位大人有什么事情造访敝宅?"

赵梁和姬辛都知道终古的臭脾气,姬辛就把履癸要废黜元妃的意思委婉地说了。

终古静静听完,说:"此在君王自处之。骨肉之间,臣等如果妄自议论,岂不会招来杀身之祸?"

二人大出意外,没想到这个老家伙,竟然什么也没说,一副事不关己的样子。

二人回去禀告了天子履癸,履癸也是大喜。

"这两个人竟然没有反对,看来是朕前几日勤于上朝有了作用,大家都更喜欢妹喜娘娘。一个人太高傲总是不好的,看来元妃是该回有洛了。"

履癸兴冲冲地到妹喜的寝宫。"妹儿,朕本来以为废掉元妃,送她回有洛,朝中大臣会极力反对。朕派人去问询了几位重臣,并无人反对,看来群臣也更喜欢妹儿你。"

妹喜脸上没有一丝波澜。"洛姐姐并无大错,只要她能够真心悔过。大王不必非要贬洛姐姐回有洛,妹喜愿与洛姐姐一起辅佐大王。"

"这个,难得!妹儿你如此大度。"

履癸听到妹喜如此大度,又是这般温柔懂事,哪里还有心情和妹喜讨论这么多道理。

履癸一把搂住妹喜,转眼就和妹喜纠缠得昏天黑地了,除了怀中的妹喜,履癸觉得天地间的一切都不存在了。

第十七章　杀心骤起

夏都斟鄩，王宫容台。

履癸和妹喜说要废黜元妃，没想到妹喜竟然会为元妃求情。

"妹儿说得有理，今日不说元妃的事情了。朕思慕爱妃之心，你可知道？"

乐手敲响了钟鼓，骨笛飘出悠扬的旋律，歌姬开始轻声唱起人间柔情，舞姬舞姿透着如火渴望。履癸妹喜并坐饮酒，欣赏着妹喜新创作的歌舞。

虽然窗外寒冷一片，但炭火映得室内温暖如春。对履癸来说哪里有妹喜哪里就是春天。见不到妹喜的时间长了，内心和身体都要发疯，人都会变得狂躁起来，而这一切根本无法控制。妹喜成了履癸不能离开的归宿，每一次亲近总会对下一次更加期待。

履癸有过无数的女人，即使让人敬畏的元妃，都无法影响履癸，此时履癸愿意为怀里这个女人付出一切。此后，妹喜再也没有提起过元妃，好像什么都没发生过一样。履癸对元妃一直敬畏有加，也就没再提起这件事情。

夏宫花园。

转眼春雪初融，宫内花园已是姹紫嫣红。

这一日，妹喜想到花园去赏花，履癸自然愿意陪着。暖阳下，一朵朵芍药娇艳欲滴，或粉或红，娇嫩的花瓣一层层舒展开来，怪不得把美人比作鲜花，都是天下极美的东西,而且得有喜爱的人欣赏才不辜负这大好时光。以前陪着元妃也在这园中赏花,但从来没觉得这花如此好看。

一朵芍药花开得正盛,繁复的花瓣娇艳欲滴,妹喜轻轻闻着。

"大王,这花真香啊,你也过来闻闻。"

妹喜在花间走动时衣袂飘动着,腰身显出完美的弧线,摆动的时候,轻盈中带着韵律,毫无矫揉造作之感,天上神女也不过如此吧。

履癸低头闻到花香阵阵:"原来花香如此好闻。"

妹喜看到履癸闻花的样子咯咯地笑了起来。妹喜笑得花枝乱颤,让履癸觉得世间最美好的事情莫过于陪在她身边,照顾她,让她开心,不让她受到一丝一毫伤害。

"如果没有妹喜,江山再好也没有意义。那么多年,自己一直靠武力和杀戮寻找到些许快乐,但是这些都转瞬即逝。那些无聊的岁月都只有靠喝酒来度过,那些唯唯诺诺的大臣和下人,有几个能知道自己的苦闷。"所谓寂寞不过是人群中一个人的狂欢。快乐只如烟花般短暂。宫中美女虽多,却没有一个如妹喜这般能够深入履癸的心。

"大王,你在想什么呢?"妹喜发现履癸对着自己发呆。

"没什么,朕在想如果早点遇到妹儿就好了,你可知朕的前四十年岁月是何等寂寞。朕为了你发兵有施,你不会怪罪朕吧,这是朕征伐多年来最大的胜利,因为得到了妹儿。"

妹喜心中不由得一暖,说道:"大王,帮我把这朵花插在头发上好吗?"

履癸不由得有点儿不好意思,但还是接过了妹喜手中的花,轻轻地插在妹喜的云鬓之上。

"大王,妹儿好看吗?""好看,这花也是有幸能在你头上。"

履癸想到自己当初和洛元妃赏花时候,虽是一样的满园春色,元妃也是极美的,要亲近元妃却被元妃斥责的场景,总是让履癸万分尴尬。

如今和妹喜在一起,一切都是那样快乐自然,履癸看着妹喜又出神了。妹喜看着履癸的样子笑了,这个男人是真的爱上自己了。

宫内妃子们也都到了花园内赏花。妹喜远远看见元妃在湖心亭边赏鱼。

"洛姐姐在那边亭中,我们正好叙叙家常,大王在这边等我一下,好吗?"

履癸本来见到元妃就想躲,如果在元妃和妹喜中间更是尴尬,于是点点头。

"好,朕在此处饮酒就是了。"

履癸远远望着妹喜走了过去,元妃也招手示意,两人很亲近的样子。

"这两个女人真的和好了?女人真的是很奇怪。"

履癸拿起仆人递过来的酒爵开始喝起来,眼睛却一直望着湖心亭。

一池春水,温暖如玉,偶尔一阵微风吹过,湖上荡起了层层涟漪,就如人的心事。

妹喜走了过去:"参见姐姐!"

元妃看到妹喜,知道履癸也在,只好说:"妹妹,这些鱼儿好自在啊,快过来看。你约我来这里赏鱼,真是个不错的主意,我在宫中这么多年从来不知道有这些鱼儿,我在这看了一会儿,就感觉内心清静平和了许多。"

"姐姐也应该多出来走动才是,平日在宫中织布也太辛苦了,所以妹儿才约了姐姐一起出来散心。"

两个人有心无心地说着,其实两个人能够一起说的共同话题并不多,两人唯一的共同点只有都是履癸的女人。元妃不禁也觉得气氛有点儿尴尬。这时候妹喜走到水边,指着水里说:"姐姐快看,那条鱼好大啊!"

元妃也探身到水边。

"真的好大啊!我还是第一次见。"洛元妃也放松了下来,"妹妹妹,上次是我不对,你身体可好些了?"

"多谢姐姐挂怀,好多了,只是还有些心口疼痛。"妹喜说。

"是吗,疼得厉害吗?"

"心跳得厉害,就是这里,这会又疼起来了。"妹喜看到履癸正在看着这边,脸上现出痛苦之色,身子跟着晃动了一下。

元妃怕妹喜掉入湖中,忙伸手去拉妹喜捂住胸口的双手。

"姐姐不要推我!"妹喜大叫了一声,哪知道元妃双手被妹喜一拉,妹喜身子一倾斜就朝着湖中掉了下去。

扑通一声,水花四溅,妹喜落入了湖中。

妹喜在水中挣扎:"姐姐救我!姐姐救我!"

元妃从未下过水,一时间惊呆了,不知如何是好。宫女们大部分不会水,而且也都不是妹喜的宫女,亭中一片乱糟糟的,但是没有一个人下水去救妹喜。

这时候咚咚咚的脚步声急促地传来,一个巨大的身躯飞奔过来,水花四溅,人已经跳入了湖中,此人正是履癸。

妹喜在水中挣扎呼喊着,看到履癸跑了过来,慢慢沉入水底。

水的可怕,没经历过的人是无法体会的。妹喜在水中挣扎着,脚底确实虚无一片,舞动四肢,却无法完整地呼吸一口气,水不停地灌入口中。

水面渐渐地没过了妹喜的头顶,妹喜朝着湖底沉了下去,四周一片暗黑凄冷。

"难道这就是被淹死的感觉吗?好孤独好可怕!"

"妹儿不要怕,朕来了!"

履癸一把抓住了妹喜,妹喜从水中浮出了水面,妹喜抬起头来,眼神中的恐惧慢慢变成了欣喜,双手紧紧搂住了履癸的脖子,履癸感觉妹喜就像一条光滑的鱼缠绕在自己身上,温暖而柔软。履癸把妹喜救了上来,妹喜似乎喝了很多水,吐出几口之后,终于缓了过来。妹喜睁眼看到履癸。

"大王救我!"此刻又惊又吓,昏了过去。

元妃在旁边冷冷地看着。

履癸把妹喜送回宫中,良久妹喜才苏醒。但是不说话,只是哭泣。履癸叫来宫女问怎么回事。宫女说:"只看到元妃推了妹喜娘娘一把,妹喜娘娘就掉入湖中了。元妃娘娘也不下去救人,也没有喊人,这时候大王就到了。"

"这和朕看到的一样,好你个元妃,你这次竟然要害我妹儿性命。朕岂能饶你?"履癸暴怒了。

这时候洛元妃也来到了容台。

"洛氏,你还有何话说?!"

履癸怒火中烧,如果是普通人早就被履癸撕碎了。

"若要害妹喜,我怎么会当着大王的面?!"

"你们女人发起疯来,哪会管这么多!"

洛元妃看了履癸一眼,拂袖而去。

第二天朝堂之上。

今天柱子上的黑龙显得格外狰狞，似乎随时会扑下来吃人。所有人都感觉到了大殿中的紧张气氛，今天肯定有什么事情要发生，群臣不敢发出一点儿声音。

履癸突然开口了。

"元妃洛氏杀害妹妃，罪不可恕，赐死！"

履癸宣布了元妃的罪状，此刻朝堂上鸦雀无声。

这样安静得让人窒息的时刻实在让所有人都很难受，履癸也一样，他准备回宫了。

履癸正准备起身的时候，朝堂上有一人大呼。

"大王不可！"

履癸一看，顿时眉头就皱了起来，原来是他。

那人跪着大声说道："君王不见群臣，君等虽忠，固无路谏诤矣！"

此人正是关龙逢，朝中有名的直谏大臣，履癸对他是非常头疼。关龙逢在朝中素有忠臣之名，也不好拿他怎么样。履癸用手支住头，不去看他。

关龙逢却接着说："君王为新妃，欲赐死元妃。杀元妃是杀一国之人之母。元妃得罪了大王，不过出之，归于母家，何况元妃还为大王生有王子。求大王开恩，饶恕元妃死罪，赐她回归有洛。"

关龙逢说完跪在那里，似乎履癸不答应就不起来了。

当初就是姬辛劝说大王去征伐有施，得来妹喜，如今他自然也想置元妃于死地，好让妹喜为元妃。姬辛看到关龙逢冒出来，说道："关龙逢，难道你还要插手大王的后宫之事吗？"

费昌等大臣也力劝："元妃在宫中多年，并无大错，妹妃洛水之事，即使元妃有错，估计也是一时失手，还请大王开恩！"

第十八章　有洛之行

大夏太禹殿。

朝中群臣正在议论废黜洛元妃之事。

费昌涕泪俱下，真情溢于言表。"大王切不可寒了天下人心。妇得罪于夫，不过归于母家，这是正常的天地人伦。普通百姓家都是这样，何况天子之家？"

履癸听了费昌所言，怒火也消了一半，心中不禁恻然，毕竟元妃是先王指定的，这么多年，虽然两人感情算不上好，但宫中事务元妃却一向处理得井井有条，颇有国母之风。

履癸沉思了一会儿，说道："那就贬元妃洛氏为洛妃，回归有洛。"

元妃依旧端庄冷静，没有哭也没有闹，平静地接受了这一切，就如只是回一趟娘家而已。

"洛妃有什么要求，朕尽量满足！"面对元妃，履癸觉得有点儿不自在了。

元妃一双大眼睛瞪着履癸，依旧高傲地抬着头，以后这个男人再也不属于自己了，也许他从来没有真正属于过自己吧，就像自己从来没有属于过他。身为天下的元妃，难道不应该以国事为重，母仪天下更重要吗，非要卿卿我我吗？

"太子惟坤年龄还小，我只希望大王准许我带回有洛为大王教养长大！"洛元妃想让王子在身边陪着自己，恐留在夏宫中不能长久。

"惟坤一直在你身边，就随你去吧！"

履癸王子众多，惟坤一直是洛元妃负责读书教养，品性和元妃很像，履癸不是很喜爱这个太子，也就同意了。

洛元妃终于要走了。

妹喜对履癸说："大王，洛姐姐一人回到有洛过于孤单冷清了。毕竟姐姐陪伴了大王这么多年。虽然回归有洛，但依旧是大王的妃子，而且还有太子同往。妹儿愿送姐姐去有洛，以显大王恩德。"

"洛氏两次要害你，妹儿你却如此大度，你若愿意就去吧，一定要照顾好自己，朕派五百勇士陪你去，朕身边的勇士个个都神勇异常，虽然不及朕的神威，但是即使有洛一国，这五百勇士也足够踏平了。"

履癸一直相信天子之所以是天子，就是要有能够征服任何一个诸侯国的能力。对于军队的操练，尤其身边这两万勇士的训练，履癸一直很严格。这两万勇士是履癸的兄弟，是天子的威仪，任何诸侯不服，凭借这些勇士都可以瞬间剿灭。履癸才真正是统治天下的四海臣服的天子。

洛元妃寝宫。

启程的前一晚，洛元妃宫中传出彻夜撕扯之声。

清晨，朝霞灿烂，清新的空气让人心情愉悦。

洛元妃招呼随身内使役婢，收拾车囊布裳，带上太子惟坤与贴身宫女，洛氏并没有带走任何夏宫中的东西，一应用具财物都赏赐给了宫中的下人宫女。

妹喜来到元妃宫中，看到满地破碎的布匹和绸缎："姐姐何必如此？"

洛元妃把自己织的所有布匹绸缎全都撕了。

"不仅仅是妹妹喜欢听撕绸布的声音，姐姐其实也很喜欢听这个声音！"洛元妃笑着说。

妹喜脸上颜色顿时变得很难看，转瞬间又恢复了平静。

"姐姐，我们启程吧。"

一切都收拾好了，洛元妃最后看了一眼所住的寝宫，朝着履癸所在的方向遥拜行礼，转身上车出了宫门。

就在这时候，一直躲在元妃怀里的小太子惟坤发现有什么滴到自己的脸上，用小手去抹了抹，抬头看到洛元妃正在流泪。

"母亲，你怎么哭了？我们这是要去哪儿啊？"小惟坤对发生的一切还不理解。

当马车走出城门的时候，洛元妃远远看到路边站了一群人，走近了发现是关龙逢、费昌、育潜、逢元等臣士在路边等着。朝中很多大臣多年来都感念元妃的恩德，来给元妃送行，有的人不由得悄悄地抹眼泪，伤怀元妃的遭遇。元妃让车夫停下，缓步走下马车。看着众人，洛元妃心里涌起一股暖流。

费昌见到元妃下车了，弯腰行礼。

"元妃一向贤惠淑德，是天下女子的典范，如今被贬有洛，实是我等作为大臣不能力劝大王，是臣等无能！"说罢，费昌心中也不禁有些伤感。

元妃赶紧扶起了费昌，对各位大臣说："我得罪了大王，就是被大王赐死，也是分内的事情。仰仗各位大臣替我求情，如今才能够保住性命。如今能回到有洛见父母、兄弟，我已经很知足了！各位不要为了我，与天子有嫌隙，各位还是不要送我了，早点回去吧。愿各位好好辅佐天子，以保我大夏天下繁荣久远。"

说完元妃登上马车，车队重新出发了。妹喜的车队就在元妃马车的后面不远，看到这么多人来送行，也不方便靠得太近。看到元妃重新上车，一行人继续出发了。

城外旷野上的风很大，吹干了洛元妃的眼泪，也许自己只做好了元妃，却没有做好一个女人。这时候，路边又出现了一群人，这次都是女子，原来是各个大臣的妻女等来城外送别元妃了。女人们窃窃私语抽抽泣泣，场面变得异常伤感，一众女眷送出都城二十里才依依不舍地分别而去。

车队终于慢慢远离了王邑。

妹喜从小没出过远门，上次从有施国来夏都，一路上也没心情看外面的风景。这一次心情却格外不一样。

前面就是黄河，正是长河落日时分，妹喜站在高处看到车队迤逦而行，黄河水犹如一条巨龙蜿蜒流向远方。远山如黛，鸿鹄飞过天际。妹喜不禁感叹，天下虽广，莫不是夏天子的王土，而自己将要成为天子的元妃。

几天之后，就要到有洛了。

远远的一个舒缓的山坡映入眼帘。人家渐渐多了起来，沿着山坡缓缓而上，到处都是牛羊在悠闲地吃着草，炊烟阵阵，精致的小木屋散落在山腰，孩子们在草地上奔跑着，多么美的田园啊。

"洛姐姐，有洛好美啊！"

洛元妃白了妹喜一眼，她此刻哪有心情欣赏风景？队伍继续上行，一座高大的宫门出现在大家眼前，宫门后面楼阁殿宇，鳞次栉比，错落有致地分布在山势起伏的山上，宛如人间仙境。

有洛国老国君早已迎候在宫门前，此时跪倒在地。

"有洛国国君，恭迎妹喜娘娘。"

妹喜还了礼，一行人走入有洛宫中。

宫中有山水围绕，轻舟漂荡，令人心旷神怡，突然间仿佛看到湖中仲虺在对自己笑，恍惚间又哪里有仲虺的影子，妹喜难以抑制地伤心起来，那段有仲虺哥哥的日子是多么快乐。而那样的时光永远不会再回来了，自己也许再也见不到仲虺哥哥了。

次日，妹喜安排下元妃，就要启程回国。

妹喜对洛妃说："姐姐好生保重，我留下这些宫女照顾姐姐的日常起居，一应物品如果缺少，我自当派人送来。"

"你看我有洛国会缺少什么吗？你留下这些宫女无非就是监视我而已。我只是有一事不明，你自己假装落水，天子离得那么远，你为了诬陷我，就不怕真的溺水而亡吗？"

"姐姐，你太小看我了，我与仲虺哥哥在有施经常一起轻舟飞荡，妹妹我有可能不识水性吗？这一切都是你逼我的，我们作为妃子一定要做好一件事情，那就是让大王喜欢。可惜姐姐这一点做得不够好。"

洛元妃牙齿咬得咯咯作响，却不能发作。

妹喜离开有洛，几日内便回到了夏都。履癸早已等得坐立不安了，出城迎接妹喜。

履癸布告天下，册立妹喜为元妃。

祖庙前钟磬齐鸣，庙堂列祖神位前一女子盛装而立，身上玉佩垂下来，每走一步环佩都互相碰撞，发出悦耳的声音，欲戴王冠必承其重。

周围群臣看着妹喜，都惊为天人。哪有男人不爱看美女，只不过有些成熟的男人知道不该看的不能看而已。

按照夏礼今日要新元妃出告祖庙。赵梁等皆跟在履癸身后，宫中其他妃子和费昌、赵梁等朝中重臣的妻子都跟在妹喜身后。所有人皆盛服紧随，祖庙中负责祭祀之人已经摆上了祭品。

履癸拉着妹喜跪于列祖牌位前，妹喜盈盈下拜。

这时候一阵怪异的声音隐隐传来，像是怪兽在呜咽。

"什么声音？"妹喜心中本来就忐忑。

突然高高的祭祀台上的青铜豆莫名地翻倒下来，里面的肉汤洒向妹喜。妹喜赶紧躲闪，好在妹喜身手敏捷，急忙侧身，但肉汤还是洒到了礼服的袖子上。

就在这时候，履癸猛地拉了一把妹喜，又一个巨大的青铜豆紧贴着妹喜的脸庞摔落在地上，当啷一声滚出老远。下面的大臣瞬间一片惊恐：祖宗显灵了吗？对新元妃不满？！

履癸走到众人前大喝："何人胆敢作怪？"

这群人还来不及思考，呼的一声，又是一阵大风，现场瞬间飞沙走石，天地都变得一片昏暗，黄沙滚滚。祭祀用的各种青铜礼器被风吹得东倒西歪，那些俎豆等小一点儿的器物，都被吹到半空摔了个七七八八。

一时间，人人慌乱躲避，庄严的祖庙祭祀变得混乱不堪。

妹喜摔倒在地上，刚想爬起来，风突然从另一个角度吹过来，妹喜一个站不稳又坐倒在地，头发也给吹得散乱了，看起来如发狂的疯子。

风突然停了，似乎什么东西来了又走了，祭祀的东西东倒西歪，所有人趴在地上，这些天子的重臣，一个一个看起来像刚和人抓着头发打完架似的。

履癸气得虬须都翘了起来，但是怒火找不到发泄之处，心下更是不爽，急忙扶起妹喜回宫去了。

妹喜惊魂稍定，咬牙恨恨地说："是谁？竟然用妖风来害我，毁我名誉，我定不饶你！"

第十九章　有荆表演

商国亳城。

王座上威严的玄鸟凝视着堂下的群臣，柱子上兽头里的烛火忽明忽暗，暗示着大堂所有人心里的焦灼。

王座上的主人清丽的脸庞在烛火的映照下显得愈发苍白，纤细如玉的手指互相握着。

"汝鸠、汝方，可有大王和伊挚先生的消息？"

汝鸠、汝方迟疑了一下，汝方说："王妃，还是没有。"

天乙和伊挚率大军出征葛国，留下有莘王女主持朝政。

王女每天孤独无依，但她必须撑住这个国家，每天用尽心力筹措军粮以及一切军资物品送往葛国。

朝中太师子棘，卿士汝鸠、汝方为首的大臣全力协助王妃，他们惊喜地看到了一个从容大度的国君夫人，赏罚分明，处理起事情来也井井有条。

夜晚来临，香炉中的熏香飘出让人舒缓放松的香气，王女的心这时候总是飘向远方。

自从天乙和伊挚率大军出征葛国，有莘王女一直寝食不安，每日都从梦中惊醒。此时窗外一轮寒月，王女呆呆地对着月亮出神。

"夫人，大王明日就要凯旋了！"侍女兴奋的声音刺破了暗夜的宁静。

"伊挚和天乙终于要回来了。"有莘王女脸上顿时有了光彩,心中的凄苦之情一扫而光。

天还没亮,王女已经出城,迎接王师凯旋了。朝阳从背后照过来,王女盛装出城,翘首以盼:"怎么还不回来呢?"

"来了!来了!"人群中有人兴奋地察觉到了远方的躁动。

终于远方出现了迎风飘着的旗帜,那正是商国白色的玄鸟旗帜,人们逐渐看清队伍最前面的是天乙、伊挚和仲虺。

王女多想和从前一样,奔跑到伊挚的马前,现在有那么多人在看着自己,王女什么都不能做。伊挚也看到了王女,伊挚第一反应就想跳下马,然后直接跑到王女面前,他在马上晃动了一下,看到走在最中间的天乙。

王女在天乙马前盈盈而拜:"妾率城内大臣来迎接大王凯旋!"

天乙忙下马搀扶起王女。"夫人这些时日,为我商国操劳,辛苦了。"

"众将士远征辛苦了!"王女朗声说道。眼光看向了天乙身后的伊挚,见到伊挚神采依旧,王女眼里也浮现了暖暖的笑意。

"夫人几日不见,已经颇有一国王妃之风度。今天盛装之后,真有如仙子下凡。"天乙看到王女的笑容,对王女说。

"大王取笑了。"

众人在胜利的喜悦中回到了亳城。

天乙灭掉了葛国之后,商国国力变得日益强盛,满朝文武都兴高采烈,感觉大商终于重新恢复了往日的荣光。但是,天乙知道大祸临头了,这一关,自己能挺过去吗?天乙忧心忡忡的样子,被伊挚看了出来。

"大王,有什么心事吗?"

"朕觉得天子这次定不会轻饶了商国,自此身死国灭,岂能不忧虑?"天乙满脸愁苦之状。

"大王如果真的身死国灭,伊挚岂不是要和大王生死与共?"伊挚语气依旧轻松。

"天乙自身安危倒没有什么,朕就是怕连累了商国百姓以及先生。"

"大王,即使伊挚置个人安危于不顾,大王想伊挚会把王女置于危险境地吗？"

"哈哈！这个朕相信。即使在朕和王妃之间选择，先生也会先救王妃！"天乙听到伊挚的话心中有了一丝希望。

"伊挚不敢！"伊挚起身正色说道。

"先生不必挂怀，朕没有责怪先生的意思。"天乙拦住伊挚，"不过先生这么一说，朕就放心了。请问先生，我们如何过天子那一关呢？"

"大王可知道，夏的先王启是如何得到天子之位的？"

"大禹王要禅让给伯益，当然是大禹的儿子启征伐了伯益，从此开创了大夏王朝。大商的先祖契也曾跟随大禹王一起治水。"

"当年伯益其实并没有和启真的打，而是让位给启的。伯益家族在大夏一直很强大，如今的左相费昌就是伯益后人，葛侯垠尚也是伯益的后人。据说当年启和伯益有一个协定，启的后人不可以杀害伯益的后人。所以，即使葛国不祭祀，葛国弱小昏庸，天子也是绝对不会攻打葛国的。"

"你的意思是只要别的国家去打，天子也不会怪罪和阻拦？"

"大夏多年以来，历代天子都在想办法削弱伯益家族的势力，我们这次灭掉了葛国，天子不一定会震怒。但是，如果不惩罚商国恐其他诸侯不服，所以最好的办法就是我们自己去请罪，大王可能会受一些委屈。"

"朕一人即使被天子枭首都没有关系，只要能保商国百姓和先生平安，天乙愿意去夏都请罪。"

"大王不要着急去请罪，我们还有一个国家要收服！"

"还要打？打了葛国，我们已经不知道天子能否饶恕，还要再打？难道怕天子的怒气不够杀朕的吗？"

"大王，不要如此惊慌，我们如今征服了葛国，加上薛国和有莘，但大商依旧处在东夷和昆吾的中间，没有纵深之地！如果大王滞留斟鄩，昆吾来偷袭，大商就危险了！"

天乙看着伊挚有点儿无奈地苦笑。

"朕看来已经走上了一条不能回头的道路了！"

"我们要去征服有荆！"

"有荆国？"天乙陷入了沉思……

"我们大商现在需要一个坚强的大后方，否则很容易陷入履癸最信赖的昆吾和东夷的夹攻中。所以，如果有荆国也成为大商的领土，那大商的纵深之地，就有了很多余地。"

有荆国，在商国和薛国的南部，在豕韦的西部，势力范围和东夷互相交错。有荆国君自恃国土广阔，国力强大，一直不怎么搭理商国。

"大军刚刚经历了恶战，不休整一段时间，再和有荆打，恐怕商军的战力会大大降低！"仲虺也颇为担心地说。

"我们到有荆去休整！"伊挚说。

"到有荆去休整？难道还指望有荆国君给我们送牛肉汤来喝吗？我听说有荆国的牛都是在水里长大的，肉质更为鲜嫩！"仲虺似乎已经尝到了牛肉汤的味道。

"不！我们要给有荆国送一头牛去！"伊挚笑着说。

有荆国。

国内河流纵横，湖泊密布，整个国家总是一片绿色，即使在飘雪的冬天，有荆国虽然寒冷，但是很多树木依旧保持着绿色。

有荆国君也听说商国灭掉了葛国，而且垠尚的头直接被天乙砍了。

有荆国君荆伯这些日子一直寝食难安。有荆国、葛国都和商国交界，以前商国弱小，大家都没把商国放在眼里，有荆国和商国的关系一直不是很好。

"商国灭掉了葛国，下一个目标会不会是有荆国呢？"

荆伯为此向列祖列宗贞卜询问了不知多少次，但是贞卜这东西，次数多了就没有准了。

"前方传来消息：商国的战车已经开入有荆国境内！"

"这么快就来了！"荆伯一下子瘫倒在椅子上。

数百辆凶悍的战车耀武扬威而来，大军不知道有几千人，商国号称上万人马，要直取有荆国。这次出征有荆国积极性最高的是庆辅，庆辅虽然在葛国生擒了垠尚，立了大功，但是垠尚毕竟是庆辅曾经的国君，所以庆辅不喜欢别人总提这件事情。

天乙和庆辅一见如故，封了庆辅将军之职，让庆辅辅佐仲虺，统领商国大军。这次出征，庆辅要证明自己的实力。

大军转眼就来到了有荆国都城外。

荆伯立马慌了神："怎么来得如此之快！"赶紧召集城内人马，准备迎战。

"国君，商国的国书到！"负责传信的士兵跑了进来。

"国书？难道是战书吗？"荆伯本来花白的头发，如今已经全白了。

荆伯打开商国的国书，看着看着，面色逐渐缓和了一些。

第二天，有荆国大开城门，荆伯在城门口欢迎天乙入城。天乙、庆辅和伊挚三个人带着给有荆国的礼物，器宇轩昂地走入城中。

荆伯忐忑地接待了天乙，天乙表现得和荆伯似乎是多年的好友一样。

"荆伯，朕给你带来了一头祭祀的牛，以及一些祭祀用的青铜礼器！毕竟祭祀乃是国家头等大事！"

"祭祀的牛和礼器？"荆伯听到这里，心里咯噔一下子，"葛侯不就是因为不祭祀，被你们把脑袋给砍了吗？你们来也想砍掉我的脑袋吗？"

荆伯不禁开始有点儿哆嗦起来，随时准备让埋伏在殿外的勇士进来拼命。

"多谢天乙大王！来人，赶紧送至宗庙，明日正好是祭祀的日子，有荆准备大祭！"

"天乙准时来观礼！"天乙告辞而去。

次日，北风凛凛！

天乙陪着荆伯举行了祭祀："荆伯，和天乙去看下商军如何？"

"也好！"荆伯想反正你们都来了，见见就见见吧！荆伯被身边几百随从护卫着来到商国阵前。

荆伯虽然有心理准备，但还是被商军的气势给震慑了。如今，天下如昆吾等侵略小国的强悍之军很多，但是商军却毫无暴力残忍之气象，军容整齐，人人充满朝气。商军所有人心中都有一个大商，他们要恢复大商昔日的荣光。

仲虺率领数百战车，表演了几次冲杀，荆伯看得眼神都呆了。

"天下竟然有如此威猛的战车！怪不得葛国这么快就灭国了，什么军队能抵挡住这种战车的来回冲击呢！"

"我大商希望有荆国和大商结为兄弟之国,日后如果有荆国有事,大商一定不会不管,但是只有一条,有荆国军队要听大商调遣!"

荆伯明白有荆国根本还没准备好迎战商国,如今看来即使准备好也无法和商国抗衡。

"好好,老夫愿意与商国结盟!"荆伯想你们走了之后再说吧。

盟书签订之后举行了大宴。

宴会上,庆辅让自己在葛国带来的手下表演了近身肉搏之术,有荆国卫士不服,上去之后,瞬间都被制服。

"荆伯,你有荆国这些卫士太弱了,为了荆伯的安全,以后这几百勇士就留在有荆国城内保护你,从此你就高枕无忧了!"天乙向荆伯敬了酒,恭敬地说。

荆伯看了看那些勇士,脸上难以掩饰为难的神色,今日如果不答应,看来我们都难以走出这个大厅了!

"好!多谢天乙大王!老夫也很喜欢这些勇士,多谢大王割爱!"

荆伯说的时候,所有人都听出了他心中多么不情愿。

"哈哈!从此商国和有荆国就是一家人了,来,继续喝酒!"

天乙的笑声响彻整个大堂,所有人都听到了这个新主人的声音,从此有荆国的主人不仅仅是荆伯了,还有真正的主人,那就是商国的国君天乙。

现在天乙的战略部署基本完成了。征服了葛国,消灭了商国贴身的威胁,同时赢得了一大块缓冲地区,即使和夏发生冲突,也有了战略纵深。收服了有荆国,从此商国就有了一个坚强的后方。即使之后发生大战,商国有了广阔的地盘,就会有源源不断的粮食以及士兵补充。以后即使昆吾和东夷意图对商不利,也要考虑能否彻底征服商国这广阔的国土,能否挡得住这上面无穷无尽的士兵。

没流一滴血,有荆国就归顺了商国。天乙这次看着地图有点儿飘飘然了,如今商国从南到北,几乎和昆吾一样长了,可惜昆吾是方圆,商国只是长条形。

大军回到商国之后,天乙开心了没几天,愁云又开始遮住了天乙心中的阳光。

"商国征伐葛国,是否要去启奏天子了?"天乙找来伊挚。

"大王不用着急,我们几个陪您一起去斟鄩?"

"什么时候?"

"天子旨意就要下来了,天下诸侯大会要召开了。在天下诸侯面前,天子处理此事一定会慎重,这是一个绝佳的请罪机会!"

"对,先生说得有理,如果朕孤身前去请罪,天子恐怕二话不说,直接就把朕推出去枭首了!"天乙说。

转眼,诸侯大会的日子就到了,天乙要启程去夏都斟鄩了。

"大王,这一去凶险万分。伊挚等陷大王于此境地,都是伊挚的无能。"伊挚跪倒在地。

"朕明白,朕是国君,有些事情只能朕去承担和面对!"天乙扶起了伊挚,"如果没有伊挚先生,朕是不敢征伐葛国和去天子那里请罪的,如今商国有了先生和仲虺、庆辅,朕没什么好害怕的。"

天乙心里知道此去必定是九死一生!

第二十章 连山归藏

商国。

高高的祭祀台上布满了神秘的青铜神像，祭祀台顶一棵几丈高的通天神树，树上的叶片和玄鸟轻轻晃动着，枝叶上灯火闪耀，宛如天上的仙境，昭示着另一个世界的神秘信息。

身披白色巫衣的贞人捧着龟甲，沿着高高的台阶慢慢走上祭祀台，红色的头发在火光照耀下发出耀眼的光芒。

商国的贞人仲虺正在进行贞卜，台下国君天乙正忐忑地等待着结果。

仲虺来了之后，商国的青铜铸造水平逐渐炉火纯青，祭祀台也早已不是当初的样子了。仲虺站在树下轻声念着咒语。祭台上的铜人都如同活了一般，随着仲虺转动，嘴中和眼中冒出了白色的烟雾，此时铸造树上的玄鸟的翅膀也开始振动，整个祭祀台开始旋转起来。

台下的人凝神屏气，他们认为天帝和先祖就要降临了。

台下戴着面具的巫师们摇着牛尾巴，嘴中念着咒语的声音越来越大。

这时一道光从神树中冲上天空，天帝的旨意降临了。

祭祀台上大鼎中赤红的火苗晃动着。鼎上的图案是能够通天的远古神兽，神兽的大脸在火光中显得更加狰狞恐怖。仲虺来到商国之后，商国的铜器被铸上了更多的兽面纹，显得更加庄重而神秘。

龟甲发出了噼噼啪啪的声音，慢慢地裂开，出现神秘的纹路。仲虺凑过去看着龟甲，一双红色的浓眉都要拧在一起了。天乙看着仲虺的表情，内心比仲虺要紧张焦急得多，但是他脸上却显得依旧平静，只是额头有汗珠慢慢渗了出来。

仲虺高高举起龟甲，朗声宣读了天帝的旨意。

"禀报大王，此行大吉！"

天乙缓步走上祭祀台，仲虺给天乙看龟甲贞卜的结果。天乙郑重接过龟甲，双膝跪倒在地，祭拜上天先祖。

祭祀台周围的人渐渐都退去了，天乙留下了仲虺和伊挚。

"仲虺将军、伊挚先生，咱们三人情同手足，朕虽为国君，还要仰仗两位爱卿。商国和薛国自古就有用龟甲贞卜的习俗，但朕对此并不了解，仲虺将军可否给朕详细讲解一二？"

"毕竟这是关系商国命运的大事，伊挚也愿闻其详！"伊挚也对仲虺拱手。

仲虺也对天乙和伊挚拱手："大王看来是对贞卜结果不太相信。大王和伊挚先生不必如此客气，仲虺一定会把所知都倾囊相告。自古以来，各代君王都选择掌管卜筮的贞人，教导他们卜筮的方法。贞卜之术看似神秘，其实说明白了，也没那么神秘。很多东西负责贞卜的贞人也是只知其然，不知其所以然。贞卜用龟的腹甲最为灵验。"

仲虺说到这里看到天乙露出了疑惑的神色。

"大王，仲虺讲的有什么不对的吗？"

"贞卜为什么一定用龟甲呢？"

"自古天圆地方，龟的背部隆起像天，腹部平坦好似大地，从远古就有传说巨龟仿佛背负着天地。乌龟寿命很长，有时候几代人都活不过一只龟，所以龟成了神物，被认为是能通天地的灵物。龟壳花纹神秘，和八卦很像，所以被用来预知存亡兴衰，当作卜凶问吉的吉祥物就不足为奇了。商国和薛国贞人历来用炭火烧烤龟甲，根据龟甲的裂纹，来为君王卜卦，预知国事、战事、天气、灾难等。"

"朕也是如此猜测！仲虺将军请接着讲。"天乙兴致更浓了。

"龟兆有的叫作雨，有的叫作霁，有的叫作蒙，有的叫作驿，有的叫作克；卦象有的叫作贞，有的叫作悔，共计七种。龟兆用前五种，占筮用后两种，根据这些推演变化，决定吉凶。大王若有重大的疑难，要先考虑好，再与大臣卿士等商量，再与庶民商量，再与卜筮官员商量。大王赞同，龟卜赞同，蓍筮赞同，卿士赞同，庶民赞同，这叫大同。这样，自身会康强，子孙会昌盛，很吉利；大王赞同，龟卜赞同，蓍筮赞同，而卿士反对，庶民反对，也吉利；卿士赞同，龟卜赞同，蓍筮赞同，大王反对，庶民反对，也吉利；庶民赞同，龟卜赞同，蓍筮赞同，大王反对，卿士反对，也吉利；大王赞同，龟卜赞同，蓍筮反对，卿士反对，庶民反对，在国内行事就吉利，在国外行事就不吉利；龟卜、蓍筮都与人意相违，不做事就吉利，做事就凶险。"

仲虺讲完良久，天乙没有说话。过了一会儿，天乙终于从沉思中回来。

"其实贞卜也是顺应天时地利人和而已，不可为不可为之事。所谓吉凶，是天定也是人定。"

仲虺拍手赞叹，随即问道："大王可知道河图洛书？"

"伏羲氏的时候，有一匹龙马从黄河浮出，背负着河图；在洛水之上，有一只神龟从水中浮出，背着洛书。伏羲依照河图和洛书，创造出了八卦。"天乙对此也很熟悉。

"大王所言极是，大王如何看待这件事情呢？真的会有龙马和神龟吗？"仲虺继续问。

"这个……"天乙陷入沉思。

"仲虺背上天生生着龙纹，我就是龙的转世吗？这只不过是一个胎记而已。这个世界没有人是能凭空从无到有创造出伟大的东西的。伏羲氏虽是神圣，也是借助了河图洛书才创造了八卦贞卜之术，从此打开了贞卜的天机。"

"天地万物运行皆有一定联系，八卦之术就是揭开了天地之理，打开了世人认识世界的大门。夏朝有连山之术，历代太史相传。"伊挚接着补充。

"连山？！"天乙似乎第一次听到。

"连山之卦，伊挚只是粗浅地听过一二，还烦请仲虺先生给大王和伊挚解惑。"

天乙和伊挚似乎都听得很仔细，仲虺看着二人心中升起一股自豪感。每天听伊挚先生传经布道，原来伊挚先生也有不如自己的地方。仲虺继续神采奕奕地讲了起来。

"连山之象是义理形三位一体的宇宙之象，山的功能与山的结构都包含在山这一形象之中。伏羲以此为卦，正是尽了其无言尽言的神秘性与简洁性。山，宣气而散生万物，有石而高象。山显而大，百物毕备。两艮相叠而连绵，云气穿环其间，其象威武、雄健，气势磅礴。天地之子，莫出其长，所谓高山仰止，景行行止。大天之下，足堪睥睨万物，领导万物，非崇山莫属。雄壮威武之时，正当行则行，当止则止，去芜修荒，正值时也。连山之象，阴实于内，阳壮于外，内无所忧所虑，一心向外，强力可止可收，何物不可取。连山本象之外，又可引申出许多意义。一概言之，连山是崇威壮崇雄武的夏人精神。"

仲虺滔滔不绝地一口气讲了大夏的连山之卦，天乙醍醐灌顶，很多原来不明白的事情一下子都贯通起来。

此时夜色已深，整个亳城都陷入沉睡之中，祭祀台下的三人却毫无睡意。

伊挚去斟鄩的时候，见识了天子履癸的神威，天子征伐畎夷的时候，一仗就彻底灭了畎夷的威风，畎夷再也不敢进犯中原了。天子履癸神勇普天之下恐怕无人能及。天子的两万近卫勇士，每一个也都勇猛异常。仲虺面上露出尴尬之色："仲虺在投奔大王之前，在有施和天子履癸打过一仗的，仲虺惭愧，那次大败而归！"

"仲虺将军不必太过气馁，以薛国当初实力，败给天子也不是什么丢人之事。"伊挚安慰仲虺。

仲虺还没有平复尴尬的心情，伊挚看了下天乙，说道："连山之术并不是完备之术。"

天乙本来对大夏连山之卦心生敬畏，觉得大夏不愧为天下共主，商国远远不能相比，听到伊挚如此说，问道："伊挚先生何出此言？"

伊挚看着天乙有所期待的目光，反而说得更慢了。"其实天下除了连山之卦，还有一种归藏之卦。"

"归藏？！"天乙更加好奇了。

"归藏之卦，仲虺只是听说过，也没见过！伊挚先生精通归藏之卦吗？"

仲虺听到"归藏"二字，立即忘掉了尴尬，双目炯炯地看着伊挚。

"归藏之术，其卦首坤。坤之象为大地，坤卦，为水。无论水或地，都是山的一个对立意象。但就其义言，为水更正确。水势广大，虽然无成，却以其包容顷承之象承载万物，滋养万物，使物各呈其性、各得其所、各有其成。大地以万物归之而有成。坤为万物归藏之所。先迷而后就能得主，这里迷实则为有意地顺应。后得主，为于迷失之中有所甄别发现，进而把握它。厚德是坤之义。归藏首卦坤所象征的精神是巨大、宽厚的包容性，容纳万有、滋养万有的道德情怀，这与连山崇尚雄健与强力是截然相反的。"

天乙听得兴奋得连连击掌。"连山如山，归藏如水，山与水，貌似山高刚猛，但是水能包容一切，大海更是无边无际！"

"大王果然有统揽天下的才智，一下就看透了其中关键。"伊挚对天乙点头。

"天下之大，武力和勇猛是不能解决一切问题的。大王此行虽有凶险，但卦象显示大王终会逢凶化吉，如果待得天子来征伐，就回天无力了。"

"恐怕只有如此了。希望能够得到天子的原谅，朕虽身死无憾，但愿商国不要遭受什么损失。"天乙说。

"对了大王卦象显示此次有贵人相助。"

"贵人？"

终于到了启程去斟鄩参加诸侯大会的日子。天乙辞别有莘王女和朝中大臣。天乙表现得很轻松，王女这一次落泪了。

"大王，你一定要平安归来！"

"我们一定会平安回来的。"

天乙看到王女脸上簌簌的泪珠，心头不禁一热，第一次感到原来自己这个王女夫人，平日里对自己不冷不热的，心底还是爱自己的。

天乙带着伊挚、仲虺、庆辅和湟里且等挥别了众人，开始踏上了去斟鄩之路。

一路上天乙心事重重，越临近大夏，天乙心头压力越大。伊挚给天乙指点中原河山，帮助天乙调节心情。仲虺这次跟随天乙和伊挚，比上次自己孤身一人来斟鄩时候，心情不知好了多少倍。既然卦象显示这次有惊无险，仲虺也并不太过担心。

天乙看着有点儿兴奋的仲虺。"难道真的是不在其位就不能体会其中滋味吗？

天子只拿我这个商国国君问罪吧！不要牵连其他人就好。"

"大王，你看前面就是洛水了！"伊挚突然指着前面说。

洛水，一条古老的河流，相比于黄河的汹涌澎湃，洛水更多了一些温婉和温柔，少了一些黄河的水患，犹如一条玉带，蜿蜒在平坦的伊洛平原上。自远古时期，洛水附近就是美丽富饶的地区。

夏都斟鄩就在这洛水之边，当年后羿就在此夺取了夏的江山。可是后羿自大狂妄，自信射箭之术无人能及，结果酒后被人射杀。江山重新回归大夏王族之手。

天乙经过斟鄩高大的城门时，心中想着朕还能活着从这个城门走出去吗？！

诸侯朝拜天子的日子日益临近，斟鄩城里住满了各国的使团，就像一个巨大的盛会，天下之大，估计不会有比这里更加繁荣和热闹的地方了。使团中除了各国的国君和大臣以及来看热闹的王族亲属，还有很多商人来和其他国家交换物资。湟里且负责商国的货物交换。仲虺这次带来了很多青铜器，很多国家的人见都没见过，这些青铜器立即就成了抢手货。精美的酒樽、爵、豆、鼎都供不应求，当然仲虺的战车不在里面。

仲虺和湟里且用这些换了无数的马匹，商国现在最缺的就是战马，而西域各国的优质战马才是真正的战马。仲虺和湟里且兴奋地看着交换回来的战马，伊挚也对这些战马赞不绝口。

天乙看到伊挚和仲虺忙得不可开交，心想："难道他们都忘了，我们是来请罪的吗？如果天子震怒，会有性命之忧，这些战马再多又有何用？"

第二十一章　诸侯大会

大夏王邑斟鄩太禹殿。

大禹治水成功之后亲自勘定了九州，广集天下的青铜，铸造了天下九鼎以定天下。此刻太禹殿前高高的台阶上方摆放着这九口巨大的铜鼎。每只鼎都高大厚重，铜鼎的腿柱像殿上的大梁粗细，由于时代久远都变成了青绿色，上面的花纹依旧清晰可见，每个鼎上有天下九州中一个州的山川河流，图案古朴厚重，隐隐有天子之威。这就是代表天下的天子九鼎，自从有了九鼎天下才有了天子，天子一言九鼎，为九五之尊，天下万民都是天子的子民。

每一个进入太禹殿的人都会首先看到九鼎，这里是天下的王都，是天子所在。

四海之滨，莫非王土。今日朝会，天下诸侯都来到了宏大的太禹殿。太禹殿前大禹的石像高高耸立着，右手的耒庄重而威严，太禹殿顶上是一条盘旋的龙，感觉随时会跃下来把人一口吞掉。履癸即位之后，派人到南方采伐来楠木，用这些楠木重新修建了太禹殿，大殿中可供千人就座宴饮，中间能供歌舞表演或者勇士决斗表演。殿中的柱子上盘旋着张牙舞爪的青龙，龙的口中和四爪上点着东海东夷之国进贡的鱼油灯，灯火发着耀眼的光芒，但并没有一丝一毫的油烟。龙的眼睛上都是夜明珠，闪烁着诡异的光芒，在灯光照耀间龙变得栩栩如生，似乎会随时腾云而去。

履癸端坐在正中的天子宝座上，旁边坐着光艳照人的妹喜，殿内更加灿若春天。

东方的豕韦氏、北方的昆吾、西方的顾国和南方的常国,以四大方伯长为首的各路诸侯都到齐了。大殿中群雄毕集,一派盛世繁华景象,大夏多少年没有过这样的盛大朝会了。

履癸望着下方的天下诸侯,这些人都是天下各国的国君,这就是天下,履癸真正体会到作为天子的无上荣耀。

诸侯们在履癸面前自然表现得谦和恭谨,但在妹喜一双凤眼的扫视下不由得挺直了腰杆,表现出国君的魅力。男人都希望在美人面前表现得更加帅气、有魅力一些。

妹喜渐渐喜欢起这种感觉,履癸就喜欢自己这种每天给他脸色的感觉。相对于女人,男人在女人面前更是一个软骨头,对他们太好,他们反而会不珍惜。妹喜在有施的时候并没有觉得自己有多么美,母亲从小就教她诗书歌舞,她自己也喜爱歌舞,加上素来胆子很大,人前从无忸怩之态,很快就名动天下。大夏宫中妃子个个贤良淑德,但一个贤良淑德的女人并不一定拥有好的身材,尤其妹喜那种袅娜的气质,只有从小在诗书歌舞中浸润才能达到,绝色丽人是修炼出来的。妹喜这时候已经被册封为元妃。洛氏去了有洛之后,履癸再也没有以前那种压抑的感觉。

妹喜笑靥如花,在天下最有权势的这些男人面前,尽显天下元妃的风姿。履癸此刻心中笑意荡漾,让天下诸侯看看天子元妃的风采,朕的元妃是天下第一美人。

天下诸侯的宴会开始了,履癸举起手中的酒爵。

"各位国君!自大夏大禹王以来,诸侯大会盛况,恐无出今日者。这是大夏之福,也是天下之福!"

"天下苍生全赖天子洪福。"诸侯一起举爵。

履癸正在一杯接着一杯地畅饮着权力的美酒的味道,赵梁过来说:"大王,天下诸侯中,彤城氏和党高氏没有来,贡品也没有送来。"履癸侧目:"朕日后定然轻饶不了他们!"

不久,大殿上就已经热闹一片了,履癸看气氛差不多了,击掌三声。

"众位国君，元妃娘娘歌舞艺绝天下，举世无双，为大家献上一舞！"

"多谢天子、元妃娘娘！"

诸侯们对元妃妹喜的美貌和歌舞好奇良久，早就想一睹芳容了。

妹喜缓步走到舞台中间，抖开长袖舞动起来。转眼间大殿中妹喜的身影翩若惊鸿，婉若游龙。仿佛兮若轻云之蔽月，飘摇兮若流风之回雪。

妹喜的秀丽身影如同在飘动，腰身柔软如无骨，雪白的脖颈珠玉乱晃，明眸看人一眼就摄人心魄。几个舞姬也加入了舞蹈，衬托得妹喜如云中仙子。

大殿上所有人都沉醉在妹喜的舞蹈中，没有一丝声音，和刚才热闹的场面形成了巨大的反差。这些地方诸侯，即使是牟卢的昆吾也没有舞姬能跳出妹喜这样的舞蹈，更不用说那些小诸侯国了。

"不愧为天子的元妃，一支舞就征服了天下人心。"诸侯们心中艳羡着。

大殿中的舞蹈突然停了下来，人们依旧沉浸在舞蹈的炫美中，一个缥缈的声音响了起来。

泛彼柏舟，亦泛其流。耿耿不寐，如有隐忧。微我无酒，以敖以游。

妹喜引颈而歌，歌声缥缈如来自天空，却又在人们心底颤动，时而又仿佛初恋情人在耳边的呢喃细语，让人如痴如醉。

此时，人群中有一人早已泪流满面，这个人就是仲虺。妹喜也看到了仲虺，所以唱了这首《泛彼柏舟》。仲虺的心都碎成一片一片了。

你的柔美，只为谁？见你低首蹙眉却不见我的存在，你听到我的声音，是抬头望我的一道目光的闪电，照亮了我的思念。

你的温婉，只为谁？从我面前经过，只是惊鸿一瞥的瞬间，内心却已是万千的波澜，让那些不再想你的谎言，瞬间烟消云散。

人说花无百日红，枯萎的只是我的心，而不是你的美丽脸庞。

人说人无千日好，冷漠的却只有你。人说相爱容易相处难，我说苦恋是世间最残忍的残忍，相爱是这世界最虚幻的虚幻。

你说爱只是人间不存在的不存在，相爱能度厄一切的苦难。

妹喜这时候抬眼看到宝座上扬扬自得的履癸，心中闪念：现在的一切只不过是因为履癸喜欢自己而已。有一天自己老了，就什么都不是了，也许结局还不如洛氏。她开始恨那些以为忘记了的过去,她开始恨履癸,恨仲虺。

妹喜不再去看仲虺,这时候突然看到仲虺身边的一个人,身体不禁一颤。大殿上所有的诸侯、国君,虽然身着华服,周身珠玉,但都和那人不一样。他就如一汪清澈的湖水,双眸中透出温柔,却又是那样深不可测,儒雅的一身白衣,如天空中的白云,只能仰望却无法触及。

众人沉浸在妹喜的歌声中良久才回过神来,妹喜也从注视着伊挚的目光中回过神来,仲虺看着妹喜更是无法迈动脚步。

履癸走到大殿中与各国国君对饮,履癸酒量惊人,越喝双目中精光越明亮,那双眼好像能够一眼看穿别人的内心,所有的诸侯在履癸面前无不真心诚服。

"大王请!"然后一饮而尽。

首先是牟卢,昆吾国君素来为天子倚重,两人互相拍了拍肩膀,连干三杯。

终于轮到天乙了,天乙赶紧谨慎地举起酒爵,说道:"商国天乙恭贺履癸大王!"

履癸看了一眼天乙,说:"你就是天乙,听说商国被你治理得不错,比你父亲当年强!"

天乙忙说:"托天子洪福,天乙才疏学浅,治国无方。"

天乙心里一直忐忑不安,难道自己灭掉葛国的事情,天子竟然不知道,还是天子装作不知道。天乙看着履癸走向下一个国君,心中一块石头落地。

这时候,昆吾国君牟卢过来。"大王,商国当然不错,而且地盘大了,把葛国都给灭了,天子没发现葛国国君没有来吗?他已经被天乙给杀了。"

履癸一愣,转回身,双目杀气立现。"此事可当真?!"

天乙急忙扑通跪倒在地,解释道:"葛氏无道,欺我子民,杀我商国孩童,故而天乙派兵征伐!此次朝拜天子,特来向天子请罪,请天子处罚!"

履癸略微卷曲的浓眉上翘,双目发出火一样的光盯着天乙,整个大殿如同静止了一样。

"垠尚那老儿,我早就看他不顺眼了,灭了就灭了吧。"履癸突然大笑道。

天乙舒了一口气,心说:"好险好险!"正想跪拜感谢,这时候昆吾牟卢又要说话了。牟卢专尚威武,非常喜欢打猎,也很喜好征伐。昆吾一直想吞并有莘国,但是自从有莘王女嫁入商国，商的军队对昆吾来说，一直隐隐是个威胁，昆吾不敢贸然大举出兵。

时光回到牟卢去斟郚陪履癸打猎，游玩了几日后回到昆吾。

"大王！商国竟然把葛国给灭了"有人来报。

"什么！垠尚和勾殊干什么去了！"

"勾殊将军战死了！葛国国君被天乙枭首了。"

"啊！气死朕了！"

好朋友葛国国君垠尚竟然被枭首，这简直让牟卢气炸了肺。

"大王，如要报仇，此时需要忍耐，否则，天乙那竖子得到消息，就可能再也不出商国了，要报仇就难了！"

"那如何报仇？"

"有一个机会！天子的诸侯大会就要到了！如果我们不动声色，天乙肯定会去斟郚，只要到了大夏和昆吾的疆域内，到时候让他有来无回。"

"嗯。"牟卢的眼中泛起了凶狠的笑意。

如今牟卢在诸侯大会上怎会放过机会。牟卢走上前，对履癸说："大王，天下只有方伯长才有不经过天子同意而先征伐他国的权力，葛国虽然无道，但是商已经不是方伯长了。这是谋逆之罪，应该把商国国君枭首示众。"

履癸一拍脑袋。"朕差点被你小子蒙蔽了，你先父不随我征伐，朕已经贬去了商国的方伯长。好你个天乙，擅自征伐，你眼里还有我这个天子吗？给我拿下！"

天乙回头看了一眼伊挚和仲虺，仲虺思绪依旧在妹喜那里，根本没有注意到天乙。伊挚一直看着天乙，但是面无表情，似乎也无计可施。

"看来此劫注定难逃！"天乙心底已是一片冬日寒霜，冰冷一片。

第二十二章　帝都的雨

大夏王邑斟鄩。

太禹殿外，长满胸毛的刽子手高高举起大斧子，一个人被按在断头台上。

他的头嗡嗡直响，难道这一辈子就这样结束了，头上悬着的斧子的锋利刃口闪着蓝色瘆人的光芒。此生还有很多想做的事情还没有做，好多事情还没有想明白。他用力朝上看，头上是一把高高举起的要砍掉自己脑袋的大斧子。

"这斧子怎么这么眼熟，呀！竟然是自己的开山钺，那个刽子手的笑容那么诡异，啊！怎么会是葛侯垠尚。"

这时候，开山钺砍了下来，一阵冰冷的疾风吹过脖子后面，天乙觉得自己的头已经飞了出去，在地上滚来滚去，一切都变得模糊，消失了。

"啊！"天乙坐了起来，依旧是在昏暗的牢房里，"又是噩梦！"

太禹殿诸侯大会上，天乙被履癸抓了起来。

伊挚面色依旧很平静，只对天乙点了一下头。这个时候，伊挚什么都不能说，否则抓起来的就不只是天乙了。

牢房里充满了难闻的恶臭，潮湿的地上到处是爬来爬去的各种虫子。天乙一个人被关在这里。虽然天乙是一国的国君，除了牢房的栅栏更加粗壮之外，并没有别的特殊待遇。牢房里没有阳光，高高的石头墙上有一个小小的透气窗，天乙看到走廊上的一盏灯火和尽头透过来的一点点光亮，证明自己还活着。对于天乙这个从小锦衣玉食的贵族来说，这一切都是难以忍受的。如今只有他一个人，痛苦、孤独、恐惧都来了。自从伊挚来到身边，天乙从来没有过这种惶惶不可终日的感觉。任何一个人到了牢房里，就完全和外面断了联系，失去了外面的任何身份，你只是一个囚犯。天乙每天晚上甚至都开始想念有莘王女了。

"是啊，自己自从大婚以来一直忙于国政，还要征伐葛国，一直都没有好好地陪陪王女。"

天乙更想念的却是另一个女人温暖的怀抱。天乙经常会在梦中回到自己年轻的时候，和自己最喜爱的女人一起在林中打猎。天乙胡思乱想着，不知不觉就迷迷糊糊地睡去了。

商国驿馆。

一个红发男子在院子中来回走着，他已经不知道走了多少个来回了。仲虺在太禹殿看到天乙被抓起来的时候，再也顾不上对妹喜的感情，立刻想冲过去救天乙，但伊挚拉住了他。

"这里不是救人的地方，以后会有机会。"庆辅瞬间出现在仲虺身后，仲虺终于冷静下来。

几天过去了，斟鄩城一片平静，诸侯大会依旧在进行，如同什么都没有发生一样。

仲虺刻了一条精致的小木船，托宫中的宫女送给了妹喜。妹喜看到了这条小船，与当年自己和仲虺一起荡舟的那条一模一样，几滴晶莹的泪水滴落在小船上。

"不行，必须再见仲虺哥哥一面。"瞬间妹喜的心崩溃了，泪水扑簌簌地滚落下来。

妹喜换了一身男子的衣服，当去掉所有的脂粉珠钗，妹喜变成了一位英气逼人的美少年，妹喜看着镜中的自己，觉得天下的女人都会喜欢上自己。

"还是比伊挚先生少了一分儒雅。"

妹喜只身一人出了宫中的小门，卫士看了妹喜的令牌，就让妹喜出了宫门，根本不知道这个人就是妹喜娘娘。

商国驿馆中。

仲虺正在院中踱步，这个时候一个俊秀的少年在看门童子的带领下，缓步走入院中。

仲虺顿时就愣在了那里，多年不见，伊人依旧。妺喜也站着不动，微笑看着仲虺，仲虺在有施是见过妺喜男子装束的。

仲虺许久没有单独面对妺喜了，甚至都不再奢望自己还能再见到妺喜。仲虺如呆了一样，只是看着妺喜，他想记住妺喜的每一个样子、每一个眼神、每一寸肌肤的光泽。

"妺儿，你在宫中还好吧？"良久仲虺终于说出一句话。

"我现在很好，履癸对我很好。大夏朝如日中天，天上有太阳就有大夏存在，有大夏就有天子。这个世上还有比天子更好的夫君吗？"

"那就好，只是，只是，你想起过我吗？"仲虺移开目光，不敢去看妺喜那湖水一样的眼睛。

"仲虺哥哥，我曾经依赖过你，现在也许依旧爱你，但我已经爱不动了，或者我已经没办法爱你了。我是大夏的元妃，我已经无法离开，如果有一天离开，像洛妃那样已经是最好的结果了。我们已经不可能了。"

"我一定要把你从履癸身边抢回来！"仲虺的红头发都竖了起来。

妺喜凄然一笑。"仲虺哥哥，当年天子来征伐有施的时候，你如果战死，我定会随你而去。你后来就消失了，一直没有你的消息，你可知道我的绝望？"

仲虺突然向前抱住妺喜。"妺儿，对不起。都是我太懦弱，我现在是商国左相，薛国已经和商国联合起来，我要推翻天子，要把你从天子身边夺回来！"

妺喜把头靠在仲虺的肩膀上，以前一起在湖中荡舟的时候，只要轻轻抱着仲虺的腰，心脏就跳得快得不行，浑身发热，现在竟然完全没有了那种感觉。

妺喜悲伤的是被仲虺抱着，竟然完全没有爱的感觉了，妺喜的泪水无声地流了下来。虽然没有了当初那种单纯的快乐和心动的感觉，但这个臂弯是能够让妺喜的心彻底放松的。对于天子履癸，妺喜更加喜欢天子喜欢自己的感觉。妺喜展现自己的美，只是喜欢履癸为自己着迷的感觉，也只有依靠这种感觉，她才能在宫中更好地活下去。

"妹儿，我知道你很聪明，能够坚强地活下来，终有一天，我会带着你远走高飞。"

"但愿我们会等到那一天，即使到了那一天，仲虺哥哥你还会爱我吗？"

"会！仲虺的心永远不会变！"

仲虺看着妹喜，眼睛似乎都不愿眨一下，生怕错过能够看到妹喜的每一刻。

时光无声地流逝着。

"诸侯大会那天，大殿上被抓起来的那个国君就是你们的天乙国君吧！"

妹喜打破了良久的沉寂。

"我们会想办法救出天乙国君，伊挚先生会想出好办法的。"想到天乙，仲虺下意识地放开了妹喜。

"伊挚？"听到这个名字，妹喜心中涌起了另一种感觉，这个男人她是见过的，在他面前自己似乎会变成彬彬有礼的小姑娘，即使是从别人口中，妹喜也喜欢听到伊挚先生的事情。这种情感也许就是仰慕吧。仰慕是在一起就会很开心，并不是那么急切地想要得到那个人。

"伊挚先生也来了吗？"妹喜不由得问了一句。

"伊挚先生去拜访费昌大人了。"仲虺说。

"如果有需要我帮忙的地方，那就传消息给我吧。我先回宫了。"

妹喜就此和仲虺告别，仲虺望着妹喜的背影，虽然长衫在身，依旧掩盖不住她那难以隐藏的魅力。妹喜坐上马车走了之后，仲虺一直在驿馆门前望着妹喜马车消失的方向。

天空渐渐灰暗了起来，没一会儿就已经雷声滚滚。一道闪电划破仲虺头顶上的天空，豆大的雨点开始砸在细腻温暖的泥土中，砸出一个个小泥坑，飞起细小的尘土，接着更多的雨点砸了下来，尘土转眼变成了泥水。

仲虺在雨中望着妹喜马车消失的方向，任由雨水冲刷着自己。"妹儿，如果没有你，我活着还有什么意思？"这雨一直下着，转眼一天过去，雨都没有要停的样子。

这次下雨时间很长，一直不断，时大时小。都城里的老鼠等小动物地下的洞里都灌进去了雨水，只能跑出来，斟鄩城里到处都是老鼠过街，人人喊打的景象。

孩子们倒是最喜欢这样的天气，一群孩子披着蓑衣，光着脚在雨里踩来踩去，不时传来欢快的笑声。童年总是会有那样多的欢乐，也许单纯就会变得更快乐吧。

"这雨什么时候停啊？"一个老人望着外面淅淅沥沥的雨和阴郁的天空，不由得叹了口气。老百姓们看到连绵的雨，是最担心的了，除了东西无法晾晒发霉之外，百姓的房子都是土坯盖成的，上面铺着禾草，下雨时间久了，外面大下，屋里面小下，外面不下，屋里滴答。陶缸陶罐都用来摆在床头、灶头接雨了，晚上睡觉时，被子都是潮湿的。

最麻烦的就是点火做饭，柴草都快湿透了，弄得屋里满是黑烟，火也烧不旺，想吃一顿热乎乎的饭菜都成了一件奢侈的事情。

牢房。

雨声让天乙的内心变得平静了许多。牢房的防雨措施一直就不好，牢房内已经泥泞不堪了。天乙的心情就和这雨一样，渐渐地似乎要发霉、腐烂了。自己也许会腐烂在这里吧，天子也许已经忘了自己了。不过伊挚呢，他难道也忘了自己了吗？

第二十三章　白昼见鬼

大夏疆域广大，诸侯众多。天子要管辖众多诸侯国，实在是有心无力，因此大夏历来册封东西南北四方四个诸侯国为方伯长，各个方伯长协助天子治理四方，具有先斩后奏的征伐权力。

太禹殿中，少了天乙的诸侯大会仍在继续。

朝堂上一人在履癸的左手边，长身而立，傲然于诸侯之中，在喧闹的众人中高出一头，非常引人注目，神态倨傲，谁都不能入他眼。这就是北方强国昆吾国君牟卢。

昆吾是北方诸侯的方伯长，夏朝的皋、发二帝之后越来越强盛。牟卢一直是大夏天子履癸最重要的同盟，二人性格脾气相投，大有英雄惺惺相惜之感。神勇无敌天子履癸天下第一，那除了牟卢就没人敢说自己天下第二。昆吾多年来一直依仗天子履癸授予的方伯长的权力，四处征伐，随着岁月流逝强大起来的昆吾国，它国早就望尘莫及了。昆吾的疆域从夏的东北方，延伸到了南方，以至于天乙如果要从商国来夏都，无论怎么走都必须经过昆吾的地盘。

"大王，豕韦敬大王！"

这时候，在牟卢对面坐着的一个瘦削的男人来给履癸敬酒，永远充满笑意的脸上一双眼睛闪着精明的光芒，留着比天乙的长髯稀疏、短一截的胡子。这人是东方诸侯之长豕韦国国君孔宾。在履癸即位之初，孔宾早早就来朝拜了天子，履癸重新封赐豕韦氏为方伯长，豕韦更加肆无忌惮地继续征伐东方各国。

其他诸侯知道了豕韦氏得到册封，此次诸侯大会也都纷纷来朝进贡，才有了夏朝今日的万国来朝的繁荣景象。

豕韦氏孔宾率领徐、青、兖三方之诸侯，如蒙山国有施氏、薄姑氏，淮夷、畎夷等东夷酋长等来朝拜夏天子。

昆吾牟卢率领幽、冀二方之诸侯，如郇国、侯黎国、侯沙国、侯安国，侯胙国、伯鄘国等来朝拜天子。

"顾国也敬大王！"牟卢之后，是一个仪表堂堂总是笑呵呵的男人，年轻时候一定是个美男子。这人就是顾国国君委望。

履癸和委望喝了一爵，流露出难以掩饰的不耐烦。

委望率雍、梁二方之诸侯，巳氏、有雒氏、褒氏、有缗氏等国来朝。

顾国是这些方伯长之中最弱的，这次委望来朝会，最大的目的就是想通过天子亲口任命顾国依旧为方伯长，从而确立顾国的权威。

"顾国全靠天子神威才有今日！"

"委望，你明白就好！"履癸不屑地看了一眼委望那摇尾乞怜的样子。履癸喜欢勇武和有大智慧的人，对于委望实在没什么好感，疆域辽阔的大夏西部一直都是大夏亲自统治，各种游牧民族一直战乱不断。当年履癸就亲自征伐了畎夷，所以西部的方伯长其实有名无实，顾国的势力范围也主要在和昆吾交错的北方。但履癸还是厚待了委望，赐命顾国为西方方伯长率领西方诸侯，负责西方诸国的征伐。

"大鹅网，常于敬大大网。"酒宴中一人面色黝黑，衣着怪异，头上插着两根孔雀羽毛，说话口音也含混不清，南方诸侯之长常国又名有巢氏，国君名叫当于，素来远离中原的纷争，这次也来朝拜天子履癸。

履癸对于南方的诸侯国一直没有什么兴趣，能有个方伯长帮他管理这些南方野蛮部族，履癸自然是求之不得。所以，当年常国的当于来的时候，履癸很高兴，册封常国为南方方伯长。当于简直受宠若惊，亲自率三苗，荆、杨二方之诸侯，柏柏国、子蓼国、大国、侯麋子国熊氏等来朝。履癸如果知道自己多年以后会被困在常国，不知道会不会更关注一下这个怪异的国家。

此次诸侯来朝，盛况空前，商国天乙也带来了和商国交好的诸国，有男氏、杞氏、缯氏、冥氏、有莘氏、房子、弦子、葛伯等来朝。天乙被抓后，这些人如坐针毡，没人敢往履癸面前凑。

履癸这几天依次招待，看着来了这么多诸侯，心里也暗暗吃惊。

"原来天下有这么多国家！"

看着这么多国君向自己称臣，履癸感叹先祖大禹划定九州，平定天下的功绩之伟大。

"这些诸侯在大夏之前，虽有辅佐黄帝建立盖世功业，但都是混乱的部落而已。如今大夏一统天下，朕是天下的共主，天下所有的诸侯国如今都是大夏的属国。普天之下，莫非王土；率土之滨，莫非王臣。"

履癸其实并不想把天乙怎么样。大夏自从祖上就有天子不能征伐伯益家族的祖誓。天子都不能征伐，其他诸侯自然更是不敢去征伐了。伯益家族虽然历经了四百多年却越来越强大，朝中左相费昌也是伯益家族后人。

履癸其实很早就得知天乙灭掉了葛国，但仅是知道了而已，伯益家族能灭掉一个是一个。如果不是昆吾的牟卢非要在朝堂上提起，履癸并不想提起这件事情。

天下诸侯千里迢迢而来，诸侯大会自然不能一两天就结束，每次大朝中间会让天下诸侯休息游玩几天，履癸率领大家去打猎喝酒。这次诸侯大会，牟卢和履癸私下会面机会很多，二人喝酒打猎，玩得甚是酣畅。

浓荫蔽日的大路上，传来猎狗的汪汪声和马蹄声，马背上驮着射杀的鹿和兔子，正是王族们射猎归来。队伍前面一匹大黑马昂然而行，马上端坐着的主人正是履癸，边上一人正是牟卢，二人轻松地闲聊着今日打猎的收获。牟卢看到履癸心情正好，就试探着问："大王不喜欢葛国，商国也一直对天子按时朝贡，大王觉得商国天乙为人也不错。但此次如果放了天乙，大王可想过会有什么后果？"

"嗯？你说说看？"

"天下诸侯臣服天子是慑于天子之威，如果天子不树立不容置疑的权威，下次诸侯大会恐怕就不会有这么多诸侯来朝了。"

"谁敢？"

"大王当然可以征讨不来的诸侯，但是征伐不是上策，所以天子必须杀了天乙，让天下诸侯知道不臣服天子的后果。"

"不必非要杀了吧，牢中关几日，让他吃点苦头，其他诸侯就不敢造次了。"

"天子可知道商君天乙之德吗？如今大批流民都流入商国，百姓都感激天乙的恩德。天下几乎只知道有商国天乙，不知道有天子了。长此以往，天子天威何在？"

牟卢看履癸还是不想杀掉天乙，心中焦急，只得进一步说。

履癸双目陡然透出杀气，这下果然刺到了履癸的内心深处。

又一天的黎明来临，但是所有人都没看到今天的太阳。天空乌云滚滚而来，压得所有人都有点儿喘不过气来，突然随着一声闷雷，瞬间大雨如注，天地昏暗成了一片。

今天又是天下诸侯云集的大朝。诸侯国君挤满了大殿，所有人的心情都如这天气一样，压抑沉重。外面的每一道电闪雷鸣都让人心里激灵一下，希望不要有什么不好的事情发生在自己身上。

牢房。

天乙昨天晚上伴随着雷声和闪电在那个又冷又臭的牢房里做了一夜噩梦，早晨的光线透过窗上的栅栏照了进来，天乙正似醒非醒。

"天乙国君，要走了！"天乙睁开眼睛看到牢头那张带着微笑的脸，在这种天气中显得那么诡异。

"你能不笑吗？"被惊醒的天乙怒吼一声。

天乙无论精神还是身体都感觉糟透了，而且今天是一个更加糟糕的日子。牢头要把他带走了，显然这并不是获得自由了，那意味着什么？天乙打了个激灵，麻木地逃避这个想法。

天乙回过头来看了一眼那个破草堆。"我还能活着回来吗？"已经顾不上把自己叫作朕了。天乙被押解到了大殿之上。

今天的大殿已经没有了那日宴饮时热闹欢庆的气氛。

外面的雨依旧没有停，履癸横眉立目，杀气震慑得殿中的每个人几乎都不敢呼吸。

"叛臣天乙，你可知罪？！"履癸怒喝道。

"罪臣知罪！"天乙似乎已经麻木了，都忘了争辩了。

"叛臣天乙，竟敢忤逆犯上，擅自征伐葛国，杀死葛国国君垠尚。罪无可赦，枭首示众。"履癸的声音在大殿上嗡嗡发出回音。不容天乙分说，大夏的武士上来就拖着天乙往外走，天乙还想说什么，嘴都没有张开就被推到了大殿门外，外面的瓢泼大雨劈头盖脸地浇了他满嘴满脸，天乙的声音淹没在了雨声之中。天乙再看清时，已经被拖到了断头台上，浑身都湿透了，如今他再也没有什么国君的感觉了，此刻他只是一个狼狈地等着被砍头的囚犯。

"好冷啊！"天乙浑身一激灵，鸡皮疙瘩布满了全身，"这不是梦中的场景吗？看来今日就要命丧此地了，也罢。"

大殿中死一般的寂静，外面雨声哗哗。这时候人人自危，阵阵阴风从大殿外吹了进来。一道闪电撕破长空，巨大的炸雷惊天动地。就在这时，妹喜突然指着大殿上方。

"大王，有鬼！"众人没见到鬼，已经被妹喜凄厉的惨叫吓得起了一身鸡皮疙瘩。履癸也不由得一惊，因为他也看到了！

众人赶紧抬头，大殿大梁上垂着一个人影，飘飘晃晃绝不是活人。

"那个人的衣服下面似乎根本没有脚啊！"

这次所有人都看见了，这些诸侯虽然平时发号施令惯了，而真正经历沙场浴血的并没有多少，很多人吓得当场就坐在了地上。

那鬼竟然开口说话了。"天乙乃水德之君，不可杀！否则大雨将永不停息，淹没整个都城。"声音飘飘忽忽，似远似近，非男非女，听了让人浑身都起满鸡皮疙瘩。大殿灯火虽多，但都照不到大梁幽暗之处，望过去更是鬼影幢幢，不知黑暗处到底有什么。

突然一道闪电照亮了殿内，人们都看到了鬼影飘来荡去并无双足，炸雷声震得耳朵嗡嗡直响，殿上众人无不毛发倒竖。外面大雨伴着雷鸣闪电，此时此刻此地，殿内鬼影飘忽，气氛阴森恐怖至极。

"大胆魑魅魍魉，竟敢来此恐吓本天子，取我的弓箭来！"履癸心中就没有害怕二字，怒喝一声，瞬间就要进入战斗状态。

"大王！我怕！不能杀了天乙！"妹喜惊呼一声，身子摇晃欲坠。

"妹儿你没事吧？先把天乙关起来！"履癸赶紧扶住妹喜。

众人抬头再看，那鬼已经不见踪影，妹喜却委顿在地不省人事。

"妹儿，妹儿。"履癸再也顾不上鬼影，忙抱起妹喜回后宫救治去了。

外面的大雨早把天乙浑身上下都浇得没有了知觉，头发盖住了前额，脸上雨水流淌得让天乙都无法呼吸。

"如果现在能够淹死，也比这样等着斧子落下来好吧。"

每一道闪电，天乙都以为是斧子落了下来。

"到底死了没，还要折磨我到什么时候啊？"天乙在等着斧子落下来，他已经彻底崩溃了。

第二十四章　饥渴如火

夏都斟鄩太禹殿外依旧是大雨滂沱。

闪电划过，一把大斧子在半空中高举着，锋利的斧刃在闪电中闪着蓝色的光。天乙趴在那个满是血腥气味的断头台上，雨水顺着头发胡子朝下嘀嗒着，他在等着斧子落下来。

天乙看着前面雨点不停飞溅到地面，心想："一会儿我的脑袋就要滚落到前面那个地方，会不会看到自己没有脑袋的身子。"想到这里，天乙的身体开始剧烈地颤栗起来。

"哈哈！怕死了吧！我这斧子可砍过好几个国君了！一会儿我给你来个痛快的！"

刽子手也在雨中淋着，抹了一把额头上的雨水，开始拿天乙寻开心。

"朕可是堂堂商国的国君，黄帝的后裔，怎么会如此丢人！死就死吧！谁又能一直活着！"天乙对自己如此怕死感到愤怒。其实有时候怕的不是死，而是等死的时刻！

天乙等的斧子一直没落下来。不知过了多久，对天乙来说恍若一辈子过去了。

这时候，天乙被从断头台上拖了下来，整个人都成了一摊烂泥。天乙被人在泥水里拖着，双腿都没了知觉。天乙仰面看着天空："我到底是死了还是活着啊？！"

雨水灌进了天乙的口鼻中，天乙不由得咳嗽起来。"奶奶的，老子还活着！"雨水呛入了气管，剧烈的痛苦传来，唤醒了天乙的意识。

天乙又被关回了那间牢房，躺在那里，胃里一阵难受，把胃里的东西都吐了出来。肚子里明明已经什么都没有了，还是不停地在那干呕，嘴里只有一些绿色的泡沫。天乙虚弱得再无一点儿力气。牢房里的湿臭气味，已经完全感受不到了。

"你现在不是国君，只是一个孤独的囚犯，一个一无所有的人，连生命都已经风雨飘摇。"

大斧子在头上举着，那是一种什么样的恐惧，那是一种什么样的绝望，世间的残忍恐怖莫过于此，天乙内心彻底崩溃了。外面依旧是大雨滂沱，天乙再也控制不住自己，各种伤心、委屈和恐惧一起涌上了心头。

"鹿儿，我还能见到你吗？我害怕。"这时候的天乙像个孩子一样想起了自己的女人，那个唯一能让他彻底放松的女人的温暖怀抱。

这时候外面一阵雷声滚滚而过，天乙借着雷声大声哭了起来，雷声过去了，天乙依旧在号啕大哭。这哭声那样歇斯底里，那样肆无忌惮，把这么多年所有的压抑、所有的隐忍都哭了出来。

天乙再也不管雨声能否遮住他的哭声，再也不管其他人是否在嘲笑自己。整个大牢都听到了天乙的哭声，牢头们跑过来看到这个昔日的国君，一边哭一边捶胸顿足。

牢头们诧异了一会儿："这是在装疯吗？！"一会儿看明白了："原来国君大人也怕死啊！"牢头们都笑了起来，幸灾乐祸也许是他们整天待在这暗无天日的地方少有的乐趣。

"哈哈！"天乙突然也大笑起来，"天下谁不怕死！你们不怕吗？"

"怎么又笑了，看来是要疯了。"

大哭大笑之后，天乙听到肚子咕噜噜的声音，感觉很饿，这几天都没怎么吃东西。

"牢头大人，我饿了。今天牢饭时间到了没？"天乙在彻底大哭了一次之后，心里的一切都放下来了。

"快了！以为你今天回不来了呢！看你今天运气不错，让你好好吃一顿！"一个老牢头说。

"多谢牢头大人！"天乙第一次注意到牢头的容貌，体会到了他们的心情，觉得牢头也没有那么让人讨厌了。天乙不再生气，一切都释然了。"活着，至少现在还活着，活着就是一件开心的事情。"

"吃吧！"一个瓦盆中盛着热气腾腾的高粱米饭被递了进来，上面还有几片烂菜叶。

天乙开始大吃起来。"好吃。"天乙第一次觉得这牢饭也如此香甜。这时候，牢房的通风窗上出现了一个黑色的影子。

"是谁？"

斟鄩王宫。

太禹殿上的鬼把妹喜吓晕之后，履癸抱着妹喜回到了寝宫，履癸不停呼唤着妹喜。

"妹儿！妹儿！你没事吧？"妹喜闭着眼睛听到履癸在呼唤自己，却不敢立即应声，生怕履癸发现自己醒着。

过了一会儿，妹喜悠悠醒转过来。

"大王，这雨停了吗？"

"还没有停！你好点了吗？"

"大王，今天竟然白日见鬼，商君也许真是水德之君，我们放了他吧。"

"放了他？！朕本来不想杀他，但竟然白日鬼怪作祟，现在是非杀不可。"

"大王可千万不要杀他，如果真的如鬼怪所说，大雨把宫城都淹了怎么办呢？我怕那个鬼，如果跑到这里怎么办？大王，妹儿害怕。"

妹喜说到这里似乎又看到了那个鬼，浑身发抖起来，紧紧缩在履癸的怀里。

履癸看到楚楚可怜的妹喜，一双望着自己充满期盼的眼睛是那样清澈幽深，是那样对自己充满了依赖。

"好好，朕不杀就是。"履癸哄着妹喜，只有在妹喜这儿，履癸才能彻底放松下来。

肌肤之亲似乎能让履癸飞到了云端，一下子全世界所有的欲望都得到了满足，一头雄狮变成了温柔的小猫咪。如果可以，履癸愿意一直陪着妹喜，什么也不做，握着酒爵轻轻地摇着，看着妹喜在那轻轻起舞，歌声婉转，舞姿曼妙。

"当年的嫦娥也不过如此，而且嫦娥可没有妹儿的歌声，对，古往今来四海之内，只有妹儿最美。"

第二天，赵梁和姬辛来宫中请示如何处置天乙。

"难道这厌人的雨真和天乙有关？朕真的不能杀他？"

赵梁一脸无奈地说："大王，如今都城内，百姓都在传言天乙是水德之君。如果天乙伤心，天空就会阴云密布，阴雨连绵；如果天乙流泪，则会大雨滂沱；如果天乙流血，则洪水将淹没都城，所有人都会被淹死，都城将不复存在。"

"这你都信？！"赵梁已经感到履癸的怒火要喷薄欲出。

"大王，不管这传言是不是真的，此时传言四起，立即杀掉天乙恐怕会造成民心恐慌。"

"杀不得，难道你要朕放了他？！"

"大王可记得夏台？可以把天乙囚禁到夏台，远离都城，时间长了，人们慢慢也就淡忘了。"赵梁看来早已经想好对策了。

夏台在都城南面百里之外，历来是关押身份极高的天子家族或者朝中重臣以及各国诸侯的地方。履癸也许忘了夏台曾经发生的一切，但一定会记得这里曾经是大夏先祖少康复国之前放羊的时候居住的地方。履癸忘了少康先王的励志故事是因为当初夏朝失去了江山。

姬辛上前提醒："大王不要忘了后羿篡国之事。"

在大夏，后羿这个名字响亮简直就如天神，但是这个后羿不是射日那个羿，也不是娶了嫦娥的那个羿。这个后羿同样箭法如神，百发百中。后羿夺了夏朝江山数十年，直到少康复国才又恢复了大夏王朝的统治。

履癸不屑地哼了一声。"天乙要成为后羿，恐怕他的射箭技术还要好好练习，要是战场上朕一钩砍掉他的脑袋，那多痛快省事，如今真是麻烦。"

姬辛眼珠转了转，说道："把他关到夏台，如果他自己饿死，那可不是我们杀的！"

履癸愣了一下，笑了。"还是你聪明，不可杀，那就让他自己饿死，就这么办吧。血泪皆无，大雨和洪水也就不会有了。"

于是履癸命令熊、罴二将将天乙押解到夏台囚禁。天乙这次又被从牢房中提了出来。此时，天乙已经恢复了镇定，现在不会有任何事能够让他再紧张不安了，这次竟然被放入了一辆囚车。

"难道这次要游街示众，然后再砍掉脑袋？"天乙纳闷着，囚车竟然直接出了斟鄩的城门，朝着南边前进，周围跟着几百勇士，带队的是两个高大威猛、身形硕大的将军。

囚车晃晃悠悠地离斟鄩越来越远了，不知过了多久，天乙在囚车中远远地看到前方出现了一个土岗。土岗上长满了荒草，看来已经多年没有人来过了。

"囚车里长胡子的人好像就是商国的水德之君天乙国君吧。"

天乙听到自己的名字，四下一看，只见路两边都是人，大家都在看着自己。附近的百姓都迎出了八九里外，大家都想看看这个仁义的水德之君，有的百姓是想给天乙送衣服和食物。

天乙看到如此情景，心中感动万分。"没想到在大夏的疆域内，也有这么多百姓关心自己。"

"赶紧都闪开！"天乙刚想接过那些食物，熊、罴将军过来，把百姓手里的东西都抢过来扔在地上，然后将百姓远远驱赶开了。

天乙被带到了土岗上的一间屋子中，门口有粗壮的木头栅栏，这里原来有一间囚室。里面极黑，多年没有人来过，周遭草莽地穴，无数的毒蛇、狐狸、黄鼠狼在里面早就做了窝，到处都是各种动物挖出的浮土和地洞。

天乙剧烈地咳嗽起来，室内腥臭之气直呛鼻子，这里就是夏台。夏台是一个古老的土台，远远看起来古意盎然，高台的正中有一间窑洞一样的囚室，台下是看守的士兵住的营房。

天乙进入了夏台的牢房，举目四顾，四壁徒然，只有一个土炕，上面铺着茅草，天乙就躺在茅草之上，思考这是怎么一回事。

"看来不是被带来砍头的，换了一个牢房，而且在斟鄩城外，看来天子暂时不想砍掉我的脑袋了？！"天乙想破了脑袋也想不明白，天子为什么暂时饶了自己，还费这么大力气把他关押到这么远的一个地方。

　　天乙胡思乱想着,既然暂时不用担心掉脑袋了,天乙的肚子就开始咕咕地叫起来。

　　"好饿啊!"天乙自言自语着。天黑了也不见有人送牢饭过来。

　　"有人吗?!"天乙无奈开始大声呼喊,喊了半天也不见有人过来。远处那些士兵都是履癸的近卫勇士,可没有夏都牢房的牢头好说话,完全不理天乙,自顾自地喝酒吃肉。

　　天乙无奈只得躺到土炕上,又渴又累又饿,迷迷糊糊地想睡也睡不着。晚上土炕上蚊虫叮咬,茅草下面各种虫子爬来爬去,囚室内蛇鼠打斗声音不断,天乙痛苦至极。天乙只好来到门口的栅栏处,还好这里能看到远处的天空。天乙静静地看着北斗七星,听着虫鸣,渐渐斗转星移,一晚上就要过去了。

　　远方出现了一轮红日,露水打湿了栅栏附近的茅草。天乙的嘴唇干燥得都要爆皮了,天乙趴在地上舔叶子上的露水,这些露水只能湿润下舌头和嘴唇,腹内还是饥渴如火。

　　天乙突然想到:"难道他们是要把我活活渴死、饿死于此吗?"渴死那种痛苦,还不如枭首来得痛快,那是漫长绝望凄惨的折磨,时间一长痛苦得就要发疯,到最后还是要死去。

第二十五章　刺客夜袭

夏台天乙的牢房。

红日西坠，随着最后一片霞光从旷野上消失，这一天又过去了。天完全黑了，依旧没有人送食物来，天乙饥渴得要发疯。天乙双手抓住牢房门口的木栅栏，双眼如饥饿的动物一样放着光。天乙看着远处士兵在喝水，觉得那简直是世界上最美味的东西："清澈透明的水真是一个好东西。"

天乙依旧什么都没有，士兵们只是远远地看着天乙，根本没有人走过来。

"天子看来不想亲手杀了我，而是想让我饥渴而死，大夏士兵们不靠近过来，那样就和天子没什么关系了。"天乙慢慢明白了履癸的意图。

依旧是难熬的一天，饥饿也许会让人慢慢安静地等待死亡，但干渴绝对可以让人发狂，天乙在牢门口扶着栅栏大喊大叫，依旧无人理会。

干渴的感觉是那么强烈，天乙开始用手接着自己的尿喝，原来尿并没有想象中的那么难喝，只是心里的排斥大于味道本身。

月亮升了起来，囚室内并不算特别干燥，潮虫开始趁着夜色爬了出来，蟋蟀也开始到处跳来跳去。

"必须弄点吃的，不能就这么饿死了！"天乙开始四处寻找着能吃的东西。天乙趁着月光抓了几只蟋蟀，闭着眼睛吃到嘴里，也还好，淡淡的有点儿腥味。"如果有点儿盐就好了！"天乙虽然干渴难挨，但对盐分的渴望变得强烈起来。

"嗯？"天乙看到自己衣服上白花花的痕迹，舔了舔已经全是汗碱的衣服，一股咸咸的味道传来。

"如果现在这个样子被商国朝中的大臣看到，自己这个国君尊严何在？现在已经顾不了那许多了，能够活下去才是第一位，只要还能睁开眼睛，就要努力活下去！"

到了第三天晚上，天乙已经要虚脱了，总是不时地出现幻觉，有时见到履癸，有时看到大斧子和刽子手，有时候是伊挚，当然最多的时候还是鹿女。

洞里的潮虫也被天乙吃光了，蟋蟀更是一只也看不到了。夜半来临，万籁俱寂，就连蚊虫天乙都感觉不到了。

"我要渴死了吗？不行！"天乙强迫自己在囚室内继续搜寻，"如果能抓到一只老鼠那该多好啊。"

牢房内老鼠洞虽多，但要抓住老鼠却并不容易，天乙现在已经开始虚脱无力，真的是手无缚鸡之力了。天乙开始绝望了，蟋蟀之类的只能延缓饥饿，但并不能阻止自己饥渴而死，而且恐怕坚持不了两天，人就会疯狂而死，即使没疯也会彻底昏迷，直至死去。天乙把所有的洞都掏了一遍。自从天乙住进来之后，那些原本住在洞里的狐狸之类的，早就不再回来，所有的洞里都是空的了。

天乙躺在土炕上一动也不想动了，周围的一切都安静了下来。这时候一个洞里传来细小的若有若无的声音。天乙赶紧起身，用手去挖那个洞口，指甲里塞满了泥土，最后都渗出了血，不过还好都是泥土，慢慢地洞口变大了。天乙伸进手去，手指头碰到了个柔软会动的东西，天乙本能地一激灵。

"什么东西？"天乙再次伸手进去，这次有了心理准备，慢慢地掏出了几只刚出生的小老鼠，一个个还没长毛，粉嫩的，眼睛都还没有睁开。

"对不起了！"天乙默念，在地上把小老鼠摔死，拿起来放到嘴里。太恶心了，小老鼠不像蟋蟀之类的可以嚼两口直接吞下去，这是生肉带着血腥气，肉乎乎的，天乙强忍着恶心都吃了下去。一阵阵恶心又翻了上来，天乙赶紧强忍住不吐出来。慢慢地恶心的感觉退去了，天乙终于可以在土炕上沉沉睡去，第二天醒来，发现自己的精神好了许多。

洞里再没什么可吃的了，这样下去，估计只能再活三天了，又是漫长的等死的日子,却什么都做不了,这比断头台上等待大斧子落下的时间更加绝望和煎熬。白天天乙依旧躺在土炕上,抬头看着囚室的洞顶。天乙在思考着人活着到底有什么意义。

"为什么我会活着?我是谁?我从哪里来?我要到哪里去?"

自从人类有了灵魂,人类就在思考这三个问题,但是从来没有人能真正给出答案,人们能搞懂自己是谁,就已经算拥有大智慧了。

"奇怪?"这时候天乙发现洞顶似乎有一道划痕,划痕尽头有一个折弯。

"这不是一个箭头的形状吗?"痕迹很轻,如果不仔细看根本看不出来。箭头指的方向是洞壁上的一个土洞。天乙觉得那么高的土洞不太可能藏有动物,就没再继续查找。

天乙知道外面的士兵在看着自己,这个时候不能行动,继续躺着等待着天黑。终于到了后半夜,天乙轻轻爬起来,踮起脚尖把手伸进那个洞里,里面竟然有好多陶罐,天乙小心翼翼地拿出来一个。

"水!世间最美的美酒也不如这罐清水啊!"天乙兴奋得几乎叫出声。

"咕嘟咕嘟!"天乙差点就一口气喝光了一陶罐。他突然停了下来!"得留着慢慢喝!"天乙喝完了水,继续在洞里摸,竟然还有布包着的东西,赶紧拿出来。"小米饼和肉干!"

天乙嘴里塞满肉干和小米饼,突然看到包食物的布片上似乎有字迹。趁着月光仔细辨认,天乙看出是伊挚的笔迹。

"庆辅藏食物于此,大王被囚于此,终会龙归大海,望珍重忍耐。挚。"

天乙脸上露出了欣喜的神色,鼻子中却涌起一阵酸楚的感觉,泪水顺着两颊流了下来,最后都顺着下巴流到了胡子上。

"伊挚,终于有你们的消息了,我以为你们都放弃朕了呢?"

淅淅沥沥的夜雨伴着习习的冷风吹了进来,天乙心底却充满了温暖。

看守夏台的士兵们早就厌倦了这样无聊的看守生活。履癸的近卫勇士,喝酒吃肉自然都能满足,但他们都更渴望战场的冲锋陷阵,即使是跟着履癸去打猎,也比在这里好。自古勇士只服勇士,履癸的勇猛天下无人能及,履癸手下这些勇士都心服口服,对履癸都是忠心耿耿,如果天下还有一个值得追随的主人,那就是天子履癸。

履癸军纪极其严格，如果有人敢不遵从命令，就会打断手脚，逐出近卫勇士的队伍，所以这些人即使心里不喜欢守卫夏台，却也不敢有一丝一毫的怠慢。履癸经常与这些勇士一起吃肉喝酒，就和自己的兄弟一样，朝中大臣都没有这样的待遇。履癸还经常遍赏珠宝财物给这些勇士，近卫勇士都对履癸忠心不贰。无聊的日子，这些勇士晚上就在军帐内围着篝火，用角力摔跤等游戏取乐，这等纯粹单纯的日子倒也快活潇洒，思想也就变得简单单纯。

夏台南面的半腰是天乙住的囚室，台上除了一些稀疏的茅草，并没有一棵树。此时天空中并没有月光，夜色格外黑，值班守卫的两个士兵上眼皮和下眼皮有点儿打起架来，嘴里不断地打着哈欠。

"我刚才好像看到一个人影！""你眼花了吧，我怎么没看到！"

这时他们突然看到一个人影，恍惚间揉了揉眼睛，仔细看又什么也没有。

"也许真的是困得眼花了吧！"

囚室内。

天乙正抱膝坐在土炕上看着外面，一个黑影出现在栅栏门口。天乙大吃一惊，心想："难道履癸派刺客来暗杀我了吗？"

那人用一根铜针拨开栅栏门上的铜锁，进入室内。天乙全神戒备，谁知道那人却单膝跪地。

"大王，履癸要活活饿死大王，庆辅来救大王出去。"天乙一看，来人虽然一身黑衣，摘下面上的黑布，果然是庆辅。

"庆辅将军，朕何尝不想出去，但是朕如果跟你逃出去，天子就有了证据，到时候就不仅是天乙一个人了，整个商国就要被踏平了。"

"伊挚先生也知道大王的顾虑，但是此地太过危险，那熊、黑二将野蛮凶狠，恐怕时间久了会对大王不利。"

"朕知道你们为朕好，庆辅将军轻功盖世，出入此地自然没有问题，但是带上朕恐怕就连累将军了。朕心意已决，此地不宜久留，将军还是赶紧走吧。"

正说着间，外面已经有士兵大喊："有刺客！"数百人点着火把，把天乙的囚室包围了起来。

"庆辅将军快走！"庆辅忙起身冲了出去。

一出去迎面就是两根长矛刺了过来，庆辅转身躲开了前面士兵的长矛，斜着身子左右两刀结果了二人。庆辅跳出了牢房之后就往台下冲。

两个巨大的黑色影子在晃动，犹如暗夜里的巨兽。庆辅转眼就看到了体形硕大的二人拦在前面。

"好快！"庆辅想也不想直接一刀劈过去。

对方根本不躲，直接用手中的石杵磕了上去，电光石火之间，庆辅手心发麻，短刀竟然飞了出去。接着又有两个石杵对着庆辅砸了过来，庆辅眼看就要被砸成肉饼了。

第二十六章　海棠故事

夏台。

庆辅夜救天乙，被夏军发现后被围住猛攻，身陷一场恶战。

铛的一声，庆辅的短刀被震飞了！

"好大的力气！"庆辅大吃一惊，右手已经不再听使唤了。

庆辅突然感觉背后有一阵疾风吹来，心中电光石火间闪过一念："不好！"背后一对石杵左右呼啸而来，庆辅已无处躲避，眼看就要被砸成肉饼。

庆辅脚跟用力，身子硬生生斜躺了下去，石杵擦着庆辅的鼻子呼啸而过，庆辅毕竟近身功夫了得，危急中一脚踹向来人小腿的迎面骨。

咣的一声，这一脚踹了一个结实，迎面骨是人身上比较脆弱的地方。那人身子竟然动都没动，庆辅身子被弹了开来。身后风声迅猛，庆辅急忙就地滚开，发现另一体形巨大的人也用一对石杵正朝自己砸来。

一对石杵"嘭嘭"砸在地上，尘土四溅，如同打雷一般。来的两个人正是熊、罴将军。

二人不愧熊、罴二将的封号，纵使山林中的猛兽也不如二人凶猛。

庆辅虽然身形灵活如电，也屡屡险情迭出，此时周围士兵也越围越多。

天乙看得真切，大喊："庆辅将军！快走！"

熊、罴二将大吼一声："想走，先受死吧！"震得远处夜栖的鸟都纷纷扑棱棱地飞了起来，两头猛兽围住庆辅，非要把庆辅撕碎了。四杵乱飞，平地里忽然起了一阵旋风，庆辅哪里抵挡得住，一会儿就已经狼狈不堪，似乎已经支撑不住了，一下子倒在地上。

熊、罴二将四杵都举了起来，眼看庆辅就要被砸成烂泥。

天乙"哎呀"一声不忍再看。

熊、罴脸上狞笑着，突然眼前白光刺眼，只剩一片白茫茫。突然什么都看不见了，二人大惊失色，忙后退揉眼睛，等到能再看清楚的时候，烟雾升腾，庆辅却早已不知去向。

庆辅趁乱钻出了重围，仲虺在外面等候了许久，听到里面打了起来，正要冲进去接应，看到远处突然打了一个闪电。

钟虺疑惑不已："大晴天哪里来的闪电？"远处一个瘦削的人影冲了出来。

仲虺见庆辅终于出来了，长出了一口气。

庆辅看到仲虺并不停下，低声说："快走！"

二人急忙飞身而行，夏军转眼就被甩在浓墨一样的夜色中。二人终于松了一口气。

"庆辅将军，你的轻功和近身功夫真是了得，能够避过守卫。那熊、罴二将如此凶猛，简直是两头野兽，将军竟然凭一人之力缠斗良久。"

"仲虺将军客气了，仲虺将军战车横扫葛军的神威，在下也是有耳闻的。"

"哈哈，咱二人就不用互相吹嘘了。我其实对你刚才的脱身法术非常好奇。"

"法术？哈哈哈！为什么不是仙术！"

"难道你真的会仙术吗？我离那么远都看到了一片刺目白光，然后就是白雾一片，将军就出来了。"

"哈哈，仲虺将军相信这世间有法术吗？"

"哈哈，这个嘛，不可说有，也不可说无。我可是负责贞卜的贞人，冥冥中一切皆有天意。"

"那你贞卜下，我这是不是法术呢？"

"庆辅将军不要取笑了。"

二人虽然没有救出天乙，但总算见到了天乙，今晚小试身手，心里都有点儿兴奋。

"其实，我用的是磷火之术。"

"磷火？！"

"你见过鬼火吗？"

"鬼火当然见过，白骨森森的夜半，荒坟之中常有鬼火飘动，据说是冤死的灵魂。"仲虺说着下意识四面看了下，正好枯草中闪过一丝鬼火，不禁浑身一激灵。

"哈哈！冤死的灵魂我没见过，但是这些鬼火就是磷火。我从小研究这些鬼火，后来就收集了些白骨，研磨碎了，用了特制药粉，密闭环境蒸煮之后就能收集到更多的磷火之物。平日用猪的膀胱包好，关键时刻撒出来，就会一片磷火满天，人瞬间被强烈的磷光照得就什么也看不见了，所以我只要把握时机，提前闭眼就不会被晃了眼睛，趁乱当然想做什么就做什么了。"庆辅注意到仲虺看到鬼火后的语气变化，不禁笑了出来。

"啊！在下真是佩服，庆辅将军不仅武功卓绝，才智也是天下无双。"

"仲虺将军的贞卜之术在下更是佩服，你的才智更是远在我之上。"

二人击掌而笑，远远已经看到斟鄩城中王宫的灯火，趁着夜色朝着斟鄩飞奔而去。此刻斟鄩城中妹喜正在托着腮对镜沉思，她知道伊挚也到了夏都斟鄩。

初见时，伊挚云淡风轻的清雅身姿总在妹喜脑海中萦绕。履癸出去打猎了，妹喜在宫中徘徊了几次，带着贴身的宫女阿离出宫而去。

妹喜悄悄来到了商国驿馆，她并没有让人通报，静静地走了进去。

庭院的海棠树后的屋檐下，一个人正在翻着竹简，神情专注，时而抬起头来若有所思。

帝都的雨依旧没有停止，淅淅沥沥地打在海棠叶子上，从屋檐前滴落成串串珠帘。读书人眉宇间那种睿智和亲和是在其他男人那里都见不到的。妹喜静静地注视着伊挚良久，终于开口了。

"伊挚先生在读书吗？"

这声音让伊挚的心底打了个战，抬首朝妹喜望过去。

海棠树下一人撑着竹伞，乌黑的发髻高高竖起，精致的白色象牙束发环分外醒目，长发如丝般垂下，英姿飒爽中透着仙气逼人，巧笑则林下风生，轻语如黄莺妙啭，人间至美言语如何形容。天下的美人本就不多，能够一见者更是不多，如妹喜这样的女子，见一次要在神前许愿多少年。

伊挚看得出神，见妹喜笑了，旋即起身施礼。"妹喜娘娘大驾光临，伊挚有失远迎。"

妹喜看到伊挚瞬间痴住的样子，心中开心，不由得脸生笑靥，看来伊挚先生也并不是看不到自己的美，只是装作没看到而已。

"伊挚先生读什么书呢？"

"在读《禹贡》，大禹王平定洪水，勘定九州，其功绩真是前无古人后无来者。令人不禁神往。"

"既载壶口，治梁及岐。既修太原，至于岳阳。"妹喜吟出了这四句。

妹喜的声音似实非实，温润柔软如玉，随着身姿的曼妙如波，妹喜这次没有歌唱，但即使只是吟诵诗文，也让伊挚听了心神荡漾。

"妹喜娘娘对《禹贡》如此熟悉，伊挚佩服。"

"妹喜自幼在家中读书，依稀记得一些。伊挚先生满腹经纶，不知如何学得如此才华横溢？"

"伊挚一乡野奴隶，不足挂齿！仲虺将军不在驿馆，我是否去帮娘娘寻他回来？"此时，仲虺去夏台打探消息还没有回来。

"仲虺哥哥不在就不用找他了。我今天便衣出行，不必拘泥。我想了解伊挚先生的过去。"

"伊挚一乡野村夫而已。"

"今日细雨霏霏，先生就当我是一个朋友，聊一聊过去可好，我想听听。"

伊挚一时竟不知道妹喜的来意，但看到妹喜的眼睛，心里就已经答应了。这次解救国君天乙，还要依赖妹喜，朋友一样聊聊天，才能更早救出天乙，伊挚在心里先给自己开脱了。

伊挚合上了书简，慢慢地和妹喜讲起了自己的故事，妹喜安静专注地听着，檐前雨滴一滴一滴地滴落，似乎是谁的思绪在滴落。

春花如梦如云烟，花如美人在云端。

一支海棠额前戴，笑问花美人美焉。

第二十六章 海棠故事

琬如四月冷飞雪，琰似今日桃花面。

丁香一枝压海棠，香气袭人人心乱。

伊挚看着美丽妹喜近在咫尺，心中一种莫名的欢喜，不自觉地想告诉妹喜自己的过往。

时光回到多年以前。

伊水就如秋水伊人温柔而宁静美丽，蜿蜒在伊洛平原上，最后慢慢投入了洛水的怀抱。岸边长满了随风摇曳的芦苇，靠近水边的是蒲苇，有着圆圆叶子的苘开着黄色的小花。

一个如伊水般温婉美丽的少女立在水边，一身粗布的蓝花衣服，素雅而清新。少女的气息总是会感染着一切，就连周围的风景都变得生动起来。她伸出细长而柔软的手指采着水边的苘和蒲草，蒲草可以用来编制斗笠、日常用的篓，苘的外皮剥下来可以用来做成麻布。这个少女平日靠采苘织出麻布到集市上换日常生活用品，过着宁静的日子。远处一个采芦苇的年轻人身材壮硕，挥动石镰的动作优雅而有力。两人早就互相注意到了，但从来没有说过话。

这一次两个人离得很近，少女在水中捆好的芦苇不小心散开了，开始顺着水流漂了下去。少年看到了。"我来帮你追回来！你在岸上等着吧！"

少年忙下水帮着少女把这些芦苇重新都追了回来，抱着回来交给少女，浑身上下都湿透了。少女摘下几个苘的果实，扔给少年。

"多谢你了，你也吃几个吧。"

苘的果实如小小的莲，直接剥开吃，有一种莲子般的清香，而且外加一种淡淡的甜味。"真好吃！"少年说话的时候露出一口洁白的牙齿，对着少女笑了笑。少女看了少年一眼，正好看到少年炯炯有神的眼睛也在注视自己，瞬间脸颊有点儿红了，不好意思地低下头继续捆着手里的芦苇。两人从此相识，慢慢地日久生情。

妹喜听到这里，不由得看着伊挚，心中也涌起了一阵温暖。

"如果天地间就我和伊挚，永远在一起那该多好。"

第二十七章　空桑之子

伊水河边。

少年和少女在村里老人的主持下举办了简单的婚礼。从此两人日出而作，日暮而息，这样平平淡淡的日子是多么快乐而美好。

"我们一定要这样白头偕老。"少女靠在少年怀里说。

"你还要给我生好多娃娃，将来儿女绕膝。"少年也对未来充满了憧憬。

但快乐的日子总是短暂的。昆吾又发动了战争，有莘的所有男人都要去参军保卫自己的国家。

"古村幽坐闲寂寞，遥望秋云乡思渺。男儿本应行天下，未成霸业不还家。我要走了，你要照顾好自己，等着我回来！"少女的丈夫走了。

男人就是要去为了家国拼杀！女子只有在村口遥遥相送。

少年走后，少女每天黄昏的时候都会在村口等待少年回来。陆陆续续地其他的男人都有了消息，唯独没有自己丈夫的消息。

日子一天一天地过去，少年再也没有回来，也没有任何消息。直到有一天村里的其他男人带回消息说，少女的丈夫可能已经战死了。

少女突然觉得大地晃动了一下，整个天空和大地都在旋转，少女瘫坐在地上，天地变得一片昏暗。少女跑到和少年最初相识的河边，大声呼唤自己男人的名字。

此时只有水鸟的哀鸣和风吹过芦苇的呜咽声。哪里有少年的影子，天地广阔，斯人却再也不会回来。人生有些快乐，只有在失去之后，才知道它是如此珍贵和美好，就像青春，就像爱情，很多东西失去之后就再也找不回来了。

"难道我有孩子了吗？"少女弯腰的时候腹部变得臃肿了。此时，少女怀孕已经几个月了。同样的景色，却只剩下孤独和荒凉。少女痛哭了几天，每天以泪洗面，唯一能够支撑少女活下来的就是她腹中的孩子，每天晚上少女都要对孩子说着自己的心里话。

"孩子，妈妈还有你呢！"慢慢地少女平静了下来，她要把孩子养大。

一天晚上，外面夏虫啁啾，灶台上点着一盏油灯。一切都如往日一样，少女对着腹中的孩子说了一会儿话，就开始打哈欠，准备睡了，毕竟明天天一亮就要起来劳作。

"是谁？"灶台边上有一个人影。

这个人影被白光环绕着，少女心中害怕，蜷缩在被子里偷偷看那个人影，竟然是一个白衣老人。少女吃了一惊，那个人影祥和和蔼，似乎是个仙人。

少女大着胆子，走到灶台边："请问你是仙人吗？"

"不要害怕，我是伊水河伯！你腹中的孩子不是凡人，今日我特来救你！"白衣老人说话了。

少女听到仙人的声音，声音充满了慈祥和温暖，不再害怕了，拜服在地："多谢仙人指点！"

"明早如果看到石臼中渗出水来，你一定要向着东方走。不要停留。"

说完少女就醒了，灶台边什么都没有，只有那盏油灯的灯苗在晃动着，哪里有什么白衣老人。

"是做了一场梦吧。"

天亮了，少女忘了梦中的事情。生活首先要活着，少女拿下盖在陶罐上的黑陶碗，从里面抓出没有去壳的粟米，放入碗中。

少女端着碗走到石臼旁边，准备倒入石臼中，舂了米做饭。

"咦？石臼里哪来的水？"

少女突然发现脚下的石臼里面竟然有一汪清水。抬头看看屋顶也没有漏水啊，外面也没有下雨啊。少女准备把水舀出来，突然想起了昨天的梦中，神仙说过,如果石臼有水就让自己向东走。

少女心里激灵了一下,神仙的话我还是信一次吧,就当出去散心好了。少女和邻居说了自己的梦,但是没有人肯相信她的话,那不过是一个梦而已。少女独自迎着朝阳走了。

远处是一座山,少女走着走着就到了一个小山的下面,少女慢慢走上了山坡,在山坡上面远望,伊水犹如玉带,少女心情顿时开阔了许多。

这时远处轰轰的声音传来,有如雷声一般。"要下雨了吗?"少女看到天空艳阳依旧,循着声音望过去。

"远处也没有乌云啊!"

那滚滚低沉的声音并没有停止,这时候少女看到远处似乎有一片白云低低地飘过来。声音越来越大,少女刚还为看到的新奇景色赞叹的脸突然凝住了。那根本不是白云,而是水浪。巨大的水浪沿着伊水两岸排山倒海地冲过来。此时的洪水似乎变成一群凶恶的猛兽,用巨大的爪子撕碎遇到的一切,怒吼着咆哮着,让所有人都在颤栗中被洪水吞没。

伊水两边的树木、村庄都在这巨浪下,摧枯拉朽一般瞬间消失了。自己的家就在伊水边上,村里还有那些善良的人们。

少女大喊:"洪水来了,大家快跑啊。"一切都来不及了,洪水转眼淹没了一切,当巨浪经过少女所在的山下时,少女看到水中漂着挣扎的牛和漂浮的人的尸体。

少女瘫坐在地上,心里突突地跳,跪在地上感谢神仙救了自己一命。少女委顿在地上,一切都没有了。"孩子,我们连家也没有了。"

少女在山上躲了几日,随便找了些能吃的野菜、野果充饥,洪水渐渐退去了。少女沿着烂泥走到家的位置,除了一片狼藉什么都没有了,只有村口一棵古老巨大的桑树还屹立着,这是曾经的家园中唯一熟悉的东西了。这棵桑树不知有几百年了,树干中间干枯出一个大树洞,少女费力地爬进去,正好可以坐在里面,也可以一个人缩在里面睡觉。村子里到处都是齐膝的洪水,少女晚上就住在这棵树上,这里成了少女的家。

这一天晚上,少女突然肚子疼得痛不欲生,在东方的曙光照进树洞的时候,少女生了一个男孩。女人一旦有了孩子，就会像变了一个人一样，变成了一个勤劳勇敢坚强的母亲，母爱是这个世界上最伟大的感情。

"哇——哇——"这日少女找了食物回来，远远听到男孩的哭声很急迫，似乎有什么危险。少女心里很急，就没有走平时熟悉的道路，想直接穿过泥塘，这样就会快一些。她蹚着泥水走了几步就后悔了。脚下的烂泥，软软的却没有底，整个身子就陷了下去，那水只有一尺来深，下面全是烂泥，少女挣扎半天，根本漂浮不起身子来。

"谁能想到会游泳的人会陷入烂泥不能上来呢！"

少女使劲让自己仰面躺在水面上，这样还能坚持一会儿。时间一分一秒过去了，孩子的哭声停止了，也没有人来救少女。少女到底经历了多少煎熬和绝望，已经没有人知道了。时间久了，少女也没力气了，慢慢没有了意识。

天又亮了。桑树旁来了一群人。这次洪水来得很急，有莘国君很着急，这段时间一直亲自带着下属沿着伊水两岸查看受灾的情况，给存活下来的百姓发放吃的东西。

"大王，你看水面上有个人！"有人突然喊道。

有莘国君也远远地看到水中仰面漂着一个女子，忙让属下去拉了上来，可惜人已经没有了呼吸。有莘国君正准备让人找地方把女人埋葬了，突然发现女人的眼睛似乎在看着什么！

"是什么让她死不瞑目呢？"顺着她看的方向，有莘国君也看到了那棵大桑树上的树洞。有莘国君亲自爬了上去，发现大树洞温暖而干燥。树洞里铺着柔软的干草，上面睡着一个小男孩，脸上还有两行泪痕。

"这应该是那个女子的孩子吧！"有莘国君把孩子抱了下来。

"放心吧，我会把他抚养长大的。"国君帮少女闭上了一直睁着的眼睛。

时光回到了斟鄩伊挚的驿馆中。

妹喜的脸上早已经是梨花带雨了。伊挚说到这里就停了下来，看着妹喜出神。良久，伊挚说："这个男孩就是我。"

妹喜开始听得入了神，如果自己是这个少女，会是怎样的心情。"先生，原来是如此苦命之人。"妹喜悠悠地说，还没从伊挚母亲的感觉中出来。

"这些我都是听国君告诉我的，我觉得自己虽然命苦，但遇到了国君和王女，也是我一生难以回报的幸运。国君收留了我，我才可以活下来，可以读书，今天才能够见到娘娘，对娘娘讲我自己的故事，否则伊挚早就不在了。"

"世人都说我是一个迷惑夏王的女子，很多人都恨我，难道伊挚先生不讨厌我吗？"妹喜盯着伊挚的眼睛问道。

伊挚看着廊外的细雨，不敢去看妹喜的眼睛。"娘娘容貌淑丽，歌喉婉转，天下恐无第二个女子能及得上娘娘一半。那些说娘娘不好的人，不过都是因为妒忌而已。世人得不到的东西就会去诋毁，人心叵测，娘娘何必在乎那些人的口舌。"伊挚说完才敢去看着妹喜，目光中满是如水的温柔。

"先生真是这样认为的吗？你没有哄我吗？"妹喜眼睛中流露出欣喜的神色，伊挚的目光让妹喜感到放松，感到从未有过的温暖。

"伊挚也粗通音律，所以能听懂娘娘歌喉之婉转悠扬。"

"那不知妹喜能否有幸聆听先生之雅音呢？"

"娘娘客气了。"伊挚说着取出陶埙，埙声悠远沉静，如一个人轻轻在耳边诉说着对远方的人的思念，似是一人在叹息，在呜咽。转而，埙声悠然，忧伤的感觉已经没有了，时而似美人在白雾霭霭的林间漫步，时而似一个少女在欣赏着水中自己美丽的倒影。

妹喜听得出神，起身在廊上开始起舞，动作轻柔似水，思念幽怨之情让人看得心碎。

人生自古，知音难寻，何况共舞之人。但是他们遇到的太晚了！

第二十八章　夏台崩塌

斟鄩，商国驿馆。

一曲终了，妹喜凝立良久。伊挚双目注视着妹喜也没有说话，两个人都沉浸在美好意境中，快乐缓缓流过身上每一寸肌肤，每一个毛孔。

"先生真是妹喜的知音，我第一次见到先生时的感觉没有错。"良久之后，妹喜开口了。

伊挚听到妹喜的话，眼中突然闪过炽热的光芒，但又赶紧低下了头，生怕妹喜看到自己眼中的渴望。"伊挚拙钝，能得娘娘如此高视，真是此生之幸！"

伊挚不敢直视妹喜，妹喜等了良久也没等到伊挚再次说话。

对一个矜持的女人来说，现在只有离开，妹喜起身站了起来。"我要回宫了，天乙国君的事情我会尽力，但愿先生今天不是因为天乙国君而刻意讨好我。"

"娘娘贵为元妃，伊挚与娘娘萍水相逢，娘娘如此看重伊挚，伊挚自是虽百死而无以回报。伊挚还望娘娘能帮我家国君天乙在天子面前美言几句，否则我家国君定然必死无疑了。"说到天乙伊挚恢复了平静。

"天子虽然宠我，但军国大事，我说了未必有用。"妹喜听到伊挚的话心中已经有了几丝愠怒。

"我这里有写好的羊皮手卷，里面有我为天子分析的如今天下形势。天子了解后，会明白宽恕我家国君于大夏也是大有裨益的。"伊挚双手给妹喜递过来一卷羊皮手卷。

妹喜伸手接过羊皮手卷，轻轻展开，里面是伊挚的字迹。妹喜心中涌起一种冲动："终于有了一件你的物品了。"

伊挚看到妹喜对着手卷出神，不知妹喜愿不愿意帮自己，只好硬着头皮继续说："娘娘只要讲给天子听就好了，千万不要让天子知道是我教给娘娘的，否则必然危及我家大王性命，伊挚恐怕也自身难保。"

妹喜双目转动，瞪了伊挚一眼。"伊挚，你以为我来这里见你，被天子知道了会有什么后果吗？"

伊挚心里一跳，赶紧跪在地上，说道："伊挚万不敢陷娘娘于不义！"

妹喜看到伊挚惊慌的样子，咯咯地笑了起来。

"伊挚先生，我都明白。我的心意想必你也明白。希望以后我们还能再见！"

妹喜看到伊挚吃惊的表情，心情已如雨后霓虹般绚烂。妹喜没等伊挚说话径自走了，脚步轻盈地如在云端跳舞。

伊挚坐在那里没有动，心中如一颗石子投入了湖心，心底涟漪一圈一圈散开了去。伊挚所有的感情里面，从来没有一种平等的互相欣赏的感情。他何尝不知有莘王女对自己百般依赖，天乙国君对自己器重有加，更像朋友一样。和有莘王女与天乙却永远有一种看不到的距离，王女和天乙都是他的主人。妹喜却给了伊挚一种完全不一样的感觉，一种平等的互相欣赏，是一种彼此心底的惺惺相惜。但伊挚什么都不能说，只能把这一切都静静地化解在自己的埙声中，但妹喜却听懂了他的埙声。

夏台。

天乙白天已经不再大喊大叫了，躺在土炕上一动不动。

"死了没！"士兵看到天乙一直躺着，过来大喊一声，"还活着没？"

天乙抬一抬手，告诉士兵们自己还活着。

"那个长胡子到底什么时候死？"熊将军用石杵砸着地面，不一会儿就出现了一个大坑。

"你急也没用，大王不让杀，只能等！"罴将军耐着性子说，说完吐出嘴中的鸡骨头。

熊、罴二将是履癸的近卫勇士中的大力士,本来以为来这里少则十日多则半月,就可以回去复命了。

哪知道住了一个月了,天乙还好好地活着,也看不到天乙吃任何东西,基本就是在那儿躺着一动不动,一副过两天就要完了的样子,但是日子无论过了多久,天乙依旧是那个样子。熊、罴二将实在困惑得摸不着头脑,他们和守卫这里的士兵,基本上把附近能吃的老百姓家的鸡和猪快吃干净了。

天乙离开斟䣚之后,雨依旧没有完全停,今天不下明天下,天总是不放晴。

此时的夏台也开始下雨了。天乙到达夏台之后十几天,夏台的雨就开始淅淅沥沥地下起来了。天乙住的囚室窑洞地形较高,雨水对其没什么影响。士兵们住的都是临时搭建的军帐,偶尔下雨没关系,但时间一长帐篷内都潮湿漏雨了。士兵们生火做饭都找不到合适的干柴,潮湿阴郁的感觉折磨着每一个士兵。天乙不吃任何东西就可以活得很好,熊、罴将军都开始相信天乙就是水德之君了。

几天之后,夏台的雨依旧下着。

"罴将军,我们不能这么一味等待下去了,难道要一辈子看守罪犯吗?"

"是啊,真想直接把那个天乙弄死算了!"罴将军说。

"大王就是因为不能弄死他,才让我们看着让他自己死啊!"熊将军无奈地喝了一口酒,把空的酒樽摔在了地上。

"管它什么水德之君,直接用湿布盖在脸上窒息而死,只要不流血,就说是饿死了,这样就可以不用在这鬼地方待着了。"罴将军说。

熊将军听了眼中放出凶光:"这个主意不错,今晚就动手!"

罴将军用粗大、长满黑毛的大手做了一个杀的动作。

哈哈哈!二人大笑起来,这笑声真的听起来让人笑不出来。

夜!

雨下得特别大,外面的闪电刺破长空,雷声滚滚,地动山摇!

雨水化成泥汤从天乙的牢房上方流下去。天乙在囚室内坐着看着外边的风雷激荡,心中起伏不定,感觉今夜有什么事情就要发生。

"咔嚓!"牢房外闪过一片亮光!一道闪电划过,击中了夏台,轰隆的巨响之后，整个大地都随着颤抖。

"天帝要发怒了吗？！天帝要来拯救水德之君了吗！"附近的百姓望着窗外的电闪雷鸣，在被子里蜷缩着，让人无眠的一夜，终于过去了。

黎明来临的时候，活下来的人们都被看到的景象惊呆了！

夏台出事了！

履癸在宫中等了十来天，也没等到天乙饿死的消息，近日下人来禀报说天乙一日比一日气色更好了。

斟鄩依旧潮湿阴雨，根本没有放晴的意思，履癸心中也开始嘀咕了。

"大王，夏台前日雨夜崩塌，看守夏台的熊、罴将军身受重伤！"这天突然有人来报。

履癸大吃了一惊，不由得倒吸了一口凉气："天乙那竖子呢？"

"好像……好像……安然无恙！"报信的人支支吾吾地说着。

"可恼！姬辛，你明日去夏台查看一下！"履癸怒了。

夏台下的场景简直惨不忍睹。夏台顶上由于大雨崩塌了一大块，掉落的泥土掩埋了大部分下面的士兵营地，只剩下了少数几个幸存的士兵。

天乙的囚室却安然无恙，天乙暗叹："今日大难不死！谢上天和祖宗保佑！"

熊、罴二将军从烂泥中挣扎着钻了出来，身上满是伤痕和烂泥。

"嗷——嗷——"

熊、罴坐在那号叫着，凄厉恐怖的声音，震得天乙囚室屋顶的尘土纷纷掉落。

斟鄩。

伊挚听说了夏台崩塌的事情，吓了一跳，知道天乙安然无恙才长出了一口气。

伊挚赶紧到姬辛的府邸拜访，高高的院墙内是豪华如王宫的宅院。伊挚和姬辛见礼之后，问道："姬大人是大夏股肱之臣，如今姬大人要去夏台，不知道是否有人对大人说过什么呢？"

"说过什么？"姬辛明显心情不是很好。

"看守夏台不是一个好差事，熊、罴二将军的事情，大人应当知道了，大夏可不能没有大人啊！"

"多谢伊挚先生提醒。"姬辛听了伊挚的话心里一硌硬,也不好发作,伊挚在履癸那儿的印象一直不错,不好得罪,勉强露出一个比哭还难看的笑容。

姬辛心里已经生疑,伊挚只好起身告辞。

伊挚的马车东绕西拐,来到一处院子,树枝做的篱笆门看不出这是大夏朝堂大臣的家。

"关大人在吗?"

"进来吧,没有狗。"

伊挚移开篱笆门,进入院中,院中简陋,但整洁,正屋几间茅草屋,门口一个大陶罐。

一个干瘦但硬朗的老头儿打开木板门,此人正是关龙逢。

关龙逢是大夏最硬的骨头,如果看谁不顺眼,谁的面子也不给。伊挚扑通跪在地上,关龙逢不明白怎么回事,赶紧去搀扶伊挚。

"伊挚大人,何必如此!"

伊挚抬起头来已经满面泪痕。

"关大人如能救救我家国君,大人之功在社稷。今者救天地之变,公之功在天地君民。"

关龙逢素来耿直,知道天乙的仁德,早就有心救天乙,又看到名扬天下的大贤伊挚如此恳切请求,心中暗暗作了决定。

"听说天乙国君是水德之君,可否属实?"

"我家国君真的是水德之神。在商国的时候,鼻子或者手指哪怕流出一滴血,或者滴下一滴眼泪在地上,就会大雨数日。如果眼泪流得多,大雨就会连绵不断,许多天都停不下来。"

"如此灵验,那天下大旱,岂不是天乙国君可以自己求雨了。"关龙逢听着似乎饶有兴趣,半信半疑。

"商国如果天下有旱,我家国君为子民感伤,涕泪而下,必将大雨倾盆。商国这么多年风调雨顺,年年丰收,和我家国君是水德之君也大有关系!"

"商国的确这些年风调雨顺,国富民强!原来如此!"关龙逢心中天乙的形象陡然高大起来。

"我家国君对大夏天子一片忠心,欲诉衷情请罪而不得通,遂发至诚而哭,如此哭下去,就怕这雨不知何时能停啊!我家国君忠心天子之情之深厚,而未有逆君之罪,天子不会杀我家国君的。还望大人在天子面前,替我家国君求求情吧。"

伊挚竟然也呜呜地哭了起来,关龙逄看不下去了。"伊挚先生放心,关龙逄一定在朝堂上求天子放过天乙国君!"

关龙逄也答应帮忙,伊挚悬着的心终于放了下来。伊挚的判断没错,这老头儿吃软不吃硬。

大朝。

关龙逄第一个出列启奏。"大王,商国天乙应是水德之君,对大夏一片忠心,欲诉衷情请罪,而不得通,遂发至诚而哭,哭之不已,吾恐大雨将不休不止!"

履癸没有说话,姬辛上前接着启奏。"大王,既然天乙国君无有大错,不如我们就把他放了吧,这雨就能停了。"

"大王!天乙水德之君,是大夏的栋梁之臣,年年来朝拜天子,一直对天子忠心耿耿。"费昌也出来为天乙求情。

姬辛和关龙逄都历数商国对大夏的忠诚,他们二人竟然观点一致,弄得履癸都困惑了。

"这……日后再议!"

履癸本来并不想杀天乙,只是被昆吾的牟卢煽风点火才起了杀心,这时候心里也没有了主意,履癸一言不发地回了后宫。

容台。

回到后宫,妺喜迎了上来,看到履癸若有所思。"大王可有什么心事,可以说给妺儿听吗?"

"也没什么,那个商国天乙,朕没想好是杀还是放!"履癸和妺喜说了今天朝堂的事情。

"大王,你可知为什么牟卢非要大王杀掉商国国君吗?"

"为何?"

第二十九章　童谣

夏宫容台。

妺喜拉着履癸的手走到天下九州的屏风前。"大王，如今天下谁是仅次于大夏的强国？"

"当然是昆吾！"履癸不知妺喜到底想说什么。

"昆吾占据了天下东北大片疆土，是仅次于大夏的强国，现在昆吾在吞并其他国家的时候，唯一忌惮的就是商国。"

"杀了天乙，正好除掉商国这个大夏和昆吾的心头刺，岂不是正好！"履癸还是没明白妺喜何意。

"如果杀掉了商国国君，昆吾将会吞并整个东边的其他国家，到时候昆吾就可和大夏分庭抗礼了。"妺喜轻描淡写地说着。

"牟卢他敢！"履癸脸色陡变，双眉立了起来，透出了杀气！

"也未可知！即使牟卢不敢，怎知牟卢之后呢？！"妺喜继续悠悠地说。

履癸倒吸了一口凉气。"呀！妺儿说得有理！妺儿不愧为大夏元妃！"

履癸对妺喜刮目相看，这次不仅是怜爱，更多了几分欣赏和赞许，妺喜被履癸看得都有点儿不好意思了。

"商国国君，素来忠心仁义，是水德之君，大王不仅不应该杀，而且要封他一个方伯长，这样他就可以牵制昆吾，昆吾和商国对我们大夏才会更加忠心耿耿，成为不会咬到主人的狗。"

"哈哈！高！原来妹儿对天下之事也如此感兴趣，当了大夏元妃就是不一样了。那朕先不杀天乙那竖子就是了！"

"大王又取笑我了。"妹喜看目的已经达到，开始撒起娇来。

履癸一下抱住妹喜。

"哈！何止取笑，朕要吃了你！"

夏台。

自从雨夜崩塌之后，第二天就转晴了，太阳终于出来了，温暖的阳光照着吸满了水的谷子和黍米等作物。转眼就过了六月，谷穗都沉甸甸地弯着腰，黍米的果实也饱满了，用手摸起来光滑圆润，百姓脸上都洋溢着欣喜的笑容。

"水德之君的仁德之心能使风调雨顺，才有了今年这么好的收成！"

夏台附近的百姓欢欣雀跃，一派天和人悦。

此时的夏都斟鄩。

从天乙去了夏台之后，雨虽下得少了，却是浓阴连日，好多天都不见天日，人们心里也发了霉。

随着一阵隆隆声传来，城门开了，大雾弥漫中上百匹战马冲了出来。为首的大黑马比其他马高出一头，马上之人英气逼人，披着黑色的斗篷如乘风踏雾而来。这一群人个个都是骁勇的勇士，好威风的队伍，这正是履癸出城打猎。

突然，一道惊雷闪电划过天空，大雨瞬间滂沱而下。周围人慌忙撑开伞帐为履癸遮雨，如此履癸还是被淋湿了。

履癸虽然一身神勇，但对大雨也毫无办法。履癸好久没有出城打猎了，早就憋得难受了，没想到今日又被大雨淋了回来，一腔怒火无处发泄。履癸躲在伞帐之下，看雨似乎没有要停的意思，只好无奈地回宫了。

都城内整天烟雾弥漫，家里的粮食、被褥、衣服都要发霉了，人们脸上再也没有往日的欢乐笑容。斟鄩附近田地里的庄稼都霉烂在地里，百姓更是苦不堪言。都城内到处是积水和烂泥，穿再好的衣服回到家里都是脏湿一片，溅得到处都是泥点子。百姓生火做饭都成了问题，再这样下去，今年的收成都成了问题。这还不是最恐怖的！

"费相！百姓说早晚人少的时候，经常看到白色的鬼魂飘来飘去，人们都不敢出门了。"费昌的手下来报。

"还有这等事？！"费昌眉头一皱，斟鄩的防卫一直都是费昌负责。

"随我去街上巡查！我倒要看看是什么人在装神弄鬼！"费昌从来就不惧什么鬼神！

夏台。

一个苍白枯瘦的人躺在潮湿的枯草中，刚要坐起来，身子挣扎着摇晃了几下，又摔倒了，头发上满是枯草。谁能想到这就是商国的国君天乙呢。天乙已经消瘦得看不出原来的样子，苍白的脸上脏得和乞丐一样。长期喝不到热水，即使是青铜的胃口，也要锈出洞来了。

"咳咳！咳！咳咳咳！"天乙病了，浑身发热，躺在土炕上，不停地咳嗽。咳嗽是一种自己无法控制的痛苦，整夜让人无法入睡。天乙感觉自己都要咳出血来了，但是咳嗽依旧停不下来。

囚室内长期阴暗潮湿，长期吃不到热饭菜，再加上几次内心的煎熬，不知何时才能走出牢笼的绝望，天乙的内心没有崩溃，身体已经无法承受了。

夜深的时候，整个夏台就只听见天乙的咳嗽声。

"这竖子今天晚上就咳嗽死了吧！"

"或者咳嗽得一口气上不来，就此憋死了！"

"真那样，我们就不用继续待在这鬼地方了！"

大夏的士兵都盼着天乙早点死了。

天乙开始绝望了，也许这次真的熬不下去了。"这样的日子快点结束吧。"

斟鄩如今被大雾笼罩着。斟鄩的大街如今人烟寥落，远远地有小孩在唱着一首幽怨的童谣："天上水，何汪汪？地下水，何洋洋？黑黑天，无青黄。百姓嗷嗷无食场，东西南北走忙忙。南北东西路渺茫，云雾迷天无日光。时日曷丧？予及尔皆亡？！"

这天，费昌正好走在街上巡视，听到童谣后背直发凉。

"赶紧去找唱歌的小孩！这童谣到底是谁教的？！"

大雾弥漫，影影绰绰，哪里找得到人。

"黑黑天，无青黄。百姓嗷嗷无食场。"童谣的歌声又在后方响起了，手下跑过去之后又是不见人影，费昌只得作罢继续前行。

"不黑不红刀与戈，日月浮沉天上河。"突然听到左边高处有一个凄厉的声音在唱，费昌一抬头，远处半空中有个鬼模样的人，披头散发，白衣飘动似乎没有身子，就和那日在大殿上看到的一模一样。

"那鬼是飘在空中的！"手下不禁惊呼出声！费昌也看得冰凉透骨，起了一身鸡皮疙瘩，手下都不敢靠前了。

费昌的近身侍卫忙搭起弓箭，那鬼却突然不见了踪影。士兵们找了半天也没有任何踪迹，去附近人家的院子里搜查半天也没有任何收获。费昌只好继续前进，巡查其他地方。

雾霭中出现一棵大槐树，不知有几百年了，枝叶婆娑，枝杈直入云天，茂密的树上就是一个小小的世界，也是各种鸟的天堂，今天却一只鸟也看不到。

"那是什么！"就在这时，茂密的枝叶间，有一个白色的长袍垂了下来，看着好不瘆人。

"不黑不红刀与戈，日月浮沉天上河。天上河，不可过。五杂色，四隅侧。半夜间，闲失门。当年百骸精与魂，今日无依居野坟。怨气滔滔天帝闻，四月空城野火焚，东风吹血血碧磷。呜呜乎！血碧磷。"此时四周缥缈的童声响起，依旧是首不知什么意思的歌。

费昌心中虽然害怕，毕竟是大夏的股肱之臣，强自镇定下来。费昌让士兵们都停住不要动，他一人走上前去，想一看究竟，当转过头看到那红色的舌头，费昌也不禁有点儿哆嗦，再一抬头，只见树影婆娑，那鬼的影子已经踪迹不见。

王邑斟郭城内朝则童谣而哭，夕则鬼哭而歌，人人惶惶不可终日。

费昌把这些奏给履癸，履癸自是心中不乐，又不想就这样放了天乙，否则天子威仪何在？

第二十九章 童谣

夏台送来了消息:"天乙病了,恐怕没有几天,就要病死了。"

费昌与天乙的父亲主癸交情深厚,听到天乙生病的消息,更是忧心如焚。费昌多次在履癸面前替天乙求情。

"费相,你去夏台看看那个天乙竖子到底是不是水德之君!"

履癸无奈只得吩咐费昌去夏台探探天乙的情况。费昌立刻备车赶往夏台,夏台附近阳光明媚,草木葱茏,庄稼长势旺盛。

"天乙看来真的不是凡人。"此时熊、罴二将已经回斟鄩了。进入囚室,一股霉味让费昌不禁咳嗽起来。烂草中一人头发、胡子上都是杂草,衣服破烂不堪,上面的泥污已经看不出衣服原来的颜色,费昌忍不住心头一酸。

"天乙国君,费昌来看您了!"

天乙看到费昌,立刻眼中放出神采。

"费相!您来了!"

费昌找人打扫了囚室,给天乙洗了澡,要给天乙换一件衣服。

"费相,这衣服先不用换了!"天乙说。天乙非常开心,二人彻夜长谈,从天乙父亲谈到当今天子履癸,天乙也坦陈自己对天子的一片忠心。

费昌命令士兵给天乙做可口的饭菜,并请疾医煎了中药,给天乙治疗。

费昌回斟鄩了。

湟里且把带来的大量的贝壳、珍珠等宝贝,还有各种精美的青铜器皿等献给了天子。朝中的赵梁和姬辛等重臣,湟里且也都一一送了厚礼。履癸得到商国送来的珠宝以及精美的青铜酒具之后,心里对天乙也有了一丝好感。

这时候费昌从夏台回来对履癸禀报:"商侯在囚,自悔罪过。朝夕望阙朝君,祝寿于天,不敢衣食安处,惟自延命。初时熊、罴二将在时,不许商侯饮食,商侯忧而阴雨不止。臣至后,日与商侯少许进食,商侯喜而天霁。今夏台之地,五谷丰登,百姓喜乐。"

履癸哈哈大笑:"天下难道真有这种怪物?如果给他饮食能止雨,就算撑死他又何妨?为什么只给少许?"

这时候,伊挚也在朝堂上,履癸素来尊重伊挚,问道:"伊挚先生才学足以知天地之变化。今朕都中五六月而不霁,伊挚先生是否知道原因呢?"

"大王，臣听说钟山之阳，有一条巨龙，名字叫作烛龙之神。它睁开眼睛的时候就是白天，闭上眼睛的时候就是晚上。"

"天下真有这样的龙吗？先生可知道朕小的时候就杀过一条龙！龙，不过如此！"履癸有点儿不相信。

"大王，龙就如我们人一样，也分很多种，就如大王和一般百姓，大王神威若神，普通百姓不过如草虫而已。"

"如此也有一定道理！"履癸听伊挚夸自己，也就不再细究细节了。

伊挚接着说："故天地之气化，亦以神物而移。圣人和神属于同一类，是其忧为阴，乐为霁，血泪为雨，发怒时天地就电闪雷鸣。臣非圣人，而商君天乙是水德之君。自从大王命令关押之后，天乙国君就终日泣血，故为雨；内心有很多压抑，故为雷；天乙国君为大夏忧心不已，所以天就一直阴云密布，大雾弥漫。"

"这么说来，这个天乙也不是普通人了？！"履癸双眼射出光芒，朝堂上的人看到履癸的眼神，瞬间变得鸦雀无声。

第三十章　重获自由

斟鄩。

太禹殿内，天乙的生死就在一线之间。

大殿上一人长身而立，白皙的面庞下几缕飘洒的长髯，远看颇有几分气概。他捋了捋长髯走到大殿前，双目中闪着一种让人捉摸不透的光。此人正是大夏的右相赵梁。

"大王可记得当年后羿篡国之事！商君天乙到处收买民心切不可放！不可日后养虎为患，危害我大夏江山。"赵梁说。

履癸哈哈大笑了起来。"赵相，吾有天下，如天之有日也，日有亡乎？日亡吾亦亡矣！"

伊挚看到一丝希望，赶紧接着说："大王如日中天，恩泽天下苍生！太康失德之君怎能和大王相比！天乙国君对大王忠心天日可鉴！还请大王开恩！"

"当年是太康天子太过昏庸无能，如果是朕，就是十个后羿朕也都杀了。"

听到伊挚的话，履癸已经被激怒了。

"大王！"赵梁听伊挚如此说，想继续申辩。

"赵相觉得天乙有后羿的本领吗？召天乙当面来谢罪，到时杀与不杀，朕再定夺！"履癸没等赵梁说完直接打断了他。

赵梁心里别提多不是滋味了，没想到竟然碰到了履癸的反感之处，履癸看来要饶恕天乙了，赵梁真想抽自己几个耳光。

履癸朝堂说的话，如果谁敢再提出异议，绝对会吃不了兜着走。散朝了，赵梁只好垂头丧气地走了。

夏台。

此时的天乙在夏台只能躺在土炕上，连咳嗽的力气都没了。现在什么都不想了，如果就这样死去，那就这样死去吧。当一个人变得没有生的希望的时候，死亡就开始变得没有那么恐怖了，更像是一场解脱。天乙恍恍惚惚的，恍若身体都在离自己远去，他也懒得再去寻找食物。就在这时候，栅栏外出现个人影，打开了栅栏门走了进来。

天乙用了力气仔细一看，原来是费昌。"天乙国君，大王让我带您回斟鄩！您暂时安全了！"

天乙愣愣地没有反应过来，这不会是饿晕了出现的幻觉吧。直到费昌过来把他扶了起来，天乙才发现这不是幻觉，干涸红肿的眼睛里慢慢浸满了泪水。

"费相，这是真的吗？"天乙双目无神地看着费昌。

"你身体虚弱，不要激动，如果顺利，这一切都要过去了！"

天乙已经瘦得皮包骨头了，四肢到处都是被蚊虫叮咬溃烂的伤疤。衣服破烂肮脏，浑身散发出难闻的气味。

费昌看着天乙不禁也要流泪，但是忍住了。听说天乙要回斟鄩了，一直在附近暗中保护天乙的庆辅也赶紧现身，庆辅把天乙背上了马车。

"有劳费相和庆辅将军了。"天乙在庆辅的背上感激道。

"能够跟随大王是庆辅一生所幸！"庆辅轻轻地把天乙放到马车上，天乙又开始咳嗽起来。

"你我世交就不要说这些了，这次到斟鄩，我一定求大王放了你。"费昌看到天乙虚弱成这个样子，心里很是不忍。

几个人在费昌带来的士兵护卫下，终于辗转到了斟鄩。天乙回来后，在牢房里继续调整了几天。

这天履癸上朝了。

天乙已经不能自己行走了，被费昌和伊挚搀扶着进入了太禹殿，身上依旧是在夏台的那件衣服，大殿上群臣不禁纷纷掩住口鼻。

天乙扑通一下子跪在大殿正中，对费昌和伊挚摆了摆手，示意不要过来，勉力支撑着跪在那里等待履癸上殿。

履癸终于来了，在虎皮宝座上坐好，见朝堂下跪着一人形销骨立，衣衫褴褛。履癸竟然没有认出来是天乙。

"罪臣商国天乙，叩见天子！咳！咳！咳！"天乙不停地咳嗽起来。

天乙早没了上次诸侯大会时的意气风发，面色苍白虚弱，咳嗽都是轻微的，似乎一用力就会趴在地上再也起不来。

"天乙竖子！在夏台多日你可知错了！"

"罪臣祈求天子饶恕罪臣擅自征伐葛国之罪，天乙愿归还葛国土地，永不侵犯。大商世代效忠大夏，今后也必世世代代效忠大夏，效忠天子，咳咳！"

天乙说着又不停地咳嗽起来，大有咳着咳着就喘不上气来，一命呜呼的迹象。

刚来斟鄩的天乙，天庭饱满，皮肤白皙，留着漂亮的胡须，身高九尺，猿臂蜂腰，而且肌肉匀称，声音洪亮，外貌是各国国君中的翘楚。如今群臣见到天乙病得要死，心中都不禁有了恻隐之心。

此时，妺喜对履癸说："大王，我看商国国君已经知错悔改了。大王还是饶恕了他吧。"

"既然元妃都替你求情，看你忏悔之心诚恳，就不再追究你擅自征伐的过错。朕知道你素来忠义，历代商君也都对大夏忠心耿耿，朕今天就恢复商国的方伯长之职，酂茅之地，就归商国所有吧。"

天乙喜出望外，涕泪俱下，不停叩拜。

"臣谢天子恩典！臣谢天子恩典！"

左相费昌也跪倒在地，行稽首礼。"大王，善哉！天子乃圣神也。今天天子释放了商君天乙，不仅仅是臣子之福，也是天子的仁心乐事。家中有才子，做父亲的自豪，国有贤臣，也是大王之福。天下有神圣之士则天子也会心情舒畅。且天下未有圣明的天子加害贤明臣子，也没有真正的圣明的天子和贤明的臣子合不来的事情。今天子饶恕了商君天乙，天子必是神圣，也合了商君天乙之忠心。天子成全了一贤明之臣,成为英明神武的天子,真是天下之乐事啊!"费昌一通不着痕迹的溜须,履癸自然听得很受用。

"朕饶恕了天乙了,斟鄩总该能见太阳了吧?"

天乙惶恐稽首拜谢:"天子者,天之子也。天子圣神自能回天,臣怎么有如此本事呢?天子心情舒畅,国家风调雨顺,自然天就会放晴了。"

天乙心里这个忐忑,人人都说自己是水德之君,自己怎么不知道呢?

履癸放了天乙,所有人心情都很好。天乙终于回到了驿馆,伊挚、仲虺、庆辅和湟里且等都跪拜在地:"大王受苦了,都是臣等办事不力!"

天乙赶紧一一扶起:"都仰仗各位大人了,否则天乙哪里还有命在!听说朕在断头台的时候,朝堂中还闹鬼了?"

伊挚微笑着看着庆辅。"这都是庆辅将军的武功盖世,轻功绝妙,才能在宫中穿梭无形,装神弄鬼,庆辅将军这次真是功不可没啊!"

"大王,这都是伊挚先生巧妙设计,编出了童谣和鬼歌。仲虺将军贞卜出最近天有大雾。大王水德之君更不是虚言!"庆辅赶紧谦让说道。

"哈哈,辛苦各位了。我们赶紧连夜收拾行装,天一亮就出城,免得夜长梦多!"天乙终于挺直了腰板,依旧声音洪亮,除了有些消瘦,没有半分病恹恹的样子。

天乙夜祷于天:"愿君毋食言,天应朝而雾也。"

仲虺烧了甲骨贞卜,卜文显示:"雾,东行!"仲虺对天乙说:"大王,明天还是大雾,我们得即刻动身,夜长梦多。"

外面依旧大雾弥漫,几个人刚刚离开驿馆,远远就看见赵梁率军包围了驿馆。

"看来赵梁是想把我们困在斟鄩,好险!"仲虺悄声说。

几个人来到城门,离城门开放还早,但是如果再耽误些许时间,估计赵梁的士兵就会把城门也守起来了。

"怎么办?我去杀了守城的士兵,杀出去!"仲虺有点儿着急了。

"万万不可,那样即使我们到达商国,天子大军跟着就把商国踏平了。"伊挚赶紧拦住。

"咯咯咯——"

一声公鸡的叫声传来，哪里来的公鸡？大家回头一看，只见庆辅在那梗着脖子，在学鸡叫呢。

公鸡有个习惯，只要有一只叫，其他的公鸡就会跟着叫了起来。

"今天鸡怎么叫得这么早！"守城士兵打着哈欠起来，士兵睡得正香，听到鸡叫也只得迷迷糊糊地起来，打开城门，太阳落山关闭城门，鸡一叫打开城门，这个规矩执行了几百年。

"还真有出城的！"守城士兵睡眼蒙眬地看了看这几个人。

几个人悄悄出了城门之后，天乙突然笑出声来："庆辅将军真是商国的奇才，不仅会装鬼，还能学鸡叫，哈哈哈！我还以为我们带了一只公鸡呢，哈哈哈！"

这次来斟鄩，历经万难，尤其天乙再也不是那个前怕狼后怕虎的天乙了。

第二天，依旧重雾如羹，三步之外不相见。

"难道放了天乙天还不放晴吗？"履癸放了天乙之后，心里已经没有那么烦躁了。

话音刚落，朝风微卷，重雾如扫。晶光晓日，似赤珠之出渊。划然青天，若明镜之云翳。阴沉了多日的天，终于放晴了。

履癸脸露笑容："天乙说得甚是有理，这是朕心大悦，天就放晴了，以后朕要陪着元妃，多多行乐，自然国泰民安，风调雨顺了。"

赵梁见到天放晴了，心情也顿时好了很多，暂时也就没再去追天乙了。

费昌躬身正色说："此君王合道于天，天眷君王有道，而复其常。此呈万世太平之征也。微臣者，草茅贱士也，何敢贪天功而掩天子之盛德？"

费昌这几句话说得履癸心中大喜，费昌不愧为大夏的左相，满朝皆喜。赵梁和姬辛也想夸奖履癸，但是在肚子中憋了半天的句子，都没费昌的话大气，只能用妒忌的眼神看着费昌。

整个都城内一片喜气洋洋，民众歌舞于巷，互相见面问候："今天终于见到太阳了啊。"

人的快乐有时候就是这么简单，见到太阳就能让人欣喜若狂，只有失去了才觉得美好，失而复得才更加珍惜。

第三十一章　暗夜大火

王邑斟鄩王宫花园，凄风冷雨中，四处败叶凋零。天终于放晴了，天空朵朵白云飘过，暖暖的阳光照耀在人们身上，见到阳光是如此值得欢欣雀跃的事。

修整后的园中，花木青翠。各种各样的花又重新开放了，蝴蝶流连飞舞，人的心情也暖暖地随着蝴蝶飘荡。

虎皮榻上，一个雄壮的男子怀里抱着一个柔弱无骨的女子，真是英雄美人，一对璧人。正是履癸和妺喜在花园中享受着久违的阳光。

"妺儿，忧愁这么长时间，终于见到阳光了。"阳光笼罩着妺喜，日光花影下，妺喜依旧肤色如玉，波光流转，发髻边缘能看到细小的碎发，在光线中轻轻晃动，甚是可爱。

"妺儿依旧那么美，不，是最美。"履癸仔细看着妺喜，不舍得移开目光。

"大王看什么呢？"履癸的心思被妺喜看出来了，故意笑着问履癸，女为悦己者容，此刻妺喜更是横波入鬓，顾盼流光，美艳不可方物。

"我看朕的妺儿阴雨之后，确是更加好看了。"

"大王也是更加容光焕发，越发天威凛凛、英姿勃发呢！"

"天果然晴了，这天乙竖子也许真是水德之君，是否应该把他召到斟鄩来，当面再给他赏赐？"

妺喜赶紧摇了摇手，说道："大王千万别让他再来了，万一他又惹怒了大王，心情又不好了,那不是又要下雨了。还是让他在商国待着吧。"

"朕就听妹儿的!"说着履癸把妹喜搂在怀中,闭上眼睛满足地晒着太阳,和心爱的人一起悠闲地晒太阳,看起来很简单的事情,很多人却很难做到。

翌日,赵梁、姬辛求见。

赵梁进来行礼后,说道:"大王,那天乙半夜就从驿馆出发,天还没亮就骗开了城门,匆匆出城了。臣恐怕天乙心中有鬼,对大王心存不满。"

履癸略一沉吟。

"大王,如果商国还是原来的弹丸之地,放天乙回国倒也没什么。如今大王把赞茅也赏赐给了商国,算上有莘和奚仲家族的薛国,商国的力量已经不能小觑了,如今又恢复了方伯长之位,恐怕日后会养虎为患。"赵梁接着说。

履癸一愣,妹喜说的制衡昆吾之术有一定道理,但这点力量,履癸还不放在眼里。

"量那天乙竖子不敢有二心!"

"大王,昆吾历来是我大夏的左右手,而且昆吾牟卢的名声并不好,昆吾地方虽大,但其宗亲很多在朝内。天乙的恩德之名已经要盖过了天子,如今四方各国的百姓都纷纷跑到商国去了,商国的人口已经不知道有多少,对大夏早晚是威胁。商国天乙毕竟是外族,大王不得不防!大王可召他回来,就说斟鄩的天气放晴了,大王要当面再次赏赐。"

"哼!那朕说话还有信用吗?"履癸依旧犹豫,毕竟亲自赏赐的天乙,出尔反尔的事情不是天子所为。

姬辛谄笑着凑过来。"大王千万不要有妇人之仁。大王何必费那么多周折,现在天乙应该还没离开大夏的疆域,大王不必亲自动手。只要大王默许,在下愿为天子分忧。"

履癸正好可以脱身,忙说道:"你们看着办吧!"

"诺!"赵梁和姬辛互相看了一眼,眼角中流露出难以察觉的笑意。

天乙却不知道危险已经慢慢逼近了。

赵梁和姬辛历来和葛国的垠尚交好,早就想为垠尚报仇了。前段时间商国的湟里且给朝中大臣送礼,赵梁和姬辛也收了不少。

"怎么费昌的礼物比你我的还多？！怪不得费昌老儿一直在天子面前替天乙说好话。"

天乙走后，赵梁和姬辛发现礼物收得最多的竟然是左相费昌，满心的欢喜瞬间成了妒火，正所谓不患寡而患不均，小人之心实在是防不胜防。

天乙一行人出了斟鄩。

此时，阳光正好，天空中白云舒卷，就如几个人的心情，几个人沐浴着阳光，心情也如阳光般灿烂，天乙心情尤其舒畅。湟里且还带着车队，所以几个人走得并不算快。

"驾！驾！"这时候身后传来马车之声。只见后面尘烟滚滚，追上来几辆马车，如腾云驾雾而来！

"好快的马车！"仲虺注意到来的定不是普通人！所有人心里立马紧张起来。

"是费相！大家不用紧张！"如此行云流水的驾车技术，天下恐怕也只有费昌了。费昌的马车转眼了众人眼前。

"费相！"天乙和费昌寒暄之后，费昌说："天乙国君请迅速赶回商国。老臣听说赵梁、姬辛在天子前面搬弄是非，想为葛国垠尚报仇。如果路上拖延久了，恐怕天乙国君会有危险。"

"多谢费相！天乙这就极速赶回商国！"天乙和费昌洒泪而别。

这日，不知不觉间，天色已黄昏，夕阳映红了天边，远近分明的云朵都成了火红色，温暖壮丽的晚霞一层一层的，形成各种不同的形状。

"好壮丽的晚霞，天下恐怕没人真正喜欢我这水德之君总让天下雨吧。哈哈！"天乙自嘲说。

"哈！哈！哈！"众人都笑了起来。这时，夕阳下出现一个绿树环绕掩映着的村庄，一条小河环绕着这个宁静的小村庄。袅袅炊烟从屋顶烟囱缓缓升上天空，慢慢消散在晚霞中。

天空中鸟儿都在寻找着归家的路，树上落满了麻雀，叽叽喳喳的，吵个不停。

"如果能陪着心爱的人，在这样一个村子安静地男耕女织，也是人生乐事啊！"仲虺看到夕阳下美丽宁静的村庄感慨道。当一个男人心中有了所爱之人，看到美丽的景色通常会想，如果你也在这里那该多好！

"仲虺将军心中所爱之人能够生活在这样的村庄吗？田园虽美，如果不努力，所有的美好都是留不住的！"伊挚说这话的时候，想起了自己的父亲和母亲。这个世界只有努力奋斗，才能得到自己真正想要的，否则，别人随时可能过来把你的幸福和快乐夺走。

一行人慢慢进了村子，村中有一个大院，土坯垒的院墙，厚重高大。

"有人在吗？"湟里且敲着这家厚重的木头大门。

"来了！来了！"门开了，主人是一个慈祥的老贵族，听说是商国的国君，就很热情地招待了他们。一行人就在这里暂住一晚。几个人吃完晚饭，陪着主人说了一会儿话，众人都累了，洗漱之后各自回房睡了。仲虺的呼噜声在房间中回荡着，仲虺睡着睡着，额头上开始冒出了汗珠。

"怎么这么热啊！"仲虺睁开了眼睛！

"不好！大家赶紧起来！"院子中早已火光冲天，房顶上有"轰轰"的响动，房顶也着火了。

仲虺噌的一声从床上蹦了起来，顺手抄起了长矛，仲虺平时不方便带着战场上的狼牙棒，就随身带着一根青铜长矛。仲虺一脚踹开房门，发现庆辅和湟里且已经到了院子中。

半夜突然起火，四面房子上的茅草同时燃起熊熊大火，院子里的马匹惊慌失措，"兮溜溜"地乱叫着，跳动着想挣脱缰绳。浓烟滚滚转眼就要烧到屋子中了。村子中的人也发现失火了，都拎着木桶来救火。

"都给我回去，谁靠近就宰了谁！"村民刚刚要靠近，就被一群黑衣人拦住。众人只得远远地看着。

大火越烧越旺，看样子里面的人再不出来就要被活活烧死了。

仲虺、庆辅忙从屋子中抢出天乙和伊挚，天乙说："你们照顾好伊挚先生，看来这是斟鄩的小人们到了！"天乙不慌不忙地穿好衣服，手中拎起来开山钺。

仲虺冲到院子大门口，用长矛挑开大门，门外熊熊的火舌呼的一声蹿了进来，险些把仲虺的红头发和眉毛、胡子都烧光了。原来门外早就被人堆满了树枝、柴草，点燃了，果然是有人故意放火。

仲虺自从遇见妹喜之后，就一直很在意自己的容貌，这下心中大怒。整个门外堆满了燃烧的柴草根本出不去，仲虺空有力气也使不上。他看到有一处院墙顺风，火焰飘向墙外，举着长矛冲了过去。

"大王，随我这边走，这边火小。"仲虺冲到近前丝毫没有减速，长矛用力朝墙上刺去。瞬间穿透了土墙，拔出来之后，墙上只留了一个洞。

仲虺正准备再刺，天乙大喊一声："闪开！"抡起开山钺，凌空跃起对着墙头就劈了下去，火光照在天乙的脸上犹如天神降临，轰隆一声墙头应声就倒了。

一旁的仲虺都看傻了："大王神威，天子之猛估计也不过如此！"

"哈哈，随我冲出去！"

几个人踏着倒塌的土墙，冲出了火海，就看到一群黑衣人包围了上来。

天乙抡起开山钺就拦腰砍断了几个人。天乙怒发乱飞，双眼闪着可怕的光芒，胡须在半空中飘动。

天乙的开山钺抡起来，黑衣人躲闪不及的就被拦腰斩断，血肉横飞。随着开山钺上下翻飞，不一会儿那些黑衣人就倒了一地，天乙也几乎成了血人，胡须都成了血色，背后依旧是熊熊火光。天乙就如同一个血色的战神站在那里，那些黑衣人还没过来，心里已经就有了死亡的恐惧。

这把火正是姬辛放的，这时候他正在远处指挥着黑衣人。

履癸没有明确的命令，所以这次姬辛叫的都是自己的心腹，没有调集大夏的军队，人数并不算多。

"天啊！这天乙不是水德之君吗？怎么这么凶猛，难道他也是火德之君，烧不死他。自己手下这些士兵看来万难是天乙的对手了。"姬辛也吓傻了。

姬辛一看形势不好，自己先狼狈逃窜了，姬辛的手下一看不好，姬辛都跑了，黑衣人也无心再打，也跟着跑了。黑衣人终于消失得无踪无影了，天乙把开山钺戳到地上，哈哈大笑。

"过瘾！终于出了一口恶气，最近真是把朕憋屈死了！"几个人望着天乙，原来大王如此刚猛，天乙已经彻底从夏台的阴影中恢复过来了。

一代武王诞生了！

第三十二章　太行逃亡

清晨的阳光照进了院子，四处依旧冒着黑烟，烧断的房梁时不时还冒出火苗。

"好险！好险！"仲虺摸了摸自己的胡子，头发和胡子被火苗燎到一些，末端卷曲处发出烧焦羽毛的味道。

天乙和伊挚几人互相看了一下，除了被大火弄得灰头土脸，头发上都是茅草燃烧后的草灰之外，几个人都安然无恙。

"仲虺将军第一个发现着火，冒着烧着胡子的危险保护了大家！"天乙夸张地也捋了捋自己的长髯，众人不禁大笑起来。

"还是大王神勇，以前从来没见过大王的身手，今日真是大开眼界，我等都是五体投地，拜服！拜服！"仲虺一直以为天乙是个仁德君主，此次见到天乙大开杀戒，看到天乙的武功不在自己之下，心中对天乙更加敬重了。

"其实朕也甚武！伊挚先生见过天子履癸的威猛，比起朕来如何？"天乙听了也很是高兴。

"大王这个……容我们到了商国，我再给大王说！我们得赶紧走，毕竟现在还在夏的领土内。"伊挚实在不知道怎么说。

庆辅看到仲虺还在摸弄自己的胡子，突然出现在仲虺面前。"反正都焦了，我给将军剃了如何？"

仲虺知道庆辅的速度，赶紧双手捂住自己胡子。"不劳庆辅将军费心！不劳庆辅将军费心！"

"仲虺将军这红胡子真是奇货可居啊，我出高价买了，有人卖吗？"湟里且打趣说。

"湟里且，你不要捣乱，不卖不卖！"

天乙等看着他们俩都哈哈笑了起来。

天乙让湟里且赔偿了老贵族一些商国的钱贝，老贵族推脱再三，他早就看淡生死，也没受到多少惊吓。"能够遇到几位也是老夫今生之幸，大王此次龙归大海，将来必定大有作为！"

"天乙多谢老人家！"天乙对着老贵族深施一礼，此去此生不会再见了。

老贵族须发迎风，目送天乙他们慢慢离开。天乙知道自己不会再等了，再等他就如这老贵族一样老了。天乙也留了一些钱贝给了当地村民，感谢院子失火时大家赶来救火。这些贝壳上都刻着商族特有的玄鸟徽章，商族在各国之间交换货物，一向很有信用。商族的贝壳在各国都很受欢迎，只要拿到商国去都能换成粮食和牛羊等。即使这些贝壳破损了，只要徽章印记清楚也照样能兑换。其他诸侯的钱贝就没有这么好的信用了，只有大夏的龙贝和商的贝钱一样受大家欢迎。

姬辛一场大火烧毁了天乙夜宿的院子，本想彻底烧死天乙，没想到反而被天乙抢着开山钺的神威吓得狼狈逃窜而去。

时光回到几天前，姬辛和赵梁商议怎么弄死天乙，天子没有明确发令，姬辛也不想把事情做得动静太大，让朝中的费昌等知道了就不好了。

"梁相，一场大火就烧死天乙几个人了，即使烧不死，外面几十个高手也能结果了他们，到时候扔到火里，就说烧死了。"姬辛对赵梁说出了自己的计划。

"嘿嘿！如此甚好！"赵梁点头。

"到时候，即使费昌知道天乙死了，没有证据也是无话可说。"

姬辛脸上已经布满了笑意，瘦削的脸上全是皱纹，在灯火映照下显得更加凶狠。姬辛的算盘不错，但是他太低估天乙他们了。姬辛悄悄让自己几十个心腹高手装作强盗，本以为万无一失，结果大败而归。

如今姬辛狼狈地逃回了斟鄩，心里又气又恼，把家里的奴隶都鞭打了一遍，还是怒气难平。"真是偷鸡不成蚀把米，不能这么就让天乙走了！"

第三十二章 太行逃亡

姬辛连夜进宫找履癸去了。

"大王,我追到天乙,说天子看到斟鄩天晴了,要当面追加赏赐,让他回来。结果这群人竟然追杀于我。还扬言如果回到商国,就不再尊大王为天子了。"

"你说得当真,天乙果真敢如此说?"履癸被姬辛夜里打扰,强压抑着怒火。

"千真万确!大王记得那日朝堂上的鬼魂吗?"

"朕当然记得,那鬼魂说天乙是水德之君,不可杀之!"履癸说。

"那哪里是什么鬼魂,是天乙派手下装神弄鬼,哄骗大王,好救其狗命!"

"此话当真!"履癸浓眉一挑,倏地坐直了身子。

"大王不信可以把他们抓回来当面对质!据说是天乙手下一个叫庆辅的轻功极高,能行踪如鬼魅。"姬辛看到履癸的反应,赶紧继续补充。

"可恼!竟敢装鬼哄骗朕,岂能饶了天乙竖子!"履癸双眼杀气闪现,彻底怒了。

第二天一早,王邑城门大开,战旗猎猎,战马嘶鸣,一队人马杀气腾腾地出城而去,这五百人马都是万里挑一,其中还有大夏的虎、豹将军,如风驰电掣般出城。

履癸盛怒之下,战车都没驾,直接骑着马,率领身边的五百勇士,朝着东方而去,只留下一路烟尘。

姬辛紧紧在后面追赶,他平时就不怎么骑马,此刻拼尽全力颠簸得五脏都要吐出来了,依旧追不上履癸。

履癸的队伍都是西域良马,几乎不停不歇地驰骋两天,此时已经能远远看到前方的太行山。

履癸一人纵马飞奔在最前面,远远地看到了天乙一行人。姬辛累得上气不接下气地跟在队伍最后面。

天乙一行人危险在即,却毫无察觉,几个人继续迎着朝阳前进。马匹都在大火中受了惊吓,两天未吃水、草,众人虽然心里急,但马匹都很虚弱,根本走不快,只能到了晚上走到哪儿就住在那里。

走着走着,不觉已经第三天了。一座连绵不绝的大山出现在众人视野中,大山一层接着一层,似乎看不到尽头,高大厚重的山峦挡在前方,给人一种莫名的压迫感。

伊挚望着大山："大王，前面就是巍巍太行了，只要过了太行就出了夏的疆土了。"

就在这时候，后面烟尘骤起，伴随着轰隆隆的声音。庆辅趴在地上听了听："大王，这不是普通的队伍，似乎有战车的声音。"

天乙回过头来也隐约看到了杀气凛凛的履癸。"是天子履癸追来了！来吧，出了斟鄩，我还怕你不成！"天乙看到履癸想起自己这段时间受的憋屈，心中怒火也升了上来。

伊挚说："大王切不可冲动，后面还有近卫大军，我们不是他们的对手，前面就是山路，我们赶紧顺着小路上山才有一线生机！"

天乙看到后面的烟尘滚滚，知道伊挚说得没错，赶紧催马前进。终于到了山下，眼前的山并不算高，一条羊肠小道弯弯曲曲地向山上而去。

"大王赶紧上山，进了太行山，我们才有一线生机！"伊挚语气中透着平时没有的急迫。

战马都没法上去，只好都舍弃了。几个人飞速上山，山路狭窄，脚底下都是碎石，几个人丝毫不敢停留，快速朝着山顶爬去。

履癸冲到山下，看到天乙他们爬了上去，自恃身份没有立刻下马去追。远处烟尘滚滚，战马嘶嘶，一会儿近卫勇士们也都到了！

"放箭！"履癸命令。顿时箭如雨发，这些人爬得并不算远，看着都在射程以内。"把他们射成刺猬！"弓弦已经拉满。

天乙回头看到山下的近卫勇士，齐刷刷地拉满了弓箭对着自己，山路附近没有大石可以躲避，几个人简直成了活靶子。

"呀！"天乙不由得脊背发凉，"难道今日我们要葬身于此吗？被射成刺猬比在夏台饿死好不到哪儿去！"

说时迟，那时快！天子大军的羽箭自然不是样子货，如密集的雨点飞来！羽箭来势很猛！

庆辅和仲虺赶紧挡在天乙的身前，准备替天乙拨打羽箭。所有人手心里都攥着一把汗，不知道能够坚持多久。但是，夏军的羽箭射过来之后，将要到自己身前时候，却都掉到了脚下。

"哈！多亏大山救命！"众人才明白过来，天乙几人在高处，向上射箭，射程自然就缩短了！

"吼！可恼！"履癸气得大吼了一声，山上碎石纷纷滚落，有地动山摇之势。

履癸跳下马就朝山上爬去，用手里的双钩钩住山石，身体如猿猴一样灵巧，速度非常之快！

"天子追来了，我们赶紧爬！"伊挚对天乙喊道。山路狭窄，难以攀爬，天乙、仲虺和庆辅都是高手，自然身轻如燕，伊挚虽武功稍弱，但轻功也不错。只有湟里且稍微笨拙一些，但湟里且自幼在海里采珍珠，在四海间贸易往来，山路自然不在话下，在庆辅和仲虺帮助之下速度并不慢。几个人一直爬到山顶才舒了一口气，准备休息下，喘口气。

嗖的一声，一个人影也蹿了上来，身形高大健壮，器宇轩昂，正是天子履癸。

"大胆天乙，你竟敢装鬼来骗朕！岂能饶你？"说着履癸举起双钩就杀了过来。

天乙直身而立心里说："履癸，我忍你很久了，我父王时就被你废了方伯长，朕又险些命丧你手！"举起开山钺就迎了过去。

天乙嘴里却说着："大王请住手！天乙冤枉！"但是手里的开山钺似乎没有冤枉的意思，斜身躲过了履癸的长钩，开山钺抡圆了就朝履癸劈了过去。

履癸没料到天乙竟敢独自迎战。双钩一挡，顿时火星四溅，二人都身体一晃。

"有点儿意思！"履癸兴起，大钩如风抡起来。

天乙和履癸打起来之后，才发现一个问题，自己的开山钺双手抡起来，履癸一只手的长钩就能架住，另一只手的大钩就对自己的肚子钩过来了。天乙急忙撤回开山钺继续抵挡，几个回合下来，就只剩防御的份了，不停地东挡西挡。

仲虺一看天乙要吃亏，从背上摘下长矛也加入了进去。

"都来吧！装鬼的是哪一个？！"履癸来了兴致。庆辅大喝一声："庆辅在此，休伤我家大王！"抡起短刀也加入了战团。

履癸双钩极其灵活，带着让人恐惧的凌厉风势，只能看到一片白光，三个人根本无法靠前，长钩内外皆刃，走势很难判断，一不小心就会被双钩钩掉脑袋或者拦腰斩断。

"你这假鬼，先受死吧。"履癸双钩就奔庆辅来了。庆辅吓得转身就跑，庆辅轻功本就极高，在山顶乱石之间蹿来蹦去极为灵活，但是履癸的速度更快！

庆辅玩了命似的跑，就是无法摆脱掉身后的履癸。天乙和仲虺在后面紧追，竟然一直追不上二人。

这几个人合起来和履癸周旋，谁也不敢伤到履癸一根汗毛，否则定是灭顶之灾。履癸可不是吃素的，盛怒之下，这几个人随时都有身首异处的危险！

一时间，天乙三人危在旦夕！

第三十三章　海贝之子

大夏的先祖除了玄之又玄的女娲和伏羲，公认的始祖就是炎黄二帝了。人总是只记住胜利者，忘却失败者。人们总是会忘记黄帝时期还有一个蚩尤，失败者会被胜利者的后人说得越来越坏，越来越丑，真相早已没有人知道，也没有人再关心。

蚩尤虽然失败了，但是蚩尤率领的九黎人一直还在。几百年后，到了履癸当天子的时候，东方的九黎后人就是东夷。东夷远离中原，生活在广阔无垠的东海之边，有无数个大大小小的部落，由于路途遥远，中原的天子也很少关心这些部落，人们几乎都忘却了这个强大的部族。

湟里且就出生在东夷海边，少年时候就和大人们一起下海采珍珠。在一次落潮采珍珠时，看起来平静的大海，突然来了巨浪，瞬间变成惊涛骇浪，吞噬了湟里且父母的船只。

大海看起来很美，大海也是最难以驯服的，下海这件事情其实非常凶险。

少年的湟里且成了孤儿。年少的湟里且尝尽了人情冷暖，世态炎凉，慢慢练成了无论什么时候都微笑和人说话的习惯，他知道举手不打笑脸人，只有对人好，别人才会愿意把东西和你分享。采好的珍珠通常等着中原诸国来的商人运来粮食交换。商国由于离东夷很近，和东夷的货物往来最多。

一个商国的老商人经常来湟里且所在的村子交换货物。老商人人很好，平时和大家交换的时候，总是会尽量多给大家一些粮食。由于湟里且是孤儿，且讨人喜欢，老商人每次来都很照顾湟里且，湟里且就让老商人住在自己家中。老商人每次到了东夷，就住在湟里且的家中。

这一天，老人突然开始上吐下泻，生病了，一连几天不见好，似乎就要熬不过去了。湟里且每天悉心照顾着老商人，老商人的精神逐渐好起来。

"湟里且，你真是一个好孩子啊！"

"老人家，您平时总照顾我，您生病了，我照顾您也是应该的。"

"我现在好点了，就是还是浑身没有力气。"

"您只是吃了不新鲜的鱼虾，过几天就好了！您就在这安心住着吧，如果有人来交换货物，我来帮您做。如果闷了，就给我讲讲外面世界的故事吧！"

"好啊！你如果是我的儿子就好了！"老商人奔波一生，却是孤苦一人。

湟里且没事的时候就在老商人身边听他讲商国和中原的事情，湟里且从来没有离开过渔村，对远方的世界充满了向往。

老商人生病的时候，湟里且就帮老商人交换货物，晚上和老商人核对一遍数目。老商人发现湟里且数字记得特别准确，从来没有差错，也没有私自多拿一分。湟里且记数字的天赋连老商人都自叹不如，老商人越来越喜欢湟里且了。慢慢地老人的身体恢复如初了。

"湟里且，你想和我一起贩运货物到中原各国吗？"

湟里且眼睛一亮，说道："您真的肯带上我吗？我可是东夷人。"

"你和我学好中原的话，就没人把你当东夷人了。贩运货物也许不能让你变得很富有，还有很多风险，可能遇到强盗，但你能看到各种各样的国家，看各种各样的风景，听到无数别人听不到的故事。"老商人慈祥地看着湟里且说。

"我愿意！我愿意！"湟里且雀跃起来。等老商人病好了之后，湟里且就跟着老商人去了商国。

老商人给湟里且打开了一个全新世界的大门。湟里且开始了四海为家的生活，他跟着老商人走过了很多国家，和各种各样的人打交道，见过四方的风情。

湟里且遭遇过强盗，遇到过各种恃强凌弱的恶人，但他都一直与人为善，不贪财物，每次都能化险为夷。无论寒冬酷暑，都在不停地赶路，忍受着冬天的寒风和夏天的烈日。但他得到的抵得过他受的一切苦，在哪里劳作都会受苦，只有跟着老商人，他才看到了外面的世界。

天下不仅有辽阔无边的大海，还有奔腾不息的河流、巍峨雄壮的群山，以及平静温柔的大湖、风吹草低的草原上一群一群的羊群和牛群，拥有波浪一样无边无际的黄色沙丘、高大神秘的森林，这一切是很多人一辈子也无法看到的风景。湟里且陪着老商人走遍天下，见识了各个地方独特的物产和风俗。

湟里且把这一切都记在心里，他具有超出常人的过目不忘的能力，湟里且从心底感谢老商人让自己的人生有了一个新的天地。慢慢地湟里且长大了，不仅对货物和钱贝记得非常清楚，对走过的路也都能记得很清楚。

湟里且有了自己的商队，东夷的人知道他是东夷的人，都喜欢把贝壳、珍珠和风干的海物拿来和他交换。商国和东夷的关系一直很好，慢慢地湟里且的商队成了商国最大的东夷商队了。

天乙经常接见湟里且，发现了湟里且擅长贸易和财务账目的能力，就很欣赏他。湟里且也很敬仰天乙的仁德，二人逐渐就成了好朋友。天乙把国内的很多货物交换都交给湟里且去做。

有一天，天乙说："湟里且，如今你在商国的地位已经超过了很多大臣了，朕必须任命你为朕的卿士了。"

"大王，湟里且志在四方，不想在朝堂为官！"湟里且推辞着。

"做了朕的卿士，依旧可以志在四方，从此你的货物只会更多，商国的所有货物都由你来交换和贩运。"天乙拍着湟里且的肩膀说。

"大王如此厚爱，湟里且定当为大商竭尽心力！"湟里且看天乙如此真诚，也愿意追随天乙。湟里且从此成了天乙的得力助手。

时光回到天乙在太行山上的时候。此时此刻，天乙依旧在太行山顶逃亡，履癸在追杀天乙、庆辅几人。

这时候山下的近卫勇士就要陆续爬上来了。湟里且知道他们必须迅速脱身，否则肯定凶多吉少，突然他对伊挚说了什么，伊挚就消失在山崖后了。

"大王，我贩运货物走过这条路，这里有山民编织的一条藤条，可以顺着藤条下山,伊挚先生已经下去了!大王快走!"

刚才看着眼前的地形,湟里且想起曾经走过这条路,另一边是一条只要攀着藤条就能下山的路。

湟里且在山崖边上对天乙和仲虺招手,天乙看到之后,急忙拉住仲虺飞奔到湟里且身边。

"庆辅将军怎么办?"天乙看了一眼还在被履癸追得四处躲闪的庆辅,此刻虽然狼狈但并无危险。

"大王脱身之后,庆辅将军才能安心脱身。山下的近卫勇士就要上来了,到时候一切都晚了,恐怕我们就都要葬身于此了。"

天乙对庆辅大喊:"庆辅将军不可伤了天子,追兵就要上来了。尽早抽身!"
庆辅边跑边喊:"大王先走,我自有办法!"

履癸一直没追上庆辅,对天下无敌的天子来说,哪里有想杀的人杀不了的。"你这假鬼先受死吧!"

天乙、仲虺和湟里且三人顺着山民编织的藤条往下爬,山崖并不算高,几十丈而已,但如果从顶上掉下来必然会粉身碎骨。几人迅速到达了半山腰。

仲虺大叫:"庆辅将军,大王下来了。你快点抽身下来。"

履癸哪里会让庆辅跑了,凌空飞起向庆辅扑了过去,双钩对着庆辅就劈了过去。庆辅一不留神,脚下似乎一滑,整个人摔倒在地,双钩从鼻梁上面带着凛冽的劲风划了过去。

"看你还不受死!"履癸举起双钩就要把庆辅钩为几截。突然眼前白光一闪,履癸什么都看不见了,急忙用双钩护着全身,纵身跳开。待再看清的时候,哪里还有庆辅的影子。

"这假鬼,果然会妖术!"

庆辅用磷光之术脱身之后,心有余悸:天子勇猛,果然无人能敌,力量大而又迅猛灵活异常,若不是磷光救命,恐怕自己也无法脱身。庆辅跳下悬崖,在半空中抓住了藤条,把短刀插到悬崖边上,刃口正对着藤条。然后急忙顺着藤条往下纵跃下去。

刚到一半,履癸那战神一样的脸就在头顶出现了。庆辅双脚用力一蹬崖壁,拉着藤条在悬崖上荡起了秋千。

仲虺在下面看得清楚，急忙喊道："庆辅将军不快点下来，做什么呢！"

伊挚看明白了，说道："他要防止天子和近卫勇士追下来，否则我们依旧必死无疑。"

庆辅荡了两下，紧绷的藤条撞到短刀的刀刃上，加上庆辅飞荡的力量，几下藤条就开裂了。"咔吧"一声就断了，庆辅跟着从半空飞纵了下来。

履癸犹疑了一下，刚想顺着藤条向下追，却见藤条断了。履癸气得直跺脚，对刚赶到的近卫勇士说："放箭射死他们，用石头砸死他们。"

一时间大石头、飞箭就都下来了。

仲虺忙用长矛拨打碎石和飞箭。这次从上往下射箭和扔石头，可没有了射程不够的问题。

几人万分狼狈，终于躲到一块大石头后面，只听得羽箭射到石头上"叮叮当当"响成了一片。僵持了良久，上面的履癸和士兵想下来，一时也下不来，只要天乙他们一露头，夏军就箭如雨下。

仲虺心中对履癸充的怨恨就要爆发："我们这样做缩头乌龟要到什么时候！难道等他们的弓箭都射完吗？"

"仲虺将军不要着急，再等等，我们就可以走了！"伊挚安抚着仲虺。

山里的阳光总是很宝贵的，远处夕阳照耀的远山犹如镀上一层金光，山崖下已经迅速黑了起来。今夜上半夜没有月光，转眼就已经黑得伸手不见五指。

天乙几人悄无声息地趁着夜色，摸索着继续下山了。

待到第二天天亮，履癸再喊天乙他们，哪里还有回音，天乙几人早已走得无影无踪了。

履癸无奈，只能愤愤地回了斟鄩。履癸转眼就把天乙的事忘到了脑后，他现在思念一个人，已经好几天没见到她了，这思念似乎让履癸心里爬满了蚂蚁。

"妹儿，朕回来了！"妹喜绽放的如花笑靥融化了履癸的所有烦恼。

第三十四章　毛驴商队

巍巍太行山。

天乙几人好不容易熬到天色黑了下来，摸索着下了山。晚上，大山里异常宁静，偶尔远远地传来一声野兽的叫声。如今已是清爽的初秋天气，山里秋虫低鸣，头顶是如宝石散落的星空，白雾样的银河从南到北穿过天空，走在其中心里格外宁静。

来斟鄩的这段时间大家经历的这一切，让彼此之间再也没有隔阂，心里充满了希望，再也没有什么能够阻挡住这些人。但伊挚心里知道，前面还有一个更大的考验在等着他们。

大家在湟里且带领下走出了茫茫的太行山，再往东就是绵延千里的中原大地，太行山下纵横几百里都是昆吾的疆土，昆吾有一个人不会放过这个机会。

昆吾。

牟卢早就得到消息，天子释放了天乙。牟卢对天乙恨之入骨，如果不是商国一直在保护着有莘国，昆吾早就把有莘给灭了，昆吾的疆土就可以进一步扩大了。

"天子竟然恢复了商的方伯长地位，这样就是说，商也可以不请示天子，具有征伐的权力了。昆吾身边又多了一只老虎，这还了得！"牟卢和弟弟已离商议。

"那就趁着这次机会，把天乙杀死在昆吾境内，一了百了。如若放虎归山，他日必然后患无穷！"已离语气很果断。

天乙一行人已经进入了昆吾境内。

"牟卢如果知道我们要回商国！肯定不会善罢甘休！大家要小心了！"天乙对众人说。

"大王，我们最好隐藏行踪，夜晚赶路更好一些！"仲虺看了看几人，自己的红发和天乙的长髯很容易被认出来。

"大王，有湟里且这个大商人在，我们可乔装打扮成贩运货物的商队。牟卢绝对想不到大王会混迹在商队中。"伊挚脸上浮现出笑意。

"大王，伊挚先生早就和我商量过了，就是要委屈大王装扮成普通人了。"湟里且笑着看着天乙。

"如此甚好！朕在夏台时何止是衣衫褴褛，如今这都不算什么了。"天乙欣然同意了。

湟里且本来就是商人，天下到处都是和他交换过货物的朋友，湟里且在昆吾的信誉也很好，很快在当地商人那签字画押之后，借来了驴车车队和货物。按照伊挚的要求，还借了几个伙计，这样一行人就有十多个了。

几个人都买了商队人的粗布衣服，庆辅和伊挚一副精明商人样子就出现了。天乙和仲虺怎么看也不像经商的，倒像是请来防范强盗的壮士。

"大王和仲虺将军，你们两个一定不要再这样英姿勃发了，眼神一定要装得空洞，要像只有一身蛮力的样子。"湟里且摇着头说。

天乙和仲虺互相无辜地看一眼，只好装作垂肩驼背的样子。湟里且看了看二人还是有点儿不像，于是又用草灰涂黑了两人的脸，把头发弄得蓬松杂乱。

"脏死了，这么脏浑身真难受啊！"仲虺有点儿受不了。

"你就将就几天吧，大王都没说什么。"湟里且给二人收拾得已经看不出破绽了。

"朕在牢里住了那么久，也没这么邋遢啊！我们就听湟里且的吧，谁让他是商队首领呢。"天乙看了看仲虺那样子，就知道自己是什么形象了。

驴跑得没有马快，力气没有牛大，但身材小巧，耐力极好。母驴也叫草驴，相对温顺；公驴也叫叫驴，虽然有驴脾气，但是用锤头在驴蛋连接处砸几下就成了阉割过的，就如草驴般温顺了。

湟里且发现用驴车运货，能运送更多的货物。后面的驴拴在前面驴车的后面，一个接一个，串起来一长串，长的时候足有一里长，只需要两三个赶车人在头尾指挥下就可以了。

天乙终于明白湟里且是如何运送那么多货物的了。

驴车上放着驴的草料、人的被褥和货物。天乙他们就睡在货物上面，仲虺的长矛和天乙的开山钺都藏在驴车下面，驴车走在路上，车轴发出吱扭吱扭的声音。

仲虺跷着二郎腿躺在驴车上，穿着草鞋的大脚随着驴的脚步一晃一晃地晃动着，嘴里叼着根驴草料中的茅草。仲虺是造战车的行家，开始对这破破烂烂的驴车不屑一顾，但是坐时间长了，发现坐驴车别有一番轻松自在的感觉。

"湟里且，你们商人平日这日子也不错吗？我还以为你们多辛苦呢！"

"嗯，你这样子就像个商队的人了，哈哈！"湟里且笑着说。

几个人迤逦而行，躺在驴车上晃晃悠悠地走着，晒着太阳，看着路边苍茫青翠的大地，农夫勤劳地忙碌着，儿童无忧无虑快活地玩耍着。普通人的天伦之乐，更加的真实，让人心情愉悦和满足。

商队不走大的城镇，一路上倒也平安无事。

牟卢探听到天乙离开斟鄩的时候，只是一行几人，在昆吾各大路口进行盘查。湟里且行走各国多年，商队又是十多人，所以即使遇到盘查，打个招呼送点礼物，都顺利通过了。

牟卢在城内等啊等，过了多日，竟然没有任何消息。

"不对，不能让他们逃了，无论怎么走，他们只要回商国，必然要经过昆吾。去商国和有莘只有几条路。"

天乙一行正走着，天乙发现队伍正走在一条大河的边上。

"伊挚先生，这就是伊水吧，似乎再走，前面就要到先生的故国有莘国了。"

"大王，是王妃有莘王女的国家，到了有莘，见到了大王的岳父大人——有莘国老国君，我们就算安全了。"伊挚若有所思地回答。

这时候蹄声杂沓，后面有一队人马跑了过来，正前方一人高头大马，坐在马上就比一般人高着一头，鼻子高挺如鹰嘴，双目如电。

天乙认出来了，此人正是牟卢。"不好，牟卢来了，赶紧跑！"

众人都在朝堂中见过牟卢，知道这次肯定无法蒙混过关了。

牟卢亲自率领着昆吾五百士兵，在去商国和有莘的路口堵截天乙，在几条必经的路上来回搜查天乙的行踪。

伊挚看了看四周，指着伊水说："大家跟我这边来。"

牟卢开始并没有认出天乙他们，他怎么也想不到堂堂商国国君竟然会装作贩卖货物的商人，坐在脏乎乎的驴车上。

牟卢正准备超过这个驴车车队，却见几个人下了驴车，朝着河边跑去。

牟卢仔细一看，大喊："呀！那不正是天乙吗？天下谁人还会有如此长髯。"

天乙长髯虽然一半藏在衣服中，但是大部分还露在外面。

"是天乙竖子！今日你还往哪里跑！给我追！"牟卢大喊一声，催马追了过来。

伊挚带领大家跑下大路，冲下河堤，直奔伊水而来。众人来到水边，这伊水宽约半里，水深流急，四周并没有船只和桥梁。

这时候牟卢已经看清了前面跑的几个人。"都在这儿了！"牟卢连人带马冲下了河堤，转眼就要到河边了。

这时候几个人也听到了牟卢的叫喊，回头一看，牟卢已经追下来了。

天乙跪倒在地，抬头望天："上天，难道我天乙今天要亡于此地吗？"

伊挚赶紧拉起天乙："大王，现在没时间和上天说话了，赶紧下水！"

"我不识水性！"天乙这句话还没说完，就被仲虺和湟里且架着下了水。仲虺能和妹喜轻舟飞荡，湟里且下海都能采到珍珠，都水性极好。

天乙下水之后屏住呼吸，双手搭在仲虺和湟里且肩膀上，头就能抬起来，露出水面了，整个人飘向前方，终于不再那么紧张了。

伊挚自幼生在伊水边上，水性也不错。庆辅轻功盖世，水性也可以。五人朝着河对岸游了过去。

牟卢追到了河边，战马人立而起，兮溜溜叫着，停在河边。牟卢不会游水，怒火难平，在河边大喊。

"天乙，你什么水德之君，我看你是落水之君。不过是装神弄鬼，哄骗夏王天子。靠你手下仲虺和妹喜娘娘有故情，在天子面前给你说好话，你才活到今天。哈哈！"

天乙在河中听到之后，不由得喝了几口水，咳嗽几下，脸变得通红起来。

"如今逃命要紧，牟卢愿意骂什么就骂什么吧，什么水德之君都是你们说的，我哪里知道我是不是水德之君，也对，水德之君不会游泳！看来水德之君是假的！"天乙在胡思乱想着，身体不由得在水中起起伏伏。

牟卢的士兵也都到了，纷纷下水追来，天乙几人的生死依旧悬在一线！

第三十五章 龙归大海

悠悠伊水隔开了昆吾和有莘,水中几人正奋力朝对岸游去,河的一边聚集了一群昆吾士兵,为首一人比一般人高出一头,正是昆吾国君牟卢,他盯着河中几人,河中正是天乙几人在逃命。

几人已经游到河的中间,水流变得越来越湍急,天乙紧张起来,水浪不停漫过天乙的口鼻,天乙瞬间无法呼吸,喉咙里一阵剧痛。

"咳咳咳!"天乙呛水了。呛水的痛苦只有经历过的人才知道,经历过呛水痛苦的人才会知道溺水的人经历了什么样的痛苦。天乙呛水之后不停地咳嗽,身体不停抽动,扶着湟里且肩膀的手就抓不住了,瞬间人开始往下沉。

天乙这个不会游泳的人在水中四处乱抓,前后左右都是迅急的河水,脚下踩下去一片虚空,水下黑黝黝的看不到底,这让天乙更加恐惧了。

水一没过头顶,死亡的恐惧瞬间袭来,虚无无力的感觉让天乙更加绝望了。天乙双手乱抓,哪怕有一片树叶,天乙也想去抓住,呛进气管里的水让他痛不欲生,窒息的感觉又让天乙憋得发狂,一咳嗽后,更多的水进入了口鼻中。

天乙伸手再次乱抓,一下子就摸住了湟里且的脖子,拼尽全身的力气双手搂住湟里且的脖子。湟里且虽然水性好,但天乙的体形几乎是他的两倍,湟里且用力蹬水怎么也浮不起来,天乙是国君,也不能出手太过用力去推他。

天乙沉入水下之后,就不是害怕那么简单了,四周都是混乱的人影和水声,天乙知道自己要憋住气，慌乱间鼻孔不小心又吸了一下，这下水进入了气管，天乙继续痛苦地咳嗽，在水中越是咳嗽越是呛水，天乙感觉自己要死了。

那种溺水的恐怖、绝望和痛苦，没经历过的人简直难以形容。仲虺赶紧过来抓住天乙的一只胳膊，把天乙的头举出水面。

"大王！莫慌！大王！莫慌！"

天乙重新看到水面上仲虺的脸庞，这才放开了湟里且的脖子，重新看到了天空，嘴里吐出几口水，终于可以顺畅地呼吸了："活着真好啊！"

仲虺和湟里且一人搀住天乙的一只胳膊，天乙趴在水面上仰起头来看着前方，这下能看到过来的水浪，水浪过来就屏住气，终于不再呛水了，几人继续向前游去。天乙抬头看着天空，心想："人能见到太阳就很好了，有时候真的不要奢望太多。自己真是水德之君吗？牟卢说的没错，落水之君，哎！"天乙回头看到岸边的牟卢，心里想着："我这狼狈样，全被牟卢看到眼里了，颜面何在啊？！"

天乙几人终于狼狈地游到了对岸，天乙双脚踩到地面，终于站了起来，回头看对岸，牟卢不见了！

又仔细看河中也没有，牟卢并没有下水追过来，牟卢去哪儿了？！

"大王，看来牟卢也不会水！"仲虺看着天乙说，天乙的脸瞬间就红了，仲虺赶紧不再去看天乙。

几个人松了一口气，扑通扑通坐在河边喘着粗气，恨不得像狗那样把舌头伸出来。伊挚站起身来，走上河堤，沿着河堤朝前方走去，对于伊水，伊挚并不陌生，他用手遮住额头向前远眺。

"远处有桥，昆吾人要过桥来了！"伊挚喊道。

天乙立即跳了起来。大概一里远的河面上有一座桥，在太阳逆光照耀之下，所以刚才没有看到，几人立马跳了起来，准备爬上河堤接着跑。

几人看清了桥上的牟卢。只见牟卢的马极快，转眼就已经上了桥，跑到桥的对岸就停了下来，桥的对岸好像有什么挡住了他的去路。

天乙想起刚才河中的失态，有失自己作为国君的威严，这次第一个冲上了河堤。只见河堤远处旗帜飘动，一杆大旗上写着巨大的莘字，当前马上一人白发白须，盔甲鲜明，威风凛凛。

第三十五章 龙归大海

伊挚也上了河堤，对着天乙说："大王，您的岳父大人来接我们了。这次我们有救了。"

有莘国君在斟鄩得知天乙被关押在夏台之后，一直忧心如焚。不仅因为女儿是天乙的夫人，商国一旦群龙无首，昆吾肯定会大举进攻有莘。到时候有莘国将会生灵涂炭，有亡国之灾。有莘国一直厉兵秣马，举全国之力陈兵在与昆吾的边界，以防昆吾大举来犯。还好有伊水这个天险，昆吾想突破有莘的防线也不是那么容易。

有莘国君听潜入昆吾的士兵昨天回来报告说，天乙一行已经进入昆吾境内，于是有莘国君早早就亲自到伊水河边等待了。天乙他们落水而逃时，有莘国君早就看在眼里，看牟卢要过桥而来，现身拦住去路。

"牟卢，你到底想干什么！老夫在此等你多时了。"

"有莘国君，你可看到那边是谁。你还是赶紧把你的好贤婿捆起来交给朕，朕送到天子那里让他诚心忏悔，也许天子气消了还能饶他一命。哈哈哈！"

"牟卢，老夫只听说天子赐封商君为方伯长，你虽为方伯长，但是要征伐另一方伯长，恐怕还是要请示天子之后才能行事。"有莘国君并不为牟卢所动，说话不卑不亢。

"有莘国君，你只知道天子赐封天乙为方伯长，后来天子亲自追捕天乙之事你还没听说吧，我看他这方伯长还没回到商国，天子就该给收回了。你还是识时务一些，我今日只捉拿天乙，不侵犯有莘国一村一庄。你还是不要阻拦为好。"

"若老夫不同意呢？"

"那就拿命来吧！"说着牟卢就冲了过来。牟卢的身材细长，一双胳膊也很长，没有天子履癸那样强壮勇猛，但矫健有力，动作迅捷。

今日牟卢没想到会有仗打，平日的兵器火焰狼牙棒也没在身边，就从身边侍卫手中接过一个长戈作为武器，此刻牟卢手中的长戈锋利细长，一般人的兵刃还没碰到他，他的戈尖就已经刺透了对方的铠甲。

这座桥并不宽阔，也就仅能通过两辆牛车而已。有莘国士兵如果用箭往桥面上射，牟卢根本就冲不过来。但奇怪的是，有莘国的士兵并没有放箭。牟卢和手下数十人眨眼间就冲过桥面，到达了对岸。

牟卢本来还做好了拨打对方乱箭的准备，直到冲过了桥面，竟然没有一支箭射过来。

"那就不要怪我了！"牟卢直奔有莘国君就刺了过去。

有莘国君并不慌张，其气度渊渟岳峙，冷笑一声，说道："有莘受你昆吾欺凌多年，今日定要出这口恶气！"

两杆长戈就打了起来。有莘国君当年自是勇猛无敌，虽上了年龄，但虎威犹在。牟卢打着打着也是险象环生，二人一时间不分胜负。牟卢欺负有莘国君老了，长戈越抡越猛，突然凌空一个力劈华山，对着有莘国君就劈了下来，戈尖带着凄厉的风声。有莘国君根本架不住这势大力沉的一击，眼看老国君就要命丧于此了。

千钧一发之际，有莘国一名大将，挡在了有莘国君的马前，牟卢这一戈正好砍在他的头盔上，戈尖透过铜盔，直接扎入了脑袋之中。

牟卢一拔长戈，竟然拔不出来。有莘大将也是刚勇，大叫："大王快走！"

牟卢一用力，戈尖竟然断在了有莘大将的头盔中。牟卢手下拿的都是长戈，而且又骑着战马，长戈抡起来势大力沉，一时间有莘士兵死伤无数。

牟卢的士兵看国君都冲过去了，一下都涌上了桥面，往对面冲了过去。昆吾人刚走到一半，就感到桥面在晃动。

"桥要塌了！啊！"

轰隆一声巨响，木桥坍塌了一大半，昆吾士兵纷纷掉了下来，没有掉进水中淹死的，也被埋伏在桥下面的士兵长矛乱戈捅死了。

没有过桥的昆吾士兵一时间也毫无办法，如果涉水过河，在河中可是一点儿反抗能力都没有的，只能当有莘士兵的活靶子。

原来有莘这边桥下岸边竟然有两队士兵，早用绳子拴在了木头的桥墩上，几十个士兵用力一拉绳子，桥瞬间就塌了。

不过还是有一批昆吾人跟着牟卢冲过了桥。已经过桥的昆吾士兵本来气焰很嚣张，有莘士兵无法阻挡得住这群人。随着桥面坍塌，这些昆吾士兵一个个也慌张了起来，他们没有了退路。

有莘国士兵这才一拥而上，包围了昆吾的这几十人。这些有莘士兵左手拿着沾满松脂的藤牌盾，右手抡着齐耳的短戈，一时间昆吾的长戈变得无法施展。

"杀！杀！不要放过一个！"有莘国君命令道。有莘士兵举着盾牌突击到昆吾士兵周围，转眼就有几人被刺杀在地。

牟卢一看不好，赶紧带手下来回冲杀，牟卢人高马大，戈长力大，几下突出重围猛冲了出来。可怜昆吾那几十个士兵，大部分当即惨死，其余的都被俘虏了。

到处都是有莘的士兵，只有天乙他们所在的河边可以逃。牟卢转眼逃到了天乙所在的河边，后面是紧紧追赶着的几百名有莘士兵。

"天乙竖子！"牟卢看了天乙一眼，那眼神充满了深意，有愤怒，有无奈，有不甘。

仲虺刚想冲上去。扑通一声，牟卢已经连人带马跳入河中，朝着对岸游去。

有莘国君追到岸边，大喊："牟卢，如果不是杀死方伯长，怕天子怪罪，今日你早已葬身于此了，逃命去吧！"

仲虺也大喊："牟卢，你这才叫落水之君！哈哈哈！"

牟卢戴着盔甲，根本无法漂浮起来，加上不会游泳，在水中甚是狼狈，还好战马很给力，拼命把牟卢慢慢驮到了对岸。牟卢好不容易爬上对岸，浸满了水的盔甲使得整个身体重得无法行走。刚走了几步，脚下一滑，扑通一声趴在地上。

天乙几个人看到后，哈哈大笑起来，看来这报应来得好快，天乙的心情瞬间变得极好。

"天乙，咱们走着瞧！"牟卢费力地爬了起来，回头对着河这面喊，此时叫骂的气势已经和没过河时差太多了，听起来更像受欺负后的抱怨。

"哈哈！"天乙的笑声随着河水远远地传了出去。

第三十六章　鼎内头颅

伊水河边灯火辉煌，营帐一座接着一座。中间的帅帐之前，篝火火光冲天，鼓声、歌声、欢笑声，将士们用头盔喝着美酒。

天乙一行被有莘国君救了下来，终于摆脱了牟卢的追杀，几个人长出了一口气："终于不用再跑了！"当天晚上大家就地围着篝火庆祝今天的胜利。

"今天天乙国君从斟郡安然归来，是大商之喜事，也是我有莘之大喜事。自此龙归大海，潜龙出渊。有朝一日天乙国君定然一飞冲天。"有莘国君今天兴致很高，对自己这个爱婿大加夸奖。

整个有莘今晚都沸腾了，大家一起欢庆这个日子，天乙国君回来了，有莘从此就再也不用担惊受怕了。

"今天晚上举行盛大的祭祀！"有莘国君朗声宣布，祭祀其实也是所有有莘人盛大的狂欢！

祭祀台上三足鼎镬下面的干柴已经点燃，鼎镬里面的水开始冒着气泡。

有莘国君命令："把那几个昆吾士兵给我推上来！"这几个被俘的昆吾士兵还很傲气，被推上来之后大骂："有莘老儿，你最好赶紧把我们几个放了，否则我们牟卢大王定会踏平你有莘，替我等报仇！"

"你们死到临头还敢嘴硬！看看你们面前的是什么！"有莘国君面色如铁。

这几个家伙看着那冒着热气沸腾的鼎镬，顿时一个个脚下都软了。这些昆吾士兵跟随牟卢多年，个个都是骁勇善战的勇士，砍下他们的头颅他们眼睛都不会眨一下。但此刻想到自己的脑袋要放到这个鼎镬里煮，那感觉足以让再强壮的人都崩溃了。顿时有几个人竟然都站不住了，瘫软在地上，即使勉强站住的人，押着他们的有莘士兵也感觉到，昆吾士兵在难以自抑地颤抖。

"让你们平时总欺侮我们有莘，没想到你们也有今天吧！"有莘士兵喊道。

大鼎里的水已经咕嘟咕嘟不断地冒着泡，鼎上的二虎食人的图案，此刻看起来格外恐怖。

昆吾人一会儿就要被这些人煮了吃了。"烹了他们！烹了他们！"祭祀台下的有莘人喊着！

有莘的贞人点燃祭祀用的艾草，片刻之际，祭祀台上烟雾缭绕。

"应该向先祖献上人祭、酒祭吗？"贞人举着龟甲在火上烤着，身体随烟雾扭动着。

"可，大吉！"贞人看到了龟甲上显示的卜辞。

昆吾士兵的恐惧没有持续多久，刀斧手的大斧子就劈空下来，头颅掉入了鼎镬之中，在滚滚沸水之中翻滚着，不多一会儿鼎镬之中就成了一锅肉汤。

"来，大家都尝尝！"有莘国君盛了锅中的汤，给将士们和有莘百姓一一品尝。所有喝到肉汤的人都一副心满意足的样子，有人还舔了舔嘴唇，大声夸赞："好喝！"

那场景看得伊挚和湟里且都想吐出来，他俩赶紧朝天乙身后躲了躲。

天乙也喝了一口，朗声称赞："好喝！"

"真的好喝吗？"仲虺接过去也尝了一口："呸！什么味道也没有，一股腥气，让伊挚先生加点佐料可能好点。"

"这是商国和有莘国的祭祀传统，喝了敌人的头颅汤能够提升士气。"天乙说。

"天乙国君所言不错，昆吾欺我多年，我有莘从不敢正面还击，就是怕让昆吾找到借口，大举进攻有莘。自从天乙国君即位之后，我们再也不怕昆吾了。"有莘老国君接过头盔中的汤一口气喝了好几大口。

"今日承蒙岳父相救，泰山大人虎威不减当年，打败了牟卢才是大喜一件！"

天乙也很高兴，到了今日，总算逃了出来，此时终于切换回自己商国国君的身份。此时的天乙已经洗了澡，换了新衣服，站在人前依旧面如白玉，长髯在胸前随风飘动，朗目剑眉，举手投足间依旧是大国国君气度。

"今日大胜，让我们用昆吾的士兵祭祀先祖，先祖在天之灵也会感到欣慰！"有莘国君比天乙还要高兴，今天终于出了被昆吾欺压多年的恶气。这么多年，昆吾在有莘总是烧杀抢掠，有莘敢怒不敢言，只能一忍再忍。今天竟然把牟卢都打得落水而逃，实在是大快人心。

狂欢开始了，巨大的篝火火焰冲天，所有人围着篝火跳起了舞蹈，祭祀台上戴着面具的贞人似醉似醒地在领舞，长袖飘舞，让人看不出贞人的面目，显得遥远而神秘。

人们手拉着手，伴随着跳动的鼓点和敲击木桶的节奏声起舞。青年男子则在这个时候，趁机跑过去拉住自己喜欢的少女的手。

为了自己心爱的女人，几个男人在篝火边打一架。男人为了女人打架一直是这种篝火晚会上众人乐于观看的节目。就在篝火边，在自己心爱的姑娘面前，在所有人的面前，这个时候不显示自己的力量还等到什么时候，即使战败，姑娘看到了自己的勇敢，也很难说最后是谁抱得美人归。场上，健硕男子矫健的身姿，裸露出健壮的胸膛，拼尽全力地徒手搏击，被高高摔在沙滩上！

"仲虺将军，你不去比试一下，去抢一个美人回来！"天乙好久没有这么放松地喝酒了，莫使金樽空对月，人生几何，能共醉的有几人，当夜所有人都喝醉了。

"大王，就不要取笑仲虺了！"仲虺看着狂欢的人，心中又开始想念妹喜了。

当熊熊的篝火只剩下红色的炭火，星月西垂，营帐内，天乙几人终于放松地睡着了，距离上次这样酣睡，不知已经过了多久了。

旭日东升，天乙向有莘国君辞行。一天后，一行人就要到达商国的疆界。

这时候，天乙见到远方两个人朝着自己走来，很明显是来迎接自己的，慢慢走近，原来是商国的大臣汝鸠、汝方来迎接天乙了。

"王妃知道大王今日回国，让我们提前来接大王。"汝方躬身说。

"我们这次回来并没有通知王妃，王妃怎么知道的？"天乙诧异地看着汝鸠、汝方。

"这个我们也不知道，大王还是去问王妃吧。"汝鸠说。

一行人进入商国，汝鸠指着远方隐隐约约的一队人马方向，说道："大王，看那是谁？"

远方隐隐约约一杆巨大的玄鸟旗，旗下有一辆青铜马车，车门打开下来一个端庄娴雅的女子。

伊挚首先看了出来，大喊："那是有莘王女！"伊挚刚想跑过去，立即又停住了。现在的伊挚和王女已经不是以前无忧无虑的少年了。也许长大了，人首先要学会的就是忍耐。

第三十七章 归藏秘密

时光回到多年前,商国亳城一个大院中一柄开山钺上下翻飞,隐隐有雷鸣闪电之势,男子长髯飘飞,若天神下凡,难掩其王者气度。

"大王,抓住了四个凶悍的强盗!是否斩首?"商国士兵把四人捆绑到天乙面前。

"哦!让朕看看!听说你四人身手都不错!"

"大王,可否让我等松绑一试!"最年轻的精瘦少年说。

"给他们松绑!你们能在朕的开山钺下活过一刻,朕就放了你们!"

四人活动活动手脚,每人拾起一根木棒,瞬间就把天乙围在中间。

好久没人真枪实战地和天乙动手了,天乙手脚早就奇痒难耐,浓眉一挑,开山钺刮起来一阵旋风。

四人虽然只有木棒,但配合严密,天乙攻击四人中一人,其他人就舍命来救!一刻钟转眼过去了,竟然如同给天乙陪练多年一样,众人都安然无恙。

"你四人武功不错!以后跟着朕如何?"天乙觉得这四人不错。

"多谢大王不杀之恩,以后定然把这条命交给大王!"

"你们四人叫什么名字?"

"我们本来就是强盗,哪里有名字。平时我们分别叫作东门、西门、南门、北门!"四人中最老成的一人回答。

"哦！有意思！"

"大王，那就叫作东门虚、南门蜎、西门疵、北门侧如何！"一旁的子棘老师说，这名字其实隐隐也透着这四人的出身和特点。

"如此甚好！"天乙得到四人甚是开心。

这四人都是普通人出身，后来由于吃不上饭就做了强盗。四人在走投无路的时候，天乙收留了他们，发现了他们的才能，四人才做了商国的将军。这四人跟随天乙之后，在军中奋勇杀敌，这就是如今商国大名鼎鼎的四门将军。

自从伊挚和天乙去了夏都斟鄩之后，有莘王女每天都度日如年。

"大王被囚禁了，伊挚和仲虺、庆辅都在斟鄩想办法营救天乙，此刻我必须坚强，大商才能撑下去。"有莘王女此时成了大商所有人的主心骨。

汝鸠、汝方帮助王女把国内的农耕事情处理得井井有条。天乙的老师子棘在国中德高望重，协助有莘王女协调好商国内部各个贵族之间的关系。天乙人虽然不在国内，但天乙的恩德一直都在，商国的人民依旧过着平静的日子。

"昆吾如果此刻来进攻商国怎么办？"这块大石头压在有莘王女的心头，让她喘不过气来，但她跟谁也不能说。

伊挚、仲虺和庆辅将军都不在，镇守四方的责任都落在商国的四门大将身上。"只要我们四人在，一定确保商国百姓的平安！"看出了有莘王女的心事，四门将军在王女面前立下了誓言。四门将军深知，如果没有天乙，就不会有自己的今天。天乙被囚之后，四门将军奉王女之命调动商军到昆吾的边界严阵以待。

虽然天乙不在，早已今非昔比的商国大军还在！商军每日擦亮了长矛和戈尖，等待着和昆吾决一死战！但昆吾人一直没有来！

"如果天乙死了，商国早晚都会成为昆吾的！"牟卢在斟鄩一心想置天乙于死地，昆吾就没去进攻商国。

夜晚来临，灯火初上，亳城内的百姓家窗户开始透出油灯的光来。

白天的有莘王女士端庄而威严，遇到棘手的事情，即使心底一片空白也要表现得镇定自若，心中有数，咨询过汝鸠、汝方和子棘之后，最终的决策还要王女自己下，必须替天乙和大商做出最后的决策。

王女忙了一天之后，此刻的她不再是国君夫人，王女拿着伊挚给她的那个铜镜把玩，此刻她只希望自己是伊挚的王女，此时的王女多么怀念和伊挚青梅竹马的日子，那时候多么无忧无虑，那样单纯地快乐着。只要有伊挚陪着，总是那么开心。

"伊挚，你在斟鄩还好吗？初坤、初乾、初离、初坎、初兑、初艮、初震、初巽。"慢慢地王女看清铜镜上除了"归藏"二字外，还有好多其他的字。

有莘王女记起来伊挚和她说过，这是小时候父王在空桑之中发现伊挚的时候，在伊挚身边发现的，开始都以为这是伊挚的母亲留给他的遗物。

"伊挚的母亲从哪里得来的这个神秘的铜镜呢？"有莘王女突然很好奇，"为什么这些卦象就能预测吉凶呢？这到底是怎么回事呢？"王女发现这个古镜背面厚重异常。

"如果让一个女子每天举着这样的镜子梳妆，那一定会变成一个力大无比的女子，那样还美吗？"想到这儿，王女不禁哑然失笑，自己真是个长不大的孩子。

王女摩挲着铜镜，下面有一个突出的阴阳鱼钮。"嗯？难道有裂纹了吗？"铜钮下面似乎有一道细微的缝隙！王女心疼地仔细看着那道缝隙，铜镜很结实啊，不应该是裂缝。"难道这个可以转动？"王女试着转动了下，铜镜竟然真的动了。

哗的一声，整个铜镜竟然有好多层，展开之后每一片上都写着字，每一片都可单独转出来，展开如荷花花瓣一样。

"艮为山，坎为水，巽为风，震为雷，离为火，兑为泽，乾为天，坤为地。"王女自幼读书，甲骨上的文字虽与铜镜上的有细微差别，但大部分都能辨认出来。

"空桑之苍苍，八极之既张，乃有夫羲和，是主日月，职出入，以为晦明。"王女回想起了，当初和伊挚在一起的时候，伊挚谈起的贞卜之法。

从此王女有空就思索其中深意，这样对伊挚和天乙的思念就没有那么难熬了。渐渐地，王女顿悟天地万物之间相生相克，冥冥之间似乎都有联系。天机不可泄露，但在特定时刻，通过特定手段，也能一窥其中奥秘。

王女每天都在担心伊挚和天乙是否平安，这日王女带着太师子棘到祭祀台中，取了一块龟甲进行贞卜。

子棘须眉皆白："王妃，贞卜之术，子棘不太精通，天机不可泄露，不可轻易使用，十日之内只能贞卜这一次。请写出所卜之事。"

"王安然归来否？"

子棘用刀把卜辞刻在了龟甲上，祭拜了天地祖宗，开始在火上烤着龟甲。噼啪几声之后，等龟甲的纹路裂开的时候，王女突然面露欣喜，她看懂了卦文。

"神龟果然有灵性，能够通天。"

第二天，王女派出汝鸠、汝方前去有莘国迎接天乙一行。国不可一日无主，如果不是不可以离开，王女真的想自己去有莘国，她多想回到父王身边，回到那个和伊挚一起长大的地方。

"太多天没见到伊挚了。那个两小无猜、无话不说的伊挚，如今好像变得越来越疏远了。自己又何尝不是呢？有时候想说说话，却要顾忌身为国君夫人的威严，在外人面前言行都要合乎君臣之礼。"王女期盼着天乙和伊挚早日归来。

已是初秋季节，大地一片绚烂的丰收之色，田野中的高粱已经吐出红色的火炬，粟米结出了沉甸甸的谷穗。前方已经传来消息，天乙和伊挚回来了。有莘王女在车中挑开车窗的帘布，看着外面生机勃勃的一片秋色，一切都充满了希望和欣喜。

远处隐隐已经望到了一行人，终于看到天乙和伊挚了。

"大王你终于回来了！"王女早早下车上前来迎接天乙。

"王妃辛苦了！"看到王女之后，天乙和伊挚的眼眸中都流露出无限的欣喜。

"大王，上次迎接大王从葛国凯旋时候的场景仿佛就在昨天！"王女终于见到了天乙。

王女早就准备好了天乙和伊挚等人的衣服，几人换好衣服之后，天乙又恢复了堂堂国君的威仪，其他人也都瞬间神采飞扬起来。

"王女，伊挚回来了！"王女看到伊挚变得更加温文尔雅，不禁露出了欣慰的笑容。

王女和天乙寒暄见礼之后，天乙就在前面率领队伍浩浩荡荡地回归商都亳城。

王女打开车窗对伊挚说："伊挚，你到我车里来，我有事和你商量。"

伊挚稍微迟疑了下，跳下马来，上了王女的马车。

"伊挚参见王女！"

"咱俩在车里你就不要和我这样客套了。你坐到我旁边来，我有事情问你。"王女的神态，伊挚恍然感觉又回到了多年前陪着王女下棋的日子。

其实有时候岁月并没有怎么改变我们，改变的只是我们身边的环境和人，让我们不得不去适应环境。

"让我先看看你！"王女打量着伊挚，"嗯，变得越来越像一个尹相了。温文尔雅，越来越像一个谦谦君子了。"

"王女就不要取笑伊挚了。王女独自管理商国，内外井然有序，王女才是越来越像一个国君夫人了。就是王女似乎又瘦了些，不过也更好看了。"伊挚回应着王女，眼中含笑。

"你们在夏都也吃了很多苦头吧，听说大王都被推上断头台了，也真是难为你们了，你们都平安归来就好。"王女竟然被伊挚说得有点儿害羞了，不过脸上却不露声色。

"是啊，虽然我已经尽力周旋，仲虺将军有贞卜之术，但是世事瞬息万变，还是让大王经历了几次险境。伊挚内心也甚是惭愧自己的无能，还好一切都过去了。"伊挚也不禁庆幸众人能够平安归来。

"说到贞卜之术，我想问问你归藏的事情。"

"归藏？"伊挚听王女提到归藏，知道她已经发现了铜镜的秘密。

"就是你送我的铜镜啊。"

"其实伊挚也没有完全研究明白，归藏之术太过博大精深。我只是遵从里面的一些天下大道而已。"

"晚上一个人的时候，我就经常拿出来看。这个古镜竟然由好多层组成，每一层每一页都有具体的卦象。其中道理太过深刻，我似乎理解了一些。你们回来之前，我让太师子棘贞卜了一次，按照铜镜所言真的就等到了你们。"

"王女终于发现铜镜的秘密了！"伊挚微笑着看着王女。

"看来你是觉得我看不懂，所以不告诉我！"王女伸手就要去撕伊挚的脸。

"王女饶命，大王在外面呢！"伊挚赶紧求饶。

"归藏铜镜是你的母亲从哪里得来的呢？"王女看到伊挚求饶心中大乐，顾忌身份也就不再打闹。

"归藏铜镜估计是古时的圣贤藏于空桑之中。归藏之学，据说起于洛书河图伏羲八卦，为黄帝所创。"

"伊挚，你看来是上天先人选中的贤人来拯救天下的。"王女幽幽地说。

"王女不要取笑伊挚了。我只是读了一些书而已，哪是什么贤人。"

"天乙眼光不会错的，人人都说天乙是水德之君，百姓爱戴，万众归心。伊挚，你是匡扶天下之才。"

"大王之前途不可限量，目前还须等待时日。至于我做的这一切其实是为了保护王女，保护有莘不被昆吾欺凌。"

"在有莘的时候我就知道，你将来必是大材，小小有莘肯定是不能施展你的全部才华的。"

"王女又取笑我，我们一起长大，伊挚哪有那么多才华！"

"不夸你了，要不你该骄傲了！其实归藏之中，有一处我看了很久也没看懂！"

"哪里？"

"这几个古字，我看不出来！"王女从身边取过了铜镜。

"我也看到了，这几个字很复杂，但是刻画细腻！这几个字似乎在说一件事情，但是伊挚不知道为什么有这几个字！"

"这似乎是王在朝拜一个人，这个字似乎是王被关在了一个房间中！难道是说天子履癸以后会被大王关起来？！"

"也不可知！"

"不对！这个被关起来的王字头上怎么还有一只鸟！天命玄鸟，降而生商！只有我们商国的王字头上才有鸟吧！"

"王女，归藏只是贞卜之术，我们恐怕无法完全参透其中深意！"

"好吧，听说你们在商国装了好多次鬼，把天子都骗了！快给我讲讲！"

两个人逐渐把归藏铜镜的秘密给放到了一边，王女继续问伊挚在斟鄩经历的事情。

伊挚和王女好久没有这么开心地一起聊天了，两人许久未见，自然有好多的话要说。

天乙在前面带着仲虺和庆辅等指点商国江山，比离开商国时候更加意气风发，人人看在眼里，所有人对未来都充满了希望。

一行人终于回到了亳城。

玄鸟堂前的广场上挤满了商国的百姓和士兵，大家都在迎接他们的国君平安归来，人们挥着手。

"大王！大王！"

天乙握住一位老人的手，老人含着泪说："大王，你终于回来了！"

天乙看到满城的百姓基本出来了，心里涌起万千感慨。"自己不仅仅是自己，还是整个大商百姓的国君，一定不可以辜负这些百姓的期望，一定要让商国强大，不让百姓也经历自己在夏都经历的那些屈辱。商国只有真正地强大了才会有尊严！"

今夜要举行登尝之礼，丰收的粮食首先要祭祀给祖先，宗庙前篝火熊熊，人们跳起舞蹈，庆祝丰收也庆祝天乙的归来。

卷二 归藏秘密

第一章　无法离开

时光回到履癸在太行山追赶天乙的那一天。

巍巍太行，从南到北绵延千里，分隔开了大夏的中原和商国所在的东部。

大夏的连山之卦如雄伟的太行，高山仰止，看起来永远坚不可摧，履癸生来就是天下无敌的天子。

"大王，天乙不见了，应该是趁着夜色逃下山了！"天亮之后，夏军发现天乙不见了。

"跑了？！算他命大，由他去吧！"履癸觉得有点儿索然无味，天乙其实也没有犯什么大错，兴师动众亲自追来，似有失天子的风度。回去的时候履癸莫名有一种怅然若失的感觉，转眼西边晚霞已经由红变黑，天空已如墨染。

很快履癸就把天乙抛到脑后了，他现在很想念妹喜。来的时候追赶天乙连夜赶路，回去没必要连夜赶路，履癸于是就地扎营。

履癸莫名地心烦，他不知道已经犯了这辈子最大的一个错误！

"大王，喝酒！"坐在履癸身边的虎、豹将军看出履癸心情不太好，过来陪着履癸喝酒。

履癸喝了很多酒，竟然有了些醉意，侍从服侍履癸安歇，履癸沉沉睡去。履癸蒙眬中看到一群黑衣人拉扯着一个女子，女人柔美的腰身那么熟悉！

"妹儿？！"妹喜鬓发散乱，双手被两个黑衣人拽着，露出了一双如雪的玉臂。

"大王，救我！"妺喜朝着履癸的方向喊着，身不由己地被黑衣人用力拉扯着远去。

履癸大怒，飞身奔了过去，竟然离妺喜越来越远。

"妺儿！妺儿！"履癸不由得大喊。履癸从睡梦中醒过来，用手抹了一把，头上满是豆大的汗珠，身上也都被汗湿透了。履癸第一次有了恐惧的感觉，这种恐惧就是失去妺喜。

履癸大喊："来人，整队出发！"

履癸现在一刻也不想等，恨不得飞回斟郡，立即见到妺喜。

"大王有令！连夜赶回斟郡！"近卫勇士们被从鼾声四起的帐篷中叫醒，很多人莫名其妙："都城出了什么紧急的事情吗？"

履癸骑着马一路飞奔，除了虎、豹等几个将军紧紧跟随着履癸，其他勇士都被落在了后面。饶是如此，履癸进入斟郡的时候城中已经是万家灯火。

履癸大步回到宫内，走入容台看到妺喜好端端地坐在那里，终于放下心来。

妺喜正在灯下出神，面色悠悠，柳眉微微蹙着，在想着什么心事。妺喜的神情让履癸心中大震："妺儿一定也在思念朕。"妺喜还没反应过来，"嘤咛"一声就被履癸抱在了怀里。

"妺儿，你是在想我吗？朕梦中梦到你被人抢走了，吓死朕了。"

"大王，什么也不说就匆匆走了！妺儿正为大王担心呢！"妺喜娇羞地说。

"朕天下无敌，妺儿不用担心。但是朕担心妺儿，以后朕再也不离开你了！"

妺喜抬起眼睛注视着履癸，看来这个男人真的是爱自己的。男人一旦爱上一个女人，他就有了弱点，他的一切都因所爱的人才有了意义。履癸回到妺喜身边之后变得更加痴迷。

除了外貌，妺喜还有很多才能，让人惊为天人，妺喜翩翩起舞、轻轻唱起那哀婉的古风，履癸如痴如醉，此时世间再没有更要紧的事，纵使旦夕祸亡也顾不上了。

"朝中的天下之事和我有什么关系呢？朕只在乎你，只想陪着你一个人。"

履癸就这样爱上了妺喜，天下也的确再没有第二个妺喜这样的女人了，爱江山更爱美人，没有了美人，江山也没有了意义。

"太康失国都是太康太无能!"履癸睥睨天下,身边有两万天下无敌的近卫勇士。履癸相信这江山永远是大夏的,任何人都不会对大夏构成威胁!

履癸已经多日不上朝了,搂着妹喜日中而起,起而新妃晓妆色,履癸亲自为妹喜梳妆。

今日又是盛宴。容色殊丽的妹喜和履癸就座之后,盛宴开始了。

宴饮的时候怎么能少了歌舞,大夏宫中的众姬开始歌舞,履癸却有点儿意兴阑珊,没什么兴致,一直看着妹喜。

"看来大王今日兴致不高!妹儿给大王跳一支新舞吧!"妹喜当然明白履癸的心思。妹喜款步走下舞池,辄自起舞,对妹喜而言,舞蹈就是她无法诉说的语言,舞姿柔美之中却有一种魂牵梦绕的伤心。

一曲舞罢,妹喜身姿凝立,肤若凝脂,曲线玲珑,众人都看呆了,有的人嘴里叼着的鸡腿都忘了嚼,大殿中一片寂静。缥缈的歌声响起,时而如爱人在耳畔的倾诉,时而如天空中仙子的天籁。妹喜一开喉而天下无人矣,妹喜一举袖而天下无容矣。

妹喜歌舞停住的时候,侧目看到履癸一直在看着自己,眼前这个男人给了她虚荣的满足,却缺少了伊挚那种心灵相通的感觉。

盛宴结束繁华退去,宫中的日子回归平淡。妹喜心里越来越空虚,每日空落落的,坐立不安,什么都不想做。

"该死的伊挚,你救出了天乙,就这么一走了之,再也不回来了吗?"妹喜心中总是浮现伊挚的影子,但是伊挚远在商国,隔着千山万水。所爱隔山海,山海如何平?

这日,赵梁进宫来了,赵梁正准备行稽首礼,履癸摆了摆手。

"梁相,此处只有你我君臣,不必行此大礼!"

"赵梁谢大王,请大王废去商国的方伯长之职。"赵梁还是不放过天乙。

履癸正要说话,妹喜走过来先说话了。

"请问赵相,天乙国君有何过错要废去方伯长?"

"娘娘，天乙装鬼欺骗天子，这还不是大罪吗？"

"这事本身就无真凭实据，那鬼魅你我亲眼所见，随时就要取了我的魂魄去，如今想来依旧后怕！"妹喜说着仿佛又看到了那天的鬼。

"据说是天乙的手下庆辅，胆大装鬼欺骗大王！"

"妹儿莫怕！那就让天乙把庆辅送来夏都治罪！"履癸抱住了妹喜，心中也气恼那日太行山上让天乙跑了。

"大王，庆辅不过是一个将军，这些事情一定都是伊挚安排的。大王不如让天乙把伊挚送到斟鄩来请罪。没有了伊挚，那个天乙就像失去了翅膀，不管什么玄鸟，他都飞不起来了！"妹喜语气冷漠地如从来不认识伊挚一样。

"妹儿所言极是！那个伊挚博学多才，朕也甚是喜欢，就让他进朝来吧。那个天乙就随他去吧，没有了伊挚就不用担心他了！"履癸赞许地看着妹喜说道。

伊挚不知什么时候才能到王邑，妹喜只有继续等待，漫长的等待。见不到伊挚的那些无聊寂寞的日子，妹喜只在纵欲后，才能得到些许的满足，但随之而来的是更多的空虚。

阳光透过窗上的纱布照进来，再次照进了容台的寝帐中，丝绸乱滚的锦被中，秀发散乱斜垂下来。妹喜睁开了眼睛，一边的履癸依旧在睡着，厚实的胸膛足有一般人的两个厚。妹喜变得喜欢宿醉，早上晕晕沉沉地醒来，心里莫名更加空落落了。

"讨厌的日光，如果现在还是晚上那该有多好，我们依旧唱歌跳舞。我讨厌每天这样受太阳限制，不喜欢这种阳光下的寂寞。"妹喜知道自己又想伊挚了，但她不愿意承认。

这种思念的寂寞就如心底的痒，想抓却抓不到。只有举办更大的宴会，喝更多的酒，妹喜就这样一夜一夜地跳着，直到筋疲力尽，沉沉睡去，让履癸抱紧自己。妹喜心安意适、一味地享受着履癸的宠爱。爱一个人或多或少总会受伤，而被爱大多时候能够得到虚荣的满足。妹喜心里得不到的满足，也能被物质的满足填满一部分。

容台在后宫的中心，妹喜与履癸住在这里。妹喜这里歌舞的声音经常夜半远远传出去，后宫嫔妃议论纷纷。

"人活着总要无奈地面对别人的口水之祸吗?"妹喜虽然不在乎这些人,但也感到不自在,外面日光刺眼,妹喜已经睡不着了。

"大王,妹儿多希望你是我一个人的大王啊!你是大夏的天子,妹儿得到大王的宠爱,如天高地厚,生死难忘,只希望大王有万岁之寿,却不能奢望大王天天陪着妹儿一人了。"妹喜叫醒依旧沉睡的履癸。

"人能够活到一百岁的本来就很少,即使活到了一百岁,昔日的朋友也都老去了,也是了无生趣,如冬夜稍长,但是白日又短了;夏天的时候,白天长了,但是夜晚又短了。朕身为天子也是无可奈何。"履癸也不禁感慨起来。

"是啊,凭什么我们总要受日夜的限制!"妹喜嘟起小嘴。

"人虽欲为尽日之欢长夜之乐,奈何长庚西坠启明东升,人生几何不如愿也!即使朕为大夏天子也没法改变日夜长短啊!"履癸很少见到妹喜如此模样,顿时来了兴致,抱紧了妹喜。妹喜娇羞地推开履癸。

"妹儿有一个想法,可让长夜永在,而且不被别人打扰。我们就可想做什么就做什么,想一直喝酒、唱歌、跳舞,可以随便跳,不用担心别人来打扰我们,别人也听不到我们的声音。再也不用被宫里的其他妃子指手画脚,再也不怕那些背后的言论。我们即使大声唱歌,都没人听得见。"

"哦?妹儿有什么好办法?"

"建一座长夜宫!"

"长夜宫!那将是怎样一座宫殿?"履癸听了之后,开始憧憬长夜宫的样子。

"一天可以像一个月那样长。我们可以想睡就睡,想喝酒就喝酒,想唱歌就唱歌,再也不用受日升日落的限制,大王以为如何?"

妹喜说着说着,双眼流露出欣喜的光芒,仿佛已经看到了长夜宫的样子。

第二章 长夜灯火

斟鄩郭容台。

妺喜和履癸描绘着她心中的宫殿。

"如果真的能够那样就太好了,如何做到呢?每次陪着妹儿还未尽兴太阳就出来了,太阳一出天光大白,就没有了宴饮歌舞的氛围,时间总是不够陪着妹儿的。"

"妹儿上次去有洛,洛氏的宫殿竟然比大夏王宫还要壮丽。大王何不建一座能控制白天黑夜的宫殿,住在里面,想睡的时候我们再睡,不想睡的时候就让它一直是黑夜。想醒的时候才让它是白天,谁也不能打扰。"妺喜继续说道。

"天下有能控制昼夜的宫殿吗?!朕实在想不出如何才能做到。"履癸的言语间还是有点儿不相信。

妺喜期盼的神情倏地黯然下去,履癸赶紧安慰。"一切都听妹儿的!朕也没那么多自由,朝中的那些大臣天天盯着朕,朕现在只想在一个只有你我二人的世界中,陪着妹儿。"履癸说着,仍然觉得妺喜说的不太可能做到。

"妹儿已经想好了,这座宫殿就叫长夜宫。妹儿喜欢长夜,只有在长夜中,我们才能真正属于自己。"妺喜神采奕奕,仿若已经看到了长夜宫。

"一切都按照妹儿的愿望办,朕是大夏天子,天下是朕的,也就是妹儿你的,无论花多少钱贝,需要多少人,只要能做到,朕就能给妹儿建成。"

夏宫容台的花园中的一片空地甚是广阔，再后面是花园中碧波荡漾的湖水。

"大王，此地前临容台，后面有花园，很好，就在这里吧！"妺喜一眼就看中了这片地方。

"妺儿喜欢就好，长夜宫就建在这里！"

履癸和妺喜选定了新宫的位置，召来姬辛。

"姬卿，朕要建造一座长夜宫，就由你来负责，切记一定要让妺喜娘娘满意，如有不明白的地方，可随时向娘娘请教！"

"臣领旨！定不辜负大王重托。"

谁都知道工程花费巨大，履癸当了天子之后万国来朝，多年四方征伐，运回财物无数，人和钱贝自然不是问题。姬辛脸上一副定不负重托的庄重，心里暗自乐开了花。建造长夜宫自然能够更好地讨好履癸和妺喜，其中的油水可想而知，待长夜宫建好之日，也是姬辛财宝满屋的时候，姬辛自然非常乐意。

姬辛奉了天子的王命，很快就召集来了数千民夫，开始大兴土木。几千人热火朝天地干了几个月之后，依旧没有看到要建起来的宫殿。

姬辛心急如火，点着火把，日夜赶工，累死的民夫就有几百人。

"都是那个妺喜迷惑了大王！累死这么多人！"百姓开始抱怨，人们甚至开始怀念起以前的元妃洛氏了。履癸并不知道这些，即使知道，他也不会在意。

"妺儿，你的长夜宫如何了，朕怎么没见到殿宇？"

"妺儿要给大王一个惊喜，大王不能提前去看！"

"噢，朕依你就是！"履癸也就把这事放下了。

半年的时间转眼就过去了。

"大王！长夜宫已经建好了。"

履癸好奇，问道："建好了？朕怎么没有看到宫殿的影子呢？"

"大王不要心急，到了你就知道了，大王会喜欢的。"妺喜神秘地说，逐渐勾起了履癸的好奇心。

"大王，长夜宫到了！"

妺喜领着履癸走到容台之后，平地上立着一座宫门，上面写着"长夜宫"三个字，和普通的宫门没什么区别，甚至看起来更为简陋。履癸朝着宫门，向后张望,也没有看到高大的宫殿。

"姬辛,你造的长夜宫在哪儿呢?欺骗本王,当心朕砍了你的脑袋!"

"大王,姬辛就是有十个脑袋也不敢欺骗大王啊!"姬辛头上的冷汗都冒出来了。

"这个长夜宫,妹儿已经看过了,妹儿非常喜欢,大王肯定也会喜欢的!"

"就这么个宫门就是长夜宫了?"

"大王请进!"一对婀娜的宫女打开了长夜宫的宫门。宫门打开之后,后面竟然是一条长长的地道,黑黢黢地通向远方。

履癸一愣:"这是什么地方?!"妹喜牵着履癸的手走进地道,履癸看了前方黑暗一眼,迟疑了一下,突然前方闪过一道火光。

履癸一把把妹喜拉在身旁。地道两边插着错落有致的火把,此时几十个宫女一起点亮了灯火,地道瞬间一片光明,再也没有了刚才的阴森。

"这不就是一个地道吗,这和长夜宫有什么关系?!"

"大王且进去查看!"履癸和妹喜走着走着,里面的空间豁然开朗,果然别有洞天!

一对朱红的大门上方赫然书写着:"长夜宫!"大门的气派远远超过了大夏宫中的任何一座宫殿。宫门口的大火把有一人合抱起来那么粗,点燃的时候照得四周如同白昼。

"大王请看这长夜宫中的烛火,息之为夜。入宫之后,以十五日为昼,十五日为夜。"姬辛赶紧上来命人打开大门!

吱扭一声,大门开启,履癸眼中闪过一丝惊喜。一座熠熠生辉的宫殿出现了,里面摆放着各种奇珍异宝。

"头顶怎会有星光?"履癸发现头顶是点点星光,灿若星河。

"大王,那是屋梁上的灯火。"姬辛凑过来不无得意地说。

"不错,姬爱卿费心了。"

履癸满意地点了点头,长夜宫本就高大,衬托着星光灯火毫无压抑之感。

"都是妹喜娘娘的奇思妙想!"

"哦,妹儿,你可称心?"

妹喜走上中间巨大的舞台，周围点缀着各色花木，争奇斗艳，散发出淡淡的花香。妙龄少女穿梭其中，开始在妹喜身边婀娜起舞。

宫中四季如春，没有酷暑和寒冬，有的是能控制的白天和夜晚，长夜欢乐，想欢乐多久就欢乐多久！如同天上的仙境！

"大王和娘娘可喜欢？"

姬辛看到履癸和妹喜的笑容如同花朵一样绽放开来。

"好好！不负朕望！"

长夜宫露出地面的部分很小，是一座难以攀爬的假山，其中藏着长夜宫的透气孔。在长夜宫的门口，如果抬头仰望有一丝光亮，能些许分别出外面是白天还是黑夜。由地面的宫门口进入地下通道，尽头是无数根巨大的柱子支撑起的极其宏大的宫殿。宫中器用都是天下各国进贡的精品，鼎、簋、爵、豆，样样俱全，所有的铜器上都有精美的龙纹云雷纹装饰。

妹喜知道这些来自商国的铜器可能是仲虺亲自铸造的。长夜宫四围俱设廊房，亲信的近卫勇士把守轮值。履癸和妹喜住进了长夜宫，从此长夜隽永，再也不用担心白天来临。过了十五日到了白昼的日子。

"大王天亮了，我们出去吧！"履癸和妹喜走出长夜宫，在容台住了几天。

履癸从此只偶尔上一次朝，然后就又回到长夜宫中陪妹喜去了。

在长夜宫中的时光如入神仙境地，宫中一日，世上已经一个月，时空交错之间，让人梦幻迷离。长夜宫中，间间阁阁俱有灯火，灯火辉煌间，长夜之乐另是一个世界。姬辛从天下诸侯国中挑选出容貌资质俱佳的年轻男女，来长夜宫陪伴天子。宫中男女眉清目秀，豆蔻年华，每一个身影都是一道亮丽的风景。

夏天时候，长夜宫比外面凉爽，没有外面的骄阳烤晒，条条幽巷，有丝丝凉风，丝毫没有热的感觉。冬天时候，周围通红炭火围绕，不知冬日之寒。即使纵情喧哗嬉戏、喧闹鼓吹，外面也什么都听不见。外间的喧天动地，长夜宫中也什么都听不到。

长夜宫只属于履癸和妹喜。妹喜平日就在这里创作新的舞蹈和歌曲，教习这些少男少女演练。妹喜款步走上长夜宫中间的舞台，舞台用玛瑙和绿松石镶嵌而成，在灯光的照耀下璀璨夺目。妹喜轻轻举起左臂，纤细的手指从上落下，玉指经过唇边，妹喜轻转歌喉，歌声开始在长夜宫中飘荡起来。

"神女如师兮，咫尺天涯。未见素颜兮，已闻清香。白衣飘飘兮，恍然如梦。独自嗟叹兮，轻靥渺茫。人生苦短兮，徘徊彷徨。不见神女兮，神思哀伤。伊水之爱兮，心神荡漾。得失随缘兮，何必心伤。"

温柔婉转的歌声在这长夜宫中听来，如同温柔的湖水把履癸包围着，恍若妹喜就在耳边轻轻对着自己吟唱。

"这歌中的神女不就是妹儿吗？"妹喜的声音变得更加动听了，履癸听得简直心神荡漾，长夜宫原来还有这样的好处。

伴随着灯火摇曳，曼妙的歌舞，让人赏心悦目，履癸对妹喜更是百看不厌，如今新的舞蹈和歌曲层出不穷，更是不想从此处出去了。履癸和妹喜在里面自由自在，有时候不用穿衣，纵欲成欢，外面的一切君臣礼仪，在这儿再也不用遵循了，这是一个只属于自己和妹喜的世界。履癸想起以前和一板一眼的元妃洛氏索然无味的日子，觉得这才是真正的活着。在这长夜宫中可以忘却外面的一切，似乎外面的一切烦恼都不存在了，履癸在长夜宫中彻底放松下来。

妹喜编了一曲长袖舞，妹喜率领众歌姬，长袖飘舞，一曲舞毕，履癸的心都醉了。履癸的心思其实很细腻，能够分辨出妹喜舞蹈的意味。当妹喜跳舞的时候，就是一个忘我的仙子，通过手指、腕、臂、胸、腰、髋等关节的神奇的有节奏的舞动，成了一个超然、灵动的妹喜。修长、柔韧的臂膀和灵活自如的手指形态变幻，妹喜时而伴着音乐引颈昂首，静若处子，忽而轻轻摆动，如摇曳生姿的窈窕淑女，让世间所有的女人都无地自容。

履癸可以看出这细微的姿态中妹喜的灵魂在闪烁、舞动，汇集成一条生命的河流，那出神入化的身体律动，让人看到生命充满勃勃生机的美好。妹喜静时，也是一种让人望尘莫及的美，深远悠长，让人回味无穷。

"朕是不是太粗俗了，妹儿心里是否喜欢这样的自己呢？"履癸也想随着妹儿起舞，但他的舞姿太过粗犷了。履癸纵使身为大夏的天子，妹喜跳舞的时候也会自卑。

"纵然拥有天下，能够得到一切女人，但是能够永远得到妹儿的心吗？"

第三章　汤处于汤丘

天乙终于回到了商国,重新看到商国的一切,斟䣊的经历恍若一场梦。经历了九死一生,没想到还能活着回到亳城。

有莘王女早早起来,梳洗完毕之后,让奴仆准备好了早饭,王女来到房间来请天乙一起吃早饭。天乙还在睡着。

"大王!该用早饭了!"

天乙听到声音,睁眼看到有莘王女就要起身,突然觉得天旋地转,胸中一阵恶心,哇的一声吐了出来。

天乙回到亳城之后,一直紧绷的神经,终于放松了下来。人就是这样,当精神彻底放松下来,身体也需要放松,身体在长期紧张之后,需要生病调整一下,才能重新恢复生机。

天乙病了,躺在床上虚弱无力,吃什么都没有胃口。好不容易盼到天乙回来了,却又病了。这下有莘王女可着急了,每天在床榻旁,服侍着天乙,亲自为天乙沐浴、更衣、梳头。

"王女,朕不在的这些日子辛苦你了,朕回来后,你还要照顾我,朕心里真是过意不去,让侍女们做这些就可以了。"

"我是大王的妻子,服侍大王本就是我的本分。"有莘王女梳着天乙那乌黑的头发,帮天乙整理着浓密的长髯,天乙比以前瘦多了,不过看着也更加有英武之气了。

天乙虽然在病中，依旧拥有宁静威严的大王之气，待在他的身边就觉得一切有了依靠。王女不知不觉间不再从内心排斥这个男人了。天乙和伊挚这两个在她心里最重要的男人终于都回来了，辛苦些也是开心的。

"伊挚先生来了！"外间侍女通报。伊挚拎着一个陶罐走了进来。

"伊挚先生。"天乙看到伊挚就要起身，伊挚忙过来扶住天乙。伊挚亲自采集来药材，下厨烹制了养神的汤，然后交给王女给天乙喝。

"大王，这是伊挚为大王熬制的汤药，请大王服用！"

"伊挚先生费心了，朕一定按时服用！"

天乙说着就把一大碗汤喝了下去，喝完还意犹未尽地品了品其中的余味。天乙连续喝了几天之后，感到身体舒畅了。原来喉咙里似乎总有痰，现在每天都很舒爽，思维也变得敏捷清晰了，看东西都更清楚了，九窍都感觉通明了，整个世界都变得更加清晰有条理。

"伊挚先生的汤果然神奇！"天乙对伊挚更心悦诚服了。

"大王，这个汤不仅可以消除大王的病，而且能够让皮肤平滑，耳聪目明，增长智慧，还能让人气息舒缓，身体通畅，这些都做到了，自然也就能够让人更加长寿。"

"伊挚的这个汤果然有效果，大王如今比去斟鄩前，看起来更年轻了。"王女欣喜地看着天乙气色一天天好起来。

"王女，这个汤可以减少肥胖，让人体态轻盈，皮肤光滑而有光泽。"伊挚让王女平日里也喝一些。

王女笑了："你以前就给我喝过很多说能让我变漂亮的汤，我以前是多丑啊。"

"王女的美，纵使是元妃妹喜也是不及啊！"天乙笑呵呵地说。

伊挚也看了下王女，王女的美和妹喜是完全不一样的。妹喜虽有如水的容颜，但是内心中却如火一样炽热。而王女外表如水，内心也如水一样至清至纯，端庄贤淑而又透着一股灵性。

"都说妹喜娘娘是世间最美的女子，我倒是真想见见她，好像世间的男人都喜欢妹喜娘娘呢。"王女说的时候瞟了天乙和伊挚一眼，空气中开始有了一种酸酸的味道。

天乙赶紧岔开话题，说道："伊挚先生这个汤真不错啊！这个汤的功效道理也可以说是治理万民之道。人心都能平和顺畅，自然能够安居乐业，天下太平。"

伊挚更是早察觉了王女的心思，也赶紧说："大王所言极是。"

天乙回来之后，伊挚每天都到宫内陪伴天乙和王女，这却让有些人不太高兴了。有人的地方就有是非，何况是朝堂。这就是商国最早的重臣汝鸠、汝方。在伊挚和仲虺到来之前，这两人是商国最重要的大臣，如今两人感觉被冷落了。大王对伊挚太过宠幸了，两个人非常不爽。

汝鸠和汝方是兄弟，几乎形影不离。二人都是如伊挚一样温文尔雅的文臣，汝鸠比汝方更加沉不住气，和汝方抱怨起来。

"汝方，那个伊挚除了会熬些汤药，哪一点比你我二人强，你我可是陪伴大王一起长大的，如今大王都快把我们忘了！"

"不能如此说，伊挚先生的才华，你我自然是不如的，不过大王如此宠信伊挚，我们倒是有必要提醒下大王！"

天乙正在殿内处理政务。

"大王，汝鸠、汝方将军来了！"侍卫通报。

"让他们进来吧，好久没见他俩了！"

汝鸠、汝方走了进来，天乙热情招呼。

"汝鸠、汝方，朕去斟鄩这些时日，多亏二位协助王妃治理商国，商国才有如此繁盛景象。"

"大王过誉了！"汝方谦虚着，汝鸠却已经沉不住气了。

"大王，伊挚只不过一个奴隶出身，却如此不按照礼仪，出入大王的宫殿。臣下都不知道如今大商是大王做主还是伊挚先生做主了！"

天乙心里升起一股反感，表面却发作不得。

"伊挚先生是我大商的大材，到宫中是和朕讨论天下大事，你等不可乱讲！"

"大王，人言可畏啊！"汝方叹气道。

"什么人言？"天乙剑眉挑了一下，反问道。

汝方迟疑了一下，汝鸠接过话头。

"大王，外间说伊挚和王女关系过于亲密，大王后宫混乱。流言不管真假，都会成为背后中伤别人的无形箭，世人都难以抵挡。"

"是谁如此大胆！"天乙怒了，随即自知失态，无奈地挥了挥手让二人退下。

当人们无所事事的时候，流言蜚语就来了，伊挚知道汝鸠、汝方嫉妒自己，不再主动去宫中，开始深居简出，平日在府内研习天下之道、医学和练气修心。有人拜访，伊挚也托病不见。慢慢地朝中的流言蜚语就消散了。

天乙听说了这些流言，并不在意。悠悠万民之口总是堵不住的，时间久了，流言自然就消失了。

"大王来了！"天乙一身麻衣站在伊挚院中。伊挚不来宫内，天乙就到伊挚家中去找伊挚讨论治国之道。

天乙越来越觉得伊挚是经天纬地的大材，其渊博智慧是别人望尘莫及的，如传说中的神龙，凡人难以窥见全貌。

天乙和伊挚两人无所不谈，从天下诸侯到修身练气，从医药之术到天文地理，无不涉猎。两个人聊着聊着又到了半夜时分。

"又搅扰伊挚先生休息了。"天乙总是向伊挚道歉。

伊挚每天去宫中已经让汝鸠、汝方妒忌，如今天乙竟然每天去伊挚府邸，经常深夜才回宫，这样妒忌的人更多了。

这次仲虺也沉不住气了，毕竟仲虺是大商的左相，虽身为左相，地位却不如伊挚这个右相，心中不由得恼火。

天乙以国君之尊每日去伊挚府邸请教，实在有失国君的威仪。汝鸠、汝方已经不敢说话了，难道就没人说话了吗？

这一日，仲虺见到天乙。"臣听说大王经常到伊挚先生府内，夜半方归。"仲虺装作无意中说起此事。

"朕最近在和伊挚先生请教天下之道。"

"大王为尊，臣仆为下。现在伊挚先生遭诋毁，大王如果有事相询，等流言稍歇，或朝堂朝见的时候询问，不也能示君宠吗？现在大王随时就去，半夜才回宫，如果大王路上遭遇什么不测，国人会觉得大王有失君王之体，恐怕外人会更加对伊挚先生进行议论了。"

"是啊！仲虺将军所言极是。仁人有言，勤政而得人才，谓之昌；怠于政而不得士，谓之丧。朕必以勤政尊贤为念！伊挚先生和朕解说天下百义利民安邦之道，朕正是为此正道去求教。若朕不去求教，商的子民难道不会认为朕怠于政事？朕若懒惰且愚笨，商国就要灭亡了！那朕不就成了灭国之君吗？！"

仲虺听得一激灵，赶紧伏地行礼，头上已经是冷汗涔涔。"大王是上天所降生来拯救天下苍生的仁德之君，大王所言让臣感觉以前像是白活了，今日才明白了这个道理。"

天乙欣慰地点头。"仲虺将军也明白这些道理了。朕岂能为了满足个人贪欲而任意妄为。天下万物生生不息都和天下之道息息相关，朕若有幸替上天行天下之大任，弘扬天威必惟天心和民意之顺逆是从！"

仲虺第一次见到天乙如此慷慨陈词，没有半句可以辩驳的，心中也恍然顿悟，自己格局还是不够大。"仲虺真心拜服，大王不愧为大商的明君，大商兴旺指日可待。"

"仲虺将军也是朕的大材，大商兴旺全赖各位！"天乙也知道自己变了，这次夏都被囚，在生与死之间来回穿梭了数次，一个人在夏台被囚，失去自由，什么都不能做，静下心来放下生死，明白了很多道理。

天乙心中放下了个人的仇恨，胸中的壮志却在夏台被囚之后被激发了出来。

天乙这一日又去找伊挚相谈。"先生认为当今大夏德行如何？"

伊挚看了天乙半天，突然大笑起来，他笑天乙终于心中有了大夏。"夏重利轻义，贿赂公行，欺诈泛滥；是非颠倒，天下趋恶；滥刑酷法，人人都互相提防，互相敌视；夏天子纵是有志向恢复大夏的往日荣光，恐怕也是有心无力了。"

天乙思索了一会儿，突然问："朕若征伐天子，如何？"

伊挚吓了一跳，虽然他让天乙行素王之事，但是没想到这次天乙直接提出征伐天子来，赶紧躬身郑重回答。

"行天罚之命确在我后身上！大王有德、敬、祀、淑、慈，民心所向。而天子履癸虽然表面上威武纵横天下，但夏之弊病已经无法根治，如果天子是个守成之君也许还好，但是当今天子想恢复大夏荣光，四处征伐，大动干戈，终将天怒人怨。大王终将王天下！"

天乙愣了一会儿，大笑了起来。"哈哈哈！伊挚先生所言当真？我只不过随口一问，你不必奉承朕，天下之说，要有天命，否则必国破身死。"

伊挚也笑了："我早就和大王说过九主和素王之说，大王经历了这次夏台之灾，应该明白了树欲静而风不止，一切皆有天意。"

天乙觉得说得过了，接着说："此事须慢慢谋划，不可多说。今日朕来请教先生古之仁人、圣人如何自爱。"

"古时候，仁人、圣人修身自爱，遇到不明白的事情即向别人请教，直到心中再无疑惑。"

"朕这不就在和伊挚先生请教吗？"天乙笑着说。

"嗯，大王这一点做得很好，伊挚实在算不上圣贤，只能说是和大王一起探讨。大王要修身，食物要以时令鲜果为主，少吃油腻的东西，吃的不要过量，五味皆可，无所偏好才好。"

"这一点有伊挚先生和王女管着朕，朕不用担心这个问题。"天乙似乎无奈地摇了摇头。

伊挚微微笑了一下，继续说。"大王修身，衣服、器用要适中。器物不追求华美繁杂的雕刻工艺，衣服不追求过分华美，日常用度皆不过分。"

"好，朕只要修整好自己的长髯就可以了，衣服自然庄重朴素为好。"天乙习惯性地将了将他那帅气无边的长髯。

"大王已经够风姿俊美了。"伊挚看到天乙的动作笑了起来。

天乙似乎有点儿尴尬地停住了手："先生请继续，天乙洗耳恭听。"

"以上只是修身，以下才是修德。大王要不虐杀，不滥杀无辜；做到平易近人；不过分贪财。以上都做到了，此以自爱也。"伊挚说这些的时候，表情变得异常严肃。

"天乙一定做到对天下人胸怀仁爱之心！然而朕还不明了天下之道！"天乙果然没有让伊挚失望。

"大王还想知道什么？"

天乙目光直视着伊挚："君道为何？臣道为何？"

"君道在爱民，臣道在恭命尽责。"

"那么如何才能爱民?"天乙追问。

"当年大禹如何得到四方的爱戴?"

"为民治水。"

"国中的子民怨有所平,老有所养,饥有所食;为了子民翻山涉水,不辞辛劳,当大王的恩德惠及四海,这就是爱民。"

天乙陷入沉思:"朕一生都把子民的安居乐业放在心中,那臣子的恭命应该如何尽责?"

"君主若智慧、仁慈,臣子则既受君命,义无反顾,生死以之,鞠躬尽瘁,就是恭命尽责。"伊挚忙起身正色道,天乙也起身。

"天乙得到伊挚先生,真是我大商之福。天乙何德何能能得到先生辅佐。天乙一定也尽心用命为大商子民谋福!"

天乙一直努力做一个好大王,有些时候,总是觉得力不从心,有些事情虽然尽力做了,效果却并不是特别好。天乙和伊挚先生畅谈之后,感觉乾坤一片清朗,未来变得明了清晰起来。

一个英明睿智的国君就要横空出世!

第四章　重返帝都

商国。

天乙回到商国大病了一场，几个月后身体才康复，但心里的病却一直没好："如果天子来征伐怎么办？伊挚的天下之道也不能让商国立即就强大起来。"

商国现在根本无法和大夏对抗，履癸随时可能把天乙再次抓到斟鄩。雷雨中断头台上的滋味天乙已经品尝过一次，绝对不想再来第二次，死不是最可怕的，等死才是最痛苦的，断头刀随时可能掉下来，又不知什么时候会掉下来的等待才是世间最可怕的。

"大王，大夏使臣到了！"门卫来报。

该来的终究来了，天乙看起来镇定自若地跪倒迎接旨意，心里却在七上八下地打鼓。

"如果天子来征伐商国，那商国就完了。最好是朕一个人去夏都斟鄩向天子请罪，杀了朕一个人，如果能保全商国，那朕就去赴这断头台之约。"

天乙正在胡思乱想着，大夏的使臣已经开始宣读羊皮上的旨意。"商君天乙，装神弄鬼欺骗天子，朕本欲亲率大军踏平商国，顾念天乙在夏台诚心悔过，不再追究。现召伊挚入夏都辅佐天子。大夏天子履癸。"

天乙接了旨意，长出了一口气，这一关竟然这样轻松过了。一直表情威严的使臣也长出了一口气，来商国路上一直惴惴不安。"商国国君被天子关了那么久，万一旨意一出，天乙反了，自己这脑袋就得留在商国了。"

天乙热情款待了大夏的使者，使者也很开心，如今皆大欢喜是最好的结果了。

使者不能逗留，几天之后辞行而去。

"国君不必相送，我回王邑等候伊挚大人。"天乙和伊挚送走了天子的使臣。

"大王，伊挚又要去夏都了。天子没召大王去斟郡，这就是最好的消息了。"

"先生此去夏都，定有许多凶险。"天乙关切伊挚此行的安危。

"大王不用担心，伊挚自会尽心为天子尽力。天子已经原谅了大王，这一切也多赖妹喜娘娘暗中相助，大王心中知道这一点就可以了。"

"哦？妹喜娘娘与仲虺将军是故人，朕是知道的。朕被囚的时候，先生和仲虺将军费心搭救朕，此刻想来真是辛苦你们了。"

"大王不必放在心上，这是做臣下的本分，大王只需要记得妹喜娘娘的恩惠就好。如今天下大势，终会天下大同，四海所归。大王还需励精图治，按照我们制定的方略治国。商国定会渐渐强大起来，大王切记，民心所向才能万众所归。"

"天乙一定不会辜负商国子民和先生的期望。"

"大王，九主和素王之言望大王常记心中。大王也许还没有当素王的想法，但大王如果第二次被困夏台，是否还有同样的机会？"

"天乙谨记先生教诲。先生在夏都安心辅佐天子，为天下百姓谋福。"

第二天，伊挚进入宫中辞别有莘王女。伊挚走入王女的房间，王女正在发脾气，地上到处都是摔瘪了的铜瓯、铜镜等，在有莘国的时候，王女找不到伊挚，就会这样摔东西。如今王女为了伊挚又放纵了一次，因为能够包容她一切坏脾气的伊挚又要走了！

"王女，你又回到当王女的时候了！"

"伊挚！"王女过来拉住伊挚，"你先别说话，让我好好看看你！"

王女让所有人都退下。一时间二人默默无言，从小一起长大的二人，刚刚重聚，转眼又要分开了，王女不由得泪眼婆娑。

伊挚一时间不知道该怎么安慰王女，伊挚何尝不知道王女从小一刻都不想离开自己。伊挚正想要说话，王女突然扑到了伊挚的怀里。

"为什么，我总是要和你离别，总是见不到你！"

"王女如今是国君夫人，不要乱了君臣之礼。"伊挚仰起头，闭着眼睛克制着自己的情绪。

"我不管，从小我们俩就形影不离。父王不会让我嫁给你，但我从没想过要离开你，我也不会让你离开我，如今这一点我也做不到了。"王女啜泣起来，依稀变成了那个十几岁的柔弱女孩。

"王女，我们都长大了。我离开也是为了以后我们还能经常在一起，为了大商，为了有莘。"伊挚伸手擦了擦王女的眼泪，把手指放入嘴中，苦涩的味道传来，似乎感受到了王女的心情。

"我不想让你走！"王女伏在伊挚的肩头没有动，感受着他的温度和气息。

"王女，归藏铜镜中的秘密，我远远没有参透，如今我诸事缠身，更是无法潜心研究。归藏铜镜是我最宝贵之物，王女看着铜镜就如同看到我。"

"王女如果闷了，可以多研究下归藏之说，这对大商以后也许会大有帮助。"伊挚想用归藏来转移下王女的注意力，让她不要总沉浸在离别的悲伤中。

"归藏的确博大精深，其天地终极，相生相克之理，我也没完全参透。同一贞卜结果，理解稍微偏差，结果就完全不一样。但是如果理解透了，就会发现玄妙精准。但是很多时候，贞卜也会没有结果。"王女已经恢复了平静。

"正所谓人心难测，人的心思当然难以算出来。但是对于天下大势等，归藏就很有用了。归藏所言很多是天下的大义。王女多劝大王行其中仁义之政，商国定会日益强盛。"

"伊挚，我定会好好研习归藏之学，好相助你和天乙的大业，你这一去会很久吗？"

"我也不知道，我这里还有一本书。"伊挚从怀中拿出一本书，磨得发软的羊皮书皮上写着《汤液经法》。

"《汤液经法》！是你写的那本书吗？"

"我研习医学和练气之法。其中，医学之法我已经遍传天下，但是练气之法，只有我给王女的这本里面有。王女如果修习，一定会大有好处。"

"嗯。我会好好修习的。你以前也教过我一些的。"王女微闭着眼睛满足地伏在伊挚的肩头。

大夏都城斟鄩。

妹喜和履癸在长夜宫中自由自在地过了一段日子，妹喜觉得这长夜宫似乎还差一些什么。她怀念起和仲虺在有施国的湖中轻舟飞荡的感觉，那种在水面飞翔的感觉，让人心神荡漾。履癸知道了妹喜的心思，又让姬辛召集民夫继续大修长夜宫。

此时正是秋收时节，很多百姓家的粮食都没来得及收，就被征来修长夜宫。百姓家中只剩老弱妇孺在田间辛勤劳作，每天天不亮就下地干活儿，弯着腰忙到夜半三更，无人照看的孩子在地头哭闹着。缺少了家中的主力，地里的庄稼不能完全收上来，该上交的赋税却一点儿也不少，民间的怨气开始慢慢如霉斑一样在人们心底悄无声息地滋生。

"我看现在大王肯定是被那个妖女妹喜给迷惑了，这长夜宫刚修完，又要修。真是劳民伤财，大夏的百姓哪里还有活路？"一些年迈的老人，早也看透了生死，开始公开抱怨。

"那些老家伙早就活够了，既然他们想死，那朕就成全他们吧，抓起来枭首示众！看还有人敢妖言惑众吗？"履癸听了依旧不以为意。

几个老人真的被当众砍了头！天子的屠刀终于朝自己的子民们落了下来，履癸以为世界清静了。

面对屠刀，人们只能学会忍耐，百姓的怒火隐藏在心中，一天天积蓄起来。

第五章　天下之道

商国亳城。

终于到了启程的日子，伊挚这次又要踏上去斟郭的路，伊挚依次和仲虺、庆辅、子棘等一一辞别。时间荏苒，伊挚从大夏王邑回来也有几个月了，再不启程恐怕天子就该降罪了。

亳城之外的十里长亭。送别的人们到了这里就要分别了。长亭中只留下了天乙和伊挚，其他人都远远地等着，大家知道天乙肯定和伊挚有重要的事情要谈。

天乙和伊挚在凉亭对坐，把酒送行。

"国家要强大，一定是拥有越多先生这样的贤人才越好，可惜天下只有一个先生。"天乙首先开口。

"大王，伊挚不过一介山野村夫，大商清明仁和，肯定会有更多的贤人来为大王所用的。"

"先生不必过谦，先生这一去，很多国事，天乙身边就没有像先生这样能够说得分明的人了。先生又要远行，天乙难得借此机会再和先生请教，此处并非朝堂，先生是老师，朕是学生。"天乙为伊挚斟满了酒。

"大王，老师伊挚可不敢当，但伊挚定知无不言！"伊挚躬身接过天乙手中的酒爵。

"朕现在很怀念当年尧舜禹三位圣贤，当年帝尧之时，无贤不举。不仅尧帝能发现和使用贤臣，臣子们也能相互推荐，人们都没有私心，是为什么呢？"

"大王，今天伊挚就和大王聊一聊这三位贤王。我们先说尧帝，那时候人心都还淳朴，没有那么狡诈。当王是一件艰难的差事，并没有富贵之乐，王位也就容易禅让他人，而臣各效所长，也不互相嫉妒。"

"像尧帝时候的四岳举荐贤人，他们是怎么找到贤臣的呢？"天乙接着问。

"人心诚则公，公则世事明了。人有时候不能做到总是明了，心存公正之心，偶然有一次失误，也不会铸成大错。心中没有公允之心，难免就会有所偏私，无法做到贤明。"

"尧帝时期的贤臣云集的盛世，现在还能做到吗？"天乙问。

伊挚听到天乙问起如何再现尧帝时候的盛世，嘴角闪过一抹难以察觉的微笑，总说没有称霸天下的雄心，心底还是想做天下的王。伊挚也不点破接着说。

"尧帝时期，其实不是贤臣多，而是尧帝日夜劳心，一心求得贤人治理天下。天子不明，贤人遍布天下，也都是种地的、放羊的、农夫、渔夫而已啊。伊挚原来不就是一个牧羊人和做饭的吗？"

"哈哈哈！"天乙也被伊挚说得大笑了起来。

"所谓贤人，如果不能得到贤主赏识，还不如普通百姓，世上最穷苦、最孤独的莫过于这些被埋没的贤人。"伊挚望着远方，有点儿为自己的出身黯然神伤。

"圣贤即使没有遇到明主，那也应该独善其身。怎么会孤独无聊？"天乙忍不住问了一句。

"人的精力是有限的，一般人谋求自身的利益，真正的大贤一门心思研究安邦定国的策略，真正的圣贤则谋求天下苍生之福。河里的鱼有个水塘就很满足了，神龙则要风云而上天。"

天乙听明白了，捋了捋长髯继续听伊挚讲。"真正的神龙应该和当年孔甲帝养的龙不太一样。"天乙看到伊挚的表情一直很凝重，故意插了句轻松的。

"哈哈！大王，那两条龙不说也罢。"

天乙看到伊挚笑了，接着问："那何为圣贤？"

"圣贤，所志者，明良之遇；所算者，经纶之事；所谋者，天地之道；所见者，古今之运；所长者，用人；所熟者，养心。"

"这些能够做到其中一件，已经可以算作圣贤了，就可以为朕所用了。"

"大王说得对，这些都很难，圣贤天天想着这些，当然就不能种好田，自然也无法和一般的无有见识的平常女子过日子了，也没办法融入凡夫俗子的圈子，就成了一般人眼中的傻子、疯子。"

天乙默默点头，说道："所以贤明的君主才更稀缺，天下从来就不缺少贤人，而缺少发现贤人的君主。"

伊挚笑着说道："大王才是最大的圣贤。所谓千年之蜃，一遇风云而上天也。"

"朕虽为大王，但和你们这些贤人差远了，朕只希望能够重用贤人。"

"伊挚何尝不是如此，如果没有大王，我不是还在做饭吗？天下之大，归隐贤人应该很多，就是找不到明主而已。天下须有能够赏识人才的明主，要让天下知道，大王重视贤人，能够知人善任，礼贤下士。慢慢地就会有更多的贤人为大王所用，到时候天下归心，大王大业终成！"

"朕一定听伊挚先生的，礼贤下士，重用人才，朕就是有了先生、仲虺将军等贤人，天乙才会对大商充满希望。对了，当年尧帝把自己的女儿娥皇、女英嫁给了舜帝，朕是不是也该为先生安排妻室呢？"

"大王，您是国君须有宗室。伊挚现在可没有精力照顾家室，大王大业已成之后再说不迟。刚才大王说到舜帝，大王以为舜帝禅让如何？"

"尧帝、舜帝、大禹帝都是古代贤王！尤其舜帝以孝名扬天下。"天乙说。

伊挚微微笑了一下，接着讲："大王，舜帝被父亲逼着跳井、上屋顶的故事，大王想必都听说过很多遍了。他用君王名义处决了所谓的'四凶'，权位稳固之后，乘威追击，把瞎眼的父亲瞽叟充军边陲蛮荒，任他自生自灭，弟弟象也被枭首，大王可知否？"

天乙瞪大了眼睛。伊挚没有理会天乙，声音依旧如秋月下的湖水："尧帝晚年，舜帝把尧帝关进了牢房，他的儿子们谁也不能相见。当年舜帝杀了大禹的父亲鲧等尧帝的几大忠臣，大禹治水三过家门而不入，想必也是不敢入吧。"

天乙舌头都要伸出来了，伊挚看了天乙一眼，笑了一下接着说。

"舜帝怎么死的呢？南巡狩，崩于苍梧之野。他一百来岁去什么苍梧那种蛮荒之地。还好大禹王终于通过治水，取得了天下的共同拥护，给父亲报了仇。从此就再也没有禅让了。到处都是争斗，伯益家族和夏王的斗争现在依旧还在。"

天乙终于开口了："先生所言天乙第一次听说！史籍都有记载吗？"

"史籍当然不会记录这些，但真相总能透过迷雾展现出来。天下的真相永远不是光靠贤明就能取得的，否则就会有尧帝那样的结局。王位背后永远隐藏着权谋、斗争和杀戮，大王慢慢体会吧。伊挚也该出发去斟郚了。在斟郚，伊挚一定会尽力维护大王和大商在天子那里的安宁。大王一定要励精图治，只有和大禹王那样强大了，才能够不重蹈夏台的覆辙。"

"先生此去多珍重！天乙定不负先生所托！"

"大王珍重。"伊挚转身上了马车，扬长而去。

伊挚辞别了天乙，踏上了去斟郚的道路，伊挚不知道，斟郚其实有一个人一直在等着他。天乙望着远方伊挚的马车消失在西方的大路尽头，才怅然若失转身回城，胸中瞬间又踌躇满志，商国要强大起来。

斟郚。

长夜宫中的工程依旧日夜进行，在长夜宫的大柱子之间，开挖了巨大的水池，池上有假山、树木。这次姬辛真的是下了功夫，为了美轮美奂无不用到极致。

如此过了几个月，这天履癸来到容台："妹儿，长夜宫重新整修好了，我们一起去看！"

进入宫门内，一片清凉水致，恍如传说中的瑶池仙山，东海的珊瑚、珍珠在火光、水影映衬下熠熠生辉。假山上，亭台楼阁一应俱全。瀑布飞泉发出如珠玉散落之声，池水清澈见底，水中各色鱼儿游来游去，纵使岁冬之日，长夜宫中的水草花木，依旧浓翠欲滴，原来姬辛命人安装了人力水车，从此长夜宫就变得灵动起来。宫中四处星星点点点缀着世间稀有的夜明珠，宛若璀璨星辰，恍若四季如春的人间仙境。

看到这一切，妹喜笑了，那种从内到外绽放的笑，履癸看到妹喜的笑，心也被这笑容融化了。要得到一件东西，通常都会失去一件东西，虽然有时候需要多年之后，你才明白自己失去了什么。履癸得到了能够让妹喜开心和喜欢的长夜宫，却不知道为此多年之后将要失去什么。

第六章　长夜醉舞

长夜宫。

伴随着轻柔的划水声，几个年轻女郎用竹篙撑着一个荷叶小舟漂了过来。

妹喜和履癸登上了小舟，手牵着手站在小舟之上，山石掩映间，流泉飞瀑，晶莹的水珠伴随着悦耳的水声落入池中，长夜宫顿时变得灵动起来。

池边各种鲜花盛开，空气中飘着淡淡花香。灿若繁星的灯火把长夜宫照得鲜艳明亮，东海鱼脂烛火本就没有烟气，长夜宫的顶部通风很好，履癸虽为天子，却从来没见过这种景色。

"这样的长夜宫才能配得上我家妹儿！"

"多谢大王为妹儿再修长夜宫。"妹喜心情也很好，陪着履癸两人开始对饮，把酒三巡之后，妹喜微微有了些醉意。

"妹儿最近学了一个醉舞，今日跳给大王看。"

"正好妹儿可以试试在这长夜池中跳舞如何！"

妹喜来到池中的莲花平台，四周悦耳的笛声随着水波传来，妹喜袅袅起舞，身形柔若无骨，左右旋转，回头时笑靥如花，眼眸中带着几分醉意。湖心莲台离履癸的距离正好，若即若离。履癸看得如痴如醉，双眼一刻也无法离开妹喜，心中早已酸痒难耐。妹喜看着倒映在池中的波光倩影，远处是摇曳的灯火倒影，可怜自己这番醉舞，伊挚却不能看到，此刻妹喜也被自己的舞姿迷住了。

"那个伊挚怎么还不到斟鄩呢，难道他们敢公然违抗夏天子旨意？伊挚，你这么聪明肯定知道是我求情才饶了你家国君，心中难道不感恩吗？"

自从伊挚走了之后，妺喜也逐渐学会了喝酒，这次妺喜真的有些醉了，跳着跳着似乎都喊出了伊挚的名字。还好隔着假山上的瀑布和丝竹音乐之声，履癸并没有听到，只看到妺喜脉脉含情地望向这边，醉眼迷离。履癸对妺喜的爱更加情深入骨，即使妺喜此刻要自己的心，履癸也愿意挖出来给她。

商国驿馆。

伊挚终于到了斟鄩，在驿馆中安顿之后，准备朝拜天子履癸。

午后，院子中阳光转过，屋顶的茅草留下的影子在微微晃动着。伊挚正对着院中的海棠出神，恍惚回到了春天海棠花开的日子。想到这里，伊挚的心里突然涌起一种以前从未有过的感觉，忙踱步回到房中，准备第二天上朝的事情。

上朝的日子到了。伊挚换上朝服入朝觐见天子。履癸似乎已经忘了追杀天乙他们的事情了，伊挚站在朝臣中并没有引起履癸的注意。

"臣有事启奏，大王您日夜宠幸妺喜娘娘，朝政荒废，两次大修长夜宫，耽误百姓农事，累死民夫无数，还杀死有怨言的老人！"这时候，关龙逄走到殿中央朗声启奏。

"这些人诋毁朕，难道不该杀？"履癸双眼放出杀气，大殿内瞬间变得寒冷起来。

关龙逄丝毫没有被履癸震慑到，语调坚定，丝毫不乱："夫人君者，谦恭敬信，节用爱人。故天下安而社稷固。今君王纵欲无道，人心已去，天命不佑，亡在旦夕。大王切不可断送了大夏的江山啊！"

履癸的脸都在跳动，震怒道："朕说过天上的太阳亡了，大夏才会亡！朕看你今日是想自取灭亡了！推出去砍了！"

这时候，武士上来把关龙逄捆了，就要推到殿外斩首。

费昌不能见死不救，刚要走到殿中为关龙逄求情，却见已经有人走上前了。

"大王，臣有话要说。"伊挚走到殿前，一开口，刚才大殿紧张的气氛顿时就消散了不少。

履癸一看是伊挚:"妹喜娘娘说先生是贤人,先生今日有何道理要讲?"

"我要和大王说说治理天下的道理。"

"哦?!何以治天下?"

"仁民。"伊挚平静地说。

履癸咄咄逼人地继续问:"何以仁民?"

"任贤。"

"何以任贤?"履癸继续追问。

"正直而忠谏者贤。关龙逄虽然直言冒犯天子,却是一心为了大王好的贤臣。还望大王饶他一命。"伊挚这一番道理说出来之后,满朝文武都从心底叹服,看来这个伊挚先生不愧贤人之名。

履癸隐隐有所触动,怒气没有那么大了,履癸没有说话,伊挚也没有接着说,大殿上显得异常安静。良久,履癸说道:"散朝!"

费昌刚想问如何处置关龙逄,伊挚赶紧用眼神示意费昌不要说话。

履癸没有说话,关龙逄也就逃过了这一死,如果再多言,履癸面子上过不去,关龙逄就必死无疑了。关龙逄也不向伊挚道谢,散朝之后直接回府了。

履癸回到长夜宫,见到妹喜正在亭边看着水中的鱼,呆呆地出神,精神似乎不是很好。

"妹儿,你今天神色不如往常呢,什么事情让妹儿不开心呢?"

"妹儿最近晚上常常做噩梦,醒来之后就再也睡不着了,一连好多天了,妹儿在有莘的时候就有过这个毛病。所以白天气色不是很好。"妹喜抬起头看着履癸,完全没了平日神采飞扬的神色,却有一种楚楚可怜、弱不胜衣让人怜惜之感。

"那叫疾医看了吗?"履癸心里一软,把妹喜抱在膝上,抚摸着她额前的碎发。

"疾医也说不出什么原因来,只能慢慢自己调理,静心修养。"

"对了,商国的伊挚回来了。伊挚是一个有才学的人,据说他的医术也很高超,费昌说过他的医书《汤液经法》,天下的疾医几乎人手一本,妹儿你可以去找伊挚先生,让他帮妹儿调理一下,妹儿的惊悸之症也许就能好了。"

妹喜的眼眸之中有了一丝欣喜之色:"多谢大王对妹儿的关爱!我这几日就去

找伊挚先生！"

伊挚回到了驿馆，没事的时候就练气修身，偶尔去太史终古那里翻阅古籍，讨论星象和天下大势。

这日黄昏，天色正好，天空白云苍狗，流转变化。

伊挚在驿馆廊下看书，正看得出神的时候，一个戴着黑色斗笠的人影走进驿馆，脚步轻盈细若无声，伊挚都没有发觉。

这人走到伊挚身边，看着伊挚翻看着竹简。伊挚轻轻合上竹简，突然发现身旁站着一个人，不由得吃了一惊。

当那人把黑色斗笠拿开，竟然是妹喜娘娘，两人四目相对，瞬间时间如同静止了一般，伊挚的眼神中开始是吃惊，逐渐变得充满了欢欣。

妹喜看懂了伊挚的眼神，心底一暖，心想："看来伊挚的心中还是有我的！"

伊挚赶紧行礼："不知娘娘驾到，不知娘娘对伊挚有何吩咐？"

"听说先生对于医道颇为精通，先生还写过一本医书，天下人人皆知。大王知道我有睡眠惊悸的素疾，特意让我来找先生调理一下。"

"伊挚的医术也不过尔尔，恐难为娘娘根除惊悸之症。"

妹喜看着伊挚，许久没见，心中欢喜慢慢升腾起来："先生博学，我先请教先生几个问题！"

"娘娘不必客气。"

"请问先生人靠什么得活？"

"五谷杂粮为人提供气。以为人用，故曰气。人的身体在母亲腹中十月乃成。这时候人自死而生，气蕴藏、舒发、凝聚，人乃成长。一朝瓜熟蒂落，人就来到了这个世间。"一谈到学问，伊挚变得口若悬河起来，没有了面对妹喜的尴尬。

"哦，妹喜受教了，那么人何多而长大，何少而衰老？"妹喜继续问。

"人的气如果旺盛，人就强壮；气融会贯通全身，用之，表现为力量；人的气渐少则人就逐渐衰老，缓而慢之乃延年高寿。"

"是啊，人有生，自然就有老。这也是无可奈何之事。但是有的人果断坚定，有的人犹豫畏缩，又是什么主导着人的性情？"

"其实人不过是一口气，气流逆行乱行而不通，人遂有疾殃。气尽命乃终，一生名利之求皆成空。人的性情自然也受气的影响。"

妹喜听完之后,双眼满是敬仰:"只有和先生在一起,妹儿才能活得明白,听说先生练气之术甚是厉害,能否教我?"

"娘娘,这练气不仅能够强身健体,对娘娘而言,也许能够治好娘娘的惊悸之症,而且对于娘娘保持青春,最是适合不过了,但这需要一定的天资和日积月累的修行,娘娘可以做到吗?"

"先生以为妹喜的舞艺如何?"

"精妙绝伦,天下恐无出其右者。"

"难道先生以为,妹喜天生就会跳舞吗?我所下刻苦之功,恐怕不逊于先生。"

"是,娘娘天资聪颖,定能融会贯通。"伊挚就先和妹喜讲了基本的练气的方法。

妹喜端坐在榻上调匀了呼吸,脑海中一切都放空了,渐渐谁的声音也听不见了,内心只有一片空明,呼吸也感觉不到了,似乎自己也不存在了。

伊挚看到妹喜闭着眼睛,端坐在那里,面色平和,没有了元妃的威严,确是一个天下无双的如水女子。

妹喜此时心中一片空明,一股隐隐约约的气从咽喉向下缓缓流动,慢慢经过胸腹,沿着任脉缓缓下行进入丹田之中,慢慢消失不见。妹喜缓缓睁开眼睛,感觉周身轻盈舒爽,神清气爽,清澈的双眼中满是喜悦地看着伊挚。

"先生,我感觉到丹田之气了。"眼神中的喜悦神色,犹如一个小女孩,如一汪令人神往的湖水,让人想投身其中,不再出来。

伊挚在妹喜的注视下,变得不敢再看妹喜的眼睛。心里也有一种气流流过的感觉,感觉不受自己控制,伊挚的心又乱了。

"娘娘如此修行,外加我给娘娘配置的静心养颜之汤,娘娘惊悸的毛病应该很快就会好了。"伊挚赶紧眼观鼻,信手低眉。

"那我明日再来。"妹喜迈着盈盈的步子,渐渐走远,伊挚垂身相送。

妹喜知道,伊挚肯定在看着自己的背影。妹喜上了马车,走远了,伊挚回到房中,一股馨香隐隐沁入心脾,房间中依旧有妹喜留下的气息。

第七章　夏耕

长夜宫。

美人正在对镜梳妆,背影的曲线修长柔美,脖颈如玉。镜中的倩影,眉间嘴角都透露一种淡淡的笑意。整个人散发着一种快乐的气息,容色透着一种女人特有的柔和的光芒,让天下所有女子都黯然失色。

履癸在一边望着窈窕美人,威风凛凛的雄狮,此刻脸上满是温柔的神色。

"妹儿最近越来越美了,气色比以前还好了。"

"伊挚先生教了我一种修心练气之法,惊悸之症好多了,大王不必挂怀。不过隔几日就需要去伊挚先生那里修习一次。"妹喜语调比平时更加温柔了。

"伊挚先生果然名不虚传,妹儿的病都能医好,以后多去伊挚先生那里,请教永葆青春之法,朕的妹儿就能一直美丽动人了。"

"会的,妹儿如果变得不好看了,大王就该不喜欢我了。"妹喜幽怨地说。

"妹儿,你身体康复了就好了,朕本来要去远征,可是放心不下你。"

"大王要去征伐?"妹喜转过身来。

"肜城氏和党高氏近几年一直没有朝贡。朕要去征伐这两个不知死活的小国。"

"那妹儿陪着大王一起出征吧!"妹喜说话的语气,就连自己都以为是真心想陪着履癸出征了。

"朕很想带着妹儿一起去,但路途遥远,朕可舍不得妹儿受那风沙之苦,只好让妹儿留在宫中了。"

"大王,妹儿舍不得你走!"妹喜扑在履癸怀里,履癸心疼地抚摸着妹喜的秀发,妹喜的头发又细又密,柔软而散发着淡淡的体香。"朕也舍不得妹儿,不过朕是大夏的天子,朕也有自己必须做的事情。"履癸似乎抬头看了下远方。

斟鄩往西几百里就是彤城,是大禹分封的大夏宗室,国之四周,山高林密,巍巍太华山就在其国内,西面是桃林关。

彤城国君依仗是夏朝宗亲,从孔甲开始就不来朝贡了,彤城几百年来以骁勇善战著称,又有天险可以依仗,即使畎夷这种凶悍的游牧民族来侵犯中原,都会绕过彤城氏。对于新天子履癸,彤城国君自然没放在眼里。

彤城氏这一日大堂议事。

朝内大臣进言:"大王,我们上次没有入斟鄩朝贡,恐天子发兵征伐我国。"

"让他来好了,朕也很多年没打仗了。来了就让他有来无回,让大夏再换一个天子!"彤城氏以为如今的大夏天子还和前几位天子一样。

斟鄩。

这日太禹殿中早朝,右相赵梁出列启奏。

"有彤城氏,本同性而不朝。又北有党高氏,乃共工之后,负固不朝,君王何不面谕诸侯,便率众诸侯兴师讨伐?"

"梁相所言极是!朕正有此意!"履癸对着赵梁点头示意。

"大王雄才大略,王师所至,定然所向披靡!诸侯愿从者,赏之;不从者,罚之。有功者,赏之;无功者,罚之。则赏罚既肃,有以制诸侯之命。威武斯张,有以慑诸侯之心。天下之服,观此举矣!"

赵梁这一番言语说出来大义凛然,句句正和履癸心意。履癸早就对彤城不满了,一直找不到机会出兵讨伐,这次彤城又不来朝贡,正好遂了履癸的心愿。之前听说畎夷都不敢打彤城,反而激发了履癸的斗志!

"梁相不愧为朕的右相!朕年幼之时,就感慨先世诸王之大夏衰微,大夏难道只是虚有天下之名?而今彤城氏不朝,党高氏恃其国险,亦不朝。朕欲亲揽六师，伐此目无大夏天子之国！"

履癸宣布："肜城氏和党高氏目无天子，不来朝贡。本王亲率大军征伐逆臣肜城氏和党高氏，由右相赵梁代朕处理朝政！"

履癸每次出兵，朝中那些大臣都会出来进谏阻止，看这次履癸再出兵，还有谁能说出什么来。大殿中静悄悄的，所有人都屏住了呼吸。履癸很满意，终于没人出来反对了，正准备退朝。这时候殿下传来一个声音。

"肜城氏，君王之宗亲也。即使有罪，应该先颁布天子旨意去教诲，让其知过改之，如不悔改，大王再行征伐不迟。党高氏则在远荒之地，大军长途行军征伐，百姓就有刀兵之祸，生灵涂炭，不是贤明天子所为。"

"哼！"履癸从鼻孔中发出了声音。履癸以为又是那个讨厌的关龙逄，心说："这次再说出大不敬的话来，朕就把你杀了！"

朝下看过去是一个瘦干的老头儿，心想："怎么不是关龙逄？！"殿下跪着的是太史终古。

履癸看着须发皆白的老太史，心里真想砍掉他的脑袋，却不能砍。首先，太史终古德高望重，在朝中极有威望。其次，太史掌管着史书和天象历法，杀了他恐怕后继无人，如果在史书上写上自己的坏话那就不太好了。终古和关龙逄有点儿像，但是比关龙逄相对来说内敛一些，平时不怎么说话，但是他觉得该说的时候，一句也不会少说，尤其每次观察到天象变化时，都会在朝堂之上对履癸劝谏一番。

"肜城氏与夏宗室同姓，虽亲必伐！党高氏在北方，虽远必伐！如此之后，天下诸侯就无人敢不臣服大夏，如此方能保大夏万年基业。"赵梁赶紧驳斥终古。

"梁相所言正合朕意。即日征伐肜城！无须多言！散朝！"履癸拂袖而去。

只留下太史终古一个人在那儿跪着。等履癸走了之后，费昌赶紧过去把终古搀扶起来。

"大王如此好战，我怕杀戮过多会让天下百姓对大王心生怨恨，对大夏江山稳固不利啊。"太史终古说。

"是啊，不过我们做臣子的，只能做到这样了。大王是劝不住的。"费昌说话的时候若有所思。

几天后，履癸安排赵梁和姬辛守国。履癸率领左相费昌和虎、豹二将带着一万近卫勇士出征彤城。

西风猎猎，苍茫大地一片昏黄，战车隆隆迤逦而行。

少年屠龙的天子履癸，妹喜的温柔虽然让他不愿远行，但好几年没有征战，履癸内心早已是躁痒难耐。履癸并不坐车，骑在大黑马之上，看着前后精神抖擞的近卫勇士甚为满意。

虎、豹将军也是许久没有打仗了，此时双目都放出光来。

"虎、豹将军在斟鄩都憋坏了吧！自从上次我们征伐畎夷，都好几年过去了！这次征伐彤城你们一定要大显身手！"履癸说。

"定不负大王使命！"虎、豹一起高声答道。

大军一路西进，几天之后，路边景色逐渐变得与中原不同，此时远山连绵不断，却是越发的荒凉。

"前方就是彤城的境界了。"费昌指着前方说。

大山高耸连成一道巨墙，几百里之内没有山谷可以通过，只有一座桃林关的关口可以出入。这就是彤城有恃无恐的原因，如果在平原，即使彤城士兵再能打，区区几千士兵，无论如何也不是天子几万大军的对手。

桃林关，让再多的军队都失去了意义。如果关门紧闭，关城高耸，弓箭都射不到上面，上面的弓箭却能射到下面。

此时的彤城国君知道履癸来了，却依旧在彤城都城内逍遥，并没有把这事放在心上。

履癸大军驻扎在桃林关外，将士们吃饱喝足早早休息，准备明日开战。

费昌说："彤城之所以不来朝贡天子就是仰仗桃林关和太华山的天险，明日他们会出关迎战吗？"

"费相明日阵前观战，明日让费相开开眼界。"履癸似乎并不担心这一点。

第二天，当秋天的阳光照在桃林关的关门上的时候，关下如林的戈矛在晨光下闪着寒光，履癸的军队已经守候在关外了。

"大夏天子大军到来！还不出关迎接！"虎、豹二将关前请战，关门竟然打开了，一行人缓缓出城。

当前一匹战马上，一人身材高大勇猛，比履癸都高着半头。右手拿着一个沉重的铜戈，左手拿着一个盾牌，盾上太华山图案险峻异常，给人一种高不可攀的恐惧感。

"巨人！怎么会有这么高的人！"夏军开始骚动起来。这分明就是一个巨人！虎、豹也吃了一惊，不过很快镇定下来，巨人的脑袋不也是肉长的。

"大胆！大夏天子大军到此，还不赶紧下马投降。"虎、豹二将提着大刀喊道。

"我不知道什么大夏天子，我只知道如果你们能够打得过我，就让你们过去！"巨人面无表情地说道。

虎、豹将军本来就不想废话，虎将军一马当先冲了过去，巨人根本动也没动，抬起太华盾挡住虎将军的大刀。虎将军自认为神力之威，没有几个人接得住他的大刀。结果大刀砍在盾牌上，火星四溅，几乎就要脱手而飞，虎将军的战马都倒退了几步，虎将军一看手中的大刀，刀刃都卷了起来。虎啸一声，这一声山川震动，犹如猛虎出山。桃林关上的士兵听到这啸声都缩了一下头，感觉脊背一阵发凉。

这头猛虎瞬间又扑了过去，但是巨人依旧没动。无论虎将军的大刀如何迅猛，巨人的盾牌又重又大，虎将军根本没法伤到巨人，巨人偶尔趁着虎将军进攻的空隙，右手的长戈突然刺出来，虎将军必须用全身力气招架才接住了对方的长戈。

"这样打起来什么时候是个头？"豹将军沉不住气了，催马也冲了过来，又是一柄大刀，两把大刀咣咣地砍到巨人的太华盾上，声音比虎将军的虎啸大多了。

"咚咚！咚咚咚！当当！"阵上牛皮大鼓不停地敲着，夹杂着大刀砍在盾上的声音，这是勇士厮杀的战场！

虎、豹将军大刀速度迅猛，但是巨人并不慌乱，只是稍微改变盾牌角度，就能挡住大刀的攻击。巨人的长戈偶尔刺出去，虎、豹将军就狼狈招架躲闪，近卫勇士都看傻了。

这人正是夏耕！

桃林不仅一夫当关万夫莫开，守将还是夏耕。夏耕被认为是西方之国第一猛将，即使畎夷的军队听到夏耕的名字都会远远绕开。

履癸知道以夏耕的威名，不可能缩在关内，必然会出来迎战夏军！

"只要你出来就好！"履癸脸上满是大战来临的兴奋！

第八章　天下第一

大夏和肜城的边界，一夫当关万夫莫开的桃林关。

夏耕大战虎、豹二将！兵刃相交犹如电闪雷鸣，人影变幻伴着风云际动！

"这个夏耕有点儿意思。"履癸在阵前越看越有兴致。履癸看难以分出胜负，今日如果自己再上阵，有车轮战的嫌疑，于是下令收兵回营。

夏耕也收兵回到关内，这时一个身材细高的将军走了过来。

"耕将军神勇天下无敌，但今日履癸麾下虎、豹二将军竟然同时上阵，实是无耻！"

"尾！耕难道还怕这虎、豹不成？"

说话的正是夏耕的副将，名叫尾。夏耕手下有头，左、右手，左、右足和尾，共六大将军，此时只有尾将军在夏耕身边。

"耕将军自然是天下无双，但是对方人多，我等恐怕将军有失，明日不如就在关内守着。这桃林关自古以来就是天下最难攻的雄关，我们只需放箭就万无一失。将军何必和他们苦战呢？"

"耕岂是畏战之人？怪不得你叫作尾！"夏耕突然睁开那双比一般人大一半的眼睛瞪了一眼尾将军。

尾将军讨了个没趣，想说什么硬是给咽了回去。

关外大夏军营。

履癸收兵回了大帐之后，虎、豹将军忙上来请罪。"大王，虎、豹今日未能取胜，请大王治罪！"

"你们起来吧，我在阵前都看见了，明日我亲自会一会他。"

转天清晨，深秋的空气依旧是那样沁人心脾，桃林关山上的枫叶更红了，漫山遍野像被鲜血染过一样。

迎着早晨的阳光，夏耕早已看到履癸列队在关前。

关门大开，夏耕带着彤城的上千军马出关了。

逆着阳光，一杆高大的大夏龙旗在风中呼啦啦地飘着，大旗下面是一个威风凛凛的剪影在大夏军队的正前方。

履癸催马到阵前。"耕，人都说你是西方第一猛将，来和本王一战！"

履癸看了下身后的虎、豹将军："没有我命令你们谁也不准过去。"

"是！"虎、豹将军知道履癸的神威，退开了。

彤城阵中一人一看是天子亲自上阵，瘦尖的脸上显出惊喜的神色。"如果能够生擒履癸，立下大功一件，自此尾的名字定然名扬天下。"尾将军昨天被夏耕奚落之后，心中一直憋着火，此时立下不世功业的豪情充满了全身，他虽然听说过天子履癸的勇猛，但觉得一个天子养尊处优，那一定都是浮夸谄媚之言。

"将军，让末将先去替将军打一个头阵，将军再出马不迟。"夏耕刚想阻拦，尾将军的战马已经冲了出去。

尾将军立功心切，双腿用力夹了一下马肚子，战马吃痛，一下就蹿了出来，尾举着长矛直奔履癸冲了过来。尾将军的战马撒开四蹄，转眼就到了履癸跟前，尾将军的长矛如一道闪电，直接刺向了履癸的胸口。

借着战马狂奔迅猛的力量，世间恐怕没有人能接得住这一刺的力量，然而履癸并没有动。站在身后的虎、豹二将一看履癸危险，想催动战马上前营救，但他们知道此时冲过去一切也都晚了。

一刹那，尾将军长矛锋利的尖刺已经就在眼前，对方战马鼻息的热浪几乎都喷到履癸脸上了。电光石火之间，履癸上身瞬间后仰，长矛尖带着腥风从履癸脸上划了过去。

"好险!"众人惊呼!

后仰的同时,履癸的双钩早已伸了出去!尾将军的战马急速奔过,只听到咔嚓两声。尾将军从战马上摔了下去,头和屁股竟然同时摔在了地上!尾将军的头和腰同时被双钩斩断了,身体断为三节摔到了马下,鲜血顿时染满黄沙,现场惨不忍睹。

履癸直起了身子,用舌头舔了舔嘴唇上尾将军溅出来的鲜血。

"哈哈哈!"履癸满意地笑了起来,那是一种快乐满足的笑,就像一头狮子在看着自己的猎物那样的笑。

"大王!大王!"刚才还为履癸担心的大夏近卫勇士此时齐声高呼起来。他们为跟着履癸而自豪,一个个充满了狮子般无敌的力量。天下是大王的,大夏军队是天下无敌的。

"吼!"突然一个野兽一样低沉的声音穿过了所有人。

夏耕怒吼了一声,催马奔履癸冲了过来。夏耕咆哮着如同能撞倒一座山的犀牛,他举着太华盾对着履癸撞了过去!

履癸看着那个硕大的夏耕,眼中放出了喜悦的光芒。

"来吧!"

偌大的战场竟然鸦雀无声,所有人都瞪大了双眼看着,这场当今天下最神勇的两人之间的决战!

夏耕的太华盾又厚又重,履癸的双钩再厉害也无法斩断。就在猛兽一样的二人交错的一瞬间,履癸左手大钩钩住了夏耕盾牌的边缘,向旁边一带,履癸力气大得超乎夏耕的想象,太华盾就露出了一条缝隙,履癸右手的长钩瞬间劈头就下来了。夏耕赶紧举起戈去挡,刺耳的金属碰撞声嗡嗡响着,让周围上万士兵的耳朵瞬间失聪了,只有一片嗡嗡的声音在脑袋中回旋。

两个人冲过来打过去,一会儿十来个回合过去了。

夏耕没有了昨天和虎、豹二将打斗时候的从容,太华盾不再是天衣无缝的屏障,此刻反而成了一种累赘。履癸双钩如电,但是似乎无数的闪电也劈不开这如太华山一样坚固的盾,还没有人能够在他面前走这么多回合,履癸开始急躁了。

两马错身转头,重新交错而过,夏耕依旧用左手的太华盾护住全身,右手的长戈准备奋力给履癸致命一击。

两匹高头大马交错的一瞬间,"嗯?!"夏耕看到履癸的战马上竟然只剩下一个空的马鞍。履癸去哪儿了?!就在夏耕的念头闪过的瞬间,感觉太华盾猛地一沉!履癸纵身跃了起来,跳到了夏耕的太华盾上。

"大王这是要干什么啊!"士兵们都看傻了。

夏耕一看履癸跳了过来,急忙举起太华盾想把履癸甩出去,履癸钩住了盾的上边,双臂用力身子已然腾空,如一只大鸟越过盾的上方,从半空中双钩兜头就劈了下来。夏耕再想把太华盾举过头顶已经来不及了。

阳光刺目,履癸就如同死神一般,夏耕再勇猛,也不敢去接履癸的双钩了。履癸也跳了下来,双钩不停如闪电闪过夏耕,突然一道血光冲天,一个巨大的脑袋轰然落地!

彤城阵上一阵惊呼!

夏耕一摸自己的脑袋还在脖子上,原来是夏耕战马的脖子被砍断了,马身子扑通一声摔倒在地,四腿不停抽搐着。夏耕也摔下了马,他急忙就地滚开,太华盾也早已撒手,手里只有长戈了。

履癸迅疾如苍鹰扑兔一样冲了过去,双钩不停地上下翻飞,夏耕也甚是凶悍,二人在地上打了起来。

这二人竟然依旧不分胜负!

夏耕没有太华盾之后,反而没有那么笨重了,似乎更加灵活了。每一招都势大力沉,防守也森严有度。履癸的双钩越发得犀利起来,如同暴风雨中的闪电。所有人都紧张地看着,谁也不知道这二人最后是什么结果。如果能够靠近二人身边,就能看出履癸脸上的微笑,对履癸来说,和夏耕打仗简直比和妹喜在一起还让他感到快乐。可惜这种快乐不是天天有,像夏耕这样的对手更是难得一见。

也不知二人打了多久,夏耕突然发疯似的对着履癸猛劈猛刺,履癸知道这家伙的精神崩溃了,这是他最后的疯狂了。突然履癸双钩钩住了夏耕的长戈,飞起一脚,就踹在了夏耕的小肚子上。夏耕再也支持不住,长戈撒手,身体倒飞了出去,巨大的身体摔倒在地上。

夏耕刚想爬起来,履癸双钩已经到了,夏耕转眼就要血洒当场!

第九章　兵临彤城

桃林关外正在激战！天下最勇猛的人们正在对决！

夏耕摔倒之后晃动巨大的身躯刚想跳起来，脖子上感觉猛地一紧！履癸的双钩已经钩住了他的脖子。

夏耕怒目而视："要杀就杀，等待何时？"履癸没有理他，近卫勇士赶紧冲了上来，用粗麻绳把夏耕捆了个结结实实。

"撤回关内！赶紧撤！"桃林关的守军一看，主将被擒，副将被砍成了三截，一片血淋淋，对面又是上万天子王师，赶紧蜂拥撤回了关内，关门紧闭。

履癸也不进攻，得胜之后捆着夏耕回了大营。

夏耕被解开绳子，关到牢笼之中，重兵把守，好吃好喝地招待着。

"真好吃！还有吗？！"夏耕打了那么久，早就饿了，也不管那么多，端起缶就吃了起来，豆里的食物都被吃了个精光。

"今日真是败得心服口服，死在这样的人手里也好，先吃饱再说。"夏耕在西方诸国征战多年，从未遇到过敌手，此时也佩服起履癸的神勇来。

夏耕吃饱之后，不一会儿竟然睡着了，鼾声如雷响起。

"这家伙心真够大的！"看守的士兵看着都笑起来。

履癸大帐。

"大王是想收服耕？"费昌看履癸阵前竟然没有砍掉夏耕的脑袋，就明白了履癸的用意。

"正是，费相有什么妙计吗？"

费昌悄声和履癸说了自己的建议，履癸微笑点头："朕正有此意，就依费相所言。"

费昌何等聪明，明白了履癸的用意，下去安排。隔了一日，桃林关的守军都传言夏耕已经归顺了天子。关上的防守更加严密了。

紧急战报送往了彤城氏国君那里，彤城国君看到战报暴跳如雷。

"如果见到夏耕，用乱箭射他，不许放入关内！"

几天之后，履癸让人把夏耕带到大帐里，夏耕这几天在大夏帐中吃得好，睡得好。

履癸过来亲自给夏耕松开了绑绳。"耕将军，你如若归顺我大夏，我封你为大将军如何？"

"耕誓死为彤城国君征战，大王要杀便杀吧。"夏耕昂头道。

"如此，耕将军就回去吧。"

夏耕一下子有点儿蒙了，说道："这么就放我回去了？！"

履癸挥了挥手，说："把耕将军的盔甲、兵器都拿来！朕杀了耕将军的战马！还你一匹！"

夏耕穿戴整齐之后，依旧威风凛凛。履癸点了点头，亲自陪着夏耕率队来到桃林关前。

"耕将军，就此别过，请入关吧。"履癸和夏耕拱手别过。夏耕也不说话，只是拱了拱手。蹄声哒哒，一人一骑奔桃林关而去。

桃林关的守军看着夏耕穿戴整齐，天子履癸和他并辔而行，这分明是早已经投降了大夏，看来传言果然是真的，怪不得国君下了命令。

夏耕走近关门，大喊："赶紧开关门，让我进关。"

"耕将军，国君有令，说你已经投降了大夏，不准你入关！"城楼上士兵大声喊道。

"胡说！耕并没有投降大夏，赶紧开关门！"夏耕大怒纵马冲到关门前。

城楼守军立即箭如雨下，夏耕全身盔甲护着，手中太华盾在手，羽箭就如撒豆子一样，掉在太华盾上叮叮当当地响个不停。

"你们竟敢射我，等入得关内都砍了你们脑袋。"夏耕大吼道。

城上士兵都是夏耕的手下，对夏耕射箭本就心虚，听到夏耕的话就更不敢射了。关门厚重而结实，外面伸出很多木头尖刺，巨大的木头交叉卡在一起，密密麻麻地从外面看起来毫无缝隙。

夏耕冲到关门前，用长戈咔嚓咔嚓地砍着关门上的大圆木。夏耕的力气巨大，没有几下，木头关门就被捅了一个洞出来，然后夏耕用太华盾使劲敲了几下，那个木头关门哪经得住夏耕折腾，不一会儿关门就裂开，成了两半。

关门后面的人都跑光了，夏耕肩膀一用力，关门就被打开了一半。夏耕上马进入关内。大喊："耕回来了！"

里面守卫的士兵此时只好躲了起来。

履癸看到这里，朝身后一挥手："入关！"履癸的一万近卫勇士，排山倒海一般就涌向了桃林关。关上的士兵看到这一切都蒙了，象征性地放了几箭，就偃旗息鼓了。

履癸冲入关内，巨大的门洞中有一个巨大的黑影。

"耕将军，事到如今你还要再打吗？"

"耕打不过你！但也不会降你！"夏耕知道不是履癸的对手，彤城士兵都四处逃散了。

时光回到抓住夏耕的那夜。

履癸和费昌商议："费相，今日抓了夏耕，找些人到桃林关前，传话夏耕已经投降了大夏！"

"大王此计甚好，费昌也听说彤城国君对夏耕早就有所猜忌！你我善待夏耕，让他毫发无损地回到桃林关，彤城人必然起疑！就会以为是夏耕带领大夏军队来骗开桃林关，让我王师通过。"

如今桃林关已经破了！夏耕只有掉转马头，朝彤城都城方向逃去。

几天之后，彤城。

巨石堆砌的城墙高大厚重，上面的士兵看到一个高大的身影穿过了城门。

"耕将军回来了！"

彤城内的宫殿也是高大气派。夏耕到了彤城都城内，见到了彤城国君请罪。

彤城氏非常愤怒："夏耕，你投降了大夏，丢了桃林关，还有脸回来？"

"大王，耕没有！"

"给我绑了！"不由分说，国君直接让人把夏耕绑了起来。

"大王！大夏的军队已经到城下了！"外面急匆匆跑进大殿一人。

"还敢说没有！关起来！其余人随我去迎敌！"

彤城国君还没来得及处理夏耕，履癸的大军随后就到了。

彤城外。

黑压压的一万大军兵临城下，彤城士兵虽然善战，却从来没见过这么多军队。

彤城国君平日里狂妄惯了，催动全城精锐之师四千人马，亲自驾战车出城。

履癸今日也坐在天子战车之内，身后大旗上长龙张牙舞爪，随着风飘动如同活了一般。履癸看着彤城国君出城迎战，甚是满意。

双方排好阵之后，大夏的近卫勇士望着城上杀气十足的士兵，就如同望着即将到口的猎物一般。彤城士兵不由得心底打了一个战。

虎、豹将军前次迎战夏耕不下，早就憋着一肚子火。

"杀！"虎、豹各自率领两千人马出阵迎敌，一声号令，几十辆战车依次冲了出来，身后喊杀声震天。

彤城的士兵如饿狼一样，平日里四处征战厮杀也从未遇过敌手，奈何今日遇上虎、豹之师，一场厮杀下来，虎、豹大刀抡起来，残肢四飞。

此刻城外烟尘滚滚，天地为之变色。

"哈哈！哈哈哈！"履癸看着这一切大笑起来。

双方都如狼似虎，转眼到处血肉横飞，惨烈异常的厮杀瞬间结束了一个又一个强壮的生命。生存还是死亡从来不是问题，勇士的荣耀才是一切的意义。

不多时候，虎、豹将军已经冲到彤城国君战车附近，彤城国君看到铺天盖地到处都是夏军，一个个都杀红了眼，也是吃了一惊。

"沃！沃！驾！驾！"肜城氏转头驾车逃回了城内。肜城的城墙外层都是巨石堆砌，肜城氏进了城松了一口气。

"看你能奈我何！"肜城氏直接去喝酒了。

"想躲起来！攻城！"履癸大怒！

"嘭！嘭！"长矛一样的巨箭射到石头城墙上，石头都被射裂了！

如此攻打了几个时辰，城墙就被打出了一个豁口。履癸的战车上都有巨弩，把长矛一样的弩箭射向城上，弩箭力量非常大，连续攻击就能击穿垛口。

履癸集中所有的弩继续攻击那个豁口，城墙终究抵不住那么多长矛一样的弩箭攻击，慢慢崩塌了。

履癸命令全力攻城，战车上的弩箭改为攻击城墙两边的士兵，盾牌兵搭起了云梯最终爬上了城墙的豁口，肜城守军的内心一点儿一点儿地被蹂躏，再也没有坚持下去的勇气。

不知不觉间，天色暗了下来，黑夜来临。履癸命令停止攻城，收军回营。

肜城氏听到禀报，趁着夜色登城，城墙碎裂的缺口如同猛兽的大嘴。

夜半，西门外并没有履癸的士兵，一群黑影出城而去，西面是茫茫太华山。

太华之山，削成而四方，高五千仞，广十里，远而望之，若华然，故曰华山。

太华自古就是天下第一险峰，山壁天斧劈开，直耸入云霄。太华山上的山路基本是采药的人用藤条缠绕出来的，凶险异常。为首的人身手敏捷，太华山虽高，少年时候他也爬过多次，他自信无人能够追得上他。

"只要翻过太华山就安全了。砍断路上的藤条！"在爬的过程中，肜城国君爬过之后，让人砍断了山路上攀爬用的藤条。

峭壁上苍松迎客，怪石嶙峋，真是鬼斧神工，远望云海苍茫起伏。太华山是轩辕黄帝会群仙之所，站在太华山顶如同登上了缥缈的仙界。

肜城国君连家眷都顾不上，带着亲信卫队直接逃进了太华山。虎、豹将军闻讯后远远地追来，一行人就开始进行了爬山追逐。

履癸岂能轻易放过肜城氏，大夏的追兵在后面紧紧追赶，一场恶战转眼即至。

第十章　太华之战

自古基本没人爬上过太华山山顶，偶尔有采药的人路过如苍龙脊背的山岭，也都是九死一生。一行人在这陡峭的山岭之上朝着绝壁之巅爬去，随时可能被山风吹落到万丈深渊中。

仔细看似乎是两个人在追前面一群人。二人爬得速度奇快，手下的人都被远远地丢在后面。山梁越来越窄了，一个人都只能勉强落脚。山间猛兽的两个人一路追赶到了山脊最窄处，就看到了前面的一行人。正是虎、豹将军在追赶彤城氏。

彤城氏以为爬上太华山就安全了，他低估了虎、豹将军的能力，这二人从小在山中长大，攀爬峭壁自是不在话下。

"后面有人！"彤城氏发现了虎、豹，这里就是解决追兵最好的地方！

彤城氏一看就上来两个人，心里踏实了一半，准备先解决了这两个人。此处山脊只能容一人通过，正是一夫当关万夫莫开。

虎、豹二将此次出征寸功未立，心中早就憋着一口气。"吼！吼！"二人呼啸一声，就扑了过来。

虎将军站稳在峭壁上，两旁都是万丈深渊，呼呼的山风让人汗毛直立。虎将军拉住豹将军的胳膊，豹将军朝着对方攻去，彤城氏身边这几人武功也不弱。众人都没带长兵器，如此险境短兵白刃相接更是凶险万分。

豹将军怒吼一声，飞起一脚对着彤城一人胸口踢了过去。对方赶紧躲避，一不小心后退了一步，一脚踏空，身子一歪。

"啊——"彤城人掉下去的时候伸手乱抓，悬崖上寸草不生。惨叫的声音渐渐变得缥缈，良久，声音还在崖壁上回荡。一个生命就此随风飘散。

刚才用力过猛，豹将军也站立不稳，晃了几下就向悬崖下跌去，虎将军一用力把他拉了回来。两人一个负责攻击，一个负责保护对方，彼此配合如同一人。

"哎——啊——"转眼彤城的几个人就被打下了悬崖。

彤城氏一看不好，赶紧继续向上爬，终于来到太华山顶的空地。

此时朝阳如血飘在云海之上，云海之中山峦若隐若现，白云在脚下流动，每个人脚下都轻飘飘的，也许昆仑西王母的昆仑仙山也就这番意境吧。但是，此时山上的所有人都没有心情欣赏这世间少有的美景，彤城还有九个人，都是一等一的高手。几个人手中的短戈可钩可刺，彼此配合十分默契。

虎、豹二人虽勇猛，但是以二战多确实处在下风，短戈招式怪异凌厉，这些人在彤城氏身边经常一起配合，攻守都天衣无缝。

虎、豹将军一不小心，胳膊、后背就被刺破、划破，鲜血染红了全身。

"豹兄弟，看来我们今日难以取胜了，我来挡住他们，你下山去找大王搬救兵吧。"虎将军边打边说。

"虎兄，我们兄弟自从跟随大王，什么时候输过，今日如果取不了彤城老儿脑袋，我们兄弟就不用活在这世间了。"豹将军也是毫无惧色。

山顶有一块大石，如飞来之石头落在这太华山顶。豹将军看到这块大石头，心中瞬间闪过一个念头。

"虎兄这边来！"二人奔到大石周围，虎将军背靠大石抵挡住众人的围攻，一时很狼狈，所有人都没发现豹将军去哪里了。

这时候一条黑影从众人头上飘过，彤城众人身后寒风突袭，几个人还没反应过来，后脖子就被短刀刺入了，当他们感到自己脖子中冒出血的时候，都不敢相信，带着诧异的表情倒下了。

原来豹将军一瞬间，飞身爬上了巨石，趁着这些人围攻虎将军的时候从高处越过众人到了后边，迅雷不及掩耳结果了几个人。待其他几人反应过来，形势已经逆转，虎将军大吼一声，虽然肩头中了一短戈，但并没有闪躲，一刀砍掉了对手脑袋。剩下几个人更慌乱了，虎豹二人杀得兴起，转眼就已经尸横遍野。

彤城氏本来以为胜券在握，此时一看形势逆转直下，再跑已经来不及，手中短戈舞得周身风雨不透。虎、豹二人擦了擦满脸的血迹，豹将军说："虎兄立功的时候终于到了，哈哈！"

两人同时飞扑过去，三人打成了一圈旋风，良久旋风突然停了，彤城氏摔倒在地，看到自己双腿已经被斩断，不敢相信。

"彤城氏，你不朝贡天子，所以才有今日，受死吧！"虎将军上去一刀砍下了彤城氏的脑袋，扔给了豹将军。

二人哈哈大笑，声震山峦，引发山中野兽乱叫。人类统领华夏大地，才是真正的百兽之王，不是虎豹，而胜过虎豹的凶猛。

太华山下的彤城。

彤城氏逃上太华山之后，彤城内的守军顿时士气低落下来，履癸没费多大力气，就撞开了城门。

彤城氏的大殿虽然不及太禹殿的王者之气，却也非常奢华。履癸坐上王座，周围灯烛把大殿照得通彻透亮，四周珠光宝气，地面、宝座均是玉石装饰，玛瑙透着各色光芒。

"彤城老儿这大殿，简直比我的太禹殿还要气派，一群大臣还天天说朕大兴土木，劳民伤财，真是胡说八道。"履癸心里想着。

"对了，把那个夏耕给我带上来！"履癸还没忘记夏耕。

夏耕被绑着双手，走到大殿中央依旧傲然而立。履癸并不生气，走下宝座，亲自给夏耕松绑。

"夏耕将军，这次你可归顺于我？"履癸难得的好脾气。夏耕闭上双眼，没有说话，大殿上一时间陷入沉寂，所有人都觉得这次夏耕是活不了了。

这时候，虎、豹将军走进大殿，把一个黑乎乎的东西扔在了夏耕面前。

"夏耕，你看这是什么？"

夏耕微微睁开双眼，脸上微微变色。看到彤城氏的头颅，顿时心如死灰，扑通一声，跪倒在地。

"叛臣彤城氏已死！朕知道夏耕你忠心，赦你无罪，你以后就跟随朕吧！"履癸看到夏耕的变化，趁热打铁说。

"夏耕输在大王手中心服口服，大王如果答应夏耕一个条件，夏耕愿归降大王，誓死效忠大王。"夏耕终于开口了。

"哈哈，还从来没人敢和朕谈条件，说说看。"

"求大王饶彤城氏全家和百姓不死！"

"这个……"履癸沉吟了一下，"朕答应你，彤城全家都流放南荒就是了。"

夏耕双手伏地叩头，履癸亲自过来搀扶起来。虎、豹将军过来打了夏耕肩膀一拳。"你这大个子还挺厉害！"几个人哈哈笑了起来。

"恭喜大王得到夏耕将军这一猛将，费昌替彤城百姓感谢大王仁德不杀之恩。"费昌知道履癸素来城破之后，不屠城几日是不会善罢甘休的。

彤城内珍宝甚多，一万勇士都得了赏赐，所有人都沉浸在胜利之中。

大军在彤城休整了几日，费昌问履癸："如今大败了彤城氏，大王何日班师回朝？"

"回朝？费相不要忘了党高氏！"履癸目光如电望向远方。

"党高氏，地处西北蛮荒之地，历来天子都没有征讨过这么远的地方。大王当真要去吗？"

党高氏，素来边远，大禹定九州的时候，所写《禹贡》中，"既载壶口，治梁及岐。既修太原，至于岳阳"，其中的太原就是党高都城。大军如果征伐党高需要翻过崇山峻岭，奔袭千里之遥远征，以前的天子都没有做过这样的事情，履癸要完成这样一个历史性的远征，恢复大夏的昔日荣耀。

彤城内物品充足，大军备好车马粮草，开拔远征。西风猎猎，大军浩浩荡荡地出征了。沿途百姓从来没见过这么多军队，都远远地看着，希望能够一睹天子的威仪，估计是他们这辈子最荣耀的事情了。来不及看到天子的只能遗憾一辈子了，只好在掌灯的夜晚，在邻居的土炕上听别人唾沫横飞地夸大了不知多少的描述。

党高氏绝对不是任人宰割的绵羊，又一场恶战在等着履癸，他能够安然归来吗？

第十一章　意乱情迷

大夏王邑斟鄩。

履癸出征之后，妹喜每天去伊挚那里请教修心练气之法，伊挚耐心教妹喜《汤液经法》里面的玄妙道理。

这天，妹喜端坐于坐榻之上，微闭双目，开始练气。伊挚则在对面的书案前翻阅着书简。

可是今天妹喜迟迟不能进入无我的状态，总是感觉有一个人影在眼前，不时抬头看向自己。她微微睁开双目，却看到伊挚正静静对着竹简若有所思，并没有注视着自己。

深秋的暖阳洒在身上，甚是舒服。不知过了多久，妹喜渐渐地感觉不到外部的一切了。朦朦胧胧中，她看到伊挚走了过来，用修长的双手把自己抱起来放到怀中。妹喜有些惊慌，身体突然震动了一下。

伊挚在书案看着书，不敢去注视妹喜，只是偶尔望上一眼。此时他眼角的余光似乎瞥见妹喜在榻上动了一下。

伊挚忙过来扶住妹喜的双肩："娘娘，你要稳住心神，不可以有杂念！"

妹喜柔软的双手突然缠绕住伊挚的腰，带着醉意的气息已经能够吹到伊挚的耳朵里。伊挚头上渗出一层细小的汗珠，内心狂跳不已。

"挚！"妹喜柔软火热的身体终于压倒了瞪大了眼睛的伊挚。窗棂上映衬着院子中海棠的影子，那圆圆的海棠果在风中一颤一颤的，这都是春天的海棠花的果实。

伊挚感觉自己在不停地坠落，坠落，一个无尽的深渊，但又是那样的快乐，那样的兴奋，那样的疯狂，不顾一切。

有人说男人能够追求到自己喜欢的女人，其实那都是因为女人故意让你追到而已，这个世界的男女之情到什么程度，更多的是取决于女人。

当妹喜终于恢复了神志，嘴角露出了微微的笑意，依旧装作没有清醒，双手抱住了伊挚。

当晚，妹喜没有回宫。

"娘娘不回宫中，天子不会怪罪吗？"

"你是关心我，还是担心你自己的脑袋呢？"妹喜满意地笑着伏在伊挚的胸口，看着满脸通红的伊挚那羞涩的样子。

"伊挚蒙娘娘垂青，只是担心娘娘而已。"

"你这高高在上的贤人，如今不也逃不过我的绕指柔。既然履癸可以抢了我来，我为什么不能得到我喜欢的人呢？"伊挚的脸更红了，抱着妹喜的手却更紧了。

"我知道你们男人都喜欢我的容貌和歌舞，但是你是不是真心喜欢我？"妹喜满意地笑了，对此刻的伊挚来说，春风再美也比不过妹喜的笑容。妹喜的声音本就很好听，如今就在耳畔，伊挚听了简直如在梦里。

伊挚刚想说话，一根细腻的手指已经按住了伊挚的嘴唇。"我不知道，你说了我也没法相信，也许等有一天，我不是元妃娘娘的时候，我才能知道，谁真心喜欢我。不过我喜欢你这就够了！履癸也好，仲虺哥哥也好，他们都没有先生这样细腻的心思和玉树临风的气质。"

"如果有一个地方，能和自己喜欢的人，日出而作日落而息，看花开花落、云卷云舒，也是一种逍遥的日子。"伊挚轻轻地说着，就像一个小男孩。

"是啊，自从认识了先生，我的心里似乎又打开了一个世界，有了更多欣喜。"

"但是，你是娘娘，我是商的伊挚，今日之事，娘娘不要责怪伊挚。伊挚为了娘娘的冰清玉洁，也一定不会说出今日之事的。"

"伊挚，你难道和其他男人一样，只是被我的美貌迷惑吗？你难道不知我心里的所思所想吗？"妹喜双眼如一汪湖水近在眼前，似乎闪烁的睫毛带起的柔风都能被感觉到。

"伊挚知道，但是伊挚不是天子也不是国君，伊挚得不到自己配不上的那些美好。"

伊挚突然感觉更加自惭形秽了，说话都有点儿结巴了，抱住妹喜的手不由得缩了一下。

妹喜起身看着伊挚，扑哧一声笑了："你的心意我懂了，我不逼你就是了。"

妹喜回宫之后，伊挚怎么也静不下心来，突然想到自己竟然好久没有想到过王女了。

过了几日，妹喜又来练气，一切如平日一样，似乎什么都没发生过。

伊挚都怀疑："那日是自己做了一场梦吗？"

只是妹喜在伊挚没有发觉的时候，用带着笑意的眼神看着伊挚。

故事的开始总是很美丽，但是结局呢？一想到结局，一想到履癸，伊挚陷入茫然，自己能够给妹喜什么？

第十二章　虽远必征

大夏大军远征。

西北风物与中原不同，天高云淡，天地间是一片苍茫雄壮的秋天景象。西北的山上大多光秃裸露，偶尔有些山上长着绿色的草，不像中原很多山上都长着茂密的山林。

一片苍凉萧瑟，费昌不由得感叹人生易老。

"呃——呃——"

随着大军向北开拔，长空一声雁叫，费昌抬头见空中一队人字形大雁向南飞去，冬天就要来了，转眼出来征战已经几个月了。

费昌走到履癸身边："大王，北雁南归，将士们没有带冬衣，深入北方寒冷之地，恐受冻冷之苦。"

"区区党高，大军到后半月足可凯旋，夜晚如果寒冷，让将士们烤火取暖就可以了。"履癸并不在意。

这时候，履癸突然看到远方有一条长长的亮光。"费相那是什么？怎么还会发光？"

费昌拢目远望："大王，那应该就是黄河了！"

大军转眼就到了黄河边上，河水并不湍急，但宽广的河水，让人望而却步。黄河两岸的草木很繁盛，但仔细看时绿草都有些开始枯黄了。

费昌走到河边，伸手到河里摸了下河水，一股冰凉透了上来。

"大王，我派人征集了船只和木筏，可供我们渡河。"费昌对履癸说。

"费相果然想得周全。"履癸很满意。

大军当日驻扎在黄河之边，夜晚天空星汉流转，耳边黄河水声不停传来，别有一番风味。

第二天，大军准备过河。

战车过于沉重是不能过河了，费昌提前派出的寻找船只的人找到了几十艘木船和木筏。

大军依次渡河，人马足足用了一日才全部渡过河去。大军过河之后就进入崇山峻岭之中，到处都是从未有过的荒凉感，这里的百姓真的都不知道谁是夏天子，谁是履癸，对是大夏统治还是党高统治都毫不关心，他们唯一关心的就是如何填饱肚子，如何能够有足够的粮食活着度过漫长寂寞的冬天。

履癸的大军经过的时候，那些衣不遮体的山中百姓在山谷或者在半山腰收获着稀稀拉拉的高粱和谷物。大军经过的时候，人们远远地用单纯的眼神看着。

费昌知道这些人根本不担心有人来找他们征税，因为他们本来就什么都没有，而且即使有，谁也不会愿意翻过那么多大山来找他们收税。

"费相，这大山什么时候是个尽头呢？一连好几天都在翻山，一座接着一座，幸亏我们渡河时候没带上战车，就是带着战车也过不了这些大山。"履癸也不由得开始感叹。

"大王，大夏是天下之王，天下之大，能够亲征到如此蛮荒之地的天子估计除了大禹王，就是大王了。再过几天，过了这些大山，应该就到太原了。"费昌凝眉看着远方说。

"既载壶口，治梁及岐。既修太原，至于岳阳。大禹王当年勘定九州，走遍了天下。听说壶口，黄河奔腾一泻千里，颇为壮观，朕想亲自去看看。"

"大王，壶口距此更加路途遥远，费昌也只是在书中见过，没有亲眼看到过。"费昌似乎也很向往。

"那我们打败了党高绕道壶口回斟鄩。"履癸踌躇满志地说。

费昌可没有履癸那么大兴致："大军如此行军，粮草坚持不了几天，而后方的补给估计没有一个月根本运送不上来。大军可能会有断粮的危险。"

履癸和大夏近卫勇士一起行军，一起吃饭喝酒，一起围着篝火比武嬉戏。所有人每天都能看到自己的大王，这在斟鄩是无法想象的，只要跟着履癸，近卫勇士们就一个个充满了战无不胜的斗志，所有人更加喜欢这个神勇无比、笑容爽朗的大王了。大家愿意跟随着他，无论走到哪里，即使翻再多的山。

走着走着群山消失了，前面是一片一望无尽的平原。

"大王，前面应该就是大禹王所说的太原了。党高氏应该就在此处。"费昌说。

"党高，以为躲在茫茫大山后面就可以不朝贡天子，以为朕就拿你们没办法了吗？朕来了，准备受死吧！"履癸这几天行军一直胸中空荡荡的，党高终于有了消息，履癸一下子来了精神。

远山之前的平原出现一座不起眼的城，低矮的土城墙，荒凉的城池。党高的城不用说和王邑斟鄩比，就是和肜城比也显得非常寒酸。但这不是最奇怪的，所有人都感到这座城哪里有点儿不对劲。

当履癸率大军到达党高城下，城楼上空无一人。城门却是大开的，如一个静静潜伏的怪兽的大嘴，在等着履癸的大夏大军送入口中。

所有人都知道这座城哪里不对劲了，这座城似乎一个人都没有，仿佛是一座死亡之城，城中街道整齐干净，又不像是荒废了多年。

"大王，以防有埋伏。"费昌轻声提醒道。

"我倒要看看他们能有什么埋伏？"天下还没有什么能让履癸胆怯，他催马就冲了进去。近卫勇士也随着履癸冲进城去。

城中的院子应该就是党高氏的大堂了。

履癸带领大军长驱直入，一直冲到了党高氏的大堂，中间就没看到一个人。履癸坐在大堂的座椅上，座椅后面挂着一个猛兽的头骨，看起来阴森森的，履癸看了看四周，除了有些兽皮羽毛就没什么了。"果然比肜城氏差远了！"

"大王，城中一个人也没有，似乎刚刚都逃走了，城中什么都没少，但是却没有一粒粮食。"一会儿手下来报。

"好你个党高氏，知道朕来竟然跑了！"履癸一拍座椅。

"大王，他们看来知道我大军远道而来，军粮肯定接济不上，时间一长，我军粮食匮乏,自然就无心再战,不得不退军。"费昌不无忧虑地对履癸说。

"听说,党高氏素来目中无人,也是好战之辈。得想办法把他们找出来,逼着他们决战。"履癸两眼杀气逼人,这次不分个胜负绝不回朝。

"党高氏全城而出,肯定走不远,应该就藏在附近的大山中。"费昌仔细查看了下几个人家。

履癸派出了士兵四处去打探党高氏的去向。

"大王,发现党高氏了!"一个人身上和马身上插着几支箭跑了回来。果然在山中发现了党高氏士兵的踪迹。派去的士兵被包围,党高想全部杀掉灭口,但近卫勇士实在凶悍,最后有几个人逃了回来。

"出发!去讨伐党高氏!"履癸高兴得几乎跳了起来。履癸这次带着五千近卫勇士,绝尘而去。

当履癸率领着五千近卫勇士扑过去的时候,党高氏已经逃走了。一连几次,都扑了个空,党高氏和履癸玩起了捉迷藏。

"大王,我们的粮草只能够再支持三天,如果没有新的粮草,我们就只有班师回朝了,否则就可能有士兵饿死。"费昌有点儿焦急了。

"费相不要着急,明日我就让党高把粮草送过来。"

履癸的话让费昌百思不得其解:"党高就是知道我们没有粮草,才空城而去,怎么会把粮草送来?"

第二天。

履癸带着二十个大夏勇士,就要去搜寻党高氏。

"大王,如此太过危险!大王天子之身,不可以身涉险!"

"区区党高,能耐朕何!"费昌在履癸的马前劝了半天,履癸执意出发。履癸带着二十个人,在党高氏可能藏身的几处大山中,大摇大摆地晃悠。

果然党高氏听到了消息,说履癸只带了二十人到处搜寻党高氏。

"看来,履癸是自取灭亡,那就不要怪我们了。只要履癸一死,我们回城就安然无忧了,再也不用担心谁来征讨我们了。"党高氏兴奋地说。

"嗷——嗷——"当履癸走着的时候,发现身前身后已经被漫山遍野的党高士兵包围了,党高氏士兵一个个嗷嗷地叫着,都想要亲自砍下履癸的脑袋。

"履癸，你今日自取灭亡，不要怪本王无情。"党高氏在大军簇拥下在一个小山头上出现了。

党高氏一身兽皮，肤色黝黑，双眼不大，眯成一道缝隙，只有偶尔睁开的时候透出一道冷冷的光芒。

"党高氏，胆敢不朝贡大夏，你才是自取灭亡！"履癸说罢，催马就奔着山上冲过去。

手下的二十个人个个都百里挑一的好手，党高大军虽然勇猛，但哪里能够挡得住履癸的这些勇士。转眼就被他们杀出了一条路，直奔山顶而去。

履癸他们冲到山顶。党高氏看到履癸冲了上来，也不恋战，转身下了山。

履癸轻松占领了山头，后面的党高士兵蜂拥而至，把履癸他们围在山上。

"不好，中了党高氏的计策了！"履癸命令往山下冲去！此时已经不是他们上山时候那样容易，一连冲了几次，奈何人数太少，根本冲不下去。

山下的士兵越聚越多，履癸发现已经被重重包围了，突围出去似乎已经不可能。

履癸知道如果拖下去，夏军就会断粮，只有自己只身犯险，党高才会觉得有机可乘，才会让党高大军现身，此时党高大军来了，履癸还能坚持多久？

难道履癸就要被困死山头吗？

第十三章　生死一搏

党高。

履癸被困在山顶，山下是无边无际的党高大军，黑压压的一片。山顶二十来个人显得如此渺小和无助，如被群狼围住的猎物。党高大军都披着兽皮，看起来就像一群野兽，这群野兽在等着山上的猎物变得虚弱，然后就可以上去撕碎猎物。

履癸看着山下的大军，反而露出了微笑，心想："看来党高氏大军都在此了。"

党高氏几次想冲上来，都被近卫勇士居高临下挡住。在山顶这种狭仄之地，党高氏虽然人多，但一时半会也攻不上来。党高氏士兵知道履癸等人的勇猛，也不冲锋了。大夏勇士一露头，雨点一般的弓箭就落了下来，还好山顶有几块巨石可以藏身，抵挡党高氏的弓箭。

天色暗了下来，山风随着夜色降临渐渐大了起来，没有了阳光的山顶迅速冷了下来。山顶刮起了刺骨寒风。

履癸突然想起费昌提醒自己天气寒冷的问题，此时真是后悔没有穿保暖的衣服。这些人虽然身体强壮，但是也冻得瑟瑟发抖。随着寒风吹起，天空转眼阴云密布，更加冷了。呼吸一下风中的空气，就觉得刺得喉咙想咳嗽。

履癸看了一眼天空，感觉到什么凉凉的东西飘落在脸上，履癸伸出手接住一看，竟然是雪花，渐渐有更多雪花飘落。看到雪花，履癸不禁大吃一惊："这才几月天气就要飘雪！"

所有人身体顿时感到寒冷刺骨，青铜铠甲更是寒冷如冰。铠甲上飘落的雪，真的就成了冰，动一下都是哗啦哗啦往下掉冰的碎屑。人的睫毛上都开始长了一层白霜。履癸饶是强壮也暗骂，看着山下穿着兽皮的党高人，心想即使不会饿死，也可能被冻死。

时光回到几个月前。

党高氏听说履癸大军征伐肜城的消息，心中咯噔一下。党高氏本以为自己地处偏远，履癸不会长途行军来征伐党高，但肜城氏被灭国的消息传来之后，党高就开始担心履癸会不会来。

"大王！履癸的大军已经渡过黄河，朝着党高而来！"

"终于来了！"党高氏此刻反而冷静了下来，心中悬着的石头落了下来。党高氏素来骁勇善战，将领们摩拳擦掌，准备与履癸决一死战。

这时候，一老臣对党高氏说："大王，党高和肜城比如何？"

"如果论将士勇猛，应该不相上下。"党高氏说。

"但是，我们只有两千士兵，而肜城有四千士兵，天子履癸这次亲率一万近卫勇士来征伐。我们可有胜算？"

"那你的意思是我们束手就擒？"党高氏睁开了一直眯着的眼睛，吓得其他大臣不由自主地缩了一下头。

"非也，天子翻越崇山远土奔袭，粮草必然不够。我们只要把粮食藏起来，人都藏到山里。过不了几天，天子粮草没有了，自然会撤兵。"老臣并没有害怕。

"如此最好！"党高氏听从了老臣的建议，将城内的粮食都搬入山中藏好。

履癸一连多日找不到党高氏，党高氏心中窃喜，履癸的大军没有粮食是坚持不了多久的。"到时候，让你竹篮打水一场空！你是天子又能奈我党高何？"

这日，有人来报履癸亲自带领二十人只身深入。党高氏好战之血性被激发，亲自率领大军把履癸团团围困在山头。

党高氏看到天空飘起了大雪："天助我也，今日即使履癸不被我等杀死，也会在山顶冻死！"

费昌在城内一直派出人打探履癸的消息,一得到了履癸被困的消息,立即派出虎、豹将军率领城内全部兵马倾城而出。

党高氏正在山下等待履癸被冻死。此时突然看到远方有一条火龙蜿蜒而来,慢慢地党高氏看清楚那是举着火把的大夏队伍。

无数的火把照亮了山谷,党高氏没想到履癸的援军来得这么快,赶紧下令。"进攻,只要杀死履癸,大夏军队群龙无首,自然会散去!"

党高氏明白这是一个抢时间的比赛,如果不赶在大夏的大军把自己团团包围之前杀死履癸,就可能全军覆没。

老臣大声对党高氏喊道:"大王,我们赶紧撤军吧,趁现在还来得及,这是天子履癸的计策!"

"履癸敢以身犯险,今天朕就成全了他!"

党高士兵蜂拥而上,转眼山顶上堆满了尸体,后面的士兵踩着前面的尸体向上冲。山顶的巨石都被尸体覆盖了起来,履癸和身边的人都杀红了眼。党高士兵看到了山下的火把,知道再无退路,全都拼死进攻,数十把长戈刺过来,饶是武功再高,也无法全部躲开,转眼就有几个勇士被戈划得鲜血直流。

这二十人是履癸最信赖、喜欢的勇士,受伤的赶紧进入队伍内部。其他人边打边迅速用死尸构筑起一堵墙躲避党高的正面进攻。

此时白色的雪和红色的血胶黏在了一起,那样的刺目和耀眼,寒冷或火热在人们的身体内交织着,受了伤都没有丝毫疼痛的感觉。不停地杀!长矛透过胸腔,长刀砍掉头颅的快感,不能有一丝一毫的停歇,喊杀声淹没了一切。

所有人都变成魔鬼一样,履癸眼中却透出兴奋的光,没有丝毫的畏惧,他更喜欢这一切,似乎天生就是战神的他,脸上只有兴奋。但履癸也看到形势太过危急,手下已经开始有人受伤了,站在高处的一刹那,他瞥见党高氏就在不远处指挥士兵向上冲。

履癸心念电转,大吼一声。"随我去取党高氏首级!"他腾空从高处跳过前面的党高士兵,抡动双钩如旋风一样,直奔党高氏杀了过去。党高氏也没想到履癸竟然能够穿着盔甲跳过前面的士兵,慌忙让左右拦住履癸。履癸发起狠来,双钩抡起来就如割谷子一样,士兵手中的兵器纷纷脱手,胳膊、头颅满天乱飞。

履癸一走山顶压力立马就小了，履癸的勇士趁机跟在履癸身后，替他挡住了身后党高士兵的围攻。

党高氏看到履癸杀了过来，大雪中浑身散发着白光！"履癸难道真的是战神吗？为什么浑身会发着白光呢？！"

那不是白光，是大雪之中履癸身上散发的热气形成的白雾！在这大雪的夜晚，履癸看起来就如同散发光芒的战神。党高氏也觉得心惊胆战，想率领士兵下山去，但是却发现山下的士兵都在往山上跑，原来履癸的大军已经到了。

党高氏已经被包围了，党高氏本来并不惊慌，想凭借自己军队的勇猛，即使被包围，自己也能率队冲杀出去。但是他这次算错了，这次他遇到的是履癸的近卫勇士。

大夏和党高开始了一场血肉横飞的屠杀。火光血光照亮了白色的大地。没多久，党高士兵开始崩溃了，只能向着山上逃去。

"不杀死履癸我等今日就要全部葬身于此了！给我杀！"千钧一发之计，党高氏终于明白了，今日没有退路了。现在只有和履癸生死一搏，才是唯一的机会。党高氏也挥动巨大的狼牙棒冲了过来，看到党高氏冲了过来，履癸笑了。

"等的就是你！"履癸找的就是党高氏，如果党高氏逃到深山藏起来，这次征伐就功亏一篑了。

党高氏的狼牙棒力大势猛，履癸双钩接住之后，赶紧松开去隔开别的党高士兵的围攻。履癸几个翻滚纵跃，一钩钩断了党高氏的马腿，党高氏也是了得，跳下马来，继续抡起狼牙棒朝着履癸砸来。

这时候，山下的大夏士兵已经冲了上来和党高的士兵打成了一团。终于只有履癸和党高氏面对面了，党高氏看到周身是血的履癸，心中不禁骇然："这就是大夏天子吗？"

履癸没有给他思考时间，两人战在一处，党高氏发现自己的力量、勇猛和履癸不相上下，但履癸的迅捷却是他所不及的，渐渐地党高氏感觉有点儿招架不住履癸的速度。履癸越发兴起，跃在空中双钩下砸，党高氏举起狼牙棒招架。

"叮当"一声巨响，党高氏感到虎口发麻，狼牙棒脱手而飞。履癸哈哈大笑。

"把他抓起来！"党高氏岂会束手就擒？

第十四章　壶口遇袭

党高雪夜大战。

天空中一直飘着雪,地上的白雪让这一切历历在目。雪花试图覆盖地上的血迹,新流的血又浸红了新的白雪。

党高氏的狼牙棒被履癸砸飞,摔倒在地后还想起身继续再战。履癸的夏军已经杀了过来,数十人一起扑上去,一番缠斗后,党高氏被捆了起来。

一场血战戛然而止。

山中的百姓随后都被发现,被大夏勇士连同粮食等一起遣送回了城中。

第二天,党高城内大堂前,一人被按住跪在地上,他眯着那本来就细小的眼睛,看着依旧刺眼的阳光。

"党高本来就是贫瘠之地,天子还要索要粮食财物!身为党高首领已经尽力了!唯一死而已,有何可惧?"

行刑前党高氏什么也没说,不知他是否为自己轻蔑天子而后悔,人生没有后悔药,做了就是做了。党高氏被枭首示众,挂在了他曾经为王的党高城楼上。一代西北枭雄党高氏就此陨落。

履癸从党高人家里搜出了无数的财宝,党高的女人也都别有一番西部的野性风情,财宝、女人都被运回斟鄩。

费昌留下一千人马镇守党高,大军班师回朝。

党高平定了。

"费相，你觉得党高一战，朕的计策如何？"履癸言语之间透着难以掩饰的得意。

"大王奇谋制胜，费昌五体投地，但大王以天子之尊只身犯险过于凶险，望大王以大夏江山为重，不可再置于危险境地。"

"哈哈！多谢费相挂心，接下来我们要去一个费相也想去的地方！"

"大王是说壶口？"

"朕正要去巡视壶口！费相是否也很期待？大军过处也可宣我大夏之威。朕也追寻一下先祖大禹王的足迹。"

"费昌这就安排！"费昌恭敬地遵命。

履癸看了一眼费昌，第一次觉得这老左相竟然这么听话了。他现在越来越有天子的感觉了，在朝内被大臣们说这个不行那个不对，出来可是舒心多了。

依旧是无穷无尽的大山，履癸的近卫勇士本来在斟鄩吃得又肥又壮，经过这次行军之后，都成了健硕的勇士，大肚子都没有了。大军开始爬山的时候很痛苦，时间一长，大家也不再抱怨，人们渐渐喜欢上爬山了。

突然履癸跳下战马俯身在地上听着什么，远处隐隐传来如万马奔腾的声音。

"难道有大军来袭？"履癸警觉起来。

费昌看了看地图，又望了望前方的山川。"这似乎更像是水声，看山川形势，也许前面山后就是壶口了。"

履癸一马当先冲上了山梁，滔天水声迎面而来，午后的阳光照耀着壶口瀑布，斑斓霓虹在其间闪耀。

履癸被这景象震撼到了。战场厮杀的声势都没有这番地动山摇的气势，汹涌的黄色水浪翻滚而下，瞬间漂向远方。黄河由昆仑雪山蜿蜒奔腾而来，蜿蜒千里何止九曲，河水中时而黄沙滔滔，时而清水碧波。当黄河到达壶口天险附近的时候，开始变得躁动起来，如一条黄色的巨龙怒吼着奔流而下。黄河到此变得很窄，从两山之间奔流而出，怒吼咆哮，如万马奔腾而过。

站在瀑布边上，履癸仰望着江山如画，瀑布边上蒸腾的水汽，迎着河对面的阳光形成一道彩虹横跨在黄河两端，这番景色真是前所未见，伴着汹涌澎湃的瀑布，所有人都大开眼界，都觉得跟着履癸就是爬再多的山也值了。

"如果妹儿看到这些，一定会很开心。"履癸突然想念妹喜了。一晃已经出来数月了。一想起妹喜，履癸有点儿归心似箭了。

费昌走到河边摸了摸河水，深秋的河水已经冰凉刺骨："大王，我们需要尽早渡河，河水越来越冷，如果到了冬季渡河，假若有人落水可能会被冻死。"

大军在壶口瀑布边上驻扎了一日之后，履癸对费昌说："朕要在此渡河，烦劳费相准备船只。"

"大王对面可是荤粥的地界，还是等到了我们大夏的疆域，我们再渡河吧。"

"我就是想看看荤粥到底如何可怕！畎夷都被朕打败了，荤粥能奈朕何？"

此处地处偏远，根本没有人家，也没有船只。费昌只好命人在山中砍伐了木材，用树皮做成了麻绳，把木材捆在一起做成了一个个木筏。

一天之后，上百个木筏造好了，士兵把这些木筏抬到下游水流平稳之处，大军开始渡河。

一批竹筏过河之后，已经向下游漂了一里地，然后划回来之后，又漂了一里地，所以大军不停朝着下游走，来来回回地渡河。这次由于还有从党高带回的女人和很多马车的物品，渡河变得更加缓慢。等到全部渡河之后，大军已经沿着河两岸行进了几十里。

大军整队完毕，继续行军。

远远的山头之上，开始出现零星的荤粥士兵。履癸看到山头上站立的荤粥士兵，狼皮裘衣和畎夷有点儿相似。

费昌让大军加强戒备，接下来几日，一直没有遇到大规模的荤粥军队。

"看来荤粥早就发现我们了，估计都被我们大夏的神威震慑，不敢骚扰我们了。"虎、豹将军对履癸说。

"朕看也是如此！"履癸更加神采飞扬，天下舍我其谁，朕是天下无敌的天子履癸，大夏的江山就如天上的太阳如日中天。

这一日，快进入大夏的疆土了，路两边是一片片的白桦林，深秋的白桦林在秋日的阳光下金黄一片，白色的树干，分明的颜色对比，让其他景色都黯然失色。

"如果妹儿看到这片白桦林，她肯定会笑得更美。"地上已经落满了金黄的白桦树叶,如同黄金洒满了大地。履癸恍若看到了妹喜赤着雪白的脚踩在白桦树叶上,脚趾触摸着柔软的叶子,轻盈的身姿在树林间若隐若现。一恍惚间又哪里有妹喜的影子。纯净绝美的白桦林让履癸又开始想念妹喜。

履癸突然想起这次从党高运回来的物品中有一个黄金的项圈,极其稀有珍贵。"回去之后送给妹儿,她一定非常喜欢。"

白桦林树梢开始晃动,履癸猛然一惊。

"准备战斗!"履癸发出命令的同时,就已经看到了敌人。突然从树林里冲出了无数的荤粥士兵,手里拎着狼牙棒,以迅雷不及掩耳的速度直奔装着物品的马车而去,这些骑兵极其凶猛,马匹也比大夏的战马高出一头。

这些人几下就把马车砸了个稀烂,里面的各种财宝撒了一地,骑兵嗷嗷叫着,抢了财物之后,骑马就跑回了白桦林中。

履癸在前面走着,回头看到时,骑兵已经返回了白桦林。履癸大怒,催马冲了过去,白桦林中一条条羊肠小道岔路极多,只能一人一骑小心通过。几个前面追逐的大夏士兵发现林中有冷箭射过来,一瞬间有几个人中箭坠马。

履癸想送给妹喜的黄金项圈也被抢走了,履癸早已怒不可遏。但白桦林枝叶繁密,里面的荤粥士兵在暗处,大夏士兵一时也无可奈何。

显然大批人马是无法进白桦林搜查的,但终究只是山坡上的一大片,山顶上并没有白桦树,山坡上也是向阳的一面才有,这片白桦林虽大,却是有边界的。

"把这片山坡整个包围起来,不能让荤粥的士兵跑了!"

履癸沿着白桦林边缘的草地骑着马到了山顶,山顶只有野草,白桦树不能在这么高处生长。履癸在山上向下看着这片美丽宁静的白桦林。山风从背后吹来,吹动了盔甲上的丝带向山下飘动,履癸心念一动。

"这些人到底是什么人?"

第十五章　汤问

商国。

伊挚去夏都许久了,天乙心底总觉得少了什么。闲下来的时候,天乙一直思索着和伊挚讨论的强国之策。天乙按照伊挚的策略,商国一直在招揽贤人,天下有才能的人也陆陆续续来到了商国,商国日渐强盛起来。

可是每当天乙有一些问题想找人请教的时候,朝中根本无人如伊挚那般博学。"如果伊挚先生在就好了。"不过,天乙转念想到商国还有一个博学的人。

"我何不去拜访一下子棘老师?"天乙想到还可以去请教谁了。

子棘是朝中的元老,天乙少年时候就跟着子棘读书,如今子棘年龄大了就很少上朝了。天乙此刻的问题已经不是当年读书时候的问题了,除了伊挚,商国应该只有子棘学问最渊博了。

"许久没见到子棘老师了,应该去拜访一下了。"外面天气很好。天乙没有带任何随从,一个人坐车来到子棘家中。

天乙在门口朗声道:"子棘老师,天乙来看望您了!"

院子中并没有回音,天乙推门穿过院子走进屋中。屋里面堆满了书简和羊皮手卷,一位老者正在书房中看书,须发如雪,神态十分祥和,一派智者的风度。

天乙鞠躬:"子棘老师,学生天乙来拜访您了。"

子棘赶紧起身迎了过来:"大王来了!"

"学生有几个问题想请教下老师。"

"如今你是大王了，子棘恐怕当不了你的老师了，大王尽管问就是了！"

落座寒暄之后，天乙直接问子棘："老师，太古之初有物存在吗？"

"如果太古时代没有物存在，现在怎么会有物存在呢？后来的人如果说现在没有物存在，可以吗？"

"这样说，事物的产生就没有先后之分了吗？"

"事物的开始和终结，本来就没有固定的准则。开始也许就是终结，终结也许就是开始，又如何知道它们的区别呢？但是如果说物质存在之外还有什么，事情发生之前又是怎样，我就不知道啦。"

天乙再问："那么天地八方有极限和穷尽吗？"

"不知道。"

天乙继续追问："老师请说说看。"

子棘解释："既然是空无，就没有极限；既然是有物，就没有穷尽。那么我凭什么知道呢？因为空无的没有极限之外'没有极限'也没有，有物的没有穷尽之中连'没有穷尽'也没有。没有极限又连'没有极限'也没有，没有穷尽又连'没有穷尽'也没有。于是我从这里知道空无是没有极限的，有物是没有穷尽的，而不知道它们是有极限、有穷尽的。"

天乙听罢又问："四海的外面有什么呢？"

"像四海之内一样。"

天乙追问："老师是怎么知道的呢？"

"我向东去到过营州，见那里的人民像这里的一样。我问营州以东的情况，他们说也像营州一样。我朝西行走到豳州，见那里的人民像这里的一样。我问豳州以西的情况，他们说也像豳州一样。我以此知道四海之外、西方蛮荒、四方大地极边，都没有什么差别。所以事物大小互相包含，没有穷尽和极限。包含万物的天地，如同包含天地的宇宙一样；包含万物因此不穷不尽，包含天地因此无极无限。"

天乙似乎明白了："那老师又怎么知道天地之外没有比天地更大的东西存在呢？"

子棘倒了两碗茶，双手递给天乙一碗，自己喝了一口茶慢慢说。

"这也是我所不知道的。但天地也是事物，事物总有不足，所以从前女娲氏烧炼五色石来修补天地的残缺；斩断大龟之足来支撑四极。后来共工氏与颛顼争帝，一怒之下，撞到不周山，折断了支撑天空的大柱，折断了维系大地的绳子，结果天穹倾斜向西北方，日月星辰在那里就位；大地向东南方下沉，百川积水向那里汇集。"

天乙又问："庆辅将军是共工之后，一个人怎么能够撞倒一座山呢？也许是人们虚构的更多一点儿吧。老师，那事物有大小吗？有长短吗？有同异吗？"

子棘捋了捋白胡子，说："渤海以东不知几亿万里的地方，有一条大海深沟，真是无底的深谷，叫作'归墟'。八方、九天的水流，天际银河的巨流，无不灌注于此，但它的水位永远不增不减。大海深沟上有五座大山：一叫岱舆，二叫员峤，三叫方壶，四叫瀛洲，五叫蓬莱。每座山上下周围都是三万里，山顶平地九千里。山与山之间，相距七万里，彼此相邻分立。山上的楼台亭观都是金玉建造，飞鸟走兽一色纯净白毛。珠玉之树遍地丛生，奇花异果味道香醇，吃了可长生不老。山上居住的都是仙圣一类的人，一早一晚飞来飞去，相互交往，不可胜数。但五座山的根却不同海底相连，经常随着潮水波涛上下颠簸，来回漂流，不得片刻安静。仙圣们为之苦恼，向天帝诉说。天帝唯恐这五座山流向西极，使仙圣们失去居住之所，便命令北方之神禹疆派十五只巨大的海龟用头把大山顶起。它们分三批轮班，六万年轮换一次。这样，五座大山才得以屹立不动。但是'龙伯之国'有个巨人，提起脚板不用几步就来到五座山前，投下钓钩，一钓就兼得六只海龟，一并背在肩上，快步走回自己的国家，烧灼它们的甲骨来贞卜凶吉。于是岱舆和员峤这两座山便漂流到北极，沉没在大海里，仙圣们流离迁徙，不计其数。天帝大为震怒，便逐渐减削'龙伯之国'的版图，使之狭窄，逐渐缩短龙伯国民的身材，使之矮小。到了伏羲、神农的时代，那个国家的人身还有数十丈高。"

天乙不禁听得出了神，身不能至，心向往之。

"老师，我们真的能够长生不老吗？黄帝、伏羲这些圣人也没见到他们能够长生不老啊。"

"这个老朽就不知道了，如果可以长生不老，老朽当然希望长生了。从此向东四十万里有一个僬侥国。那儿的人民身长一尺五寸。东北极地有一种人名叫诤人,身长九寸。荆州以南有一种叫冥灵的大树,以五百岁为春季,五百岁为秋季。上古时候有一种大椿树,以八千岁为春季,八千岁为秋季。朽木粪土之上长的野菌灵芝,早晨出生,黄昏死亡。春夏季节有两种叫蠛蠓和蚊蚋的小虫,每逢下雨而生,一见太阳就死。终北国的北方有个溟海叫作天池,其中有鱼体长几千里,名叫鲲。那里还有一种鸟名叫鹏,翅膀张开就像挂在天上的云彩。世间的人们难道知道这种东西吗?"

天乙听完之后有点儿目瞪口呆:"您说的这些都是真的吗?世上真的有那么大的鱼吗?"

子棘捋了捋长胡子说:"大王,我可不敢欺君。老朽也没有亲眼所见,这些故事不一定都是真的,但是一定都有它的道理。"

天乙听完之后思忖良久:"今天听了老师一番教诲,简直是醍醐灌顶。老师说的很多东西太过玄幻,不过我们还是能从中明白一些道理。学生以后应该经常向您请教。"

"大王能够来看老臣,老臣已经荣幸之至了。老臣都是在书中看到的,胡言乱语,大王不必当真。听说伊挚先生才是治理天下的大材,大王一定要好好重用才是。"子棘站起身来送天乙。

天乙辞别了子棘老师,在回去的路上,心中想着子棘老师说的这些虽然不能直接用来治国,却令人茅塞顿开,明白了许多世间的道理,这些道理也许伊挚先生也不一定都知道。

每个人的才能都是不一样的,商国只有有了更多的贤人,才能更加强大。

第十六章 女神的汤

大夏斟鄩长夜宫。

妺喜让宫女按照伊挚所教的方法熬制固颜汤，却总是不得其法，感觉和在伊挚那里喝的味道总是不太一样。"难道是因为伊挚不在身边吗？"

妺喜来到驿馆，伊挚正想找什么话题和妺喜聊，妺喜已经开口了："伊挚先生能否到长夜宫中亲自去指导下宫女这熬制之法？"

"这个恐怕不太……"伊挚知道履癸不在都城，自己到长夜宫多有不便。

"不太什么……"妺喜探过身子，如水眼眸望着伊挚，他不禁浑身僵硬起来。

"好吧。"没有等妺喜用进一步的绕指柔，伊挚竟然已经答应了，他也想去看一看妺喜住的地方，神秘的长夜宫。

妺喜知道他没法真正拒绝，满意地看着这个男人慢慢露出了笑容。纵使伊挚表面彬彬有礼，一副拒人于千里的样子，内心还是对自己好的。妺喜觉得任何男人也许都垂涎于自己的外貌，但是只有履癸和伊挚在乎自己的内心。妺喜的心里有一种暖暖的气息在流动，履癸总是给她一种安全的依靠感，伊挚带给她的这种感觉却是第一次。

当年和仲虺一起轻舟飞荡时，也有一种异常快乐在心头飞荡的感觉，但那是一种刺激兴奋的感觉，伊挚给自己的感觉，却是悄无声息而又润物无声。

回到长夜宫的时候，妺喜不得不接受自己属于履癸的现实，长夜宫的一切都是那样美轮美奂，一切都是自己喜欢的样子，这一切，天下只有履癸能够给自己。

长夜宫内流泉飞瀑后掩映着亭台楼阁，中间是一汪碧波荡漾的池水，和外面完全是不一样的世界，长夜宫的美让伊挚也叹为观止。"人间还可以造出这番精致，真是别有洞天，想必传说中的神仙洞府也就这个样子吧。大王真是对娘娘极好，也只有大王才能造出这样的长夜宫来，也只有娘娘才配得上这长夜宫。"

"别有洞天，这个说得好，比我起的这个长夜宫名字好听。"妹喜说。

"长夜宫这个名字很好，大王有娘娘相陪，自然喜欢长夜永恒。"

"我为先生舞上一曲可好？"不等伊挚说话，妹喜轻轻一跃已经上了小舟，小舟上一个宫女轻轻撑篙，小船一会儿就到了水池中央的莲花台上。

这时候音乐响起，在这长夜宫中音乐沿着水面传来，更加动听悦耳，水中衬托着妹喜的倒影，妹喜已经犹如莲花仙子在翩翩起舞。

伊挚看着妹喜，这天上的仙子，这是平日里和自己一起练功的妹喜吗？甚至还有过肌肤之亲。伊挚自惭形秽起来，眼中静静地流出泪来，他突然意识到自己是多么喜欢妹喜，妹喜是多么完美的一个女人。如果妹喜不喜欢自己，自己永远不可能靠近她。这种感觉以前在有莘王女嫁给天乙的时候，伊挚就曾经有过，但是那时候自己只是个奴隶，他内心虽有几分不舍和不甘，也只能无奈离开一心只想陪着自己的王女，他为王女能够嫁给天乙而感到高兴，他相信那样才是王女应该得到的生活。

伊挚看了下自己苍白无力的双手，突然妒忌起履癸来："为什么履癸生来就是天子，听闻了妹喜的美，就亲率大军去抢了回来？"他知道纵使妹喜真心喜欢自己，她也不会离开履癸和自己在一起。

妹喜一曲跳完，似乎远远地看到伊挚在用袍袖擦拭眼睛，难道伊挚被自己的舞蹈美哭了吗？其实有时候，妹喜跳舞的时候看到自己水中的影子，看着自己的美也有种想要落泪的感觉，自己真的是这样的美，只是可惜不知道自己的美能够持续多少年呢？自古红颜易老，终将花容不再。当伊挚说给妹喜调制了固颜汤的时候，妹喜真的有点儿喜出望外，这样就可以让美丽多停留几年了。

妹喜站在荷叶小船上回到亭中，伊挚假装在欣赏假山上的瀑布。

"先生眼睛不舒服吗？"妹喜故意这么说。

"刚才看娘娘舞蹈太过投入,再看假山时候有些不清楚,所以揉了一下眼。"伊挚躬身说道,这里是长夜宫,妹喜终究是大夏的元妃。

妹喜和伊挚一起来到熬制药膳的地方,让人把熬制的固颜汤端来给伊挚看。伊挚端起来轻轻闻了一下,汤中有一股淡淡的味道。

妹喜说:"这药膳的味道,无论怎么调制似乎都和先生那里的味道不太一样。"

伊挚喝了一口,味道的确不太一样。伊挚朝着端着汤的宫女看了一眼。妹喜不禁也看了宫女身上一眼,伊挚的一眼自然没逃过妹喜的眼睛,难道这个宫女比自己还好看吗?

伊挚到那个宫女身边,让她把固颜汤的熬制过程都讲一遍。宫女讲得很熟练,并无半点差错。这次伊挚离宫女更近,似乎宫女身上也有汤里特有的那种味道。

"先生,这汤熬制得有什么问题吗?"妹喜问。

"汤没有问题,但是似乎多了什么。"伊挚轻描淡写地说。

妹喜那么冰雪聪明,立即明白了伊挚看的什么,赶紧让身边的宫女搜查熬制汤药的宫女身上,但是什么可疑的东西也没搜到。

"到底在哪里?"伊挚努力思索着,目光扫过宫女的腰间。

妹喜也看出宫女的腰带似乎有点儿鼓。"给我解下来!"

腰带解下来后,妹喜递给了伊挚。伊挚看着腰带并没有什么不同,一头上的针线似乎重新缝制过。伊挚拔下头上的束发骨钗,挑开针线,里面有几片干花瓣。伊挚仔细看了良久。

"娘娘,这是一种西方高山上特有的红花,非常罕见。只需要一点儿,就可让女子不能生育子女。如果长期服用,恐怕就再也不能生育子女了。"

妹喜吃了一惊,自己进宫以来,一直没有过身孕,妹喜也不喜欢有孩子,所以一直没放在心上。

那个宫女突然前冲,两个宫女一不留神没有拉住,那个宫女已经俯身撞到灶台的尖角处,头上汩汩地冒出血来。伊挚过去看了之后,摇了摇头,已经气绝了。

妹喜做了元妃之后,基本把原来洛氏时候的宫女都给换掉了,各个诸侯国朝贡的时候也投其所好给履癸送来不少美女,所以长夜宫中的宫女都是新人。

"死了就死了吧,不用问也知道是谁派她来的。"妹喜恨得银牙咬得直响。

第十七章 乌龟贞卜

商国。

伊挚去了夏都之后，没过多久天乙就开始想念伊挚，更想念伊挚的是有莘王女。天乙每天忙于政务，很多时候也顾不上王女。虽然天乙只有一个王妃，却不是只有一个女人，有莘王女也知道自己如今是大商的王妃，却不是天乙最亲密的女人，王女经常独自对着月光思念伊挚，晶莹的泪珠总是会无声地滑过美丽的脸庞。

王女按照归藏铜镜里面说的贞卜之法，贞卜伊挚的吉凶，卦文出来之后，王女不能解得准确，但应该是吉兆，且似有男女之兆。

"不可能！肯定是解错了！"没有人能够帮她解释这一切，王女冥思苦想，但是找不到症结所在，想起伊挚所说归藏之学也不能万事灵验，慢慢也就不再纠结于此了。

商国自从实行了伊挚主张的百姓生养和农耕国政，人口和粮食都渐渐地多了，百姓再也不用担心吃不上饭了。有了粮食才能够养得起更多的军队，有了军队大商才能更加强大，大商慢慢地强大起来了。

边境上，昆吾士兵如今也很少敢来骚扰了，有莘国也跟着一起扬眉吐气了。

伊挚不在商国，仲虺就成了商国的第一大臣。天乙负责练兵，仲虺就忙着铸造盔甲、战车，东夷青铜很多，湟里且用粮食换回盐巴和海鱼的同时，也换回很多青铜矿石。

商国子民发现自己竟然也能用上只有国君、贵族才能用得上的青铜器皿了，看着那闪亮的青铜酒爵，再看看以前那陶土烧制的酒爵。

"喝酒原来可以如此精致！来像贵族大人一样对饮！""来！不过大王可不许我们喝醉！"

商国的士兵都有了青铜的盔甲和长戈，青铜锋利异常，轻易就能把骨头和木头的兵器砍为两段，士兵们从此更加自信了，训练越来越有劲，一个个跃跃欲试，随时准备在战场上大展身手。

"大商再也不用忍气吞声了！"

自从有了葛国的土地，外加上有莘这样的盟国，东边广大的东夷和商国关系也更加密切。天乙看到商国越来越强大，心情也是越发好了。

都城亳城内一片繁荣景象，天下各个诸侯国中的贤人也陆续来投奔商国，天乙坐在朝堂上俨然已经是大国君主的气度。

"昆吾如果再侵犯我大商盟国的边境，朕就率大军杀过去和昆吾大战一场，一解多年被昆吾压制之气。"天乙也有点儿跃跃欲试了。

仲虺府中。

仲虺正在摆弄着新做好的龟甲，边角都打磨得干净整齐，再用朱砂涂好缝隙，让每一块龟甲看起来更加庄重，他仔细检查每一块是否已经有裂纹，如果纹路不好或者已经有了裂纹的就不能用来贞卜。

仲虺除了朝中的政务还有一个更重要的身份，商国的贞人，负责贞卜和祭祀，仲虺的龟甲贞卜和伊挚的归藏之术有相似的地方，但也有很多不同。

仲虺猛一回头，看到一个修长的影子，是一个女子！仲虺抬起头来，借着门外的光，看出是一个美丽的倩影，逆着光这女子亦如天上仙子。

"是妹儿回来了吗？"仲虺心里默念着。

"仲虺将军，没有打扰到你吧！"仲虺听到女子的声音从痴想中回到了现实，赶紧躬身行礼，"王妃！"

有莘王女由于最近在钻研归藏之术，对仲虺的龟甲贞卜也产生了兴趣，所以这日王女找到仲虺。

"仲虺将军,你精通龟甲贞卜之术,大王都很依仗你,你能给我说说龟甲贞卜具体是怎么回事吗?"

仲虺平日里和王女往来并不算多,赶紧施礼,说道:"王妃如果愿听,仲虺定如实相告。"

"如此有劳仲虺将军了。"

"神龟生于深渊,长于黄土,明白天道,知晓上古以来大事。漫游三千年,不出它应游的地域。安详平稳,从容端庄,行动自然,不用拙力。神龟寿命超过天地,没有谁知道它的寿命极限。它顺随万物变化,四时变化着体色。平时藏在一边,趴伏在那里几乎不吃东西。"仲虺开始娓娓道来,"春天呈现青色,夏天变为黄色,秋天呈为白色,冬天变成黑色。它懂得阴阳,精晓刑德,预知利害,明察祸福。卜问了它,则说话无失误,作战得胜利,王能宝藏住它,诸侯都得降服。"

"如此说来,这神龟的确比我们世人活得长远,能够通天地神灵了。"王女听了之后,更加觉得神龟神秘了。

"伊挚先生所精通的归藏之学,其实应该也是一个道理,天地万物皆息息相关,万物皆有灵魂,神龟在世间活这么久,肯定有其灵性。我接下来说说这具体的龟甲贞卜之法。贞卜的禁忌规定:子时、亥时、戌时不可以贞卜及杀龟。白天遇到日食,要停止贞卜。暮色时龟徼绕不明,不可以贞卜。庚日、辛日可以杀龟,或在龟甲上钻凿。每月初一替龟洗涤,以除不祥。办法是先用清水给龟洗澡,再以鸡蛋在龟上摩擦,然后再拿龟去贞卜,这是用龟的通常办法。如果贞卜不灵,就要用鸡蛋摩擦龟以祛除不祥,面朝东站着,用荆枝或硬木灼龟,用土捏成卵形来指龟三遍,然后拿起龟用土卵绕一圈,祝祷说,今天是吉日,谨以精米鸡卵荆木黄绢,被除玉龟的不祥。这样玉灵必然诚实可信,因而知道万事情况。如果贞卜不信不诚,就烧掉玉灵,扬弃其灰,以警告以后使用的龟。贞卜时必须面向北,龟甲要用一尺二寸的。凡进行贞卜,先用燃烧的荆灼龟上钻凹,灼毕中部的,再灼龟首部的,各灼三次。灼中部的,叫正身;灼首部的,叫正足。再以荆条火灼龟四周凿凹,绕灼三遍,祝祷说:借助你玉灵夫子神力。夫子非常灵验,我用荆枝灼烤您的心,让您能预知未来。您能上行于天,下行于渊,各种良策,都不如心诚。今天是好日子，求一个好卜兆。想贞卜某事，不能得到适当兆文就高兴，得不到就懊恼。"

有莘王女听到这，不禁莞尔一笑，竟然笑出声来。

"仲虺将军，这神龟虽神，但是都已经被杀，只剩一个龟壳了。你还说高兴和懊恼的话，好像它还能听到似的。"

"哈哈！这是贞卜之人说给自己听的，万一要真的不准，大王怪罪下来，恐怕就不只是懊恼，被砍掉脑袋也很有可能。"仲虺也笑了。

"我失态了，不该打断将军，请继续。"王女说。

"用灵龟卜者祝祷说：借助您灵龟神力。五巫五灵，不如神龟的灵，预知人死人活。我要得个好卜兆，我想求得某物。如能得到，请将兆头兆足显现出来，兆文内外相应；如果得不到，就请兆头上仰，兆足收敛，内外自垂。您这样显示，我就得到贞卜结果了。为病人贞卜时祝祷说：现在某人病得厉害，如果必死，显出如此兆文：兆首上开，内外乱交错，兆身曲曲折折；如果死不了，现一个兆首上仰兆足收敛的兆文。卜问病者是否有祟时祝祷说：这个病人如果中了邪祟，请勿现兆文，没有中邪，就现出兆文。兆有中祟，有内，外祟，有外。卜问被囚的能否出狱。不能出，兆横吉安；若能出，兆足张开，兆首仰起，有外。"

仲虺说了如此许多，停下来品了一口茶，看王女是否听懂了。

"此中学问真是深奥无比，仲虺将军真是大商的大材啊，将军之才和伊挚先生真是不分伯仲，都是大王的左膀右臂。"

"王妃夸奖了，伊挚先生的治国方略才是大商强国之本，我是真心佩服的。"仲虺俯身道。

王女听到仲虺也夸奖伊挚，心里也很高兴。"仲虺将军，伊挚先生只身一人在夏都天子身边，今日我来找你，就是请你为我贞卜一下，伊挚先生在夏都一切是否安好。"

"仲虺这就替王女贞卜。"

贞卜结果让仲虺和王女的心都碎了！

第十八章 突袭

白桦林。

履癸的大军遭遇了突袭。看这些人的装扮,履癸已经猜出他们就是荤粥人。

履癸笑了:"荤粥人如此不入流,竟然干起这偷鸡摸狗的行当来!"

此刻,荤粥人抢完了东西在白桦林中藏了起来。履癸在山顶望着白桦林,山风从山顶吹来,履癸大黑马的鬃毛随风飘动,战袍也迎风飘了起来。

履癸浓眉挑动,双目闪过一道寒光。"来人,把白桦林烧了!"

大夏勇士才不管这白桦林漂不漂亮,立即四处开始点火,收拾了许多枯枝和落叶,用火石一会儿就把树叶、枯枝都点燃了,不一会儿,白桦林边上就燃起了几堆火苗。

士兵用长戈把燃烧的树枝挑起来,借着风势,火苗一下子蹿了起来,瞬间爬上了白桦树,火苗借着风势变成了一条条凶猛的火龙,张牙舞爪地吞噬着树林中的一切,盘旋的火龙转眼让白桦林变成了一片火海。

"哈哈哈!"履癸带着邪恶的笑声从山上传了下来。

火焰越来越高,火海中蹿出的巨大火龙在空中肆虐,履癸脸上感觉到火龙的炽热,巨大的热浪扑面而来,那火焰似乎能够吞噬一切,履癸心里一惊,战马不由得瞬间后退了几步。

水火无情,只有真正经历过的人才能体会到这句话的意义,远远超出人力所及的洪水和瞬间吞噬一切的火魔是多么可怕。

半山上静谧美丽的桦树林成了一片呼啸着的火海，莘粥士兵当然不甘心被烧死，纷纷跑出白桦林。莘粥人刚刚逃出白桦林还没回过神来，就被履癸的士兵围上来砍杀殆尽。没有来得及逃出白桦林的莘粥人，都被大火吞噬了。大夏被抢走的东西基本找了回来。

大夏士兵听到树林里莘粥人的惨叫之声传来，似是恶鬼哀嚎，凄厉之声让人汗毛直竖。最高的火焰足有几十丈高，一条火龙伴着黑烟直冲云霄，数十里外都能看得到。履癸心情畅快了。

"一路上，朕看到莘粥士兵在山头远远地望着夏军，原来是想在此处抢夺财物，这次都给烤熟了，看谁还敢打大夏的主意？"

火熊熊燃烧着，可怜这么美丽的白桦林，估计几十年内是不能恢复了。不久，白桦林沦为了一片焦土，只有烧焦的树干诡异地矗立在山坡上。

费昌摇了摇头，无奈地叹了一口气。

大夏大军继续前进。

太阳再次照耀着大地的时候，费昌远远望见一片山谷，过了这片山谷就是大夏的疆土了，山谷的两侧是平缓的两座小山，并不险要，可以骑马上下。

除了重要的关口，边疆一般无人镇守，只有一方大军长驱直入，对方国家才会出兵迎战。

费昌看了看地形，说道："大王，昨日我们烧杀了莘粥士兵，莘粥恐怕不会善罢甘休，我们最好先派人去前方山头查看一下，大军才可安然通过。"

"区区莘粥，纵使埋伏于此，又能奈何我大夏大军！"履癸没听费昌的建议，大军徐徐通过山谷。

山谷两边的山并不是很高，也没有树林可以藏身，并没有什么地势可以依仗。费昌没有坚持，天下难道还有谁能够阻挡这一万天子大军？

"嗷——嗷——嗷——"大军走到山谷一半的时候，山顶突然传来一声奇怪的叫声，像野兽但又不是野兽，好像是信号之声。大夏的士兵抬头一看，吃了一惊，两边山头已经布满了莘粥人，漫山遍野都是，不知到底有多少。

履癸自认天下无人能够阻挡自己的大军，此时也不免有点儿紧张，偏远的莘粥竟然有如此多的人马。仔细看那些粗犷彪悍的士兵并未穿戴盔甲，身上披着兽皮，一个个怒气冲天。

"大王，白桦林火烧荤粥盗贼之事，恐荤粥不会善罢甘休。"费昌看出对方来者不善。

"荤粥倾巢而出正合朕意，朕正想痛击荤粥，让其再也不敢来犯我大夏！"履癸并没有把荤粥放在眼里，让两边的士兵准备好防御阵型，盾牌兵在前面抵挡敌方弓箭，长戈兵在后排准备防止对方骑兵从山上冲下来。

又是一声号叫之声，荤粥士兵从山上斜着冲了下来，冲到大夏士兵附近，并不冲过来，而是斜擦着飞奔而过。大夏士兵看到荤粥手里的长矛竟然都是树枝砍削而成，不禁嘲笑起来："真是蛮荒穷乡僻壤之人。"

不过他们没嘲笑多久，这些荤粥人就冲到近前，一起把手中的长矛投了出来，这些长矛从高向下速度极快。大夏士兵赶紧躲到藤条盾牌后面，但这些长矛可比一般的弓箭力量大了太多，飞过盾牌直接落到士兵身上，饶是那些士兵穿了盔甲，也有几个人被穿透了。

荤粥人一波波不断冲下来，投完长矛就又跑回山坡上，不一会儿，大夏士兵就开始惨叫一片，战马被长矛戳中也倒地一片，很多战马吃痛就惊了，乱跳乱踩，踩死许多士兵，场面一片混乱，让人不忍直视。

夏军弓箭手随即箭如雨发，荤粥人因为没有盔甲，所以不敢再靠近，但是由于居高临下，长矛仍然可以掷出很远，大夏士兵到处躲避，模样狼狈不堪。

"冲上去！"履癸命令士兵向山坡上冲，夏军刚冲上几步，对方漫天的长矛扔了下来，大夏士兵身上的铠甲根本抵挡不住这些把木头削尖制作的长矛，用手中兵器拨打都不能拨打开，很多大夏士兵被长矛贯胸而栽倒在地，活活被插死在地，死相极为怪异。

履癸这才看出来，荤粥人看来早有准备，不知准备了多少长矛放到山上，似乎永远扔不完。履癸从来没有受过这个窝囊气，准备率领手下向山头冲过去，费昌急忙给拦住了。

"大王，荤粥居高临下，长矛势大力沉，恐怕我们会吃大亏，还是先冲过这片谷底，再来收拾他们不迟。"费昌急忙说。费昌本就没什么武功，还好和履癸躲在中间，长矛扔不到这里，但是也胆战心惊。

"好吧，赶紧走。"履癸率先前冲，谷地并不是很长，大军一会儿就冲到了谷口开阔地带。履癸突然觉得好像哪里有点儿不对劲！前方好像有什么东西。

地面上一排黑云挡在前方，仔细一看原来是一字排开的荤粥骑兵，由于穿着狼皮等兽皮，看起来像一片乌云一般，足足有好几千人。

履癸大军冲到近前停住，费昌赶紧让人组织好后方的防线，好在山上的荤粥士兵并没有追过来。费昌看出今日要有一场恶战："看来荤粥这是倾巢而出了，难道要和我们决一死战！难道这帮戎人还想挺进中原不成！"

"他们想得美！今日朕就要把他们都荡平！"履癸看到这阵势，竟然莫名地兴奋起来，这一次兴奋中又有一点儿紧张，都说荤粥人骁勇善战，中原的士兵根本不是敌手，今日就要较量一下。

虎、豹二人一看，忙说道："我二人先给大王去开路，把他们打个落花流水。"

虎、豹将军率领两千骑兵就冲了过去。荤粥这次没有扔长矛，抢着狼牙棒就冲了上来，狼牙棒都是大长木棒，上面插满了骨刺，极为沉重。双方人马交错瞬间，冲杀、砍杀之声伴随着骨头断裂的声音。不一会儿所有人就看出端倪来了，荤粥士兵的马比大夏的高着半头，狼牙棒极其沉重，砸下来时都带着风声，大夏士兵用长戈去迎，长戈应声而断，无数大夏士兵被砸死，没有被砸死的，就往回跑，对方在后方紧紧追赶，跑到一半就被追上，连人带马被砸倒在地。

虎、豹二人虽然勇猛，大刀砍杀了无数荤粥骑兵，但大夏士兵却溃败下来。

"撤退！"履癸阵中号角响起。为了防止被围在其中，虎、豹只好撤退。等自己人都跑了回来，夏军赶紧放箭阻挡荤粥的追击。

对方一看占不到便宜，掉转马头回去，另一波荤粥骑兵弓箭手过来，一阵箭雨漫天飞来，夏军赶紧用盾牌阵挡住，阵中还是有不少人中了箭。大夏士兵们赶紧射箭还击，发现自己的弓箭射程比人家少了几步，射不到对方。

荤粥士兵阵营一片呼号之声，这一次谁都听得出来是欢欣雀跃之声。

费昌朝山上望去，心想："难道要被困死在此地吗？"

第十九章　殊死一战

大夏西部边境。

面对荤粥倾巢而出，强敌在前，履癸面色如铁。履癸一人要冲出重围肯定没有问题，但这一万大军是大夏的主力，无论如何不能舍弃，还有从党高带回的大量物品，如果丢弃了，党高之战就白打了。

荤粥目前占了上风，但是履癸的士兵人数依旧还是对方的两倍。

"守阵！"费昌一声令下，大夏士兵摆出了防御阵型。

荤粥士兵再次冲了过来，大夏士兵的长戈伸出去专钩对方马腿，转眼不少战马被钩倒在地，掉下马的荤粥人还没来得及跑，就被乱刀分尸了，双方一时谁也占不到便宜，战局僵持住了。

夜色来临，暂时停战了。

晚上，履癸让所有人都吃饱，就地休息，大军之内鸦雀无声，只有风的声音。为大王而死那是一种光荣，履癸会厚养他的妻子父母，夏军没什么可以担心的。

"大王在，这些人就什么都不怕，随时会毫不犹豫为大王去死！大王真是治军有方！"费昌不禁感叹。

所有人似乎都有一种预感，今晚要发生什么。

荤粥营地中处处篝火。荤粥人围着篝火唱起歌，喝着奶酒，不时传来嬉笑怒骂之声。

履癸等了半个时辰，喧闹声渐渐小了，看来都喝得差不多了，荤粥大营中的篝火渐渐熄灭了。履癸下令，所有人点起火把，直冲荤粥大营。大夏的大军之所以天下无敌，除了勇猛，还有一个特点是快！大夏战马的速度不如荤粥人，但是大夏的近卫勇士冲杀的速度却是极快的。

履癸和虎、豹以及最骁勇的近卫勇士一起，瞬间到了荤粥大营，履癸双钩抢起，不一会儿荤粥阵线就被砍杀开一个大口子。大夏士兵蜂拥而入，荤粥人此时喝得大醉，大营内一时混乱不堪，大夏勇士手中火把点燃了帐篷，帐篷都是兽皮做成的，转眼就已经熊熊燃烧起来，焦煳味四处散开来。

"不要慌！迎战！"荤粥首领指挥迎战，奈何局面已是混乱一片。

这次履癸的目的并不是和荤粥人决一死战，大夏士兵在荤粥大营内来回冲杀，荤粥大营出现了一处被杀开的缺口。费昌看到机会来了，率领大部大夏士兵，带着车马通过了夏军在荤粥大营中开出的血路。履癸率领众人断后，整个营地又是一片火海。

近身搏斗，荤粥人优势就没那么明显了，相反大夏士兵训练有素，短兵刃在手，一时间打了个火光和血光漫天飞舞。

等荤粥首领回过神来，集结起来自己的人马。

"撤！"履癸已经带着人撤退，荤粥人在后面紧紧追赶，不时有弓箭一阵阵飞来。履癸的人马中有车辆，不能跑得很快，履癸只得埋伏在路两边，让人撒了一车珠宝布匹等在路上。

荤粥人来了看到地上的东西，就开始抢起来。此时两边突然蹿出无数大夏勇士，荤粥人只顾着抢东西，来不及组成战队，又被一阵砍杀。

夜半混战，大夏的大军边打边撤退。草原上本来没有了路，一路倒下的士兵竟然给标注出一条路来。这次战斗没有赢家，双方死伤都很惨重。

天亮之后，大军过了一条小河，河水冰凉，好在只有一尺深，一群人下水把车辆连抬带推，都过了河。履癸就在河边筑起土墙，荤粥人一进入河里，就乱箭齐发。荤粥人不通水性，也不敢趴到河中躲避，基本成了活靶子，而且荤粥人也没有盔甲和盾牌，在乱箭下毫无办法，只好退到小河对岸。

第二天天亮，只见战场经过处，到处都是大夏军队和荤粥人的尸体。荤粥人虽然勇猛，但是不识水性，无法过河，再好的身手也施展不开。

履癸终于笑了，荤粥终究不是自己的对手。履癸知道荤粥人平日作战勇猛，但是晚上定会喝酒吃肉，军纪松懈，在晚上偷袭，一定可以成功，最少大军通过是没问题的，结果果然如其所料。

"费昌愿去和荤粥讲和休战。"

"我们刚打了胜仗为什么要讲和？"履癸怒道。

"大王能否杀死河对岸的所有荤粥人？"

"这个……"履癸也知道自己的士兵即使冲过去，能打得过对方，但对方马快也会跑个无影无踪！"这个恐怕不能！"

"当年黄帝北逐荤粥，而不是北灭荤粥，为什么？"费昌没等履癸回答，继续说，"因为荤粥人是杀不绝的，他们也没有城市可以攻破。即使我们这次胜利了，他们怀恨在心，定会时常骚扰我大夏边境百姓，到时候恐怕百姓就生无宁日了。"

履癸依旧没说话，他在思考："费相的意思，朕明白，趁现在我们过去与荤粥修订盟约，才能保大夏边境长久平安。"

自从履癸的大军进入荤粥，荤粥首领就得到了消息，集结了重兵严阵以待，后来看到大夏天子大军似乎真的只是借道路过而已，所以没有计划正面冲突。听说大夏大军带有大量物品，荤粥最缺的就是粮食、布匹等物品，所以他们决定抢了这批物品，就让大夏士兵过去。

白桦林抢劫之后，没想到履癸竟然残忍地烧了白桦林，简直惨无人道，荤粥人终于愤怒了。其实荤粥首领也不想打，荤粥打仗和猃狁一样，一般只有一个目的，那就是抢东西。这次他得知数百荤粥人被活活烧死，才紧急集结了全部人马埋伏在边境谷口，要教训一下大夏的天子。如今双方都知道了对方的实力。

费昌带着两辆装满货物的马车过了河，找荤粥首领谈判，双方军营里自有通晓对方语言之人，费昌提出给荤粥两车粮食、布匹。

荤粥首领满意地点了点头，说道："荤粥送大夏天子二十匹良马。"

荤粥首领随着费昌渡河而来，履癸看到对方也是高大威猛，和自己颇有几分相像，顿时就有了几分好感。双方杀了战马，祭祀了天地，签订下盟约，永不互相侵扰。

荤粥首领过来拍了拍履癸的肩膀。"从此你我就是兄弟！"履癸也很喜欢这个荤粥首领，双手抱住对方拍着后背："你永远是大夏天子的兄弟！"

两个人哈哈笑了起来，声动天地。大家第一次看到和履癸一样强壮的人，心想这两人打一架，不知道谁输谁赢。两人似乎也有这个意思，握着对方肩膀互相用了一下力，鉴于各自的威仪，只好松手。

履癸这次经过壶口，经过荤粥地带，虽然损了上千人马，也算平定了荤粥边境之乱。费昌也很高兴，这也算是履癸天子值得称颂的大功绩一件。履癸也有了一种贤明天子的感觉："看来朕不仅打仗厉害，也能够安抚边陲蛮夷戎人。"

大军继续朝夏都开拔，一路平安无事，大军奏凯还朝。

天子履癸亲率大军灭了彤城氏，北上远征灭了党高氏。又西渡黄河大战荤粥，签订了盟约。大夏又恢复了往日的荣光。

这一日，就要到达斟鄩了，朝中车正大臣早就得到了消息。赵梁等大臣早早出城十里来迎接天子还朝，百姓也是夹道欢迎。

天下诸侯都对履癸肃然起敬，没有一个诸侯敢不来朝拜天子了。履癸更加相信自己就是大夏的太阳，永远不落的太阳！

履癸离着斟鄩越近，对妹喜的思念就突然强烈起来。此时远处人群涌动。当前一人衣袂飘飞，如若随风而来，除了妹喜，还能有谁有如此风姿？

履癸看到妹喜，双腿一夹马肚子，大黑马以为主人遇到了危险如离弦之箭冲了出去，瞬间如一阵风一样就到了妹喜面前，妹喜几乎被黑马的劲风吹倒，履癸早已跳下马来，一把抱住了妹喜。赵梁等赶紧咳嗽示意天子周围是万众的眼光。

"大王，注意天子威仪。"

妹喜被履癸抱得骨头都要散架了。妹喜看到履癸在千军万马中的无上荣光，内心突然一扫以前觉得履癸有些粗俗的感觉，这才是真正的男人，大夏的天子，天下所有的人都是他的臣子，而自己是天下所有人的元妃。男人只有爱江山，才能更爱美人，履癸这样的天下的王，妹喜如何能不被履癸的风度所征服？

这次远征之后，履癸可以更加高枕无忧地和妹喜厮守在长夜宫中，天下一派繁荣昌盛气象。

长夜宫却出事了！

第二十章　窝囊天子

深秋的有洛国。

秋日暖阳晒得人浑身暖暖的，非常舒服，巨大的花园中有一个避风而能够充满阳光的湖边亭。一个玉树临风的少年坐在亭中，手中一卷书简，一幅祥和的秋日景色。

一个衣着华贵，但又不招摇的女子在少年身边，她对着湖水发呆，回忆着往事。

天子履癸的父王是天子发。发是天子孔甲的孙子，孔甲做天子时候都六十多了，到发做天子的时候年龄也不小了，此时发所有的傲气都没有了，只希望天下太平地过几天舒服日子。

在发的儿子中有孔甲帝最喜欢的履癸。履癸九岁屠龙的故事，让其名扬天下，早早就当了太子。天子发很喜欢履癸这个孩子，发似乎看到了当年先祖不降天子的影子。不降天子是孔甲天子的父亲，征战天下，恢复了大夏往日的荣光。

履癸有天子不降时候的勇武和决断，从小就野心勃勃，天子发很是喜爱。一定要为其找一个贤良淑德的妻子，好做未来的元妃，帮履癸一起治理天下。后宫之中有有洛国的妃子，就推荐了有洛国的有洛氏王女。

天子发一见到有洛王女非常满意，品相端庄秀丽，颇有母仪天下的风范，言谈举止皆是王家风范。所有人都很高兴，履癸娶了有洛氏，真是大夏之福。自从娶了有洛氏，履癸就似变了一个人，变得懂礼仪了，在满朝大臣的眼中一个行事有度、威仪赫赫的未来天子就在眼前了。

天子发体弱多病，给履癸娶了有洛氏之后，第二年就安然闭上眼睛，去陪伴列祖列宗了。

履癸正式即天子位，有洛氏被正式册封为洛元妃，天下气象从此焕然一新，一个战无不胜的天子履癸出现了。洛元妃貌美而性严，色和而行端，俨然会是一代贤后。但是履癸当了天子之后，就没有人能管束履癸了。

履癸立志恢复大夏的荣光，即位之后就一直四处巡狩，征伐不归顺大夏的诸侯。履癸不喜欢在后宫内待着，洛元妃管得很严，一言一行皆要遵从礼法。履癸更喜欢出外去巡狩，这样他更有当天子的感觉。

履癸巡狩还有一个好处，四方诸侯会在巡狩时候给履癸进献天下的美女。履癸自是来者不拒，后宫中的妃子多是元妃选拔的品德俱佳的端庄女子，履癸让一个元妃管着就够受了，何况还多了几个，履癸都要崩溃了。

履癸巡狩时候，有一个让他开心的事情就是能够选到喜欢的女子，虽没有遇到让自己完全钟爱的，但是至少这些女子都能让自己感到放松和快乐。

这次巡狩，履癸又带回来很多美人，经过调教之后，已经能够为天子歌舞了。这天，履癸让人准备了宴席，让元妃坐在自己旁边，一起欣赏这些新来美人宫女的歌舞。履癸喝着酒看着这些美人娉婷而舞，一颦一蹙之间，自有一种让人喜爱的风情。

"哈哈哈！"履癸开怀大笑，从未如此开心过，感觉这才是天子的日子。其中有一个女子，身材窈窕，容貌清丽，明眸皓齿，很有一种楚楚动人的感觉，履癸看得如痴如醉。

履癸看得兴起，又看了看元妃，指着那个美人对洛元妃说："此女之色，亦大不减于卿。不过还是元妃最好看。"

元妃本来在观看歌舞的时候，已经在强忍性子。"女子就应该端庄为重，相夫教子，平日做些女红，读一些诗书，如此歌舞成了什么，岂不是纵情声色享乐？如此岂不是有负先王的重托？"洛元妃对歌舞的不屑，谁都能看出来。

元妃起身道："妾闻事君以德，未闻以色也。今日妾身有些疲累，先行告退，请大王见谅！"

履癸想说："元妃说得过于严重了。"但是话还没出口，元妃竟然起身走了。履癸被晾在了原地，独自一人看歌舞也没什么意思。履癸已经在夸奖元妃了，给足了元妃面子，没想到元妃还是生气了。履癸的心情一下子就由高兴变成了扫兴。这后宫中好生寂寞无聊。

"你过来陪我喝酒！"履癸叫了刚才那个女子过来，陪自己一起喝酒。履癸酒意上涌，搂住那个婀娜的女子，释放体内多余的冲动。疲软下来的履癸感觉更加空虚了。

"大王，好神勇。"怀里的女子紧张得根本不敢和履癸多说什么，一味地曲意逢迎。

"你就一句真心的话也没有吗？真没意思！"履癸慢慢地发现，这些女子只不过在刻意逢迎自己。元妃虽然对履癸冷淡，但自有一种高贵气质，这些女子似乎都是木偶而已。

酒过三巡，履癸和这些女子也没有什么好说的，她们也都不懂履癸的苦闷。履癸只得回到后宫，找到元妃当面自责如何不该只顾声色歌舞，而不顾天子的威仪。元妃转而温言相劝，履癸又进入了元妃温柔贤德的陷阱。

洛元妃看着顺从的履癸似乎满意地笑了：履癸终究只属于我。在寝宫之内，元妃也能让履癸得到外边那些女子从来给不了的温柔，只有在这时候，洛元妃才有点儿像一个天下极美的女人。

可惜那些美好的时光和岁月再也不会回来了！

"母亲在想什么呢？好久没看到母亲这样笑了。"有洛宫中湖边少年的话打断了女子的回忆。

"我在回忆当年你的祖上天子发把母亲召进宫中时候的事情。"这个端庄而秀丽、性严而貌美的女子就是曾经的洛元妃，她正在回忆着以前的美好，太子惟坤正在旁边读书。

回忆到这里，元妃又涌起一阵恨意，后来履癸就抢来了那个叫妹喜的女人，那个女人的歌舞足以迷倒所有的男人，履癸也被她迷惑了。

太子惟坤抬起头，看着出神的洛元妃："母妃想什么呢？一会儿高兴，一会儿生气的。"

洛元妃赶紧回过神来，惟坤现在越来越高了，已经是一个翩翩少年了。"母亲有你，一切就都很好，没有什么不开心的，你是大夏未来的天子，会成为比你父王更加英明神武的天子。"

"母妃，儿其实一直不明白，为什么孔甲年轻时候没当天子，老了怎么反而当了天子呢？难道大夏没有更强的子孙了吗？"

"哦，我儿长大了，母亲给你讲讲孔甲天子的故事。"洛元妃眼中露出欣喜的神色。

孔甲本来是不降天子的儿子，游手好闲的孔甲喜欢养动物。英明神武纵横天下的不降天子，无论如何也看不上孔甲，所以孔甲就没有成为太子。天子不降死后，其弟扃继承了天子位。天子扃死后，扃的儿子子廑继位当了天子，似乎天子的事情已经和孔甲没什么关系了。可是，廑天子继位后没几年，突然暴病而死。廑天子死得比较突然，大家发现，廑天子竟然没有儿子。大臣们这次犯难了："让谁当天子呢？如今没有王子可以继承王位了，这可怎么办！"这几辈王族中的人都性情温和，也没有人趁机篡夺王位。

"不还有个当年的老太子吗？""你们说孔甲，他都快六十了！"大臣们纷纷摇头，大臣们都去过孔甲的那个动物园一样的府邸。

"孔甲当天子也有好处。第一，他是英明神武的不降天子的儿子；第二，孔甲有儿子，而且还有孙子了。那个孙子有个儿子，一出生就有王者之像！这样我们就不用担心未来百年王位传递带来的不确定性了，能够保大夏几百年的江山稳固！"

"以孔甲的为人，即位估计也不会杀掉我们几个旧臣！"

"极是极是！孔甲定是仁和之君！"

孔甲正在午后晒着太阳，用手里的小米刚刚喂了地上跑着的锦鸡，多么悠闲的下午啊。

就在这时候来了一群人，也不管院子中的鸟屎，跪了一院子。

"大王！"

孔甲看着这群人。"我不是在做梦吧？年轻时该我当天子，你们看不上我，让我叔叔当了王，如今我都老了，难道我还能当王吗？"孔甲一时恍惚不知所措。

"大王，你当了王之后，就可以养更多的动物了！"

"是吗？那我就当王了！对了，我要说朕是大夏的王了！"孔甲终于乐了，找到了当王的兴趣。

孔甲当天子时已经六十多岁了。孔甲心里也没想到自己这一生还能够当天子，征讨天下是有心无力了，所以继续养小动物，养了两条龙，最后被曾孙履癸杀了一条。但是，从孔甲天子到天子皋再到天子发，即位时都是老头儿了，大家就把希望寄托在这个未来天子履癸身上了。

洛元妃的故事讲完了，惟坤过了一会儿，慢慢说："母亲，有时候无能才能成功。母亲也是太过贤德了。"

洛元妃抱住惟坤，眼睛不禁湿润了。

第二十一章　有毒

有洛花园中碧波幽幽，垂柳依依，湖中木桥曲折错落，别有一番风情。

少男在木桥上看着水中的鱼儿嬉戏，身旁一美人柳眉微蹙着，似有什么心事。

"母亲是不是想念父王了？"惟坤抬起头看了看洛元妃。

太子惟坤已经十几岁了，很多方面很像元妃，如今俨然已经成为一个温婉如玉的君子，洛元妃对这个唯一的儿子更是视若珍宝。

"想他又有什么用！你父王不会想念我们的！我们能够平安在有洛生活就好了。"

"父王是不是有了妹喜娘娘就不要我们了？"

"你现在还是太子，一定要努力上进，有朝一日成为大夏的天子，母妃才有重新出头之日。"洛元妃依旧心事重重。

洛元妃虽然被贬回了有洛，但依旧是有洛的王女，自己的儿子太子惟坤还在身边。有洛氏每天陪着太子读书，在平日里做些女红，日子过得看似很宁静。

几片柳叶飘落湖面，随着波光来回摇曳漂动，有洛氏不由得停住了手中的骨针，思绪又飘向远方，不由得心中感慨。"人生一世，草木一秋，自己纵使为母仪天下的元妃，也落得被贬回母国的境遇。"一个成熟的男人肯定是需要女人的，但一个女人如果物质充足可能并不需要一个男人，洛元妃回到有洛的日子更开心了一些。

这样平静的日子过了几个月。

这一天，洛元妃带着太子惟坤绕过湖面上的九曲回廊去给有洛王妃请安。有洛王妃如洛元妃一样端庄，双眼中却多了一分咄咄逼人的光芒。

有洛王妃把女儿拉到身边，说道："如今履癸有了妹喜，假如妹喜生了儿子，惟坤还能是太子吗？如果妹喜的儿子当了太子，你就永远没有翻身之日了，更不要说报仇了！"

"女儿也一直担心此事。"洛元妃对于自己的遭遇并不是特别在意，但她绝对不允许任何人来伤害她的儿子。

"树欲静而风不止，你们母子即使想在有洛过太平日子，恐怕有人也不会放过你们，还是要先下手为强！"

"履癸不会不念旧情，连坤儿都不放过吧？"洛元妃有点儿紧张起来。

"纵是履癸不加害你们母子，恐怕那个妹喜也不会放过你们，当初她就是想置你们于死地。"

洛元妃呆在那里，有洛王妃继续说道："我儿是元妃的时候，四方诸侯都对我们忌惮有加，如今周围诸侯国看我们有洛宫室壮丽，都垂涎三尺。你父王年龄大了，四方征战恐怕也难有胜算，你这些弟弟中，没有一个争气的，有洛国表面依旧宁静，如果没有了你们母子，恐怕有洛就危险了。"有洛王妃的言语难掩落寞与不甘。

洛元妃想起妹喜假装落水欺骗履癸，害得自己堂堂先王指定的元妃，竟然险些被赐死，还是众大臣求情，才平安回到了有洛。一时间胸口起伏起来，心中恨意难平。

"我自己倒也罢了，不能让坤儿再毁在那个妹喜手里，母亲可有什么良策？"

有洛王妃见到洛元妃若有所思："你可知道蚕丛红花？"

"姥姥，什么是蚕丛呢？是养蚕的地方吗？"惟坤突然插嘴。惟坤对他们刚才说的话并没有完全听懂，这时候听到蚕丛，睁着纯真无邪的眼睛问有洛王妃。

有洛王妃突然意识到这些谋者诛心的事情，太子惟坤可能还是不能够完全理解，他还是个纯真的孩子，让他过早地参与这些事情，也太残忍了，于是露出了慈祥的笑容，让惟坤坐到自己身边。有洛王妃一边摸着惟坤的头发一边说："我的好坤儿，姥姥先给你讲一个故事。"

远古的蜀地没有蜀王，都是些零零星星的小部落，人民也在这些部落首领的统治下各自过着聚族而居的生活，这样的生活状态难免会引起部落与部落之间的吞并和战争。

有一次蚕丛城被相邻的部落烧杀劫掠，一个女孩的父亲也被抓去做了人质，家中只剩下一匹父亲平时乘坐的白马。女孩非常思念父亲，就对马说："白马啊，如果你去把我父亲救回来，我就嫁给你做妻子。"白马听懂了女孩的话，四蹄不停地跳动，长嘶一声奔出院子，绝尘而去。白马偷偷地跑到对方部落，见到女孩的父亲被绑在部落中间的木头柱子上。

一匹白马并没有引起人们的注意，趁着别人不注意，白马咬断了绑着女孩父亲的绳索。女孩父亲大喜，爬上马背，白马就把女孩父亲驮了回来，女孩看到父亲回来了，自然喜出望外。"父亲，女儿答应过白马，如果白马救你回来，女儿就嫁给它做妻子！"

但是女孩父亲一听说女儿要嫁给白马做妻子，就不同意了。"虽然你救了我，但是我的女儿怎么可以嫁给一匹马！"

白马很生气，又是跳又是嘶鸣，连续几天不吃不喝，别人一靠近就用蹄子踢人。女孩的父亲也很生气，一气之下把白马杀了，剥下的马皮和肉都晾在厨房中。女孩的父亲竟然完全不感念是这匹白马把他救了回来。

这天女孩从厨房门口经过，那张马皮突然跳起来，一阵风似的把女孩卷了起来，飞到了天上。女孩的父亲赶紧去追，但是哪里追得上。过了几天，人们看见马皮落在部落对面山上的桑树上，女孩变成了一只蚕，正在一边吃桑叶一边吐丝，把自己裹住成为一只茧。从此人们就把这个部落叫作蚕丛，我以前就是蚕丛国的人。

惟坤安安静静地听完了这个故事。"马死了怎么还能飞呢？我觉得也许是女孩的父亲觉得女孩嫁给马太丢人了，就把女孩一起杀了，对别人说女孩变成了一只蚕。姥姥您觉得呢？"

有洛王妃和洛元妃听到惟坤的话都吃了一惊，心里暗叹，惟坤慢慢长大了，不是那个只会听故事的孩子了。

这个故事就是洛元妃从小听母亲讲的蚕丛的故事，洛元妃知道这个故事前面可能是真的，后面估计是人们编的，但是女孩肯定是消失了，真相永远没人知道了，真相总是更加残酷。

有洛王妃说："我们家坤儿真是越来越聪明了，坤儿该去太史大人那里读书了。我和你母亲还有话说。"

太子惟坤施礼告退出去了。

有洛王妃看着惟坤走远了，脸上慈祥的目光突然变得冰冷。"蚕丛国国内有一座岷山，绵延千里，人迹罕至，山顶草木不生，终年有冰雪覆盖。雪山之上却有一种红花，性至寒至冷，女子服用后，会不能生育子女。"有洛王妃接着说。

"母亲，这个如果被发现，你我安有命在啊？"洛元妃一惊。

有洛王妃就是蚕丛国人，年轻的时候因为容色姝丽被有洛国王娶了作为妃子，后来成了有洛国王妃。

有洛王妃按住洛元妃，说道："我知道你性格过于中正，这些事情就由母亲来办吧。"

洛元妃素来也是个性子沉静之人，不愿参与这些钩心斗角的事情，也就不再多问。纵使问了，母亲也不会听自己的意见，只得听之任之。

第二十二章 王师凯旋

有洛王妃打开一个漆黑的木盒，里面几片干枯的花瓣。有洛王妃托人从蚕丛找来稀有的红花，苦苦思索这些红花如何才能给妹喜服用。洛元妃走后，妹喜已经把后宫所有的老宫女都换掉了。

此时的王邑斟鄩城中，一个女子走在穷人居住的脏乱的地窝棚中间，四处张望着，她怀里揣着一包荷叶包着的点心。她是妹喜的宫女，今日悄悄从宫中带了妹喜吃剩下赏给她的一些点心回来给自己的弟弟吃。

有洛王妃慢慢探听到负责妹喜饮食的是一个普通人家的孩子，家中极为穷苦，有一个小弟弟，宫女的母亲指望宫女能从每个月的月例生活费中挤出来一些养活全家。这个宫女很喜爱她的弟弟，弟弟是全家所有人的希望。

有洛王妃眼睛一亮，一个人有了牵挂就会有弱点，当一个人的弱点被抓住，就会铤而走险，做自己平时根本不会做的事情。

有洛王妃派人抓走了宫女的弟弟，派人对宫女说要救弟弟必须答应做一件事情。宫女失去了弟弟，整个人都崩溃了，哭诉道："到底是什么事情啊？！"

"你只要在妹喜娘娘的饮食中，放入一片花瓣涮一涮，然后再取出来，你的弟弟就一定平安无事，而且我们还会教他读书认字。"有洛的人说。

"你是教我下毒害死妹喜娘娘吗？那样天子也一样会杀了我全家的。"宫女绝望地掩面哭起来。

"这只是一片普通的花瓣,你自己可以尝一片,妹喜娘娘不会发现的。"

"真的吗?那你们为什么要这么做?"

"你知道得越少,你弟弟才能更好地活着!"

宫女自己吃了一片花瓣,似乎并没有什么不舒服。宫女想只不过是一片花瓣,只得照做了,时间长了也没发现什么,也就慢慢地不再把这个当一回事。妹喜也一直没发现什么异常,反而夸奖这个宫女负责的饮食味道甚是清淡可口。宫女心中暗叹谢天谢地,只要娘娘没事就好。

有洛王妃知道这件事情如果败露,恐怕就不仅仅是太子位置不保,妹喜煽动履癸灭了有洛也是很有可能的,到时候恐怕所有有洛王族都会身首异处、血流成河。有洛王妃想到这一点也曾感到脊背发凉,但她经历了太多的风雨,没有什么能够让她那已经坚硬如石头一样的心感到真的害怕,相信自己一定可以把这件事情做得滴水不漏,任何人也找不到任何破绽。"为了自己的坤儿,一定可以做到。"老王妃此刻脸上的肌肉颤动着。她安排了这一切,自认为做得天衣无缝。

但那是在妹喜没有遇到伊挚之前,谁能想到天下医药的元圣,竟然会出现在长夜宫中,谁能想到伊挚能从那每次只有一点点的味道中品尝出这红花的味道,谁能想到伊挚竟然能够隔着几尺,就能闻出一个宫女腰间腰带中藏着的几片红花的味道。

那日被伊挚发现,宫女知道只有自己撞死才能保全弟弟和全家,所以如此迅猛,没有留下任何生的可能。

妹喜发现平日的饮食中被人下了让人不能怀孕的红花,两眼迸射出愤怒的光,伊挚看到之后不禁心中一寒。妹喜虽然不喜欢要孩子,但知道自己被人下了毒,可能再也不能生孩子了,心中怒火也如熊熊的烈焰。

"好你个有洛氏,本宫放了你一条生路,你却来谋害于我!我岂能饶你?!"即使再美的女人,在她发怒的时候也是难看的。伊挚看到横眉立目的妹喜,心中有了一种很陌生的感觉,仿佛在妹喜身上看到了履癸的影子,这就是天下的元妃,能够掌握普通人的生死。

"元妃娘娘,暂且息怒。伊挚今日先行告退。"伊挚觉得自己不应该继续留在这里了。

"让伊挚先生见到本宫的另一面了，伊挚先生先回，本宫改日再向先生请教！"妹喜也意识到在伊挚面前失态了。

就在这时候有人来报："大王凯旋，已到城外百里！"妹喜听到履癸回来了，心中转为一片欢喜，一定要履癸为自己做主，不能放过那个洛元妃。

第二天是个晴朗的日子，秋高气爽，长空雁叫，大雁排着整齐的队伍飞向南方，妹喜率领满朝文武大臣出城十里去迎接王师凯旋。妹喜盛装而行，坐在元妃伞盖下的巨大的六匹马拉着的铜马车上。朝中右相赵梁，姬辛，管理朝中事务的车正、牧正、庖正三正大臣，以及各大卿、士大夫都盛装而出。

斟鄩的老百姓很多也都出城，跟随队伍，其中很多人都是为了来看元妃妹喜的，大家都听说元妃妹喜是天下第一美人，歌舞天下无双，想亲眼看一下元妃芳容，人山人海。

妹喜的马车行走得很慢，数百重甲武士护立周围。

"妹喜娘娘！妹喜娘娘！"人海中不时有人呼唤着妹喜。

妹喜本来心情不是很好，只想着早点接到履癸回来，但没想到竟然有这么多百姓想看自己，于是挑开车帘对着百姓挥手致意。妹喜一露脸，百姓更欢呼沸腾了，周围不知围了几千人。妹喜被这人海的欢呼雀跃的氛围感染了，有了一种一人之下万人之上的感觉。

"自己不只是履癸的元妃，自己是所有大夏子民的元妃。"世界上最让人着迷的东西，荣耀和权力绝对算一个，对于女人也一样。妹喜此时更坚定，一定要彻底铲除洛元妃和太子，自己拥有的这一切绝对不可以再被人抢去。

远远地望见履癸的人马如天边的一线白云。妹喜下车站在所有大臣之前，履癸早就归心似箭，这几天几乎天天梦到妹喜。妹喜也见到大军旌旗招展，大夏的天龙旗帜迎风飘荡，将士们的铠甲在阳光下闪着光芒。这就是天子王师，那个男人是天下所有人的王。

履癸远远地看到妹喜，飞马过来，履癸盔甲在身，浑身散发着睥睨天下的王者之气。

妹喜和众大臣赶紧俯身下拜："恭迎大王凯旋归朝！"履癸赶紧跳下马来，伸手扶起了妹喜。

"妹儿，你今天盛装之下，真是一派母仪天下的元妃风度。"

"大王，您才是英明神武，雄姿勃发。大王千里征战，如今凯旋，一路风尘辛苦了。"

"哈哈！元妃说话就是好听。"履癸看着妹喜即使身着盛装，举手投足间依旧能够显出与众不同的娉婷袅娜。

履癸从怀中拿出一个金光闪闪的项圈："妹儿，朕给你带回一件礼物，喜欢吗？"

妹喜接过来一看，是一个黄色的项圈，在阳光下光彩夺目。

"大王，这是黄金的吗？天下难道还有这么大的黄金吗？"妹喜的眼睛简直都被这个金项圈迷住了。

履癸给妹喜戴在洁白的颈项上，如玉的美人锁骨在金色项圈映衬下更加美艳不可方物。

"朕也没想到党高还有这种好东西！朕想送给元妃肯定欢喜！"

履癸没舍得再让妹喜坐车回宫，和赵梁等大臣一一寒暄之后，一把把妹喜抱上自己的黑色坐骑。

妹喜一身红黑盛装，肌肤胜雪，履癸也跳上坐骑，二人同辔而行。

百姓更是欢呼雷动："大王！元妃娘娘！"真是英雄美人，令天下人无不艳羡。

伊挚也在群臣之中，看着威风凛凛的大王和容光焕发的妹喜，伊挚不禁心头有几分失落。

第二十三章　梦

商国祭祀台。

红发在火光照耀下如同燃烧的火焰，边上有莘王女如冰雪洁白，仲虺为王女讲述了龟甲贞卜的奥秘。

"仲虺现在就为王妃贞卜！"

当晚，仲虺和有莘王女到祭祀台进行贞卜，二人都身着白色巫衣，上面的玄鸟在夜风中如有了灵性，王女散发赤着雪白的玉足，二人慢慢走上了祭祀台，漆黑的天空深邃无边，像巨大的眼睛在盯着祭祀台。

仲虺俯身祭拜天地，拿出一把古朴的钻刀在龟甲上要贞卜的位置钻出小坑，然后拿起龟甲在青铜炉火上烤，一阵细微的噼噼啪啪的声音在这暗夜中显得格外刺耳，龟甲开始慢慢裂开了。

王女心情紧张起来。

"王女，卦文显示，伊挚先生在斟鄩一切安好。"

"哦，那就好。"

"嗯？"仲虺发出了疑惑的声音。

仲虺仔细看着卦文，似乎龟甲的一角有一堆细碎缠绕的裂纹。

"怎么了？伊挚先生有什么祸事吗？"

"刚才我并没有贞卜这一部分，但是这一部分也出现了细碎裂纹，不过也许是我看错了。"仲虺语气中带着几分疑惑。

"是贞卜什么的？"

"这部分是贞卜男女之事的，奇怪，卦文显示伊挚先生为男女之事所困。"

"不可能！一定是你看错了。"有莘王女语气变得冰冷而坚硬。王女听到仲虺说伊挚的男女之事，和自己归藏贞卜之术的结果一样，顿时很低落。

两人从祭祀台上下来，王女没有再说一句话，仲虺还想说什么，但王女已经走远了。

仲虺望着有莘王女远去的身影，王女离去的冷漠让仲虺心情也变得低落起来，他又开始想念妹喜了，自从诸侯大会见到之后，就再也没有了妹喜的消息。

仲虺知道可能再也见不到妹喜了，他让自己每天忙于政事，为天乙铸造战车，贞卜天下大事，陪着天乙一起操练军马，只有在忙碌的时候才能不去想妹喜。

仲虺知道天子履癸很喜欢妹喜，而且妹喜已经做了大夏的元妃，履癸能给妹喜的一切是自己给不了的，他只有默默地祝福妹喜，希望妹喜一直开心。

随着时间渐渐过去，仲虺以为自己已经忘记妹喜了。但这一切不过是他在欺骗自己而已，他其实并没有放弃对妹喜的想念。

明净的天空中，远方的风吹来，已没有任何你的气息。对你思念，已如这明净的天空，清澈得看不到一丝思念的云。对你的爱，已如天空忧郁的蓝，已不会滴落一滴伤心的雨滴。心早已干涸，渴望但已不能够再悸动。对你的感觉，已如这虚无的风，与我已无任何关系。

仲虺发现自己好久都没想起过妹喜了，以前即使白天不想，在梦中也会想起妹喜，总是梦到妹喜被履癸抢走时候朝自己伸着手喊道："仲虺哥哥救我！"这个梦让仲虺来到商国，他要辅佐天乙去推翻履癸的大夏，把妹喜解救回来。

自从上次去了斟鄩，见到妹喜一切安好，仲虺也就慢慢地不再做关于妹喜的梦了。他知道自己配不上妹喜，相信这一切都是上天的旨意。仲虺已经感谢上天让自己能在妹喜最美的年纪，陪着她在湖面飞舟，轻歌曼舞了。这是自己最美的回忆，每次想起来，仲虺那粗犷的面容都会露出甜蜜的微笑。

但是这一晚，仲虺梦中又梦到了妹喜。梦中妹喜靠在一个人的肩头。"这个男人怎么不是履癸？"他在梦中想看清那个人的脸，但是怎么也看不清，看衣服似乎是伊挚先生。仲虺从梦中醒来,再也睡不着了。

"那个男人是伊挚先生吗?今天贞卜伊挚先生的男女之事,难道那个女指的是妹儿吗?妹儿已经是履癸的元妃了,怎么还会和伊挚先生在一起呢?"想到这里,仲虺更加睡不着了。

此刻已经接近子时,是天地阴阳之气最为接近的时候,此时贞卜最为灵验。仲虺的住处就在祭祀台下不远,他重新穿好巫衣,迈着缓缓的步子踏上了祭祀台。

深夜的祭祀台上的铜人和铜树都显得狰狞恐怖,仲虺竟然也觉得有点儿毛骨悚然。"这些铜人、铜树,都是我亲自铸造的,有什么可怕的?"

他走到祭祀台上,点燃炉中的火,重新祭拜了天地。仲虺只再贞卜一个问题:"商国伊挚是和元妃妹喜有男女之事吗?"

龟甲慢慢裂开了,暗夜之中那开裂的声音极为刺耳,似乎真的有神灵在诉说着什么。仲虺一下子站立不住,坐在了地上,用双手掩住脸,眼泪无声无息地流了下来。

"伊挚,你在商国只用三寸不烂之舌就让天乙奉为圣贤一般。风头都被你抢走了。我为商国征战沙场,制造武器战车,训练军队,这才是商国强大的根本,而大王却视而不见,每天到处夸奖伊挚先生。没想到如今你连妹儿都要占有!"

仲虺的双手放了下来,布满血丝的双眼中似乎冒出愤怒的光。

掛鄸。

伊挚回到驿馆,他知道妹喜最近估计是不会有心情来找他继续修炼练气之法了。在油灯下看了一会儿书,觉得甚为困倦,就在床上躺下迷迷糊糊地睡着了。

不知什么时候起了雾,浓稠得如人的忧愁,怎么也化解不开。"下雾了。"伊挚四周看看,大雾漫漫什么也看不到,也不知道这是什么地方。

"咯咯!咯咯咯!"一个女子动听的笑声从大雾中传来。"是妹喜的笑声吗?"伊挚似乎听到了妹喜的笑声,向前走去。但是哪里有妹喜的影子。突然前面似乎有火光,那火光竟然会移动,朝着伊挚扑面而来。

"啊?!"哪里是什么火光,前面出现一个周身冒着火的红色大蛇,张开血盆大口,吐出的信子足有几尺长,眼里充满愤怒的光。

伊挚突然觉得这种眼神似乎在哪里见过，慌乱间一时又想不起来，这时候大蛇已经扬起了头，就要吞了自己，血腥之气熏得伊挚一阵眩晕。伊挚转身就跑，虽然武功一般，但是伊挚的奔跑速度也是非常惊人的。大蛇却跑得更快，在身后蜿蜒游移得非常迅速，距离伊挚越来越近。

伊挚跑得感觉自己心脏要炸裂了，这时候只觉得背后一股腥风扑来，头上一黑，整个人就被大蛇给吞了。伊挚从没有过如此绝望和恐惧，感觉肚子被大蛇咬住，肝肠碎裂都流了出来。

"救命！"难道自己真的这样就死了吗？

"啊！"伊挚猛地从床上坐起，全身都湿透了，终于睁开了眼睛，他惶恐地看着周围，四周一片漆黑，窗外有月光透进来。

"是一场梦！是一场梦，我还活着！"这时候伊挚觉得窗外有双眼睛看着自己，他看着窗户上的纱布。

外面"啊啊"两声啼叫，一只乌鸟扑棱棱地飞走了，在这暗夜之中让人觉得毛骨悚然。伊挚想站起来，但四肢无力，浑浑噩噩间又睡着了。

第二天早晨，小童起来时候发现伊挚先生的卧房门竟然没有打开。"也许伊挚先生累了，就让他多睡一会儿吧。"

但是，等到日上三竿，伊挚还是没有起来。童子只好推开房门，走到伊挚床边查看。只见伊挚头发散乱，脸色赤红，头上满是虚汗，迷迷糊糊地说着什么。

"伊挚先生病了！"

第二十四章　美 酒

　　长夜宫此刻风情旖旎，妹喜这个仙子更加让人着迷，志得意满的履癸继续天天在长夜宫中和妹喜宴饮歌舞。几个月没见妹喜，履癸早已想得要发疯，回到宫中之后，对妹喜千依百顺、无所不从，英雄美人，每日沉浸在你侬我侬中。

　　叮咚乐声响起，妹喜开始轻轻起舞，旋即开始展喉而歌，缥缈的歌声在长夜宫内回响。轻灵悦耳的声音通过水面传来，沁人心脾，让人心底微微发痒。

　　虽远必征，虽亲必伐，大夏大军所向披靡，一战征服了彤城和党高，天下诸侯无不闻风丧胆。大夏又恢复了往日的荣光，天下诸国都乖乖地做大夏的臣属，大夏子民也是无限荣耀，一时四海太平，一派蒸蒸日上的气象。费昌、赵梁、太史终古等老臣看到这些都很欣慰。履癸也很是满意，那些朝臣只会啰啰嗦嗦，治理天下还得靠自己亲率大军出征才行。沙场征战多月的履癸，听到妹喜的歌声心都融化了。以前和洛元妃枯坐宫中那些无聊的日子都过去了，所有的一切因为有了妹喜，才有了意义。

　　履癸有些微醺了，看着妹喜如雪的手臂轻轻舞动，这才是天子应该过的神仙一样的日子。歌声隐隐约约还在四处回荡，妹喜已经轻盈地坐到履癸身边，优雅地从酒樽中取了酒倒入履癸爵中，二人对饮了一爵。

　　"大王，你可知你在外征战，妹儿每日每夜都思念大王？"

　　"朕也思念妹儿呢，朕在壶口瀑布时，看到壮丽的美景，真想妹儿也在身边，我们能一起欣赏。还有那片白桦林也甚是好看，可惜被朕给烧了。"

"啊！大王为什么给烧了啊？"

"荤粥人藏在里面偷袭我们，抢走了朕要送给你的项圈，朕一怒之下就给烧了！"

"荤粥人真是可恶！"妺喜悠悠地说，听着履癸讲述这次远征的故事，小鸟依人地伏在履癸那厚实宽广的胸膛上。

"大王，其实妺喜这几个月在宫中险些丧命呢。"妺喜似乎无意间说出了一句。

"谁这么大胆敢加害元妃？"妺喜轻描淡写的一句，履癸心中如同闪过一道闪电，立即翻身坐起。

妺喜开始抽泣起来，言语间充满了无限的委屈，宫女投毒红花，然后自尽身亡，当然她没有提到伊挚。

"是何人主使？""大王难道猜不出吗？"

"难道是有洛氏？如果真是她，朕定不能饶了她！"

"大王，这事死无对证。如果大王公开降旨治罪，恐怕朝中大臣又有人来说大王不念情谊，何况太子还在有洛！"

"也罢，朕本来已经开恩让有洛氏回归有洛，她竟然还派人来加害妺儿。"

妺喜没有说话，依旧泪水涟涟的眼中露出了难以察觉的笑意。既然履癸不能公开处置洛元妃，那也就不能依靠外面的赵梁和姬辛等朝臣了。

"王女，有什么心事吗？"妺喜正思量着，抬头看到了一个面容沉静的宫女，是阿离，自己从有施带来的宫女，阿离素来说话办事恭谨。

妺喜独自叫阿离进来。"你是我从有施带过来的，如今本宫有重要的事情交给你办，不许对任何人说起！"

"奴婢从小跟随王女，一定不负王女所托。"

"本宫要你和费昌大人一起去有洛，你一定要亲眼看到，然后回来禀告本宫。"

阿离心里一惊，跪倒在地，说道："奴婢一定办到！"

转天，履癸找来费昌。"费相，烦劳去一趟有洛国。"

履癸其他什么也没有说，费昌等了一会儿，履癸依旧什么都没说。

"大王，没有其他旨意吗？"

"别无他事，元妃有一宫女随费相同去，一份密旨到有洛后，费相再看，费相早去早回！"履癸说完就离开了，不想再和费昌多说一句。

费昌接旨之后，心中狐疑，突然明白了，无奈长叹一声。费昌只得带了近卫勇士启程，看到还有宫中的阿离姑娘一起去有洛，心中已经确信自己所猜无疑了。

一路上费昌等人沉默不语，几日之后，一行人到达有洛。有洛国君、有洛王妃、洛元妃和太子惟坤以及国中大臣都来迎接费昌。

有洛王妃听说宫女在宫中撞死了，知道事情已经败露。她心存侥幸以为死无对证，妺喜估计也是无可奈何。

按夏朝古礼，费昌宣读了天子旨意："赐有洛氏美酒一盉（hé）！履癸！"

有洛王妃心中狐疑，突然惊慌起来，美酒！这哪里是美酒，这分明就是毒酒！她低估了妺喜在履癸心中的位置，自己自作主张却害了自己的女儿。心中懊恼万分，有洛王妃知道费昌是朝中元老，素来中正平和，扑通给费昌跪了下来。大堂内有洛所有人都跪了下来，一时间悲号之声四起。

费昌是朝中老臣，素来敬重元妃，如今也甚是为难。"求我也是无用，你们应该求我身边这位阿离姑娘。"

"妺喜娘娘嘱咐我务必看着洛元妃娘娘喝下天子所赐美酒！"阿离语气如冰。

洛元妃过来闻了闻盉中的酒，突然脸色煞白。"断肠草！"

断肠草，听到这个名字洛元妃脚一软，瘫软在地。她没有想到履癸竟然一点儿也不顾念夫妻之情，赐给自己断肠毒药。

洛元妃在宫中多年，也是知道断肠草的，人喝了断肠草的酒，肠会发黑粘连，毒性进入心脉，人就会心跳减慢、加速及失常、四肢冰冷、面色苍白，过不了半个时辰就会四肢痉挛、麻痹、窒息、昏迷及休克，最后喘不上气，窒息而死。

洛元妃当年赐死过一个偷了宫中财物的宫女，那死状如今她想起来都心有余悸。平日素来端庄的洛元妃，内心彻底崩溃了。她在这个世间最留恋的莫过于她的儿子惟坤。她不知道死后，妺喜会如何对付自己的儿子，儿子会不会有一天也被毒酒毒死。

洛元妃想到这，几乎要疯狂。她一把抱住阿离。"阿离姑娘，你能放过太子惟坤吗？我死之后，我只祈求你们放过太子，他什么都不知道，太子是无辜的。"

第二十五章　断肠

有洛。

断肠毒酒就在洛元妃的面前。费昌看到这里也是束手无策，天子的旨意是没有人敢违抗的。

看到女儿闻了美酒后神色间一片绝望凄楚，有洛王妃也过来闻了一下，脸上也是瞬间变色，她也知道这断肠草剧毒的厉害。有洛王妃想一个人把这一盏断肠酒都喝光，但是酒盏太大，根本不可能。

她在蚕丛的时候熟知各种毒草，恍惚记起什么，叫来一个下人在耳边说了几句。过了不到一刻，下人回来了。

"费相，老身请求为女儿梳洗一下。"

"可以。"

费昌知道人死为大，四周都有天子卫士，估计洛元妃也难以逃脱，就同意了。

洛元妃此时形同枯木，被有洛王妃拉到旁边小室中，脚步都没有了平时的优雅端庄。当人卸去了外在的荣耀和地位，人与人之间没有太大的区别，人毕竟都是人而已。洛元妃并没有准备好离开人世，她还牵挂着太子惟坤。

人生在世，又有多少事能够自己选择？我们能做的只是扮演好自己的角色。只有不放弃，上天才可能有特别的眷顾。

不一会儿洛元妃已经换了大红盛装出来，不发一言直接走到酒盏前，倒出一爵酒。

"咕嘟！咕嘟！"仰起头来，当着费昌和阿离的面喝了个干净。

啪的一声，洛元妃把酒爵用力摔在地上。

"履癸，你为了那个妖女，竟然要赐死我！"洛元妃悲愤至极。

大堂上这时候异常安静，没有人敢说什么。

不一会儿，洛元妃手抚胸腹，嘴角溢出了红色的鲜血，看样子痛苦至极。

昔日步态优雅的洛元妃，也开始踉跄了几步，突然仰面摔倒在地，手脚开始剧烈地抽搐，嘴角吐出的泡沫弄脏了昔日端庄秀美的容颜，不一会儿洛元妃停止了挣扎，双目圆睁，有多少不甘心、多少怨恨都在这眼神中，慢慢地这愤怒的双眼逐渐闭上了，嘴角的泡沫也就此停住。

费昌和阿离看了也是不禁恻然，一代端庄贤德的洛元妃竟然落得如此下场。

大堂上顿时哭号之声撕心裂肺。

阿离凑到跟前，探了探洛元妃鼻息已无，嘴里鲜血泡沫吐了一地。有洛王妃愤怒地一把推开了阿离。

"这下，妹喜娘娘满意了吧。"

阿离冷冷地说道："应该是这下你满意了吧！"

"这个时候你还说这种风凉话，你是不是欺我有洛太甚？"有洛王妃怒道。

"我们都素知洛元妃为人，红花之事恐怕不是她能够想得出来、做得出来的。应该喝下这美酒的也许另有其人吧。"阿离的话冰冷得像一把锋利的匕首。

有洛王妃一怔，不再说话，伏在洛元妃身上继续痛哭。"我那可怜的女儿啊，你好命苦，被人抢了元妃之位，还要赶尽杀绝。"

费昌看到元妃已死，满堂哀号之声，再待下去，颜面上也过不去，一行人告辞而出。有洛国君无力相送，只有几个有洛老臣送了出来。

阿离出了大堂，经过有洛富丽堂皇的宫殿群的时候，隐隐闻到了一股血腥之气。"难道自己刚才身上溅到了洛元妃的血吗？"仔细看看身上衣服，似乎并没有。

整个有洛哀声四起，处处悲歌。

第二天，有洛城内尽皆缟素。

费昌和阿离到有洛宫中和有洛国君辞行。灵堂之上，洛元妃的棺木停于正中。

棺木厚重异常，棺木朱红的漆鲜红如血，让人看了心底不由得生起阵阵寒意。

阿离绕着棺木看了一圈，心中似有所想。阿离犹豫了一下，在费昌耳边说了什么，费昌也是面露为难之色。阿离又说了些什么，似乎有什么极为难的事情。费昌似乎无奈，只得找到有洛国君。

"大王，费昌这里有一个极为无礼的请求。费昌要回斟鄩面见天子，需要洛元妃随身发簪一件才能复命。"

有洛国君素来脾气温和，这时候也气得胡子都翘了起来。

"你们真是欺人太甚，这是天子的意思还是那个妹喜娘娘的意思？我儿已死，你们还要羞辱她吗？"

"她们就想再看一眼确认我儿确实已死，让她们看！"有洛王妃歇斯底里地叫道。

下人轻轻推开棺木盖子，费昌和阿离看到元妃果然躺在里面，容貌青灰，哪有半分人色？

有洛王妃一边哭，一边抽出了洛元妃的发簪递给了费昌。费昌赶紧双手接过，回身命人赶紧收好。

灵堂中，有洛的人都开始对着费昌和阿离往地上啐唾沫。费昌着实脸上无光，想他一代几朝的中正老臣，被人当面唾骂还是第一次。

"哎！"他终于知道这件事履癸没有派赵梁和姬辛等人，却偏偏派自己来的原因，只有长叹一声，就和阿离一起回夏都复命了。

斟鄩。

妹喜听到元妃已死，那个太子没有了洛元妃，以后再让履癸找个机会废了就是了。

妹喜看着阿离带回洛元妃的发簪，暗咬银牙。"有洛氏，你休要怪我，这都是你自己一步步自找的。"

费昌回到斟鄩也向履癸禀报了洛元妃的死讯。履癸心中似乎感觉到了一点儿愧意。履癸什么也没说，摆摆手让费昌下去了。

斟鄩商国的驿馆内，伊挚从噩梦中惊醒，感觉头昏脑涨，四肢无力。天亮时终于昏昏沉沉地睡去。

天大亮的时候，小童打水来给伊挚梳洗。伊挚看到小童过来，想坐起身来，用了半天力气却实在起不来。

"先生，您病了就让我来帮您吧。"小童把湿布在盛满温水的木桶中洗干净，然后帮伊挚擦了脸，端着陶碗给伊挚漱口。

一会儿小童又弄来热粥，用木汤匙喂给伊挚。伊挚勉强喝了两口，胸中一阵恶心，全都吐了出来，呕吐到最后什么都吐不出来了才停住。

一连几天不见好转，伊挚感觉自己一天天地衰弱下去，晚上总是做关于那个大蛇的噩梦。伊挚平日练气，又注重调养，极少生病。最近又没吃什么特殊的东西，连妹喜养颜汤中那么淡淡的红花都能闻出来，也不至于吃了什么自己不知道的东西。

妹喜自从红花事件之后，一直全身心关注着洛元妃的事情。履癸回来之后，朝夕相伴在身边，更是没有机会出来再见伊挚。万事皆难两全，人有时候只能做出选择，妹喜虽然有时候会想一下伊挚，但是渐渐地就把伊挚放下了，不再想着每天要去看望伊挚了。

她不知道伊挚先生病了。

第二十六章　大难不死

商国亳城，夜已经深了，神秘的祭祀台上亮着微弱的火光。一张羊皮手卷铺在祭祀台上，一滴鲜血滴落在羊皮上面清秀的字迹上，上面的字迹俨然是伊挚的。商国的文字有两种字体，一种是毛笔写在羊皮手卷和木简、竹简上的圆润字体，一种就是仲虺每天用刀锋刻在甲骨上的锐利稳重大气的字体，这正是伊挚和仲虺分别擅长的，滴落在羊皮卷上的正是仲虺的血！

"伊挚你欺人太甚！"仲虺一个人重新来到祭祀台上，割破自己的手指，殷红的鲜血流了出来，仲虺根本感觉不到疼，反而有了一丝快意，血滴在羊皮卷上，扩散成一个圆点。

仲虺点燃了艾草和各种迷幻的巫草，在烟雾迷梦之间，仲虺已经如癫如狂，双眼向上翻起，双目只剩下诡异的白眼珠。

"啊——啊——"几只乌鸟围着祭台盘旋着，在暗夜里听起来让人不寒而栗。

仲虺把羊皮手卷扔在炉火中，炉火中蹿起一股蓝色的火苗，一股青烟袅袅升起，如仙似幻，空中一直盘旋的乌鸟猛然散去，扑扇着翅膀朝一个方向径直飞走了。仲虺满头大汗，颓然坐下，神色恢复了正常，迈着沉重的步伐走下了祭祀台，内心并没有开心很多，失魂落魄地回到住处，身心疲惫地睡着了。

天亮了。仲虺对着镜子，嘴角露出了一种复仇后的快意，收拾一下，又恢复成精神抖擞的左相大人了。

他今天要去找天乙商议国事，天乙正端坐在玄鸟堂上，手中拿着一卷木简在看汝鸠和汝方昨日报上来商国的粮食和战马、士兵情况，脸上笑意若隐若现。

自从伊挚先生到商国后，大商开始实施井田制，鼓励多生人口，百姓休养生息。几年间商国粮食已经是以前的十倍，人口算上葛国已经是以前的三倍了。大商竟然也已经有了上万士兵，六十多辆青铜战车，天乙看到这些充满了喜悦。

仲虺走了进来。

"仲虺将军越发神采飞扬了，看来我大商是越来越兴盛了。"天乙看到了仲虺。

"大商，如今兵强马壮，百姓粮食满仓，人人脸上都洋溢着笑容，仲虺当然也为大王高兴。"

"哈哈！仲虺将军，我们一起骑马去，这商国之内，只有仲虺将军能陪朕跑上几圈了！"

二人来到商国的马圈。如今良马千匹，尤其有几十匹湟里且上次在斟䲨换回来的西域良马，神骏异常，昂头而立，比一般的马高出半头。

这些马看到仲虺和天乙，把头伸出来，四蹄不停地挠着地，打着响鼻，希望被天乙和仲虺选中。

天乙和仲虺都喜欢战马，没事的时候就喜欢牵出来几匹出去跑几圈，仲虺选了一匹棕红色的战马，天乙选了一匹白马。这些战马天生就属于疆场，放上鞍辔之后，变得更加躁动不安。天乙和仲虺上马之后，就风驰电掣地飞跑起来，那马蹄踩在土地上的声音是那样铿锵有力，步伐又透着那样的轻盈。风从鬓角的胡子边吹过，畅快的感觉刺激着两个人的神经，让人兴奋异常，这比喝酒还要过瘾。

几圈马跑下来，天乙和仲虺心情分外舒畅，浑身的汗毛都觉得能呼吸到伴着草木清香的空气。

"真是舒服啊！"两人在一棵大树下休息，天乙从马上摘下酒囊自己喝了一大口，扔给仲虺，仲虺将军伸手接过，仰起脖子咕嘟咕嘟喝了个痛快。

"你给我留点！"天乙笑着说。

"哈哈！大王不要这么小气！"仲虺笑了。

"哈哈！仲虺将军、伊挚先生，还有庆辅和湟里且等，你们都是大商的栋梁之材啊！瞧朕的这些军马战车，军队如此骁勇善战，都是仲虺将军训练有素，仲虺将军的战车也铸造得如此精良。伊挚将军和仲虺先生一个主国政，一个主持军政；一个制订农耕策略，一个厉兵秣马。你们如同朕的左右手，和你们比起来，朕有很多地方不如你们，只不过我生下来就是这商国的国君，才能有幸得到你们辅佐！"

仲虺听着天乙如此说，内心充满了感激。大王其实并没有只是依赖伊挚而忽视自己。"能够跟随大王，才是我们的幸运，没有大王，我还依旧缩在薛国，我是和履癸较量过的，即使有盔甲、战车，薛国在天子那也根本不堪一击，我什么也做不了。而如今我们大商，天子再也不能小觑了。"

"伊挚先生说朕要做一个素王，定要低调忍让，不可张扬，不可称王。朕和你们都是一起经历生死的兄弟，希望你们也能亲如兄弟，大家心齐如一块磐石，大商才能真正地强大。"

仲虺听了，内心感觉更加惭愧了。"大家一定永远都是好兄弟，一定誓死追随大王！"

"喝酒！"天乙又把酒囊扔了过来。

"这酒真是不错！"仲虺继续咕嘟咕嘟，一下被呛到，咳嗽得眼泪差点流出来。

"我不该嫉妒伊挚先生，每个人的才华都是不一样的，就像伊挚先生也曾经很羡慕我的才华。"仲虺终究是个心胸开阔之人。

第二天太阳升起之后，他的心情就开朗多了，一直隐隐压在胸口的那些东西不见了，又恢复了往日那爽朗的笑容。

有洛。

有洛后山一个院落，木头栅栏围成的围墙，院子中干净平整，没有多余的花木，房屋也是由大块木头搭建而成，粗犷中不失古意盎然。这里依旧是有洛宫殿的范围，不过藏在有洛宫殿后面的山丘后面，人迹罕至。

太子惟坤坐在床边，在熬着一鬲稀粥。床上躺着一个面无血色的女人，鬓发散乱，在沉沉地睡着。

有洛王妃闻出履癸所赐的美酒中有断肠毒药，电光石火之间，心中便有了脱身之法。她在蚕丛的时候就对各种毒药分外熟悉，所以才能不动声色地将红花之毒让妹喜服下。

有洛王妃猛然想起如果喝断肠毒酒之前先喝下刚从羊身上取出的热羊血，在半个时辰之内，把毒酒呕吐出来，应该可以保住性命。

有洛王妃偷偷叫下人过来。"去花园中杀掉一头公羊，再用缶把热羊血接来放到偏室。"

下人手脚很麻利，取了一个缶，飞步到花园中的羊圈，匕首斜出，一头公羊的喉咙就被割断了，鲜血汩汩而出，冒着热气和泡沫流到缶中，不到一刻钟就回来悄悄禀报。

"王妃，已经准备好了。"

有洛王妃趁着给洛元妃更衣的时候，让洛元妃赶紧把热羊血大口喝了，只说了两个字："装死！"洛元妃猛然听说似有一线生机，顿时有了求生的勇气，也不管血腥之气，大口灌了下去。人被逼急了，什么都做得出来。喝完之后，迅速换了衣服。洛元妃胸中欲呕，来到大堂，不敢耽搁，怕羊血被吐出来，迅速把毒酒喝了，倒下之后嘴中溢出的鲜血其实都是腹中的羊血。

阿离离开有洛宫时闻到的气味，就是这些羊血的气味，她见到洛元妃喝下毒酒之后就口吐鲜血，但是也不明所以，就没有多想。回到斟鄩之后，阿离禀告妹喜，只是说了洛元妃喝了毒酒之后就毒发身亡，第二天打开棺木也验证了洛元妃确实已经躺在棺木中。妹喜没有任何怀疑，心中也认为洛元妃的确已经死了。

有洛后山院落中，床上的女子突然睁开了眼睛，眼中闪烁着坚定的光芒。

"母亲，您醒了？"惟坤看到洛元妃醒了，顿时满脸喜悦。惟坤赶紧用羹匙舀了小鬲中的粥给躺在床上的母亲喂着。

"从此有洛氏已死，和履癸恩断义绝，水火不容！"

第二十七章　最美女巫

斟鄩商国驿馆中伊挚病了，伊挚是医道高手，知道人生病有很多因素，偶尔不舒服也是正常的。

"休息几天就应该没事了。"几天过去了，身体依旧昏昏沉沉的，没有好起来的迹象。

"为什么病了，难道因为发现了妹喜汤中的红花也被人下了毒吗？"

伊挚每日让小童在身前熬粥，饮食没发现什么异样。

这一日，又是半夜，伊挚正在思索着商国的事情，迷迷糊糊就要睡着了，却感觉有人在盯着自己，房间中空荡荡的并没有人，只有窗外树枝映在窗布上的影子在轻轻晃动，伴随着细微的风声。

伊挚睁开眼睛，盯着窗户，他感觉有一双眼睛透过窗纱上的缝隙正在看着自己。伊挚突然冲到窗前打开了窗户，这次看清了，一双黑亮亮的眼睛在凝视着自己。

扑棱一声，是一只乌鸟！乌鸟也看到了伊挚，飞走了。

伊挚猛然想起，开始做噩梦那一日，那次惊醒似乎也听到了乌鸟的叫声。

"乌鸟？！难道是有人在诅咒我吗？"

伊挚苦苦思索着：这一切到底是怎么回事？好久没有商国的消息了，有莘王女一定很想自己吧。乌鸟是有灵性的，要解除病痛只有一个办法，必须抓到那只乌鸟。伊挚下床去院子中寻找那只乌鸟，没走几步就感觉天旋地转，险些晕倒在地。勉强到了院子中，那只乌鸟早就不知飞到哪里去了。

小童被惊醒，忙跑过来。"先生，我扶你回房间吧！"小童把伊挚扶回屋内。

伊挚只好回到屋内床上盘膝坐好，深吸一口气，准备稍作休息，安稳心神，却一阵头晕脑涨，胸腹的恶心直接冲上来。

"王女，如果你能知道，一定要帮帮伊挚！"伊挚第一次这么绝望，他却并没有想到要妹喜去帮自己，伊挚不想妹喜看到自己这种虚弱无力的样子，希望在妹喜心中永远是那种无所不知的智者和玉树临风的谦谦君子的形象，他不想破坏他们之间这种美好的感觉。

伊挚和有莘王女一起长大，一起来到商国，在伊挚的内心中，自己最虚弱的时候，想到的人只有王女，只有王女才是那个无论自己什么样子，无论多么虚弱，都会陪在自己身边的人。

此刻，伊挚不知道王女是否知道自己病了。"王女，我已经很久没有你的消息了，你一切还好吗？你是否一直在想念你的伊挚？"伊挚躺在那里，泪水慢慢流下来。

"啊——啊——"那只乌鸟又回来了，似乎在挑衅地叫着。在这暗夜里听来，如来自地狱的使者。

小童在伊挚身边听到这乌鸟的叫声，不由自主地向伊挚身边靠。

"先生，先生我害怕！"

"没事的，只是只乌鸟而已，先生会好起来的。"伊挚安慰小童道。

第二十八章　第一美人

大夏斟鄩商国驿馆。

伊挚迷迷糊糊地听到女子的笑声，一个模模糊糊的倩影在前面引着他往前走。"妹儿，是你吗？"女子停住了脚步，回身向他招手，他犹豫了，突然他意识到这是在梦中。

"在梦里难道你还是个懦夫吗？"他走过去想要将妹喜揽入怀中，突然妹喜身后一道光照过来，刺得他什么也看不清。他慢慢睁开了眼睛，眼前一个人影，背后的窗户透进来的阳光刺得伊挚赶紧眯起眼睛，但伊挚已经知道那人影不是妹喜，是自己的小童，倏然一梦。

"先生都中午了，您该吃点东西了。"

伊挚这一夜睡得很香，足足睡到了午后，起身后就觉得腹内异常饥饿。小童给准备了粥和青菜，伊挚就着青菜喝了很多粟米粥。

"原来粟米粥也会如此香甜！"伊挚一口气喝了几大碗。伊挚更衣起床之后，身上依旧感觉轻飘飘的，除此之外，其他一切已经恢复如常。

清冽的空气，呼吸着异常舒畅，前几天那种憋闷异常的感觉彻底没了，能够好好活着本身就是一件很快乐的事情。

"伊挚先生，您的信！"驿馆的人送来一封信。

"谁的信？"伊挚还未打开书信，看到书信竟然是写在丝绸之上，嘴角已经在微笑了，如此华美的丝绸，定然是妹喜送来的。

"请伊挚先生入宫，有要事商议！大夏元妃。"

伊挚目光望向王宫的方向："你可知道，刚才我还梦到你了？"伊挚没去想到底协商什么事情，只想着哪怕只是见到妹喜一面，哪怕只是说上一句话也好。

大夏王宫太禹殿中上百个舞女同时起舞，如同一片飞舞的花海，中间一枝独秀的婀娜身姿是艳绝天下的妹喜。履癸越来越着迷于妹喜的歌舞，更加喜欢气势宏大的舞蹈，几百人一起共舞才符合天子的规格。

妹喜为每一个舞蹈都设计了不同的衣服，让每一场舞蹈都是全新的感觉，每套衣服都要绣上不一样的花纹。每一件都要精美绝伦、精致细腻且富丽堂皇。天下也只有万国朝贡的大夏才能有这样的舞蹈。

长夜宫。

"娘娘，伊挚先生到了！"伊挚接到了妹喜的信之后，转天来到了宫中。妹喜果然很忙，编排了数套歌舞正教习几百舞女演练。

"伊挚拜见元妃娘娘！论歌舞，娘娘之才必是天下无双、百年难得！"伊挚等妹喜排练完毕，上前和妹喜行礼。

"先生愈发清瘦了，更加有翩翩君子之风了。"妹喜看到伊挚双眼充满了光芒，伊挚些许变化都没逃过她的一双明眸。

"有劳娘娘挂怀了！"

"天子为昭显大夏无上荣光，正在排练大型的朝会歌舞。妹喜每日忙于编排新的用于接待各国诸侯来朝的歌舞，已很久没有去请教先生了。"

妹喜停了一下，伊挚一时不知如何作答。

"先生品位清雅，本宫想请先生帮我准备诸侯朝会的舞衣。"

"娘娘这些都很好看，伊挚乃山野粗人，哪里懂得这些锦衣华服呢？"

"先生我们不必如此客套。"

妹喜让数个宫女过来，大气雅致衣服分为春夏秋冬不同季节，环佩飘带，流苏头饰，每件都刺绣精美。

"我需要数百件也许千件，斟鄩之中根本没人能绣出如此多衣裳。这种事情朝中那些粗人，本宫是不能指望了。不知先生可有良策？"

伊挚略有沉吟，想起湟里且在各国交换商品，养有很多绣女，专门刺绣衣物。

"伊挚愿为娘娘分忧！"伊挚回到驿馆连夜写了一封书信。

商国。

湟里且走进天乙的房间，天乙递过来一封书信。

"数百件衣裳的刺绣，每一件可得酬劳一钟粟米。大王！这个事情可以做！有利可图！"对湟里且这个商人来说，这绝对是无本万利的大买卖。

"伊挚先生真是细心，连这种生意都招揽！湟里且你就安排吧！"

商国的绣女到达大夏王都斟鄩了，伊挚安排他们住在了商在斟鄩的驿馆中。驿馆中从此变得热闹异常，廊下、院子中到处都是刺绣的绣女，这些绣女从来没有出过远门，这次能来到夏都斟鄩，心中又新奇又兴奋，听说是给天下最美的女人元妃妺喜娘娘刺绣衣裳，每人都格外尽心用力。

这一日，风中充满了一股清香。一女子走入了驿馆，身形娉婷袅娜，弱柳扶风，笑容如春风拂面。本来叽叽喳喳的驿馆一下子就安静了下来，绣女们的目光都被这个女子吸引了。"天下竟然真的有如此美的女人，真的宛如月中仙子，不带着一丝一毫人间的世俗气息。"

妺喜来到驿馆探视刺绣情况，绣女们见了妺喜，一个个都看得呆住了。

"听说后羿的嫦娥善于歌舞，是天下第一美人。妺喜娘娘难道是嫦娥转世吗？"绣女们不由自主地开始夸起妺喜来。

"我看嫦娥都不如妺喜娘娘好看，你瞧妺喜娘娘走路不急不缓，举手投足之间的风采，真是仙子都不如呢。"

妺喜听了之后，心中也甚是受用，哪个美丽的女子不爱听别人夸自己呢？她微笑着看向伊挚。伊挚本来听绣女们夸妺喜，不由得也端详着妺喜。突然间妺喜眼中波光潋滟地望向伊挚，伊挚面上微微一红，赶紧把目光移开。

"看到你守了多年的有莘王女，不会这样脸红吧！"妺喜看到伊挚似乎失态的样子，心中更是开心了。

"我们国君夫人有莘王女也是漂亮得天下无双呢，不知和妺喜娘娘哪一个更漂亮？"一个俏皮的女子说。

"不知道，那得两个人在一起才能知道。不过我们王妃更端庄大气！"另一个女子接着说。

妹喜听到这里，秀眉微微蹙了起来。

"难道自己堂堂元妃不够端庄吗？那个有莘王女不过是一个区区商国国君夫人，本宫可是母仪天下的大夏元妃。"

"不过听说妹喜娘娘的舞是天下最美的，可惜我们无缘见到了。王妃可没听说过会跳舞呢。这一点应该还是妹喜娘娘美。"这时候一个年轻的小女孩说。

"我们都不要说，伊挚先生跟随有莘王女从有莘嫁到商国，他对有莘王女和妹喜娘娘都熟悉，让他说说她们谁更美？"这时候另一个小女孩说。

立马整个驿馆就安静了下来，所有人的眼光都齐刷刷地望向伊挚。

妹喜也静立在那里，看着伊挚。

"好你个伊挚，原来你在商国还有个天下第一美女的有莘王女呢，怪不得开始见到我，看起来一副无动于衷的样子。天下所有的男子见到我，眼光都会为我闪过一丝难以察觉的光芒。那日第一次见到你，你平静得似乎没有见到我一样，我却被你那种温文尔雅的君子风度给吸引了。"妹喜相信只有第一眼的喜欢才是喜欢，而这个世上，能够让自己第一眼就喜欢的人，只有伊挚。

伊挚饶是镇定，此刻也是尴尬异常。

"娘娘见谅，费昌大人约了伊挚今天去相府上商谈明年春耕的农事安排。在下先行告辞。"伊挚带了小童，逃一样地离开了驿馆，上了门口的马车，赶紧让车夫出发。

两人离开驿馆之后，小童笑嘻嘻地说："先生，你头上出了好多汗啊！"

"不要胡说，如今是寒冬季节，哪里会出汗？"伊挚不自觉地摸了一下额头，竟然真的有一层汗珠。

"其实妹喜娘娘和有莘王女都是天下最美的人！"

"你这小童怎么学那些女子说这些无聊的话，以后要好好读书，多学君子之礼。"

第二十九章　千钟酿酒

大夏。

巨大木钟中满满的粟米哗哗倒入粮囤中，浮起一种粮食特有的尘土味道，一会儿三个大粮囤都开始冒尖了。如果没有粮食，士兵就无法出征，百姓就会流离失所，还可能发生灾民暴动。

"盖上囤盖！"费昌一挥手，麻绳吊起巨大的木盖盖住了粮囤。

履癸远征彤城和党高，把彤城和党高国内的粮食都运了回来，除去远征消耗的军粮之外，还多出好几千钟的粟米，布匹、皮革和药材等不计其数。

费昌看着这些粮食、物品，心中甚是欣慰，准备收归国库，将来用作军粮或者灾荒之年用来应急，那样就不用担心粮荒，如今有了这些粮食，大夏江山未来几年就稳固无忧了。

红日西坠，旭日东升，清晨的阳光映出大殿中上朝的人们斜斜的身影。

"费相随朕远征功勋卓著，赏粮食百钟、玉石一百。"履癸说。

"谢大王！"费昌伏地稽首。费昌没想到履癸给了自己如此多的赏赐，他对东西倒不是那么在意，但得到赏赐是对自己这次远征的一种肯定，是天子的心意。

费昌心里很是欣慰，看着履癸，心想大夏会越来越强大。

"散朝！费相、梁相、姬辛留下。"

"上当了！"费昌刚走到大殿门口，转身时心中突然有了一种感觉。

"费相，咱们远征带回的粮食如此之多，朕想取出一千钟用来酿酒，费相也知道朕尤好饮酒。"

众人都退出了大殿，履癸不再正襟危坐，斜身靠在王座的扶手上。

"一千钟，大王！那么多的酒就是斟鄩的所有百姓一起喝，估计三天三夜也喝不完啊！大王要那么多酒做什么？"

费昌听到这里才明白，原来履癸刚才那么大方果然是有所图谋。

酒，绝对是个好东西。履癸最喜欢的一件事情就是饮酒，有很多很多的酒，心情就会很好。

"这个……朕自然有用！费相，你只要把粮食拿出来就行了！"履癸脑海中想着那无尽的美酒。

"大王，屯粮是国之根本，一千钟粮食那可是万人远征这几个月的军粮。大王用来酿酒，如果让天下百姓知道……"费昌有点儿犹豫了。

"费相如果不说，天下百姓怎么会知道？"姬辛一边顺着履癸说，还给费昌使眼色。

"粮食放久了也就不好吃了，费相我们把国库中的三年以上的粮食用来酿酒，也可避免粮食浪费。"赵梁也来劝说。

"费相，大王是大夏的天子，难道用些大夏的粮食，都不能做到吗？难道费相的权力比大王还大吗？"姬辛开始软硬兼施。

"费昌只是大夏的臣子，大王虽为大夏的天子，也应该以江山社稷为重，以大夏的子民为重。"费昌正色说。

"费相这么说就严重了，难道大王不以大夏江山为重吗？这些粮食也是天子劳师远征，浴血拼杀而得来的。"赵梁说。

费昌掌管着大夏国库的粮食，纵使履癸要动用这些粮食，也需要费昌同意，履癸也感叹自己这天子做点什么事，还要看费昌脸色。

履癸黄色的眼睛瞪着费昌，旁边的人都已经感到隐隐的杀意。履癸的眼神如同狮子在看猎物一样，不用发怒就已经让所有人感到害怕。

"费昌这就去清点三年以上陈粮，供大王酿酒。"费昌无奈地摇了摇头，直接忤逆天子是没有好果子吃的，这一点他很清楚。

"费相真不愧是朕的左相，酿酒的事情就交给右相赵梁来办吧。"履癸很是满意，眼中杀气也变成了笑意。

"赵梁遵旨。"赵梁很是得意。酿酒这件事情，自己最少能够弄出上百钟的粮食归自己，这可比费昌跟随天子远征出生入死得到的那些赏赐容易多了。想到这里赵梁嘴角都有点儿微微上扬了。

"哼！"费昌在旁边看到赵梁那副嘴脸，哼了一声。

赵梁自知失态，赶紧正色对费昌说："酿酒所需粮食之事也有劳费相了！"

商国驿馆。

妹喜很喜欢到伊挚的驿馆去看绣女们绣舞衣，在这里可以轻松自在地看着伊挚，她更喜欢这里欢乐轻松的气氛，可以轻松自在地说话。

前几日那两个多嘴说不知道有莘王女和妹喜娘娘哪个更美的小女孩如今也学乖了。只要妹喜娘娘一来，就围着妹喜。

"妹喜娘娘你真好看，你看我这花纹绣得漂亮吗？"

妹喜有时候也和她们一起绣一朵花，而年龄小的女孩就缠着妹喜要学舞蹈，妹喜心情很好，看了伊挚一眼，伊挚点头会意。

"铃！铃！"伊挚手中的铜铃打起了节拍。妹喜随性而舞，宛若一朵盛开的随风摇曳的莲花。

"真美啊！"这些女孩从来没见过如此美的舞，从此以后，再也没有人在妹喜面前提起有莘王女了。

每次妹喜来驿馆，小女孩都要学习舞蹈。伊挚真的怕这些小姑娘被妹喜收到宫中当了宫女，那样回到商国可就没法和天乙交代了，赶紧来到妹喜身边。

"妹喜娘娘乃是大夏的元妃国母，你们这些小孩子赶紧去刺绣。"

绣女们不情愿地散去了。

"这里太过杂乱，请娘娘到书房品茶！"妹喜转动一双妙目看着伊挚，没想到伊挚会主动来邀请自己，她没猜透伊挚的心思，但还是跟着伊挚朝书房走去。

伊挚引妹喜到自己的书房中，小童奉上香茶，伊挚和妹喜详细说着刺绣舞衣的进展，还需多少时日。

"这些先生做主就好了。先生不让我在外面,是要继续教我练气之法吗?"

伊挚心中无奈地叹了口气,只得继续教授妹喜练气之法,只是外面太过吵闹,所以二人只是谈论,并没有办法入定进行真正的修习。

一个月后,精美华贵的舞衣都做好了,妹喜很是满意,绣女们也要回商国了。

这些绣女回到商国的时候,足足带走了几百钟粟米,这些粟米一半交给了天乙,一半分给了这些绣女。这些已经够这些绣女全家吃一年的了,百姓只有家中都有了粮食,才能安居乐业。

天乙看到绣女带回的这些粟米,不禁感叹:

"伊挚先生真是比湟里且还会做买卖啊!没想到伊挚先生远在斟鄩,还能为朕筹集到这些粮食。"

斟鄩大夏的粮仓。

费昌看着一麻袋一麻袋的粮食被运出去送到酒坊,炒熟了,用来酿酒,心里就像被掏空了。

"大王,哪里能够喝得掉这么多酒?真是暴殄天物!"

大夏天空一朵乌云在慢慢飘过来,一场风雨即将到来。

第三十章 醉舞

长夜宫池边的廊上悬挂了很多烤好的野味，空气中飘着股肉香。妹喜无奈地摇了摇头，命人在池边摆了珍奇的兰花等各种花卉植物，中间点缀上各色瓜果糕点。

咚咚的鼓声震颤着人心底的心弦，四百少男少女随着节奏起舞，皮肤透着青春的光泽，身上商国绣女做的舞衣华光灿灿，显得少年青春无限，少女婀娜妩媚。

众少女用手托起妹喜，宛如盛开的莲花，众少女顿时暗淡下去，妹喜的明媚娇艳能够胜过一切青春的靓丽。众少男用手托起履癸，在池边嬉戏游乐，履癸和妹喜在众人托举中追逐着，妹喜指挥着众少女在花树间若隐若现，身无彩凤双飞翼，心有灵犀一点通。众星捧月之间，妹喜笑得花枝乱颤，恍若天真烂漫的少女，终于履癸穿过层层少女，一把拉住了妹喜。

"大王，妹儿饿了。"妹喜看履癸就要抱紧自己，忙撒娇。履癸起身坐上小船滑行至池边，用箭射下廊上悬挂的山鸡肉，用刀割下野味，递给妹喜。妹喜用袖子掩着嘴，履癸已经开始大口吃掉了半只鸡，低头在池中喝一大口池水。

"大王！这水有什么好喝？"

"妹儿，你尝尝！"履癸用手心捧着池水让妹喜尝，妹喜啜了一小口。

"怎么是美酒？"这长夜宫的池水竟然都变成了美酒！

"痛快，从此再也不用担心酒会喝干了！"履癸看到妹喜的样子更加开心了。

履癸远征回来之后，姬辛就开始打这些粮食的主意。

"大王，这么多粮食放着多可惜，如果都酿成酒，充入长夜宫水池中，将是何等壮观。泛舟酒池中，低头用手捧起来就可以喝到美酒，岂不快哉！"

"姬卿有你的，如此甚好！"履癸对姬辛的建议很是赞赏，所以才找来费昌要粮食。

履癸等了几个月之后，美酒终于酿好了。履癸让姬辛清空了长夜宫的池水，擦洗干净池底。将一坛一坛的米酒倒入池中，整个长夜宫中顿时散发着淡淡的酒香。

履癸和妹喜再次泛舟池中，扑面而来的都是让人微醺的酒的味道。履癸看到这么多酒，这一定要很多人来喝才过瘾。履癸玩得开心了，微微有了些醉意，让人在亭中擂鼓，命其余少男少女尽脱了衣服，趴在酒池周围，双手伸入池中，用嘴吸酒。于是一鼓而牛饮千人。酒池中的酒就浅了数寸，这些少男少女最后都醉了。

履癸和妹喜看到也不禁大笑。"哈哈！倒也是有趣。"少女中几个美艳动人的上了小舟。履癸开始在船上追逐嬉戏，不一会儿就有几个少女落到了酒池之中，颠倒浮沉之状，酒润着青春的胴体，更显得娇媚动人。履癸也下到酒池中相逐戏舞欢合，很多少女害羞得遮住双眼，不敢去看。

妹喜看着履癸在那里癫狂地肆意欢乐，借着酒意随意而舞。妹喜的醉舞迷离中透着妩媚。妹喜似乎真的醉了，舞姿不再那么轻盈，让履癸看得更是心中荡漾。不一会儿，履癸就放下了酒池中的那些少女，回到了妹喜身边。妹喜带着醉意而歌，长夜宫立即安静了下来，只有妹喜的歌声。

桂棹兮兰枻，苗席兮棠舟。世路多愁兮，人生兮几何？披发兮解衣，闹欢兮醉迷。弄来兮给浆，弄来兮啜醑。

履癸听着听着，渐渐地双眼闭上，鼾声大起，就这样睡着了。

履癸一连二十日待在长夜宫中醉生梦死，更不用说上朝了。

世间没有不透风的墙，斟鄩的百姓听说履癸把一千钟粮食都酿了酒，做成了酒池，开始怨声载道。"大王远征彤城、党高都是从各家各户征收的粮食，如今不返还百姓也就罢了，竟然都浪费酿了酒。"

有多少百姓家里还以稀粥度日，不知道如何挨过明年的春荒时节。

阳光照得太禹殿前的大禹像异常巍峨庄严，关龙逄等老臣开始着急了，大王不上朝，大夏岂不是就乱了？

"咚！咚！"巍峨的太禹殿前的鼓被敲响了，高高的宫墙上是一个亭子，亭上大钟也发出悠长的声音，飘向斟鄩的四方，履癸终于上朝了。

老臣关龙逄从家中的柜子中取出了一件东西，带着去了太禹殿。路上正遇到费昌的马车。

"龙逄大人怀中抱的是什么？"

"这乃是上古之宝，我要把它献给大王！"

"哦。"费昌心中疑惑关龙逄到底带了什么。

太禹殿中，群臣礼仪完毕，履癸坐于王座之上。

关龙逄进奏说："大王，臣有一上古之宝进献。"说罢双手将其举过头顶。侍人赶紧接过来，呈给了履癸。

"上古之宝？"履癸也来了兴致。

侍人徐徐展开丝帛的画卷，只见画中有文字也有图，是画的大禹治水时候的九州之图，如今九州大多在大夏的势力范围之内。

文字是大禹的《禹贡》：禹别九州，随山浚川，任土作贡。禹敷土，随山刊木，奠高山大川。冀州：既载壶口，治梁及岐。既修太原，至于岳阳。……（中间讲述大禹治水的功绩，如何疏导河流，让洪水退去，最后天下咸服。）九州攸同，四隩既宅，九山刊旅，九川涤源，九泽既陂，四海会同。六府孔修，庶土交正，厎慎财赋，咸则三壤成赋。中邦锡土、姓，祗台德先，不距朕行。东渐于海，西被于流沙，朔南暨声教讫于四海。禹锡玄圭，告厥成功。

关龙逄在履癸看图的时候说道："大王，这是上古的天下黄图，六府孔修，庶土交正，厎慎财赋，咸则三壤成赋。大禹王告诫各处的土地都要征收赋税，并且规定要慎重征取财物赋税。如今大王取了肜城和党高的粮食归来，不知明年春荒肜城和党高是否会有饥民挨饿。大王却用千钟粮食酿酒，而且纵情声色歌舞，我大夏江山堪忧啊。"

履癸自小就被要求背诵这篇先祖的文章，看到这幅图就气不打一处来。

"关龙逄,几代先王羸弱,致使诸侯不来朝拜,国力衰弱。朕即位以来,巡视天下,征讨不服天子者,这才恢复了大夏万国来朝的国威。如今只是用一些用不到的粮食酿一些酒,你就来责怪朕,目中还有天子吗?!"履癸发怒了。

关龙逄并没有害怕。"臣闻人君之待臣下也,不贵以辨屈臣下,而贵乎能纳臣下之言。夫臣下之言,岂能一一尽善?在人君择而取之耳。且以人主之尊,出一言虽自以为非,人亦以为是。况自以为是,谁敢非之。臣下之卑,虽人人以为是,犹不敢言。况乎便以为非,谁复有敢言者?臣闻是非决于人者昌,决于己者亡。舜设谏鼓,禹拜昌言,唯恐人之不言也。愿君王虚心受善以成治,毋任情自恣以违天下之人望。"

履癸听了这套文绉绉的词,转过头去不听。不等关龙逄说完,怒气早已冲天。"禹拜昌言难道是听的你这种危言耸听、诽谤天子的话?"

"夫言者,圣人察之,以为是昌言则是昌言。如果不真心听取臣下之言,以为是狂言则狂言矣!"关龙逄没有退缩的意思。

履癸这下更怒了。"如你所说,则朕错听为狂言了?!"要不是关龙逄是先王指定的老臣,履癸真想一腿把这个老头儿踢飞了。

第三十一章　天象异常

大夏太禹殿。

关龙逢这老头儿倔脾气又上来了。"作为人君，要谦恭待人，对人臣要互相敬信，爱护人才。只有这样天下才能安定，社稷宗庙才会稳固。大王赶走大夏的宗族，辱没朝堂的旧臣，轻其贤良，丢弃礼义，用财无度，杀人无数！如今老百姓都希望大夏早点灭亡。人心已去，老天也不会保佑大夏的，恐怕大夏很快就会亡国的！"

履癸要被气疯了，又不好发作，只有暗自安慰自己。"老家伙想要个忠臣的名声！忍耐忍耐，他活不了几年了，哪天就老死了！"

突然大殿安静下来，关龙逢终于说完了。

履癸长舒了一口气，就想散朝，话还没说出口，猛然看到殿中又多了一个跪着的老头儿。

"大王，臣夜观天象，今日发现五行运行有些不同往常！"太史终古等关龙逢说完，快步上前到殿中跪倒启奏。

履癸正在气头上，目光扫过终古，终古脊背感到一阵冷风。

"太史到底想说什么？几颗星星还能长腿跑了，不是你年龄大了，眼花看错了吧？"

"臣每日夜观天象，以白璧理天黄琮理地，配以观天仪记录星象，不会有错。

五星错行，天下必有大事发生。"终古继续说道。

玉琮是一种内圆外方的筒形玉器，是用于祭祀神祇的一种礼器，中间插入木柱，顶端装有标着天干地支的白璧，用以观测天象。

"什么大事？"

"臣也不知。"终古的声音小了下去。

"不知！终古你也来妖言惑众，朕就看看到底有什么大事发生，如果有就罢了，否则朕定轻饶不了你！"

"星象如此，臣不敢妄言。"终古被履癸的气势震慑住了，暗想不该在天子火头上来说这件事情，不过身为太史，天象有异自当及时禀告天子，何错之有？

散朝之后，履癸回到长夜宫中，歌舞升起华美依旧，宴饮嬉戏和以前没有什么区别，但总是无法找到以前那种开心的感觉。

"到底哪里不对劲呢？"履癸就是开心不起来，在朝堂上被关龙逢如此一通争辩，看着这巨大的酒池，"难道朕真的做错了什么？"

妹喜看履癸今日有点儿心不在焉，似乎有什么心事。"大王，今日不开心吗？"

"没什么，一个老臣在朝堂之上说朕过于奢侈浪费。"履癸一腔怒火不知如何发泄。

"大王，妹儿在这长夜宫中也太久了，我们可以先回容台去住几天，那些大臣就不会再烦扰大王了。"

"也好。"

履癸和妹喜搬出了长夜宫，回到容台居住。此时正是隆冬时节，每天看到外面朔风呼啸、天地肃杀的寒冬景象，妹喜没有几天就觉得无聊了。

"大王，我们什么时候才回到长夜宫呢？"

"妹儿，如今朝中有大臣说朕贪图享乐，最好暂时不要住在长夜宫中了！"

"如今外面隆冬季节，妹儿的皮肤都不光滑了，还是长夜宫中温暖如春。大王只要把长夜宫酒池中的美酒赏赐给大臣们和城中的百姓，他们就都会说大王的好了。"妹喜嘟着小嘴说。

"对！妹儿说得有理，他们得了好处，自然就不说话了。"履癸看着妹喜撒娇，眉头终于松开了。

"只可惜了朕的那些美酒。"履癸还有点儿舍不得。

"大王，为了美酒就不管妹儿了。"说着妹喜的眼中竟然已经泪光莹莹。

"朕怎么能不管你，美酒不要了！不要了！又不是没有酒喝了！"履癸赶紧安慰妹喜。

"大王把美酒赏赐出去，百官和百姓一定会颂扬大王体恤臣民的。"妹喜的脸上也不禁露出了笑容。

妹喜也爱饮酒，但履癸弄得整个长夜宫中到处都是酒味，她就不喜欢了。如今长夜宫就连酒池边上的花朵都似乎不再是清香的味道，所以妹喜才要搬出长夜宫一段时间。

履癸让人把酒池中的酒取出，遍赏了百官和斟鄩的百姓。晚来天欲雪，能饮一杯无？再配上红泥小火炉，喝着天子和天下第一美人喝过的美酒，人们心中的怨恨自然随风而去了。

百官中很多人从来没得到过大王的赏赐，得到赏赐的美酒一个个都欣喜异常，有种受宠若惊的感觉。再次上朝的时候，大臣们四下议论的都是大王赏赐的美酒的味道。

斟鄩的百姓几乎家家都得到了赏赐的美酒，这些百姓能够见到履癸一面都很困难，更是对履癸的王宫充满好奇，这些每天只能看到自己那低矮茅草屋檐的百姓，能够喝到大王赏赐的美酒真是一生中难得的荣耀。

一些年轻的男人都在传言，妹喜娘娘在这些美酒中洗过澡，似乎闻着这些美酒的味道，就如同能闻到妹喜娘娘的味道一样。

虽然百姓知道这些美酒解不了明年的春荒，但一个个也都把这些美酒视若珍宝，履癸一下子成了大家口中的仁德天子了。

王邑一片祥和景象，再也没有人提修建长夜宫和履癸酿酒不好了。

"大王不仅神武天下无敌，又爱民如子！"百姓交口称赞。关龙逢看到履癸把美酒遍赏了天下，也就无话可说了。

履癸的心情更是格外好，人还是喜欢听别人赞扬自己。履癸甚至都觉得自己当初决定把那些粮食都酿了酒是多么英明。

"妹儿，如今百官再也没有怨言了，明日随朕一起回长夜宫吧。"

妹喜也是欢喜异常，终于不用在这又干又冷的窨台居住了。

寒冷的冬夜，万籁俱寂，星空显得格外深远。人们早早地躲进了被窝，把家里所有的被子都盖在身上，依旧觉得冷，再把白日里穿的破棉袄、棉裤都盖在被子外面，依旧不觉得暖和。人们睡前都在灶膛里烧上火，把睡觉的屋子的土炕烧暖和。这样入睡的时候，就是暖暖和和的。关上木门，插上门闩，开始了平日里最开心的事情——睡觉，在这冬日里，能够有人相拥而眠自是更加幸福。

商国驿馆中伊挚早已习惯了一个人，每日上朝伊挚也不说话，以他的身份站的位置也比较靠后，已经快到大殿门口的位置，履癸似乎也没注意到他。这样寂静的夜最适合练气，一炷香工夫，伊挚头顶就已经白气升腾，达到物我两忘的入定境界。

斟鄩城内一间民房内。一个小女孩和一个老婆婆睡在一间房间里，最近这些日子，小女孩每天半夜必然醒来。子夜十分，她又醒了，睁着闪亮的眼睛望着屋顶，怎么也睡不着，她感觉有什么事情要发生，但是又不知道是什么事情。她悄悄起身下了土炕，土炕上的婆婆正打着呼噜，她走到床边透过窗户上的破洞看着外面的星空。

天空中星汉灿烂，斗牛西垂，满天都是透亮和神秘的星光。小女孩看着星空有点儿出神，这时候一道白光划过天空，刺眼的光芒照得小女孩一激灵，接着一片白光闪过，有什么坠落到远处的大地上了。接着小女孩就觉得身子似乎晃了一下，然后轰隆隆的声音传来。小女孩吓了一跳，赶紧钻回了被窝。小女孩叫作白薇。

此时商国驿馆中一人未眠，在院中踱步。"不仅五星错行，紫微星宫似乎都有闪烁，中宫天极星异常明亮，似乎天下真有大事要发生了，难道天乙的大业即将有希望了吗？"

此刻伊挚练气之后，内心平静了很多，感觉没有那么冷了。伊挚自从听到太史终古说五星错行，每夜在院中夜观天象。伊挚在院子中来回踱步思考着会有什么事情发生，抬头继续望向星空。

东宫名苍龙，有房宿、心宿。其中一颗大星为天王，前后二小星为诸子。心宿的三颗星排列形状不宜于直，直则表示天王失宜。三星已如一条直线！

第三十二章　长夜宫

大夏冬夜，繁星如一颗颗宝石布满漆黑的夜空，伊挚轻轻踏着院中的青石，不时停下来仰望星空，他当然知道一颗颗星星并不是什么宝石，那是遥远神秘的星，是亘古遥远的宇宙，伊挚在驿馆的院子中夜观星象。

"心宿并没有什么异象。"伊挚思索着。

一颗流星划过天空，接着从心宿方向又有数颗流星划过。这时候，数百颗流星布满了天空，整个夜空都被照亮了，犹如漫天花雨。如此天象，伊挚心中不免吃惊。一瞬间流星都消失了，眼前又是一片黑暗。伊挚第一见到如此多的流星坠落，有点儿看呆了。突然天边闪过一道闪电。

"晴天怎么会有闪电！"伊挚一惊，感觉身子一晃，脚下的大地仿佛跳了一下，接着隆隆之声传来，大地如在打雷一样。

长夜宫。

睡榻上睡着一张张娇美的容颜，轻柔的呼吸吹气如兰，脸上不时露出笑容，少女们正在做着青春期特有的绚烂的梦。她们永远也不知道厄运就要来临了。

"怎么了？到处都在动！快醒醒！"一个女孩从梦中惊醒！半夜中突然天旋地转，有的人还在梦中，以为只是在做梦。

"快跑！这里要塌了！"惊醒了的人不知出了什么事情，恐惧让她们四散逃散。长夜宫中的大柱子开始摇晃，泥沙俱下，少男少女四散奔逃，混乱中大家都奔向宫门口，隧道中几百人挤在宫门口谁也走不动。

"轰隆！"此时大地颤动，宫中的大柱子应声而倒，泥土大块大块压了下来。

"救我！我不想死。"没有了出路，少男少女只剩下绝望的悲号，厉声尖叫。

当一根柱子倒了的时候，其他柱子也被掉落的泥土带动倒了下来，长夜宫屋顶整个坍塌了下来，宫中的大地响起了一阵沉闷的隆隆声，大地都在颤动着。

鲜活的生命永远定格在了这一刻。

隆隆的声音吵醒了妹喜，履癸也睁大双眼，披衣跳了起来，天空流星坠落，隆隆声音已经停止。

"没事，几颗流星坠落了！没有大事！"履癸安抚着怀中已经吓坏的妹喜。

终于东方出现了一丝曙光。"大王，长夜宫昨夜子时崩塌！宫内宫女等人都被埋在了里面，无一人生还。"有人来报。

"啊？！"履癸和妹喜倏然坐起。幸运的是，他们还未回到长夜宫中居住。

斟鄩东南一个镇子，镇子上住着几百户人家，夜里人们都在熟睡中。

突然林中的鸟扑棱棱地飞起来，有人被从梦中惊醒。

突然人们头上泥土俱下，屋顶的房梁、木檩等纷纷砸了下来，可怜的小镇瞬间就成了断壁残垣。哀鸿遍野，大地瞬间沦为人间地狱，上千人就此沉沉睡去，再也没有醒来。还有很多人被砸断了腿脚，在废墟中惨叫呻吟着。侥幸逃脱的人早就吓破了胆，瑟缩着躲到街上，互相挤到一起抵御着寒冷和恐惧。

天亮之后，人们被眼前的景象惊呆了，镇子上基本没有什么完整的房屋了。残垣断壁中一间房子依然矗立，人们围拢过去，是一间药铺，药铺是纯木头搭建的，虽然门窗倾斜，好在还没有倒塌，药铺中到处是受伤的人。

药铺的主人疾医西平是当地的名医，履癸也经常请西平去宫中为后宫妃子看病。地震之后，西平带领大家四处救灾，搭救那些正在痛苦呻吟的人们。此时西平成了大家心中唯一的依靠。

"疾医，房子为什么都倒了呢？""是地震，大家不要害怕。"

阳光透过云层，一道一道光的利剑射向大地，有些人却永远见不到今天的阳光了。

履癸和妹喜匆忙赶到长夜宫。哪里还有长夜宫的影子，地面已经坍塌为一个大坑，可怜那些少男少女都活活被埋在里面。

妹喜不由得脚下一软。"长夜宫没了。"

履癸也大吃一惊。"这个关龙逢竟然救了我们一命！"

履癸只得继续和妹喜住在容台中。

几天之后又要上朝了。进殿之前，大臣们在太禹殿外议论纷纷，吵吵嚷嚷的声音都传到履癸的耳朵里了。

群臣一进入大殿，就感觉到气氛不对，平日都是大臣等着履癸，今天履癸竟然早已在王座上坐着了。百官不知道履癸今日会有何旨意，到了殿中站好。

此前，履癸传人去殿外打听，守卫进来奏道："大臣们说长夜宫崩塌，不是吉兆。恐怕大夏将亡！"

履癸听得心里烦躁，问赵梁有什么办法。朝中的很多事务，履癸交给费昌和赵梁处理好多年了。赵梁心思细腻，知道不能触及履癸的权威，凡有大事，赵梁都要亲自请示履癸。朝中的忠贤之臣不屈从于赵梁，但又有求于赵梁，也只得表面对赵梁恭敬有加。赵梁心里很清楚这些人，暗自怀恨在心。

此时大臣们在殿外喧哗，赵梁便对履癸说："臣子敢哗噪者，都是因为大王仁慈。前年法令严肃，民便不敢哗，大臣们也不敢多言。郊天之日，纵了诸臣拦驾，便惯了他们。大王要安静为乐，非严刑不可！"

履癸本就强压着怒火："梁相所言极是！"

"无论百姓或者大臣，如果再要聚众喧哗，散播谣言，朕就割了他们的舌头！"履癸开口了。

"听说这几天有人议论大夏将亡！"履癸拍案而起。

群臣吓得一激灵，大殿中一片死寂。

履癸看着呆立的大臣，哑然而笑。"吾有天下，如天之有日也。日有亡乎？日亡，吾亦亡！来人，把刚才那几个搬弄是非的舌头给我割了！"

大臣们想错了，哪里有今后。赵梁早就清楚刚才是谁在外面议论纷纷，殿中的勇士一拥而上，把几个带头说话的人给拿下了。这些大臣转眼就要被在殿外割了舌头。

关龙逢筹众大臣一看不好，皆来进谏。

"大王！如果赏罚不明，则天下不服。望大王暂赦天下，禁其喧哗。若其不改，杀之未晚。且大王朝中有贤圣之士，刑罚如此多人，恐天下滋议也。望大王三思啊！"

履癸见说到贤人，看了下远处的伊挚。伊挚恭肃正立，没有说话。伊挚也望向履癸，目光平和宁静。

"把他们都关起来！"履癸看到伊挚心里也静了下来，一下割掉如此多大臣的舌头确实有点儿不妥。

这时候，殿外有车正进来通报。

"启禀大王，东郊有一镇子昨夜房屋大部倒塌，名医西平在殿外求见！"

履癸吃了一惊。"让疾医上殿！"西平进殿跪倒在地，诉说了地震的惨状。

"地震的地方并不仅仅是一个村镇，是方圆几百里内的村镇房屋都震塌了。百姓居无定所，食不果腹，盗贼四起，苦不堪言。"

朝中的大臣几乎没有人经历过地震，长夜宫崩塌当晚大地也曾晃动，但斟鄩几乎没有其他房屋倒塌，大家也并没有特别在意，此时都在交头接耳。

"原来真的地震了。""天灾啊！"群臣开始悄声议论，"谁知道是不是人祸惹恼了天帝呢！"

西平等议论声安静下来接着说。"百姓粮食、衣服都很短缺，祈求大王开放粮仓，发放棉布等衣物赈灾救民。"

"费相，国库中还有多少粮食？"履癸问费昌。

"大王，国库还有粮食三千钟！"

"三千钟，这么少！朕上次记得还有五千钟呢！"

"大王，上次酿酒消耗掉一千钟，今冬又吃掉一千钟！待得下次秋收估计最少还要消耗一千钟，最少得留下一千五百钟作为出征等应急之用，能动的粮食只有五百钟！"

"那就拿出一百钟给西平疾医去救济灾民！"

卷三 纵横天下

第一章　孟春大典

今年的冬天特别冷，河面上到处是冻裂的大冰缝。冬天是洛河两岸人们往来的最佳时候，来来往往的人们在厚厚的冰面上熙熙攘攘地忙碌着。春天河面的冰化开之后，人们又要一年不能过河了。

凿开冰面，在冰洞口等着捕捉出来透气的鱼，一笊篱下去就能在冬天吃到新鲜的鲤鱼了。与洛水上的忙碌不同，曾经四季如春、人间仙境般的长夜宫却是一片狼藉，上面落了一层雪，已经完全看不出当年长夜宫的样子。

妹喜感觉像做了一场梦。没有了长夜宫，妹喜的心中空落落的，找不到以往的快乐感觉。

"大王我们什么时候重修长夜宫呢？既然长夜宫的顶坍塌了，直接在上面加盖一个巨大的穹顶，这样长夜宫也有了宫殿一样的屋顶了，里面就更加宽敞了！"

"嗯，妹儿这个建议好。"

履癸找赵梁和姬辛来商议。

"梁相、姬卿，朕和元妃希望能够早日重修长夜宫。"

"大王，臣也想尽快为大王重修长夜宫，如今天寒地冻，须等到春天土地化冻之后才能大修土木。"姬辛说。

冬日虽然漫长，终究有过去的时候，一个又一个漫长的似乎没有尽头的冬夜之后，春天终于到来了。

孟春正月，太阳的位置在营室宿。初昏时刻，参宿出现在南方中天。拂晓时刻，尾宿出现在南方中天，又到了一年一次的春日祭祀时候。

孟春在天干中属甲乙，它的主宰之帝是太皞，佐帝之神是句芒，它的应时动物是龙鱼之类的鳞族，发出的声音是中和的角音，音律与太簇相应。

空气里的味道是酒的酸味，掺杂着牛羊的膻气，今年要举行的祭祀是户祭。祭祀时，祭品以牛羊脾脏为最好。

春风吹融了洛水两岸的冰雪，蛰伏的动物开始苏醒活动，鱼儿从深水向上游到冰层下，水獭钻过薄薄的冰层捕到鱼摆在岸边，各种候鸟都开始从南往北飞行，人们仰头望见大雁的行列，露出了春风一样的笑容。

斟鄩王宫。

履癸要举行一年一次的春日祭祀大典了，对于天子来说，这是每年最隆重的仪式，百官和大夏的宗族都要来观礼。

太祖堂在夏宫殿的最西面，朝向东面，是除了太禹殿之外最高大的宫殿。天子祭祀的时候居住在东向太祖堂的左侧室，乘坐饰有用青凤命名的响铃的车子，车前驾着青色的马，车周围插着绘有龙纹的黑色旗帜，天子穿着黑色的衣服，佩戴着青色的饰玉，吃的食物是粟米和羊肉，使用的器物纹理空疏而通达。

这个月有立春的节气，还有三天就要立春了。

"三日后立春，大德在子木。"太史终古向天子履癸禀告。

天子于是斋戒，准备迎春。立春那天，天子亲自率领夏伯、左右二相、太史、卿士以及各国诸侯到东方去迎接春天的降临。

履癸命令太史遵奉六典八法，推算丑月星辰的运行，太阳所在的位置、月亮所经过的地方及日月星辰运行的度数和轨迹，计算不能有一点儿差错和失误，制定历法仍以冬至点在牵牛初度为准则。

直至立春之日，履癸和妹喜身着华服，车仪而出郊外的祭坛，关龙逢与费昌等贤臣士皆随左右。

履癸朝服在身，四周伞盖林立，斧钺如海，戈矛如林，十字旗杆上飘扬的龙旗入云蔽日，堂堂天子威仪何止是盛气凌人。

妹喜一身朝服，头戴珠冠，长袖宽袍，周身环佩叮当，流苏轻摆，天下自觉美丽的女子望而生愧，天下君子望而仰慕，万民敬仰爱戴。

钟鼓响起，祭祀的时辰到了！履癸与妹喜呈上祭品，众人稽首祭拜天帝，然后依次祭拜先祖。

正在屏气凝神，一阵呼呼的声音传了过来，众人心中一惊。突然天地变色，一股旋风从平地升起，卷起祭坛上的礼器，坛间俎豆洒得到处都是。

一个大鼎竟然也被卷了起来，在半空中飞翔许久，轰然落地，鼎足斜斜地插在地上，里面煮的牛羊肉泼溅出来，洒了一地，看起来甚是怪异。

"快扶娘娘上车！"妹喜当即晕倒在地，过了良久，仍是昏眩不能起立，履癸忙命人将其扶入车舆中。

众人神色黯然，谁也不敢说话，履癸脸色深沉，这怪风作了一阵，履癸心亦惊怖。

关龙逢走上前，在大夏先祖灵位前启奏。"古初圣王配合之义，取法乾坤。惟渐广嗣续，全人道而已，非乐淫也。是以择配，视德不以色。故合于天地而可祭天地，则其郊祀也。君后介福，敬承于祖宗，而可以祀祖宗，则其禘祫也。君后迪吉也，且立妃必先告庙，设嫔必先立妃，册立必先筮吉。既以明礼，且迎天地之休，承祖宗之佑。今君王千里动兵，乃求一女。既不吉矣！既得以归，不告庙而受宠，不朝后而名妃。甚至俘虏之丽色，倾一国之母仪，逐端淑之元妃，立妖姬为正配。三纲绝而五常灭，人欲横而天性亡。故告庙则祖宗为愤飘，郊天则鬼神为厉气，亦可畏矣！愿君王即日贬新妃为宫嫔，立召还元妃以奉祭祀，承天之休。愿天子察之！"

关龙逢说的时候已经涕泣俱下。隔了这么久还有人为洛元妃鸣不平，真是可恼可恨，履癸心中无名怒火喷薄汹涌，表面却没有发作，这里是大夏的祭坛，关龙逢说的话冠冕堂皇，当着这满朝文武和夏朝的宗族，履癸只得压住怒火，没有理关龙逢。

"今日大祭，先祖责怪朕为何没有人祭。来人，把之前抓到牢里的大臣抓来一个祭祀，以告慰先祖！"

关龙逢听到这里已经明白了履癸的意思，这是给自己看的，双手颤抖，双眼翻白，张着嘴却说不出话来，昏了过去。费昌等看到后赶紧给搀扶走了，心想还好昏倒了，否则惹恼了履癸真的就性命堪忧了。

祭祀台如关押天乙的夏台一样，边上本就有关押重臣的牢房，不一会儿用于人祭的人带到了，赵梁让人扶正了祭祀的大鼎，重新点燃了柴火，不一会儿鼎中咕嘟嘟冒起了热气。

那人早就吓得昏死过去，直接被扔到了鼎里，并没有发出惨叫。

但是所有人在那一刻似乎都听到了一声惨叫，祭祀又恢复了庄严肃穆，再也没人敢说一句话，履癸一个人完成了祭祀。

"这还差不多。"履癸最后看着四周臣服的人群，满意地笑了。

迎春礼毕归来，履癸就在朝中赏赐各个大臣，卿、诸侯、三正等，命右相赵梁宣布教化，发布禁令，实行褒奖，周济宗族里生活困难的家庭，一直施及斟鄩内的所有百姓。履癸对自己这招恩威并施很满意，以后看谁还敢多言？

第二章　天子震怒

冬夜。

斟鄩城中的大营内，篝火烧得木材冒着噼啪的火星，火上烤着鹿腿，嗞嗞地飘着烤肉特有的香味，一群人不时从上面撕下烤熟的肉放到嘴里满足地嚼着，举起手中的皮囊咕嘟咕嘟地喝着大夏特有的美酒。

"虎、豹、熊、罴！今日这猎物味道不错！"履癸吃得酣畅淋漓。

"大王射的鹿肉的确好吃！"虎、豹将军附和着，熊、罴将军忙着吞肉都没听到履癸的话。

无聊的时候，履癸就到城外军营中去和虎、豹、熊、罴四大近卫将军一起吃肉喝酒。这里没有在妹喜那儿的拘束，喝醉了穿着铠甲和衣而眠；天亮了，纵马疾驰，外出狩猎。打到兔子、鹿等野味，几个人就地点燃篝火，大快朵颐，别有一番乐趣。

容台的冬天即使点着炉火，妹喜依旧感觉寒冷，身上穿着厚厚的冬衣，无论如何也跳不出轻盈的舞蹈。履癸每天回宫就腻着妹喜，喝酒宴饮，日复一日。履癸那些故事，妹喜也已经听腻了。

妹喜被几个男人同时爱着，心底却只爱着一个人。

冬日时光漫长得让人无法忍受。妹喜许久没见到她的伊挚先生了，于是又到伊挚的驿馆中学习练气之法。练气的时候，两人谨守君臣之礼，只是妹喜每次闭目练气时，总是偷看一下伊挚。

伊挚在妹喜身边指导时，那种想靠近又不敢靠近的样子，总是让妹喜嘴角露出难以察觉的微笑。

妹喜希望这种感觉不要破灭，不去触碰伊挚，任由伊挚每日恭敬地叫自己娘娘，每日佯装尊敬地叫着伊挚先生。

慢慢地妹喜似乎每天必须看到伊挚，否则这一天就会觉得空落落的。妹喜心底有一种害怕的感觉在慢慢地生长，她知道自己和伊挚是没有未来的。如果有一天见不到伊挚了，自己的生活里还有快乐吗？

转眼二月到了。二月的天气正是乍暖还寒时候，河边的柳树已经开始悄悄抽出了嫩绿的枝条。

庞大的斟鄩城高高的城墙内，各家的茅草屋顶上的荒草中又开始长出了绿色的新芽，屋檐下泥土色的燕窝中，又有了燕子飞入飞出，用嘴中的燕泥装饰着爱巢。

"去年的燕子回来了。"人们欢喜地沉浸在对春天的美好憧憬中。

勤劳的人们早早赶着牛，去把田里的土地翻了一遍，等到第一场春雨落下时，就去播种早春的第一粒粟米。

春天来了，土地解冻了，履癸征集了上万民夫来重修长夜宫。履癸不知道，如果错过春耕，百姓会颗粒无收，更不知道百姓不春耕就可能会有人饿死。民夫拿着木耒一层一层地挖出下面的土，装入柳条筐内，上面的民夫转动辘轳，辘轳上面的麻绳绷着发出嘎吱嘎吱的声音，一圈一圈地缠了上来，麻绳下面装满泥土的柳条筐被提了上来。

"啊——"挖着挖着，突然泥土中出现了一对黑漆漆的眼洞，漆黑的长发脱落了一半，一半的嘴唇配着洁白整齐的牙齿，仿佛在诡异地微笑。民夫吓得就顺着辘轳的绳子往上爬，姬辛在上面看到，让士兵把民夫鞭打下去继续干活儿。慢慢地挖出无数少男少女的尸骨，经过一冬天，当初的惨状依旧让人惊心动魄。

"真是造孽啊！这么年轻就被砸死了！"稍有懈怠的民夫就会被打骂，民夫不能春耕心中已满是抱怨，再看到这样的景象，心中怨气更多了十分。

如此几个月，斟鄩周围几百里的春耕都是妇孺来做，有的土地干脆只能荒芜了，转眼春耕时节就要过去了。

伊挚、费昌和关龙逢三个人到斟鄩四处视察春耕的情况，农耕乃国之根本，如果农耕出了问题，轻了可能有百姓会挨饿，重了可能就会饿死人，再严重就会天下暴动，危及大夏江山。

众人举目望去，本应该种满谷物的大地上都开始长满了野草和野菜。伊挚看到一个老太太正佝偻着腰，在用木耒挖出一个个土坑，种着粟米。

"老人家辛苦了，今年的土地您都播种了吗？"

"能够老太婆一个人吃的就不错了，我还有孙女，都等着吃饭呢，八成老太婆今年要饿死了。"

"我是朝中的关龙逢，我来帮您耕种，一定帮您把今年的种子都种上。"

"你能帮我一个人，这大夏国几万户，你能都帮着种了吗？如今男人们都被拉去修那个长夜宫，不知道能不能活着回来。我看大夏是要亡了，出了这样一个天子，这样一个元妃妹喜！"老太太继续无所顾忌地说着。

"大胆老妪，你可知辱骂天子是会被削掉鼻子的？"费昌身后的卫士出声训斥。

"来吧，你们削掉我的鼻子吧，我也不想活了。"老太太说着就要往费昌身上撞。

"你们不要伤害我婆婆。"这时候一个小女孩冲过来，大大的眼睛瞪着众人，没有丝毫的畏惧。小女孩的勇敢引起了费昌的注意，拦住了卫士。

"我那天晚上看到一道白光从天而降，然后听到轰隆隆的声音，长夜宫就塌了。周围的老人都说，这是大夏要亡了。"小女孩继续说。

伊挚看着这个小女孩，虽然衣衫褴褛，一张小脸却是清新脱俗，问道："你也看到白光了？"

小女孩看着伊挚，咬着嘴唇说："嗯。"

伊挚很喜欢这个小女孩，能够看到天象的人肯定是天赋超出常人的孩子。

"你叫什么名字啊？""我叫白薇。"

"你可愿意跟着我，做我的童子，我可以教你读书，还可以每个月给你定量的粮食，够你和你阿婆全家吃的。"

小女孩重重地点了下头，她一直梦想自己能够读书，如今竟然真的要梦想成真了。老太太也流下了感动的眼泪："先生，您能收下我孙女，老身虽死无憾了。"

从此，白薇就成了伊挚的弟子，白薇和伊挚从商国带来的小童，每日一起侍奉伊挚。

都城四方，到处都是差不多的景象，几个人忧心忡忡地回了斟鄩。伊挚一直在夏都协助费昌管理农耕，看到谷物不能按时播种，心急如焚。本来粮仓中还有一千钟富余的谷物，结果却被履癸酿了酒。

费昌对春耕时候上万民夫修长夜宫，实在看不下去了，流着泪对关龙逢说："如今，我不得不上谏天子了，虽然直言会惹怒天子，必死无疑。然居乱世，虽生无益。"

"不可。如今旧臣中，只有费相还能维持宗社。愿公自留，我将先来死谏大王。"关龙逢拦住了费昌。

三月朔日大朝，履癸还没坐到宝座上，已经感觉到今天的气氛有些怪异。

群臣鸦雀无声，都盯着大殿中央。大殿中一个老头儿，头发披散着，几乎看不清容貌。身前竟然还放着一口棺材。

履癸刚坐下，关龙逢突然大哭出声。"呜呼！大王不体恤万民的生死，延误农耕，万民怨王，夏国将亡。龙逢先死，不忍见大夏亡于天子之手。"

"关龙逢，看来你是真的不想活了！来人！装进棺材里！"履癸大怒，命武士拽关龙逢入棺，盖上了棺材盖子。

"大王息怒。"费昌和朝中三正六卿都出来救关龙逢。

"再来劝告，就把你们一起放到棺材里，再要多言都算关龙逢的同党！"履癸这次是被彻底激怒了。

"抬出去烧了！"大殿外点起了大堆篝火，武士抬着棺材扔到火焰之中。

熊熊大火慢慢把棺材烧着了，众大臣都看着，有的人开始瑟瑟发抖。

关龙逢披发带棺来死谏履癸，就没想活着回去，他在棺材中大骂："履癸，你这个昏庸暴戾的天子，大夏早晚会亡在你手中！"

第三章　网开一面

春天来了，商国的原野上一片春色，春雨过后，远山也由灰色慢慢变绿了。枝叶间渐渐出现各种鸟，啄木鸟咚咚地凿着树干，找出刚刚从冬眠中醒来的虫子；布谷鸟布谷布谷地叫着，提醒人们要开始播种了。空气中开始有了杨树特有的微微有点儿苦辣的清新树叶的气息，黄了一冬天的柳条瞬间绿了。各色的小鸟在树林枝叶间叽叽喳喳地叫着，田野间，鹌鹑、麻雀等飞来飞去。

亳城外，树林边的小木屋中住着农夫甲一一家，甲一看到鸟儿多了起来，对家里许久没有吃到肉味的孩子们说："你们想吃烤鸟肉吗？"

几个头发散乱、目光闪亮的孩子顿时都围了过来。"想吃！父亲！但是我们怎么捉住那些鸟呢？"孩子们嘴里的唾液开始分泌，想一想就知道烤鸟肉的味道一定很鲜美，最小的那个小女孩似乎都已经闻到了鸟肉的香味，嘴上的哈喇子已经滴答下来。

小男孩和大妞用手指头戳了戳小女孩肉乎乎的小脸蛋："你这个小馋猫，等父亲抓住了鸟，有你吃的。"

一只麻雀落在地上，甲一轻轻走过去，全身蒜瓣一样的肌肉突然绷紧，纵身一个雷霆虎跃朝着小麻雀扑了过去。孩子们满怀期待地看着甲一按在地上的手，下面什么也没有，孩子们失望的眼神，让甲一这个徒手搏击猛兽的好猎手有点儿不好意思了。

"走！我们去找你们的母亲！""母亲还会捉鸟吗？"大妞扭着头上的小辫有点儿不相信。

商国的子民人人都很勤劳，在天乙的治理下，商国凡是能劳动的都有事情可以做。甲一的妻子平日里养蚕缫丝，这时候正在整理去年的蚕子，笸箩里面渐渐地爬出了黑黑小小的蚕来。妻子采来了今年新鲜的桑叶轻轻地撒到笸箩中。妻子看着这些小蚕微笑着，这可是今年蚕丝的来源。

"良人，孩子们想吃鸟肉了，我们一起做几张丝网吧。"

"你又有什么新点子？天上飞的鸟儿怎么能轻易抓到，你又不是神箭手羿。"

"哈哈！我如果是神箭手羿，良人不就成嫦娥了，你难道也想飞到月宫里去不成？我的弓箭还要去射野兽呢。"

两人说笑着手里并没有停，妻子找来了去年缫好的蚕丝，两人在宽阔的院子里把树枝削尖了，均匀地插了一地，然后两人拉着丝线来回穿梭，不一会儿就织出了四张网，每张网的网格大约有两个指头宽，基本所有的鸟都飞不过去。

甲一小心翼翼地用树枝把丝网挑起来，生怕弄乱了，粘到一起。"好了，大妞，你抓几把谷子，我们去捉鸟了。"

桑林边上鸟儿最多，甲一在桑林旁边的空地上竖起了四根高高的树枝，把丝网挂在四边，接着在中间撒了几把谷子。甲一嘴里唠叨着："从天上飞下来的，从地上往天上飞的，从左往右飞的，从右往左飞的，从四面八方飞来的鸟儿们，你们都到我的网里来。"

"父亲，哪有从地里出来的鸟啊？"

"不要乱说，祈祷时一定要心诚，心诚则灵，你还想不想吃烤鸟肉了？"

春天的鸟儿们虽然早早地从南方回来了，但是早春时候，食物确实很短缺，除了几条早起的虫子被饥肠辘辘的鸟抢夺着吃了，大部分鸟饿得眼睛发红。

细细的丝网如同透明，鸟儿很难察觉到，只看到了地上的谷子粒。

甲一和孩子们就藏到桑林里去观察，不一会儿祈祷就灵验了。几只心急的麻雀飞了过来，盘旋了几圈，看四周无人直接俯冲了下来撞到了丝网上。没扑棱几下，这几只麻雀就都被丝网给缠住了，丝线很细，韧性又很强，几只麻雀越挣扎缠得越紧。

"孩子们，我们先吃这几只。"甲一走到网中间，小心地把丝网上的麻雀摘了下来。

大姐和二娃早就准备好了干树枝，在远离鸟网的桑林的另一角，几个娃就用火石点着了枯树叶，一起趴在地上吹，虽然呛得满脸的烟，但一会儿树枝就开始燃烧起来了。大姐用锋利的树枝，划破麻雀的肚子，掏出里面的内脏。收拾好之后，用树枝把麻雀串好，递给其他两个小家伙。

"哦！开始烤鸟肉了！"小家伙满脸兴奋地接过来。最小的小妞只分到了一只麻雀，问道："姐姐，这都还有毛呢，烤熟了怎么吃啊？"

"你就烤吧，烤熟的时候告诉你。"

小妞技术不熟练，一会儿串着麻雀的树枝就要烧断了，大姐赶紧给她换了一支新树枝插上。

伴随着熊熊的火苗，刺鼻的焦臭味让小家伙们都捏住了鼻子，是麻雀羽毛烧煳了的味道，不一会儿羽毛都烧光了，慢慢地鸟肉的香味就出来了。

过了一会儿，小妞问："姐姐，好了没？我想吃了，都饿死了。"

大姐把烤好的麻雀拿过来，拨开焦煳的外皮，一股肉香飘了出来，轻轻撕下一条麻雀腿，放在嘴边尝了一下："熟了。"然后，大姐从怀里取出桑叶包着的一点儿盐巴，几个人蘸着盐巴就吃了起来。

"真是好好吃啊！父亲真是厉害！"小妞边吃边说着。

甲一过来看到几个娃又烤又吃，脸上挂着微笑。"好吃吧，父亲继续去给你们捉，晚上让你们的母亲也尝尝。"

"父亲，你最厉害了！"几个娃边吃边真心地夸奖着自己的父亲。甲一更是心里乐开了花。

"父亲，来了三个人。"突然最小的小家伙躲到了父亲身后。甲一抬头看见远处走来三个人。

中间一人身着白色长袍，腰里的丝带上配着玉璧。腮下有几缕长髯随风飘动，步态稳健，身体壮硕有力，五官威严中带着清秀，一看就是出身于城里的富贵人家。两边是两个穿青色长袍的人，也是风采不凡。

甲一从来没和这些富贵的人打过交道，当下也不理会，继续在那儿嘴里念着。

"从天上飞下来的,从地上往天上飞的,从左往右飞的,从右往左飞的,从四面八方飞来的,鸟儿们,你们都到我的网里来。"

四面网中又已经困住了不少的鸟,甲一面露喜色,跃起身来,一瞬间纵身跳起在空中几个腾挪,双手闪动,已经捉住了好几只鸟。"父亲好棒!"

白衣人走了过来,击掌称赞:"好身手!"

甲一赶紧停了下来,把鸟都装进了柳条篓中:"大人见笑了。"

"古人跟着蜘蛛学会了织网,如今也可以用它来捉鸟了。但这样做未免太残忍了一点儿,四面都张了网,那鸟儿就全部被你捉光了。你应该放开三面,只留一面网就行了。"

甲一也是一脸懵懂,弄不清这三位是什么来头?

"这位是商国的国君天乙!"旁边的一个青衣人说道。

甲一一愣赶紧伏在地上磕头:"甲一这就撤掉三面网!"

天乙点了点头,甲一起身撤下了三面的网。

甲一略带疑问:"现在只剩下了一面的网,怎么能捕到鸟呢?"

"能捕到的。你可以这样祈告:鸟儿呀,你们愿意往东飞的就往东飞吧,愿意往西飞的就往西飞吧,愿意往南飞的就往南飞吧,我在北面张了网,有愿意来投网的,就飞到我的网里来吧。"天乙说。

甲一便照天乙的话祈告了一遍,收网时依旧没有鸟,心中疑惑却又不敢说。

"甲一,你如此身手,可愿跟随在朕身边?"

甲一露出欣喜神色,不过瞬间又暗淡了。"孩子们还小,甲一还要把他们养大!"

"他们也一起去亳城!"

"哦——我们要去亳城了!!"小女孩兴奋地跳着。

"哈哈!"天乙笑了,甲一也笑了,露出一排整齐结实的牙齿。

原来是天乙带汝鸠、汝方来视察春耕,正好看到这边有炊烟就走了过来,正好听到甲一在祈祷。

"大王心地仁厚,对鸟都如此仁慈宽厚,何况对子民呢?"甲一心底发誓一定要誓死保卫天乙。

天乙劝农夫甲一网开一面的事很快传开了,诸侯国的首领和贤人都对天乙心生敬仰。

　　"天乙国君对鸟儿都如此仁慈,对子民一定更仁慈了。我们应该拥戴他为我们的领袖!"诸侯国的百姓消除了对商国的敌意,越来越多的小国尊商国为首,商国的实力慢慢变得更强大了。天下的贤人没有了顾忌,纷纷投奔商国。

　　人置四面未必得鸟,天乙去其三面置其一面,却能网罗天下数十国,天乙的网确实是世间最大的网。

第四章　龙逢浴火

王邑斟鄩太禹殿外火光冲天，一具棺材放在火里烤着，很快就被熊熊烈火吞噬了。

"啊——啊啊——"棺材中传来了嘶哑的叫声，这叫声如同来自另一个世界，人人都起了一身鸡皮疙瘩。

火焰吞没了棺材，棺材中继续传出关龙逢撕心裂肺的惨叫："履癸你这暴君！"

"那是关大人的声音吗？"大臣们双腿都开始发软了。

棺材盖嘎吱吱开始移动，随时就要被掀下来。

"关龙逢，你都要死了还骂朕，朕就让你化为灰烬。"履癸抽出双钩直接按住了棺材盖。

众人生怕自己也被放入火中，谁也不敢上去求情，关龙逢看来转瞬就要化为灰烬了。

"大王，不可如此！当心让百官心寒！"众人一惊，这是谁？履癸身前已经走上一人。

是谁这么大胆量？百官急忙抬头看，一人壮硕的背影，挺拔的身姿，猛地一看就如履癸一般，仔细一看须发花白，众人舒了一口气，看来关大人有救了。这人是大夏的夏伯无荒。

"大王，手下留情。"另一个衣饰华贵、气度非凡的老者也走了上来，行走时身前两排玉佩发出悦耳的金玉碰撞之声。这是大夏的另一个夏伯姚常。

夏伯无荒和姚常是履癸的王叔,两人实在看不下去,无荒过来抱住履癸,履癸心里也是一惊:"自己这是怎么了,这可不是战场。也罢!"

履癸双钩一用力,就把棺材从火堆上钩了下来,已经被烤黑的棺材带着火星滚了几个跟头,棺材盖也飞到一边去了。

关龙逢从棺材里面被甩了出来,虽然棺木着了火,好在棺材板很厚,里面没有着火,关龙逢被烟熏得趴在地上不停地咳嗽。

无荒和姚常赶紧跪倒,说道:"谢大王开恩。"

费昌过去扶起关龙逢,老头儿的胡子都被火苗给烤焦了。

费昌对关龙逢说:"赶紧谢恩!"

关龙逢还要倔强。

"大宗伯无荒如此高贵的身份都为你下跪,你还为了自己的那一点儿面子吗?"费昌怒目提醒关龙逢。

关龙逢很少看到费昌发怒,逐渐冷静下来,朝履癸那边看了一眼,无荒和姚常都跪在履癸身前的青石上。

关龙逢老泪纵横,匍匐在地上:"关龙逢谢大王开恩!"

履癸一时间不好下台阶,忙说道:"王叔、爱卿都起来吧!朕暂停重修长夜宫,待完成春耕之后再进行。民夫都可从国库领一斗粮食回家,作为多日劳作的酬劳。"

群臣一个个目瞪口呆,还没缓过劲来,此刻大殿外一片死寂,只有木材燃烧的噼啪之声,细小的声响却让众人感觉心惊胆战。

几天之后再上朝的时候,朝堂内一直鸦雀无声,履癸自己都觉得无聊。在王座上盯着下面的群臣,突然他看到了伊挚。

"伊挚先生,请上前来!"履癸对伊挚一直都很尊敬,为了缓解下僵硬的气氛,召伊挚上前来。

"先生以前说直谏为贤,朕觉得这些直谏的老臣,不过是想通过违逆朕,为自己挣一个忠臣的名声罢了,都是沽名钓誉之辈,有几个人又能真正为朕考虑,朕又能奈何?"

伊挚行礼完毕，脸上露出微笑，语调轻柔而落地有声。

"大王，夫美名者，言之必美言；美者行之，必美人。大王如果践行美的行为，则美名定然在大王这边！那些搬弄口舌的臣子怎么能够得到美名呢？"

伊挚的话语如春风化冰，履癸放松下来，心中默然悦服："还是先生境界高远，朕拜服。"

散朝。但履癸还是没有把以前那些喧哗的大臣放出来。关龙逄病了，很久没有上朝。

接下来几个月，履癸三五日一上朝，宽恕了那些喧哗的臣子。

赵梁心中不服："大王饶了群臣，恐复有哗者。"

履癸只是点了点头，没有说什么。

散朝之后，伊挚心中莫名的有种落寞，不想回到驿馆去，沿着斟鄩的大街走着，夕阳照在石板路上，影子越拉越长，身后是血色残阳。伊挚记起来以前和天乙、仲虺、湟里且一起在斟鄩采购货物的情景。日落还会日出，人却没法再回到从前，如今只有自己一个人，伊挚找了一家有酒菜的驿站，对着夕阳喝了起来。酒入愁肠，伊挚已经有了几分醉意，晚风一吹已经微醺，晃晃悠悠地往驿馆方向走去。路上看到也有喝醉的人，醉的人扶着不醉的，不醉的人搀着醉的人，那两人相和而歌。

"盍归矣！盍归矣！"伊挚感觉来了斟鄩之后，退而闲居，大部分时间都是自己一个人，此刻听到这两人的歌声，不觉也吟唱起来。

"觉兮校兮，吾大命格兮，去不善而就善，何不乐兮！"

几日后上朝。

"大王，伊挚来斟鄩日久，向大王请辞回商国探视。"伊挚向履癸请求暂回商国。

"这个……望先生早去早回。"履癸没有好的拒绝理由，就同意了。

白薇和小童帮伊挚收拾了行装，伊挚去了费昌、关龙逄和终古等人的府邸，和他们一一辞行，准备翌日启程回商国。

细雨绵绵，屋檐上的茅草滴着晶莹的水珠。一个黑色的婀娜的身影出现在伊挚的窗外。伊挚喜出望外，他知道是妹喜。

"先生你要回商国了吗？"妹喜没等伊挚说话，脱口而出。妹喜听说伊挚要回商国，顿时感觉心像是被人掏走了一样。

"娘娘，"伊挚起身迎了过去，帮妹喜收好雨伞，取下外衣，"你此刻来到我这里，不怕大王起疑心吗？"

"这点你就不用担心了，大王到城外的军营和虎、豹、熊、罴等将军一起喝酒去了，今晚不会回来的，宫中一切都由我做主。我有一小门可以出得宫来，没有别人知道。"

"伊挚给娘娘奉茶！"

"不，今天我要陪先生喝酒！"

伊挚只好让白薇和小童去准备了美酒，然后让他们下去休息。

伊挚和妹喜两人对坐着，谁都没有开口。有情时无声胜有声，二人静静地互相望着。

"先生不陪妹喜喝酒吗？"

伊挚一愣，举起酒爵，妹喜也举起酒爵。烛光中的二人开始对饮起来。

妹喜甚是豪爽，杯酒必干。伊挚只得作陪，慢慢伊挚觉得自己已经醉了，开始痴痴地看着妹喜。妹喜依旧笑靥如花，双眼中满含情意。

"天下，那是你们男人的，我们女人能得到什么，也就是男人的宠爱罢了，我也想要你的心，你能给我吗？"妹喜一下子就到了伊挚的眼前，双眼直直地盯着伊挚，那双眼睛如清澈的湖水下藏着的火焰。

"娘娘你醉了！"伊挚似乎感觉到火焰就要把他烧成灰烬了。

"伊挚，你今天怕我也没有用了，我妹喜想做的事情没有人能拦得住！"

"娘娘有事尽管吩咐！"伊挚突然有点儿害怕，想逃走。

"我哪敢吩咐伊挚先生呢？不是伊挚先生一直在吩咐我吗？你们不就想让我迷惑天子，好让天子丧失民心，你们好有机会夺取天下吗？"

伊挚吓得赶紧跪倒："娘娘这些话，如果让天子知道，我们就是百死也不为过啊，娘娘切不可乱说啊！"

"伊挚先生，你也有怕的时候，如果不想让我告诉天子，那你就陪我喝酒。"伊挚无奈，只能继续陪着妹喜喝酒。

"娘娘从什么时候开始喝酒的？"

"就从你走了之后。你知道见不到你，我心里是什么感觉吗？"妹喜迷离的双眼看着手中酒爵中的酒。

"娘娘冰清玉洁，伊挚对娘娘从来没有任何非分之想。"伊挚头上开始有点儿冒汗了。

"难道上次我走火入魔，你就以为我把一切都忘了吗？"妹喜咯咯地笑了，伊挚感觉自己就如同落入丝网的飞鸟，越是挣扎越是动弹不得。

伊挚索性放下了顾虑，此时窗外的海棠又开了，香味飘了进来。伊挚这次真的醉了。原来醉了是这么美妙啊！很多平日不敢的事情，自己竟然做得这么好。

伊挚亲吻抚摸了每一寸日思夜想的肌肤，美人早已是满脸潮红。

春夜阑珊，雨声轻敲着窗纱，一切如此美好，天如果一直不亮那就好了。

第五章　海棠心语

王邑斟郜商国驿馆的清晨。

窗外百鸟啁啾的时候，厚重古朴的木书案后，妹喜捏着伊挚的玉石茶杯，目光迷离不知是在欣赏茶杯还是书案后面的伊挚。

"先生什么时候回斟郜呢？"妹喜语气轻柔，不着一丝痕迹。

昨夜的那一场宿醉，两个人如什么都没发生一样。伊挚踌躇间，不知怎么回答。这时候白薇提着陶罐走了进来，给二人奉茶，她看看妹喜，又看看伊挚，满脸笑意地出去了。

"不知这小妮子在笑什么？"妹喜看着伊挚说。

"白薇最是精灵古怪，所以我才收她在身边，我有时候也不知她在想什么。娘娘今日你我对弈一局如何？"

"好啊！我在有施的时候也经常和父王对弈，正想向先生讨教。"

白薇远远看着，两个人的心思都没有在棋上。

伊挚双眼望着棋局若有所思，窗外海棠开得正艳丽，妹喜还记得上一次海棠花开的时候，转眼已经一年了。

伊挚缓慢地下着棋，妹喜从袖中露出的洁白双指。那是一双完美无瑕的手，就连指甲也是那样圆润，有着宝玉一样的光泽。这样一个完美的女子竟然就坐在自己的对面，一切都恍如梦幻，伊挚知道这一切不能伸手去抓，否则一切都只会是镜花水月，成为幻梦一场。

想得不可得，你奈人生何？命运就是这样的，等有了实力，爱人也早已嫁人了。纵使能够成为辅佐明君的一代名臣又能如何呢？有莘王女的出嫁已经让他尝到了人生的滋味。有莘王女纵使再喜欢自己，终究只能嫁给天乙做国君夫人，自己只不过是一个陪嫁的嫁妆而已。

伊挚多年来已经接受了命运，自己只不过是一个奴隶，那些美好的东西自己不配拥有，只有谨小慎微地不停谋划，才能在这纷乱的天下，争取到自己的一点点为天下苍生尽一下绵薄之力的机会。但直到第一次在大夏宫中的容台看到了妹喜，妹喜是那样与众不同的女子，不仅拥有绝世的容颜，还有无双的舞姿和绝世的歌喉。世间所有男子对完美女子的梦幻集合在一起，才有了这样一个妹喜。爱是那样不可控制，而一见钟情，是那样身不由己。那一刻，每一寸肌肤都被唤醒，灵魂从此不再沉睡，才明白了活着的意义。

伊挚理解了履癸为了妹喜，不惜动大军远征有施，为了妹喜付出一切又如何，哪怕是江山？自己无论怎么努力都比不过天乙和履癸，人和人的差距有时候真的不是一代人能解决的。自己即使付出一切，也是无能为力。虽然自己也惊喜于妹喜竟然也喜欢自己，但又能做什么呢？自己有什么呢？只能教妹喜一些养颜的功法，为她熬一碗养颜的固颜汤。

母亲死后，伊挚一个人待在空桑之中就知道了什么叫绝望，什么叫希望，只要活着一切就都有希望。有时候不能一味地较劲，很多时候事情正是反过来的，退却有时候就是前进，很多事放下，慢慢去换一条路筹划，最后也可能就成了。如果自己非要娶王女或者娶妹喜，那是永远也娶不到的，甚至可能会身首异处，所以很多时候只有忍耐和等待。

如果自己放下执念，伊挚会发现自己从未失去过这两个人，对于喜欢的人，放手不争才不会真正失去。有人说真正的放下是找到替代的人，去爱去呵护真正能拥有的人，这一生遇不到第三个相爱的人了，遇到有莘王女已经是万幸，遇到妹喜更是上天眷顾了。

真正投入的爱一次就把自己的心掏空了，以后无论再遇到如何喜欢的人，都无法像之前那样飞蛾扑火般地去爱了。人生短短几十年，爱和忘记一个人都需要十年，人生又有几个十年呢？岁月会让人心里长起来厚厚的茧子，如静水般的心中再难起任何波澜。

比起那些一生也遇不到一个喜欢的人，比起为了妹喜苦苦煎熬的仲虺，伊挚已经太幸福了。珍惜和妹喜在一起的一分一刻，为了妹喜也要好好活下去，妹喜是此生永远不能放弃的梦想。

世上也许从未有一局棋下得如此缓慢，转眼巳时就要过去了。伊挚知道午后履癸可能就会从营中回宫了。

为了不能放弃的梦想，只有暂时地放手。

"时候不早了，娘娘该回宫了。"伊挚声音很轻，但却足以惊醒妹喜的思绪。

妹喜走了，妹喜没有回头，她知道伊挚在望着自己，故意走得缓慢而飘然，款款而行，终于上了外面的马车。

伊挚望着妹喜的马车消失在视线之中，对身边的白薇说："白薇，要和我一起回商国了。你会想家吗？"

"不会，先生在哪里，哪里就是我的家。"

第六章 洛水伊人

夏都斟鄩。

已是暮春时节,春耕忙碌后的大地上已经长出了禾苗,姬辛召集上万民夫重新修建了长夜宫,今天终于修好了。

妹喜忐忑地走进宫门,气势更加恢宏,巨大的空间,重新修建的亭台水榭鳞次栉比,也更加精致了,妹喜的目光却顺着朱红的柱子望上去。

"大王快看!上面的星光!"妹喜惊喜出声,穹顶上闪耀着无数亮光,恍如璀璨星空。

"娘娘可否喜欢?那是梁木间点缀的无数灯火,廊柱顶部梁柱紧扣,再也不用担心会倒塌了。"

妹喜满意地点了点头。

姬辛再次从天下召集了更年轻秀美的少男少女,细心调教之后交给妹喜和履癸。几个月之后,长夜宫依旧灯火辉煌,稚嫩的少年、娇艳的少女来回穿梭,就像什么都没有发生过一样,履癸和妹喜又回到了属于自己的世界,重新找回了往日的欢乐。

欢乐的日子却被一件事情打断了。

美丽的洛水自古是华夏民族的摇篮,人们依水而居,即使天气干旱,人们也可以从河水中取水灌溉田地,能保证基本的收成。

每年春天都是洛水水位降低的时候，宽阔的河面慢慢露出了大片的河床。今年开春之后，就再没有见到过雨的样子。

从小时候起，白薇每年春天都和小伙伴们一起来捉鱼，虽然和伊挚先生在一起仅仅几个月，白薇已经摇身变成一个端庄淑雅的女书童了，但是捉鱼的诱惑，还是让白薇跟伊挚请了假。

河水变得只有膝盖那么深，里面挤满了鲤鱼、草鱼、小布鱼等，孩子们都光着脚丫站在河里，水下面是清黑细腻的软泥，这些细泥钻过脚趾缝的感觉让人心里舒服得发痒，孩子们最喜欢这个时候了。

孩子们首先在河水里来回蹚水，跑来跑去，下面的河泥都被搅动起来。河水被弄得浑浊，小鱼在水里就会晕头转向，四处乱游，这时候孩子们再伸手去抓，已经被泥水呛晕的小鱼就很好抓了。白薇轻轻用手在泥窝里摸索，突然摸到一个光滑的小鱼的背。赶紧抓住小鱼，然后双手捧住，一条活蹦乱跳的小鱼就被抓出了水面。

孩子们脸上、身上到处是泥点子，散发着淤泥特有的淡淡的腥味，抓住小鱼之后，孩子们脸上的笑容别提多灿烂了，这才是真正的快乐！

这时候白薇脚底下的软泥中有一个软软的东西从脚趾缝中钻过，弄得人很痒痒，不知道的还会被吓一跳。这时候双脚不要动，感知泥鳅在哪儿就可以了，然后双手伸到脚下的青泥中，双手捧起泥水中的泥鳅，迅速将泥鳅扔到岸边的地上。然后就看到一条活蹦乱跳的泥鳅扭动着身子在岸上挣扎。

白薇赶紧跑到岸上，抓起那条泥鳅放到柳条篓中。"晚上可以给先生做鱼吃了。"

白薇和伊挚在一起除了读书，厨艺在耳濡目染下精进了很多，做的饭菜经常得到伊挚的赞赏。

白薇把一份煎好的泥鳅和一份鲜美的鱼汤放到伊挚面前，伊挚用鼻子闻了一下："好香！"然后就开始吃了起来！

白薇看着伊挚吃着自己亲自抓来、亲自烹饪的小鱼和泥鳅，心里那种幸福洋溢到脸上，就像一朵花一样。

"丫头，你怎么那么高兴？明日我们就要启程了，我让你送给奶奶的粮食和衣物，都送过去了吗？"

"我早就送过去了，家里人都很感激先生，父母让我好好服侍先生，不必牵挂家里。"

"那就好，过来一起吃吧！这鱼味道的确鲜美。"

第二天，伊挚和白薇坐上马车启程回商国。

第三天，路过洛水边上的时候，伊挚发现河水已经开始断流了，只剩下了河床上些许的小水塘。

"白薇，往年洛水断过流吗？"

"以前也断过流，但是没有这么严重，今年最深处的水里都能摸鱼了。"

"最深的地方都能摸鱼了，那就是只有一尺深了。如果再不下雨，估计一个月洛水就彻底干涸了，看来天下真的要有大事发生了。"

"洛水干了，人们就没有水浇庄稼了，恐怕会有人饿死吧。"

"所以我才提前给你粮食，让奶奶藏好，以备灾荒。"

妹喜知道伊挚要走了，忍不住再次去辞别，她想再看看伊挚的样子，到了驿馆中，已经人去屋空。

妹喜看着院中的海棠树早已是枝叶婆娑，她扶着廊前的柱子，竟默默地流下泪来。

"伊挚，你什么时候才能回来呢？"

此时的伊挚已经进入了商国的地界，远远地都能看到商国的国都亳城了。

"长亭里似乎有人！"白薇指着远处的十里长亭说。

慢慢地伊挚也看清了，是天乙和有莘王女来接自己了。

大夏的洛水边。

大人们虽然也很想下河捉鱼，但是人们有更重要的事情做，那就是要给刚出来的小苗浇水。洛河边人们一级一级地把河水提升到高处。人们把洛河中的水提到水垄沟中，然后水就流到各家各户的土地里。

人们春耕撒上种子，几天之后禾苗就长了出来。但是一连很多天再也没有下雨，开始时，还可以通过水车灌溉农田，后来洛水水位越来越低，人们只有肩挑手提取水，好维持田里的小苗不死掉。但由于水分不够，禾苗根本无法正常生长，一个月过去，人们开始惶恐了。

"禾苗长得太慢了，今年收成注定是好不了了。"戴着破旧草帽的老农无奈地摇着头。

河床逐渐干涸了，河底的青泥都暴露在毒辣辣的阳光下。没过多久就变成了龟裂的大土块，那样子让人触目惊心。孩子们到干涸的开裂河床上，开始挖藏在土块下的泥鳅。这一天，人们发现洛水彻底干涸了。再也没有水了！此后几十天过去，依旧一场雨也没下。大夏的子民开始怀念水德之君天乙了。

"如果天乙在这里，是不是就会下雨了呢？"

到了夏末的时候，庄稼都枯死了，今年注定颗粒无收了，家里没有存粮的人们开始吃树叶、野草了。

到了秋天的时候，田野里的野草都被人们吃光了，斟鄩城内的流民越来越多了。

费昌走在大街上，眉头紧锁。"看来今年冬天有人要饿死了！"

长夜宫中冬暖夏凉，履癸和妹喜在里面自然就不想出来，但朝还是要上的。这日朝堂之上费昌起身启奏。

"大王，今年大旱，很多地方颗粒无收，恐怕今年冬天会有百姓饿死。"

"这么多百姓，如果开仓放粮，恐怕到明年春天，国库中就没有粮食了，到时候如果敌国来袭击，恐怕军粮都拿不出来了。"赵梁出来阻止费昌。

履癸突然发不出火来，眉头皱了起来。

大夏自从天子孔甲以来，国力就逐渐衰弱，但是从孔甲天子到天子皋再到天子发，基本在大修宫殿，百姓的农耕却没有人去鼓励，以至于粮食一年比一年收得少。

履癸当了天子之后，虽然恢复了大夏的雄威，四海之内的诸侯皆臣服大夏，但履癸长年四处巡狩征讨天下，国库中的粮食每年也是捉襟见肘。如今遇到灾荒，粮仓中的粮食根本不够救济灾民。

"难道大夏的子民只能饿死街头吗？！"费昌无声地叹息着。

第七章　汤在亳门

商国。

有人禀报："伊挚先生今日就要到了！"自从车正传回来书信，知道伊挚先生要回来，天乙每日派人去探听。

"终于回来了！"天乙跳了起来，眉头舒展开来。

天乙急忙准备亲自出城迎接。

终于一辆马车出现了，到了近前从车上下来一个白衣妙龄女子，容色清丽。

"难道不是伊挚先生吗？"天乙纳闷了。这时候白衣女子打开车帘，从车上走下一位白衣男子，容颜清朗，恍若清风明月。

天乙大喜，快步向前。身后的有莘王女却嘀咕了一句："这女子是哪儿来的？"

白衣男子正是伊挚，妙龄女子是白薇。

天乙大步向前，伊挚也看到了天乙，赶紧快步上前，伊挚俯身就要给天乙行礼。天乙赶紧快步走过去，一把扶住伊挚。伊挚是天乙心中最依赖和器重的人，而天乙永远是伊挚心中一切信念的源泉。

"伊挚先生，你我之间，不在朝堂之上就不必如此行礼了。"

"伊挚，回来了就好。"王女心中想着没有说话，只是看着伊挚微笑，不时地扫一眼伊挚身后的白薇，眼神中是难以隐藏的嫉妒。

这一天是己亥日，天乙和伊挚在亳门处理政务，二人忙完正事之后，天乙伸了伸懒腰。宫女来给二人的陶杯中沏上新茶,茶香顿时飘了出来。

"先生,黄帝当年有一些治理天下的良言流传下来吗?"

"肯定是有的!那些一直流传下来的良言,可以成人,可以成邦,可以成地,可以成天!"伊挚郑重地说。

天乙双眼中有光芒闪过:"几言成人?几言成邦?几言成地?几言成天?"

"五以成人,德以光之,德让人有了光泽;四以成邦,五以相之;九以成地,五以将之;九以成天,六以行之。"伊挚郑重地回答天乙。

"这个过于精深莫测了,先生可否详细解说一下呢?"天乙顿时专注起来。

"大王,这个的确从字面上很难理解,伊挚慢慢给大王解释。"

"嗯,朕一个一个地向先生讨教,人是靠什么活着呢?为何多而长大,为何少而衰老?有的人果断坚定,有的人犹豫畏缩,又是什么主导着人的心情?"天乙继续问。

伊挚慢慢喝了口茶,缓缓地说:"五谷杂粮为人提供气。人之所以是人,是因为有气。人最初怀胎叫作玉种,一月始扬,二月乃裹,三月乃形,四月乃固,五月有裹,六月生肉,七月乃肌,八月乃正,九月显彰,十月乃成。经过十月怀胎,一个人就正式降临到人世间,大王和我也是如此,才能在世间为人。"

天乙不住地点头,有所顿悟。

"民乃时生,元气潜、舒、发、滞,是气为长且好才;元气奋昌,是气为当壮,气融交以备,是气为力。气戚乃老、气徐乃猷、气逆乱以方是亓为疾央,气屈乃冬,百志皆穷。"伊挚说到这里就停住了。

天乙沉浸在其中,思索着其中的意思,仍是一头雾水。伊挚看到天乙的样子笑了,说:"这段比较晦涩,伊挚也是用了很久才稍微理解,我慢慢给您梳理。民乃死生,其气潜、舒、发、滞,是气为长且好哉。人会生死,就是人身体内的气,会潜藏、舒缓、流畅、阻塞,所以气还是悠长为好,这样人才能健康长寿。其气奋昌,时其为强壮,气融交以备,气其为力。让气在体内融会贯通,气就能够转化为身体的力气,使人变得强壮。气旺盛人则强壮,气蹙乃老。人的气如果越来越短,就会变老。气徐乃悠,练气就是为了让气息悠长,这样人才不会衰老。气渐少则人渐老,缓而慢之乃延年。气逆乱以妨,是其为疾殃。就是说气逆乱则会妨碍人的正常生活，在身体上表现为疾病，在生活上就表现为遭遇祸事。气流逆行乱行而不通，人遂有疾殃。气屈乃终，百志皆穷。人身体如果没有了气，人就变得了无生趣了。人自死而生，气蕴藏、舒发、凝聚，人乃成长；气融会贯通全身，用之，表现为力量；气尽命乃终，一生名利之求皆成空。"

天乙听完，良久没有说话，似有所悟，似有所醒，思绪神游天外。

一晃几个月过去了，突然天子旨意到了。

"各诸侯国，十月朔日，齐聚有仍，举办天下诸侯大会！"

天乙接了旨意，心中不免疑惑。"有仍，不是在商国的东北吗？今年的诸侯大会怎么在有仍开，夏本来在商国的西方，这是绕了很大一个弯子啊，天子必有其目的！"天乙喃喃地说。

"大王不必想太多，天子没有粮食了，来我们这边找粮食来了！"

斟鄩。

履癸和费昌远征彤城和党高带回来的粮食，费昌本以为终于可以填补一下粮仓，却被履癸酿酒动用了一千钟。本来这也没什么，因为粮食吃完了，明年再种就行了，即使遇上干旱的年份，洛水中总会有水可以灌溉。人们也许会想到洛水会洪水泛滥，但是谁也没想到洛水会干涸。地震、长夜宫崩塌、洛水干涸，伊水也干涸了，看来太史终古说的天象异常，天下会有大事发生应验了。天下百姓和朝中大臣人心惶惶，大家心中有一种隐隐不安的感觉。

"当务之急，必须开仓救济灾民，否则会产生暴乱的，粮食可以想筹集之法。大王可以找没有受灾的诸侯国去借一些粮食。"关龙逢道。

"借，对，关卿说得对。这次诸侯大会不必在斟鄩召开了，朕没有那么多粮食给他们吃了。"关龙逢这一次终于说了一句让履癸欣慰的话。

"大王，听说有仍诸国千里沃野，那里到处都是良田，粮食一定很多，我们可以去有仍召开诸侯大会，到时候让各个诸侯国进贡粮食，国库中就有粮食了。"姬辛赶紧顺着关龙逢的思路继续给履癸建议。

"姬卿说得不错。粮食总会有的！速告知天下诸侯，下个月在有仍召开诸侯大会。"履癸心中烦忧一扫而光。

第八章　九以成天

阿离跟在妹喜的辇车旁边，四个宫女拉着辇车步履轻盈，一行人绕过容台，走到后面的花园，前面一座小山，晚风吹来花香阵阵，不由得让人陶醉。

假山中间隐藏着一条石子小路，妹喜的辇车竟然走了进去，夜色就要降临，妹喜这是要去做什么？然而妹喜一行人似乎消失在假山中了。

假山之中有一个洞门，后面是悠长的甬道，进入之后，两边点着灯火，看不见最前方，能听到隐隐约约的女子的声音和悦耳的乐曲，妹喜把这条通道叫作聆隧，就是能够聆听乐曲的通道，乐曲在聆隧中回响，悠远而摄人心魄，吸引着人继续往前走，声音越来越大，前方豁然开朗，巨大的朱红色的宫门出现了，四处一片明亮，抬头看到巨大的红日和金黄的满月同时挂在空中，仔细凝视，原来是红白两个巨大的灯笼从高不可及的宫顶垂了下来。

重修后长夜宫广阔达到几里，三千根巨大的柱子支撑起巨大的空间，石木结顶，从外面看，长夜宫所在的地方多出来一座奇花异草环绕的小山，谁能想到这座小山竟然就是长夜宫的宫顶。

长夜宫中依旧以月为日，宫门之灯点十五日，宫内明亮如同白昼，这样算一个白天。长夜宫的夜必须够长，才不会长夜苦短，才能夜夜歌舞，不用担心旭日东升，所以长夜宫的一夜有十五日。

十五日为一夜时，宫内只是点上小灯，间阁上荧荧点点仿若万家灯火，最高的为夜台，夜台上处处都是珍宝，夜色中更是流光溢彩、熠熠生辉，一人容颜如玉，身边的男人不动声色就散发着王者之气。

夜台周围的环室叫作夜廊，再外面的房间雕楹画宇，宫中的少女少男都住在这里。夜廊外围挂着上好的锦帐，隐隐可以看出房间内艺貌俱佳的女子拨弄着古琴、骨笛和钟铃，这些都是长夜宫的乐手。

长夜宫昼则张宴奏乐，兴至则解衣就欢，履癸和妹喜困倦了随意就睡，饮食俱任意，想吃就吃，想玩就玩。履癸在这里才有真正的自由，才觉得自己是真正的天子，这里没有任何人来规劝什么才是天子应有的品德。

妹喜只有喝酒的时候才不会让伊挚出现在脑海里，沉醉在酒中不愿醒来。

"伊挚你走了，如果你知道我这样放浪形骸，还会喜欢我吗？"

履癸无法察觉到妹喜内心的最深处，一心寻欢作乐，夜则熄烛而酣乐，昼纵三千男女杂交。甚则尽减小烛，光线柔和暗淡，男女各不相认，遇合交错，场面不堪入目。

履癸揽着妹喜，一边喝酒一边看着下面的少男少女嬉戏，大笑出声。

妹喜喝醉了，也大笑起来，笑着笑着眼泪就流了出来，用袖子去擦。

"妹儿，你怎么了，你不喜欢这些吗？"

"不是，是酒喝得太急了，呛到了！大王，妹儿新编了一首曲子和舞蹈，跳给大王看好不？"

"大家安静，元妃将要起舞！"履癸双手一拍，长夜宫立即就安静下来了。

"咚！咚咚咚！"渐渐地鼓声响起，鼓声开始很小，慢慢地节拍重了起来，履癸以前从来没有听到过这首曲子，如长夜军队在前行，又如一个人暗夜的心声。

"铃！铃铃铃！"几十个人演奏的铃声响起，鼓声和铃声组成高低不同的音域，如时空在穿梭。

陶笛响起，呜呜咽咽悠悠扬扬，如一个女子在呼唤心爱的人，一个低沉的埙的声音响起，如一个男子在呼唤自己心爱的女子。心上人有了回应。

妹喜歌声婉转缠绵，混在铃声和埙声中，让人不禁心中发热。

履癸就要出发去有仍，这个音乐和歌声让他不禁想到，也许又有几个月见不到妹喜了，心中也是一热，紧紧把妹喜抱在怀里！

"妹儿，你这是因为朕又要远行，舍不得朕而写的曲子吗？"

"嗯！"妹喜依偎在履癸怀里没有多说话，闭起来眼睛，脑海中竟然出现了伊挚那温婉的微笑！

妹喜突然很害怕，如果伊挚再也不回来了，那自己还有开心的日子吗？她想到这不由得抱紧了履癸，自己以后只能一心一意地陪着履癸了。这个男人至少能给她想要的一切，她喜欢的舞蹈和音乐，想做什么就做什么，也许人的一生真的不能什么都想要，即使是天子履癸，即使自己身为元妃。

费昌听说了长夜宫中的奢靡之后，叹了一口气。"哎！人道灭了！"

商国旹门中，天乙这天又请了伊挚过来，继续探讨黄帝的言论。

天乙说："那天先生只讲了一半，今日天乙继续向先生请教，所谓'四以成国，五以为相'，具体是什么意思呢？"

"四顺者，谓之四体正。德、师、役、政、刑，犹五官之相。"

天乙点头称是："品德、军队、劳役、政令、刑法，这的确是一个国家最重要的五件事情，就像人的五官一样重要。如何能够做好呢？美德如何？恶德如何？美师如何？恶师如何？美役如何？恶役如何？美政如何？恶政如何？美刑如何？恶刑如何？"天乙一连串的疑问抛了出来。

伊挚没有立即回答，过了许久慢慢说："伊挚以为黄帝以睿智仁慈为德，凭信义而成功，此谓美德，可以守成；崇尚阴险奸诈，凭欺骗而成功，此谓恶德，虽得必失。起兵有得，颁赏官长，此谓美师；起兵无得，无端用兵，此谓恶师。所谓师出有名，正义之师，百姓才会拥戴支持，士兵才能奋勇杀敌，有必胜的信心。用民顺时，与民休息，此谓美役；劳役一定要顺应民时，千万不要影响了春种秋收。征民背时，违逆民意，此谓恶役，比如天子春播时分征集大量民夫去修长夜宫，就是动了民心。简政而随俗，此谓美政；政令有违常理而常变，人心离散而自危，此谓恶政。刑罚轻而民风淳朴，此谓美刑；刑罚重而民强横不畏法，此谓恶刑。"

天乙想了一下："先生说得很有道理，那接下来'九以成地，五为之用'，是什么意思？"

"九德之人，是地上之珍。水、火、金、木、土，谓之五行。五行为用，以成器具，以植五谷。天下万物，都可以归到五行之中，而五行又相生相克，变化无穷。"

"那最后的'夫九以成天，六以行之'，是什么意思？"天乙继续追问。

"唯彼九神，是谓九宫。伊挚给大王依次解释一下九神，这和归藏之学紧密相连。第一神为天符：位居中央，具有戊己土的性质。为诸神之元首，九星之领袖，因名值符。其神所到之处，百恶消散，诸凶寂灭。为至吉之神。盖天始于甲，地始于子，固谓万汇之尊者，举甲子而六甲在其中。第二神为螣蛇：位居南方，为丁火之化气，其神性柔而口毒，专司惊恐怪异、虚诈不实之事。为六丁六甲之阴神，乃神之最灵者。第三神为太阴：位居西方，为西方之阴金，其神好阴匿、暗昧，具护佑之功，利密谋策划、避难藏身，其性格内向，喜暗中行事。第四神为六合：位居东方，为东方木神，甲木之化气也，为东方之阴木，其神性和平，专司婚姻交易、媒牙和合之事。又为护卫之神。第五神为太常：中央之阳土也，其神性顽，专司田土词讼之事，凶顽之气不可趋。第六神为白虎：位居西方，为西方阳金，其神好杀，专司兵戈、杀伐、争斗、疾病、死丧、道路之事。第七神为玄武：玄武乃水之精也，统辖北方之气，其神好阴谋、贼害、专司盗贼逃亡之事。第八神为九地：九地为坤方之土神，所主的都是柔顺虚恭之事，为坚牢、稳固之神。第九神为九天：九天者，乾金之卦，其体属金，性刚而好动，所主者，名正言顺之事，值其令而无阻，至吉之神。六以行之，昼、夜、春、夏、秋、冬，各司其职，交替运行。这是天下所有大事的根本，也就是天道。"

天乙最后大笑起来："真是天赐伊挚先生给我！先生真是无所不知的仙人！黄帝之良言先生不仅知道，还阐释得如此透彻明了，天乙是真心拜服！天乙愿遵习改恶迁善！望大商在先生辅佐下更加强大！"

"大王客气了，这也是黄帝传下来的教诲，伊挚不过加入了自己的理解，还望大王指正！"

履癸和妹喜在享受着人生，天乙和伊挚在探讨天下之道。

第九章　西施偶像

　　湖水清澈透明，从湖的东岸隐约能看到西岸，但从南岸望过去，烟波浩荡，无论如何也看不到湖的北岸。

　　仲虺的薛国在大湖的南岸，天乙的商国在大湖的西岸，有仍就在大湖的北面，有仍千里沃野，又有大湖的灌溉，自古就是鱼米之乡。

　　"大王，天子为什么把诸侯大会选在有仍开，天下诸侯都来吃喝也就罢了，万一有人看上我有仍富有，对有仍不利岂不是惹火上身？"有仍的大臣悠闲惯了，突然要准备诸侯大会，心中满是不解。

　　"朕给你们讲个故事你们就明白了。"有仍国君满脸皮肤细腻如婴儿一般，肥肥的身躯，手脚圆滚滚的，透着几分可爱，他慢慢地讲了起来，"夏朝第三个天子太康是个只知道吃喝玩乐的人，经常外出打猎，数月不归。这样的国君是不会得到他的臣民拥护的。太康手下有位勇猛善射的大将——后羿，他利用太康外出的机会把持了朝政，立太康的弟弟仲康为国君。太康有家难归，最终客死他乡。后羿大权独揽，目空一切。时间久了后羿也开始不理朝政，醉心于山野行猎的趣事去了。后羿有个叫寒浞（zhuó）的手下，在骗取了后羿的信任后，谋杀了后羿，还夺取了后羿的爱妻，并与她生下两个儿子，浇（ào）和豷（yì）。仲康的儿子相是夏朝的第五个国君，寒浞担心相会危及自己，残忍地杀害了相。此时相的妻子已经怀孕，她从狗洞侥幸逃生，一直逃到了娘家有仍氏，生下了儿子少康。少康长大成人后在有仍氏部落居住。有仍氏首领十分器重少康，把两个女儿嫁给了他，还赐给了少康一片土地和几百名奴隶。少康一直把杀父之仇记在心上，但是仅凭一小片土地和几百名奴隶要想复仇绝非易事。寒浞逐渐老了。少康思来想去，想到了一个人。少康有一位忠心耿耿的仆人，是一位非常漂亮的女子，不仅对少康忠贞不贰，而且智勇双全。她深深地爱着少康，名字叫女艾。少康望着女艾玲珑挺拔的身姿，那让人望了就不想移开目光的娇俏容颜，心中波涛汹涌。'女艾，少康此生愿时时刻刻陪在你的身边，但是大夏江山依旧在贼人手中……'少康知道男人的弱点，任何男人见到女艾都会无法自持，他对女艾说了一个太过残忍的计划。女艾心中无声地流着泪，几天之后欣然赴行。女艾到了浇所统治的地方，借着缝补衣服的机会接近了浇，与浇同住一个房间，慢慢赢得了浇的信任。女艾不断地把浇的情况报告给少康，又与少康拟定了灭浇的行动计划，终于一举消灭了浇。随后少康乘胜出兵剿灭了豷，此时寒浞已经病死了。少康终于回到故国，恢复了大夏的江山。"

有仍国君的故事讲完了，大臣们沉浸在往事中，也终于理解了天子为什么要来有仍了，终于明白为什么天下战乱纷纷，有仍却一直岁月静好。

不仅仅是大夏的宗亲，还是大夏的恩人，所以有仍才会有这样的地位。有仍和昆吾、大夏的关系一直很好，履癸才把这次诸侯大会的举办地选在有仍。有仍旱涝保收，一直是大夏的后粮仓，每年进贡大量的粮食给大夏，但是每年也就几百钟而已。

大夏大旱，履癸需要最少三千钟粮食，各个诸侯国多多少少也都大旱，大夏今年收到朝贡的粮食连一千钟都不到。

这次诸侯大会，履癸带上一万近卫勇士浩浩荡荡地出发了。

履癸这次并没有带军粮，走到哪里就吃到哪里。履癸到有仍肯定要经过昆吾，昆吾国君牟卢这些年东征西讨抢了不少粮食，供履癸的军队吃喝几天的粮食自然没有问题。

履癸在昆吾和牟卢玩了几天之后，两人一起朝有仍开拔而来。

王师旌旗猎猎、迎风招展，队列整齐森严，如林的戈矛闪着寒光，所到之处天地都为之变色。大军如一条黑色长龙蜿蜒而行，大夏的天龙旗迎风飘扬，沿途各地百姓看到之后都大开眼界。

威风凛凛的大夏勇士杀气腾腾，每个人都能生擒虎豹。大军由熊、罴二将以及朝中大将扁将军带队。夏耕一直在肜城镇守大夏西方，防止西部荤粥等戎国来进攻，所以这次没有来。

有仍之所以有钱，就是因为有大夏的庇护，多年来从来不参与征战。大家都知道有仍富得流油，但都知道这是大夏的粮仓，没有人敢去征讨。有仍没有了征战的干扰，人民都安心耕种，男耕女织，生活倒也很是惬意。

几日之后，大夏大军到达了有仍。有仍国君盛情款待。

深秋的湖水宁静而清澈，湖边树林静谧而神秘。

履癸的大帐就在湖边的空地上，履癸走出大帐，俯瞰大湖，湖面上波光粼粼，湖边帐篷林立，颇具众王之王的天子风范。履癸满意地走回大帐，大帐内足有几十丈长宽，能够容纳上千人同时宴饮，帐篷上挂满牛皮、鹿角、牛头骨等，颇具天子威严。

此时已是初夏时节，正是不冷不热的时候，是最舒服的行猎季节。各个诸侯陆陆续续到了，各种帐篷在湖边依次排开，各色帐篷越来越多，大湖岸边一片繁荣异常的景象。

履癸带着先到的诸侯，每日在湖边树林中狩猎，大家一起玩得忘乎所以。

"难道这次大会只是天子带着天下诸侯到有仍来狩猎游玩吗？"天下诸侯都有了一种错觉。

商国也接到了参加有仍大会的旨意。天乙接到旨意之后心中一直忐忑，上次在斟鄩九死一生的经历恍如昨日，至今历历在目。但是如果不去的话，就等于给履癸大军借口来征伐商国，天乙很不情愿地上路了。仲虺、湟里且和庆辅分别率领了几百最精锐的勇士跟随，万一有紧急情况，就带人保护天乙杀回商国。

伊挚为天乙开解道："大王不必为此忧心，现在天子对大王满是愧疚之意，不会为难大王了。"

"希望如先生所言！"天乙此时只好相信伊挚的话是对的。

"大王，这次你要带着一百钟粮食去，天子见到必然欢喜！"伊挚的笑能够融化天乙的一切焦虑和烦恼。

"就依伊挚先生所言，大商如今粮仓丰满，而且先生从斟鄩也带回了几百钟粮食，送还一些也是礼尚往来。"天乙终于放松了一些。

"嗯，大王，还有一件事……"伊挚在天乙耳边悄声说着，天乙频频点头。伊挚刚回到商国不久，天乙担心伊挚被履癸见到之后，再次被叫回斟鄩，坚决不让伊挚陪同去有仍。

天乙带领仲虺、庆辅、湟里且几日后就到达了有仍。天乙到后，马上去拜见履癸："大王，天乙此来带来一百钟粮食献予大王！"

履癸见到粮食满脸堆笑："天乙国君真是大夏之栋梁，上次在夏台受苦了！"

天乙也只得赶紧恭维："大王神威盖世，恩德天下，才是大夏子民之福！"

似乎大家都忘记了太行山顶追逐的事情。反正这对谁都不是有面子的事情，大家就当没发生过是最好的了。

天乙说完，咳嗽了几下，咳嗽得身子更加佝偻了，站在那里显得虚弱无力。

"天乙国君身体不适吗？"履癸看到天乙一副病恹恹的样子随口问道。

"天乙在夏台时候多了这咳嗽的毛病，身子一直比较虚弱，来到有仍外加有点儿水土不服，多谢大王关心！"天乙说了几句之后，气息都喘不匀了。

天子的诸侯大会在有仍举行，这对有仍国当然是无上荣光的事情，朝中大臣很多都没见过天子，更没有见过这么多天下诸侯。

有仍国君这个笑呵呵的胖老头儿，把各方诸侯都招呼得无微不至。对有仍来说，谁也不得罪，是有仍的一贯风格。

终于到了大会的日子，大帐外号角齐鸣，低沉洪亮的钟声飘过湖面远远传开。

夜幕低垂，履癸的大帐内几排几案依次排开，数百诸侯依次就座。昆吾、豕韦、顾、常和商几大方伯长坐在履癸左右。有仍国君作为主家，在天子旁边就座。

履癸看着这些诸侯都来了，很高兴。"数次诸侯大会，天下诸侯云集，自从天子不降以来，有哪个大夏天子能有朕的国威？"

实际上诸侯互相攻伐，履癸也不能都记得这些诸侯，诸侯国内也是权力更迭频繁，所以除了几个大的诸侯国之外，每个小诸侯国的实力，估计也只有左相费昌能够大致明白。

"各位国君，今日共聚有仍，大家尽情宴饮，共祝大夏九州繁华昌盛。"

履癸第一天并没有说什么，第二天依旧继续，宴饮，歌舞。

诸侯之间敌对的只能避而远之，诸侯大会确实是各国之间难得的沟通机会，昆吾的牟卢和豕韦的孔宾自恃实力最强，和天子的关系最好，自然和履癸开怀畅饮不管其他。

顾国的委望最会见风使舵，虽然顾国国土不大，实力也和昆吾、豕韦这些大国相差不少，却也封了方伯长，委望也跟在昆吾和孔宾的后面讨履癸的开心，履癸喜欢听什么委望就说什么。

常国的当于最识时务，南方诸国各个凶悍野蛮，常国能够成为他们的方伯长实属不易，当于忙着让南方有矛盾的各方趁着这个机会沟通，能不打就不打，乐于当个老好人。

诸侯遂各自找其所依仗的强国，自相会同。同己者一起协商统一行动，异己者合谋攻取之。率顺我以攻不我顺，天下遂始有霸者之道。

天乙素来以仁义著称，天下诸侯都对天乙礼让有加。天乙有病在身，这几日深居简出，湟里且穿梭于各个诸侯国的大帐内，忙着交换货物。

白天履癸带着众诸侯骑射打猎，上万大军在履癸指挥下，纵横捭阖、进退有度，不一会儿就将猎物驱赶到众诸侯所在的树林。

"唏——"一声嘶鸣，一匹大黑马冲了过来，马上人飞马走射，箭无虚发，一头疾奔的野猪哀嚎倒地，不停惨叫着。其他勇士跟在履癸的大黑马后面，箭射中树木咚咚直响，不一会儿猎物都被捕杀干净了。

这些诸侯国中军队多的数千，少的也就几百人，哪里见过这雄壮的上万天子之师，远远地在山坡上看到大夏大军万马奔袭，心中无不升起敬畏之心。

夜色来临。

几案都摆在湖边，中间点起熊熊篝火，履癸带来的舞女在火光下妖娆起舞，每个人都看得心猿意马，又是宴饮到酣畅之处。

履癸突然拍手，大家立即都安静了下来。"各位国君，今年的诸侯大会可否尽兴？"

"大王洪福齐天！"

赵梁这时候站起来,说:"各位国君,大夏今年遭遇旱灾,大王需要各国进贡粮食以赈济灾民!昆吾等大国各国二百钟粮食,其余小国各依次一百钟粮食,大夏周边各国遭受旱灾严重的,可以减免到五十钟。"

履癸知道这次诸侯大会一定要让天下诸侯看到大夏的军威,才能让各个诸侯国乖乖献出粮食。

一下子四周安静了,只有篝火熊熊燃烧的声音。

"大王心念大夏百姓,我等自当为天子分忧!"昆吾的牟卢首先表态,履癸满意地朝牟卢点了点头。

"有仍愿为大王分忧!"

"商国愿为大王分忧!"天乙也附和道,履癸看到天乙,竟然对天乙挥了挥手。仲虺看着天乙附和有点儿惊讶,经历了夏台之变,天乙变了许多。

赵梁把写有各国需要进贡粮食数目的竹简,让人送到各个国君的几案前。

有缗(mín)国君拿到竹简打开,大惊:"大国有缗粮食二百钟。"有缗国君把竹简摔到几案上。"我有缗该封方伯长的时候是小国不给封,如今要进贡粮食倒成了大国了,我有缗粮仓粮食也不过千钟,却要拿出二百钟给你履癸?!"

第二天,有人报告履癸,有缗国君不辞而别,已经回国了。

履癸拍案而起:"有缗自取灭亡!"

第十章　后羿

山一座连着一座，没有华山那样险峻，但漫无边际，这里就是离着有仍不远的有缯国。有缯疆域辽阔，但可以耕种的土地并不多。

有缯多年以来基本没有给夏进贡过粮食，履癸当了天子之后，大夏实力大增，有缯老国君也开始给履癸进贡一些山珍野味。彪悍的山民大多靠打猎为生，大多骁勇善战。如今新的有缯国君刚刚即位没几年，正值血气方刚的年纪。

二百钟粮食对有缯来说实在不是一个小数目，有缯粮仓里也就不到一千钟粮食。有缯人都听说了履癸把千钟粮食酿了酒，又修长夜宫耗费了不少粮食，今年大旱，伊水、洛水都干涸了，颗粒无收，一下大夏粮食就不够用了。

这次诸侯大会，有缯国君就是要来看一看天子履癸到底是何等不可一世。

"每天打猎宴饮，也不过是凡人一个而已，有缯何惧？"有缯国君并没有对履癸服气。

当看到有缯也要进贡二百钟粮食，有缯国君脸色一下就凝固了，剑眉微微抖动着，几乎就要拍案而起。

"大夏缺粮，这都是履癸自作自受！有好处的事情都给了昆吾和豕韦这些大国，要进贡粮食时却把有缯也当作了大国。别人怕你，朕可不怕你，有缯子民个个都善于骑射，大夏纵有一万大军到了我有缯山中，只会都成了有缯大军的活靶子，让你有来无回！当我有缯是人人都可以欺负的吗？要粮食没有，本王走了！"

此时，天乙的病却越来越沉重了，已经不能走出大帐参加诸侯们的聚会了。

费昌知道天乙病了后，带了疾医酉平过来看望天乙。大夏地震之后，酉平回到镇上救治伤者，人们的房屋也都慢慢地搭建了起来，镇上又恢复了往日的平静。费昌知道酉平的医术，提议让酉平到斟鄩做疾医。这次诸侯大会，酉平也一起跟着来了有仍。

有些微胖的酉平走进天乙的帐篷，脚步轻得没有一丝声响。天乙正躺在床上，天乙看到费昌来了，半起身和费昌打了招呼。

"天乙国君有病在身就不要客套了，这位是疾医酉平，费昌请来特意为国君诊治一下病情。"

"有劳费相了！"天乙接着又咳嗽起来。

"国君不要用力！"酉平过来为天乙把脉。

"要是伊挚先生在，就不用麻烦酉疾医了。"天乙对费昌说。

"伊挚先生真是大材啊，不仅有治国的韬略，医术也颇为了得。"费昌说道。

"伊挚先生的《汤液经法》，酉平也经常拜读。伊挚先生在斟鄩的时候，酉平还曾登门向伊挚先生请教，伊挚先生的博学和谦和真是让酉平佩服之至。"酉平说完，继续给天乙静心诊脉。

"天乙国君似乎并无大碍，应该只是水土不服！只要静心调养即可！"酉平诊完脉说。

"天乙实在四肢无力，无法下地行走！如果天子问起，望费相和酉平大夫替天乙说一下情！"

费昌明白了天乙的意思："酉疾医，请再帮天乙国君诊治一下，恐怕天乙国君病体沉重，还有别的原因。"

酉平看了看费昌，又看了看天乙，只好再次给天乙诊治，过了一会儿说："天乙国君虽只是水土不服，但病症来势汹汹，恐怕几日之内是无法起床行动了。"

天乙终于松了一口气："有劳酉疾医了！"

好在酉平是个极其聪明的人，天乙自此对酉平也多了几分好感！

履癸的心思现在都在有缗那里，他已经号令三军，准备开拔去荡平有缗，所有的诸侯都要随军出征。履癸这次要让天下诸侯都看看天子大军的神威，让天下诸侯以后再也不敢违抗天子的旨意。

众诸侯有的心里叫苦不迭,有的幸灾乐祸,但是无论如何,履癸的一万大军向有缗进发了。

天乙在有缗叛逃的前一日就生病了,履癸并没有疑心,准许天乙不用随大军出征。

履癸由于要让天下诸侯都看到自己大军的勇猛,所以一路高歌猛进。一路上一直没遇到有缗人,大军都到了有缗城下,也没遇到像样的抵抗。

大军在有缗城外扎下营寨,履癸和众诸侯的帐篷也扎下了,从有缗城头看下去,大夏大军遮天蔽日,一眼望不到头。大军压境,城里漫布着一股肃杀气氛。

履癸大军的战车虽然没有商军仲虺最新造的战车那样先进,但是大夏战马高大,士兵威武,战车数量惊人,上百辆战车依次排列开来,前方无论是什么都会被碾轧粉碎。

天下诸侯几乎都来到了有缗,有缗国君傲气凌人,当然不想在天下诸侯面前,在气势上输给大夏。如果在天下诸侯面前打败了天子,那以后有缗也就是天下的王,再也不用臣服于谁了。

大战已经无可避免。

大夏军中熊、罴、虎、豹四位将军和履癸最为亲密,大将扁更是一员猛将。有一种人生来就属于战场,如果有几个月没有厮杀,就会觉得浑身不舒服,扁就是这样一种战场猛兽。

日落日升,新的一天来临了,今天会是很多人的最后一天。

西风猎猎,青色的云,时而遮住晨光,让人心情一下子变得阴郁起来;时而又云开日出,让人沉浸在深秋初冬的暖阳中。

履癸这次要陪着天下诸侯观战,这次由扁将军在阵前战车上指挥大军。

大家焦急地等待着,气氛压抑得所有人都有点儿喘不过气来。

"吱扭——扭——"

对面有缗城门徐徐打开了,从城里面徐徐开出一辆一辆战车来,竟然也有上百辆,士兵个个杀气腾腾,气势上并不输给大夏大军。

所有人不由得心中一紧,怪不得有缗国君敢于大会上叛逃,原来有缗有这么多战车和军队，看来有缗不服天子之心不是一日两日了。

双方箭在弦上，不得不发。

"杀！"扁将军一声令下。战车滚滚，鼓声隆隆，长戈早已磨得锋利等着品尝鲜血的味道！扁将军双目放光，御手催动战车就冲了上去。

有缗国君更是亲自率军冲锋，今日一战关乎生死，谁也不能输。履癸绝对不能在天下诸侯面前输；而有缗如果输了，就要身死国灭。

双方战车即将接触的时候，突然中间的战车速度慢下来，扁想用自己的战车把对方包围到中间，然后歼灭。但是刚想包围，却看到对面战车阵也是中间后缩，原来对方是一样的想法。

此时此刻，两边的战车就要接触了，有缗战车上的弓箭手开始放箭了。有缗的居民从小就靠骑射打猎而生，所以个个都是神箭手，大夏战车上的士兵纷纷中箭坠下战车。

大夏军队的士兵虽然穿着盔甲，但是对方弓箭竟然能射到咽喉和眼睛，一箭毙命，简直让人恐怖至极。其余战车上的士兵赶紧举起盾牌护着全身，继续前冲。但是强弱已经明显，夏军几十辆战车上的勇士，转眼就被有缗的士兵射杀殆尽，等到互相接触时，几乎都是对方几辆战车合围一辆夏军战车，大夏士兵勇猛地冲到跟前，贴身近战，但寡不敌众，最后都被冷箭射中后颈而死。

"哈哈哈！"顿时强弱已分，有缗国君在战车上大笑。

"履癸，你还记得当年神箭手后羿夺了太康的天子之位吗？今日该有缗做天子了，你等着受死吧！"

第十一章 冷箭

有缗的箭雨并不密集，大夏士兵却诡异得纷纷应声而倒。

履癸站在高处，一时竟然不敢相信自己的眼睛，有缗人竟然个个都是神箭手！

战场前的扁将军此刻已经羞愧得无地自容了。当着天下诸侯，大夏威严何在？

"突击！"扁将军大吼一声，催动战车就冲了上去。

夏军不再和有缗对射弓箭，战车上士兵俯身藏在战车里面，用盾牌护住自己，战车的战马有盔甲护着不惧弓箭。

有缗人一下找不到夏军士兵瞄准射箭了，如同一阵狂风卷来，大夏战车瞬间就冲到有缗大军跟前。扁将军的战车冲在最前面，一辆有缗战车冲了过来，扁将军手起刀落，"噗！咔嚓！"声中血光四溅，大刀就劈掉了对方的马头，大刀劲道未减，竟然把对方战车也劈为两半，有缗的战车竟然都是木头做的，表面包了一些铜皮。

厮杀开始！真正的面对面地拼杀，大夏士兵身中数箭，血流不止，生命危在旦夕，却毫无畏惧之色，倒下之前手中长戈已经砍掉了几个有缗士兵的头。有缗人开始害怕了，大夏的近卫勇士都不怕死。大夏勇士头上都戴着铜胄，身上皮革和铜甲护身，有缯人几乎没有任何防护，近身厮杀，有缯人就成了被屠宰的羔羊。

有缯国君箭无虚发，射倒了无数夏军，无论盔甲多么厚，总有缝隙，箭头能够穿入，尤其面门部位。

大夏的士兵好像把死亡看作一件开心的事，如潮水一样冲过来。

"撤回城内！"有缯国君看形势不好，赶紧带队回城。

大夏战车冲撞，有些有缯人被战马冲撞踩踏，一时间有缯人死伤了无数。有缯本来胜券在握，如今却形势逆转。慢慢一轮红日西斜到了西面的山梁，黄昏时候，城外的战斗终于结束了。

残破的战车东倒西歪地散落着，倒在地上的战马还在抽动着，不少士兵身首异处，嗜血的苍蝇贪婪地嗡嗡着。

大夏战车几乎损失了一半，士兵死了上千人，受伤的更是无数。有缯国的伤亡更是惨烈，这场战斗没有输赢，只有死亡！

这些跟随履癸远征天下的近卫勇士，第一次遭遇如此惨烈的战斗。天下诸侯都看傻了，想着自己国内那几千士兵，能够在这样的厮杀下坚持多久呢？

大夏大军这次伤亡惨重，自从履癸当了天子，就从来没有伤亡过这么多人，大军中弥漫着受伤等死的士兵的哀号之声。履癸的近卫勇士虽然都身经百战，却从未如此压抑痛苦过，大军一片沉默。

扁将军肩头也中了几箭，好在都是皮肉之伤，满脸虬髯之下也是神情凝重。

"大王来了！"有人喊了一声，众人顿时心头一震。

履癸来到军中看望这些平日一起出生入死的弟兄。"今日血肉相拼，很多兄弟战死沙场！明日朕一定亲自给他们报仇。"履癸的到来让大夏大军的精神立即就恢复了。履癸从来没有打过败仗，大夏大军坚信只要天子还在就没什么可怕的。

"我军伤亡惨重，但是敌军伤亡更重。我一万大军在此，有缯城内估计所剩士兵不过一千，明日我们杀入城中，杀了竖子有缯氏，到时候城中所有财宝、女人，大家可以尽情拿，归为自己所有。"近卫勇士们听到有东西可以抢，眼中露出了亮光。区区一个有缯怎么能和大夏抗衡？今日一战，已经杀死了他们一半士兵，恐怕他们再无力反抗。

第二天果然有缯闭门不出。履癸命令攻城。大夏的攻城弩一上，无数长矛飞向有缗城，不一会儿有缗的城门就坚持不住了，木头城门被射出了一个大洞。

扁将军早就红了眼，怒吼着举着盾牌就冲了上去，到了城门口一刀就把城门劈开了一道大口子，大夏勇士随后虎狼一样冲入，熊、罴将军挥动大石杵，几下就把城门砸了个稀巴烂。

有缗国君匆忙从南面城门逃出，率领一千多有缗人逃进山林中去了。可怜城中没有逃出来的百姓都惨遭洗劫，履癸并没有阻止。费昌劝阻，履癸当没有听到。

有缗国君看着城中浓烟四起，哭喊声远远传来，满嘴钢牙都要咬碎了。

"定要履癸葬身于此，朕和履癸势不两立！"有缗氏一把撕下了树上的一块树皮。

履癸发现有缗氏逃入了山林，有缗所剩军队不过千余人。履癸派扁将军率领三千士兵入山追击。扁将军率领大军追杀了下去，追着追着，前面出现一大片树林，其中槐树居多，夹杂着松柏之类的树木，槐树属阴，阴气很重。扁将军不由得让大军停了下来。

这时候履癸率领众诸侯也到了，扁将军上前禀告履癸："大王，有缗氏已经逃入山林，恐有埋伏！"

履癸眉头一皱，点了点头。

突然，远处山头出现一面旗帜，旗下站着一人，隐约能看出是有缗国君。

"履癸，你这有勇无谋的匹夫，劳民伤财，四处杀伐，天下百姓都不得安生。今日你退兵而去，朕就饶你一命，否则定让你今日有来无回！"

有缗国君的叫骂之声远远地传来，履癸和天下诸侯都听得清清楚楚。从小到大还从来没有人敢当面辱骂履癸。

履癸反而笑了。"哈哈！有缗氏你今日死期已到，天下诸侯在此，就让天下人都看看朕如何取你性命，纵有埋伏又能奈朕何？"

扁将军哇哇乱叫："大王，扁这就去取有缗竖子的头颅！"说罢骑马带着三千近卫勇士就进入树林，朝着有缗氏所在的方位冲了过去。

等扁将军进入了树林才发现，林中树木虽然稀稀疏疏，但是道路却是歪歪斜斜的，大军只好如一字长蛇蜿蜒前进。

"扁将军，我们不如放火烧了这山林！烧了那有缗氏！"一个参加过荤粥之战的将士建议。

"好，可一试！"扁将军看了看四周。

几个士兵用火石点燃枯枝树叶，但是这里不同于白桦树林那样满地都是厚厚的干枯落叶，林木稀稀疏疏，根本无法引燃。只是冒出一堆堆的黑烟，却暴露给有缯士兵大夏军队的位置。

有缯氏望着树林笑了："哈哈，这帮蠢货，都不用我们去林中寻找猎物了，众位平日里天天在这山中打猎，今日猎物众多，各位就打个痛快吧！"

不一会儿，扁将军就发现不对，突然一声骨哨声音，接着四面八方箭如雨发，极其精准，不一会儿，扁将军周围的士兵就纷纷倒下了。

"躲在树后！"扁将军等这波箭雨过后，发现身边人已经死伤大半了。有缯人的射箭之术果然厉害，再向四周看，却丝毫不见有缯氏士兵的影子。这些有缯士兵平日里打猎，最擅长伪装，悄悄靠近猎物，突然射箭，猎物就应声而倒，根本没有任何逃窜的机会。

扁将军觉得形势不对："大家谨慎撤退！"走了没多久，又是一波箭雨，这次隐约看到了有缯士兵，准备还击时，仔细找那些有缯人却又都不见了。

这林中槐树阴气森森，简直如在地狱一般。大夏士兵今日看来都要死在这诡异的槐树林中了。

履癸和天下诸侯都走后，天乙悄悄地和仲虺等回了商国。天乙不由得赞叹伊挚先生料事如神。临行前伊挚对天乙说："大王如果要自保，只有示弱生病，这样才能消除天子履癸的戒心，放大王回归商国，否则随着大军出征，难料会有什么变故！"

第十二章　还之彼身

槐树黑黢黢的枝干如同怪物的手臂，皲裂的树皮上长满绿苔。

嗖的一声，冷箭已经到了近前，前面的人赶紧用手护住面部，青铜箭头噗的一声插入了双手。"啊——"惨叫着并不可思议地看着自己被钉在一起的双手，这时候又噗的一声，箭头穿过了这人的咽喉，他的表情永远凝固在这不可思议的惊恐中。

大夏勇士被困在槐树林中，冷箭不时射来，每个人都护住自己的头、脸、脖、颈等要害，大夏勇士犹如被困住的野兽，想撕咬却找不到对手。

"胆小鬼！出来！"大夏勇士用长戈砍向诡异的槐树，树枝纷纷折断，枝干、树叶落得到处都是，依然看不到一个有缯人。

扁将军长啸一声，要冲过这片森林是不可能了，为了更多人不被一箭射中要害，扁将军率领着军队退了出来，垂头丧气地回到履癸面前。

屡次出击都损兵折将而回，这让履癸这天子很没有面子，履癸早已怒火中烧了，但当着天下众诸侯又不好发作，本来是要让天下诸侯看看大夏的军威，却在一个小小的有缯氏面前屡次无功而返。

履癸身后听不到任何人声，诸侯们此刻谁也不敢说话，生怕一不小心，履癸的怒火就会发到自己身上。

履癸注视着眼前这片树林，眼中闪过一道寒光。

"熊将军、罴将军，你二人各率两千人从左右一里外的两翼穿过去，务必直奔有缗氏所在方位，遇到灌木直接砍倒而过，多带弓箭和盾牌！"

履癸下了战车，披挂上马，抢起双钩一马当先冲了出去。身边的勇士努力前冲保护在履癸周围，即使对方冷箭射来也毫不退缩，继续朝着弓箭射来的方向猛冲。

"扁将军随朕中路突击，三路互为呼应，哪方发现有缗贼人就互为包围，看他冷箭还能奈何？"

"大王在就没有打不败的敌人！"履癸亲自出征，夏军顿时士气大振。

熊、罴二将军很久没有打仗了，分别带领人马冲进树林，三队人马齐头并进。扁将军冲在最前面，生怕履癸受到冷箭偷袭。"大王小心！"扁感觉到破空之声，隐约看到空中一点飞来，纵身跳了起来，肩头中了一箭。履癸早就看出那箭是朝着自己而来，扁一把折断了箭杆，继续冲在前面。

"嗷——扁，这箭伤不到朕。"履癸一声长啸，林中树叶随之抖动着，履癸示意大军停止。

四周突然陷入死一样的寂静，突然前方又有厮杀之声，不一会儿，豹将军从前面过来，手里拎着一个有缗人的脑袋。

"扁！我给你报了一箭之仇了！哈哈！"

无论哪一方遭遇冷箭袭击，另一方都会悄悄包抄过去，把对方从后方绞杀，这样一来，有缗那些弓箭手就无法遁形，无路可逃。这些有缗人有的藏在树上，有的藏在草丛灌木之中，不仔细分辨很难发现。大夏士兵以其人之道，还治其人之身，发现有缗人的踪迹就乱箭齐发，藏身于树上的被乱箭钉在了树上，很多有缗人被射成了刺猬。

虽然大夏很多士兵倒下，队伍突进的速度依旧奇快。有缗人射完弓箭还没来得及转移和隐藏，就被大夏士兵发现，终究难免一死。夏军把这片森林翻了个底朝天，无处可逃的有缗人最终被绞杀殆尽。

履癸双钩舞动，弓箭根本伤不到他，虽然死伤依旧惨重，但大军依旧不停。突然一块大石出现在远方，前面一片豁然开朗，大军已经突破了这片树林，接近了有缗氏喊话处的大石头。

"履癸的大军果然勇猛！"有缗氏看到履癸几路夏军如狼似虎，竟然突破了自己的弓箭阵，心中一惊。

"履癸你敢上来，你我二人决一死战吗？"有缗氏看到履癸率先冲了上来，心想如今只有杀掉履癸才能取胜，正好履癸率先冒进，实在是天赐良机！

履癸根本没停，已经纵跃过来。

"让你见识下朕的神箭之技！"有缗氏站在巨石之上，履癸周围的勇士，嗖嗖地一顿乱箭飞了过去，有缗氏毫不慌张，竟然伸手一抓就抓住了射到面前的弓箭，其他弓箭贴着身子都飞了过去。

履癸头发在空中飘飞，挥动双钩向前纵跃。有缗氏看到履癸跃在空中，时机来了，抬手嗖嗖连射三箭。

履癸在空中双钩舞动打掉了两支箭，这第三支箭却已经到了咽喉，履癸在空中无法躲闪，只有一扭头晃动身子，硬生生地躲过咽喉，那箭一下子射在履癸肩头上。这箭又长又大，箭头是锋利的猛兽牙齿打磨，履癸虽然穿着盔甲，但是依旧透甲而入。履癸大叫一声，狼狈摔倒在地。

见履癸中箭落地，有缗氏接着嗖嗖又是三箭，这三箭劲头十足，带着破空之声，比一般的弓箭快了不知多少，转眼就到了履癸身前。

履癸落地之后，狼狈异常根本无法再举起双钩打掉射来的箭。眼看履癸就要命丧在这三支箭下。履癸似乎也呆了，毫无反应。就在这时候，履癸前面突然一个人影跃了起来，噗噗噗，三箭全部射在这人的后背上，这人身形粗壮，正是扁将军。

扁将军中箭大喊："大王快走！"

这时候大夏的勇士也上来了，护着履癸就想下撤，履癸一把抢过一个勇士手里的盾牌。

"你们闪开！"履癸左手拿着盾牌，右手抡着大钩就跳了起来。

有缗氏一看，履癸你自己找死！嗖嗖嗖，又是几箭射来。

履癸用盾牌挡住弓箭来路，那些弓箭势头极猛，竟然射透了盾牌，然后钉在履癸身上，履癸全然不惧，继续冲了过去。

有缗氏有点儿慌了，身边的人早就各自为战，大夏士兵漫山遍野地从森林中涌了出来，今日不是鱼死就是网破。有缗氏手中弓箭不停。

履癸腿上也中了箭，速度却仍然没有减慢。有缗氏发现一个手里拿着一个刺猬一样的盾牌、浑身是血的履癸已经站在了自己面前。

一双比虎豹更加凶狠的眼睛盯着有缗氏，任何人都不过是他的猎物。

这是有缗氏最后看到的景象，履癸飞身跳了起来，手中盾牌朝有缗氏砸了下来，有缗氏赶紧用手中的弓去拨打，但是他突然看到了自己的身子，原来头颅已经被履癸一钩砍下，飞了出去。

履癸浑身是血，身上带着弓箭，提着有缗氏的人头，回到天下诸侯面前的时候，所有人都惊呆了，扑通扑通都跪伏在地！

"大王神勇，天神下凡！"豕韦国君孔宾率先跪倒高呼。

人人听说履癸勇猛，但是今天亲眼看到，所有人都从内心折服了，而且更多了一丝恐惧。

昆吾的牟卢忙过来帮着履癸清理伤口："大王今日可算厮杀痛快了！哈哈！"

履癸拍了下牟卢的肩膀："知朕者就是你牟卢了，那个有缗氏居然弓箭这么了得，号称什么后羿再世，竖子不知道大夏最恨的就是后羿篡国了，朕岂能饶了他？如今真的如后羿一样，身死国灭了！今晚我们好好大喝一场，过瘾！"

委望也赶紧过来，顺着履癸的心思，说道："大王此战辛苦了，有缗氏如此可恶，不如屠城彻底灭掉那有缗国，以告慰牺牲的将士！"

履癸盛怒之下正想要一把大火烧了有缗城，正要开口。

费昌等连忙劝阻："当着天下诸侯，大王要有怜悯天下苍生的慈悲之心！"

履癸哼了一声。

第十三章　伊挚和王女

商国。

天乙和仲虺都去了有仍，王女和伊挚终于可以安静地相处一段时光了。

伊挚在斟䣝待了那么久，回来之后王女天天把伊挚留在身边。伊挚每天和王女下棋读书，时光仿佛又回到了以前在有莘的日子，只是如今的王女更加美丽而温婉了，而伊挚更加温润如玉，更有谦谦君子风度了。

"伊挚，你一个人在斟䣝真是受苦了，不会再去斟䣝了吧，我们就好好地留在商国好不好？"

"这个不好说，树欲静而风不止。如果商国不够强大，昆吾就会来吞灭我们；如果商国太强大，天子恐怕也不会容下商国。大王还是应该早图霸业，也许还有一线生机。"

"你们男人就喜欢打打杀杀，征战天下又将有多少百姓惨遭涂炭呢？"

"王女，天下大势如此，有些事情不是我们不想做就能不做的，我们只有向前才能有希望，逃避只会让人更加痛苦，让事情变得更糟！我们要做的只是要等待时机，时机到了，就要行动！"

"几百年都过来了，为什么一定要争个你死我活呢？"

"几百年来，国与国之间的征伐从来没有停止过，上几代夏天子羸弱，天下诸侯各自为政，多少诸侯身死国灭，这几年天子就灭了彤城、党高等。有莘国和商国一直自强不息才能有今日的太平。"

"伊挚，你知道吗？我更关心的是你！"

"伊挚服侍王女多年，自然知道王女的心意！"

"你真的知道吗？仲虺将军和你一起出生入死，情同手足，如今为何没有以前亲密了呢？"

"这个伊挚也不清楚！"

"你也以为我不知道吗？能够让仲虺将军心生芥蒂的只有一个人，那就是妹喜娘娘，你难道真的和妹喜娘娘在一起了吗？"

王女头上骨钗的珍珠坠子在轻轻晃动。

"王女，我们还是不要提妹喜娘娘了，当伊挚在王女身边的时候，心中就只有王女！伊挚做的一切就是为了保护王女，保护有莘，保护大王和商国。"

"你终于承认了！也罢，我也不能去斟鄩陪着你，有妹喜娘娘在斟鄩陪着你，你也不会那么寂寞。但你一定要保护好自己，天子履癸可不是那么好惹的。"

王女有点儿黯然神伤，此刻又担心起伊挚的安危来了。

"伊挚即使为了王女，也会保护好自己的。王女，伊挚不在身边的日子，你一定不要太想念我，王女每天开开心心的，伊挚才会开心。"

"挚——"王女有点儿哽咽了，"就像从前那样抱抱我好吗？"

伊挚轻轻抱住王女，王女依旧那样弱不胜衣，依旧是那个少女王女。

"哦，王女今天穿了一件以前在有莘时候的衣服。"伊挚不由得心中一阵酸楚。

时间只是概念，其实我们都没变，只是我们身边的人和事情都变了，所处的环境和位置变了，我们才以为自己变了，有了孩子就成了母亲，率领千军万马就成了将军，治理国家就成了尹相，嫁给了国君就成了国君夫人。

只要我们能够放下一切，其实会发现，我们还是从前的我们，什么都没有变。

王女再也没有提起过妹喜，伊挚开始教王女练气，王女兴奋异常，就像进入了一个新的世界。

有缗。

大夏士兵在有缗城中到处抢掠，搜出的粮食的确不多，这里的土地并不适合耕种，却有很多山林，人们都以打猎为生，所以搜出了好多的兽皮和肉干等。履癸看着这些更是高兴，把这些分给兄弟们一起喝酒、御寒，比粮食更让这些将士们喜欢。

有缗的男人死伤殆尽了，有缗自古美女众多，少女们被抢回大夏做宫女的就有几百，一时间哭哭啼啼之声遍布各家各户。

有缗一战，有缗氏身死国灭。一代神箭手的部族几乎被剿灭殆尽。履癸让人搜走了有缗城中的所有粮食。

一万近卫勇士，死伤三千。自履癸当天子以来，从没有如此惨烈之战，天下诸侯从此都慑于大夏的神勇，但也都敬而远之，不敢再和履癸亲近。履癸的勇士也终于知道自己并不是战无不胜，有战争就会有死亡，即使胜利，死亡的也不仅仅只有对手！

凯旋时，远没有远征彤城和党高那次举国振奋、三军神采飞扬，出征的一万勇士只回来七千，队列中还有伤兵无数。大夏的百姓都闻到了战争残酷的血腥气息，履癸不仅是战神，而且带着无限的杀气。

商国。

天乙回到了商国，听说有缗氏身死国灭，不由得叹了一口气。想到自己当年被囚夏台九死一生，能够活下来真是侥幸，这次能够平安归来，也幸亏了伊挚先生的策略。

看着身边已经睡熟的有莘王女，天乙觉得自己一定要让大商更强大，再也不能让任何人来欺负商国，来欺负王女和伊挚先生的有莘，来欺负仲虺的薛国，自己再也不能被履癸说送上断头台就送上断头台，想起了那次大雨中等待被砍头的感觉，天乙不由得握紧了拳头。

伊挚先生的九主素王之说其实一直在天乙的心中，但是不能和任何人说，即使和伊挚先生也只能装作只图自保。是啊！以前的商国是真的只能自保，甚至连自保都做不到。素王，天乙能够做一个素王了吗？

天乙这次回来，心里似乎有了变化。当再次面对履癸时，天乙那些旧的伤疤被一下子全部揭开了，天乙知道自己永远不能像昆吾那样，和履癸成为好朋友，也没有费昌那样的地位，这次还好装病躲了过去，否则自己会不会成为有缗氏呢？

天乙寝宫内的灯火又亮了一夜。

第二天，天乙去了伊挚的府邸。伊挚悠然地接待了天乙，只是请天乙喝茶、谈论音乐，一句不提国家大事。

天乙沉不住气了："先生，天乙想再和先生讨教一下素王之事。"

"大王可去洛水去祭拜过尧帝的祭坛？"伊挚看着天乙微笑着说。

"尧帝的祭坛？！"

第十四章　河神

透骨的寒风刮起，凛冬将至，履癸和妹喜匆匆躲进长夜宫。

长夜宫中四季如春，严冬时节依旧草树葱绿，点缀着各色鲜花。豆蔻年华的少男少女众星捧月般地围绕着妹喜，更衬托出妹喜的娇艳欲滴。

"妹儿，尝尝商国进贡的杏干。"各种歌舞酒会的欢乐气氛感染着履癸，各国进贡了各色珠宝和美食来讨好大夏天子。

"商国？"妹喜尝了一口，舌尖甜甜的带着一股酸酸的感觉，慢慢流入心中成为一道溪流。无休无止的歌舞、宴饮，让妹喜没有时间想念伊挚，她已经很久没有见到伊挚了，偶尔一个人放空的时候眼前会恍惚飘过伊挚的影子。

"妹儿你想什么呢？"履癸察觉出妹喜在出神。

"这杏干甜中带着酸，酸着心了。"

履癸没有说话，眼中闪过一丝怒意："把这些杏干都拿走！"

有着无穷精力的履癸好像永远没有疲惫的时候，总能想出各种新花样、新玩法，妹喜发现履癸的确是永远不会让人觉得无聊的男人。

长夜宫中恣意挥洒着欢乐和青春，春光无限中几个月的冬日时光很快就过去了。

半夜时分，妹喜对着铜镜，心中暗想："伊挚，你真的不回来了吗？"

元月已经悄无声息地来临了，天气还没完全变暖，大夏大地开始春雪飘飞，春雪接着变成春雨，淅淅沥沥地下个没完。河边柳树长出新的绿色枝条的时候，干枯的洛河和伊水终于又有了水。费昌和大夏百姓长舒了一口气。这个时候最好什么事也不要发生，天下苍生都禁不起折腾。

天下诸侯都很安静，履癸的神威的确把他们震慑了。大夏的百姓没有了各种徭役，能够和家人一起在田里劳作，共享天伦之乐，人们的脸上终于有了笑容。

商国却要发生一件大事。

天乙又一夜又无眠，如今天下大势正是树欲静而风不止，身为商国的君主，就要胸怀天下、为子孙谋一个长远大计，否则不知何日商国就会被大夏或者昆吾所灭。

子夜时分来临，天乙浑身打了一个激灵。

"素王！"天乙突然明白了伊挚所说的素王之说，也许是自己最好的选择，素王，这个词很好。没有王的头衔，就不会招致天子的嫉恨，只有慢慢有了王的实力，大商的命运才能掌握在自己的手中。

天刚亮，天乙没有打招呼就到了伊挚的府中。"伊挚先生，朕明白先生的素王之说了！"

伊挚见到天乙寒暄之后，看出了天乙的心思。天乙提起九主和素王之说，他终于再也不逃避这个话题了。

冬天是读书和论道的大好时节，天乙每天都到伊挚的府中和伊挚讨论商国的大计，这次终于把心中的疑惑全都和伊挚说了出来。

不知不觉已经是杏花开满山坡的时节，天乙的脸上也已经是一片春风拂过。

"大王应该到洛水之边尧帝的祭坛举行祭祀了。"伊挚微笑着对天乙说。

"嗯，朕正有此意！"天乙正色回答。

伊挚很欣慰，这么多年之后，天乙终于要以古来圣贤之君的身份要求自身了。

春天的洛水缓慢地一直流过了大夏，流过了昆吾，然后流过了商国的南部，最后汇入了黄河。洛水边上有一个高高的土丘，站在上面能够俯瞰整个洛水的波光，尧帝就曾经在这个祭坛上祭祀过天地。尧帝的祭坛就是洛水边一个邻水的土丘，邻水的一面用青石堆砌而成。

天乙率领商国的文武大臣来到洛水边，今天天乙要在这里举行祭祀。站在祭台上望着洛水，视野顿时开阔，远处堤柳如烟，洛水波光粼粼，河面清风徐徐吹过人的脸庞，四周千里平原，强国林立，胸中的豪情顿起。

天乙点燃三支香，面色庄重地上前几步，走到铜炉和放满祭品的长案之前。天乙一身白色朝服，长髯和衣袂随风飘动，一派王者风度。

"四方及中央之神分别为东方的青帝，南方的赤帝，中央的黄帝，西方的白帝，北方的黑帝！"天乙举香向东南西北遥拜四方之神，然后轻轻插入铜炉之中。

这时候祭祀的人在河边把猪头、牛、羊以及糕点、果品等各种祭品都扔到了河里，河里一时间白浪翻滚，突然涌现数条大鱼竞相争抢祭品，瞬间洛水之中波涛翻滚，似乎河神也来享用祭品了。

天乙双手高高举起一枚玉璧，走到洛水边，将玉璧扔入洛水之中。水中出现了一个漩涡，水越转越快，水下肯定有什么东西，卫士甲一过来护在天乙身前，天乙推开甲一，反而向前走了一步。一道水柱冲天，一对长度几乎都超过了人的东西跃出水面，人们无不惊得就地跪倒，天乙看清了是一对黄色的大鱼跃出了水面。这时候远处一只黑色的玄鸟飞了过来，飞到天乙面前时，爪子上掉下一块黑色的东西。

在一旁协助天乙祭祀的仲虺正好接住，赶紧用手捧起来，呈到天乙面前，天乙双手接过一看，竟然是一块黑色的玉石，上面刻着"玄精"二字。

"玄精？"祭台周围的人们看到这一切都惊呆了，如果说黄鱼跃出水面还可以理解，这黑鸟带着有字的黑玉而来，一定是上天有什么预示了。

"大王说黑玉上写的什么？玄精？这是什么意思啊？"

祭祀台下挤满了来观看的商国百姓，看到这里都叽叽喳喳得议论纷纷，谁也说不出个所以然来。

天乙走到子棘面前："子棘老师，您能给大家解释一下，这些到底是何寓意呢？"

子棘须发皆白，精神抖擞，双目炯炯有神，双手接过天乙手中的黑玉观看良久，然后朗声说道："黄鱼出水，一定是预示着大王具有上天的神力。玄鸟本来就是我商族的图腾，玄精是水精之意，预示着大王是上天授意的水德之君、上天指定的玄鸟商族的首领。这一切预示着大王是天授的贤明君主，大商一定更加繁荣昌盛，大王必定霸业早成！"

子棘说完，百姓顿时一片欢呼。天乙看着欢呼的人群，心中也是风雷激荡。

天乙洛水祭祀之后，心情大好，大宴满朝文武，在推杯换盏间，仲虺站了起来："大王，今日得此吉兆，大王何不到我薛国的邳（pī）山去行猎，以显示大王之天威！"

"仲虺将军所言正合我意，听说邳山风景秀丽，遍地野兽，最适合打猎了！"

"如此，明日启程去邳山！"

第二天，天乙带着满朝文武到邳山去打猎。一行人到达邳山附近时，已是皓月东升，夕阳西垂。

邳山并不算高，山上草木茂盛，背靠黄河，此处的黄河水更加雄浑，长河落日，皓月当空，波涛东去，真是别有一番洪荒宇宙的感觉。

天乙突然彻悟，人生于天地之间，自是上天冥冥之中自有安排，无所谓生也无所谓死。在这特定的某一日，你就在这里，感受着上天的旨意。因为你其实一直在这里，你要来完成自己的使命。

黄河在邳山打了一个弯，几乎包围着邳山的三面，这里都不用用人去围猎，人们只要堵住一面，猎物想跑也没地方可跑，是天然的猎场。

此处水汽丰沛，常年烟雾缭绕，当地百姓都说山上有祥瑞之兽，所以一般的百姓也没人敢到这里打猎。整个山色沐浴在一片轻微的雾霭之中，天空阳光照下来，隐隐是一座神山。

翌日，围猎正式开始。

天乙一马当先，手持着弓箭就朝山中冲去。仲虺和庆辅自是不甘落后，一左一右跟随着，再左右分别是东门虚、南门蜧、西门疵、北门侧四大将军，他们每个人都是能够于千军之中奔袭枭首敌将而又能全身而退的勇士，而且皆有率军的才能，在伊挚和仲虺的提拔和调教下，都已经成长起来。四门将军都知道履癸有虎、豹、熊、罴四大近卫将军，都期望着能够与其比试一番，看看到底谁更勇猛一些？

第十五章　蒹葭苍苍

天乙在洛水祭祀之后，率领大家到薛国打猎。

蒹葭苍苍，白露为霜。所谓伊人，在水一方。溯洄从之，道阻且长。溯游从之，宛在水中央。

河边青草萋萋，一对白衣青年男女，衣袂飘飘并马而行，人不要总想永远拥有什么，有些东西永远抓不住，有些东西抓住了也会很快消失，人生本就如白驹过隙，能和心爱的人一起并肩而行，已是难得的快乐了。

伊挚和有莘王女不爱打猎，各自骑了一匹白马，和汝鸠、汝方等一起说说笑笑地跟在后面，与其说是打猎，倒更像是郊游。

"真想在这草地上光脚奔跑，然后在草地上打几个滚儿。"有莘王女许久没有出过亳城了，来到野外心情异常好。

"王女如今可是国君夫人了！"伊挚笑着用眼神示意王女身后有随从。

"伊挚，你先来就行了！咯咯！"王女说着就笑着去拉伊挚的袖子，伊挚不知所措的样子逗得王女咯咯大笑。二人在此山清水秀的地方并骑而行，信马由缰，心里要开出花来了。

伊挚和有莘王女在一起，大家知道二人是从小一起长大的主仆，都觉得习以为常了。以前朝中有些大臣妒忌大王天乙每天都缠着伊挚先生，大王和王妃把所有的宠爱都给了伊挚。如今商国越来越强大，大家暗暗佩服伊挚的治国方略，再也没人妒忌伊挚了。

天乙和仲虺冲在前面，草丛中野兔听到马蹄声吓得落荒而逃，斑鸠和野鸡也都扑棱着翅膀乱飞，天乙不禁露出了笑容，牙齿显得格外洁白整齐。旁边的仲虺都不得感叹大王真是魅力十足。

就在这时，天乙发现了猎物，张弓搭箭，羽箭嗖的一声破空而去，一只野鸡应声而落，扑棱着翅膀在地上翻滚。

仲虺和庆辅也不甘心落后，两个人也是四处开弓，不一会儿，跟随着收拾猎物的士兵手里肩头都是猎物，一个个气喘连连，累得都有点儿走不动路了。

"这些猎物太没意思了，听说这山里有大的野兽，我们不如到山林深处去寻找看看！"天乙兴致起来了，回头和仲虺、庆辅说道。

"仲虺追随大王！"仲虺立即就要跟随天乙朝山林奔去，庆辅也看了看那山林，应该没什么危险，就跟随天乙和仲虺朝林中而去。

天乙和仲虺、庆辅三人带着几个士兵，逐渐进入了大山深处的密林，四周一下静了下来。庆辅觉得似乎哪里有点儿不对劲，四周太过寂静了。

天乙看到一只鹿，一箭射过去，鹿却消失不见了。走过去一看，羽箭没射中鹿，却射入了山石的缝隙中。

天乙过去四下里看了下，没有找到鹿的踪迹，伸手攥住羽箭一拔，竟然没有拔动，天乙疑惑了一下，手上加力气，羽箭竟然带出来一块白色的东西。

这时候仲虺看到前面的山石似乎有什么不一样，庆辅四处寻找了下，也是毫无发现，就都走了过来。

"大王，这好像是银，湟里且用来交换货物时会用到，也可以用来铸造器皿，比铜要柔软一些。"仲虺说。

天乙用开山钺劈开山石，只见里面还有很多白银块。

"快去叫湟里且，他再也不用把货物倒腾来倒腾去了，他需要什么，就拿这些白银去换吧。哈哈！"

庆辅此刻却紧张地看着四周，好像有什么可怕的东西就要出现了，天乙和仲虺依旧兴奋地看着石头缝里的白银，完全没有注意到庆辅。

不一会儿，湟里且、子棘、伊挚、有莘王女等都到了。

湟里且看了看山石缝笑道:"大王,这些银子虽然不少,和我们大商比起来可是差远了,不过这是白捡的银子啊!不捡白不捡!"湟里且赶紧让人把这些银子都装入了麻袋。

正在这时候,山上似乎有什么动静,王女突然用手指着山上的一棵树。

"大王,快看那是什么?"

众人抬头一看,只见那棵大树后面有一个可怕的怪兽,正悄无声息地朝这边走来,轻手轻脚的样子很像老虎。怪兽越来越近,人们吃惊地发现这个怪兽比老虎似乎还要大,众人顿时吓得汗毛都竖了起来。纵是天乙和仲虺这些久经战场的人,也都吃惊不已,大家赶紧全神戒备,战马开始紧张地喘着粗气,不由自主地后退着。

那头野兽毫无声息地走了下来,大家看得更清楚了,怪兽脸上有一双巨大的眼睛,看到谁的时候,灵魂都要被它吸走了。

怪兽的脸就像一张巨大的人脸,血红的大口中有四根獠牙伸了出来,不论什么野兽在这獠牙面前都会颤栗。怪兽身后一根长长的尾巴晃来晃去,并不把山下这些人放在眼里,怪兽浑身的毛根根直立着,那怒火已经到了极点,转眼就要扑过来!

"大王,这……这是吃人的梼杌(táo wù)!"

子棘说话的声音虽然很轻,但天乙却第一次听到子棘这种德高望重的人的惊慌和害怕的声音。

"这就是上古四大神兽之一的梼杌?!"天乙略带迟疑地仔细打量那个怪兽。

上古四大神兽分别为混沌、梼杌、饕餮、穷奇,饕餮大家都比较熟悉,青铜器上随处可见饕餮纹,但是谁能想到这些神兽竟然真的会出现在眼前。

"大王小心!"众人惊呼,天乙感觉到一股腥风。一抬头,梼杌已经冲了下来,张开的血盆大口让獠牙显得更加狰狞。

天乙举起开山钺迎空劈去,但并没有碰到梼杌,一股腥气从头顶掠过,梼杌竟然从天乙头顶越了过去。直奔天乙身后一个背着银子的士兵,一口就叼起来那个士兵,士兵根本来不及反抗,就连人带麻袋被梼杌叼起来,直奔山上而去。

东南西北四门将军迅疾举起弓箭,四人同时开弓,羽箭又急又快奔梼杌射去,梼杌尾巴卷动，拨打掉了三支羽箭，一支射中了梼杌，梼杌的皮又硬又厚，弓箭竟然掉了下来，根本无法伤到它。

此时已经有人跪倒在地。"这是传说中的梼杌之神，今日显灵，大王是有梼杌之神保佑啊！"

而天乙觉得这梼杌是守候这片银山的，所以这片银山才一直没有被人们挖走。

离奇的事情越来越多，天乙率领群臣回到亳城之后，商国百姓都在传颂。

梼杌之神，见于邳山。金德将盛，银自山溢。

子棘对天乙说："古时候的颛顼有不才子，不可教训，不知话言，天下谓之梼杌，后来就化成了梼杌神兽。梼杌的出现说明天下要大乱了，大商国的机会来了！"

天乙有了前所未有的荣耀和使命感，天下苍生的幸福都和自己息息相关了。

天乙一直在压抑着自己，顶着巨大的压力度过的这几年，他不停地向履癸奉送各种各样的奇珍异宝，不停地做着噩梦。有时候梦见履癸一把将自己撕成了两半，商国的子民被履癸大军屠杀，人们不能反抗，只有呻吟和四处逃窜。

随着商的国力日渐强大，天乙年龄也在增长，都过了五十，自己当了国君也很多年了，到底做了什么呢？上天到底留给自己多少时间呢？如果大夏再打过来，商国还有还手之力吗？天乙心中莫名的有种大限将至的躁动，有个声音在他心里狂呼，自己该有所作为了。

这天伊挚收到了斟鄩友人的消息，赶紧来找天乙。

"大王！机会来了，天子去讨伐岷山了！"

"哦，什么机会？"

伊挚伸出手，指了指北方，然后攥了起来，眼里微笑着示意天乙，天乙晴日里却如同听到滚滚风雷之声。

第十六章　琬琰美人

峭壁嶙峋的悬崖深不见底，崖顶一块巨石如苍鹰展翅突出在半空中。

从下望上去，巨石险峻非凡，阳光如同万道剑光，巨石上却站着一个身影。此人身高九尺，鼻梁挺直，英气十足，一双浓眉之下深邃的双目炯炯有神，透着一种高贵。

岷山氏族居住在蚕丛的北面，境内岷山巍峨雄伟，绵延不绝。岷山氏族的首领在山崖边望着远山出神，远处层峦叠嶂，渐渐和天边的云层混在了一起，慢慢地分不清哪里是山，哪里是云。每次有心事的时候，岷山氏就会在这悬崖边的大石头上远眺，心中的积郁就能随着山风慢慢消散。

岷山到处都是高山，百姓在山上种一些山果，在山谷开辟小片土地种一些粮食，大部分百姓还是以放牧为生。人民虽不富裕，隐居高山，歌舞相伴，生活却也充满了欢乐。

岷山氏国君参加了有仍的诸侯大会，亲眼看到履癸灭了有缗氏，回来之后看了看粮仓，眉头皱得更紧了。

"兄长在为何烦恼？"岷山氏身后传来飒爽的声音。

两个披着裘皮衣服的少女走了过来，身上装饰着各色玛瑙宝石，映衬得少女更加美丽高贵。一个少女穿的是白色的衣裙，另一个少女穿的是红色的衣裙，一红一白互相映衬，在这高山草甸之上，犹如天上飘来的仙子。

看到这两个少女，岷山氏脸上露出了笑容："琬、琰二位妹妹来了。"

这两个少女鼻梁高挺，身材颀长，浑身皮肤白皙如雪，双眼如高山湖泊透着一种神秘的绿色光芒，看任何男人一眼都会让人心中闪过一道闪电。

岷山国君这次去参加有仍诸侯大会，用羊皮和湟里且等中原诸国的人换回不少丝绸等物品，送给两位妹妹，琬、琰两位丽人自然都欢喜异常。

岷山人长期居住在西部，和中原的女人比起来，岷山氏美女五官突出有型，更有一种英姿飒爽的美。岷山氏的所有人都会跳舞，闲暇的时光就对歌欢舞，夜晚来临的时候则围着篝火狂欢。

"天子要求岷山进贡一百钟粮食，我们岷山总共不过几千人，士兵不过千人，而且我们地处高山，几乎不收粮食，国中根本拿不出这许多粮食来给天子。"

"那兄长是否可和天子请示，岷山国小不产粮食，能否宽赦？"琰说。

岷山氏想了想："只有先如此，岷山的确没有这么多粮食！"

"以妹妹之见，只是单独求宽赦，天子肯定是不会允许的，如果免了我们的粮食，天下诸侯纷纷效仿，那天子还能收到粮食吗？"琬说。

"那琬妹妹有何高见？"

"琬也不知，但这件事情感觉不会那么容易！"

"那我们先看天子如何回应吧！岷山地处偏远，又没有粮食，天子总不会也来征伐吧，即使天子来了岷山也不用怕。大夏士兵再多再神勇，到了岷山之上都会变成走不动路的绵羊。"

有缙之战的震慑作用还是很明显的，履癸回到大夏之后，各个诸侯基本送来了粮食，只有岷山氏的粮食迟迟没有送到。

履癸等来等去，最后等来了岷山氏一封请求宽赦进贡粮食的书信，履癸看了拍案而起。

"岷山氏活得不耐烦了！天子的旨意岂能商量？"

"大王，岷山国地处偏远苦寒的岷山之中，粮食的确短缺。岷山氏所说属实，一百钟粮食估计岷山氏真没有，大王可否让岷山氏进贡一千张羊皮抵数？"费昌赶紧上前给岷山氏打圆场。

"大王，切不可饶了那岷山氏，不可开此先例，如若天下诸侯纷纷效仿，大夏天子就很难统领天下了。"赵梁过来帮履癸分析厉害。

姬辛突然想到了什么,走到履癸身边。

"大王,臣听说岷山有两个美女,一个叫琬,一个叫琰。大王您的后宫中,目前只有妹喜娘娘一个美女,也太过孤单了,如果能把岷山的这两个美人请进宫里来,岂不甚好?"

"美人,真的那么美吗?和妹儿比如何?"履癸欠身问姬辛,似乎有了兴趣。

"臣听闻琬、琰二人之美和妹喜娘娘可谓不相上下,但是岷山的美人在高山草原长大,热情奔放,天生能歌善舞,和妹喜娘娘不是一种美,另有一种异域风情。"

"哦。"履癸眼中闪过一道光。

姬辛当然注意到了,朝着履癸凑近了,说道:"大王,这琬、琰二美人形影不离,如果一起服侍大王,那可别有一番乐趣。再有妹喜娘娘在,那大王岂不是有了三份销魂快乐。女人在一起总会有一些故事,互相争着对大王好,大王就不用天天看妹喜娘娘的脸色了。"

履癸听得都有点儿身不能至心向往之了,心中隐隐有了一种期待,而且的确这么多年来,妹喜一直给自己脸色,虽然不用像面对洛元妃那样拘束,总是要千方百计地讨好妹喜,妹喜才能给个好脸色。

"朕下旨,如果岷山氏把琬、琰丽人送进宫中,朕可许岷山氏永不进贡,朕还要每年给予赏赐!"履癸觉得两个女人抵一百钟粮食这条件已经够优厚了。

岷山氏大堂。

一根根原木搭建成的大堂拙朴厚重,屋内到处铺满了兽皮。一人头上戴着一顶雪豹皮做的帽子,貂皮轻裘随着步伐轻轻飘动,火把的火焰忽高忽低发出呼呼的声音。

"天子会不会答应岷山的请求?"岷山氏在大堂内来回踱着步。

"大王,天子的旨意来了!"

"哦?旨意来了,而不是大军?"岷山氏接过履癸的旨意,满怀希望地打开。

"嗤啦!嗤啦!"双手一用力就把履癸的旨意撕了个粉碎,怒火瞬间吞噬了岷山氏，说道："履癸你欺人太甚！想要我的琬、琰妹妹，除非朕死了！"

转天岷山人都感觉到了异样，所有的士兵严阵以待。岷山氏撕碎了履癸旨意诏书的消息很快就传到了夏都斟鄩。

"竖子安敢？！"履癸听到消息怒吼一声，吓得太禹殿内的侍臣都一哆嗦。

"哈哈哈！"接着履癸大笑起来，整个大殿都回荡着履癸的笑声。

天下还没有谁敢去考验履癸的耐心，履癸从来不需要什么耐心，履癸只相信实力。大夏勇士只有在不停的战斗中才能保持战斗力，战场厮杀的快感总是让履癸欲罢不能。

"有人送上门来求着被打，正合了朕的心意！"

"扁愿意为大王分忧！定为大王攻下岷山！"上次攻打有缗时，大夏损兵折将好几千人，扁将军觉得非常没有面子，这次主动请求再战。

履癸本来想派出镇守彤城的夏耕将军去征讨岷山，看到扁请战就不用调用夏耕了。

"扁将军，随朕率八千大军去踏平岷山！"履癸点头。

一场大战就要到来，琬、琰美人是否会香消玉殒？

第十七章　岷山踏雪

　　长夜宫依旧灯火辉煌，四处流水潺潺，但妹喜却没有了起舞欢歌的心情，此时长夜宫的一切显得如此昏暗，她的内心在承受着前所未有的煎熬。

　　履癸要出征岷山了。履癸竟然为了两个女人出征，妹喜的心情跌落到了谷底。妹喜以为拥有履癸，其实只是履癸拥有自己而已，自己只不过是履癸抢来的鲜花而已。履癸喜欢自己的时候，自己拥有一切；履癸如果不喜欢自己了，自己终将不过是另一个洛元妃而已。

　　她突然想起一个地方，也许那里能够让心里不如此煎熬。于是妹喜带着阿离出宫，不觉间来到了商国的驿馆。独自一人走进驿馆，空落落的驿馆哪里有伊挚的影子？妹喜这才想起伊挚去年就已经离开斟鄩了。

　　院子中的海棠花刚过最艳丽的花期，片片海棠花瓣飘落了满院子。

　　"自己就如这海棠花，纵使繁华、纵使艳丽，最终也会凋落。"妹喜美丽的脸庞上两滴泪珠滚落下来。

　　世间只有互相平等的爱，能够一起平视的爱，才是最纯粹的，是彼此欣赏和相互吸引的爱。妹喜和伊挚没有任何尘世的关系，两个人才能真正平等地对视。

　　现实如此残酷，即使心意相通，两个人又能如何靠近？尤其一个女人能做什么？又何曾给过女人选择的机会？女人虽善变，但心里一次只能装入一个人，男人比较贪心，有时会同时爱上几个女人。

她以为履癸对她的爱是全心全意的，这次履癸竟然为了两个女人出征了。妹喜的心情从没有如此之差。

"伊挚一定回到了那个王女身边，还号称和我一样美，即使再美也不过是个木头美人！有我这样的舞姿和优雅的身姿吗？能像我一样唱出他心底的声音吗？她不就是有莘的一个王女吗？我何尝不是有施的王女呢？"只不过有一点儿黯然神伤的隐隐的痛，自己是被履癸抢来的元妃，不过有莘王女又如何呢？和伊挚青梅竹马，两小无猜，最后还是嫁给了商国的天乙做了国君夫人。

回到长夜宫，妹喜在凉亭边独自饮酒，伊挚恐怕一辈子都无法想象妹喜也会有如此放浪狂饮的样子。

"伊挚，喜欢你的女人和你喜欢的女人都不能属于你。"妹喜举起酒爵一饮而尽，人活在世间总是有得不到的东西。

大军出征之前，履癸来和妹喜辞别，并没有和以往有什么区别，妹喜依旧是依依不舍，只有妹喜知道这次与以往的区别。

履癸率领赵梁、扁将军、虎豹将军和八千大军出发了。

赵梁知道岷山士兵不过千人，觉得这次不会有什么危险，跟随天子征战也可在朝中树立威信，免得风头都被经常跟随天子远征的费昌抢走了。

半月之后，大军到达了岷山附近。

前方山脚下是一片片的高山针叶林，往上就是碧绿的高山草甸。此时已经进入了初夏季节，正是高山上最好的时光。岷山氏每年夏天的时候就驻扎在高山草甸之上，这里是每年夏季的牧场，没有蚊虫叮咬，炎炎夏日感觉也很清爽。

履癸根本没把岷山氏放在眼里，大军开始上山，逐渐爬过山下树林间的小径，四周一下阴冷压抑起来，履癸面无表情，赵梁也不敢出声，四处张望，林中黑黢黢的阴影如同噬人怪兽，没有遇到埋伏，赵梁不禁长出了一口气。

大军到了树木无法生长的高山草甸之上，所有人开始觉得脚步变得轻飘飘的。履癸在前面走着，发现马上的赵梁脸色有点儿不对。

"梁相你病了吗？"

"大王……"扑腾一声，赵梁本就头痛欲裂，这一张嘴，顿时胸腹翻腾，感觉天旋地转，从马上摔了下来。履癸回头一看，催马过来，只见后面的士兵上山的步伐也变慢了，很多士兵也如赵梁一样坐在草地上站都站不起来了。

周围的随从赶紧把赵梁扶了起来。

"难道中了巫术？"赵梁努力想站起来，头一晕又摔倒在地，心中升起未知的恐惧。

扁将军飞奔过来："大王，岷山太高了，大家肯定是得了高山病了。"

"什么高山病？你我怎么没事？"履癸语气中带着疑惑。

"扁自幼在高山之中长大，知道这个高山病。大家休息，不要用力就行了，不会有大碍。"扁将军说。

话音未落，呼喊声四起，岷山氏的人马突击了过来。可怜大夏的这些勇士如同手无缚鸡之力的老人，一个个步履蹒跚，连走路都气喘连连。对方冲过来简直是对大夏士兵赤裸裸的屠杀。

履癸怒吼一声，抡起双钩奋力拼杀，但是大黑马速度也不如以前了，身边数十勇士奋力跟随履癸，挡住岷山氏战马的冲击。

好在扁将军也在高山长大，还能够适应这高山之巅的战斗，独自一人冲出去，一柄青铜大刀抡起来，把岷山士兵给引到一边去，岷山士兵根本无法抵挡。

从所在位置就可以知道岷山士兵一定骁勇善战，否则作为畎夷和莘粥的邻居，早就被这两个到处抢劫的民族给灭掉了。

岷山氏族地处高寒，一般军队根本攻不上去，不用说打仗，就是在岷山上行军，士兵走路都气喘吁吁。岷山人却能够奔走如常，如果打起来的话，基本就是岷山士兵跑着打走路都气喘吁吁的人，周围的诸侯国都吃过苦头，也就没人去攻打岷山国了。

赵梁连滚带爬地拼命跑，他终于知道岷山氏为什么敢不进贡粮食了，看到夏军终于稳住了阵脚，悬着的心总算放下了，如烂泥般躺在草地上，再也不想动一根手指。

履癸下令："岷山氏人少，那就把他们困在山上，有人下来就用弓箭射，来个以逸待劳！"

双方就此僵持住了，转眼夏天过去了，岷山氏放牧需要不停地转场，这次被困在山上，牛羊把岷山都城附近的草都吃了个干净，再也找不到吃的了，渐渐有羊饿死了。这些羊可是岷山人的命，没有了羊，到了冬天这些岷山人就只有活活饿死了。

高山上毫无遮拦，没有高的树木可以隐蔽，岷山氏几次突围，大夏的士兵远远就发现了，集结了重兵提前等着，岷山每次冲下山都会死伤几十个人。

岷山的士兵弓马骑射也都了得，每次也能射死几十个大夏士兵，但大夏八千大军，几十个人只能算毫发无伤。岷山就不一样了，几个月下来士兵死伤了一半。

岷山氏知道，自己是无法突破大夏的包围了。难道岷山要灭在自己手里吗？

"兄长，为了岷山氏能保住，琬、琰愿意去服侍天子！"这时候琬、琰二人走进了岷山国君的大帐。

"兄长如果连你们都保护不了，还怎么配做岷山人的首领！"岷山氏双目中火焰在燃烧。

"兄长，你已经做得很好了，这一次琬、琰真心想为哥哥分忧，嫁给天子履癸，对我们二人未尝就比嫁给其他人差。我们长大了总是要嫁人的，这岷山氏里面没有我们姐妹能看上的男人！既然天子履癸专程为了我们而来，那我们就随他而去吧！"琬、琰二人说得慷慨激昂，眼中却含着泪花，岷山国君也不知道，这二人说的到底是真的还是假的了。

"不行，我不同意，兄长无法接受我们兄妹再也不能相见的日子。我们再坚持一段时间，履癸覆灭的日子不远了！"

琬、琰看着几近疯狂的岷山氏，二人摇了摇头。

这天大夏士兵突然看到山下来了一批军队，戴着长着纵目的面具，手里都拿着镰刀一样的青铜兵器。

"这是什么人，怎么这么怪异？！"

第十八章　出征

清晨，窗外的鸟儿早已在树枝上欢快地歌唱，温国国君还沉浸在昨日的美梦中，突然一个声音打破了沉默。

"商国大军包围了都城！"手下慌忙来报。

"什么！"温国国君从床上坐起，胸腹上的肉折成一层一层的，油光的脸上没有一根胡子，怀中的女人也被惊醒了。

温国国君还以为这是一个梦。当他站在城头向下望去，商国大军阵列整齐，戈矛的锋芒发出刺眼的光芒，不由得一哆嗦，脚下一软差点一头掉下城头，瞬间清醒过来。

"商军是怎么来的？！"

时光回到半月之前。

岷山千里之外的商国，天乙站在城楼上望着远处苍山如海，残阳如血，但他心中却在风云滚滚。

"大王，天子远征岷山氏去了！大王以为如何？"这天伊挚来见天乙。

"先生有何高见？"天乙眼神中的兴奋一闪而过。

"大王，如今商国虽实力大增，但国土面积和昆吾比起来还是太小，粮食和人民数量都不够多。"

"商国就那么大，朕也无可奈何，先生有何良策？"

"如果我们……"伊挚指了指北方，"再算上南面的薛国和有莘，外加西面已经属于商国的葛国土地，那样才可成为诸侯之中的大国，才可以和豕韦氏等强国相抗衡。"伊挚语气清冷。

"你是说……"天乙沉吟起来，"朕也想，但如果天子怪罪下来，朕还能有被囚夏台时那么好的运气吗？"

"大王不必担心，大王现在是方伯长，有替天子征伐不顺诸侯的权力。欲加之罪何患无辞？谋逆不服天子，商国代天子征伐！"

"天子会同意？如果天子认为是商国有谋逆之心，岂不是会和有缗一个下场？"天乙还是担心。

"大王，纵使不出征，难道商国就能一直平安？大王刚刚即位的时候，商国方圆不足百里，不用说天子大军，昆吾如果举国来伐，商国能自保否？"

天乙沉默了，商在父王主癸时候不想附和天子，无端征讨诸侯，结果就被免去了方伯长的封号，周围几国也都远离商国而去投靠昆吾等国了。商国随时都有被灭国的危险，商国之所以能够存活到今天，大多依仗当初商国的上甲微王自强时候留下的余威，一直让昆吾有所忌惮，摸不清商的真实实力。

天乙即位的时候已经意识到了这一点，当伊挚出现的时候，天乙对伊挚是那么渴望和尊敬，他认定伊挚就是来挽救商国的。

如今多年过去了，商国已经逐渐强大了，冒着九死一生的危险吞并了葛国之后，有了稍微可以纵深的领地。外加上有莘国和薛国的支持，商国才基本上摆脱了风雨飘摇的小国的处境。

有仍诸侯大会后有缗被灭，让天乙感觉到现在这样就可以保住商国子子孙孙平安无忧了吗？商国永远成不了大夏依仗的昆吾，商国在中原各国的眼里不过是东方的夷国。天乙最近总是噩梦连连，自己已经五十多岁了，如果按照父王主癸的年龄，自己也就还有十几年时间，难道就这样度过一生吗？天子履癸去攻打岷山，即使现在开拔回斟鄩也得几个月，所以这是一个千载难逢的机会，天乙终于有点儿坐不住了。

生存或者死亡，荣耀或者幻灭，天乙心中依旧忐忑，天乙突然想起如今天下有两个贤人就在商国附近，一个名叫务光，另一个名叫卞随。务光耳长七寸，琴声能够绕梁三日，天下皆知。每日以蒲韭的根为食，没有人知道务光到底多大岁数，也许只有长寿的彭祖能和他齐名。卞随是务光的好友，以贤德名扬天下。这二人也许能够给天乙以启示。

天乙去拜访卞随，卞随听说过天乙的仁德之名，接待了天乙。

寒暄过后，天乙询问："如今天子无道，天乙愿为民征伐，请问卞先生此事应如何谋划才能成功？"

卞随一听如此，顿时脸色沉了下来，冷淡地回答："这不关卞随之事！"

天乙也不生气，接着问："卞随先生看当今天下，可有哪一位经天纬地之人可辅佐朕，去完成伐夏的大业呢？"

卞随此刻更加怒了："卞随更加不知！"扭过脸去，难掩鄙弃之色。

天乙见卞随难以合作，礼貌地告辞，便又去向卞随的朋友务光询问伐夏之事。

务光的回答也与卞随差不多："这不关务光的事！务光不知！"

天乙耐住性子继续问："务光先生看，伊挚才能如何？"

务光知道伊挚原是有莘国随嫁来的奴仆，如今已经做了天乙的尹相："此人坚强而有毅力，能够忍辱负重，其他务光就不知道了。"

天乙点点头，务光如此说，已算是对伊挚评价很高了，伊挚的才华定在这二人之上，定可助朕完成大业。天乙终于下定了决心，只能成功不能失败，商国没有退路，只有继续变得更强才能生存下去。

夜幕降临之后，四周暗了下来，空气中依旧充满滚滚的热浪，就像人们心底的欲望。

灯火通明的祭祀台前围满了商国的大臣，天乙让仲虺贞卜此次出征是否大吉。天乙眼睛一眨不眨地盯着仲虺。

仲虺神情异常严肃，把甲片仔细用牛血涂过，然后用刀慢慢刮光，外面的胶质鳞片都磨刮干净，又把龟坏的裂纹都刮平，太高太厚的地方也都用凿子凿去，龟甲被修磨得光滑如玉。

仲虺知道天乙此刻的心情，心中充满了对先祖和天帝的敬畏，在龟甲内侧钻着一个一个凹坑，慢慢用火在凹的地方烧灼。

爆裂声噗噗作响，龟甲的正面慢慢裂成纹，上天的旨意出来了！仲虺仔细看着裂纹。

"大王，此次出征大吉！"仲虺跪在天乙面前，把龟甲高高举起。

天乙看了一眼龟甲，回身示意伊挚过来，伊挚也穿着白色巫衣，走过来也仔细看了仲虺手中的龟甲，突然也跪倒在地。

"大王，此次出征确是大吉！"

灯火通明的祭台之上，顶部的铜炉之内火光直冲云霄，天空之中火星飘飞，如一只火鸟在盘旋着。

有莘王女身穿白色巫衣，主持祭祀先祖，众多祭祀巫师穿起五彩花绣的衣服，手执牛尾舞动着，嘴里唱着普通人听不懂的祭祀之歌，跳着从古老祖先时代流传下来的祭舞，身体不知疲倦地随着音乐盘旋着，来祭祀那些遥远神秘的鬼神，感觉那些鬼神和祖先已经来到了他们中间。

祭祀台的几级台阶上，商国的士兵杀了许多牛、羊牲畜，天乙拿着祭祀的铜豆，接住牛的鲜血，鲜血一滴一滴地落在铜豆里面，然后把杀死的牛、羊摆列在俎上开始祭祀。

天乙向着上天和祖宗的神位拜祭，心里默念。

"上天在上，祖宗在上，保佑天乙此次出征大胜归来！"

夏天就要过去，秋天还没到来，天空中的太阳火热依旧，早晨已经有一种沁人心脾的凉爽，不再让人那么焦躁。

出征的日子到了。玄鸟堂王座上，天乙表情凝重，伊挚和仲虺站在天乙的左右。伊挚脸上依旧是淡淡的微笑，仲虺则透着一股兴奋，讨伐葛国已经过去多年，仲虺铸造了那么多新战车和盔甲兵器，终于要大展身手了。仲虺兴奋异常，双目中闪着光芒，自从在有施被履癸的大军打败之后，仲虺期望着每一次战斗去重新证明自己，自己是可以变得更强的，直到有一天，自己可以战胜履癸，去把妹喜救回来。哪怕妹喜不再爱自己都不再重要，重要的是自己曾经爱过妹喜，妹喜是仲虺此生奋斗的动力。这种仇恨让仲虺永远充满了力量，即使在战场上精疲力竭到就要放弃的时候，只要妹喜的影子出现在眼前，仲虺浑身就又充满了力量，浴血杀出重围。

第十九章　五国混战

　　玄鸟堂中空气在微微颤抖，天乙面色凝重，心中对未来充满担忧。他要做一个影响商国和自己未来生死的决定。商国征伐葛国，天乙被困夏台，险些丧命，如今又要出征，天乙感觉到全身的血液都在快速流动着。

　　天乙望向自己的左膀右臂，瞥见微笑的伊挚和一脸兴奋的仲虺。

　　"这俩是不是站着说话不腰疼呢？这可是决定商国生死的大事，万一天子来征伐，或者自己再次被天子抓起来，一切可都完了！

　　征讨葛国时，商国只有方圆百里，岌岌可危，不得不冒险增强实力。如今商国可以说国富民强，现在去征讨温国，到底是对是错？"

　　"天乙你是一个懦夫和胆小鬼吗？"天乙冥冥之中听到一个声音。

　　"谁在说话？"天乙纳闷，"天乙你是一个胆小鬼！"

　　"朕不是！"原来是天乙在和自己说话。

　　岁月飞逝人生苦短，天乙知道商国必须行动，他听到了上天的召唤。

　　"召集众将！"

　　"咚！咚！"低沉有力的鼓声向四面传了开来，众将赶到了玄鸟堂。

　　"东门虚、南门螟、西门疵、北门侧四位将军各率两千大军，今夜就要进入温国！路上遇到温国士兵一律格杀勿论，速度要快，切记不要走漏任何消息！"

　　"遵命！"东西南北四门将军自从来到商国，一直协助仲虺训练士兵，一心想为商国建功立业，如今机会终于来了。

大商士兵厉兵秣马多年，将士们内心憋着一股怒火，一个个摩拳擦掌，跃跃欲试。商国大军暗夜中出发了。

第二天暮色苍茫时分，一座大城的黑影出现在前方。

这里就是温国！温国在商的北部，素来与昆吾亲近，所以和商的关系一般。温属于祝融八姓的己姓，是昆吾氏的支系国，其先祖平因协助夏帝少康攻灭有穷氏，是少康复国的功臣，被封在温，建立了温国。多年以来，温国也不过只求自保，与履癸和牟卢两人关系都维系得很好，所以一直也没把商国和天乙放在眼里。

这一次温国要为自己的轻蔑付出代价了，温国不是葛国，到底谁是兔子谁是猎鹰？！

大战之前的商军兴奋异常，每一个人都想第一个冲进温国国都生擒温国国君。

温国国君立即召集城内所有的人固守城池，从城楼向四面望去，只见四周到处是商的军队，白色的旗帜上一只飞动的玄鸟，隐隐带着杀气。一排排高大坚固的战车把所有的出口都封死了，崭新的铜盔甲，甲片在阳光下闪闪发光。温国国君从来没见过这样的阵势，心中不由得紧张起来，他的第一反应就是赶紧派人去向昆吾和大夏求救。

"温国今日休矣！赶紧找大巫！"温国国君跺脚道！

"国君！"大巫就在身后，赶紧过来，一身巫衣臃肿肥大，挂满了各种宝石和动物羽毛、牙齿。

"赶紧贞卜一下，温国此战之吉凶！"

大巫慌慌张张地赶紧贞卜，过了良久。

"大王，此战吉凶不可测！但是……"大巫吞吞吐吐地说道。

"但是什么？"

"贞卜预示……预示……"

"预示什么，这时候还不快说！"温国君沉不住气了。

"可能有血光之灾。"

"赶紧派人去昆吾和斟鄩求救！"谁也没有注意到温国国君抖动了一下，"得等到半夜，才能力求突围！"

"嗯，商军人数虽多却分散在四门，只要找到薄弱的一面倾城而出，必定可突围出去！"守城大将冉说，"臣看北门似乎商军最少！臣愿从北门代大王突围！"

温国国君赶紧在丝帛写了求救信给了大巫。大巫把帛书绑在乌鸟的腿上，放出去。

此时的天乙也给天子写了奏简，找来车正让人送往斟鄩。

"温国国君表面顺从，实则对向大王进贡百钟粮食心存抱怨，平时就对天子颇有微词，抱怨天子东征西讨，劳民伤财，非仁慈的天子！商国身为方伯长，当替天子征伐对天子不忠的温国。"

蚕丛，又称蚕丛氏，远古蚕神的后裔。蚕神眼睛跟螃蟹一样向前突起，头发在脑后梳成椎髻，形成一个大辫子垂下来，最早蚕丛就居住在岷山石洞中，蚕丛和岷山氏一直唇齿相依，互为依靠，就如兄弟一样。蚕丛氏慢慢向南发展，随着养蚕事业进一步发展，慢慢进入蜀地平原。

岷山氏让人带着书信从没有履癸军队包围的悬崖顺着绳索下了山，日夜兼程地赶往蚕丛求救。蚕丛氏收到求救信，当然不能坐视不管，如果大夏灭了岷山，那可能接着覆灭的就是蚕丛。

蜀中平原土地肥沃，蚕丛的国力经过多年发展，人口越来越多，国力也要比岷山氏强盛得多，蚕丛自古就盛行巫术，洛元妃的母亲就是蚕丛氏的王女。

履癸的大军和岷山氏进入了僵持状态，蚕丛又从履癸大军的背后杀来，履癸腹背受敌，形势瞬间变得十分危急。

蚕丛和岷山前后夹攻，而履癸大军在高山之上有力使不上，时间一长，粮草也开始短缺。

"大王，长此以往对大夏不利，是否可以让昆吾出兵？"赵梁看形势不利，对履癸建议道。

履癸也知道目前这种形势下难以全胜，点了点头，写了手书飞马带去昆吾。

履癸的大夏军队依旧在和蚕丛鏖战。蚕丛步兵居多，手中是非常诡异的大镰刀，履癸的战马在高山之上灵活性大不如前，虽然没有士兵那么严重，也是速度大减。

履癸命令放箭，乱箭齐发。

"嗯？！"箭射到蚕丛人身上似乎都没有什么反应。

原来蚕丛人的身上都披了一层蚕丝编制的软甲。蚕丛人冲到跟前，大夏近卫勇士上前迎战，长戈乱飞，蚕丛的那些镰刀真的就只能用来割稻子了。再坚韧的蚕丝软甲也挡不住长戈的锋芒，转眼蚕丛的士兵就被大夏的士兵挑刺得漫天乱飞。

蜀人个子明显都比大夏勇士矮着半头，近身肉搏根本不是大夏对手。但大夏士兵也没有力气追赶这些蚕丛人。慢慢地履癸倒吸了一口凉气，只见山下的蚕丛人越来越多，履癸发现被包围了。

"难道这次只能放了岷山吗？"履癸心里开始有了几分疑惑。

"大王，要不我们回斟鄩吧！"赵梁本来以为这次征伐是易如反掌的事情，没想到数月之后，还在这高山上纠缠，蚕丛大军的出现让赵梁心里开始害怕起来。

"大王，切不可撤军，大王如果撤军，天下诸侯，定然以为大王打不下岷山，甚至以为大王被蚕丛和岷山联手击退！那样大夏的威信何在，群雄是否还能按时进贡，听从大王的召唤呢？"

"嘶——"履癸心中也吸了一口凉气。

"是啊，朕是大夏的天子！只能成功不许失败！如果朕失败了，天下难保不会大乱！"履癸第一次感到了内心的压力，第一次感到做大夏天子的责任。天子并不是生来就拥有一切，这一切都要靠大夏的实力才能真正拥有。

就在这时候，外面人声嘈杂，履癸眉头一皱，蚕丛人来袭击了。帐篷外黑影重重，蚕丛人夜袭，已经突破了外围，闯入了营地中。

履癸大怒，双钩砍倒几个蚕丛人，但是阵线已经乱了。夜色迷蒙下，分不清远处有多少蚕丛人。

大夏勇士梦中被袭击，盔甲都没有穿好，拿着手中的长矛长戈与蚕丛人近身搏斗，显然没有蚕丛人的大镰刀实用，不少大夏勇士被割得皮开肉绽。突然蚕丛人似乎慌乱起来，远处又来了一拨人，随着口哨声连连，蚕丛人突然撤退了，消失在了黑夜之中。

履癸发现前面出现了一个又瘦又长的黑影，黑影大步走了进来。

履癸一愣，双手抄起双钩，突然脸上露出了笑容。

"大王，牟卢来晚了！""牟卢你小子，来了就不算晚！"

昆吾的军队到了。

履癸召唤，牟卢丝毫不敢耽搁，迅速集结了城内的精兵五千，带上粮草就出发了。

一个月之后，昆吾终于到达了岷山。

蚕丛那些军队根本抵挡不住昆吾这些凶猛的生力军，虽然也都气喘吁吁的，牟卢终于和履癸会师了。

昆吾大军的到来，履癸的大夏军队立马精神为之一振，将士们也基本习惯了这高山之上的行动，虽仍旧气喘感觉力量不足，却不再那么害怕，重新恢复了战斗力。

"牟卢，你率领昆吾大军挡住蚕丛，朕要亲自灭了岷山氏！"

岷山氏看到大夏的援军到来，心中也是暗自吃惊！赵梁也恢复了精神，履癸的大军如潮水一样朝着岷山城扑了上去，掀起一片洪水巨浪，而形成这一片洪水的却是一只只的猛兽！

岷山城危在旦夕！

第二十章　通天神树

高高的祭祀台上一条巨龙嘴中喷出红色的火焰，沿着通天神树盘旋而上，巨龙人面蛇身，周身红色，这就是蚕丛的烛龙之神。

烛龙身长不知多少，闭上眼，天下就变成黑夜。当它睁开眼睛，天下一片光明，不眠不息却能呼风唤雨。烛龙让蜀地从远古就充满了神秘的气息，绵延无尽的大山一层接着一层，仿佛永远没有尽头。山上茂密的植物遮住了大山山石的颜色，密林之下藏着什么，人们永远无从知晓。山林间栖息着各种各样的动物和鸟类，山洞中到处是远古先人生活的遗迹。长年多雾，人们更加渴望日光，人们多想变成一只神鸟飞过那崇山峻岭，轻易就能到达远方。蚕丛人的太阳神周围都围绕着金乌鸟。

祭坛分四层，第一层为托着大地的神兽，第二层为人间，第三层为天地间的天梯，即山界，第四层为天界。

祭台上的人又高又瘦，脑后长长的发辫和中原装束迥异，青铜面具下露出一双神秘的眼睛，望着立在方座之上高大的青铜蚕丛神像，蚕丛神头戴回字纹冠，脑后也是长长的发辫。

蚕丛氏祭坛顶端的通天神树，神树上有十条向上的树干，代表着甲、乙、丙、丁、戊、己、庚、辛、壬、癸，每个树干上都有一只神鸟。神树同时有十二条垂下的树枝，代表着子、丑、寅、卯、辰、巳、午、未、申、酉、戌、亥十二地支，天干地支的来源就是古代祭祀神树的干和枝。

只有大巫和蚕丛氏才能登上天界这一层，上面的太阳鸟随着火光在旋转，枝叶间的铜铃发出神秘似乎通灵的声音，蚕丛人不仅蚕养得好，青铜冶炼技术更已炉火纯青，铸造出了蚕丛特有的锋利武器。

蚕丛首领都是蚕丛神的转世，一般人很难见到他面具后的真实容貌。蚕丛氏举着火把到神树下，火苗腾的一下开始沿着神树盘旋而上，通天神树的盏盏灯火都亮了，火光闪烁中显得更加神秘了，祭台上其他巫师随着火光和音乐舞动着，蚕丛氏等待着蚕丛神的旨意。谁也不知道面无表情的蚕丛氏从蚕丛神那得到了什么指示。

"也许蚕丛神让我来做主，天子履癸欺人太甚，如今竟然长途远征到了我蜀地蚕丛。"蚕丛氏咬牙切齿地自言自语着，他什么指示也没得到。

"如今我蚕丛已经人口众多，不少于大夏，是给大夏一个教训的时候了，打败大夏，蚕丛将是真正的西部霸主！"想到这里蚕丛氏露出一个诡异的微笑，身边的大臣只能看到蚕丛氏的眼睛和嘴角，大王越发让人敬畏了。

收到岷山被围困的消息之后，蚕丛出兵了。举倾国之兵来解救岷山氏，与其说是为了解救岷山氏，不如说是来证明蚕丛的实力。

岷山氏继续固守城池，岷山城由大石头堆砌而成，想攻破城池很难，履癸的大军每次攻城都被城头的碎石头砸了回去。

扁将军决定强攻城门，大夏的士兵冒着箭雨和碎石攻到城门口，扁将军大刀奋力几下劈开城门，却发现城门口里面早都用碎石头给堵了起来。

履癸大怒，回头看向蚕丛的方向："大军先灭蚕丛！岷山慢慢困死他，我就不信饿不死他们！"

"大王，岷山城在高山之上，这城内的饮水从何而来？"赵梁这时候说道。

"梁相果然不愧为朕的右相，这高山之上不可能有水井，周围也没有河流山涧！"

"臣也很疑惑，臣观察岷山城不远处就是雪山，如果赵梁没有猜错，城中用水应该是来自雪山的融雪。肯定有一条秘密水道或者地下暗泉通到城中，只怕不好寻找！"

扁将军自幼在高山上长大，听到这里恍然大悟，对履癸说："大王，扁愿意去寻找岷山的暗泉！"

履癸当即让扁将军出发。扁将军带领几百个士兵，带上铜末、木末就出发了。

扁将军带着这些人一直朝着雪山方向而去，越走越高，越走越冷，这些人一个个喘着粗气，拖动着沉重的脚步，手中的长矛和长戈都成了拐杖。

"扁将军，大王让我们去找岷山氏的水源。难道我们要爬到雪山上去找水流的痕迹吗？"跟随的士兵上气不接下气地说。

"哈哈！那雪山即使你们想上去，我也不想上去！你们只管到时候干活儿就行了，其他就不用操心了。"扁将军边走边说，时不时回头朝着山下仔细张望着。

"啊！还要干活儿，简直比打仗还痛苦！咦？扁将军你在看什么，难道怕大王看我们是不是在偷懒？"

扁将军气得踢了那个士兵屁股一脚。"我看你最不累，一会儿让你多干点活儿！"

一行人越走越高，整个岷山城就在脚下，城里炊烟四起。扁将军让众人停下，站在高处对着岷山城这边张望，过了很久，脸上浮现了一丝笑容。

"跟我下去！"扁朝山下走去。

"怎么刚爬上来又下去？"坐在地上喘气的一群人一脸蒙，赶紧站起身来追了下去。扁将军带领几百士兵，走到一片灌木丛。

"挖！"扁一声令下。

在山上挖地谈何容易？木末、铜末不知在石头上挖坏了多少，士兵之后用手把一块一块石头挖出来，指甲都渗出来鲜血，心中沮丧憋火。

"水！下面有水！"搬开最下面一块石头，士兵发现了水流，兴奋地叫起来。

"大王给我们的任务完成了！"扁心中松了一口气，终于发现了下面的水流，众人挖出了一条新的水道，水流改变了下山的方向。

岷山城内断水了。这下岷山氏不由得大惊失色，这帮大夏人怎么发现的水源呢？岷山氏自己都不确定雪山泉水流动的路线。

"哈哈哈！"大夏的大帐内传来履癸开怀的笑声，"扁将军真是朕的爱将，有勇有谋，这下咱们不用攻城了，等着岷山城内的人都渴死吧。朕的琬、琰二位美人可不要渴到就好！给扁将军记下大功一件！朕想知道扁将军是如何找到水源的？"

"大王，地下暗泉其实也并不是没有踪迹可寻。有泉水的地方，土壤就会湿润，站在高处仔细看就能发现，有水的地方草木肯定和没水的地方长势不一样，虽然只有细微差别，在近处肯定无法发现，但是如果站在远处山坡仔细观察，就能发现隐隐有一条草木线。"

"原来如此！扁将军不仅勇猛过人，而且心细如发，真是让人佩服！"赵梁也称赞道。

"梁相能够想到断水，才是谋略过人！"扁将军也附和道。

"要论谋略我们都不及大王万一！"赵梁赶紧夸赞履癸，生怕抢了风头，履癸会不高兴。

履癸满意地点了点头。

这时候门口急匆匆跑进来一名车正兵，跪倒在地："大王！蚕丛大举来袭！"

众人一愣。

第二十一章　螳螂来袭

岷山城内断水了，履癸正想坐以待毙，等着岷山氏投降把琬、琰送出来，蚕丛却杀到了。

"来得正好，岷山、蚕丛一起剿灭！"

履癸率领大军出了大帐，准备亲自去会一会蚕丛。他并没有把蚕丛放在眼里，这巴蜀之人本来就长得矮小，竟然敢进攻大夏王师，履癸不由得冷笑了一声。

"大王！蚕丛自古就神秘兮兮，诡谲异常！大王千万要小心！"赵梁在后面嘱咐履癸。

"被朕的双钩砍下脑袋还能否继续鬼鬼祟祟？哈哈！"说罢，履癸的大笑声远远传来，履癸已经上马出发了。

虎、豹将军二人紧随左右！转眼就到了阵前。对面密密麻麻一群矮小弓着身子的士兵，戴着怪异的面具，手中举着一把把青幽幽的大镰刀。

"这不是一群螳螂吗？"虎将军打趣道。

履癸却根本没停，直接冲了过去，众人都屏住了呼吸！只见履癸双钩抡起如风，那些镰刀遇到履癸的长钩纷纷脱手，四处乱飞。

其他蚕丛人刚想包围履癸，虎、豹和大夏勇士也已经赶到了。此时的大夏勇士从高处下来，终于恢复了气力，憋了许久的怒火全部撒到蚕丛人身上。

狂妄的蚕丛人瞬间就蒙了，一声怪异的呼啸响起。蚕丛就朝着山下溃败了下去！

"今日生擒蚕丛氏！"履癸远远地看到蚕丛氏的旗帜，朝着蚕丛氏就追了过去。

半山腰有一片树林，蚕丛人慌慌张张地逃了进去。

履癸丝毫没有犹豫跟着冲了进去。虎、豹将军担心树林之中有埋伏，也跟着履癸冲了进去。

林子树木很稀疏，根本藏不住人。

蚕丛人似乎对这片树林很熟悉，沿着小路，在几个弯路上跑得很快，履癸竟然一直没有追上，就这样几个人追到了树林深处。

履癸的大黑马速度实在太快，东拐西拐，除了虎、豹将军等几十个人，后面的大夏士兵都迷了路，没有跟上来。

就在这时候，虎、豹将军看到履癸突然从马上掉了下来！战马也摔倒在地！虎、豹将军赶紧催马过去救履癸。

刚到跟前二人也摔下了马，虎、豹这才看清，原来是林中布满了细细的捕鸟用的蚕丝网，只不过比捕鸟的网更加结实。

跟随履癸和虎、豹的那些士兵也都被蚕丝网住落马。

"吱——吱——"凌厉破空之声。

四周乱箭射来，虎、豹将军赶紧拼死用身体护住履癸，并用刀去割开履癸身上的丝网。履癸也赶紧拿双钩去割。

"大王，你快走！"虎、豹将军喊道，无数的羽箭射了过来。

履癸挣开丝网之后，提着双钩拨打着羽箭，向树林外撤退。他看了一眼虎、豹将军，二人被丝网困住，不能快速移动，一边撤退，一边努力拨打着射来的箭羽。好在虎、豹二人强壮异常，外加上周身青铜铠甲，那些箭也只能伤了二人的皮肉。

一时间双方形成了僵持局面。履癸冲了回来挥动双钩，三人围成一圈，朝树林外退去。这时候又有一张丝网从天而降，三人被困在当地，紧迫间三个人一边躲避弓箭，一边用兵器割开丝网。

就在这时候四周围上来一群蚕丛人！那些形状怪异的镰刀，朝三人扔了过来。虎、豹二人再是勇猛，有丝网限制，身上也中了几镰刀，顿时鲜血直流。

刚才还在笑话人家是螳螂，如今三人却成了螳螂的猎物！

履癸眼光中杀气大增，大吼一声，林中的鸟都纷纷飞起，双钩乱飞，一人独战蚕丛士兵，蚕丛士兵根本无法靠前。虎、豹二人靠在一棵树上，勉强支撑。三人依旧无法脱身，形势非常危急。

履癸并不害怕，但如果堂堂天子就这样在树林中死在蚕丛人手里，简直窝囊到家了。

三人殊死抗争，身上都有伤，鲜血直流，慢慢地，虎、豹二人已经感觉手中的大刀开始变得越来越沉重了。

蚕丛人也发现了这一点，周围的人越来越多。履癸看到远远的有一匹马上有一个人戴着面具，披着怪异图案的披风。

这人就是蚕丛氏，蚕丛氏心底暗笑。

"都说履癸多么勇猛，今日看来，不过如此。我蚕丛从此就要称霸天下了！"

扁将军率领大军在后追赶履癸，扁将军知道必须有人指挥大军，所以看到有虎、豹二将保护履癸，就没有孤身跟随履癸。但是追着追着竟然看不到履癸的踪迹了，只好率领大军，分几路寻找履癸。

"大王！你在哪里？"

扁将军焦急地不由得开始呼喊。树林之中喊声根本传不远，山林之中无任何回应。

就在这时候，扁将军找到林中一棵高大的树，脱下身上的铠甲，顺着树就爬了上去，只见扁将军双手攀住树枝，脚下用力，不一会儿就爬到了树梢，扁将军四处张望。四面依旧一片寂静，并没有履癸的踪迹。就在这时候，扁将军突然看到远处有一群鸟飞了起来。

"有了！"扁将军看准了方位和距离下了树。

"那个方向！"扁将军带着大军向飞鸟的方向冲去。

果然没过多久，就听到了厮杀之声，扁将军赶紧加速，转过了几棵大树之后，看到履癸被围在当中，形势异常危急。

扁将军上来，大刀抡起，就和割草一样，蚕丛人纷纷倒地。身后的大军也蜂拥而至，远处的蚕丛氏看到这里，嘴里发出一声凄厉的呼啸之声，掉转马头，朝树林深处撤去了。

蚕丛人听到呼啸之声，纷纷迅速地隐入了树林之中，转眼之间蚕丛人消失得无影无踪。

"大王，扁来迟了，让大王受惊了！"扁将军赶紧过来请罪。

"扁，你的大刀抡起来，有点儿我双钩的样子了！哈哈哈！"履癸没接扁将军的话。

"扁不及大王万一，大王神勇天下无人能及！"

虎、豹将军这次受伤极重，已经不能行走，回到大帐之后，躺在帐篷中养伤，疾医赶紧过来给上了草药。

虎、豹受了重伤，三人险些丧命，履癸心中的怒火在熊熊燃烧。

第二十二章　温寒大战

就在岷山、蚕丛和大夏、昆吾厮杀的时候，此刻的东方也在剑拔弩张。

"夜长梦多，如果履癸从岷山回来一切就都晚了，到时候被履癸抓到商国入侵温国的证据，天子大军和几国联合起来就能把商国灭了。"天乙焦急万分。时机的意思就是任何机会总会有时间限制，胜败总是会在转念之间就转换。

"大夏和昆吾这两个强国都去了岷山，这种机会不会再有第二次。必须在一个月内攻下温国！"天乙对三军下了攻城的军令。

商军围攻了几天都攻不上城墙，反而折损了很多士兵的性命。温国闭门不出，坚守城池。商国没有攻城的经验，天乙一时间没有了办法。

三天过去了。天乙没有心情吃饭，草草吃了几口，出了大帐，甲一等几个卫士紧随其后。天乙坐在战车上围着温国都城溜达，不时停下来凝望着温国城墙，城墙上的温国人看到城下一群人人数不多，开始并不惊慌，仔细看发现战车上一人长髯随风飘摆，气度不凡。"那不是商国的大胡子天乙国君吗？！"士兵赶紧跑去禀报，城上顿时紧张起来。

天乙此刻已经转到了东门外。

"那是什么？"甲一眼神好，发现了不对劲，众人抬头望去，远方出现一片黄云，接着隐隐低沉的声音传来。

"难道是暴风雨？"另一个耳朵灵敏的卫士也听到了如雷低沉的声音。

"那是大军！"甲一已经看出来了。

"难道是温国援军到了！赶紧回营，准备迎敌！"天乙不由得大惊，催马奔回商国大营！

来的到底是什么人？

时光回到几天前，温国城内。

"国君，昆吾的牟卢率领大军去和天子履癸讨伐岷山了。"温国大巫语气中带着无奈。

"怪不得商国这么有恃无恐！难道温国只有死路一条了吗？"温国国君内心一片空白。

"国君应该向东边的寒国求救。"大巫沉声建议。

"寒国？"温国国君的思绪飘向了远方。

"当年东夷族有穷部落首领羿夺取了大夏的王位，后羿晚年时，来自寒国的手下寒浞与后羿妃纯狐合谋，害死了后羿！后来，大家只记得后羿篡国，而寒浞当大夏的天子将近六十年，六十年啊，是很多人的一生。虽然后来少康杀死寒浞，恢复了大夏的统治，但是寒国并没有完全被消灭，寒国背靠大海，在东夷的北面，一直提防着大夏再来征伐，军队战力一直很强。"大巫接着说。

"你说的这些朕都知道，要不是寒国害怕大夏的征伐，恐怕朕的温国也早就被寒国给灭了。我们和寒国没有什么来往，寒国如何肯会来救我们？"温国君说。

"大王，他们肯定会来救温国！时间紧急，我这就发求救信！"

一只乌鸟伴随着夜色扇动翅膀腾空而去，从温国城中向着东方飞去。

天乙看到的正是寒国的大军。寒国大军从东北蜂拥而来，装备算不得精良，士兵却都高大强壮。

"寒国人为什么来增援温国？！"天乙看到寒国的大军也是吃了一惊，的确都是虎狼之师。

"大王，温国灭亡指日可待了。"伊挚看到了寒国的大军眉间露出一丝喜悦。

"先生何出此言？如果我们再攻城，恐怕就要腹背受敌，到时候温国和寒国前后夹击，我大商就危险了。"

"大王，仲虺先用战车去探探他们的实力！"仲虺说。

"仲虺将军且慢，如果把寒国大军打跑了，要取温国就更困难了。"伊挚连忙拦住仲虺。

"伊挚先生有何计划？"仲虺也有点儿疑惑地看着伊挚。

温国国君看到城外寒国的大军，真是喜出望外。"大巫，你怎么知道寒国一定会来救我们呢？"

"如果温国灭亡了，寒国就会直接暴露在其他国家面前。所谓唇亡齿寒，如果商国灭了我们，商国可能接着就会把寒国灭了。寒国不是在救温国，是在救自己。"大巫慢慢地说，没有牙齿的嘴里发出的声音就像来自另外一个世界。

"不愧为国之大材，我们里外夹击，不愁商军不退。"

寒国人为什么来驰援温国？寒国人当然明白唇亡齿寒的道理，如果温国没有了，寒国面对的就是一个可怕的商国。寒国人保卫温国就是保卫寒国，寒国谁也不能依靠，只能依靠自己。

第二天一大早，温国举全国之兵，打开北面城门就杀了出来。昨天还杀气腾腾，让人望而生畏的商军今天似乎还没睡醒，打起来畏首畏尾。

此刻背后的寒国大军冲了上来。双方阵线刚一接触，商军就出现了腹背受敌的狼狈局面，没过多久就已经溃不成军。

仲虺率领商军狼狈逃窜，盔甲和兵器都稀稀拉拉地丢了一地。

温国国君一看到商军溃败而走，和寒国大军合并一处，形势急转。

寒军大将阵前见过温国国君。"寒亭奉我家国君之命来驰援温国，愿追随国君赶走商军！"

"有劳寒将军！"温国国君终于威风起来。

"商军围困我温国这么久，今日岂能饶了商军？给朕追，朕定然要砍下那个天乙的脑袋！"

温国国君率领着大军追赶商国的军队，寒国的大军也跟着追了过去。

仲虺跑到天乙的位置之后，天乙也看到温寒大军，稍微一接触，没几个回合，商军已经无法抵挡，纷纷溃逃。

天乙和仲虺带着大军就在温国大地上跑开了，温寒大军在后面紧追不舍。

仲虺说："大王，我们这么狼狈地逃跑，要是传到天下诸侯那里，岂不是颜面尽失？"

"朕也觉得很丢人啊！商国大军厉兵秣马这么多年，即使是温寒联军，难道我们就一定不是他们的对手吗？"天乙也是一肚子怨气。

"那我们为什么不和他们拼一个你死我活！我军这新战车如果冲过去，温寒大军绝对会被冲得四散奔逃！"仲虺在战车上说。

"伊挚先生不让朕出击，只让朕一接触就要溃退，跑得越远越好，但是一定要让温寒大军继续追！"天乙也很无奈。

"伊挚先生治理国家自然是无人能出其右，但是这带兵打仗，有时候得大王和仲虺这些武将说了算吧！"

"伊挚先生说，他可以拿下温国。朕只有听从伊挚先生的建议，看伊挚先生如何拿下温国，如果伊挚先生的计策不奏效，我们再正面决战！"

"那就一切听大王的。"

仲虺无奈地继续跟着天乙四处逃窜。

温寒大军继续追杀商军，怎么追似乎都差着一点儿距离，最后温国国君发现商国军队中有很多战车。士兵轮流坐着战车，基本能轮到休息的机会。

寒军大将感觉出有点儿不对劲，对温国国君说："大王，不可一直追赶商军，我们还是回温国，以防都城有危险！"

温国国君也累坏了，虽然心有不甘，只好决定撤军。

此时温国的都城正在激战！

温国国君率领大军去追击天乙和仲虺的时候，伊挚率领大军趁机用云梯攻城，城中士兵面对汹涌而来的商军，顿感人数不足，围绕城墙一圈，首尾都难以相顾。

而商国的大军突然多了不知几倍，所有城墙下都有士兵在攻城。

温国都城这就要被攻破了吗？

第二十三章　烛龙苏醒

烈日高照，长风猎猎。

商军士兵顺着云梯往温国城墙上爬去，这时候几块大石头落了下来，几人躲闪不及，惨叫一声跌落下去，云梯也被砸断了。

东南西北四门将军在四面城墙猛攻，城上的弓箭、石头，甚至垒城墙的大土坯都扔了下来，商军一直被压在城下。商军的弓箭也很难射到城上的敌军，爬到一半就被砸了下来，时间一长死伤惨重。

一高大矫健的身影在指挥商军攻城，剑眉拧着，面色凝重，战斗依旧没有进展，这人就是北门侧将军，他觉得不能这样打下去了，来到伊挚面前。

"伊挚先生，城内虽然空虚，四面猛攻兵力太过分散，恐怕很难攻上城墙！"

"四面围攻就是为了分散他们的兵力，要破城就看北门侧将军这面的北门了！这还有一千人马你也带去攻城！"

"北门侧领命！"北门侧这一千人是百里挑一的壮汉，全身铠甲，左手举着巨大的特制青铜盾牌护住头顶，后面是一群强壮的士兵拿着长矛和大斧子，在盾牌掩护下迅速冲到北门下。

城门上的温国士兵发现势头不对了。"放箭！"乱箭射到厚重的盾牌上当当乱响，根本伤不了商军，商军转眼到了城门下，城上的大石头劈头盖脸又砸了下来，盾牌再厚重也受不了大石头砸。几架短云梯架在城门上面，上面却并没有商军，而是绑满了厚厚的盾牌，在城门上形成了一个青铜做的斜坡，大石头砸在上面就滚下来。城门处的商军用长矛、斧子对着城门一顿砍捅，城门内的士兵被这阵势吓到了，也不敢开门迎敌。

城门没过多久就被砍烂了，随着城门倒掉的声音，商国大军蜂拥而入。温国的士兵彻底崩溃了，纷纷放弃了抵抗。

商国天乙的仁德之名天下皆知，城中的百姓并没有那么惊慌，只是躲在家里。

伊挚率领着四门将军直接把温国国君的全家都抓了起来，城内一片安静，并没有多少战火，投降的士兵都被统一看管起来。

城外，温国国君回来了。城门紧闭着，城楼上一个人也没有。

"赶紧开门，国君回来了！"士兵大喊道。

这时候城门上出现了一个人："温国国君，这里早就归大商了。"

"气死朕了！"温国国君差点没气晕。

城门上的那个人正是伊挚。

温国国君还没反应过来，东南西北四个方向不知什么时候，出现了无数的战车。东南西北四门将军从四面催动战车冲了过来，这一次不是当年在葛国，现在的商军已经是出山的猛虎，坚固锋利的战车，车轮隆隆的声音惊天动地。大地尘土纷飞，遮天蔽日，商国的士兵战车，犹如从云端冒了出来。商国有了西域良马，奔跑起来更加迅速，才能拉动这些更加坚固犀利的战车，车轮上的利刃都已经凸了出来。

温国士兵从来没见过这阵势，不知等待着自己的是什么，双方阵线瞬间绞杀在一起。温国士兵还没明白怎么回事，就被战车的利刃腰斩，不然就是被战车撞倒在地，巨大车轮碾轧而过。四面的战车都冲了一趟之后，战场上温国基本就只剩下中间温国国君的战车。

这时候，东南西北四门将军，都看到了温国国君的战车，这四个人谁也不想错过这个立功的机会，各自催动自己的战车杀了上来。

温国国君早已吓得魂出天外，呆呆傻傻地站在战车之上。结果这几个人同时抓住了温国国君，谁也不肯放手。他们脑海中都回旋着天乙那句话。"谁要活捉了温国国君立大功一件，加封一级！"

其实，还是北门侧先抓住了机会，其他三个人到了温国君面前，北门侧将军却从战车中直接蹦了出来，从半空中就一把抓住了温国国君的胳膊。其他几个人一看急了，哪能让功劳都被北门侧抢去，东门虚是四门中的大哥，也冲过来抓住了温国国君的另一条胳膊。剩下两人更不在话下，一下扯住了温国国君的两条腿。

"是我先抓住温国国君的，你们几个不要抢！"北门侧说道。

"我们没看见，我们也都抓住了！"其他三个人毫不谦让。

"你们几个松手！让我把温国国君带回本队！"北门侧喊道，说罢手上加了力气，拉着温国国君就往本队走。

其他三个人也不肯放手，几个人都用足了力气拉扯温国国君。

"啊！"温国国君大叫一声，可怜一代国君，竟然被几个人撕扯成了四块，四个人各撕了一块去天乙那里请功了。

天乙看到温国国君如此的死相，内心不由得一声叹息，脸上不露声色，重赏了东南西北四门将军。

大队人马驻扎城外，天乙、仲虺也进入了温国都城，众人开始狂欢，温国宫殿内都是商国的将军和大臣。

这时候西门疵大步走了进来，身上满是鲜血。

"大王，西门疵已经为大王除去了后患！"西门疵刚到了关押温国国君家属的地方，不由分说，把所有的男人都拉出来砍了头。

天乙一声叹息，温国就此陨落，一个更强大的商国正在兴起。这一次，所有人都低估了商君天乙的魄力，天乙以迅雷不及掩耳之势灭了温国，一口气吞并了温国，将温化成商的畿内一邑。天乙时刻准备着祝融八姓尤其是昆吾氏的反弹。天乙更担心履癸什么时候从岷山回来。

寒国的军队一看形势不利，早已原路返回，不再招惹商国。

岷山。

岷山氏犹如困兽，只能继续等待，岷山已经没有了出击的能力。

大夏的大帐内，履癸思索着如何为虎、豹报仇，烛火突然跳动了一下。

"有了！进军蚕丛！"第二天，大军开始朝着蚕丛方向前进。

"大王，蚕丛怪异得很，有纵目和巫术，而且他们有烛龙之神保佑，万一烛龙之神发怒……"

履癸怒目看了看赵梁没有说话，烛龙的传说成了压在所有大夏勇士心中的一块大石头。

大军重新冲进了那片树林。烛龙之神真的会保佑蚕丛吗？如果烛龙真的苏醒了怎么办？

第二十四章 蚕丛

蚕丛并没有撤军，依旧隐藏在那片树林中，蚕丛王期待着履癸再次自投罗网，履癸却真的来了。

"所有人都点燃火把！"履癸语气中带着怒意。

众人都很疑惑："这大白天的点火把做什么，难道大王又想放火烧了树林？这稀稀落落的树林怎么也烧不起来啊。"

所有人虽心中疑惑，手中已熟练地点燃了火把。举着火把的人冲在前面，后面紧跟着弓箭手。

"啊，这是什么，我动不了了！"没走多久，前面的人就被丝网缠住，几乎同时树林中一阵乱箭射来。

这次不是孤军深入，后面的弓箭手对着弓箭来的地方射过去。被渔网网住的人混乱间举着火把乱烧，丝网几下就被烧断了，大夏士兵这才明白了火把的用处。

"给我追！"蚕丛的渔网再也没有什么可怕的，履癸命令大军追击。

一声神秘的呼啸声响起，四面突然出现了无数的蚕丛人，就像猴子一样从树上蹿了下来，但这群猴子手中可有大镰刀。大夏的士兵毫无防备，蚕丛人突然出现就是一顿镰刀乱砍，大夏士兵甚至都没看清对手的模样，转瞬间就已经身首异处。

"好怪的刀！"大夏士兵都是和履癸久经沙场的勇士，蚕丛人偷袭得手之后并没有丝毫慌张，大夏勇士看清了这些戴着面具的蚕丛镰刀手，舞动手中的兵器进行还击。

大夏勇士长戈钩在蚕丛人身上，蚕丛人竟然毫发无伤。

"这些人的巫术难道能够成使他们有不死之身？！"有人心底开始打鼓了，厉害的对手并不可怕，但是杀不死的对手就让人头疼了。

前面的士兵稍微一缓，履癸就冲了上去，双钩一绞，顿时几个蚕丛人就被从中间硬生生给切断了。

"我就不信有人能不死！"履癸大笑。大夏勇士看到之后，士气大振冲上来。

蚕丛士兵原来穿着轻薄的蚕丝软甲，浑身闪烁着淡淡的光芒，一般的刀剑根本不能伤到他们的身体，战斗的时候动作也很灵活。

他们在蜀地以迅雷不及掩耳的速度冲上去，敌人通常还没反应过来为什么自己杀不死对方的时候，就已经被蚕丛的青铜镰刀消灭了。

虎、豹将军上次受了重伤，这次没有来。履癸想起虎、豹，更是怒火中烧，挥动双钩冲了上去，双钩所到之处，必然是血肉横飞，蚕丛人的头颅满天飞，见神杀神，见鬼杀鬼。

无论用什么兵器，无论多么勇猛或者多么不可一世，对履癸来说都是一样的。

履癸的出手，让大夏的勇士终于恢复了往日的神威，大夏勇士发现蚕丛人身上虽然有软甲，脸上有面具，但是脖子处总是有一些破绽。

"用戈尖和长矛猛刺蚕丛人！"扁将军发现了什么。蚕丛人的软甲也不能完全保护住他们，纷纷受伤倒地。树林中的蚕丛人并不算多，大夏大军所到之处，蚕丛人纷纷溃逃。

远远地蚕丛氏亲自率领镰刀军在开阔处摆开阵地，等待着大夏的军队。蚕丛这些年在蜀地剿灭了大大小小不知多少个部落。所以今天蚕丛依旧有一种威风、不可一世的气焰，每个蚕丛人都期望着能够像割草一样，割下大夏士兵的头。

到了开阔地带，履癸重新骑上了战马，大夏勇士排列整齐，手中长矛和长戈在阳光下泛着紫蓝色的光，那就是杀气。

蚕丛氏一声令下："给我杀！"

履癸看着急速向前移动的蚕丛人，突然笑了。履癸双腿夹住马腹，战马号叫着就冲了出去，一个回合冲过去，蚕丛人的镰刀还没砍到马腿，头就已经被挑掉了。

但是这里已经是蚕丛的地盘，周围黑压压的镰刀越来越多。

履癸的人马被围在了中间，蚕丛人有丝甲护身，镰刀招式诡异，树林间战车和战马都无法行动，长戈、长矛和镰刀比起来笨拙了许多。

蚕丛人腾挪躲闪，转眼就有无数夏军被砍翻在地。蚕丛的镰刀钩住夏军脚脖子，一用力，一只脚就被镰刀割断了，就如同镰刀割草砍竹子一样。

履癸本来就用双钩，当然知道镰刀的厉害。

蚕丛集结了国中所有兵力，准备与履癸一决雌雄，想一战而称霸西南。如果履癸走了，想要显示自己的实力就没机会了，所以，蚕丛这次要生擒履癸。

蚕丛的外围突然混乱起来，一群队列整齐的长矛军杀了过来。长矛军后面弓箭手掩护，蚕丛根本无法靠前，变成了一个个被刺穿的螳螂。

大夏勇士看到援军来了，也不再慌乱，摸清了镰刀的招式走向，开始奋起反击。双方虽然互有死伤，蚕丛的阵线却已经乱了，蚕丛人从没见过这么勇猛的士兵，都吓得转头就跑。

"大王，牟卢来了！"一个高大矫健的身影冲了过来，如同一只巨大的猿猴。埋伏在附近的牟卢率领昆吾大军也到了。

"牟卢，你来得正是时候！"履癸哈哈大笑。

昆吾人杀到蚕丛人已经开始溃退，履癸看到正是机会，率领手下排山倒海般杀了上来，蚕丛军队彻底崩溃了。

蚕丛这次终于明白了，为什么大夏是天下的首领。

牟卢很久没有打过这么痛快的仗了，率领大军来回东追西杀，不一会儿就只剩少数蚕丛人溃败而逃。

履癸看到蚕丛不过如此，命令牟卢、扁将军和赵梁继续追杀蚕丛，自己率大军回归岷山。履癸心里惦记着琬、琰二人。

有时候女人会成为男人的奋斗动力，履癸就是这样，以前东征西杀是为了妹喜，现在为了琬、琰二位美人。

牟卢虽然不如履癸那样好战，但是牟卢远征几千里来到蚕丛，也如猛虎出山。

昆吾的骑兵丝毫不比大夏的差，都是生力军，人人都想杀敌多领赏赐。

外加蜀地美女众多，没有了约束，昆吾一路烧杀抢掠，蚕丛算遭殃了，听说昆吾大军要到了，整个村庄的人都远远地躲进了山里，藏起来。

牟卢没有履癸在身边，自己俨然成了主宰蚕丛命运的王者，他很享受这种感觉。转过天来，牟卢的大军刚刚经历了岷山的寒冷，就进入了闷热的蚕丛国的腹地。就要打到了蚕丛的都城，蚕丛城。

河水在这里转了一个弯，形成了一道弯弯的月牙湾，一座神秘的城就在这个月牙湾中。安静神秘的城市中心矗立着高高的祭坛，上面是通天的神树，和他们的守护神烛龙。

牟卢不管什么神秘不神秘，牟卢大军如蝗虫一样蚕食而来。赵梁提醒牟卢："听说蚕丛的烛龙苏醒之后，能让一座城瞬间化为灰烬！牟卢将军要小心！"

牟卢冷笑了一声，牟卢和履癸两人脾气相投，都不相信这些神怪之说。

这一路上，蚕丛的主力军早就被打得七零八落了，根本没法再阻挡昆吾的大军。要不是有这月亮湾，蚕丛城早就被攻破了，但是也坚持不了多久了。

"大王！我们如今只有南撤了，保存蚕丛实力才好，蚕丛不能成为第二个党高！"巫师规劝蚕丛氏。

"不该去招惹大夏天子履癸！否则怎么会有今天？巫师能否唤醒烛龙之神！"蚕丛氏终于服软了。

"烛龙之神？烛龙之神唤醒之后，只能玉石俱焚！"

"那也只能如此！"

如今那长着纵目的蚕丛王也不能保佑自己，那些巨大的面具，那些昔日神秘的高大的通天神树，什么至高无上的太阳鸟，此刻都成了一件件青铜器！

蚕丛在大夏那里就是一个可笑的、偏远怪异的诸侯国而已，不是打不过蚕丛，而是根本不屑于来攻打蚕丛。

蚕丛氏决定逃到山中去。

"那些花了无数民力和智慧的祭坛怎么办？那些通天神树和蚕丛面具怎么办？"蚕丛的巫师舍不得这一切。

蚕丛氏早已失望之极："这些没用的东西有什么用？这些青铜器以后我要打造

成兵器，现在都给我埋了，绝不留给大夏。"

大巫也被当作骗子被杀死了，和那些通天神树、青铜面具一起，都被放入了几个大坑中，然后用土埋了起来。

蚕丛氏看了一眼，昔日那些自己都要毕恭毕敬的通天神树，不过是一堆杂乱的铜器而已。

"哎！走！"蚕丛氏叹了口气，躲入了山中。

通天神树上的巨龙，嘴里喷出长长的火焰，转眼宫殿都城的茅草、竹子都燃烧了起来。大火烧了蚕丛的都城。

"梁相，烛龙之神来了。"牟卢哈哈大笑起来。

"赶紧救火！"

"梁相，人不能拥有鸟的翅膀，人们也更加希望能够看到远方，能够看到大山之外的世界。蚕丛神就拥有两只螃蟹一样的纵目，希望能够看到远方。所谓烛龙不过是山上的朝霞和晚霞而已，蚕丛没有什么神秘的，只不过是山区的一群不开化的人而已。"

牟卢的话给了大家勇气，大家终于打消了对蚕丛巫术的恐惧心理。

就在这时候，隆隆声传来，大地在震动。

"烛龙苏醒了！烛龙苏醒了！"整个蚕丛人都疯了一样。

牟卢赶紧跑到空旷处，只见西面一座高山浓烟滚滚。突然一道火龙飞向空中朝着蚕丛城方向而来，落地之处，骤然爆裂，一片火海。

"啊！烛龙之神！"牟卢也傻了。

"赶紧撤！"赵梁此刻早就吓得站不直了，被人搀扶着朝来的路上跑，后面的火龙不停地落在地上，火红的石头砸中昆吾士兵，焦臭的味道刺鼻。

"烛龙之神发怒了！"

第二十五章　美人如玉

烛龙山常年冒着黑烟，烛龙在下面一直蠢蠢欲动，历代巫师相传烛龙山上有一块巨石，能唤醒沉睡的烛龙。牟卢大军来到之后，巫师让人放下了山口的巨石，巨石滚了下去，砸中了山口，连绵不断的隆隆声响起，大山在颤抖着，烛龙真的被唤醒了。

蚕丛从此南迁，牟卢抢了丝绸、粮食等，准备退回岷山。

此时岷山城中流淌了千年的涓涓细流突然断流了。

巨大的石头堆砌的岷山城的城墙上，野草依旧在山风中飘动。已经许久没有下雨了，草都有些枯黄了。岷山之上本来降水就稀少，如今更是每天都是湛蓝的天空。

日子一天一天过去，城中已是恐慌一片，各处水池中的水，转眼就被百姓抢了个底朝天。又过了三天，人们到处寻找，但城中已经没有一丝水的踪迹。

绝望的阴影开始笼罩在人们心头，有的人开始挖井，挖开地面一尺，发现下面全是大石头，哪里有水的踪迹？很多百姓已经在忍受饥渴，不仅没有水做饭，连水缸和瓦罐内喝的水都已经越来越稀少。

"要渴死了！"

饥饿是一个逐渐虚弱的过程，漫长的绝望悄无声息，而干渴就是一种欲望的煎熬，那种对水的渴望，那种内心的燥热如千万只蚂蚁在心里爬，让人坐立不宁。

最后人们会接近于疯狂,然后人会浑身发烧,最终神志混乱而死。

履癸的大军就在城外,每次到野外、城外喝酒吃肉的喧嚣都会传到死寂的城中。履癸这次并没有强行攻城,而是选择了耐心等待他的猎物,也许他吸取了上次去有施抢妹喜回来的教训,男人征服女人不能直接靠武力。

难熬的日子又过了几天,有的人家中彻底没水了,人们即使想喝自己的尿,发现也没有了。整个都城陷入了瘫痪,到处充满着难闻的气味,草木萎靡,城中渐渐有人渴死了。

很多人已经开始脱水,变得神志混乱,浑身滚烫滚烫的,如同下了地狱,也许地狱也比这种感觉幸福多了。有的人实在忍受不住了,一头撞到石头上,自杀而死。周围饥渴难耐的人迅速围过来吸他流出来的血,就像一群抢食的乌鸦。

昔日英俊帅气的岷山氏头发都粘成了一缕一缕的,他许多天没有洗澡了。岷山国君表面依旧平静,此刻内心如刀在割,他没有力量保护好自己的子民,更没有力量照顾好自己的妹妹。岷山氏也开始不再喝水,其实宫内也已经没有水了,仅有的水都被岷山氏送到了两个妹妹那里。

终于新一天的太阳又升起来了,岷山国君感觉有一口浓痰在嗓子里卡住了,吐不出来也咽不下去,这种感觉让人极其难受。

随着太阳出来,气温慢慢升高,人还能有点儿汗水,但是跟以前的汗已经不一样了,闻起来都有股尿味。

"这一切都由自己来承担吧,即使非得要失去两个妹妹,那也等到自己渴死之后吧。"岷山国君痛苦地双手抱着头。

人们虽然有吃的,但是完全吃不下去,放嘴里感觉更渴,嘴唇开裂得透着血丝,感觉舌头上竖起一层毛,食物放嘴里特难受,嗓子干得又痒又疼。人们又煎熬了一天,终于到了晚上,晚上睡觉已经觉得很不舒服,身体变得更加滚烫,眼睛也开始发热,又痒又疼。

当太阳再次升起,岷山国君早上醒过来的时候感觉自己已经不行了,或许是生病了,全身都疼,这种疼让人不能接受,不是具体哪儿疼,好像每个地方都疼。嗓子干疼,已经没啥口水了,全身都燥热难当。

太阳出来以后感觉更可怕,已经不会再出汗,浑身发烫,手掌干得跟树皮一样有裂缝，岷山氏感觉自己要死了。心跳很快就像一直在奔跑一样，眼睛看东西都开始吃力，一切都是恍恍惚惚的。

对于岷山氏来说，真正的煎熬不是干渴，而是内心的煎熬。他已经感觉到自己要失去他的两个妹妹了。虽然自己已经有了妻室儿女，但是岷山氏一直呵护着他这两个如花似玉的妹妹。琬、琰也很依赖这个哥哥，每天在哥哥这里无忧无虑地说说笑笑，似乎从来不知道世间有什么忧愁。

"琬！琰！兄长对不住你们！"纵使身为岷山氏的首领，竟然也保护不了自己的两个妹妹。

今天琬、琰妹妹竟然没有来，岷山氏空虚的内心荒芜一片，也许不是妹妹对自己依赖，而是自己对这两位妹妹依赖，没有了琬、琰，从此生活中还有什么乐趣？

琬、琰二人虽然在岷山氏面前依旧是浅笑嫣然，声音依旧如泉水一样动听，但内心也在为岷山氏部族煎熬着，二人看到岷山城中断水之后，渐渐有人渴死了。她们知道兄长即使渴死也不会让履癸把自己带走。

岷山城外则是另一番景象。

履癸早早起来，在大营前巡视。清冽的空气似乎更加清新，履癸遥看岷山的城墙上，似乎有两个人影，在早晨的阳光中形成一个剪影。

履癸突然被那个剪影吸引住了，是两个婀娜的影子，虽然只是影子，也能看出身体的曲线美。有一种人仅仅看一眼，就会有唤醒你沉睡的灵魂。

有一种美女的美就是站在那里，都是那样摄人心魄。白色的束腰，随风飘动的白色和红色的丝带，让人无法抗拒这一对美人。

前一日，岷山城中琬、琰的闺房。

"妹妹，我们不能看着岷山氏就此灭族！"琬注视着妹妹的双目。

"姐姐，你有什么打算呢？"琰从没见过姐姐如此郑重，知道姐姐有重要的事情要对自己说。

"既然天子履癸是冲着你我姐妹而来，那我们只有跟天子去大夏，岷山才能得救。你害怕吗？"

"只要姐姐还在身边，琰就什么都不怕！"

"既然你我早晚都要嫁人，这岷山氏中又没有能够入得了你我姐妹眼中的男子，那嫁给天子，也许对你我也是一种好的归宿！"

"我也听说天子勇猛天下无敌，而且对元妃妹喜娘娘有情有义！就是不知道那个号称天下歌舞无双的妹喜能否容得下你我二人？"琰抚摸着自己长长的秀发。

"你我姐妹珠联璧合，我们二人在一起就不用怕那个元妃娘娘，只要天子喜欢你我二人，就不用害怕。"琬伸手抱住妹妹，琰也依偎在琬身上。

"为了兄长，为了岷山氏，我们也没有别的选择，明天我们去见天子，再晚的话，更多的族人就要渴死了，哥哥都好几天没有喝水了。"琬继续说。

"我们要不要去和兄长说一声！"琰说。

"不要！这件事情千万不能让兄长知道！"琬心里很清楚哥哥对自己姐妹的疼爱，如果告诉他，岷山氏宁可全族覆灭也不会让琬、琰离开。

琬、琰做出了决定，分别的一天就要来临了。

第二十六章　冰火渴望

岷山。

履癸凝望着城上的倩影，耳畔突然飘来恍如来自云端的声音，这声音和以前履癸听到的任何一个女人的声音都不一样。

"大王，如果愿意撤军，琬、琰二人愿随大王左右，侍奉大王！"

履癸听得心里痒痒得好不受用，不禁催马向前了几步，原来是琬美女看着城下的履癸终于开口了。

琬美女虽不是那种娇柔的声音，却是如哈密瓜的那种沙甜，那种声音伴随着迷人的西域风情，让履癸心里痒痒的。此时阳光流转，履癸逐渐看清了。琬、琰衣袂飘飘，浑若无骨，如仙子随时都可能随风飞去。

"她们可不要跳下来！"履癸心里突然冒出了这个念头。

"二位美人所言甚好，朕这就撤军十里，恭迎二位美人！"履癸守住了天子的威仪，没有当着众将领向二位美人示好。

岷山城的城门终于打开了。琬、琰二人在众侍女簇拥下骑马出城而来。

二人发丝随风飘逸，幽蓝的眼眸如高山上的湖泊，原来世间还有这样的美人，在中原大地是不可能有如此美人的。

琬的头发是金黄色的，琰的头发则是棕红色的，透着一股绝尘的美，二人肌肤不是妹喜那种吹弹可破的白嫩如雪，而是透着一种莹莹的光芒，充满了弹性和活力。就如美玉，虽然坚硬，但是光滑温婉。

琬的美丽如雪山上的冰雪，琰的美丽如天边的火焰。

琬的美是那样拒人于千里之外，让男人们心中都有征服的渴望。琰的美丽是火焰般炽热，一下就能点燃履癸内心的渴望。琬、琰的美虽然各有不同，但是二人的美和妹喜是不一样的。

夜幕低垂，履癸的寝帐内有了别样的风情。火焰照映下，大帐中春光无限。当琬和琰用脚尖踏住履癸胸口的时候，履癸再也忍受不住了，一把把琬和琰抱在了怀里，一手抱住一个，让履癸这样的男人终于有了不可掌握的感觉。

琬冷若冰霜，琰热烈如火。当琬、琰二人梳洗打扮之后，履癸彻底被二人的热情包围了，金黄或红色的长发，履癸左右逢源。琬、琰是美丽和热情的，是主动奔放的，一旦二人认定了履癸是自己的男人就不再扭捏，这和妹喜不一样。

履癸第一次享受到了作为天子被自己喜欢的女子服侍，如飘在云端的舒服和畅快淋漓，让履癸为了琬、琰，哪怕此刻死了也甘心情愿。

妹喜的美是含蓄的，履癸和妹喜在一起虽然不拘束，但是需要履癸对妹喜细心照料，讨好妹喜。

当拥有了热情和充满野性的琬、琰美人，履癸才发现自己虽然喜欢妹喜，但自己和妹喜不是同一类人，而琬、琰才是和自己同一类的女人。

此时的牟卢正率领大军在蜀地长驱直入，昆吾的士兵从来没有如此远征过，而且每一仗都势如破竹。中原强国的战斗力不是那些西南边远部族能够理解的。

昆吾大军洗劫了一番蚕丛城之后，牟卢得到消息，履癸要撤军了。牟卢担心自己孤军深入，万一蜀地的所有部族都团结起来和自己玩命，那自己可就竹篮打水一场空了，还是见好就收吧。

牟卢突然发现大军已经不知走了多远了，有点儿记不清来时的路了。

商国。

天乙收复了温国，紧张和兴奋在心头交替。天乙看着最新的大商疆域图，看到由不足百里到如今纵横几百里的大商国，心中豪情顿时澎湃起来。

第二十六章 冰火渴望

"我们可以和大夏抗衡了吗？"天乙忍不住问伊挚。

"国君，如今我大商的实力，只能抵挡昆吾的进攻。大夏能号令天下诸侯，我们还远远不是大夏的对手。"伊挚说。

"天子履癸就要西征回来了，该如何准备？"

"现在还没有天子西征的消息，天子回军最快也得两个月，大商还可以趁机收复一个国家。"伊挚说。

"嗯？先生不会说我们趁着昆吾空虚，去攻打昆吾？"天乙听伊挚如此说也兴奋起来，商国受昆吾欺负太多年了，毕竟现在终于有实力可以和昆吾抗衡了。

"哈哈！大王切勿复仇心切，如今如果大举进攻，昆吾定然会城破失守！"

"真会如此！那大商复仇的时机终于来了！"天乙双目中复仇的火焰瞬间燃烧起来。

"但如此，大商国也就离灭亡不远了。到时候天子履癸肯定和昆吾的大军联合征伐商国，商国根本无法抵抗。"

"是啊！大夏号令天下诸侯，所以大夏的履癸才是天子，天下一直是大夏的。"天乙复仇的火焰一下子就被浇灭了，心里有点儿泄气，伊挚察觉到这一点。

"大王不可灰心，想想后羿和寒浞篡夏也不过百年之前的事情，后羿和寒浞做了夏天子数十年，若不是寒浞不争气，恐怕大夏早就灭亡了。"

"天乙可没有后羿的神射之能啊！"

"大王比后羿可不知道强上多少倍了，一切徐徐图之，不可操之过急。"

"那先生所说下一步要收复哪里？"

伊挚手指指向西方。

"先生是说……"

"正是！"伊挚语气坚定，没有一丝犹豫。

"哦，先生果然思虑深远。"

"大王智略远胜于伊挚，大王未来将会是整个天下的王者。"

天乙听到这里笑了，说道："有了先生，朕真有点儿王者的感觉了。哈哈！"

伊挚也大笑了起来，二人骑马上岗，远眺苍茫大地，天地已如烟云一片。

第二十七章　神秘女人

商国。

"有洛？"天乙猜中了伊挚的心思。

"时机不可再有，趁着天子西征，才有如此良机。将来大王挥师西进，有洛能够站在大王一方，才能天下归心。"

"有洛毕竟是大夏洛元妃的母国，可否会引火烧身？"天乙的担心不无道理。

"大王可否知道，天子已经赐死了的洛元妃？！"

"朕怎会不知！洛元妃一代贤德元妃，可惜了。"

"据伊挚所知洛元妃并没有死。"

"洛元妃还活着？！"天乙有点儿吃惊。

伊挚点了下头，说道："如今天子也没脸面去有洛，洛元妃也不会想见天子。有洛和大夏早已老死不相往来。有洛氏正是我们要争取的！"

"先生，我们出兵有洛需要带多少军马？天子不会征伐？"天乙还是不放心。

"大王，不需大王出兵，伊挚一人前去探探虚实！一切已经准备好了，明日启程！"

"如此，一切就依先生！"天乙虽然心中疑惑也只好依了伊挚。

伊挚出发了，几十辆马车迤逦而行，车上盖着芦苇席，看不出下面是什么东西。

半月之后伊挚进入了有洛境内。

明媚的阳光照耀着路边山坡上的萋萋芳草，路边水草丰美的河流中，鱼儿游来游去。

"先生，有洛好美啊！"白薇一阵赞叹，好久没有和先生远行了，此刻白薇如出笼的小鸟四处看着。

"风景只是游客眼中的美景。"

"先生是什么意思？"

有洛王城内宫室高大巍峨，宫内殿宇林立，从远处看层层叠叠、无边无垠，内部各种湖泊、池塘、池囿广大。虽然没有履癸的大夏王宫豪华，但是规模更大，巧妙依托山水格局。

如今四方诸侯都虎视眈眈地想吞并有洛，但是谁心里也没底。如果真的吞并了有洛，天子履癸到底会不会趁机把自己灭了，所以一直也没人敢真的发兵有洛。

伊挚带着粮车来到有洛的时候，有洛国君远远地就迎了出来。

"有洛国君竟然如此年轻！"白薇语出声轻。

"这应该是新国君，看来有洛老国君不在了。"

有洛新国君是洛元妃的弟弟，生性软弱，对于有洛的饥荒更是束手无策，从小就听母亲和姐姐的话，所以现在的有洛基本是洛元妃说了算，洛元妃对饥荒也是一筹莫展。

当伊挚指挥手下把一麻袋一麻袋的粮食送到有洛粮仓的时候，有洛国君眼泪都要掉下来了。

"伊挚先生，朕早就听说天乙国君是仁德的君主，如今大商给有洛送来这么多粮食，解救有洛的数万百姓，朕真是感激涕零，不知道何以为报了。"有洛国君初经大事，一直无依无靠，伊挚的到来，让他终于看到可以依靠的人了。

"大王，伊挚对洛元妃的遭遇也深表同情，以后大商、有洛就是一家了。"伊挚说道。

这两年，有洛老国君更是动用有洛之力，修缮宫殿。有洛的人民都被拉去修宫殿了，粮食耕种就抓得没有那么好了。有洛的宫殿和城池让有洛看起来很强大，实际上外强中干，国力早已空虚，财政经常入不敷出。这一年暴雨连天，鸡蛋大的冰雹砸了下来，地里的庄稼都被泡在水里，一连两个月没有放晴，粮食直接发霉烂在了地里。

有洛人以前从来不担心没有粮食，如今四处求借，却没有一个国家肯出借粮食。有洛老国君看到百姓挨饿，对自己每天修宫殿弄得国家没有粮食储备也有点儿后悔了。他忘了女儿已经不是大夏的元妃了，四方诸侯国已经没有人愿意借粮食给有洛了，这让有洛老国君一时间措手不及。老国君毕竟年纪大了，看到百姓受苦，内心开始无比自责、悔不当初，慢慢地就忧郁成疾，从此一病不起。在某一天夜里再也没有醒来，有洛新国君即位。

走入山水环绕的有洛宫殿，伊挚也不禁叹为观止，相比这里依山傍水的宫殿，大夏的长夜宫也显得局促和小气了。这里每一处的精致都是大气的，浑然天成，远山倒影，小船柳岸，高低起伏有致的宫殿，一切都是那样的美。

"有洛真是人间仙境啊！"一直在伊挚身边的白薇赞叹道。

"父王太过于喜欢这些宫殿园林，一直修缮，以致劳民伤财，国库里没有粮食储备，遇到灾荒百姓就都受苦了。"

"伊挚可否见一下洛元妃？"伊挚在有洛国君身边轻轻地说，眼睛似乎在欣赏着湖面的点点波光。

"这个……"年轻的有洛国君不由得吓出了一头冷汗，开始变得嗫嚅起来。

"伊挚知道洛元妃还活着，大王放心，伊挚是不会说出去的。"

有洛国君本就没有主心骨，无奈只好把洛元妃请了出来在密室和伊挚相见。

履癸也早已废除了惟坤的太子之位，按照妹喜的意愿，立了一个没有威胁的妃子的王子淳维做了太子。

洛元妃失去了对履癸的最后一点儿希望，心中现在只剩下了恨。爱与恨只在一瞬间，爱有多深，恨就会有多深。

此刻的洛元妃容颜并没有变老，反而变得更加沉着冷静了，端庄之外加了一些历经世事的宠辱不惊和成熟历练。

"元妃丰仪，伊挚早就如雷贯耳，今日一见依旧是母仪天下的风范。"

"伊挚先生，洛氏也早就听说先生是治理天下的奇才。今日一见果然是风采非凡。如果洛氏没有猜错，伊挚先生此来是要有洛归顺大商的。"

"元妃果然是慧眼，一下就知道了伊挚的来意。"

"当初母亲的红花之毒，恐怕那妹喜也是靠先生才识破的吧！"元妃静静地说，似乎在说一件别人的事情，但是眼睛却一直盯着伊挚，纵使伊挚镇定自若，在元妃的目光下也有了一丝忐忑。

"这个伊挚实在是惭愧。"提到妹喜和红花，伊挚心里竟然有了一丝波澜。

"伊挚先生不必担心，母亲在父亲去世之后，神思就已经大不如前了，再也记不得这些事情了。"元妃主动替伊挚化解了尴尬。

"那请代伊挚向有洛老王妃问安。"伊挚不由得佩服起洛元妃，果然不是一般的女子。

伊挚猜得没错，洛元妃想要复仇，所以伊挚并没有费多大的气力，有洛氏便同意归顺大商。

伊挚回来时，有洛的使臣也一起回来了，带来了有洛愿意附属商国的国书，同时也带来了许多能工巧匠。

天乙这下更高兴了，大宴款待了有洛的使臣。

天乙和伊挚送走了有洛使臣，伊挚对天乙说："大王，伊挚还带回来一个消息！"

"天子回来了？！"天乙面色一下由春风和煦变得阴晴不定。

伊挚点了点头。

履癸从岷山回来了。

牟卢在蜀地到处抢掠了一番，大车小车装了无数的奇珍异宝、各种青铜器和粮食。蚕丛最多的还是丝绸，而这在中原永远是所有人都喜欢的，并不是所有人都能穿得起丝绸衣服的，丝绸永远是人们的抢手货。

远远望过去，凯旋的昆吾大军有了显著的新标识，几乎每个士兵的腰间都围着抢来的丝绸，每个人都一副喜笑颜开的样子。

蚕丛的丝绸纺织技艺确实是天下最为发达的，所有抢到丝绸的将士都很高兴，可以给自己的妻子和家人做一件丝绸的衣服了。牟卢更是把那些会缫丝的蚕丛美女抓了不少回来。

蚕丛氏从此迁入了蜀中平原，再也不想来中原称霸了。神秘的通天神树和长着纵目的蚕丛面具从此深深地埋在了地下。

蚕丛氏终于明白，无论是烛龙或者蚕丛神或者什么太阳神鸟，在关键时刻都没有任何作用。中原大军太厉害了，排山倒海的气势让蜀地这些没有经历过大规模战争的部族都毫无还手之力。从此，蚕丛就安心地在蜀地继续养蚕休养生息了。

天乙有了上次夏台的教训，感到更大的危机来了，如果再被抓去斟鄩，绝对不会有上次的运气了。

伊挚似乎并不慌张："大王，夏台的事情不会再重演了。即使牟卢想教唆天子出征，也得找到理由，大商已经是方伯长，本身就已经有了征伐不忠于大夏的诸侯的权力。大王只要先写了奏折送到斟鄩，解释清楚为什么征伐温国就可以了。只有天子才有征伐方伯长的权力，到时候牟卢只能吃了哑巴亏，也是无可奈何。"

"先生所言甚是，什么理由呢？"天乙听伊挚如此说，接着问。

"温国国君，对天子出言不逊，所以天乙才替大王征讨这忤逆的温国。"

"朕即刻修书！"

第二十八章　美人独醉

时光荏苒，春去秋来。

长夜宫邻水亭边，美人长发如云映衬着胜雪肌肤，玉臂皓腕摆弄着酒爵在对酒当歌。歌声婉转飘过清澈的水面，回声荡漾，浸入心底，宛如天上的仙女的天籁。歌声却更加映衬了美人的寂寞。虽然宫中有无数少男少女陪着妹喜，但是谁又能理解她的孤独呢？

伊挚带着白薇回了商国，去陪着他青梅竹马的有莘王女去了。履癸竟然为了两个女人去了岷山，长夜宫如今只剩下妹喜，口口声声爱着她的人都去找别的女人了。

伊挚的喜欢让妹喜觉得扑朔迷离，难道伊挚也只是被自己的容貌所迷惑吗？一定不是的，伊挚不是那样的人，如果伊挚不是真心喜欢，是不可能靠近她身边的，两个真心喜欢的人会身不由己地互相吸引。

"伊挚，你还会回来吗？"妹喜不禁苦笑出声。

妹喜一人寂寞起舞而歌。一曲舞罢，妹喜下意识地望了一眼履癸平时坐的地方，空空的王座让她更失落了，妹喜知道履癸是喜欢自己的，但履癸也是花心的。履癸远征表面上说岷山氏不按时进贡粮食，如此劳师远征，不还是为了那传说中的琬、琰二人吗？我倒要看看这蛮荒之地的女子到底如何美貌。

这时候宫女来禀报："宫外有人来求见娘娘！"

"什么人求见我？"

"那人不肯说，不过那人仪表堂堂，头发是红色的。"

"头发红色的，难道是……"妺喜赶紧着了男子便装飞奔了出来。

妺喜走出王宫小门的时候，就看到了那个红发虬髯的英气男子，妺喜眼眶湿润了。这个人正是仲虺。

仲虺心头突然突突地跳动，转身过来，一人象牙环束发，男子装束却无法掩饰那种女人沁人心魄的美，正是他日思夜想的妺喜妹妹。

"仲虺哥哥！"

"妺喜妹妹！"仲虺这一声终究是没敢叫出来。

如今的妺喜，也许是男子装束的原因，更多了一分英气，多了一份大夏元妃母仪天下的气势。

妺喜不动声色地朝远处走去，仲虺远远地跟上。不知不觉间两人走到了宁静悠远的洛水边，初秋的洛水正是最美的时候。此刻的洛水宁静清澈，犹如一条玉带温柔地环抱着斟鄩城。

仲虺走在妺喜身后，妺喜挺拔而圆润的脊背，弧线优美，脖颈洁白如雪，莹润如玉的耳垂在阳光中微微有些透明。看到这种情形，仲虺仿佛又回到了多年前和妺喜朝夕相处的日子。仲虺内心早已翻江倒海，他多想像以前那样自己能环抱着妺喜在湖面荡舟，可是那样的日子再也不会回来了。

如今能看到妺喜都已经是很奢侈的事情了，仲虺，高大威猛的薛国国君，天乙的左膀右臂，大商的最高将军、贞人、青铜制造高手，在妺喜面前竟然是这样无助和无可奈何。

"仲虺哥哥，你怎么来了？"

"我和湟里且来交换货物，天子远征岷山了，就想这个时候也许我应该来看看你吧。"

"仲虺哥哥，有时候我真怀念我们以前那些无忧无虑的日子。但是我们都长大了，再也回不去了。"

"所以我这么多年一直在努力，将来有一天，我一定要彻底打败履癸，让我们重回那些自由自在的日子。"

"仲虺哥哥，这么多年你还没明白吗？就是你们打败了大夏，也许你还是从前的你，但妹喜已经不是从前的妹喜了。"

"不管你变成什么样，你在我心中永远是我最喜欢的妹喜妹妹！"

"谢谢你，仲虺哥哥，这一生能够遇到你真好！即使见不到你，想起你也会觉得很温暖。"

两个人找了一棵河边倒卧的垂柳，肩并肩坐在上面，看着静静的洛水。二人都没有说话，不一会儿，妹喜似乎困倦了，头枕到仲虺的肩头，闭上了眼睛。

仲虺一动也不敢动，偷偷看着妹喜那挺拔的鼻翼和长长的睫毛，多希望时光永远停留在这一刻。

第二天，妹喜到商国的驿馆，厅堂的长几上放满了各种精美的铜镜、铜钗等，以及各种精美的青铜器皿。

"这些都太美了，这些都是仲虺哥哥亲手打造的吗？"

"这些年我想起你的时候，就会为你打造一件饰品，希望有朝一日见到你的时候，能够送给你。"

和妹喜一起徜徉的日子虽然美好，但是仲虺知道自己该回去了。因为天子履癸已经在归程的路上，天乙这时候也需要自己在他身边。

"妹喜妹妹，我知道你现在是大夏的元妃，我以后还能来斟鄩看你吗？"

"仲虺哥哥，我永远是你的妹喜妹妹，你当然可以来看我。谢谢你这几天的陪伴。"

仲虺恋恋不舍地回到了商国，心中怒火又熊熊燃烧了起来。"这一切都怪那个天子履癸，自己和妹喜的一切全都拜他所赐！履癸，我和你此生势不两立！"

履癸和牟卢回到了斟鄩，履癸沉浸在琬、琰的娇娇之爱中，履癸怕妹喜生气，就让琬、琰二人住在容台之中，琬、琰也真的适应不了那个长夜宫湿润的氛围。

所以履癸准备为二人建造一座新的宫殿。

这一日朝堂之上，履癸本无心上朝，费昌说收到了一封天乙的奏书，需要朝堂商议。

"天子在上：小国温国不服礼数，擅言：'天子无德，修长夜宫劳民伤财，民不聊生，天怒人怨。天下诸侯应共反之。'臣身为方伯长，自当替天子铲除佞臣，保大夏清平，替天子征讨温国。臣商国天乙。"

"温国已经被商国吞并了？！"牟卢刚刚接到消息。

"温国被灭了？"履癸对温国有点儿印象。

"大王，商国的天乙吞并了温国，其狼子野心已经昭然若揭，大王应该立即把天乙叫到斟鄩来问罪。"牟卢听到这个消息大吃一惊，心中恼怒商国竟然胆大如此，敢来侵吞昆吾的附属国。

"牟卢大人，天乙已经奏书，来向大王禀告了事情的原委。天乙现在也是方伯长，本身就具有替大王征伐的权力，并无大的过错。"费昌说。

赵梁说："大王，这个商国的伊挚是个奇才，他回到商国之后，商国就开始四处扩张，如果任其壮大起来，早晚会成为大夏的心腹之患。"

"大王，伊挚托书给我，现在应该正在来到斟鄩的路上！"费昌说。

"果真如此甚好，没有了伊挚先生，那个商国的天乙就不能再有什么大动静了。有了伊挚先生，大夏的粮食收成就有了保证。"履癸最近的心思都在琬、琰二人身上，无心再去攻打什么商国。

第二十九章　红色神鸟

商国。

秋天的早晨，空气中开始有了一丝丝凉意，鸿鹄从天空上排着队列飞过，很少有人能够看到这些高高在上的大雁真实的样子，它们仿佛永远属于天空。

庭院中剑光闪动，健硕的中年男子步伐稳健，剑光灵动，青铜剑雄浑有力，一会儿如蟒蛇出洞，一会儿如蜻蜓点水，长髯随着剑光飘飞着，更显俊逸洒脱，舞剑之人正是天乙。

这时候头顶传来一声响动，天乙猛一抬头，晨光中一只大鸟，停落在屋顶上，竟然是一只红色的鹄鸟。

天乙小时候曾听子棘老师说过，红色的鹄鸟乃是天下的神鸟，在人间很难看到。如果有人能吃了赤鹄的肉，就能够通神明，从而可以身不动而能够神游八方，能够看到远处的事情。

天乙想到这一点心中大喜。

"这难道是上天助我？果真如此，天下之事岂不是都能轻易了然于胸？"

天乙悄悄走入屋内取来了弓箭，双臂一用力，张弓如满月，吱的一声，羽箭起处飞向那赤鹄，天乙从小打猎，弓箭几乎百发百中，赤鹄根本来不及躲闪，应声而落。

天乙拾起赤鹄一看，羽箭正中赤鹄的脖子，这只神鸟抽动了几下竟然就断气了，天乙也不禁嘀咕。

"这么容易就被射死了，这真的是赤鹄神鸟吗？"

天乙想一定要让伊挚先生亲自下厨，才对得起这神奇的赤鹄，赶紧派人请伊挚先生。

伊挚不知道天乙何事叫自己，赶紧来见天乙，刚看到天乙，还没来得及行礼，就听天乙兴奋地喊："伊挚先生，这应该就是传说中的赤鹄神鸟，据说吃了能够开天目，神通八方。请伊挚先生帮忙做好。仲虺将军最近几天有事回了薛国了，朕现在得去演武场查看一下。"

"伊挚愿为大王效劳！赤鹄还有体温，现在烹煮还能保住鲜美！"伊挚也是第一次见到赤鹄，暗自新奇，亲自拿了赤鹄到宫中的后厨烹煮。

伊挚来到宫中，有莘王女自然也知道了。

天乙在迎娶有莘王女之后，王女给天乙生了一个儿子太丁，太丁如今已经是能够上战场的少年，果敢英勇，很得天乙喜爱。

如今王女又怀孕了。有莘王女虽然已经是十几岁儿子的母亲，容颜依旧如年轻时候一样美丽，眼神依旧清澈如深秋的湖水。怀孕会让有的女人变丑，但也会让有的女人变得更加容光焕发、神采奕奕，比平常的时候更加美丽。

有莘王女好不容易有机会见到伊挚，当然会陪在伊挚身边，两个人说说笑笑，厨房中一片温馨的场面，似乎回到了当年在有莘国伊挚为王女调制美味的羹汤的情景。

有莘王女也是第一次见到赤鹄，也很好奇，看着伊挚让侍女烧水褪掉赤鹄的羽毛，把羽毛洗净晾干保管起来。

伊挚手法很是熟练，不一会儿，镬中就有香味飘了出来。

王女好久没吃到伊挚烹煮的食物了，自从怀孕以后，王女的胃口出奇地好，此刻闻到熬制的赤鹄鸟的香味，早已是食欲大振。

伊挚做好之后，就去前堂让人收拾餐具，等天乙回来享用赤鹄羹。

但是伊挚回来之后，发现王女已经把赤鹄羹吃了一半。

"王女！大王说赤鹄是能够神通八方的，如今你吃了，该如何是好？！"伊挚一时间呆在原地。伊挚对天乙非常了解，天乙虽仁和大度，但这赤鹄羹关乎天乙和大商未来的前途，天乙肯定会大怒，虽说是国君夫人，是有莘王女，但伊挚一时间不知道该如何向天乙交代。

"我怀了大王的孩子，最近身体不适，想必大王是能够体谅的，既然有如此神奇之功效，你也来尝尝吧！给大王留一些就是了。"

有莘王女似乎并没有把这件事情当成一回事。

伊挚连忙摆手，说道："大王还想靠这个赤鹄羹，能够神通八方。如果我吃了，恐怕大王回来会杀了我！"

王女说道："我已经吃了，你不吃难道就不怕我杀了你吗？"

伊挚心中一惊，发现王女的眼睛似乎布满血丝，双目中放出光芒。难道这个赤鹄羹真的有这么大作用吗？王女的神志都被赤鹄影响了。

伊挚用勺子盛了赤鹄羹也喝了几口，不一会儿就觉得浑身发热。突然眼前是东海之外大海的波涛。

"我好像看到斟鄩的妺喜娘娘了，妺喜娘娘的确好美啊！我现在的样子肯定是和她没法比了，伊挚我终于知道你为什么喜欢妺喜娘娘了。"有莘王女说，她看到了她嫉妒的妺喜。

伊挚忙稳定心神，赤鹄果然有神奇之效果，能大大提升人的元气。

就在这时候，天乙回来了。

原来天乙惦记着赤鹄羹，到了练兵场，和将军们交代了一下就赶了回来。

天乙回来之后，闻到鼎中飘出的香味，迫不及待地就凑了过来。

"怎么这赤鹄似乎少了一半？"天乙惊讶出声音。只有一半的赤鹄羹，天乙脸上顿时就阴沉起来。

"是谁这么大胆盗了朕的赤鹄羹？"伊挚第一次见天乙发怒，心中不免一惊。

"大王，是伊挚做羹汤时候，赤鹄的香气飘了出来，实在太过美味，就忍不住吃了。还请大王治罪！"伊挚说着赶紧伏在地上。

"伊挚先生，果真是你？！朕说过这赤鹄，朕要用来提升朕的神思，以此完成大商的大业。你！你！你退下吧！"天乙气得说不出话了，看来这次是真怒了。

伊挚赶紧告退而去。天乙闷闷不乐地吃了剩下的赤鹄羹，不一会儿感觉浑身发热，心中烦躁，拎起自己的开山钺走出了房间，来到院中，气息依旧不能平复，开始在院中舞动起了自己的开山钺，这开山钺是天乙的王者象征，威力极大！

天乙如发怒的天神，开山钺抡起来有滚滚雷霆之声，如天空中的雷电，不一会儿在天乙的几声大喝声中，院子中的几棵大树就被劈倒了。但天乙的怒气并没有消散，反而更加强烈了。

"朕的力量的确变强了。但是传说中的神游八方呢？如果朕吃了一整只赤鹄，也许才能神游八方，真是可惜、可恼、可恨！这个伊挚太忤才放旷了！难道朕没有你伊挚，就霸业难成吗？有你伊挚在的时候，朕不是也险些就死在了斟鄩，还是庆辅将军装鬼，才救了朕的性命。"

"大王，王妃的孩子没了！"有莘王女身边的一个女仆跑了过来。

"什么？王妃没事吧！"天乙大惊。

"王女下身流了很多血！"

天乙奔到有莘王女的房间，只见床上殷红一片。

"快叫桓疾医和伊……快叫桓疾医来！"

天乙一拍几案："伊挚都是因为你！"案上的竹简都跳了起来落在了地上。

"让伊挚闭门思过，不许出门半步！"侍臣都吓坏了，赶紧去通告伊挚。

桓疾医来了，赶紧给有莘王女止住了血。"大王，王妃以后恐怕不能再生育了！"

天乙颓然坐在椅子上，说道："赤鹄鸟，你到底来商国做什么？也许朕就不该射你下来！"

这时候，一个女孩走过来。"天乙哥哥，你不要难过了！小娥长大了以后嫁给你，给你生孩子！"这个小女孩眉间有一美人痣，正是桓疾医的女儿小娥。小娥自小就陪着桓疾医一起进宫，和天乙并不见外。

"桓疾医，朕再也不想看到你这女儿！以后不许她进宫！"小娥听到后，哭着跑走了，再也没有回来。

伊挚长叹了一声，无可奈何地摇了摇头，房间中的烛火一夜未熄。

第二天天亮了，人们发现伊挚先生走了，只留了一封书信给天乙。

"臣离开大夏时候已答应天子，今冬要回斟鄩！特此辞别！"

伊挚回斟鄩了。天乙收到伊挚的信之后，暴跳如雷，一脚踢翻了身边的烛台。

第三十章　赤鹄之集汤之屋

白薇跟随伊挚来到商国的亳城之后，这个顽皮、要强、机灵的小女孩，几乎博得了所有人的喜爱。如今举止落落大方但对什么都好奇，对仲虺的冶炼青铜技术和巫术着迷了一段时间。听说了庆辅有能够瞬间消失的本领，就开始缠着庆辅给自己展示，庆辅被缠得没有办法，谁能忍心拒绝一位如此秀丽好学的少女呢？

"看好了！"庆辅对白薇诡异一笑，白光耀目，烟气升腾之后，庆辅不见了。

白薇一下子震惊在当场，晃过神来之后发现庆辅就在身后。

"庆辅将军，你一定要教我！一定要教我！"白薇拉住庆辅不放。

白薇虽然是个小女孩，聪明机灵却不在自己之下，又实在招人喜欢，又是好友伊挚身边之人，庆辅就同意了。白薇这几个月一有时间，就跟着庆辅每天学习近身格斗之术。

这次去斟鄩，伊挚自己也不知道什么时候能够再回来。白薇听说伊挚要回斟鄩，迅速收拾好陪着伊挚一起出发了。

伊挚的马车走在通往斟鄩的路上，木头车轮发出吱扭吱扭的声音。此次竟然被迫去斟鄩，伊挚不由有些感慨。天乙可能会派人来追赶自己，所以伊挚一直在赶路，中间并没有停留。

走着走着，天色就暗了下来，这时候前面出现了一片树林，树林边还有一条小溪，溪水潺潺。

暮色四合，夜幕已经低垂。巨大的满月从树林边升了起来，树林中飞起一群乌鸦。

"白薇，我们今晚就在这树林边过夜吧。明天一早再走。"伊挚看着赶车的白薇，这个只有十几岁的小姑娘去年还是一个小孩子，今年就已经是一个少女的模样了，时间和眼界真的能够迅速改变一个人。白薇雷厉风行的风格让伊挚有时候都很叹服。如今在伊挚身边的只有这个小姑娘了。

"好的，先生，赶了一天路，先生也累了。"

"你赶了一天马车，你也累坏了。"伊挚看着白薇月光下清亮的眸子说。

"白薇不累，只要能和先生在一起，白薇永远是开心的。"白薇笑着看着伊挚。

"这个地方还不错，今晚你就在马车里睡，我在外面睡！"伊挚说。

"那怎么行？您睡马车里，我睡外面。"白薇有点儿着急地说。

"你一个小姑娘睡在外面怎么行，听先生的话，否则我该生气了！"伊挚假装板起脸说。

白薇从来不敢违逆伊挚半点，虽然知道伊挚只是假装生气，但是白薇也只好在马车边上给伊挚整理好铺盖。

把马从车上卸下来，拴到有草的地方，让马自己去吃草。

然后找来枯树枝和枯草，用火石擦出火星，点燃枯草，在镬里煮了粥。趁着月光，白薇和伊挚简单地吃了晚饭。晚上，四周一片寂寥，只有秋虫的鸣叫声远远近近地传来，偶尔风吹过远处的树林，树叶沙沙作响。

白薇第一次在野外过夜，有点儿紧张，又有点儿兴奋。挑开车窗上的布帘，看到外面月光如水，伊挚先生安静地躺在那里，似乎已经睡熟了。

白薇看到伊挚先生，心里变得宁静了，慢慢就睡着了。

仲虺披散着头发朝伊挚跑来，大喊："伊挚，你又要去斟鄩找我的妹喜吗？我得不到她，你也休想！你背叛大王，我要抓你回去治罪！"

伊挚拼命地跑，但是却怎么也跑不过仲虺，被仲虺按倒在地，绑了起来！

"噩梦，又是噩梦！"伊挚努力让自己从梦中醒来。

这次伊挚梦到自己被仲虺的绳索束缚住了，想动，却丝毫不能动，他知道这只是梦，强迫自己醒来。努力睁开沉重的眼皮，一片夜色，仲疷终于消失了。

白薇晚上并没有睡好。半夜突然起风了，乌鸦到处在飞。"啊——啊——"似乎已经把马车包围了。

"先生，先生！"白薇被惊醒了，跳出马车去看伊挚。

伊挚依旧平静地躺在那里，白薇松了一口气，正准备再睡，突然她发现哪里不对劲，伊挚的眼睛是睁着的，直愣愣地盯着自己这边。

"先生你怎么了？"

依挚并没有回答，这时候风更大了。林中黑漆漆一片，无数乌鸦乱飞，发出啊啊啊的声音。

白薇把伊挚扶起来，抱在怀里："先生，先生，你怎么了？"

白薇一用力把伊挚从地上抱了起来，十几岁的女孩，虽然看起来很柔弱，但是自从和伊挚练气以及和庆辅练习格斗术之后，气力运用自如，抱起伊挚自然不费力气。

白薇把伊挚抱起来，放到马车里。摸摸伊挚的额头，不是很烫。但怎么呼唤伊挚生，伊挚就是不回答。

白薇急得眼泪都掉下来了。

"先生，到底怎么了？你可千万不能有事！"白薇不停呼唤着伊挚。

伊挚依旧没说话，静静躺在那里。白薇焦急地抚摸着他的额头，这时白薇突然看到伊挚对她眨了眨眼睛，那眼神似乎在告诉她："我没事，你不要着急。"

白薇看到伊挚眨眼睛，心里就踏实了一些，突然想起伊挚先生的小童以前告诉过自己，伊挚先生上次病了的情形，这次和那一次很像，而且此刻外面的乌鸦更加验证了这一点。

第二天，天亮的时候，伊挚想起身，却发现自己不能动了。此时马车外的乌鸦越聚越多，有的甚至直接扑打马车的车帘，似乎是想看一看伊挚是否已经死了，好飞进来吃肉。

白薇给伊挚喂了些水，伊挚嘴也不能动，水喂了进去又吐出来一半，白薇不知道伊挚是否真的喝进去了水，心里更是焦急。

"先生，先生，你这是怎么了？谁能救你呢，我带着先生去找他。"白薇虽然焦急，但是伊挚一句话也说不出来。

伊挚虽然不能动，却是清醒着的，他也听到了窗外乌鸦的聒噪。伊挚胡思乱想着，慢慢变得昏昏沉沉，眼皮也动弹不得，迷迷糊糊地就要睡去。

"天乙这次如此震怒，也许是自己平日太过张扬了吧，都是自己的错，才会有这次之祸。"

伊挚迷迷糊糊地睡着，感觉有人轻抚自己的面颊，那双手是那样熟悉和温柔，似乎有个声音在呼唤自己。

"伊挚先生，你还好吗？"伊挚睁开眼睛，只见妹喜正在怜惜地看着自己，目光中充满了怜爱。

伊挚看到妹喜急忙想起身，却全身酸麻疼痛。伊挚疼得大叫了一声，再次睁开眼睛，只见白薇在看着自己，似乎正在落泪。

车窗外那些乌鸦还在，此时已是斜阳西垂，映红了天边的云朵。

"晚霞好美啊！如果你也在这就好了！"伊挚想起自己很久没有见到妹喜了。

"我们两个身不由己的人，还能再见面吗？"伊挚心中暗叹。

"啊——啊——"马车外一群乌鸦依旧没有离去，扑扇着翅膀。

伊挚听到一个奇怪的声音，惊诧间四处扫了下，周围除了白薇并没有其他人。不一会儿，伊挚开始头脑发晕，头痛欲裂，整个人似乎旋转起来。脑海中出现各种幻想，总有一个柔美的身影恍恍惚惚地闪烁着。

斟鄩。

伊挚和天乙反目的事早就传到了斟鄩。

"大王，据费昌得到消息，伊挚应该这几日就到达斟鄩了。"费昌说。

"真是可惜那只赤鹄神鸟了。不过朕就不相信一只鸟能如此神奇，如果真是神鸟怎么会被天乙一箭射下来？最多是一只颜色少见的红色鹄鸟而已。一定是人们传说来传说去，就变得神奇了。"

"赤鹄传说，费昌也只是听闻，不知真假！"

"朕近日精神颇感倦怠，没事就散朝吧。"履癸接着伸了伸懒腰。履癸之所以是履癸，就是人们从没见履癸倦怠过，所以即使只是打哈欠，大家也觉得奇怪。

赵梁和姬辛纷纷猜测："这琬、琰同时服侍大王，真得有人劝劝大王，注意龙体。"这几个人边说边暗笑着走了。

费昌和大宗伯几个人无奈地摇着头，散朝而去。

履癸回到容台倒头睡着了，似睡似醒之间，履癸觉得纱帐外有个人影。

"妹儿，是你吗？"履癸以为是妺喜来了，突然觉得不对，努力睁开眼睛看到床边竟然站着一个毛茸茸的脸。

"什么怪物？！"履癸发现自己无法动弹，不由得大急。一股腥味扑鼻而来，履癸低头看到身上缠着一条大蛇。

"啊！可恼！"履癸大喊！

"履癸，你不敬天帝，我是天帝派来征伐你的！"毛脸人竟然说话了。

履癸大怒，一下子从梦中醒了，额头全是汗，举起胳膊凝视着："还好，自己还能动。"

履癸浑身无力，不由得又躺在了床上。履癸也病了，很少生病的履癸竟然卧床不起了，不停地做着噩梦，每天晚上都被噩梦折磨。履癸总是梦到一只白兔和一条黄蛇对自己说是天帝来惩罚他的。

履癸命人叫了酉平来诊治。酉平给履癸诊了脉，脉象强劲，略有紊乱，但无大碍，也没看出履癸有何病症，只是开了些安神的药。

妺喜和琬、琰也很焦急，妺喜说："大王梦中说是天帝在惩罚自己，我们就赶紧祭祀天帝，祈求天帝原谅大王吧！"

"好好！都依着姐姐，大王赶紧好起来吧！"琬、琰都知道履癸就是他们的一切，没有了履癸，她们也就彻底完了。

妺喜和琬、琰二人赶紧给履癸设置了祭坛，摆上各种祭品。

妺喜亲自带领琬、琰在祭坛前跪拜祈祷，祈求上天的原谅。

通往斟鄩的路上。

树林边伊挚的马车依旧停着，周围已经安静了，伊挚又做梦了。

梦中，乱飞的乌鸟都飞走了，只有一只会说话的灵鸟还在。

"你的病已经好了。你知道那些乌鸟都去哪儿了吗？"

伊挚摇摇头。

"天帝由于对天子履癸不满，派了天灵训诫天子，履癸已经变得神思恍惚，痛苦不堪。元妃妹喜设置了祭坛祭拜天地，其他的乌鸟已经去享用祭品了。"

"这世间真的有天帝吗？"

"既然我能和你说话，为什么不能有天帝？不过你知道得越少越好。如果泄露了天机，那就真的只有死路一条了。不过你以后也许有机会见到天帝。"

"天帝？"伊挚恍惚起来了，"难道真的有天帝吗？不过这只会说话的灵鸟真实地就在眼前，难道这一切都是虚幻的吗？"伊挚的头又开始疼了。

灵鸟接着说："天帝已经让履癸尝到了不祭祀天帝的苦头。伊挚你此去可以代替天帝消除履癸的病痛，履癸一定会更加信赖你。"

白薇呼唤伊挚，伊挚梦中惊醒，坐了起来，身体也轻松了不少，看来人是需要休息的。

斟鄩。

履癸病得更严重了，已经卧床不起，神志恍惚了。

履癸每次想起床的时候，就觉得头昏脑涨，几乎要晕倒，只得又重新躺到床上。履癸就是躺在床上，也不觉得舒服，背部会一直有刺痛的感觉，肌肤又没什么病症。履癸变得越来越困倦、嗜睡，所有人都一筹莫展。

这个时候，有人来禀报，伊挚先生到斟鄩了。履癸一直是非常信赖伊挚的，而且伊挚本身就是名医。履癸赶紧让人把伊挚请来。

不久，传来消息，伊挚到了王宫，妹喜的眉头舒展开来。

"伊挚先生的医术天下闻名，赶紧派人请来为大王治病！"妹喜平静地说，二人良久未见，忍不住偷看对方是否伊人依旧，面上却不动声色。

"元妃放心，伊挚可以祛除大王的病症。"

履癸日夜纵情玩乐，身体亏空虚弱，加上多日的梦魇忧思，导致精神不佳。伊挚开了一些安神补气之类的药物，履癸身体强壮异常，平常人的用药量，不足以治好履癸的病，伊挚加大了药量。经过伊挚的诊治，履癸终于恢复了一些精神，吃了伊挚的汤药，履癸渐渐康复了。

履癸上朝了。伊挚启奏履癸，历数温国如何大逆不道，对天子不敬，商国忍无可忍，天乙率正义之师，替天子征伐了温国。履癸心中感念伊挚治病之恩，也就不再追问，履癸根本不关心温国是否被灭。

履癸越来越喜欢琬、琰，尤其二人武功竟然还不弱，更具有一种野性之美。履癸又开始整天沉湎于与琬、琰的情爱之中。喜欢一个人分两种，一种是对方拥有自己喜欢的一切，一种是遇到了另一个自己。

当对方拥有自己没有的东西的时候，人就容易被吸引。当对方有和自己一样的品性，惊鸿一瞥间，相见恨晚。如妹喜遇到伊挚，如履癸遇到琬、琰，如天乙遇到鹿女。

履癸还经常带着琬、琰到长夜宫中陪着妹喜，履癸希望琬、琰和妹喜能成为好姐妹。妹喜表面一切如常，依旧陪履癸唱歌跳舞，有时候也和琬、琰在一起说说笑笑，但妹喜清楚自己和琬、琰这俩异域女子永远成不了姐妹。

履癸的宫中有两块美玉，正好是红色和白色。于是履癸就命人把琬的名字刻在红苕玉上，琰的名字刻在另一块白华玉上，二人挂在胸前，巨大的宝玉富贵华丽之气，衬托得两人美艳不可方物。

妹喜经常去商国的驿馆和伊挚研习养颜、养气之术。有时候两人什么都不说，偶尔彼此一个眼神，便能让两人充满了快乐。

牟卢看履癸并没有要惩罚商国天乙的意思，满含怒火带着从蜀地带来的各种财物回昆吾去了。

商国。

伊挚走后，天乙内心一直惴惴不安，小心翼翼。此刻，斟鄩终于传来了消息，伊挚先生和天子已经说明了征伐温国的原委，天子并没有动怒。天乙的脸上露出了欣慰的笑容，天下又重新回归了平静。

商汤王朝

（中）

汤永辉 著

人民东方出版传媒
東方出版社

总目
CONTENTS

上册	卷一	风起青蘋	1
	卷二	归藏秘密	229
	卷三	纵横天下	365
中册	卷四	逐鹿中原	495
	卷五	问鼎天下	635
	卷六	商汤伐夏	757
下册	卷七	鸣条之战	847
	卷八	成汤江山	1033
	卷九	商朝往事	1185

册目录

卷四　逐鹿中原

第一章　巡行天下 / 497

第二章　天上倾宫 / 501

第三章　美人如花 / 505

第四章　红颜 / 510

第五章　洛水河畔 / 514

第六章　假如早点遇见你 / 517

第七章　彗星 / 521

第八章　昆吾来袭 / 525

第九章　逆袭 / 528

第十章　王的决斗 / 531

第十一章　无法呼吸 / 534

第十二章　羊群效应 / 538

第十三章　试探 / 542

第十四章　生如蝼蚁 / 546

第十五章　各奔东西 / 550

第十六章　天帝 / 554

第十七章　金符禹录 / 558

第十八章　瑶台美人 / 561

第十九章　璇室起舞 / 565

第二十章　星落雨血 / 570

第二十一章　天雨木冰 / 574

第二十二章　共舞 / 578

第二十三章　天神之怒 / 582

第二十四章　纵身一跃 / 587

第二十五章　懂你的痛 / 591

第二十六章　奋不顾身 / 596

第二十七章　一生至爱 / 600

第二十八章　画心为牢 / 605

第二十九章　出使 / 610

第三十章　瓜熟了 / 613

第三十一章　彭祖秘密 / 618

第三十二章　云水之恋 / 622

第三十三章　景亳会盟 / 626

第三十四章　兵发豕韦 / 630

卷五　问鼎天下

第一章　象廊美人 / 637

第二章　生死爬山 / 642

第三章　谁为刀肉 / 646

第四章　一念之间 / 650

第五章　豕韦之战 / 654

第六章　醉梦旖旎 / 660

第七章　雄狮已醒 / 663

第八章　风云再起 / 666

第九章　昆吾之乱 / 670

第十章　如水归藏 / 674

第十一章　天命玄鸟 / 678

第十二章　猫头鹰 / 683

第十三章　天象奇观 / 687

第十四章　小鹿妊女 / 690

第十五章　少帅外丙 / 694

第十六章　西王母 / 698

第十七章　遇见了你 / 703

第十八章　黄河水神 / 706

第十九章　死里逃生 / 709

第二十章　三人热舞 / 711

第二十一章　酒后失国 / 714

第二十二章　祭祀河神 / 720

第二十三章　斟鄩重逢 / 722

第二十四章　舜禹往事 / 726

第二十五章　天子之位 / 729

第二十六章　踏雪 / 733

第二十七章　爹打儿子 / 738

第二十八章　雪夜逃亡 / 741

第二十九章　凭空消失 / 745

第三十章　雪溅额头 / 750

第三十一章　雪夜歌谣 / 753

卷六　商汤伐夏

第一章　通天美梦 / 759

第二章　黄河木筏 / 763

第三章　赶马汉子 / 766

第四章　天子驾六 / 770

第五章　王的军阵四正四奇 / 773

第六章　汤之盘铭 / 777

第七章　天大的局 / 781

第八章　大夏无道 / 786

第九章　商的庙算 / 789

第十章　汤誓 / 792

第十一章　万舞翼翼 / 796

第十二章　千里奔袭 / 799

第十三章　玄鸟之谜 / 803

第十四章　红发女神 / 810

第十五章　离奇一箭 / 813

第十六章　河中少女 / 817

第十七章　玉龙王杖 / 821

第十八章　情定昆吾 / 824

第十九章　王城斟鄩 / 828

第二十章　梦中日落 / 831

第二十一章　天命玄鸟　降而生商 / 834

第二十二章　费扁之战 / 840

第二十三章　奢华有洛的劫难 / 843

卷四 逐鹿中原

第一章　巡行天下

天下没有了征战，古老的大地上一片宁静祥和，百姓日出而作，日落而息，终于可以过安静和平的日子了。琬、琰成了履癸的心头肉，履癸在宫中纵情欢乐，又找到了刚得到妹喜时候的激情，人生如此美好，活着还有什么比纵情欢乐更重要的呢？

今日又是大朝的日子，太禹殿内，身穿朝服的群臣分列在王座前的台阶之上，晨光下隐约可以看到空气中浮动的尘埃，王座上履癸的脸显得更加阴郁。

"大王应该去！"太史胡子抖动着，神情从未如此激动。

"大王不该去！"群臣在激烈地争论着什么，费昌身后，伊挚面露微笑望着众人。伊挚以贤圣之德立朝，处事不偏不倚，即使是赵梁和姬辛也对伊挚很尊重。费昌在朝堂多年，一直勤勤恳恳，在大夏不浮不沉，处世也是不激不诡。育潜、逢元等元老大臣隐于朝堂，讲话不明不昧，不露声色，生怕言多必失，招来灾祸。

右相赵梁和卿士姬辛仗着履癸的宠信，继续在朝中飞扬跋扈，肆意压制百官，私下狂敛财物，履癸现在是不会有心思处理这二人的，费昌也只能装作没看见。天下诸侯中的昆吾、豕韦和顾国继续欺凌小国，搜刮小国财宝、美女，小国只能忍气吞声，能够活着才是最重要的，活下去，一切才有希望，得罪了这几个霸主，随时可能被找个借口灭国。

天下有一个国家是例外，那里是天下百姓最想去的理想家园——商国。

在商国，百姓不用担心自己的一切随时会被抢走，生活有保障，被欺凌国家的百姓逐渐涌入商国。商国的人口不断增加，慢慢地实力已经和大夏不相上下。

"按照祖制，天子四年当巡狩天下！大王今年应当去天下巡狩了。"一个须发皆白的老臣启奏，是太史终古。这一年，按照夏制履癸当去巡狩天下了。

"大王，一定要遵循旧法，切不可不巡行，以防天下诸侯人心离散！"太史终古看履癸不说话，于是接着说，说着说着语调就激昂起来。履癸怎么听了都不舒服，怒火开始噌噌地上升。

朝中的老臣，每一位都是大器盛养，深谙天地之道。多年来在危机四伏的朝堂生存，虽不趋承，亦不议论是非。平日里虽不畏惧，亦不倨傲，小心翼翼保全自身，多年来大夏朝中各种风波不断，都太太平平地过来了。

人之道不可太方，介介其守，熠熠其光。如果做不到这一点，难免成为顽固不化的人，难以有大的成就。做人要随世而动，应时而言，言化其时，动化其世，化不可为，德岂易至。

履癸平时上朝的时候，经常厉声呵骂，百官都惴惴不安，和伊挚说话的时候，却暴戾之气全无。任何人都有多面，有威严的一面，就会有温柔的一面。履癸几乎把伊挚尊为圣人，履癸每次在朝堂上见到伊挚时，对沉迷琬、琰，不理朝政，也是有点儿不安的，伊挚并不说什么，其他人更不敢言。即使关龙逄和终古等人问，伊挚也不说天子一丝不好的言语。朝堂上的话就是杀人的刀，祸从口出，话太多，杀己多于杀人。

赵梁和姬辛虽然有些妒忌伊挚，但找不到伊挚的过错，也就无法在履癸面前告状，群臣暗自称赞："伊挚真是圣人。"

履癸得到了琬、琰二人，根本没有心思去巡狩，履癸不好意思直接说不去。

赵梁和姬辛也想和履癸去巡行，他们心中自有一番主意。履癸出去巡行的时候，他们如果留守斟鄩就可以安心地索要几个月下面的贿赂；如果他们跟随一起巡行的，可以四方游玩，又能得天下奇珍异物，接受各国赠贶，其实也是一件美事。

奈何履癸不肯巡行，这些大臣又不敢直接触怒了履癸，所以暗地里怂恿太史终古在朝堂上请履癸巡行，终古本是要履癸遵从旧法，哪里知道这些人的心思。

赵梁和姬辛表面上则在众臣之前附和履癸不巡行的意图，一副怪罪朝士不体谅大王，表现得自己一心为大王着想，巡行之事一时间也没有定论。

又到了大朝的日子。履癸上朝，诸位朝中重臣聚议巡行之事。

费昌首先说："先王之典，巡行方国，奈何废之？大王应按祖制巡行。"

费昌说话，赵梁通常会进行反驳，今日也不例外："今君王不行先王之典的人多了！容台、酒池、肉林，不都是先王之典吗？水行则酒池，陆行则肉林，登封则容台，又何必舟车劳顿去巡行方国呢？"

太史终古听不下去了，说道："大王，不巡行则无以告于天地、宗庙。"

履癸的宠臣侯知性也不甘落后："往年，君王以新妃告于天地、宗庙，怪风连起。至今新妃亦无恙，天地宗庙亦有鬼灵乎？即便有鬼灵，人能够和鬼灵沟通吗？"大夏的朝堂上，从履癸那开始，很多人都不信鬼神。

一向木讷少言的牧正也站了出来："大王如不巡行则天下之人口不清，民俗不知，而天下乱。"

姬辛反驳："巡行的话，户口就理清楚？民俗就能了解？知天下即治了？"

车正看牧正都说了，犹豫了一下还是站了出来："巡行则诸侯服，天下安。不巡行则诸侯易乱，天下易危。"

赵梁把话接过来："然则尧舜治天下，皆是日日巡行之功？而黄帝阪泉之战，乃巡行不勤之弊乎？"

大臣纷纷嚷嚷，朝堂上，一时间七嘴八舌的辩论之声四起。

履癸听着脑袋都有点儿大，要离座而去。

伊挚一直没有说话，费昌心中着急一直看伊挚，其他人也都望向伊挚。

伊挚缓步走到大殿正中，说道："诸公之言是也。大王诚有道天子，不巡行是不想骚扰天下苍生。不巡行，亦未必不是福也。"

伊挚的话一出口，大殿上瞬间安静下来，群臣的喧闹戛然而止。

赵梁等本意原不如此，但他们嘴里顺着履癸说的也是如此观点！所以只得不说话了。费昌没想到伊挚竟然也不支持履癸巡行，一时间也不知道如何说了。

"伊挚先生之言为是！朕心意已定，巡行的事就不要提了！"听到伊挚之言也顺其心意，履癸很是得意。

古时候尧舜巡行是为了解决天下苍生的疾苦。伊挚不让履癸去巡行天下，也是为了天下之民省去履癸的骚扰掠夺。

履癸决定不去巡行天下，在宫中待了几天后，慢慢觉得也没什么意思，还不如去远方巡行有趣，心中也有点儿后悔，却也不好再和群臣说要去巡行天下了。无聊的种子开始在履癸心中生根发芽。

此时，琬、琰二人暂时住在以前洛元妃的宫内。绿树环绕，雅致清净，但这在琬、琰眼里可是感觉憋屈坏了，二人从小在高山草原上长大，在这里日子一长都要疯了。琬、琰二人缠着履癸旖旎呢喃一番，履癸心情舒畅了许多。

琬、琰刚进宫的新鲜劲早就过了，二人看到自己的寝宫和妹喜的容台差很多，更不要说长夜宫了，心中实在是气不过。

"大王与妾深处宫中，乐则乐矣！凡宫内外及四远之地，一览无余，那样大王心情岂不舒畅？"

琰美人趴在履癸胸口，气息都能吹到履癸的耳朵里了，二人身上有着一种独特的香气，让人想躲也无处闪躲，瞬间就被这种气息笼罩了。

"哦？"履癸来了兴致，回过头来把琬美人也揽过来。

"琬儿，你也有同样的想法吗？"

"大王，何不起一层楼，邃阁上接青霄，日夕登眺，则远近可遍，烽烟可悉见也。如是则君王虽不设朝，亦可见群臣之然。虽不巡狩，亦可见四方之动静矣！岂不可长享富贵乎？"

履癸大喜："朕久有此意，二位美人不愧朕的心上人！"

琬、琰二人从小就在岷山之上长大，所以根本不喜欢地下的长夜宫，容台也是妹喜的寝宫。

履癸对女人向来都很大方："二位美人足令天下人倾倒，此宫就名为倾宫！"

"倾宫！这个名字好！"琬、琰顿时春风满面。

听名字就知道倾宫非常高。琬、琰长期住在岷山之上，住在平原十分不习惯。倾宫将是一座美轮美奂的天上仙宫！

第二章　天上倾宫

大夏王邑斟鄩，履癸要造一座倾宫。

"大王如能造一座有洛那样的宫殿就好了！"妹喜见过有洛宫中山水错落的精致之美，也很喜欢。

履癸不是一个婆婆妈妈的人，当机立断，说干就干，盖一座倾宫又能算什么？履癸找来姬辛。

"姬卿，元妃娘娘说有洛宫殿唯美大气，朕命你建造一座美轮美奂的倾宫，需要多少人多少时日？"

"大王，臣去过有洛，大王是天子，倾宫自然要比有洛更加壮丽，不过臣需要万人，最快明年春暖花开之时能够建好。"

姬辛总能建造出让履癸满意的华丽宫殿，履癸也知道每一次姬辛私下都能赚到大量财物，但对姬辛依旧很满意。姬辛有建造长夜宫的经验，早早就开始测算如何营造倾宫。

"姬卿！建长夜宫几千人就够了，一座倾宫如何要万人？"履癸问姬辛。

"建造倾宫要开挖倾湖、堆倾山，采伐建造倾宫的木料。这三件事情，每一样都需要三千多人，总共近一万人，如此春风吹拂的时候才可以建好。"有洛宫殿的山水大气磅礴，是有洛能工巧匠依靠自然山水改造而成。如今要靠人力造出一座高山和一湾大湖，绝对不是一件容易的事情。

"就依姬卿！"

天下太平没有几天，建造倾宫的徭役又来了，这次土木工程浩大，并且动土工程必须赶在冬天上冻之前完成。

姬辛强征来上万民夫，三千人去山中砍伐木料。山中古木森森，遍历密林，终于把各种木料都找到了。山中石头斧子和青铜斧子砍到木头上的咚咚和叮叮之声不绝于耳。

"快闪开！快闪开！"大树如同一个巨人摇晃着倒了下来。压垮树枝的声音让山林间的鸟兽四散而逃，人们的手上磨出了无数血泡，大树呼啸着应声倒下了。

这些大木头怎么运回王邑呢？栋梁之材，又高又大，人力根本难以掌控。

这些难不倒民夫，在山中，他们将这些大木头从山上滚落下来。到了平地之后，民夫用木头做成滚木放在大木材下面，几千人轮流拉着木头前进，行进非常缓慢，足足一个月才将山中的这些木材运到斟鄩城内。

王宫内几千人也已经就位，几天时间就把履癸的寝宫拆了个干净。

一筐一筐的泥土堆了过来。寝宫处越来越高，前面出现一个泥坑，底下开始渗出水来，转眼已经齐膝深了，成了一片湖。

底下有水，怎么挖泥土呢？姬辛用堤坝分出了几个小湖，当挖一个小湖下面的泥土时，就得一群人不停地用瓦罐把水提起倒入另一个湖中。一旦停下来，湖水不一会儿就会渗满了正在挖土的湖。

监工举着鞭子，民夫被逼着不能停歇，夜里也要点着火把干活儿，虽是几班轮换，强度依旧很大，很多老弱民夫被活活累死了。

秋收时节，大夏的田野上却看不到一名成年男子的身影，都被征集去修建倾宫了。

大片大片的庄稼没有人收割，很多人家由于没有及时收割也没人看守，粮食被偷走了许多。

"还让不让人活了！"女人们只能坐在田间地头咒骂哭泣着。

履癸知道建造倾宫影响了秋收，下令减少了今年的秋赋。但他却忘了这么多民夫，虽然不用给钱，却都是要吃饭的。如此之多的民夫要吃饭，秋粮又没有征收上来，费昌只得又动用国库的粮食了。

冬天来临的时候，倾湖和倾山的土木工程完成了，建造倾宫的石条、木材也都准备齐全了，众多能工巧匠继续不停劳作。

春花再一次开遍了山坡。

"妹儿，春天来了，朕带你去一个地方。"履癸兴冲冲来到长夜宫中，拉着妹喜出了宫门。王宫中起了一座高高的山，这就是倾山，足有上百丈高，种满了各种稀奇的树木和花草。

一座巍峨的宫殿矗立在倾山之上，晨光照耀着倾宫金色的屋顶，宛如半空中的神仙居住的仙宫。倾宫上万桷千楹，四面八方皆有门。朱门轩窗，巍峨高大，倾宫高耸直入云霄。

几人在高处远望，整个斟鄩都尽收眼底，远处山河线线，尽万里之观，洛水依依，静静环绕着斟鄩。

"王邑如此风景，不愧为天子之都！"琰的赞叹由衷而发，妹喜感觉却是在故意讨好履癸。

"这才是天子应该住的地方，妹儿，这比那有洛国的宫殿如何？"

妹喜本来想说什么，看到琬、琰的高兴劲儿，什么也没说。

红日西坠，华灯初上，天上有点点星光，交相辉映，映得洛河中点点流光，昏黄的光晕在河中流淌。

夜色来临，倾宫各处点上灯火，灯火荧荧照耀在半空之上。倾宫在倾山之上，从山下看起来雄伟壮观，巨大无比。倾宫其体内深，而外飘飘，乘风危若倾，故名倾宫。

外面看起来倾宫是三层，每层又各有上中下三层隐在内部，内有巨大的空间错落，其实一共是九层楼高。

进入后，妹喜发现原来楼中套着楼，倾宫内就有各种花园天井、山水楼台、曲折小径，宛若神仙洞府。

履癸对这个倾宫很是满意。

"人说西王母住在昆仑山的瑶池之上，朕想西王母的住处也不及这倾宫的气派吧。"

硕大的倾宫空空荡荡的，履癸皱起了浓眉："倾宫中必须摆满宝物才能配得上我的琬、琰美人和妹喜娘娘。"

"大王，您是天子，难道天下的宝物不应该都归您所有吗？"天子履癸说盖宫殿，就能盖出如此美轮美奂的倾宫，琬、琰更是对履癸百依百顺，觉得履癸无所不能。

"嗯，让天下诸侯进贡宝物来充盈这倾宫。"

在倾宫俯瞰天下的气势衬托下，履癸志得意满，下令让四方诸侯进贡宝物装点倾宫。

履癸让昆吾、豕韦、顾国、常国、商国等几大方伯长，各取其属近之国，汇总进贡，中原各国各自遣人去索取。

几个方伯长接到天子的命令之后，满心欢喜，又是一次大肆搜刮的好机会。

大国借名尽取于小国，小国哪里有如此多宝物？只能搜刮国中子民。小国中实在不能凑够数的，就让大国正好又有了借口出兵讨伐，侵占疆土。大国国内宝物不够数，只能取之于民，即使凑够数，诸侯大夫也会趁此机会抢掠国内子民。

天下诸侯又开始了相争相杀，似此逼累良民，争斗下国，不知多少人家破人亡！天下处处是丧身失国之人！

在倾宫之上能看到整个斟鄩城的景象，同样整个斟鄩的人都能看到倾宫的高大巍峨，全天下百姓都知道了天子的宫殿如此奢华。

"这是多少民夫的血泪？"斟鄩城中的百姓每日看到自己破烂的茅草屋，再看到远处奢华高大的倾宫，难免会生出对天子的妒忌怨恨之心。

倾宫暗含倾覆天地的意思，费昌听到这个名字无奈地叹了口气。

"难道大夏的江山真的要倾覆了吗？！"

倾宫！倾宫！真是倾覆天下之宫吗？！

第三章　美人如花

"快看！那是大王的寝宫吗？竟然能看到天子的宫殿，据说叫作倾宫！"

百姓发现王邑城内耸起了一座山，山上草木、玉石、花树遍布，山顶一座高大的宫殿巍峨若倾，缥缈如云端的仙宫。年轻人眺望着倾宫，想要看到天下美人的影子。

"倾宫，倾宫！"旁边老者摇头叹气。

倾宫里面还需要各种宝物来点缀，履癸下旨天下进贡宝物。

东方诸侯国进贡禽兽、谷粟、果菜、鱼鳖、虾蟹等食物，以及茧丝、布帛等用物。东方除了豕韦这个方伯长，如今的商国也是东方的方伯长。

这一天，仲虺正在摆弄着铸造铜器的模具，抬头看见天乙进来了。

"大王来了！"

"仲虺将军！这次进贡天子的物品中，仲虺将军铸造的青铜器皿占了大多数，朕准备辛苦仲虺将军送这些宝物去斟鄩，仲虺将军意下如何？"

豕韦可以趁机继续搜刮周围的小国一番，商国却只能靠自己，这几年商国休养生息，钱粮充盈，又有湟里且多年在各个诸侯国之间贩运货物，积攒了很多珍稀宝物，这次进贡对商国来说并没有太多困难。

仲虺内心涌起一阵莫名感觉。"去斟鄩？是不是就能再次看到妹儿了？"

"仲虺将军不愿意去吗？那朕派湟里且去吧！"天乙看到仲虺走神。

"大王，仲虺愿去！"仲虺赶紧回答。

"哈哈！那就好。"天乙看着仲虺笑了。

贡品都用麻布和茅草包好，车马准备好之后，仲虺启程了。

春日黄昏时分，仲虺到了斟鄩。空气中透着春天特有的躁动气息。仲虺想到上次的巫术，不知道到商国驿馆后如何面对伊挚。仲虺现在明白了，伊挚和天乙之间的那个矛盾不过是一场演给履癸的戏，自己却被蒙在鼓里，仲虺想到这里不禁懊恼地自责了一下。

仲虺没让门童通报，径直从大门走了进去。

"铮——铮——"

仲虺听到院中的琴声，放轻了脚步。伊挚正坐在廊下，一身白衣胜雪，双手娴熟地抚着琴，琴声似乎透着淡淡的欢乐。仲虺不想打扰伊挚，静静听了一会儿，伊挚心情看来很好。看来和伊挚化解上次的误会应该不会那么难了。

仲虺转过回廊，看到海棠树后一人正在海棠花下起舞，舞姿蹁跹如春日飞雪，婉转婀娜如弱柳扶风，如夏日黄昏夕阳中摇曳的荷花，如秋日梦中温暖的波光。

仲虺心中咯噔一下，如同被一块大石头砸中。跳舞的女子不是别人，正是妹喜。妹喜整个人都洋溢着欢乐，眼神时不时看向伊挚，伊挚也微笑着看着妹喜，也许两个人都没觉察到自己那种掩饰不住的笑。

仲虺看了良久，妹喜从没有用这样的眼神看过自己。

"也罢！也许只有伊挚先生才是和妹喜这样的女子最相配的，最能懂彼此的吧！"

过了良久，妹喜停住舞蹈。

"仲虺哥哥，你怎么来了？！"

伊挚也看到了仲虺，仲虺面对二人不禁有点儿尴尬。

"我来了一会儿，沉醉在伊挚先生的琴声和妹喜娘娘的舞中，就没打扰你们。"

……

第二天，仲虺随着伊挚上朝。

"天乙果然是最忠心的，朕很满意！有劳仲虺将军了！"履癸收到商国的贡品很高兴。履癸夸奖了一番天乙和商国，给了仲虺一些赏赐。

"仲虺代我家国君谢过大王！"

仲虺又一次直面履癸，一直担心自己会控制不住自己，会不会在朝堂上去和履癸拼命。此刻仲虺除了紧张，竟然一丝复仇的欲望都没感觉到。仲虺已经被履癸大夏天子的气场给压制住了，出了太禹殿之后不由得暗骂自己。

"仲虺你真没用！不过，总算圆满完成了天乙交代的任务了。"

商国铸造的青铜器皿精美绝伦，还包括各种珍奇精美的贝壳、珍珠，还有各种美丽的丝绸、布匹。岷山的丝绸主要来自蚕丛，蚕丛的丝绸的花纹、图案和东方的商国比起来，显得落后了很多，岷山也没有如此财力。

琬、琰看到商国送来的这些精美丝绸，顿时笑靥如花，履癸看到自己喜欢的女人开心，自己也如沐春风。

"大王，这些东西好精致！哪国进贡的？"琬美人也不禁心动了。

琬、琰见到商国进贡来的这些物品，一件件都爱不释手，虽然不知道商国的天乙是谁，在履癸面前也是不停地夸赞商国。

"商国的铜器是天下最好的，那个仲虺不愧为奚仲之后。"

"大王，这个商国的天乙对大王真是忠心啊！进贡了这么多好东西，我和姐姐都很喜欢。"琰美女的话总是比那个冰美人姐姐多。

琬美人一向冷若岷山上冰雪的脸颊上，也有了倾山上开满的山桃花的颜色。

履癸不由得春心荡漾，又是云雨一番，履癸都分不清哪个是姐姐，哪个是妹妹了，是妹妹的热情融化了自己，还是姐姐的高冷更激发了自己的激情？

春天本就是一个多情的季节。

妺喜这时候更喜欢和伊挚在一起。妺喜总有种感觉，伊挚不知什么时候就又要离开斟鄩了。

妺喜在的时候，履癸在琬、琰面前总是有点儿束手束脚。妺喜去伊挚那里研习养颜练气之法，更称了履癸的心意。

履癸并不是一个喜新厌旧的男人，他是一个喜新不厌旧的男人。但新人和旧人同时在身边总是有几分尴尬，尤其是琬、琰和妺喜怎么也没法成为亲密的姐妹时。

湿热蛮荒的南方方伯长是常国。常国的国君当于因历来善于平衡各个蛮族之间的关系才当上的这个方伯长。当于使出浑身解数，去各个部落之间游说。

"大家只有进贡宝物给天子，才能免于生灵涂炭。天子这些年四处亲征，东边灭了有缗，北面灭了党高，西边灭了彤城氏，大家总不想让履癸来亲征南方各国吧。大家想想自己和彤城、有缗的实力相比如何，就知道该怎么做了。"当于晓以利害，南方各国素来识时务，大家虽然不舍，也都只好忍痛割爱把宝物拿出来进贡。

南方各诸侯国进贡了珍禽、异兽、巨鱼、稻粱、酒、酱等食物，布帛、珠玉、象牙等珍异用物。南方蛮荒湿热，盛产各种珍奇的野兽、花、鸟，都是些稀有之物，都能博得美人眼前一亮，履癸也是比较满意。

西方的方伯长是顾国。其实顾国并不在西方，不过顾国的国君委望最能在履癸面前示好，顾国因此就做了西方的方伯长。西方这些诸侯国和大夏经常交战，都只服大夏的天子履癸，根本没人搭理这个方伯长委望。委望直接打着履癸的旗号，各国还是有点儿不买账。西方的众国可不是动动嘴皮子就能被吓到的，否则就不会有大夏和西方各国一直征伐不断的局面了，打完了最多不再归顺大夏，投奔西方的荤粥去。

委望一看，这可怎么办？后来到了彤城，城下突然出现了一个高大的如战神的将军，那杀气随时能把任何人撕成两半。

委望吓了一跳，战战兢兢地和夏耕进了城。

"千万不要贡品没收到，再让这夏耕把自己给撕了。"委望心中打着鼓。

入城寒暄之后，委望发现夏耕虽然威猛，但是对履癸却忠心耿耿，一说履癸要贡品，立马就把城中的财宝都搬了出来。

委望心念一动。"耕将军，天子旨意之中说，此次为倾宫收集天下宝物，要耕将军一起同行，确保收集到的宝物的安全。"委望竟然假传了履癸的旨意。

"大王有命，夏耕一定尽力保护！"

委望和彤城的大将夏耕带领大军威风凛凛地四处游荡，诸侯国看到夏耕的大军，自知都不是对手，只好把牛、羊、牲畜和各种宝石都献了出来。西方诸侯国进贡了羊狗、熊牲、蔗果等各异食物，及氉绒、文锦、金玉、大木材、万乐品等各珍异用物。

履癸看到委望送来的东西，脸上露出了笑容。琬、琰看到很多家乡的用品，亲切之情溢于言表，笑靥生花，连冰美人琬都有了笑容，二人一解思乡之情，对履癸的体贴更是万分感激。

履癸心情大好，把委望夸奖了一番。

"这都是委望该为大王做的。"忐忑的委望，心中的石头终于落了地，总算过了履癸的这一关。

诸侯中最强的依旧是北方的方伯长昆吾。昆吾可以说是大夏的影子，昆吾国君牟卢就是履癸的影子，有牟卢的自然就会有履癸的，牟卢大大方方地把贡品都送来了。北方诸侯国进贡了牛、羊、薏黍等各种食物，及驼马、貂狐、羊裘、兽皮等用物。

每个国家都有定制的数量，天子索取谁敢不给？每个国家都把自己国家最好的珍宝进贡给了履癸。履癸派出姬辛亲自去各国敦促进贡的财物。车队长达数里之长，重贱之物千车，轻贵之货百车。沿途的百姓见天子如此横征暴敛，敢怒不敢言。人心都是现实的，人们心中那个英明无敌的大夏天子哪里去了呢？

相比之下同样在东方的方伯长豕韦氏就相形见绌了，孔宾亲自进贡的物品很少，精品更是少得可怜，履癸很不满意。

"孔宾，你这东方方伯长要不就别当了，东方都让商国统一管理算了。"履癸轻描淡写地说道。

"大王，豕韦所辖疆域狭小，但孔宾为大王选了一百个少女。"孔宾媚笑着对履癸说。

"哦？"

孔宾示意，只见一百个婀娜少女翩翩走进殿中，这些少女一个个都是豆蔻年华，每个都散发着青春少女特有的羞涩和迷人气息，任何男人看了都会心情大好。

第四章　红颜

一百名东方少女身姿婀娜，一嗔一笑毫无做作之态，明眸皓齿，柔若无骨，履癸不由得眼前一亮。

长夜宫中那些女子朝气和灵秀渐渐消失，多了几分女人的矫揉造作，甚至有了暮色沉沉的感觉，一张张庸俗世故的面庞让履癸平日看着都提不起兴致来。

"孔宾，这些少女送得好。怪不得寡人觉得宫中这些宫女都变得没意思了，原来是老了。"长夜宫的宫女很多都过了二十岁。

妹喜已经年过三十，琬、琰也二十多岁了，三人听了柳眉都蹙了起来。

"哼！"履癸一瞥之下，知道说错话了，左手同时抱住琬、琰，右手揽住妹喜。

"三位美人都是天下无双的如花美人，无论过多少年，天下的少女也赶不上你们的万一。"

妹喜用力从履癸身边抽身走了，履癸刚想要去追，琰已经跑到履癸的右边。

"大王，琰儿老了吗？"

"不老不老！你永远是朕最美的琰美人！岷山上的雪再美，也不如你们！"

履癸只好先哄身边这俩，由着妹喜赌气走了。

履癸最后把这一百名少女放到长夜宫中演习歌舞。

长夜宫有了新的少女，倾宫中怎能少了美丽的宫女呢？履癸下旨重新从天下选取妙龄少女进宫。

履癸下旨昭告天下："大夏广选天下矫男娇女，共乐于倾宫。"

长夜宫选宫女的时候，就有多少百姓家好端端的女儿被送入了宫中，从此和父母不能团聚，也不能早点成家生子。如今才过几年，天子又要选天下美女，一时间各村各家嫁娶的女子突然多了。

履癸这次却不管是否已经嫁为人妇，年龄符合一概挑选，姿色绝佳者入宫，天下大国借着履癸的名义广集遍掠，先选了美貌的女子放入自己宫中享用，等挑完了才找一些漂亮的献给履癸。

人世间财物皆是身外之物，儿女却是人生命的延续，比自己的生命还要重要，如今却有人要抢夺百姓的儿女，此仇此恨如何能够化解！

人们开始沉默，可怕的沉默！

"履癸，你这个贪财好色的暴君，一定不得好死！"人们心中怒骂。

百姓心中的想法履癸并不知道，也不在乎。

"朕就是天上的太阳，纵有天帝又能奈何天上的太阳！"

大夏的子民修完了长夜宫，又修倾宫，每年都来一次徭役，百姓已经忍无可忍。百姓在履癸眼里就是微贱的蚂蚁，履癸是不会在乎百姓的死活的。

倾宫每一层四方用宝物装点其中，愈发富丽堂皇，绝色少女影影绰绰，歌舞间衣袂飘飞，有的奏乐，有的服侍左右，恍若天上的仙宫。

履癸与妺喜、琬、琰凉时则在最下一层，周围有假山遮住四周，只有东南阳光普照，室内严寒时候各处有铜暖炉，这一层叫暖倾。

"大王，炎热的夏天到来呢？"

"我们上楼去！"众人来到顶楼，顿时豁然开朗，四面开阔，凉风习习，再也不用忍受炎炎夏日之苦。

"此处可是唤作凉倾？！"琬双手撑住栏杆，微风吹过发丝，阳光在长长的睫毛上跳动着。

履癸被此刻琬美丽的侧影迷住了，看着琬秀挺的鼻梁，满意地点了点头。

"琬儿果然聪慧！"

众人来到中间一层，琰抢着说："中宫不凉不暖，是否叫作温倾？"

"琰儿果然也是冰雪聪明！"履癸把琰揽入怀中，琰看到妺喜冷冷的眼神，赶紧笑着挣脱开。

众人凭栏俯瞰，斟鄩、洛水尽收眼底。四面景色开阔，边饮酒边俯瞰天下，宴席叫作倾宴，哪位大臣能够来参加倾宴，都会当成一种荣宠。

琬、琰来了之后，宫中的音乐多了一种西域风格，张乐大奏，云霄皆响，谓之倾乐。酒酣则与妹喜、琬、琰乐舞而歌，这是倾歌。妹喜的舞蹈和歌声精致而细腻，婉约而优雅。琬、琰的舞蹈粗犷中带着一丝野性，履癸都很喜欢。

倾宫上的笑声在观象台上都能隐隐听到，太史终古的脸上却紧张起来。

"天象这是怎么了？"

倾宫毕竟不是专门为了妹喜而建，妹喜要履癸又役民夫增修宫殿，饰以琼瑶，寝房饰以象牙，把长夜宫也重新布置了一番。

履癸发明辇之后，妹喜在宫中各处行走和上下倾宫等都是坐人拉着的辇车。

履癸给妹喜重制了奢华的凤辇，重新打造了宝床，各处饰以宝玉，还命人重新制作各种华美头饰，妹喜身上遍布珠翠首饰。履癸还怕冷落了妹喜，又送了妹喜四方罗致来的万方珍奇。

"虽然有了琬、琰，履癸心中还是有自己的！"妹喜心里还是能感觉到履癸的喜欢，从心里往外洋溢出女人那种特有的荣耀和满足。履癸所给予的，伊挚无法给；伊挚能给的感觉，履癸却又没有。

倾宫修好之后，仲虺就要回商国了。

晚上，伊挚对仲虺讲起关于赤鹄的事情。

时光回到商国灭了温国之后，天乙开始一次一次彻夜失眠，每天辗转难眠。天乙非常害怕天子怪罪下来，担心夏台被囚再一次重演。如果再一次被送上断头台，上天不会再一次下雨，白昼不会再一次见鬼，即使一切都重现，履癸也毫无畏惧，履癸认为自己就是天上的太阳！

一天，有莘王女叫伊挚入宫。伊挚刚进门，王女急忙拉住伊挚。"伊挚，你想办法帮帮天乙吧，天乙在你们面前装作镇定，上次夏台的牢狱之灾似乎成了天乙的心魔，他总是在梦中惊醒。你赶紧想个办法吧！"

伊挚看着王女，心中有了一股莫名的滋味。王女终于接纳了天乙是自己的丈夫。伊挚竟然有种失落的感觉，王女从此不再那么依赖自己了。

"王女，伊挚这几天想想办法，先告退了。"伊挚说完躬身行礼，头也不回地就走了。

转天，天乙和伊挚在一起继续商议如何和履癸交代温国的事情。

这时候院子中突然传来几声清亮的鸟鸣之声。天乙和伊挚走到院子中，抬头看见屋顶停着一只巨大的天鹅。这只天鹅却和一般的天鹅不一样，周身的羽毛竟然都是红色的，看起来更加高贵。

"这难道就是传说中的赤鹄吗？子棘老师当年教过我，如果吃了赤鹄的肉，就能神通八方，能够听懂神鸟的语言。"天乙说罢到堂中取了弓箭来。

那只赤鹄似乎平日里悠闲惯了，依旧气定神闲地停在屋顶上，天乙张弓搭箭，羽箭迅疾飞出，赤鹄应声滚落了下来。

"大王机会来了！"伊挚看着赤鹄突然想到了什么。

"什么机会？"天乙疑惑地看着伊挚。

"大王，斟鄩传来消息，天子中了巫术，天帝对履癸不满，在用巫术惩罚履癸。"伊挚说。

"上天，真的有天帝吗？"天乙也问道。

"天机不可泄露，大王不必细问。我们只有对天地心存敬畏之心才是正道！"

"伊挚先生说的是，先生说的机会是指——"

"既然大王对天子不放心，那伊挚就再去一次斟鄩，让天子打消对商国的顾虑。通过赤鹄让履癸以为你我君臣反目，伊挚去投奔天子了……"

伊挚和天乙悄悄细说了自己的计划，窗外进来一股清风吹散了玄鸟堂中沉闷的空气。

"那样就太难为先生了！"天乙有些不忍。

"大王！成大事者，切不可有妇人之仁。"伊挚说道。

为了保密，这件事情仲虺并不知道。

第五章　洛水河畔

仲虺走后，伊挚收到天乙的书信，希望他回商国。

"这一去，竟然不知什么时候才能见到你。"心中突然痛彻心扉，伊挚奇怪自己怎么如此脆弱。

"一切皆有解决之道，切不可有执念陷入情的心魔之中，那就成了心智不清的废人，多年练气的修为就前功尽弃了。"

伊挚徘徊间，猛然抬头，心头顿时突突直跳，双目再也不想离开。

伊人春风拂面，容颜如瑶池昆仑雪山的倒影。

"伊挚先生，今天我带你去一个地方！准备好你的马车。"妹喜来到了伊挚的驿馆。

马车载着二人辚辚而行，不知不觉又到了洛水边上。

这里远离斟鄩城内的喧嚣，没什么人，河边是一片开阔的草地，一群孩子在河边的草地上玩耍，小孩子的日子总是充满了欢乐。

河堤远处一片古老的柳树林，慵懒低垂着柔顺的柳丝，不知道这些树有几百年了，树身几人合抱都抱不过来。

两人走下马车，下车时，妹喜伸出手来，伊挚拉住妹喜的手下了马车，妹喜的手没有放开，缓步走入柳树林中。四周静谧起来，只有微风吹过柳梢的声音，两个人忘却了彼此的身份。妹喜知道这里会让伊挚彻底放松下来，真正平等地面对自己，否则伊挚全身都像披了铠甲，无法靠近他的内心。

看着孩子们在草地上追逐嬉戏，妹喜突然也很想上去跑一跑。妹喜脱掉绣鞋，摘掉罗袜，露出了雪白的双足，开始和孩子们一起在草地上奔跑起来。

伊挚目不转睛地看着妹喜，妹喜的头发在身后甩动着，似乎看到了妹喜十几岁少女时的模样，妹喜身体依旧灵活玲珑，眼神依旧青春洋溢，眼角满含笑意望着伊挚。

伊挚不知道，这是因为在伊挚身边，妹喜才会有这样无忧无虑、快乐如少女的样子。

"伊挚，你也把鞋子脱了。"妹喜对伊挚说道。

伊挚从小就赤着脚在田野里耕种，此刻却突然害羞起来。他看着妹喜那雪白、晶莹无瑕的脚，内心竟然扑腾扑腾地跳个不停。

伊挚也光了脚，两个人在河边轻轻地走着，风吹动了妹喜的发丝。伊挚不由得呆呆看着妹喜。

远处堤柳如烟，碧水悠悠，不停有水鸟在水面起落嬉戏着。

此情此景，很容易让人放松下来。这时候妹喜不知不觉间挽住了伊挚的手。

伊挚手心颤抖了一下，然后也握住了妹喜的手。多希望这条路没有尽头啊，就这样一直走下去，直到天荒地老。走着走着两个人就走入了河边的柳树林中，这里更加静谧，成了碧绿温柔的世界。

"原来柳树这么美。"妹喜看到一棵斜斜的柳树，柳丝垂下来就如细密的长发。

妹喜拽着柳条竟然斜斜地爬了上去，伊挚在一旁生怕妹喜掉下来，也跟着爬了上去。

二人练气之后，身体自然轻盈很多。大柳树的上面竟然有一个巨大的树洞，刚好可以容纳两个人，里面铺着干燥的柳枝、柳叶，应该是以前有孩子来此玩耍过。伊挚若有所思地钻进树洞，里面干燥且温馨，让伊挚回到了童年那恍惚的回忆中。

"妹儿，你知道吗？我就是出生在这样一个树洞中的。"

"是吗？说来听听。"

树洞很小，妹喜挤在伊挚的怀里。

"我能摸摸你的脚吗？"

"我的脚有什么好摸的？"

妹喜突然也有点儿脸红了，身子向外挣了一挣。

伊挚低下头，开始吻那双在梦中想亲了一百次的脚，妹喜的脚是那样完美，只有拥有如此一双完美玉足的妹喜，才能跳出那样美丽的舞蹈。上一次在驿馆的时候，伊挚觉得自己太拘束了，一切恍然如梦。岁月并没有在伊挚身上留下什么痕迹，伊挚依旧温润如玉、白衣飘飘、玉树临风。双眼中总是流露出来那样柔和、充满智慧的光芒。伊挚的吻让妹喜的双足不禁脚指头都扣了起来，妹喜突然感觉又回到了羞涩的少女时代。伊挚的吻逐渐沿着妹喜的脚踝上移，妹喜渐渐地双颊开始越来越红。外面密如发丝的层层垂柳，远处还有孩子们的兴奋欢乐之声，伊挚和妹喜慢慢地也感受到了孩子般莫名其妙极度兴奋的欢乐。

"妹儿，你想过和我在一起吗？"

"伊挚，你想过和我一直在一起吗？"

"我想过。"

"那我就知足了。"妹喜脸上出现了满意的笑容。

"妹儿，你没有回答我，不过我已经知道答案了。"

"我其实也不太清楚，你说我们能在一起吗？我能离开履癸吗？除非和那个洛元妃一样被贬回有施国。"

"妹儿，我知道你舍不得你这大夏元妃和履癸的宠爱，伊挚什么都没有。"

"伊挚，你是这天下最有智慧和最懂我的人，你其实什么都有，你拥有我，也拥有有莘王女，还有那个愿意为你付出一切的白薇姑娘。甚至连天下最有权势的履癸和天乙都依仗着你。"

当说到最后的时候，伊挚心里吃了一惊。

"万不可如此说！"最后这一点千万不可说破，否则自己就有危险了。没有人会喜欢功高盖主的臣子。

伊挚什么都没说，看着怀里自己最爱的女人。即使自己再努力，再有智慧权谋，最心爱的女人还是大夏的元妃。

想得不可得，你奈人生何？

第六章　假如早点遇见你

洛水之边。

"妹儿，假如……"伊挚的话说了一半停住了。

"假如什么？"

"假如有一天，你不再拥有这一切，千万不要怀疑伊挚的心，我希望你不要变。"伊挚轻声说着，似乎在自言自语。

"假如……假如你们夺取了履癸的大夏江山，就如当年后羿那样？"

妹喜眯起眼睛，睫毛显得更长了，迷离地看着伊挚。

"娘娘！"伊挚说着就要起身。

妹喜一把抱住伊挚的脖子。"你不要紧张，不要以为我什么都不懂。不过，履癸那么强，他在位的时候，没有人能够打败大夏。"

"商国并没有如此野心。"伊挚给妹喜解释了一下，不想再说这个话题了。

"女人不是傻子，只是很多时候不愿意去想男人那些事情而已。如果我们不是彼此什么心事都可以说，你说我为什么要和你在一起呢？商国的天乙有没有如此野心，我不知道，但是我觉得你有！"

伊挚顿时身体又僵硬起来。

妹喜咯咯笑了起来："伊挚，我在你怀里，不是在朝堂上，你不用这么紧张，我不知道你心底的野心有几分为了我，但我不希望你那么辛苦！"

"为了你,伊挚付出什么都可以!"

妹喜的呼吸轻柔地吹到伊挚的耳朵中,伊挚闭上了眼睛,享受着此时的一切。

"我不希望你对我交出你全部的心,你只要把对我的那一半心都给我就好了。我知道你是最喜欢我的。记得我们第一次见面吗?"

"我当然记得,你照亮了我的心。"

伊挚想起了第一次进宫见到妹喜的时候,整个人都呆住了,妹喜的气场让他手足无措,像傻瓜一样。

即使当年见到有莘王女的时候,也没有这种感觉,伊挚当初就感到妹喜娘娘能看透自己的一切,是自己的女王。

洛水河畔,大柳树浓密的柳丝后面,二人依旧在窃窃私语着。

"我见过很多男人在我面前的样子,所以知道你是喜欢我的。第一次见到你的时候,我竟然变得不自然了,你那种谦谦君子的气质,让我几乎不知道如何站立起来。那是我第一次这样,无论是仲虺哥哥,还是王霸天下的履癸都没给我这个感觉。"妹喜似梦似呓地说着。

"无论最后会怎样,都要感谢上天让我们彼此遇到,原来人生还有这样一种感觉,这样一种眷恋。"伊挚抱紧了妹喜。

两个人依偎着,直到温暖的夕阳沐浴着整个大柳树,树叶都被染成了金色,夕阳西下,最后一道晚霞的影子消失在洛水之上,天色慢慢暗了下来。

春草碧色,春水渌波。送君洛水,伤如之何?

两个人就要分离了,人总是要面对现实。

这一日又是大朝。

履癸随心所欲地大兴土木,搜刮天下财物放到倾宫之中,大部分人只能保持沉默,但并不是所有人都不敢说话。

关龙逢自从上次差点被火烧死,便一病不起。最近随着身体慢慢康复,听了费昌的苦劝,从此不再公开顶撞履癸,一直平安无事。

大修倾宫之后,天下百姓每天都能看到倾宫中灯火通明,关龙逢更能够看到。

长夜宫中如何奢华,关龙逢只是听说过而已,倾宫的巍峨奢华可是天下人有目共睹的。

"再不劝谏大王，活着也就和死了没什么区别了！"关龙逄下定了决心。

如今的朝堂之上，费昌也不直接反对履癸，伊挚自从来到了斟鄩，大家都把希望寄托在伊挚身上，伊挚不说话，其他大臣基本上也不说话。

赵梁、姬辛和武能言等人觉得终于斗败了费昌这些老骨头，在朝中平日更是飞扬跋扈。

履癸本来上朝就是走个过场，这一日没什么事情正准备散朝。

"笃！笃！"履癸听到声音不禁朝殿下看去，是拐杖杵在地上的声音。

一个白发老臣颤颤巍巍地走到了朝堂正中间。

"嗯？这是谁？怎么有点儿眼熟。"履癸嗯了一声。

关龙逄如今已须发全白，路都走不稳了，袍袖之下的身体不停地瑟瑟发抖。

当关龙逄一发出声音，满朝文武大臣都惊呆了。

"倾宫之成，耗费一载，累杀民夫数千人，天下各国的财宝都被搜刮殆尽。夫人君者，谦恭敬信，节用爱人。故天下安而社稷固。今君王用财若无穷，唯恐君之后亡矣！"关龙逄厉声直谏。

"啪！"履癸重重地拍了一下王座的扶手，大殿中所有人都感觉到了一股寒意。

"人心已去，天命不佑，大夏亡在旦夕。大王难道还不从酒色奢靡的迷醉中清醒过来吗？！"关龙逄并没有被履癸吓住。

"朕说过，只有天上的太阳消失了，大夏的江山才会亡。你这老朽一天到晚咒骂朕，咒骂大夏将亡。不知为朕解忧，却频频辱骂朕，朕留你何用？"

"不用大王动手！"关龙逄自己向前猛跑几步，履癸一看，难道这个老头儿还要和自己拼命不成？

关龙逄走到履癸王座前的台阶处，突然身子扑倒向前，就要撞向台阶。

"啊！"满朝文武都惊呼一声。

"关大人不可！"费昌喊了出来。

众人并没有听到碰撞的声音，回过神一看，关龙逄的头正好趴在了一张虎皮之上。大家都疑惑不解，费昌赶紧伏身在地："多谢大王救关大人不死。"

履癸一脸怒气，原来电光石火一刻，履癸扔出了王座上的虎皮，挡住了关龙逢。

"哼！我知道这关老儿就想撞死在朕面前，好得一个死谏忠臣的好名声。朕如遂了他的愿，朕就糊里糊涂地成了昏庸的天子了。"履癸心中暗想，怒火不消。

"赶紧把关龙逢抬下去医治！"

履癸知道不能让关龙逢死在自己面前，否则在满朝大臣和天下百姓那里，他昏君的名声就落下来了。

转眼又到了举办诸侯大会的时候。

这一次竟然只有一半诸侯亲自来了，这些国君生怕亲自来斟鄩惹祸上身，都在互相观望。

履癸在太禹殿上会见诸侯，虽然不认识所有诸侯，也发现诸侯中国君亲自来的不到一半。

外面的天变了，天地变得一片朦胧，又下雾了。

殿外黄雾塞天，咫尺对面无法相见，大殿之中虽然灯火通明，但是诸侯们互相也看不清楚。

履癸气得一拍龙椅，准备下令去征伐那些不亲自来的诸侯。

赵梁忙劝谏。"大王，诸侯虽未亲至，但是今年的贡品和倾宫的宝物都配备齐了，所以并无大错。大王不可再擅自征伐了。"

履癸不听。"梁相休要劝谏朕！"

这时候费昌也说："这下大雾日甚一日，如今已十多天，仍没有散去的样子。这都是天意，大王不可再出兵了。大夏仓中之粮，建造倾宫已经消耗殆尽，民众急需休养生息。"

履癸看到伊挚一直安静地站在那里，突然问伊挚。

"伊挚先生，你以前说以圣人忧，能使天阴。今没有圣人忧，而有此大雾，是为何呢？"

伊挚向前一步："大王，万民之忧气，也能让天如此。"

履癸心中将信将疑，双目如电让人胆寒，看着伊挚。

"愚钝的百姓，难道还能动天吗？"

第七章 彗星

阳光照在太禹殿上，照进来的阳光和大殿内的灯火交相辉映。朝堂之上，履癸和伊挚在探讨天下之道。

"圣人之为圣，要得千万人之灵为一人耳！每个凡人亦各自有灵，含万众之灵则为圣人。天下百姓何止千万，忧怨加起来的力量就会超过任何圣人，所以英明如大王也不能不考虑百姓的忧怨，这大雾正是百姓怨气所结。"伊挚此番话一出，大殿上群臣无不侧目。

"那么如何才能解开这些大雾呢？"履癸问。

"惠民即回天也。"

"如何才算惠民？"

"勿取其财，勿用其力，而赈其饥寒，恤其劳苦，赦其罪过。"

履癸听完依旧不以为然："如今诸侯大会，天下诸侯又有半数不亲至，朕今正要亲自征伐诸侯，如先生所说就不征伐那些不来的诸侯了？如此下去大夏的威望何在？"

伊挚继续说："大王，此正以君王之杀气，合万民之忧心，因此天变益甚！大王且免征伐，遣回诸侯，必恢复如常矣！如今诸侯不来朝拜不是大王没有威望，而是大王征伐和收取财物过多，诸侯心中有恐惧之心，所以不敢亲自来。"

"也罢，伊挚先生所言有道理，朕就不征伐这些不来的国家了。"

一场大战被伊挚化解了，费昌等人都长舒了一口气。

履癸这些年，除了征伐四方，就是大兴土木和搜刮天下的财物美色，如今民怨愈来愈深。

此时妹喜就坐在履癸边上，双目崇拜地看着伊挚。此情此景，伊挚什么也做不了，心情瞬间低落到了冰点，伊挚不再说话，退回了自己的位置。

诸侯大会的风波终于不了了之了，但大夏的实力已经又回到了履癸的祖爷爷孔甲的时代。

玄夜，夜空亮得出奇，恍若有一种光芒映照着天空，观星台上站着一老者，身材比关龙逢矮一些，仰天长叹出声。

"这天是怎么了？"太史终古早就发现了天空的不同，在观星台上观看。一片巨大的白光从西北而来，慢慢地终古看清了。

"彗星！"一颗巨大的彗星拖着长长的彗尾，白色的光芒划过整个天空。

履癸近来对太史终古越来越不满意。太史除了说天象异常，什么有用的事情也做不了。终古感觉到了履癸的冰冷。这些日子终古心中早已心灰意冷，托病不来上朝。

"那是什么星？！"除了彗星，终古同时看到一颗新星突然出现在东方。终古仔细看着那颗星，突然身子不稳，摔倒在地上。

"那是一颗……霸星！"终古觉得不得不做些什么了。

转天正是大朝之日。

太禹殿内，履癸刚坐上宝座，一个老头儿已经跪在了宝座前。履癸以为又是关龙逢，心中一阵反感。

"大王，昨日有彗星长竟天，是为大不吉！"不用看他的脸，就知道这肯定是太史终古了。

"彗星就彗星，有什么不吉的？！"履癸有点儿不耐烦了，手指开始敲击宝座的扶手。

"天现彗星，自古为不吉之兆，大王当修德行仁，以回天变。"终古接着说。

履癸大笑曰："天上彗星出现那都是偶然的事，和大夏有什么关系？难道上古就没有彗星了，又何足畏哉？"

太史终古都有点儿气糊涂了。"大王！如果彗星过天这种天象，大王都觉得无所谓，那么要我这个观天太史还有什么用？东方还有一颗星，好像是霸……星……"

"终古，观天本就没什么用！你有空还是好好记载下朕多年的功绩，传给后人吧！"履癸根本没注意终古说的霸星。

太史终古气得僵在那里，一句话也说不出来了。

伊挚听了不由得慨叹。伊挚向履癸请辞明日就回商国，以前伊挚也回过商国，履癸没有阻拦。

"望伊挚先生能够早日回来。"

伊挚回到驿馆院中，海棠依旧摇曳，伊挚把自己的心留在了这里，莫名地有了一种留恋，内心的伤感莫名地涌了上来。

午夜，伊挚做梦了。似乎跌入了无尽的黑暗之中，那样就再也见不到妺喜了！

伊挚突然从梦中惊醒，缓了一会儿神，披上衣服走到院中的海棠树下。伊挚抬头望向天空，希望眼泪不要掉下来，爱情除了带给人快乐，却也带来了无休无止的痛苦，让人无法逃避。

伊挚连夜收拾好行装，咬牙让自己不要回头。如果可以，终会再见到你，会有那一天。

伊挚知道这次离开之后，可能天地变色，烽烟四起。即使归藏也不能给出任何提示，一切都无从得知，但是箭在弦上，不得不发。

"如今我已是不惑之年，天乙也已经是知天命之年，上天等得起，我们也等不起了，成就霸业的机会人生只有一次。大丈夫生于天地间，不成就一番霸业如何对得起此生？天行健君子自强不息，唯有自强，否则你什么也得不到，当机会来临，必须抓住机会。"

"斟鄩，自此一别，再见时候，天地定会为之变色。"伊挚心中豪气激荡。

最近几日，伊挚让白薇带着些财物回家中陪伴奶奶去了。当年这个机灵的小姑娘，如今已经是一个聪慧的少女。

晨曦中伊挚的马车出了城。

"终于又可以和先生一起出行了！路上你就是我白薇一个人的了，咯咯！"

白薇在伊挚面前，还是纵情地欢笑，天真烂漫、无忧无虑。

伊挚不由得感叹，少女的青春真的能够感染人，伊挚的心情也慢慢变得明媚起来，开始和白薇有说有笑的。对妹喜的思念，白天的时候已经几乎可以不去触及，午夜梦回的时候，那种无法控制的锥心刺骨般的痛苦依旧存在。

白薇知道伊挚的心思，故意营造出欢乐的气氛，缠着伊挚讲这讲那，但是绝口不提妹喜和与其相关的事情。

伊挚走后，漫天的大雾就消失了，随之而来的是每日的艳阳高照。

今年自从春天开始，几乎一场雨也没有下过，接着洛水又干涸了。

大夏发生了一场罕见的大旱灾，伊水和洛水都枯竭了。斟鄩之所以是大夏的都城就是依靠洛水的环绕，没有了洛水就等于断了大夏的根基。

履癸的头都大了，这个洛水怎么又干涸了？斟鄩和大夏的水源几乎都依靠洛水，履癸有点儿坐不住了。

如今已是盛夏季节，炙热的太阳烤着大地，田地里的庄稼都蔫蔫地垂着头，如果再没有水来灌溉，今年庄稼又要绝收了。

履癸知道修建倾宫时，刚刚从天下广收了财宝，如果今年粮食绝收，再要从天下征集粮食，就不那么容易了。于是履癸去洛河边查看，然后带领君臣一直往北走，跟随的大臣都有些疑惑。

"大王，我们去北面做什么？"

"你们跟着就行了。"大臣们都看到了一个面色凝重的履癸，全然不是平时不可一世的样子。

第八章　昆吾来袭

瞿山脚下。

一行人言谈举止间透着气度雍容，其中一人更是器宇非凡，在众人簇拥下威仪赫赫，慢慢登上了山顶。众人向远方眺望，一条大河映入了眼帘，气势雄浑的河水没有洛水那么清澈美丽，却宽阔得多，磅礴气象衬托得天地更加雄阔。

"这里竟然有这么多水！"众人议论起来，正是天子履癸和费昌等人来到了瞿山。

费昌说道："大王，这就是黄河。"

"嗯，朕有办法了。"在履癸的心中，他既应像黄帝那样能够北定荤粥，是平定天下的天子，又能够如先祖大禹那样解除九州水患，做一个治理天下的英明天子。履癸要彻底解决洛水干涸的问题。

遥远的商国。

伊挚回到了商国，天乙大喜过望，伊挚对天乙行了一礼。

"先生此次斟鄩之行功不可没，天子果然没有降罪商国。"

"大王过奖了，为大王分忧解劳是伊挚分内的事。天意已微见，地仍未变！大王还要修德以待。"伊挚说道。

上次伊挚去了斟鄩之后，有莘王女一直担心着伊挚。

现在伊挚回来了，一切就都过去了。女人有时候是很现实的，即便是当年的青梅竹马、两小无猜，在有些时候都比不上自己的孩子以及孩子的父亲。

伊挚已经意识到了这一点，但有莘王女依旧没有意识到。伊挚和妹喜在一起的时候，任世上有千万人，我的眼里只有你，那才是爱，伊挚心里已经慢慢地放下了有莘王女。

日子慢慢恢复了平静，这一天依旧是平静的一天。天乙和伊挚在一起讨论天下大事。

"如今商国兵强马壮，还要等到什么时候呢？"

这时候，外面有一名车正来报。"大王，昆吾大军来袭我商国！"

天乙吃了一惊！

"大王，应该不用等太久了，有人沉不住气了。"

"昆吾来了！这可如何是好？！"

"大王刚才还跃跃欲试呢，昆吾来了岂不是正好？"

"昆吾是诸侯中实力最强的，以大商现在的实力，很难说是不是昆吾的对手。"

"大王，生死在此一战，大商必须全力应战！"

"如果我们战败，昆吾可不会像履癸那样饶了我们。我们吞并了葛国、温国，他们都是昆吾的附属，如今昆吾肯定是来报仇的，一场血战看来不可避免了。"

伊挚眼中也放出了光芒。"该来的终于来了！"

昆吾的牟卢和履癸远征岷山和蚕丛，昆吾大军在蜀地所向披靡，如入无人之境。牟卢有了一种感觉，蜀地第一强国蚕丛都不过如此，昆吾可以踏平中原任何一个国家，而且有大夏天子履癸的支援，更加有恃无恐。

牟卢从蚕丛回来，听说商国把昆吾的附属国温国给灭了，暴跳如雷。

"天乙竖子！此事朕绝不会善罢甘休！"

牟卢和履癸说了这件事。

"朕知道了，牟卢你来陪朕好好玩几天！"履癸只说知道了，并没有惩办天乙的意思，牟卢如何肯咽得下这口气。

履癸每天围着琬、琰美人，根本没有心思去征伐商国。费昌又不停地为商国说好话，牟卢一气之下回了昆吾。

牟卢知道昆吾如果真的征伐商国，天子履癸也不会怪罪。

"大王，你不征伐商国，那牟卢就要替你征伐了！"牟卢从蚕丛抢了无数的粮食、丝绸等用品，所以牟卢不缺粮食，也不缺士兵。

昆吾的大军清点出来足有万人之众，除了天子履癸有两万的近卫勇士，天下也只有昆吾能有万人的军队了。所以牟卢浩浩荡荡地率领着昆吾的万人大军直奔商国杀来，这次不是突袭，不是侵扰边境，是正面决一死战。

牟卢弟弟已离在中路军，大将尤庭带领左路军，大将良仁率领右路军。

牟卢的战车走在队伍的正中，往前看不到队伍的头，往后看不到队尾，猎猎旌旗蔽日，森森戈矛如林，战车经过处大地在隆隆作响。

牟卢多年一直想灭掉世仇商国，如今机会终于来了。

商国如今虽然已经变强大，但是所有的士兵加起来也只有八千人，这还是算上了有莘国和薛国的军队。天乙心里明白，这次的对手，不是外强中干的葛国，也不是依附昆吾的温国，这是关系商国生死存亡的一战。

伊挚陈兵以待，想诱敌深入，在丘陵地带对昆吾大军进行夹击。

牟卢知道商国的伊挚足智多谋，如果深入商国腹地，容易中计。于是牟卢也陈兵以待，双方就此僵持住了。

牟卢足足等了三天，商国都没什么动静。

"大王，何时开战？"

牟卢手下的大将、弟弟已离、尤庭、良仁，都有点儿沉不住气了，要打就打，为什么要在这里干耗着？

大商亳城的玄鸟堂中，天乙坐在王座上，脸上没有任何表情。天乙已经好几天没有睡觉了，双眼布满了血丝。他一直在思考，如何才能击退昆吾的一万大军。如果正面决战，必定两败俱伤。那样即使击败了昆吾，大商的精兵也将损失殆尽，不知多少年才能恢复。

大堂之中异常安静，所有人都知道这个时候说话一定要慎重，此刻任何决定都关系着商国的生死！

第九章　逆袭

商国亳城。

"大王，仲虺愿率大军迎战，让昆吾见识下大商的厉害！"如果现在还有什么能让仲虺兴奋的，那就是大战。

"大王，既然昆吾陈兵以待，这一仗终究要到来，让仲虺将军率军出征吧！"伊挚知道仲虺的心思，想要在大战中建功立业，证明他不输给自己。

"昆吾要战，大商就战，仲虺将军率五千大军，与昆吾决一死战！"天乙头发蓬松，双眼赤红，如一头雄狮在怒吼。

牟卢已经等了三天，夜幕低垂，牟卢已经有点儿不耐烦了。

"明天商国再不迎战，就烧他们的村镇，杀他们的百姓，看天乙竖子来不来应战？"

斗转星移，黎明前的夜是最黑暗的，月亮早已落了下去，天空只剩下了越发明亮的星星。

天边隐隐传来了低低的隆隆声。

牟卢从梦中醒来："难道打雷了吗？"牟卢走出大帐，看到满天繁星，没有要下雨的样子，他又仔细听了听，的确有隆隆的声音从远方传来。

"商国的天气真是奇怪，满天星斗，竟然打雷。"牟卢嘀咕着。

"不对，这不是雷声！"牟卢这才明白过来这是什么声音，雷声不会这样一直响个不停。

牟卢的士兵在太阳底下晒了三天，秋高气爽，商国看起来也并没有要大战的意思，昆吾的士兵都有点儿懈怠了，军营里响着此起彼伏的鼾声。

"全都起来，准备迎敌！"牟卢大喊道。

牟卢的命令迅速传到了各个营帐，训练有素的士兵们迅速穿好盔甲，不一会儿就列好了队。牟卢早已站在了战车上，这时，隆隆的声音越来越大。昆吾的士兵都不知道是什么声音。但大家都有一种感觉，大战来临了！

"这是什么声音？如果是战马奔跑，应该能听出马蹄之声。"

就在这时，东方的地平线，一道紫红色的光突然撕开了天边的黑暗，日出时刻来临了。昆吾的士兵在黑暗中突然被这道光刺到，急忙用双手捂住眼睛，等他们再次睁开眼睛的时候，看到了远方有什么在晃动。

"那是什么？！"昆吾人突然发现地平线的光芒下有黑色的影子如大海的波涛，起起伏伏地晃动着。逆着光，只能看到迷糊的黑色，时间一长太刺目了，眼前一片白茫茫，只能头转向别处，恢复后再次望向东方。牟卢隐隐有一种不好的感觉，他努力向东方望过去，诡异的波浪和隆隆声都越来越近了。

这声音如同夏日山洪来临的声音，这是广阔平坦的平原，这几日也没有下雨，怎么可能有山洪呢？昆吾陈兵在此就是为了让商国不能使用任何诡计，昆吾要凭实力一举打败商国，让商国从此一蹶不振，对昆吾再也不能构成威胁。

这时候，天边紫色的光闪耀几下，突然东方光芒万丈，天边的云都被映照成了红色。一轮红日跳出了云层，东方一片光芒。

牟卢觉得更刺眼了，他突然看出来了，东方那一片发出隆隆声音的是无数的战车，怪不得声音不是纯粹的马蹄声，那是车轮滚滚的声音，夹杂着马蹄声，就如同打雷一样。

牟卢大惊失色，逆着晨光，商国的战车瞬间就咆哮而来，如能够吞并一切的山洪，黑色战车洪流就要吞没一切。

"放箭！"牟卢赶紧下令，瞬间箭雨就朝着战车洪流射过去，这些箭雨就真的像雨滴淹没在了洪流之中。

战车洪流更加迅速，转眼已经冲到面前，瞬间杀声震天。

商国的战马都身披铜甲，弓箭根本无法伤到战马。战车上的兵也都重甲在身，弓箭根本不能穿透。

牟卢士兵一看弓箭没有作用，举起长矛和长戈，准备拼死一战。

"那是什么东西？！"牟卢的士兵看到战车前面有长长的黑色的闪着寒光的长刺，战马和战车没到，那些长刺就已经到了。

等战车冲到近前，人们才看到商国的战车不仅高大，战车战马的车辕前面，都伸着一根长长的三刃叉，锋利且长，比士兵手中的长矛几乎长了一倍。

昆吾的士兵虽然勇猛，但是根本看不清对方。前排被战马的三刃叉叉飞，被三刃叉挑起的昆吾士兵痛苦的惨叫声在战场上不绝于耳，昆吾其他士兵听了都毛骨悚然。

这只是一瞬间的事情，战车前的三刃叉之后，就是战马的踩踏，侥幸躲过三刃叉和战马的昆吾士兵，转瞬就看到了车轴上旋转的狼牙长刺，瞬间被搅得血肉横飞。

战车上的商国士兵如死神一样的黑色剪影成了很多昆吾士兵最后在这个世界看到的景象。战车上的士兵用长矛穿刺着每一个漏网的昆吾士兵，弓箭手不停地寻找着攻击的目标。

昆吾阵内也有战车，但是昆吾的战车都来不及出动就被商国的战车直接冲撞得横七竖八。商国的青铜战车又厚又重，力量极大，昆吾的战车立即翻滚在地，车轮散落得到处都是。

商国的战车之后，紧跟着是一排排冲上来的商国士兵，对着这群惊慌如同盲人的昆吾士兵开始屠杀。

牟卢的士兵根本看不清对方，只能看到刺眼光芒中黑色的影子，根本没法攻击，转眼间就溃败而逃，死伤大半。

牟卢一看形势不好，好在周围都是心腹的爱将，大家合力把牟卢围在中间。战车围了好几层，才算保住牟卢没有受到直接攻击。

商国的战车队伍最后是仲虺的战车，如今的仲虺再也不是当年在伊水河边被牟卢追杀时候的样子，他站在战车之上，浑身盔甲闪着光芒，如同战神。

"牟卢，你还认识仲虺吗？赶紧受死吧！"仲虺威风凛凛地杀来了。

第十章　王的决斗

昆吾和商国的边界，初升的太阳照耀着，大地被染上一层温暖的黄色，阳光下是一片狼藉的战场。

为了防止中计，牟卢把战场选在了无遮无拦的千里平原。没想到商国的战车如此强悍，昆吾的战车根本不是对手，最要命的是商国的上千战车趁着夜色而来，昆吾察觉的时候，商国的战车大军已经到了阵前，一切都来不及了。

牟卢打了这么多年仗，从来没吃过这样的亏，准备催动战车上去和仲虺拼命，牟卢的弟弟已离急忙拦住他。

"兄长，不可冲动，我们如今还在商国的战车阵中，先脱身稳住阵脚，才能再战，否则我军可能会全军覆没！"

牟卢环顾四周，商国战车依旧在战场上来回冲荡，整个战场成了一个轧麦场，昆吾士兵就像麦子，被上千战车来回屠杀，几千大军转眼就要死伤殆尽。少数围在一起的士兵看样子也坚持不了多久，这样下去，牟卢率领的五千大军真的就要全军覆没了。

"兄长，赶紧撤吧！否则昆吾就要亡国了。如果我们的人都完了，尤庭、良仁手下的几千大军还会听你指挥吗？商国的大军杀入昆吾将如入无人之境。"已离沉不住气了。

牟卢和履癸的区别就是牟卢没有履癸那样舍我其谁的王者霸气，牟卢正在犹豫，商国的战车阵一阵骚动，原来两翼来了昆吾的援军。

尤庭、良仁刚刚从两翼赶来，对着商国的战车发起了冲锋。如今天已大亮，尤庭、良仁看到昆吾的士兵吃了大亏，从战车侧面冲击，无数箭雨射向商国战车，长矛刺向商国战车的战马，一时间商国的战车抵挡不住，纷纷撤回了本队。

战场形势逆转。尤庭、良仁和已离的士兵合在一起，又恢复成无敌的昆吾大军，对面只不过是当年的区区小小商国而已，就算他们造出了最新的战车，也只能占得一时便宜，真正的战斗还得靠英勇无畏的战士的拼杀。

"报仇的机会来了！给我杀！"牟卢双目喷火，率领昆吾大军冲了上来。

快到商国阵地的时候，商国的战车不见了！

牟卢四处环顾，不知什么时候，东方出现了一道黑黝黝的墙，太阳已经升起来了，牟卢这时看清楚了，那是商国的军队！

一个洪亮的声音传来："牟卢，还不留下你的首级！"

牟卢抬手遮住刺眼的阳光望过去，正中高高一杆商国白色玄鸟大旗迎风飘着，乌黑的玄鸟此时看起来如此狰狞恐怖。

大旗下一辆战车上站着一个人，白色披风裹着闪亮夺目的盔甲，漆黑的长髯在胸前迎风飘荡。如此风度的正是商国国君天乙！和那日被人拖着游过伊水的情形已不可同日而语。

天乙早就看到了牟卢。商国和昆吾是世仇，商国对昆吾一忍再忍，终于不用再忍！天乙想起上次牟卢追赶，被仲虺和湟里且拖着狼狈过河，牟卢在岸边狂笑，屈辱一直在天乙的心头萦绕。如今复仇的机会终于来了，天乙岂能错过？

"区区商国能有多少兵马？给我冲！活捉那个长胡子的天乙！"

牟卢自信昆吾几千大军绝对可以打败对面这些商国的士兵，天下除了天子没有人是昆吾的对手，牟卢相信昆吾可以打败任何一个对手，何况商国这个昔日的手下败将。

昆吾士兵看到牟卢率先冲了过去，一个个从战车冲击的晕眩中恢复了过来，咆哮着冲向商国的军队。

伊挚就在天乙身边的战车上，伊挚看天乙跃跃欲试要冲上去。

"大王，不可冲动！"

"先生不必担心！"天乙让御手甲一催动战车冲了上去，天乙的战车并没有装狼牙棒和三刃叉，牟卢的战车也冲了过来。

天乙的开山钺抡起来就对着牟卢劈了过去，牟卢一看来势，举起长戈，兵刃相交，火星四溅，两人心中一惊，双方力量不分上下。二人都是好武之人，都想今日打败对手，抖擞精神，全力以赴。牟卢的长戈招式诡异难测，长戈当成长矛对着天乙猛刺。天乙的开山钺抡起来如旋风一般，哪里有半点破绽？不用说长戈，就是乱箭飞来，也不能穿过一丝一毫。

仲虺和伊挚都看得惊呆了，仲虺赞叹道："大王武功原来如此了得！"

"大王平日说朕甚武！不愧武王的称号！大王真如深渊之龙，一招飞龙在天，便是天地变色！"伊挚也叹服，能够率领万众冲在最前面，才能做天下人的王。

牟卢的长戈不能伤到天乙，正在着急，这时候天乙回过手来，开山钺劈了下来。牟卢慌忙举起长戈架住，咔的一声，长戈的戈刃被天乙的开山钺给劈断了。牟卢一愣，天乙已经回转开山钺，对着牟卢的脑袋又劈了下去，牟卢狼狈躲闪，长戈撒手滚落战车，天乙开山钺跟着牟卢又劈下来。

危急时刻，昆吾士兵蜂拥而至，天乙的御手甲一一看不好，立即掉转战车回归本队，天乙回头对着牟卢冷笑了一声。

双方士兵一交手，牟卢重新上车，露出了得意的笑容，想和昆吾的士兵打，商国的军队还差得远，商国的军队节节溃退，昆吾的士兵越战越勇。

牟卢振臂高呼："今天就是要和商国决一死战，长驱直入，一举灭掉商国！"

昆吾的士兵多年四处征战不是吃素的，不少商国的士兵死在了阵前。

伊挚在战车上看得不由得吸了一口凉气，赶紧催动战车慢慢后移，昆吾士兵杀得兴起，一直在后面紧紧追赶。天乙和仲虺见到昆吾大军来势汹汹，商军士兵一触即溃，也只好边战边退。

尤庭、良仁很冷静，一直观察着四周的形势，突然感觉有点儿不对劲。

二人朝远处张望，牟卢大军的四周远远地出现了商国的军队。

"大王，商军想要包围我们！"尤庭说。

"商军能有多少人马，妄想包围我们如此多的大军，纵使包围了，商国战斗力也很弱，一冲就开，尔等不必担心！"牟卢对商军充满了不屑。

第十一章　无法呼吸

漫天遍野的厮杀声，中原大地颤动着，昆吾大军正在追杀败退的商军。

"吁——"甲一奋力拉紧缰绳，天乙的战车戛然而止，地上两条深深的车辙，掉转马头，天乙举起了手中的开山钺！

天乙的开山钺是王的象征，商军看到天乙的开山钺，唰的一下都停了下来。

"大王有令！"甲一大喝一声，刚刚还在溃败的商军此时肃然整齐，后面追赶的昆吾人已经远远可以看到。

"大商的将士们！和昆吾决一死战！"天乙抡起开山钺催动战车去迎战牟卢。

商国士兵瞬间转过身来，对着身后追过来的昆吾人冲了过去。

昆吾人追得正起劲，看到大商正在逃跑的大军突然停住了，昆吾人有点儿蒙了，此时商军突然回头杀过来，昆吾人一下子不知所措，赶紧迎战。

商军瞬间冲到了昆吾士兵面前，无数长矛刺穿对方铠甲，长戈切开对方头盔，双方鏖战在一起。

庆辅一直在天乙身边护卫着："大王请坐镇，庆辅去取牟卢的首级！"

平地里突然起了一阵狂风！天乙还没说话，庆辅催动战车冲了上去。庆辅的战车也是两匹快马，比一般的战车更小，不仅灵活，重要的是速度更快！

牟卢正在追着天乙，突然商军停下来，回头杀来，一辆战车从商军中杀出，如同闪电般瞬间到了眼前。

第十一章 无法呼吸

牟卢的战车冲在最前面，看到战车上的人身形瘦削，牟卢猛一看和自己还有点儿像。

庆辅俯身从战车中拾起一根长矛，浑身肌肉绷紧如一张弓。

"嗖！"长矛刺破长空飞了出去。

牟卢一看长矛飞来，赶紧举起长戈格挡。长矛虽然杀伤力巨大，但是目标过大，容易闪避，牟卢倒也并不担心。

这长矛似乎扔的准头有问题，直接飞上天去了，当长矛从高空坠下来时，牟卢大叫不好。一根长矛直接刺入了牟卢战车战马的背部，鲜血喷射出来！战马虽然披着铠甲，长矛力度太大，还是透过铠甲刺入了战马的身体。

战马吃痛，嘶鸣一声，前腿跳了起来，另一匹战马并没有减速，战车瞬间倾斜，就要翻倒。牟卢像个大猿猴一样嗖的一下从战车上跳了下来，身后战车轰然倒地，险些没有砸中牟卢。

牟卢面色如冰，站立在地没有一丝慌张。头顶有破空之声，牟卢没有来得及抬头，赶紧朝一旁跃开，又有一根长矛从天而降，插在牟卢刚才站立的地方，深入泥土一尺来深！此时的牟卢没有了刚才的气定神闲，单膝和单手着地，身上沾满了泥土。

马蹄声急，庆辅的战车已经到了牟卢面前。牟卢看到庆辅，恨得牙根痒痒，一探身，长戈抡起来，庆辅战车战马的前腿被齐刷刷砍断，战马摔倒翻滚起来，战车翻倒在地。牟卢嘴角露出一丝冷笑。庆辅猱身跳下战车，站在牟卢对面，对着牟卢嘻嘻一笑。

牟卢怒火中烧，抡着长戈就对庆辅招呼开了。庆辅手中长矛犹如长蛇一样，灵活躲避，一有机会就对牟卢刺过来。二人陷入殊死搏斗，打着打着，庆辅发现很难取胜，正准备使用瞬间消失术来取牟卢的性命。此刻一辆战车冲了过来，牟卢和庆辅赶紧各自闪开。

原来是已离催动战车冲到了："兄长上车！"已离说着就把牟卢拉上了战车。

商国大军的北门侧将军也驱车冲了过来，对着庆辅招手，庆辅纵跃也跳上了战车。此时，商国的大军和昆吾的大军又混战在了一起！

慢慢地商国军队越来越少，过了一会儿良仁发现有点儿不对劲。商国士兵逐渐都躲到身前的盾牌兵后面。

"大王，商国的士兵都举着一人高的青铜盾牌，他们想用盾牌阵围困住我们！"

商国这次倾巢而出，东南西北四门将军从四个方向在后面指挥作战，仲虺总体统领指挥大军。

这是一次没有退路的决战！

"东门虚将军！命你们四门将军四面围困住昆吾大军！"

东门虚接到命令心里直叫苦，昆吾大军有几千人，商国也不过几千人，如何几千人围困几千人，就是暂时困住了，昆吾几千人一冲，岂不是瞬间瓦解？东门虚虽然心里疑惑，动作却很快，所有商国盾牌兵有序地排成一排，形成了一排铜墙铁壁，前面的盾牌手牺牲，后面的人立即补上，每个盾牌手后面，四五名长矛手负责从盾牌缝隙中刺杀敌军。由于牟卢率领大军追杀天乙，后方和侧方的包围圈形成并不费劲。

牟卢四下打量了一下，不由得倒吸一口凉气，昆吾大军的四周已经被商国的盾牌军围住了。这些盾牌都有一人高，要是在一般战场，会过于笨重根本不实用，但是所有的盾牌兵靠在一起，就形成了一个长矛和弓箭根本无法穿透的盾牌阵。盾牌兵在有序地一步一步地缩小着包围圈，昆吾的士兵毫无办法，只要一靠近盾牌，盾牌后面商国的士兵就伸出一群长矛一顿乱刺，越来越多的昆吾士兵倒下了。

昆吾人心底开始绝望，心中暗想："今天看来没有人能够生还了！"

商国盾牌的下部是上古的吃人神兽，此刻看了更加让人毛骨悚然，上边沾满了昆吾士兵的血肉，真的像能够吃掉人一样。盾牌的最上方是一只飞翔的玄鸟，一只鸟竟然会让人如此害怕，玄鸟原来是可以吃人的！

渐渐地所有昆吾士兵挤在了一起，越来越拥挤，没有人想靠近商国的盾牌被刺成渔网。昆吾的士兵渐渐觉得呼吸都困难了，手都没办法抬起来，盔甲互相挤得嘎吱嘎吱地响个不停。人们现在都只有一个想法——活下去。

"不要挤我！不要挤我！"突然有人坚持不住了，一口鲜血吐出来，慢慢地再也站不住，缩倒在地上，一会儿就被上面的人踩成了肉饼。昆吾的士兵开始彼此推搡，拳脚相加。

已离也被挤在了中间，此刻也没人关心谁是将军，谁是士兵。有人被挤得眼珠子突出，看起来异常可怕，所有人都感觉自己要死了。

这些人只想要能够呼吸，已离感觉胸口就要被挤碎，只能出气，不能进气，双手高高举起怎么也放不下来。

竟然有昆吾士兵想爬上牟卢的战车，牟卢也好不到哪儿去，周围的人都是牟卢的死士，已经被挤得背都靠到了牟卢身上，牟卢看到远处微笑着的天乙，意识到了问题的严重性。

"我昆吾牟卢难道要被自己人给挤死吗？"

"兄长，如此下去恐怕我们自己就把自己都挤死了！怎么办？"已离对着牟卢大喊。

"朕是你们的大王牟卢，最前面的冲出去，否则格杀勿论！商国的盾牌后没几个人！"牟卢拼尽气力地喊着。

前面的士兵听到这，只有转身朝着盾牌冲过去，长矛刺到盾牌上发出咚咚的声音，但根本无法刺透，刺入盾牌缝隙，也刺不到后面的人。

"继续缩小包围圈！不允许放过一个昆吾人！大商报仇的时候来了！"仲虺双眼放着光，看着盾牌阵中的昆吾人，昔日的猛兽，今日竟然成了待宰的羔羊。

商国士兵用力向前推进，对昆吾的仇恨，刻在每一个商国人的心里。这时候盾牌后面又是无数长矛刺出来，前面的昆吾士兵纷纷倒地。这样下去，昆吾士兵都会被商国士兵像扎蛤蟆那样全给挑了。

商国的盾牌大军终于把昆吾大军围住，仲虺紧张的神经终于有了一些放松。

天乙远远地看到几千凶猛如狼的昆吾大军竟然被大商几千盾牌大军给围在中间不能动弹，简直难以置信。

"伊挚先生，自古要包围敌军必须有超过敌军半数的人马才可以，论战斗经验，我大商的士兵比昆吾恐怕在经验上还差一些！还需时日磨炼！如今我们与昆吾军队人数相当，竟也能围住昆吾！"天乙兴奋地说。

"大王，这不是围住了吗？！"伊挚的微笑如同春风般和煦。

"昆吾！今日大商要一雪前耻！"天乙握紧了手中的开山钺。

牟卢难道真的会死在这里？

第十二章　羊群效应

商国和昆吾边境。

"大王，商军直接包围昆吾军肯定不行，但有了仲虺将军打造的盾牌就不一样了！仲虺将军领军有方，能打造精良的武器，真是大王的股肱之臣！"伊挚有意把功劳都让给仲虺。

仲虺听了心里非常受用，不由得看向伊挚，只见伊挚目光柔和，眼神中充满赞许。

仲虺顿觉自己胸怀的确不如伊挚，太在意个人得失了。伊挚做的一切，其实从来都不是针对自己，只有大商的大业才是真正重要的。

"仲虺只是做了该做的事情。"仲虺也开始谦虚起来了。

"伊挚先生，即使有了盾牌，昆吾有几千人，盾牌后面不过几十个人，如果昆吾人誓死冲击一个方向的话，盾牌阵根本抵挡不住！"仲虺开始也不相信盾牌阵真的能围住昆吾大军，此刻盾牌后的长矛手已经逐层杀了那么多昆吾士兵！仲虺此刻真心拜服伊挚先生的盾牌阵了！

"仲虺将军说得没错！我们都看到过放羊的人，一个人为何能够指挥一群羊呢？羊都不想做第一个吃赶羊人鞭子的羊。"

"哈哈哈！"众人不禁大笑出声。

"人都有求生的本能，当潜在的威胁来临，大部分人都会选择求生！仲虺将军放牧过战马，战马的暴烈程度恐怕不比昆吾士兵差多少，也是同样的道理！关键就在于这个危险不是迅速激烈的，一个人如果尝试去抗衡这个危险，必然被杀，但这个危险有逃避的方向，那就是挤到人群里，当所有的人都挤入人群的时候，所有人就都成了待宰的羔羊！人都不想成为下一个被杀的羔羊！"伊挚最后一句残忍中带着冰冷。

"有道理！伊挚先生真是谋略高人！"天乙说。

包围圈依旧在慢慢缩小。商国的士兵发现盾牌阵如此好用，战斗意志都被激发出来，盾牌之间守护得滴水不漏。

"呼呼呼！"商军每发出一次整齐的口号，所有的盾牌就会向前一步，包围圈就缩小一圈。又有一群昆吾士兵到了长矛刺穿的范围，昆吾大军外围的尸体越来越多。

昆吾人挤在一起，只有被长矛逐层刺穿，昔日的霸主今日成了待宰的羔羊。牟卢知道再等下去就全完了。

"给我闪开！"牟卢大喝一声，奋力爬到周围士兵的肩上，手里依旧攥着长戈。顾长而高大的身形，身法灵巧如巨大的猿猴，踩着昆吾人的脑袋和肩膀，几下跳到了阵线的最前面。

"呼呼呼！"盾牌阵依旧在缩小。牟卢也看明白了盾牌军移动的口号。

在盾牌军移动的瞬间，长矛手不方便从后面刺杀。牟卢看准了时机。

"随我来！"牟卢站在昆吾士兵的肩膀上，手中长戈抡起来，居高临下，长戈又比一般人的长出几尺。

"咔嚓嚓！"牟卢已经砍断了前面商国士兵的长矛和长戈的木杆，戈尖闪动，举着盾牌的士兵从上被牟卢刺死了。

盾牌阵出现了缺口！后面盾牌兵也发现了，上前填补位置，转眼缺口就要消失了！

千钧一发之际，昆吾士兵看到机会来了，拼命跟着牟卢向前冲，终于冲到了前面的盾牌阵。

"冲啊！杀出去！"昆吾士兵看到前面的盾牌阵被突破了，赶紧冲出盾牌阵，如洪水一样就向后方撤去，其中摔倒被踩死的不知有多少。

牟卢想收住队伍从外面彻底击垮盾牌阵，但昆吾人都被挤怕了，刚刚逃出来都拼了命地往昆吾的方向跑。

"可恼！可恼！"仲虺一看如此全歼昆吾、生擒牟卢的机会竟然功亏一篑，气得哇哇大叫。

不等天乙下命令，仲虺率领手下就开始追杀，昆吾士兵只顾逃命了，哪有心思反击，不知又被商国士兵砍杀了多少。

前面十里不远就是伊河，昆吾士兵狼狈地逃窜过了河。

"拆了木桥。"木桥轰然倒塌，桥板顺着河水飘远。

牟卢气喘吁吁地查点人数，一万大军如今只剩下一半。

"唉！都怪朕太轻敌了，如今天乙竖子果然是翅膀硬了！"牟卢不由得仰天长叹一声，一万大军征伐商国，竟然落得如此下场。

商国的大军到了河边也就不再追赶，桥断，商国的战车也无法通过伊河。

天乙纵马站在伊水河堤上，战马兴奋得不停地踏着脚下的泥土。看着对岸的牟卢，天乙终于出了上次过河之气，心中感觉舒畅无比。

"牟卢，今日饶你一命！哈哈哈！"

天乙对着牟卢大喊，接着朗声长笑，回声在伊水上远远荡漾回来。两岸的所有士兵都听到了天乙的笑声，纷纷朝天乙望过来，有的是敬仰，有的是恐惧。

牟卢吃了大亏，没有颜面去禀告履癸，只能忍气吞声，回到昆吾城厉兵秣马，再找机会复仇。

如今商国早已不是昔日的商国了。自从伊挚来了之后，慢慢摸索出一套养兵练兵的方法。

每井八家，每家出一壮丁，二家共养一马。八家共出一车，每家各自保养戈矛、弓矢。每辆战车中设一中士统领，战车上有阵旗、阵鼓。

军队以八十人为一阵，每五阵有五十车，四百人加四百匹马是一旅。每个旅有单独的旅旗、旅鼓，设一裨将元士或中士。每十阵人马有一百辆战车，八百人和四百马是一军。大型战车战马皆披铠甲，每车上八人，四人居上手执弓矢，四人在下拿着长矛和盾牌。

每一军都立军旗、军鼓，设一大将统领，也可是当地元士，管理七十里地方，战车七百乘，甲士五千四百人，除余夫助役在外，君与将帅自将之。

各村各里长辈负责督促男子参军，除子弟替役外，全国军队有八千多人，共为七军。长风起处，大旗猎猎、鼓声低沉，大商将士无边无际。

有了仲虺先进的青铜铸造技术，战车盔甲都不再缺少。有了湟里且，物品、马匹、钱粮也都不用再忧虑。

经此一战，昆吾，这个天乙心底的大石头，竟然在如此短的时间就给搬开了。

天乙胸中豪情激荡："昆吾已经不是大商的对手，那天下除了履癸，谁还能够阻止大商前进的脚步？"

天乙已经不是跃跃欲试，而是必须抓住机会。

仲虺此时也依旧沉浸在胜利的喜悦中："昆吾刚刚战败，亟须休整。我们必须趁着这个机会出击。如果让昆吾缓过劲来，昆吾定会全力来征伐商国！"

天乙眯起眼睛，习惯性地轻抚着那帅气的长髯，说道："朕正有此意！"

第十三章　试探

惊心动魄的大战结束了，昆吾有恃无恐却大败而回！

"天乙竖子你等着！"牟卢一向志在必得，从来没有受过这种窝囊气，如何能够咽得下去，可无奈之下只能先退回昆吾。

天乙这几个月心底压了一块大石头，如今终于落地了，天乙如在云端梦里，恍如一切都是一场梦幻，父王主癸一生不敢想的事情，天乙竟然做到了。

"此战之后，商国大军所至定然所向披靡！他日定要生擒牟卢！"天乙终于有了王者的感觉。

"大王，虽然昆吾被打了回去，但称霸天下的时机还未成熟，我们还需要试探一下大夏。"伊挚看出天乙的心思。

"哦，如何试探？"

"今年，商国不向大夏进贡，看看天子履癸反应如何？"伊挚声音很轻。

天乙深吸了一口气，良久没有说话。"昆吾来袭，商国可以打回去，但如果商国主动去攻打昆吾，昆吾可是方伯长，天子就可能率领天下诸侯来征伐商国。到时候商国有能力保住自己吗？天子！天子！的确要冷静啊！"

"大王？"伊挚看出天乙在出神。

"先生说得极是，先生对时机的掌度之准，不负兵家元圣之名！"天乙回过神来夸了伊挚几句，掩饰一下刚才不小心流露的狂妄。

"元圣之名伊挚可不敢当。大王英明神武,他日定能率领天下群雄一统天下,但此时还要等待时机!我们可先看看天子的反应和天下的人心所向!"伊挚说。

"嗯,就依先生所言!"

大夏王邑斟鄩。

履癸听说了牟卢去打商国铩羽而归,竟然也没怎么放在心上。

"牟卢太过轻敌,打到商国境内,商国定会死战到底!吃一次败仗没什么。"既然昆吾已经退兵,履癸也就不再在意这件事。牟卢自觉脸上无光,自然也不会去履癸那里自取其辱。

有了琬、琰之后,还有妹喜的陪伴,履癸每天的日子都充满了旖旎和快乐,再也没有多余的时间去处理朝政。

人活在世间其实都有梦想,大部分人的梦想是用来破灭的。爱情是可遇不可求的奢侈品,遇到了也无法把握,徒留一世辛酸。活着成了很多人最大的目标,不敢丝毫懈怠放纵,能够体面地活着是很多普通人最现实的梦想。

履癸当然不是普通人,梦想当然也不是吃饱喝足,江山美人、纵横天下的梦想履癸已经实现。履癸拥有一切,人间所能得到的,他都得到了。履癸真的每天开心了吗?

每天上朝,履癸无奈地处理着大臣们的各种琐事,心里空落落的,还好远征岷山得到了喜爱的琬、琰来填补内心的空虚,女人对于男人,远远比男人对于女人更加重要,履癸不耐烦地散了朝,匆匆回了倾宫。

得到梦寐以求的美人是多少男人可望不可即的梦想,而履癸拥有天下最美的三个女人。

履癸逐渐成了琬、琰的全部,二人开始全心全意地对履癸好,这突然让履癸意识到妹喜不像自己爱她那样爱着自己,心中为此多少有些许失落。

火美人琰的热情如火,冰美人琬的欲擒故纵,二人美丽的纠缠让履癸几乎没时间去思考内心最深处的失落。

妹喜依旧对履癸百依百顺,温柔如水,享受着履癸对她的爱。能够和心爱的人长相厮守,快乐终老,每天看到自己心爱的人的一颦一笑,也许这才是世上最快乐的事。

相思会带来无法阻止、无法言语又无法消失的痛苦，伊挚和妹喜都在承受着这种痛苦。伊挚谋略天下，只为有一天能够再次见到妹喜，希望到了那一天，彼此都能真正地属于彼此。

最极致的快乐不是在喜欢的女人怀里酣睡，更让履癸兴奋的是在战场上厮杀带来的快感。在每年诸侯大会各国进贡的时候，履癸坐在朝堂上，看着天下诸侯朝拜，享受着权力带来的荣耀。履癸微微有一种晕眩的感觉，感觉自己真的就如天上的太阳，照耀着天下苍生和万国诸侯。

快乐的时光总是过得很快，转眼又到了秋天岁贡的时候，今年各国诸侯国君来了依旧不到半数，但是各国该进贡的物品大多到了。

履癸也不在乎那些他都记不清的诸侯王是否亲自到来。这些诸侯常年内部斗争，征伐不断，各大方伯长虽然负有协调之责，各国国君依旧频繁地更替。

费昌和赵梁负责清点各国进贡的物品。大夏现在最缺的就是粮食，费昌最关心各诸侯进贡的粮食数量。

"怎么没有商国的粮食？！"费昌心中疑惑，并没有出声。

赵梁正在为履癸挑选新奇的宝物。"今年的宝物怎么感觉少了很多，怎么一件商国的宝物也没有！"

商国进贡的粮食、青铜器物以及东海的各种珠贝都是每年贡品中的重要部分。赵梁去找履癸。

"大王，商国今年没有进贡！"赵梁对履癸启奏。

"商国没有进贡？好你个天乙，朕一直以为你是个忠诚之臣，赐封了商国方伯长。竖子以为打败了昆吾，就可以眼中没有天子了。看来有必要收拾一下商国了，竖子看来是忘了当年在夏台的滋味了！"履癸大怒。

履癸在位已经二十八年了，一生征战无数。如今虽然已经年过天命，依旧是神采飞扬、君临天下的王者，天下还没有人是履癸的对手。

商国亳城。

胳膊上的肌肉绷得衣服就要裂开，手指一松，一支羽箭破空而出，扑哧一声穿透了对面草人的胸膛。此刻对面的草靶中心已经插满了羽箭，天乙正在准备射第十箭。

天乙这几天心里总是觉得不踏实，每天早上很早就醒来，在玄鸟堂的院子中练习射箭，射箭能够让天乙的心情宁静下来！

"咚咚咚！"门外传来匆忙的脚步声。

"大王！东夷大军杀来了！"一名车正跑来通报天乙。

天乙的手一松，羽箭没有射出，弓弦打在了手指头上！

"东夷！东夷！怎么会来？！"

东夷地区广大，由很多国家联合组成。大军所至，消灭一两个东夷部落还是有可能的，但想要灭掉所有东夷部族，却不容易。如今的东夷再也没有后羿那样的牛人可以和大夏抗衡了。虽然东夷和商国历来交好，但天子履癸的命令东夷首领却不得不听。

东夷的大军浩浩荡荡地向商国杀了过来。东方边境的战报一个接一个地传来，东夷的大军布满了整个商国的边界，数不清到底有多少人，最少有万人以上。

天乙头上冷汗涔涔地淌了下来。

第十四章　生如蝼蚁

生如蝼蚁，当立鸿鹄之志；命如纸薄，应有不屈之心。

东夷一直是个神秘的地方，到底有多少个部落，中原的各国谁也说不清楚。太史终古的古籍上记载，东有九夷。当年的后羿和寒浞就是东夷的有穷氏，少康复国之后，少康儿子后杼王消灭了有穷氏，从此彻底打服了东夷，恢复了对东夷的控制。

商国在大夏和东夷联军面前，拿什么来抵挡？

"咚！咚！咚！"天乙击鼓召集大臣玄鸟堂议事！

"东夷大军来了，看样子来者不善！"天乙对大家说。

"大王，东门虚愿意率军迎敌。"东门虚将军听到这个消息上前请战。

"东门将军且慢！东夷不会平白无故地倾巢而出来征伐商国。最大的危险恐怕还在后面！"天乙虽然紧张，头脑却很清醒。

"东夷气势虽凶，多半只是虚张声势，需要静待其变！"伊挚赞许地看了天乙一眼，伊挚平静的目光让天乙的内心不那么紧张了。

夜色深了，众人散去了。

天乙刚要入睡，商国的车正来报。

"大王，天子亲率大军朝着商国杀来了！"

"什么？！东有九夷，西有天子大军，昆吾这次肯定也会趁火打劫，大商还能逃过此劫吗？"

"要不要赶紧召集伊挚和仲虺将军他们来商议？"有莘王女也被惊醒了。

"他们刚刚回去，还是等明天吧！"天乙故作镇定地说。

履癸自然不会忘了一直想要复仇的昆吾，有了履癸的支持，牟卢又恢复了不可一世的嚣张气焰，昆吾大军随着履癸的万人大军，气势汹汹地重新杀到商国的边界，洋溢着卷土重来的嚣张气焰。

天乙在床上辗转难眠，此时却什么也不能做。他努力想让自己睡一会儿，好不容易睡着，夏台的噩梦又出现了。

"为什么每当以为商国够强大，可以成就一番霸业时，就要遭受残酷的打击？"天乙心头思绪万千，现实总是会给人各种无尽的折磨。

迷迷糊糊中听到远处传来一声"咯咯哏——"，亳城的公鸡开始鸣叫了。天要亮了，看来不用睡了。

天终于亮了，伊挚已经知道天子大军要来了，早早地来到了玄鸟堂。

"伊挚先生果然料事如神，天子大军也来了！"天乙对大家说道。

伊挚对天乙说："大王，这就是试探的目的，东夷和昆吾大军来了，东夷看来目前仍听从履癸的命令，商国的力量在履癸和东夷的大军面前就如蝼蚁和猛虎一般。"

"蝼蚁和猛虎……"天乙有点儿泄气。

天乙知道商国的力量，上次如果不是战车偷袭成功和盾牌阵的出其不意，恐怕不是昆吾的对手。东夷人素来野蛮骁勇，从来没人知道东夷到底有多少人，多少军队，有什么样恐怖的巫术。

"商国根本没法和这些大军抗衡，现在我们该怎么办？"天乙虽然明白了形势，但是倒也并不是那么慌张了。

"大王不必担心，商国的贡品我们早就准备好了，我们去请罪。"伊挚说。

"请罪？天子履癸不会把朕再抓回斟鄩问斩或囚禁在夏台吧！"天乙这时候似乎突然变成了一个害怕的孩子，想起了自己在斟鄩的牢中大哭的时候。

"庆辅将军会在身后保护大王，大王只是阵前请罪，不入履癸的大营就可以了。我们只要献上贡品，天子怒气就会消了！"

"看来只有如此了！"天乙声音中充满无法掩饰的无奈。

天乙带着伊挚、庆辅等启程去迎接大夏大军。

履癸早就等得不耐烦了，终于看到商国的军队出现了。

履癸催动战车到了阵前，对面商国的军队稀稀拉拉的，队形看起来很随意。整个商军就像病猫一样，看到履癸的猛虎大军在瑟瑟发抖。

天乙走下战车，佝偻着背走上前来，不停咳嗽着，和在有仍参加诸侯大会时几乎没什么区别。

履癸一晃有好几年没见过天乙了。

"天乙叩见大王。"天乙几乎是体力不支地摔倒在地上，跪在地上给履癸叩头。

"天乙，你竟敢在大王面前装病！"牟卢在履癸身边看到天乙的样子，都要气炸了。

履癸疑惑地看了牟卢一眼，又看了看天乙，没有说话。

"大王，天乙由于秋天来临，最近在夏台落下的咳嗽之疾又犯了，所以负责筹备给大王进贡的物品，耽误了些时日。今日商国的进贡物品都已经凑齐，特来献给大王。求大王宽恕！"天乙继续瑟瑟发抖地叩头，不停地在咳嗽。

履癸听到天乙当年在夏台落下的咳嗽之病，心里怒火消了一半，思索着该如何处置天乙。

这时候伊挚催动战车来到履癸的战车之前，轻步走下战车，伏地叩拜行稽首礼。履癸看到伊挚依旧是在斟鄩时候的仙风道骨，如今更加清绝了。

"罪臣伊挚叩见大王！"

"伊挚先生平身，别来无恙，听说你协助天乙都打败了牟卢的大军，就用这些商军吗？"

伊挚起身回道："大王，牟卢国君太过轻敌，商国用了些计策自保而已，在大王的大军面前，商国就如蝼蚁而已，不堪一击！"

履癸哈哈大笑，放下了手中的双钩，旁边牟卢脸色阴晴不定也不好说什么。

"天乙，既然你是因为生病延误了进贡，朕就暂且饶过你这次！不过朕要伊挚先生随我回到斟鄩！"

"天乙谢大王不杀之恩！"天乙的汗早就湿透了盔甲，不由得真的咳嗽了起来。

"多谢大王，伊挚一个月后定然去斟鄩为大王分忧！"

履癸和牟卢带着数十辆大车的物品趾高气扬地走了，牟卢终于出了心中的气，也回了昆吾。

天乙跪在那里看着履癸的大军徐徐退去，看着履癸那威武雄壮的背影，那高高飘扬的黑龙旗在风中猎猎抖动，仿佛在告诉人们，这才是天下的主人，上天之子，大禹王的后代。

"商国真的能够和大夏去抗衡吗？自己只不过是一个蝼蚁，即使挣扎，即使努力，也不过是一个比较强壮的蝼蚁，永远无法和这个猛虎抗衡。"天乙不禁陷入沉思。

东边的东夷得到履癸撤军的消息，也迅速狼狈而散了。

天乙明白了伊挚不让自己贸然去攻打昆吾的良苦用心了，一切没有看起来那么简单，你以为你有了一千战车和上万兵马就可以纵横天下了，还差得远。

商国的身后除了昆吾，还有一头更危险的大象——东夷。

东夷的远祖是黄帝时期的蚩尤，蚩尤后来被后人称为战神，就知道东夷不是那么好降服的了。蚩尤当年被黄帝所杀，所以东夷人历来对中原各国心存戒备，中原各国对东夷的海边蛮荒之地也没什么兴趣。

东夷或者九夷只不过是一个大概的称呼，整个中原之外的茫茫东方到大海之边，不知分布着多少夷族。

天乙过高地估计了自己和东夷的关系，因为在东夷的心中从来就只有大夏。东夷的祖先后羿和寒浞也曾经做过大夏的天子数十年，即使到履癸的父王发的时候，依旧是诸夷宾于王门，诸夷入舞。

商国和东夷的关系只是利益关系，在关键时刻，东夷完全会为了讨好大夏，给空虚的商国背后致命一击。商国也别想收东夷为其所用，因为到了阵前，他们很可能作壁上观，哪一方势力强大，东夷就会帮助哪一方。

商国如果不能摆脱东夷这个身后大象，永远就如一只蚂蚁。

第十五章　各奔东西

商国亳城。

玄鸟堂的后殿中站着几个人，一人威仪赫赫，边上另一人文质彬彬，另一边一人红发虬髯，一人高瘦干练，几人在热烈地讨论着什么，正是天乙、伊挚、仲虺和庆辅。

"没想到除了昆吾还有一个更强大的东夷！东夷如此强大，不能为我大商所用，那如何才好？"天乙问道。

"大王不必过于担心，湟里且大人长年和东夷人打交道，必有良策给大王！"伊挚宽慰天乙。

天乙叫人把湟里且也叫了进来，湟里且依旧满面春风，一双眼睛总是笑眯眯的，拜见了天乙和伊挚之后说道："大王找我来，可是为了东夷的事情？"

"湟里且果然精明啊，东夷人有什么弱点吗？"天乙看到湟里且的笑，也不由得笑了起来，这就是湟里且的魅力，能够让所有人都开开心心地和他交换货物。

湟里且的笑容似乎成了他容貌的一部分，似乎永远都在笑。

仲虺看不过去了，问道："湟里且，你一直都在笑，你就没有一点儿烦恼吗？"

"世人怎么会没有烦恼。只不过微笑才是最好的生存方式，对人微笑总是没有坏处！"

"我就不信你睡着了也在笑！"仲虺疑惑地说。

"哈哈！一个人睡着了怎么可能一直在笑？没有人的时候我是从来不笑的。我的笑容是否看了让人觉得特别亲切，如沐春风？这样我才能更好地和各地人谈生意，天下各地风俗各异，但是微笑总是一样的。"

湟里且说着，笑得稀疏的胡子都在跳动。大家都哈哈笑了起来，室内的氛围瞬间轻松下来。

湟里且接着说："大王，东夷又叫九夷，湟里且就是东夷的凫更部落的，东夷各部落靠大王的仁义是不能感化的，但是东夷各部落都好利，大王要想让东夷不成为我大商的后顾之忧。只有……"

湟里且讲完，天乙说话的时候已经没有丝毫慌张。

"我大商与东夷素来交往密切，如今要成大业，必须解决东夷这个后顾之忧。看来我们有必要去一次东夷了。"

"天子要伊挚去斟郭，这次不能陪大王去东夷了。"伊挚说。

"伊挚先生不必担心，朕这次要和湟里且东入九夷，只是伊挚先生在斟郭一定多加保重，盼望伊挚先生早日归来！"

天乙说着双手拍了拍伊挚的肩膀，伊挚也双手拍了拍天乙的双臂，这对君臣又要分开了。

几天之后，伊挚要启程去斟郭了，天乙和湟里且要去东夷。

"大王，只要没有了东夷的后顾之忧，大商的雄图霸业就应如星火燎原、势如破竹了。大王此去务必珍重！伊挚此去，定会让天子几年内无暇顾及我大商！"

伊挚看到天乙已经没有了一丝的踌躇和犹豫，天乙知道如今大商已经是箭在弦上，不得不发。如今的天乙已经隐隐有王者之威，是经历过一切苦痛、一切绝望之后的坚定，作为大王，除了仁义，还要有坚定的信念和力量。

"伊挚先生珍重！愿一切如先生所言！"

天乙看着眼前的伊挚，这么多年，伊挚已经从随着王女陪嫁而来的一个奴仆变成了一个目光温和、坚定的智者，虽然依旧白衣胜雪，依旧步履轻盈，依旧如春风化雨，但鬓角也开始有了丝丝白发，胸前的胡须也开始随风飘扬了。伊挚是孤独的，没有人能完全明白伊挚的心思，天下只有一个人，能够让伊挚愿意完全敞开自己的心扉，那就是妹喜。

自从有了伊挚，天乙才有了这一切。伊挚需要面对更强大的天子，这次伊挚不能陪在天乙身边了。天乙这些年和伊挚学到了很多，如今要独自去面对东夷，天乙踌躇满志，他要去证明自己。

送行的有莘王女、天乙的儿子太丁和外丙、仲虺、汝鸠、汝方、子棘、东南西北四门将军，他们表情都很凝重。

有莘王女看着自己最重要的两个男人各奔东西，心里颇为伤感。东夷是野蛮之邦，天乙此去凶险万分。商国已经初露锋芒，大败了昆吾，此时伊挚再去斟鄩，万一天子翻脸，伊挚也是性命堪忧。在有莘王女心里，还有一种隐隐的、难以言说的痛苦，那是伊挚给自己的感觉的变化。

伊挚这次回来，虽然也单独来和王女请安，王女依旧对伊挚百般关切，但是王女似乎再也找不回自己和伊挚以前在一起的那种感觉了。人和人之间的感情建立可能要很多年，但是破裂却只是那么一瞬间的事情，而且无声无息，却又无可奈何。

有莘王女不明白为什么自己的伊挚变了，难道只是因为那个妺喜娘娘吗？感情一旦有了裂痕，就很难愈合，所以一定要懂得珍惜，有些东西一旦失去，即使寻找回来也不是当初的感觉了。

有莘王女脖颈上的珍珠项链衬托得她的颈部更加细腻如脂，美人锁骨的凹凸更是让人过目难忘，能够锁住任何一个男人的心。有莘王女今天刻意打扮得婉约动人，好让自己的两个男人在内心记住自己最美的一面。

"先生，马车准备好了。"一个女孩声音柔而不腻地传了过来。

伊挚点了点头，但当王女看到走在伊挚身边、如今已出落得如夏日初开的莲花般的白薇时，一股妒忌的火还是从王女的心底突然涌起。

伊挚甚至有时候都觉得自己有点儿依赖这个小丫头了，尽管白薇只有十几岁，但不应该说是小丫头了，白薇已经是亭亭玉立、玉洁冰清的少女了。

看到白薇灵动的眼光和跳跃灵动的身姿，王女不由得感叹青春无价。

时间有时候也是一把枷锁，锁住了我们，当年龄越大，我们就被锁得越深，纵使有万般渴望，也只能压抑在心底，在午夜梦回的时候，对着窗外的月光发出无声的叹息。

"难道伊挚的心被这个小丫头给勾走了？一个乡野丫头无非就是青春年少嘛？能有什么好？"有莘王女心里恨着，但是嘴上却对白薇说："白薇，一定要替我照顾好伊挚先生！"

王女在鄙视白薇出身的时候可能忘了，伊挚其实也是奴隶出身。

"白薇一定会照顾好伊挚主人！请王妃放心！"白薇表面谦恭地看着有莘王女的眼睛说，似乎已经看透了王女的内心。有莘王女看到白薇那双眼睛，突然心里打了一个战，这个女孩不简单，怪不得伊挚要天天把她带在身边，经过伊挚几年的调教，白薇的天赋已渐渐地显露出来。

白薇从小就在河边和野孩子打架，总是被男孩子欺负，来到商国之后，一直和庆辅修习轻功和近身格斗之术，因为她不仅要保护自己，还要保护伊挚先生，不让伊挚先生受到一丝伤害。白薇还和伊挚一起修炼练气养颜之法。如今的白薇行走时衣裙飘飘，身姿摇曳如在云端。更重要的是白薇能够理解伊挚的所有的心情，虽然不会说透，白薇总会在伊挚不开心的时候，主动跑过来逗伊挚开心。

天乙和伊挚出发了。留下的人也觉得责任重大，因为谁也不知道昆吾会不会趁着天乙和伊挚都不在再次大举进攻。

天乙明白有些事情别人代替不了，如果要做天下的王，那就要让天下都看到自己有成为天下的王的实力。自此君臣二人一个向西，一个向东，怀着同一个梦想。

第十六章 天帝

秋风阵阵，白色的云朵随风流动着，一群大雁长鸣着奔向南方，到处是一股肃杀萧条的秋色。

天乙和湟里且在东夷转了一大圈之后，踏上了回商国的路。几天之后已经到了商国境内，就要到亳城了。

"大王你看，王妃来接我们了！"

远远地看到前面有一支队伍。队伍前立着一人，衣服被风吹得紧紧贴在身上，华丽的披风裹不住动人的身姿，头上的发髻都有点儿被风吹乱了，柔弱间透着几分楚楚可怜。

天乙加快了脚步，看清了那依旧美丽的脸庞，是有莘王女。

王女正在远远地张望，终于也看清了天乙，眼里顿时充满了欣喜的神色。其他人也看到了天乙一行人，都立刻兴奋起来："大王回来了！"

天乙心头一阵温暖，赶紧翻身下了战车，疾步走上前去。

"朕有这么多臣子，必须振作，有所作为，否则如何对得起如此多人期望的目光？尤其是有莘王女，自己一直忙于国事，几乎忽略了美丽的王女。"

王女也早已经走上前来，天乙一把抱住了寒风中的王女。

"大王，你终于回来了！"有莘王女依偎在天乙怀里，抬起头看着天乙。天乙感觉到王女浑身冰凉，整个身子在瑟瑟发抖。

天乙低下头，王女正看着自己，明亮眼眸中闪着欣喜的光芒，小巧精致的鼻头竟然有点儿被冷风吹得发红了。

"王妃，你在车中等我就可以了，何必在风中等那么久！"

"我想能够早一点儿见到大王！"

天乙强有力的臂膀抱紧了王女，心中涌起一股热流。

风停了，天空的秋云都被吹散了，秋天的阳光给大地披上了一层温暖的柔光，暖色的光晕笼罩中的王女变得更加端庄和秀丽，周身散发着温婉柔和的光芒。

远处大臣们都来了，道路两边战士们盔甲鲜明，斗志昂扬，天乙胸中豪气升起，这是朕的大商。

仲虺等满朝大臣远路来迎接，一起过来拜见天乙。寒暄过后，湟里且开始给众人讲起了这次出访的故事，一行人热热闹闹地回了亳城。

华灯初上。玄鸟殿中灯火辉煌，商国正在举行大宴，庆祝天乙平安归来。举国上下竞相庆贺天乙平安归来，自从上次天乙被囚禁夏台之后，商国的人们已经害怕天乙离开商国了。天乙回来了，老百姓都很高兴，没有人关心东夷的问题是否已经解决，他们的大王平安回来了就好。

天乙并没有那么开心，东夷的事情一直在他心头萦绕。一想到上次履癸来讨伐时，东夷那无边无际的大军，这成了天乙心头的一个阴影。

这次去东夷，天乙看到堣夷和涂山氏的强大实力之后，更加验证了东夷的力量太强大了，大商也许永远都不可能是东夷的对手。

"商国还想称霸天下呢！东夷随时都可以把商国灭了。"天乙有点儿自怨自艾了。

几爵酒之后，天乙有了几分醉意，王女一边照顾着宴会上的客人，一边关注着天乙，看到天乙不经意间扶了下额头，有莘王女也看出来这次天乙回来之后似乎一直有心事。

这次伊挚去斟鄩，天乙去了东夷，王女心底一直惦记着天乙，而从没担心过伊挚。天乙出访，王女心底已经发生了变化，自从生了太丁之后，有莘王女对天乙的关心竟然已经超过了对伊挚的关心。

有时候能够拴住女人心的只有孩子，无论什么样的女子，当有了孩子之后，就开始为自己的孩子考虑，孩子的利益高于一切，因此也会爱屋及乌，更爱孩子的父亲。

"大王，你有什么心事吗？"王女问。

"没什么！王妃不必担心！"天乙吃了一惊，自己的心事王女怎么看出来的？天乙双眼已经变得迷离起来，恍惚间，天乙似乎看到殿外变得明亮起来，突然有人指着大殿门外。

"大王看那是什么？"所有人都朝着那人所指的方向看去，此时大殿外的院子竟然比殿内还要明亮。一片白色的光芒中，一只白色的巨兽张着血盆大口，嘴里露出闪亮的獠牙，眼睛中放着绿色的光。

"那是白狼？！"有人已经惊叫出声了。

所有人都看出来了，那的确是一头白狼，比一般的狼几乎大了一倍，庆辅一看本能地拔出短刀，挡在天乙身前。

"白狼的嘴里好像叼着东西，这不是一般的狼，这是一头神兽！"子棘见多识广，最先发现了白狼的神异。白狼周身如雪，虽然凶猛健壮，但有一股仙气萦绕。

人们逐渐冷静下来，这头白狼的确不是一般的野兽，是从天而降的神兽，浑身散发着白色的光芒。

众人朝着白狼的嘴里看去，白狼嘴里叼着一个金钩，金钩下系着的红丝绸裹着一个东西。众人接着注意到白狼被一个白衣老人牵着，这个老人须发皆是纯白，双目明亮温和，闪着智慧的光芒，看起来比子棘的年龄还要大。

老人站在殿前院中，看起来非常高大。

天乙走向院中。

"啊！"天乙不由得吃了一惊，院中的老人和白狼竟然都飘浮在白光之上。

天乙不由得回头看了一眼身边的庆辅。

"这次不是庆辅装的神仙啊！这是怎么回事？"

子棘这时候似乎明白了什么，赶紧跪倒在地。

"拜见天帝！"

"天帝！"天乙大惊，赶紧也跟着拜倒在地。

"天乙，如今天象已显，我今天把这个金符禹录给你，望你好自为之！"

老人声音很轻,但是所有人都从心中听到了这个声音,就如那老人是在自己心中说话一样。

那头白狼慢慢地从白光上走到了地面,好大一头白狼,这时候左右的武士都不由得远远闪开,白狼走到天乙跟前,庆辅刚要挡住白狼,天乙伸手按住了庆辅。

白狼慢慢走到了天乙身前,把金钩坠着的红色丝绸包裹放到地上的青石上,突然抬头看了天乙一眼,天乙心中一惊,身体顿时僵硬戒备起来,随时准备向后逃开。

白狼转身又上了白光,慢慢退回老人身边。

"大王!大王!"天乙听到声音睁开眼睛,看到有莘王女在呼唤自己,看到自己正靠在王女肩上。

"朕刚才好像做了一个梦,我梦到了天帝送来一个金钩红绸!好像就在那儿……"

王女顺着天乙指的方向望过去,真的有个什么东西在青石上。

"大王请看!"庆辅双手举着呈给天乙一个东西,正像是天乙梦中白狼叼着的金钩。

天乙犹豫了一下,接过来递给子棘。

"老师请看这是什么?"

子棘说:"大王,白狼是祥兽,只有仁德明哲的王者才能梦到,这个金钩乃是缚束金符禹录。"

天乙问子棘:"子棘老师,刚才朕梦到的真的是天帝吗?"

"大王,古籍记载天帝周身白衣,手牵白狼!金符禹录是天下之王的象征,相传当年尧舜时代就出现过!臣一直以为只是传说!大王得金钩,是大王有王天下的寓意!恭喜大王!"

子棘走到天乙身前伏地叩拜,众人也赶紧都跪倒,齐声恭喜天乙。

天乙有点儿云里梦里。"白狼!金符禹录!天帝!这到底是怎么回事?难道天帝真的认为朕是天命在身吗?"

第十七章　金符禹录

月亮已经落了下去，树上的鸟儿早已经睡熟，商国玄鸟堂依旧灯火通明，大堂上欢腾一片，宴会依旧在继续。

"天帝不知几千岁了，人生却不过百年。"天乙不禁感叹自己已经五十多岁，头发已经开始花白。

"大王，你知道豕韦氏的彭祖吗？他已经活了几百岁了，据说他见过天帝！"子棘说。

"真的有人能活几百岁？"天乙有点儿困惑不解。

"人也有生死，彭祖自有生死，天帝也有生死，只不过彭祖几百年生死，普通人几十年生死，天帝千年生死！"子棘说。

天乙听了若有所思，这时候有车正兵来报。

"大王，东夷发生内乱，涂山氏率领其他部族围攻堣夷，已经打得不可开交，东夷大部分部族死伤惨重！"

"湟里且啊湟里且，东夷为了这一百钟粮食打起来了！"天乙猛地站了起来。

湟里且笑着说："大王，东夷地域广大，部族众多，虽勇猛强悍，但都是好利之人，诱之以利，就成一盘散沙了。东夷虽然强大，只要略施小计，就不足为虑了。"

"如此甚好，两年之内东夷再也无法团结起来，大商无后顾之忧了！"

天乙不由得仰天大笑，胸中愁云一扫而净。

"如今大王梦到天帝白狼送金符禹录来到大商，天象已显，大王霸业可成矣！"湟里且意味深长地大笑了起来。

"大王和湟里且此次出访东夷收获巨大，这一招离间计用得更是妙。即使东夷的战乱平息，东夷的人心都已经散了，无法形成统一的力量，多年以内，大商东边无患了。"仲虺听到这个消息也很兴奋。

"大家喝酒！哈哈哈！"大殿中群臣都开怀笑了起来！

有了天帝的金符禹录，商国的气象焕然一新。各方诸侯听说此事之后，都来和商国修盟，愿意听从商国的号令，商国变得更强大了。

天乙和仲虺每日操练兵马，准备着未来的霸业。除了农忙的时候，空闲时都在操练车马阵形。

伊挚去斟鄩之前已经创造出大商的四奇四正大军！以四军处四正，按鸟、蛇、龙、虎；以四旅处四奇，按风、地、天、云。天乙以一军居中，为天柱军，负责总领全军。伊挚已经为大商霸业做好了谋划。

天乙和仲虺反复排练着四奇四正大军大气磅礴的万人攻伐之阵！

大商如今疆域辽阔，人口众多，农业和青铜铸造业都很发达。国内全民皆兵，大军厉兵秣马为了大商的霸业蓄势待发，隐隐有气吞山河之势。

斟鄩。

赵梁对履癸说过，商国只要没有了伊挚就不足为患。履癸对伊挚也一向很尊重，履癸为伊挚的归来特地设宴迎接。

伊挚此时已经到达了斟鄩。太禹殿内灯火辉煌，黄钟大吕之声下，穿梭来去的是天下美女的曼妙身姿。

履癸宴席的排场自然是比商国要大的，宴席上一群二八佳丽翩翩起舞，这是天下诸侯都没有的、妺喜亲自排练的歌舞，这是只有天子才有的气派。

妺喜多年之后终于又看到了伊挚，一瞬间竟然呆住了。

伊挚本来以为已经能够控制内心，不让思念去淹没自己，但当看到有些消瘦的妺喜，心里如同被撕了个稀巴烂，一瞬间自己所有的高傲都崩溃了。

伊挚内心已经被妺喜占满了，此刻两个人却一句话都不能说。

履癸和费昌等大臣过来敬酒，伊挚都是酒到樽空。

伊挚醉了，妹喜没有过来，依旧坐在那里。妹喜不敢过来，她怕自己会扑到伊挚的怀里，当众失态。

伊挚回到驿馆之后，冬夜中一个人站在院中的海棠树下。冬夜的月亮是那样清冷，月光照下来，将海棠树枝斜斜的影子投在地上，是一种疏影横斜的寂寞，伊挚看到自己的影子是那样孤单，不由得裹了裹身上的披风。

"东夷，东夷！"伊挚没有想到东夷那么听履癸的号令，而且也没有想到东夷如此强大。

"伊挚要通过天乙实现自己征服天下的梦想，是不是太幼稚了？你只不过是一个没人要的孤儿，只不过是一个做饭的奴隶。你真的能改变自己的命运吗？王女的心转到天乙那里是对的，如果是自己，也会一心一意地和天乙在一起。你是商国的左相，又是大夏的卿士，其实你不过是大家都需要的一枚棋子。妹儿，我真的能够得到你吗？我们真的能够在一起吗？"伊挚无法平息内心的波澜。

"不得不承认，见到你是我心情烦乱的主要原因，从此见不到你，恐怕自己就要崩溃了，这也是为什么我又回到了斟鄩吧，自己其实根本无法离开。但是又能如何，成功还需要时日，我想也许只有大商的霸业成就之后，才能为我们带来一些新的关系。但是现在的我又无法离开你。时间长了，也许就没那么思念了吧。天天见面而不能交流，这让我更加痛苦；一天见不到，就几乎让人要抓狂。这是一个目前无解的难题。你是否如我那样爱你？而我几乎感觉不到自己在你那里的存在，也许这一切都是我的幻觉。"

伊挚抓住海棠树的干，手心被树皮硌得生疼，但他无法控制住思绪。伊挚踱着步子，愈发黯然神伤。他抬起头看着月亮，不让自己的眼泪流下来。

"不，我一定要试一试，不过是身死而已。我要让王女和妹喜都看到伊挚不仅仅是这些大王的棋子而已！"

这时候厢房中黑着灯，但白薇并没有睡着，她看到了伊挚的惆怅，她知道伊挚这个时候不会希望自己去打扰他。

夜色安静，无声无息，外面下起了细雨，滴滴雨丝缠绕每一个人的梦。

第十八章　瑶台美人

斟鄩。

"伊挚先生来朝，协助费相管理农耕。"履癸满面和蔼地迎接了伊挚。

赵梁说商国没有了伊挚就如同人没有了双眼，伊挚回到了斟鄩之后，履癸终于不用再担心商国有什么作为了，天下百姓的日子终于又恢复了平静。

王宫内的日子也是平静如水，琬、琰来到斟鄩有一段时间了，对于长夜宫和倾宫都觉得没有那么新奇了。

"姐姐，我有一个想法！"琰凑到琬身边。

"嗯？你又想和大王要什么？"琬心底也开始好奇。

两个人心中逐渐有了一个新的想法，要实现这个想法，首先得要先讨好履癸。

履癸黄昏时分来到倾宫。

"琬！琰！朕回来了！"

倾宫内依旧静悄悄的。

"去哪儿了？"

履癸一个人坐着，琬、琰和妹喜都没在身边。没有琬、琰和妹喜，这偌大的倾宫真是寂寞。

正当履癸百无聊赖的时候，突然听到一阵悦耳的叮叮的声音响起，履癸不经意地抬起眼皮瞥了一眼。

只见远处走来一个一身火红长裙的绝世美人，正微笑着朝着他一步一步走过来。红色玛瑙雕琢的水滴耳环，随着琰走路的姿势晃动着，足以搅乱天下任何一个男人平静的心。耳环的光泽映着琰的脸颊光泽如玉，眼神更加勾人心魄，腰间的环佩走路时叮当作响。

琰知道履癸在看着她，所以走得更慢了，每走一步腰肢轻轻扭动，裙摆如在微风中摆动。膝盖带起的裙摆、脚步落地的清脆声音都让履癸目眩神迷。

女人什么时候最美？是当她微笑着朝你款款走来的时候，履癸心底很久没有熊熊火焰燃烧的感觉了。

还没等琰走到身边，履癸一把抱起琰就进入了身后的寝帐，寝帐的纱幔剧烈地抖动着。琰这种西域女子绝对不会压抑自己，如春天的小野猫的声音，让宫里所有的宫女听到脸上都泛起一阵潮红。

"琰！你真好！"履癸终于放松下来。世间所有的烦心事似乎都消失了，履癸平静而满足地看着娇羞的琰。

"大王，听说西王母有瑶池，上面都是美玉晶莹剔透，晚上看起来流光溢彩。如果床头也是玉的，我和大王一起躺在上面那该多美啊，如果有那样的一个地方该多好啊！"

女人总是会把握住合适的时机，知道什么时候和男人提出要求，男人是不会拒绝自己的。

"只要琰儿喜欢，朕就给你！"履癸果然一口答应。

琬虽然表面看起来冷若冰霜，但是琬的不理不睬更是能够抓住履癸的心。履癸每一次要得到琬，总是要来一次老虎捉白鹿的游戏，有时候老虎要捉到一头活力四射的小白鹿还真不是一件容易的事，有时候履癸都只有求琬。

"琬儿，让我抱抱你吧，不要总躲着朕了！"这一次履癸又是好不容易征服了琬，对男人来说不容易得到的，总是更让男人珍惜。

"琬你喜欢什么？"履癸问。

"琬儿希望有一个满是象牙装饰的洁白的有镜子的走廊，自己走在里面能看到自己的美。"

女人的美首先是取悦自己，即使没有男人，她也会打扮得美丽，自己被自己迷惑。

"这有何难？只要琬儿和琰儿能想出来的东西，大王就给你们办到！否则朕就不配当这天下的天子。"

履癸当然不会忘记了妹喜。

"妹儿，如今长夜宫也没有新鲜有趣的了，你想要什么？朕给你！"

妹喜听之后叹了口气。

"大王，妹儿修建长夜宫是为了和大王在一起的时候没人打扰，外面的那些大臣也就不会对大王说三道四了。如今大王的倾宫整个斟鄩都能看到，如果再要建造瑶台，恐怕天下会对天子有怨言！"

"朕想要的东西，就一定能够得到，天下都是朕的！妹儿你说喜欢什么？"

履癸心想琬、琰的要求都答应了，必须也要为妹喜做一件事情，否则以后妹喜肯定饶不了自己。

妹喜歪着头想了一会儿。

"妹儿想如果能有一间周围布满铜镜的房间，中间放一个可以旋转的圆盘，妹儿在上面起舞的时候，这个圆盘也跟着旋转，这样，妹儿就能看到自己起舞的样子，大王也能看到妹儿不同的舞姿，大王一定会喜欢。"

"妹儿，你这个主意不错，就叫作璇室吧，也要到处都用晶莹的玉石装饰。在朕心中妹儿的舞蹈永远是最美的。"履癸终于舒了一口气。

妹喜其实早就想要一个能够旋转、周围有铜镜的舞台。在上面翩翩起舞，那该是一道多么美丽的风景，以后即使自己给自己跳舞也是一件很美的事情。

女人都喜欢散发光芒的东西，这些东西会让她们每天都很开心。美女只有在开心的时候才会更美。

履癸知道这一点，所以才会每天让琬、琰和妹喜都开心，看着她们每天都开心得如花绽放，自己也会融化在幸福中。

但是这一次需要的珠宝和象牙、美玉等，不是几十件，而是需要装饰一个长廊和一间屋子。履癸让姬辛建造的这一切，似乎只有仙界的宫殿才有。

姬辛一直乐得讨好履癸做这些工程，但是这一次姬辛也有点儿傻眼了。

长夜宫和倾宫虽然浩大，但是以土木工程为主，这一次要的却都是宝玉，上哪儿去找那么多符合要求的宝石、美玉呢？

西域诸国宝石、美玉众多，但是西域诸国根本不是大夏的诸侯国，虽然每年有宝石、美玉进贡，但是根本不够。

西域地广人稀，路途太过遥远，履癸也没法率军去抢。姬辛只好和费昌从国库中取了大量粮食等物品去西域交换。

"国库中粮食不够了，物品也不够啊！"费昌无奈地向履癸启奏。

"那就增加税费，让百姓和诸侯多多上交！"履癸说得很轻松。

粮食这东西不是无穷无尽的，履癸收得太多，百姓就要饿肚子了。天下百姓的怒火从上次建造倾宫的时候就已经在累积，这次更是火上浇油，人们开始憎恨这个天上的太阳了。

连姬辛这次都有点儿不那么高兴了，姬辛虽然不用自己长途跋涉，但为了准备、设计瑶台，也是操碎了心。

第十九章　璇室起舞

南方常国境内。

南方的雨水充沛，阳光也更加炽热，到处都是茂密的树林，里面藏着无数的庞然大物。

"嗷——"树林间传出一声巨吼，大地都被震得在晃动着。

一群人手中紧握着长矛，紧张地盯着树林。突然一头足有两人来高的猛兽从林间跑了出来，猛兽有着两尺来长的獠牙，屁股后面插着几根长矛。

狂暴的大象看着前面，就朝着人群冲了过来，猎人们奋力掷出长矛，飞出的长矛刺到大象身上，大象更加狂怒，嘶吼着冲了上来，几个男人躲闪不及，被大象一脚踩在脚下，肠子、内脏流了满地。大象转身用鼻子卷起一个人就扔到了远处的树上，一晃象牙，又挑起了一个人，这人眼看是活不成了。

周围的人们并没有被眼前的场景吓住，更多的人冲上去，拽着麻绳围着大象不停地转圈奔跑，大象找不到攻击的目标，身上的麻绳却越缠越多，人们奋力拉扯麻绳，大象在用力挣脱，麻绳绷得咔咔响着，随时就要断掉。

突然轰的一声，大象倒在了地上。愤怒的人们冲上来用长矛对着大象一顿猛刺，大象开始还在地动山摇地号叫，过了不知多久，终于不再动弹了。

人们为什么要和大象殊死搏杀？人们需要象牙，而且是无数的象牙！

象牙温润细腻，色泽晶莹，自古就是稀缺的宝物。

履癸需要很多象牙，他要造一个镶满象牙的象廊。象牙自然要去南方诸国寻找，常国作为南方的方伯长自然被要求进贡象牙。

　　在南方诸国人的心中，大象既是神兽也是猛兽，一时间要弄到那么多象牙谈何容易？为了弄到象牙，多少家里的父亲为了去捕捉大象而惨死在象牙和象蹄之下。要弄到象牙并且不杀死大象几乎是不可能的，多少可怜的大象的牙齿被整根取了下来，从此之后南方很难再看到大象的身影了。

　　南方诸国的百姓心里痛得都要流血，心底愤怒的火焰在燃烧。

　　这些还不够，履癸还需要玉石，琬、琰要玉床，妹喜的璇室也需要很多的美玉。美玉大多在西域各国出产，西方方伯长顾国国君委望被要求去采集玉矿石。委望一向不太招履癸喜欢，这次只得拼了老命，厚着脸皮，拉着彤城的夏耕将军，一起去深山和西域诸国开采美玉。玉石采集好了，还要千里迢迢地送到斟鄩，路途艰辛，委望看起来都老了好几岁，还好玉石总算都运到了斟鄩。

　　履癸象征性地送了委望一些礼物，委望道谢而去，总算过了履癸这一关。

　　建造璇室有了洁白温润的象牙，再嵌满精美的铜镜，房间才会光彩夺目、熠熠生辉，妹喜才能看到自己如梦如幻的美丽身影，进贡铜镜的事情自然就落到了商国的身上。铜镜对商国来说虽然也是不容易，但不至于到劳民伤财的地步，伊挚欣然同意了。

　　妹喜以为伊挚是为了自己，心中有些许歉意。伊挚回来有些日子了，妹喜一直没有去见他。上一次伊挚的离开让妹喜在痛苦的思念中沉沦了无数个不眠的夜晚，那些煎熬让妹喜心神俱伤，要让自己好好活下去，只能强迫自己忘掉伊挚。

　　妹喜忍住不去见伊挚，朝堂上也不和他说一句话，不看一眼。妹喜知道哪怕是一个眼神的交错，都可能坚持不住，可能就此彻底沉沦。自己所有的骄傲都会在伊挚面前崩溃。妹喜怕履癸会察觉，自己身死没有关系，但不能连累了伊挚。

　　商国。

　　天乙接到伊挚要替天子铸造铜镜的书信，脸上露出了笑容。

　　"这是一个好消息！告诉伊挚先生，商国一定会按时把铜镜送到斟鄩！"

　　仲虺抓紧时间铸造铜镜，仲虺知道这些铜镜也许妹喜会看到，每一面铜镜都用心打造得异常精美。仲虺想着妹喜在镜中看到自己美丽的倩影的时候，会不会想到这些铜镜是仲虺哥哥打造的呢。

铜镜很快就铸造打磨完成了，天乙派湟里且把这些铜镜送到斟鄩。

湟里且把铜镜送到斟鄩之后，履癸很是高兴。

"天乙果然忠心，朕心甚慰！"履癸开始觉得，即使商国变得强大了，也比豕韦那些只知道谋利的可靠。

当璇室、瑶台、象廊和玉床都建造好之后，履癸和琬、琰都看痴了。精致通透的瑶台、象廊在月光之下，闪着夺目的光芒，宛如仙境。

履癸拉着妹喜来到了修建好的璇室，妹喜双眼瞬间如星光闪亮了，璇室中点着白色的鱼膏蜡烛，周围的铜镜拼接起来，使整个璇室烛影和人影交相辉映，妹喜轻轻舞动身姿，光影变幻间如有千万个妹喜同时起舞。

璇室一角琴声响起，钟鼓衬托着节奏，妹喜在璇室中的圆盘上起舞，舞台也随之慢慢旋转。妹喜不由得翩翩飞转，第一次这么真切地看到自己的美，无论在哪个方向都能看到自己舞蹈时的样子，妹喜眼中泪光莹莹，竟然为自己的美而流泪了。一人起舞，万千美人随之起舞。

象廊中光影幻化，映出琬、琰的千般风姿和万种风情。琬和琰更是在象廊中对着自己的影子看个没够，在宝玉装饰的瑶台上，看着月光下自己在瑶池中的倒影，恍如天上月宫中的嫦娥。

琰美女其实更期待夏天来临，在月光下的瑶池中沐浴时候的样子，现在她更喜欢自己的玉床，玉床也能看到自己自在惬意的影子，几分慵懒，几分魅惑。琰满意地笑了，这才是天子的女人该睡的床。

夜晚来临，一轮圆月当空，清冷的月光洒在倾山之上的瑶台上。

瑶台上赏月，有妹喜、琬、琰几个仙子般的美人陪伴，履癸觉得自己也如在仙境。

"恐怕那西王母的瑶台也不如这吧。"履癸有点儿飘飘然了，"这是在梦中吗？不是梦。"周围的琬、琰和妹喜都脱尘若仙，笑靥如花，触手可及，只有这样的地方才配得上朕的几位美人。

自从修建了瑶台之后，履癸上朝的时候，心里总有点儿别扭，不过还好关龙逢还在家中养病，朝中应该不会有大臣谏言。

这日上朝，朝中诸事，费昌和伊挚都料理得井井有条，所以一般上朝也没什么事情。履癸看今天应该没什么事情，正准备散朝，就在这时候殿中响起了一个声音。

"大王，老朽有事启奏！"

履癸吃了一惊："难道关龙逢回来了，自己没看见？"

只见殿中一个老头儿竟然举着一张图跪在大殿中央。履癸恍惚了一下，仔细一看原来是太史终古。

"大王，老臣作为太史请问大王，太禹殿外的大鼎一共有几个呢？都是做什么用的呢？"太史终古跪在那里昂头问履癸。

"先王大禹，铸造九鼎定天下九州！这个朕如何不知！"履癸不知道终古想要做什么，心中已经有了怒意。

"大王，当年大禹王铸造九鼎以定天下九州，鼎的意思就是天下苍生从此都有饭吃。如今大王修建倾宫之后又修建璇室、瑶台、象廊和玉床，耗费天下民力、财力无限，百姓都食不果腹，诸侯心中怨恨，如此下去大夏江山危矣！臣今天给大王献上天下九州之图，希望大王以大夏江山为重！"

履癸勃然而起，没想到除了关龙逢，又来一个倚老卖老的老头儿。

"朕是天子，天下都是朕的，修建个瑶台也没什么！朕就是天上的太阳，太阳会有危险吗？"

"大王不要忘了，原来天上有九日，不都被后羿给射了下来！就还剩了如今一个！"终古并没有被履癸的盛怒给吓住。

"大胆终古！总拿后羿篡夏的事来讽刺朕，朕不是当年的太康王，就是十个后羿，朕也会把他撕碎了！念你年老，今天饶你不死，给我轰出殿去！"

几个近卫勇士上来，直接把太史终古给拖出了太禹殿。

履癸宣布散朝，众人默默散去。

终古被轰出大殿之后，心中郁闷难散，这一日，去看望关龙逢。终古对关龙逢讲了自己朝堂直谏的事情。

关龙逢听了之后也不由得叹气："你我作为大夏的老臣，一定要尽到规劝大王的职责！虽死无憾！"

终古看着床上虚弱的关龙逢，点了点头。

"关大人还是先养好身体。"

一年中最为难熬的冬天终于过去了，人们迎来了春天。

太史终古回到观象台，每天晚上自己对着星空在这里度过了人生大部分的岁月。今夜的星空又是这样明亮，终古虽然不知道为什么，但知道这是冬天星星的特点。

终古突然发现似乎有几颗星星眼睛眨得有点儿不一样。"难道自己老了，眼睛花了？"终古揉了揉干涩的眼睛，用手扶住黄琮和白璧，继续仔细观看那几颗星星。黄琮是由长长的方形的黄色玉石打磨而成的，斜着固定在基座上，上面是圆形的柱状，白璧是白色的玉环。自己是大夏观天的太史，黄琮白璧是只有天子才有的观天的礼器，终古一直为能够用黄琮白璧观天而感到自豪。

可惜履癸似乎并不怎么在意这个太史，终古对履癸的作用只是记录史册的时候，记录下履癸四处征战的丰功伟绩。

终古走到黄琮和白璧的边上，轻轻转动白璧，这几颗眨眼睛很特别的星星，以前怎么没有见过？

这时候，天空隐隐有低沉的声音传来。

"难道又打雷了吗？冬天打雷可不是什么好兆头，明年也许又要大旱了。"

终古自言自语地嘀咕着。但是这不是雷声，那个声音越来越大，那几颗星星也不再只是眨眼睛，而是在呼啸着飞来。

"陨星！"终古不由得惊呼起来。上次地震之前，终古看到了星落如雨，但是这一次他第一次看到如此巨大的陨星。

慢慢地终古看清了，五颗被熊熊的大火包围着的巨大星星正朝着自己飞来。

第二十章　星落雨血

这一夜，斟鄩的所有人都从梦中被隆隆的声音惊醒。随着隆隆的声音，人们惊慌地望向天空。

"啊！那是什么？！"五颗巨大的火球从天空中飘过。

人们看到过流星如雨，经历过上次的地震，此时感觉更加恐怖。

"天火来了！天火来了！"一声巨响，天空下起了滚烫的热雨！天空中惊雷阵阵！

一颗大火球落入了洛水之中，顿时洛水就沸腾了，化成了一片片的水雾，白色的雾气迅速笼罩了整个斟鄩城。

无数的鱼虾瞬间都被烫死，洛水瞬时咕嘟咕嘟地冒着大水花，犹如一个巨大的鼎要把斟鄩的人都吞噬了，斟鄩的人们如同被蒸煮的食物又湿又热。

四处伸手不见五指，什么也看不见，人人浑身燥热，汗流如雨，小孩子扯着嗓子在凄厉地哭闹。

人们仰望雾蒙蒙的天空，心中暗想："末日来临了吗？"

接着一颗火球贴着洛水飞过，撞在洛水边上的小山上。

"隆隆隆——"惊天动地的声音，整个大地都在颤栗着。山林都燃烧了起来，火光映得整个斟鄩一片明亮。

终古不由得心中慨叹。"万幸！没有落入城中！"

终古的自言自语刚说完，突然就觉得头上好热，抬头一看，一颗火球正朝着观象台飞来。

"啊！"终古惨叫一声，"我命休矣！"

还没来得及反应，火球就已经到了，终古感觉自己的头发、眉毛都烧焦了，浑身都在火中烤着。"疼！原来烧死是这种感觉！"

过了一会儿，终古发觉自己还活着，睁开眼睛，只见火球落入了观象台下的民居中，引起了熊熊大火。

火球只是擦着终古的头顶上方飞了过去，终古吓得瘫坐在地上，胸口嘭嘭地跳着，嘴里干渴难忍，头顶火辣辣地疼，一摸头发大部分都已经焦了。

还有三颗陨星！随着巨大的响声，斟鄩城中顿时浓烟四起，火光冲天，照亮了整个天空。不知有多少百姓在这三颗陨星的撞击下瞬间消失。斟鄩城中遍地都是哭号之声。

伊挚从梦中惊醒，看到天上滚滚飞来的大火球，感觉整个斟鄩城就要毁灭了。

"天灾！"伊挚急忙起身就要出门去查看，想起来要嘱咐白薇几句，身后一只纤纤玉手递过来了一件披风，伊挚回头一看，白薇在身后正对着伊挚微笑，早已收拾好了。伊挚对白薇关切地看了一眼，点了一下头。白薇看到伊挚关切的眼神心中一暖。

伊挚没有说话，出门直奔夏宫的方向。伊挚心中很害怕，如果再也见不到妹喜怎么办！

伊挚步伐轻盈地迅速从街上混乱的人群中穿过。远远地望见夏王的宫殿和倾宫都安然依旧，伊挚的心终于落了下来。

履癸也早已被惊醒，在倾山上也看着全城，妹喜在旁边默默地望着商国驿馆的方向，心里祈祷伊挚先生没事，此刻妹喜心中满是伊挚。"伊挚，你没事吧？我终于发现你是多么重要，你的存在，在我心中超过了所有的一切，你才是我生命中最重要的人。为了你，我愿意努力，永远不会放弃，为了你，我愿意付出一切，哪怕是我的生命。"

履癸一看城中着火了，赶紧命令近卫勇士从宫中的湖中，用各自能找到的木桶打了水去救火。

火光、哭喊声充溢着全城，烧裂了木头的噼啪声中，不时有房梁断落，简直就是人间地狱。

世界末日真的来了。

当太阳再次升起的时候，明火已经都被扑灭了，城中到处浓烟滚滚。

履癸带着费昌、赵梁和终古等大臣走在斟郡的街道上，到处都是无家可归的人，人们麻木瑟缩着，看到履癸也毫无反应。

前面是一个黑乎乎的大坑，坑底和四壁都是焦土，履癸问："这是什么地方？"

终古说："大王，这就是陨星坠落的地方！"

履癸不由得倒吸了一口凉气！幸亏没有落到王宫中！

"费相，粮仓里无论还有多少粮食，先让城中的子民都有东西吃！"

"费昌明白！"费昌知道春天是粮仓中最为空虚的时候，不过可以从昆吾借一些粮食来赈灾。

天空依旧灰蒙蒙的，太阳没有了往日的光芒，变得苍白无力。

履癸面色凝重，四处查看火灾造成的损失。"难道朕真的做得过分了，上天竟然落下如此多的陨星！"履癸开始反思，浓浓的剑眉就要拧到了一处。

突然，履癸感觉什么东西落到了肩膀上，好像有雨点落了下来。履癸抬头看了看天，出着太阳，怎么会下雨呢？雨越下越大，大雨点噼噼啪啪地砸到焦土上，腾起丝丝土星儿，转眼四处变得泥泞不堪。

身边的内臣赶紧举过伞盖，履癸一把推开，继续任由大雨落到身上。履癸抹了一把脸上的雨水，手上竟然都是红色的。

终古也看了看手上的雨水。"大王，这是血雨啊，晴天血雨，大不吉啊！"

"你给我闭嘴，什么血雨？你闻闻这雨水有血腥味吗？这不过是飘在天空中的灰尘造成的颜色！"履癸怒骂。

终古闻了闻手上的雨水果然没有血腥味道。

一行人出了斟郡来到洛水边上。

履癸走到洛水边，水中一片浑黄，河水早已没有了往日的宁静，在咆哮着流淌，河中有很多巨大的东西在起起伏伏，黑乎乎的看不清，就像水中的怪兽，看起来非常可怕。

"河中那是些什么怪物啊?"河边的百姓窃窃私语着。

履癸仔细看着河中的情况,一时也看不清是什么,费昌看看远处被陨石撞击的小山。

"大王,如果费昌没猜错,那些应该是昨日被陨星烧焦的大树,如今只剩下烧焦的树干被这大雨给冲到河里了,大王可以叫百姓不必害怕!"

"费相所言极是!"

履癸听到如此说,顿觉得有理,赞许地看了费昌一眼,心中的压抑、疑惑,减轻了不少。

"哎呀!"终古突然感觉头上剧痛,以为又是陨石,低头一看,一块块白色的东西掉在地上。

天空突然落下了巨大的冰雹,一个个都有鸡蛋大小,砸得河边的树叶纷纷落了一地,有人被砸到额头,不一会儿就起了大包。

人们捂住头,四处寻找可以藏身的地方,履癸也只好狼狈地回到了宫中。

第二天上朝,群臣中多了一个苍老的身影,关龙逢又上朝了。

终古作为太史,自然要启奏。

"大王,五星皆陨,天降血雨,天雨木冰。洛水飞流,天将大变!望大王……"终古还没说完,关龙逢已经走上前来抢过了话头。

"大王,人道既绝,天命必终。灾变异常,亡无日矣!"

关龙逢话一出,终古惊出一身冷汗。

"老家伙还来揭伤疤?"履癸心里已经够烦的,听完不由得大怒,"住口!真是反了!都推出去枭首!"

武士过来把终古和关龙逢擒下绑了,就要推出太禹殿外面枭首。

朝中有卿士佐卿四人跪下求情。

"你们都是关龙逢的同党,一贯妖言惑众,都给朕绑了一起枭首!"

第二十一章　天雨木冰

斟鄩太禹殿外跪着六个人，炎炎烈日烤得人头皮火辣辣地疼，中间一个老头儿就是太史终古。

武士们巨大的斧子已经举起，几人心中却是一片冰凉。"也罢，人活一世终究一死，为了大夏而死也是值了。"

履癸震怒了。履癸的虬髯竖了起来，双目中如同喷火，人们很久没有见履癸如此震怒。

履癸有些不明白。"朕这么多年一直为大夏东征西战，不臣服的诸侯都被一一打败，天下还有谁是大夏的对手？为什么这群老家伙老口口声声地说什么大夏将亡！必须把这群老家伙杀之而后快！"履癸的杀心已起，没有人再敢说话，生怕被一起拖出去砍了。

就在这时候，勉力上朝的关龙逢已经在太禹殿外昏死过去。

这六人的脑袋就要被砍掉了，费昌知道有一个人的话大王可能会听，费昌看伊挚依旧无动于衷，忙给伊挚使眼色。伊挚知道费昌着急，对费昌点了点头，缓步走到大殿正中。

"大王不必动怒，这些下臣不明事理，此事实是上天之错！"

群臣听到伊挚竟然说上天之错，无不愕然，对天不敬可是大忌。

履癸反而笑了，问道："哦？伊挚先生有何高见？"

"臣下得罪于大王诚当杀，然太史所陈者之事，是上天得罪了大王。大王总不能惩罚上天吧。我们还是给上天一面吧！"

"上天平白无故掉下几颗大火球，实在可恶！"履癸好像开始对上天发怒了。

"大王莫若自为神圣之恩德，以解天变，宽恕了六人的过错，天变也就解了，天下都会念及大王仁怀天下，大王可否看在上天的面上饶这六人缓死？"

伊挚的话果然有用，履癸冷静下来。履癸有时无法控制地暴怒，伊挚却能让履癸的怒火平息下来。

履癸沉默了一会儿说："既然伊挚先生求情，那朕就暂饶这几人不死！"

这六个人被从殿外的断头台上被拉了回来，也算在鬼门关走了一圈，众人面无表情地看了上面的履癸一眼，心里依旧一片冰凉，生生死死只是一瞬间的事。

城中的童谣又出现了："五星皆陨，雨日并斗，天降血雨，天雨木冰，平柱矢流。天将大变！"哀婉凄迷的歌声，在这斟鄩城中本就悲戚的气氛中更是让人越听越绝望。

履癸听到了童谣的事情怒不可遏。"一定要把所有唱童谣的人都抓起来！"

此起彼伏的童谣却如鬼魅一样，胡乱抓了几个人之后，童谣依旧在城中传唱着。

终古也听到了童谣，心中更加凄凉一片。终古知道自己如果想要活命必须走了，履癸肯定以为是自己传出去的谣言，定然不能饶了自己。

是夜，太史终古看着一屋子的竹简和羊皮古籍，实在难以割舍。另一个不能割舍的就是观象台。

终古走到观象台，抚摸着黄琮和白璧，做了这么多年大夏的太史，从没想过会有离开的一天。"终古一生谨小慎微，天象异常，总得有人要说话吧。哎！"终古对着黄琮白璧说着内心的话，它们都是他的知心好友。终古看看已经略显干枯的双手，收拾了星图和九州图，其他都没有收拾。"也好，大夏气数已尽，留在此地恐徒增伤心，性命也如风中的烛火，旦夕不保。"

就在这时，小童来报，外面有客人。终古很疑惑，这个时候谁会来看自己呢？

终古忙走了出来，看到堂中站着一个人，身形修长，玉树临风，容貌温和，颇有几分仙气。

终古的客人正是伊挚。伊挚从怀中拿出一封羊皮书信。

"终古大人,带了这封书信去商国吧。天乙国君定将以礼相待!"

"多谢伊挚先生!"终古不由得感激涕零,伊挚先生竟然还惦记着自己这个老头子。

第二天,终古收拾好行李,带着小童悄悄地出了城门。

伊挚送到城外分别,终古再次拜谢,马车朝着商国而去。

"五星皆陨,雨日并斗,天将血雨,天雨木冰,平柱矢流。天将大变!"伊挚轻轻地念着,白薇看着伊挚,白薇从来没有见过先生如此的微笑。

"先生?!"白薇不由得问出了口。

伊挚似乎觉察到什么,忙说道:"没什么,我们回去吧!"

白薇可不会和伊挚隐藏什么,笑着说:"先生,这个童谣我到处传唱了,开始还不明白到底有什么作用,原来是为了太史大人!"

"有些话不可说,心里明白就好!"

"在别人面前,白薇自然不会说。这不是只有我和先生吗?我可不希望自己有一天和先生有了隔阂,我心里想什么都想告诉先生!如果不能那样,白薇会伤心的。"

白薇噘起了小嘴,察觉到伊挚注视自己的眼神,心里也很高兴。

伊挚看着这个少女的美丽面庞,说道:"你这个小丫头!"

"总叫人家小丫头,人家早就不是了,没发现我的衣服都变了吗?我可不能被那个妹喜娘娘和有莘王女给比下去。"

伊挚犹豫了一下,还是和以前一样,用手摸摸白薇的头,不过白薇的头发什么时候变得如此丝滑?白薇真的长大了,自己再也不能把她当小孩子了。

终古走了。

履癸听说这个消息之后依旧怒气未消。"终古定是心里有愧于大夏,这老头儿除了会和朕说天象异常,真的不知道还会什么?去就去吧!"

此刻终古已经进入商国境内。一路上终古看到商国的百姓都在勤劳耕种,沿途村镇都秩序井然,并没有专横懈怠之人。

终古暗暗赞叹道:"商国真是一个开明的地方,我来商国也许就是顺应天意吧。"

伊挚早就通过车正传消息到了商国，天乙知道太史终古要来，早早地出城迎接。"太史大人一路舟车劳顿，辛苦了。"

终古见到天乙，不由得老泪纵横。"大王，老朽哪敢劳动大王大驾呢？"

"太史大人到来是商国的大幸！天乙哪能不来迎接呢？"天乙把终古迎进了亳城，大宴为终古接风。

终古看到商国群臣精神焕发，人人心如明镜，不藏一丝奸私之心，人人用心辅佐天乙，终古不由得从心底赞叹。

众人都散去的时候，只剩下了终古和子棘等天乙几个重臣的时候，终古突然跪倒在地。

"大王，终古夜观天象，天命绝夏，大王当救天下生民。"

天乙吃了一惊，赶紧把终古搀扶了起来。

"太史大人，天乙何德何能？这种话可不能乱说，否则会身死国灭的。"

终古没有回答，取出了那张只有大夏才有的天下九州图。当一张巨大的羊皮拼接在一起的地图在案上缓缓展开的时候，所有的人都惊呆了。

山川的走势，河流的流向，每一个诸侯国，每一个都城，都在上面标注得清清楚楚的，极为详细。

天乙只知道天下几个诸侯国大概的位置，看着地图良久不肯移开视线，心中暗叹："天下原来是这样的。"

子棘说道："大王，如今太史大人带来了天下九州图，金符禹录开始应验了。"

"天下，天下！"天下从此在天乙的心底生了根。

第二十二章　共舞

春暖花开，空气中都充满了花香的味道，枝头又有了叽叽喳喳吵闹的小鸟。

一身男子的衣服，颀长的身姿再戴上斗笠，不仔细看，一般人根本不会发现是一个女子，只会觉得是哪家玉树临风的贵公子。

妹喜穿着男子的衣服下了马车，走进王邑商国驿馆的时候，谁也不会猜到进入商国驿馆的人竟然是大夏元妃。如此温馨而美好的日子，履癸岂能辜负了美人，在倾宫中每天陪着琬、琰，歌舞宴饮，妹喜空闲的时光就多了。

"元妃娘娘来了。"伊挚看到妹喜面色平静，如同妹喜昨天还来过一样。

妹喜想从伊挚的眼神中寻找思念的痕迹，却只看到平静深邃的一汪清潭，一切都深深藏在了伊挚的心底。

"娘娘请喝茶。"

妹喜看到伊挚对自己的到来没有任何欣喜之色，心中不免有些失落。妹喜端起青铜茶杯品了一口，一股清甜润舒的感觉沁入心脾。

伊挚看到妹喜细长灵活的手指捧着茶杯，柔软的嘴唇啜着清茶，心中思量："多久没能这样看着你了。"

这时候妹喜突然抬眼看到伊挚正深情地注视着自己。伊挚的目光和妹喜闪亮的眸子相对，不由得心中有点儿怯了，赶紧看向别处。

"这是伊挚从商国带来的茶，娘娘觉得味道如何？"

"很好！"妹喜的话中已经有了笑意。

妹喜和伊挚两个人清茶一盏，恍惚回到了最初相见的日子。

妹喜松开盘着的一头长发，左右轻轻甩动，让头发变得更加顺直。

伊挚静静地装作无意地看着妹喜，妹喜和自己初见时候的模样几乎一点儿也没变，只是少了一些当初的高傲，多了一分宁静。

妹喜让随身的宫女阿离拿过来一个小布包，打开里面是一件和妹喜穿的一样的长袍。

"这是我送给先生的，我要看看你我穿上一样的衣服，谁更英姿飒爽一些？"说着妹喜竟有点儿不由自主地笑出声来。伊挚看着妹喜的笑容犹如一个少女一样灿烂，不由觉得自己也变成少年了，难掩笑意地看着妹喜。"妹儿好久没有这样笑过了吧。如果能够天天看到你这样笑那该多好啊。"

伊挚换了衣服出来，站在妹喜身前，白薇和阿离都看呆了，两人都是出尘脱俗的雅致，举手投足自然流露出一种风流韵味。

"真是一对璧人啊。"

妹喜看到伊挚穿了衣服出来不由得拉着伊挚到了院子中的水池边，看着水中的倒影，妹喜的肩头不由得靠到了伊挚的肩头。

伊挚多希望时间永远停在这里，永远这样陪着妹喜，哪里都不去。

良久，妹喜轻轻地说："我们一起跳一支舞吧。"

"我不会跳舞！"伊挚有些不好意思了。

"我会你就会了！"妹喜说着已经袍袖轻举，腰肢舒展，围着伊挚舞了起来，轻轻唱着。

妹喜虽然穿着男子的袍袖，却更能体现出妹喜本身的美，不知不觉间，伊挚也慢慢加入妹喜的舞蹈中，伊挚才发觉原来跳舞的感觉这么美妙。

左手托着妹喜后仰的腰肢，右手抓住妹喜的手让她在空中飞舞着。

阿离和白薇也看得如痴如醉。当两人的舞蹈最终停下来的时候，白薇的眼中不知不觉地已经有了晶莹的泪水。

"我什么时候才能像妹喜娘娘那样美呢？也许只有妹喜娘娘那样的女人才配陪在先生身边吧。"白薇也开始多愁善感起来。

伊挚和妹喜安安静静地陪着彼此，心中更加在意对方。两人一起读书练气，只希望日子就这样平平静静就好，何必去管什么名分，何必去管什么天下。

转眼已经初夏，斟鄩城外的田野里一片生机。

白薇的父亲心情很好，今年终于不用再去给大王修建宫殿了，可以安心种好庄稼了。谷子刚刚出了苗，绿油油的，惹人喜爱，禾苗每天都一节一节地长高，谷子苗散发出清新气息。

白薇的父亲心里充满了希望，女儿跟随了伊挚先生，这让自己这个祖祖辈辈都靠种地为生的家族非常骄傲。"白薇算有了一个好的归宿，不用和自己一样每天下地干活儿了。"

许久没有下雨了，白薇的父亲走到洛水边，随着粗壮的胳膊一晃动，用扁担把一个木桶甩到水中，木桶头朝下扣在水面上，他迅速一拽，水就进入到木桶中了，然后用力，两把拉了回来，接着把另一个木桶也灌满了水。

白薇父亲挑起水桶，扁担在肩头一颤一颤地走向田野。当他把水倒入谷子地里的时候，突然听到嗷嗷的一群狗叫之声。他吓了一跳，忙站起身来，向四周观看，田野中一片寂静，哪里有狗的影子呢？

"汪汪汪——"低沉的狗叫声又传来了，这一次不仅白薇的父亲听到了，周围所有种田的人都听到了。此刻在斟鄩的履癸也听到了，妹喜也听到了。

白薇父亲这才发现，这狗叫声原来是从地底下传来的。这时候全斟鄩的人都听到了这狗叫声，不过叫了一会儿就没有了，周围一切也没什么变化，大家就把这当成一个谈资，没人过于关注这件事。

狗叫声传来的时候，伊挚伏在地上听了一会儿，皱着眉站起了身。

"先生怎么了？哪里来的狗叫？"白薇问。

"地下怎么会有狗叫！应该是哪里大地有了变动！距离不是很近，因此，我们只听到了地下的声音。也许过几天就知道了。"伊挚说道。

第二天早晨，大雾。大雾从半夜就开始了，浓浓的雾让人们都看不到眼前的人，天气也寒冷得有些异常。

白薇父亲披上了厚厚的衣服还是冻得瑟瑟发抖，搓了搓冻得发红的双手，手上由于突然受冷，有的地方都肿了起来。

远处树木的影子都如同恐怖的怪兽在浓雾中张牙舞爪。四周一片安静，整个世界都被这大雾吞没了。

"如今已经是夏日节气，怎么会突然这么冷呢？"白薇父亲在大雾中去看自己的谷苗，走到田边的时候，发现谷子苗竟然变成了白色，赶紧伏身仔细观看，谷子苗和地上竟然下满了霜。

"节气都乱了，难道天下真的要大变吗？"他不由得自言自语。

第二十三章　天神之怒

"这次大雾会不会像前几次一样,又是几十天啊!"一连几天,大雾依旧弥漫凄迷,人们见不到太阳,心都要发霉了。

又是上朝的日子,履癸今天一身黑色崭新的袍服,胸前绣的龙张牙舞爪,让人不敢直视,比龙更可怕的是履癸,人们都相信宝座上这个九岁就能屠龙的人是真正的天子。

"大王,太史终古不辞而别投奔商国去了!"一个年轻的史官哆哆嗦嗦、磕磕绊绊地启奏。

"什么?!"履癸怒喝一声。

年轻史官扑通趴在地上,这时候殿外传来呼啸之声,如同猛兽在吼叫。太禹殿屋顶上扑簌簌地落下了许多尘土。

"大王,起风了,雾散了!"费昌站了出来,示意年轻史官赶紧退下。

殿外一阵风呼啸吹过,大雾瞬间消失得无影无踪,所有人都松了一口气。

明媚的阳光再次照进大殿,宝座上的履癸更加雄姿英发,威武雄壮。"走了也好,老家伙胡思乱想,五颗陨星掉下来和朕的大夏江山有什么关系!!"

履癸俯视着大殿中的群臣。朝堂上一片安静,竟没一个人站出来说天象的事情。履癸竟然有点儿失望,想发怒,大殿上也没有了可以发怒的人。

费昌等启奏了一些常规事务,履癸不由得有点儿怀念太史终古。

"赵相，近日地中犬吠，夏日下霜。甚为稀奇！赵相可有什么想法！"履癸竟然自己提起天象，赵梁只好说："大王，天象不干大夏国运，星陨、夏霜古也有之，大王不必挂怀！"

夏侯无荒看到赵梁在和稀泥，实在忍不住，走到殿中。"天象异常虽不干大夏国运，但既然天象显现，大王应该到泰山去祭天，以求大夏风调雨顺，国泰民安，年年都有好收成！"

其他大臣一听，夏侯无荒这个建议甚好，纷纷劝履癸去泰山祭天。

履癸心中虽然并不把上天放在眼里，但如今也不像年少时那样一切唯我独尊了。"既然群臣都想朕去，朕就去泰山祭天。"履癸答应了群臣的请求，心里想着，"以前每次出去都是征伐，不能带着心爱的人，这次正好可以带着妹儿、琬儿和琰儿出去散散心。"

履癸三日之后启程去泰山祭天。

履癸留下赵梁和姬辛以及扁将军照看斟鄩，自己率领大军，群臣浩浩荡荡地就奔泰山出发了。

妹喜和琬、琰一起随行，心情也都很舒畅。履癸看到她们好奇地欣赏着沿途风光，脸上绽放出明媚的笑容，第一次感觉到自己不用征伐也能感受到作为天子的荣耀。

商国亳城。

车正满头汗水跑了进来："大王，天子大军浩浩荡荡地朝着商国来了。"

天乙一惊："难道天下之图的事传到了大夏成了谋逆罪名，履癸亲率大军征伐商国来了？"

天乙召集仲虺等一起商议对策，准备集结全部兵力去边境迎敌，一时间商国忙乱异常。就在这时，伊挚的书信到了，天乙急忙展开，紧皱的眉头慢慢解开了。

"天子只是去泰山祭天！路过商国边境。"众人紧张的神情终于松弛下来。

"天子去泰山祭天，商国应该准备礼物、衣食之物，犒劳天子之师。"子棘说。

"子棘老师说得有理，这是一个和天子修好的机会。"天乙说。

天乙派汝鸠、汝方去边境犒劳天子之师，虽然天乙没来，履癸对商国的犒劳也表示满意。

天乙心中的大石头终于落地了，天乙知道必须加快准备。否则，履癸就是一把随时会落下来的斧子，天乙梦中一直出现自己在斟鄩断头台上的情景。

几天之后，履癸一行到了泰山。

泰山没有华山的险峻，但是其巍峨大气磅礴的气势，天下没有第二座山能与其比肩。

履癸坐着辇到了中天门，上面再也没有像样的路了，辇已经没办法继续上去了。履癸下了辇，抬头遥望南天门。一条不知多少代古人凿出来的小路直通云霄，山顶的山门若隐若现隐在云雾之中。

"这里难道真的是人间通往上天的天门吗？"履癸不由得也被泰山的气势给震慑住了。履癸兴致来了，开始攀登南天门。众人一看也只能跟着履癸一起向上爬。

走到一半的时候，费昌、赵梁这些老臣都累得汗流浃背，气喘如牛，坐在台阶上不走了。

妹喜修炼日久，爬山自然不是问题，琬、琰从小就在山上长大，有说有笑地就上来了。履癸满意地看着自己这几个心爱的女人，大笑起来。

"你们这些整天装作如此深沉的老臣也有今天！元妃娘娘和琬、琰二妃都比你们强多了！"

大臣们看着妹喜和琬、琰从身边飘过，想让自己看起来庄重一些，停住喘气，一个个都把脸憋得通红。

"你瞧，他们累坏了！哈哈！"琰大笑起来，妹喜和琬也不禁莞尔。

履癸登上了南天门。四周群山低头，云海在脚下随风流动，俯瞰群山云海，心情舒畅，志得意满。

履癸不由得也诗兴大发。

"泰山巍巍兮，吾心茫茫。遥望天门兮，宛云雾间。白日飞升兮，亦恐难及。恍三魂出窍，挥汗如雨。待七窍生烟，天门终及。"

履癸等了半个时辰之后，群臣都慢慢登上山顶。近卫勇士更是生猛，把祭天的香炉等用品都扛到了山顶。

正午时刻祭拜上天。履癸整理好朝服，郑重地点燃三支香，祭祀泰山。

突然呼的一声，众人一惊，一片黄云滚滚而来。山上顿时狂风大作，如天神发怒，天地一片浑黄，沙砾、碎石击打着人们的面颊和身体。

"啊——救——命——"几个身体羸弱的文臣被大风吹了起来，飞到空中，凄惨地呼号，在空中翻着跟斗就朝悬崖下坠落而去，惨烈的回声在风中传来真是恐怖至极。

费昌也就要坚持不住了，眼看就要被吹飞起来，这时候一只大手伸了过来拉住了费昌。

"多谢……夏……"费昌刚张嘴，就被吹了一嘴沙子，而且对方根本听不到。

原来是夏侯无荒。无荒身体很胖，所以没事，赶紧拉住费昌等，俯身躲在一块巨石后面避风。

"哎——啊——"这时，一个宫女的尖叫声从空中传来，原来宫女也被吹到了空中。

伊挚本来就在妹喜身后，一把抱住了妹喜，躲在石头后面。

履癸赶紧去保护躲在大石头后面的琬、琰，履癸看到妹喜和伊挚躲在另一块大石头后面，心里稍微安定。

周围巨石滚动，如鬼哭狼嚎。

"难道真是上天发怒了吗？天上的上古神兽下来惩罚自己来了吗？"

不知过了多久，狂风终于停了。人们发觉自己还活着，真是劫后余生，大家抖落身上的沙尘，摸摸自己的手、脚、脑袋都在。

所有人都脸色惨白，琬、琰美人此刻早已花容失色，琰美人扑到履癸怀中。

哇的一声，二人一起哭了出来。

"好了好了！都过去了！"履癸安抚着琰，同时也把僵硬的琬拉了过来。

刚才在狂风之中，伊挚把妹喜紧紧抱在怀中，妹喜虽然心里怦怦直跳，却没有丝毫的害怕，心里却是另一种心境。"即使就这样死在伊挚的怀里也好！"

此刻风停了，伊挚赶紧放开妹喜。妹喜看了伊挚一眼，伊挚反而后退一步。

"那是什么？"这时候妹喜指着前面说。

履癸等人顺着妹喜手指的方向一看，吃惊地发现前面不远处的乱石中，竟然竖起了个巨石，宛如一块巨大的石碑。

这时候身边的无荒说道:"大王,这块巨石犹如一座巨碑,定是大王祭天感动了上天,上天为大王立此巨碑作为纪念!"

"哈哈!夏侯说得正是!"履癸刚才也是第一次感受到了恐惧,一向什么都不怕的履癸第一次有了无可奈何的感觉,上天的神威让履癸第一次感受到人的渺小。不由得感激地看了无荒一眼,履癸的心里变得明朗起来。

履癸志得意满地笑了,命令石匠把自己刚刚做的诗刻在石头上:朱砂笔尖在石碑上书写了:"大夏履癸泰山祭天!泰山巍巍兮……天门终及。"

履癸完成了泰山祭天!

第二十四章　纵身一跃

远方一条大河蜿蜒。大地上一片安静平和，两岸到处生机盎然，一座山的影子从地平线上缓缓升起。

大路上一支队伍迤逦而行，履癸泰山祭天的队伍已经进入了大夏的境内。

"大王，这就是黄河，远处是瞿山，瞿山后面再走百里，就是斟𩈗了。"费昌对履癸说。

黄河水安静地流淌着，没有了往日的奔腾咆哮，在阳光下温柔舒缓。

看到瞿山，就快到斟𩈗了，只要翻过瞿山就能看到斟𩈗了，终于要回家了。队伍很快就到了瞿山脚下，大军以及战车物品都绕道另一条低缓的山路，履癸决定不走盘山路，直接从山顶翻过瞿山。

履癸开始带领大家攀登瞿山，瞿山并不算高，半个时辰之后，众人就登上了山顶。

一轮红日当空，白云在蓝天上轻轻流淌，山河壮丽，远处黄河如晶莹的宝石，闪烁着波光。

远处烟树葱茏，迷迷茫茫的地方就是斟𩈗了，欣赏着这如诗如画的美景，大家不由得感叹大地的雄浑壮阔。琬、琰高兴得要在山顶舞蹈起来，没出过远门的宫女们更是叽叽喳喳，开心地说个不停。终于要到家了，所有人的心终于放下来了。

此刻的履癸没有说话，陷入沉思中，不知在想着什么。突然地下又传来狗叫之声，而且伴随着开裂的隆隆回声。人们发现这次狗叫之声似乎就在脚下，都惊慌起来。

就在这时候，瞿山突然震动起来。众人经历了泰山上的大风，早已如惊弓之鸟，心中惶恐万分，瞬间慌乱成了一片，但是山顶就那么大，四处乱窜也不知哪里能够躲藏。

伊挚一直盯着脚下的山石，看到山石出现了一道裂缝。

"瞿山要塌了，大家赶紧往这边跑。"伊挚大喊，伸手拉住妹喜就朝远离裂缝的一边飞奔。

履癸也看到了裂缝，拉起琬、琰，同伊挚一起飞奔。

有些人的反应略微慢了一些，脚下的整片山石已经在朝着山下滑动。所有人都拼命跑起来，很多人手脚并用，一个个急似丧家之犬。

随着轰隆一声巨响，山顶整个朝着山下滑去，几个宫女和大臣速度稍微慢了点，身不由己地随着山石翻滚而下，哭喊声传来，成了他们留给这个世界最后的声音。

整个大山都在抖动，这次比泰山上的大风更加恐怖，随着山体滑落的，惨叫的声音瞬间就被掩盖，从这个世界消失了，他们最后将是一种怎样的恐怖和绝望。

大片山石滑落之后，山上的碎石不停地崩塌，一片一片滑落，隆隆之声不绝于耳。到处尘土飞扬，瞿山似乎变成了人间地狱。

履癸虽然自认为是天上的太阳，但是此刻，他感觉天空布满了乌云，自己这个太阳再也没有什么光芒了。

这哪里是什么地中狗叫之声，明明是瞿山的山石在逐渐碎裂的声音，山体碎裂的声音远远地通过大地传到了斟鄩。

履癸强自镇定下来，看着滑塌的山顶。"瞿山为什么会崩塌？"履癸发怒了，这个问题没法问任何人，履癸开始怀疑上天在和他作对。

"大王，应该自从上次地震之后，瞿山受到了震动逐渐开裂。今天众人登上山顶，扰动了山顶的力量平衡，山体就崩塌了。这应该是人力所为，和天意无关！"伊挚平静地对履癸说。

众人心中依旧害怕，都远远地慢慢朝着山下退去，看着众人渐渐走远。

履癸和伊挚依旧留在掉落的山顶一侧查看山体崩坍的情况，妹喜和琬、琰自然一直跟在身边。

他们登上一块巨大的石头，看下面山体坍塌了一半，露出一个山谷来。

突然又传来一声低沉如狗低吼的声音。

"不好！"履癸叫了一声。琬、琰顿时花容失色，从左右分别抱住了履癸的胳膊，履癸看了一眼妹喜，妹喜却看向了伊挚。

"伊挚先生，帮朕保护妹喜娘娘！"

同时脚底下的大石头已经开始在滑动，妹喜早就牵住了伊挚的手。履癸用手中双钩钩住了大石上的凹陷处，趴在大石头上，琬、琰也都趴在大石头上，紧紧抱住履癸的胳膊。

"大王，我害怕！"琰不禁喊出声音来。琬依旧那么冷，但是已经双眼紧闭，抱住履癸不说话。

履癸也很紧张，紧闭着嘴不说话。

妹喜从小跳舞，平衡能力远超常人，只是轻松摆动身体就能在巨石上保持平衡。伊挚从小练气，脚步一直很轻盈，伊挚看见妹喜毫无惧色，自己拉住妹喜的手，反而成了妹喜在帮助自己在保持平衡。

伊挚在惊险万分中看着妹喜，突然有了一种与以往不一样的感觉，妹喜变得那么高大，想起自己梦中一直出现的母亲，心中突突地跳动，牙齿竟然都开始打战，不是害怕，而是一种从未有过的激动。

此刻大石头速度开始变快，就要朝着山谷滑下去了。

"我们必须跳下去，否则如果大石滑下去，肯定活不了！"妹喜大喊。妹喜拉着脚步踉跄的伊挚，走到巨石边缘。

"前面有一块平地，我们朝那里跳！"妹喜一拉伊挚，两个人就已经腾空了，空中伊挚一把把妹喜抱在怀中，两人落地的时候，伊挚用自己的背部先着地，然后两人就在地上滚动起来。不知滚动了多少圈，开始伊挚还感觉到石块磕到自己的背部很疼，当看到自己怀里的妹喜，疼痛的感觉就消失了。伊挚已经眩晕了，不知道时间、天地为何，自己这是在哪里，头中、耳中嗡嗡作响。

突然眼前只有白光一片，天空大地依旧在不停地旋转，良久，伊挚听到一个声音，这个声音是那样温柔动听，就像是童年母亲的声音。

"伊挚，你还好吧。"伊挚慢慢睁开眼睛，才感觉到自己是躺在妹喜的怀里。妹喜看着自己的眼神，正如自己的母亲。

伊挚看到妹喜之后，嘴角露出了微笑，又闭上了双眼。"这一切不是梦吧？我们还活着。"

履癸和琬、琰在后面看到妹喜和伊挚跳了下去，一咬牙，将手中双钩撒开，和琬、琰三人抱成了一团，也朝着伊挚和妹喜的方向滚了下去。

履癸和琬、琰跳下去时，已经离着伊挚和妹喜有几十丈了，履癸身形巨大，左右把琬、琰都抱在怀里，也不知滚了多少圈，三人躺在那里停了下来，依旧感觉天地在旋转。

终于巨石轰隆的滑动声音越来越远，慢慢地世界又归于平静，天地也不再旋转。履癸依旧有耳鸣，但是听到一个声音。

"大王！大王！"履癸努力睁开眼睛，只见妹喜在摸着自己的额头，伊挚也站在旁边。

琬、琰在旁边抱在一起似乎在哭泣。履癸站了起来，打了一个踉跄，除了背部和头部有点儿磕伤的疼，没什么大碍。

"我们都还活着就好！"履癸声音依旧坚定有力。

第二十五章　懂你的痛

红日西垂，一层金色光芒笼罩着瞿山，光芒中间一道黑色的阴影是塌陷断裂出的新山谷。

履癸向北眺望着依旧宁静的黄河，回首远处已经干涸的洛水，心中若有所思。

"大王，我们该回斟鄩了。"费昌看天色不早了，上前提醒履癸。

"回家，回去之后朕要做一件大事。"履癸说。

"大王，什么大事？"费昌问。

"回去再说。"履癸神秘一笑，脸上的擦伤更添了几分威严。

泰山祭天的队伍终于回到了斟鄩。

斟鄩依旧没有下雨，湛蓝湛蓝的天空万里无云，田野里的草开始枯黄了，树木的叶子打着卷，毫无生气地垂着。

夜晚来临，皓月当空，履癸在倾宫上望着月亮。"这个蟾宫中真的住着嫦娥吗？"

远处隐隐有小孩在唱歌，暗夜里听起来颇为怪异，履癸凝神去听，终于听清了，啪的一声把手中的铜酒爵摔在地上，一脚踏扁了。

歌声依旧没有停："群犬吠，夏日霜，泰山走石立，伊洛竭，天下将大变。群犬吠……"

城内又有了新的童谣，履癸最恨这天下将大变。

"天象和天下真的有关吗？伊洛竭！这已经是第二次大旱了，伊洛干涸一次百姓就绝收一次！不能让妖党总拿这个做由头，如果伊洛有了水，谣言自然就消失了。"

烈日当头。

河床上淤泥龟裂成一块一块的，一个壮年男子赤着上身，汗水不停流着，在胳膊上留下了一层白色的汗碱，他不停地用木耒向下挖着洛水河底的泥土。男子不知疲倦地挖了很久，泥土里终于渗出水来。他用木桶等许久才能接到半桶水，凑足两桶之后，扁担一颤一颤地挑到地里，用瓢把水一点儿一点儿浇到谷子的根部。这样也只能让谷子不死掉，依旧无法长穗秀穗，等到秋天仍然不会有收获。这个人正是白薇的父亲。

没有了洛水，不用说灌溉，就连人们喝的水都成了问题，人们只好把土井继续向下挖深一丈，井壁四周才慢慢渗出水来。

白薇父亲正在田边发呆，这时候来了两个当兵的，说道："大王要征徭役去引黄河水到洛水，每家要出一名壮丁。"

"引黄河水到洛水！真的吗？"

瞿山并不远，白薇父亲和众人很快就到了。

众人抬头望去，山顶不知什么时候裂开了一个大口子，中间形成了一个驼峰的凹陷，上面布满了密密麻麻如同蚂蚁的黑点，走近了才发现全是忙碌的民夫，人们用竹筐往山下搬着石头，吆喝声口号声此起彼伏。越来越多的人到了瞿山，山下扎起一片一片的棚屋和半地下的地窝子。

"开山引黄河！山如果能开，那还叫山吗？"白薇的父亲惊呆了。

大王有令，数万民夫都在这里开山，上千的士兵在维持秩序。

巍峨坚硬的大山看起来坚不可摧，但不可能是一整块大石头。泰山祭天回来路过瞿山的时候，履癸看到瞿山崩塌，就想到了这一点。瞿山以碎石为主，通过人力完全可以逐渐把瞿山的石头一块一块搬走。

先祖大禹的辉煌成就一直深深地影响着履癸，履癸也要创立千秋功业，挖开瞿山把黄河水引到洛水中来。履癸没有和群臣商议，直接征集民夫就干了起来。

听说是引黄河水灌溉农田，这次征民夫出奇顺利，根本没有民夫逃跑或躲藏起来，没有多久瞿山就已聚集了几万人。

山顶伞盖下垂着的铜铃叮咚作响，下面坐着一个人。远远地看不清具体容貌，白薇父亲却已经被他的气场所震撼了。"那就是大王！"那是天下共主，他们的夏王履癸。

大家知道这次不是修宫殿，挖开瞿山引来黄河之水，从此就不用担心洛水没有水了，以后粮食的收成就有了保障了，再也不怕大旱的年份了，所以没有一个人抱怨。

大王履癸亲自坐镇，这对很多从来没见过履癸的人绝对是一个巨大的激励！有天子履癸在，大家都使出全身力气，瞿山上下一派热火朝天的场景。大家齐心协力为了同一个目标努力，这本身就是一件幸福的事情，尤其这件事情还是为了大夏的百姓，为了子孙千秋万代。

转眼问题出现了，山上有无数巨石。人力是无法对付这么大的石头的，人们用木棍插入巨石缝隙，几个人用力想把巨石撬动，咔嚓一声，木棍断裂了，巨石依然安然不动。

"这可怎么办？"所有人都束手无策，姬辛虽然善于营造宫殿，但对于如何对付这种巨石也毫无思路。

履癸双臂一晃千斤之力，但大力士再多，这巨石上也没有那么多人下手的地方。履癸浓眉紧锁，注视着下面的巨石，这时候一块落石滚落。

"有了！"履癸想到了一个方法。履癸让人在巨石周围用树干搭起高高的架子，架子越搭越高，逐渐有十丈高了。然后用绳子绑起来一块大石头，上面拴上数百条绳子，然后绳子绕过木架子最高处的一根木梁，所有人一起用力。

"一二三，起！"费昌亲自指挥着。大石头被拉了起来，越来越高。

"一二三，放手——"费昌喊道。然后所有人听指挥，一起松手。大石头带着绳子如雷霆落下，瞬时砸到巨石上，发出惊天动地的响声。

大家围过来观看，上面的大石头已经碎开了，下面的巨石上也已经出现了一个裂缝。

"这个方法管用！"大家兴奋地继续来第二次。

瞿山的石头本来就不够坚硬，容易碎裂。用这个方法，再顽固的巨石，被这么砸几次之后，都裂成了几块。

工程进展神速，一个月时间，山谷中的碎石被清理干净，清理出来的碎石，用来加固洛水和黄河之间的水渠。

接下来工程进展变慢了，几个月时间，人们才能重新砸开一层新的山石。履癸决定了的事情，就一定要做成，尽管此时天下发生了许多事，履癸依旧在一心一意地开挖瞿山。

日落日升，日子一天一天过去。

这一天和往日一样，白薇父亲依旧在瞿山砸石头，他的双手早已冒出了无数的血泡，血泡凝结后变成厚厚的茧子。白薇的父亲，身体强壮，思维敏捷，被选为砸石头小组的一个首领。他们这次碰到一块巨大的石头，又大又厚，他率领大家用石头砸了几次都毫无效果。下面那块巨石被砸出了无数个坑，但就是不裂开。这次他们动用了所有最强壮的人，所有人喊着号子，一块小山一样的大石头被吊了起来。

支架粗壮的木梁吱吱呀呀作响，似乎已经无法承受这块巨石的重量。

"放！"白薇的父亲大喝一声。轰的一声，大石头落了下来，咔嚓一声，这次终于不是闷闷的声音，下面的大石头裂了。

"砸开了！"人们欢呼雀跃着。但是随着石头开裂的声音，人们似乎又听到了以前的狗叫之声。

"大家快跑！山上的石头开裂了！"人们抬头一看，山上已经有碎石开始滚落下来。人们都朝远处跑去，一时间几万人拥挤踩踏，山上碎石滚滚而落。

履癸此时就在山顶上，看到如此景象也是心惊。履癸后退了几丈，刚才他所在地方已经塌了，山坡上的碎石一层累积一层，最后变成汹涌的石头波浪，追赶着下面惊慌如蚂蚁一样密集的民夫。

这次崩塌的规模比上一次更大，人们真的就如蚂蚁一样，转眼石头的波浪就吞没了下面的蚂蚁，白薇的父亲指挥大家快跑，一看石头如山洪一样滚下来。白薇父亲也赶紧跑了起来，但前面人群太过拥挤，他根本跑不快。

一块巨大的石头飞了过来，白薇的父亲知道跑不了了，遥望了一下斟鄩的方向，那里有他的家，也有他唯一的希望，跟随伊挚先生的女儿白薇。这个高大的汉子，流出泪来，石头滚来，感觉浑身一热，从此天地玄黄，人间再无此人。

这时白薇在斟鄩，莫名地心绪不宁，感觉有什么事情要发生，斟鄩的所有人都听到了瞿山传来的声音，紧接着瞿山就传来了消息。

"白薇，你的父亲没了。"伊挚不忍心欺骗白薇，只好告诉了白薇实情。

白薇第一次趴在伊挚怀里放声大哭起来。"我恨大王，是他害死了父亲！"白薇捶打着伊挚的胸膛，伊挚一言不发，任由怀里这个小姑娘发泄着自己的悲伤和愤怒！

伊挚从小就失去了父母，能感受到白薇的痛苦，伊挚把怀中的白薇紧紧抱住。"别哭了，还有我呢。"白薇哭声更大了，伊挚不再说话，任凭白薇的泪水浸湿了自己胸前的衣衫。

瞿山又塌了，这次一下子淹没了几千人，民夫们被石头压成了肉饼。履癸经历了无数大战，大战的战场也没有如此惨烈。

自古以来，除了大禹治水的时候，洪水淹没了大地，大夏多年的战争，从来没有一次死过这么多人。

大夏的土地上哀鸿遍野，到处都在举哀，凄惨情景无以名状。

履癸不由得仰天长啸："天帝，你是在和朕作对吗！"

第二十六章　奋不顾身

瞿山又塌了！滚滚落石之下上千人被活埋，凄惨情形让天下为之震惊。

履癸倾大夏万人之力的工程瞬间崩塌了，白白耗费了许多人力财力，伤到了大夏的元气。履癸带着一股怒火回到宫中，心中烦躁不知如何发泄。

几个宫女看到履癸，端着铜盘的手开始发抖，酒爵发出轻微的声音，履癸侧目看了一眼。

"咣啷！"宫女铜盘上面的酒爵掉在了地上。

"没用的东西！"履癸怒火一下上来，飞身一脚把那个宫女踢飞了，宫女哪里禁得住履癸这一脚，身子斜飞了起来，后脑正撞到柱子上，其他宫女赶紧过去查看，惊骇的表情凝固在那个宫女年轻的面容上，已经气绝身亡。

"哼！抬下去！"瞬间宫中人人自危，履癸懊恼不该对身边人如此，心情更不好了。

倾宫之中依旧灯火辉煌。这里永远是一片欢乐的春光。琬、琰的歌舞曼妙，乐师的音乐悦耳，动人心弦。一曲舞罢，琬、琰额头上都渗出了点点晶莹的汗珠，发际边上的小绒毛在额头上若隐若现，青春女子特有的气息笼罩着履癸。

琬、琰发现履癸竟然在发呆，好像根本没有看她二人的舞蹈，若是在平时，履癸此刻一定左拥右抱，抱着二人温存一番。

"大王，我们跳舞，你都没看啊，我们白跳了。"琰过来搂住了履癸的脖子。

"琰儿，今天跳得不错，越来越好看了！"履癸猛然回过神来。

"大王有心事，你别烦大王了！"琬重新给履癸的酒爵中斟满了酒。

"大王，不就死了几个人吗？何必让自己不开心呢？"

"朕一生征战，死了几千人倒是没什么，但这瞿山如果挖不通，朕心里实在憋闷！"

"大王，那派人继续挖就是了，总有一天会修好的！大王，今夜不用想那些烦心事了，琬、琰陪你喝酒！"

"琬，平时你冷冷的，关键时刻还是你懂朕的心思！一句话解开了朕的烦心事。继续修就是了，没什么大不了的！朕想做的事情没有做不成的！"

履癸继续喝酒，一夜春梦化解了无数忧愁。

履癸越发觉得琬、琰已经是自己的一部分了，能够信任，又能说说心里话的人能有几个？不过妹喜和琬、琰。赵梁和姬辛虽然能理解自己的心意，但毕竟是不平等的君臣，费昌更是只能一起共事的大臣。

王邑的钟鼓响起，又到了上朝的日子。

太禹殿上一片毫无声息的死寂。所有人都知道履癸今天心情一定很差，都不想让履癸的气撒在自己身上。但不是所有人都怕履癸，一个白发苍苍，身形瘦削，站立都站不稳的老头儿颤颤巍巍走上前来。老头儿站在那里傲气逼人，如同这大殿里没有人能够入的他眼，包括履癸在内。

这老头儿就是关龙逄，他又回来了。关龙逄身体好了，回来上朝已经有一段时间。作为几朝的老臣，大家虽然都不喜欢关龙逄暴烈耿直的性格，内心却都会对关龙逄尊敬几分。关龙逄是真正的强者，是无所畏惧的勇士。

"大王！老臣病好回到朝中，听说大王要把黄河之水引到洛水中来，老臣颇为赞许。但是近日瞿山又崩塌了，死伤几千人，乃是古来未有之大灾！"关龙逄停顿了一下继续说。"大王，大夏如今禁不起这样的折腾了，老臣劝大王停止开挖瞿山！"

"这次工程是为了把黄河水引到洛水中来，百姓并没有很多抵触的心理。死了这么多人，人民的心中充满了对大王的仇恨，恨大王夺走了自己的亲人，他们完全忘了大王这么做也是为大夏的百姓。"姬辛赶紧出来支持履癸。

"朕一定要把瞿山开通，否则必然人心大乱。无论花多大代价、多少时间，朕也要把这件事做完！"无论今日大殿上群臣如何反对，履癸都坚持要继续做这件事情。

关龙逢这时候站出来，履癸头有点儿大，必须震慑住关龙逢，如果其他群臣跟着附和，这开山工程恐怕万难进行。

"大王！如今百姓心中哀伤，如大王一意孤行，大夏可能发生百姓暴乱，大夏危矣！大王就将成为亡国之主！"关龙逢继续说道。

"大胆关龙逢！你以为朕真的不敢杀你吗！吾有民，如天之有日，日有亡乎？日亡吾亦亡矣！瞿山！朕志在必得，尔等毋庸多言！"

履癸从龙椅上下来，走到关龙逢面前，关龙逢傲然而立，面上毫无惧色！履癸抓住关龙逢胸前衣服，一把就把关龙逢举了起来，大喝一声，把关龙逢扔向了殿中的一根龙柱。

关龙逢飘忽忽地飞了出去，委顿于地，履癸手中的力气正好，关龙逢没有撞到柱子上。履癸真想把关龙逢摔死在地上，但是他知道不能这样做。

"何须大王动手！"关龙逢从地上爬起来，后退两步。看准了龙柱上突出的龙头，用尽全身力气向前猛冲！

"嘭！"柱子发出了沉闷的一声，大殿上群臣惊呼出声。

关龙逢的脑海中闪过年轻入朝为官的样子，以及后人读史书看到自己名字的样子。

履癸一个纵跃跳到柱子后面，只见关龙逢已经委顿在地了。柱子前却站着一个人，身材不算很高，但是结实健壮，正是扁将军。

履癸用手指头试了试关龙逢的鼻息，还好有呼吸。

"费昌，你上来给做个见证，关大人可是自己撞的柱子，幸好被扁将军给救了下来，关大人可没死在太禹殿上！"

费昌上来摸了摸关龙逢的脉搏。"关大人只是晕了，疾医西平赶紧抬了关大人下去救治！"

西平赶紧过来，让几个卫士用手搭了一个担架，一起把关龙逢抬了下去。

"瞿山工程不许停，赵梁限你一个月内征来几千民夫，送到瞿山去给费相。"

履癸内心实在憋火，这些老臣最难对付了，这次准备就让这老头儿告老还乡去吧，没想到关龙逄竟然又想在柱子上碰死，差点让自己真的背负一个柱杀忠臣的骂名。

费昌本来想说些什么，却见伊挚正在用眼神制止自己。

履癸趁着这个空当，已经拂袖而去，内官赶紧宣布散朝。

履癸指挥民夫继续清理碎石，继续在瞿山上开挖河道。虽然死了几千人，工程依旧要继续。

"山是上天的神山，人力哪能够开得动？这样也会得罪了上天，上天一定会惩罚的。"百姓心中抱怨着，所有人都以为履癸疯了，先王大禹治水，也只是疏导水而已，也从没有让人们开过山。

伊挚很久没见到妹喜了，这种想见却又不能相见的日子，要改变这一切，他知道又该离开了。

第二十七章　一生至爱

倾宫。

履癸一言不发地喝着闷酒，宫女紧张地从樽里给履癸的酒爵倒酒，竟然洒了出来，倒在了履癸的手上。履癸一侧目，眉毛立了起来，宫女扑通趴在地上体如筛糠地颤抖着。

"大王饶命啊！"宫女声音都变了。

"都给我滚！"履癸怒斥。几个宫女赶紧跑了出去。

琬、琰两人互相看看，不知如何劝才好。履癸这几天心情很不好，琬、琰也不敢过来惹履癸生气。履癸发现在开心的日子，自己可以陪着琬、琰享乐，而此刻心情不好的时候他只想着一个人。履癸大步走出了倾宫。

"大王！你去哪儿？"琬、琰在后面追，履癸身影却已远去。

此时此刻，履癸很想妹喜，和妹喜说说心中的烦恼。履癸突然发现，在失意的时候，自己能够完全坦然面对的似乎只有妹喜。一个男人只有失意的时候才知道自己最爱谁，谁最爱自己。

关龙逢差点撞死在朝堂后，朝堂上再也没有人说反对履癸的话了。

履癸有时心中恍惚一下："难道自己真的错了吗，这个关龙逢为什么非要一生与自己作对，为什么非要死在自己面前？"

妹喜也不开解履癸，轻展歌喉，低吟浅唱，没有伴奏，歌声似有似无，如空中仙子的天籁,如母亲儿时的儿歌。

"采薇采薇,薇亦作止。曰归曰归,岁亦莫止。靡家靡室,荤粥之故。不遑启居,荤粥之故。采薇采薇,薇亦柔止。曰归曰归,心亦忧止……"

履癸静静看着妹喜,没有完全明白妹喜歌中的意思,心里却慢慢静下来。

"妹儿,你真好,朕的心里不那么烦了。"履癸望着妹喜的眼睛,好像在外面受了委屈的孩子。

妹喜知道眼前这个男人已经离不开自己,这个男人只有在自己身边才会变成一个大男孩。

"妹儿知道大王做的是对的,商国的伊挚先生见解独特。此事可去问下伊挚先生,也许能真正让大王心里开心起来。"

"伊挚?对,朕还有这么一个大贤人,妹儿怎么想到的伊挚先生?"履癸说。

"大王忘了,大王让妹儿和伊挚先生修习练气养颜之术,因此妹儿知道伊挚先生的才华。"妹喜突然觉得有点儿不自在。

转天朝堂上,履癸果然看到了伊挚还在朝堂之上。

"伊挚先生,你也认为朕开通瞿山,错了吗?"

"如停止开通瞿山,大王就真的错了,大王也不再会是那个让天下诸侯仰望的大王了。"

"呀!伊挚先生果然一言点醒了朕。瞿山无论花多大代价,朕都要开通,把黄河水引过来,即使学先祖大禹十几年三过家门而不入,否则朕就会成为天下乃至后人的笑话!"履癸看着伊挚,突然明白了伊挚的意思。天下事本没有绝对的对与错,而在于能否把这件事情做成,否则将失信于天下,让大夏多年征战带来的荣誉也都灰飞烟灭。

伊挚接着说:"大王,开通瞿山,虽暂时劳民,短期内有些民怨在所难免,稍加安抚即可。后世在用到瞿山之黄河水,会知大王是功在千秋。这是万世敬仰之创举,与大禹王共为后世敬仰!"

履癸点了点头:"先生所言极是!"哈哈大笑起来,不禁更加信服伊挚了:"还是伊挚先生懂朕的心意,而且一下就切中事情的要害。"履癸豁然开朗,心中烦闷一扫而光。

"大王，如今大夏诸事顺遂，伊挚请求回归商国一段时间，伊挚的主人有莘王女甚是想念伊挚。"

"哦，听说有莘王女也是天下有名的美人，朕看来无缘见到了。望先生早去早回！"履癸心情正好，随口准许了伊挚的请辞。

履癸从此一心扑在瞿山，依旧几万人在瞿山一块石头一块石头地挖着，要开创出古人从未有过的功绩，从此人们将不再只记住治水的大禹，也会记住开山引水的履癸。

履癸的功业百姓们渐渐地不再关心，开山的民夫不断又有死伤，无数的百姓开始咒骂。"即使你是天上的太阳，我也要与你一起去死！"民怨四起，履癸却根本听不到。

为了真的能够和妹喜在一起，伊挚要走了。

洛水之边，万物开始凋零，时光已经转入萧瑟的秋天，两辆马车远远地停着，马车中间立着两个人。一个人戴着黑纱斗笠，看身影能看出是一个婀娜的女子。另一个是玉树临风的男子，正是妹喜和伊挚在辞别。伊挚看着关龙逢差点死在了大殿上，他一句话也没有说，看着关龙逢那满头白发，他知道不能像关龙逢一样，悄无声息地老死在这个朝堂上。伊挚的须发也有了银丝，时光能够饶过谁呢？最终我们都会垂垂老去，老得对任何事情都无能为力。

生命中最重要的是什么？霸业还是亲人？还是兄弟般的朋友？这些都很重要，但是最重要的是最爱的人啊，如果没有了爱，灵魂就会被掏空，其他一切都没有了意义。

洛水只剩下龟裂和充满沙尘的河床，一片碧水变得那样的肃杀。

"我要走了，再见时希望我能真正地拥有你。如果以前我只是为了我的抱负，现在我是为了你！"

"你要夺走履癸的大夏吗？你们男人之间的争斗我管不了，但是现在我要陪着履癸，大王现在需要我！"妹喜语气平静如水，带着几分秋天的寒意，既然离别终究会来，就不要像生离死别那样，伊挚突然觉得对面的妹喜离自己好远。

"你是恨我的离开，还是恨我与履癸为敌？不管如何，我知道你的心，你也知道我的心！你知道没有你，我的日子会多难熬！我会不顾一切，倾尽全力，不让自己有空闲被心中的你折磨！直到再见到你那一天！"伊挚突然明白了，妺喜是在用这种方式折磨自己，女人的心思啊！

妺喜强忍住泪水，心中却早已翻涌："我日日夜夜都想着你，你带走了我的心，然后又夺走了我的尊严，我恨自己爱上了你，为何就不能安心做好大夏的元妃？"

伊挚看着妺喜，他猜出妺喜正在想什么。伊挚上前一步，狠狠抱住妺喜，妺喜的斗笠被碰得掉落在地上。妺喜都要喘不过气来了，妺喜突然发现伊挚也有这么有力的一面，男人的世界，女人永远也不懂。

"我曾经离开，却又回到你身边。如今我要走上一条什么样的道路？天下会有多少人，因为我对你的爱而血流成河？"

"这与我何关？"妺喜说完头也不回地朝自己的马车走去。

伊挚望着妺喜的背影，没有移动脚步。

风带起了一阵尘土，伊挚的身影越来越远，任由风沙吹乱了头发，任由尘土溅满自己从来一尘不染的衣服和鞋子。

伊挚和白薇离开了斟鄩，一路都是苍黄的景色，心中竟然有些伤感。

白薇看出了伊挚的伤感，对伊挚说："先生，我给你唱首歌吧？"

"采薇采薇，薇亦作止。曰归曰归，岁亦莫止。靡家靡室，玁狁之故。不遑启居，玁狁之故。采薇采薇，薇亦柔止。曰归曰归，心亦忧止。忧心烈烈，载饥载渴。我戍未定，靡使归聘。采薇采薇，薇亦刚止。曰归曰归，岁亦阳止。昔我往矣，杨柳依依。今我来思，雨雪霏霏。行道迟迟，载饥载渴。我心伤悲，莫知我哀。"

白薇的歌声没有妺喜的歌声那样宛如天上仙子，但在白薇这个少女的口中唱来，柔肠百转。白薇听妺喜唱过无数的歌，但是最喜欢这首《采薇》，似乎唱的就是自己和先生。

伊挚暗叹："我怎能为儿女情长所累！"

"先生我唱得好听吗？"白薇看到伊挚在出神。

"白薇，你唱得真好，多谢你一直陪着我。"伊挚回过神来。

没有几日，商国已经在望。

商国朝气蓬勃，一派欣欣向荣的景象，伊挚心中豪气顿生。这次伊挚突然回来，没有告诉任何人，所以并没有人来迎接。伊挚回到住处，托人带消息给天乙，准备第二天去宫中拜见天乙和王女。

第二天伊挚去往王宫，下了马车，只见天乙和王女早早就在宫门前等待了。伊挚胸中顿时一股暖流涌过。

"伊挚拜见大王和王女！"还没等天乙扶起伊挚，王女已经过来拉住了伊挚。

王女拉住伊挚左看右看，伊挚发现王女成熟了许多，再也没有了当年少女的那种感觉。这种变化对一个女人来说并不一定是好事，有些时候也许是无奈吧！难道是自己不理王女，王女心底熄灭了什么吗？

"先生回来为什么不提前写封书信呢？天乙好去城外迎接先生。"天乙这时候也过来。

天乙的眼神永远那么真挚，自己永远是天乙最信赖的人，这和履癸的感觉不一样，履癸对自己更多的是尊敬，而天乙对自己是毫无保留的信赖，所以天乙是自己绝对不能辜负的人。

"回家的感觉真好！"伊挚对天乙笑了，这笑容是从心底泛起来的。

"先生回来了就好！"天乙也笑了，抱住伊挚，拍了拍伊挚的后背。

"大王，伊挚给您带回来一位贵人！"

"贵人？"天乙纳闷了。

天乙这才注意到，伊挚身后还有一位老者，虽不掩饰风尘之色，却气度不凡，有几分贵人的样子。

第二十八章 画心为牢

伊挚和白薇回到商国。

进入商国境内之后，伊挚的心情好了许多。白薇一路上也好奇地四处看着，伊挚不时给白薇指点着，讲述着商国的风土人情。白薇少女特有的朝气和欢乐也让伊挚的心情舒畅起来，离亳城已经越来越近了。

"先生，那些人不是商国人吧！"这时候白薇突然指着前面说。

伊挚也看到前面有一行队伍，有好几百人，看起来都很疲惫，应该已经走了很远的路。

"的确不像是商国人，我们过去看看！"伊挚说。

白薇催车上前，逐渐追上了这群人。

这些人衣服上沾满了尘土，看来很久没有洗澡了，仔细看，这些人却不像一般百姓，中间一辆马车，虽然豪华但不够厚重，马车的样子一看就不是商国的马车，显然这一群人不是商国人。

白薇上前询问："请问你们是从哪里来？来大商有什么事情吗？"

"我们前来投奔商国国君，请问你们是？"一个文官模样的人回答。

这时候，伊挚也打开车帘看向外面。

"这位是伊挚先生！"白薇报出了伊挚的名字。伊挚看了白薇一眼，白薇知道自己过于鲁莽了。

这时候人群中的马车车帘打开了，一位老者慢慢走出马车。

"是伊挚先生吗？在下有鬲氏国君，早闻伊挚先生大名，望伊挚先生求天乙大王救我有鬲氏。"

伊挚看到老者之后，赶紧跳下马车，搀扶起老人："有鬲国君客气了，有鬲氏乃是大夏宗亲，是谁这么大胆？！"

"一言难尽！有鬲已经被豕韦所灭。"有鬲国君长叹一声。

"老国君不要伤心，我们先一起去拜见我家大王！"

"多谢伊挚先生引荐！"有鬲国君又要行礼，伊挚赶紧给扶住了。

"大王也许更应该感谢老国君才对！"伊挚笑着说。

"感谢我？"有鬲氏糊涂了。

伊挚带着有鬲氏一起回到了亳城。

"大商，伊挚回来了。"伊挚心中豪气激荡。办天下大事的人，必有天下之大气节，伊挚这一次回来要撼动天下。

隔天，伊挚带着有鬲氏国君来见天乙。

"伊挚先生，这位老人家是？"天乙看到伊挚身后一位老者。

有鬲氏进来之后，见到天乙就要俯身下拜。

"这位是有鬲氏国君，如今有鬲氏被豕韦所灭，所以来投奔商国，望大王收留！"伊挚说的时候语气很庄重。

"有鬲氏国君，这是怎么回事啊？"天乙有点儿不明所以了，"老国君，天乙也听说了有鬲氏的遭遇，有鬲氏部族可先暂住在商国，等待时机，一切还需从长计议。"

"有鬲氏多谢大王收留！"说着有鬲氏国君就要落下泪来。

天乙送走了有鬲氏老国君，和伊挚在小厅中落座。

天乙才对伊挚说道："伊挚先生辛苦了！"

伊挚说道："大王，伊挚此次归来，实在是怜悯大夏的人民。天子不恤人民的疾苦，如今又举天下之力要挖开瞿山，百姓几乎都忍耐到了极限。大夏的民众对履癸悲呼：'我要与你一起去死！'大夏灾祸深重，伊挚观其天象，在西为夏之祥，在东为商之祥。"

伊挚说到这里就停了下来，天乙正专心听着，正是紧要关头。

"伊挚先生，天象到底如何？"

伊挚笑了："看来大王早已有代夏之心，天象昭显东方明亮，西方晦暗。"

天乙舒了一口气："如此利在大商？"

伊挚点了下头，说道："正是！夏民多说，夏将有大祸。大王！大商的时机来临了！"

天乙眼中闪过一丝光芒，如今的天乙已经不再是那个被囚禁在夏台而昼夜难眠的天乙了。天乙眼中透露出坚毅的光，脸上的表情也更加坚定，鬓角的花白增添了身为王者的霸气和沉稳。

"明日让仲虺举行贞卜！"

第二天夜色来临，祭祀台火光冲天。天乙和仲虺缓步踏着祭祀台的青石台阶，天乙的每一步都感觉很沉重，他知道无论如何，已经到了必须迈出这一步的时候。

仲虺在进行贞卜。随着龟甲的碎裂之声噼噼啪啪地传来，天乙都能听到自己的心跳声。

天乙问："伐夏之事，贞卜可有吉兆？"

"大王，我贞得此兆：'过了今旬，日乃更新。'"仲虺跪在地上说。

"这是什么意思？"天乙不太明白。

"大王，我看卦象的意思是，今年对大商是关键的一年，过了今年天下将有新气象。"

天乙没有说话，走下祭祀台的时候脚步并没比走上去时轻松多少。

祭祀台下伊挚也知道了贞卜的结果，伊挚问仲虺："仲虺将军以为如何？"

"今日之大夏已成小人之国，关龙逢年老不再上朝，太史终古来到了商国。大夏朝堂道德败坏，天子一心搜刮财富，专宠琬、琰，不顾大夏子民之哀苦。"仲虺故意没有提到妹喜，那是他心头永远的痛，他也想早点征伐大夏，那样就能见到妹喜了，即使不能够在一起，能够得到妹喜的消息，能够看到妹喜也好，距离近一些也好。

伊挚点头："仲虺将军所言极是。如今大夏民怨沸腾，灾害连连、虐贤害民、大夏又亡失九州宝典，这都是夏有大难的征兆。如今瘴气笼罩夏土，夏民都说

'为何今暗无天日?！'如今大商的时机已经来到！"

天乙却依旧在犹豫："为什么贞卜在东的祥瑞不明显！只说过了今旬，日乃更新，先生告诉我现在是最好的时机吗？"

"如今天下在于我们大商，在于大王，而不在上天手里。现在就是最好的时机！"伊挚面色异常冷静地说出每一个字。

天乙对伊挚点了点头，明白了伊挚的话。哪里有什么上天注定的事情，天下大势已成，剩下的就是事在人为。

伊挚和仲虺陪着天乙重新走上祭祀台，这次天乙的脚步已经不再沉重。

天乙在祭祀台上盟誓："惟尹之言！勠力同心，平定大乱！"

"上次大王要征伐豖韦，时机未成熟，今日时机终于到来，机不可失，时不再来！我们必须先拿下豖韦。"伊挚话语中透着坚定。

"为什么是豖韦？"天乙不解。

"要得到天下，肯定要打败大夏，但是如果我们先去攻大夏，大夏会号召天下诸侯来征伐商国，商国必然灭国。我们必须逐步蚕食掉大夏力量，而离我们最近也比较弱的就是豖韦！"

"那我们用什么名义去讨伐豖韦？最好要师出有名才行，大商可是仁义之师！"天乙已经下定了决心。

"大王，您还记得我给您带来的贵客吗？"伊挚说道。

"有鬲氏？！哦！对！有鬲氏被豖韦所灭，如今来投奔商国，商国要为大夏宗亲有鬲氏主持正义，以维护大夏宗亲的名义，到时必定诸侯云集！"

"对，大商从此只有成功，没有失败！"

"大王雄韬武略，定能攻无不克，战无不胜！"仲虺说。

"不用恭维朕，如果失败，我们所有的人，包括妻子、儿女，统统都会被枭首示众，希望我们不是疯了！"天乙表面轻松地说。

"不管我们疯不疯，大商都没有选择了。箭在弦上，不得不发，与其等着被枭首，不如先去砍掉别人的脑袋！"伊挚说着，手里竟然还做了一个动作。

行动！行动！大商必须迈出这第一步，否则大商的霸业永远不会开始！

接下来仲虺去准备军马，天乙去安排出征的人员，伊挚思考出征的战略。

一场风云际会的大战即将到来!

夜色来临,忙碌一天的伊挚安静下来的时候,最喜欢安静地看着白薇在那像模像样的舞蹈和歌唱,伊挚此刻脑海中却满是妹喜的影子。

思念是一个很奇怪的东西,曾经爱过的人才知道思念的苦,尤其那种思念却又无法见到对方,不能得到对方的消息。这无声无息的痛,如漫天的黑夜,吞噬着伊挚的心,如同一个恶魔,即使是伊挚,此时也只能成为思念的奴隶。

白薇知道此刻,伊挚的心也许又在流泪了。

第二十九章　出使

大夏开国以来，国运一直不算顺遂，能够立朝几百年着实不容易。

大禹当年忙于治水，又被那个杀了自己父亲的舜盯着，三过家门而不入。十几年之后洪水终于治好了，大禹的威望如日中天，建立起了自己的势力。

大禹死后，唯一的儿子启要继承王位的时候，伯益不服，启率军和伯益大战，伯益退让了，启从此开创了大夏王朝。

启王死后，启的儿子太康当了王，太康没有大禹和启那样的实力，转眼江山就被神勇无敌的后羿给篡夺了，以后几十年一直是后羿和寒浞统治天下。

如果一直这样就没有大夏了。太康的一个贤臣靡逃到有鬲氏，全靠有鬲氏支持，才慢慢积蓄了力量，后来重新协助少康夺回了大夏的江山。有鬲氏和大夏有着血脉相连的关系，没有有鬲氏就没有大夏的今天。有鬲氏有恩于大夏，虽然不强大，但没有人敢去招惹有鬲氏，但是如今有鬲竟然被灭了国。

豕韦在大商的东南方，处在昆吾东南面和大夏的东面。

豕韦氏是高阳氏的后代。豕韦的先祖也以贤功建国，至孔甲当天子的时候，开始称霸诸侯。孔宾当豕韦国君的时候，协助履癸东征西杀，同时也在不停地扩大豕韦的地盘，先后兼并了无数小国，豕韦成了仅次于大夏、昆吾的第三强国。

孔宾为人狡猾狠辣，是一个很难对付的角色，历来很少有人敢去主动招惹豕韦氏。履癸在修长夜宫和倾宫的时候，孔宾早早勒索了东方众诸侯国的财物和少女献给履癸。

伊挚之所以选择豕韦，还有一个理由，因为豕韦的国君孔宾最近死了，孔宾的儿子冀当了国君。豕韦冀从小就被孔宾给宠坏了，肆意妄为，做任何事情都没有人敢反对。豕韦冀正值血气方刚的年龄，他依仗豕韦国势强盛，更加暴横邪淫，尤其喜欢美女，国中百姓家的女儿都只能藏在家中不敢露面，生怕被豕韦冀发现抢了去。

"豕韦国的国君真是一代不如一代了，豕韦国为什么还不亡国，让大商过来消灭豕韦氏吧，我们都愿意做大商的子民！"豕韦百姓都暗地咒骂。

豕韦冀的外貌，无论从男人或者女人的眼光看都算不上英俊，虽然高大魁梧，五官也算端正，但一身王者袍服在身，却没有王者的雍容大度，眼睛白眼球过多，怎么看都不是一个胸怀正气的人。

豕韦时不时就对周围各国征讨、索要财物，周围诸侯国对豕韦都恨之入骨，商国去打豕韦不用担心周围的诸侯国会团结起来抵抗。

豕韦冀即位之后，哪里顾忌有鬲氏是大夏宗亲，大举征伐有鬲氏，有鬲氏根本不是对手，没有几个月有鬲氏就战败逃走，有鬲国灭了，豕韦直接抢了有鬲氏的地盘。

有鬲国君开始四处流浪，周围各国都害怕豕韦国，没有人敢收留他。有鬲国君最终来投奔商国，天乙以礼相待，有鬲氏总算安顿了下来。

如今豕韦冀竟然敢把有鬲氏给灭了，这对商国来说绝对是为了维护大夏的名义，征伐豕韦的一个绝好机会。

伊挚看到了这个绝佳出兵豕韦的机会，大商必须抓住这个机会。

这一日，仲虺问天乙。

"大王，如今大商已经准备好了，我们什么时候出兵豕韦？"

"仲虺将军不用着急，大王要先派庆辅将军去给豕韦国君送美女。"伊挚说。

"啊？！不出兵，还要给人送美女？"仲虺有点儿不明白了。

天乙派庆辅出使豕韦，庆辅笑眯眯地接了天乙给豕韦冀的书信，很高兴地出发了。

庆辅身材并不是很魁梧，长得也算不上很帅，但是庆辅特别得意自己脸上的那两撇自认为很有魅力的八字胡。

白薇为了和庆辅学武功，天天拍庆辅的马屁，拍的时间长了，庆辅也就真的以为自己很有魅力了。庆辅的外貌可以夸的地方实在比较少，白薇只有每天说："庆辅师父，你的胡子好帅，好有魅力啊！"

庆辅听了之后立马心花怒放，不由自主地摸摸自己的八字胡，毫无保留地教这个机灵可爱的徒弟。

庆辅平时总是笑眯眯地看着别人，让人觉得很有亲和力，能够让所有人都对他放松戒备，只有庆辅在暴起拔刀的时候，人们才能看到庆辅真正强悍的一面。庆辅不仅武功高强，而且素来有临变决断的能力，对于这个没有什么信用可言的豕韦冀来说，庆辅出使是再合适不过的了。

几日之后，庆辅以使臣的身份参见豕韦冀，朗读天乙给他的国书：

"昔先王封国，地不过百里，不相并。其近者修睦，不相陵。今子新立于民，上将使民和而国安。乃遂兴兵，财色之是索。夫有鬲者，后夔之裔也。何罪而灭之？寡君惟是国小力微，馆其君则用不足，纳其国则力不能，敢请命于子，能复封之，则子之仁也。"

豕韦冀听了之后，勃然大怒，就要把庆辅杀了，不过顾及国君的身份，还是耐着性子听庆辅读完国书。

"天乙这个老家伙，被天子囚禁怎么就没死呢？如今竟敢出此狂言来羞辱豕韦？天乙的脑袋是想尝尝我手中长剑的味道吗？庆辅，你赶紧滚回去，教天乙老儿自己亲自来送命！"豕韦冀破口大骂。

豕韦冀以为庆辅听到肯定暴跳起来，但是庆辅竟然没有一丝怒容，依旧从容淡定。

"大王息怒。天乙国君已经选了商国美人五十人，具黄金五十镒，送给大王享用！"

豕韦冀一听有美女，顿时双目放光："真的有美人吗？"

第三十章 瓜熟了

豕韦。

豕韦冀被天乙义正词严的国书激怒了，但听庆辅说带来了美女，立即来了兴致，双眼放出炽热的光。

"美人在哪儿呢？"

庆辅看到豕韦冀的反应，心中寻思："看来传言果然不虚，这家伙不是一般的好色！那就好办了！"

庆辅接着说："天乙国君派庆辅来和大王协商。大王如果不同意归还有鬲氏的土地，那商国的美人就不能送来了。"

豕韦冀哈哈大笑："敢威胁朕，先把你砍个稀烂喂狗！来人！"

瞬间数条长戈就朝着庆辅从各个方向砍了过来。

"来得好快！"庆辅吃了一惊，一用力身子瞬间凌空飞起，对方的人实在太多，庆辅身在空中的瞬间还是有两条长戈尾随而至，庆辅身在半空中根本无处着力腾挪纵越，眼看这些长戈就要刺到庆辅身上了！

"看你还不死！"豕韦冀目露凶光。

危急之中，就听到当当两声，庆辅在空中拔出短刀迅速拨开了长戈。

"好险！"庆辅身子落地，暗叫一声。

四周窜过来的都是豕韦最好的勇士，几个人一看竟然砍空了，不由得怒火中烧，迅速跟上，锋利的长戈带着绿光和冷风朝着庆辅刺来。

庆辅暗叫："这样下去，就真的得去喂狗了！"

豕韦的这些卫士们嚣张惯了，狞笑着要把庆辅大卸八块。就在这时候，卫士们眼前白光一闪，豕韦冀大惊。

"这家伙竟然会妖术！"就在这时候豕韦冀眼前突然出现一双眼睛。

"啊！"豕韦冀吓得想拔腿就跑，双腿却一直在发抖，丝毫动弹不得。

这双眼睛正是庆辅的。原来转眼间庆辅已经到了豕韦冀的身边，头都要碰到豕韦冀的头了。

刚被白光晃得看不清东西的那些豕韦卫士都愣住了。

"这家伙难道是鬼！"卫士都不敢贸然冲上来，面面相觑，看着豕韦冀，不知如何是好。

"庆辅将军，有话好好说，你要做什么啊——啊？"豕韦冀大惊失色，庆辅离得太近，他一动也不敢动。豕韦冀的声音都有点儿颤抖了。

庆辅心里都想笑："这个色厉内荏的家伙，竟然这么怕死。"

庆辅笑眯眯地对着豕韦冀耳朵说："冀王先不要生气，其实天乙国君的话，冀王听到就可以了。有鬲氏跑到商国求救，天乙国君总得装装样子给大王写封信吧。所以冀大王就当没看见就行了。"

豕韦冀此刻早就不关心什么天乙的国书了："那是那是，冀明白。"

庆辅看豕韦冀嘴上都软了，接着说："庆辅在商国不过是天乙国君的一个护卫而已，商国如此小国只能自保。庆辅认为冀王才是有真性情的真英雄，冀王和庆辅才是投缘的人。豕韦国富兵强，冀王有天下共主之才能，庆辅来豕韦跟随大王，才能大有作为。"

豕韦冀僵硬的脸上终于露出了笑容，豕韦冀毕竟年轻，刚才被庆辅吓了一跳，以为庆辅要杀了自己，接着听了庆辅奉承的话，竟然就有点儿飘飘然了。

庆辅刚才躲过追杀所展现的神奇本领，让豕韦冀对庆辅也是刮目相看。

"庆辅将军如此本领，不愧是大贤才。将军如愿意留在我豕韦，我定奉将军为我的左膀右臂！"

庆辅跪在地上行礼："多谢大王。庆辅愿为大王出生入死！"

庆辅竟然成了豕韦的将军。豕韦冀知道庆辅武功高强，让庆辅每日训练自己的近身卫士。豕韦冀有时候也和庆辅交手学习几招。没多久庆辅和豕韦冀已经称兄道弟，豕韦的大臣宗族每日和豕韦冀一起宴饮，庆辅每日陪在豕韦冀的身边，和这些人一起玩乐，庆辅也经常在酒席前展现几下身手，很快庆辅就和豕韦的大臣们都混得很熟了。

庆辅华屋美服，身边都是从商国带来的奴隶和下人，豕韦冀给安排的人都在外面，进入不了内堂。

庆辅慢慢发现豕韦的确是商国的劲敌，豕韦冀算不上多厉害，但孔宾在位多年，一直苦心经营，豕韦当真算得上异常强大。豕韦的士兵都久经沙场，几乎战无不胜。

庆辅暗自让下人四下探听豕韦情况，而且四处细说商国天乙盛德至仁，慢慢地豕韦的所有人都知道了商国的安乐太平，很多人都有点儿身不能至心向往之，对商国的好感一天一天在增加。

庆辅的手下看到这些人心里有了想法，对这些人说："如果有人愿意迁往商国，商国天乙国君会热情欢迎大家，商国会给大家土地耕种和宽大的房屋居住。"

豕韦的那些百姓，有女儿的人家日夜担心自己的女儿不知哪天会被豕韦冀给抢走了。他们本来就觉得商国是个安乐之国，如今有这等好消息，渐渐那些有女儿的人家，就悄悄地举家迁往商国了。

豕韦的百姓发现，如今自己家的儿子要找个女孩当媳妇越来越困难。

没有几个月，豕韦的人口已经流失严重，很多土地里的庄稼都没人耕种了，田地里长满了杂草。

大夏王邑。

伊挚走后，妹喜有了更多时间陪在履癸身边。履癸白天指挥瞿山工程，晚上则陪着妹喜。

这天晚上，履癸回到容台的时间比平时晚了一些。

"妹儿，我回来了！"没有回应。

履癸心中疑惑，走到寝宫内，妹喜在对着铜镜出神。

"妹儿！"

"大王。"妹喜猛然回过神来，支着下巴的手不由得突然松了一下，回头看了履癸一眼。

"琬、琰来了之后，朕有点儿忽略了妹儿，妹儿每日去和伊挚学习练气养颜之法，朕也是准许的。伊挚先生回朝的时候，妹儿为何对伊挚先生异常冷漠？"

"大王说什么呢？冷漠又怎么了？"妹喜娇嗔地到了履癸怀里，心里却不知道履癸到底知道了什么。

"朕虽然看起来粗犷，但并不是什么都不懂。朕既然喜欢妹儿，就应该知道妹儿的心。妹儿似乎在故意疏远伊挚先生！"

"大王！"妹喜知道现在只能装可怜，什么也不要说，也不能说。

"所以伊挚先生这次请辞回到商国，朕并没有拦他。无论如何，朕再怎么喜欢琬、琰，妹儿永远是朕心里生死相依的人。"

妹喜脸上的泪珠滚到履癸那长满了毛的胸膛上，履癸感到丝丝凉意。妹喜真的感动了，心里对履癸的隔阂也没有了。

"朕什么时候都不会离开妹儿，纵使朕有再多的女人，她们都不会威胁到你。"

履癸用他那满是大胡子的嘴吻干妹喜的眼泪，妹喜被弄得眼皮很痒，想要起身逃开，履癸却紧紧地抱住了妹喜。

对女人来说，会对一直陪在自己身边的男人产生依赖，甚至会切断对自己灵魂最爱的感情。女人的被爱也许比爱更重要，妹喜内心哀叹一声："自己终究是大王的女人，伊挚！那我们呢？"

商国。

伊挚回来有一段时间了，又已经是初秋夏末，伊挚开始回来的时候白天忙于政事，基本不会想起妹喜，但晚上在梦中总是会出现妹喜的影子，渐渐地这成了对伊挚的一种折磨，梦中惊醒之后，伊挚抱膝而坐，望月思人。

偶尔一两次梦到妹喜正在履癸怀里睡得很香。一看到履癸的脸，立即就惊醒了。慢慢地伊挚内心有所忌惮，他内心对看到履癸感到有一种恐惧，虽然他也不知道自己在恐惧什么。

经过了一夏天，时间真的能够修复人的一切伤口，伊挚的内心静了下来，偶尔想起妹喜，也是温馨的思念，不再那样噬心刻骨。

深夜，伊挚竟然又梦到了妹喜，伊人一切安好，伊挚心里似乎又有了希望。

庆辅去豕韦也有几个月了，这天来信了。

天乙收到庆辅的书信之后，打开一看里面只有几个字："大王，瓜已经熟了！"

天乙赶紧叫来了伊挚，伊挚看完书信，面容逐渐舒展开来。

"庆辅将军不负众望，如今豕韦百姓很多都来了商国，豕韦百姓也都思慕商国的富足生活。看来瓜的确熟了，大王可以去摘了！"

"这个瓜这么大，真的去摘吗？"天乙似乎在问伊挚。

"如今大王要征伐天下，大王是否觉得这有悖仁义二字呢？"

"豕韦毕竟不是葛国，如要征伐，肯定天下皆知！是否能得到天子允许？"天乙说完这句话，也觉得说得不那么理直气壮。

"以前女娲、黄帝，有人赋予他们征伐的权力吗？如果有人被授权去征伐，那么怎么会是征伐天下的主人呢？大王救民为心，不仅仅要救中原一地子民百姓，而是要拯救天下所有的苍生。如今将在天下，且大王已如骑虎之身即使想不出兵，也下不来了！大王的征伐之权是上天之命！大王既受天命，心中就不要再有疑虑和恐惧！"

天乙看着伊挚，皱着眉头："朕怎么感觉是伊挚先生一直想征伐天下，朕被伊挚先生推上了猛虎呢！"

"哈哈哈哈！难道大王就不想匡扶天下，成为天下共主，为天下苍生谋福！"伊挚笑了起来，天乙突然觉得伊挚先生今日如此陌生。

"大王，明年诸侯大朝，履癸早已疑心我大商，如今是被开挖瞿山拖累住了，如果大王今日不行动，明年大王就不是在猛虎上了！"

"嗯，在猛虎上总好过在断头台上！"天乙说出这句话的时候，坚定的声音让人害怕。

第三十一章　彭祖秘密

商国亳州，天乙和伊挚在纵论天下。

天乙看着伊挚："先生之言极是！大商只有拼死一搏了！"

"大王可知要打败豕韦最大的对手是谁？"

"伊挚先生意思除了豕韦冀，豕韦还另有高人？"

"豕韦之所以强大，绝对不是光靠孔宾当年四处征战掠夺。豕韦国内一直国泰民安，国民生产生活都平和有序，这一切都归功于豕韦的一个人。"

"先生是说彭祖？"

"看来大王已然知道。大彭国是豕韦的附属国，大彭国首领彭祖虽然没有官职，但其家族影响太大。天下人无不对彭祖尊重，豕韦的百姓，虽然对豕韦冀不满，但彭祖在，百姓心中就安定，觉得只要跟随彭祖，就能获得安静长寿的一生。"

"彭祖是自尧时而举用的名臣，那彭祖岂不是已经几百岁了，这岂不成了仙人？！"天乙一直把彭祖当成了一个传说，没想到今日竟要面对这个人，这个人真的存在吗？

"伊挚闻说彭祖，吹呴呼吸，吐故纳新，熊经鸟申，能够长寿不死。彭祖不刻意而高，无仁义而修，无功名而治，无江海而闲，不适引而寿。"伊挚说。

"伊挚先生也练气吐纳，精通医术和厨艺，颇懂养生之道。先生之寿可以超过彭祖吗？"

"伊挚以为生老病死，天地之道，人生不过百年，多多少少而已。没有见过彭祖真人，也许天赋异禀未为可知。"

"彭祖的确是个问题，商国大军如果踏过豕韦的时候把彭祖给杀了，天下百姓肯定都会唾骂商国。这的确是个问题。"

"大商兵锋所指，天下归心，不能有不义之举。"伊挚语调冰冷。

"先生不会想让庆辅将军去暗杀彭祖吧？那可非我大商所为！"天乙感到伊挚的话隐隐有一股寒意。

"大王乃仁德之君，伊挚乃仁德之臣，暗杀这种事，即使神不知鬼不觉，天下人心都是雪亮的，必然难逃百姓的悠悠之口。"伊挚的面容重新恢复了微笑。

"那我们该如何？"

"只有如此……"

苍翠碧绿的青山之下，一个村落掩映在绿树丛中。一条小溪穿过村中，溪水清澈见底，溪水中许多小鱼游来游去。一群孩子在小溪边的石头上坐着钓鱼，女人们在石头上洗着衣服，孩子们一会儿就传来鱼儿上钩时兴奋的尖叫，女人们欣慰地看孩子们一眼，继续有说有笑地洗着衣服。一派悠然的田园风光，这是豕韦东部的大彭国的彭祖村。

据说彭祖居住在这里，无论是孔宾，还是豕韦冀，都从来不去招惹彭祖，也从来不来彭祖的部落收税。大家都知道彭祖是豕韦的精神象征，只要有彭祖在，豕韦就会永远是人们向往的地方。

洗衣服的女子中，有一身姿轻盈的女子，举起、落下木槌的动作也带着优美，这是彭祖家新来的侍女。

不一会儿女孩洗完了衣服，双手被溪水浸润得有些红润，端起木盆缓步款款地走了。女孩经过的时候，引得无数路边的男子注目观望，女孩知道男人们在看着自己，把头抬得更高，走路的姿势变得更加优美。

女孩来到彭祖家已经好几天了，但是一直没见到彭祖。女孩洗好衣服之后，就在院中的树下晾晒，纤细的手腕和腰身在阳光下透出朦胧的倩影。

女孩发现院子正房的窗户中似乎有人在看着自己，女孩继续弯腰在木盆中拧着衣服。木盆中的一个床单实在太大了，女孩一个人根本拧不动，女孩用力拧着，背上的肩胛骨因为用力都翘了起来，让自己看起来更加柔弱无力而楚楚动人。

女人的背，其实是女人最美的地方之一。这时候看着女孩的一个人，已经被女孩的背给吸引住了。

"我来帮你吧！"一个浑厚和蔼的声音从背后传过来。女孩似乎吓了一跳，转过身来，女孩看到一个须发皆白，却气色红润的老者。

"吓死我了！"女孩用手捂着胸口，轻轻喘着气，看起来更加柔弱了。

老者过来拿起床单的一头，女孩抓住另一头，两个人一起拧就容易多了，床单被拧成了一个大麻花，上面的水都被挤出滴落到木盆中。老者一边帮女孩拧着衣服上的水，一边盯着那用力的白里透红的细长好看的手指。

"你也是彭祖家的仆人吗？"女孩问道。

"我就是彭祖啊！"老者笑了，微笑中带着一股道骨仙风。

"您就是彭祖！"女孩看着彭祖，老者的笑容很慈祥，但总觉得似乎哪里不太对。之后，彭祖让女孩在自己的身边服侍，帮自己整理书房之类的。女孩打心底舒了一口气，终于不用再做那些洗衣服之类的粗活了，慢慢地女孩和彭祖也熟悉了。

有一天，彭祖正在蒲团上打坐练气。此刻女孩在帮彭祖整理案几上的书简。

木几上摊开着一本书，女孩看了一眼，原来上面是男女之事，女孩不由得脸红心跳，这时候女孩发现身后多了一个人，回头一看正是彭祖。

不知什么时候，彭祖已经凑到了女孩身边："你想知道彭祖长寿几百年的秘密吗？"

女孩从惊慌中恢复过来，一双清澈的眼睛盯着彭祖的眼睛："奴婢当然也想和彭祖一样能活百年，还请彭祖教我！"

"彭祖长寿其实在于……"彭祖的眼睛已经开始眯起来看着女孩，眼神中透出异样的光来。

女孩不由得脸红心跳，清澈如湖水的眼眸深处似乎也有了火焰在燃烧。

"你说的，真的可以长寿吗？"

"当然可以。"

不知不觉间，女孩已经被彭祖引到床边。彭祖脱掉外衣，露出了上身光洁健壮的肌肤。女孩依旧目不转睛地盯着彭祖的眼睛，彭祖拉起女孩柔软的双手。

彭祖觉得一切就要水到渠成了，慢慢靠近女孩，双手就要去解开自己的衣服。

"啊！"彭祖突然大叫一声，女孩一把扯下了彭祖的白胡子。

彭祖痛得大叫出来，赶紧就想起身，哪知道手指已经被女孩掰住，痛得感觉几乎就要断了。

"我其实就是好奇，怎么有人能够活几百岁？伊挚先生精通练气和医术，都不敢说能活百年。所以本姑娘就想来亲自瞧瞧！果然你这白胡子都是假的！"说着女孩又一把扯下了彭祖鬓角的一缕白发。

"姑娘饶命，你是何人？我就是彭祖不假，只不过我是第十五代彭祖！"彭祖这次痛得有点儿无法支撑了。

"本姑娘是商国的白薇！我家先生是伊挚先生，你听说过吧？我听说有人长寿，而且吐纳练气比先生还强，我怎么就不信呢？！"原来这个女孩正是白薇。

原来彭祖氏的确长寿，但是没有外面传说中那样一直长生不死，彭祖氏练气吐纳，家族中的确多有仙风道骨之人，特殊的修炼也让彭祖氏容光焕发，气色如同年轻人，但是没有人能够做到真正的长生不老。

每当彭祖首领年老的时候，就由家族的人化妆顶替，这个第十五代彭祖刚刚接替了老彭祖，就被白薇看出来了，这个彭祖还是太过年轻了。

彭祖氏全靠彭祖几百年长寿的威望，才能多年来繁荣昌盛，这绝对是不能说的秘密。

白薇说："如果要我替你们彭祖氏保守秘密，你们彭祖氏就要归顺我大商！"

彭祖点头连连说："是！是！"

"咯咯！"白薇看着眼前这个一向道骨仙风、比伊挚先生名气还大的彭祖竟然是这样的，笑得直不起腰来了。

女孩笑得花枝乱颤，彭祖却没有心情欣赏这女孩的美了。

第三十二章　云水之恋

豕韦彭祖村落。

环绕村庄的潺潺小溪清澈见底，仔细看会发现水下密密麻麻地布满了削得尖利的木桩，任何人都无法涉水而过。每一个进入村庄的外人都时刻处于严格监视之下，一派安静祥和的村子实际上守卫森严。

白薇只是一个清纯美丽的女孩，彭祖只当是一个普通想来彭祖村当奴婢谋生的女孩，并没有特别在意。没想到这次大意了，竟然被一个女孩扭住了手指，彭祖羞愧得无地自容，不过好在彭祖阅女无数，此时口中甜言蜜语不停，想哄着白薇放了自己。

"你再乱说，我直接把你手指掰断了！赶紧写字据！"

彭祖满口答应着。白薇掰住彭祖的手，从书架上找了一张布帛。

"在布帛上写下你自愿归降大商！否则我就把你彭祖氏长寿的秘密公布天下！看以后谁还把你们当回事？"

彭祖自然不愿意写，白薇手上用力，彭祖额头的汗都出来了。白薇从头上拔出一把铜簪子，抵住彭祖的脖子。

"再不写，以后的彭祖就该别人当了！"

彭祖突然一哆嗦，明白了事关自身的利害关系！"是啊，世间永远会有彭祖一直活着，但是不是自己就不一定了，自己死了，家族会立即找出其他人充当彭祖。"

彭祖只得取了毛笔，蘸上朱砂，在布帛上写下彭祖氏愿意归降大商。等彭祖写上自己的名字之后，白薇松开了彭祖的手指头，一脚踹开了彭祖。

彭祖跌跌撞撞地站住脚步，再回过头的时候，已经恢复了作为彭祖的镇定，突然厉声喝道："你以为你今天还能活着离开吗？"不知什么时候院子中已经站满了彭祖家的卫士。

彭祖家看似没有人守卫，其实卫士都打扮成了仆人和奴隶或者路人的样子，暗中守卫森严。只不过白薇是一个美丽讨人喜欢的姑娘，又是彭祖家的侍女，才能如此轻松地接近彭祖。

几个卫士已经破门而入，手中长矛短刀，纷纷对着白薇过来。就在这时候，突然一片白光，众人顿时什么都看不清，所有人都急忙用双手遮住眼睛，然后揉了半天眼睛，终于能够再次看到之后，白薇却早已不见了踪影。

"彭祖，白薇走了，望你不要食言！"白薇的声音远远地从屋顶传来。

数月之前的商国。

豕韦，还有一个精神象征彭祖，有彭祖在，豕韦人民就会对豕韦有归属感，如果大商进军，豕韦的大军肯定会拼死抵抗。

"彭祖！彭祖！该怎么办呢？"伊挚不由得自言自语。

"先生，我怎么就不相信那个彭祖呢？我一定要亲自去看看！"白薇看到伊挚忧虑，对伊挚说。

伊挚知道白薇不会和任何人透露，所以伊挚大部分事情从来不瞒着白薇。

"你有什么办法？"

"我一个小姑娘，去哪儿都方便！白薇好奇，想去看看彭祖到底是一个什么样的人。"白薇似乎很轻松地说。

"白薇，你去也许能够让事情有转机，你一个少女去，我不太放心！"

"伊挚先生放心，白薇的武功，没有人能够近得了我身！"

伊挚不是一个喜欢纠缠的人，虽然心里很不希望白薇去，但是白薇执意要去，他也就不能继续阻拦了，只得派了庆辅训练的几名高手暗中保护白薇。

伊挚一直在焦急地等待白薇的消息，虽说派了高手暗中相助，但是白薇孤身犯险，还是牵动着伊挚的心。

白薇在伊挚这里一直是个小孩子，她一直在伊挚的身边，有时候伊挚都忽略了她的存在，一切都是那样的自然。但是这一次白薇不在身边，伊挚发现自己竟然有点儿坐立不安，似乎有点儿离不开白薇了，没有白薇在身边，想找个人说说轻松的话，竟然找不到，无论天乙还是仲虺，自己都要扮演元圣伊挚先生。伊挚也说不清自己对白薇的心思了，伊挚在院子中一圈一圈地踱着步子。

这时候，门口出现一个白色的影子，白衣飞舞胜雪，翩翩若惊鸿一瞥，飘飘若流云飘过。

女人的青春之所以那么美好，是因为青春的女孩会散发出一种特有的清新芬芳的气息，这种气息会让所有成熟的女人黯然失色。少女双眼顾盼流光，正在微笑看着伊挚。

"白薇！你回来了！"伊挚双眼中闪过一丝惊喜的神色。

这个少女正是白薇，伊挚都不相信自己的眼睛，白薇什么时候已经出落得如此清丽绝尘了。白薇从门口走进来，看到伊挚在踱步，她第一次看到伊挚如此急躁，对伊挚道："先生，我回来了！"

当白薇的声音响起的时候，伊挚竟然满眼欢喜，几乎就要抬步朝白薇奔过来。白薇看到伊挚眼中的惊喜神色，心里突了一下，心中大喜，原来伊挚先生对自己如此关切。

伊挚意识到了自己失态，赶紧收回心神。

"回来了，一切顺利吗？没受什么委屈吧？"

虽然只是一瞬，冰雪聪明的白薇却注意到了伊挚的神色变化，心里也不由得欣喜无限，先生看来还是挂念我的，自己并不只是先生的徒弟和侍女。

其实白薇的心思，没有人知道，今天回来如此美丽地出现，也是白薇用心准备的。白薇的心中一直在想："虽然我愿意一直陪在先生身边服侍，但白薇不只是一个会服侍先生的女孩子而已，白薇也能为先生分忧。这样白薇才能在心灵上平等地和先生站在一起。"

女孩儿的心思永远也猜不透，男人们千万不要试图去猜，否则只会自寻烦恼，唯一要做的事情,就是对她好一点儿,然后等待她自己把心事告诉你。

天乙看到彭祖的字据,简直不敢相信,问道:"彭祖怎么会如此轻易地就归顺大商了?"

伊挚只得微笑不语。

"先生神机妙算,如今瓜是否真的熟了呢?"天乙也笑着问伊挚。

"熟了,我们去摘瓜!"伊挚做了一个摘瓜的动作。

第三十三章　景亳会盟

商国亳城，碧空如洗，清晨的院子干净整洁。天乙晨读完毕，正在院子中舞动开山钺。

"大王，有㚿氏来了。"卫士来报。

"有请！"天乙停了下来，用汗巾擦着额头和脖子的汗。

不一会儿，院外传来一阵混乱的脚步声。有㚿氏率领一群人走了进来，这些人服装各异，天乙还未寒暄，有㚿氏已经跪伏在地上，天乙忙去搀扶，但是跪下的人越来越多。

大商多年来一直在招揽贤才，天下有才华的人逐渐获知天乙的仁德和爱才，陆陆续续来到商国。天下诸国的百姓也都知道商国的仁政，商国人民都安居乐业，天下的百姓也陆续有很多都迁徙到了商国。

在豕韦东部有一些小国，有男氏、杞氏、缯氏、冥氏、房伯氏、弦子氏等。豕韦氏多年来称霸东方，肆意欺凌，这些小国多年来被豕韦征伐或者灭国，仇恨已经藏在每一个人的血液中。随着庆辅在豕韦潜移默化地宣传商国仁政，这些小国听到商国愿意为这些国家主持公道，尤其从有㚿人那里听说了有㚿氏国君在商国受到礼遇的事情，各部族首领都来和商国交好，一时间商国诸侯云集。

原来这些人是各个被豕韦侵占的部族的首领，有㚿氏率领众人一起跪在天乙面前祈求。

"有鬲氏愿意倾全族之力誓死追随大商，恳求大王征伐豕韦氏，为有鬲讨回公道。"

天乙扶起了有鬲氏："有鬲国君，诸位国君，你们的遭遇，天乙也是感同身受！商国愿尽全国之力，为各位讨回公道！"

伊挚在一边点头微笑。

亳城以南的景山，并不算高，是商国练兵的地方，站在景山之上，可以俯览山下的千军万马，战车奔腾。

金秋时节，温暖的太阳照耀着丰收的大地，沉甸甸的谷穗，垂着头的高粱，地里熟透的瓜果，旁边的树上结满了秋梨。人们脸上都洋溢着微笑，忙着在地里收割粮食，孩子们则在田野里奔跑，享受着秋天带来的各种浆果等天然的美味。

景山之上没有很高的树木，山上有走廊相连的多个凉亭，亭子都是古意盎然，拙朴中透着大气，众多的凉亭簇拥着其中一个主亭。

今天的景山更加热闹，山上除了商国的天乙和大臣，还有来自四面八方的诸侯。天乙要在这里举行景亳会盟。

天上白云苍狗，云卷云舒，晨光照射下来，大地一片明媚。

山下是要出征的士兵，上万大军排列得整整齐齐，最前排的战车在阳光中泛着青绿色的光芒。

有鬲氏站出来，对着众人说道：

"大商多年施行仁政，对邻邦友好相助，征伐恶党。诸侯有难来投商国，天乙大王都以礼相待！我推荐商国天乙大王为景亳会盟盟主，今日在此所有诸侯都听从天乙大王号令！大家愿意吗？"

亭子中的所有诸侯都高呼："愿意！愿意！"

有鬲氏说："天乙大王为景亳会盟盟主！天乙大王！天乙大王！"

"天乙大王！天乙大王！"一时间山下喊声雷动，响彻云天！

此情此景，天乙心潮澎湃，镇定下心神对着山下挥手！慢慢地山下安静了下来。天乙高声宣布："豕韦氏无道，无端征伐大夏宗亲有鬲氏！替天子选取美人，却自留下美者享乐，将差者送与天子，欺骗天子！豕韦欺压百姓，东方诸国民不聊生。豕韦之罪，天地共愤！今大商要率众诸侯为天子讨伐豕韦！还天下公道！"

"誓灭豕韦！誓灭豕韦！"商国的士兵自从上次大败昆吾之后，天下再也没有谁是他们害怕的了。他们现在是天下无敌的，恐惧是留给敌人的。即使战死沙场，那也是一种荣耀，而且大王会照顾好自己一家老小！士兵一心勇往直前，为大王去打下一片辽阔的疆土，让大商称霸天下。

那些被豕韦欺凌多年的诸侯国终于看到了希望，誓死要找豕韦报仇，斗志更加昂扬。有鬲氏来到商国之后，有鬲那些散落的族人听说国君到了商国，都纷纷来到了商国。慢慢有鬲氏竟也凑齐了几千兵马。

矛戈如林，人如山海，天乙和伊挚也从未见过如此气势。伊挚望着山下的千军万马，旌旗迎着长风呼啦啦地飘动着，心中怦怦直跳，真的要撼动天下了！强压住内心的波澜，伊挚依旧不动声色。

仲虺看到这么多军队，兴奋地搓着手。"大王，大商有一万人马，各个诸侯国的人马也有上万人，那就是两万人马啊！天子的近卫勇士也就两万啊，天下有两万人马的国家也就昆吾、豕韦等几个国家，商国如今真的强大了！"

"仲虺将军不要太过高兴，其他诸侯那些人马除了有鬲氏，不过是乌合之众，都被豕韦打怕了，硬仗不要指望他们。这次和豕韦决一死战，胜了之后，商国才能算强国！"

伊挚如今说话似乎更加直接了，让人觉得更加不可置疑。

多年来遭受豕韦欺凌的东方斟灌氏、陶山氏等十余国，听说大商要讨伐豕韦，都来参加景亳会盟了，愿意密布兵车，以助大商。

人声如大海波浪翻涌，人心就是力量，当人心所向的时候，很快就能形成排山倒海的力量。国中五军，仲虺率前军，前军是大商的主力部队，仲虺的数百辆战车就在其中。有鬲氏统领后军，包括有鬲氏的几千部队。天乙命各诸侯率领本国兵马，选精锐之士数千人，车几百乘，一起讨伐豕韦。

"出征！"天乙也很兴奋，找到了身为王者的感觉。大军出发了，队伍长达十里，前不见首后不见尾。

有莘王女、子棘、汝鸠、汝方和太史终古留在国内守城，有莘王女已经经历了数次天乙的远征。以前天乙出征或者被囚夏台的时候，有莘王女心中虽然担心，但是从未有过现在如此的不舍。

东南西北四门将军前后指挥大军前行。长风吹得战旗呼啦啦地响，战马嘶鸣，商国联军出征了！秋收已过，正是用兵的绝好时机。

大军刚刚进入豕韦境内，庆辅也已经脱身回来了。

庆辅统领左军，湟里且将右军，天乙与伊挚在中军。其他几军分别为东南西北四门将军统领，总共为九军，分别为九阵。

豕韦。

豕韦冀听说庆辅回到了商国，暴跳如雷。他转眼就把庆辅的事情抛到脑后了，因为大商的联军就要打到了！

豕韦冀刚刚抢来了新的美女，正在寝宫行云雨之欢。女人的恐惧和反抗只能更加激发豕韦冀的欲望。

这时候突然外面急报："紧急战报！"

"什么紧急战报，如果不紧急，我就立马杀了你！"

豕韦冀推开了身下瑟瑟发抖的女人。

"商国联合两万大军来袭！"

豕韦冀心中一惊，没想到大商竟然有这么多人。

"准备迎敌！"豕韦冀自从即位以来，还没打过真正的大仗。

"大商联军号称两万，不过是有鬲氏这些手下败将、乌合之众而已，有什么可怕的，来吧，正好一举消灭商军主力，活捉了天乙，从此商国也归入我豕韦的版图，豕韦就可以超过昆吾，成为天下第一方伯长了。"豕韦冀年轻气盛。

豕韦这边除了豕韦冀，最强的还有薄姑氏，然后是彭祖和彭宾。彭祖虽然威望极高，但是被白薇知道了他的秘密，签了归降的字据之后，难免投鼠忌器。

彭祖希望豕韦能把大商一举剿灭，这样就可以把知道自己秘密的天乙、白薇等，都统统砍头。

"大王！商国来袭，虽然我豕韦足够强大，但是是否向天子求一些兵马，这样我们更加万无一失！"彭祖对豕韦冀说。

第三十四章　兵发豕韦

长夜宫。

舞女在池上的舞台上起舞，身姿婀娜如弱柳扶风，舞姿翩跹似莲花轻摇。这些舞女总会在大夏各种宴饮中让那些贵族大臣惊艳得垂涎三尺。

妺喜一个人坐在湖边亭中，好久没有伊挚的消息了，妺喜忍不住思念伊挚。思念的痛苦无声无息，越想躲就越无法躲藏，躲得了白天躲不过黑夜。即使靠着酒醉躲过了黑夜，也躲不过自己的梦，再坚强的人也无法控制自己的梦，多少人会在午夜梦回泪湿涟涟。

妺喜恨自己为什么喜欢上了伊挚，这个既无法得到自己，自己也无法得到的男人。

选择之所以艰难，因为无论怎么选择，都要舍弃那些不想舍弃的东西。但不做选择会失去得更多，时间从来不会饶过任何人，机会错过了就永远不会再回来了。人生有时候以为有选择，其实根本没有任何选择。

伊挚要离开，妺喜也没有选择，只有去伤害伊挚，让伊挚永远记住自己。一切只剩下了痛苦，只有强迫自己忘记，此刻妺喜只能忘了伊挚，但她真的能忘了吗？

草地上，一红一白两匹骏马飞奔而来，马上两个女子英姿飒爽，衣袂飘飞，另有一种风情。琬、琰二人从小一起长大，两人总能找到自己的乐趣，二人到斟鄩附近纵马行猎。

履癸的心思这时候都在开挖瞿山上，他要证明自己除了四处征战，也是治国的明君，要给天下和子孙后世留下一个瞿山之河，让子孙后代永远不再受洛水干涸之苦。

瞿山之河经过重新设计之后，瞿山工程重新开挖了更大的缺口，逐层台阶一步一步地向下开挖，每一层都用大木桩加固，确保不再轻易塌方。

"大王，豕韦的书信！"车正通报道。

履癸打开书信一看，不由得吃了一惊。"难道天乙这竖子还进行了景亳会盟！真的要造反吗？！"履癸把羊皮书信摔在了地上。

开挖瞿山的工程不能停，现在所有人都反对，如果停下来，就万难再重新招到民夫继续了。履癸希望明年春旱的时候能够用上黄河之水，实在无暇出兵救援豕韦了。

"也罢，让天乙和豕韦先去折腾，先让豕韦和商国打得两败俱伤！如果豕韦胜了，朕正好不用出兵了！如果豕韦败了，这样正好给了朕踏平商国的理由！天下谁能是朕的对手，商国军队不过是一群蚂蚁而已！"

赵梁想了想，说道："大王，天乙素来有野心，表面隐忍，暗地里一直在寻找机会扩张势力，在大王面前装可怜！当初在斟鄩就应杀了他！"

履癸笑了："赵相！履癸做事从不后悔！多说无益，任天乙竖子去折腾，朕随时都能踏平商国！"

"大王，如果现在不想出兵，可让昆吾联合豕韦去消灭商国！"

履癸还在犹豫，姬辛凑到履癸耳边说："大王，终古老头儿都跑到商国去了，切不可养虎为患！"

履癸点了点头："让牟卢去协助豕韦，教训下天乙那竖子也好！"

履癸给昆吾的牟卢颁了旨意，让昆吾派兵去救豕韦。

夜色如水，妹喜躺在履癸怀中，两个人都没有说话，两个相爱的人在一起即使什么都不做，心里充盈着宁静，也会很满足。

"妹儿，伊挚知道朕现在不能出兵！所以商国发兵去攻打豕韦了！"履癸在思考着什么。

妹喜没有说话，心里的湖水似乎有一条鱼儿突然跃出水面，然后一切回归了平静，只剩下了一圈圈的涟漪。

昆吾。

牟卢早就猜到大商要去攻打豕韦。牟卢一直不太喜欢豕韦，老国君孔宾太过奸猾，任何事情都是便宜占尽，牟卢只有敬而远之。如今这个新国君豕韦冀更是只知道好勇斗狠，到处抢女人，牟卢心中更是只有鄙视。

"让商国去教训一下也好，最好打个两败俱伤，看谁还能和昆吾抗衡。到时候昆吾出兵再去踏平商国，商国就无还手之力了。"

牟卢知道商国大军已经进入豕韦境内，正等着坐山观虎斗，这时候大夏一名车正送来了履癸的旨意，牟卢打开羊皮旨意一看："速派大军去解豕韦之围！"

牟卢有点儿猜不透履癸的心思了："履癸是真的想要昆吾去救豕韦吗？即使履癸真的想救，那也不能去做这种出力不讨好的事情！"

牟卢给履癸回了书信："昆吾已经派出大军协助豕韦！"昆吾象征性地派了一些老弱残兵出发了。

商国大军进入豕韦之后并没有遇到拦截，很快，大军到达豕韦城外三十里处，扎下营寨。

豕韦的百姓无数人家挑着吃食来迎接商军，天乙亲自接见了这些百姓，如同他们是商国的百姓一样。

庆辅紧张地在身后保护着，观察着有没有可疑的人员，生怕里面藏着刺客。这些的确都是淳朴的百姓，百姓们多年受到豕韦的欺压，商国大军的到来给他们带来了一线摆脱豕韦压榨的希望，希望这次商军能够打败豕韦，以后能够跟随商国的天乙大王过上和商国百姓一样的好日子。

天乙突然明白了身上的责任，自己的霸业不仅仅是为了大商，也是为了天下的百姓都能过上好日子。

豕韦城内。

商国大军来了，豕韦冀早就得到了消息，只是豕韦冀没想到商国大军会来得这么快！听说豕韦的百姓竟然去迎接商国大军，豕韦冀大怒："吾且先杀了天乙那竖子，再把那些送粮食的百姓都杀了！"

"大王！我们最好先把援兵请来，到时候几路人马合击商军，定然胜算在握！"大臣元长戎说。

豕韦冀派人去召淮夷发兵来增援豕韦，淮夷收到书信之后，迟迟没有发兵。

豕韦最重要的力量就是彭祖部族，彭祖部族真正有实权的是彭宾。彭宾返回封地，集结了所属几千大军准备来增援豕韦冀。

薄姑氏也倾全族之兵，率领几千大军来驰援豕韦冀。豕韦冀自点城中的两万精兵，准备迎敌。

总体兵力上，豕韦这边总共有三万多精兵，商国这边虽然号称两万，但是有一万左右是各小国的散兵游勇，难以一致对敌。

天乙脸色愈发凝重，大商这次劳师远征和上次昆吾大军压境誓死保卫家园不一样。如果开始几仗不能取得胜利，恐怕军心就会不稳，景亳会盟形成的联盟就会变成一盘散沙，大商争霸天下的梦想就会成为泡影，那样豕韦反扑对大商就会是灭顶之灾。

这一次只许胜利不许失败，天乙这次没有选择。这是一次你死我活的大战，所有人都没有退路。

夜色来临，夜空星汉灿烂，天河从东向西流过夜空，把星空一分为二。

地上一个帐篷接着一个帐篷，帐篷边上点着篝火，一个篝火连着一个篝火，远远望过去，一条条火龙和天上的星光交相辉映，看起来颇为壮观。

大商所有人看了如此景象都心潮起伏，心中豪情澎湃，大丈夫就该沙场建功立业，才不枉此生。

天乙此刻却没有心情欣赏自己的大军。他在大帐内看着案子上的一张形势图，左手举着油灯，右手按在图上仔细看着，不漏过一条小溪和树林，不漏过每一个村庄。

薄姑氏是一个古老的部族，号称是炎帝的后裔，和当年的有仍一样，属于勇猛好战的部族，多年一直跟随豕韦四处征战，抢掠财物。豕韦冀更喜欢美女，薄姑氏更喜欢财物。

多年来由于大商和豕韦井水不犯河水，所以大商几乎都忘了自己的身边睡着这样一个薄姑氏，薄姑氏虽然不算猛虎，但绝对算一条饿狼。如果饿狼要扑过来和你拼命，即使猛虎也难全身而退。薄姑氏历来和豕韦交好，薄姑氏在商国的东部，如果薄姑氏和豕韦同时出击，大商可能就会腹背受敌。

彭宾在豕韦的东方，正好外围策应豕韦氏。彭宾和彭祖不一样，彭宾只相信实力，所以豕韦、彭宾、薄姑氏形成掎角之势，互相呼应，多年来纵横东南方，从没有对手。

只要商军去攻打豕韦，就可能被三方包围。天乙看着案上的形势分析图，浓眉都要拧在一起了。这时候，外面车正来报："大王，昆吾号称大军五千来驰援豕韦！"

天乙手中的油灯晃了一下，灯油溅了出来，落到天乙手上，天乙赶紧把油灯放下，用左手去揉被灯油烫到的地方。

"伊挚先生，仲虺将军，如果昆吾再来，还没开战，我们就已经被四面包围了。敌军估计总数有四万之众，是我们的两倍，如果只算商军实际能够作战的军队，敌军是我方之四倍！这该如何是好？"

"大王，其实本来还有彭祖，彭祖虽说已经有字据归降，但那是无奈之举，只有大商真正取得胜利，彭祖才会真的归降，否则一切都是未知之数！"仲虺也感到了压力。

"那岂不是别人已经下好了套，就等着我大商来钻了。人为刀俎，我为鱼肉了。这仗怎么打？难道我们就是来被人吃掉的！"天乙望向伊挚。

卷五 问鼎天下

第一章　象廊美人

苍茫大地，无边无垠，一片片的田地中，谷子叶子早已经枯黄，谷穗大部分是干瘪的，人们揉搓着谷穗，收获仅有的收成。天下大旱多年，到处是干枯绝收的庄稼，很多国家粮食不够吃，各国为了生存互相攻打，抢夺粮食。

大夏不停收到来自天下各国的求救国书。履癸想出兵惩罚这些不守规矩的国家，费昌告诉履癸，国库中已经没有足够的军粮，履癸心中无奈，这时他只想陪在妹喜身边。

莫名的寂寞无奈一直袭扰着妹喜，她更喜欢一个人坐在长夜宫中的湖边亭中，欣赏自己训练的那些舞女在池中的舞台上起舞。

一只手扶住了妹喜的肩膀，妹喜抬头："大王！"

"朕想看妹儿你在象廊中的舞姿。"履癸来了，拉着妹喜出了长夜宫。象廊在长夜宫和倾宫之间，无数海中鱼油灯火照得四周通透明亮，犹如一个水晶般的世界。

二人在象廊中散步，妹喜很喜欢自己的千百影子随着自己飘动的感觉。镜中妹喜身旁男子威武雄壮，履癸也第一次这样看着镜中的自己和妹喜，英雄美人，佳人如梦，履癸都有点儿崇拜自己了。

妹喜看着镜子中绝美的景象，两人容颜依旧，但是不知不觉间已经没有了年轻时特有的青春气息。妹喜觉得和履癸默默相对，除了那个总在梦中出现的伊挚，一切都已经很好了。

"妹儿，还记得怎么来到朕的身边的吗？"履癸问。

"不是被大王抢来的吗！"妹喜幽幽地说。

"哈哈哈！征伐有施是朕此生最划算的一次征伐，要是没有你，朕的一生几乎都是白活了。"

妹喜斜眼看着履癸没有说什么，思绪回到了很多年以前。以为自己有选择，其实只是以为而已，也许眼前的人才是真正适合自己的。

东南方的豕韦。豕韦，从这个名字我们可以看出这个国家的图腾是什么，豕韦的旗帜上永远飘扬着一头长着凶狠獠牙的野猪。

豕韦城外商军军营。

夜已经深了，天乙大帐中依旧灯火通明。战局带来的巨大压力让天乙毫无睡意，这还是在天子履癸无暇分身来插手的情况下。如果拖下去，到了明年，天子大军一到，商国就会彻底消失了。此时大帐内的其他人也没有睡意。

伊挚的表情异常严肃："大王，如今形势看起来虽然对商国很不利，但不是没有一丝胜算。"

"大战在即，伊挚先生有何良策？"天乙的眼神中对伊挚充满了期待。

"豕韦自身实力和商国差不多，除了昆吾的援兵可能不会拼死相搏外，彭氏家族的彭宾和薄姑氏这两个国家和豕韦生死相依，必然会死战到底。"伊挚说。

庆辅点了点头，说道："庆辅在豕韦这段时间，彭祖和彭宾这两大彭国的首领的确一直和豕韦亲如一家。"

"庆辅将军仔细讲一下！"天乙说。

"豕韦冀虽然没有孔宾那么老奸巨猾，但好色，而且生性好武。这几年四处征伐，豕韦的士兵久经沙场，论战斗经验和斗志可能都比我大商的军队强一些。"庆辅说话的时候，嘴上的胡子晃动着。

天乙的眉头皱得更深了。

仲虺这时候看到气氛太过压抑，忙说道："豕韦再强又如何？我大商的战车天下无敌，葛国和昆吾都败下阵来，这次大商也一定能够赢！"

"没错，我们首先要重视敌人，真正了解了对手，才能打败对方。"天乙发现作为主帅有点儿失态了，他必须保持必胜的信心，大商才能取得胜利。

"如果薄姑氏、彭宾和昆吾的大军都到了之后，合兵一处就会是数倍于大商的兵力，到时候我们恐怕就万难有胜算了。"一直没有说话的湟里且也开口了。

"朕也是担心四面被围！"天乙也说。

"大王，所以我们必须当机立断，打破这个局，正所谓机不可失，时不再来！"伊挚的声音掷地有声。

所有人都望向伊挚。

"伊挚先生，你就不要卖关子了！"天乙似乎看到了希望。

"湟里且说得很对，今夜我们就要行动。我们首先要……，然后才能……"伊挚详细地和天乙说了自己的想法。

"伊挚先生不愧为元圣，就依先生，今夜就行动。"天乙紧皱的眉头终于舒展了些。

豕韦城内。

大堂中灯火辉煌，婀娜的身影映在窗纱上，花枝招展的女子正在歌舞，乐师在击打着诱惑的鼓点，让人不禁随着一起摇晃着身体。

豕韦冀被一群美丽的女子围绕着，手中举着酒爵，说道："世人都说朕好色，你们觉得呢？"

"男人哪有不好色的？不好色的那都是穷得养不起女人而已。"一个女子妩媚地说着。

"宝贝，你是个聪明人，咱们喝！"豕韦冀拦住女子，女子笑着陪着豕韦冀喝了一爵，豕韦冀哈哈大笑，酒意上来了，踉跄着脚步吟唱起来。

"行乐兮，且今朝。美人兮，吾之所爱。男人如果连美人都不喜欢了，那活着还有什么意思？"豕韦冀有些醉了。

"大王，商国大军就在豕韦城外，大王不担心吗？"一女子忍不住问道。

"有什么好担心的？我豕韦大军骁勇善战，豕韦城池均由石头砌成，商国人即使长了翅膀飞进来，也会被乱箭射死。"宫女们听了之后，心里踏实了。

"那大王何不出兵去赶走他们,如今我们连城都不敢出。"女子抚摸着豕韦冀胸前浓密的胸毛说。

"哈哈!你们不用担心,先稳住他们,等过几天援军一到。商军就成了鼎里的肉了,恐怕都不够我们吃的。"

"哈哈哈!"大堂内一片欢笑之声。

转天,豕韦冀派人探视商国军营。

"大王,商国军营一切如旧,帐篷一顶没有少,炊烟每日按时升起。恐怕他们也没有办法,又不敢来攻城,估计过几天就吓得退回商国了。"

"他们想回去,没那么简单!继续每日监视。"豕韦冀说。

豕韦派的人装扮成豕韦的百姓,藏在离大营不远的土丘上,趴下身子藏在灌木后面,远远观察着商国大营。

商国的大营似乎没有什么变化,帐篷都在,士兵进进出出,每日开灶做饭。

此刻每一个帐篷中只剩下了一名士兵,这个士兵进进出出的,冒充大军都在的景象。其实商国大军的主力,悄悄出发了。商国大军只在夜里行军,白天在树林、山谷等隐蔽处藏身休息。

仲虺命令负责侦察的士兵:"所有人都不可以点火做饭。周围发现无论是放羊的还是农民,只要看到一个就抓一个,绝对不可以泄露了行踪。"

大商士兵带了随身补给,每天只吃炒熟的小米和干粮,就着喝一口皮袋中的水。

"粮食都要节省着使用,这些口粮只够十天,粮袋中的肉干必须等见到敌军才能吃。"伊挚颁布了严格的军纪。

不过还好,金秋之后,满山遍野都有野果可以食用。

大军路过之处如被农夫赶着羊群放牧过一样。当地的百姓即使发现了痕迹,虽然心中疑惑,但也不知道是什么人留下的。

大商的大军每天晚上行军,所有人都要奔跑上百里。第一天行军的时候最难受,所有人跑起来连口水都不能停下来喝,晚上只要一停下来就可能掉队,实在跑不动的老弱士兵,只好就地留下来隐藏,等待大军回来。

转眼三天过去了。商国的士兵从未这样行军,晚上深一脚浅一脚地赶路,还不能发出大的声音，一个个跑得胸部都要炸裂了，前面的人不停，后面的人就只能玩命坚持跟着前面的人跑。此时，大家竟然开始喜欢这种虐人的夜里急行军了，一晚上纵横百里的感觉，让大家有了一种从未有过的征服感，慢慢大家也都知道了这次行军是为了阻击彭军，商军的战斗欲望一下都高涨起来。

一片大山的影子逐渐出现在前方，很多人心中突然有了一种异样的感觉，他们到了一个从未来过的地方。

"大王，这里应该就是彭山了！"伊挚对天乙说。商军已经进入彭国境内。

天乙命令："停止行军！原地休息！"商国大军安顿下来。

凌晨，当第一抹阳光照过大地的时候，山顶上出现三个人影：伊挚、天乙和仲虺。

黎明时分的山上并没有人，只有早起的鸟儿开始飞出来。大山连绵不断一层一层延伸到远方，远方总是显得那么神秘。

"大王请看。"

天乙顺着伊挚手指的方向，一条羊肠小道在脚下的山谷弯弯曲曲地延伸着。

"这条小路虽窄，但应该是彭国到豕韦最近的路了。彭宾的大军必然从此路过。"伊挚轻描淡写地说着，但一场决定大商命运的大战就要到来了。

第二章　生死爬山

天倾西北、地陷东南，东南方的大彭国的彭祖家族几百年来一直很强盛，首领彭祖号称有不死之身，在民间威望极高，谁也不会想着去把这个老寿星给灭了，那样肯定惹得天下大怒，所以彭祖氏一直过着丰衣足食的日子。

彭祖基本实行无为之治，百姓只知道有四季，不知道有大王。四方百姓也都愿意归顺大彭国，毕竟谁都想和彭祖学习一下，即使不能活几百年，能多活几十年也是好的。

彭祖所住的彭祖村并不是大彭国的都城，大彭国的都城在彭城。彭祖虽然是大彭国的名义国君，而彭城的真正主人是彭宾。

彭城城池高大，住着几万人，城内的人生活悠闲而从容，衣食无忧，中原的人们不会想到东南竟有如此繁华之地。

修竹掩映的大堂之中，一身灰色衣服、瘦削但却很精干的男人坐在正座上，双目炯炯有神，让人看了就知道这是一个不好对付的人，此人正是彭宾。

彭宾旁边站着他的两个儿子，彭丁和彭庚。彭丁身形高大，但微微有些肥胖，一看就知道日子过得不错。彭庚则低调内敛，平时话也不多，从来不在彭丁面前争什么，所以彭宾和彭丁都很喜欢他。

彭宾手里拿着一张羊皮战报，皱着眉头在自言自语："这商国的天乙难道疯了，竟然集结大军主动来攻打豕韦！"

彭宾收到豕韦冀的战报有点儿将信将疑，商国打过葛国，天乙就被履癸关在夏台，差点要了天乙这小子的老命，此外没有听说过商国还打过谁。彭宾开始以为自己看错了，豕韦冀要是去征伐商国，想拉上自己做援军还差不多。

"如果是真的，天乙这竖子一定是疯了！"彭宾说。

"父亲，管他是不是疯了，既然豕韦冀的战报都到了，说明商国真的来了，我们正好让他有来无回，把天乙杀死在豕韦，然后我大彭大军长驱直入商国，占了商国的地盘，从此大彭就可以不用再依附豕韦了。"彭丁趾高气扬地说。

"大彭肯定是要出兵！我们遇到商军再伺机而动！"彭宾啪的一下把战报摔在了案子上。

彭宾集结军队，准备开往豕韦城。彭祖是大彭国名义上的国君，彭宾当然要把战书给彭祖看看。

彭宾等彭祖看完战书，说道："彭祖，彭城军马已经准备好了，彭祖是否一起出征？"

彭祖有把柄落在天乙手里，心里自然不愿意去面对天乙。

"我年龄大了，还是由贤弟多多操劳吧，我就不去了！望贤弟早日凯旋！"

彭宾本来也没希望彭祖去，得到彭祖的许可，彭宾回来着手准备人马出征。

彭宾生性好战，三日内集结了一万多人马，彭宾率领五千中军，彭宾的两个儿子彭丁和彭庚分别率领三千人马作为左右两翼之军，大军浩浩荡荡地出发了。

这一日，一座大山出现在前面，蜿蜒曲折，无边无际，这就是彭山，在大彭国和豕韦的交界处，过了这里就进入了豕韦的境内。要翻过彭山最快的路，就是走山谷中的羊肠小路。

彭宾一生征战无数，自然知道其中的险要。商军应该在距离此处三天路程的豕韦城外，彭宾听说过伊挚的才智，认为还是小心为上，命令彭丁和彭庚率领各自的三千人从左右翻山而过。彭丁接到父亲的命令之后，心中极度不满。

"父亲看来越老越胆小了，这里离豕韦城还远着呢，怎么可能会有商军呢？"

翻山意味着所有的战车等都不能带了，战马也只能牵着走，彭丁自己也要爬山。虽然彭山不高，但要翻过去也不是一件容易的事情。

彭丁率领手下慢慢吞吞地开始翻越彭山。彭庚一向思虑深远，虽然觉得父亲有点儿过于谨慎，但也没多说什么。彭庚开始带领自己的士兵向山上爬去。

此刻天乙的大军不过比彭军早到了半天而已。这次天乙率领了商国的主力部队来到彭山，豕韦城下商国大营中留下了湟里且、东门虚将军和三千商军，用来迷惑豕韦冀。

"大王！彭军到了！"侦察的士兵来报。

"好快！"天乙暗想，"战机果然一刻不能延误，如果再晚到半天，机会就错过了。"天乙知道商国的军队只有七千人，而彭宾的军队人数实际上比商军多出四千人。

天乙的头又有点儿大了："怎么对方还是比我们人多？"

"大王，山谷中彭宾只有五千人马，我们有七千人马，而且我们在山谷两侧，彭宾在山谷下面，这仗可否打得？"伊挚对天乙说。

商国大军一到彭山，天乙和伊挚看好了地形，天乙命令士兵赶紧爬上山谷两侧的山坡，准备伏击。东面山坡是庆辅率领的两千人，西面是仲虺率领的两千人，天乙和伊挚率领三千人在谷口等待着。

"伊挚先生说得对！我们要抢占彭山！"

天乙看着山谷里逐渐出现的彭宾军队的影子，心中着实激动。这就像小时候用网兜去抓树上的知了，生怕一不小心到手的知了又飞了。

此刻彭军已到，天乙对北门侧将军说："北门侧将军，你率领一千士兵跟随仲虺将军上山，然后绕过去堵住山谷的入口，不能让彭宾逃回去！"

"是！"北门侧有点儿不甘心不能与彭宾正面交战，但也迅速带着人沿着山梁绕道到彭宾的队伍后面，等彭军进入之后去封堵山谷入口。

这时候，彭庚正在带领军队爬山，刚刚爬上了一道山梁，远眺四方，山峦起伏，心情顿时大好。彭庚朝着父亲所在的山谷方向望过去，一座大山高高耸立，而大山后面应该就是父亲在率军穿越的山谷了。

彭庚忽然发现高山一侧也有一支军队在爬山！

"那是什么人？彭庚心中纳闷！"彭庚心中疑惑，苦苦思索着，突然他脑中似乎闪过一道闪电，那难道是商国的军队？他们要爬上山去袭击父亲的军队。彭庚一看不好，赶紧也率领自己的军队向上爬，庆辅也看到这边的军队："呀，彭国的军队!"

所有人都拼命地朝山上爬,但是每一边的山路都不一样,所以一会儿工夫,商国的军队爬得更高了,一会儿彭庚的军队爬得更高了,庆辅和彭庚心里都万分焦急,恨不得能够飞到山顶上去。

庆辅甩下了其他人,就像一只大猿猴一样朝着山顶飞纵了上去。

彭庚知道如果对方先爬到山顶,一切就都晚了,赶紧也甩下了其他人,飞身朝上爬去!

第三章　谁为刀肉

彭山之上，商军和彭军在拼命朝山顶爬，生死就在一线之间。

彭庚和庆辅都在朝着同一个山顶爬，庆辅手脚并用，动作矫健迅速，眼看就要到山顶了。彭庚的身手敏捷，速度也很快。彭庚一纵身爬上了山顶，山风迎面吹来，彭庚急忙朝着庆辅向上爬的方向看去，庆辅就还差几丈的距离。

彭庚看到脚下有一块大石头，搬起来朝着庆辅砸了过去，庆辅正在向上飞奔，忽然感觉头上有风声，赶紧伏身在山壁上，大石头贴着头皮连蹦带跳地滚了下去。

"好险！"庆辅这时候已经看到山顶的彭庚，加了小心，几个折弯来回纵跃，也到了山顶。

彭庚爬山着急没有带重兵器，抽出腰间皮鞘中的匕首就和庆辅打在了一起。庆辅最擅长的就是近身肉搏，自然没把彭庚放在眼里。庆辅的短刀神出鬼没，彭庚自恃武功高强，毫无惧色。二人缠斗在一起，一时间凶险万分，难分胜负。

"没想到商国竟然有如此高手。"彭庚如此想着，开始感觉吃力，庆辅的速度实在太快了，而且越来越快。

转眼彭庚开始狼狈不堪，险些摔倒，眼看彭庚就要坚持不住了。庆辅手中短刀上下翻飞，哧哧几声，彭庚身上已经被短刀刺破。虽然擦着皮肉而过，彭庚愈发地手忙脚乱，庆辅嘿嘿一声露出死亡微笑，彭庚脊背发凉，难道今天要结果在这儿吗？

这时候几块大石头带着风声飞了过来，庆辅急忙跳跃躲开。原来彭庚手下这边几个速度较快的将军也已经爬了上来，一看彭庚凶险万分，也不管那么多，什么石头、石子直接就朝着庆辅扔了过来。庆辅一分神，几个人迅速围住庆辅，动起手来。

庆辅全力在山顶周旋，这时候商国这边也有几个人爬了上来，加入了团战，本来战场的厮杀，变成了如街头无赖的群架。

庆辅的手下毕竟也有几个会轻功的高手，这时候都爬了上来。

"用石头砸那些要上山的彭军！"

这时候山顶的商军越来越多，众人纷纷搬起石头朝着彭军上来的方向砸下去，几个彭军不注意，被砸得脑浆迸裂，顿时一命呜呼了。

后面的彭军赶紧找地方躲避，停了下来。商军这边弓箭手也都爬了上来，彭军一露头，羽箭就射了下来，一时间死伤无数。

彭庚觉得，时间一长这些人必定被围在山顶万难脱身，不能让自己身边的人都死在山顶，一声呼喊，一边从另一条路撤了下去。

这个时候，仲虺的人已经爬上了西边的山头，山风猎猎，山谷中的彭宾大军正在如长蛇一样蜿蜒前进。

仲虺朝庆辅这边山头张望，远远看到的似乎并不是商军："难道庆辅这边遇到彭军了？"

"仲虺将军，开始攻击吗？"仲虺旁边的北门侧将军有点儿等不及了。

"再等等，要等所有的人都进入山谷。"

彭宾率领的是彭军的主力，大军的辎重战车必须从这个山谷经过。自从进入山谷，彭宾一直很小心。虽然部署了彭丁和彭庚在两翼的山上防守，依旧没有消除内心的紧张。

日头越升越高，逐渐照耀到谷底，谷底的人却看不清上面。大军进入山谷有半个多时辰了，依旧没什么动静。

前面就要看到山谷的出口了，彭宾心中默念："希望是多虑了！"

就在这时候，西边山坡上滚下来一块小石头。

"嗯？"彭宾抬头观望，"呀！"

山上隐隐约约有人影，就在这时候，大石头开始从山上滚滚而下，这个山谷中并无树木，彭军毫无遮挡，一下子都成了活靶子。

庆辅看到仲虺这边开始了攻击，一方面派人防止彭庚的大军再爬上来，也开始搬起山顶的石头朝着山谷中的彭宾大军砸去。

这一下彭宾的士兵两边受到攻击，无处躲藏。山上最不缺的就是大石头，一时间，彭军鬼哭狼嚎，毫无还手之力，死伤惨重。

"赶紧冲出山谷！"彭宾催促大军向前冲，前方就是谷口，到了外面就不用只挨打了。

这时候，仲虺也举起了一块大石头扔了下去，这块大石头砸在了山坡的另一块巨石上，周围的士兵早就都看着仲虺，仲虺往哪里扔，他们就往哪里扔，无数石头都砸向了山坡那块突出的巨石上。

轰隆一声，如同唤醒了山中沉睡的猛兽，巨石开始滑动。巨石滚动发出巨大的声响，带动周围的石头、土块纷纷下滑，滚动的碎石、碎土越来越多，最后竟然整个山坡都塌下去了一大片。

站在山顶的仲虺和大商士兵，感觉脚下的山都在晃动，天崩地裂、地动山摇，众人纷纷后撤。

天空中落下的全部是滚下的碎石和土块，山沟里的彭军抬头望见，发出绝望的惨叫，恐怖的声音贯穿了整个山谷。

隆隆声停止了，除了飘扬的尘土，世界突然陷入安静。

上千彭军都被埋在了下面，彭宾在队伍尾部，亲眼看到这个场景，良久说不出话。彭军的怒火被激发了起来，开始拼死前冲。

天乙在谷口等待多时了，亲自抡着开山钺准备迎战彭军。

弓箭根本阻挡不住已经发疯的彭军，山口只能容纳几十人。商军和彭军转眼厮杀在一起。这是一场真正血与肉的战斗，没有地方可以躲避。

天乙开山钺抡起来砍倒一片彭军，后面又上来一片。这个时候不是思考怕不怕死的问题，而是死之前能够杀死几个敌人。

山谷口的尸体越堆越多。彭宾在后面眺望，谷口已经被商军堵死了。

"后队变前队，赶紧撤！"一路上又是一顿石头雨和弓箭雨，难熬的路段终于过去了，彭宾终于回到了山谷入口。

"前面有人！"前面的彭军发出嘀咕。

"好像不是我们大彭国的人！"

入口处一人一马，手持长矛！是一个商国将军！

彭宾终于狼狈地到达了谷口，彭军看到拦在山谷口的人，眼睛都红了。这些彭宾的大军什么时候吃过这样的亏，死伤无数弟兄，竟然一个敌军都看不到，这时候终于看到敌军了，如同受了伤的猛兽一样冲了上来。

谷口处的人正是北门侧，他一挥手，身后出现一排排弓箭手。

"放箭！"箭雨射向彭军。北门侧将军想用弓箭拦住彭军，可彭军如今都疯了，没有人在乎是不是中箭。

北门侧将军身材并不是很雄壮，皮肤黑黑的，肌肉结实有力，性格耿直，认准的事情就会血拼到底。北门侧在四门将军中一直排名在最后，一直想找机会证明自己的实力，拼尽了全力，率领商军死死守住山谷入口。北门侧手中舞动长矛，冲到阵前，刺翻了一排又一排的彭军。

彭宾看到这里似乎和山谷出口一样的场景，浑身起了一层鸡皮疙瘩："啊！难道今日我彭宾要葬身于此吗？"

人肉和鲜血搅和在一起。

突然，商军阵形乱了。

"机会来了！有人来救我们了！"

第四章　一念之间

　　青碧色的彭山横亘绵延在大彭国和豕韦之间，彭丁接到翻山的命令之后，心里有一百个不愿意。

　　"这哪可能会有什么商军？不如先原地不动，等父亲的大军过了山谷之后，我再从山谷过去就是了。"

　　彭丁对自己这个决定很满意，到时候如果没有商军，父亲自然也不会责怪自己了，大军也省得辛苦爬山了。彭丁远远地看着父亲的大军进了山谷，对手下说："一个时辰之后，我们也进山谷！"

　　半个多时辰之后，彭丁也准备进入山谷，突然发现山谷入口的山后冒出来了无数士兵。

　　"不是彭国人！"彭丁发现不对劲了。山谷入口的山梁上的路并不难走，那些人很快就到达了谷口，为首一人身姿矫健，一看就是高手。

　　彭丁立马紧张起来，仔细观察，很快发现远远的山谷两侧山上也有士兵，山上旗帜上隐约一只玄鸟晃动。"难道是商军？！"

　　此时，山谷中彭宾的大军已经和商军打了起来，正是北门侧率军在阻击彭军后撤。

　　"不好，父亲肯定被包围了！"彭丁率军杀了过去，北门侧正在全力阻止彭宾，突然背后大乱。

北门侧只有一千人,哪里受得了彭军几千大军的前后夹攻。一时间形势异常危急,一千商军命悬一线。这一千商军英勇迎敌,但终归寡不敌众成了彭军发泄愤怒的对象。彭丁的士兵则信心满满地要把商军杀个干净,好立大功一件。

彭宾的士兵听说来了外援,奋力冲向谷口,山上的商军在山顶,山路崎岖,移动比较慢。此刻山上的碎石和弓箭没有了,彭军迅速前冲。

彭宾为解心头之恨,彭军前后夹攻,要把山谷入口的商军全部消灭在这里。

危急时刻传来一个声音:"北门侧将军,仲虺来了!"

仲虺赶到了,从彭丁后面开始砍杀,彭丁突然背后被围攻,也不知道到底有多少商军,这次彭军阵脚又乱了。

庆辅这边发现彭宾的士兵都返回了谷口地带,也跟着下山加入了厮杀。仲虺一看庆辅也来了,顿时信心大增,要联合北门侧将军把彭军都歼灭在山谷之中。

彭庚上山没上去,就率领大军慢慢退了下来,等他们绕道山谷入口,山谷中早已杀成了一镬沸腾的血肉汤,翻滚的不是肉,而是活生生、血淋淋的人。

彭庚一直在观察着庆辅的大军,并没有着急去解救父亲和哥哥,彭庚等到庆辅所有的士兵都进入了谷口,再看周围没有其他商军了,这时候,彭庚才命令:"给我杀!今日大彭的生死全在我们手中!"

彭庚最后杀了过来,把庆辅和仲虺又围在了中间。除了彭庚的军队,其他所有的士兵几乎都是腹背受敌,战场一片混乱。

仲虺知道商军人数不如彭军,如果拼命厮杀,即使全歼彭军,商军也会损失惨重,现在商军需要保存实力,彭军只是援军,真正的对手还在豕韦城内。

仲虺带人杀过彭丁的人马,找到了北门侧,率领北门侧向谷口方向边杀边撤。

商军一松动撤退,不一会儿就被彭军撕开了一条大口子,彭宾率领人马,终于冲出了山谷。彭宾出来后,和彭丁、彭庚汇合,彭宾无心恋战,率领大军远远地朝着彭城方向撤了下去,撤了三十里才扎下营寨,看商军并没有追来,长出了一口气!

"好险!"

"彭军不见了!"天乙发现山谷里没有了动静。

商军必须速战,伊挚和天乙一起带领两千大军下到谷中。谷中到处是彭军的尸体，看到山上塌下来那一大片地方，天乙和伊挚也是不由得心惊。

"彭国的军队呢？不会都埋在这下面了吧？"天乙问。

"彭宾的大军应该已经从山谷入口撤了出去，大王，我们的任务完成了，我们赶紧撤军吧！"伊挚说。

"彭宾逃回了彭国，他们元气未大损，真的就不用担心彭国了吗？"

"最少几个月内，彭国不会再出兵了！"

彭宾率领着大军终于回到了彭城。彭宾集结好自己的军队，发现一万人的军队死伤了一半，只有五千人是完好无损的，没有几个月的休整是很难再次出征了。彭宾只好带着剩余的彭军在彭城休整。

因担心豕韦城商军大营有失，天乙知道不能在此久战。仲虺、庆辅和北门侧将所有大军都集合在了一起。天乙清点了大军，谷口之战只是损伤了几百。

"大王，大彭此战损失惨重！"仲虺过来和天乙报功。

天乙大喜："大彭国的这一路人马解决了，可以回过头来专心对付豕韦冀了。"

天乙率大军连夜赶回商军大营，大彭国大败的消息很快就传遍了天下。本来要来增兵的薄姑氏心里犯起了嘀咕："彭宾的一万大军都被天乙给打得死伤了一半，薄姑这几千人去了，岂不是？还是先看看豕韦冀和天乙的战局再说吧。"薄姑氏放慢了行军速度，到底什么时候能到豕韦城，成了一个谁也不知道的谜。

昆吾。

牟卢也听说了这个消息："看来伊挚果然有两下子！昆吾静观其变也好！"昆吾那几千大军是来看热闹的，到了离豕韦城几百里远的地方就不往前走了。

商军大营中所有人都士气高昂，形势变得对商国有利起来，那些跟着来的诸侯也都有了坚定地跟着商国的决心，这正是伊挚所希望的。

天乙的大帐之中烛火明亮，火苗跳跃着，伊挚打开终古带来的天下之图。

"大王，如今征豕韦之战，我们已经完成了一半，此战之势已经属于我大商了。"

"这全靠伊挚先生的通天之智，还靠众位将士的浴血拼杀！"如今，天乙才有点儿明白伊挚阻击彭宾的巧妙！

"伊挚先生奇袭彭国这一招真妙，攻其一点，整个全局皆活了！"庆辅说。

仲虺这一次真的是对伊挚心服口服："原来四面受敌之势，一下就给破解了。有了伊挚先生之才，大商必定战无不胜！"

"全赖大王仁德、将士拼死用命，大商才能胜得如此痛快。此战也属侥幸，如果晚到半天，也许此刻我们正在逃回商国的路上呢。哈哈！"伊挚轻松地说着，其他人也都哈哈大笑起来。

这一仗的确有很多凶险的地方，最终胜利了，胜利者就有理由庆祝。

欢乐吧，也许有人再也不能回到家中，真正的大战还没开始，豕韦冀的一万大军还在城中。

第五章　豕韦之战

豕韦城外商军大营，一场秋雨过后，空气愈发清新。

"大王，豕韦无道，无端征伐有鬲氏等部族。如今箭已离弦！与彭宾之战只是为了豕韦之战扫清道路，如今大战在即，大王，我们为什么来打豕韦？"伊挚和天乙、仲虺在商议战局。

"呵呵，伊挚先生又在考朕了。"彭山之战后，天乙已经不再焦虑，恢复了气定神闲的大王风度，天乙思考了一下，继续说，"豕韦在东南方，顾在西北方，昆吾在西方。昆吾、商、顾几乎在一条直线上。"

"为何不先征伐比较弱小的顾国呢？"仲虺心中一直有个疑问。

"有了葛国的教训，攻打顾国，昆吾肯定不会不管，大商就要同时和昆吾、顾国开战，那样不仅没有胜算，而且肯定败得很惨。"天乙娓娓道来。

"豕韦在南部，豕韦和昆吾的关系也没有那么好。攻打豕韦，除了彭国没有人会真的拼死来救。拿下了豕韦，大商实力会大大增强，那样才真正具备了和昆吾抗衡的实力。"

大帐内众人恍然大悟。

仲虺拱手："大王雄图大志，我等自叹不如！"

伊挚看着天乙微笑，眼神中充满了赞许。

"看来朕考试通过了。接下来豕韦怎么打，夜长梦多，须速战速决！"天乙也不免有几分得意。

"明日城前列阵，以豕韦冀的性子必然出城来战，只要他肯出城，我们就有机会！"仲虺已经信心满满。

"这次商军之中跟随大商的诸侯原本是一盘散沙，如今商军大败彭国，这些诸侯才结束了观望和随时准备逃跑的心态，有了必胜和复仇的信心，这些部族才能真正成为大商的军队。明日就看他们的了！"伊挚说的时候很平静，但是波澜骤起，大战已来。

豕韦冀在等一个人的消息。此时长空中一声鸣叫，豕韦冀面露喜色，拿起一面旗帜快步走到院子中挥舞起来，旗帜却是彭国的。

"大王，那不是我们豕韦的旗帜！"身边身姿妖娆的女人提醒道。

"你懂什么？"

天空一个黑鹰盘旋了几周，突然对着豕韦冀俯冲下来。

豕韦冀似乎并不害怕，站在那里没有动，反而抬起了胳膊，黑鹰长着利爪，用力扇动了几下翅膀，轻轻落到豕韦冀的胳膊上。

豕韦冀从老鹰的腿上取下缠着的丝绸。

"彭军遭遇山石砸伤，伤亡惨重，需回彭国休整，无法再来驰援，商国伤亡惨重，难以再有战力，希望豕韦冀一举歼灭商军。"原来是彭宾的书信来了，豕韦冀把绸布扔到了地上。

"我们继续喝酒去！"豕韦冀一把揽过女子的腰，女子嘤咛一声。

豕韦冀心情不好或者心情好的时候，通常都会让自己那一群美女陪着喝酒。

第二天，豕韦城下，城墙上爬满了绿色的爬山虎，城头的青石布满了绿苔，有鬲氏率领着各个被豕韦征伐过的联军出现在城下。

清晨，豕韦冀刚从宿醉中醒来。有人来报。

"大王，城外有大军骂阵。"

"可是天乙那竖子？"豕韦冀浓黑的眉毛一拧，杀气闪现。

"好像不是，是以有鬲氏那老头儿为首的一群被豕韦打败的小部族。"

豕韦冀披挂之后来到城墙上，双眼黑眼珠过多，被看的人都会浑身不自在，就像是被一头野兽盯上了的猎物，不过这双眼睛望过最多的是各种美丽女人。

豕韦冀朝城外望过去，豕韦城被围了个严实，各种认识或者不认识的图腾旗帜在风中飘扬着。

豕韦冀对这些旗帜并不陌生，他从这些人的手中抢过土地，也抢过美女。

豕韦冀用眼睛扫视了一圈也没找到大商的旗帜。

"难道商军真的被彭宾打得也不能出战了？也是，区区商国能有多少人马？估计被彭宾一场大战也打得差不多了，只剩城下这群乌合之众了吧。这些不成器的家伙自以为有了商国撑腰，就能来找豕韦复仇了吗！哈哈！"

豕韦冀看着城下的人笑了，眼中又闪出野兽看到猎物的兴奋的光芒。

"平日找你们都找不到，今日正好一起送上门来，今天正好全部杀光，以绝后患！"

豕韦城门开了。

豕韦大军不停地从城内涌出来，转眼就出来五千人。

大军列好阵，豕韦冀在战车中把大斧子举了起来，大声喊道："给朕统统把这些人杀光！"

豕韦冀的大军果然勇猛无敌，有鬲氏那些军队本来就是临时凑到一起的，真打起来根本抵挡不住训练有素的豕韦大军，有鬲联军不一会儿就被打得坚持不住了，为了保存实力，只能边打边撤。

豕韦冀追了五里之后，发现周围各个小部族的人越聚越多，有要将自己的大军包围的态势。"你们联合起来就是我豕韦冀的对手了吗！豕韦大军主力在此，今日都让你们葬身于此！"豕韦冀并不慌张，带领手下东冲西杀，就如猛兽在羊群之中肆意屠杀。

有鬲氏那些部族和豕韦是仇人见面，分外眼红，都已经杀红了眼，一个个都拼死搏杀。

这群人根本没等到有鬲氏发布命令，到处就已经响起了震天的呐喊声。

"报仇，杀了豕韦冀报仇！杀呀！"一群人如潮水一样就冲了上去。这群人穿着各种野兽毛皮，头上插着各种鲜艳的羽毛，手中拿着石锤，有的竟然搬着石头冲了上去。

以前豕韦冀来的时候根本没有还手能力，只能看着自己的财产和女人被抢走，看着自己的村庄被烧毁，只能躲在山上咬牙切齿。

如今所有部族联合在一起，终于可以和眼前的仇人拼死一战了，眼睛早就红了，生怕豕韦冀被其他部族的人先杀了。

豕韦冀吃了一惊，以前去打这些部族的时候，觉得他们都不堪一击，如今一时间竟被缠住，无法脱身。

有鬲氏毕竟是大部族，指挥手下的几千大军迎战豕韦大军。战场上一时间又成了一个剁肉的菜板，血肉翻飞间分不清谁是刀！谁是肉！一会儿刀变成了肉，一会儿肉变成了刀，大部分人最终都变成了不会动的一团烂肉！

两个人打架也许拼命有用，战场上绝不是只靠拼命就一定能够取得胜利的。

豕韦冀被一群人围住，苦苦搏斗，周围的人杀退了一波，又上来了一波。这些人始终奈何不了豕韦冀，豕韦冀轻蔑地看着这群人，从容地躲开从远处射过来的弓箭或者扔过来的石块。

"这群人什么时候变得如此不怕死了？"一时间，豕韦冀也奇怪了，远处依旧有无数旗帜在飘荡，不知道到底这些部落有多少人。

这场混战从早晨打到中午，从中午打到太阳西斜，豕韦冀又渴又饿，实在有点儿坚持不住了。谁也没想到会是这样的混战，豕韦大军出战都没带着干粮袋和水袋皮囊。豕韦冀终于明白没必要和这群不要命的乌合之众死磕。

"回城！"豕韦冀下了命令，虽然他知道不是所有人都能脱身，但他肯定要回城。豕韦冀开始朝着东门撤去，到了城下，城外一支队伍排列整齐。

"是商军！"原来是东门虚将军率领一千商军在此拦截豕韦冀进城。

豕韦冀带军冲杀过来，区区一千商军，豕韦冀还没放在眼里。

商军盾牌整齐，弓箭阵迅猛，豕韦冀竟然一时无法突破阵线，这些商军都是生力军，想突破谈何容易？

没过多久，远处尘烟滚滚，豕韦冀身后各部族的人追过来了，眼看就要陷入前后夹击的混战，豕韦冀率军转向南门。到了南门，又有一千商军在城门前等着，原来是南门螟将军，豕韦冀打了一会儿，后面众诸侯又追了上来，不行还得走。到了西门，西门疵将军在此等候，听名字就知道不是一个好惹的人。豕韦冀只好到北门去碰碰运气，结果北门侧早就在那等着了，北门侧在彭山血战之后变得越发勇敢。

豕韦冀绕了一圈也没法进城，城内守军都分散守城，生怕四面围着的商军攻城，也没法出城来接应豕韦冀。

"难道今日回不去了？！"豕韦冀气得暴跳如雷，却毫无办法。

突然，豕韦冀心中有了主意，但他不知道这将是一条更加凶险的道路。

商军带领豕韦冀闯入了河套之中的陷坑阵，商军东绕西绕地都撤了出去。

豕韦冀大呼一声："上当了！"豕韦大军成了商军的活靶子，时间一长，恐怕全军都要覆灭在这里。

"冀王，我们去把所有的陷坑都探出来！"豕韦冀少年时就四处征战，身边几百人都是无惧生死的勇士。这些人都知道即使死了，豕韦冀肯定会厚养自己的家人，豕韦能够纵横天下这么多年，自然也有很多猛士。这些勇士长了心眼之后，用长戈试探，没用多久所有陷坑都显现了出来。

豕韦冀哈哈大笑："雕虫小技，小孩儿过家家的玩意儿也想困住我豕韦冀吗？"

如果从高处就能清楚地看出来，这些陷坑把豕韦的大军切分成了许多小片。商军攻击过来，能够正面迎战的只有那几十个人。就在这时候，远处喊杀声传来，庆辅已经率领几百勇士杀了过来。

"给我挡住他们！"豕韦冀左右都是陷坑，中间也就能够站立一排十个人。豕韦的大军移动都成了问题，豕韦冀喊了半天，依旧是自己身边这几十人。

庆辅上次在彭山打得并不过瘾，这次近身肉搏，更是刀刀见血，一双短刀用得出神入化，他手下那些商军勇士都是庆辅亲自挑选训练的，能够在几十人缠斗中轻松取胜。

不一会儿，豕韦冀就觉得不妙，转身朝后跑，但他如何能够跑得过庆辅。突然一个人影从豕韦冀头上飘了过去，庆辅已经落在他前面，短刀抵住了他的喉咙。

豕韦冀虽然身材高大强壮，此时已没有丝毫抵抗的能力，乖乖地被庆辅抓住。

"豕韦冀已经被擒，你们还不投降！"庆辅对着豕韦人喊道。豕韦的将士对庆辅都很熟悉，也都知道庆辅的本事，看到豕韦冀被生擒了，都停止了战斗。

一场血战终于戛然而止。

庆辅押着豕韦冀来到了豕韦城下,城上的士兵看到豕韦冀被押着,一时间不知怎么办。

"赶紧开门!"豕韦冀虽然表面凶悍,实际从小没有吃过什么苦,被庆辅弄得一点儿脾气没有。

坚固的豕韦城门终于打开了。商军迅速涌入城中,收缴了豕韦士兵的武器。

豕韦城的百姓早就知道商侯的仁德,并没有多少惊慌。

"庆辅将军,念在我当初待你不薄,你替我求天乙大王饶我一命,豕韦愿归顺大商。"

庆辅也很是为难,来找天乙求情,天乙也很为难。

"坏人我来做吧!"伊挚没等天乙开口,就让人把豕韦冀带到众诸侯面前。

"豕韦冀,就交给你们了,任由你们处置!"伊挚说着就让人把豕韦冀推到最前面。

这些诸侯和豕韦多年的深仇大恨终于有了报仇的机会,谁也不会放过这个机会,所有人上来都要打豕韦冀一下,踹豕韦冀一脚也好。

一时间场面变得不可控制,一群人对地上的豕韦冀拳打脚踢起来。

"啊——"不可一世的豕韦冀惨呼出声,已经被人撕烂。还有很多部族觉得不过瘾,没有亲手杀了豕韦冀,在那闷闷不乐。

"大家不要着急!"天乙说。

天乙让人抬来一个大鼎,下面点上熊熊的烈火,转眼大鼎里面就咕嘟咕嘟地冒起了水花,一时间烟雾升腾,冥冥中上天的天意已经来临。豕韦冀被剁碎了扔到大鼎煮了。

那些被豕韦冀烧杀过的诸侯,纷纷过来吃豕韦冀的肉,吃不到肉的也要喝一口汤,以解心头之恨。

天乙找来美酒,所有将士一起开始欢庆胜利!

这些部族的首领们都开心地笑了,所有人都喝醉了。豕韦冀死了,商军对豕韦城内的百姓秋毫无犯,百姓们也开始庆祝起来,从此他们也可以和商国百姓一样安享太平了。

豕韦之战终于结束了,天乙和伊挚都知道这一战多么重要。

第六章 醉梦旖旎

豪放的笑声伴随着酒爵的碰撞，这是一场豪放的夜宴，大商最关键的一战终于胜利了。天乙和伊挚豪气干云，一爵加一爵地喝着，众人敬酒，伊挚也是毫不拒绝，这一夜所有人都彻底释放了。

如今薄姑氏远在豕韦的边境，没有三日是到不了的，昆吾也许听到消息就直接返回了。今夜不用担心有人来偷营，至少今夜没有大战。

天乙把伊挚、仲虺、庆辅和湟里且等都叫了过来，天乙给每人都亲自敬了酒，最后大笑起来，笑得满脸都是泪水。

"大王率顺我者以攻不顺者，天下遂始有霸者之道！"仲虺趁着酒兴给天乙敬酒。

"大商能有今日之胜，天乙也是从未想过的，出征的时候，天乙还在想，即使战死也是此生无憾！我们竟然真的打败了豕韦！天乙再次谢过各位！"

伊挚走了过来，拍了拍天乙的肩膀，什么也没说，举起了酒爵。天乙一把抱住伊挚的肩膀。"来！大家一起来跳舞！"

转眼，天乙、仲虺、伊挚、湟里且以及四门将军肩膀搭着肩膀，围着中间的篝火跳起了舞。论起舞蹈，仲虺可是行家，仲虺每次祭祀都要在祭台上领舞，其他人基本就只能在台下跟着跳。

今日所有人都放开了，所有人都不知道自己的舞姿如何，是否优美，只知道今夜是彻底的欢乐和释放。

白薇看着平日温润如玉的伊挚先生，竟然会疯狂成这样，真是有点儿目瞪口呆。最后几乎所有人都喝醉了。

当大营渐渐安静下来，熊熊的篝火只剩下噼啪作响的红红的炭火，白薇把伊挚扶进了大帐。白薇第一次见到伊挚竟然也喝得烂醉如泥，伊挚的胳膊紧紧地搭在自己的脖子上，耳朵能感觉到伊挚呼吸的热气。

白薇和伊挚在一起，虽然朝夕相处，但是似乎这是第一次自己和先生离得如此之近。以前也为先生更衣，伺候茶饭，陪伴读书，但是从来没有接触过伊挚的身体。

白薇突然觉得自己有点儿心慌得厉害，脸上也感觉很热，不会自己这么笨，连先生都扶不住了吧。白薇对自己的心慌意乱很烦恼，终于把伊挚拖到了床上，白薇给伊挚脱了鞋子，盖好被子，拿温水给伊挚擦了脸。坐在床边看了一会儿伊挚，伊挚虽然面色发红，但是似乎睡得很安稳。白薇就准备回自己的床上去睡了。

白薇就住在伊挚的大帐篷中，在角落里有一个小帐幔，外面用布帘隔着。

伊挚突然嘴里说着梦话。白薇听到了伊挚的梦话，赶紧起身过来，看到伊挚嘴唇发干，端着木碗扶起伊挚，想给他喝一口水。结果伊挚哇的一声吐了出来，弄得自己胸口和地上到处是脏污。白薇赶紧把伊挚的衣服和地上都擦干净。

收拾完之后，白薇帮伊挚把身上的衣服脱了下来，白薇第一次看到伊挚的身体，不由得紧张起来，但还是好奇地用手指摸了摸伊挚胸口上男子特有的结实顺滑的肌肤。伊挚虽然看起来文质彬彬，但是因长期练气修行，身上的肌肉也是结实丰满的。虽然已经是不惑之年，伊挚的肌肤依旧光滑有弹性，面色也犹如少年般光洁，只不过醒来时候会多了几分常人没有的持重和沉稳。

白薇抚着伊挚的额头，听到伊挚似乎在说："妹儿，妹儿——"

"先生你怎么了？"

"你又想妹喜娘娘了吗？"

听到"妹喜"两个字，伊挚突然伸手搂住了白薇的脖子。白薇只穿着睡觉时候的宽松衣服，伊挚的双手，很快就触及了她的处子肌肤。少女的肌体总是那样充满了诱惑，紧绷而富有弹性。

"妹儿！我好想你！"

白薇不由得浑身开始颤栗起来。"先生，先生！"白薇想叫醒伊挚，但是似乎又不想叫醒他。原来伊挚先生也会如此疯狂。

白薇突然感到剧痛，咬着银牙，泪珠在眼里打转："先生我再也不敢了！"

但是逐渐地，白薇突然什么疼痛也感觉不到了，自己似乎躺在温暖的水中，四肢百骸都变得酥软了，仿佛变成了飞翔在空中的鸟儿。今夜的白薇想像鸟儿那样歌唱，一夜旖旎的醉梦。

伊挚最后终于知道发生了什么，他只有继续装醉，否则自己这个先生在这个小姑娘面前是多么难堪。

第二天，伊挚醒来的时候，白薇已经如往常一样给伊挚准备好了早饭。

"先生，用早饭了！尝一尝用豕韦这里的水熬的粥好不好喝？这里的水似乎比商国的更甜一些呢！"

"是吗？我来尝一尝！"

白薇冰雪聪明，从此对伊挚多了一分依赖，但从来不提那一晚的事情。

伊挚对白薇说话的感觉再也不是长辈对一个孩子那样，而是变成了知己，对白薇也更加关心了。伊挚什么都没说，但是白薇感觉出了伊挚的变化，这种变化让白薇心里很快乐。

终于和伊挚先生在一起了，再也不是伊挚先生眼里的小孩子了，自己是先生的女人，哪怕没有任何名分也心甘情愿。

夕阳，将要失去你才会觉得那么美。

有些人，直到消失不见，才知道当初对你是那么好。

有些岁月，直到只能怀念，才知道自己没有珍惜。

伊挚看着眼前的白薇，满心充满怜爱，但对白薇的怜爱却更加让心中对妹喜的思念升腾起来，那是一种无法言说的痛。

伊挚望着远方，大商的霸业已经开始了。

第七章　雄狮已醒

冬日的彭国柳树依旧青绿。

彭宾坐在大堂中，打了这么多年仗，什么时候吃过这等败仗，头发几乎全白了。彭宾一直忙着整顿大军，随时关注着豖韦城的消息，准备再出彭山以报前仇。

天空中传来一声尖厉的长鸣，彭宾快步走到院中，抬头望向空中，一只雄鹰扇动着巨大的翅膀在空中盘旋着，彭宾打了一声口哨。

雄鹰双翅上扬，伸出一双坚硬的黄色利爪朝着彭宾就俯冲了下来。彭宾没有丝毫慌张，伸出胳膊，老鹰落在了彭宾的胳膊上。

这正是豖韦冀的猎鹰，这只猎鹰彭宾去豖韦冀那曾经带回来养过一段日子，对彭宾并不陌生，豖韦冀和彭宾约好遇到紧急情况，就用这只猎鹰传递消息。彭宾看到了老鹰脚脖子的帛书，取下来一看，不由得面色大惊，赶紧召集众将。

"豖韦冀要彭国大军去和他会合，明日就出发！"第二天休整了几日的彭国大军重新前往豖韦城。

彭宾的几千大军转眼又到了彭山，这次彭宾派出好几拨人去打探，附近的确没有商军才开始通过山谷。几天前死去的兄弟的尸体还在那里，尸体已经开始腐烂恶臭，苍蝇到处都是，嗡嗡的声音吵得人心里恶心。

彭军将死去的兄弟入土为安。长风起，战旗猎猎作响，所有人在那个高大的坟堆前为死去的兄弟祈祷。熊熊烈火映照着每一个人的脸庞，士兵心中的怒火也随着这燃烧的烈火被点燃了。仇恨充满了每一个人心中，这次和豕韦冀合兵一处，一定要为死去的兄弟们报仇，正所谓哀兵必胜，当仇恨超过了对死亡的恐惧，这支军队就没什么害怕的了。

彭宾大军过了彭山，一路坦途，再过一天就要到豕韦城了。

"怎么还没见到豕韦冀的大军？"彭宾的心里开始打起了鼓，这时候远远地来了一支大军，前方正是豕韦的旗帜。

等大军到了近前，豕韦大军为首的将军催动战车过来。

"我家大王在豕韦城中等候彭宾大人，商军大营就在城外，特派小人来护送大军进城。"来的人不是豕韦冀，而是豕韦的一个将军。彭宾认识这个将军，心里的一块石头终于落了地。大军合兵一处，继续朝着豕韦城进发。

远远地就看到豕韦城了，这时候前面出现了一片黑压压的人影，彭宾的士兵都看到了，这些人影正是商军。彭宾看到为首的将军身材瘦小，正是庆辅。彭军这边很多人也见过庆辅，彭军群情激昂，战斗一触即发。

仇人见面分外眼红，彭宾的大军行军速度迅速加快了，做好了冲锋的准备。

庆辅看着彭宾大喊："彭宾，今日还不下车投降吗？"

"庆辅，你这骗子！今日还不受死！"彭宾已经沉不住气了。

"彭宾，你还是别折腾了，看看身后！"

彭宾回头一看不由得大吃一惊，身后那些豕韦士兵不知什么时候已经把自己的彭军包围了起来。

戈矛森森！厮杀一触即发。

正当彭宾吃惊的时候，他们回头发现商军也正在慢慢逼近彭军，豕韦军和商军一起把彭军包围了起来。

原来豕韦冀死了之后，这些豕韦大军早就归降了大商，现在由庆辅统一率领。

"我和你拼了！"彭宾的勇气震撼了庆辅！困兽犹斗，奈何身处牢笼？

"杀！"庆辅下手一向毫不留情，彭军四面被围，豕韦的士兵知道这是大商考验自己的时候，所以也加入了对彭军的屠杀。

彭宾虽然老了，但是如此乱军混战，他知道自己必须身先士卒，这样彭军才会跟随自己拼杀出去。转眼庆辅就已经到了彭宾的眼前，彭宾听说过庆辅的本领，但是他依旧低估了庆辅的能力。

几个回合之后，彭宾突然就感觉自己胸口窝心地疼。彭宾虽勇猛，但是年纪还是大了，此时天旋地转，彭宾暗叹，此生休矣！

庆辅最擅长的就是在这种乱军之中取人首级，所以庆辅神出鬼没地在人群中穿梭，彭国的士兵根本无法拦住庆辅。庆辅把彭宾的人头提在手中，站在战车高处高呼："彭宾已死，尔等还不归降！尔等放下兵器，我保证不伤尔等性命！"

看到父亲死了，彭丁和彭庚都发了疯一样猛力拼杀，也许他们冷静下来还能有一丝机会冲出重围，这样没有了章法，就正中了庆辅的计谋。

最终彭丁和彭庚都在乱军中战死。彭军看到彭氏父子都已经丧命，顿时斗志就没了，一下子落了下风，慢慢地越来越多的人放下了手里的兵器，剩下的一些亡命之徒战斗到了最后一刻。

一切都结束了。

庆辅在豕韦的这段时间，豕韦大军中所有的人都拜服庆辅将军的本领，豕韦的将士很容易都归降了。豕韦冀死后，庆辅早已经在城内收编了豕韦的大军。

那天豕韦城破，伊挚酒醒之后找来了庆辅。

"庆辅将军此次豕韦之战功劳巨大，豕韦城中大军都已归降了。"

"这全靠大王和伊挚先生才智超人！"庆辅笑眯眯地说。

伊挚笑着说："庆辅将军，你我的交情就不用奉承我了！我们还有一战，只能庆辅将军才能取胜！"

"彭宾？"

"没错，庆辅将军！"伊挚给庆辅安排了阻击彭宾的事情。

庆辅果然不负所托，如今彭宾也解决了，豕韦之战可谓真正结束了。

转天，天空如洗，豕韦城门大开，百姓纷纷出城迎接商军。

威威大商，猎猎长风，玄鸟飞扬，长戈如林！天乙随着大军进入豕韦城。

"伊挚先生，进城后是否该回商国了？"天乙问伊挚。

"大王，不要着急，还有一个人没有来！"

第八章　风云再起

秋雨之后的豕韦城，青石路上留着一个个的水洼，各式各样的秋花在街道两边开得正艳，城池干净整洁。上有好者下必甚焉，勾栏瓦肆间一派热闹景象，城内的士兵和贵族靠着四处抢来的财物，支撑起了一座繁华的城。

打开粮仓，一片白光照得人眼花缭乱，满满都是白花花的稻米，众人露出喜悦的神色，商国的农作物大多是谷子，稻米是奢侈的粮食。

"这些粮食人人有份！"天乙对众人说。

湟里且打开粮仓，拿出一半粮食发放给豕韦城里的居民以及跟随商国大军远征豕韦的部族。

"假如豕韦冀死守城池，固守待援，一直耗下去，这一战结局可能就完全不一样了！"天乙不禁感叹。

伊挚对天乙说："大王不必慨叹，豕韦冀飞扬跋扈惯了，怎么会龟缩在城中？豕韦冀出了城，我们就不让他再回来才是关键！"

"先生果然智虑深远！天乙有了先生还有何愁？"天乙终于可以安心享受胜利的成果了。

庆辅对豕韦国的情况一清二楚，天乙对豕韦家族罪重者刑之，轻者赦之。

奢华糜烂的豕韦府中除了美酒，最多的就是各地搜罗来的美女，她们大多是平民百姓家的女儿。天乙给她们发放了财物，让她们回家，这些女子哭哭啼啼地拜谢了天乙，回家团聚去了。

天乙又发放币帛金珠犒赏众将士和各路诸侯，众人恩谢，城内一片祥和欢庆的气氛。

天乙复封东方失国之君，如有鬲国君等二十余人。这些诸侯无不感动涕零，盛赞商君仁德。

"我有鬲氏还能重归故里！多谢大王！"有鬲老国君带领全部族的人对天乙伏地稽首，从此有鬲氏的部落也飘扬起大商的玄鸟旗。

天乙这几天一直都难以抑制心中的亢奋，竟然打败了强大的豕韦，这是一件多么不可思议的事情！自己刚刚当国君的时候，商国才不过方圆百里。天乙看着身边的伊挚、仲虺、庆辅和湟里且等人，心中充满了无限感激，是这些兄弟帮大商走到了今天，给了自己勇气。以后的路可能会有更多的凶险，但天乙再也不会畏惧。

天乙和伊挚忙着处理豕韦的善后事宜，这时候有一名车正兵来报：

"城外了来了一个白胡子老头儿要拜见大王！"

"大王，我们等的人来了！"伊挚微笑着对天乙说，笑中似乎蕴含着什么。

"谁？先生为何如此开心？"

"大王难道不好奇吗？"

"彭祖？啊，对对！豕韦国中是不能没有彭祖的！赶快请进！"

彭祖一直在彭祖村等待着豕韦这边的消息，最后却等来彭军大败、彭宾父子被杀的消息，不由得叹了一口气。彭祖知道该准备归顺商国的事情了。今日正是彭祖率领族中的人来归顺大商了。

天乙在大堂院中迎接彭祖。一个白须、白眉、白发、满面红光的老者走了进来，神采飞扬之间透着一派仙家风范。

"彭祖老人家，天乙在此迎接多时了！"天乙看来是真的对彭祖很尊敬，据说彭祖可是从黄帝时代就活着，这可是见过黄帝和大禹的人啊！想想不禁让人惊叹！

"天乙大王，彭祖老朽率彭国族人来归顺大商了！"彭祖见天乙如此礼遇，简直有点儿受宠若惊。

白薇见到彭祖就假装上去摸彭祖的胡子，彭祖一看到白薇吓得赶紧躲开了，彭祖几百年的名誉可千万不能毁在自己手中。天乙看到彭祖一见白薇竟然如此失态，不知道这个丫头和彭祖有什么事情。

白薇看到彭祖的样子不由得咯咯笑了起来，伊挚看着白薇明媚的笑容，心中阴云一扫而空，世界上还有人的笑容比白薇更好看的吗？伊挚难得有如此爽朗的笑，天乙和其他人看到彭祖尴尬的样子也都笑了。彭祖的脸越来越红了，不知道自己的秘密到底被多少人知道了。

天乙依旧封彭祖为彭国的国君，和归顺的元长戎一起治理豕韦国。

彭祖大喜过望，彭宾和大商打得这么惨烈，天乙竟然如此大度，还让自己做国君。白薇蹦蹦跳跳地过来，悄悄在彭祖耳边说："那日让你归顺我大商没错吧！否则如果你也率军来打仗，恐怕你就和彭宾一样的下场了。"彭祖看到白薇尴尬地笑了下，没敢多说，往后退了几步，生怕白薇再拽自己的胡子。

豕韦冀的士兵对庆辅都很熟悉，庆辅的威望让豕韦冀的上万大军顺利地归顺了大商。这些大军全部归庆辅率领，如今商国自身就有两万大军了。

商国大军在豕韦国住了六日，让有鬲氏、彭祖和豕韦的老臣元长戎为大商镇守豕韦城。

这时候有消息传来："薄姑氏远遁回国了！昆吾援军也已经撤回了昆吾！"

"我们要不要派兵去追击薄姑氏？"仲虺问。

伊挚说："大王，我们不必去追了，薄姑氏从此难成气候了，将来自会来归顺大商。其余东方诸侯慢慢都会来朝拜大商！昆吾那点援军本来就是来看热闹的，如今热闹看完了，自然也就回去了！"

"就依先生！"天乙如今已经有了大国国君的气度，正是英雄壮年霸业刚兴！

堂堂豕韦国竟然在一个月内就被商国给灭了，天下震惊。商国这头睡狮已经醒来！如今的商国终于可以称为一个强国了。

但彭国只不过是暂时归顺而已，如果大商落魄了，难保彭祖不会率领彭国的士兵反咬大商一口，大商已经不能停下脚步。

商国已经足够可以和昆吾抗衡了，从此之后真正成了大商。

暗夜，伊挚在黑暗中无法入眠，妹喜又来梦中撕扯伊挚的心了。

思念这种东西，也许是人生最无法言说的痛，这种痛痛彻心扉，却无法诉说，摸不到看不见，而且无边无际。

不！我不是柔弱无能的懦夫，我要扬起风浪，让天地变色，无论阻挡在你我之间的是什么，我一定都清除掉。

伊挚终于不再沉沦在对妹喜的思念中，走上了天地为之变色的道路。

第二天。

"大王，我们该回商国了，否则亳城危急了。"伊挚提醒天乙。

天乙不禁心中一惊！

第九章　昆吾之乱

"哒哒哒！"空旷的草地，烈马驰骋而来，牟卢正在追逐一只野兔，兔子明显跑不动了，地上有个洞，兔子一下钻了进去。

上次入侵大商被战车阵打败之后，牟卢一直心有余悸，并没有贸然趁着商军去豕韦，偷袭商国，他不想和商国死拼，他在等商国和豕韦两败俱伤的机会。

当得知商军的确是全部都开到了豕韦前线之后，牟卢开始兴奋起来。

"一雪前耻的机会终于来了！"牟卢以为商国在豕韦怎么也会纠缠几个月，然后商军就会被豕韦打得损兵折将回来。

牟卢派出去几千援军去做做样子之后，开始调集大军准备悄悄偷袭商国。牟卢去攻打商国，其实也没有什么可怕的，昆吾背后还有大夏，牟卢的后面还有好兄弟履癸，昆吾和大夏在一起，天下还有人是对手吗？即使商国胜了，到时候天子履癸肯定震怒，履癸发兵讨伐的时候，昆吾再出兵一起把商国灭了，然后整个东方就只有昆吾一个霸主了。

牟卢突然想到增援豕韦也许没什么好处，但是如果进军亳城也许能一举两得。牟卢跳下马来，看到兔子那肥肥的屁股，一把就把兔子抓了出来，兔子转头就想咬牟卢的手，牟卢左手上去抓住了兔子的耳朵，把兔子拎了起来，兔子在空中绝望地蹬着四条腿。

"哈哈，还往哪儿钻？"牟卢最喜欢的是打猎，对美色没有豕韦冀那么痴迷，也没有履癸那样专情,心中却有一个最重要的女人。

这时候远方跑来一个士兵:"大王,豕韦国被商国灭了!"

"这么快?商国真的灭了豕韦?看来昆吾早该趁商国出兵踏平商国,为夏王天子讨此不庭之国。"牟卢言语带着怒意。

但是牟卢还是慢了,天下所有人都没想到,商军不到一个月就把豕韦给灭了。

牟卢听到商军开始启程回商国之后,拍了一下大腿,暗叹道:"牟卢啊牟卢,你又错失了机会,恐怕日后再无此好机会!"

此刻商国已经回程了,牟卢能做的也只是发发火,错过了这次偷袭商国的机会,不知多年以后他会不会后悔。

天下震动,一代霸主东方方伯长豕韦竟然被商国灭了!

商国亳城。

伊挚提醒天乙提防昆吾偷袭之后,天乙吃了一惊,这次商军全军出动,商国后方空虚,不得不防。

天乙率领大军迅速回到亳城,随军的商国周边各路诸侯也各自回归本国,商军继续休养生息,以备日后大战。

回到亳城之后,天乙每日如坐针毡。灭了葛国还可以去和天子请罪,如今灭了豕韦,已经是彻底和大夏撕破脸了。时不我待,必须继续进攻,错失时机,就可能万劫不复。

没过几天天乙实在沉不住气,把伊挚请到府邸内。

天乙装作悠闲的样子请伊挚饮酒闲聊。

天乙问伊挚:"南北之国,伐当何先?"

伊挚:"先伐昆吾。王者之师,不畏强凌弱,南弱北强,故先昆吾。"

天乙说:"如今打昆吾,我们不是对手,怎么办?"

汝鸠、汝方是天乙的朝中老臣,一直协助天乙主持内政。这时候二人献策说:"昆吾氏明年必入朝。可乘其国空虚而袭之,无有不克。"

天乙摇了摇头:"乘人之虚掩人之国,如盗贼之行,这样不符合天乙为人之道,朕不做这种事情!"

伊挚说："夫伐人国者,非伐其国也。伐其人也,亦非伐其人,讨人之罪也。如是则天下为公。若乘虚袭之,那就成了侵占昆吾的土地货财。牟卢人都不在昆吾,将问谁之罪哉?"

汝鸠、汝方听了伊挚的话之后,默默低下了头,二人这才知道自己的计谋有点儿上不了台面。

"先生,那我们如何?"天乙继续追问。

"大王可息民养威,以待其变。"

天乙点头,眉头舒展开来:"伊挚先生这么一说,天乙豁然开朗。"

"也许昆吾大军随时都会到来!"伊挚补充了一句。

"啊!"天乙从王座上一下子站了起来。

昆吾大地冬去春来,地里的植物都开始萌芽,一切都躁动起来,人心也开始蠢蠢欲动。

牟卢召集北方诸侯,共议将伐商。大军云集,牟卢知道不能养虎为患,这次一定要彻底踏平商国。昆吾精锐部队集结完毕,就等号令一发,杀向商国。昆吾和商国这两个宿敌,这次一定会分出输赢,此战之后,昆吾和商国只会剩下一个。

"大王!黎国和息国反了!"

"啊?!"牟卢也吃了一惊。

北方的诸侯听说天乙复封了那些被豕韦打败的诸侯国,奖励为善的诸侯,杀了暴恶的诸侯,百姓没有受到骚扰,所以北方诸国中的百姓无人不愿商国天乙来讨伐自己的国家。这些诸侯在牟卢的面前唯命是从,只能暂且忍耐,心底早就开始了自己的打算。

黎国和昆吾是宿仇,被昆吾打败之后部族被屠杀大半,只能投降归顺,如今新的男儿成长起来,新国君当然不会忘记昔日仇恨。息国一直是黎国的盟友,黎国看到商国都能打败豕韦,和息国国君密谋之后,宣布脱离昆吾,重新独立了。

"可恼!先收拾这俩,再去征伐商国不迟!"

这下可气坏了牟卢,牟卢只能暂时放弃征伐商国,先去灭后院的火。牟卢亲率大军,国内大将机子随军出征。

黎国国君和息国国君当然不是傻子,等着昆吾的大军来砍自己的脑袋。他们利用天险和昆吾大军周旋起来，一时间牟卢也难以取胜。

天乙和伊挚正准备如何迎击昆吾，这个消息传来，天乙大喜："天助我大商！如今大事可成了！"天乙乃使旬范先往昆吾，庆辅往息国，探听虚实情况。

"先生，大商何时出兵昆吾？"天乙赶紧问伊挚。

"大商要出兵，但不是昆吾！"伊挚知道了昆吾内乱，面露兴奋之色。

天乙问："先生何出此言？"

"大王，如今我大商去伐昆吾，可有必胜把握？"

"有先生在，必定可以取胜！"

"自古人算不如天算！我也没有必胜把握！如今牟卢自顾不暇，大商就有了缓冲之机会！大商不用出兵昆吾了！"

"不打昆吾了？"

"大丈夫做事，必须当机立断！大商攻打豕韦的时候，牟卢如果大军来袭击商国，商内空虚，商国必然被昆吾占领！"

"先生说的，天乙如今都后怕！"

"不过牟卢没有抓住机会，牟卢刚刚被大商战车打败，这次定不敢贸然进军，所以伊挚赌牟卢不会很快出兵！"

"万一牟卢出兵呢？"天乙不禁有点儿后怕。

"万一出兵，那有可能商国就此覆灭，牟卢出兵，商军必然被动，彭国、薄姑氏必然合击，商军必然九死一生！"

"当真如此凶险？这可不是先生作风！先生怎么置商国于如此危险之地？"

"大王不必过于惊慌，黎国早就有脱离昆吾之心，牟卢也有后顾之忧，天下之事本无绝对，如果有绝对之事，那大家也不用打仗了，直接投降好了。"

"先生说的也是，天乙有点儿胆小了！"

"大王须知，天下大事，有志在先，事在人为！"

"先生说的是，天乙蒙受先生指引才有今日！"

"大王，冥冥之中，自有天意，如今昆吾内乱，实在是天赐良机！"

天空中风云际会，一场暴风雷雨就要来临。

第十章 如水归藏

连山如山，巍峨雄壮，归藏如水，奔腾浩荡。

山不过来水会流过去，石头顽固，水会绕过去。

汇成澎湃浩荡之力，淡见星辰远去，群山渺渺。

这一场连山归藏之争才刚刚开始，一切都很难说。

大夏斟鄩王宫的花园中，夏花绚烂，斑斓的蝴蝶在花丛间飞舞着。

一人端着酒爵和旁边的三个女人说笑着，这三个女人正是天下最美的三个女人，妺喜和琬、琰都陪在履癸身边，一起在花园中赏花。

妺喜比琬、琰大十来岁，如今琬、琰来到斟鄩也已经好几年了，二人开始还一个劲地想排挤妺喜，如今二人都知道了妺喜在履癸心中的地位，也就不再和妺喜争宠，三个人表面上和睦相处。

履癸也算松了一口气，原来陪着琬、琰的时候就不能陪着妺喜，陪着妺喜就不能陪着琬、琰，弄得履癸总是心中有愧，此刻看到自己最爱的女人们能和睦相处，这对一个男人来说真是莫大的幸福了。

在古代，女人如果爱上一个强大的男人，那就注定要和其他女人一起分享这个男人。女人想明白了这点，男人就会少了很多烦恼，女人也会少了很多委屈。

妺喜如今也不去和琬、琰争风吃醋了，无论是高冷的琬还是火热的琰，这二人的才智都是无法胜任大夏元妃的。妺喜清楚，重要的并不是去防着履癸接触多少女人，而是要知道自己在履癸心中的位置。

大夏境内已经大旱多年，瞿山工程再不修好，恐怕大夏国内的子民就要暴动了，履癸这时候真的没有什么心思关注东方豕韦的事情。

西部的畎夷也是大旱，牧草几乎无法生长，畎夷人不能放牧那就只能抢了，最近一直在骚扰大夏西部边境，抢夺百姓财物。履癸一直派大将夏耕镇守彤城，夏耕和畎夷的战争几乎没有停止过。

蜀地的蚕丛虽然被打败了，但是蜀地部落繁多，最近鱼凫氏兴起，蜀地进贡的粮食也没有了。如今履癸已经过了天命之年，雄姿依旧，而且暴戾之气消减了不少。履癸在外的名声却越来越坏了，百姓中有很多传言："天子一向在宫中取乐，不理朝政，昏昏梦梦，百官也无人敢言。"

履癸喜欢和妹喜在一起，同时又沉醉于琬的高冷和琰的热情。"男人如果不喜欢美女，那活着还有什么乐趣，那些普通人只是在妒忌天子而已。"履癸心中想着，不再管那些传言。

琬、琰二人毕竟年轻，青春无限，活力四射，这会儿工夫，琰拉着琬去花园中捉蝴蝶去了，履癸看着二人追逐着蝴蝶，娇俏青春的身影，美人如花，一会儿兴奋、一会儿失望的柔媚声音传来。女人的美除了容貌，就是女人的形态气质，一颦一笑都能对男人勾魂摄魄，履癸心中早已春光荡漾。

"大王！还是琬、琰二位妹妹青春娇美吧，妹儿都已经老了！"妹喜看着履癸，有点儿醋意地说。

"琬、琰虽然年轻，但是无论再过多少年，她们永远都无法和妹儿相比！"履癸赶紧安抚一下妹喜。

履癸这个时候看着妹喜，妹喜虽然没有琬、琰那种青春少女的跳脱灵动，如今却更加有了女人成熟的魅力，举手投足之间，让履癸每每不能自已。很多女人三十多岁时比二十多岁时更加美丽，女人的美有时候也需要经过岁月的历练。

妹喜的才智，履癸有时候都自叹不如。只有妹喜知道和伊挚那个元圣在一起那么久，就是再笨也会有进步的。

在妹喜心中伊挚是一个不能去思念的人，否则暗夜就会把自己吞没得痛不欲生，她只能去恨，只有恨才能让自己继续生活下去。当太多的恨在心中累积，他日再相逢时候还能回到过去吗？妹喜不敢去想，也不再去想了，心中只有伊挚那日洛水边踏尘远去的背影。

就在这时候。

"大王！昆吾和商国的国书来了！"一个侍从来报。

履癸接过了侍从手中的国书，正好化解了妹喜刚才带来的尴尬。履癸看了国书，牟卢以天乙之举告于履癸，昆吾内乱自顾不暇，望天子派兵征讨商国。

履癸看到豕韦被灭了，大吃一惊。"天乙竖子竟然如此大胆，竟敢灭掉豕韦！早知如此就该让他在夏台活活饿死！"

"大王，也不可听牟卢一面之词。自古诸侯征伐都是常事。商国的国书不是也送来了？"妹喜这时候说。

"朕看天乙如何解释？"履癸打开了天乙的国书。

"豕韦灭了大夏的宗亲有鬲氏！商国出兵是为了帮助有鬲氏复国！"

妹喜看到商国的国书，心中一阵难以察觉的感觉流过，装作随意地过来，在履癸身边一起看了天乙和牟卢的国书。

"商国军队现在已经撤出豕韦了，现在豕韦是由豕韦的元长戎、有鬲氏以及彭祖统领，只不过是杀了一个到处抢女人、暴戾的色鬼豕韦冀而已！"妹喜说。

"看来妹儿不喜欢豕韦冀，你不也是朕抢来的吗？"

"那个豕韦冀怎么能同大王相比？大王封妹儿为元妃，后来又有了琬、琰二位妹妹，大王待我们都很好。那个豕韦冀抢来女人玩弄之后，始乱终弃，是女人最为不齿的，豕韦冀死了活该！"

"好吧，朕本来也不想出兵！天乙这竖子，即使他占再多的地盘，也不足为患！至少他还上书给我，不像牟卢，昆吾国灭了哪个国家，朕都不清楚。"

履癸表面这么说，心底的杀心已起，但此时需要忍耐，一切都要等待瞿山引水工程完工之后。

商国。

此时，商国粮食充足，而且还有很多精美的青铜器，无论什么人都是趋利避害的，有利可图的时候，这些人都开始讨好商国，中东二方诸侯都开始和商国交好了。

商国的先祖王亥就是以交换货物让国家强盛起来的,所以交换货物一直是商国的强项,这也是商国如此强大的原因。商人就成了交换货物的人,成了后来"商人"的鼻祖。

如今湟里且的生意做得越来越大,当所有物品都流通起来的时候,无论什么只要是大家需要的,湟里且都会用货物或商贝收来,然后运走,卖给需要的人。湟里且如今已经是天下最大的商人,商队几乎遍布天下,天下诸侯为了自己的利益,几乎没有人敢来骚扰湟里且的商队。经过许多年,商国的财富已经多到天乙都不敢相信的地步。

第十一章　天命玄鸟

天命玄鸟，降而生商，宅殷土芒芒。

瓦青色的云覆盖着王邑斟鄩。履癸已经多日不上朝了，费昌几次想去宫中见履癸，都是不见或者在瞿山没有回来，今日履癸终于又上朝了。

太禹殿柱子上的龙今日显得格外狰狞，殿内气氛压抑沉闷，鸦雀无声，如今的朝堂上敢说话的人不多了。

费昌上前行稽首礼。

"大王，商国日益强盛，大败了豕韦之后，豕韦已经灭国。商国如此势力，大王不得不提防！"费昌虽和天乙交好，思索良久，身为大夏的左相，大夏的江山高过一切，觉得这件事情还是有必要提醒下履癸。

"豕韦被商国灭了？！"满朝皆惊。

"费相！上次就是你替天乙那竖子求情，苦苦哀求让朕放了他。如今有何颜面再说此事！"履癸看到费昌怒火不打一处来。

"大王，此一时彼一时也！如今商国实力壮大，威胁大夏江山，臣作为大夏之臣，岂能包庇私情？"费昌面上虽然没有反应，心中却升起一股寒意。

"好！多少年来，朕知道费相一直和商国交好。如此说来，商国变得如此狂妄，说费相是罪魁祸首也不为过吧！"履癸找不到发泄之处，把怒气都发到了费昌身上。

费昌一时哑口无言，朝堂上再无人说起此事。履癸也觉得理亏，感觉话说得有点儿重了。在一片沉闷的气氛中散朝了，大家沉默地散去了。

费昌回到府中越想越气，竟然病了，一连几个月都没有上朝。

数月过去，深秋时节，月色朦胧，顾国的花园中，长身玉立、容颜清朗的委望手中举着玉酒杯正在庭院中饮酒。顾国国君委望知道商国出兵豕韦，心底暗喜："让商国和豕韦打个两败俱伤，这样对顾国最有好处！"

委望心中莫名其妙地躁动，几杯酒下去，更加坐立不安。

"大王，豕韦被商国灭了，商军已凯旋。"一名车正兵跑来禀报。

"咣啷！"委望手中的玉杯直接摔在了地上。

"呀！"委望倒吸了一口凉气，颓然坐在了宝座上。

委望委顿在座位上，威风的方伯长此刻如此苍老，身形显得单薄而无助，没有了人前那充满亲和力的笑容，委望和孔宾一样属于极其聪明的人，更加懂得隐忍，做事没有孔宾那样明目张胆。

委望之所以能够把一个小小的顾国发展为方伯长，他是一个能够看清并接受现实的人。委望还是一个有魅力的人，能够读懂别人的心思，是一个让人不讨厌的人，这样才能在西部那些虎豹一样的部落间周旋，成为西部的方伯长。

顾国其实真正在北方，但委望很清楚绝对不能去标榜顾国、北方什么的，否则昆吾第一个就会想办法灭掉顾国。如今商国的下一个目标就该是顾国了，委望知道履癸如果能够出兵商国应该早就出兵了。

顾国都城在一望无际的平原之上，葛国和温国的下场就在眼前，必须提前做好准备，须抢占先机，否则等到商国大军围住城池，一切就都晚了。

委望开始忙碌起来。

商国。

猛虎出山，已不能回头。

商国灭了豕韦之后，天乙每日坐立不安，有莘王女都能感觉到天乙心中那种躁动不安。

伊挚不是让白薇陪着读书，就是到宫内陪着王女煮汤、谈论归藏的奥秘，根本不来找天乙。

这天伊挚正在陪伴王女，天乙走了进来。

"伊挚先生今日又给王女煮了固颜汤，夫人如今越发容光焕发了，相比之下朕都快是一个老头儿了。"天乙度日如年，实在沉不住气了。

"大王正值壮年，哪有半点老？伊挚先生的汤，大王也没少喝！"王女看到天乙进来说。

"但朕也是五十天命之年了，时不我待，伊挚先生，大商下一步如何打算？"

"大商一切，大王胸中自有谋略！大王来尝尝伊挚新熬的汤味道如何，这汤不仅美颜，而且能够延年益寿。"伊挚知道天乙的来意，不紧不慢地说。

"伊挚先生要急死朕吗？朕心中着急，喝再多的汤有什么用？朕是问计于先生！"这里反正没有外人，天乙干脆直接挑明了。

"大王，仲虺将军正在集结兵马，预计十日之后大军可以出征！"

"哦？如此甚好，征伐何国？"

"顾国！"伊挚变得神色严峻起来。

"朕也是如此想法，豕韦已灭，昆吾内乱，大夏大旱，天子困于瞿山开挖河道。此时正是良机，北方的顾国正是心头之患！如果大商收服了顾国，大商的实力就可以和昆吾一决高下了，从此东方的强国就只剩下大商和昆吾了。"

"大王既然胸中大计已定，不如趁这几日闲暇，陪着王女喝喝伊挚的汤，恐怕日后，就没这机会了。"

天乙看到伊挚悠闲的样子："先生说得是，朕有先生和众位卿相，还有何忧愁？"说着端起玉碗咕嘟咕嘟一饮而尽。

"真是好汤！"天乙赞叹道。

"大王，伊挚的汤又不是酒，哪是这个喝法！"

"哈哈！"几个人都笑了起来。

商国现在万事俱备，此时不发兵还等何时？金风送爽，大地一片醉人的金黄，又到了秋收季节。

天乙的焦虑没有让他煎熬几天，仲虺大军已经集结完毕。

人马如云，足以让天地变色。

剿灭豕韦之后，浩大的出征仪式，没有了胜负难料的悲壮，将士们更多了一统天下的豪情。

子棘高唱着："天命玄鸟，降而生商，宅殷土芒芒。邦畿千里，维民所止，肇域彼四海！"

旌旗猎猎，长风万里，大军出征了。

有莘王女目送着大军北上而去，王女知道天乙和伊挚属于天下，今后要习惯在国内守城的日子了。王女没有多少时间去思念天乙和伊挚。王女开始带着汝鸠、汝方组织百姓秋收，这是大军的军粮。只有军粮补给充足了，远方的将士们才能无后顾之忧。

大军数日之后就到达了顾国的边境。

田野间一片寂静，北方的秋天总是来得早一些。商国人发现顾国的粮食都收割完了，田野上只剩下了秋收之后的谷子茬。望过去到处都是整齐的田地，没有一粒粮食留下来。

远处是一片巨大的古枣树林，树干黢黑，布满了疙瘩，枣树是一种生长很慢的树，这片树林中的枣树竟然都有一人合抱粗细，估计都得有几百年、上千年的历史了，可能比黄帝还要古老，不知道它们见没见过女娲娘娘。如此古老的枣树，结出来的枣子通常都是很好吃的。

虽然商国的军纪极其严格，但士兵只是不能破坏普通百姓家的庄稼。这些大片的枣林一看就属于大奴隶主的。对顾国的大奴隶主的田产，商国就没有那么客气了。

当士兵们都跑进枣树林的时候才发现，除了树枝上偶尔留下的几个青枣之外，树上的枣竟然也都没有了。

伊挚深知农耕之道："大王，如今应该还不到枣子落竿的时候！"

"是啊，想吃个枣子都不给，顾国的人真是小气！"仲虺也抱怨着。

"一定是委望听说豕韦被打败的信息，提前做好了准备！看来顾国之战不会很容易解决！"天乙面色开始凝重起来。

"大王不必过于忧虑，委望虽然狡猾，但是顾国的实力在此，临机应变吧！"

一个月后，大军到了顾国的都城顾城。

当商国的大军来到顾国都城之下，大军在城外扎营，准备第二天城下交战！

仲虺做好了攻城的准备，大家预料委望一定会吸取豕韦的教训，不会轻易出城迎战。仲虺是一个闲不住的人，就在这些天，仲虺每天都在思考如何攻城，攻城战是所有战斗中最难打的。

仲虺白天几乎一直在想攻城的事情，做梦的时候也做攻城的梦，这天仲虺突然从梦中醒来。

"有了！"仲虺半夜就在大营中叫来自己的助手，开始忙活起来。

第二天大军来到顾城之下。

顾城果然城门紧闭，顾国并没有出兵应战。

天乙朝顾城打量过去，顾国的城墙异常高大，都是用掺了细草的厚土坯垒成，城墙最外面涂了一层厚厚的糯米泥，这样即使下大雨也不能伤及城墙。

"这城似乎比豕韦的城更加坚固。"庆辅也不由得感慨。

城墙上顾国士兵一个个戒备森严，弓箭已经上弦，随时可能就是一片箭雨！

"大王！管他城内如何？攻城吧！"

"攻城！"天乙下令攻城！有枣没枣打一竿子再说。

"攻城！"仲虺在战车上朝着商军挥动旗帜！商军前排队伍闪开，后面出现了十列士兵！

"这是什么？"所有人都大吃一惊！

第十二章　猫头鹰

顾国城内黑云压城，城外是黑压压的长矛和铜戈的丛林，队伍中飘扬着旗帜。士兵肃然站立成整齐的阵形，战马不安分地轻轻挪着马蹄，地上被刨出了一片碎土。

白色的大旗傲然而立，旗面上一个巨大的商字如一只巨大的玄鸟随风欲飞。

大旗下面几辆巨大的战车，中间是天乙，两边是伊挚和仲虺。

商国大军在城外排开了攻城的阵势。豕韦之战后，天乙已没有了大战前的紧张，他望向顾国的城墙，城墙高大坚固，城上的顾军早就准备好了弓箭和石头。这是一座从没被攻破过的城，天乙没有看到委望的身影。

"攻城！"随着天乙一声令下，大战开始了。

"冲——"大军中跑出十列士兵，每一列士兵举着一个云梯朝着城下冲去。急促的呼吸声伴随着沉重的脚步，心跳得就要到嗓子眼，此刻整个世界如同不存在，只有眼前的城墙和头上的云梯。

顾国士兵一看商国的士兵冲了过来，立即放箭，箭雨中夹杂着各种大石块，如果人的脑袋被打中，顿时就会被砸得万朵花开。

商军到了护城河边，"停！"仲虺喊声晚了，几人已经冲了下去。

前面几人几声惨呼，河水中泛起一片红色。商军这才发现护城河齐腰深的水中布满了削尖的木头做的各种木栅栏一样的障碍物。商军想抬着云梯直接过河攻城是不可能的。

城墙上的弓箭暴雨一样倾泻下来，顾国人吃惊地发现，这些弓箭都没伤到这些攻城的士兵，从城墙上仔细看了半天，云梯上有木板，商国人都藏在下面，弓箭和石块都落在了木板上。

商军在云梯的遮挡下，用长戈推开了河中的木刺等障碍，开始涉水过河。

顾国人弓箭和碎石来得凶猛，但有了云梯木板的遮挡，商军还是冲到了城墙近前，云梯慢慢竖起，搭在了城墙上。

顾国的士兵都笑得前仰后合，城墙高达好几丈，商国的云梯连城墙的三分之一高度都不到。"你们倒是攻城啊！"

就在这个时候，商军中又跑出来十列士兵，同样举着和刚才差不多的云梯。

"哦！又来了！"这十列士兵跑到城墙下直接爬上了第一波士兵的云梯，把举着的云梯的尾部卡在下面云梯的顶端，头部抵住城墙。

这些云梯都是木头做成，能够抵挡弓箭，一端有卡槽，可以和其他云梯卡在一起，云梯下面还有可以支撑的柱子，每一个云梯单独看起来没什么特殊，但当这些云梯组合起来，就变得威力巨大了。

顾国的士兵吃了一惊，第二层云梯已经到了城墙的三分之二高度。

就在这时候，第三波举着云梯的士兵已经冲了出来。第三波士兵举着云梯躲过了弓箭，把手中的云梯搭在第二层云梯的上面，梯子搭到城墙上的时候，差一尺就要到城墙顶端了。

顾国士兵对云梯木板下面的士兵毫无办法。天乙惊讶地发现顾国的城墙外已经搭好了十个斜坡路。

庆辅一看机会来了，率领自己手下的勇士，喊道："跟我冲上城墙！"

这些人举着盾牌，直接跑着向前冲，顾国人赶紧放箭，商国的盾牌都是青铜打造的，弓箭根本无法射透。商国人用盾牌遮住身体，沿着云梯就往城墙上面跑。

这些商国士兵已经和城头的顾国士兵交上了手。顾国士兵没有了城墙从上而下的优势，哪里是庆辅手下这些近身肉搏高手的对手？殊死搏杀，凶险万分，没过多久商国已经有几人攻上了城墙，攻城只要打开了一个缺口，士兵就会像潮水一样涌入城内。

天乙一看机会来了，一声令下："杀入城内！"

仲虺率领大军一起攻城。

关键还是城门，顾国的城门依旧是大栅栏门，而且不是一道，是很多道大栅栏门，里面士兵不停地朝外放箭。

商军举着盾牌保护推着破门巨木的士兵。一根巨大的被削尖一头的原木，下面被装上了四个木头轮子，辘辘着前进，如同一个爬行的巨兽。

顾国城外有一条护城河，虽然士兵可以举着云梯涉水经过护城河，但是如果要让这个攻城器通过护城河，那就得几百士兵在河中抬着这个大木头过去，那样这些士兵都会成为活靶子。

正当天乙想着如何通过护城河攻击城门的时候，天乙突然看到城门的吊桥被放了下来，顾国城门被从内打开了。

城门内冲出来一群人，商军仔细一看，出来的竟然是庆辅将军和他的手下。

庆辅打开城门之后，对天乙说："大王，我去生擒委望！"

庆辅带人杀入城中，百姓家家闭户，街上冷冷清清，根本没什么人。

"奇怪怎么一直没见委望？"庆辅心中纳闷。

"城中怎么没有士兵？顾国大军都去哪儿了？"庆辅的手下也觉得奇怪。

一群人很快就冲到城中心委望的府门前，路上没有遇到丝毫抵抗。

庆辅恐有埋伏，叫所有人都停下，只见府门紧闭，门楼上竟然看不到一个士兵，这是怎么回事？

庆辅说："你们等着，以防有埋伏，我先去探探虚实！"说着庆辅几个纵跃到了门前，依旧没有人，庆辅对着府门就是一脚，大门竟然应声而开了。

门根本没有拴住。庆辅率人冲进了委望的府中，找了一圈，府内竟然一个人也没有。

不一会儿庆辅就回来了。

"大王，委望不在府内！"

"难道委望提前跑了？"天乙也觉得这城攻得太容易了，天乙率军在城中四处查看，不仅没有士兵，连百姓家都是空无一人，不仅没有人，家中粮食和值钱的东西都不见了。

委望早就跑了！委望之所以能够让一个北方小国坐上西方的方伯长之位，不仅知人，而且自知，能够把一切看得清楚。西方本来是大夏的地盘，而且都是畎夷和荤粥这样的野蛮民族，大夏长年和这些民族征战，所以没有人会去争抢西方方伯长这个位置。征伐的事情完全不用操心，有不服、侵扰大夏的，履癸自然会出兵。委望只负责统治西方那些小国家就可以了，顾国这个西方方伯长当得实在很舒服。

委望现在到底在哪里呢？

第十三章　天象奇观

若有人兮山之阿，被薜荔兮带女萝。既含睇兮又宜笑，子慕予兮善窈窕。

大夏斟鄩，妺喜一曲歌罢，余音犹在，美人浅笑嫣然，一派旖旎的春光。

拥有天下最美的三个女人，履癸也算不枉为天子了。履癸没法真正懂得女人和女人之间的心思，其实她们也弄不明白自己在想什么，为什么这么想。虽然表面上妺喜和琬、琰相处得很融洽，但那只是履癸的感觉而已。

瞿山，黑色巨石鳞次栉比，到处是光着膀子、露着胳膊上腱子肉的壮汉，上万民夫依旧在紧张劳作着。

山顶黑色龙纹伞帐下，履癸望着山下忙碌的景象，周围众人围绕。

费昌站在另一边，花白胡须随微风飘动着。费昌上次在朝堂被履癸说得颜面扫地，平日虽然依旧谦恭仁和，心底却总有一种莫名的失落感不时涌起。

履癸虽然很关心瞿山工程，但开挖河道属于水利和农业，也是费昌分内之事，所以费昌几乎一直都在瞿山。

姬辛为履癸修建过长夜宫和倾宫等很多工程，但对于瞿山开挖河道这事却没有兴趣。这件事是不涉及任何钱财的，主要是征来民夫。对这种没有油水，又受累的工程，姬辛就找各种借口不掺和了。

孤单的身影在瞿山上，从这里能看到远处的黄河，费昌今日要去察看黄河水势以及开挖河道的路线。费昌先从这里远眺确定具体方位，然后再去具体考察。

费昌走下了瞿山，坐上马车，在颠簸中驱车半个时辰之后，一条大河映入眼帘，已经来到了黄河之边。

黄河水平沙阔，水草丰茂。费昌沿着河边察看水势，黄河水在这里已经不再汹涌澎湃，一片浑黄宽阔，苍凉雄壮。

身为大夏的左相，费昌在大夏的所有大臣中排名首位，操持着大夏国内的事务。但最终一切都说明，在履癸那里自己不过是个管家，根本得不到履癸真心的尊重，难道只是因为自己是伯益家族的人吗？

"一定不只是因为这一点，自己和履癸根本不是同一种人。"费昌暗自叹了一口气。

岸边大片的芦苇丛中，青蛙和各种秋虫发出高高低低的叫声。一阵风吹过芦苇，四处无人，伴着水流之声，更加显得孤寂苍凉。

费昌的心中愈发地黯然惆怅。自己已经年过花甲，为大夏操了一辈子的心，竟然落得如此结局。

这时候，远处突然传来一声闷雷，黄河水也变得不安分起来，费昌脚下的大地开始震动。

"难道又地震了吗？"费昌内心疑惑，却没有一丝害怕。

此刻的河水变得暴躁，狂风大作，浊浪滔天拍打着岸边，发出惊天动地的响声。黄河正中间突然掀起了更加凶猛的巨浪，隆隆之声越来越大。

费昌惊呆了，这和地震不太一样，河里似乎有什么巨大的东西，隐隐的河水开始发出红色的光芒。

哗的一声巨响，河水激发起数丈高，形成无数雨点飘散到河面上，光亮处有什么东西跃跃欲出。

"难道有水怪？"费昌目不转睛地盯着河正中。

此时履癸正在瞿山之上，也听到了黄河边传来的隆隆雷声。瞿山工程正在关键时刻，虽然做了很多加固处理，履癸依旧担心地震再一次毁坏已经开挖好的河道。

黄河两边的村民、瞿山上所有的民夫都听到了隆隆的闷雷一样的声音，大家都被地震震怕了，成了惊弓之鸟，所有人都跑到瞿山顶上开阔的平实处，地震时，这里应该是安全的，所有人都眺望着远处的黄河。

天空云朵滚滚，光线变得忽明忽暗，不时有巨大的闪电从天空劈下，炸雷之声惊得费昌不由得后退了几步。

"轰——"

费昌吃了一惊，抬头看到东方天空中悬挂着一轮红日，竟然有两个太阳！

东者烂烂将起，西者沉沉将灭。费昌一直以为后羿射日只不过是人们的传说，天上怎么会有九个太阳呢？那个叫嫦娥的女人怎么能够飞到月亮上去呢？这不过是人们的一种杜撰罢了。

如今两个太阳就在眼前，大地和黄河被照耀得异常光明，就像在对峙着。良久，东方的太阳光芒逐渐暗淡下去，最后消失不见了。

此时依旧只有一轮红日静静地挂在天空中，依旧是蓝天白云，秋高气爽。

如果只是费昌一个人看到这一切，那费昌真的会以为自己做了一个白日梦，但是履癸也看到了这一切，瞿山之上的几万民夫也看到了，黄河两边的村民也都看到了。

履癸的吃惊一点儿不亚于费昌，他此时竟然怀念起太史终古了。如果终古在，也许能给他解释一下这到底是怎么一回事。但是此时，终古已经在大商了。

"难道这两轮红日代表大夏和大商日后之争？"履癸想到这里，不禁心底泛起一股寒意。

第十四章　小鹿妊女

天乙年轻的时候还没有留起长髯，是商王主癸的太子，身材高大匀称，相貌堂堂，皮肤白皙，喜欢一身白衣，所有的少女见了这个温润如玉的谦谦君子，都会难以掩饰地盯着天乙看几眼。

天乙从小就奋发图强，为商国兴盛而努力。此时的商国在天乙的父王主癸统领下还是方伯长，国力还很强盛，四方诸侯来商国为天乙求亲的人很多，天乙通常都不为所动，依旧做着单身太子。那些来求亲的通常都见不到天乙本人，至于他们说的这个王女那个王女，这个首领的女儿，那个首领的女儿，天乙一概不感兴趣，他并不是一个好色的人，对女人一般都敬而远之。

天乙每日读书练武，研习攻伐韬略，识人用人，逐步锻炼自己治理国家之才，这让主癸感到很欣慰。转眼天乙都快三十了，一直没有结婚。

金秋时节，正是秋猎的好时节。天乙最喜欢打猎，毕竟平日也没有那么多仗可以打，而打猎是最好的训练方式。

今天，天乙没带随从，一个人骑着马来到一片树林。白杨树的叶子都变得金黄了，地上已经开始铺满了金黄的落叶，暖洋洋的秋阳透过树叶间隙洒在林间的地上。

这样的天气就是什么都不做，在秋日的林间走一走都是一件赏心悦目的事情。天乙呼吸着林间微凉、清新的空气，浑身充满了力量。

突然远处有一个影子晃动了一下，天乙警惕地躲在了树后。

天乙仔细观察，发现远处有一头小鹿，小鹿也看到了天乙，小鹿很机灵，悄无声息地开始朝着树林深处退去。天乙循着小鹿的足迹，悄悄地追了过去。

终于天乙又看到了那头小鹿，那头小鹿警惕地边吃草边机警地打量着四周，这一次天乙隐蔽得很好，那头小鹿并没有发现天乙。

天乙从背后悄悄抽出弓箭，拉开弓箭上的丝弦，天乙算好距离和角度，羽箭瞄准了小鹿。

"可惜稍微有点儿远！"天乙心里想着，但是再往前走肯定会被小鹿发现。

嗖的一声，天乙的羽箭飞了出去，羽箭快到小鹿身上的时候，已经没有了力量，小鹿扭了一下身子，羽箭正好射在小鹿的屁股上，但是根本没有射进小鹿的身体。

小鹿吃痛，拔腿就跑，天乙暗叫："又跑了！"

就在这时，天乙发现左边树后跑出一个女子朝着小鹿追去。女子长发飘飞，双腿修长有力，身形飘逸，天乙都有点儿看呆了，女人跑起来还能如此好看？那个女子冲出去几步，手里的弓箭应声而出，正射中小鹿的后腿，小鹿瞬间就跑不动了，一瘸一拐地往前走。

天乙也跑了出来，跟在那个女孩后面朝着小鹿追去，天乙毕竟是壮年男子，抢先抓住了小鹿。

"这是我射的小鹿！你还给我！"那个女子也追到了，怒气冲冲地对天乙说。

"这个小鹿我追了很久了，是你抢了我的猎物！"天乙听那女孩对自己丝毫不客气，此时少年气盛，也变得强硬起来。

"我射的就是我的！你还给我，否则我对你不客气了！"女子竟然用弓箭对准了天乙，天乙这才看清了女子的容貌，十八九岁年纪，牙齿洁白，一双凤眼，生气的时候看起来更好看。肤色有点儿日光色，皮肤紧绷，充满了弹性，一看就是一个健康敏捷的女子。

天乙看到这个女孩用弓箭对着自己，突然间竟然怒气全无了，心底升起一种亲近之感。天乙以前对任何女子都没有什么兴趣，被自己的感觉弄得自己一愣，心底竟然有点儿扑腾地乱跳。

天乙暗骂："没出息，一个女人而已，又不是老虎，你怕什么？"

"看什么看！赶紧把鹿还我！"女孩的声音有点儿沙沙的，听得天乙心里有点儿痒痒，天乙用绳子捆住鹿的两条后腿。

"还给你！"天乙把小鹿一松手，那个女孩一看小鹿，就这一分神的瞬间，天乙飞起一脚，踢中了女孩手里的弓，飞身过去抓住了弓箭。

女孩也急了，也一脚踢了过来，两个人就在树林间打了起来。

"有点儿意思！小丫头！"天乙打着打着，就越发觉得这个女孩有意思了。天乙毕竟比女孩高大很多，女孩一不小心就被天乙扭住了手腕，被按在地上。

"你知道我是谁吗？就拿弓箭射我！"

"我管你是谁！"女孩依旧不服气，"要不还我鹿，要不你就杀了我！"

"大商国内谁敢随便杀人？"

"好大的口气，好像商国是你家的。"

"你难道不是大商的子民，不过你的弓箭不错啊！比我的射得远啊！"

"我是有妊氏族长的女儿，也算大商的属族！"

"怪不得这么凶！我是主癸国君的儿子。你答应不再射我，我就放了你！"

"我又没说要射你，我只是要我的鹿！"

"那就好！"天乙找个台阶赶紧松开了女孩的手。

女孩揉着自己的手腕，天乙说道："没弄疼你吧！"

"哼！一个大男人欺负我一个弱女子！"

"哈哈！你可不算弱女子，估计要是其他男人早就被你揍扁了。"

"你这是夸我还是骂我？"

"对了，让我看看你的弓。"天乙说。

女孩嘴上虽然不服输，但是对天乙也已经有了好感，把弓递给了天乙。

"你的弓弦好粗、好结实啊！这个是什么做的？"天乙摸着弓弦说。

"鹿皮做的！"

"我的弓弦还是蚕丝做的，看来你的弓弦更好，你能教我怎么做出这么结实的鹿皮弓弦吗？"天乙开始向女孩请教了。

"这个可以！不过今天我要回家了，明天我还会来这里打猎！到时候再教你！"

"嗯，明天我也来！"天乙听说女孩在约自己一起打猎，心里似乎开放了一朵一朵的花。

"你笑什么！那明天见！"说罢女孩把小鹿扛在肩膀上，迈着矫健的步伐离开了。

从此天乙一连几天都一个人来这里打猎，和女孩在树林间追逐着。女孩欢笑着在前面跑，天乙在后面追着。

"看你那笨样，你抓不到我！"女孩回头一笑，露出洁白的牙齿，眼神斜斜地看着天乙。

天乙心里突然燥热难耐，实在无法忍受了，起身扑倒了女孩，两人在树林中厚厚的杨树叶上抱在一起滚来滚去。女孩一把撕开了天乙的衣服，露出结实的肌肉和宽阔的肩膀。

"我要做你的女人！"天乙只觉得四处都是温暖刺目的光，女孩细细的长发遮住了自己的双眼。

原来世间有如此美好的女子，一时间灵与肉交融到了一起，世间此刻只有你我，再无其他。

世间最幸福的事情莫过于在最好的年纪，最好的自己遇到了最好的你，而我们能够无拘无束地在一起。

第十五章　少帅外丙

　　秋日的林间满是温暖静谧的阳光，天乙和有妊氏的女子正在享受他们的旖旎时光。人生的很多快乐时光等多年以后回味起来，才知道那是人生最快乐的日子。

　　"你还没告诉我你叫什么名字？"天乙抱着怀里这个小鹿一样充满活力的女人。

　　"我叫矫。"

　　"矫，我喜欢这个名字，是我天乙的女人的名字。"

　　"你是未来的大王，我配不上你。"

　　"我要娶你做我的妻子。"天乙坚定地说，"我一定好好待你。"

　　"我什么也不要，只要我能在你身边，即使做你的奴隶，我也愿意。"

　　女人就是这样，在没有爱上之前，就是林间的小鹿，只能远观，如果你想得到或者靠近，她们就跑得远远的。她们是远处的冰山，让你只能远远地遥望，得不到的男人只能感觉到自卑和无奈。一旦她们把一切都给了一个男人，她们就变成了炙热的火焰，这种火焰有时候都让男人喘不过气来，让男人想逃。但此刻天乙觉得自己已经无法离开这个女人了。

　　这一天，主癸正在整理竹简上商国土地和人口的数目。天乙走了进来，没有说话，默默地帮主癸整理竹简。

　　"天乙，你今天有心事吗？"

"父王，天乙什么都没说，你怎么知道我有心事？"

"你什么都没说，就说明你有心事。"

天乙和父王主癸说："还是父王最了解我。父王，我想和一个女子结婚。"

主癸手中的竹简险些没掉在地上，说道："朕没听错吧！各国介绍那么多王女，你一个也不见，怎么突然要结婚了？谁家的女儿？"

"我要娶有妊氏的女儿为妻子。"

"有妊氏现在只是商国内一个小部族而已。你还是找一个国君的女儿吧！你母亲的母国有莘有个王女，但是未到嫁娶年龄，你母亲准备过几年给你娶过来，做未来的王妃。"

"不，我只要和矫儿在一起。"

"矫儿是那个女孩的名字吗？父王相信你看中的女子一定是一个好女人，但是，你是未来的商国国君，你的婚姻你做不了主。"

"为了矫儿，我宁愿不做未来商国的国君。"

"竖子大胆！"主癸一脚踹向天乙的大腿。主癸是一个低调而严肃的王，在主癸那里一切都必须是对的。

天乙没想到父王竟然如此愤怒，忍着痛顺势跪倒在地。

"天乙恳求父王。"天乙言语间竟然有了几分抽泣的感觉。

主癸从未打过天乙，因为对天乙期望太高，才会如此震怒，此时看天乙如此，内心也有点儿软了。

"好吧，你可以娶她，但不是作为你的妻子，她只能是你的妃子。"主癸叹了一口气。

"后娶的才是妃子，矫儿怎么能为妃子？"

"只能等父王为你选娶了妻子之后，你才能娶有妊氏。为了大商的利益，你的妻子必须是一位国君的女儿。"

天乙第一次见到父王如此坚决，无奈只有答应了主癸的建议。

亳城城外的白桦林。

"天乙，大王能够让你娶我吗？"有妊氏双眼闪烁着期待的光。

天乙一把抱住了焦急等待的有妊氏，实在不知道怎么和她说："矫，对不起，父王不允许你做我的妻子，只能等我娶了一位国君的王女后，才能娶你。"

"只要我们能够在一起就好，我其实不要求那么多。"有妊氏满心欢喜地等着做天乙的妃子。

第二年，由于在朝堂被履癸废掉了方伯长的封号，商国的领土也只剩下了方圆百里，主癸慢慢地抑郁成疾，竟然一病不起，不久就去世了。

天乙即位成了商国的王。

天乙和有莘王女大婚之后，立即就娶了有妊氏。

两个人婚后的日子甜蜜而愉快，天乙变得更爱笑了。

天乙娶的有莘王女生了儿子太丁，在矫刚刚嫁给天乙的那一年，矫也为天乙生了一个儿子外丙。天乙很喜欢外丙这个儿子。

其实商国的王位继承形式有很多种，儿子、弟弟，甚至叔叔，都有可能继承王位，所以不到最后很难说谁是最终的商王。

外丙从小就很爱动，身手矫捷，灵活勇敢，从小就跟随天乙和有妊氏去打猎。

外丙十岁的时候，就开始跟随天乙亲临沙场。小外丙在血肉横飞的战场上，竟然没有丝毫惧色，天乙真的越来越喜爱这个儿子了。

天乙找来汝鸠、汝方和子棘："朕要立外丙为太子。"

"大王，您迎娶有莘国王女做了王妃，太子还是要从您的妻子、国君夫人的儿子中选取吧，太丁才应该是大王的太子！"三个人一起反对。

天乙面对重重阻力，虽然不甘心，无奈只好立了太丁为太子。

太丁只比外丙大一岁，但太丁却是少年老成，颇有天乙现在的沉稳王者风度。

天乙和有莘王女结婚的日子，天乙心中念着有妊氏，才会和伊挚喝了一夜的酒。对天乙来说，他更喜欢的是伊挚，对于有莘王女，他知道她很美，比有妊氏更有贵族气质，但是天乙的心已经被有妊氏占据了。

一个人的爱是有限的，当一个人把太多的爱给了另一个人，就很难再燃起爱的火焰了。天乙虽然很爱有莘王女，但是再也不会有对有妊氏那样的爱了。

太丁是有莘王女和天乙唯一的孩子。有莘王女一直把太丁当成了生命中的全部，所以一直不肯让太丁随着天乙出征，但是这一次出征顾国，太丁正好年满二十周岁了。

子棘对有莘王女说:"王妃,如果您想让太丁以后当商国的国君,太子必须亲自出征才能服众,才能有国君的威望。"

有莘王女何尝不明白这个道理,当王必须有王的实力,只得狠了狠心,让太丁随着天乙出征顾国。

如今的外丙早已经是个帅气、充满活力的王子。对于出征,外丙早就跃跃欲试了,恨不得明天就杀进顾国。庆辅一直也很喜欢外丙,一直传授外丙武功。

有妊氏一直不喜欢有莘王女,外丙也就一直不喜欢只会说不能打的伊挚,还有那个和伊挚一样的太丁。伊挚在外丙面前一直谦恭有礼,但是外丙始终不给伊挚好脸色。

顾国城破之后,伊挚对天乙说:"大王,委望肯定是得知商国要来攻打顾国,提前逃走了。"

"委望能够跑到哪里去呢?"

"顾国号称西方方伯长,顾国在西部兼并了很多国家,肯定是躲起来了。"

"那该如何是好?"天乙问。

"伊挚认为大商劳师远征,短时间恐怕难以追到委望,不如留下人镇守顾城,先撤军回到大商,日后从长计议。"

天乙也很失望,听到伊挚的建议之后,虽然不情愿,但也没有更好的办法。就在这时,外丙说:"伊相也太过小心谨慎。儿愿意率领一万大军西追委望。父王只要在商国等儿生擒委望的好消息即可。"

天乙一听大喜:"我儿已经能为朕分忧了。朕派庆辅、汝鸠、汝方,随你追击委望。委望奸诈狡猾,切记不可孤军深入。"

外丙昂着头看了伊挚一眼,傲然带着庆辅率领大军西去,此一去山万重水千条,前方不知多少凶险在等着依旧是少年的外丙。

第十六章　西王母

　　房间里传来打闹声,接着是爽朗的笑声:"我赢了,我赢了!哈哈!"天乙在有妊氏这里是一个无拘无束的男人,仿佛回到少年时光。人生遇到一个自己喜欢而又能够让自己感觉自由自在、无拘无束的人,那是多么幸运,而天乙就是这样幸运的人。

　　天乙的幸运远远不止这些,这一路走来,所有人都在帮着天乙让商国越来越强大,一个个危难时刻也总能逢凶化吉。

　　有莘王女和天乙这么多年一直都相敬如宾,天乙在王女这里永远是彬彬有礼的国君,王女知道在天乙心里有妊氏才是他的女人。有莘王女已经习惯了和天乙的关系,对于她来说,只有和伊挚在一起的时候才是轻松和自由自在的,只有在伊挚面前有莘王女才能如少女时候那样蛮不讲理地撒娇。

　　自从生了儿子太丁之后,有莘王女的心更不在天乙那里了,每天陪着儿子,教导他早日成人,将来一日能继承商国的大业。太丁慢慢长大了,天乙也很喜欢他,但是天乙对太丁的喜欢就如对有莘王女的喜欢,是那种父王与太子之间的爱。

　　伊挚成了天乙这些儿子们的老师,负责教习他们治国之道。太丁和外丙都是格外聪明的人,太丁更像伊挚,是个文静的美少年。外丙则生性好武,是个矫健的美少年。

　　此次出征顾国,有莘王女和有妊氏同时要求天乙带着太丁和外丙出征,天乙这才注意到自己这两个儿子已经和自己差不多高了。

太丁已经二十岁了,外丙也十九岁了,两个孩子已经长大成人了。

"看到这俩小子,才知道我们都快老了啊!"天乙在感慨,脸上却洋溢着自豪的笑容。

"大王正当盛年,王子们长大正可助大王一臂之力。"伊挚说。

顾国城破之后,外丙请求去追击委望。

太丁也不慌不忙地和天乙请求:"顾国领土广大,俱是蛮荒之地,二弟一人要找到委望恐不容易,太丁愿率一路大军和二弟兵分左右,互为照应,一同去追击委望。"

天乙看到这两个儿子主动请战,甚是欣慰。

"朕就准许你兄弟二人各自率军,兵分两路追击委望,望你们二人切记不要轻敌冒进,早日凯旋!"

这时候伊挚说:"大王,伊挚愿跟随太子太丁追击委望!"

天乙本来舍不得伊挚离开,但是追击委望更重要,回复道:"好吧,太丁,一路上你一定要多听伊挚先生的意见,有伊挚先生在,朕就放心了。"

于是商国两路大军浩浩荡荡出发了。

太丁、伊挚、南门疵和北门侧等率领一万大军出发了。外丙、庆辅、汝鸠、汝方和东门虚也率领一万大军出发了。

天乙站在顾城的城墙之上,看着两万大军蜿蜒数里,心中感叹今日商国的确不同往日了。

仲虺陪在天乙身边:"大王,如果不是要保护大商安全,仲虺也想随军出征。"

"你就陪在朕身边吧!都走了,万一有人来偷袭商国,就麻烦了。"

此时的委望在何处呢?

顾城内虽然兵马不多,但城墙极为高大坚固。委望本来以为商国没有能力攻破顾国城池,如果那样时日一长,商国粮草不足和士气低落,早晚都会退军。瞿山河道修好之后,履癸肯定会回过头来收拾商国。可委望没有料到攻城之战打了没几天,顾城就城破了。

委望听说顾城被商国仲虺发明的多层攻城云梯给破了,仰天长叹:"顾国完了!"委望知道昆吾的牟卢是不会来救自己的,委望其实不知道,牟卢这时候正在平息内乱,国内一塌糊涂,哪里还顾得上商国?牟卢甚至庆幸商国去打了顾国,如果商国趁机进攻昆吾。牟卢的头就更大了。

委望很想去大夏找履癸,但是委望还带着几千大军,如果带着几千大军进入大夏,那就成了入侵大夏了。履癸肯定会把他的头给砍了,所以委望只好带着大军继续向西。

"父王,我们这是去哪儿?"委望的儿子问道。

"我们去边城!"

委望带领众人,一直往西跑去,委望知道当年履癸征讨党高的经过,自己可绝对不能重蹈党高的覆辙,如果要走,就要走到他们永远也找不到的地方。

一路上,西部各个诸侯国还算给这个徒具虚名的方伯长点面子,顾国的大军经过时,为了让委望快点走,各国还为委望提供了粮食和补给,委望大军一路上倒也吃喝不愁。

委望虽然年纪大了,但他还不想死。人总是越老越怕死,活着才是最重要的。

突然黄沙漫天,没有了太阳,向导也无法分辨方向,大军迷路了。不知道走了多少天,走了多少里,也不知经过了多少国家。一行人到了西部才知道天地的广阔,茫茫的戈壁,连棵树都看不到。要不是顾国大军人多,一个人绝对不敢进入这些地方。

"难道,我们到天边了吗?再往前面走就什么都没有了?"委望的儿子金冥从来没有吃过这种苦,和他母亲抱怨着。

这时候远处隐隐出现一座山,远远望去洁白、晶莹,犹如美玉。

"前面那座玉山处应该是西王母国。西王母一定会收留我们的,到了这里我们就安全了,商国也应该会给西王母国一个面子的。"

委望来了兴致,大军加快速度朝前走去。听委望的口气好像早就认识西王母国的国君。大家听委望这么说,心中都充满了希望。其实委望对西王母国的情况和大家都知道得差不多。大家都知道有西王母国,但是从来没有人到过那里。

渐渐地大家感觉越来越冷,走路变得越发艰难,慢慢地身体虚弱得就开始掉队了。那座玉山看起来很近,但是走起来发现竟然有百里之遥远。人们只能一步步地朝前走，马匹也很难适应这里的环境。

委望命令大军原地驻扎，委望带着儿子金冥和一些随从继续朝着玉山出发。

委望感到浑身无力，张着嘴大口吸气，总感觉吸的气不够，整个人胸口胀得难受，似乎随时都要裂开一样。头也是一样，胀得疼，但是必须前进。身上的兽皮衣服虽然很暖和，但在这西风面前，就和没穿这衣服一样，所有人都在寒风中瑟瑟发抖。

"西王母如果住在这种地方，肯定是个冰美人！"金冥虽然也很难受，但是毕竟年轻，竟然还在开西王母的玩笑。

"在西王母的地盘不要乱说话！"

大家终于看清楚了，前面的大山哪里是什么玉山，山上全都是冰雪，远远看起来洁白晶莹如玉。

"父王，这只是一座雪山而已，你确定这里是西王母国吗？"

委望也有点儿疑惑了。

就在这时候，前面似乎出现了一个队伍，黑压压地一大片。

慢慢地队伍走近了，人们吃惊地发现，这里的人骑的并不是马，而是一种奇怪的牛。这些牛身上都长着长长的毛，覆盖着全身，长长的毛几乎垂到地上。

队伍正中一个女子，容颜甚是娇艳，头上戴着白玉的冠，看起来真如女神一般。

"这就是西王母吗？"

西域雪山映衬得中间的女子容色秀丽，肌肤如雪。

委望的儿子立即来了精神，率先来到前面，对着中间的女子行礼。

"我们是大夏西方方伯长顾国国君的队伍，我是顾国太子金冥，那边是顾国国君委望，商国入侵顾国，故远来西王母国，望能收留。"

"你们随我来吧。"几个人刚想说话，女子手下的粗壮汉子过来，就把几个人按住，头上套上了一个布袋子。一个时辰之后，几个人被摘下头套。

山坡上片片粉色的霞云，那是一片一片的杏花。河谷中一条小河蜿蜒而下，两岸是古朴的木屋。

这里是天堂吗？刚才还是冰天雪地，现在已经温暖如春，环顾四周一片绿意盎然，石头垒的房子前开着各样的花朵，屋后还有驴子，远处是各种庄稼。

委望仔细观察周围的地形，这里是一个巨大的山谷，四周都是高山，看起来没有任何缺口。委望想着蒙着眼睛走路的经过，看来要进到这里肯定要通过一个山洞。

此时太丁和伊挚到了顾国偏远的边城，西域的城只能算一个小镇，根本住不下一万人马，第二天外丙的大军也到了。

太丁和外丙请求单独率军去西王母国，伊挚同意了。太丁和外丙出发了，伊挚和庆辅目送良久。"大王有心要磨炼下王子，王子们终究要长大，我们也该回去复命了。"伊挚对一直望着远去背影的庆辅说。

几天之后商国的太丁和外丙同样来到了西王母国。

第十七章　遇见了你

在这秋天遇见，你依旧美丽的背影，依旧颀长秀丽的身姿。

你一直走下去，没有回头，因你知道我在注视着你，你要让你的美丽永远刻在我的心里。

在午夜梦回时候想起，是那滴落枕上的泪滴，是那无声的啜泣。

在这秋天遇见，已不再春光明媚的你。

如秋阳下的落叶，静谧凄美。

不再对我说一句话。你闪烁的睫毛，撩动了多少少年的湖水。

你注视我的眼眸，胜过了所有美瞳的女子。

我多想留住你，但是我只是你的过客，是过去了就再也回不来的客。

太丁看着引路女子的身影，突然涌起了一种从未有过的感觉。

引路女子看商国的两位公子，也是满心欢喜，两个少年风度翩翩，自然是盖过了委望和金冥。

西王母国依旧是女人说了算，朝中大多是女人为官。西王母国的女人不仅美丽，而且能够自由选择伴侣。引路女子虽一身麻衣，周身散发的青春气息已让这两个少年几乎无法呼吸。

"姑娘你叫什么名字？"引路女子回过头来，注视着太丁。

女子的眼睛并不是特别大，透露着一种与众不同的光芒，双眼眼线略带一丝粉红，眼角细长，别有一种风情，太丁看着这个黑莹莹的瞳孔，感觉自己似乎就要落入里面了。

"我叫雪玉！我看你是喜欢我！"雪玉说。

"雪玉姑娘，我更喜欢你！"外丙过来说。

"在我们这儿没有女人喜欢太主动的男人！不过你也并不让人讨厌！"

"那你也喜欢我了？"外丙有点儿得意地笑了。

雪玉给二人安排了房间，然后对着二人莞尔一笑。这一笑已经让太丁魂儿都要飞出去了。太丁和外丙并没有对雪玉说明来意，只是说自己是商国的商人，在沙漠中遇到大风迷了路，误入西王母国地界。

雪玉禀告了西王母之后，西王母以为只是普通的商人，并没有召见二人。

入夜时分，太丁吃过了晚饭，在二楼窗前的走廊上看着山谷中万家灯火慢慢点亮，远处传来悠远的钟声。这里的人们过着安宁的生活，没有中原的纷争，一切都是那么美好。而在太丁心中最美好的，当然还是雪玉。

天色逐渐暗了下来，太丁回到自己房间，开始思索如何寻找委望。即使不能把委望抓回去，也要有了确切的消息，回去禀告父王和伊挚先生。

太丁对着油灯思索着，也许白天太累了，突然安顿下来，觉得困意来袭，沐浴之后，看着油灯恍惚出神。此时的太丁清朗俊逸，气度更像当年的天乙，神采亦有伊挚几分儒雅的风度。太丁从小就在伊挚和王女的关怀教导下长大，举手投足间，颇有几分伊挚的样子。

太丁目光蒙眬间，光晕中出现一个秀丽的面庞，正是白天的雪玉姑娘。太丁知道这是幻觉，但是他不愿醒来，就这样继续看着，沉醉在其中不肯出来。

就在这时候，传来轻轻的两下敲门之声。

"真是的，谁这么晚会来呢？是外丙吗？"太丁起身到了门边。

"是外丙吗？"

门外的人没有回答，此刻月亮已经高高升起，照亮了整个山谷。太丁看到门外的影子似乎是个女子的身影，也许是这家的主人吧。

太丁打开了门，外面的月光一下就照进屋子里面。门前站着一个女子，浑身沐浴着朦胧的月光，一种淡淡的香气散发出来。

笔直的鼻翼，闪烁的眼眸，细腻如玉的面庞，不正是自己刚才幻想中的雪玉吗？

太丁不敢相信自己的眼睛。雪玉继续微笑看着太丁，没有说话。

"这是真的吗？我难道还在做梦吗？雪玉怎么会夜晚出现在我的房间门口呢？"

"你傻了吗？"雪玉伸出戴着玉镯的手推了太丁一下，太丁一踉跄，闪开了一条路，雪玉走了进来，关上了房间的门。

太丁终于清醒了，这不是梦，这就是真的雪玉。

当雪玉来到太丁的房间，太丁有点儿不知所措。雪玉就在自己的眼前，那种淡淡的清香袭来，似乎就是雪玉秀发的发香。太丁从小到大，虽然在众多侍女的伺候下长大，身为太子的他，没想到自己会在一个女子面前如此紧张和害怕。

"我喜欢你！你喜欢我吗？"雪玉说话了，太丁突然想到自己作为一个男人此刻必须说点什么，否则简直不配做大商的太子了。

"喜欢，我也喜欢……喜欢你！"太丁突然发觉自己怎么变得磕巴了。

雪玉扑哧一声笑了："那就好，你怎么变磕巴了？看来你是真的喜欢我，否则也不会这么紧张！"

朦胧的月光和油灯晕黄的闪烁中，雪玉褪掉了身上所有的衣服，一个浑身如玉、充满活力的少女的身体就在眼前。太丁目不转睛地看着，嘴里充满了唾液，太丁想咽下去，但是又怕被雪玉嘲笑。雪玉帮太丁脱掉了上衣，将脸庞贴到了太丁的胸口之上，太丁虽然看起来玉树临风，但胸膛却宽阔有力。

"你不用害怕，这里是西王母国，在这里男人是属于女人的，今晚你就属于我！"雪玉听着太丁的心在扑通扑通不停地跳着。

"不，从此以后，你只能是我太丁的女人！"太丁低下头吻了吻雪玉的额头，双手抱住了雪玉。两人心中有一团火在燃烧，太丁再也忍耐不住了。

窗外月光旖旎，窗内亦是一片旖旎。

第十八章　黄河水神

西王母国。

外丙知道了雪玉和太丁在一起的消息，表面上没有表现，心中的妒火已经慢慢开始燃烧。

"太子是你的，将来的王位是你的也就罢了，没想到连喜欢的女人都被你抢走。难道只是因为你的母亲是有莘国的王女吗？"

西王母国不缺热情而美丽的女子，外丙很快就被另一个热情似火的女子看中，一时间陷入缱绻温柔之中，仿佛已经把雪玉忘记了。

二人在西王母国一住就是几天，难道他们忘了自己是天乙的儿子，要帮助天乙完成一统天下的大业了吗？

西王母国并不大，不过人口几千人的一个山谷，很快太丁和外丙就得知了委望也在西王母国。

"王母，太丁和外丙是来找委望的！"委望也得知太丁和外丙来到了西王母国，心中大骇，忙把这事情告诉了西王母。

"哦？"西王母轻声应道，西王母要在瑶台召见太丁和外丙。

太丁和外丙初次走进瑶池，被周围的景色惊呆了，雪山映入瑶池之中，似乎这就是仙境。若非群玉山头见，会向瑶台月下逢。瑶台上所有的东西都是晶莹的美玉雕琢而成，西王母看起来更像天上的神仙。

太丁和外丙不知西王母是人是仙。雪玉和众多美丽的女官侍立在西王母的身边，太丁已经知道雪玉原来是西王母的女儿。

"我西王母国从来没有纷争，你们在西王母国便都是客人，不允许有任何不愉快的事情发生。出了西王母国，你们的恩怨就和我无关了。"西王母说话的时候声音纯软却很有穿透力，瑶池上传来悠悠回声。

西王母宝座前的白虎目光扫视着众人，外丙心生寒意，不敢造次说话，此时委望和金冥也在瑶台。

委望当然不想离开西王母国，太丁有了雪玉也不想离开，外丙一时间也没有要离开的意思。

大夏瞿山。

秋天过去之后是漫长的冬天，如今的天这是怎么了，就是不下雨了，不仅是雨，一冬天连个雪花都看不到，寒冬腊月，工程仍旧继续。冬天已经来了，春天还会远吗？

又是春暖花开，瞿山工程终于看到希望了，费昌正在指挥民夫和大军来到黄河之边开挖黄河到瞿山的水道。

黄昏的时候，劳作了一天的民夫和士兵来到黄河之边沐浴，洗去浑身的泥土和一天的劳累。黄河之边的村民一直以来安静地生活着，从来没有搅动过黄河的安宁，经历了这么久，众人已经不再抱怨，黄河之水引过去之后，一切才有希望。

人们在水边嬉戏着，河边一片喧闹之声。

大旱的季节，只有黄河最边上还有些绿色的草，几十头羊正在吃着岸边的草。放羊的是一个老人，急匆匆地跑到河边对着人们喊："你们这样会吵到河神的！河神如果发怒了，那就惨了！"

"老头儿，你见过河神吗？""我没有见过，但是我的爷爷见过，小时候他告诉过我河神的事情！所以不可以在黄河边喧闹！对河神不敬。"老头儿摇了摇头。

"老头儿，那是你小时候你爷爷怕你掉到黄河里淹死，故意骗你的，这么老了你还在相信，真够傻的！哈哈哈！"人群哄笑了起来，并没有把老头的话当回事。

"是真的，我爷爷说河神就住在这附近，其他河道没事，但是这附近不行，当年河神发过怒的！"

"老头儿，你还是放你的羊去吧！"人们继续嬉戏打闹着，没人再搭理放羊的老头儿。放羊老头儿无奈地摇了摇头，准备继续赶着羊群向前走。

老头儿望了一眼黄河的水面，低声说："河神，原谅他们吧！"

老头儿突然看黄河中泛起了一条白色的水线，水线竟然朝着岸边而来，水线下面似乎有什么东西。老头儿仔细地看了半天，水面下有一个巨大的黑影，吓得他赶快逃离了河边。

第十九章　死里逃生

一个小村庄坐落在黄河边的高地上，稀稀落落的，有几十户人家。此时，巨大得如同一个青黑色的小山，带着冷冷的杀气，"河神"的速度很快，转眼就离大家很近了。人们此刻都看清了，"河神"原来是一个巨大的乌龟。

费昌此时就站在远处的一个高土岗上，拦住了老头儿："不要跑了，那个大龟，又回到水中去了。"

"什么大龟？那是河神！"老头儿惊魂未定。

"河神？！"

"对，你们惹怒了河神，必须进行祭祀，否则这一片的百姓就要遭灾了，河神会吃光附近村里的牛羊，还会吃人！"

"哦，如果真是河神，费昌理应祭祀！"

大夏王邑斟鄩。

如今瞿山工程已经接近尾声，履癸也就不再每天都在瞿山守着，有时间陪着琬、琰和妹喜，人生最快乐的事情也就如此吧，其他一切都是浮云，能够陪着自己爱的人让她们快乐，就是一个男人最大的幸福了。

一个消息打破了履癸的平静："商国又灭了顾国，委望不知所终！"

履癸震怒了："商国的天乙过于猖狂，如今又入侵了顾国，朕要率大军亲征，费相可有粮草？"履癸一腔怒火无处发泄，找来费昌。

"大王，多年大旱！国库中的粮食只能勉强度日，根本无法支撑大军出征！"

"听说你和商国关系一直不错，是你和那商国的天乙串谋好，想要谋夺朕的大夏江山吧！"

费昌听到此言，吓得赶紧跪倒在地，说道："大王，费昌跟随大王多年，一直忠心耿耿！"

"哼！人心难测！费相下去吧！"

履癸见费昌还趴在那不动，问道："还有何事？"

"大王，近日黄河出现河神，费昌请求大王去祭祀河神，祈求来年风调雨顺！"

"什么河神，朕听说就是一只大乌龟而已！休听他们妖言惑众！"

费昌没有说话，准备退下。履癸突然说："费相，既然是河神显灵，费相就去河边祭祀吧。祭祀之后确保明年风调雨顺！"费昌没有抬头，但是已经感觉到了履癸眼中的杀气。

"费昌明天就去祭祀！"

费昌出来之后，回到瞿山。在瞿山操劳工程时，履癸对费昌多有依赖，如今瞿山工程日渐完工，自己却落得如此下场，费昌想起来不免心寒。

第二十章　三人热舞

大地一片安静，冬日萧瑟。长夜宫中依旧绿意盎然，温暖如春，湖边亭中妹喜独自托腮沉思，容颜显得更加清秀俊美，每天跳舞让妹喜依旧体态轻盈，身上依旧没有一丝多余的赘肉，比那些二十来岁的少女还要青春靓丽，时光并没有在妹喜身上留下多少痕迹。

妹喜已经许久没有伊挚的消息了，有时候太思念一个人，只有把他给忘记。这句话听着会觉得很奇怪，但只有经历过思念痛苦的人才知道，如果能够忘却，才是一种解脱。

如今的妹喜已经不再提起伊挚，不再去伊挚曾经住过的驿馆，就像从来没有过这个人。

"妹儿，你在想什么呢？"身后的声音把妹喜从思绪中叫了回来。

妹喜回头看到履癸正走过来，如今正是冬天，倾宫虽好，即使点着炉火，还是过于干燥寒冷，还是长夜宫中更加让人心旷神怡。

"大王，你来了，今日没有陪着琬、琰妹妹吗？"妹喜看到履癸，脸上立刻露出了笑容。

履癸看到妹喜靠着栏杆坐着，回头的一瞬间隐约看到妹喜脸上一丝忧郁。

瞿山的工程基本完工，等到春暖花开，黄河的冰面解冻之后，黄河水就可以流到洛河流域，大夏的人民再也不用担心下不下雨了。

"妹儿，你有什么心事吗？我刚才看到你有点儿不开心。"履癸神采飞扬依旧，但多了一分内敛，偶尔也能觉察一下别人的心情了。

"没什么。"妹喜的话还没说完，突然传来了叮叮当当的环佩之声，妹喜听声音就知道是琬、琰二位到了，果然白色衣服高冷的琬，被红色火焰色衣服的琰拉着跑了过来。

"大王果然在姐姐这儿呢，怪不得我们在倾宫中等着大王，半天也见不到人影！"还没等履癸说话，琰又接着说起来，"妹喜姐姐你这里真好啊，外面都是冬天了，这里还是春天一样，还有一个瀑布，真好看！哎，那边湖中还有一个舞台，大王，我又有了一个新的舞蹈，我们一起跳好不好，让妹喜姐姐在这里欣赏。妹喜姐姐的舞蹈天下无双，我们献丑了。不过我们岷山的舞蹈和妹喜姐姐的不太一样的。"

履癸看了妹喜一眼，还想和妹喜说话，却已经被琬和琰拉着上了小船。妹喜看着琬和琰，不由得叹了口气，自己还是老了，不像这蹦蹦跳跳的小姑娘了，也许不是做不到，是不愿意做了。

岸边的乐师已经打起了节奏，"咚咚，咚！咚咚，咚！"鼓声和各种铜钟响了起来，时而清脆悦耳，时而铿锵有力，的确有一种西部舞蹈特有的豪放。

琬裙摆飞扬，丝带环绕腰身，犹如下凡的仙子，琰配合着履癸俯仰迎合，弄得履癸突然有了兴致，一蹦一跳地舞了起来，琬、琰的舞蹈没有妹喜的惊艳绝美，却能够拉着履癸一起跳，履癸跳得不亦乐乎。

妹喜陷入思绪："伊挚你在做什么呢？"

千里之外的伊挚何尝不曾痛苦，思念这种东西无声无息，不可捉摸，不可诉说。伊挚心中一种暗暗的沉郁在积淀着，这种感觉无人可以诉说，只有自己能感受到那种无法诉说的痛，明明两个相爱的人，为什么却一直彼此折磨呢？

看不到妹喜，伊挚知道自己不能被对妹喜的思念所淹没，必须行动起来。

大商和昆吾以及大夏的决战终究会来临，这是一件从来没有人做成过的事情，当年费昌的祖上伯益不服从夏启的统治，和夏启进行了一场大战，最后伯益家族失败了。

大商真的可以打败大夏吗？真的有人可以打败战神履癸吗？这个问题也许根

本无解，伊挚只知道必须让商国更加强大。

委望永远地留在了西王母国，太丁和外丙追着金冥离开西王母国来到了顾国边城。

人即使很聪明，成熟也很难，有的人一辈子都难以成熟。顾国的新国君金冥就是这样一个永远也不会成熟的人，留给他的时间已经不多。

金冥对边城守将该众格外严厉，该众看在委望的情分上，对金冥也已经一再忍让。

该众知道凭自己多年经营边城的实力和太丁、外丙进行决战，不一定没有胜数，可是胜利之后又如何呢？小小的边城会是势不可当的大商的对手吗？

已是初冬，边城在西部，半夜冷风从帐篷的破洞钻了进来，士兵身边的陶罐中的水都结冰了。士兵们都冻得哆哆嗦嗦，第二天根本没有精神再战。

太丁和外丙把边城围困起来，城内金冥吃过了前几日商国战车的苦也不再出兵。金冥想着反正商国大军攻不进来，就等着商国撤军吧。如今冬季，商国大军估计坚持不了多久就会撤军了。金冥继续过着花天酒地的日子，守城的事情由该众负责，金冥自然没有什么不放心的，在边城之内寻找美女，继续寻欢作乐。

一个月一晃就过去了，该众收到了一个消息，天乙率领大军已经来了。

天乙和太丁、外丙相见之后，看到两个儿子都长大成熟了，心里也很欣慰。

黄昏时分，该众在边城之上，看到商国的大军，看着城下数不清的商国大军的军营，心中思绪万千。

当火红的霞光消失在西边青黛色的远山之上的时候，风中立即就有了寒冷的意味，最后一点儿晚霞消失之后，大地立即变得一片漆黑。

该众抬头仰望天空，天空变得漆黑一片，转眼间出现许多宝石一般的星星。

该众看了一会儿星象，低头的时候，也看到一片星光，该众以为自己眼花了。如同天空中的星星落到大地上，军营之中的篝火都看不到边际，整个边城似乎成了这星海之中的一叶小舟。该众知道商国强大，只是没有想到商国已经强大到如此程度。

该众知道必须行动了。

第二十一章　酒后失国

夜色再次笼罩了边城，该众府门前一片漆黑，黑暗中隐约有窸窸窣窣的影子悄悄进入府中，后堂中却灯火通明，除了火把偶尔燃烧的声音，没有人发出声音。

这些人跟随该众征战多年，和该众都是生死过命的交情。

"众位以为如何？！"该众对众人说道。

"商君天乙仁德，四方诸侯都归顺了商国。如今的顾国，再也不是当年的顾国了。"有人开始说话了，众人都齐刷刷地望着该众，该众依旧面无表情。

"商军是来救我苍生性命的，为何不早点儿来呢？"人群中一人变得情绪激动起来，看来被金冥惩罚过。

众人目光唰的一下转到这人身上，大堂又陷入一片死寂。该众目光扫过众人，每个人都不敢直视该众的目光。这寂静犹如一块大石头压得人喘不过气来，大家谁也不敢第一个应声，气氛如外面的夜空，漆黑而冷。

这时候，站在大堂门口的一个该众的守卫举起来手中的石矛，说道："何不杀了金冥，归顺大商！"

众人一惊，都望向该众。

该众朗声说道："既然诸位也这么认为，何不杀了金冥残贼，献给商国国君。我等一起归顺了大商！"人们都在等待第一个发出声音的人，此时有人站出来，大厅中立即声震如雷，人都是从众的，此时如果不赶紧表态，就会被认为是金冥的人，可能立即就被周围的人给杀了。

该众一直面无表情的脸上露出了一丝难以觉察的笑容，不知是欣慰还是嘲笑。

此时的金冥对这些一无所知，金冥知道该众多年来一直对顾国忠心耿耿，就以为该众对自己也会同样。人和人是不一样的，国君也不是是个人就能当的，即使是国君的儿子，也不一定就有资格当国君，如果不能胜任，这可能就是世上最危险的职位之一。

金冥率领顾国大军来边城之后，就把边城中该众用来办公的大堂当作了自己的住所，金冥其实也带来了顾国几千大军，身边自然也有一批平日善待的贴身卫士。金冥的手下在街上遇到一个出来买日益紧俏粮食的女子，这个女子与城里那些眼中充满生存压力的女子不同，气质端庄秀丽。手下不管不顾直接当众抢了来献给金冥，这个女子正是该众大堂中守卫的女人。

这个守卫的身手在边城是出了名的，跟随该众多年，一直是该众的贴身卫士。所以女子平日里出门从没有担心过安全问题，谁也不会惹该众贴身卫士的女人。

卫士回到家中发现女子不见了，四处打听才知道被金冥给抢走了，顿时心中炸雷滚滚，愤怒的闪电从双眸中闪现出来，急忙来找该众求救，该众这才悄悄叫了自己的心腹来到后堂商议。

一夜过去了，天乙在大帐中正准备和伊挚商议战局，突然有人来报："边城城门大开，该众出城来了！"

"准备迎敌！"天乙听说了该众火烧商军帐篷的事情，不敢大意，赶紧整队来到阵前。

伊挚看了对面一眼："大王，边城定矣！"

天乙听了伊挚的话，虽然将信将疑，心里大战之前的紧张还是放松不下来，朝着对面看过去。

该众一行人并没有带多少人马，原来是该众率领边城以及顾国的老臣开门投降，出城迎接天乙大军进城。

该众兽皮披风在身，头上戴着兽皮帽子，脸上有着西部汉子特有的红黑之色，胡须已经有些花白，双目深邃而镇定，一看就是一个聪慧之人。

该众一人徒步走到阵前，朗声说道："天乙大王，该众率边城、顾国众臣归顺大商，从此尊天乙大王为主。"

天乙赶紧从战车上下来，走到该众身前，扶起了该众。

"该众大人请起，天乙早就听说过大人的风采，今日一见果然名不虚传。天乙愿和大人一起为边城百姓谋福。"

天乙很喜欢该众这种文武双全的人，其实也许是因为该众和天乙有一点儿像。

莽莽西域，顾国边城，城池依山而建，城墙由巨石垒成，城上守备森严，防御井然有序。天乙暗叹：如果要硬攻边城，几乎是不可能攻下的；如果边城内的人一直不投降，除非围困到边城内所有人都饿死才能进城。

此时城门大开，城中的百姓早就远远地来迎接商师。

"天乙大王！天乙大王！"人群欢呼上前迎接天乙！

天乙低声问伊挚："怎么不见金冥，该众这不会是诱敌之计吧？！"

伊挚望着该众摇了摇头："不太像！"

"我去把该众绑起来不就行了！"仲虺说道，天乙和伊挚赶紧让仲虺小声点儿。

"那样会毁了大王的声誉！我派人跟着该众，不让他带人就行了。"庆辅说。

天乙和伊挚点了点头。

商师整队而进，萧然雍然，未尝试一戈、弃一矢，在边城竟然没有流一滴血就破城了。

伊挚进城之后，心下钦佩该众能够识大体，让边城内的人民少受了战争带来的痛苦，顾国从此归顺了大商。天下只能有一个共主，到底是大商还是大夏？如今即使商国不想征伐大夏，大夏也会来征伐商国。

时光回到昨夜大堂中。

女人的冷漠才是对男人欲望最大的伤害，女人越是激烈地反抗，越会激发男人的冲动。该众卫士的女人当然明白这一点，金冥怎么挑逗，她就是一言不发，弄得金冥也毫无兴致。

"我家良人勇猛无双，常年跟随该众将军，大王可想过如何收场？"女人话如窗外的寒风让金冥脊背一阵发凉。早有人提醒过金冥，这个女人是该众手下的女人，金冥并不想直接得罪该众。

酒这个东西，传说是大夏的少康王有一次把剩饭倒进院子中空心的桑树之中，过了几天从下面流出了奇特气味的液体。少康觉得很奇怪，接了尝了尝，觉得味道不错，让人有一种奇特的感觉，于是世间就有了酒这种东西。

金冥越喝越多，逐渐如在云里雾里，酒虽然能给人带来很多欢乐的感觉，但是也会耽误很多人的大事。

"顾国都是本王的，你陪本王喝酒，本王又不亏待你！"金冥仗着酒劲开始对卫士女人动手动脚。

"良人救我！"女人大喊。

"有点儿意思。"金冥继续纠缠，就在这时候，外面有人来报，该众率领一群人来了。

人大多时候都是怕死的，但如果涉及亲情，人可能会抛开生死。一种是亲，比如父母孩子；一种是情，男女之情自古就是人们之间仇杀最多的缘由。

"该众来就来吧，有什么惊慌的？"金冥有了几分醉意。

一众人来到金冥的大厅之外，金冥对该众非常信任，边城所有大军都听从该众指挥，此刻守护金冥的不过是金冥大厅外的几十名卫士。

冲在最前面的是被抢了女人的卫士和他要好的兄弟们，冲入大厅之后，早就看到了金冥旁边那个跪在那里一动不动的女人，哪里还能等得了片刻，一场血战立即展开。

金冥那些卫士本来个个身手都不错，但是物以类聚，人以群分，这些人看到这么多人，心中也就害怕了。

这个时候，被抢了女人的卫士突破了金冥的卫士来到了金冥身边。金冥本来也是会武的，但是此时喝了酒，身手就没有那么灵活了。突然，金冥觉得肚子上一阵凉气，低头一看肚子已经被卫士一刀刺破，金冥酒突然醒了，但已到人生最后一刻，来不及忏悔，来不及留恋，眼前一黑，肚子上的剧痛渐渐没了，身上被连续刺了很多下，他已经感觉不到了。

金冥被刺倒，一群人冲上来将金冥炼为碎泥，西部这些部族果然生猛，随后这群人尽杀了金冥的妻子、党类。

金冥没有死在西王母国，却死在了顾国人手里。

天乙进城后知道了金冥的惨死，于心不忍，命人瘗了金冥，按照国君之礼进行厚葬。

天乙把金冥的财物赏了该众和边城的众臣，把商国带来的粟米赈济边城忍受饥饿多日的穷民，百姓无不盛赞天乙的恩德。

该众不受财物，只愿跟随有德之君，为天下苍生谋福。天乙对该众越看越喜欢，在该众身上能够看到几分自己的影子。

天乙走访善人贤者，分之以顾氏之财宝，封赏有功之臣，大赦了顾国的奴隶和监狱中的囚徒，天乙封赏了绵氏、殳氏等西部诸侯，边城一片欣欣向荣之象，从此顾国真正成了商国的一部分，西部大部分诸侯都派来使臣，愿意归顺大商，剩下的诸侯依旧在观望，大夏和大商看来终将一战。

天乙让该众继续镇守边城，胜利班师回国。

有莘国老国君知道商国灭了顾国之后，大喜过望，老国君见到天乙大悦："天下定矣！劝商侯伐夏救民，即就天位！"

"天乙何德何能？岳父大人不可再提！"

天乙坚决不肯，诸侯各归国，商侯自归亳城，休兵息民。

伊挚对天乙说："现在必须等待，如此时征伐大夏是大逆，大商现在必须忍耐，等待时机！"

天乙命各诸侯俱行善政，仁民礼士，广用各地贤人。天乙当然也明白伊挚的意思，继续等待天下归心，广行善政。天乙自选于东方之士，得贤者九人，这九个人和湟里且一样精通贸易交换，成了湟里且的手下。选于北方之士，得贤者十人，选于西方之士，得贤者七人，贤者中很多人来自有缗氏和有穷氏，有缗被履癸灭国之后表面上归顺了大夏，仇恨早已在人们心中生根发芽，随着大商越来越强大，有缗氏的很多人就来投靠了商国，希望有朝一日，大商能为有缗氏报仇。

有穷氏是后羿的后代，历来不受大夏待见，也来投靠了商国。

西方的贤人中，该众自然是其中的翘楚，天乙也很喜欢该众。商国的大臣中，文武双全的大将，除仲虺之外，如今又有了一个该众，天乙如同添了一对翅膀。

南方的有荆国归顺了大商之后，有荆国的很多贤人也投靠了大商，期望能够施展自己的才华，这些人中最出名的有八人，这些人水性都很好，而且精通造船技术和水战之道。

有才华的人最多的还是中原各国，这些年来投奔商国的有三十人，这些人把中原各国都联合了起来，商国隐隐已经成了中原各国的首领。

天下有识之士隐隐已经感觉到商国若大鹏展翅天际，已有垂天之翼，天下大都在商国的势力范围之内，商国已隐隐有天下王者之气象。

一年之间，陶唐氏、有虞氏、有仍氏等附夏之旁者数十国，俱来投靠商国，请师伐夏。

天乙看着天下诸侯来归顺商国，心中越发喜悦，不管谁来投奔商国，天乙都以礼相待，从来不摆架子。天下广大的地域逐渐都接纳了商国的统治，各项政策也都调理到位，四处都安定了下来。

天乙其实还惦记斟鄩中一人，那就是左相费昌。

第二十二章　祭祀河神

大夏黄河之边。

费昌准备了猪、羊等，准备到黄河边尧帝的古老祭坛去祭祀河神。

祭祀物品一一摆好，费昌走上祭坛。费昌望着河水，心情就如这黄河之水，看起来虽然平静，但是却无法看透，充满了困惑。他继承部落首领之位时，正是履癸当政之际，费昌追随履癸恢复了大夏昔日荣光。多年过去，此时大夏臣僚大都荒淫无度、奢侈腐朽。一些关心大夏江山、敢于直谏的大臣，或被以莫须有的罪名治罪，或被贬官革职。大夏的徭役和苛捐越来越严重、残酷，大夏王朝的社会矛盾日益尖锐。

费昌点燃香炉中的香火，开始祭祀，手下把那些猪、牛等祭品投入河中。

费昌心中默默祈祷："河神保佑，明年大夏风调雨顺，不要再大旱了！"

面对天下人日益高涨的反抗情绪，费昌为夏王朝的前途十分担忧。他再也不能缄默不语了，向履癸进谏，劝其减奢华、轻赋税，减轻人民的负担，以缓和日益尖锐的矛盾。奈何履癸已经不但不听其劝告，反而认为费昌是在收买人心，图谋不轨。

天下已开始分崩离析，朝内政令不通，各路诸侯各自为政，互相侵伐。

商国的天乙治政有方，国事兴旺。天乙委任伊挚为相，征服了与商为敌的葛国，最近又灭掉了豕韦和顾国。商国的形势如旭日东升，估计即使是天下无敌的履癸也不一定能够阻挡了吧。接下来也许就是举兵西向，已有与履癸争夺天下之势。费昌的思绪在纷乱中飘忽着。

河中突然出现一个大漩涡，接着水花翻滚，"河神"大龟从水中出现了，仰起脖子看着费昌，一动不动。

"果真是河神，能够听到费昌心中所想！"费昌问道，"费昌前日在河中看到的双日，何者为夏何者为商？"

费昌望着河神行礼，脑中突然响起一个声音："西夏东商！"

费昌呆立在当场，心中如有一道闪电劈开了一切混沌，于是，费昌做了一个改变了很多人命运的决定。

第二十三章　斟鄩重逢

商国亳城，玄鸟堂外柳树叶子开始变黄，在深秋的阳光照耀下闪着金光。

"伊挚先生，大商如今幅员辽阔，兵精粮足，朕不会再被大夏天子抓去夏台关起来或者送上断头台了吧？"天乙看着大商如今的版图，露出欣慰的笑容。

"大王，如今大商的国土、人口和士兵总数的确已经和大夏相差无几，不过大商的战车再厉害，到了真正和大夏军团作战的时候，一样不是大夏那几万近卫勇士的对手，大夏的近卫勇士个个都像履癸那样勇猛，纵使大商有十万大军能够抵挡得住天子的那两万近卫勇士吗？"伊挚如今更加沉稳了，说得轻描淡写。

天乙听了伊挚的话，不由得坐直了身体。"天子的勇武我们都见过，近卫勇士的神勇朕也见识过，先生的意思是大商即使有再多的大军，在天子面前也只是一群待宰的绵羊而已，根本无法抵挡天子的大军吗？"

天乙每次觉得自己安全一些的时候，伊挚总来点醒自己。天乙又开始发愁了。

"大王，不要着急，大商缺一个人。"伊挚说。

"先生说的哪位大贤？朕赶紧去请他。"天乙又变得急切了。

"此人不仅有治国之才，更曾经是天子的御手，大夏战车御手基本是他训练出来的，如此大夏的大军才可以纵横四海，无敌于天下！任何王朝都需要真正有能力治理国家的人才，国家才能繁荣昌盛，成就万世基业！虽然大夏王族并不喜欢伯益家族,但此人却能够做到朝中第一臣左相的地位。"

天乙一惊:"先生说的是费相?!费相与天乙和伊挚先生都是好友,对大商有大恩,但费相是大夏的左相、朝中第一重臣,怎么会来投奔商国呢?以前费相和我们交好,是因为我们都是大夏的臣子,如今费相如果知道我们要和大夏抗衡,费相定会助天子来征伐大商。"

"大王,事在人为,伊挚准备去一趟大夏。"

"此时此刻先生再去斟鄩,天子恐怕不会让先生再回到朕身边了。"

"大王,不必担心,这次伊挚只身悄悄进入斟鄩,不让天子得知就是,我这样一个文弱书生,不会引起人们注意的。"

"好吧!愿先生早去早归,朕派庆辅将军保护先生同去!"

"庆辅将军需统领上万大军,伊挚带着白薇就可以了。"

"也好,王妃都说有白薇姑娘照顾先生,她就放心了。"天乙脸上浮现一丝笑意。

伊挚和白薇又踏上了去斟鄩的路,二人辗转到了王邑斟鄩,换上普通人家的衣服,装成了普通的贵族和侍女,步行进了斟鄩城。

白薇领着伊挚到了自己以前住的地方,邻居大娘根本不知道什么伊挚什么商国,见到白薇很热情,白薇以前家里也很穷,大娘就安排白薇和伊挚住在以前奴隶住的房子里。

在大夏,人分为几种。履癸是天子,住在王宫中,有容台、倾宫、长夜宫,自然是最高等,王宫周围都是廊庑,里面驻扎着履癸的近卫勇士。费昌等这些贵族也都有自己的院落,亭、台、楼、阁,虽然都是茅草搭建屋顶,但朱砂红的廊柱也是另一种气派。然后就是白薇邻居这种普通的富裕平民,有一个院落、几间草房。最下等的就是奴隶了,白薇和伊挚现在住的就是奴隶的房子,奴隶的房子必须是半地下的,基本上是没有墙的,地面上几根柱子搭起帐篷一样的屋顶。上面盖上木板再铺上茅草,在入口处搭建一个木头门。

由于许久没人住了,屋顶上面的茅草都脱落了,白薇在邻居大娘的帮助下,亲自动手找来茅草,重新修葺好了屋顶。

白薇在伊挚面前,无论多忙,绝对都是一袭白衣,永远是一尘不染、清新脱俗的少女模样，伊挚看着白薇在那儿抱着茅草忙来忙去，说道："你现在真像个农家能干的媳妇啊！"

白薇听了伊挚的话，不由得抹了抹脸上的灰土："先生！我这是在收拾咱俩的房子，你还嘲笑我！"

收拾完房间，白薇打开了木头的房门，房门很矮小，伊挚从来没有走入过大夏奴隶的房间，一不小心头上的发髻就撞到了门框上。

"主人，请小心点！仆人扶着您点！"白薇坏笑着说道，伸出手扶住了伊挚进门下了几级土台阶。

"你这小丫头竟敢嘲笑我！"伊挚不由得也摸了摸头。

进入下面之后，空间立即就变大了，中间一个大瓦盆中生着炭火，瓦盆上有孔，烧完的灰就落到下面。

外面虽然已是严冬，房间内却温暖如春，地上的干草上铺着羊皮，上面铺着被褥，旁边放着几案，伊挚带来的竹简已经摆放好了，还有几张羊皮手卷。

伊挚坐到几案边，拿出毛笔在一张羊皮上写了一封信，然后交给白薇。

"我在王邑不宜露面，你去亲手交给费相，让费相来此相聚。"

白薇收拾好房间，这里也没外人，准备继续逗弄一下伊挚，没想到伊挚已经开始办正事了，于是立即接过了羊皮卷，收拾好，就出门了。

临出门的时候，白薇突然回头说："先生不可以出去啊，记住我们现在是奴隶，奴隶不可以到处走！"白薇回头一笑，纵有千娇百媚也比不过此时的青春容颜。伊挚不由得心里一暖，这些年来幸亏有白薇，平时才多了如此多的欢乐和温暖，自己真得对这个小丫头好一点儿。

"女主人，我知道了，你去吧，路上小心！"

"这还差不多！"白薇心里也是一暖，不在商国，伊挚终于对自己没有那么严肃了。

白薇和伊挚在斟鄩生活多年，一切都很熟悉，费昌府就在不远处，白薇不一会儿就到了费昌府前，通报了一下，说有故人书信，要亲自交给费相。下人进去通报之后，不久就回来带着白薇进入府中。

瞿山工程结束之后，费昌也没什么事情，有时候没什么事情发生才是最好的事，但费昌心里总是隐隐约约觉得似乎有什么事情就要发生。

白薇将书信当面交给了费昌，费昌一看到伊挚的书信，吃了一惊，就跟着白薇来到了伊挚的住处。

二人几年不见，互相寒暄几句，费昌虽然须发更加白了，精神头却和往日一样，依旧是成熟稳重而健硕的大夏左相。

"伊挚先生也太小心了，竟然住在奴隶的房间中！"费昌打量了下房间。

"这里也很好，安静隐蔽，而且温暖！"

"先生，此行是专门来看望费昌的吗？商国最近如日中天，天乙国君如今肯定更加意气风发了。"

"我家大王也很想念费相，专门派我来看望费相。"

"恐怕除了看望我，伊挚先生还有别的要事？"

"看望叙旧而已，我给费相讲一个故事。"

"讲故事？"

"讲故事是最好的叙旧方式，不过最好再多一个听故事的人就好了。"

"伊挚先生在斟鄩多年，自然很多故交旧友，不知先生想见谁，费昌一并都请来。"

"恐怕不太好请。"伊挚淡淡地说，语气中竟然有点儿淡淡的哀伤。

"费昌虽不才，请个人的面子估计还是有的，不知先生说的是哪位大人物？"

"元妃娘娘！"伊挚轻轻说。

第二十四章　舜禹往事

寒风刺骨，一人裹着裘皮大氅走在路上，白色长须在风中飘荡。

费昌作为左相平日出入王宫只是和守卫点下头就可以了，进入王宫，费昌直接来到长夜宫门口，作为左相也曾进入过长夜宫参加王家夜宴。费昌独自来到长夜宫前，侍女通报，妹喜听费昌来了，心中疑惑，命人把费昌领入了长夜宫中。

走进宫中，耳中听到潺潺流水声，迎面一股暖意袭来，宫女接过费昌的大氅。长夜宫顶高处的灯火，就如天上的星辰日月，这里果然如外面说的一月为一日，可以日夜为欢，不理尘世间的岁月风霜。

长夜宫虽然温暖如春，但是琬和琰在西北惯了，时间一长受不了这种室内的环境，又拉着履癸回到倾宫中去了，履癸想让妹喜一起去，但妹喜如今喜欢清静，履癸也就没有勉强。

"费相，今日怎么有空来到宫中？！"妹喜缓步走来，飘逸的丝绸衣带拖行在地上，费昌再看自己这一身厚厚的衣服，恍若走入了仙境。

妹喜知道费昌来找自己，肯定是有别的事情，独自带着费昌走到了凉亭之上，这里四面临水，伴随着流水之声，不会被人偷听。

"元妃娘娘！伊挚先生回来了，想约老臣和娘娘叙叙旧。"费昌躬身说明了来意。

妹喜感到整个长夜宫都晃动了一下，伸手扶住额头。

"娘娘还好吧？"费昌关切地问了一句。

"我没事。我和商国的伊挚先生并不熟悉，费相替我转达下谢意吧！"妹喜抬起头来，一双明眸却望着远处假山上的飞泉。

费昌想继续说什么，但觉得这个时候说什么也不合适，隐隐似乎明白了妹喜娘娘和伊挚先生之间也许有什么隐情。

费昌在原地默默等了一会儿，妹喜娘娘没有继续说话，依旧在望着远方出神。

费昌默默地躬身给妹喜行了礼，走下了凉亭，宫女带着费昌朝着宫门外走去。

费昌见到伊挚，说了见到妹喜的情形。伊挚听了之后，望着炉火出了一下神。

"有劳费相了，你我多日不见，今日围炉饮酒如何？"

"好啊，伊挚先生之博学，费昌早有耳闻的，难得伊挚先生有此雅兴！"

"费相没有朝中大事要忙吗？"

"如今瞿山工程已经完工，忙了好几年，众人都累了。大王也很久没有上朝了，今日费昌正好向伊挚先生请教。"

"费相乃是大夏的左相，伊挚该向费相请教才是，不过今日我们只是饮酒闲聊，不说国事。伊挚想讲一讲尧、舜的故事，不知费相愿意听不？"

"费昌也很仰慕尧、舜这些圣贤天子。"

"是啊！要论谋略，恐怕费相和伊挚都远远不及舜帝。"

屋外是漆黑的冬夜，茅草上都开始结出冰冷的霜，由于屋子在半地下，屋内有炭火，一片温暖。白薇早就准备好几碟羊肉、小菜，一罐米酒，费昌和伊挚坐在几案两边，举起陶土做的酒爵对饮，白薇在一旁侍奉。伊挚开始娓娓道来那段几百年前的故事。

时光回到几百年前舜帝的时候。

舜派了大费从都城平阳出发，直奔姒鲧正在治水的羽山。大费到了之后，姒鲧热情款待了他。

大费和姒鲧同朝多年，自古英雄惺惺相惜，二人喝得兴起，大费不停地给姒鲧敬酒："姒鲧大人，多年治水，奔走四方，真是辛苦了。大费替天下苍生拜谢了。"说着大费就给姒鲧鞠了一躬。

姒鲧也不客气地受了大费的一拜:"但是有人不想让我治水了,对吧!"

大费吃了一惊:"姒鲧大人都知道了?"

"你不就是舜派来要杀我的吗?"

"那你还请我喝酒,为什么不跑?"

"我姒鲧做事堂堂正正,不做畏首畏尾的小人!再说,我即使跑能跑过你这训练千里马的大费吗?我即使反抗能打得过你这驯服猛虎的大费吗?"

大费呆住了,不知该说什么。

"来吧,我也吃饱喝足了。你来取我的首级吧,否则你也无法回去复命。只希望你们放过我的儿子。"

姒鲧于是自尽而死,尸体沉入水中,化为了一条龙。

这个故事听得费昌酒爵的酒都洒了出来,费昌当然知道大费是自己的祖先,但是他却一直不愿想起在舜的时代,大禹的父亲姒鲧死在大费的面前,如此大夏和大费家族的仇恨何止是伯益和夏启之间的权力之争,大禹真的是想把王位传给伯益吗?

费昌用衣袖擦拭了下额头,汗珠已经浸湿衣袖。

"费相酒喝得急了,不必着急,费相先祖大费的故事刚刚开始。"伊挚看到费昌擦汗,停了下来,陪着费昌继续喝酒,白薇在一旁也听得入神,这时缓过神来,赶紧过来用木勺从陶樽中给二人舀酒。

第二十五章　天子之位

伊挚在奴隶木屋中讲的故事依旧在继续。

大禹第一次诸侯大会杀了迟到的防风氏。几年之后，大禹又在会稽举行第二次诸侯大会，这次再也没有诸侯敢推脱不来，从此天下诸侯都归顺了大夏，大禹成了天下的共主，辉煌的大夏王朝正式到来。

此时大商的先祖契已经功成身退，回到商国去养老了。商国历来与世无争，商国的人擅长和其他诸侯国交换货物，人民日子过得倒也富足。

大费也想功成身退，但是大禹实在离不开大费，天下初定，四方总有些诸侯不服从天子的号令。大禹让大费去四方征伐，大费不辱使命，每次出征都能凯旋，后来很多诸侯一听说大费的大军到了，直接不开一战就归顺了。大费的地位越来越高，大费的另一个名字就此名扬天下——伯益。

如果说天下是大禹的，那大禹的军队就是伯益的。大禹在位的时候，声望太高，所以这还不是一个问题。

大禹去会稽巡游的时候，感觉累了就在山上睡着了，常年治水的压力太大、太过劳累，大禹大半辈子都在舜随时会杀掉自己的日子中度过，一边害怕，一边兢兢业业地治水。此时大禹也已经是一个将近百岁的老人了，大禹太累了，睡着了就再也没有醒来。

大禹之后的天子是谁？禹的儿子启得到大多部落首领的支持。但是伯益家族的势力太强大了，虽然伯益并没有想和启争夺天子之位，但启知道必须彻底打倒伯益，自己才能成为真正的天子。

作为朝中第一大臣，伯益主持了大禹的葬礼，葬礼还在进行之中，启就突然当众发难。

"伯益，你杀了我爷爷！还不当众谢罪自裁！"

"我没有杀你爷爷，是舜帝下的旨意，你爷爷是自杀的。"

"呸！你说得好听，你敢说我爷爷的死和你一点儿关系也没有，你还是自尽了吧！"

伯益当然没有那么傻，伯益的勇猛天下皆知，身边更是猛将如云。伯益拂袖而去，启竟然毫无办法。启当然咽不下这口气，启要树立权威，就必须打败伯益。启准备去征伐伯益。

启的这些军队基本是最近几年征上来的新兵，大有初生牛犊不怕虎之势。

伯益不想和启争什么，就带领自己的部族到箕山之阳居住。启毕竟是大禹的儿子，凭借其氏族强大的实力，率部向暂居于箕山的伯益部族发起了进攻，一场大战不可避免了。

启的士兵有好几千人，而伯益此时的军队不过千人，启很有信心把伯益彻底打败。

启远远看到伯益的军队，率领大军就冲了过去，伯益的军队好像知道寡不敌众，边战边撤。

启杀得兴起："伯益，你害怕了吧，那就乖乖投降吧！"启率领大军在后面猛追。

突然四面呼啸声起，伯益的大军从四面八方杀来，而且大军中竟然还有虎、狼、熊等猛兽，启的大军根本无法抵挡伯益大军，被伯益的大军来回突击了没几下，启的大军就溃不成军了。

启这时候看到了一个浑身皮甲的老者，犹如一头雄狮，率领凶猛的百兽朝着自己杀来。启第一次在战场上看到了伯益，不由得叹服。

伯益来到启的面前："启，我尊你为天子，但是你必须保证以后不能征伐我的后代！否则今日天子之位就只能让给你的儿子了！"

伯益虽然年纪大了，头发和胡子都白了，气色依旧饱满，让人看到就会觉得这个人是不可战胜的。

启此时身边都没有了自己的人马，看着四周环伺的虎、狼，启不知道这些野兽会不会上来把自己给吃了。

"伯益，我知道你是个说话算数之人，只要你不和我争天子之位，愿意做我的臣子，我就答应你！"启退兵了，号称大败了伯益。

伊挚的故事讲到了关键的地方，突然停了下来。

"费相！接下来的故事就不用我讲了，费相应该很熟悉了，因为接下来的事情，毕竟没有谁需要去隐藏什么。"

费昌默然良久。

"先祖伯益，为大夏立下的功劳不可谓不大，但是夏启终究容不下先祖。虽然大夏和伯益家族有不征伐的约定，但是伯益家族却也日趋衰落。"

"费相虽为大夏的左相，但是实际天子永远无法把费相当作可以交心之人。如若他日天子不在了，新天子即位，费相为大夏中兴立下的功劳不可谓不巨大。到时候，费相恐怕会重蹈大费的覆辙！"

哐当一声，费昌的陶酒爵掉在了地上，费昌虽然知道大费的故事，但是从来没想过这件事情和自己有什么关系。此时不由得心底发凉，连话都说不出来了。

"如今大商日益强盛，他日夏商之间必然会有一场决战，费相于我家国君有恩，所以我家大王，让伊挚来诚心邀请费相去大商，共图天下大业。大业功成之日，费相你依旧是天下的重臣，伯益家族也不会再受大夏欺凌之苦了。"伊挚继续挑明厉害。

费相听了什么话也没说，默默走了出去。

外面开始飘起了雪花，费昌的身影在雪夜中显得那样无力，浑然不像往日那样充满力量。费昌回到府中，第二天他想去找履癸，他想证明在履癸心中自己是履癸最为倚重的朝中左相，并不是伊挚所说的那样，自己不过是个帮助履癸治理天下的工具而已。

但是传信的人回来说："大王说，费相请回，朝中最近无有大事，费昌不要总来打扰！"

费相无奈地摇了摇头，坐上马车准备回府。就在这时候，费昌看到对面来了一辆马车，费昌停在另一个路口等着马车经过，匆匆一瞥间，费昌看到了马车四周都被厚厚的丝绸毯子裹着，那是右相赵梁的马车。后面一会儿又过来一辆依旧豪华的马车，那是姬辛的马车。这两辆马车停在了王宫门口，然后赵梁和姬辛下了车，二人笑着打招呼："赵相，今日你我陪着大王好好欣赏下琬、琰娘娘如火一样热情的西域歌舞！"

费昌感觉到一种从未有过的孤独，这大夏之中，关龙逢老了，伊挚离开，自己已经没有了朋友。

费昌突然觉得，如果不是有事情要自己去办，天子履癸是不会见自己的，天子只有在干活的时候才需要自己，而在享乐歌舞宴饮的时候，只会想着赵梁、姬辛这些人，如果自己出现只会坏了天子的兴致而已。

费昌的马车在这雪夜中发出了吱扭吱扭的声音，木头车轮在这雪上轧出了一道长长的痕迹。费昌的心感觉更冷了。

第二十六章　踏雪

　　雪无声无息地飘落，在地上越积越厚，妹喜看着外面的雪花，心情也如这雪花一点儿一点儿变得沉重起来。费昌走后，妹喜变得心绪不宁，听说外面下雪了，妹喜禁不住想到外面去看看，叫上阿离回到了容台。

　　斟鄩一直大旱，好多年没有下过雪了，此刻大地一片洁白，映着院中朱砂红色的柱子，红白相间衬托得妹喜更加秀丽。阿离过来给妹喜披上狐狸绒披风，妹喜裹紧身子走到院中，精致的白色毛靴在雪中印出一对对脚印，她就是在这里第一次和伊挚相见的。

　　雪花飘落下来，妹喜伸出手接到一片，雪花晶莹剔透，有着六角的形状。妹喜还想仔细看看雪花的形状，雪花却已经融化在手心。

　　妹喜看着这飞舞的雪花，天地一片洁白纯洁，突然想跳一支舞，妹喜摘下披风交给旁边跟着的阿离。阿离忙说："娘娘，外面冷，当心着凉！"

　　"不会的！"虽然一身冬装，依旧可以看出妹喜婀娜的身姿，妹喜随着雪花飞舞，腰身下面的裙摆开始舞动，身体旋转轻柔如飞舞的蝴蝶，飘摇如流风回雪。

　　妹喜跳着跳着恍若看到伊挚就站在柱子边看着自己，一恍惚又哪里有伊挚的影子。

　　"假如伊挚先生在，能够看到我的舞该多好！"妹喜跳完不禁痴痴地想着，人一旦把另一个人装进心里，其实那个人就一直在那里了，除非有另一个人取代了那个位置，但是人一生遇到一个能够装入心里的人就很难，找一个能够替换的人就更难。

相思虽苦，毕竟还有一个人可以想念，最可怕的孤独是心里空落落，即使寂寞也无人可以思念，就是痛苦也没人会想着自己、关心自己，有一个人想念，即使不在身边，那也是一种活下去的希望。人有时候不是无法忘却，只是忘却又能如何，不如怀念，淡淡地怀念。

但是此刻伊挚就在斟鄩城内，妹喜终于无法忍耐，不行，我现在就要见到你。"阿离，陪我出一次宫。"

阿离什么也没说，立即备好了马车，妹喜出了宫门，来到了费昌说的那个院落，应该是这里吧。这里只是一个篱笆院子，树枝上也盖着一层雪。有了白雪的装扮，院子显得安静而素雅。

"是这里吗？"阿离推开了柴门，妹喜轻轻地走进院子，这时候传来了丝弦之声，"这是琴声吗？"

妹喜知道这一定是伊挚的琴声。

院子中出现了一个年轻女孩，皮肤如脂、衣如白雪，乌黑的秀发垂了下来，透着光芒的一双眸子在看着自己。这个美丽的女孩正是白薇，白薇发现有人进入院子，立即警觉起来，但她很快就认出了是妹喜。

白薇对妹喜的感觉，自己也说不清楚。此刻白薇唯有沉默，她知道也许自己什么都不说，什么都不做，就当自己不存在，此刻才是最合适的。

妹喜也认出了白薇，妹喜就当白薇不存在一样，径直朝着有琴声的木屋走去，木屋的门也虚掩着，妹喜推开木门，正看到那个自己以为已经忘却了的人。虽然只是一个奴隶住过的木屋，但妹喜觉得这个木屋中充满了光芒。

琴声中突然出了一个奇怪的音，然后继续行云流水。一曲终了，伊挚依旧没有动，仿佛没有发现妹喜。

"多年不见，原来先生的琴也弹得如此好了！"妹喜终于首先开口了。

"元妃娘娘！伊挚拜见元妃娘娘！"伊挚起身就要给妹喜行礼。

"元妃娘娘怎会走进奴隶住的地方，这里只有妹喜！先生不记得妹喜了吗？"妹喜似乎对伊挚的反应生气了。

伊挚的心头终于一股暖流流遍全身，即使练气的时候也没有这样的感觉。这些年来，伊挚以为妺喜已经忘却了自己。今天终于又见到了妺喜，原来一切都没有变。

伊挚注视着妺喜，妺喜也望着伊挚，妺喜只是更加清丽了，眼眸中少了几许涟漪却依旧清澈如水。伊挚神情间少了几许明朗却更加飘逸了。此刻四目相对，彼此心海深处复活了燃烧的火焰，火焰再烧下去，伊挚怕再也控制不住自己。

"这里太小了，伊挚陪娘娘踏雪如何？"伊挚说。

"我来到这里是先生的客人，一切听先生的。"

妺喜走出了木屋，举手投足比多年前多了几分优雅，因为她知道伊挚在看着自己。伊挚也走出了木屋，妺喜已经朝着院门走去，伊挚无声地跟了上去，并肩而行。

白薇和阿离吃惊地看着二人，她俩就如不存在一样。

白薇气得一跺脚，只好远远地和阿离一起跟着，能够看到二人的影子，却听不清二人说话。

远远望着二人的影子，都是修长的身材，一个玉树临风、风神飘逸，一个梨花海棠、飘逸婉转。白薇不由得感慨，自己虽然陪伴伊挚先生多年，但是永远也无法企及妺喜娘娘在先生心中的位置。

伊挚的住处离着洛水不远，二人出了城，走着走着就到了洛水边上，如今洛水依旧没有水，但是河床上覆盖了一层厚厚的白雪，河边的柳树都结了一层树挂，银装素裹之下，如同到了大海中晶莹剔透的龙宫，到处是美丽的珊瑚和水晶。

"如此美景，也只有先生在的时候，妺喜才能看到吧！"妺喜轻轻呼了一口白色的气。

"其实再美的风景也比不过娘娘的美！"

"果然一到没人的地方，先生就原形毕露了！你还叫我娘娘吗？"妺喜笑了。

"好吧，我什么也不叫了，你也不要叫我先生了！这里就你我，自然我说话都是对你说的。"伊挚也笑了。

"你这次来斟鄩，肯定不是为了我吧！"

"是为了费相，但是因为你，我才亲自过来的！天乙国君本来是不想让我来的！"

"我就知道你不是为了我!"

"我以为你把我忘了!"伊挚装出伤心的表情。

"我的确把你忘了!"妹喜望着河面一片洁白的世界,幽幽地说。

"是啊,我本配不上你!"伊挚不禁黯然。

"不是配不上,是你我这种样子,又能如何?人总得面对现实!当一个人太思念另一个人,就要把这个人忘了,否则思念会让人发疯,让人迅速衰老!所以我把你埋在我心底的冰雪之下,不去触碰,不去想你,也就不会痛苦!"妹喜的理性让伊挚佩服。

"那你为什么还来见我?"伊挚语气中带着无奈。

"因为你来了,我心底的冰雪就融化了,再不来见你,我就要疯了!"妹喜说最后一句话的时候,鼓足了勇气。

"妹儿,你知道吗?伊挚此生做的一切不过都是为了你!"伊挚终于拥住了妹喜,两颗跳动的心终于靠在了一起,就在这一刻,所有思念的苦都化成了彼此如在云端飘飞的甜蜜。

"但是,我们今生似乎只能有缘无分,即使你再有智慧,我们又能奈命运如何?我属于天子,你属于商国的天乙和你那个王女。我们只能这样!"

"如果没有了履癸呢?"

"你们痴心妄想吧,天乙是后羿吗?你们纵使有再多的土地、再多的士兵也永远不会是大夏的对手,履癸不是当年的太康!"

"我明白你的心了!"

"你明白什么了?我的心如果属于履癸,我今日怎会来见你?"

"但是除了心,你的一切都属于天子!"伊挚把妹喜抱得更紧了。

妹喜沉默了,妹喜不是没有想过离开履癸,随着伊挚而去,但是一想到这儿,妹喜总觉得自己已经成了履癸的一部分,履癸也成了自己的一部分,自己不是元妃娘娘之后,伊挚还会那样爱自己吗?离开了长夜宫,离开了容台,妹喜还是那个妹喜吗?妹喜不知道!因为根本无法离开。

"那你在斟鄩等我吧!终有一日,你将只属于我一个人!为了这一天,我愿意无论等多少年、无论付出什么样的艰辛!"

"如果到了那一天，我已经变成了老女人！你还会像今天这样说吗？"

"你不会老的！我会永远爱着那个我曾经爱过的人，因为我再也没有机会爱上另一个女人！"

"远处那个白薇姑娘呢！你心里难道没有她吗？"

"我知道你会提她，她在我心中，但永远不会和你一样！"

"那是因为你没有失去过她！"

伊挚沉默了，妹喜接着说："你不要怪我！履癸于我，就如你的王女、天乙和白薇一样，你能离开他们和我一起远走高飞吗？"

伊挚沉默了，良久说："我能，你能吗？"

"我知道你也许能，但是你更想让我跟你一起去商国，完成你们征伐天下的大业！"

"我不过是为了你！"

"不说这些了，让我们一起赏雪吧，也许你再见我的时候，我就已经老了。"

伊挚看着怀里的妹喜，仰起头，眼泪还是无声地流了下来，虽然抱着你，但你我之间依旧隔着千山万水！隔着千万人，隔着大商和大夏！

第二十七章　爹打儿子

寒风刺骨，凛冬已至。白雪覆盖了洛水，冷风从空旷的河面吹过来，伊挚感到一阵彻骨的寒冷，望着妹喜走远的身影，僵立在那里。

妹喜此刻也处在崩溃的边缘，她几乎想不顾一切地跟随伊挚走了，但是她不能。如果自己跟随伊挚走了，履癸肯定会把自己的父母、亲人杀得一个不留，天下没有人能够阻挡履癸。妹喜无法想象离开长夜宫，无法想象自己不再是大夏元妃会是什么样子。

喜欢一个人、爱一个人和要放弃一切奋不顾身地在一起毕竟是两回事，即使奋不顾身就能够心愿得偿，在一起吗？也许现在的样子才是最好的选择。她没有告诉伊挚，她不想成为伊挚成就人生梦想的牵绊，如若有缘，今生还会再见。世间的爱真的如此脆弱吗？也许只是现实太残酷。

伊挚知道自己和妹喜之间那个跨越不过去的人，只要履癸还在，二人只能是咫尺天涯。

妹喜走远，伊挚孤独地被留在了原地，白薇心中的愤怒开始升腾，当妹喜经过白薇身边时，片刻之间，白薇脸上已经露出了难以掩饰的微笑，至少伊挚先生还在自己身边。

妹喜余光中看到了白薇的笑，心中叹了一口气，时光过得真快，白薇虽美，也比不上自己，但自己毕竟比白薇大了十几岁。

妹喜刚刚进宫的时候，洛元妃的儿子太子惟坤知书达理，老成持重，颇有帝王之相，洛元妃回到有洛之后，惟坤被废去太子之位，太子位空了好几年。

有一次履癸在练武场看到一个少年，长得威武雄壮，一人轻易就把履癸近卫勇士中的几十个人都打趴下了。

履癸在台上看得有趣，履癸生平从未遇到过敌手，遇到强者手心就痒痒。履癸没等周围人说话，已经跳到了场地中央："小子，你身手不错啊！朕陪你玩玩，你用全力就好！"

那个强壮少年，看到履癸赶紧躬身行礼，刚要说什么。履癸已经一脚踢了过来，履癸不仅强壮，而且反应迅疾，少年还没反应过来，就被履癸一脚踢飞，仰面飞了出去。

履癸这一脚正踢在少年的下巴上，少年嘴角立即流出了血，话都说不出来了。刚才那些被少年打败的近卫勇士不由得哈哈大笑了起来，少年不由得气血上涌，对着履癸又行了一礼，嘴里只听到嘟囔了几句，谁也没听清他说的是什么。

少年朝着履癸猛跑了两步，双脚一用力，身子腾空飞起，朝着履癸扑了下来。履癸看着少年又扑了过来，也来了兴致，一拳挥出，准备再把少年打飞，履癸这一次出拳之后发现自己大意了。少年虽在空中，竟然一扭身子避过了履癸的拳头，少年的左膝和右肘同时朝着履癸砸来，履癸一看不好，想躲避，但是履癸的拳头打出之后，已经同时被少年用身体和左手给锁住了，就在电光石火之间，履癸避开了少年的膝盖，却没有避开少年的右肘，正打在履癸头上，履癸的王冠都被打掉了。

近卫勇士一看就要围上来，履癸伸手阻止："你们不用管！"履癸眼中放出令人胆寒的光，这杀气顿时让全场安静了下来。

少年打了履癸之后害怕了，赶紧跪在那里，嘴里又嘟囔着说话。履癸也不理会他说什么，但是履癸这次不敢大意了，突然伸出手去抓住了少年的手腕，少年猝不及防，就被履癸抡了起来。少年虽然强壮，但毕竟年少，也没有履癸魁梧，被抡在空中，少年在空中大叫。履癸一松手，少年旋转着飞起几丈，然后啪的一声摔在土地上，本来嘴角就有血，这次更是沾了一层泥土，看起来更加狼狈了。此刻周围又爆发了一阵哈哈的笑声。

履癸上去一脚踏住少年的肩膀:"小子,服了没?"

少年挣扎着吐出了口中的鲜血和沫子,履癸终于听出了少年的话。

"父王,我是您的儿子淳维!父王饶命!"

"你也是我的儿子?"履癸松开了脚。随着履癸女人的增多,孩子也越来越多,履癸渐渐地也就认不清自己的孩子了。

这就是淳维,已经是十几岁的少年了,此时淳维虽然狼狈,但是履癸却很欣喜:"我的儿子中终于有一个像朕的了。赶紧起来!哈哈!"

从此履癸有意锻炼淳维,让淳维带兵打仗,其勇猛颇有几分履癸当年的影子,履癸越看越喜欢,妹喜没有孩子,经过妹喜同意,淳维就被册封成了太子。

岁月虽然没有在妹喜的容颜上留下痕迹,但是妹喜已经不是小姑娘了,没有了琬、琰的热情,履癸在妹喜这儿待的时间长了,就会觉得沉闷,更多的时候是被年轻热情如火的琬、琰缠着。

履癸看到今日雪景,想到了妹喜,叫人去请妹喜来倾宫之上赏雪,宫女回报妹喜竟然出宫了。这时候,正好履癸召见太子淳维来禀报斟鄩最近的情况。

"父王,我知道元妃娘娘去哪儿了。"

"哦?"

"元妃娘娘去看望伊挚先生了!"

"伊挚先生又回来了,商国这些年四处征战,无往而不胜,天乙无非就是依靠伊挚先生,伊挚先生来了正好!如果可以留住伊挚,商国就如同猛虎失去了双眼!再也没什么值得朕忧虑的了!"履癸听到伊挚回来心中也是一动。

"那淳维现在就去把那个伊挚给父王抓回来!"

"你这个竖子!伊挚先生是元圣,怎么能够抓?你先封锁斟鄩四门,不让伊挚先生出城!"履癸对伊挚还是很尊重的。

"费相和伊挚先生交好,你去叫费昌把他请来见朕!记住一定不许失了礼数!"

伊挚多年不在斟鄩,履癸只以为伊挚悄悄进城是来看望费昌等故友,妹喜从费昌之处知道伊挚来了,去找伊挚请教驻颜的练气之术,也并没有多想。如果天下还有履癸真心敬重的人,那就是伊挚了。

淳维是如何发现伊挚行踪的呢?

第二十八章　雪夜逃亡

　　太子淳维勇猛而张狂，简直就是履癸当年的模样，尤其喜欢美丽的女人，对于父王的元妃妹喜娘娘，自然每次都是多看几眼。履癸也发现了这一点，除非召见，禁止淳维进入后宫，淳维的母亲要见淳维也只能出宫到淳维的府中去相见。
　　王宫附近的守卫依旧是履癸的近卫勇士，淳维则负责整个斟鄩的城防，整个斟鄩城中到处都是淳维的守卫。
　　淳维正在高高的瞭望亭中欣赏斟鄩的雪景，一辆马车从王宫中出来。
　　"那不是元妃娘娘的马车吗？"淳维想看看妹喜去哪儿了，就派人跟着妹喜，直到看到妹喜和一男子从院中出来出城而去。淳维才认出了那就是当年名动大夏的伊挚先生。
　　履癸不允许淳维见妹喜，所以淳维不敢贸然上前，直到履癸刚才提起，淳维才禀报了伊挚的事情。
　　"咚！咚！咚！"费昌正一个人在院中对着白雪发呆，一阵脚步声让费昌回过神来，抬头看到一个人大步从院门口走了进来，府内负责通报的人跟在后面小跑着，根本跟不上来人的脚步。
　　费昌冷眼一看以为是履癸到了，正准备上前迎接。仔细一看不是履癸，来人比履癸年轻许多，充满了年轻人特有的嚣张和跋扈。
　　来的人正是淳维，淳维走路的时候带得脚下的雪都飞舞起来，形成一片气势逼人的白雾。

淳维本来想直接去把那个伊挚抓来给父王就算了，但履癸交代只能让费昌去请，淳维无奈只能到了费昌府中。淳维也看到了费昌，到了跟前一拱手："费相！有个什么伊挚先生来斟鄩了！父王让你去请他到宫中相见！"

"费昌失迎太子！伊挚先生来斟鄩了吗？"费昌看到淳维本来就吃了一惊，听到淳维说的话更是大吃一惊。

"没错，就住在南城内离洛水不远的农家中！告辞！"淳维又大步而去。

"有劳太子！"费昌准备送淳维出门，淳维根本不等费昌，自己大步转眼到了大门处！费昌在后面紧追也跟不上淳维的脚步。淳维到大门处突然回头，说道："父王说不许那个伊挚先生出城！"

费昌听了脚下一滑，一个趔趄，差点摔倒，费昌站稳脚，稳住心神，再抬头，淳维早就走了。

费昌不知如何是好，只能先见到伊挚再说，费昌赶紧坐马车到了伊挚住的那个院子，进了院门之后，小屋中古琴依旧，炭火依旧温暖，但是已经没有伊挚的影子。

原来妹喜走后，白薇就发现远处大夏士兵似乎在盯着这里。"先生！我刚看到似乎有大夏士兵看到您了！"

"嗯！我们也该回商国了！"

白薇收拾好东西，趁着暮色来临，白薇和伊挚就朝着城门走去，走到城门处，城门已经关闭了。白薇只好带着伊挚到城门附近、贩运货物的驴车队住的驿馆里暂住一晚，准备天一亮就出城。

白薇安顿好了房间之后，二人就在临街的铺子里吃饭，一人一大陶碗的羊肉汤，在这样的天气喝一碗暖和的羊肉汤，也是一件快乐的事情。二人又换了一种打扮，白薇从庆辅将军那里除了武功，还学了不少易容化妆的本领，这次伊挚成了赶车的车夫模样，白薇成了长年跟着丈夫在外的随车媳妇。两个人头发上都沾着柴草，衣服上也是尘土和柴草，真的就像那些长年在驴车上睡觉的车夫夫妇。

白薇看着伊挚忍不住总想偷笑："妹喜娘娘如果看到我家先生这副模样，还会喜欢吗？"

伊挚没有搭理白薇，心情如这外面的天气，低沉而冷。这时候白薇看到城门处突然增加了很多守卫，从他们身边经过时，隐约听到："不允许一个清瘦文雅模样的先生出城！"

白薇看看伊挚，虽然不仔细看伊挚就是一个赶车的，但是要近处打量那肯定还是不像啊，假的就是假的，经不起认真看啊，白薇心里有点儿着急了。

天色彻底暗了下来，外面开始刮起呼呼的寒风，这样的冬夜没有人愿意出门。

突然驿站乱了起来，所有的毛驴开始到处乱跑，有的竟然跑到了街上，这些毛驴的主人赶紧去抓自己的毛驴，却发现拴着这些毛驴的麻绳都不见了。

白薇这时候回到了房间里，肩膀上扛着一大捆麻绳。

"先生，我们今夜就出城！"

斟郭的城墙从外面看很高，夯土打的城墙厚实而坚固，而且很多地方都是用大石头和木桩加固而成，要从城外爬上城墙几乎是不可能的。但是城内就不一样了，为了能够快速爬上城墙防御，城墙内侧修有很多的坡道和台阶，目前只是城门加强了守卫，城墙上的守卫还是平时那样，几个士兵负责巡逻。

白薇给伊挚找来了白色的披风，两个人戴上帽子，在这雪夜中就如白色的影子。伊挚虽然武功不高，但是练气之术很高，步履轻盈地跟随白薇纵跳飞跃，不一会儿就来到了城下。

城墙上，几个士兵分别举着火把来来回回地各自巡逻，在火光干扰下互相都看不清楚对方，只能移开火把，眼睛不时地朝着城墙外面看一眼。

伊挚跟在白薇后面，迅速地上了城墙，白薇一刀下去，士兵发出的一声微弱的声音淹没在了寒风之中。白薇接过了士兵的火把，把肩头的麻绳一头拴到城墙的垛口上，一头拴在伊挚腰间，然后对伊挚说："先生，只能你先下去了，用袖子裹住麻绳滑下去！"

远处的士兵看到这边士兵的火把晃动停了下来，喊道："你那边没事吧？"

"没事！"白薇赶紧学着男子的声音含混地回了一句，还好是这寒风呼啸的大冷天，对方也听不清，白薇拿起火把装作巡逻的样子开始在城墙上走。对方看到这边又巡逻起来，也就不说话了，继续巡逻。

伊挚用袖子裹紧麻绳，在寒风中看了一眼城下，看不到底，闭着眼睛开始往下滑动,过了大约一炷香的工夫,伊挚双脚踩到了地面,终于到底了。

白薇每次经过伊挚下去的地方,就朝城墙下看一眼伊挚到底了没,看到伊挚终于到底了,把火把插到城墙上,然后顺着麻绳开始快速滑了下来。

其他巡逻的士兵看到白薇这边火把又不动了,就大声询问,没听到回答,过来一看,看到了地上的士兵和城墙上的麻绳,往城墙下一看,正看到白薇在往下滑:"不好,有人要逃出城去!"士兵用长戈咔嚓就砍断了麻绳。

"看不摔死你!"

伊挚仰头看着白薇,就在这时候突然看到麻绳断了,白薇失足就摔了下来。伊挚赶紧伸出双手去接白薇,白薇重重地落到伊挚怀里,伊挚站立不住,抱着白薇仰面摔倒,双手却没有放松。白薇被伊挚抱住,心里一阵温暖,本来不想动,但是城墙上有士兵,估计一会儿就该放箭了。

"你好重!"伊挚看到白薇没事,松开了手。

白薇没空理伊挚,拉起伊挚赶紧跑,身后果然响起了羽箭破空之声。

第二十九章　凭空消失

斟郭城下。

白薇被伊挚抱住的一刹那间，心都要化了，白薇很想多享受一会儿这一刻，但城墙上已经传来动静，来不及继续体会被伊挚抱在怀里的感觉，赶紧拉住伊挚的手朝远处跑去。

斟郭的护城河中已经没有水，白薇和伊挚在雪地上留下一串脚印，两个人顾不上欣赏雪地上的脚印了，朝着远方奔去。伊挚虽然平日里练气，奔跑起来时间一长，依旧赶不上白薇。白薇长发飘飘，奔跑跳跃如一头白色的小鹿，牵着伊挚的手，经过水沟土岗的时候，还要拉一下伊挚。

元圣伊挚除了上次和天乙逃亡出斟郭的时候，好多年没经历过这样的亡命奔逃了。半个时辰之后，伊挚慢慢地有点儿跟不上白薇的步伐了。二人朝着一个土坡奔跑的时候，白薇拉着伊挚，伊挚脚下滑了一下，白薇手上用力，伊挚才没摔倒。

"先生，你这才叫重！本姑娘可是身轻如燕的。"白薇趁机回了刚才伊挚的那一句。

"我就知道你早晚会这么说！我们已经离开斟郭一段路程了，你这是拉着我往哪儿跑，怎么专找土沟和岗子来翻越，是要看你家先生是否真的老了吗？"伊挚勉力才不显得气喘吁吁。

"哼！先生你我二人，没有马车全靠双脚！这斟鄩万一来了追兵，肯定是骑着马，驾着战车，我当然是找战车不能走的路跑了！"

"但是你走这没人走过的路，这荒野之中只有我们的脚印，追的人根本不用着急，跟着脚印慢慢追就好了！"

"啊，先生，我忘了雪地里脚印的事情了！那怎么办？"白薇不好意思地笑了。

"我们就在这里等着被抓回去吧，反正怎么跑也都有脚印！"

斟鄩。

城上的士兵发现有人逃出城去了，赶紧禀报了淳维，淳维听到之后心中纳闷："谁非要半夜逃出城去，难道是那个伊挚先生要逃回商国去，父王还说要好好请，这下不用请了，都跑了！赶紧追！"淳维立即上了战车，夜半就追出城来。

城外大雪初停，到处都是白茫茫一片，淳维到城墙下一看，两串脚印清晰地延伸向了远方。

"这个伊挚先生看来没有父王说的那样谋略天下无双，选择在这雪天逃跑，即使黑夜也给我们留下了清晰的脚印，跟我去把他们抓回来！"

淳维开始还驾着战车，后来发现脚印的路线不是沟就是土坡，战车根本无法行走，于是就丢掉了战车，直接骑上战马继续追，最后有些深沟战马也没法走了，只能人爬过去。淳维也弄了一身的雪，丝毫不理会，拎着狼牙棒继续朝前追。淳维没有了战马，那粗壮的身躯，在这雪地里跑起来竟然出奇地灵活，就如一头奔跑的猛虎，后面跟随的士兵，不一会儿就气喘吁吁跟不上了。所有人都感觉如果再跑下去自己的胸膛就要炸裂开了，心就要从喉咙里跳出来了。

"这群没用的家伙！"淳维不管手下的人了，继续朝前追，他想凭着自己的速度，天亮之前肯定可以追上。

淳维加快了脚步，突然看到前面白乎乎的一片，走近了一看，原来是一片高大茂密的树林。

淳维跑进树林之后，突然停了下来，树林中竟然到处是一圈圈的脚印，而且逐渐隐藏在大树和杂草之后，淳维一时间不知道该往哪个方向追了。

淳维趴在地上看了看那些脚印，上面的雪还没冻结实，看来都是新的脚印，反而哈哈大笑起来。

"哈哈哈！这些脚印如此之新！看来你们还在这片树林之中，看你们能藏到哪里？！"

淳维拿着狼牙棒在这片有脚印的树林中转来转去，看看到底哪里可以藏人，但找来找去都没找到。

"难道藏到树上了？"淳维纳闷，这里的树都很古老，不知道有几百年了，淳维虽然勇猛，但是并不擅长爬树。

这时候淳维手下的几十个人也陆续赶到了。

"太子，现在天黑看不清，如果那两个人就藏在这片树林之中，不如先把有脚印的这片林子围起来，等天亮就能发现他们藏身在哪棵树上了。"

于是这几十人，就把这片有脚印的树林给围了起来，点了几堆篝火，烤着火等待着天亮。

几个时辰之后，冬日的太阳从东方升起，大地重新回归了一片光明。淳维精力充沛，几脚把围着火堆睡着的士兵们叫醒。大家开始仔细搜查，用长矛把所有的地面和草丛都扎了一遍，也没发现人影。淳维愤怒地用狼牙棒，把脚印附近的几十棵树都砸了一遍，也没发现树上有可以藏人的地方。

"真是见了鬼了，难道这两个人凭空消失了？"

"太子，听说那个伊挚先生会法术！也许他们飞到空中去了！"

"法术？难道这世间真有人会法术？"淳维心里也有点儿犯嘀咕了。

反正是没找到人，淳维只好率领手下回斟鄩去找履癸复命了。

伊挚和白薇到底去哪儿了，他们真的是凭空飞了吗？

伊挚叫住漫无目的在雪地里狂奔的白薇，指了指远处一片雾茫茫的树林，等白薇跑近之后发现，这片树林中最高的都是高大的杨树，下面夹杂着枝丫密集的槐树和松树等。很多都是十丈以上高，每一棵都有上百年了，叶子虽然落了，但是上面枝丫纵横，藏在树上倒也不容易被发现，树下面还生长着很多杂草、灌木，极难行走，只有一些间隙可以通过人。

伊挚和白薇跑进树林之后，伊挚累得上气不接下气，看到白薇若无其事地看着自己在微笑。

"你这丫头，竟然嘲笑我，我罚你围着周围这几百棵树跑十圈，而且每一次都要走新的路线，不能踩到以前的脚印。"

"哼！"白薇噘起了嘴，但是转念一想，伊挚不会平白无故地让自己跑，这不是伊挚先生的风格。虽然哼了一声，但立即就开始跑了起来，白薇逐渐知道伊挚先生这是为了迷惑别人，不一会儿地上的脚印就混乱不清、无法分清到底是哪个方向的踪迹了。

"可以了，这才是我的好白薇！我们走吧！"

"先生怎么走？那不又留下脚印了？"

伊挚指了指上面："从上面走！"

白薇开始不明白，看着高耸入天的白杨树，突然恍然大悟！白薇一个纵身就爬上了一棵树，到了树杈上之后，白薇腰间还缠着刚才下城墙时的麻绳，解下来把伊挚也拉了上来，然后抡起绳子，缠住旁边一棵树的树杈，套结实之后，做了一个活套拴到这边的树杈上，白薇先顺着绳子爬过去，到了那边，挥手让伊挚也爬过去。

伊挚过去之后，白薇一抖绳子，原来那棵树的活套就松了。如此反复，不一会儿两个人已经在树梢上越过了几十棵树，离着原来留下脚印的地方已经很遥远了。

就在这时候，白薇已经听到了远处淳维追来的声音。伊挚和白薇所在的这棵树有几人合抱粗，是一棵几百年的老杨树，高大茂密，虽然叶子都落了，但是上面枝条纵横，下面根本看不清楚上面。树下面都是各种灌木，从树下很难靠近，上面的枯树枝不知多少年了，在三根大树杈之间天然形成一个三尺左右的平台。白薇抖了抖上面的雪，两个人在这厚厚的落叶中坐了下来，收起绳子，白薇把自己的斗篷也给伊挚披上，然后缩入伊挚的怀里，抱住伊挚的身体，给伊挚温暖。白薇趴在伊挚耳朵边细若无声地说："先生，你这么抱着我，美人在怀，不会有什么非分之想吧？"

"先生也是个男人，当然会有非分之想啊！"伊挚笑着说，怀里的白薇动了一下,"不过就这大冷天的,有再多想法也给冻回去了,我们这是逃亡,我抱着你休息几个时辰吧,天亮了,我们还得赶路呢!"

"嗯!"白薇在伊挚怀里已经迷迷糊糊、嘴角带着满足的微笑睡着了。夜里周围一片寂静,天上寒星似乎都冻得在眨眼睛,两个人深陷在厚厚的落叶里,互相拥抱着却只有温暖。

斗转星移,转眼东方天空渐渐发白,冬日的太阳从地平线跃然而出,就像一个红红的大苹果。

淳维在有脚印的附近寻找了一圈,没找到就走了。白薇和伊挚下了树,长出了口气,伊挚看着白薇,说道:"我们抓紧回商国吧!"

第三十章　雪溅额头

天地一片白色苍茫，银装素裹的世界分外纯净无瑕。

伊挚和白薇从斟鄩逃出之后，在一片茂密的树林中终于甩掉了淳维的追击。两个人终于不用亡命天涯一样地奔跑了，彼此牵着对方的手，一起漫步在茫茫雪原中。经历过这次逃亡之后，白薇终于觉得可以靠近心爱的伊挚先生了。

白薇不时地偷看边上的伊挚，在商国的时候伊挚忙于商国军政大事，总是一副高高在上的样子，很少和自己交流。伊挚看着白薇的身影，恍惚之间分辨不出白薇和妹喜的美有什么区别。还是要珍惜眼前一直陪伴在身边给自己温暖的人。

妹喜的绝美在长夜宫中带着大夏元妃的华贵气质，妹喜当年和仲虺一起划船的时候，是否也是白薇这样一副青春、活泼、可爱的模样呢？

大地一片洁白，晶莹剔透的枝杈在阳光下闪着光芒，风景是否美，很多时候在于人的心情，风景多美在于和谁在一起欣赏。白薇的披风虽然昨天在树上被撕扯了几个口子，但并不影响白薇的美，穿着冬衣依旧能够显出少女那特有的柔美。太阳升了起来，阳光照在大地上，到处闪着晶莹的光，白薇周围布满了黄色的光晕。白雪映衬着白薇雪白的肌肤，微光映出白薇挺直鼻翼的轮廓，纯净的眸子不时看伊挚一眼，眼睫毛和发丝在阳光中映衬出七彩的光晕。伊挚从没如此仔细地看过白薇，这么多年，伊挚心中开始装着王女，后来妹喜钻入了心里。伊挚任妹喜把自己的心撕得稀巴烂，却不能向谁诉说，即使在妹喜面前，伊挚也不能表达自己的思念。

伊挚一直以来只有隐忍，在白薇面前没有那种在王女和妹喜面前的拘束，心中也不会有那种自卑的感觉，天乙、妹喜、天子履癸、费昌、王女、仲虺、庆辅，哪一个不是名门之后？伊挚却不知道自己的父亲是谁。

白薇和伊挚一样都是穷人家的孩子，白薇至少是个平民家的孩子，而自己呢，年少时候不过是个奴隶，来到商国的时候都不是一个自由的人，不过是王女的一件嫁妆而已。伊挚只有在白薇面前才是放松的，虽然自己总是把白薇当一个孩子，总是装出一副大人对小孩子的姿态，但是伊挚几年前就已经惊奇地发现，白薇已经出落成一个亭亭玉立的少女了，当白薇有意无意地靠近自己，那种少女特有的气息总是会扰乱伊挚的心神。

伊挚看着白薇出神的时候，突然看到白薇晃了一下，摔倒了。

"你怎么了？"伊挚回过神来，朝着白薇疾步走过去。

"先生，小心暗器！"白薇突然一转身，两个雪球就朝着伊挚扔了过来。白薇多年和庆辅练习武功和暗器功夫，伊挚哪里能够躲得开，伊挚肩头首先中了一个雪球，雪球力道很大，伊挚隔着厚厚的皮衣都感到了雪球的震动，雪球的粉末四处飞溅。伊挚刚一愣神，第二个雪球也到了，这个雪球正好打在了伊挚的额头上，但是这个雪球力度却很轻，顺着伊挚的鼻子轻轻地滑了下来。

"先生，你上当了吧！"这时候白薇已经开始咯咯地笑了起来，笑得都直不起腰来了。

伊挚用袖子擦掉了脸上的雪："小丫头，你等着我！"伊挚也捧起地上的雪，朝着白薇扔过去，白薇不仅不躲闪，还故意让伊挚的雪球打中自己，弄得白薇头发上也到处都是雪了。两个人就在雪地上打起了雪仗，仿佛一瞬间两个人都成了十岁的孩子，欢快的笑声在无垠的雪地上飘荡着。

人长大之后，那个孩子般的自己只是隐藏了起来，两个人互相拉住非要把雪撒到对方的脖子中去，最后两个人躺在了雪地上。

"先生，如果每天都像今天这样就好了，先生你只是我一个人的先生！"白薇望着天空，阳光刺着双眼，有点儿睁不开。

"我每天都是你的先生啊！我的衣食起居不都是你管着！"伊挚也在享受着冬

天的暖阳。

"可是你如今都是天下的元圣了！要是那些人知道元圣被我用雪球打了一脸雪，那就好玩了！哈哈哈！"白薇说着咯咯笑了起来。

"哪里有什么元圣？哈哈！"伊挚也大笑了起来。

"先生也是不自由的，好了，我们继续赶路吧，先生还得回商国做元圣呢！"白薇起身拉伊挚起来。

"先生也想有分身之术，一个在这儿陪着你玩，一个去操心天下大事！先生不是神仙，先生也只能做自己该做和能做的事情！"

"好吧！不过这次来斟鄩，比上次开心很多！先生我们什么时候再回斟鄩？"

"下次估计就是商国大军兵临城下的时候了，也许几百里都会被鲜血染红！"

白薇听了不由得出了一会儿神，问道："先生做的这一切都是为了妹喜娘娘吗？白薇也听说先生在大夏的时候，天子很敬重先生，为什么大商一定要和大夏打个你死我活呢！"

"有些时候，如果我们有选择就好了，这世间有时候没有对错，只有输赢！"伊挚似乎没有听到白薇提到"妹喜"两个字。

白薇知道伊挚不愿意说，也就不问了。提到妹喜娘娘，白薇一下子就没有了刚才玩雪的兴致。

雪地上，夕阳西下映着两个修长的身姿飘逸地向前走去。

两个人走到一个镇子休息了一晚，白薇用身上的钱贝找来一辆马车，两个人溜溜达达地出了大夏的地界。

淳维回到斟鄩城中去找费昌的时候，费昌的府中除了几个仆人，根本找不见费昌的影子。

"费相说春天就要来了，准备去瞿山考察下堤坝是否牢固，准备春天迎接黄河之水来洛水。"

淳维急忙架着战车追了出去，果然看到费昌的车队，费昌无奈，让车队继续前行，自己跟着淳维回到了斟鄩。

费昌知道必须做出选择了，费昌也知道伊挚先生此行是为自己而来。

第三十一章　雪夜歌谣

雪又开始下了，以前的雪还没化，新的雪又盖上了厚厚的一层。孩子们高兴了，街道上到处都是打雪仗的孩子。倾宫变成了玉树琼枝映衬的琼楼玉宇，变得更加晶莹美丽。

夜已经深了，外面的雪依旧在下着，斟鄩城一片寂静。倾宫中履癸正在熟睡，在这样飘雪的夜晚，没有什么比躲在温暖的被窝中睡觉更舒服的事情了，尤其还有琬、琰两个美人在怀。这样幸福的日子履癸已经过了许多年了，此刻已经没有了在斟鄩待一段时间就想出去远征的想法了，履癸有时候也奇怪："难道朕变老了吗？朕在瞿山引黄河水忙碌一年多，百姓会把朕和大禹一起提起吗？"

履癸依旧会去夏军营中，一到军中履癸又恢复成那个勇猛不可一世的天子。履癸心里释然了，自己依旧是无敌于天下的天子，也许只是更加沉稳了。

熟睡中，外面有个若有若无的声音飘了过来，履癸突然从梦中惊醒。履癸征战沙场多年，对不是正常的声音都异常敏感。难道自己做梦了吗？旁边的琬、琰还在枕着自己的胳膊熟睡，就像两个在美梦中的孩子，没有了白天的美艳和飞扬跋扈，却更加可爱，这时候琬嘟囔了一声，不知在说什么。

履癸以为自己听到的是琬说的梦话，却睡不着了。记得以前只要睡着了，如果没有别的事情肯定会一觉到大天亮，还总是耽误了上朝，那个关龙逄老头儿不知为此在朝堂教训了自己多少次。如今关龙逄不在，朝堂上也没人敢顶撞自己了，但是上朝变得也没什么意思了，朝中事务都交给了费昌和赵梁等，自己也懒得去管，每天陪着琬、琰也是人生乐事，只是妹儿不愿意和琬、琰一起，也要多陪陪她，身边最亲近的人就只有最爱的这三个女人了。

如今履癸竟然经常半夜醒来，履癸披好衣服，推开窗户朝外面看了一眼，外面还在下着雪。履癸披上兽皮的斗篷，走到了外面，值夜的宫女要走过来，履癸摆了摆手，不用她们跟在身边。

履癸走到已经结了冰的瑶池边上，看着倾宫下面的斟鄩，自己做这天下的天子已经三十年了，人生又有几个三十年呢，如果自己依旧和琬、琰那样年轻就好了。

这时候履癸又听到了那个声音，不是梦，也不是琬的梦话，就是从斟鄩城中飘上来的，如若鬼魅，方向飘忽不定，仿佛东南西北都有。

履癸仔细听那声音，如此安静的雪夜，终于听出来是什么。

"不黑不红刀与戈，日月浮沉天上河。天上河，不可过。五杂色，四隅侧。半夜间，闲失门。当年百海精及魂，今日无依居野坟。怨气滔滔天帝闻，四月空城野火焚，东风吹血血碧磷。呜呜乎！血碧磷。"

"呀！这个好像在哪儿听到过？"履癸突然想起这歌谣在多年前斟鄩大雨的时候出现过！那个声音让履癸心里越来越不安起来。

天终于亮了，履癸就把费昌和淳维都叫了来："你们听到斟鄩城内夜半的歌谣了吗？"

"费昌也听到了！似乎是一群孩子的歌声！"

"父王，淳维没有听到什么歌谣，如果有人妖言惑众，都杀了就行了！"

"你疯了，这可是斟鄩，大夏是天下的共主，朕是天下的天子，无非都是天下子民的拥戴，如今谣言四起，民心惶惶。你杀了我们大夏的孩子，第二天你走在街上，就会被人用石头砸死！"

淳维无奈只得奉命半夜去查，但是一连几天那个声音都没再出现。这一夜淳维实在太困了，慢慢睡着了。火把上的火焰越来越弱，突然淳维也被惊醒了，那个声音又出现了。

"当年百海精及魂，今日无依居野坟。"

"给我把那些唱歌的孩子都抓起来!"淳维带着人出来找的时候,那歌声又消失了。

第二天,淳维把附近的孩子都给抓了起来。费昌听说了,怕淳维把孩子都杀了,赶紧过来挨个问了一遍,没有一个孩子能够唱出那样的歌谣。

斟鄩城内的百姓早都听到了这个歌谣,此时早就都学会了沉默。

"费昌,你是大夏左相,如果你一个月内解决不了这个歌谣的事情,当心你的脑袋!"履癸连续好多天都没睡好,开始发火了。

淳维在一旁看着费昌冷笑,如同费昌的脑袋真的要被砍掉了一样。

费昌身为大夏左相,虽然天子和伯益家族有隔阂,但是毕竟自己兢兢业业在大夏这么多年,以前费昌觉得履癸不会对自己如何的。商国虽然强大了,但毕竟只是一个方伯长,太史终古去了,那又如何呢?费昌也是伯益家族的首领,天下可以说除了天子履癸,就是自己权位最高了。

虽然费昌从天乙的父亲主癸时,开始和商国交好,但是做朋友和做君臣总是不一样的。做朋友要惺惺相惜,如果成了君臣,朋友的感觉注定是要改变的。就如自己现在和伊挚的交情,如果都成了商国的臣子,是否还是这样情投意合、没有半分利益的纠缠呢?

此刻费昌的心却一下被冻僵了。

伊挚亲自来王邑其实就是为了告诉自己,大夏的左相不一定一直存在。尧也好,舜也好,大禹也好,天下不是固定是谁的,天下大势难道又到了变化的时候?

难道大夏真的要结束了吗?伊挚的意思很明显,如果自己留在大夏,最后可能什么都留不下了,趁现在一切还来得及。

旷野中虽然寒风刺骨,费昌站在高处,浑身却感觉很热!

卷六 商汤伐夏

第一章　通天美梦

商国亳城虽然没有斟鄩那么大,但也沉浸在一片白色的静谧之中。黄昏的时候,城楼上的天乙朝着太阳落下的方向眺望。

如今亳城的人口增加了好几倍,城内已经住不下这么多人,城外也有居住的人家,茅草屋顶上都盖着一层白色的雪,屋顶在夕阳下都闪着晶莹的光,家家户户都升起袅袅炊烟,一片安宁祥和的景象。

天乙看着这些心中也充满了作为商国国君的豪情,但是心中也总有一种压迫感,自己可以一直让子民享受这平静的生活吗?大夏天子履癸这两年竟然没有带大军来征伐商国,天乙已经觉得万分幸运。

这时候一排车队由远而近,犹如一条长龙在游移,慢慢地都能够听得到领头车的驴脖子上的铜铃的叮当之声。

暮色苍茫起来,城门就要关闭了,看来伊挚先生今天不会回来了,天乙慢慢走下了城墙。

天乙回到玄鸟堂后面的王宫中,厅中已经备好了晚宴,有莘王女已经端坐在长条木几的后面在等天乙一起吃晚餐了。王女看到天乙来了,一边让天乙在铜盘洗了手,一边说:"大王,今天我做了羊肉请大王品尝!"

雕刻着玄鸟和云雷纹装饰的鼎中煮着羊肉,咕嘟咕嘟沸腾着,肉香扑鼻。

"好香啊!朕的肚子已经有点儿等不及了!"

王女用木勺盛了最好的羊肉到豆中，放到天乙面前，又用木铲从鬲中盛了黍米饭，黍米饭极其黏稠，散发着诱人的甜香。

在这样的冬夜，无论天乙这样的大王还是商国的普通百姓人家，一家人这样吃顿热乎乎的晚餐都是一件人生乐事。

"伊挚去斟鄩也有一段时间了，该回来了吧！"有莘王女也在惦记着伊挚。

"应该快了，朕比王女还着急啊，朕没有伊挚就像失去了双目，下一步不知要去哪里！今天的羊肉太好吃了！"天乙拌着黍米饭吃了个痛快，天乙今天吃了很多，又和王女对饮了几杯美酒。

就在这时候外面传来一个声音："好香的羊肉和美酒啊，对于我这个夜归的人，是最好不过了！"

天乙和王女都站起身来，同时喊道："伊挚先生回来了！""伊挚回来了！"

没错这个声音正是伊挚，伊挚本来就是王女的奴隶，而且又是大商的右相，天乙允许伊挚直接进入王宫，而不用提前禀告。

天乙走下城楼之后，伊挚和白薇才赶着马车到了亳州城外，伊挚身为大商的右相自然有令牌可以叫开城门，进入城中，商国所有人都认识伊挚先生。伊挚让白薇回府中先去休息，他知道王女和天乙担心，虽然已是夜晚，到了王宫之中知道天乙和王女正在用膳，就直接进来了。

王女给伊挚也盛来了羊肉，伊挚此刻还是农家车夫的打扮，也不客气，开始吃了起来。

"王女的厨艺，已经在伊挚之上了，伊挚如今琐事缠身，很难有心情做出这么鲜嫩的羊肉了。"

"还不是和你学的，以前都是你做给我吃，自从你当了这大商的右相，想吃你做的东西就难了，我只好按照你以前教我的方法自己学着做了。"王女看着自己最爱的两个男人都夸自己做的羊肉好吃，心里就像开了一万朵桃花一样。

天乙想问伊挚此次去大夏的情形，伊挚看出天乙的心思："大王，今日我是来吃饭的，不说国事！"

天乙看伊挚风尘仆仆地回来，知道伊挚一定也很累了，就忍住没有多问。

晚餐之后，伊挚告辞而去，天乙心情很好，又和王女对弈了几局，他突然发现自己现在根本不是王女的对手了。

"王女这棋艺进步如此之快，难道又得到伊挚先生或者子棘老师的指点了吗？"

"伊挚那么忙，哪有时间指点我的棋艺？不过是我最近钻研归藏之术，明白了很多天地之间的道理，这棋虽然只有黑白二子，其间奥妙和天地之间的道理都是相通的，我的棋艺才有所长进吧！"

"归藏之学，天乙也听伊挚先生讲过，天乙只是知道一些皮毛！"

"一生三兆，百有二十，千有二百。日覆云而暂见。归藏之中都是看似简单，但其实却很艰深的道理！"

天乙两道浓眉紧促了起来，用尽全力，还是没能赢王女一局，王女看出来，最后故意输给了天乙一局。

"大王，这局我输了！"

天乙下完棋之后，脑中一片混乱，迷迷糊糊地就睡了。夜半时分，天乙肚中发热，感觉干渴，就从床上起来，去倒了一杯水，这时候天乙看到外面月色照耀着雪白的大地，一片洁白。天乙看到如此景色就有点儿睡意全无了。穿好衣服，披上兽皮斗篷，走到院子中，准备散步赏月。

院子中垂着一条绳梯，天乙仰头朝上看去，看不到头。

"这梯子从哪儿来的？难道是从月亮上垂下来的吗？"

天乙使劲拽了拽绳梯，还很结实，天乙突然想到嫦娥就在月亮上，难道顺着这梯子真的能够到达月亮上吗？

于是天乙开始向上爬，越爬越高，朝下一看，整个亳城都远远地在脚下了，不知不觉已爬了有上百丈高了。此时四周有冷冷的风吹过来，天乙不由得浑身起了一层鸡皮疙瘩，踩着绳梯的脚不由得软了一下，双手赶紧抓紧了绳子。

"这万一要是摔下去恐怕就真的成肉饼了！朕到底是爬还是不爬呢？"天乙看了看天上的明月，也许这天梯真的能通到月亮上去呢。

天乙下定了决心，一步步地继续朝上爬去，他也不知爬了多久，也不知道爬了多高，双手都被磨出了血泡。突然，天乙看到了绳子的尽头，尽头什么也没有，梯子悬浮在空中，天乙感觉自己也要飘浮起来了。

天乙朝四周一看，自己竟然已经到了云的上面，月光照在白云上，自己就如神仙一样站在白云上面。

"难道我已经飞升成仙了吗?"天乙心中突然无限喜悦。

天乙仔细看着月亮,月亮依旧在高高的空中,但是比在地上时看到的大了很多,天乙仔细看了半天,也没看清楚月亮上到底有什么。

这时,一片白云飘了过来,把月亮给遮住了,天乙整个人都被白云包裹住了,什么也看不清。天乙突然想,不知这白云是什么味道的,就用舌头舔了一下。

"凉凉的,沁人心脾,但是什么味道也没有!"

就在这时候,天乙突然感觉脚下的梯子一松,瞬间从梯子上掉了下来。

越落越快,天乙不禁大叫起来:"啊,救命!"

但是没人回应,天乙看到了亳城,自己王宫的院子就在下面,自己真的要被摔成肉泥了!

第二章　黄河木筏

商国亳城天乙的寝宫。

"大王，大王！你怎么了？"

天乙从天梯上掉了下来，模模糊糊中听到有人呼唤，慢慢睁开眼睛，有莘王女在看着自己。王女抚摸着天乙额头，天乙额头上全是汗，原来是一场梦。

天一亮，天乙赶紧坐车到了伊挚的府中，一上来就拉住伊挚的手，伊挚纵使百般聪慧也不知道天乙这是何意："难道又是天子大军压境？"

伊挚任由天乙拉着，直到天乙讲完昨夜的梦。

"恭喜大王啊，大王可知道当年尧帝要做天子之前，曾梦到攀天梯而上苍天！大王如今也是同样的梦，说明大王天子之命已经通天，大王可以起兵了！"伊挚听天乙说了昨天的梦，精神也为之一振。

"啊！是真的吗？为什么朕舔了一口天上的云朵的味道就掉了下来？"

"大王，这只是说大王可以攀登上天梯，但是大王要得到天子之位，还需要漫长的征途，不会只是像梦中那样简单的！"

天乙将信将疑："如此，希望如先生所言！"

天乙已经接到了王邑传回来的情报，斟鄩内童谣四起，城内人心惶惶。

"白薇你这次在斟鄩的任务完成得不错啊。"天乙望向一直站在旁边的白薇。

"大王怎么知道是白薇做的呢？我只是让我那些童年的小伙伴找了一堆孩子

去唱这些歌谣，那些孩子从小就下河摸鱼、上树抓鸟，一个个都身手敏捷，制造下神秘的气氛还是很容易的。"白薇的笑容里充满了调皮。

"哈哈，这丫头一半是仙女，一半是魔女啊！如果那些孩子被抓住那岂不是连累了他们！"天乙说。

"大王不必担心，大夏还没到会对斟鄩的孩子下手的地步，而且还有费相会处理好此事的！"

天乙和伊挚正在玄鸟堂后面的小厅中，探讨商国如今人口和士兵到底有多少，和大夏的势力对比，优势和劣势分别是什么。

"大王，要知道大夏的真正实力，我们需要等一个人……"伊挚说。

大夏王邑斟鄩。

瞿山附近黄河边上的村庄中，大雪过后村子里陆陆续续来了很多人。

每隔几天就会从斟鄩来一辆马车，不知不觉间，村里陆陆续续来了几十口男女老幼。这些住户虽然都是普通平民的打扮，但这群人气质中却都透着一股与众不同，男人大多身手矫健。一般人不靠近仔细观察，是无法察觉的。

他们在村子里的一个废弃的马棚中打造木筏，一切都进行得悄无声息，村里的人也不知道这些人是干什么的，反正大冬天的也没什么人出门，村庄依旧是静悄悄的。

漫长的冬日虽然难熬，这天人们开始感到今天的日子有所不同，管星象的太史到朝中向履癸庆贺，今天已经是岁首。

村里的人们也发现屋檐上的积雪开始滴滴答答地沿着屋檐融化成水，黄河里的冰也慢慢地在半夜开裂，巨大的冰块开始在河面上漂流碰撞，凌汛时期到来了。那巨大的冰块相互碰撞的声音，就如同远古的巨兽在打架。

这一日上朝，费昌向履癸启奏："大王，黄河凌汛已过，费昌去瞿山把黄河水引入洛水，供大夏的良田春灌，如此今年大夏的粮食应该能够丰收，秋天军粮就可充足。"

"有劳费相！"履癸说。

费昌来到瞿山，命令留在瞿山的人挖开了黄河到瞿山河道的堤坝，滚滚的黄河水流入人工开挖的河道，从瞿山巨大的人工开挖的山谷之间流过，慢慢地向着斟鄩方向的洛水而去。

费昌站在瞿山之上望着银龙一样的黄河水在夕阳照耀下慢慢流远，费昌想象着当大夏的子民看到从远处来的黄河水的时候，是多么欢欣鼓舞。

费昌看着自己忙碌了几年的瞿山工程顺利通水了，泪水早已顺着脸颊流淌到胡子上。费昌对着斟鄩的方向，跪下，磕了三个头，然后默默无言地走下瞿山。

最后一抹霞光褪去之后，费昌来到当初祭祀河神的河边祭坛，点了三炷香。心中默默祈祷："河神保佑费昌此行顺利！"

费昌走下神坛，河边一排木筏，上面放着费昌全家老小和家族的行李。

"出发！"费昌挥了一下手！人们解开桩子上的麻绳，用竹篙撑开竹筏，竹筏到了黄河之中，顺流而下，夜色中一切都悄无声息。

春天的黄河水流缓慢，木筏行走得非常平稳，人们只需要用竹篙控制着竹筏，如果太靠近岸边就撑几把，让竹筏回到河中间，而且几个竹筏都前后用麻绳相互连接，整体就更加平稳了。

履癸看到瞿山引水渠的水慢慢注入了洛水，不由得心情大悦，一连几天大宴群臣，如今大臣早就都学乖了。"大王的功业可和太祖大禹比肩，大夏苍生从此有福了！"赵梁和姬辛更是不停地称赞履癸。

履癸又找回了当年征战的成就感，原来不打胜仗也能如此痛快和开心！今年的正月如此与众不同，所有人家都沉浸在一片欢乐之中，从此大夏再也不怕什么大旱了！洛水流域大旱，总不能天下都大旱，没有人听说过黄河干涸过。

半个月之后，庆贺欢腾的气氛稍微沉淀了一些，淳维趁机对履癸说，"父王！费相一直没有回来复命！"

"费相应在瞿山为朕看守河道，以防有溃堤之类的事情发生！"履癸不以为意地说。

"父王，费相府中除了仆人，可是一个费家人也没有了！"

"嗯？你什么意思？"履癸眉毛一挑看着淳维。

第三章　赶马汉子

淳维被履癸看得心里发虚，壮着胆子接着说："不仅如此，大夏军中训练御手的费昌家族的人也不见了！"

"竖子大胆！费相虽是伯益家族的人，却与朕一起出生入死、东征西战几十年，你到底想说什么？"

淳维心中发虚，说道："父王，淳维不敢！不过费相确实不见了！如今不知在何处？"

此时的费昌顺着黄河漂流出了大夏的疆界，已经进入了昆吾的境地。昆吾的牟卢依旧在和黎国混战不断，没有人拦截在黄河上漂流的几个普通的木筏。

一行人不敢怠慢，尽量在河道中间漂流不靠近岸边，饿了就在木筏上吃些干粮，晚上在木筏上盖着毛毯休息。终于进入了商国的境内，一行人下了竹筏，费昌的儿子大木和侄子少廉正值壮年，是费昌家族中的佼佼者，费昌让二人去附近的城镇中买些马匹、车辆。

小镇并不大，各种商户却比大夏的镇子上还多，来往的行人熙熙攘攘，大多是来往于各国和部族之间的商人。

大木和少廉很容易就买到了马匹和马车，赶着马车回到黄河岸边。一行人把木筏上的行李都装上了马车，费昌坐上马车，长出了一口气。

大木和少廉都是赶马车的好手，战车都驾轻就熟，何况这种普通的马车。赶马人侧坐在后面的车上，一手持着鞭子，一手拉着缰绳。马蹄踏着道路发出"嘚嘚"的响声，马脖子上的铃铛"丁零零"地响着，行人老远就听到了铃声，知道有马车经过，提前避让。商国人一般都用牛车或驴车，普通百姓很少有用马车的，马车经过之处，众人纷纷侧目，知道这绝对不是普通人家。

"啪！"马鞭凌空抽得脆响，大木喊着只有马能听懂的口令。好像全天下的马有一套自己的语言，不管大夏的马，还是大商的马都能听懂。从小耳濡目染，这些口令费昌家族的孩子们耳熟能详。"得儿驾"，再用鞭子打上一个空响，这是让马走起来、不用跑。"靠"是让马车靠路边站着。这些口令有时候要和鞭子结合使用，长长的马鞭挥出，发出清脆的啪的一声，几里之外的人都能听出这是一个赶车的高手。

路边长满了野草，马有时候会被这些野草诱惑，停下不走，赶车高手是不给马戴笼头的，"驾！"少廉用马鞭抽一下马的尾巴或打个空响，马就乖乖地继续向前走，如果还不走，一下很重的鞭子就会打在马屁股上了。

前面一个弯路，大木喊："歪呀歪！"然后用鞭子抽马脖子的左侧，马开始向右转。接着又是一个弯路，"吁"大木用鞭子抽马脖子的右侧，马立刻向左转。想让马车拐弯，马鞭抽的方向与转向正好相反。

商国的马道宽阔而平整，费昌的车队上了大道之后就要求马车跑得快，"驾驾驾！"喊上几声，大木和少廉用鞭子抽马的节奏很快，二人的马车飞跑起来，后面的马车跟着前面的马车跑起来。

夕阳的余晖映衬在路边的湖面上，跳跃着金色的光芒，前面有一个小镇，商国的小镇中有很多供车队休息的大院子。

"我们今晚就在这休息吧，大家多日辛苦了！"

"吁——"马队在院子门前停下，大木扳下车下的木棍，木棍在泥土上划出长长的一道，帮助马车停下来，停好之后，众人把马车下的木棍支在地面上，马车的重量就不用压在马的身上了，马也可以休息了。

商国亳城。

天乙继续和伊挚、仲虺等重臣在论证大夏和大商的优势和劣势。

"我们的战车比大夏的要大要结实,我们的战马,湟里且也帮我们从西域买了很多西域良马。"仲虺说。

"但是真正到了战场上,大商的战车不一定是大夏的对手。"伊挚说。

"这是为何?"天乙问。

"因为我们的御手不如大夏的御手,大夏的战车素来以速度奇快著称,而且非常灵活,这全靠御手的赶马和驾驶技术。大夏的御手东征西战几十年,在费相的训练下,战车的驾驭和战斗能力,早已炉火纯青、无敌于天下。"

"那就是说我们即使有了更好的战车也打不过大夏,这怎么办?"仲虺有点儿泄气了。

"仲虺将军不要着急,听伊挚先生慢慢说,伊挚先生肯定还没说完呢!"湟里且微笑着安慰仲虺。

仲虺看向伊挚,目光中充满了期待。

"我和大王说过,我们需要等一个人!"

这时候有人来报:"大夏左相费昌的车队已经到了亳城城外了!"

"真巧!我们等的人到了!所有人马上出发去城外迎接费相!"天乙听说费昌家族来了,喜出望外。

城门大开,天乙朝服在身,率领商国所有重臣,出城几十里来迎接费昌。

天乙远远看到费昌家族的马车车队,下车步行向前走了几百步,率领众人站在路边等候费昌。

费昌看到天乙等人赶紧也下了马车。

二人同时小跑着向前,费昌见到天乙喊了一声"大王!"就要下跪,天乙忙伸手搀住。

"费相,多年不见,不必多礼!费相对天乙有救命之恩,如果跪,也该是天乙给费相下跪才是!"

"大王言重了!"

"费相到来,大商如虎添翼,有了费相的御马之术,大商从此无忧了!哈哈!"天乙开怀地笑了。

"费昌见到大王才是无忧了!哈哈!"费昌也笑了起来。

一行人在久别重逢的喜悦中回到了亳城。

"费昌还有一件礼物要献给大王！"

没等天乙说话，费昌从怀中拿出了几卷羊皮，上面密密麻麻地写满了字。

"大王，这是大夏的关隘图！"

天乙赶紧下了王座接过，脸上笑容逐渐绽放，拉着费昌的手，说道："大商霸业可成矣！哈哈！"

费昌训练的御手能够同时驾驭两匹马的战车，跑起来就会比一匹马的战车快很多。仲虺的战车加上伯益家族的御手，商国的战车大军从此可以纵横天下了。

第四章　天子驾六

朱砂柱子上雕刻着烛龙之神，双目发出明亮的光，把大殿照耀得如同白昼，那是点着的东海人制作的鱼油膏。

玄鸟堂内站满了人，从尹相到卿士，所有重臣今日都聚到了玄鸟堂中。

天乙端坐在王座之上，白色的朝服上绣着漆黑飘动的玄鸟，胸前的长髯已经有了些许的白色，神色却比以前更加威严，隐隐间已有王者天下的天子之气。

"今天对于大商是一个重要的日子，大夏左相费昌大人来归顺我大商。太史终古和费相都是大商的恩人。朕今日封费昌为大商太宰，从今以后费太宰掌管国内事务以及军中的御手！"天乙的声音中气十足，在大堂内回荡。

费昌须发皆白，伏地稽首谢了天乙的封赏，起身走到天乙面前。

"费昌多谢大王！"费昌弯腰从天乙手中接过了太宰的朝服。

"费太宰对大商的大恩，天乙替大商谢过！"天乙对费昌深施一礼。

费昌接过朝服穿在身上，站在天乙王座的边上。身为大夏左相的气质、风度，让所有人为之拜服，商国的群臣恍惚间恍若天乙已经当上了天下的天子。费昌的到来让天乙信心大增，费昌为大商的太宰，世代可以享受爵位，后世子孙无忧。

难得的欢庆时刻，最后大堂中只剩下了天乙、伊挚和费昌，三人是生死之交，一起喝了个酩酊大醉，时光荏苒，如今三人都已经不再年轻了。

"费太宰，如果天子再把天乙抓住关在夏台，天乙肯定是熬不住了！哈哈！"

"大王，不要担心，如今大商实力强盛，天子即使想关大王也做不到了！"

"哈哈，天子神勇天下无敌，万一天乙再被抓住，天子肯定直接就把朕的脑袋砍了！哈哈！"天乙举着酒爵狂笑起来，此刻他知道，箭已经上弦了，再也没有回头的可能了。

"大王，你喝醉了！"伊挚虽然也喝了不少酒，但还算清醒。

天乙已经听不见，手扶着已经醉倒在长几上的费昌睡着了，伊挚赶紧叫来人服侍天乙，并让人送费昌回去休息。

费昌身为大夏的左相，到底如何下定决心抛弃一切来到大夏的呢？

费昌那日听了伊挚的故事，虽然知道大夏王族会永远对伯益家族存有戒备之心，但是要自己放弃这大夏左相之位实在不是一件容易的事情，而且履癸对自己有知遇之恩。

费昌看着雪花飘落，伸手接住一片，这雪花好美啊，自己这么多年从来没有这么仔细地看过，雪花一刹那已经化为了手心中的一个水印。费昌突然明白无论自己是否舍得，自己这个左相之位终究会失去，也许大商的大军明年就会来到斟鄩，与大夏决一死战，自己到时候跟随大军和商国决一死战吗？然后呢，大夏还会在吗？

费昌一阵脊背发凉，好像有雪花顺着脖子进入了费昌的身体，费昌终于明白了，现在必须投奔大商，以后的日子有天乙和伊挚在身边，一切才会是光明一片。

瑞雪初霁，新年的阳光耀眼夺目。如今商国幅员千里，大军已达到数万，四方诸侯很多都归顺了商国。

方圆几里的沙场上，上百辆战车巨大的车轮飞快地转动着，大地发出隆隆的响声。沙场上烟尘滚滚，战车犹如御风而飞，气势磅礴。大商所有的战马都归费昌统一管理训练，所有战车的御手都归费昌家族训练。

仲虺看到自己的战车配上两匹战马之后，顿时就像能够平地飞起，两匹战马在费昌的御手调教下，左右奔突，就如同一匹战马，起停辗转异常灵活，战车阵如今没有了丝毫沉重的样子，更加志得意满了。

仲虺在高处看着战车训练，不由得哈哈大笑："费太宰，如今我大商的战车能否和大夏抗衡了？"

"战车是可以了，但是士兵还远远不及天子的近卫勇士！"

仲虺听了不知道说什么，心中难免忧虑："难道大商永远也不是大夏的对手吗？"

"仲虺将军不必担心，伊挚先生应该早就想到过这个问题！"

"怎么解决？大商的子民身体就是没有大夏的西部士兵强壮！我们天天吃牛肉、搬磨盘练习也不行啊！"仲虺不由得看了看自己雄壮的肌肉，纵使是自己的块头和天子履癸比起来那也是弱着一大半，当年太行山顶逃亡的时候，自己和天乙、庆辅几个人围战天子，都不是对手，这事情想起来就让人泄气。

"仲虺将军，天下之事最不可为的就是用自己的短处和别人的长处去比拼，伊挚先生手无缚鸡之力，天下人不还是尊其为元圣！这是为什么？"

"伊挚先生的智谋天下无双！但是打起仗来，光靠智谋也不行啊，弱者还是得被强壮的人砍了啊！"

"你可听说过伊挚先生正在训练的大阵？"

这时候一辆马车由远处驶来，仲虺看着都惊呆了，马车竟然有六匹马拉着，六匹马一字排开，步伐整齐，丝毫不乱，隐隐然法度森严。

这些马一看就经过了严格的训练，御手一定是一个高手，仲虺朝马车后面一看，一辆巨大的马车，高大的马车车厢比一般马车大出几倍，这不是自己给天乙打造的马车吗？马车上饰着玄鸟，祥云中神龙出没。马车上两个御手，正是大木和少廉。

"这就是天子驾六！"费昌说。

天乙挑开车帘，说道："太宰、仲虺将军，何时可以一起去看看伊挚先生的四正四奇大阵？"

第五章　王的军阵四正四奇

天子驾六马，诸侯驾四，大夫三，士二，庶人一。

六匹骏马肃然而立，大木躬身请天乙上车。天乙坐上费昌和仲虺为天乙准备的天子六驾马车，从车中望出去，六匹马并辔而行，前后战车护卫，有一种超然于世的感觉。天乙虽然喜欢，心中却总是感觉不踏实，如果这事被履癸知道，等于向天下宣布商国准备取代大夏的天子之位。

一个棘手的问题一直困扰着天乙，大商光靠人多依旧无法和天子抗衡，天子大军如果冲过来，恐怕有再多的大军也无法抵挡。

"伊挚先生，商国的大军兵源可否充足？"天乙把伊挚找了来，有了伊挚在身边，天乙心里踏实多了。

"大王，这点不用担心，大商的总疆域虽然还没有大夏和昆吾加起来多，但是总人口已经超过大夏，兵源没有问题。"

二人谈话的玄鸟堂在亳城的中心，是城中最高的地方，四周大多是屋檐高高的贵族院落。贵族的院落周围散落着很多奴隶的房屋，奴隶的住宅和主人的不一样，和大夏奴隶的房间一样，进门时都是要朝着地下走的，是一种半地下的结构，外面用木材搭建了屋顶结构，上面盖着茅草。屋里生着火灶台，这种结构的房间冬暖夏凉，住在里面也算舒服。唯一的缺点就是夏天下大雨的时候，如果外面遮挡不好，雨水容易灌进屋内。

在商国做奴隶也是一件幸福的事情，不会因为饥荒，主人不给粮食而饿死。奴隶中的男人要随时准备加入商国的大军，奴隶是没有人身自由的，商国所有的男性奴隶随时都会成为商国的大军。

平民百姓之在甲士之外者虽然不是正式的士兵，如果要跟随大军出征，则成为灵活巡逻军队，进入城内则为护卫军队，战争的时候则为主力大军的接济军队。商国几乎全民都是招之能来，来之能战，商国的所有男人基本是大商的后备军队。这么多年来，商国执行伊挚的井田之法，粮食逐渐充盈，人口日益繁多，外加越来越多的人来投靠商国，商国已经拥有了天下三分之一的人口，伊挚才有信心对天乙这么说。

"伊挚先生，费太宰给朕准备的这天子驾六虽然气派非凡，但只能在大路上行走，而且前后还要有护卫车队，实在是不方便。"

"大王，这是费太宰的一片心意！大王要想安心坐上这天子驾六还需要等几年。"伊挚看出了天乙的心事。

"商国如今到底有多少军队？"

"不下十万！"

"已经超过十万？记得先生初到朕身边的时候，商国只有几千人马！大商多年来全赖先生辛苦操劳。"天乙听到这个数字有点儿飘飘然。

"军队多了固然是好事，但如果没有好的指挥，也只是一群乌合之众而已。"

"听说先生有四正四奇大阵！天乙愿听先生详解！"

"大王不必着急，到了教军场，我们和仲虺将军一起探讨！"

到了教军场！天乙、费昌、仲虺等一起听伊挚讲四正四奇大阵。

伊挚于是开始一一细说："如今商国的大军阵法，不能再和以前一样了。商军首先分为四军。归藏之术中延续了伏羲八卦中的坎、离、震、兑四个卦象。这四卦或用以分主四时：坎主冬，离主夏，震主春，兑主秋；这四卦也可用以分主四方，坎主北，离主南，震主东，兑主西。四个方向称为四正，伊挚以四军处四正，分别是天、地、风、云。四正大军有各种风云变幻的阵法，互相穿插，互相支援，合力围攻，声东击西。"

仲虺听了之后如醍醐灌顶："伊挚先生的战场谋略，仲虺拜服啊！"

伊挚笑了笑，说道："伊挚不过一个书生，真正要战场杀敌还要仲虺将军这样文武双全的大将！仲虺将军今日也给大家讲一讲为将之道如何？"

仲虺听到伊挚夸自己，脸上顿时来了神采，仲虺一头红发，配上红色的虬髯，不怒自威。仲虺是天生的将才，如果战场杀得兴起，他会赤膊上阵，这时候所有人会看到仲虺身上那条红色大蛇图案，犹如战神下凡，吓得敌人心胆俱裂。

"刚才伊挚先生说了商国有四正大军，其实将兵者也有四正。一曰心，二曰情，三曰名，四曰利。心者，士卒为之共理；情者，士卒为之甘饴；名者，士卒为之荣辱；利者，士卒为之死命。得四正者，万军一心，是为将才。"

仲虺讲完之后，费昌和伊挚竖起大拇指，天乙说："仲虺将军不愧是大商的右相，有赤蛇战神统领大商大军，荡平天下指日可待！"

商国的大军中还有四支精锐军队，伊挚定为四奇军，分别为龙军、虎军、玄鸟军、蛇军。四正为主力大军，再加上四奇这四支灵活机动的精锐之旅，构成了全新的商国大军。天乙还有一支精锐中的精锐大军，为商国的中军，中军居中为天柱军，跟随在天乙周围。

春猎为蒐，夏猎为苗，每岁蒐苗打猎的时节，正是演练兵马的时节，狝狩田猎，而四阵以教七军，几年之后商国大军新的阵法已经演练得很纯熟了。这就是伊挚创造的四正四奇大阵，专门用来针对上万人的天下之战。

亳城外的景山之下大军云集。

天乙在景山之上的玄鸟大旗下望着四正四奇大阵大军，感觉到了天地风云随时都会随着这些大军变幻。

天乙朗声发布军令："东门虚、南门螟、西门疵、北门侧商国的四大将军分别率领东南西北四正大军。仲虺、庆辅、太丁、外丙分别率领四奇大军。"

天乙望着浩浩荡荡的大军，如今不仅戈矛如林，而且人山人海，瞬间就能成为吞噬一切的巨浪。闪耀着寒光的戈矛如同大海，大军行进如同巨大的波浪在涌动，无数大旗在风中呼啦啦地飘扬。

费昌在天乙身边不由得说："大王，大商的大军气势已经和大夏不相上下！"

"费太宰，具体讲呢？"天乙听费昌如此说心里很高兴。

"大商大军，整齐划一，军纪严明，这一点，大夏大军不如大商。但有一点，大夏两万近卫勇士每一个都是百里挑一的,要论单个士兵的勇猛程度,大商不如大夏!不过素来兵者在将,不在于士兵的匹夫之勇,大商大战胜算更多矣!"

天乙不禁豪情顿生:"伊挚先生,今日万事俱备,大军是否大业可成?"

"大王,时机还没成熟,还得需要等一件事!"

"还要等?朕都已经老了!"天乙实在不知道伊挚还要等什么。

第六章　汤之盘铭

商国亳城，大商景山阅军，伊挚还要让天乙等。

"还要等什么呢？"天乙有点儿沉不住气了。

"大王，虽然大商已经有了天下三分之一的人口和十万大军！但是如今并不是所有的诸侯都愿意征伐大夏！征伐大夏是叛逆！必然不得民心！近年大商兵戎太多，大王继续勤修德政，等待天下真正归心！"

"到底还要多久？！朕如今已是知天命的年纪，不知天命几何？"

伊挚看到天乙真的着急了，忙说道："大王不必着急，其实只需要等昆吾的瓦解！而且天子会首先沉不住气，等天子打过来，我们再出兵就师出有名，天子无端征伐，大商必然要自保一战！"

"朕就再等一年！"

日子这样平静地过了几天，天气一天一天地明朗起来，空气中渐渐出现了温暖的气息。午后阳光正好，伊挚正在府中看书，突然接到消息天乙要见自己。

伊挚到了王宫，并没有去玄鸟堂，带路的侍女也没带着去日常去的小厅，难道今日是王女想念，所以去寝宫相见吗？

果然侍女带着伊挚到了寝宫，却是到了寝宫边上的一个小门前。"先生请，大王在里面！"

伊挚一愣，这是什么地方？自己虽然经常来往宫中，但是这个小门却从来没有进去过。

伊挚走入里面，一股热气升腾上来。房间并不大，中间放着一个青铜大盆，伊挚从来没见过这么大的青铜器具，这个澡盆竟然宽有八尺左右，伊挚好奇地走近仔细查看，外面是青铜，但能够看出来是一片一片的青铜拼接起来的，澡盆里面依旧是木头的，从远处看，颇为壮观。

有莘王女果然在，正用手试着大盆里的水温。王女抬头看见伊挚："伊挚你来了！这是我给你准备的浴袍，你先去小屋换上！"王女递给了伊挚一件灰色的麻布浴袍，指了指旁边的小屋。

伊挚犹豫了一下，还是去换了出来，脚上也换上了木屐。

"水已经放好了，你们慢慢洗，慢慢聊，这水温正合适！"王女说着走了出去。

"王女，这是何意，大王呢？"

这时候天乙穿着一身麻布的衣服从旁边的小屋中走出："伊挚先生，今日朕要和你同浴。"

"啊，这这……"

"先生有什么不好意思的，难道你的身上也和仲虺将军一样有胎记，那朕更要看看了！哈哈！"

天乙直接脱了浴袍赤条条地走入大澡盆中，伊挚第一次看到天乙没有穿衣服的样子，竟有些不敢看。

"伊挚先生，你也进来吧，朕今天邀请先生来，就是要和先生坦诚相见，彼此彻底真诚相待！"

伊挚看了看周围的侍女，"大王，这些侍女……"

"哦，难道先生看上了朕的侍女，你说哪个？朕可以送给先生！"

"大王，伊挚不是那个意思，这些侍女在，伊挚不好下水！"

"哈哈，堂堂元圣竟然害羞，好了，你们都退出，等喊你们再进来吧！"天乙摆了摆手，那些侍女退了出去。

伊挚脱下了浴袍，露出了浑身雪白的皮肤，慢慢走进大浴盆，坐在了天乙的旁边，天乙周身健硕的肌肉和稍微有点儿鼓起的大肚子，外加那几缕潇洒的长髯都浸入了水中，但依旧是一副王者气概。伊挚身材修长，周身肌肉却很结实，皮肤光滑白皙，依旧是一种玉树临风的气质，身上没有一块多余的赘肉，与天乙比也不显得瘦小，宛如温润的少年。

"先生身体保养得不错啊，看来先生的固颜汤效果果然不错啊！"

"大王说笑了，身体发肤受之父母，自当爱惜！何况大王的霸业未成，阿衡怎么敢老呢！"阿衡是伊挚的小名，只有王女有时候会叫这个名字。

"是啊，所以今日只有天乙和阿衡，没有大王和伊挚先生如何？阿衡这个名字只有王女对先生叫过吧，天乙可否叫得？"

"大王……"

"阿衡，你说什么？"

"天乙兄！"

"好吧阿衡，谁让我比你老呢！"天乙无奈地摇了摇头，谁知道天乙的胡子在水中甩来甩去带出来的水甩了伊挚一脸。

"天乙，注意你的胡子。"伊挚抹了一把脸上的水笑着说。

"哈哈！这就对了，阿衡，你看这澡盆上都是些什么字？"

伊挚这才注意到澡盆里面的青铜边缘上竟然刻有字：

"苟日新，日日新，又日新。"

"伊挚先生觉得朕这个澡盆如何？"

"苟日新，日日新，又日新，我大商从此每日都将是新的一天，每一天都会取得新的胜利！这是天乙刻在澡盆上的警词，旨在激励自己自强不息，日有所新。三个'新'字，可以指洗澡除去肌肤上的污垢，使身体焕然一新，更是精神上的弃旧图新。因此，朕每次洗澡赤身裸体地面对真正的自己的时候都告诉自己，每天除旧更新，要持之以恒。"天乙说。

"欲养性必先修身，欲清心必先洁体，澡身能澡洁其身，不染浊也；沐浴于德，以德自清也。正所谓照镜子、正衣冠、洗洗澡、治治病，大王是真正的自新的君主，霸业必成。"

"阿衡，你又吹捧我了。"

"阿衡说的都是坦诚之言，我们霸业必成。天乙，这次我们要对大夏革命！"

"革命！对这个词好！你我这次要完成一件后羿没有做到的事情！建立千秋功业！"

"天乙准备把这个澡盆放到玄鸟堂旁边的小厅，以后重臣谈话就在这大澡盆里谈，大家一定能够做到坦诚相待！说出自己的内心话！你先说大商霸业你有几成把握！"

"天乙，所以说你是大王呢，就是比伊挚境界高！"

"哈哈！"

之后，这个大澡盆就放在玄鸟堂旁边的小厅中，商国所有上朝的大臣都能看到这个大澡盆，议事的时候天乙经常邀请大家坦诚相待，一边洗澡，一边讨论国家大事，果然天乙听到了很多以前从来没有听到过的肺腑之言，在澡盆中洗过澡的大臣都看到了那句励志的话：苟日新，日日新，又日新。从此，商国群臣之中再无懈怠之人。

第七章 天大的局

瞿山方向出现一片黄色的云，旋转着，转眼就到了老头儿的眼前！哪里是云？那是狂风！转眼间周围已经开始飞沙走石，不见天日。

空气充满了沙子和尘土，大地和天空都发出隆隆的低吼。狂风怒吼，这真的是风的声音吗？还是神龙在怒吼。人们茫然地四处看着，突然被惊得呆在了原地。

瞿山矮了一半！整个瞿山都崩塌了。瞿山原来全部由碎石组成，这次整体垮塌了，一座大山成了方圆几十里的沙石高地，开挖的河道全部被掩埋在下面。

履癸听到这个消息之后，简直不敢相信自己的耳朵，到瞿山亲眼看到之后，彻底沉默了。回到斟鄩之后，履癸把自己关在长夜宫中，一连很多天没有出来。

"瞿山，难道我履癸一世英名，就要毁在这瞿山之上。"履癸躺在妹喜的怀里，委屈得像一个做错事的孩子。

"大王，一座山而已，塌就塌了吧！以前没有黄河水，大夏子民不也活得好好的！"妹喜轻轻抚着乖乖伏在自己怀中履癸的额头，这个如狮子一样的大王，竟也有如此柔弱的一面。

"瞿山是朕的心血，是朕传给子孙万代的工程。如今都没有了！也许费昌说的是对的！"履癸好像就要哭出来了。

时光回到了十年前，当年伊挚还在大夏。有一天履癸召见伊挚，二人在宫中聊天。

"伊挚先生，朕作为天子的功业如何？"

"大王征战天下，所向披靡！实为一代贤王！"

"朕的功业能否像先祖大禹那样名垂千古？"

"大王和大禹王比还要更加努力，大禹王是有治水伟大功业才为万民万代传颂！"

"如今天下也没有滔滔洪水需要朕去治理啊？"

"大旱天下苍生更苦，大王如果给大夏解决了大旱的苦，也是千秋功业一件！"

"朕也知道大旱庄稼需要水灌溉，朕早就想把黄河水引到洛水，奈何中间隔着一座瞿山。"

"瞿山石碎，可以人工开挖！"

"开山之事，亘古未有，真的可行？"

"如果古已有之，哪里还会是千秋功业？！"

"先生果然是有元圣之才！哈哈！"履癸大笑了起来。

履癸在瞿山工程开始之后，费昌日夜操劳在工地上，瞿山开挖过程中第一次坍塌之后，费昌就发现了瞿山开挖并不困难，但是瞿山整体都是碎石，开挖之后，万一地震，将会继续垮塌，费昌把这一点告诉了履癸。

"哪有那么多地震？！大夏刚刚地震过，估计几百年内都不会地震了！你们把开挖的两边都用木桩加固就是了！"履癸已经被要做出大禹一样万世功业的志向变得更加一意孤行了。

容台的院子中有两棵玉兰树，妹喜每到春天花开的时候，总会过来赏花，妹喜每次看到玉兰晶莹洁白的花瓣，总是会想到自己。履癸是不会来赏花的，这时候如果伊挚在身边那该多好。

伊挚当年在大夏的时候除了协助费昌之外，平时闲暇时光四处游历，洛水的水量并不稳定，干旱的年头就会断流。此时人们都会想到被瞿山阻断的黄河之水。伊挚考察发现瞿山整座大山都是碎石，开挖并不困难。大夏有了黄河之水就能拥有一片广大旱涝保收的沃土，大夏江山定会更加稳固。

伊挚回到商国期间，和仲虺商量开挖瞿山是否可行。仲虺从小精于各种工艺制造，工程方面也很精通，而且做战车最讲究的就是各个部位间的受力情况。

仲虺思索良久慢慢地说："伊挚先生，开山工程仲虺做得不多，估计挖开也不是很难！但这里有一个致命的问题！"

"你是说山石破碎，万一多年之后遇上地震会垮塌？"

"其实根本不用地震！"

"那还有什么强大的外力能让瞿山再次垮塌？"

"根本不需要外力。"

"愿仲虺将军详细指教！"伊挚对着仲虺鞠了一躬。

"伊挚先生大才，仲虺可受不起先生的一拜。"仲虺赶紧把伊挚搀扶起来，心里不由得高兴，伊挚你原来也有不如我、必须求助于我的地方啊。

"我小时候经常用沙土堆城池、房屋玩，所有泥土做的房屋都不会保留很久，即使没有人去破坏，没多久也都塌了。"仲虺慢慢道来。

"这又如何？"伊挚不知道仲虺想说什么。

"我从小就喜欢思考东西里面的结构，明白了一个道理，任何东西里面如果不是完全固定的，当破坏了它原来的稳定结构之后，内部会有一种新的力量慢慢累积。瞿山也一样，从中间开挖出一条河道，整个大山的稳固受力结构必然变化，几年之后必然会塌，不过一般人肯定是理解不到这一点的，以为只有地震才会使瞿山崩塌！"

"多谢仲虺将军！孩童都会玩沙土堆房子的游戏，但是像仲虺将军这样能够看出其中道理的人天下却没几个。"伊挚兴奋地一拍大腿。仲虺吃惊地看着伊挚，我们稳重的伊挚先生怎么今天如此奇怪。

瞿山崩塌了，大夏又陷入了沉默，刚刚出来的禾苗没有了河水的灌溉，很快枯萎了。洛水和伊水又都枯竭了，整个大夏又是一片大旱。

斟鄩城中又出现了那个童谣："群犬吠，夏日霜，泰山走石立，伊洛竭。天下将大变！"

履癸多日不上朝，一直沉浸在妹喜的长夜宫中，妹喜每日陪着履癸，第一次感觉到履癸是那么需要自己。妹喜每日陪着履癸饮酒，给履癸跳舞。履癸就当外面什么也没有发生，只有自己和妹喜，只有长夜宫。但是谁又能躲得了一辈子，天下将要大变了。

淳维听到童谣很着急，但淳维也进不去长夜宫，没有履癸的命令，他也不敢抓孩童，如今费昌又不在，右相赵梁又是个毫不担责的滑头。

朝中的老臣们都着急了，如今天下人心惶惶，大王又不上朝。夏侯无荒和姚常身为大夏宗亲，都是履癸的叔叔辈，自然责无旁贷。无荒和姚常来到长夜宫门口求见，守卫知道二人是大夏资格最老的大臣了，只好派人去通告履癸。

履癸听说自己的叔叔们都来了，无奈只得出来相见。

隔了几个月之后，履癸又上朝了。

太禹殿上依旧是死一般的寂静，所有人都知道履癸今天心情不好。履癸盛怒之下，惹了履癸肯定不会有好果子吃。

履癸坐在宝座上用手支着额头，一句话也不说，似乎在沉思。大臣从来没见过履癸如此无精打采的样子，履癸几乎都没朝下面的大臣看一眼。

而今天的朝堂上竟然又出现了一个人。

履癸不经意地瞥了一眼下面的群臣，似乎看到一个坐着的人。

"除了朕，谁还敢在朝堂上坐着！"

履癸不由得朝下面愤怒地看了一眼。

"大王，老臣关龙逄，好久不见了！老臣站立不稳，在大王面前无礼了！"关龙逄虽然嘴上说着无礼，却并没有起身站起来的意思。

"关大人，你不在家养老，颐养天年，何必再来上朝？"履癸强压怒火。

"老臣再不来，恐怕大夏转眼就要亡了，老臣怕大王重蹈太康帝的覆辙！"

"关老头儿！天之有日，犹吾之有民，日有亡哉？日亡吾亦亡矣！"

"到了如今，大王还拿太阳这一套来诓老臣！今日瞿山彻底崩塌！大王难道不知道自省吗？"

"好你个关老头儿，你不是说朕不要重蹈太康帝的覆辙吗？如今朝堂内谁是后羿！"履癸拍了一下王座，众人感觉整个大殿都跟着震动了一下。

"大王不要迁怒别人！如果认为老臣是后羿！大王尽管杀好了，老臣垂垂老矣！死而无憾！只怕老臣死后，大夏会天下大乱，大夏早晚亡在你履癸手里！"

"好好好！你自己说是后羿，那怪不得朕，如果不是你妖言惑众，瞿山怎么会崩塌！上天有灾兆，朝堂必有佞人！来人给我推出去砍了！"

如今朝堂上费昌、终古都不在了，夏侯无荒赶紧劝道："大王息怒，关大人老糊涂了，大王不要和他计较！"

"无须多言！"履癸这么多天一直在思索自己是否真的错了！今天终于找到一个替罪羊，哪里会放过！

关龙逄趴在断头台上，努力看着上方的天空，那里也许就是自己一会儿要去的地方，脸上露出欣慰的笑容。"来吧！这样最好！"

刽子手的斧子落了下来。

关龙逄死了，关龙逄知道自己的身体状况，既然总有一死，他更愿意死在太禹殿上。这样很多人都会记住他，他的名字也会流传后世。履癸看着关龙逄那血腥的脑袋，心中突然有了一种无奈的感觉。

这个时候朝堂上早已是死一般沉寂，哪里还有大臣敢说话。

"梁相，厚葬关大人，不准举办葬礼！"履癸此话一出，赵梁等竟然无言以对。

履癸内心实在憋火，关龙逄莫名其妙地在朝堂之上骂了自己一通，上次履癸就知道这些老臣最难对付了，准备让老头儿告老还乡就是了，没想到关龙逄竟然自己来寻死，让自己背负了一个枉杀忠臣的骂名。

"所有人都不准为关龙逄举哀哭号，否则朕必杀之！"履癸越想越生气，说罢拂袖而去。

第八章　大夏无道

大夏王邑斟鄩。

洛河中只剩下了一片淤泥，没有了水人们心里犹如着了火，人们想起来这几年在瞿山受的苦，尤其那些被埋在瞿山下的亲人。履癸把瞿山崩塌的愤怒都发泄到了关龙逢身上，关龙逢也得其所愿死在朝堂之上，可以流芳千古了。履癸虽然有些后悔，也并没有放在心上。

斟鄩的空气中有一种压得人透不过气来的气息，愤怒开始在百姓的心中慢慢升腾。

履癸下令有凭吊龙逢者死。无荒和巫轶厚葬了关龙逢，但不敢发丧举哀。

一直为百姓说话的关大人死了，人们的情绪找到了一个突破口，虽然不让明着举哀，暗地里却到处是聚在一起举哀的人们。人们对履癸这个暴君仇恨的种子已经慢慢在心中发芽，一旦发芽就开始恣意生长。

巫轶是关龙逢的好友，对于关龙逢的死，天子履癸没有半分悔意，他心中万分悲愤。无荒也不禁仰天长叹一声："关大人，你死了！无荒以后更孤独了。"

巫轶对无荒说："巫轶将在家中设置灵堂哭龙逢，虽死不辞。夏王之无道，吾将哭之，而不仅仅哭龙逢！"

无荒说："君行君之志，我又能说什么，大王如今怎么变成了这样？谁的话也听不进去了，其他老臣又都是明哲保身，我不说话，别的大臣就更不敢说了。"

巫轶在家中摆放了香案，设置灵位，浑身缟素哭拜关龙逢。朝中的一些耿直的大臣，悄悄到巫轶家中祭拜关龙逢。

"关大人，你走了！大夏以后怎么办呢？太史走了，左相也走了！如今你也走了！朝堂上再也没有一心为了大夏敢于直言的人了！"巫轶一身缟素，跪在关龙逢的灵前，失声痛哭。其他人也都老泪纵横，不能自已。

大家不禁唏嘘，关大人在朝中为官多年，为大夏操劳一生，却落得如此下场。

天下没有不透风的墙，这件事还是传到了履癸那里。履癸听了之后冷笑道："真有不怕死的，想随关老头儿而去，那就成全他们！"

履癸派了虎、豹将军去擒拿巫轶，巫轶毫不反抗。巫轶将在宫门之外的广场被当众断头，让天下人都看到不听天子旨意是什么下场。

斟鄩一片大雾迷茫，影影绰绰的什么都看不清楚，巫轶看了看天空，说道："苍天有眼！关大人，巫轶来陪您了！"

如今所有人都以为履癸已经疯了，先王大禹治水，也只是疏导水而已，山是上天的神山，人力哪里能够开得动，开山得罪了上天，上天一定会惩罚的，如今果然应验了，瞿山彻底崩塌了。

刽子手毫无表情地砍下了巫轶的脑袋！瞬间狂风四起，到处都是黄土，飞沙走石，人们都睁不开眼睛。

巫轶死了，没人叫好。依旧是沉默，如今百姓只剩下沉默，人们安静地隐没在无声无息的大雾中。

"忠臣杀矣！决不可为也。"大夏中很多大臣挂冠而去，直接辞官回家了。

商国亳城。

瞿山崩塌，关龙逢被杀的消息传到了天乙那里。天乙听到这个消息叹息一声："关龙逢死矣乎！夏其亡矣！"

伊挚说："大王，瞿山已塌，忠臣已死，大王不用等了！时机已然成熟！"

"难道伊挚先生早知道瞿山会塌？"

"大王，天机不可泄露也！"伊挚不露声色。

"哈哈！伊挚先生啊，你这个元圣！天下谁能够是你的对手？"

"我们即刻准备大军西征？"

"外部的条件成熟了，剩下的就是大商的时机了！大王不必着急，悄悄整顿军马！再等三天，就知分晓！"

"哦？"天乙好奇地看着伊挚。

如今商国的疆域广大，黄河下游从大商的疆域中缓缓流过。下游的河面更加宽阔，没有了上游的汹涌澎湃，变得更像大地上人们的母亲，滋养着这片土地上的人们，生生不息。河面上两艘渔船并列着前行，两艘小船上的人光着膀子，露出古铜色的皮肤和健壮的身躯，船上的一人拉着一张巨大渔网的一边，用力撒下渔网，整个渔网张开撒向黄河里，接着人们开始奋力朝着岸边划桨！小船带着渔网开始向岸边快速拉过去。

这是开春之后，黄河第一次捕鱼，河边站满了看热闹的村民。

"用力！快，抓到大鱼了没？"人们在岸边鼓噪着。

两艘小船上商国的渔民都赤着胳膊，用力划着手中的木桨，胳膊上的肌肉一鼓一鼓地跳动着，透着壮年男人特有的魅力，胳膊上、脸上都是亮油油的，不知溅起来的是河水还是汗水。

不一会儿，两艘渔船到了河边，船上的几个人赶紧跳下，蹚着膝盖深的河水，用力向前拉着渔网。渔网慢慢出水了，渔网中出现了无数条黄河大鲤鱼。

鲜活的鲤鱼透着红色，真是让人看了欣喜不已。不时有几条鲤鱼从网里跳了出去，打一个水花，傲然游远了。

"快点！鱼跳走了！"岸边的孩子焦急地喊着。

"跳走的那些将来是要去跳龙门变成龙的！"岸边的老人说。

渔网终于被拉到了岸边，人们都蜂拥过去看，足足有好几十条！

"哎！网里这个黑色的大家伙是什么？"人们把渔网里的鲤鱼都捉到木桶中之后，发现网里还有一个黑黑的大家伙。

"呀！一只大乌龟！"

"怪不得刚才我们几个划船感觉好重！嗯？这乌龟背上好像有字！"

村里识字的老巫师走近了仔细看，龟背上的红色纹理很奇怪，竟然是几个字："夏无道，商遂当代之！"

第九章 商的庙算

"夏无道，商遂当代之！"龟背上这几个字即将挑起天下风云激荡。

商国从黄河中打捞上来的黑色大龟背上有字！这件事转眼天下皆知，一片哗然。那些被大夏征伐过的部族蠢蠢欲动，等待大商的动静，随时准备加入征讨大夏的队伍。

消息也传到了大夏王邑，履癸大怒："骗人的玩意儿！自古道理只有胜利者说了算，天乙竖子当真敢挑战大夏？那样朕倒是省事了！"

天乙并没有吃惊。"哈哈！伊挚先生，这种把戏你也玩，不过很好，如此天子定然也不会和大商善罢甘休！大军已经整顿完毕，如今春末时分，正是大战的时节！时机是否成熟了？"

"成熟了！大王可进行一场庙算！"在夏商决战之前，天乙不得不慎重，他必须召集大臣们进行一场"庙算"，振奋士气统一军心，才能决定仗该怎么打！凡国家遇有战事，都要告于祖庙，议于明堂，是为庙算。

祭祀大典！东方的朝霞映红的天空，祭祀台就在玄鸟堂前面广场的正中间，所有人都能看到祭祀台上的神树，神树上满是晃动的玄鸟，那些鸟在风中飘荡着，恍若先祖的灵魂就在周围。

天乙缓步登上高大的祭祀台，祭拜了先祖的灵位。这是出征前最隆重的仪式，百官和大商的宗族都要来参加。天乙周身白衣，须发飘扬在风中，恍若天神下凡。

仲虺进行了贞卜，龟壳噼啪作响，上天的旨意来临了。

"大王，卦象显示：夏无道，商遂当代之！大商利在西北！"

"大商将讨伐无德的大夏！"

天乙、伊挚、仲虺、费昌、庆辅、湟里且、太史终古、子棘、汝鸠、汝方，以及东门虚、南门蜎、西门疵、北门侧等商国重要大臣都在。

天乙坐在王座上，面色凝重，胡须和头发已经有了些许白色，平日里明亮的双目微眯着望向远方，不怒自威。

"主孰有道？将孰有能？天地孰得？法令孰行？兵众孰强？士卒孰练？赏罚孰明？夫未战而庙算胜者，得算多也；未战而庙算不胜者，得算少也。多算胜少算，而况于无算乎！吾以此观之，胜负见矣。"天乙开始了庙算。

"主孰有道？"天乙开始了第一算。

"道者，令民与上同意，可与之死，可与之生，而不危也。履癸已经在人民心中积累了太多的怨气。如今道在大商。"伊挚朗声回答，众人听了纷纷点头。

"朕觉得伊挚先生说得有理，大家没有别的意见，接下来第二算，将孰有能？"

费昌站了出来："费昌对大夏军力还是比较了解的，费昌先说下拙见。大商和夏各有长处。将者，智、信、仁、勇、严也。夏胜在勇字，整个商国都找不出像履癸那么勇猛的高手，不过商胜在仁字。信、严，大夏和商国打平。智也是商国略胜，从现在的形势布局来说，商以伊挚为首的谋士应比较占优势。"

仲虺点头，说道："费太宰说得很有道理，天子的勇猛仲虺也亲自领教过，的确天下无敌，不过商国如今也是名将如云，在座的庆辅将军，东门虚、南门蜎、西门疵、北门侧众位将军，以及远在边城的该众将军都是将中奇才。"

"仲虺将军，不要忘了天乙和仲虺将军自己哦！天乙关键时刻也是大将！"大战来临，天乙已经雄心万丈。

"对，还有大王！商国不可不说是兵多将广！"

"如今如果按照实力，大夏和商国实力相当！关键在于昆吾！不过昆吾的问题终于有了转机，天机不可泄露，就不在此多讲！"伊挚说。

天乙说："庙算在于算，而不在于胜负，胜负不是可以算出来的，接下来第三算天地孰得？"

这时候太史终古站起身来，捋了捋那银白的胡子，说道："天者，阴阳、寒暑、时制也；地者，远近、险易、广狭、死生也。不要忘了终古把'图'献给了大王，天下山川河隘的标注很清晰。大商据'图'可以把战场设在最有利的位置，排兵布阵，大夏更多会像一头撞进口袋的瞎子。"终古说完，众人点头赞许。

"论天地之道，终古大人最为精通了。接下来第四算，法令孰行？"

"大商。天子之令在夏可以很快得到贯彻，天子履癸随心所欲，而不是依法而行。大王经营多年才让大商法度严谨，天下归心，才有了今日的大商！"湟里且依旧笑眯眯地说。

众人听了无不点头，天乙望着伊挚微笑。

"接下来第五算，兵众孰强？"

"大商！从兵力来说，大夏目前仅能动员直属兵力及昆吾的残兵，而大商则可以集结天下东部的大部分诸侯的力量；商国的青铜战车、盔甲和兵器都已今非昔比，战车和步兵混合作战，而夏主要是步兵。"仲虺当仁不让，朗声说道。

天乙赞许道："仲虺将军所言不错，仲虺将军对大商之功，商国无人不知。接下来第六算士卒熟练？"

"大商。传说履癸有精锐亲兵二万人，由于履癸为人好斗，谁不服打谁，死伤无数，后来虽然补足人数，但是训练水平和纪律都大不如前。大商四正四奇大军就有两万左右，足可以和大夏对抗！"伊挚给天乙来了一次彻底的庙算，天乙心中终于有了底气。

"今日庙算六算都是大商有利，但并不是庙算得胜，商国就能够得胜，前路依旧艰辛！大丈夫生于世间，不建立功业岂不是枉自白活一次？这是在座诸位以及所有大商士兵和子民的霸业！"天乙站起身来，对着众人深深行了一礼。

"费太宰觉得天子的两万大军和大商对敌会如何？"伊挚突然问费昌。

"这个……"费昌踌躇了起来。

"费太宰请实话实说。"天乙看着费昌说。

"费昌没有见过大商大军打仗，但是费昌跟随天子多年，从来没有人是天子的对手！"费昌说。

天乙刚想说什么，伊挚抢先说："大王，大商还需要一次誓师大会！"

第十章 汤誓

皓月当空洒下一片柔和的光芒，天乙一人在院中徘徊。

庙算之后，虽然商国上下都有了信心，但是天乙知道，庙算只能说商国有了大战的实力。大战如何打，费昌一句大夏从未败过，让天乙心里很没底。天乙心中如有一万只蚂蚁在爬来爬去，如今箭在弦上，骑虎难下，商国有了粮食、人口和装备精良的大军，难道就能够打败大夏了？天乙想到当年被履癸推上断头台、关在夏台的情景，恐惧和痛苦随着回忆袭来，想到自己和仲虺、庆辅等几人在太行山顶被履癸一人打得毫无还手之力的情景更是让人绝望。

"是时候结束这种提心吊胆的日子了！不趁着这个机会大军西征，说不定哪天履癸又会把自己推上断头台！"天乙抬手对着月亮射出一箭，羽箭刺破夜空，消失不见，天乙的心终于不再犹豫。"今夜就要把下一步的作战方略定下来！"大军的下一步作战方略，天乙一直没有最终确定下来。

天乙趁着月色，悄悄坐着马车来到了伊挚的府中。白薇看到天乙大吃一惊，赶紧去通知伊挚。

"白薇姑娘不必去通告了，我们一起进去就是了，今天就朕一个人，不必拘于礼节！"

伊挚此刻正在书房中闭目打坐，天乙对白薇摆了摆手，不让白薇打扰伊挚练气。天乙静静坐在伊挚对面，从没安静仔细地看过伊挚，天乙心中想："这么多年了，大商走过的路，其实都是伊挚谋划的，朕实在离不开你了！"

看着伊挚宁静的面容，天乙不知不觉间，眼皮下垂，脑中一片空白清明。天乙的心也慢慢地宁静了下来，刚才的烦躁都消失了。

"大王！是来和伊挚一起练气的吗？"不知过了多久，伊挚的声音轻轻响起。

天乙睁开眼睛，说道："伊挚先生，朕哪里懂得练气，不过朕刚才受先生感染，这修身练气的确能够宁静内心，朕心里现在已经平静了。"

"伊挚其实早就知道大王来了，就是为了让大王先静下心来！"

"伊挚先生，庙算只是算！大商伐夏的大业，还是得和先生详细斟酌一下！"天乙说。

"伊挚也想和大王坦诚相告，不过不想去大王那个大澡盆里洗澡了。"

"哈哈！先生是个雅致之人！"天乙轻松地笑了，白薇在一边给二人倒上了茶水，如今的白薇似乎越来越像伊挚了，白衣飘飘，倒茶的动作不急不缓，自有一股韵律，对二人莞尔一笑，不深不浅恰到好处。人和谁在一起，就会有了那个人的影子。

"如今天子履癸日益残暴，瞿山已塌，又杀了关龙逢大人，民心已然失去了。杀了直谏之人，大夏几乎无人在朝堂说真话了。数年间搜索天下货财子女，天下诸侯都很难足数进贡给履癸，天下士民俱怨恨履癸，只是口中不敢说出来而已！"伊挚接着说道，"初年，履癸四处征战，开辟大夏疆域，吞灭了无数的周边诸侯国，终于恢复了大夏昔日的无限荣光。大夏如今疆域纵横千里，装备了盔甲的正规大军就有好几万，战车上千乘。履癸平日里亲自厚养的近卫勇士，一直有两万人。每一个勇士都是力举千斤、射贯七札的高手。近年来，履癸征战不断伤亡了大半，增补的新兵虽多，人数依旧是两万。新选上的近卫勇士虽依旧凶猛狰狞，已经不似旧时死命忠心。履癸凭勇力统领天下，灭善国，存恶国。灭善人，用恶人。大夏周围的诸侯国都只是被迫跟随履癸而已。大夏的大臣都依仗履癸的淫威，肆意横行。为满足各自的私欲，奢侈靡乱。大夏取民租赋，初年十分取二，中年十分取三，到近年来则十分取四五，以致搜刮殆尽！百姓在履癸统治之下，生不能养，死不能葬，长不能娶，旷夫满于野，怨女盈室。有志于为国家做事情的士人没有机会当官，贤才只能穷困到老，善良的人困苦终身。大夏根基已腐朽，仅仅是表面上依旧很强大而已，大商等的就是这个时机，大王不必心焦，大商已有胜算！"

"大商胜算几何？"

"伊挚不知！"

"超过一半的胜算吗？"天乙看着伊挚。

"大王，你可知归藏中天下一切都不是定数！大商如今要做的不是贞卜胜算几何，而要知道大战如何打才有胜算！"

"啊！"天乙颓然坐着，良久说道："先生说得是！以往大战哪一次不是九死一生，我们都过来了。这一次其实也一样！我们唯有去拼尽全力，剩下的就只能等了！"

"大王终于明白了！"伊挚微笑地看着天乙说。

"有些事我们必须去完成，那我们就一起去完成它。如果成了，大王就会像大禹王那样名垂千古，为子孙万世所敬仰。大王做素王的这些年不会白白忍耐！是行动的时候了！"

"伊挚先生，我们下一步如何走？"

伊挚走过去附在天乙耳边轻轻说了什么。

天乙走出伊挚府邸的时候并没有得到必胜的策略，内心却已经平静了。

决战在即，大商联军内部的想法也不是太稳定，在关于该不该继续伐夏的问题上依旧存在分歧，毕竟这是以臣伐上，有些长期习惯了大夏统治的人们是很难接受的，所以伊挚说得很对，誓师大会是必须举办的。

几天后，大军就要出征了，玄鸟堂前的广场上满是已经站不开大商的大军。天乙缓步走上祭祀台，一身闪亮的青铜盔甲在身，白色的披风迎风飘舞。

天乙站在祭祀台上，广场上顿时安静了下来，几万人却没有一点儿声音，所有人都在等着天乙说话。

天乙环顾了四周，如今商国大军已经和出征葛国时不一样了，"是时候了！"天乙终于等到了这一天。

数万将士肃立等着天乙，天乙深吸了一口气，朗声说：

"大商的将士和子民今日都来听朕所言！不是朕小子敢贸然犯上，实在是因为夏王犯了很多罪行，上天让我去讨伐他。也许大家会说：'我们的国君不体贴我们，该种庄稼的时候不让我们去种庄稼，却去讨伐夏王？'这样的言论我早已经听说过，但履癸有罪，我们敬畏天帝，不敢不去征讨！现在你们会问：'履癸的罪行究竟怎么样？'履癸耗尽了民力，剥削夏国人民，民众大多怠慢不恭，不予合作，他们说：'这种日子什么时候消失？我们宁可和履癸一起灭亡！'履癸的德行败坏如此，今朕必往讨伐！"

天乙严肃地扫视了一下众人，大声说道："你们只要辅佐朕，行使上天对履癸的惩罚，我将大力赏赐你们！请你们相信，朕决不食言。如有人不听从朕的誓言，朕必杀之，让他的子孙做奴隶！必无所赦！"

天乙的话刚刚讲完，将士举起手中的兵器，高呼："夏无道，商遂当代之！"

第十一章　万舞翼翼

天乙发表了誓师宣言!

广场上几万大军呼喊之声还没停歇,"咚!咚!"的鼓声响起,低沉而威严,转眼盖过了人声。

人们肃立静听,祭祀台下几十面大鼓被敲响,大地都跟着鼓声在颤动着。这些大鼓都是用整张牛皮制作的,每个大鼓都有一人高,两个赤着上身的汉子在两边,用力有节奏地捶打,发出如雷声一样的鼓声。

"猗与那与,置我鞉鼓。奏鼓简简,衍我烈祖!"天乙开始纵声高歌,仲虺带领祭祀台上面的几十名巫师一起随着天乙高唱。

伊挚在祭祀台上挥动旗帜,下面一层几百武士戴着玄鸟头盔,手中的青铜盾牌和大斧透着阵阵杀气,一起随着音乐起舞。几万大军随着鼓声一起晃动着手里的兵刃,脚下迈着稳健的步伐一起起舞,这是一次所有人的出征,商国不只是天乙的商国,舞蹈鼓舞着每一个商国战士的勇气。

这就是伊挚最近创作的气势恢宏的九招六列之舞。

九招之舞,奏之九变,人鬼可得而礼矣。此所以协三才,宁万国也。凡音,宫为君,商为臣,角为民,徵为事,羽为物,五者不乱则无黏滞之音。正气感人,顺气应之,顺气成象而和乐兴焉。

九招六列之舞,每一个音都正气感人,每一个动作都能给人以力量,是为了天下所有人创作的，没有高高在上的君主，大家一起舞蹈，一起出征，一起杀敌，为了自己的家人，即使血染沙场也无怨无悔。

这一次与以往出征不同，这一次没有回头路，这一次是去征服天下。

天乙看着汹涌的大军的浪潮，上下牙竟然开始有点儿打战。

"伊挚先生，朕讲得如……如何？"天乙竟然有点儿磕巴了。

"大王的出征誓言讲得非常好，只有大王才会有如此王者天下的气概！"

"那我现在怎么话都说不利索了，朕也没有害怕！"

"大王是太激动了！"

"履癸！一切都是你自找的！"

"出征！"大军开拔！

大夏王邑。

天乙大军出征的消息自然传到了履癸这里，即使是"太康失国"的时候，大夏的权威也未曾受到过如此赤裸裸的挑战。

履癸朝中虽然少了费昌和终古这些老臣，赵梁、姬辛以及履癸依仗的扁将军和镇守肜城的夏耕，身边的虎、豹、熊、罴四大将军依旧还在，太子淳维如今也有了几分履癸当年的雄威。

"天乙竖子！来受死吧！"履癸终于震怒了。

天下毕竟还是大夏的，赵梁几个月奔走于各国，转眼一年的军粮已经凑齐。

履癸当然不会忘了最重要的盟友昆吾。牟卢依旧被黎国牵扯着，如果牟卢率军来增援，昆吾可能会被黎国反扑。好在昆吾一直家底雄厚，牟卢送了几百钟粟米给履癸，履癸看了大笑："有了这些粮食！大夏无忧矣！"

黄昏时分，天色渐渐暗了下来。太禹殿前的广场上黑压压的全是人，大夏群臣毕集于此。

正中祭台上火光熊熊，几丈高的铜柱矗立在祭祀台上，铜柱上盘着的神龙在火光照耀下如同活了，在柱子上不停地游移，双目中放出让人害怕的光。从四根铜柱上垂下粗大的青铜锁链，末端四个玉铉钩住一个大鼎，鼎中的水已经沸腾了。

履癸一身黑色朝服在身，头上戴着王冠，前后垂下九根旒，每根都由五个晶莹的玉珠串成，代表着履癸是九五之尊的天子。

履癸站在大鼎边上，手中攥着一只黑色的鹄鸟，手起刀落，鹄鸟的血流了出来，鹄鸟凄厉地呼号着，凄惨的声音让所有人听了都不寒而栗。鹄鸟的血滴在火光边的地上，履癸一把把鹄鸟丢进了大鼎中，滚滚的雾气升腾着，祭祀台上显得更加神秘了。其实履癸并没有明白，大商旗帜上那只黑色狰狞的玄鸟并不是鹄鸟，也不是燕子，而是猫头鹰。

"带上来！"履癸一招手。

赵梁带着几个女子走上祭祀台，女子哭哭啼啼的，看着熊熊的火光不敢靠近。

履癸对天祈祷："土反其宅，水归其壑！苍天在上！大禹列祖在上！如今大商叛乱，保佑我大夏万世江山！"

女子的哭声更加响亮了，几个勇士过来，抓住几个女子的胳膊一下子将其都推入了熊熊的烈火之中，瞬间凄厉的惨叫声传了出来，这哪里还是人的声音。

转眼年轻的生命消逝在了这熊熊烈火之中，她们的灵魂真的上天去了吗？

赵梁在一旁不禁一哆嗦。这时候祭祀台边上的磬被敲响了，磬声清脆悠扬，恍若能够直达上天。

履癸左手举着羽毛做成的伞状翳，右手拿着玉环，开始跳起了干戚舞！

"普天之下，莫非王土；率土之滨，莫非王臣！"履癸的歌声算不上好听，但却很震慑，这声音只属于天下的王。

鼓声已经开始慢慢响起，随着鼓点的节奏，几个操着牛尾巴的巫师，头上戴着龙头面具，脚下跳起了禹步，广场上的近卫勇士也跳了起来。

钟鼓之声四起，恍惚间上天神灵已经降临到这些人身上。

妺喜听说要用女子祭天，没有参加这次祭祀，此刻和琬、琰姐妹在倾宫之上看到祭祀台上的一切，心中不禁为那些祭天的女子叹息。

祭祀完毕，履癸整顿兵甲，排兵布阵。大夏的大军已经多年没有跟随履癸出征了，这些如虎、狼一样凶猛的勇士早就都待得难受了，他们天生属于战场，天生就喜欢鲜血的味道。听说又有仗要打了，一个个开始双眼放出光来。

那些被烧死的女子让这群勇士亢奋起来，身上战斗的灵魂重新被唤醒了。

大夏大军也已经整顿完毕，就等着大商送上门来。

第十二章　千里奔袭

商国大军即将出征。

有妊氏双眸中闪耀着光芒，虽然已将近五十，风韵却不减当年，依旧是天乙眼中跳跃的小鹿。有妊氏拉着天乙："大王！此去一定要把大夏打个落花流水！"

"父王，中壬也想和父王一起出征去杀敌！"这时候一个十来岁的小孩来到天乙身前。

天乙一把抱起小男孩："你这小勇士再过几年才能和父王一起出征！现在父王命令你守护好亳城，在家照顾好你的母亲！"

"儿臣一定听母亲的话！"小男孩郑重地说。这个小男孩就是天乙和有妊氏的小儿子中壬，天乙对这个幼子一直以来都非常宠爱。

有莘王女也不在乎天乙和有妊氏在那里道别，只是叫住伊挚，"伊挚，你一定要安全回来！"

"伊挚永远属于王女！王女一定要好好保重！"

王女看到白薇依旧陪在伊挚的身边，说道："有白薇姑娘在你身边照顾，我也就放心了！"

如果是以前，有莘王女肯定会吃白薇的醋，但是如今王女已经为白薇能陪着伊挚而高兴了。对于伊挚，王女已经没有那份执着了，也许最终一直陪伴在身边的人才是最适合的那个人，对自己或伊挚都是最好的。

太丁和外丙这次也率领四奇大军随军出征，这次商国是倾全国之兵了。

费昌身为商国太宰这次没有主动请缨，费昌心里暂时过不了亲自去征伐大夏这关。这次留下来守护商国的依旧是王女、有妊氏，子棘和汝鸠、汝方也留在亳城协助有莘王女管理商国内政。有妊氏在商国组织了一支女子军队，协助费昌守卫商国，以防东方九夷趁机侵扰商国。

"费太宰！商国内政有劳了！"天乙说。

"费昌定守护商国平安！"费昌送别天乙的大军。

天乙走出亳城之后没有回头，远处苍山如海，朝霞如血，这注定是一次血与火的大战。

大军出征后仲虺问："大王，如今天子大军已经严阵以待，我们该如何？"

"伊挚先生早就有了妙计，大军听从先生指挥！"天乙说。

伊挚躬身对天乙说："大王，大军分为两部分，四奇大军轻装简从，急行军直奔昆吾城！路上不允许有任何纠缠！剩下的四正大军由湟里且和四门将军率领带着粮草稳步跟进！"

顿时大路上尘土飞腾起来，所有战车开始奔跑起来，步兵也在后面跑步前进。

大军飞奔起来之后，战车车轮几乎有一半的时间不着地了，天乙、伊挚、仲虺几个人干脆都下了战车，直接骑马前进，这样还舒服点。

天乙骑在马上飞奔，一袭白袍在身后飘扬，看着眼前的苍茫大地，自己的大军要把这天下古老的大地全部征服。

夜色来临，天乙和伊挚参考天上的星宿，以及白天经过的河流地形，对照着终古的图，确认大军所在的位置。转眼大军就要进入昆吾境内了，商国边境线没有守卫，所以昆吾才会这么多年来一直侵扰商国，商国却没有什么办法。商军赶到边境的时候，昆吾士兵早就都撤回昆吾了，这么多年商国大军从来没有踏入过昆吾境内，就怕给了昆吾借口入侵商国，如今商国大军的脚步终于踏上了昆吾的土地。

仲虺曾经去过大夏，发现此次出征和以前走的路线不一样，越来越偏向北方。

五天之后一座高大的城出现在面前，走近了发现，这座红褐色的城被一条波澜壮阔的大河包围着，大河是黄水河，足有半里地那么宽，在这里转了一个急弯，城就如同一个孩子，躺在黄水河的臂弯中。城的三面都是宽阔的河面，只有一面是陆地，整个城墙上都覆盖着坚硬的瓦片，那瓦片下面褐色的大土块，一块一块地垒成了城墙，貌似是整块陶土烧成的。

城内到处都是卖陶器的店铺，店铺后面的土窑中炭火熊熊地正在烧制着新的陶器。

"这是哪里？"仲虺终于沉不住气了，天乙也不确定地望向伊挚。

"大王，这里就是昆吾城！此刻天子大军恐怕在南面已经布好天罗地网等着我们！我们要趁其不备先解决昆吾！"

"啊？！如果天子打过来怎么办？"

"我们来了昆吾，如果夏军堵住我们的后路，恐怕会凶多吉少！所以要快！否则形势变化，我们恐难以脱身！"伊挚面无表情，大家都知道此时此刻形势的严峻。

城内的人吃惊地发现，城外竟然出现了无数的大军。

"啊！是商国的大军！"

这么多年来，一直是昆吾人到商国的地盘去侵扰，商军还是第一次进入昆吾境内。昆吾氏是颛顼和祝融之后，自古以来，昆吾人就擅长做陶器，通过陶器买卖，昆吾逐渐积累了财力，慢慢强大了起来。

"昆吾城，用什么建造的，似乎不是石头啊？！"

"大王，如果伊挚没有记错，这应该叫作砖！"

"砖？！"

"昆吾氏是火神祝融的后人，昆吾人大多继承了祖先的本领，善于用火烧制陶器。昆吾人烧制陶器的技术非常高超，最近昆吾人发明了烧制的砖，这种砖不怕风吹雨淋，而且非常整齐，所以才能够垒出高大坚固的城墙。"

"和石头的城墙比呢？"

"石头不平整，石头城墙很难垒得很高而不倒塌！夯土的城墙也不能够垒成这么高！这也许是天下最高最坚固的城池了！"

昆吾城不仅高大坚固，而且三面是大河，只有北方这一面没有大河，护城河就有三道，从黄水河引来的水让这些护城河常年不会干涸，水下面布满了尖利的木栅!

"伊挚先生!昆吾城如此高大坚固,我们大商即使有再多大军,估计也难攻下啊!"天乙看着这城墙也开始发愁了。

"父王,我们兄弟先攻打下看看!"

这时候,太丁和外丙两个人都想这次出征在父王面前证明自己的实力,多多立下军功。这次二人率领的可是商国最精锐的四奇大军中的龙、虎二军,这两支大军在商国磨炼多年,早就想大展身手。这次尤其是要攻打欺凌商国多年的昆吾,每个人都跃跃欲试,随时准备着冲上去。

"来到城下不攻城也太丢人了,太丁、外丙听令!"天乙令旗摆动!

太丁和外丙率领龙、虎两支四奇大军就冲了上去。四奇大军果然勇猛,用长戈挑开了水中的木栅,用仲虺发明的攻城梯,迅速搭建了通过护城河的木桥,大军迅速通过了前两道护城河。

但是这时候,昆吾城上的弓箭突然如雨点一样射了下来。商国的云梯并不怕弓箭,但是昆吾的弓箭不一样,竟然都带着火苗。云梯都是木头做成的,不一会儿就都着火了,攻了几轮之后,商军发现根本无法靠近城墙顶端。虽有云梯保护,依旧有士兵中箭,身上着了火,摔了下来,掉进护城河中。

"这城墙太高了,比顾国那个城墙高出了好几丈!"商国的士兵靠近城墙之后才发现这城墙真高。

大军丝毫不停歇!几千人就开始朝着昆吾城冲了过去!

就在这时候伊挚说:"大王,可以停止攻城了,昆吾人已经见识了大商大军的厉害了!撤军!"

"撤军?!"天乙不知伊挚何意。

"大王不着急,我们不是来攻昆吾城的,牟卢并不在城中!"

昆吾如此坚固的城池,绝非一朝一夕可以攻下来。

"那接下来呢?"天乙知道伊挚已经有了主意!

"我们等牟卢回来!不过他也许永远都回不来了!"

第十三章　玄鸟之谜

天乙对着昆吾城一筹莫展，伊挚说："大王，昆吾城虽然无法攻下，但是好消息是牟卢并不在城中！攻城只是为了让牟卢回军！如今牟卢大军已经在回来的路上了！"

天乙沉吟了一下。

"此处三面环水，如果牟卢大军回来正好把我们围在里面，到时候城内、城外内外夹击！我们如何是好？"仲虺说。

"仲虺将军，到了你和庆辅将军出击的时候了，此去务必全歼昆吾主力于旷野之外！"伊挚微笑着看着仲虺说。

"这一次，朕终于跟上伊挚先生的思路了！牟卢回来了，我们去迎接一下！"天乙微笑说。

长夜降临，今夜没有月亮，也没有星光，黑得伸手不见五指，这样的暗夜撤军绝对不会引起昆吾人的注意。

大军行动之前，天乙的大帐内灯火通明，出兵前的战略会议正在进行。

夜间行军最容易迷失方向，白天能够看到的村庄、河流，晚上完全看不到，走着走着就会偏离预设的行军路线。

伊挚也有点儿一筹莫展，问庆辅和仲虺有什么好办法。"如果熟悉的地方还好，昆吾这里大家都是初次来，白天都容易迷路，何况夜晚？今夜没有北斗七星，更不好分辨方向！"仲虺无奈地说。

"如果庆辅一人，即使走错了路，来回多跑几趟倒也无妨！如此多的大军庆辅也没有办法！"庆辅说。

庆辅夜间视力极好，看到天乙镇定的样子，对众人说："也许大王有办法！"

众人都看着天乙，天乙神秘地说："诸位可知道大商的图腾？"

"玄鸟！"仲虺看了一眼天乙身后的旗帜说。

"玄鸟是什么？"天乙接着问。

"我们大旗上是燕子、大雁或者凤凰吗？"仲虺不知道天乙想说什么了。

"也许都不是！"伊挚似乎知道天乙的心思了。

"这三个都不是？"仲虺奇怪了。

"诸位觉得商字像什么？"

帐篷内的太丁和外丙凑过来仔细看着另一面大旗上的商字。

"父王，我们的商字难道是一种动物？"太丁和外丙同时发问。

"你们也注意到中间那两只大眼睛了吧，诸位可听说过夜之神和梦之神？"

"大王难道是说猫头鹰？"庆辅说。

"庆辅将军果然观察仔细！"天乙向庆辅投去赞许的目光。

大家齐刷刷地望向商国的大旗，在闪烁的火把照耀之下，商字中间的两个大圆圈真的就如猫头鹰的眼睛在看着大家。

"父王，我们大商的玄鸟难道是猫头鹰吗？！那大旗上的玄鸟怎么看都不像猫头鹰？"太丁和外丙离远了一些，看到火光中大旗上玄鸟展开双翅，呼之欲出。

"天命玄鸟！降而生商！玄鸟本就是抽象的，没发现我大商很多玉器上的玄鸟眼睛都比一般的鸟要大吗？"

天乙从一个侍卫手里接过一只套着头套的鹰，这只鹰毛色泛着光芒，虽然戴着头套，但是依旧昂着头，气象非凡。摘下头套之后，那圆睁的双目放出闪电一样的光芒。竟然是一只猫头鹰，再看那大旗上的商字，真的是一模一样，大帐内的所有人都惊呆了，怎么这么多年一直没有发现。

"今夜，大商的玄鸟会为我们引路！"

天乙留下太丁和外丙继续围困昆吾，佯装攻城。

暗夜之中，商军悄悄上路了。玄鸟在前面盘旋着，不时发出呜呜的低沉的叫声，大军顺着玄鸟叫声的方向，悄无声息地前进着。众人看到玄鸟夜色中张开双翅、黑色的影子，这不就是大商大旗上的玄鸟吗？

天亮之后，商军已经脱离了昆吾城的范围。休息了一上午，商军继续前进，转眼到了第二天黄昏。

夕阳西下，远处苍山如海，残阳如血，夕阳金色的余晖洒满大地，稀稀拉拉地灌木在大地上留下长长的影子。

牟卢远征而回的上万大军奔袭而来，正好遇到北门侧率领的商军。牟卢的大军强势突袭，逐渐占了上风。北门侧虽然勇猛，也无法挡住如狼似虎的昆吾大军。一个士兵被砍掉了一只胳膊，依然单手抡起长矛刺向昆吾人，仇恨已经让所有人忘掉了对死亡的恐惧。四处散落着残缺的躯体，到处都是流出的内脏，这是几万人的厮杀，美丽的晚霞此刻看起来如同吸血的狂魔，无数的人再也看不到明天的太阳，这里是人间的地狱。

就在这时候，远方车轮滚滚，白色的大旗在风中飘扬，黑色的玄鸟在飞扬。

牟卢吃了一惊："难道又是商军？！"

来的正是仲虺和庆辅的两支四奇大军。

商军一看远方来了援军，立即恢复了斗志，奋力拼杀。昆吾人的战袍和旗帜是火一样的红色，商国的战袍是雪一样的白色，红色的昆吾军外围又来了一层白色的商国大军与之厮杀，里外的白色商军对着红色昆吾人两面厮杀。仲虺好久没有打仗了，看到这场面，整个人兴奋起来。

"牟卢在哪儿？跟我杀！"仲虺一头红发就杀了进去。庆辅指挥四奇大军来回冲撞，冲乱了最外围昆吾军队的阵脚，里外的商军会合后，立即反过来围住昆吾人厮杀！刚才还是昆吾人对商国人的屠杀，立即变成了商国人对昆吾人的厮杀。

这时候乱军的中心出现了一支急速向外冲的队伍，这支队伍都红袍在身，盔甲鲜明，一杆大旗上红色的火焰在燃烧，正是牟卢看到形势不好，率领自己手下最精锐的部队向外突围。

牟卢的手下也不是吃素的，前面已离率领精兵开道，牟卢殿后，一路杀了出来，商国的士兵难以抵挡其锋芒。

牟卢开始舍不得那些辎重，如今生死一战，终于抛下了一切向外逃生，牟卢自信天下谁也无法抵挡自己的近卫军。牟卢和履癸私交甚好，经常与履癸的近卫勇士厮混，对这些勇士的战斗力非常了解，牟卢就在身边也训练了两千昆吾近卫军。关键时刻，这些近卫军至少能够保自己脱身。

仲虺记得上次被牟卢追下伊水时的狼狈，心中憋着一口气，这次一定要报当初受辱之仇。仲虺正在乱军中寻找牟卢，突然发现了这支生猛的队伍，仲虺拎着狼牙棒催动战车冲了过来。

如果战车是商国的精锐力量，仲虺的战车军阵就是商军的灵魂，牟卢和仲虺之间要进行一场生死之战！

盐碱河滩的大战。

仲虺的战车阵一字排开，上百辆战车朝着昆吾那些刚刚从包围中冲出来的近卫军冲去！混乱之中战车、战马早就损失殆尽，如今只剩下血肉之躯，只有牟卢周围几十人骑着战马。此刻商国战车上弓箭已在弦上，长矛已经举起，战戈已经磨得锋利，战车轮上的狼牙刺已经伸出，飞快旋转着。

"商国的战车太厉害，我们没有战车，又没处躲藏！大家赶紧分开向两边撤退！"牟卢说！

"不！我们要誓死保卫大王安全！"昆吾近卫军都是久经沙场的勇士，近卫军没有散开，而是围城了一个圆圈，把牟卢护在中间，商国的战车冲了过来，战车上的弓箭如雨般射过来！

近卫军虽然穿着铠甲，但仍然有不少人中箭倒下了，所有人的戈矛对着战车来的方向！商国拉战车的战马面部戴着铜面具，马腿也有锁子甲，战马速度很快，一下就跳进了昆吾近卫军阵中，前面的人不少被战马踩踏和战车冲撞而死，后面的昆吾人看到战车慢了下来，一顿砍杀，把战马和战车上的人都砍成了肉泥！

"再冲！"钟虺让战车第二次冲了上去！仲虺本以为战车阵冲上去，昆吾近卫军即使不被全歼，也会被冲乱冲散，然后商国大军上去，就可以直接找到牟卢了！仲虺此刻看到自己强大的战车硬是被昆吾近卫军用血肉之躯给拦了下来，不由得大吃一惊，暗暗佩服昆吾人的血性之勇！

十来辆战车先后被砍翻了，战车阵无法继续攻击了！商国的士兵冲了上去，双方又是血刃之战！

仲虺大吼："牟卢！你在哪儿？你我来决一死战！"

仲虺在斟鄩的时候见过牟卢，催动战车来回冲击着近卫军的中心！仲虺的狼牙棒抡起来，所到之处昆吾人都被打得血肉横飞！牟卢看到了仲虺，催动战马过来迎战。牟卢的战马速度很快，双方交错的一瞬间，牟卢对着仲虺就是一狼牙棒刺出去。

仲虺没想到牟卢会主动冲过来，赶紧举起狼牙棒架住牟卢的狼牙棒。仲虺的狼牙棒上面缠绕的是一条张牙舞爪的赤龙，看起来狰狞恐怖。仲虺并不着急松开狼牙棒，只是对着牟卢诡异地笑，牟卢这次意识到不好，仲虺的战车车轮上还有狼牙刺，自己战马的眼睛差点被刺到。

牟卢一着急，从马背上站了起来，双手一用力，借着仲虺的力直接飞身朝着仲虺过去，仲虺赶紧扔了狼牙棒，两个人竟然在战车上扭打起来。

仲虺的战车上还有一个御手，本来在专心驾驭着战车，一看牟卢跳了上来，赶紧回过身来想帮仲虺的忙。御手拔出腰间的短刀就对着牟卢刺来。牟卢正全力和仲虺扭打在一起，根本没有留意背后。

眼看短刀就要刺入牟卢的后背了。就在这千钧一发之际，那个御手突然"啊——"了一声就倒了下去，手中短刀也掉到了地上。

牟卢一惊，眼神余光瞥到御手背后竟然插着一根长矛，此刻另一个人也跳上了战车，正是牟卢的弟弟已离。原来已离看到牟卢危险，危急之中，奋尽全力掷出了手中的长矛。

"王兄，我来帮你！"已离和牟卢一起肉搏仲虺，双拳难敌四手，何况在这么狭小的战车上。仲虺一不小心就被已离踢中了一脚，一个趔趄。这时候牟卢也上来一脚，仲虺被牟卢踢中了后背，瞬间失去平衡，直接从战车上飞了出去，落地的时候竟然直接趴在了地上，牙齿啃到了地上的盐碱泥土，一股咸味和牙碜的感觉充满嘴里！

仲虺竟然不相信自己掉了下来，趴在那里想不通这到底是怎么回事！不过危险就在身边，赶紧就地打滚，滚到一边去。

已离也不再管仲虺，抢起来缰绳，赶着战车就向前跑。

商国的士兵根本不认识牟卢，看到仲虺的战车飞奔也看不清上面是否是仲虺，也就没人敢阻拦已离赶着的战车。不一会儿已离赶着战车竟然冲出了商国的大军，二人不敢停歇，朝着昆吾城方向跑去。

　　"刚才多谢兄弟救了王兄一命！"

　　"王兄，你我兄弟不必言谢！商军竟然有如此多人马！这还是当初的百里商国吗？"已离感叹。

　　"如今之计，只有赶紧回到昆吾城再做定夺！"二人赶着战车直奔昆吾城而去！

　　仲虺上了商国的一辆战车，来到天乙和伊挚的战车前。"大王！先生！我军大败昆吾，如今昆吾已经溃不成军，四散奔逃而去了！"

　　"仲虺将军辛苦了！可否抓到牟卢？"天乙问。

　　"牟卢和已离好像杀出了重围，逃向昆吾城去了！"仲虺说话的时候，微微有一些不自然。伊挚看了一眼仲虺，没说什么。

　　"大军赶紧去追牟卢！"天乙命令道。

　　商国大军不再和四散的昆吾大军纠缠，直接奔着昆吾城追了下去！

　　牟卢和已离知道商国的追兵就在后面，两个人丝毫不敢停留，一天水米未进。到了半夜，两个人实在太累太饿了，发现前面有个村庄，停了下来。

　　已离进入村中，发现一个亮着灯火的人家，隐隐约约能看到屋子里面的人。夜里能够点灯的通常都是有钱人家，一般百姓家里晚上是点不起灯的，或者就是用灶盆点一些炭火。这一家点着油灯，院子中干净整洁，没有一根杂草。已离喊开了这家的院门，这家奴隶一看已离的令牌，赶紧把二人引进正屋子里去见主人。

　　主人是一个慈善粗壮的中年男子，吩咐奴隶给二人准备了一些高粱饭和热水，给两匹战马也喂了一些高粱米和一大桶水。

　　仲虺的战马自然是百里挑一的良马，此刻也已经累得浑身打突突，周身都是汗和尘土混合的泥水味道。战马吃饱喝足后，打了个响鼻，又恢复了精力。

　　两个人刚吃完饭，就听到远处传来隆隆的声音。

　　"好快！追兵上来了！"已离叫道，牟卢此刻也恢复了精力，两个人上了战车，继续出了村子朝前跑去！

身后正是商国的追兵！天乙听说牟卢跑了，心中焦急异常："朕此次定要追上牟卢那竖子！一报大商多年被昆吾凌辱之仇！"天乙说话的时候，须发飘动，气势震撼到了所有人！

天乙的战车没有参加战斗！战马此刻神骏异常，跑起来飞快！但一直没看到牟卢和已离的踪影！商国大军随后也到了牟卢歇息的村庄！得知牟卢刚刚从这里吃了饭继续跑了！

"可恼！"天乙怒了，随便吃了两口干粮！战马也迅速吃了草料，继续追了下去，仲虺和庆辅第一次看到天乙如此着急！也不敢说话，只有陪着天乙继续去追。伊挚率领大军在后面跟着！

夜色已深，商军又放出来玄鸟，这只大猫头鹰睁开那双世间无人能及的夜游神的眼睛，毫无表情地看了众人一眼，悄无声息地飞上天空，呜呜地鸣叫着，时而高飞，时而从人们头顶掠过，给大军指引着前进的方向。

玄鸟传来两声叫声，天乙说："玄鸟在前面发现什么了，快！"

一辆战车正停在路上，正是仲虺的战车。庆辅说："这战车怎么这么眼熟？"仲虺赶紧伸手拍了拍庆辅的胳膊。庆辅看了一眼仲虺，就不说话了。

牟卢和已离二人，丢下战车，改骑马跑了！天乙也从战车上下来，换了一匹战马，庆辅和仲虺也赶紧换了战马。天乙在中，仲虺和庆辅一左一右护着天乙追了过去！

第十四章　红发女神

　　牟卢和已离两人两马连夜飞奔！黑色的树影在两边急速而过。好在已离和牟卢对回昆吾城的道路比较熟悉，两个人咬着牙坚持着朝昆吾城的方向飞奔。东方发白的时候，两个人已经遥遥望见昆吾城！

　　"王兄，我们要到家了！城中应该早就得到消息！会有人接应我们的！"

　　"看！那是朕的猎鹰！"牟卢指着天空说，然后牟卢把手指放在嘴边打了一个尖厉的口哨，猎鹰听到口哨声后，也看到了牟卢，盘旋几圈，朝着昆吾城中飞去了。牟卢平时很喜欢训练猎鹰，这只猎鹰就是女儿少方派出来探听牟卢消息的。

　　守在城外的太丁和外丙黎明时分突然听到帐篷外有呜呜的声音，二人急忙出了帐篷，就看到了商国的玄鸟，一只灰黑的猫头鹰在帐篷上空盘旋！

　　"父王的大军就要回来了！不知道牟卢是否也回来了？"太丁说。

　　"我们做好准备！如果昆吾人来了，一定不让他们进城！"外丙说。

　　商军严阵以待，随时等着牟卢回来。

　　牟卢和已离也不知道前面到底是归途还是陷阱，牟卢管不了那么多，他现在就想早点回到城中，见到女儿少方，然后关上城门，再也不理城外的商国大军！时间一长，天子履癸亲发大军，商军自然会退走！但是，首先要进城！

　　早晨的阳光照在城墙上那些红色的砖块上，昆吾城上青铜锁链哗啦啦响着，吊桥被放了下来！

一少女驾着战车在前，红发映着晨光，周身散发着红色的光芒，如同天上的女神。昆吾城内最少还有两万昆吾大军！此时少方率领着上万大军杀出城来。

女子名叫少方，牟卢为女儿起的这个名字是为了纪念她的母亲方。王女长着一头与众不同的红色头发，红色是火的象征，这个国家的图腾就是火。牟卢把所有的爱都给了王女，在王女面前，他就是一个言听计从的慈祥父亲，甘愿让女儿骑在自己的脖子上，当牛做马也是开心的。

所有人都觉得牟卢冷酷无情，狡诈阴险，根本没有弱点，只有牟卢身边的人知道牟卢的弱点是王女少方。

牟卢把昆吾城修得越来越高大坚固，就是为了自己在外征战，没有人能够威胁到自己的女儿少方。少方从小就被牟卢宠坏了，慢慢变得刁蛮任性。

太丁和外丙准备迎敌，一看为首的竟然是个年轻女孩，很诧异，还没等太丁和外丙回过神来，昆吾大军已经杀到了。

奇怪的是，昆吾的战车上白天竟然也插着火把！商军正纳闷，少方拿出一支箭上了弦，箭头在火把上晃了一下，箭头燃起了熊熊的火焰！少方一箭射出来，正中一商国战车的战马，战马皮甲中箭后，箭头火焰却没有熄灭，战马一下被火吓惊，上蹿下跳起来。接着成百上千支火箭就射向了商军的阵地，商国的战马都惊了，阵线瞬间混乱起来。

少方那边的战马从小就经受各种火的训练，身后士兵早就习惯了射击火箭。

太丁和外丙赶紧让弓箭手还击，但是已经晚了，少方带着昆吾人已经冲到眼前了。太丁和外丙手下这一万来人，根本不是久经沙场的昆吾大军的对手，一下子就被杀开了一个大缺口！少方一马当先冲过了商国的阵地，去接应牟卢了！

"父王！"少方远远地看到了牟卢。到了跟前，二人都跳到地上奔跑起来，少方直接跳到牟卢身上，抱住了牟卢。

"少方！赶紧回城！后面有商国的大军追兵！"牟卢对少方说。

"商国人有什么可怕？女儿今天就要把商国人都杀干净！"

"现在还不是时候，商国大军人数太多，父王这次带出去的大军恐怕都回不来了！"

此时的太丁和外丙终于稳住了阵脚，重新组织起防线，等着昆吾大军撤回城中。牟卢带领少方，直接杀向了太丁和外丙。太丁和外丙毕竟年轻，虽然在顾国经历过大仗，但是昆吾的大军绝对比顾国的大军凶悍多了。两个人一时间只能让大军勉力支撑，步步后退，再退的话就要掉进昆吾城的护城河了，昆吾城上的弓箭手基本就要射到商国的大军了。

一时间，太丁和外丙这边的形势十分危急。

"兄长！你我二人誓死也不能放牟卢进城！你来指挥！我去拿下牟卢！"外丙喊道。外丙催动战车就朝着牟卢过来了，牟卢刚想接战，少方抢先迎了上去。

少方的长兵刃是两条长矛，外丙的兵刃是一根长矛，外丙没有把这个女子放在眼里，长矛斜刺过去，想把少方给挑下战车。哪知道少方左手一根长矛就打歪了外丙的长矛，右手长矛如毒蛇一样突然刺向了外丙的喉咙。外丙赶紧低头躲过，虽然躲过了，却已经显出狼狈相来。两人战车几乎撞上，御手掉转马头转了一圈继续第二回合。

这时候牟卢怕少方有危险也催马过来。外丙一下子就更加狼狈了。周围商军一看少主人危险，赶紧围了过来，总算救下了外丙，朝着后方撤下去。

昆吾大军士气大振，到了家门口，谁阻拦自己回家，那肯定是要拼命的。眼看商国的阵线就要被撕开了，昆吾城上的弓箭也已经能够射到商国大军的后部，一时间商军就要抵挡不住了。

就在这时候，昆吾大军后部突然一阵混乱，原来，天乙率领仲虺和庆辅杀到了。天乙几个人因为骑着马速度很快，身边只跟着庆辅为天乙训练的贴身卫士，总共不过几百匹战马。天乙没有停留，直接抢着开山钺就冲了过去。庆辅想要阻拦已经来不及了，只好也跟着杀了进去，仲虺被牟卢一脚踹下了战车，此刻正憋着一肚子火，二话不说也杀了进去。

天乙抢着开山钺上下翻飞，昆吾士兵见到天乙这阵势都被吓傻了，哪里有抵抗的余地，天乙一瞬间就砍倒了几十个昆吾人。天乙的开山钺砍到敌人，对方的身体就被应声劈为两半，到处是半个脑袋、半个身子，血肉横飞，场面极为血腥，天乙闻到鲜血的味道变得更加疯狂，不停四处砍杀。

仲虺也是疯了一样，狼牙棒上沾满了血肉，终于解了心底的耻辱。

远处烟尘滚滚，商国大军就要到了。

第十五章　离奇一箭

天乙、仲虺和庆辅三个人率先赶到昆吾城外。此时，城外已是一片混战，庆辅想和天乙商量一下如何应对，却发现天乙和仲虺已经直接杀入了敌阵中去，庆辅也只好赶紧跟着杀了进去。

转眼三个人就杀出来一条血路，天乙看到了牟卢。

牟卢和手下那些近卫军实在太过勇猛，尤其在昆吾城下，家门就在眼前，一个个都杀红了眼，太丁和外丙率领的商军实在阻挡不住了。太丁本来武功就一般，外丙也是从来没有见过如此凶猛的敌人，一时间也无法阻拦。

仲虺突然看到昆吾阵中一个女子一头红发跳跃进退，如豹子一样灵活，左右搏杀之间一双短刀专取人要害。士兵还没明白怎么回事，就已经看到自己脖子或胸口的血流了出来。

"世间竟然还有这样的女子，当年少康天子的女艾也不过如此吧！"

此刻一根长矛对着仲虺斜刺着飞来，仲虺的注意力全在少方那儿，根本没有注意到这根长矛，眼看仲虺就要被长矛穿透了，仲虺眼角余光突然注意到什么。

"不好！"急忙缩头，但哪里还能躲得过。电光石火之间，只听咔的一声，仲虺心中一凉，"自己就要死了！"仲虺睁开眼睛竟然去望了少方一眼。

"仲虺将军！"仲虺听到有人喊自己的名字，不由得回过神来，看到自己身上并没有伤，长矛掉落在一边，旁边还有一把短刀，正是庆辅的短刀。

庆辅看到仲虺出神没有看到长矛飞来，情急之中就抛出了手中的短刀打落了长矛，然后大喊了仲虺一声。

"多谢庆辅将军相救！"仲虺不再大意，继续全力杀敌，但是一直留意着少方那边的情形。

此刻牟卢也发现天乙了，牟卢奋力拼杀，眼看就要冲过商国大军的阻拦退回城里了。

天乙从背后取过自己的弓箭，弓弦拉满之后吱吱作响，一箭直奔牟卢而去。

这时候太阳过了日中，强烈的阳光斜照下来，天乙的羽箭高高飞起，如同从太阳上飞了下来。牟卢感觉有什么东西在阳光中飞了过来，但阳光刺眼根本无法看清弓箭射来的准确方向。

少方也看到了飞来的箭，急忙挡在了牟卢身前。牟卢本来可以躲开这一箭，但是少方挡在自己身前，牟卢即使自己死了也不会让少方替自己挡这一箭。牟卢来不及思考，奋力地拉开了少方！

天乙的箭擦着少方的脸颊，射穿了少方的长发，牟卢来不及看清，也无法看清，箭已经射中了颈部！

"父王！"少方赶紧拼死救下牟卢，朝城里退去！少方杀红了眼，左右击杀，如同鬼魅一样，少方的短刀又细又长，抡起来根本看不清刀影！商军还没看清少方的身影，身体已经中了少方的短刀了。

牟卢终于回到城中，少方凑近查看，只见牟卢脖子上插着天乙的箭，还好没有穿透气管和喉管，也没有伤到大动脉，但是这支箭却很难拔出来！

昆吾城内的疾医来了，看到牟卢的伤，都只能摇头叹气！

"父王！"少方泪眼婆娑！

牟卢抚摸着少方的头发，喉咙里勉强发出声音："少方！父王终于回来了！"

"父王，我要出城去杀了那个天乙，为你报仇！"少方霍然起身。

"千万……不要出城！"牟卢似乎用尽了最后的力气。

"父王！你不要着急，我不出城就是！"少方赶紧回身到牟卢身边。

又一个黎明来临，昆吾城的吊桥竟然又放了下来！天乙大喜！

原来是少方年少，一时间报仇心切，率领大军杀出了城外："让天乙出阵，我要为父王报一箭之仇！"

天乙岂能惧怕这个小姑娘，催动战车到了阵前。天乙刚要说话，商国阵上冲过来一个白衣少女，骑着马并没有驾着战车。

天乙一看正是白薇，白薇对天乙说："我家先生有要事要和大王商议！"

天乙看看少方，又看看白薇："甚好！就由你这个小姑娘去抵挡她吧！"

天乙撤了下去。

白薇到了阵前："少方，我白薇和你单打独斗定输赢如何？如果你输给本姑娘，你就带领昆吾投降商国！"

少方看到天乙走了，心头更是怒火熊熊。看到白薇直接催动战车过来，两个人都是短兵器。少方直接从战车上蹿了过来，白薇在马上一闪，也跳下了战马。两个人在地上就打了起来。

少方和白薇一交手，才发现对方虽然也是女子，但武功的确很高。白薇也是双刀，但是白薇的双刀更短，速度也更快。不一会儿，少方的鼻头上就有了点点的小汗珠。

打了几十个回合之后，两个人都是香汗淋漓，但是依旧不分胜负。

这时候已离突然从昆吾阵中冲了过来，拦开了白薇和少方："少方！王兄叫你迅速回去！"

"不，我要先报仇！"少方说。

"恐怕再晚就来不及了！"已离拉住了少方。

少方心头一震，退后跳上战车，带领昆吾大军直接退回了城中。白薇还没明白怎么一回事，昆吾的吊桥已经收了起来。

牟卢已经发了好几天高烧，知道自己不行了，所以赶紧派人去叫少方。

"少方，我死以后，你千万不要再出城，你们只需要等待天子大军到来！"

少方喊了一声："父王！"

牟卢努力张了张嘴，已经发不出声音了。一代枭雄牟卢竟然这样稀里糊涂地中箭死了！

已离命令："昆吾城内秘不发丧，就说大王正在养病不见任何人！"

少方默默地哭了几天！这天已离对少方说："王女，河套还有昆吾的一万主力大军，已离得回去率领他们杀出商国的重围！王女只要据守昆吾城，不要出城迎战，就能保昆吾城万无一失！"

已离当晚趁着夜色，从城墙顺着绳索下到黄水河中，河边有一艘小木船。已离坐上木船，悄悄顺着黄水河划向了远方。

昆吾城内一点儿动静也没有，这下可愁坏了天乙。

商国大军的好几万人，粮食每天都要消耗掉无数，天乙又不肯从昆吾当地百姓手中征收粮食，从商国运送粮食又路途遥远。最恐怖的就是万一天子大军一到，那样就要被困在昆吾城外了。

伊挚说："大王，昆吾城三日之后必然城门大开！大王不必焦急！"

"这昆吾城难道也有先生如庆辅将军那样的好友？"天乙望向伊挚。

"这可没有！"伊挚一摊手。

城中少方更为焦急，少方答应了牟卢要等待天子大军，但是三天过去了，天子那边毫无动静。少方决定亲自去找天子履癸，然后跟随天子大军一起杀回来为父王报仇。少方也担心如果天乙跟随商国大军撤回商国去，那样父王的仇不知道什么时候才能报了。

就在这时候，少方突然接到禀报："王女，不好了，商国人进城来了！"

"他们如何进城的？"

"我也不知道！好像是城门被商国人占领了！城门被打开了，吊桥被放了下去！此时天乙已经进城了！"

原来城下大战，混战的时候，庆辅就让自己手下的得力高手，换了死伤的昆吾士兵的衣服，混到昆吾士兵中，一起退回了城中。

少方一看大势已去，赶紧到了黄水河边的城墙上。昆吾城背后就是黄水河，城下就是码头，少方下了城墙，上了一艘小船，悄悄朝着对岸划过去，就在这时候身后一艘小舟追了上来。这一艘小船正是仲虺。

两艘小船在水面打了起来。仲虺在后面猛追，眼看就要追上了，少方的小船竟然在水面上打了个横，斜刺里蹿了出去，仲虺扑了一个空。

第十六章　河中少女

黄水河如晶莹剔透的玉石围绕着昆吾城，过了多雨的夏季，此刻变得清澈见底，成群的小鱼在摇曳的水草间游来游去，红色的砖做成的昆吾城在河边耸立着。

天乙和伊挚登上城楼观看仲虺追击少方的情形，仲虺和少方两条小船在波光闪耀的黄水河上来回徘徊环绕。此时岸边烟树葱茏，远山如黛，一片夏日宁静的景色，谁也看不出来是敌我追击，倒是像二人在戏水。

"大王，你不觉得仲虺将军和少方姑娘是天生一对璧人吗？"伊挚说。

"有吗？是啊，两个人都是一头红发，而且船都划得不错！"天乙仔细观察着二人。

"重要的是，仲虺将军似乎已经在怜香惜玉了！"白薇这时候在一边说。

此刻黄水河中，仲虺毕竟是个男子，而且划船技术天下无双，少方虽然来回在水面打着转，时间一长，少方似乎体力有些不支，仲虺的船就要追上少方的小船了。

"少方，只要你归顺大商，天乙国君亲口承诺，你就是昆吾的国君！"

"我宁愿死了！也不要投降商国！"少方狠狠地看了一眼仲虺。少方的这一眼突然让仲虺想起了当年和妹喜一起划船的时候，当初两个人也曾一起一人划着一艘小木舟在湖面嬉戏，那情景和今日是多么相似。

少方长得和妹喜并不相同，但女人发怒的眼神都是一样的，眼前的少方奋力划船的身姿，那飞扬的红色发丝，让仲虺心底莫名其妙有了一种感觉，少方的能力，仲虺早有耳闻，昆吾城内很多的陶器都是在少方带领下烧制而成的。

仲虺不知哪来的气力，一双桨抡起来如同飞转的车轮一样，水花朝着身后飞去，小舟就如同飞了起来，转眼就到了少方小舟的后面。

少方看自己根本无法逃脱仲虺的追击，拿着木桨朝着仲虺打了过来，仲虺吃着疼用肩膀接住了少方的木桨。少方看到仲虺竟然没有躲闪，吃了一惊，手下动作就慢了一些。仲虺这时候伸出手一把抓住了木桨，就往怀里拽，少方也赶紧用力往回拽。仲虺身材魁梧，几乎是少方两个重，少方哪里拉得过来，两艘小船就紧紧地靠在了一起。

少方一看不好，赶紧用力一推木桨，木桨脱手，被仲虺抢了过去，少了一只木桨，少方用另一只木桨拨动水面小船急速向前冲去。

划了一段距离之后，少方回头没看到仲虺，猛一抬头，只见仲虺的船已经横在自己小船的前面了，仲虺正在微笑着看着自己。

"你两只桨都划不过我，一只桨更不行了。少方，还是乖乖地和我回去见我家大王吧！"

"休想！"少方一纵身跳入水里！

仲虺心中一急，也赶紧跳入水里。此处正是河中央，河水深不见底，仲虺在水中睁开眼睛，焦急地寻找着少方。

四周黑黢黢一片，水草如晃动的魔爪。仲虺终于看到少方朝着水底沉去，一头红发飘散开来。仲虺急忙朝着少方游了过去。

少方抱了必死的决心，看到仲虺过来，一把抱住仲虺的脖子，使劲朝着水底沉！

仲虺不敢弄伤了少方，又不想双双被淹死在水底，只能反手使劲挠少方的腋下。少方从来没有被男子碰过身体，尤其腋下肋骨处最敏感，不由得松开了仲虺的脖子。

仲虺却不放手，抱着少方向水面游去。少方抽出腿上的短刀，对着仲虺的胳膊就刺了过去。仲虺胳膊中了刀，却依旧没有松开少方，另一只手扭住少方的手腕。少方虽然水性也不错，但是她心情激荡，抱着必死之心，气息必然不能长久，一会儿就已经觉得胸中憋得都要炸了，张口就开始大口喝水。

仲虺一看，迅速带着少方向上游去，少方踢打着仲虺，仲虺好像完全感觉不到疼痛，两个人终于浮出了水面。少方的头露出水面，咳嗽着呼吸了一大口，似乎不再反抗仲虺了，仲虺用力把少方推上了小船！

"少方姑娘，我不想让你死！仲虺虽然年老，但是自从第一次见到你，你让仲虺觉得一切又有了意义。"仲虺心中这么多年终于放下了妹喜，"仲虺希望每天能看到少方姑娘快快乐乐的！"

"父王没有了，我哪里还有快乐？！"少方呜呜地哭了起来，仲虺过去抱住了少方，少方竟然没有抗拒，伏在仲虺的怀里哭了起来。

城墙上。

伊挚看到这里不禁微笑了，说道："大王，昆吾大事定矣！"赶紧派了白薇去接少方回来。

天乙没有明白伊挚的意思，问道："先生说的是仲虺将军的大事？"

伊挚继续说："大王，有一件事情必须抓紧办。"

"什么重要的事？"

"仲虺和少方两人的婚事定下来，这样昆吾才能真正归顺商国。"

"男欢女爱，那是两个人之间的事情，我们掺和，是不是有点儿为老不尊啊，哈哈！"天乙有点儿尴尬地笑了。

"大王，这可不是他二人之事，只有昭告整个昆吾，他们的王女少方已经和大商的左相仲虺将军结为连理，昆吾人才会真正地归顺大商！"

天乙蹙眉思索片刻，突然说："伊挚先生深谋远虑，还是烦劳先生去给仲虺将军提亲。"

"恐怕这事还需湟里且去才行，少方毕竟只是一个小姑娘！湟里且的口才估计能说动。"伊挚脸上也有点儿尴尬，毕竟牟卢死了，这其实是一个很难完成的任务。

湟里且来到少方的寝宫，笑眯眯地对少方讲了天乙愿意促成仲虺和少方二人的婚事。

"父王新逝，少方不会嫁给任何人！"

"我们仲虺将军身居大商的左相，和少方姑娘也是般配，难道少方姑娘还有什么不满意吗？"湟里且说。

"难道因为我们两个人的头发都是红色的，我少方就得嫁给仲虺这个和我父王一样年龄的人？"

湟里且并不着急，劝说了少方一会儿就回天乙那里复命了。

湟里且又到仲虺那里说："少方姑娘想见你！"

仲虺一听，什么也没问就直接兴冲冲地走了，湟里且看着仲虺的背影不禁微笑。

仲虺到了少方门前，犹豫了一下，直接走了进去，只见少方怒目看着自己。

"他们要我嫁给你，是不是你的主意？"少方一见到仲虺劈头就是一句。

仲虺不知怎么变得心虚起来，竟然开始搓起了双手。其实女人的美有很多种，美丽的女子固然笑的时候会回头一笑百媚生，怒目娇嗔的时候也是另一种美。

"当然不是！仲虺配不上少方姑娘！仲虺只希望少方姑娘好好活下去，仲虺能天天看到你就好。活着是一件多么美好的事情！活着不应该只是复仇和回忆，还有少方姑娘！"仲虺袒露了自己的内心。

少方听到仲虺这些话，突然害羞起来，坐在那里低着头一句话也不说。

"慢慢地，你就会知道，活着很多时候都是身不由己的！所以你不要去怪天乙大王杀死了你的父王！你的父王也曾经杀死过无数的商国人！这些不是谁对谁错的仇恨，这只是国与国之间的战争！"仲虺接着说。

"但是我做不到！"

"你知道你父王最想让你做的就是好好活下去！你如果想让昆吾继续存在，你就要接受大商的统治！大夏的时代就要过去了！"仲虺继续安慰少方。

第十七章　玉龙王杖

瞿山塌了，但是今年的雨水却很丰沛，多年的大旱结束了。

郁郁葱葱的王邑斟鄩周围被大量的栎树林、橡树林、杂木林和少量的松柏针叶林包围着，大夏的人们喜欢砍伐栎木作为木柴烧火做饭。

等到秋天来临的时候，这些树木也能提供给他们橡子之类的坚果，树林间还有美味的浆果。

如此暖湿的伊洛平原上分布了相当多的积水洼地，这些地方不适合种植耐旱的粟、黍、麦等，却是水稻的理想种植环境。大夏王邑的人民还能够吃到北方很多国家吃不到的水稻。斟鄩更是有很多水一样的女子，相比于面食，这些女子自然更喜欢白色晶莹的米饭。粟、黍、麦、豆、稻，天下所有的粮食几乎都能在伊洛平原上种植，所以这里才会是天下的王都所在。

远处的路上慢慢驶过来一列车队，车队高大华美，车窗上盖着轻纱。一看就知道车中有着贵族家的女眷，百姓不敢靠近，但好奇心让她们站在远处朝车内张望着，透过轻纱可以看到一个女子的身影，秀颀的脖颈和秀丽的容颜，谁都能看出这是一个秀丽绝尘的女子。

"大王，你看多么美的景色啊！夏末秋初的午后景色最为怡人了！"妹喜用纤纤的小手指挑开了窗纱朝着外面看去。

履癸本来天天对着妹喜有点儿看得习惯了，今日妹喜和履癸盛装出城，妆容艳而不浓，此时看到妹喜在清爽阳光映衬下的手指几乎如玉般透明，耳边珠串晃动，不由得再一次被妹喜的美惊住了。

妹喜让车队停住。此时田野间各色庄稼渲染出绚丽的颜色，红色的高粱、黄色的水稻、金黄色的谷物伴随着绿色的果树。

洛水宁静柔美，干旱多年的洛水如今又碧波荡漾了，还是有水的洛水最美。

这个美丽女子身边坐着一个威仪凛凛的王者，大家不管见没见过都能知道这是天下的天子履癸，那个女子自然就是天下无双的元妃妹喜娘娘了。后面的马车中是两个美丽明艳的女子，她们车窗的轻纱被撩了起来，肆无忌惮地对着外面的众人展示着自己的美，这两个美人自然就是琬、琰。

今天履癸带着妹喜巡视今年的收成情况，虽还没到秋收时刻，已经可以看出今年是大丰收的时节，这对于大夏来说，已经是多少年没有过的情形了。

妹喜和履癸走出车外，登上一个高土岗上，眺望远处的景色，周围围拢了很多百姓。履癸手中握着一柄玉龙王杖，王杖的顶端是龙的眼睛，玉石隐隐发着光，龙的周身在阳光下闪着晶莹的光芒。婀娜柔美的妹喜站在履癸身边，更加显得履癸威严，具有王者气概，妹喜身上的环佩在阳光下熠熠发光，光芒映射到王杖上，绿色玉龙就像活了一样在王杖上游移着。

"我们的大王真是神龙附身啊！"没有人下令，周围的百姓就开始一层层地跪了下去，一时间几千人跪在履癸和妹喜周围。

"元妃，朕多年来出巡，从没有见过百姓如此拜服的情形！"

"大王以天下苍生为重，恩德四方，自然受大夏子民拥戴！"赵梁赶紧一边附和道。

履癸看着四方百姓，第一次感觉到这些不起眼但无穷无尽的草民才是大夏的根基，不是因为有了大夏的几万大军才让大夏的江山一直强大，子民的拥戴也很重要，但是履癸意识到这一点有点儿晚了。

履癸在斟鄩四方巡视了几天，看到四方即将收获的粮食，百姓对自己的臣服，履癸心情变得平静舒缓很多。

突然一骑从远处踏着尘烟而来："大王，昆吾城被商军攻克，牟卢已死！"

"啊？！牟卢，朕为你报仇！"履癸心中一跳，怪不得东面一直没有消息，商军原来去偷袭昆吾了。

履癸迅速回到斟鄩，召集扁将军、赵梁、姬辛、淳维等商议即将到来的大战。

"如今丰收在即，军中有了粮食，大军作战才无后顾之忧，大商的士兵如何是我大夏近卫勇士的对手！"赵梁说。

"商国竟然去偷袭了昆吾！"履癸不禁感叹。

"昆吾城如此坚固，人马如此众多，怎么可能败给商国？"淳维疑惑地问道。

"昆吾实力强大，商国一直都不是昆吾的对手，以牟卢的才智，即使不胜也可以守城处于不败之地！怎会如此？"扁也不无惋惜地说。

"朕得到消息称牟卢竟然被天乙竖子一箭射成重伤，几天之后不治而亡！真不知牟卢怎么搞的，堂堂昆吾竟然就被商国给灭了！"履癸拍了下王座扶手上的龙头。对履癸来说牟卢不仅是自己的左膀右臂，也是履癸为数不多算得上朋友的人，如今竟然不明不白地死在商国手里，偌大的昆吾国也被商国占了，履癸已经出离愤怒了。如果是以前履癸早就率领大军杀到昆吾城去了，可是此刻履癸感觉到了压力。

"即使牟卢死了，昆吾城被从内攻破，昆吾国内城池众多，疆域广大，也不会一下子都被商国灭了！"扁将军说。

"有消息说牟卢的女儿少方也已经投降了商国！昆吾竟然亡在一个女人手中！"赵梁说。

"商军应该就要到了！大家做好准备吧！"履癸说。

秋天到了，大夏的粮食被提前收割了，大部分都被履癸收走做了军粮，百姓一下子就慌了。

洛水中的鱼和贝类也很容易获得，这也成为大夏百姓们正餐之外的美味。

第十八章　情定昆吾

大军就要进城了，天乙抬头望向那青色的陶砖垒成的城门，阳光刺眼，天乙不由得眯起双眼："这昆吾城实在太高了！人力根本无法攻取！"

"昆吾是除了大夏最大的诸侯国，牟卢不愧为天下第一方伯长！"伊挚也抬起头。

商军徐徐进入昆吾城中，城中青砖垒成的房屋也很高大，房顶挂有青色的瓦片。相比之下亳城那些夯土做成的房子太过简陋了。昆吾王宫修建得高大气派，青砖、青瓦配着朱砂红漆的廊柱，比一般的宫殿更加宏伟豪华。牟卢的王宫没有在昆吾城的中心，而是在城内最里面靠近城墙的地方，如果有危险还可以借助黄水河划船而去，实在是布局严密合理，只可惜人算不如天算，这一切牟卢都没用上。

天乙命令商国士兵不可以侵犯昆吾百姓一根茅草，不可以拿百姓家一粒粮食。天乙命湟里且打开粮仓，湟里且以为昆吾的粮仓中应该有很多粮食，打开之后才发现，虽然粮食也不少，却比当初以为的少得太多了。牟卢征讨黎国花的时间太久了，国内军粮消耗太大。天乙下令把昆吾粮仓内剩余的粮食全部分发给昆吾的百姓。昆吾的百姓们立即开始排起了长队来领粮食，一下子百姓脸上有了笑容，称赞商君天乙仁德宽厚。

"民心暂时是稳住了！"天乙看着昆吾的百姓长吁了一口气。

"昆吾实在太过强大,必须用宽柔之策。昆吾疆域如此广大,人口众多,昆吾人如果四处抵抗商国,大商就不用再想去征伐大夏了!"伊挚说。

"这还多亏仲虺将军从河中把少方王女给救了回来,否则昆吾人还不天天朝着朕扔石头!"天乙看着仲虺哈哈大笑起来。

"仲虺将军任重道远,一项重任还需仲虺将军去完成!"伊挚面带笑意。

"昆吾还有许多城池需要攻取,外面已离还率领着上万昆吾大军,大商的确还有很多事情要做!"仲虺听到天乙夸自己,表情严肃起来正色道。

"仲虺将军,你的任务不是这些,比这些还要重要!"伊挚说。

"还要重要,那是什么任务?"仲虺诧异道。

"陪少方姑娘!"伊挚微笑着看着仲虺说道。

"专心陪伴好少方,这就是眼下对大商最重要的事情!"天乙正色道。

伊挚嘱咐仲虺尽量要让昆吾的百姓看到两个人在一起,仲虺像个孩子一样高兴地领命走了。

少方在被仲虺从河里救上来之后,对仲虺的态度突然变了,仲虺真是有点儿受宠若惊。少方其实也不知道自己如何就接受了仲虺,也许是仲虺把自己从河中抱上小舟时,自己感受到了仲虺那强壮身躯的气息,也许是了解之后被仲虺的才华深深吸引了。

仲虺有了少方的陪伴,整个人似乎年轻了十岁,每天脸上洋溢着年轻人特有的笑容。仲虺和少方手牵着手走在昆吾城大街上,两个人都是一头红发,一样洒脱的步伐,一样对各种铸造烧陶等技艺有着独特的天分。两个人不时互相凝望一下,然后彼此会心一笑。

"真是一对璧人啊!"昆吾的百姓无不暗暗称赞,这一对红发英雄美人多么令人艳羡。

仲虺虽然比少方大二十多岁,但是两个人在一起看起来是那样自然,总有各种聊不完的话题。少方带着仲虺参观昆吾烧制陶器的各大作坊,仲虺看得眼前为之一亮。仲虺的青铜器虽然精美,但是陶器因为取材更为方便,可以大量烧制,普通百姓家都可以用上,昆吾人民的生活水平的确是殷实而富足。

仲虺也会为少方介绍如何浇筑各种精美的青铜器,怎么样用沙土做成模具,然后一点点把烧得炽热的铜水灌入其中,当最后去掉外面的沙范时,看到青铜器跃然而出,那种喜悦就如同母亲抱着自己刚出生的孩子。

两个人都喜欢做木头制品,少方喜欢乘坐仲虺的独木舟。阳光正好的时候二人到黄水河中一起划船,有时候二人共乘一舟,有时候两个人一人一条独木舟,在河中盘旋嬉戏。

当一个女人从心底认可了一个男人之后,就会把自己的一切都给了这个男人,这个男人就成了最好的男人。仲虺突然明白当年和妺喜在一起,是自己一直在讨好妺喜而已,陪着妺喜划船,不停地给妺喜送各种礼物。妺喜从来没有主动牵过自己的手,从没有和自己这样对望过,妺喜更不会对自己如何做出那些精巧的礼物感兴趣。一个人一味地付出的感情注定不会是两个人都幸福的结局。

"方,直到遇到你,仲虺才知道我这半辈子那么努力,四处征战,原来都是为了到昆吾遇到你!直到遇到你仲虺才知道自己这一生没有白活,有了你,纵使死了也是笑着死去!"

"我有那么好吗?"少方眯着眼睛看着仲虺,长长的睫毛几乎遮住了黑黑的眸子,半透明的皮肤红扑扑的,透着青春的光泽。

"天下所有的女人都没有你好看!"

"那妺喜娘娘呢,听说你们从小就认识!"少方不怀好意地看着仲虺。

"妺喜娘娘的美和你不是一种美,在我眼里你的美更美!"仲虺如今都不知道自己说的这句话是真的还是假的了。

"不过我第一次看到你这红头发老头儿就有一种好奇之心,在这以前是没有任何一个男人吸引过我的注意的。"

仲虺苦着脸给少方看:"什么老头儿,我今年才四十多岁!我真的看起来有那么老吗?"

"不老不老!我现在看你一点儿都不老,而且是天下最帅气的男人!"少方咯咯笑起来。

两个人互相靠着坐在小船中,看着长河落日,互相说笑着,也不管身后到底有多少人在看着自己。

两个人就这样坐着,天边的晚霞逐渐红遍了整个西边的天空,映得河面上也是一片通红。

"我以前怎么从没发现这黄水河的晚霞这么美呢？"少方腻在仲虺怀中呢喃着。

"我也是，只有我们在一起，这些美景才是属于我们的！"仲虺抱紧了少方。

整个世界似乎都变得美丽明亮起来，直到最后一片红色的晚霞在天边退去，直到满天星斗复现。天上的星光映在河水中，水中的星光比天上的星光更加闪耀美丽。

在这样的夜色中，少方慢慢地脱去了外面的衣服，仲虺和少方两个人都如那炉火中正在烧制的陶器一样，浑身滚烫燃烧着。两个人终于互相拥有了彼此，仲虺觉得世间所有的美好都在那一晚发生了。

仲虺像是换了一个人，突然间就变得沉稳起来，再也不是那样暴躁！如今仲虺有了少方，征战不再只是为了自己的仇恨，而是大商的大业！

黄河、瞿山，本来是斟鄩天然的北方屏障，如今这个屏障没有了，履癸可谓自掘坟墓。

商国的大军朝着大夏进发了，大夏和大商之间的决战终于到来了！

第十九章　王城斟鄩

斟鄩城外，履癸亲手捉住一头梅花鹿，心情很是舒畅。这时候，一名车正骑着马跑了过来。

"大王，几万商军已经朝着大夏来了！"

"商国？那个被朕关在夏台的天乙竖子，竟敢对大夏发兵？"履癸立即站起身来。

"大王，商国这次号称有五万联军！"

"朕今日逐鹿中原，捉住了这只梅花鹿，朕这次定要生擒了那天乙竖子！"

虎将军提醒履癸："大王，商国已经不是当年的百里小国了！大王不可掉以轻心，当年太康王就是在打猎途中失去王位的！"

履癸瞪了虎将军一眼，没有说话。履癸的大军第二天早晨启程，下午时分一座巨大的夯土城市傲立在伊洛平原上，俯视着周围的平原和河流，斟鄩就要到了。

巨大的城门徐徐打开，履癸大军缓缓开进城中。履癸很喜欢自己每次外出征战凯旋，大夏人民夹道欢迎的感觉。

这就是天下的王城斟鄩，履癸带着大军入城了。履癸这次回来匆忙，并没有通知任何人，城外并没有迎接的队伍。大军徐徐走在王城的大道上，路上的百姓纷纷避让："大王这次打猎怎么这么快就回来了！"

王城斟鄩的道路十分宽阔，外围大路最宽处足有四五丈，王宫内主要建筑之间也有通道相连或相隔，容台和长夜宫之间，就有宽约一丈、长百丈的鹅卵石铺成的通道相连，通道的路土下面，还有木结构的排水暗渠。

王宫是井然有序的大型建筑群，有着纵横交错的大道，方正规矩的宫城，宫城内还排列着多座建筑，具有明显的中轴线格局。

王宫外引人注目的是供奉祖先的太祖堂，是一座多进院落的组合式建筑，它的南院和中院有多座东西并列的祖先墓葬。

容台边上和长夜宫之间是一片美丽的宫廷湖泊，虽然没有有洛王宫内的大气，但是却很精致，尤其配上妹喜和琬、琰那美丽的倩影，就会是天下最美丽的风景。

斟鄩内阶层井然，在宫城周围特别是宫殿区以东区域，居住着斟鄩的贵族们，这些人家中也到处是玉器和精美的青铜器、陶器等。在都城西部和北部，大片大片的是一些小型的地面式或半地穴式建筑，是大夏的平民和奴隶居住的地方。

斟鄩百姓不仅忙于在田地劳作，有时候也在丛林狩猎，他们也在王城里辛苦工作着。从宫殿区向南二里外的位置，就是一处重要的铸铜作坊，有几亩地左右。斟鄩的青铜作坊规模大，延续时间长，浇铸工场、烘烤陶范的陶窑、铸铜工艺设施等已有较高水平，不过商国的青铜铸造水平已经更胜一筹，这是青铜时代。

铜器具有非常重要的价值，大夏的统治力辐射向四周很广的区域，周围的青铜器几乎都在王城铸造，他们有需求也有能力长期维持规模很大的铸铜作坊。

而在宫殿和铸铜作坊之间还另有一处作坊，这是绿松石器制作作坊，工匠主要在这里制作绿松石管、珠及嵌片之类的装饰品。履癸那支代表王者身份的绿龙王杖和妹喜的很多漂亮首饰就出自这里。铸铜作坊和绿松石作坊都有围墙包围着，内部管理严格，由履癸指派姬辛直接控制和管理。

仔细观察会发现，斟鄩并不是铜矿和绿松石矿的来源地，开采矿料和冶炼矿料是在其他的地方，绿松石来自遥远的西方。

对神灵的崇拜是远古时代的普遍现象，斟鄩人民也不例外。在王城中东部，宫殿区的北方和西北方一带集中分布着祭祀台，周围围绕着一些圆形和长方形的半地穴建筑。

百姓就是在这些宗庙和祭台祭拜先祖和神灵，他们在参加仪式的时候会带上精美的绿松石装饰品和光亮的青铜器物，祈祷神灵保佑这片土地和人民能够风调雨顺、人丁兴旺。

妹喜听说履癸提前回来了，和琬、琰去迎接履癸。

"大王，此次行猎为何如此早回？"

"商国竟敢发兵犯我大夏，鹿在我手，这次朕一定要砍下天乙竖子的脑袋！"履癸的怒气难以遏制。

大商的大军来了，妹喜突然想起上次伊挚分别时说的话："难道如今商国真的有了和大夏抗衡的实力了？伊挚真的是为了自己而来吗？"

履癸忙召集群臣商议对策，昆吾的覆灭超出了所有人的想象。牟卢一死，几个月内整个昆吾内大小诸国竟然都投降了商国，昆吾可是大夏最重要的盟国。

妹喜辗转难眠，几年没见伊挚了："自己老了吗？伊挚还喜欢自己吗？"

似睡非睡的时候，恍惚间做了一个梦。

第二十章 梦中日落

初秋是一年中最好的季节，夜色撩人的华丽寝宫中烛火摇曳，床边的小皮榻上坐着一个女子望着床上的男子出神。晚风轻拂着女子身上白色的轻纱，周身肌肤若隐若现。

如此舒爽的天气中，妹喜搬回了容台，履癸心情不好的时候，总要妹喜陪在身边才会睡得比较安稳。履癸一觉到了天亮，睁眼发现妹喜正望着自己出神。

"难道朕又打呼噜吵到妹儿没睡好吗？"

"没有了，妹儿昨晚做了一个梦，从梦中醒来就睡不着了。"

"妹儿梦到什么了？"

"妹儿的梦很奇怪，晴空万里的天上西方有一轮红日，东方也有一轮红日，两轮红日就在空中斗了起来。斗得一会儿，东方的红日便没了光亮，渐渐熄灭了。"

履癸说："妹儿，做梦而已，不足为怪。不要去想这些和你无关的事情了。"

"嗯，妹儿知道了。"履癸看到晨光中妹喜如此可爱动人，不由得又把妹喜一把搂在了怀里。

履癸并没有把这件事放在心上，妹喜的梦不知为何转眼全斟鄩都知道了。

几天之后的夜半时分，斟鄩寂静的黑夜中又出现了一首童谣："商如朝日，夏如夕阳，大夏将亡！"

人们想起当年费昌在黄河之边看到两个太阳后，就东去投奔商国的事情，整个斟鄩一时间又是谣言四起。

履癸一听说又有童谣，头都大了，闷闷不乐地陪着妹喜饮酒。

"大王可有什么心事？"

"真是人心难测，妹儿你的梦竟然也有人用来扯到大夏和商国的事上去，真是岂有此理？朕一定要捉住那几个传播谣言的，把他们的舌头给割了！"

"大王在西，商国在东，这梦自然是说大王战胜了商国的意思，大王不必心忧，天下没有人能够是大王的对手！"妹喜竟然也会释梦了。

履癸将妹喜揽入怀中："以前朕从没有患得患失过，如今有了妹儿和琬、琰，朕不会让你们处于险境！"

这段时间，双日的传言就像块大石压在履癸心上，原来并不是只有自己一人心忧，妹喜也一直把这事放在心上，妹喜对梦的解释正好破解了当年费昌看到两日相斗的传言。

人生易求无价宝，难得解语花。妹喜此刻也顾不得伊挚，身为王的女人、大夏元妃，自然要为大夏分忧。

履癸本来没有把商国放在眼里，商国纵使有五万大军又如何，什么豕韦，什么昆吾，什么顾国，都是暂时归顺商国而已，这些土地最多让商国能多征收些粮食而已，等大夏打败了商国，这些国家又会重新归顺大夏。

真正的仗还是要自己人来打，这就是为什么履癸一直养着两万近卫勇士，这些近卫大军纵使遇到多一倍的敌军，履癸也不会放在眼里。大夏除了近卫大军，扁将军手下还有两万大军，太子淳维手下还有一万大军。

商国大军虽然号称有五万，商国自己的四正四奇大军不过是三万人马而已，所以履癸并不担心。

"大王，大夏还有一万精锐之师！大王可以调来斟鄩助战！"赵梁说。

"一万精锐之师？"

"大王忘了这些年夏耕将军一直镇守在大夏西部的彤城，夏耕将军手下还有一万大军，加上耕将军的勇猛，估计不用大王亲自出马，商国就会被打得落花流水了。"

"商国大军倒是没什么可怕的，但商国有那个伊挚在，朕不得不小心！"

"这些年，商国由一个百里小国壮大到如今能够向大夏挑战，伊挚之才的确不可小觑！"大宗伯无荒说。

"召夏耕将军率领肜城的一万大军前来助战！"履癸下旨。

几天之内大夏大军已经在东部集结完毕，大夏东部是千里伊洛平原，准备和商国来一次真正的较量。

商国大营。

大夏朝内有识之士闻得妹喜之梦，识得天命在商，纷纷逃离履癸而投奔商国来了，这些人把妹喜之梦告诉了天乙。

天乙听了之后不知此梦是何吉凶。天乙让伊挚解梦，伊挚恍然听到妹喜的梦，心中生出百种感觉，内心波澜迭起，说话都不自如了。难道这么多年，连听到妹喜的名字都会这样心神难安吗？

"大王，此梦还是让仲虺将军解吧！"伊挚推辞道。

伊挚的不自然早已被天乙看在心里："看来伊挚先生果然如传言和妹喜娘娘有了情愫，此次如果能够取胜，定然让他二人成就玉好之事。"

圣人应善者不萃其形，奸者不获其情，妒者不闻其声。夫是以入于焰烈，涛狂不为异，而卒获其平。伊挚不由得惭愧，深知自己离圣人还差很远。

仲虺听到妹喜的梦心底竟然没有起波澜，仲虺于是贞卜了妹喜的梦，仲虺看到结果面露喜色："履癸重点布防了面向商的东边，龟兆显示斟鄩西边为吉！"

"果然如此？伊挚先生建议大军从瞿山入夏，果然是妙！"

瞿山，本来是斟鄩天然的北方屏障，履癸挖塌了瞿山之后，大军很容易就能从塌陷的缺口通过，如今这个屏障没有了，履癸也可谓是自掘坟墓。商国和大夏之间再也没有阻挡。

天乙对伊挚说："伊挚先生，大商大军是否可以长驱直入和大夏一决生死，看天命到底在何处？"

"大王，那样商国遇到大夏大军，必然被一击即溃！大商的大军根本不是大夏近卫勇士的对手！何况大商兵力并不占优！"

"啊？！"天乙大惊。

第二十一章 天命玄鸟 降而生商

此刻夜已经深了，昆吾城外天乙的大帐内透出了橘黄色的光。

此时，经过少方的劝说，已离最终也归降了大商。天乙和伊挚等并没有住在昆吾城内，而是回到城外商军的大帐。只有仲虺率领几千大军住在昆吾城内，少方依旧作为昆吾之主住在昆吾的王宫。

天乙大帐内点着驱逐蚊虫的艾草，天乙光着膀子在大帐内来回踱着步，对天乙来说，这又是一个无眠的夜晚。如今大商实力是很强了，但是真的要去攻打大夏吗？那可是大禹创建的大夏，虽然当年后羿夺了太康的王位，最后也是落得一个被寒浞杀死的结局。这是彻底的以下犯上，自黄帝以来这件事情没有人真正成功过。

天气炎热，伊挚也想等到夜半凉爽时候再去睡，此刻和白薇在军营周围散步。白薇说："那个亮着灯光的是大王的大帐吗？这么晚了，大王也还没睡？"

"大王肯定是有心事了！明日我去劝解一下大王！"

天乙这几天又陷入了焦虑之中，伊挚其实早已看到了天乙的坐立不安。

第二天，伊挚来到天乙的大帐中。

伊挚拜见了天乙之后，微笑着问天乙："大王何事烦心？"

"伊挚先生，要到秋收季节了，大军伐夏的事情是否可以等到秋收完毕？"

伊挚说："大王，如今大军已经临近大夏边境，如果这时候撤回商国，景亳会盟的诸侯也会各自回国收粮食。随后天子履癸集结大军讨伐商国，到时候商国根本无法阻挡天子的大军，商国就彻底亡国了。事到如今，大王以为还有退路吗？"

"呀！"天乙不由得倒吸一口凉气，"如果我们此次不打败大夏，商国我们也是永远回不去了！"

"正是！"伊挚满脸笑容地看着天乙。

"伊挚先生，你怎么还这么高兴？"天乙看到伊挚的微笑，心中都有点儿恼了。

"大王，人之所以会痛苦是因为还有选择，当没有了选择的时候，还有什么好愁的？现在只剩下了一条路，那就是商国大军直逼斟鄩，和天子履癸决一死战！"

"那我们何时出兵直取斟鄩？"天乙终于不再犹豫了，既然早晚都要面对，那就现在面对吧。

"大王不要着急，还要再等！"

伊挚心里其实也很着急，伊挚在等一个消息。

亳城。

自从商国的大军远征昆吾之后，有莘王女天天彻夜难眠，这次攻打的不是别的国家，是不可一世的昆吾，是大商的多年宿敌。湟里且不停从商国运送军粮到昆吾的前线，但是却没有带回任何胜利的消息。

"也许没有消息就是最好的消息了。"有莘王女每天这样安慰自己，睡不着的时候，莘王女就静坐练气，多年下来，王女体态反而越来越轻盈。

有莘王女每次梦到远方的伊挚，只能看到模模糊糊的影子。

这天湟里且带来了好消息："商国彻底打败昆吾了！商国打败昆吾了！"

整个商国都沸腾了。昆吾这个多年的宿敌，终于被打败，归顺商国了。有莘王女和有妊氏高兴得几乎忘记了彼此的隔阂，两个人抱在一起，热泪盈眶。

"昆吾终于被打败了！"

有莘王女和有妊氏，自从大军出发那一天，心就一直提着，心中充满疑惑："大商能是昆吾的对手吗？"如果问商国的百姓，肯定都会摇头，多少年来都是昆吾攻打大商，什么时候听说过商国打过昆吾呢？

商国人又在祭祀台周围跳起了九招六列之舞,到处都点着火把,祭祀台烟雾升腾,似乎远古的祖先神灵都已经降临了。

"先祖在上!今日我大商终于彻底打败了昆吾!"

有莘王女身穿白色的巫衣,赤着雪白的双足,王女主持了盛大的祭祀。如今天乙、仲虺都不在,有莘王女就是商国之主,是商国的大贞人。

三个大鼎已经并排放在一起,鼎下是熊熊的火焰,鼎中的水早已经沸腾了。祭祀台下早已经是人山人海,大家都知道,今天晚上又要人祭了。湟里且抓了几十个誓死不投降商国的昆吾俘虏回到了商国。这几十个俘虏双手被麻绳绑着,被推到了祭祀台边的木架子上,刽子手手起斧落,那些昆吾俘虏的脑袋落入了大鼎中,鼎中雾气更浓了,祖先好像已经来享用祭品了。

"天命玄鸟,降而生商!猗与那与!置我鞉鼓。奏鼓简简,衎我烈祖。嗟嗟烈祖!有秩斯祜。申锡无疆,及尔斯所!"

整个商国人都在吟唱着古老的诗句。

"今夜商国人狂欢吧!"

所有商国人都疯狂了,尤其是那些被昆吾欺凌过的商国人,舞蹈跳得如痴如醉,好像已经神通那些被昆吾人害死的亲人和先祖,告诉他们这个好消息。

费昌听到这个消息也很高兴,他来到商国已经一年多了,自从来了商国之后,虽然依旧白发苍苍,精神状态却比在斟鄩的时候好多了。

湟里且对费昌说:"费太宰!大王请你速去昆吾!"

费昌立刻动身,路上没有停留,几天之后赶到了昆吾城外。费昌来到天乙的大营,拜见了天乙:"恭喜大王!如今昆吾已经被收服,大夏大势从此定矣!"

"费太宰,一路辛苦了!"天乙见到费昌心情顿时好了许多。费昌德高望重,算是天乙长辈,从天乙父王在的时候就一直是商国的好朋友,天乙此刻心里踏实了许多。

"大王,不知召费昌来昆吾,费昌有什么可以为大王效劳?"

"费太宰以后要协助少方姑娘镇守昆吾城!以后昆吾就是商国的后方了。"

"愿大王大业早成,费昌愿效犬马之劳,为大王亲自驾车!"

"费太宰,你身为大商的太宰,怎么能让你亲自驾车,你的家族已经把商国的战车训练得如虎添翼！费太宰不仅仅需要守城，还要会一会老朋友！"

"老朋友？"

费昌接受了天乙的授命，玄鸟大旗上绣着一个巨大的费字。费昌虽然跟随履癸征战多年，却从来没有独自率领过大军，此时不免也是心中激荡。

费昌日夜抓紧操练这一万昆吾和豕韦联合的大军，如果由商国将军来率领，这些人心中难免会有些抵触。这些人素来知道费昌是大夏的左相，对费昌都很敬重，和费昌之间没有任何矛盾，所以由费昌来率领这些大军，伊挚的这个安排可以说是绝妙。

豕韦和昆吾的大军不能用来亲自去对阵履癸的大军，履癸振臂一呼，谁知道这些人会不会立即归顺履癸、服从履癸指挥，那样商国就成了搬起石头砸自己的脚。

费昌日夜训练大军的战车之术和各种阵法，准备即将到来的大战。

费昌的大军出征了，此一去大夏和大商之战正式开始了。

几日之后，大军已经开到了大夏和昆吾的边界，远远的一座城浮现在远方，只见城池浩大，里面殿宇重重，一个高大的屋顶接着一个，士兵不由得喊："前面就是斟鄩了吗？那些宫殿是王宫吗？"

"好大一座城！"军中豕韦的元长戎说，元长戎和费昌脾气相投，二人都是文官身份，又能上阵打仗，属于文武全才、老成稳重的类型。

费昌微微一笑，说道："前方就是有洛城了！是洛元妃的母国！大军城外扎营！费昌要去拜会一下洛元妃！"费昌送出书信到城中。

不一会儿，城门大开，洛元妃和有洛国君亲自迎接出城。此时有洛老国君和有洛老王妃都已经不在尘世了，如今实际是洛元妃在统领着有洛。洛元妃远远看起来，依旧端庄秀丽，依旧是当年元妃的风姿。洛元妃虽然容颜依旧，面容已没有了当年元妃的光彩，眼角眉梢有了一些岁月的痕迹。

洛元妃亲自出城迎接："费相！您这是远征哪里？"

"洛元妃说笑了，费昌早已经不是大夏的左相了！"

"我也早已不是元妃了，那所率大军？"洛元妃也有点儿疑惑了。

"如今费昌是商国的太宰，要率军从有洛经过！不知洛元妃可否放行？"

"费相也去了商国？如此甚好，当年若不是费相没有说破我中毒未死之事，哪里还有洛妃的今天？！"

"费昌什么都没做，元妃不必挂怀！"

"履癸听了那妺喜的蛊惑，竟然要置我于死地，我和他早已恩断义绝！"

费昌一时间不知说什么："往事都过去了，还请洛元妃放宽心！"

洛元妃说："有洛一定助大商伐夏，自从上次伊挚先生送来了粮食之后，有洛这两年一直劝农种粮，这两年粮食丰收，有洛愿为大商捐出百钟粟米！"

费昌施礼，说道："洛元妃识大体，明大义，这一百钟粮食实在是帮了费昌的大忙！"

费昌率领的大商大军悄无声息地通过了有洛。

大夏王邑斟鄩。

履癸召集群臣商议如何应对商国。履癸有扁将军在身边，接着下旨意召彤城夏耕将军回斟鄩，此刻履癸心底已经没有丝毫焦虑了，大夏的实力依旧是天下最强。

"大王是否也把镇守南方的推移和大牺将军也召回来？"赵梁提醒履癸。

"推移和大牺将军！哦，好久没见这二位将军了。大夏内有虎、豹、熊、罴，外有推移、大牺、夏耕和扁八大将军，商国简直是以卵击石！"

履癸最终也给南方的推移和大牺发了旨意："推移、大牺多年不见二位雄姿，朕甚是想念，如今商国天乙竖子来犯，可回斟鄩一起剿灭商国。待剿灭商国，吾等痛饮三天三夜！"

"如此商国这次必定是自取灭亡！"姬辛也在一边说。

"朕这次一定要亲手砍下天乙的脑袋！哈哈！"履癸大笑。

车正突然来报："大王！费昌率领商国大军，从昆吾城方向已经朝着大夏杀来！"

"好你个费昌！背叛大夏之后还敢领兵来攻打大夏！朕岂能饶你？定要砍下费昌老儿的脑袋，挂在斟鄩城头示众三天！"

扁将军问："费昌有多少人马？"

"商国大军人马众多，根本数不过来，估计有万人以上！"

"万人以上，那肯定是商国的主力先锋！费昌投奔了商国，这次看来是立功心切，竟然来打头阵了！"扁将军怒气一下就上来了。

除了虎、豹、熊、罴四大近卫将军，剩下跟随履癸征战天下最多的人就是费昌和扁将军了，但是费昌只会操纵战车和指挥军队，而且多年来一直身居大夏的左相，一人之下万人之上，扁将军虽然战功赫赫，却比不上从来没有亲自砍掉过任何一颗敌军脑袋的费昌。此时此刻，扁将军的机会终于来了。

"大王，扁愿意率两万大军去把商军杀个片甲不留！"

"扁将军早日得胜归来！"

大夏东部的大地上一支队伍在行进中，扁将军正在挥师东进。扁将军多次出征，胸中豪气涤荡，这一次出征不仅没有费昌在旁边用大夏左相的身份压制着自己，也没有履癸在身边，他是这两万大军的首领，他要去击败自己多年的老对手费昌。

前方苍茫大地一马平川，正是大军决战的好地方。

第二十二章　费扁之战

"呜——呜——"寂静的暗夜之中突然传来几声凄厉的叫声，天乙突然从睡梦中惊醒，声音继续传来，原来是远处夜鸟传来的呼号之声，天乙又失眠了。

天乙起身在大帐中端详着大夏的地图，这几天，天乙又陷入失眠和焦虑之中。天乙是商国这些人中年龄最大的，他是商国所有人的王，大商到底何去何从，天乙的内心时常感到深深的恐惧。

"大商会不会被大夏彻底打败，从此亡国，自己会不会被履癸那双无敌天下的双钩拦腰斩断？"

"大王昨夜又没有睡好？"

天乙一抬头看到伊挚走了进来："哦？伊挚先生来了！"

此时天已经亮了。

"大王，时机来了！"伊挚说。

"哦？什么时机？"

"履癸果然派出了扁将军带着两万大夏的主力大军去大夏东面迎战商国大军！"

"我大商毕竟是以下犯上，天下诸侯人人可以诛之！天子主动出兵了，难道这也算时机？"

"所以我们绝对不能和大夏正面纠缠下去，必须出奇制胜！"伊挚在天乙耳边细语。

大夏东部。

费昌得到消息扁将军的大军也已经到了前方，双方就要见面了。

扁将军迎住商国大军，对面白旗下须发皆白、神采奕奕的正是费昌。

"扁将军，好久不见！"费昌远远地和扁将军打招呼。

"费……昌，好久不见！"扁将军嘴中"费相"两个字险些就随口喊了出来，第一次直呼费昌的名字竟然感觉有些不习惯。同朝为臣多年，积累的不是情谊，竟然是妒忌转化而来的仇恨，看来这一仗是不可避免了！

扁将军看到费昌，正是新仇旧恨一起涌上了心头，今日正好做个了结。

扁将军催动战车上前："费昌！今日你我就决一死战！天乙那竖子何在？何不过来让扁一刀砍下脑袋，也省得将士们还要厮杀一番！"

"扁，你不要放肆！要想见我家大王，那得看你能否过得了费昌这关！"

扁将军一挥令旗，战鼓隆隆响起，扁将军的这些士兵都是大夏的主力，平日被履癸的近卫勇士压制着，一直在寻找着证明自己的机会。

秋天的原野上绿草和灌木依旧翠绿，但是已经很久没有下雨了。马蹄踏在泥土上带起来很多尘土，苍翠的大地上瞬间起了一阵黄色的烟尘。

费昌一声令下，元长戎率领自己的大军就冲了上来。豕韦那些大军当年跟着孔宾和豕韦冀也曾四处征战，算得上所向披靡。双方的阵线交错，顿时血光横飞，转眼就有一大片倒下的士兵。豕韦的大军虽然人多，但是平时打仗最多遇到过几千人的东方小部落诸侯国，此时遇到如此强悍的大夏大军，时间一长，感觉难以招架，心里都害怕了。

大夏的大军果然勇猛，没过多久豕韦军士气上明显不如扁将军的夏军，开始出现节节败退的迹象。

扁将军亲自冲锋上阵，直接奔着元长戎就来了，元长戎也毫无惧色冲了上去，双方战车交错。扁将军抡起大刀，一刀就把元长戎战车战马的屁股给砍掉一半，战马带着战车翻滚起来，元长戎被甩出了战车，亏得被手下急忙拼死救了起来。

"元长戎，你们豕韦的人马也就欺负下小国，如今被商国灭了国，成了商国的走狗，还不自己自尽算了！哈哈！"扁将军得意地大笑起来。

豕韦军本来就不愿意和大夏打仗，一下子就被扁将军冲得四散而逃。

扁将军在后面追，队伍变得越来越长，此时已是午后，秋阳下千军万马踏过田野向前奔跑，百姓来不及收割的粮食都被踩踏倒在了地里。那些正在收割谷子的百姓看到大军来了，赶紧放下手中的石头镰刀，瑟缩地躲在路边。

就在这时候，一支大军斜刺里杀了过来，大夏本来一字形的追杀队伍，突然被切成了两段，原来是昆吾的已离率领大军杀了过来。昆吾的士兵虽然和大夏的大军并肩作战多年，但也早就受够了大夏大军的傲慢，已离指挥的大军军纪严整，战斗力比豕韦那些人马实在强太多了。

费昌也没想到会如此狼狈，跟着大军后撤，此时看到已离杀了过来，赶紧让大军停止了逃窜，整顿人马重新回过头来两头夹击扁将军的大军。战场形势瞬间发生了逆转。

这是一次势均力敌的血战。时间慢慢流逝，扁将军看到红日西垂，今日本来已经占到了便宜，急忙下令收兵。双方各自回营，准备明日再战！

此时天乙何在呢？

几万人在沿着黄河河堤朝着西方前进，大商的大军，继续在玄鸟的带领下在暗夜中赶路，战马嘴上都戴着柳条编制的笼头，这样就不会大声嘶鸣了。

今夜之后。商国大军已经沿着黄河的南岸绕到了大夏的腹地。这时候国家之间是没有清晰的国界的，边疆也没有军队防守，除非得到消息，很多时候兵临城下才会知道敌军来了。

大商大军白天原地休息，晚上则抓紧行军。天色拂晓，天空渐渐有了鱼肚白，又是一夜急行军，大家也不知道具体到哪儿了，谁也没来过这个地方，天乙和伊挚看过终古的天下之图，知道只要一直沿着黄河走一定就能到达大夏。

第二十三章　奢华有洛的劫难

黎明之前，大商大军行走在黄河河堤之上，东方一轮红日喷薄欲出，右边黄河中也映出一片红光，和天上的红日连接成一片绚烂的景象，左边一道黑色的山脉慢慢显现出轮廓，犹如一条黑龙蜿蜒在大地之上。

"此等河山景象，真是壮观！"天乙不由得发出了感慨。

伊挚却一直盯着左边看，突然指着前方说："大王，那就是瞿山！我们已到大夏的北面。"

"哦，那就是瞿山吗？"天乙极目远眺那道黑色的山影。

"瞿山果然像一条黑龙！那里怎么有一个缺口，不像山脉的起伏？！"天乙说。

蜿蜒的瞿山，中间塌了一段，犹如巨大的苍龙被拦腰砍断了。

"那就是履癸引黄河之水挖塌的地方！"伊挚说。

"瞿山一塌，大夏的气数就尽了！"天乙不由得笑了起来，笑声中多少有点儿幸灾乐祸的意味。

"履癸素来不相信八卦和贞卜之说，亲自来挖开了瞿山！"伊挚接着说。

大夏东部，战车上一老者坐在战车中随着大军撤退！

"费昌在哪儿？费昌在哪儿！"身后夏军又追上来了。

费昌的儿子大木催动着战车前进，让费昌缩在战车中。打仗打的就是士气，费昌联军这一退再也收不住，一路上丢盔弃甲，战车轮子、各种戈矛扔了一路。扁将军追着费昌打来打去，如何肯善罢甘休，费昌多年来一直跟着履癸打胜仗，从来没有如此狼狈过。费昌四处乱转，这时候前面又出现一支人马。

元长戎努力张望："难道又有夏军拦截？！"已离说："不像是夏军！"

费昌此时心中忐忑，等对方走近了，大旗上一个"洛"字，下面战车中立着一年轻少年，看气质就不是普通人，此人正是有洛国君。原来洛元妃听说费昌大败四处奔逃，便让有洛国君带着有洛人马来接应费昌了。

"洛元妃特派朕来迎接费太宰大军入城！"有洛国君也看到了费昌。

费昌一时间心中百味交陈，如今竟然到了要人搭救的地步了："也罢！多谢洛元妃和有洛国君！"

费昌率领大军徐徐退入了有洛城中。

扁将军追着追着发现费昌的大军不见了，前面却出现了一座大城。

"这应该就是有洛城了！"扁将军摸着自己那蓬松的大胡子，命令夏军把有洛城围住。

"天乙那竖子肯定就藏在有洛城中！如果活捉了天乙竖子！大王一定会拜我为左相！"扁将军以为费昌是先锋部队，伊挚和天乙的大军却一直没有发现。

扁将军的大军中也有当年履癸攻打彤城的投石机，一通石头就砸了过去。城墙上被砸出了一个个的坑，但是有洛城不仅宫殿宏大，这城墙修建得也非常坚固，又高又厚，投石机砸了半天也就是几个坑而已，城墙依旧岿然不动！

一连几天，费昌躲在城中闭门不出，有洛城中一直没人出战！

"费昌！你这缩头乌龟！怕死你还敢投靠商国！"扁将军气得在城下大骂！

扁将军命令大军攻城！奈何有洛城太高，大夏大军刚到城下，城上面的弓箭就如雨一样射了下来！大夏大军攻了几次都没成功，损失惨重！

转眼天色又变黑了，扁将军看着阳光逐渐从城头消失，城头下却是一堆大夏士兵的尸体！

扁将军暴跳如雷："点起火把！晚上继续攻城！"

扁将军看着火把突然怔住："有洛！如今的元妃妹喜娘娘一定恨死了有洛！那我就不用客气了！"

扁将军白天注意到有洛附近有一片松树林，如今正是秋天，松树长了一夏天，枝叶间满是饱满的松油味道！夏军摸黑到松树林弄了一堆树枝过来，一群人用麻绳把松树枝缠到了石头外面！

投石机是一个大木头架子，几个人推着长臂把石头甩出去，这样石头就能被甩到城中。扁将军让士兵把缠满树枝的石头放在青铜做的投石槽中，拿着火把点着了石头上的树枝："给我往城里头扔！"

"走！"几个光着膀子的士兵推动投石机，投石机转动了起来，从地面到最高处的时候，下面的木杠子撞到了机关，铛的一声就停了下来，一个大火球就朝着城中飞了过去。

城中传来一片恐慌的叫喊声！当年斟鄩长夜宫塌陷的时候，天空的大火球估计也是如此恐怖吧，这次的火球却是一个接着一个地飞入了有洛城中。

百姓的屋顶都是茅草，干燥的秋季遇到火球一下子都着了起来。

城中一片惨呼传来，火光越来越大，不一会儿，整个有洛城都成了一座火城！整个天空都被烧着了，天空中火龙来回飞舞，如同地狱之门已经被打开了，多少灵魂从此魂飞魄散！

有洛宫殿虽然广大，但整个有洛城并不算大，城中容纳费昌的上万大军已经很拥挤了，如今城中火起，百姓四散奔逃，城中拥挤、踩踏，一片混乱。

人们忙着用木桶从井中或者池塘中提了水去救火，好不容易救下了一片，城墙外又有几个大火球飞了进来，落到屋顶上，轰的一声，火苗蹿了起来，大火又着了起来。

费昌一看不好，赶紧到有洛宫中，有洛宫中宫殿繁多，此时大火也已经蔓延到了宫中，费昌闯入宫中，正在四处寻找，忽然听到有人喊："费太宰！费太宰！"

费昌停下四处张望，火光中只见湖中的亭子上挤着洛元妃一家！

"洛元妃，如今有洛城中火势太大，百姓无处躲藏，费昌此刻必须杀出城去，以保百姓平安！"

"费太宰，有洛没能保护了大商的大军，实在惭愧！"洛元妃恨恨地说道。

"元妃娘娘不必内疚，费昌此刻已经完成了大王交给费昌的任务！不用一味忍让那个扁了！"

商汤王朝

下

汤永辉

著

人民东方出版传媒
东方出版社

总目
CONTENTS

上册	卷一	风起青蘋	1
	卷二	归藏秘密	229
	卷三	纵横天下	365
中册	卷四	逐鹿中原	495
	卷五	问鼎天下	635
	卷六	商汤伐夏	757
下册	卷七	鸣条之战	847
	卷八	成汤江山	1033
	卷九	商朝往事	1185

本册目录

卷七　鸣条之战

第一章　生死瞿山 / 849

第二章　无荒心计 / 852

第三章　被困瞿山 / 856

第四章　围攻夏耕 / 859

第五章　大漠章山 / 863

第六章　厥水之战 / 868

第七章　谁是天下第二 / 872

第八章　美人心计 / 876

第九章　夏耕对手 / 879

第十章　兵发厥水 / 883

第十一章　商汤溺水 / 886

第十二章　无头夏耕 / 890

第十三章　美人之战 / 894

第十四章　履癸的十宗罪 / 897

第十五章　鸣条之战 / 901

第十六章　女人的刀 / 905

第十七章　战神履癸 / 909

第十八章　城下决战 / 913

第十九章　美人关 / 916

第二十章　温柔一刀 / 920

第二十一章　刺成苍耳 / 924

第二十二章　有妊氏的血 / 928

第二十三章　履癸死穴 / 932

第二十四章　一个勿遗 / 936

第二十五章　尹至 / 940

第二十六章　妹喜被困 / 944

第二十七章　无法独活 / 948

第二十八章　远古巨兽 / 952

第二十九章　再见伊人 / 955

第三十章　子夜诀别 / 960

第三十一章　夜半城破 / 964

第三十二章　匈奴的始祖 / 967

第三十三章　妹喜不见了 / 970

第三十四章　咫尺天涯 / 973

第三十五章　欲擒故纵 / 977

第三十六章　奇幻三嵕 / 981

第三十七章　御龙而飞 / 985

第三十八章　以柔克刚 / 989

第三十九章　神玉下面有什么 / 992

第四十章　召唤神魔 / 995

第四十一章　鄗河夜色 / 999

第四十二章　推移大牺 / 1003

第四十三章　左右为难 / 1006

第四十四章　高神焦门 / 1010

第四十五章　南巢相依 / 1014

第四十六章　卞随务光 / 1018

第四十七章　仲虺之诰 / 1021

第四十八章　天子成汤 / 1024

第四十九章　夏桀 / 1027

卷八　成汤江山

第一章　成汤江山 / 1035

第二章　汤诰 / 1039

第三章　黄帝女儿 / 1043

第四章　女神逼婚 / 1046

第五章　桑林求雨 / 1050

第六章　黛眉娘娘 / 1054

第七章　明主之法 / 1057

第八章　九主之图 / 1060

第九章　法君天乙 / 1063

第十章　太子太丁 / 1066

第十一章　佐主无声 / 1070

第十二章　凡物有胜 / 1073

第十三章　汤妃有㜪 / 1076

第十四章　八谪之主 / 1080

第十五章　巡狩 / 1084

第十六章　四方献令 / 1088

第十七章　大禹的天下九鼎 / 1092

第十八章　武王成汤 / 1096

第十九章　外丙出征 / 1099

第二十章　鬼沼 /1103

第二十一章　美女有毒 /1107

第二十二章　天子换人 /1111

第二十三章　天子中壬 /1115

第二十四章　谁在害谁 /1119

第二十五章　刺杀 /1123

第二十六章　左相仲虺 /1127

第二十七章　少年太甲 /1131

第二十八章　玲珑曲线 /1135

第二十九章　天作孽犹可违 /1138

第三十章　桐宫 /1141

第三十一章　太甲哭了 /1145

第三十二章　自作孽不可活 /1149

第三十三章　难道是他 /1153

第三十四章　太史咎单 /1156

第三十五章　厚父 /1160

第三十六章　红袖添香 /1164

第三十七章　咸有一德 /1168

第三十八章　我恨你 /1172

第三十九章　五世商王沃丁 /1176

第四十章　曲终人散 /1180

卷九　商朝往事

第一章　太庚和儿子小甲雍己 /1187

第二章　桑谷共生于朝的太戊 /1190

第三章　中宗太戊的长生不老梦 /1193

第四章　打败兰夷的仲丁和最早的瓷器 /1195

第五章　第十一位商王外壬的烦恼 / 1198

第六章　河亶甲 / 1201

第七章　祖乙的龙腾之地 / 1204

第八章　万年历和春节的由来 / 1207

第九章　从祖辛到沃甲的侄子祖丁 / 1209

第十章　阳甲与叔叔南庚的九世之乱 / 1211

第十一章　大名鼎鼎的盘庚 / 1213

第十二章　有条不紊、星火燎原 / 1216

第十三章　盘庚迁殷 / 1218

第十四章　小辛和武丁的父王小乙 / 1220

第十五章　奴隶为相 / 1223

第十六章　武丁的两大名臣甘盘和傅说 / 1225

第十七章　妇好和高宗肜日的太子祖己 / 1228

第十八章　殷高宗武丁问了彭祖三寿星什么 / 1230

第十九章　当武丁爱上妇好 / 1234

第二十章　武丁对妇好的深情和祖庚 / 1238

第二十一章　祖甲和儿子廪辛康丁的岁月 / 1241

第二十二章　射天被雷劈的商王武乙 / 1243

第二十三章　被囚禁的不止周文王还有他爹季历 / 1246

第二十四章　帝乙被逼把妹妹嫁给周文王 / 1248

第二十五章　纣王的象牙筷子和西伯戡黎 / 1250

第二十六章　为什么说纣王时的微子是个汉奸 / 1252

第二十七章　忉其三卣和美人妲己 / 1254

第二十八章　牧野之战的谜团 / 1257

后记 / 1260

卷七 鸣条之战

第一章 生死瞿山

有洛城外，一张张大夏士兵的脸在火光映照下看起来更加凶悍狰狞。

扁的双目中闪烁着残忍的光，嘴角露出了一丝邪恶的微笑："这次看你们出不出城，不出来，城中人定然烧死一半！给我继续投火球！"

大夏士兵也逐渐有了经验，里面放小一些的石头，外面可以包裹更多的松枝。用火把点着之后几个士兵兴奋地用力推动着投石机，投石机巨大的摆臂抡了起来，因为松枝更多，火球的火更大了，投石机变成了传说中的烛龙之神，喷火的巨龙晃动着长长的脖子朝着有洛城中喷出一个一个的大火球。

"扁将军！今天这仗打得过瘾！"大夏的士兵看着有洛城中的火光，眼中闪烁着兴奋的光芒。

此时天堂地狱皆在人间，城外的人在看热闹，城内的人在烈火中苦苦挣扎，多少有洛人在这次大火中失去了家园。

孩子们在母亲的怀里恐怖地看着大火吞噬了自己的房子。就在这时，城门的大石头被推开，黑暗中传来吱吱扭扭的声音，城门打开了。

一队士兵冲出了城门，军纪整齐，一个个却都灰头土脸的，有人的头发都被突然窜出的火苗烤焦了。

费昌这时候已经随着大军杀出城来，费昌出城的时候并没有遇到夏军的攻击，正在诧异间，看到远处一排火光。

此时有洛城中的火焰冲天，城外两条火龙在对峙着，一条火龙是夏军，一条火龙是商军。

"哈！费昌老头儿终于出来了！"扁早已经等在城门外面。

今晚注定是有洛所有人的不眠夜。

"费昌，天乙那竖子怎么还不出来？"扁早就发现了费昌。

"扁，我家大王此时估计早已到了斟鄩附近了！"费昌虽然狼狈，但此时却是精神矍铄。

"怎么可能？你在胡说八道！"扁说。

"我家大王让我拖住你三天！如今子时已过，今日已经是第三天了！费昌终于完成了大王交给的任务！"

"大商大军如果进入大夏，怎么会没有车正报给大王？"扁说。

"不用废话了，今日费昌终于可以放开手脚和你大战一场了！"费昌此时似乎换了一个人，不再一味逃跑了。

大夏东部，扁将军在商国大军中一直没看到天乙的身影，心中早就疑惑是不是中了天乙的调虎离山之计。这时候听到费昌说天乙已经到了大夏，不由得吃了一惊！此时扁已经追击费昌三天了，已经到了有洛境内，如果要回到斟鄩，没有七天是根本回不去的。"费昌说的到底是真是假？"

此时扁也无心再和费昌决战，赶紧派车正去给履癸送信。费昌率领昆吾和豕韦联军也撤出有洛国三十里之外，好在扁如今担心大夏那边的情况，没有跟着追击而来。

商军总算可以睡个安稳觉了，帐篷等装备早就丢得差不多了，人们就互相背靠着背围着篝火睡熟了。

第二天，东边隆隆作响，又来了一支队伍，费昌不由得心里一紧。

"怎么又来了一支大军？要是大夏的人马，商军就要腹背受敌了！"

费昌赶紧出了大帐，朝东方瞭望。渐渐地看到了高高的旗杆，旗杆上挂着一面白色的大旗，上面一只飞翔的玄鸟。

旗下战车上立着两个少年，一个玉树临风、温文尔雅，一个潇洒倜傥、神采飞扬，这两个人看到费昌，赶紧催动战车过来，跳下战车快步走到费昌面前。

"费太宰！我二人奉了母后有莘氏、有妊氏之命，前来驰援大商了！"

费昌终于长出了一口气，这二人正是太丁和外丙。"二位王子到来，实在太好了！"

昆吾之战后，太丁和外丙就回了商国，没过多久，有莘老国君听说商国已经开始大军伐夏了，心中一惊："商国攻打大夏，天乙这是疯了吗？"

有莘国君赶紧派人送信给有莘王女，说有莘还有三千军队，愿意助天乙一臂之力。有莘王女和有妊氏商量之后，派太丁和外丙率领有莘大军来助费昌。

斟鄩。

当带着扁消息的车正跑入斟鄩的时候，大夏在瞿山的车正也送来了消息。

商军已经到达瞿山。

履癸正在和琬、琰行云雨之欢，履癸最近不知怎么莫名地烦躁，只有通过放纵才能得到心灵的一刹那释放。

秋日的倾山，满山秋叶绚烂，正是一年最宁静炫美的季节。一名车正闯入倾宫。

"大王！商军和天乙已经入夏！"

履癸顿时从床上蹦了起来，琰美人缠绕着履癸的胳膊被挣开。

"大王，这是怎么了？"

履癸知道如果商国大军过了瞿山，就会进入伊洛平原，斟鄩的屏障就只剩下北面一道洛水。黄河上是无法搭建木桥的，洛水水面没那么宽，上面有几座木桥。

赵梁也听说商军来了，赶紧来到太禹殿。如今大夏朝中有谋略之才的扁将军又在大夏东部和费昌周旋。费昌走了之后，赵梁就成了大夏的左相兼右相。费昌在的时候，履癸没觉得赵梁和费昌有什么区别，反而觉得赵梁更善解人意一些。费昌走后，履癸才发现赵梁的办事能力相比费昌还是差了太多。

"商军到底在哪儿？"履癸问赵梁。

"商军不知如何突然出现在瞿山以北，各地一直没有发现商军的踪迹！"

"也许商国是每日夜间行军，我们才没有发现！"无荒说。

"好！既然已经送上门来！这次绝对不会饶了天乙这竖子！"

第二章　无荒心计

天乙沉浸在瞿山和黄河的壮丽之中。

伊挚脸上却没有半分欣喜之色，环顾四周对天乙说："大王，大商伐夏关键就在瞿山！必须迅速抢占瞿山！"

"经过一夜行军，人马都已经很困乏了，要不要先休息一下再过瞿山？"

"到时候恐怕一切都晚了！"伊挚表情变得异常凝重。

天乙第一次看到伊挚如此严肃，也不禁再次环顾四周，此时一轮红日照耀着大地，身后是宽阔的黄河，前面是高高的瞿山。商国的两万大军几乎布满了瞿山和黄河之间的狭长地带。突然一道电光从天乙脑海划过，天乙一下子明白了伊挚的担心。

天乙纵身跳上战车，举起开山钺："四奇四正听我命令！"

所有人都看着天乙，等待着他们大王的命令。

"北门侧为先锋！率军迅速占领瞿山！"天乙声音洪亮浑厚，晨光中天乙长须飘扬的身影有如战神。

"是！"大军发出地动山摇的声音，虽然经过一夜行军，但此时已经到达瞿山，过了瞿山离斟鄩就不远了，大战在即，商军听到天乙的命令精神都为之一振，瞬间毫无疲惫感了。

商军再也无须隐藏，也无法再隐藏，大军如潮水一样涌向瞿山坍塌的缺口。

北门侧一车当先，大军紧随其后，片刻之间北门侧就已经到达瞿山之下。

　　北门侧抬头望向瞿山，坍塌的瞿山虽然坡度不高，却都是松动的碎石，一不小心就会造成滑坡，继续坍塌，战车和战马根本无法通过。

　　"所有人下车！徒步上山！"北门侧率先跳下战车，踩着石头迅速向山上飞奔而去。北门侧也看出了当前的形势，必须迅速占领瞿山！

　　强将手下无弱兵，北门侧的士兵都迅速跟了上来。越来越多的商军朝着瞿山山顶爬去，山坡碎石哗啦哗啦地滚落。

　　"后面的躲开石头！"后面的士兵躲闪不及，就有被滚落的石头砸伤的危险，上山的士兵开始越散越开。

　　"嗷嗷嗷——汪汪汪——"就在这时候，大家似乎听到狗叫声。

　　"奇怪，这山上怎么会有狗叫？"众人都转头四处寻找。

　　伊挚心中大惊，对天乙说："不好！瞿山又要塌了！让大军朝两边爬！"

　　天乙没明白："瞿山要塌了？"

　　一切都来不及了。

　　北门侧发现脚下的石头开始滚动。北门侧功夫了得，开始在石头间跳跃，身子依旧朝着山顶奔去，滚落的石头越来越多，北门侧身边的人也学着北门侧跳跃闪避着滚落的石头。

　　下面在爬山的商国士兵就没那么幸运了，上面滚动的石头已经成了一片，根本来不及躲避，大片的士兵在惨叫声中被石头砸中，有的甚至被直接埋在了石头下面。

　　"呀！"天乙看到瞿山上的情景，吃了一惊。

　　山体滑坡致使大量的石头滑下来之后，带起来漫天尘土，过了良久，石头终于都静止了下来。

　　后面的士兵虽然震惊，却依旧勇敢地继续朝着山上爬去。

　　此时北门侧已经快到瞿山坍塌部分的最高处。北门侧咬住牙，一提气飞身几个纵跃，如同豹子一样蹿到了瞿山最高处。

　　北门侧朝着南面山下张望，远处是一片千里平原，大夏尽收眼底，斟鄩应该就在远方。

"大夏！大商来了！"北门侧心中叹道。

北门侧注意到远处大地上隐隐有一片黄云："地面怎么会有黄云，不对，那应该是尘土。"

北门侧聚精会神仔细向远处看，黄云中黑色的旗帜渐隐渐显，分明是大夏的旗帜。

"大军速速登上瞿山！夏军就在不远处！"北门侧对着身后的商军喊道。

北门侧身后的几十个大商勇士也已经登上了最高处。

"商国叛逆，瞿山今日就是你们的葬身之地！"就在这时候，北门侧听到一个声音，脊背嗖的一下，一股拔凉的感觉让他一哆嗦。

只见瞿山两边没有塌陷的山顶突然冒出无数夏军，全都弓箭在弦，长矛在手，一杆大旗下面，一个粗壮的将军。

"这难道就是天子履癸？"北门侧来不及思考，一阵乱箭已经射了下来，接着长矛、石头纷纷砸了过来。

北门侧身边几个人躲闪不及被长矛贯胸，鲜血溅到了石头上。

北门侧赶紧躺倒在大石头的缝隙之间，心中暗想："今日到底能否活着通过瞿山？"

斟鄩。

履癸半夜被车正从睡梦中吵醒："什么？！商国大军到达瞿山？这怎么可能？扁将军不是正在有洛和商军鏖战吗？"

"有洛只是费昌的缓兵之计，天乙已经亲率商军到了瞿山。夏侯无荒请大王速速发兵，再晚恐怕一切就都来不及了！"

"王叔无荒？他现在在哪儿？"履癸似乎还没完全清醒。

"夏侯无荒担心商国会从瞿山入夏，早就率军日夜守护在瞿山之上。下人日夜在瞿山附近侦察，昨日黄昏，下人在黄河岸边发现了商国大军的营地！夏侯让在下速来禀报大王发兵！"这名车正依旧在喘着气。

履癸终于完全清醒了："如果商军通过瞿山，那样斟鄩就暴露在商军面前了。"

"赶紧叫虎、豹集结大军！"履癸开始咆哮了。

琬、琰等赶紧帮履癸找来盔甲，履癸头盔都没戴，直接提着双钩出了宫门，骑着大黑马来到太禹殿前。

虎、豹、熊、罴此刻已经到了太禹殿，赵梁和姬辛也衣冠不整地来了，接着太子淳维也赶到了。

"商军已经到达瞿山！虎、豹将军速带一万大军前往瞿山，务必截杀天乙那厮于瞿山！"虎、豹领命而去。

虎、豹走了之后，借着太禹殿的灯火，履癸竟然看到虬髯上有了一根白胡子。不由得伸手去揪，仔细一看白胡子何止一根。

"天乙竖子，上次真该在夏台把你饿死！"履癸恨恨地说。

自从费昌投奔了商国，夏侯无荒心里渐渐有了一种不好的感觉，接着没多久又传来商国收复了昆吾的消息。

无荒大吃一惊："商国这是要做什么？"无荒也知道如今大夏多年大旱，粮仓空虚不宜主动对商国出兵。

"商军已经到了有洛了。"车正兵从前方传来消息。

无荒拿来地图，浓眉紧锁："为什么是有洛？！"

第三章　被困瞿山

山顶一人傲然而立，刺眼的阳光中身影威武雄壮。"难道是天子履癸？"北门侧心中一紧，脚下不停向上，慢慢看清了山顶之人胡子已经雪白，比履癸年龄更大一些。

山顶正是夏侯无荒！当年履癸的父王发和无荒争夺王位的时候，无荒从各方面都比兄长发强很多，但从孔甲开始大家就都看好履癸，所以无荒的哥哥发就当上了天子。履癸即位之后，征战天下，平定四方。天下诸侯来朝，朝中又有德才兼备的左相费昌主持朝政，无荒很欣慰，在封地中过着逍遥日子。时光飞逝，无荒已经六十多岁了，突然一天得到消息：费昌带着全族投奔大商而去。

"商国？就是那个唯唯诺诺的主癸的商国？"无荒实在想不明白。虽然商国的先王上甲微曾经名震天下，一度成为东方强国，但到了生性善良软弱的主癸时，商国已经是只剩下方圆百里的一个小国了。

"商国到底要做什么？"无荒思索着，商国这几年先后吞并和收服了葛国、有荆国、温国、豕韦和顾国，如今大夏第一盟友昆吾竟然也归降了！

"不好！商国难道想代替大夏当这天下共主？大夏岂能再有后羿之患？"想到此处，无荒再也待不住了，立即整顿人马赶往王邑。

当无荒的战车疾驰驶入王邑的城门，一阵急促的鼓声传来。太禹殿前几面巨鼓一起被敲响，斟鄩的百姓、贵族都听到了，天子在召集群臣！已经多年没有过如此紧急的鼓声了,一定是有大事发生了!

无荒大步走进太禹殿。

"王叔,你来得正好!"履癸上前迎接。黑色天子袍服让履癸显得精神了许多,脸上并没有丝毫的紧张,反而有点儿兴奋,终于又有仗可以打了,此时秋粮已经入库,再也没有什么能够束缚履癸了。

此刻,商国大军已经到了有洛!太禹殿内履癸在和群臣商议对策!

履癸从来不觉得对方的人马多少是个问题,反正就是多砍下几个脑袋的问题。虎、豹、熊、罴也和履癸一样变得很兴奋:"终于又有仗可以打了。"

"大夏战斗力极强,如果我们是天乙,会不会从有洛来伐夏?"无荒发问。

"夏侯,商国在东,自恃战车精良,从有洛来犯我大夏岂不正常?"赵梁说。

"有洛与大夏之间是千里平原,要想在这种地方打败大夏的无敌联军简直难上加难。难道商军的战斗力可以和大夏在平原上一决高下了?"无荒继续发问。

"朕早就想砍下天乙那竖子的脑袋了,不管他们从哪儿来,结果都一样!"履癸依旧没有把商国放在眼里。

"不必大王亲自出征,扁愿率大军出征,生擒了天乙那竖子回来,交给大王处置!"没有了费昌在,扁终于可以出头了。

"好!扁将军辛苦!朕等你早日得胜回来!"无荒还想说什么,但已经没有人想继续听了。

夜深了,无荒依旧在看着地图,从昆吾到大夏之间有一条粗粗的弯弯曲曲的线一直到斟鄩的北部,那就是黄河,黄河以南就是瞿山,瞿山到斟鄩不过百里。

"瞿山!如果商军故意把大夏主力引向有洛,从瞿山突袭,那斟鄩就危险了!"无荒想到这里不禁脊背一阵发紧。

无荒连夜召集大军,率领自己的三千大军赶往瞿山。

无荒在山顶埋伏的大军早就发现了商军,商军一到射程之内,无荒就命令山上的士兵,一起对着缺口内的商军射箭,商军一时损失惨重。

天乙暴怒:"如果小小的瞿山都过去!还谈什么伐夏?"

伊挚也没想到瞿山之上竟然会有埋伏:"大商奇袭瞿山,这事不可能泄露出去？难道大夏内还有高人能够猜出大商要从瞿山而入？"

天乙和伊挚也来到瞿山之下，山上人马并不是很多！

"今日必须夺取瞿山！四正大军弓箭掩护，交替上爬！"天乙命令。

东门虚、南门蜵、西门疵分别率领四正大军朝着山上冲去。除了塌陷的部分，瞿山也算不得陡峭，山上到处是向上爬去的商军！

这时候仲虺突然喊道："大王，山顶上的夏军怎么变多了？"

天乙和伊挚也发现山顶突然冒出无数的夏军，山顶上有三面大旗，伊挚终于看清其中两面是："虎、豹！"

"怎么我商军刚到，履癸的虎、豹将军就到了，怎么这么快？！"

另一面大旗大家只看出一个简单的"无"字！

此时商军已经快到山顶了，山上的夏军一声呼喝。弓箭齐发，大石头如落冰雹一样朝着下面的商军滚来。不少商军被砸得头破血流，当场身亡。

"大王！赶紧停止进攻！"伊挚说。

天乙也看出形势有变，挥动令旗："停止进攻！停止进攻！"

商军下撤百丈，黑压压地围在山脚和山腰！瞿山本就都是松散的石头，下过的雨水很难留住！所以山上也没有高大的树木！在山顶上的夏军和山脚下的商军都能清楚地看到对方！

此时北门侧发现被三面包围了，瞿山的南坡上已经满是大夏的士兵！北门侧已看清那个白胡子的将军不是履癸，大旗上的大字是"无"！

"'无'是谁？"

这时候听到山上无荒大声喊道："天乙！伊挚！好久不见！还记得无荒吗？"

天乙和伊挚同时吃了一惊："夏侯无荒！"

"无荒早就料到，商军必然偷袭瞿山！在此等候你们多时了！如今大王的两万近卫大军从东西绕过瞿山而来！恐怕商军此次都要到黄河里去喂鱼了！"无荒的笑声从山上传来。

"东西方向！"天乙不由得朝着东西方向看去，南边是瞿山！北面是黄河！东西不过十里地宽的地带！

"伊挚先生！无荒说的可当真？"天乙的声音竟然有些发颤了。

第四章　围攻夏耕

彤城，大殿中群臣正在议事。

西域黑石堆砌的石头台阶上，巨大的石头王座上坐着一员大将，宽厚的胸膛、高大的身躯，坐着竟然比旁边站着的侍从还要高，带着一股扑面而来的杀气。

这就是夏耕，自从被履癸收服之后一直在彤城镇守，一晃好多年过去了。

彤城大殿依旧高大豪华，大石头块垒成的柱子比太禹殿还要高，这才能让夏耕感觉不憋屈。夏耕看着那些老臣，说道："今日没什么事，都散了吧！"

文臣们都习惯了这位天神一样的主帅，都不慌不忙地走着，几个武将却都迈开大步朝着大殿门口飞奔而去。

"你们几个别跑！今天该轮到谁了？"夏耕瓮声瓮气地说。

听到夏耕的声音，几个即将跑出大殿的武将只好停住了脚步，无奈地互相看了看。夏耕对金银财宝没什么兴趣，对美女更没有兴趣，唯一感兴趣的事只有一个——打仗，在彤城内自然没有仗可以打，夏耕就换了一种方式。

众人都散去之后，夏耕和几个被叫住的武将来到大殿外的一片沙地上。

刚到了沙地上，还没等夏耕活动下筋骨，几个武将迅速如猛虎一样扑了上去。这四五个人都是虎背熊腰的西北大汉，抱大腿的抱大腿，拉胳膊的拉胳膊，几个人紧紧把夏耕围住，用力把夏耕按到了地上。夏耕没有防备，直接被这几个人给仰面朝天地按倒在沙地上。

"耕将军服了没！"几个武将得意地说。

夏耕咬着牙不说话！周身的肌肉却越绷越紧，夏耕从来不洗澡，腋下的味道实在上头，按住夏耕右胳膊的武将突然打了一个喷嚏，夏耕的右胳膊突然暴起。武将喷嚏还没打完，身体就飞了起来，腾空摔了出去。其他几个人赶紧用尽全力，想接着按住夏耕，夏耕哪会给他们机会，右胳膊一晃，揪住左边武将的头盔一拽，那兄弟当然不想脑袋被揪下来，一松手就被夏耕扔了出去。夏耕双腿一蹬，腰一用力，顿时跳了起来。

其他武将一看不好刚想跑，夏耕大长腿一迈已经到了几个人身边，一手一个抓住两个人的胳膊就给拎了起来，在空中打了几个圈，剩下的两个被这飞着的两个人正好撞到，"哎哟，妈呀！"直接扑倒在沙地上，夏耕一松手，已经转晕的两个也被扔在了沙地上。转瞬之间刚才按着夏耕的几个武将都被夏耕摔在了沙地上。

"你们几个服了没？"夏耕笑着看着沙地上横七竖八的几个武将。

"服了，耕将军，我们从来没有不服过！"

"哈哈哈哈！"夏耕笑了起来，院子外面树上的鸟都扑棱棱地飞起来了。

"这群鸟，我的笑声有那么可怕吗？！"夏耕的声音感觉不是从嗓子发出来的，而是胸腔中藏着一头嘶吼的猛兽。

"耕将军的笑真有……将军的笑声如虎啸山林啊！"

"你们这几个家伙！都起来吧，今天就到这了！浑身舒服多了！"

听到这话，几个人才敢从地上爬起来。

夏耕到了彤城之后，手脚闲得难受，特地准备了一片沙地，每次大殿中议事完毕都会和这些武将过几招过瘾。

履癸也喜欢和近卫勇士们切磋，但是履癸还能做到点到即止，夏耕动作沉重，武将们被打一下根本受不住，陪练的武将经常被打得鼻青脸肿，每次议事结束都想赶紧溜掉。夏耕的手下没事的时候就陪着夏耕，经常四五个人一齐扑上去，还是无法制服夏耕。

"耕将军，大王的旨意来了！"这时候院子外面跑来一名大夏的车正。

夏耕接过来急忙打开："商军来犯，速率军驰援斟鄩！天子履癸。"

"什么意思?"除了多年前畎夷攻打到过一次斟鄩,结果被履癸打到秦岭以西,之后再也没有任何国家敢主动招惹大夏!

"商国,东方那个小国吗?"夏耕也疑惑了。

"耕将军,商国如今已经不是当年的小国了,如今昆吾都被商国收服了!"

"啊!昆吾都被灭了!"夏耕也吃了一惊,对于昆吾,夏耕还是比较熟悉的,毕竟牟卢和履癸一起来攻打过岷山和蚕丛。

夏耕这些年在彤城也没闲着,率领彤城大军,时不时就进行一次征讨,整个大夏西部的疆域在夏耕的征伐下越来越大。

夏耕回到彤城也没有多久,他刚率领大军从巴蜀之地的巫山凯旋,上次昆吾只是把蚕丛打得躲了起来,夏耕这次基本上把属地那些部落都彻底打服了,蜀地的霸主蚕丛都被打到蜀地的南边去了。

天下夏耕只服一个人,那就是履癸。履癸有时候也想让夏耕来斟鄩待在身边,但夏耕就是不愿意来中原!履癸后来也明白了:"不来也罢!如果这个天神一样的家伙来到斟鄩,那朕还是不是天下最勇猛的人呢?"

此刻夏耕接到履癸的旨意,对手下说:"大王的勇猛天下无敌,如今要耕带兵驰援,看来这次商国的确来势汹汹!好久没和大王并肩作战了,夏耕正想大展拳脚!你们清点人马,备好粮草,三日后出兵!"

瞿山。

商国连夜突袭瞿山,被夏侯无荒看穿了,在瞿山提前拦截。

伊挚思索着这一切!

夏侯无荒说:"我早就布下了天罗地网,天乙竖子你插翅难逃!"

北门侧所在位置最为靠上!他知道如果要通过瞿山,就看自己这边了。北门侧看天乙没有命令,率手下要强行通过瞿山!

双方又是一场鏖战。

无荒的人马从来没见过这么勇猛的人,转眼一个个就被北门侧打得东倒西歪。北门侧的手下也都是以一敌十,转眼就要突破那个瞿山缺口,朝着瞿山南面而去了。

北门侧前面突然出现两个人，一左一右对着北门侧杀了过来。这两人动作矫健如虎如豹，一双大刀虎虎生风，刀刀紧逼。北门侧不由得被逼得连连后退，这二人正是虎、豹将军。

北门侧看到瞿山南面到处是无边无际的夏军，靠自己身边这几百人，今天难以突破瞿山了，只好边打边撤退下来。

虎、豹到了山顶和无荒会合之后，也不敢贸然冲下山来。

山下的商军和山上的夏军一时变得寂静无声。

第五章　大漠章山

乌黑的瞿山宛如一条苍龙，无荒来到瞿山之后就发现了商军的踪迹，随即又发现身后也有人上山，大吃一惊，仔细看原来是虎、豹将军。

"有虎、豹将军在，瞿山无忧矣。"虎、豹将军来到之后也在瞿山之上协助无荒一起布防，激战之下商军始终无法突破瞿山，无荒心里终于踏实了许多。

东方的太阳再次跃出云层，照亮大地，无荒站起身来朝着瞿山之下瞭望，山下空空如也，商军的尸体也都不见了，恍若昨天的大战没有发生过一样。

"嗯？商国大军去哪儿了？难道撤退了？"无荒想着。

"商军都消失了，商国人插上翅膀飞了？"虎、豹也嘟囔起来。

昨天黄昏时分。

商国大军看来是很难通过瞿山了，天乙压力本来就很大，现在内心如同滚开的油锅一样，今夜又将是一个无眠的夜晚。

商国的重臣都聚集在天乙的大帐中。

天乙说："如今大军突袭瞿山遇阻，是否可以退回昆吾城，然后从长计议？"

"大军孤军深入，如果撤退就等于大商这次伐夏失败，到时候昆吾人很难说会站在哪一边。大夏如果联合天下诸侯，商国恐怕就彻底完了。"伊挚一语道破关键所在。

"撤也不能撤！难道在这里等着被履癸的近卫勇士包围？"天乙有点儿急躁。

"大王，目前瞿山根本没法通过。我们不可在此久留，否则后面是黄河，前面是瞿山，如果大夏左右夹击的话，大商恐怕就要在此全军覆没了。"伊挚接着说，语气中透着一股凉意，履癸也已经得到了消息，如果履癸亲自率大军来冲击商军，到时候商军真的可能被击溃，背后又是黄河，无路可退，到时候就真的彻底覆亡了。

"那我们怎么办？"天乙也不知所措了。

"如果我们撤回昆吾，到时候大夏的大军尾随而至，大军围城之下，恐怕我们睡梦中就会被昆吾人给砍掉了脑袋！"

"啊，那大商就要亡于此地吗？"天乙随即感到失言了。

"大商必须继续进攻！"伊挚语气冰冷坚硬。

"怎么进攻？"仲虺听到这句来了精神。

"一直向西！"伊挚伸手指向远方。

"西边是哪儿？那样就离商国越来越远了！而且会被夏军切断我们和商国的联系！"庆辅一直信任伊挚，此时也提出了疑问。

"但是只有向西，商军才是在进攻！"伊挚继续说。

"西面是哪儿？"仲虺感觉那是大商陌生的方向。

"章山！"伊挚指向地图，"大王，我们唯一的一条路就是绕过瞿山，从章山进入伊洛平原！"

"那样我们离商国更远了！如果失败还能回到商国吗？"庆辅继续提出疑问。

"大王，我们就不用考虑失败了！此战只许成功，不许失败！"伊挚目光透出一种凶狠的坚定。

"伊挚先生有必胜的把握？"天乙刚问出来就已经明白了伊挚的意思，如果失败这些人都将被履癸处死！

这时候仲虺恍然大悟说："两日相与斗，西方日胜，东方日不胜。"

"朕知道仲虺将军和伊挚先生都喜欢妹喜娘娘，大夏元妃这个梦不就是说东方的商国不胜吗？！"天乙突然把心中所想直接说了出来，实在也是有点儿气恼了。

仲虺尴尬地一笑，说道："元妃两日并斗的梦，天下皆知！西方的太阳战胜了东方的太阳，所以天下皆说商国在东方，商国必败！伊挚先生的意思，如果大商从西方进军！那么……"

"那样就是西商东夏了！"天乙突然明白了仲虺的意思。

"伊挚先生，元妃的梦真的有那么灵验吗？"天乙看着伊挚。

"大王要知道一切皆在人心！人们相信大商能赢，大商才能赢！"伊挚脸上已经露出微笑。

天乙看着西方，前路是什么他真的看不清了！但元妃的梦反而消除了众人心中的紧张。

"大王，如果在此再耽搁一天，大夏大军就会把我们全部包围，恐怕到时候就真的回天无力了！"

"这个？让朕再想想！"天乙有点儿犹豫，不去直视伊挚。

"大王害怕了吗？"伊挚望向天乙。

"伊挚先生，如今天乙再害怕还有用吗？无非是再上一次断头台而已！"

"大王，履癸肯定在东边重兵堵截商军，无荒虽然会猜到我们想从瞿山突破，但不会想到我们会西去！"

夕阳笼罩着瞿山，晚霞变成了血红色。

此时的晚霞再美在商国大军的眼里也只是血红一片，这一战不是任何一个诸侯国，是天下共主大夏，每一个人都希望能活着回到商国。

暮色四合，四周逐渐暗了下来，皎皎月光被云层遮住，恐惧吞没了商国大军，勇气会不会在这茫然的黑夜中丧失殆尽？

天乙看了看身边的伊挚和仲虺，伊挚依旧是那样平静，仲虺永远是无所畏惧，不远处还有庆辅和四门将军，天乙心中安定了很多，只要大家都在一起就没什么可怕的。

夜色笼罩了黄河岸边，伴随着黄河的水声。

"西进！"天乙举起开山钺，一声令下。大军启动，果然西边没有任何阻拦！

依旧是夜色中行军，漆黑一片，前路是什么，所有人都不知道，其实伊挚也不知道章山在哪儿。

玄鸟在队伍中前后飞着，不时发出呜呜的叫声，商军在瞿山遇到挫折，军中士气低落，此时玄鸟的叫声，听起来也如同在哭泣。

天乙有命令，夜间行军，所有人不允许说话。但是人们心中都在想："我们这是去哪儿啊，我们还能活着回到商国，见到自己的亲人吗？如今只有跟着大王和伊挚先生奋战到底了！"

暗夜中，大商的大军朝着西方进军，夜里的秋风很凉，天乙的心中却如火在烧。把梦想存放在心中，坚守着信仰。

天乙有时候在想："我是不是疯了，竟然想着要去征伐大夏，挑战天下最勇猛的履癸，你是后羿吗？即使是后羿，最后不也死得很惨吗？但如今已经没有选择了！"天乙努力把这些深夜中的情绪从心中抹除，偷偷看看身边的伊挚。

伊挚和天乙坐在同一辆马车上，闭着眼睛在打坐，一副气定神闲的样子，天乙稍稍镇定了一些。低沉的脚步声中伴随着车轮吱扭吱扭的声音，前后都是人马，暗夜里看不出队伍到底有多少人。"这些是大商所有的壮年男子，朕一定要让他们都活着回到商国！"

当黎明的第一道曙光划破漆黑的夜空，天乙长舒了一口气："天终于亮了！心情好多了！"

第二天天亮时候，商国大军就地休息，准备夜间接着赶路。天乙突然看到一条大河就在前面。

"伊挚先生，这里怎么有一条大河？"天乙大惊之下，困意全无。

"大王，这应该就是黄河了！"伊挚说。

天乙赶紧拿出终古的天下之图查看，伊挚仔细看了一会儿说："大王，我们在这儿！"

"我们是否要渡河？"

"此处河面如此之宽，如何渡过？"

"大王，我们走近看看。"

"大王，伊挚出发之前问过费相，此处正是大军渡河最好的地方，多年大旱，黄河只剩下涓涓细流，此处全是鹅卵石，大军正好从此通过！"

所有人推着战车下了河，大家从来没见过如此清澈的黄河，都感觉很新奇。

战马开始紧张起来，小心踏入河水之后，最深的地方也就到战马膝盖，也就不再紧张了。

大商的大军，竟然没有造一艘船就渡过了黄河。

章山以西。

此时夏耕已经开始率领大军朝着斟鄩前进，远远望去都不用找谁是主帅，最高的那个就是夏耕了。

夏耕这支大军最近几年一直在征战，大多是西北汉子，比中原的士兵都高着半个头！行军时威风凛凛，前面不论是什么样的敌人，他们都可以摧毁撕碎。

这一天临近中午时分，此时大军不知不觉间已经走入一片沙地，黄沙随着风在沙丘间游荡，太阳照得人都有些困倦了，夏耕想在这个地方让大军休息一下。

远处一座大山出现在人们的视野中。

夏耕问手下："这里是哪里？"

"耕将军，这应该就是章山！"

夏耕寻找着大军可以休息的地方。那是什么？

一片连着一片的帐篷，排在一条大河边的沙地上。再往远处一看，帐篷接连排了下去，似乎没有尽头。

这是哪儿的大军？是夏军吗？

"大夏的帐篷都是黑色的？这些帐篷却是白色？"

"白色？难道是商国？这估计有上千顶帐篷！"

"呀！这难道是商国主力军？"此时一面旗帜映入眼帘，上面赫然一只玄鸟。

"准备战斗！趁着商军没有反应过来！"夏耕率军就把商军的大营给包围了，"背靠大河！看这次你们还往哪里跑？！"

这条河其实并不是黄河，它有一个名字——厥水！

第六章 厥水之战

金黄色的沙丘一座连着一座,天地间纯净得只剩下细腻的黄沙,满眼灿烂细腻的黄色,第一次见到大漠的人肯定会兴奋地光着脚奔跑,感受细腻温暖的沙子从脚趾间流过的舒爽。

但夏耕大军已经恨透这沙漠了,他们每走一步都会打滑,想躺在沙子上再也不起来了。

"山,耕将军,前面有一座大山!"头将军说。

"大军继续前进!到那座山下去休息!"

听到可以休息了,士兵们顿时来了精神,朝着山快步前进。当走起来才发现,那座山越来越大,就是走不到山前。山的形状逐渐显现出来,山顶平平的就像山头不翼而飞了一样。

"大王,看形状应该是章山!"头将军说。

大漠上一座孤零零的山头,寸草不生,只有光秃秃的山,山顶是平的,如同山头消失了一样,远处是一望无垠的沙漠,彤城早已经消失在遥远的身后。

"前面是什么那么亮?咦?好像一条大河!有河!"人群中眼神好的人发现了远处的河。

看到河人们来了精神头,准备到山脚下去休息,正好可以到河里打水做饭。

章山之下果真有一条大河,河水汹涌澎湃,混浊的河水夹杂着两岸的泥沙滔滔奔流，如时光一去再也不能回还。旁边大漠苍凉，远处沙山高耸，雄壮而毫无生气，只有风吹过沙山的悲鸣伴随着河水低低的怒吼。

"这是黄河吗？"夏耕问。

"耕将军，这河跟黄河很像，这山如果是无头章山，这河应该是厥水。"头将军回答，夏耕手下的头将军是当地人，对这一片地形比较熟悉。夏耕手下有五大将军，左手、右手、左足、右足和头将军，这些将军就相当于夏耕的一部分，每天都在一起。

"河边怎么这么多帐篷？！那是什么旗帜？上面一只鸟！"众人都看清了，河边无数帐篷，而且还冒着炊烟。

"啊！是商军！"

那些正是商国的帐篷，帐篷外还有商军正在鼎中做饭，鼎下面的是从厥水岸边采来的干枯灌木。

"兄弟们，商国人已经给我们做好了午餐，我们过去吃吧！"

夏耕的大军也都看到了商国的帐篷和帐篷外的炊烟，有人已经闻到了鼎中煮着的野猪肉的味道。

夏耕比履癸更加狂傲，哪里会把商国人放在眼中，率军就冲了过去。这群西北的猛兽冲向了商国大营，守护大营的商国士兵和帐篷附近的士兵看到夏耕的大军，急忙大喊："夏军来了！夏军来了！快跑啊！"

商军兵器都扔到了沙地上，午餐、铜鼎，都不要了，撒开双脚就朝帐篷跑去。

"商国人难道都是傻子，躲进帐篷里难道就没事了？"

"真是一群傻子！哈哈！杀过去！"夏耕大军冲入了商国大营。

逃进帐篷的商国士兵，这时候都从帐篷里跑了出来，朝着厥水跑了过去。

"哈哈！看来商国人还是怕死，逃到厥水边难道想跳河吗？哈哈！"

"不对？他们肩膀上扛着的是什么？"

果然那些商国人肩膀上都扛着一个圆滚滚的东西。

"怎么就这么点人，其他商国人呢？"夏耕士兵把帐篷都挑开撕烂也没找到其他商军。

夏耕赶紧派人去追河边的商军，这些商军到了河边，把肩膀上圆滚滚的东西直接扔到了河里，然后纵身一跃都跳入河里，身子浮在圆滚滚的东西上，顺着河水漂走了。

此刻已然入秋，虽阳光明媚，河水却已经很凉，商国士兵入水之后，下半身被河水刺得生疼，但此刻也顾不上这许多，性命要紧，身后的夏耕士兵逐渐变远。

原来这些圆滚滚的都是整张充气的羊皮，头、口、四肢都用麻绳扎紧。此刻正是厥水水势最大的时候，河中浪花翻滚，如果不是这个充气的羊皮囊，即使会游水的人在这河水中也坚持不了多久。

商国士兵紧紧抱着羊皮囊，飘飘忽忽地沿着河水漂下了十里，在水势缓慢的河湾处，这些商国人终于双脚着地，爬上了河岸。还好阳光充足，众人在滚烫的沙子上打了几个滚，没过多久，身上的衣服、盔甲就干得差不多了。

商国大营这边，夏耕士兵继续号叫着冲来闯去，这帮人手中武器各种各样，狼牙棒、长矛、大石杵，大军冲过去之后，发现帐篷里根本没有人。

一群人把帐篷撕碎之后，在营地转来转去也没找到一个商国人，许多人开始愤怒地拿着武器戳着地上的沙子。

"咚咚咚咚咚！"

沙丘后面战鼓隆隆响起。无边无际的商军从周围沙山后面出现了。此刻商国主力云集于此，大漠大风吹得细沙流动，才能掩盖这么多大军的足迹。

沙漠中沙尘滚滚，遮天蔽日，商军已经包围过来，夏耕士兵虽然勇猛，但是商军阵法严整，进退有序。

一时间双方难分胜负。四门将军冲了过来，分别拖住了夏耕身边的手和足将军。

夏耕身边就只剩下了头将军，头将军虽然谋略出众，打起仗来却只能躲在夏耕身后。

天乙、仲虺、庆辅三个人围着夏耕厮杀起来。

夏耕比一般人高着一半，手中的太华盾有一人左右高，抡起来，周身就没有任何破绽，一条长戈比一般人的长出一半，互相配合起来，三人根本无法靠前，反而被逼得后退不止。

夏耕大喝一声"嘿！"震得沙丘上的沙子都跟着滚落下来，厥水之中跳起一片浪花。

天乙几个人被震住的一瞬间，夏耕已经拎着盾牌和长戈朝着商军冲了过去。仲虺看到夏耕也要冲出去，飞身跑了几步，一跃而起，抡起玄鸟火焰狼牙棒就照着夏耕砸去。

夏耕看到飞来一个人影，举起盾牌朝外一推，仲虺一狼牙棒砸在太华盾上。如同晴天响起一声炸雷，咚的一声，仲虺的火焰狼牙棒再也拿不住了，脱手飞出去老远。

仲虺身子在半空中无处借力，双脚蹬到盾上，然后滚落到地。夏耕看到仲虺落了下来，抡起右手的戈就要劈下来，庆辅一看不好，迅速飞身过来，躺在地上对着夏耕的腿就是一刀。夏耕此时顾不上仲虺，只有先用盾牌去阻挡庆辅的攻击。

此时仲虺终于爬了起来，朝后面退去。庆辅一击未中，也飞身朝后退去。

夏耕对着两人哼了一声，夏耕依旧在商军的包围混战之中，长久下去肯定对夏军不利。

"耕将军！突围要紧！"头将军对夏耕喊道。

夏耕看到自己的大军被围到河边，黑压压的一大片背着厥水在和商军作战。夏耕吃了一惊，自己手下个个都是勇猛的汉子，纵使商军人多也不会轻易被围住。

"商军怎么这么整齐，他们身前是什么？"夏耕远远望去，似乎发现了什么。

此时商军所有盾牌已经排成了一个几里长的半弧形，天乙几个看到盾牌阵已经形成了。

"撤！"仲虺一声命令，盾牌阵中的所有商军都撤到了盾牌的后面，盾牌的前面只剩下了夏耕的士兵。

天乙登上盾牌阵后面的战车："耕将军，你们已经被盾牌阵包围了！还是赶紧投降吧！"

夏耕的士兵哪里受过这种限制？一群人朝着盾牌阵冲击，盾牌后面的长矛伸出来乱刺，瞬间就有几个人被扎透了，浑身是血，一会儿就倒地不起了。

夏耕的手下果然勇猛，商军的盾牌兵有几个被震得吐血而死，好在后面的盾牌兵迅速补上。

夏耕难道要被困死在这厥水之前？

第七章　谁是天下第二

心海起狂风，波涛动雷霆。休听怯懦语，怒发冷冷风。

拍碎岸边石，卷走万千灰。再降丝丝雨，清风徐徐吹。

时光回到商军来到厥水之前的那夜。

漆黑的夜让人绝望，商国大军悄然前行，脚下的沙土越来越多，战车必须有人推着才能继续前进。

曙光划破暗淡灰色的天际，一座大山高耸在众人面前，晨光打在石头上呈现出橙色的光芒，整座山金光熠熠，随着光线变化显示出不同的绚丽光晕。伊挚和天乙不禁沉浸在这景色之中，忘记了一夜行军的疲劳。

"这山怎么看起来怪怪的？"天乙好像发现了什么。

"大王，这里就是章山了。按照终古的天下之图，这里可以直进斟鄩！"

天乙四处打量。风起处，大漠流沙，很多商军都是第一次见到沙漠，感到很稀奇。后面看不到追兵，夏军看来真的没想到商国会朝着西面进军。众人松了一口气，终于离开瞿山那个别扭的地方了，没想到伐夏第一仗就吃了大亏。

商国士兵带了很多豕韦送来的咸肉干，粮食能够支撑十几天，只要有水大家也并不慌张。

大营扎下之后，商军也都累了，负责做饭的士兵在捣鼓着炊具。

这时候伊挚问庆辅："想不想来一次爬山比赛？"

伊挚和天乙等夜间行军时都在战车里，倒不是很累。

"爬山比赛？"仲虺一夜行军总是在后面提防着追兵，实在有点儿乏了。

庆辅看到章山，突然明白了伊挚的意思。

"难得伊挚先生有如此雅兴，庆辅正想到山上一览这大漠长河的西部风光！"

等仲虺反应过来，伊挚和庆辅已经飘身朝前奔去。

"你们这就走了，等下我！"仲虺在伊挚面前总有一种不能落后的冲动，就要跟上去。

天乙一把拉住仲虺："仲虺将军，爬山就让他们去吧，他们身子轻灵。"

天乙已经明白了伊挚的意思，拉住仲虺一起指挥大军安营扎寨。

伊挚和庆辅两人转眼就到了山脚下，白薇在后面追了上来："先生，师父，你们两人爬山比赛，我来看看到底谁能赢。"

章山上没有树木，到处都是干裂的大石头，爬起来倒并不是很费力气。

庆辅的轻功天下要说第二，估计没人敢说第一，庆辅轻轻松松地就飞奔了上去。庆辅领先之后，想在白薇面前炫耀一下自己的武功，回头朝身后看去。

只见伊挚和白薇都是一身白衣，二人衣袂飘飘朝着山上飞去，互相有说有笑，你追我赶，白薇不时用手拉一下伊挚。和白薇在一起时，伊挚似乎年轻了十几岁，真的是好般配的一对玉人。

大漠金黄，长河弯弯，白衣胜雪，美人如玉。白薇看着身边的伊挚，此刻伊挚身边只有自己，这才是属于自己的伊挚先生，而不是那个无所不知的元圣。虽然大战在即，但是只要能陪在先生身边，哪里都是最美的地方，在哪里自己也要在先生眼里保持最美的样子。

庆辅突然有点儿妒忌伊挚了："白薇，看来你师父在这里有点儿多余了啊！"

"庆辅师父，你轻功那么好，我当然得帮一下我家先生了！"白薇笑着对庆辅说。

"庆辅将军，你轻功好，你先上去瞭望一下，如果没有敌情，大军就可以安心扎营了。"伊挚说。

"庆辅明白！"庆辅也不再理会白薇，纵身朝着山头奔去。

庆辅不一会儿就到达了山顶，举目四望，只见大漠茫茫，一眼望不到头，回头这边一条大河蜿蜒向东。除了商国的人马，没有人烟的样子。

庆辅刚想向伊挚报告情况，可就在刚张开口的时候，他好像看到远处有一个黑点："那是什么？"

"不对，那个黑点好像还在移动。"庆辅仔细盯着那个黑点，在这荒无人烟的地方，那个黑点到底是什么？难道是动物吗？

"伊挚先生，赶紧上来，远处那是什么？"庆辅对伊挚喊道。

伊挚此刻和白薇也来到了山顶，朝着庆辅指的方向望去。

"那是一群动物在迁徙吗？"白薇眼神好一点儿，黑点已经越来越清晰，已经能看出来是一群。

"荒漠之中不可能有如此多的动物，只有一种可能，是军队！"庆辅说。

"这里只能是大夏军队，我们赶紧下山通知大王准备迎敌！"

商国大军进入西部后，伊挚心中总有一个影子在晃，那个人就是传说中的夏耕。伊挚早就料到，夏耕可能会前来斟鄩助战，章山是从彤城到斟鄩的必经之地。

几个人飞快从山上下来，来到天乙的大帐前。

"大王，夏军来了，准备迎敌！"伊挚说。

"夏军？是天子履癸吗？"天乙顿时紧张起来。

"大军从西北方而来，应该不是天子大军，有可能是镇守彤城的夏耕军！"

"夏耕，这个名字怎么有点儿耳熟？"天乙听到不是履癸，心中放松了些。

"如果天下第一勇猛之人是天子履癸，那夏耕就是天下第二勇士！"伊挚说。

"啊！天下第二勇士！"天乙心里立即打了个冷战，"伊挚先生准备如何迎敌？"

"此处地势开阔，周围又有沙丘可以藏匿大军，管他什么天下第一、天下第二，履癸我们几个人也交过手，虽然勇猛，也不是神仙！我们可以用盾牌阵来个以逸待劳！"仲虺说。

"仲虺将军此计甚妙！"伊挚说。

从昆吾出发之前，伊挚就从昆吾人那买了很多羊皮囊发给了士兵，士兵们都知道这是过河用的，平时就卷起来背着，睡觉的时候就垫在身下防潮。

伊挚给大军准备这些皮囊就是防止万一要被迫渡河，大家可以趴在上面顺利渡河，伊挚看着这些皮囊笑了。

"哈哈！好，我们需要一次真正的胜利！"天乙说。

夏耕的大军来到河边，就被商军包围了。

夏耕的大军被商军困在盾牌阵内，后面就是厥水。长矛不停地从狰狞的玄鸟盾牌后刺出来，夏耕士兵再勇猛，此时也成了笼中困兽，虽有利爪却只能被动挨刺，对商国人丝毫没有办法。

上次盾牌阵对抗牟卢的时候，牟卢从空中跳过了盾牌，才杀开了一条血路，率领大军逃回了昆吾。

这次为了防止夏耕也跳过前面的盾牌，特意在夏耕附近加了好几层盾牌，一层盾牌后面几排长矛手，然后后面又是一层盾牌，如此叠加几层盾牌。仲虺看到这几层的盾牌阵之后，心里踏实了许多。

"夏耕，你再勇猛也不会飞！"

夏耕的大军已经开始挤在一起了，大家慢慢后退着，夏耕军后退一步，商国的盾牌墙就朝前慢慢挪动一步。

慢慢地已经有人被挤到了厥水之中，西北汉子生来对水都有着一种恐惧，此时河边一片慌乱。本来只是齐膝的水，竟然有人摔倒在水里开始挣扎了，惨叫呼喊之声此起彼伏。靠近盾牌阵的夏耕军本来就都很紧张，这下心里更慌乱了，更加用力地朝着后面退去，越来越多的人到了河里，有的人开始尖叫起来，上蹿下跳。

水越来越深，逐渐到了齐腰深了，这些人更害怕了，一下子没有站稳，身子就已经漂了起来。昔日这些勇猛的汉子，此刻扑腾着四肢，也没有任何受力处，随着河水漂了起来，想抬起头来喘气呼救，却到处都是水。几口冰冷的水灌进喉咙、气管，之后就想咳嗽，然后更多的水灌进来，几下巨大的痛苦就让人昏厥了，不一会儿就沉入河底喂鱼了。

被水淹死的人永远无法告诉那些想投河的后来人，被淹死是一种怎样的痛苦。

第八章　美人心计

大夏斟鄩。

商国人消失了，履癸和无荒都以为商军退回了昆吾城，但多日之后，车正来报，昆吾城依旧在少方的统率下四门紧闭，并没有见到商军出入。

商国就像从来没有来过一样，一切如同只是一场噩梦。履癸舒了一口气，商国人从瞿山退了就好，这样大夏就有了准备大战的时间。

所有人都知道这不是梦，这是一场商国和大夏之间的生死大战！肃穆的太禹殿中，履癸召集群臣商议。

"商国人如何知道偷袭瞿山？"履癸有点儿气恼。

赵梁这时候上前说："大王，这一定又是伊挚的计策！"

"你说伊挚？奈何朕一直厚待伊挚，他依旧帮商国天乙那竖子与大夏为敌！"

"大王，可知道元妃经常去伊挚处修炼养颜之法？"

"那又如何？"

"斟鄩有传言元妃爱慕伊挚的才华，且有……"赵梁支吾起来。

"赵梁，你大胆，敢诋毁元妃！"履癸怒了。

履癸知道妹喜心中喜欢伊挚，但履癸一直对伊挚尊敬有加，虽然觉得伊挚不会做出什么越礼的事情，但也开始怀疑起来。此刻听赵梁如此说，自己竟然成了满朝文武眼中的笑话。

第八章 美人心计

人心底的怀疑一旦发了芽，就会疯狂地生长起来，变得无法控制，履癸怒气冲冲地回了长夜宫。

长夜宫娟红的宫灯次第挂在水池边，红色灯影映照在幽静的水中，灯影摇曳间，湖边几位美人的身影若隐若现，不时有清脆动人的笑声传来。

妺喜和琬、琰在湖边欣赏着四季常开的娇艳花朵，琬依旧是一身白色衣裙，琰依旧是一身红纱的衣服，曼妙身段若隐若现。妺喜今天是一身紫色的衣裙，显得高贵典雅，头发只是用玉环轻轻地挽住。

花影、人影，交相映在湖中，好一派美人赏花的景象。

履癸今天没有心情欣赏几位美女的美，怒气冲冲地进了宫来。

"大王！大王！大王！"三位美人看到履癸来了，赶紧过来迎接。

履癸见到妺喜第一句就问："伊挚如何知道从瞿山进攻的？"

"大王，出了什么事情了吗？"妺喜有点儿莫名其妙，履癸今天这是怎么了？

"别以为你和伊挚的事我不知道！他在斟鄩这么多年还不是为了你！"

琬、琰看到履癸竟然对妺喜发怒了，琰已经显露出一种幸灾乐祸的表情。

"大王，你如果非要这么认为，那我也无话可说了！"

"若不是朕真心喜欢你！哼！"履癸拂袖而去。

妺喜听到这句话身子抖了一下，履癸这句"哼"什么意思？妺喜突然想到那些活活被履癸打死的宫女，突然感觉浑身发冷，犹如掉到了冰窖中一样。如果失去了履癸的宠爱，自己在这大夏还有什么？

空荡荡的长夜宫越来越寂寞："阿离，给我端一碗固颜汤来！"

"是，娘娘！"阿离端上来一碗。

"娘娘，固颜汤的原料不多了，阿离准备明日去城中买一些回来。"

"你去吧！"妺喜心不在焉地说着。

妺喜凝望着碗中的固颜汤，心中五味杂陈："每日喝的这固颜汤还是伊挚教的，自己还骗自己已经把伊挚给忘了！"

"阿离，拿酒来！"妺喜开始一个人喝起酒来，这长夜宫中虽然有几百个舞女，但都是几年就换一批，斟鄩除了阿离，还有几个人是自己的知己？妺喜此刻突然感到如此孤单，独自一人喝着一爵接一爵的酒。

妹喜迷迷糊糊的，似醒非醒，似睡非睡，似梦非梦。妹喜不想醒来，柔软的身子在床上来回滚动了几次，锦被滑落露出纤细的脚踝和雪白的脚趾。她终于还是醒了，抱膝坐了起来，头发散乱地遮住半边俏脸。宫中依旧烛光明亮，但不知道是什么时候了。

"阿离！阿离！"妹喜喊着，却没有回音。

一个宫女跑过来说："元妃娘娘，阿离姐姐今天出去给娘娘买做固颜汤的原料，还没有回来！"

"哦，对，阿离出去买固颜汤的原料去了。"

阿离从有施国就一直跟着妹喜，只有她知道妹喜内心的痛苦。就在阿离买了原料准备回王宫的路上，在一个路口的转弯处，突然一个麻布口袋罩了下来。

倾宫。

琬、琰看到履癸和妹喜吵翻了，二人安慰了妹喜几句，就回到了倾宫之中。

"姐姐，你看到了没，大王不喜欢妹喜了！"

"你怎么看出不喜欢了？"琬说。

"这么多年，你什么时候见过大王给妹喜脸色？"

"如此说，大王这一次的确有点儿不一样了。"

琰对琬说："我们来宫中这么多年，也算受够那个老女人了。"

"也许大王只是一时生气，过两天又会求着妹喜原谅了！哪一次不是妹喜怎么虐大王，大王都一副自愿自受的样子。"

"你听到大王说妹喜和伊挚的事情了吧，整个斟鄩都在说，大王一直不信而已！如果我们找到妹喜和伊挚在一起的证据，那个妹喜就再也别想欺负我们了，大王就是我们的大王了！"琰越说越兴奋。

"那你想怎么办？那个伊挚早就回到商国去了，几年前的事情，我们去哪里找证据？那个妹喜又不能生孩子，想去找她们的野种也没有啊！就算我们找一个来，大王也不会信啊！"

"姐姐，你知道妹喜身边的阿离吗？妹喜去哪儿都带着她，她一定知道妹喜的一切！"琰说着眼中露出凶光，此刻的琰看起来有几分恐怖。

第九章　夏耕对手

　　章山之下，厥水之边。荒凉孤寂的沙漠中此刻却是杀声震天，血色沙场中商国和夏耕的大军在此搏杀，夏军继续冲击着盾牌阵，尸体已经一层累积了一层，形成了一座小山。

　　仲虺曾自认为勇猛天下无双，向来颇为自负，那次太行之战仲虺、庆辅和天乙合力大战履癸都没占到上风，除了履癸，能够让仲虺心服的还没有第二个人。

　　夏耕冲到盾牌阵前，突然从盾牌后面刺出数十根长矛，夏耕想躲，但是长矛实在太多，只好硬生生地向后跳开，差点被长矛刺中，身子一下子撞到后面的夏军身上，夏军摔倒了一大片，夏耕立即跳了起来，气得直哼哼。

　　此时夏耕依旧被困在盾牌阵之中，仲虺的脸上不禁露出了残忍的笑容："西北第一勇士也不过如此！"

　　夏耕看到这种情形不由得仰天怒吼："跟我来！"如同晴天打了一声闷雷，所有的大夏将士都听到了。夏耕踏着死去弟兄的尸体，几步冲到了盾牌阵的前面。

　　夏耕站在尸体堆上，望向盾牌阵，发现无论自己在哪儿，盾牌阵后面都会出现几层盾牌。夏耕一看就明白了，左手拿着盾牌护住自己，就开始朝着右边奔跑，商国的盾牌阵第二层，也就跟着向右移动，夏耕跑了几十丈之后，直接原地掉头又跑了回来，跑回到了刚才的位置，直接朝着盾牌阵冲了过来。

　　商国的士兵看到夏耕来到跟前，都有点儿被镇住了。

"这家伙这么高,到底是人还是神?!"

夏耕一张面无表情的大黑脸,瞪着如牛一样的大眼睛,一对白眼球在黑脸上显得更加白,看起来就如凶神恶煞。

"赶紧刺他!"商军后面指挥的将军一声断喝,这帮人才回过神来。数十根长矛如同蟒蛇出洞,嗖嗖地窜了出来,对着夏耕周身各个方位刺了过去。

眼看就要刺到夏耕身上,就听到咚咚的声音出来,所有的长矛仿佛都刺到了一座青铜山上。

"哪里来的青铜山?"商军也蒙了。

"什么青铜山,那是夏耕的太华盾!大家小心!"后面听说过夏耕的人喊道。太华盾形状就如太华山一样,险峻峭立,下面却如同开山大斧锋利异常。

这时候夏耕一转身,右手的长戈已经抡了起来,商国的每个盾牌后面都是两个人,赶紧双腿双脚用上全力,夏耕的长戈就砍在了盾牌上。

盾牌发出刺耳的声音,盾牌后面的人虎口发麻,胸中恶心难受,几乎就要撒手。

夏耕的长戈样子很奇怪,像大刀,又像一把大斧,厚实异常,商国的盾牌都被深深地砍出来一道凹痕。

夏耕看到没砍动,举着太华盾对着商国盾牌撞了过来。

"快过来顶住!"商国人赶紧都过来顶住盾牌,咚的一声,夏耕的太华盾撞到商国人的盾牌上。

盾牌后面所有的长矛手都扔了长矛,跑过来帮忙顶住盾牌,盾牌发出咯吱咯吱的声音,似乎随时都会被撕裂,好在仲虺打造的这些青铜盾牌足够厚重结实。

几十个人向后滑动几步之后,终于顶住了夏耕。

夏耕看到竟然推不动了,突然一个后撤,向后跳开,商国几十个人顶在盾牌后面,都在用尽全身力气向前顶着,夏耕一撤,前面人想收住,后面的人一下子也收不住,直接朝着前面冲出去几步。盾牌阵转眼就有了缝隙。

夏耕后退几步,大吼了一声。抡起盾牌从上而下就砸了下来,盾牌阵的缝隙立马就被劈开了,商国人断手断脚,太华盾太重了,商国的盾牌直接被砸卷了。

盾牌阵立即出现了松动。夏耕看到商国的盾牌阵出现了一个缺口,对身后大喊:"跟我冲出去!"

夏耕左手盾牌,右手长戈抡起来,商国士兵哪里抵受得住夏耕的力量,即使用盾牌抵挡,也被震得吐血而倒,夏耕的长戈更是厉害,商军的脑袋、胳膊,开始四处横飞。

"给我挡住夏耕!"仲虺在后面战车上看到夏耕要冲出来。

夏耕拿起太华盾护住周身,抡起了一阵黑色旋风,虽然有更多的商军围了过来,但是没有人能靠近夏耕,盾牌阵无法完全闭合。

夏耕的太华盾碰到商军兵器的时候,就会发出一道闪电一样的火花,此刻的夏耕如同天神一样,商军都被恐惧淹没了。

夏耕手下的手足四将此刻也聚拢了过来,大家一起拼杀,盾牌阵的缺口越来越大,如同黄河决堤,一溃千里,夏耕的士兵终于有了机会,跟着夏耕奋勇前冲。

仲虺想冲过来阻拦住夏耕,伊挚说:"夏耕之勇盾牌阵是困不住他的,如今夏军已经杀红了眼,再打下去我们占不到什么便宜了,先让他们走吧!"

天乙点了点头,战鼓隆隆敲响,玄鸟大旗打出旗语,商军放夏军冲了出来。

夏耕大军冲出了盾牌阵之后,在沙丘之上重新列队稳住阵脚!

仲虺气得直跺脚:"让夏耕跑了!"

天乙看今日不会再有结果,下令:"大军稳住阵脚,明日再战!"

沙漠中的月亮升了起来,商国这边的帐篷都被夏军糟蹋得残破不堪,夏耕大军的帐篷等也在突围的时候丢失了大半。

还好附近有厥水,大家都到河里取了河水,生火做饭。此时也顾不上这河水是否清澈,大家又渴又饿了一天,就直接倒在被太阳晒得温暖的沙子上睡去了。

商军自伐夏以来,瞿山失利,转战到章山之后,遭遇夏耕大军,如今只能说打了个平手。

"也许错怪妹儿了!"履癸觉得说妹喜和伊挚的事情说得过火了,但大战来临,履癸没有精力再去安抚妹喜了。妹喜不找履癸,履癸每日回到宫中就到倾宫和琬、琰厮混。

妹喜一个人在长夜宫中:"阿离,给我来一碗固颜汤!"

"娘娘，固颜汤没有了！阿离姐去买原料还没有回来！"

"现在什么时候了？"

"娘娘，已经接近子时了。"

"又是深夜了，阿离，你到底去哪儿了？"妺喜颓然坐下。履癸再是天下的王，也不是自己最喜欢的那个男人。

"固颜汤！固颜汤！为什么我每天都要喝这固颜汤呢？真的只是为了美吗？还不是因为伊挚，伊挚你在哪儿呢？"

当身体准备休息，灵魂却悄然醒来。妺喜这么多年一直强迫自己忘了伊挚，结果每天心心念念着固颜汤，其实只是换了一种思念的方式。每天妺喜烦闷的时候，必须喝一碗固颜汤心情才会好起来。

妺喜的生活中何止固颜汤这一个伊挚的影子，妺喜一个人时就会修习伊挚所教授的练气之法。妺喜这么多年能够容颜依旧，舞姿依旧轻盈如妙龄少女，练气的作用也许更大。

第十章　兵发厥水

章山之下，厥水之边。

"妹儿，我回来了，虽然你远在斟鄩，终有一天我们能够真正地在一起！眼前一个夏耕还能阻挡了大商的步伐吗？！"伊挚的脸上不禁露出了微笑。当太阳再次升起的时候，伊挚再也不是那个心底焦虑痛苦的伊挚了。

大营中鼓声响起，伊挚走进天乙大帐，天乙立即迎了过来，头发犹如一头狮子披散着，显然事情很紧急。

"伊挚先生，履癸亲率两万近卫大军从斟鄩朝着章山杀来了！"天乙说。

"大王如何得知？"伊挚疑惑，即使履癸出兵，车正的消息传来也得两天。

仲虺此刻也万分焦急："大王，您不是做的梦吗？"

"这不重要，仲虺将军赶紧贞卜一下，看是否属实？"

仲虺赶紧准备好甲骨和香炉，氤氲烟气中，甲骨裂开了："大王，大夏和大商在西部将有一场大战！"

就在这时候，外面闯进一个神色慌张的士兵，禀报道："大王，夏耕大军杀过来了！"

天乙正在用湿布擦脸，把湿布往铜盂中一扔，水花溅出来，洒了端着铜盂的士兵一脸，"来吧！都来吧！今日就决一死战！"

斟鄩太禹殿中履癸的脸色凝重。

履癸正在议事："诸位大夏的股肱之臣，商国大军此刻到底在哪儿？！"

太禹殿上有一个巨大的屏风，上面画着大禹勘定的天下九州之图。

无荒走到屏风前，用手指着瞿山，说道："大王，商军瞿山败退之后，如果没有退回昆吾，那就只有一条路，一路向西！"

"向西，商国在东边，他们如果向西，岂不是自绝后路？"赵梁面露不屑之色。

"是啊，如果商国人去了西边，那他们的粮草供给之路，就被我大军掐断了，不用半月他们就会都饿死了！"姬辛也在一旁说，姬辛即使说天下大事的时候，也如同要讨好谁。

履癸走了过来，看着九州图陷入了沉思。

"西部，西部，东有扁将军，北有瞿山和无荒王叔的大军，商国难道想绕过瞿山从西部进攻斟鄩？"

"大王，无荒认为很有可能，商军此刻已经绕过了瞿山！我们必须即刻发兵！"

"哈哈！那样他们就是自寻死路，没有了粮草供应，而且朕已经召集夏耕将军率领一万彤城大军增援斟鄩，商军这次看来真的是自作孽不可活了！"

"有夏耕将军，商国那几个人肯定都被夏耕将军给撕烂了！"虎、豹、熊、罴也应和道。

履癸的手指顺着瞿山和黄河一路向西，瞿山消失的地方，一条黄河的支流、一座山头标记在图上并不显眼。

"这是哪儿？"

"大王，这是章山和厥水！"

"如果没料错，商军应该在此！夏耕将军也应该到达章山了！大军即刻出发！"

"父王，淳维愿随父王出征章山！"

"吾儿，你和王叔留下替朕镇守斟鄩和瞿山吧！斟鄩不可无人！"

近卫勇士早就集结完毕，随时可以出发，履癸知道时机紧迫，想去长夜宫和妹喜道别，但是走了几步又停住了，履癸一跺脚登上了战车。

斟鄩的城门大开，百姓看到他们的大王又要出征了，但却不知道这是又去征伐哪里。

"大王，早日凯旋！"

"大王，早日凯旋！"

履癸出了城门，回头看了一眼斟鄩，百姓都出城送行，但是没有看到妹喜，也没有看到琬、琰！

"出发！"履癸的大军浩浩荡荡地出发了，两万大军尽数出征。黑色的战旗上金龙在风中游动着，就像飞翔在天空中。隆隆的车轮声震颤着大地。

琬、琰在倾宫等到晚上才知道他们的大王已经出征了，赶紧跑上城楼，却早已看不到履癸的影子了，只看到大地上的车辙和马蹄印记。琬、琰向远方眺望，夕阳如血，一阵风吹来，突然感到一股寒意。

章山之下，烟尘蔽日，夏耕已经冲了过来。

伊挚此刻不再有丝毫慌张，沙尘飞扬中，伊挚指挥四奇四正大军，来回回旋变换，夏耕冲来冲去，就是找不到商军主力，却随时有被包围分割的威胁。

四门将军想围住夏耕，但是无论多少人在夏耕那儿就如同割麦子一样。

夏耕太过勇猛，再加上几位将军的配合和守护，两军在大漠中激战了好几天，商军依旧奈何不了夏耕。

"伊挚先生，履癸大军就要来了，如果连夏耕都打不败，那还是赶紧撤军吧！"天乙这次不仅仅是沉不住气了。

第十一章　商汤溺水

昔日鲜亮明媚的沙漠，此刻却恐怖如同地狱，人群中间站着高大的怪兽——夏耕。周围已经没人敢靠近，谁也不想做毫无意义的牺牲。

伊挚暗叹："这哪里还是什么四奇四正的阵法，都乱了！"

商军士气低落，这样下去，有可能被夏军彻底击溃，天乙一咬牙亲自拎着开山钺上阵迎战夏耕。

夏耕杀过来了，天乙竟然提着开山钺直接朝着夏耕迎了过去。

"大王不要冲动！夏耕太过勇猛！"庆辅在后面喊道。

夏耕看到冲过来一员大将，气宇非凡，须发飘飞，手中拎着一把开山钺。

头将军说："耕将军，这就是商国国君天乙，不可放过他！"

天乙踩着战车飞身跃起，举起开山钺，斧刃闪着寒光带着雷霆之势就对着夏耕的脑袋劈了下去。

夏耕一声大叫，迎着天乙的开山钺就冲了上来。夏耕胳膊巨长，突然伸出大手绕过了开山钺，嘭的一下，抓住了天乙的斧柄。

"天乙竖子，跟我去见天子，听候发落！"夏耕那张不像人脸的大脸此刻就在天乙的眼前，天乙看着那张比自己不知大着几圈的大脸，心想：这是人脸吗？好像比以前看到的梼杌怪兽的脸还要大。天乙此刻觉得自己的心怦怦跳个不停，一时间竟然不知要做什么了。

天乙人被夏耕举在半空中，双脚不能着地，看到如此情形，大商和大夏的士兵一时间竟然都停了下来，一个个瞪着眼睛看着主帅们搏杀。

庆辅和仲虺一看大王危险，急忙分左右一起围攻夏耕。

夏耕的手足将军也想加入混战帮助夏耕，商国这边的四门将军，北门侧大喝一声："来吧，今日就决一死战！"四门将军拦住了左右手足将军，八个人一通混战。

夏耕刚想伸手去抓天乙，突然感觉眼前一道黑影扑过来，一把短刀就要刺到自己脸上了，这个黑影正是庆辅。夏耕对着庆辅抡起太华盾，庆辅半空中躲闪不开，只好用双脚踹了一下太华盾的盾面，身子狼狈地飞了出去，掉落在水里，险些站立不稳趴在水里。

夏耕轻蔑地笑了一下，如魔鬼的微笑，大脸比不笑更恐怖。

这时候仲虺也到了夏耕身前，狼牙棒横扫夏耕的双腿。夏耕右手抡着天乙的开山钺就朝着仲虺砸过去，这时候天乙只好松手，落到地上。夏耕一甩天乙的开山钺朝着仲虺扔了下来，仲虺狼狈闪躲。

夏耕怒吼一声，右手拿起自己的长戈就对着庆辅一顿劈刺。庆辅手里只有短刀，哪里敢接夏耕的长戈，慌忙躲闪着，边躲边逃。

仲虺赶紧上去帮助庆辅，长戈打到仲虺的狼牙棒上，那些火焰狼牙刺都被砍掉了。

"好大的力气，这到底是不是人啊！"天乙掉在地上，站起身来的时候正好看到地上的开山钺，赶紧抢步过去拾起来。

夏耕此刻犹如狂暴的巨兽对着三人不停地砍杀，三人的力量根本无法抵挡夏耕的兵器，无论长戈还是太华盾，碰到任何人的兵器，对方的兵器都可能脱手而飞。

三个人一边躲闪，一边后退，周围空出来一大片场地，没有士兵敢靠上前来。

不一会儿，几个人就来到了厥水之边，脚下开始出现潮湿的沙子了。

天乙心中这个泄气，想起了那次被牟卢逼着过河的场景："朕不会游泳啊，也没有羊皮囊！"

天乙越来越慌，此刻哪里容得半分停留，几个人逐渐就打到了水里。

到了水里之后，天乙三人显得更矮了，夏耕似乎就如在捉鱼一样，拍打着周围的人。三人边躲边退，慢慢地离岸边越来越远，水转眼就没过了膝盖，行动都开始变得困难，更别说躲避夏耕的攻击了。

夏耕也知道，首先要解决掉天乙这个商国国君，如果国君死了，商国的大军就会不战自退。

夏耕瞪圆了双眼看准了天乙，以雷霆之势抡起了太华盾。天乙觉得头顶突然起了一阵狂风，抬头看到夏耕的太华盾带着风拍了下来。"啊！我命休矣！"天乙在电光石火的瞬间，撒开手中的开山钺，身子借力朝后面倒下去，太华盾带着锋利的劲风从天乙的脸庞边划了过去。

天乙感到下巴一阵剧痛。"呀，还是没躲开，罢了。"扑通，天乙仰面倒在水里，四面的水合拢过来，耳朵里瞬间只有一片嗡嗡的呐喊之声。

"这就是死的感觉吗？好像也不是很痛苦。"

不过没一会儿，天乙突然想喘气，吸了一口，结果水呛进了气管，啊！好难受。

"怎么这么痛苦？不是已经死了吗！"接着第二口水进来，痛苦得更加要命，不能呼吸的压抑，呛水的剧痛，以及对死亡的恐惧一起朝着天乙袭来！

天乙开始在水中乱扑腾起来。这时候天乙乱抓的手突然被一只手抓住，天乙如同抓住了救命稻草，被拉着从水里坐了起来，天乙头一出水，突然意识到："我还活着！"

"咳咳咳！"天乙接着剧烈地咳嗽起来，胸口剧烈地起伏着，看着的人都能感觉到天乙的痛苦，天乙吐出了嘴里的水之后，看清了拉起自己的正是伊挚。

原来伊挚看到几个人打到了水里，也跟着下到了厥水之中。

白薇此刻也加入了围攻夏耕的战斗中，几个人围着夏耕团团打转。没有人敢直接和夏耕接触，只有不停吸引夏耕的注意力，让夏耕四顾不暇。

夏耕东拍西杀，就如一头水中的巨兽，搅动得厥水波涛汹涌，大家身上早就都湿透了。

天乙清醒过来，习惯性地一摸长髯："朕的胡子！"

天乙大怒："竟敢扯掉朕的胡子！夏耕！"天乙找到开山钺，抡着上去对着夏耕就是一顿劈。

仲虺、庆辅和白薇本来对夏耕的袭击只有躲闪的份儿，夏耕站在那里，冷笑着就能把三个人打得飘摇欲坠，好在白薇和庆辅都是轻身功夫了得，一时还能应付，仲虺也是仗着自己威猛，勉力支撑。

天乙加入之后，形势依旧没有变化，岸上厮杀声大震，几个人也不知道岸上的战况如何了。此时已经陷入混战，四门将军和夏耕的左右手、左右足将军，来回冲杀，大军团作战打得却如打群架一样。不过这是战争，是血淋淋的厮杀，是一场肉体的消灭战。

"夏耕怎么变矮了！"仲虺突然喊道。

"真的，夏耕真的变矮了。"

"哈哈！怎么还不能动了？！"

原来夏耕身子太重，站在一个地方长时间不动，渐渐就陷入河底的淤泥中了，夏耕一时间双脚拔不出来，就在原地和几个人周旋。

夏耕喊道："就你们几个，还想攻打大夏呢，今天就把你们都喂了鱼！哈哈！"夏耕从来不知畏惧，无论打多久似乎都不会累。

几个人围住夏耕，打了半天也找不到夏耕的破绽。夏耕双手抡起来周围如同出现了一道旋风，几个人无法靠前，依旧伤不了夏耕。

天乙万分焦急："今日如果让夏耕跑了，恐怕再无如此机会了。"

第十二章 无头夏耕

章山之下几万人陷入混战，厥水之中夏耕和天乙几人缠斗在一起。

几个人同时围攻都一直没有办法伤到夏耕，虽然夏耕暂时陷入泥中，但是却越战越勇，夏耕的兵器如此沉重，一不小心碰到就会粉身碎骨，几个人的生死就在毫厘之间。到处都是水花飞溅的声音，仲虺的耳朵开始嗡嗡作响，心想：今天我们能打败这个怪物吗，难道要葬身在这厥水之中吗？

仲虺脑子里突然闪过和妹喜在有施泛舟的情形。"不行，我不能再也见不到妹儿！"突然仲虺似乎听到一个女子的声音，"仲虺哥哥！"

"这个声音不是妹喜的，啊，对，这是少方的声音。不，我还要和少方在一起呢！"仲虺猛然清醒过来，打起精神继续和夏耕搏杀，仲虺看到跳上跳下的庆辅，就如同一只猴子在戏弄一头大熊。

"庆辅！你的那个绝招还能用吗？我来托你一把！"仲虺喊道。

"我来一试！"庆辅应道。接着飞身跃起，这时候仲虺和庆辅交换了一下眼神，仲虺双手一托，庆辅飞身起来，身体正好晃过夏耕的眼前。

就在这时候，只见白光一闪。

"周身都要湿透了，这白光竟然还能发出来！"庆辅也是暗自庆幸。

庆辅这白光的绝招，白天本来效果并不明显，但是由于在水中，周围都是水汽，这些白光遇到水汽瞬间生起了一片水雾，把夏耕周围给笼罩住了，夏耕瞬间什么都看不清了。

天乙看到如此情景双眼一亮，大喊："仲虺！"拎着开山钺朝仲虺冲了过去，天乙脚下水花迸射，胸前的胡子只剩下一半，下巴上满是鲜血，头发散乱了飘在脑后，如一头受伤发狂的狮子，怒吼着冲了过来。

仲虺看到天乙抡着开山钺疯了一样朝着自己冲了过来，开始有点儿蒙："大王这是怎么了，怎么冲着我来了？"

电光石火之间，仲虺突然明白了过来，赶紧伸出双手准备去托天乙，天乙已经冲到了跟前，左脚踩上了仲虺弓着的左腿，身子飞起来，右脚踏到仲虺的肩膀，仲虺赶紧全身用力向上一顶，天乙用力一蹬，已经飞到了半空中。

一片烟雾升腾中，天乙用尽全身力气举着开山钺对着夏耕劈了下来。夏耕舞动盾牌和长戈只能护住周身，头顶上却是暴露着的，就听咔嚓一声，天乙的开山钺正砍到夏耕的脖子上。天乙这一下用尽了全身力气，又是从空中劈下，天地间瞬间闪过一道闪电。

夏耕巨大的脑袋应声而落，嗵的一声，掉到了水中。几个人一看天乙得手了，都向后跳出去，准备看着夏耕倒下。

夏耕脑袋掉了，动作戛然而止，脖子上鲜血喷涌，身体却没有倒下，双手竟然还能动，双手中的盾和戈用力朝着水面一插，双脚就拔了出来。

此刻大夏的东面和西面都是滚滚狼烟，鲜血浸染的战旗见证着这一次天地变色的大战。

中原大地上，虽然征战从来没有停止过，但是整个天下都震动的大战已经几百年没有了，也许当年黄帝和炎帝、蚩尤的大战才有如此惊天地泣鬼神的场面吧。

大夏东部，费昌和扁将军在广大的疆土上来回厮杀。大战把有洛和豕韦搅动得天翻地覆，战况虽然惨烈，但谁也消灭不了谁。

大夏的东北部有一个国家沉不住气了，这就是妹喜的母国有施。

如今的有施有点儿像当年的有洛，大夏元妃的母国，就如同大夏一样，所有国家的征战都会绕过有施，生怕惹怒了有施，逐渐所有部族几乎都遗忘了有施这个小国了。

有施的大臣雍和自从妹喜当了元妃之后，在大夏谋得了一个卿士的职位。

大商大军到达瞿山之后，夏侯无荒找来雍和。

"雍大人，如今商国主力已经深入大夏，商国所有能打仗的男人都来了，剩下的昆吾由那个少方守卫着。东部费昌在和扁将军对峙着。天乙那小子以为东夷内乱，商国后方就能安然无忧了吗？"

"他忘了昆吾后面，大夏还有有施国，还有有仍国了！雍和这就回去让我家大王联合有仍发兵商国！"

此刻，大商国内只有莘王女和有妊氏率领一些女兵守卫，危机重重。

章山之下，天乙终于砍下了夏耕的脑袋，但是夏耕并没有倒下去，脖子里的鲜血停止了喷涌，出现了一个整齐的缺口！看起来着实瘆得慌。

天乙心里也有点儿发毛："没了脑袋怎么还不死呢？夏耕到底是不是人啊！"

大家都在等着这个庞然大物轰然倒下，等着长舒一口气。

夏耕巨大的身躯晃动了几下，却没有要倒下的意思。夏耕拔出双腿之后，竟然直接跑上岸去。岸上的人看到夏耕没有脑袋还能跑，都傻眼了，有的嘴张开半天也合拢不上。

"夏耕是变成鬼了吗？"

"不是鬼，是怪物！怪物来了！"

岸边的人纷纷躲开，这个无头的家伙带给每个人的是发自内心的恐惧。

见夏耕被砍下了头颅，夏耕军慌忙撤退，一路奔回了彤城。

一场恶战之后，天乙独自一人沿着厥水走着，在一处停了下来，对着厥水看来看去。

"大王，你在看什么？水里有鱼吗？"仲虺看天乙的动作很奇怪，跑到了天乙身边，也朝着水里看过去。

"大王，伤势无碍吧？"庆辅也几步跳了过来，朝水里看了看，然后看了看天乙的下巴。

白薇也迈着飒爽轻盈的步伐走了过来，朝着水里看。一会儿，白薇抬头看看故作深沉的天乙，笑着说："大王在照镜子，看看自己的胡子是不是不好看了？大王，其实您这样更加有王者的风度了！亲身经历战阵的王，才是大商士兵心中的王！"

"嗯，还是白薇姑娘会说话！朕也这么觉得！"天乙说。

"大王伐夏于章山。克之，斩耕厥前！不愧武王称号！"这时候伊挚也过来了。

"哈哈！朕早说了，朕甚武！走！咱们收拾夏耕给我们留下的礼物去！"天乙打败了夏耕之后，前几日的痛苦焦灼一扫而空。

夏耕军溃散之后匆忙逃走，粮食、帐篷等都没有来得及收拾。

商军四处收拾了夏耕大军的粮食和帐篷，夏耕这次带来了很多粮食，这次半个月内不用担心粮食问题了。

打败了夏耕，又有了粮食，大军经历了盾牌阵对夏耕大军的成功围困，士气高涨！商军终于有了战胜大夏的勇气。

夜晚来临，月笼寒沙，厥水发出低低的呜咽之声，庆祝胜利的舞蹈已经结束，篝火也已经熄灭了，大地一片肃静。

今夜各个帐篷中都传来了鼾声，大战还在后面，但至少不是今晚！极度疲惫之后，能够好好睡一觉就是此时最快活的事情了。

路上天乙似乎一直在想事情，伊挚看出来了："大王有什么疑惑吗？"

"夏耕脑袋被砍掉，身体竟然还能不倒，真是太过稀奇了！难道夏耕可以不死？朕倒是真的希望夏耕能够有不死之身呢！"天乙说。

"大王，你见过谁能真正不死呢？"伊挚说。

"天帝和彭祖呢？"

"彭祖我们都知道是假的了！天帝不可言说，但是天帝既然会老，就会有生死。"

天乙听了伊挚的解释，似乎有点儿失望。

虽然即将面对履癸的天子大军，此刻的天乙和伊挚却平静地说着这些平常的小事。

第十三章　美人之战

斟鄩，妹喜一个人回到了容台，对着天空中的白云发呆。

此时长空雁鸣，一排大雁飞过天空，履癸出征了。

"都走了！"妹喜不由得感叹。

妹喜想起那一次履癸为了琬、琰出征的时候，自己也是这样失落，这一次是同样的心情。履癸走了，妹喜此刻在想着："阿离到底去哪儿了？"

一个昏暗的房间中。

阿离从昏迷中醒来，迷迷糊糊地不知睡了多久，漆黑的屋子中开始什么也看不见。屋顶有一丝光透过来，照着屋子中飘浮的尘埃，阿离才发现这是一个存放木柴和木炭的柴房。

门开了，走进来两个女人，一阵香气袭来，阿离在宫中久了，知道这种香气只有宫中的妃子们才能用得起。阿离知道妹喜从来不用任何有香气的东西。

"是琬、琰二位娘娘吧？"阿离说。

"这么暗，你都能认出我们来？"琬、琰吃了一惊。

"阿离，你认出我们来也没关系，妹喜到底有没有和伊挚睡在一起？"

"绝对没有！"

"阿离,大王早就都知道了,所以叫我们来审问你!你如果识趣,以后我做了元妃之后,在斟鄩给你一大院子,赏你十几个奴隶,再给你找个好男人!不比跟着妹喜强吗?"

阿离冷笑了几声就不理她们了。

阿离从没有离开自己身边这么长时间,妹喜感到不对劲:"看来是被人抓起来了,谁会抓阿离呢?"妹喜突然想到一个地方。妹喜换上了一身见伊挚时穿过的男子衣服,只身出了容台。

宫中的路都是鹅卵石铺成的,妹喜不一会儿就来到一处宫门之前,宫门前有两个把守的近卫勇士,看到宫中竟然出现了一个男子,不由得一惊,举起长戈拦住了妹喜。

"不认识你家元妃娘娘了?"妹喜怒喝。

这二人听到妹喜的声音,仔细借着月光一看,竟然真是妹喜,吓得赶紧扔了长戈,跪地请罪。"元妃娘娘,天色太暗,下人没有看清,请饶命!"这二人倒不是多怕妹喜,他们是怕妹喜告诉了履癸,履癸盛怒之下杀了二人那是不带眨眼睛的。妹喜一把夺过一人的长戈,直接走入了宫门。

门内是个小山,沿着花径,妹喜几步来到房间的门前,门前的宫女借着灯光看得清楚,妹喜如此打扮杀气腾腾而来,赶紧躲开。

琬、琰二人逼供完阿离,什么也没得到。二人刚刚从柴房出来,正遇到妹喜来到了倾宫。

"你们赶紧把阿离还给我!"

"元妃姐姐,什么阿离啊,妹妹们不知道你在说什么呢!"琬、琰这说谎话的本领实在太差了。

"你们看我手中的戈,还有必要说谎吗?"

"既然你都知道了,你能怎么样?你跳舞比我们好,打架你就差远了!"

"那你们试一试!"妹喜柳眉倒竖,一双凤眼竟然也闪烁着履癸一样的凶光。

琬、琰赶紧从身边抄起了两根半人高的青铜烛台。

一群宫女看到娘娘们竟然要打架,一时间都傻了。如今大王也不在宫中,这几位都是主人，所有人都不知道该如何是好，都远远地躲开了。

妹喜今日的男子衣冠就是为了行动方便，此刻也不多话，抢起长戈就刺向琬、琰。

琬此刻也不再装作高冷了："妹喜，大王不在，今天我姐妹就教训下你。"

琬、琰分别举起高烛台就朝妹喜砸去。妹喜轻蔑地笑出声："就凭你们？"长戈一挡就打了起来。妹喜以一打二，身形依旧犹如在跳舞，进退躲闪都如弱柳扶风，身法优美自然。

妹喜从小就和仲虺一起玩，除了划船，这搏击的功夫也很了得，仲虺每次都心甘情愿地被妹喜打得周身红肿。仲虺每次对着妹喜傻笑，妹喜下手就越狠，仲虺的心里就越发开心。不一会儿，琬、琰就已经气喘吁吁了。二人那骑马打仗的本事都过于粗犷了，哪里是妹喜对手？

此时琰的烛台正好砸过来，妹喜一侧身闪过，然后用戈尖挂住烛台，顺势一用力，琰手里再也拿不住了，烛台就飞了出去，砸得东海的珊瑚碎裂了一地。琬此刻也冲了上来，妹喜也是顺势用戈尖挂住琬的烛台，一下子带飞了出去，砸碎了不知多少件珍贵的玉器。

这二人还想再抄其他的烛台，琬却突然一动不敢动了，原来妹喜已经用戈尖抵住了琬的脖子。

"别动！带我去找阿离！"

此时的琰刚抓起几上的青铜器皿想去砸妹喜，举起来的双手只好僵在那里。

"还不放下！"妹喜手下用力，琬脖子的皮肤已经被妹喜划破了。

琰赶紧扔了手中的东西："别伤害我姐姐，我带你去找阿离！"

妹喜用戈抵住琬的后背，跟着琰去找阿离，果然在倾宫最下层的一间柴房见到了阿离。阿离奄奄一息地躺在一片柴草之中，头发散乱，上面沾满了干草，嘴唇干裂有着丝丝血痕，好像好几天没有喝水了。

妹喜用力一脚踹到琬的后心上，琬跟跄几步，扑倒在琰的怀中，一口鲜血吐出。妹喜搀着阿离朝外走去，琰看到琬受伤了，又怒又急，但不知道如何是好，只能眼睁睁看着妹喜和阿离离开，咬得银牙咯咯直响。

第十四章　履癸的十宗罪

秋收后的日子过得宁静而闲散，人们享受着秋日的暖阳，今年是难得的丰收之年，留下来的粮食也足够过冬了，虽然天子履癸征走了大部分收上来的粮食，百姓也不用担心饿肚子了。相比于其他国家，大夏的子民至少不用担心被强盗或者别的国家直接杀进村子，被抢光所有的粮食和女人，在这一点上，大夏的子民也知足了。

就在这时候，远远的隆隆声传来，绵绵无绝，大地上的尘土都震动起来，百姓都站起身来朝远处望着。

"这是怎么了？难道大夏境内也有大队的强盗？"

远处尘土漫天，沙尘隆起多高，数不清多少战车和战马，不时有战马由于奔跑得兴奋发出嘶鸣之声，如平地起了一阵狂风呼啸着从村庄边通过。

天子的大军车轮滚滚，战马嘶鸣，秋风萧瑟，大军无数的旌旗都遮盖住了阳光，密密麻麻的戈矛闪烁着锋利的光芒。

是天子的大军在疾驰！大夏的百姓见过很多次天子履癸的大军经过，每一次都是从容不迫，威严而整齐，从来没有见过天子大军如此急速行军的场面。

履癸的战车在最前面，这样就能避开后面的尘土，履癸站在战车的御手旁边，催促着不停加速前进。履癸有了昆吾的经验，知道夏耕可能会和商军交战，那样就有可能被商国剿灭。如果履癸和夏耕合并一处，商国军队就插翅难逃了。

大军马不停蹄地赶往章山，履癸的近卫勇士多年征战也从未有过如此急迫的行军，奔跑的步兵都累得汗流浃背了，脸上尘土和汗水都流得一道一道的。

"大王这是怎么了？什么敌情如此紧急？"熊将军坐在战车中最先沉不住气了。

"大王想早点联合耕将军一起剿灭商国，怕耕将军有什么闪失。"虎将军说。

"夏耕将军还用我们联合？除了大王谁能是他的对手！"豹将军也不理解。

履癸早就派出了车正兵快马给夏耕送去旨意："千万不要贸然和商军决战！"

履癸刚刚到达鸣条，一骑从远处奔来，跑到履癸的战车之前，翻身下马，气喘吁吁地喊道："大王，夏耕将军被天乙砍掉了脑袋，大军败退回彤城去了！"正是履癸的车正兵带回来了消息。

"啊？可恶！都是夏耕太过自负了。"

鸣条地势开阔，正好用来决战。履癸选在鸣条这个地方是经过深思熟虑的，鸣条西面不远就是太华山，北面不远也是一片山脉，商国大军要从西面进军斟鄩，鸣条就是必经之地。此地百里平原，适合大军进退。

除了虎、豹、熊、罴四大将军，履癸还调来了大夏镇守边国的将军辜渝将前，触龙将右，履癸自己率领中军。

此时，大夏的盟军东夷及有施氏、有仍等都还没有来，而大夏周围的小国，没收到履癸的旨意，没有人前来助战。履癸从来只相信自己的力量，多国联军不过是些乌合之众。

履癸就在鸣条等着商军，履癸自信大夏的近卫勇士和纵使再多几倍的商军，在这平原处厮杀，对手也只不过是多几只待宰的羔羊而已。

章山之下，厥水之边，朝霞中一轮红日喷薄欲出，映照得厥水中闪烁着无数的金光，就像无数的金色鲤鱼在游动。

天乙早早地醒了过来，知道就要面对履癸了。天乙刚想出大帐去找伊挚，伊挚已经走了进来。大帐的长几上倒着酒爵，天乙身上的衣服似乎还是昨天的。

"大王难道一夜没睡？"

"大战将来，睡不睡不重要了。伊挚先生，大战如何进行？"天乙说道。

"大王，我们即刻起兵！我们不能被履癸困在章山，否则就可能彻底被履癸剿灭。"

"去哪儿？"

"去迎战履癸。"

"车正来报，履癸已经陈兵鸣条，那里将是大商和大夏决战的地方。"

商国大军朝着斟鄩方向出发了。商军整师而行。大军循道而行，车马不喷尘土，战马不去践踏百姓的田地，士兵不喧闹出声，戈戟整齐不动，战鼓的鼓点清扬而有活力，旗旄指向前方，为所有的士兵指引着方向。

前方地势开阔起来，伊挚说道："大王！前方就是鸣条了！"

商军到达鸣条，履癸早就在此等了一天了，天乙提前扎营，担心履癸半夜突袭，一夜没有睡好，却是一夜安静。

东方的阳光再次照向大地，苍茫大地不知经历了多少年的日出日落，两军列阵在鸣条的旷野之中。

天乙登车而望，瞬间感到头有点儿晕，天乙看到了大夏的近卫大军，杀气远远地传了过来。这些人身材魁梧，眼中闪烁着饥饿的凶光，披着兽皮装饰的铠甲。这哪里是人，分明是一群猛兽，怪不得履癸的将军都叫作虎、豹、熊、罴。

履癸也看到了商军。

商军自从打败夏耕之后，人人欲战。士兵不哗，战马不嘶，长戈林立整齐而不乱。

两军对峙，双方士兵都一言不发，随时等候着各自大王的命令。履癸站在战车之上，身后大夏的天龙旗迎风飘扬，虽然现场有几万人，履癸的气场却笼罩了每个人，每个人都能感觉到，天下最为神勇的天子履癸在此，谁能是他的对手？尤其商军这边，每个人心头都像压了一块大石头，呼吸之间，都能听到自己的心在咚咚地跳。"赶紧进攻吧，胜过这样的等待和这样的紧张！"死并没有什么可怕，可怕的就是等待决定生存和死亡的时刻。

此时西风乍起，天乙站在战车之上。

履癸战车徐徐前行，看着对面天乙："天乙竖子，多年不见！还不下车跪拜天子！"

天乙不能示弱，战车前行，离着履癸越来越近，再次见到履癸，腿肚子竟然开始哆嗦，不由自主地就想到履癸面前叩头，口呼"大王！"

伊挚的战车就在边上，一看天乙有点儿缓不过神来。朗声说道："大王，好久不见！伊挚无礼，今日竟然阵前相见！望大王能够体谅！"

"伊挚先生，朕一直厚待先生，尊先生为元圣，你为何非要离朕而去？"

"大王，伊挚的王女在商国，伊挚也是迫不得已！"

"也罢！你深知大夏的实力，就凭你们这几万兵马，就能够和大夏抗衡了吗？"

"大王，不要着急，继续朝两边看！"

履癸一看，商军的两翼，不知什么时候开始聚集了乌云一般的人马，越来越多。

安国、受氏、绵氏、黎、沙、鬲、无终、胙、息、柏、指杞、洪、缯、冥、莘、男、蓼，旗帜招展。此刻景亳会盟的部族基本都到了。一大片人马嘈嘈杂杂，吆吆喝喝。战车疏密不等，马前后不齐，人行立不一，足有万人之众。人数虽然不多，但是队伍林立，气势上人多势众。

商军这边气势上一下就超过了夏军。

天乙终于不那么害怕履癸了，所有人都在等着天乙，毕竟是天乙率大军来征伐天子，总得先要声讨一番。履癸冷笑着，他要看看天乙能说出什么。

天乙深吸一口气，终于发出了声音："履癸！尔自绝于天地，自绝于天下之人，安得而为君？尔弃洛元妃而嬖妖女妹喜、琬、琰，罪当诛一。尔灭无罪之有缗氏，罪当诛二。尔起倾宫，累杀民命，罪当诛三。尔为酒池、肉林，侈费民命，罪当诛四。尔又为瑶台、象廊、璇室，自埋于幽深地下的长夜宫而杀民无数，罪当诛五。尔不视政而杀忠臣贤士，罪当诛六。尔用小人苛剥万民，罪当诛七。尔又命五霸国虐天下，罪当诛八。尔又索长夜宫之需，尽天下之财与女子，罪当诛九。尔又役民开河，杀民命，罪当诛十！"

第十五章　鸣条之战

鸣条。

战车如山，人马如海，随时将掀起席卷天下的滔天巨浪。

天乙的声音就如这大地上的惊雷，暴风雨就要来临，这里将会有一场腥风血雨。

"履癸！尔十条大罪致天怒而谴，地变而嬉。武断苛征土木无已，使臣士民人夫妻离，父子散，兄弟亡，母子怨。天下之人，生者无食，死者无葬，长者无室，家无升斗可以温饱，身无麻缕可以遮羞。如今天下饿殍盈道，膏血溃砾。尔又尽灭上古帝王贤圣之后。尔罪当诛万不可数计。尔尚不自殒残民生哉？履癸！如今，尔已惹得天怒人怨，此战必败，不如早降！"

天乙此时状态极度亢奋，登高而呼，洪亮低沉的声音随着秋风送入了在场几万人的耳朵，所有人都听了个真真切切。

商国这边的有鬲氏等听了，无不义愤填膺，有鬲氏之所以被豕韦灭国，那也都是履癸一味纵容豕韦。履癸身为天下共主，一味让天下五霸恃强凌弱，天下百姓无不受到欺凌之苦，此刻新仇旧恨一起涌上心头。

履癸面带轻蔑的微笑，听到最后天乙竟然让自己投降，履癸都被气乐了，大怒："天乙竖子！一派胡言，胆敢以下犯上，今日朕就先砍了你的脑袋！"

"咚！咚！咚！"夏军这边低沉的行进战鼓已经响起。

随着夏军战鼓低沉的声音，履癸的近卫勇士一步一步地向前逼近，直压商阵。大战终于来临了，厮杀的豪情在所有人的胸膛中激荡着，谁能够见到明天的太阳，就是功成名就的胜利者。

仲虺等这一天很久了，作为大商第一主将，率领诸军整阵奋击夏军的冲锋。

庆辅持幡大呼："下车而来者赏，擒暴君与奸相者封！"

天乙站到战车之上，擂起战鼓，仲虺知道夏军的勇猛，直接布起了盾牌阵，严防夏军的冲锋。就在这时候，夏军已经逼近了商军，两军之间就剩下几百步的距离了。

履癸根本等不得身后的军阵，天子战车先冲了出来。夏军的战鼓也随着紧促起来，夏军就要冲锋了。

"放箭！"仲虺命令弓箭手。

弓弦发出铮铮的刺耳声，无数的羽箭呼啸着朝履癸飞了过去，眼看履癸就要被射成刺猬了。

急速冲来的履癸却并没有要躲闪的意思，嘴角依旧是轻蔑的笑意。履癸一纵身跳到战车前的两匹大黑马的马背之上，战马都身披皮甲，上面覆盖着青铜甲片，马蹄、马腿、马身也都有护甲包裹，弓箭根本伤不到战马。履癸站到马背上，双钩抡起来如一片旋风，任何东西都休想靠近。那些羽箭再多也丝毫射不到战车之上，纷纷落到周围。

履癸的大黑马，是当年费昌挑选训练的千里马之中的千里马，不仅高大，无所畏惧，而且能够直接踩踏敌军。

履癸的战车卷起一阵狂风，转眼就到了商军阵前，履癸的双钩可以伸缩，双手一甩突然长了三尺，双钩一下钩断了商军的长矛。履癸的战马速度飞快，纵身跃起，前蹄就踹到商军的盾牌上，盾牌后的士兵还没反应过来，就已经趴到了地上，刚想起身，马蹄接着踩过来。履癸沉重的战车轧过，转眼脏腑都被轧了出来，奈何一个个都魂飞魄散，不能活了。

履癸冲破了盾牌阵，后面的夏军和虎、豹、熊、罴将军也到了。商军的盾牌阵瞬间瓦解了。

商军还没看明白，脑袋就已经成片落下了。履癸杀到商军阵前，一声长啸，这啸声动人心魄，商军转头往啸声处望去，只见商军翻翻滚滚，向两旁散开，履癸一人在商军中杀来杀去，真的就如猛虎入羊群。

此时两军交战，两军首领的气势最为重要，首领如果示弱，士兵心里一胆怯，士气一低落，很容易就被对方杀得溃败。

天乙看履癸一车冲了过来，哪能示弱，抡着开山钺朝着履癸冲了过去。

天乙刚靠近履癸的周围，站起身来想和履癸决战。此刻，履癸也看到了天乙，对着天乙就是两钩，寒光闪过，天乙竟然来不及举起开山钺抵挡。情急之下，天乙只有赶紧趴下身子，就见前面两道血雾喷出，天乙战车的战马脑袋已经被履癸砍了下来。

好在周围的商军一看天乙有危险，拼死形成一面人墙朝着履癸冲了过去。

"大王！快走！"这成了这些士兵最后发出的声音。

仲虺一看天乙要去和履癸决战，此时商军阵线已经被冲乱了，仲虺知道太过危险赶紧跑过去，战车和天乙的战车并行，天乙大喊："仲虺，我们一起去迎战履癸！"

仲虺应声："好！大王先上我的战车！"天乙纵身跳上了仲虺的战车，仲虺从御手手里抢过缰绳："大王，履癸不是夏耕，现在我们不是他的对手，那次太行之战，履癸根本没用全力和我们打！"

"那怎么办？"天乙此刻也冷静下来。

"赶紧撤军，否则我们就要葬身于此了！"仲虺说。

履癸的旋风还在呼啸着，虽然天乙在此，商军人人奋勇保护自己的大王，依旧对履癸没有丝毫威胁，一会儿就又倒下一大片商军，履癸随时就要朝着天乙冲过来了。

就在这时候，不仅履癸这一处，虎、豹、熊、罴也都杀到商军阵中。熊、罴将军的大石杵，都有几百斤重，抡起来，哪里有人能够挡得住，就如同两头凶猛的巨熊到了满是蚂蚱的草地上，打得一片惨呼连连。

商军没有了阵法的优势，单兵作战根本不是履癸那些千挑万选的近卫勇士的对手，商军一片一片地倒下。

天乙刚想发布撤退的命令，伊挚那边已经大旗晃动，鼓点急促地响起，牛角号同时远远地响起，三种撤退的命令同时发布，伊挚也看出形势严峻了。

商军都被打蒙了，从来没有遇到过如此凶猛的敌军，这仿佛不是人和人之间的战斗，如同弱小的羔羊想要抵抗凶猛的豺狼虎豹。

天乙还在犹豫，仲虺焦急地喊道："大王，不可上阵，这是履癸，不是夏耕！夏耕再厉害，但不够敏捷，你看履癸的速度，我们都看不清他的双钩是如何使用的，他的一钩钩过来，估计还没看清，脑袋就已经掉了，再多的人围在他身边，他都丝毫不惧！因为所有的人的速度都没他快，没有人能够伤到他分毫！"

履癸就如神龙附体，所在的周围竟然升腾起一片血雾，身后就是一片断肢残躯。

天乙看得心惊胆战，一咬牙喊道："撤！撤军！"

听到撤退的信号，商军如潮水般朝后退去，夏军在后面不停地追杀，商军好不狼狈。

天乙内心焦急："大商伐夏，只就如梦中的天梯，梦醒了，就摔下来了。这仗到底怎么打？难道今日都要死在这鸣条吗？！"

第十六章 女人的刀

四十岁的女人大部分身上都有了岁月的痕迹，有妊氏却是一个例外，除了眼角笑的时候有些许的鱼尾纹，眸子依旧闪着清澈的光芒，目光中更多了一些坚定和自信。天乙喝了伊挚的固颜汤，自然不会忘了自己最心爱的女人，如今有妊氏比年轻的时候更多了一种独特的风韵。

有妊氏年轻时候就不喜欢穿女人们烦琐的衣裙，经常是一身打猎时候的戎装，反而更多了几分野性的美，脖颈中一串晶莹闪亮的珍珠，所有人一眼就能看出这是天乙最爱的女人。

天乙大军出征之后，外丙也和太丁去协助费昌抵抗扁将军了，有妊氏日夜牵挂着外丙和天乙，商国能打仗的男人都走了，如今商国就要靠自己和王妃了。

秋天的云总是那么高远，商国亳城的城墙上，有妊氏在眺望着远方。

此刻远处升起一片黑烟，明显不是什么炊烟，是有施人在烧商国的村子。

"谁这么大胆？敢在商国烧村子！"

有妊氏率领手下的一千名女兵就出了城，迎着黑烟滚滚的方向而去。

果然是几十个人点燃了村子中的茅草房，茅草冒着黑烟，发出暗红色的火苗。

"有人来烧商国的村子了，王妃，你怎么还不来？"一个头发散乱打结、满脸皱纹的老妇人在自己家院子中呼喊着，也不顾身上的衣服已经烧了起来。

商国大军出征之后，村子中的大部分人都躲到亳城中去了，但是依旧有很多行动不便的老人留在了自己舍不得离开的家里，有些人被活活烧死在屋里。

"哈哈！商国还去攻打大夏呢，我们烧了他们的房子，把整个商国烧光！"纵火的人凶残地笑着。凶恶的人只要给了他们机会，就会暴露出凶残的本性。

有妊氏早就看到眼里，手中抡着两把长长的弯月镰刀就冲了过来，那些纵火的人的笑容还停留在脸上，脑袋就已经腾空飞起了。

有妊氏身后跟着的都是清一色的女兵，一个个束腰翘臀，身姿飒爽，冲过来之后，那些放火的人还在欣赏女人，就已经被砍倒在地了。

有妊氏用镰刀抵住一个放火的人："你们是什么人，胆敢来商国放火？！"

"我们是大夏的有施大军，你赶紧放了我，我们家施独大王的大军就在后面。"

那人的话戛然而止，此刻他看到了自己脖子上流下来的血，然后就只有一片深渊的黑暗了。

"这么快有施人就到了！"有妊氏也是一惊。

有莘王女已经用归藏算出，大商的北面有灾祸，果然也应在了有施和有仍的联军上面。

有妊氏已经得到了消息，有施联合了有仍，已经兵发商国，昨天已经进入了商国境内，直奔亳城而来。

有妊氏此刻已经看到了远处的尘土，果然有施和有仍的大军到了。

有妊氏看着被烧毁的村子，真想杀过去。但是自己带的人不够多，而且必须先回城内，做好守城的准备，只好带领手下的女兵返回亳城。

施独果然率领大军来到了商国，这么多年，从来没有人敢侵犯有施，施独自以为有施的大军和大夏的大军一样勇猛了。一座都城就在眼前，亳城的城墙和一般的城墙不一样，竟然是之字形的，折叠着。

已经深夜了，此刻玄鸟堂却依旧灯火辉煌。

有莘王女、子棘、汝鸠、汝方和有妊氏正在玄鸟堂讨论如何应对眼前的有施和有仍的大军。

"莘王妃，有施和仲虺将军多年交好，子棘愿意前去说服有施国君撤兵，以免大商妇孺遭战争之祸！"

"子棘先生，有施如果顾念旧情，他们就不会趁着商国空虚打过来了！"

"子棘愿意一试！"子棘坚持说。

子棘在商国的威望实在太高了，有莘王女也不好直接不让他去，只好同意。

长夜过去，黎明来临。

城门开处，吊桥放下，子棘的马车驶出城外，来到了有施的大营。子棘慢慢走进大帐，看到施独和更加发福的有仍国君。

"有施国君，大商右相仲虺当年也算有恩于有施，你如今来讨伐商国，对得起仲虺将军吗？"

"天乙和仲虺算得什么？幸亏我家妹喜做了元妃，如今仲虺连个独立的国君都不是。要是跟了仲虺，只能住在这亳城之中。"施独越老说话越毫不顾忌了。

"我家大王乃是仁德之君，此次替天下苍生讨伐暴君履癸！有施难道要和那履癸一起与天下苍生为敌吗？"子棘继续说。

"子棘，你是不是老糊涂了，大夏天子英明神武，商国以下犯上，我有施乃是大夏元妃的母国！来人！把这老头儿关起来！"

夜深了，子棘没有回到亳城，众人心中都有一种不好的预感。

天亮了，有施大军围住了亳城。城下竟然点起了柴火，子棘被绑在柴垛上面。有莘王女放眼望去，有施和有仍的联军声势浩大，足有万人以上。商国只有三千老弱残军外加有妊氏手下的一千女兵。

"赶紧打开城门！否则我们就烧死这老头儿！"

"施独，你总算有自知之明！就凭你还攻不破我大商的城门！"有妊氏朗声喊道。

"就你们一群女人和老头儿？赶紧打开城门，否则就点火了！"

"子棘早就活够了，王妃，子棘这就去了，你们切不可出城迎战，在城内等待大王凯旋！"子棘昂然而立。

"好吧。那就先烧死这老头儿，给你们看看下场。"

几个带着松油的火把被扔到柴堆之上，这时候正是秋天干燥的时候，借着秋风，黑烟腾空而起，转眼就把子棘给吞没了。

"生亦何欢，死亦何苦！"子棘的声音从烈火中传来，城墙上的每一个人都攥紧了拳头，但是此时只有忍耐。

子棘老师在大火中被烧死了。就在这时候,有莘王女发现有妊氏不见了。

亳城的城门竟然打开了。

"女人们,天下就从来不是男人的!为了你们的孩子,去杀死那些男人!"有妊氏一马当先冲过了吊桥。

有施大军看着冲出来的人马,都很好奇。"女人,都是女人!都抓住了,晚上陪我们睡吧!"

有施的大军竟然发出了一阵哄笑声,但转眼他们就笑不出声了。这群女子大军,已经冲到了阵前,头上的发箍在阳光下闪闪发光,飞快闪过的镰刀已经割掉了几十个人的脑袋。有妊氏带领这些娇声呐喊的女子们快速在有施国的阵前来回突击。有施大军刚明白过来,赶紧组织反击,准备围困住这些女骑兵。

几个突击之后,有妊氏拿起项链上的骨笛,一声刺耳的骨笛声穿透了人海的嘈杂。

有施大军突然发现,有妊氏的女兵竟然已经跑向了亳城。

"赶紧追!"施独大喊。

第十七章　战神履癸

商国亳城之外。

商国的女人们用青铜发箍束住头发，长发在身后飘扬着。敏捷的女人更加让男人心动，渴望去征服。

有妊氏率女军在有施阵前来回厮杀，有施的士兵都知道妹喜漂亮，但是并没有几个人见过，如今有妊氏风韵犹存，英姿飒爽的商国女人在阵前奔来，有施男人们都看傻眼了："商国的女人骑马的样子真好看！"

那些有施男人还没看清冲过来的女人到底好看不好看，一道寒光闪过，脖子一凉，已经被砍掉了脑袋。

等有施人明白过味来的时候，有妊氏已经率领商国的姑娘们跑回商国城内。随着最后一个女兵的马蹄跑过了吊桥，吊桥被拉了起来。有施士兵收不住马蹄，连人带马就掉入了深深的壕沟之中。

"一个壕沟而已，搭云梯！"施独下令，这次施独就是为了占领商国而来。

有施队伍中跑出无数扛着几丈长梯子的士兵，竖起来放在壕沟一边上，梯子倒下去的时候，正好搭到壕沟的另一边上。

有施人跑过了扶梯搭的吊桥，靠近商国的城墙之后都有点儿蒙，这城墙怎么这么怪，突然城墙上面弓箭射了下来。

由于是之字形的城墙，有施人发现自己的前后竟然都能被弓箭射到，身前身后都是城墙，这种情况到底怎么攻击？光防着前面的弓箭根本不行，后面也有城墙上的女兵在射箭。

"女人都上来了，商国城内肯定没人了，战士们给我杀进去，商国的女人谁抢到就是谁的！"

有施人蜂拥而至，转眼商国城墙下到处都是攻城的有施人，有莘王女和有妊氏在城墙上朝下一看，如同无数的蚂蚁在沿着城墙朝上爬。

城下的有施人实在太多了，城墙上的女兵太少了，亳城到底还能坚持多久？此时的天乙呢？

鸣条战场。

夕阳如血，多少男人魂断沙场，故乡成了再也回不去的地方。

伊挚在最后方安排了战车阵，这时候商军的战车阵连成一排，战车和战马还能和这些虎狼一样的近卫勇士对抗一下，虽然不能击败近卫大军，但是总算挡住了近卫大军的追击。鸣条地势开阔，有足够的纵深空间，商军边打边撤。真是急急似漏网之鱼，惶惶如丧家之犬，天乙也随着大军溃败，天乙的大胡子太过惹眼了，生怕被夏军认出来，这次比被夏耕扯掉胡子那次狼狈多了。

履癸杀过了瘾就回了军中。商军直接退出了几十里外，天色黑了下来，好在商军的战车阵还在，来回冲锋，抵挡住了夏军。

履癸收兵回营。"哈哈！天乙竖子！仗是用来打的，不是用嘴皮子来说的。什么十宗罪，明天就砍掉你的脑袋，看你还怎么说！"

商国大营中除了周遭无数来回巡逻戒备的士兵，天乙大帐中的人们今夜注定无眠。伊挚、仲虺、庆辅、东门虚、南门蝢、西门疵、北门侧都在天乙的大帐内。不过，如今的天乙也不再害怕了，天乙今天真正见识了履癸的勇猛，自己的开山钺太笨重，交战时，险些被履癸的双钩钩掉了脑袋。此刻天乙唯一要做的就是要先活过今天，才能去想能不能活过明天。

"履癸的勇猛远在夏耕之上，常人根本无法靠近履癸的身前！"天乙此刻也不再端着大王的架子了。

"大王，履癸虽然勇猛，但他依旧只是一个人，不是神！"

"夏耕砍掉了脑袋都不死，履癸比夏耕厉害，估计杀不死吧！"仲虺这时候也开始怀疑履癸是人还是神了。

"仲虺将军，伊挚在斟鄩多年，履癸只是勇猛，但并不是不死之身！"

"对，听说那次履癸病得很重，差点就死了！"

"没错，那次伊挚就在斟鄩，履癸并不是不死的神！"

"大王，履癸勇猛，靠人多是没有用的，我们必须组织一批决死的勇士去战履癸！"

"先生所言有理，这批死士就由庆辅、北门侧率领，你们二人动作迅捷，一定要拖住履癸！"

"大王，吾等一定力擒履癸！"庆辅和北门侧齐声说，这两个人知道商国的生死存亡都在自己肩头了。

"好，就看明日一战了！"天乙说得很坚决，天乙心中实在不知道庆辅和北门侧哪来的如此的信心。

北门侧和庆辅各自从自己军中挑出三千无惧的死士，每个人都筋肉棱角分明，浑身上下没有一丝赘肉，目光都如深深的潭水，偶尔闪过一丝让人胆寒的光芒。

转天依旧是明媚的秋阳，麻雀等小鸟在鸣条的荒地上啄着草丛间的草籽。

这次商国和大夏的大军见面，不发一言，双方就发动了冲锋，长矛插进了对方的肚子，长戈钩住了对方的脖子，商国这边也有无数的士兵被砍掉了脑袋。好在商国这边人数总体上要比大夏多。

商军大队人马一层一层地围上，更有数千军马远远向南奔驰，先行布好阵势，以防履癸突出重围。

伊挚上车持麾指挥安国、受氏、绵氏等军战辛渝军，黎、沙、鬲等军战赵梁军，无终、胙、息、柏四军战触龙军，指杞、洪、缯、冥四军去战于辛，而商国中军与莘、男、蓼四军共挡履癸。

履癸果然又出阵了，仲虺指挥商国的战车阵守住阵线。商军这边阵中窜出来七十辆战车，这些战车开始朝着履癸冲去。战车阵拦住履癸的战车。履癸的大黑马再勇猛也没法跳过这么多堆在一起的战车。然后一群人对着中间的履癸放箭，无数的长矛对着履癸扔过去。

熊、罴看到履癸这边危险，一起冲过来，熊、罴将军皮糙肉厚，外加青铜铠甲护身，纵使是长矛飞来他们也不放在眼里。两个人用石杵对着战车一顿砸，一把抡起车辕，把战车给扔了出去。

"熊、罴二将的勇猛不在夏耕之下啊！"天乙远远地看见不由得心惊。

商军又是大败退了三十里，好在伊挚已经提前把大营挪到了远处。履癸也不着急追赶，继续和商国玩这老鹰捉小鸡的游戏。

商国大军到底还能在履癸的摧残下坚持几天？天乙看着夜里的天空，心中暗暗感叹："我到底还能再看到几次初升的太阳？"

第十八章 城下决战

大夏疆域绵延千里，东部茫茫大地上千军万马正在对峙。

扁将军得知商军已经到了瞿山，赶紧找来心腹的传信车正兵。

"速去斟鄩探听消息，告诉大王扁随后率军就到！"扁手下的将士第一次看到扁如此心急。

扁已经顾不上狼狈不堪的费昌和有洛，率领大军急速驰援履癸。大军走了两天，突然前方一人一马跑得气喘如狗，正是车正兵带回来了履癸的消息："商军在瞿山被夏侯无荒杀退，耕将军将和朕一起合击商军。扁将军务必守好大夏东部！"

扁将军看到履癸的手书哈哈大笑起来："商国这两下子还想和我家大王打，天乙竖子真是蚍蜉撼树！"

扁将军迅速回过头来继续追击费昌的部队。费昌的这些军队本来就不是费昌带出来的兵，昆吾和豖韦大军本就和大夏交好，如今虽然被商国收服了，慑于费昌曾经在大夏军中的威望，昆吾和豖韦人尊费昌为他们的统帅，但这些人怎么会真的和大夏大军玩命打呢？

费昌只有边打边撤，才能够让手下这一万大军不溃散，好在太丁和外丙带来三千商军，这三千人维持住商军的士气。这一天，大军已经退到了商国的边境，大军安下营来。

夜色沉沉中太丁的帐篷外隐隐约约传来两声"呜呜"的声音，仔细一听又没有了，只有秋风吹过帐篷的声音。

接着又是"呜呜"的两声，这次太丁确定没有听错，赶紧走出大帐，前方漆黑的夜中闪着两道绿光，看起来如同鬼魅。太丁脸上却露出了笑容，抬起一只胳膊，嘴中"呜呜"发出两声叫声。

那两道绿光突然动了，悄无声息、忽忽悠悠地就飘了过来，在这漆黑的夜里实在有点儿瘆人。那两道绿光最后停留在了太丁的胳膊上，原来是一只黑色的玄鸟。

太丁带着玄鸟进了帐篷，取下玄鸟爪子上的丝帛，打开一看不由得大惊。

"有施联合有仍大举进攻商国！"

太丁赶紧连夜叫醒了费昌和外丙，费昌看到玄鸟带来的消息也是大吃一惊。

"大军即刻启程返回商国！"费昌下令。

商国大军到达亳城的时候，扁将军的大军也追着到了亳城城外。此刻亳城内外足有三万大军，一场旷世决战，就要在此地展开。

有莘王女和有妊氏看到自己的儿子平安归来，心里踏实了很多，尤其费昌回来之后，打仗的事情就有了主心骨。

转天依旧是深秋清爽的天气。

有施和扁的大军列于城外。"费昌，你难道也成了商国的女人！缩在城中不敢出战了吗？"

费昌站在城头，眉头紧锁，一言不发。

"费太宰！敌军已经兵临城下，此刻还不出战等待何时？"外丙沉不住气了。

外丙跟随太丁和费昌合兵一处之后，每日被扁将军追着打，边打边撤，心中早憋了一肚子火。但费昌每日指挥大军都不正面应战，总是一味地撤退。如今夏军都打到了商国城下，外丙哪里还能按捺得住？

费昌想说什么但没有说，费昌看向有莘王女。有莘王女面无表情地望着城下。"外丙，敌军势大，夏军不同于有施、有仍，扁将军为大夏第一名将！不可轻易出战！"

"哼！"外丙一甩战袍走下了城墙。

这时候，商国城门的吊桥突然放了下来，青铜包裹的巨大城门吱吱地打开了，一支队伍杀了出去。

为首一年轻男子身材结实匀称，目若朗星带着灼人的光芒，白色的披风随风飞舞,真是一个美男子。

此时费昌、有莘王女、有妊氏和太丁都在城头。

"是谁擅自出战?"费昌问。

"好像是外丙!"太丁说道。

正是外丙率军来迎战扁将军,外丙年少气盛,平时就目中无人,如今哪里把扁将军放在眼里。

"扁将军,今日敢与你家外丙决一死战吗?"外丙已经冲到了阵前。

"小崽子!来吧!"扁催动战车杀了过来。

扁的兵器是一把大刀,多年和履癸在一起,扁的作战风格和履癸有很多相似的地方,扁的大刀抡起来,就会形成一片血色的旋风。对手感觉有冷风吹来时,已经身首异处了,一般人根本看不清扁的大刀的走向。

外丙和他父亲天乙一样,也喜欢使用一把大斧子,对着扁就劈了过去。一个是翩翩少年,初生猛虎、傲啸山林;一个是沙场老将,多年征战,很少遇到过对手。

外丙毕竟年轻,胳膊上的肌肉一团一团的,好像随时会炸裂开一样,大斧子带着风声对着扁就过去了。

扁根本无法正面招架,不停地横刀左躲右闪。

"扁,你老了,打不动了,赶紧投降受死吧!"外丙的斧子越来越快。

但是外丙劈了三十多下之后,依旧没有伤到扁丝毫,就连扁那大胡子都没碰到。外丙头上已经开始冒汗了,浑身开始变得燥热难当。扁看到时机差不多了,嘴角露出笑意。扁的大刀开始抡了起来,外丙不得不抡动斧子抵挡,但是扁的刀实在太快,外丙一会儿就气喘吁吁了。

扁突然大喝一声:"下来吧!"

扁的大刀如闪电一样闪过外丙的脖子,外丙向后一仰身子,躲过了这一刀,但已经来不及收回大斧子,大斧子脱手而出。外丙随即也从战车上跌落在地,外丙刚想重新跳回战车,扁居高临下,大刀如同一道闪电从空中劈了下来。

"小子!刚才的狂气去哪儿了?受死吧!"扁的大刀刀尖已经碰到了外丙的咽喉。

"啊——"外丙的一声惨叫远远传到了城头之上。

第十九章　美人关

商国亳城城外。

扁将军率大军来到城外，施独赶紧把扁请入了大帐。

"扁将军到来，商国就指日可灭了。"施独知道扁将军为大夏第一名将。

"能和有施国君一起灭商，也是扁的荣幸！"扁知道施独是元妃的父王，也不敢怠慢。

"昨天天乙那个青梅竹马的妃子有妊氏率领一群商国女人来阵前挑战，别说那模样真的是有几分让男人着迷的飒爽风姿！"有施国君对扁将军说。

"哦？有施国君作为大夏元妃的父王，夸的女人一定不简单！"扁说道。施独知道扁和履癸有一个共同的特点，就是都对女人很好，尤其是那些千里挑一的女人，所以先夸一夸有妊氏，吊一吊扁的胃口。

翌日，亳城下夏军多了一倍。扁将军在正中，施独和有仍国君分居左右，夏军战袍是黑色的，黑压压的一片，如此多的士兵，如暴风雨来临时候的滚滚乌云。

扁将军城下出阵，外丙直接率军杀出城去。外丙挑战大夏第一名将扁，最后扁突然发招，大刀如闪电一样就要把外丙劈为两段了。

此刻在城头的费昌等人看得都要惊呼出声，有妊氏更是大叫一声，闭上了眼睛。就在扁的刀要把外丙砍为两段的时候，施独在后面喊："扁将军，这小子是天乙的儿子！"

扁赶紧用力收住了刀锋，外丙感觉一股凉风划过脖子，以为自己的脖子被砍断了，闭着眼睛在那一动不动。

"别装死了，小子，你真的是天乙那竖子的儿子！"

外丙突然听到一个声音，人死了还能听到别人说话吗？外丙用力睁开眼睛，摸了摸自己的脖子，还没死，一想到城楼上有妊氏和费昌等还在看着自己，立马恢复了傲气："正是你家外丙王子！"

"我们可以用他来要挟商国打开城门，前几天刚烧死了天乙的老师，这次烧死他儿子，看看他们开不开城门！"施独在一旁说。

扁将军听了之后，不屑地看了看施独，但碍于施独是大夏元妃妹喜的父王，也不便说什么。

"把这小子给我绑了，带回大营！"扁命令道，身后的士兵过来用一圈一圈的麻绳就把外丙给绑了起来，推推搡搡地回了大营。

费昌此刻在城头看得清清楚楚，看到外丙被扁抓了，不由得一跺脚："王子也太大意了。"

有莘王女依旧面无表情地站在那里，身边的太丁大喊："外丙！"

有妊氏也看到自己的儿子被抓了，情急之下险些从城头跳下去。"我要去替我的儿子！"有妊氏匆匆地下了城墙。

黄昏时分，正是万鸟归林、千家炊烟的时刻，商国的城门再一次被打开了，此刻有妊氏带着手下挑选出来的一百名极美的商国女子去了扁将军的大营。

有妊氏率领的这些女子没有携带武器，都是舞女的样子，带着骨笛和皮鼓等，大夏的士兵看到这些女人，一个个眼睛都有点儿放光了。

"我们是来给扁将军献上商国的歌舞的！"有妊氏说。

扁听说来了一群商国女人，说道："看来商国是没人了，女人都送上门来了！让她们进来！"扁坐在大帐中饶有兴致地等着走进来的商国女人。

当有妊氏走进大帐的时候，扁正举着酒爵喝酒，一眼瞥见有妊氏，喝到一半的酒就停住了，酒爵中的酒洒了出来，溅在胡子上，本来放松的身体突然僵直起来。

"你是——矫吗？"扁声音都变得磕巴了，"这些都是我的故人，你们都出去，不许靠近大帐！"扁的士兵都远远退了出去，各自回帐中了。

"商国送来一百名美女，为扁将军献上舞蹈。有妊氏愿意留在将军大帐中，只愿将军能放了外丙回去。"有妊氏似乎没有注意到扁的失态。

"矫，你真的不认识我了吗？"扁难掩失落。

"你是名扬天下的大夏第一名将扁将军，天下谁人会不认识呢？"有妊氏接着说。

"矫，你如果再这样，我立马就让人把那个外丙的脑袋给砍了！"扁突然发狠说，身体颤栗着。

"扁，我怎么会忘了你，如果我忘了你，我也就不会来你的大帐中了！"有妊氏的声音突然软了下来。

"没想到你嫁给了商国的天乙，当年我去你们部落求婚，你父王觉得我是个野小子，派人把我打了出来！这么多年，我就是要证明给你看！扁不是一个无能之辈。"

"扁，你做到了，从一开始我就知道你是男人中的勇士，所以我才会欣赏你。但是我们又能奈命运如何？"有妊氏幽幽地说。

"好好好，如今你是商国国君的王妃又如何？还不是要过来求我，你不说要给我跳舞吗？扁今生有幸，还能看到你给我跳舞，也算我没白喜欢你一场。"

"好，今天矫就和这些姑娘给扁将军好好跳一次。"

骨笛悠扬响起，皮鼓敲出了挑动人心弦的节奏。有妊氏和商国的美人一起跳起了有妊氏部落特有的野性之舞。

扁看得实在受不了，扁心里此刻只想让有妊氏陪在身边。

"你过来陪我饮酒！本将军喝高兴了，就放那臭小子回去！都是施独想出这种用人质的非大丈夫所为的招数。"扁对有妊氏招手。

"将军的神勇天下无双，自然不屑这种小人之举！"有妊氏开始激扁。

"我扁算不算得上天子之外天下最厉害的男人？"

"扁将军当然算！"

"那为什么在天下人的心中，只有天子，甚至费昌的地位都比我高？我的威望就不够高吗？"

此时跳舞商国的女人那如雪一样耀眼的腿，已经晃得扁有点儿睁不开眼睛。

商国女人的舞蹈，虽然比不上妹喜的舞蹈。但是扁很喜欢有妊氏这种充满野性和成熟魅力的女人。

"只要你放过商国的百姓，我愿意做你的女人，商国也愿意归顺大夏。"有妊氏看扁开始吐露心声，看出这个男人真的对自己依旧有情。

"商国的天乙举兵伐夏，此刻还在斟鄩城外被天子追着打，扁恐怕也做不了天子的主！"看来扁还没有完全喝醉。

"都是那天乙野心太大，和我们商国百姓无关！天乙连年四处征战，商国的百姓没过过一天好日子！"有妊氏接着说。

这时候扁醉眼迷离地看着有妊氏："天乙那竖子，有一点没有错，你的确是个天下少有的女人啊！任何有力量的男人都会想去征服你！天乙那竖子肯定回不来了，以后你就跟我吧！"

扁说着，竟然伸出手来放到了有妊氏充满弹性的腿上，扁有点儿此生别无他求了。

有妊氏浑身打了一个激灵，强自镇定住内心，脸上依旧是迷离的微笑："没有女人喜欢粗鲁的男人，你要真喜欢我，那你得赢得我的心才行！"

扁一怔，把手从有妊氏的腿上拿开了，说道："扁会的！"

有妊氏继续陪着扁一起喝酒。

今夜到底要发生什么？

第二十章 温柔一刀

在有妊氏忽扇忽扇的睫毛下那漆黑深邃的眸子注视下,扁开始迷离了。有妊氏从小跟着自己的父亲喝酒,灌醉过不知多少男人,很少有男人能够拒绝有妊氏那长长睫毛下的双眼的注视。

渐渐地扁的鼾声四起,商国女人的骨笛和皮鼓却敲得动人心弦。

这时候有妊氏凑到扁的身边:"扁将军,喝酒了!"

扁看着身边的有妊氏:"娇,你的酒有多少爵,我就喝多少!"

扁一爵一爵地喝下有妊氏手中的酒,每一爵酒,都像刀一样在割着自己的心。你可以得到一个人,但是如果你想要得到一个不爱你的女人的心,那只能是痴心妄想。

酒入愁肠愁更愁,藏在自己心底的女人就在身边,自己再也不用隐藏,扁没有勇气去碰有妊氏,再说这么多年扁拥有过无数的女人,扁只想要有妊氏的心。女人的心也许是世界上最难得到的东西。

扁此刻在有妊氏的身边长醉不愿醒,这样就可以觉得有妊氏一直在身边了,而不是那些梦中醒来的日子,都不知道此生到底能不能活着再见到她。扁在每一次杀敌的时候,都有一种必胜的信念,终有一天自己要骄傲地站在有妊氏的面前。

扁似乎真的睡着了,有妊氏已经开始听到扁粗重的呼吸声,扁的头枕在有妊氏的腿上,嘴角露着笑容,眼角却流出了泪水。

有妊氏悄悄拔下了头上的发簪，一刹那对着扁的咽喉飞速刺了过去。

就在有妊氏的发簪即将刺入扁的咽喉的时候，由于扁的脖子被浓密的胡子覆盖住，有妊氏的这一下竟然刺歪了。

扁大叫一声，身子弹射起来，虽然酒醉，但扁不愧为履癸的第一名将，睡梦中一把推开了有妊氏。

有妊氏飞了出去，摔在地上。扁如同一头猛虎一样，飞身扑了过来，一把掐住了有妊氏的脖子，不敢相信地看着她。

"扁，你杀了我吧！"有妊氏艰难地说。

"扁从来不杀女人！尤其是扁喜欢的女人。"扁最终还是没下得去手。

这时候，那些还在跳舞的商国女人，一起拔下头上的发簪，飞身上来，女人的发簪齐齐地刺了出来。

扁毕竟喝醉了，在大帐中又没有盔甲保护，身上淌了一身血，几乎成了一个血人。

一群女人围着扁呼喊着："扁将军！你好厉害啊！"

扁的卫士远远只听到鼓声和骨笛的曲调，以及女人的娇喊之声，以为扁正在里面尽兴，也没人在意。

扁的血流得太多了，扁想用布缠住自己脖子上的伤口，但是胡子太多了，根本止不住血，这头带血的猛虎开始撕咬周围的女人了，扁只是对有妊氏下不去手而已。转眼就有几个女子被扁给折断了脖子，女人再美，这种死的样子也不好看了。

剩下的女人都发疯了，这里没有男人和女人了，只有猛兽之间生与死的厮杀。

慢慢地扁终于支撑不住了，倒在了地上。可怜一代名将，竟然死在了一群女人手里。

有妊氏看了扁一眼："扁，你就不该把一个不喜欢你的女人放在心里。"有妊氏找到扁的大刀，一刀砍下了扁的头颅，拴在了腰间。

"外丙应该就在附近，我们去找！"几个女人快速在帐外寻找，果然旁边一个帐篷外的木柱子上绑着外丙。

有妊氏一刀劈开了外丙的绳索："外丙，你还能跑吗？"

外丙简直不敢相信自己的眼睛:"母亲,你怎么来了,我没事!"

"姑娘们!赶紧跟我一起杀出去。"有妊氏率先砍倒了闻声而来的几个卫士,有妊氏的刀实在太快,那几个人还没来得及呼喊就已经一命呜呼了。

几个女子夺了长矛和铜戈,趁着夜色,几乎没遇到什么抵抗,快速撤出大营。遇到几个反抗的夏军,这些女人的身手如电,迅速了断,继续朝外冲。

"扁将军死了!扁将军死了!扁将军被商国女人给杀了!"大夏的大营立马就沸腾起来,有妊氏趁着大营群龙无首一片混乱,杀出了大营。

当有妊氏回到亳城的时候,身后扁的亲信将军已经率军举着火把追了过来。吊桥刚刚拉起,城门刚刚关闭,夏军就已经到了。无数的弓箭愤怒地射向商国的城门。

有妊氏到城楼上,把扁的头颅高高挂在城头。高喊:"扁已经死了!你们还不投降?"

城头下火把通明,这些都是多年追随扁的生死弟兄。看到扁的头颅更是发了疯一样地冲过来。

此刻费昌和有莘王女早得到禀报,知道有妊氏把外丙救回来了,竟然还把扁也杀了。二人看到扁的头颅大为惊讶,对有妊氏更是敬畏有加,战斗就都由有妊氏指挥了。外丙经历了生死的轮回,此刻更加沉稳,指挥商军守城。

夏军看到扁的头颅,开始疯了一样地攻城,无数夏军不等云梯架好就直接下了壕沟,壕沟内无数尖刺,转眼间就有无数的夏军被刺穿了身体,但是后面的夏军依然不停地向前涌。

当一支军队不怕死的时候,还有什么能够拦得住他们?壕沟成了用夏军身体铺成的通道,无数的夏军攻到了城下,开始架起云梯攻城。

此刻城中,只有几千商军守城,费昌看着发了疯一样的夏军,从来没有打过这样的仗。城上的弓箭很快就要射光了,敌军还朝着城上爬来。

"费太宰,看那是什么?"

亳城之外,突然出现了无数条巨龙。

"那是大夏的投石机,不好!"费昌在有洛已经见识过了夏军投石机的厉害,如果火球再投入城内,亳城恐怕就要付之一炬了。

"王女，我们必须去破坏那些投石机！"

"此刻夏军在疯狂攻城，我们守住城墙已经很吃力了，怎么破坏那些投石机？"有莘王女说。

就在这时候，那些巨龙巨大的脖子已经开始摆动起来，随着一声声的怒吼，一个个大火球已经开始飞向了城中。打到城内的茅草屋顶，一会儿城内就火光四起了。

"伊挚，你在哪里啊？如果你在这里就好了！"有莘王女用归藏算出此次亳城之战，归藏却没给出任何明确的卦象。此刻亳城内外喊杀声震天，到处都是火光，有莘王女开始慌乱了。

今夜亳城就要覆灭吗？

第二十一章　刺成苍耳

亳城此刻陷入一片熊熊烈火燃烧的炼狱之中，大夏的投石机不停地把燃烧的火球投到亳城之中，商军顿时死伤一片。

有妊氏实在沉不住气了："我率军出去和他们拼了。"

有莘王女依旧面无表情，说道："还没到拼的时候，再等等！"

"还等什么？难道要等到大夏人攻到城里，对商国的百姓烧杀抢掠吗？"有妊氏此刻已经顾不上礼节了。

有莘王女柳眉倒竖，看了一眼有妊氏没有说话。转过头来问费昌："费太宰，他们该到了吧？！"

费昌说："国君夫人，应该快了！"

"再不到，也就不用到了！"有莘王女终于也有点儿沉不住气了。

大夏的士兵似乎知道有莘王女他们的位置，越来越多的人朝着这边冲过来，有的已经爬上了商国的城墙，双方在城墙上开始了厮杀。有妊氏看到后，直接率领手下的女兵去最危急的地方抵抗夏军了。

形势越发危急，爬上城墙的夏军越来越多，商国的主城门处也开始燃烧起熊熊大火。

"商国要城破了吗？"城中的百姓都躲在家中，耳中只听到四周的喊杀声，无不心惊胆战。这么多年来，还从来没有大军打到过商国亳城之下。

费昌也是焦急异常，朝远处张望着，突然大夏大军后面有火把好像在不停地晃动。

"来了，来了！王妃，我们的援军来了！"费昌也激动起来。

就在这个时候，已离和元长戎各自率领五千大军从大夏和有施联军的背后杀过来了。费昌率领豕韦和昆吾大军的这一段时间，和昆吾的已离和豕韦的元长戎三个人相见恨晚，三人虽然都不是商国人，现在却一起齐心为商国效力。

这次进城之前，费昌知道扁的大军随后就会到达亳城之下，费昌就让已离和元长戎分别率领昆吾和豕韦的大军远远地埋伏起来。等到夏军攻城的时候，出其不意地从夏军左右背后偷袭。

此刻有妊氏也看出城下来了援兵，攻城的压力顿时就小了。有妊氏就回到了有莘王女和费昌身边。

"费太宰、太丁、有妊氏、外丙，你们赶紧率领城内所有人马杀出城去，亳城存亡就在此时了！"有莘王女下令道。

商国的城门处本来就有很多百姓在拎着水桶救火，此刻有妊氏一马当先。

"打开城门！"铜锁链咯咯吱吱地响着，大门终于打开了，外面依旧是熊熊大火。

"投！"有妊氏手下的女兵一人手里一根长矛就投了出去。有妊氏从小就喜欢打猎，她手下这些女兵也被训练得投长矛的技术很纯熟，上百根长矛飞了出去。

城门外的夏军突然见到城门开了，赶紧向前冲，这些人身上穿着铠甲，即使里面有弓箭射出，也自恃能抵挡一阵。大火中却突然飞出无数的长矛来，根本来不及躲闪，冲进来的基本全被长矛穿死了。

一群百姓冲上去，一桶桶水泼出去，大火瞬间就只剩下一片青烟。

"杀！"有妊氏、外丙和左右一起杀出了城外。费昌和太丁也率军从后面杀了出来。

有妊氏早就看那些投石机不爽了，和外丙率领手下直奔那些投石机，片刻间把投石的夏军砍了个稀巴烂，然后战马拖动投石机的绳索，转眼间这些刚才还嚣张的"巨龙"轰然倒地了。

夏军看到巨龙倒了，目光都向这边看过来，有人喊道："就是那个女人害死了扁将军！为扁将军报仇。"夏军开始如一群饿狼一样围了过来，饶是有妊氏的镰刀锋利，但是砍了一会儿，青铜刃就已经开始卷曲了。

外丙被绑了半夜，身体本就虚弱，此刻母子二人身边不过几百人，周围却密密麻麻地围了几千夏军，在这黑夜中借着火把的光芒看过去，只看到一双双凶残愤怒的眼睛。

有妊氏和外丙此刻已经被血染透，周身都黏糊糊的，透着血腥味，周围的商国女兵和商军也在浴血拼杀。但是夏军却没有变少的迹象，依旧在朝着这边围拢过来。

"母亲，如果再这样杀下去，我们没有被夏军杀死，也会被夏军累死了。"

就在这时候，夏军越来越近，报仇心切的夏军看够不到有妊氏，就把手中的长矛和长戈朝着有妊氏这边扔了过来。

有妊氏刚刚杀出城门的这一招，如今就落到了自己身上，有妊氏和外丙拨打躲闪这些来势凶猛带着仇恨的长矛和戈。夏军一看这招管用，几千人都把武器扔了过来，有妊氏啊的一声，一根长矛已经从背后刺穿了左肩，外丙大喊一声："母亲！"赶紧挡在母亲身前，结果胸前也被一根长矛刺中。

母子二人都倒了下去，周围的商国女兵一看不好，都扑在了有妊氏和外丙身上，转眼这群人就被刺成了一个巨大的苍耳。

无数根长矛和长戈扎在上面，一片凄惨之状，让人不忍直视。

元长戎和已离分别从左右两边杀到夏军背后，夏军此刻杀红了眼，哪里还顾得上什么昆吾和豕韦与大夏的渊源，此刻就是你死我活的厮杀，只要见到敌军就冲上来玩命。元长戎和已离根本撕不开夏军的阵线，开始围困夏军。

"不要恋战，把夏军切断！"已离的昆吾大军毕竟久经大战，阵法整齐，夏军群龙无首，一会儿就被已离的大军给分割成了几团，夏军一下成了困兽。昆吾人进退有度，步步紧逼，夏军冲了几次也冲不破商军的围困。

费昌和太丁杀出城来，太丁指挥商军从城下把攻城的夏军都给乱箭射了下来。夏军只是凭着扁死去的愤怒在攻城，此刻群龙无首，士气也泄了，哪里是三面夹击的商军的对手？

攻城的夏军撤了下来，除了被已离牵制的夏军，剩下的都在围着一个点厮杀。

"谁在中间？"元长戎纳闷。

元长戎不一会儿就和费昌一起围住了困着有妊氏的夏军，整个战场看着混乱，但此刻一切已经在商军的掌握中了。太丁也发现外丙不见了，找到费昌之后也看到了疯狂围着中间厮杀的夏军。

"外丙肯定在里面，费太宰，我们得赶紧把夏军杀散。"

太丁率领商国的一千本国士兵直接就突围了进去。太丁终于杀到了中间，中间早已经尸体堆积如山，太丁寻找着外丙，却丝毫不见外丙的影子。

商军看到太丁冲了进去，元长戎和费昌的大军也都受了鼓舞，拼命砍杀夏军，在元长戎、费昌和太丁的冲击下，夏军终于被打散了。

太丁把尸体一层层地搬开，终于看到了外丙。

第二十二章　有妊氏的血

商国亳城之外，众人从一堆死尸下面找到了外丙和有妊氏。

"外丙！外丙！"太丁抱着外丙的头呼喊，外丙紧闭着双眼，没有回应。太丁在外丙的胸口听了听，按住外丙的人中。

"咳！咳！"外丙咳嗽了一声，吐出一口血来。

"母亲！"外丙醒过来之后，开始找有妊氏。有妊氏也还活着，不过已经说不出话来了。

费昌赶紧把外丙和有妊氏用战车救回了亳城内进行医治。

城外，勇猛的大夏大军没有了统一的指挥，互相不能驰援，逐渐都被分割包围了，城外的厮杀声响了一夜。

深秋的太阳再次升起的时候，亳城外一片凄惨的景象。战火已经熄灭，这里那里依旧冒着青烟。到处躺着无数死掉的士兵，从衣服上可以区分出他们分别来自大夏、商国、豕韦、昆吾。但是这里面却很少见到有施和有仍的士兵。原来夜里施独和有仍国君一看大势不好，急忙带领本国人马匆匆逃回了本国。

商国伤亡了几千人，不过亳城保住了。扁的亲信士兵几乎都战死了，剩下的几千夏军也都四散逃窜，那些没有逃走的，被商军抓住做了奴隶。

有妊氏的房间，铜炉中烈火熊熊。

疾医看到有妊氏肩头的长矛，一时间不知如何是好。他不敢动手去拔，万一有妊氏有个三长两短，他可担不起这个责任，天乙回来杀了他全家都有可能。

有妊氏此刻已经清醒过来，有莘王女走到有妊氏身边，说道："一会儿，你想骂我就大声骂吧！"

"太丁你过来！一会儿我们俩一起，我拔掉有妊氏的长矛，你拔掉外丙的，让他俩的痛苦一起结束！"有莘王女此时如同变了一个人。

太丁虽然平时看起来很文弱，此刻却坚定地点了点头，走到外丙身边。

"外丙，你一会儿一定要忍住！"外丙点了点头。

有莘王女握住长矛！"起！"

就听有妊氏大喊："啊——天乙，你到底在哪儿？！"

有妊氏身上的长矛已经被拔了出来，红色的血喷了有莘王女一脸。几个侍女按住有妊氏，有莘王女从炉火中抽出一根烧红的铜条，直接按在有妊氏的伤口之上。

"履癸，我要杀了你！"有妊氏大叫一声，昏了过去。

太丁也早已拔出了外丙的长矛，一根烙铁烙在伤口上，冒出一阵白烟。

"母亲——"外丙大喊。

有莘王女看了看有妊氏，说道："别喊了，她就是昏过去了。"

疾医过来给外丙和有妊氏上了药，包扎好了伤口。

"今日商国保卫战在先祖护佑下终于取得了胜利，今晚我们要杀俘祭祀！"有莘王女说。

夜晚来临，祭祀台上灯火灿烂，几十个夏军俘虏被拉到祭祀台前。有莘王女一声令下，夏军俘虏的脑袋就被砍掉了。这些脑袋都被拿到祭祀台上的大鼎中祭祀了大商的列祖列宗。剩下的身子就埋到了亳城的四个城门之外，永远被镇压在了高高的城墙之下。

鸣条，黑夜终于来临。

无论商国的士兵还是大夏的近卫勇士，都应该庆幸又活着度过了今天。

履癸的大帐中也是灯火通明，赵梁和虎、豹、熊、罴四大将军，触龙、辛渝将军都在。

今天虽然又打了胜仗，但履癸的浓眉却紧锁着，似乎并不开心。

"费相，明日之战有何良策？"履癸突然问。

赵梁在一旁尴尬地说："大王，费昌已经投奔商国了。"

履癸看了看赵梁，说道："梁相，朕口误了。明日之战可否一举击垮商军？生擒了天乙那竖子，朕也好早日回到斟鄩。"

赵梁自知在打仗布阵方面和费昌相差很远，所以赵梁一般不直接参与作战部署的讨论，但是如今费昌不在了，自己身为大夏右相，必须说点什么了："我军虽然勇猛，但是敌军分散而且天乙那竖子知道大王厉害，一直躲在后面，一打就跑，最好能围住天乙！"

"梁相此计甚好！明日所有人一起攻击天乙那竖子的中军！朕这次一定要亲手砍掉天乙那竖子的脑袋！当初真不该把这竖子从斟鄩放走！"履癸心中想着明天抓了天乙就可以回斟鄩了。

清晨来临，阳光穿透云朵之间的间隙，照到鸣条大地上，被阳光照耀到的地方就是暖阳一片，没有阳光的地方就是愁云惨淡的冷秋。正如此刻商军和夏军的心情，虽然是大商大军来讨伐暴虐的天子，但是商军此刻却没有感受到阳光的温暖。

黎明时分，田野间高大的杨树的叶子已经发黄了，叶子已经开始翩翩如一群黄色的蝴蝶飘落，履癸的战车正从树下经过。

履癸大军黎明时分就发起了冲锋，这次大夏大军感觉和前几天不一样，这一次夏军不是为了交战，如同惊了的马群疯狂直奔天乙的中军而来。

履癸这次和妺喜赌气出兵，心中却一直惦记着妺喜。履癸本来想试探一下妺喜，妺喜的沉默却印证了妺喜和伊挚之间定有隐情。

"伊挚，也许朕该杀的不是天乙，而是你。"履癸突然悟到了什么。履癸心中第一次感到被什么击中了，当一个男人真的爱上一个人，他就有了软肋。但是他是天子履癸，他愤然离去，把心中的愤怒发泄到那些冲上前来的商军身上。

天乙一看不光是履癸，虎、豹、熊、罴都一起朝着自己这边来了，商军这边哪里能有人抵挡得住这种攻势呢？仲虺赶紧组织战车冲上去，战车对付一般士兵还行，虎、豹、熊、罴抡起石杵，呼喊一声，几杵就把商国战马的脑袋砸碎了。

伊挚看到形势不好，对天乙说："大王快走，履癸这是想直接擒住大王！"

天乙的大旗太招眼了，履癸远远地就能看到天乙的位置，仲虺赶紧让士兵放倒天乙的中军大旗。

"大旗倒了，商军以为朕不在了，如何和夏军作战，商军不就崩溃了吗？"天乙坚持留着自己的大旗。

就在这时候，履癸的近卫勇士如洪水一样席卷过来。

"战车冲锋！"随着号令，商国的战车就冲了出去。战车隆隆嘶吼着如同上古猛兽，当战车接近夏军的时候，夏军竟然从商国战车之间的缝隙跳了过来，车轮上那些狼牙刺此刻也失去了威力。

熊、罴将军的手下，更是用石杵等直接挡住了战车。商军和夏军陷入了搏杀的同时，一片片的夏军朝着天乙这边冲了过来。

"盾牌阵赶紧保卫大王！"

第二十三章　履癸死穴

夏军咆哮着朝天乙冲了过来，如同一群饥饿的猛兽看到了猎物，大夏勇士无数大石杵势大力猛地砸到盾牌上，发出阵阵巨响，商军的盾牌瞬间都被砸瘪变形，不管是什么，在这巨大的势头下都瞬间土崩瓦解，商国的盾牌阵被冲得七零八落地到处都是缺口，在夏军面前变得不堪一击。

"大王，此刻不落到履癸手里，商军才有希望！"伊挚赶紧催促天乙撤退。

天乙终于顾不上大旗了，率军赶紧朝着西面继续撤退，前方一片湖泊长满水草和芦苇，夏天这里应该是一片风景优美的水上风光，此时湖水已经干涸。表面干涸的湖底下面依旧是柔软的青泥，散发出湖底淤泥特有的腥味，商国的战车又大又重，车轮轧在上面，转眼就陷入淤泥中去了。

天乙只好下了战车和士兵一起在干涸的湖底向前奔跑。此时岸边出现两个人，背后的肌肉高高隆起，双目棕黄色，浑身的肌肉如同猛虎一样，一跳之间能有几丈远，二人身边的勇士也和二人差不多，矫捷而露着凶残的目光。

正是履癸的虎、豹将军首先追上来了，此刻，虎、豹二人在岸边望着乌泱乌泱的商军。

"这么多商军连个旗帜也没有，天乙那竖子到底在哪儿？"豹将军晃了晃灵活的脖子。

"天乙这竖子很在意自己的容貌，在斟鄩夏台的时候就留着大胡子，只要找到留着大胡子的就是。"虎将军说。

豹将军居高临下，朝着湖底望过去，他突然看到几千人中，一人回头望了一眼，胸前飘着长长的胡子。

"在那儿，那就是天乙竖子！抓住了天乙竖子，大王会赏你们一百个美女和一千个奴隶，赶紧追！"一群猛兽朝着天乙追了过去。

庆辅看到了夏军，又看了看天乙，说道："大王，得把你的胡子都割掉，否则夏军都能认出大王来！"

"朕宁可死了，也不能割掉胡子！"天乙边跑边说，天乙也怒了。

"大王把胡子藏到盔甲中就行了。"伊挚说。

天乙此刻再也顾不上国君的威仪，把大胡子直接塞到胸前的盔甲里。商军此刻都舍弃了战车，牵着战马奔行穿越这片宽阔的湖底。天乙在仲虺的护卫下赶紧后撤，无数商军为天乙殿后，大部分都惨死在夏军的攻击之中。

还好大湖也减缓了夏军的速度，又是逃亡的一天，天色暗了下来，晚上的秋风分外萧瑟，前面是一片茂密的树林，此刻天乙已经联系不到自己的四门将军了，身边只有伊挚、仲虺和庆辅，以及几千个疲惫不堪的士兵。

天乙走进树林，冷风吹过树梢，树上落叶纷纷飘落下来，落得每个人头上、肩头都是落叶。这些人的帐篷也都丢光了，几个人背靠着大树，众人不敢生火做饭，吃了些带来的干粮充饥，今夜准备就此将就一晚。

天乙望着头顶黑漆漆的大树，大树遮蔽了天空，人如同被关在牢笼中一样，天乙双目通红，如同被猎人围困的猛兽。

虎、豹将军追着天乙过了大湖，围住树林转了一圈，各处都安排人把树林包围起来。夜色降临就在树林边休息，等待天亮进入树林搜寻天乙。

履癸看到虎、豹过了大湖去追击天乙了，在大湖边悠然地安营扎寨："自不量力！看天乙这竖子还能逃几天！"

夜晚来临，树林的夜充满了各种恐怖的声音。

"伊挚先生！明天胜算如何？"天乙毫无睡意。

"大王，一切就在明天，此时不可说也！"伊挚说得很平静，天乙也不知道伊挚是不是故意在安慰自己。

天乙看到伊挚坐在那里微闭着双目，似乎已经睡着了，也不再去打扰他。

伊挚梦中几天看不到妹喜，心里此刻如在油里煎熬，伊挚今天竟然梦到了妹喜。

"妹儿！"伊挚轻呼出声。

"我的伊挚先生，你们怎么会如此惨，我说过你们不是天子的对手。唉！"妹喜见到伊挚如此落魄，漆黑一片中，散乱的头发上竟然还有几片落叶。

"是啊，天子勇猛真如神人，一般人的血肉之躯根本无法和他抗衡。即使商国有再多的士兵也毫无用处，只不过多了几只被宰的羔羊而已。"伊挚神情落寞。

"履癸双钩勇猛，又有金甲在身，你们根本伤不了他的！只要有他在，大夏士兵就会奋战到底！你们没有机会的！"

"妹儿，恐怕我们明天就要全都被履癸劈成两段了！"伊挚只能苦笑了。

"真的吗？伊挚你不会有危险吧？我想想，也许有一个办法你们可以逃过履癸的追击。"妹喜开始着急了。

"什么方法？"伊挚追问。

"那就是……就是……以柔克刚。"妹喜想了想，还是说了出来。

"如何以柔克刚？"伊挚眼中闪过一丝光芒。

"我和履癸每日一起共舞，履癸想抓我却也没有那么容易！所以要打败履癸只有一个办法！"

"什么办法？"伊挚说。

"伊挚，我已经对不起履癸了，剩下的我不能再说了。你和履癸都是我不能失去的人，你在斟鄩的日子永远都回不来了吗？"

"妹儿，谢谢你！"

"你们就不能回到商国吗？"妹喜陷入两难，她不想失去伊挚，更不想伤害到履癸。

"妹儿，此刻的秋风已起，树欲静而风不止，商国我们还能回得去吗？"伊挚一声叹息，梦醒了，妹喜消失了。

湖上的日出通常是很美的，但被千军万马踩踏厮杀过的大湖只剩下一片萧瑟。岸边突然多了无数人马，履癸发现周围已经都是商军，四门将军已经围住了履癸。履癸这次追击天乙,身边也就几千人马,虎、豹将军的人马都在大湖的对面。

商军开始了攻击。履癸见四面皆是商兵,反而兴奋起来,自持长钩,乘车出战商军,长钩及处无不车毁人亡。此时北门侧率领战车七十辆,商军六千人杀来,这些战车都是纯铜打造,战马也都身披重甲,一车双马,车上都是费昌亲自训练的御手。

履癸发现自己已经被这六千商军包围了,这些战车上是什么?车上竟然装满了长矛。履癸的近卫勇士看到商军就向前冲,商军战车上的长矛就扔了出来。无数近卫勇士被刺倒身亡。

夏军也有勇猛的人,拾起长矛对着商军就扔了回去。长矛扎到战马头上的铜甲上发出铛的一声,战马晃动一下,竟然没有受伤。

没过多久,履癸发现身边的勇士越来越少了!

第二十四章　一个勿遗

履癸和熊、罴将军在大湖的东岸，虎、豹将军率领一万大军在西岸，天乙和伊挚晚上就藏在大湖西岸不远处的树林中。天乙一夜都清醒着，望着漆黑的夜，他在等待着，长夜似乎永远没有结束的时候。远处的天空似乎有了一丝变动，漆黑的夜幕突然被一道红色的光芒划破了，天乙面上露出惊喜之色。

"天要亮了吗？"虎、豹在等待着天亮后，去林中诛杀天乙。

"将军，那边好像是粮仓方向？"

"嗯？"虎、豹心中疑惑，隐隐有了一种不祥之感。

"不好了。我们的军粮被商军偷袭烧了！"消息传来，夏军大惊！

"啊！可恼！"虎、豹怒了，没到天亮就杀进树林。

此时东岸战斗也已经开始，北门侧突然杀了过来，无数支飞出的长矛困住了履癸。慢慢履癸发现周围已经都是北门侧的人了。

东门虚、南门蜗、西门疵、北门侧，原来被打得四散而逃的四门将军，此刻却阵法整齐地排列在了履癸面前。四门将军的四正大军此刻已经都冲了过来，履癸的近卫勇士此时才发现，两万近卫勇士已经被大湖分隔在了两岸。

此刻履癸这边只有不到一万人，四正大军却有两万人。

这时候一支人马朝着天乙这边过来，天乙一惊，仔细一看是商国的旗号。

"这是谁？"一会儿队伍来到天乙面前，一个少年从战车上跳了下来："父王，中壬来助父王一臂之力！"

天乙一看正是自己的小儿子中壬，说道："你这小子不在亳城陪着母亲，来鸣条做什么？！"

"父王，儿臣昨夜偷袭烧了夏军的军粮！今日商军必胜！"

"当真！哈哈，不愧是朕的儿子！"天乙大喜。

对面履癸已经等不及了，履癸仰天长啸："天乙竖子来吧，只要你不跑，咱就痛快地打一场！"

北门侧的六千死士只能围住履癸，履癸冲杀过来，瞬间砍掉了无数人的脑袋，但这些人没有退缩的迹象，反而像一群蚂蚁在围攻一头巨兽。

此刻履癸再也不能如入无人之境了，商军死士虽然奈何不了履癸，但履癸一时间也杀不出来。

"战车阵！"北门侧喊道。这时候，履癸的周围已经围了好几十辆战车。这些战车竟然都没有战马，而是一辆接一辆连接起来，把履癸围在了中间。虎、豹将军看到对岸黑压压的全是人，似乎履癸被商军包围了，除了四正大军外，还有诸侯有鬲氏等的一万大军也不知道从哪儿冒出来了。此时履癸的夏军显得孤立无援了。

树林突然晃动起来，树枝带着树叶从树梢飞落下来。

天乙冲出了树林，却见夏军并没有进攻，都在朝着对面望着。

"赶紧回去增援大王！"虎将军说道，虎、豹将军已经顾不得天乙，率军冲下了大湖。

决战的时刻终于到了。

"给我杀！后退者，立斩！"天乙已经高高举起了自己的开山钺！

天地间远远地一阵黄色的风暴卷来，地面的尘土、草、木都被卷到了空中，天空中如有猛兽在呼啸一样。

突然天空一道白光闪过，咔嚓一声，战场上所有人都被瞬间惊住："这是怎么回事？！"就在这秋季的青天白日里，竟然打起雷来，接着所有人就感觉一桶水突然从天空泼了下来，身上衣服瞬间都湿透了。

暴雨如注，竟如同天河突然决堤了一样，雨水从天上泼了下来，干涸的大湖底部转眼就开始有了水，不一会儿，岸边洪水一样的水流注入了大湖。不用商军攻击，很多夏军站立不稳，被冲入了湖的中央，这些勇猛的汉子都不识水性，看到水有一种天生的恐惧。在这深一脚浅一脚的泥潭中，近卫勇士的勇猛都打折扣了。商军们虽然也怕水，但是天乙早就挑选了有荆国的将士来训练过商军。

此刻，近卫勇士终于成了湖中的蛤蟆，只能跳跃、哇哇乱叫，却再也没有了威力。

天乙怒吼："一个都不要留！都给我杀光！"

天乙此时已经疯狂了。伊挚和仲虺看了看天乙，一向以仁德名扬天下的他们的王，此刻也会变得如此凶残。在这你死我活的战斗中，哪里还顾得上仁德，胜利和活着才是最重要的。

商军被夏军屠杀了几天，今天终于可以复仇了，大雨中，脚下是齐膝深的湖水，几万人的厮杀在进行着。

此刻三个商军杀一个夏军就容易多了。浑浊的湖水，转眼就充满了血腥味，到处都是死尸。

夏军被四面诸侯之师砍杀殆尽！这些都是履癸平日所厚养的猛士，最终都为履癸拼死一战。履癸冲杀出商师阵外，却看不见一个大夏士兵。

北门侧命令所有战车围住履癸，不停地往里射箭，履癸又冲了出来。履癸冲入诸侯联军中，有莘国等四军根本抵挡不住，众人只能用废弃战车叠起来阻止其前进，履癸被挡住不能杀出去。

商军主力在后面围追过来，又是乱箭齐发。履癸战车上的大黑马悲鸣一声，此刻终于倒下了，履癸怒发冲冠，下车直接冲击商军。

履癸之勇人人不能挡，这时候有鬲氏的猛将临天道奋勇拼杀。没有几个回合，矛挡之矛折，戈挡之戈折。临天道拿着断了的长矛抵挡，被履癸一钩钩断了左臂。

北门侧大喊："履癸勇甚，器械不能抵挡。诸军叠车以挡之。"

履癸所至处用钩击车，车尽破败。

北门侧传令："人人于车内射箭，射其目！"

大雨滂沱，万千雨线就如同羽箭一样，此时履癸再勇猛，目光再敏锐，也有点儿分辨吃力。

突然一支箭透过雨幕飞来，履癸急忙躲闪。这支箭竟然比一般弓箭快好几倍，履癸躲闪不及，锋利的箭镞已经到了眼前，履癸急忙侧头，箭头擦着履癸的脸飞了过去，履癸一摸一手鲜血，箭头在履癸的脸上划了一道大口子，也就是履癸皮肉结实，这箭头才没有穿过履癸的脸。

"可恼！"履癸也发狂了。这几支弓箭正是北门侧透过雨幕，对着履癸射出的。此时诸侯兵围了过来，履癸的四面纷纷有箭射来，履癸双手舞钩，遮挡羽箭。商国的死士依旧汹涌地冲上来，履癸双钩抡起来，挨着一点儿即死，转眼商国的士兵又倒下了一片。

北门侧赶紧用战车堆起来阻挡履癸。战车挠路，履癸长钩击之，熊、罴将军奋不顾身用石杵挑开战车，熊、罴身上已经中了无数弓箭，还有数支长矛刺穿了那厚厚的后背，两人身上都开始流血。

履癸终于冲出了战车阵。履癸征战多年很少受过伤，此次竟然中了几箭，心中更是怒不可遏。熊、罴将军用后背围住履癸，边战边撤。湖边的商军此刻太多了，履癸只有一个方向可以撤，那就是大湖。

履癸看着湖中已经死伤大半的自己的近卫勇士，简直不敢相信自己的眼睛。

"苍天，你今日真的要亡我大夏吗？！"履癸的怒吼如同此刻天空中的炸雷。

熊将军说："大王，今日中了商军的诡计，天降大雨对大夏不利！我们赶紧撤！"

履癸和熊、罴将军终于退到了湖水中。北门侧听到履癸的怒吼，站到岸边看得清楚："那就是履癸！给我投长矛！"无数长矛飞了过去，熊、罴赶紧挡住了履癸，二人虽然凶悍，也无法在这昏暗的大雨中躲过如此多的长矛。

几百根长矛和着雨声飞向了履癸，履癸根本无法分辨和躲闪！

一代战神，大夏天子履癸要命丧于此吗？

雨越下越大，天空中不时交错着愤怒的闪电，隆隆的雷声炸裂了整个漆黑的天空，如有无数条巨龙同时朝着大地上吐水。

大夏近卫勇士多年征战，从未遇到过如此绝境，滂沱大雨中没有了统一的指挥，都成了商军的猎物。商军压抑的仇恨终于在此刻爆发。

天乙迎着风雨喊："一个勿遗！"

第二十五章　尹至

北门侧继续追着履癸不放，转眼熊、罴二人身上又被刺中了几根长矛。

"大王，去找虎、豹将军！"熊将军大喊，此刻又是无数长矛飞来，转眼熊、罴身上已经被扎了几十根长矛。这两个凶猛的巨兽，屹立在那儿替履癸挡住了所有的长矛，大夏最高大威猛的熊、罴二将竟然就命丧在鸣条大雨之中。

形势危急，履癸也顾不上熊、罴了，纵身飞跃直接奔着大湖中去了，正好虎、豹将军也涉水冲到了湖心。

虎、豹将军接应到履癸："大王！如今天降大雨！对我军不利，我们必须先杀出重围，回到斟鄩再做打算！"

履癸咬牙："只有如此！"

履癸在虎、豹护卫下，不能回到大湖东岸，那边北门侧的几千死士会玩命咬住夏军，履癸跟着虎、豹直接奔大湖的北岸突围。

天乙在岸边一直在观察着履癸的动向，看夏军都朝着北岸冲去，赶紧率领庆辅和仲虺去拦截履癸。

"今日务必擒了履癸！"

履癸跳身如飞，和虎、豹手下的几千人，如同发了狂的猛兽，岸边的商军抵挡不住，履癸几下就冲上了岸。

北岸这边正是诸侯的联军，战斗力和商军比差了很多，更不是履癸大夏近卫勇士的对手。

履癸冲出诸侯阵，诸侯四面追来，履癸走如飞马，商军根本追不上。但是商军人数实在太多，履癸杀来杀去也不知道外面到底还有多少商军。

履癸的长钩都已经砍直了，成了两柄长刀和长矛，刃口的血迹都成了黑色，但杀气更盛，威力依旧锐不可当。

"给我困住他！"此刻北门侧也绕了过来。

天乙在远处看着："我倒要看看履癸到底是人还是神？累也要把他给我累死。"

就在这时候，西北突然万马奔腾，杀来一支凶悍的队伍，看风格很像大夏的近卫勇士。

"啊？！履癸还有一支近卫勇士！"天乙好不容易包围住了履癸，生死一战就在于此了，却杀来一支援军。

这支援军来了之后，直接冲进商军之中一阵砍杀。这些人手中大多抡着狼牙棒，势大力沉，沾到一点儿就是一层皮肉随之而去。商军已经打得气力都将耗尽了，被这些生力军一冲，根本招架不住。

为首首领兽皮披风在身，大雨却无法湿透兽皮帽子，变成了水珠滚落下来，兽皮帽子下的脸上有着西部汉子特有的红黑之色，胡须已经有些花白，双目深邃而镇定，好不威风。

天乙此刻也看出来了："那为首之人难道是边城的该众？"

"看来该众果然是假意投降商国而已！"伊挚说。

履癸见来了援兵，飞身到了该众的军中，该众的大军冲上前来抵住了商军。

"大王，该众来增援大王。如今商军势众，锋芒正锐！大王不如先回斟鄩，再做计较！"该众在乱军中拜见了履癸。

"该众将军，没想到对朕最为忠心的是你！"

"大王，该众佩服大王的神威，该众历代都是大夏的臣子！誓死保卫大王！"该众说。

"朕也早就知道该众将军的神勇！西方诸国都是因为该众将军的神威，才不敢侵犯顾国而已。"

"大王，该众先护着大王杀回斟鄩！"该众抡起狼牙棒。

边城该众未战直接投降了商国，伊挚本来就心存疑惑。今日看该众亲自上阵，骁勇竟然不在履癸之下。

"顾国真正的统帅果然是该众！让我去会他一会！"仲虺说。

"如今履癸已经是困兽，仲虺将军不必以身涉险！"伊挚忙阻拦仲虺。

仲虺看到履癸要跑了，哪里还顾得上这些，直接冲了上去。商军看到仲虺冲了过来，赶紧让开一条路。该众看到仲虺，狼牙棒抡起来就是当头一下，仲虺举棒去挡，一声巨响，两个青铜狼牙棒撞到一起，硬碰硬，震得仲虺胳膊直发麻。

这时，仲虺突然看到两道亮光从左右到了。"啊！不好"赶紧趴到战车上躲过。两个迅疾的影子闪过，正是虎、豹将军。庆辅此刻也冲了过来，朝着虎、豹分别扔出了两把短刀。

履癸飞身从仲虺的战车上跳了过去。该众给履癸找了一匹马，履癸上马绝尘而去。

大雨突然停了。

"给我追，不能给履癸以喘息机会！"天乙大喝。

商军随即追杀上去，但履癸速度太快，该众的手下也都骑马，比战车和步兵速度快很多，直接奔着斟鄩就下去了。

时光回到几天前商军被击溃的那天夜里。

商军溃退几十里，天乙大帐中每个人的脸色都不太好看。

"今日之战，各位以为如何？"

"履癸之猛果然天下无双！战车阵和盾牌阵竟都挡不住夏军。"

"伊挚先生，商军虽众，但是夏军勇猛，商军似乎难以招架，如何取胜？"

"一败再败！"

"啊？还要再败？"仲虺也有点儿不明白了。

"夏军锋芒正盛，商军即使想胜也不可能！所以只有一败再败。"

"要败到什么时候？"

"败到履癸以为我们不可能胜的时候！"

"然后呢？"

"然后我们需要等！"

"等什么?"

"等天变。"

"啊?天变?什么天变?"天乙听到"天变"二字,心中不由得一动。

"天机不可泄露。"伊挚说的时候,大帐内的火把突然晃动了起来。

所有人望着烛火,都闭口不再说话了。

"那明日呢?我们继续溃逃?"

"对,但各军要溃而不散,战时能聚!四正大军为我大军主力,必须保持实力!"

东门虚、南门蜎、西门疵、北门侧四人齐声应命。

"明日起,你们四人就可以四散分开,各自找地方等待时机,遇到夏军追击就曲折躲避!但要随时听我命令!"天乙说。

"是!"

夜中,伊挚又梦到了有莘王女。

王女竟然泪流满面,伊挚忙问:"王女,你怎么了?"

"伊挚,你不知道,我们这几天经历了什么?"王女看到伊挚眼泪忍不住扑簌簌掉了下来。

"王女你还好吧?有人入侵商国吗?"伊挚一惊,忙问道。

"还好,我们已经赢了,扁也死了!"

"扁死了,那商国就无忧了!"伊挚提着的心放了下来。

"嗯,费太宰明日就会兵发斟鄩!你们怎么样?一定要坚持住!"

"那太好了!夏军太过勇猛!我的归藏只能算出将有天变!"

"我也用归藏算过了,但是这次归藏也不肯泄露天机,我只看到利水!"

"对!大王是水德之君,水,哪里会有水?"

"鸣条没有大湖或河流吗?"

"鸣条只有一个干涸的湖床!"

"也许就是那里!你们要等待天变!"

"天变?哦,对了,如果有了……"

"有什么?"伊挚没等有莘王女说出来就醒了过来,就再也睡不着了。

"到底有了什么呢?"伊挚苦苦思索着。

第二十六章　妹喜被困

大夏的东西都在大战，斟鄩依旧一派宁静的秋日风光。

昔日大臣云集的太禹殿如今空荡荡的，阳光斜斜地从高高的窗户中照在王座上人的脸上，浓密的虬髯让人远远望过去以为就是履癸。走近了，就能看出这人的双眼没有履癸那种王者的镇定，具有履癸的外形，却没有履癸的气度，此刻显然他已经在王座上坐不住了。

"只有真正成了大夏的王！才能踏实地坐在这王座上！"淳维想着，"也许现在就是最好的机会。"

淳维的母亲不是国君的王女，履癸巡游天下的时候，委望为了讨好履癸，把荤粥一个漂亮的女奴送到履癸的大帐中，荤粥的女子独特的野性让履癸来了兴致，后来就有了淳维。

这个太子之位是洛元妃的儿子惟坤被废之后才轮到他头上的，淳维知道自己本来是没有资格做太子的，只不过因为自己是履癸剩下的所有儿子中最为勇猛的。如果哪天履癸不再喜欢自己了，这个太子之位也就没了。

以前履癸出征之后，赵梁、太史终古、关龙逢、费昌、扁将军都能管着他，如今赵梁随着履癸出征了，扁也出征了，费昌和终古去了商国，关龙逢死了。朝中只有无荒能管着他了，无荒每日忙着和姬辛为大军准备军粮，无暇顾及淳维。

履癸远征鸣条之后，淳维发现好日子来了，淳维成了斟鄩最高的首领，开始提前体验当王的感觉了。

淳维想着如果当了王，就可以和履癸一样拥有美艳又充满野性的琬、琰美人。琬、琰每次看到淳维似乎都在对着他媚笑，看到又不能得到，对淳维的内心着实是一种煎熬。

歌舞天下无双的妺喜每次见到淳维都是冷冰冰的。"如果哪天妺喜到了我手里，我看没有了衣服她还能冷到哪儿去！"淳维想着想着，恍若真的要当王了。

妺喜救回阿离之后，琬、琰二人实在咽不下这口气，这天琰突然想到了什么。

"姐姐，趁着大王不在，你我何不除掉这个妺喜？！"琰对琬说话的时候，秀美的脸上突然露出恶毒的表情，此刻任何男人看到这副表情，都不会再对琰有什么兴趣。

"你想怎么办？"冰美人琬此刻不仅冷，而且让人感觉寒意刺骨。

"我们可以借助太子淳维之手！"琰脸上露出冷冷的微笑。

淳维最为垂涎的就是父王的琬、琰二位妃子了，琬、琰当然知道这一点。

二人来到淳维府邸。"太子殿下。"

淳维看到琬、琰来了，眼前一亮，"琬、琰娘娘，找淳维何事？"

"如今大王不在，淳维太子就是这斟鄩的主人！"琬、琰说。

"哦，怎么才算这斟鄩的主人呢？"淳维笑眯眯地欣赏着琬、琰的身材。

"帮我们教训一下那个妺喜！"琰并没有在意淳维的目光。

"妺喜是元妃，那可是淳维的母妃！"淳维假装生气。

"我们还是你的母妃呢，你难道就没有想过……"说着琰已经靠了过来，淳维第一次闻到了琰身上的香气。

淳维下意识地咽了一口唾液，已经被琰看在了眼里，抚摸着淳维的胡子轻声说："男人看来都一样，多强壮的男人都会成为女人的俘虏！"

淳维一听，顿时双眼开始放光看着琬、琰二人，说道："如果父王知道了，淳维难道还有命在？"

"如果大王知道，琬、琰难道还会有命在吗？所以大王不会知道的。听说大王兵败鸣条，能不能回来还不一定，说不定你以后就是斟鄩的王了！"琬也凑了过来。

琬、琰的绕指柔已经把淳维包围了。英雄难过美人关，何况是淳维，此刻为了这两个朝思暮想的女人什么都愿意，哪里还顾得上履癸回来怎么办。

　　淳维一把就抱住了琰，拦腰把琰抱了起来。琰抗争着，淳维知道这是为了激发男人更大的兴趣，当女人说不的时候，对男人的诱惑是最难以抗拒。

　　淳维以为自己得到了，不过是被琬、琰给围猎了，淳维如干柴遇到了烈火，熊熊的火焰燃烧起来了。琬、琰也是不能没有男人的女人，此刻也是久旱遇到大雨。琬弱不能胜，激发得淳维越来越勇，琰如同烈火焚身，淳维只觉得魂飞天外，不知道还是否活在人间。在这水与火的交融中，淳维已经彻底沦为了琬、琰的奴隶。对很多男人来说，这辈子争来斗去，无非都是为了自己最喜欢的女人，为了胜过那些和自己抢女人的男人，为了让自己配得上自己喜欢的女人。

　　履癸远征鸣条，淳维此刻心中为此窃喜，安心乐意地在宫中胡作非为。淳维与琬、琰及履癸之众妾每天歌舞于倾宫之中，每天想着："愿父王不复还，则我长如此乐也。"

　　淳维带着琬、琰来到了长夜宫，长夜宫门紧闭，只有一条门缝。妹喜救了阿离之后，知道琬、琰不会就此罢休，回到长夜宫中，就让宫女关上了宫门。

　　"去禀告元妃娘娘，太子淳维来拜望了！"淳维对门后的宫女说。

　　没过多久，宫门打开了，妹喜从里面走出来，看到淳维身后的琬、琰就明白了怎么回事。

　　"淳维王子，有什么事情吗？"

　　淳维好久没有见妹喜了，此刻如此近地看到妹喜，美人就在眼前，双眼立马发直，哈喇子都要流下来了。

　　"元妃娘娘！淳维……"

　　妹喜对履癸是有很多敬佩的，但是对于只会沉迷女色和享乐的淳维，妹喜心中的厌恶实在无法掩饰。

　　"有什么事情还是等大王回来再说吧！"妹喜柳眉倒竖，一点儿面子也不给淳维。

　　"琬、琰二位娘娘说元妃和那个伊挚有私情，淳维要进入长夜宫去搜查一下！"

　　淳维此刻也需要证明自己，他要去给妹喜一点儿颜色看看。淳维原本也对妹喜垂涎，但是每次见到妹喜，妹喜眼神中流露出的鄙视与厌恶，让淳维心中由喜欢变成了仇恨。

说着淳维就想闯入长夜宫。妹喜早知道淳维不怀好意，知道硬来肯定不是淳维的对手，抢先一步退回宫中，宫女咣当一声，粗大的门闩落下。

宫门在淳维刚要进入的一刻关上了，淳维暴怒，哇哇叫了几声，用脚去踹宫门。

"开门！开门！元妃娘娘开门！"大门哗哗作响，但是就是不开。

淳维后退几步，飞身跑了几步，身子腾空，双脚同时踹在宫门上，淳维硕大的身躯加上迅猛的力量，宫门后的木头门闩咔的一声就断了。

淳维走进宫门之后，只见宫门后一片漆黑，走不多远，一个大石门也已经关上。这石门坚固异常，关键时刻能够借助重力关上，但是关上就很难打开了。

长夜宫只此一条通道。封闭之后，只有顶上几处隐蔽的通风口在花园中，通风口曲折狭小，人是不能进入的。

淳维得到了琬、琰，也就不再管妹喜，逍遥一日就是一日。

这一天，突然接到消息："扁将军战败身死，费昌率领大军直奔斟鄩而来！"大夏国内百姓，竟然有人盼望商军早日到来。

淳维大怒，整顿军马等待商军的到来。

第二十七章　无法独活

这一日王宫花园中，秋波潋滟，好一派风光。琬、琰带着几十个宫女在花园的山石、树木间在寻找着什么。

琬此刻已毫无柔弱之态，手脚并用在山石之间寻找着，二人香汗淋漓却什么也没找到。琰突然看着最高的假山，这个假山有好几个人高，平时根本没人上去。

琰几个纵跃飞身上去，发现顶部的山石之间有几条缝隙，下面幽深不见底。

"姐姐找到了！"琰兴奋地喊着。

"太好了。"琬也很高兴。

"你们几个拿树枝、泥土把这些缝隙给我塞死！"琰命令宫女。

琬、琰继续寻找着，不一会儿在一棵大树上发现了一个不见底的大树洞，琬、琰叫人也用树枝和泥土填死。

最后二人在一个凉亭的栏杆下面找到最后一个深洞，琬、琰看着宫女把这些洞都填死之后，满意地露出了笑容。

"长夜宫如今就只剩下长夜了，妹喜你在里面好好睡吧，就不要再醒来了！"琬、琰满意地走了。

琬、琰一面和淳维缠绵，一面想着怎么彻底弄死妹喜。二人经常出入长夜宫，知道长夜宫的出风口就在王宫花园的草木、山石之间。长夜宫在深深的地下，全靠王宫花园中的几个出风口换气，琬、琰二人想要把妹喜闷死在里面。

第二十七章 无法独活

妹喜被困在长夜宫中，无比煎熬，心中思念着伊挚，长夜宫中日夜不分，时间不知过去了多久。

长夜宫中烛火变得越来越弱，宫中的灯火逐渐熄灭了，周围的宫女慢慢感觉呼吸越来越困难，一个一个都倒了下去。

妹喜觉得长夜宫中变得越来越憋气，感觉越来越困，就想睡去。

最后长夜宫中所有的烛火都熄灭了，只剩下了一片黑暗。

"伊挚，快来救我！"妹喜在漆黑中发出了最后的呼喊，漆黑中没有一点儿回音。

如今长夜宫只剩下漆黑的长夜，如同一个巨大漆黑的墓穴。

履癸和该众杀出重围之后，准备直奔斟鄩而去，天乙率领大军紧紧追赶。

"大王，该众拦住商军！"该众率领手下阻击了商军，履癸这才能够直奔斟鄩，该众望着履癸远去的背影，回过头来和商军厮杀在了一起。

"天乙竖子，上次该众没有和你们打，这次让你们看看该众的本领！"边城的将士多年和西部诸国作战，一个个凶狠骁勇，商军一时间无法通过该众的战线，只能看着履癸远去。

履癸急奔了一段时间，这时候前面又出现了一队人马，正是南门蜳率领的商军，在此等候履癸。履癸率领手下这一千近卫勇士杀入商军中，商军鸣条大败夏军之后，此刻都如出山的猛虎，再也不畏惧夏军了。

履癸转眼就被困在了当中。履癸心中焦急，时间一长，恐怕天乙那竖子又会追上来，到时候就万难脱身了。

此刻远远地已经有商军追上来了，该众虽勇，终究寡不敌众，商军一部分和该众鏖战，一部分继续追击履癸。

难道履癸真的就回不去斟鄩了吗？

就在这时候，商军后面悄无声息地杀来两支队伍，商军被打了个措手不及，根本抵挡不住，来的正是推移和大牺将军。

推移和大牺原来一直镇守在大夏南方，如今也赶到了鸣条战场，二人身材高大，言语不多，都是极为聪慧勇猛之人。

南门螠是四门将军中年龄最大、最稳重的将军,天乙让他留在此处就是为了截住履癸。此刻虽然被夏军包围,商军依旧死战不退。

推移和大牺杀到南门螠后面,二人同时亮出大长刀。南门螠以一敌二,瞬间就落了下风。推移和大牺的大刀落下,南门螠躲闪不及,就看到自己的下半身飞了出去。大商四门将军从此只剩下三个了。

履癸看到南门螠死了,胸中的郁气终于出来了一些。

第二天黄昏时分,熟悉的斟鄩城终于在望,守城的人一看大王回来了,赶紧打开城门。履癸没有见到淳维出来迎接自己,心中疑惑。

履癸立刻在太禹殿召集重臣,右相赵梁和履癸的宠臣姬辛竟然也在乱军之中不知所终了,大夏的左相和右相之位如今都空缺了。但是履癸没时间思考左相和右相的人选了,因为大夏曾经的左相率军杀到了。

无荒说:"大王,扁将军已经在亳城阵亡了!"

"扁,怎么会?!他怎么死的?"牟卢是大夏之外的兄弟,扁则是履癸大夏之内的臂膀。

"好像是……死在一个女人的手里!"

"女人!"履癸一拍座椅,突然想起什么。

"妹儿!朕的妹儿呢?"履癸丢掉众人大步奔长夜宫而去。

履癸来到宫门口,看到宫门已经塌了。原来琬、琰不解恨,挖塌了宫门,用土石把长夜宫门口给填了起来,想永远把妹喜困死在这长夜宫中。

履癸以为里面也全部塌陷了,心中大恸,不由得大哭出声:"妹儿!朕回来了!"

履癸找来近卫勇士,几百人一起挖开宫门,终于露出了里面的石头门。

淳维和琬、琰早就都溜走了。

履癸接着从石门旁边又挖了一条通道。通道内一片漆黑,长夜宫内也是一片漆黑,如同一个坟墓。

履癸心中大骇,喊道:"妹儿!妹儿!"举着火把就冲了进去。履癸走了没几步,火把的火苗突然变小了,履癸也不管那么多继续往里走。

通道内终于有了风,隔了好一会儿,火把才重新燃烧起来。寝宫中一片湿漉漓的，根本没有妹喜的影子。最后履癸在水池边的亭子中看到了妹喜，妹喜伏在那里一动不动，履癸跑过去，妹喜似乎已经没有了呼吸。

履癸一把抱起妹喜，妹喜的身子却还是软的。

"妹儿！妹儿！"履癸呼喊着妹喜，履癸内心突然惊恐万分，从来没有如此害怕过。

履癸从小征战，从来不知道什么叫害怕，此刻却怕得大哭起来。跟着履癸的那些近卫勇士都傻了，他们的大王原来还会哭。

"大王——"妹喜突然发出了细微的声音。

长夜宫中的宫女基本窒息而死，妹喜在亭中凝神练气，进入龟息状态，此时只需要呼入很少的空气，整个身体就如乌龟一样，进入缓慢的状态，气若游丝，若有若无。此刻履癸打开了长夜宫的通道，外面的空气进入长夜宫之后，妹喜终于清醒过来，看到了履癸。

"妹儿，你还活着，吓死朕了！你如果死了，朕也就死了！"履癸欣喜若狂地抱住了妹喜。

"大王，我以为再也见不到你了，妹儿好怕。"妹喜在履癸的怀里抽泣起来。

第二十八章　远古巨兽

夏都斟鄩，天子履癸挖开了长夜宫。

履癸救出了妹喜："妹儿，谁那么大胆敢封住长夜宫的通风口！"

"妹儿也不知道。"妹喜此刻还没有完全恢复，无法思考整件事情的来龙去脉。

履癸抱着妹喜再也不敢松开，一直抱到了容台。妹喜在履癸的怀中睡到了天亮，履癸也好久没有安眠了，这一夜闻着妹喜的发香睡得好香，鸣条之战仿佛就是一场梦，履癸一生从未打过败仗，难道鸣条之战真的输了吗？

斗转星移，东方泛起了鱼肚白，黎明来临，天空中的云显得如此之高，就如天空中飘浮着一条巨大的鱼。履癸知道如今这样陪着妹喜安眠也是一种奢侈了。

"咚！咚！咚！"战鼓声在通报敌军已经到达城外，号角已经吹响，勇士们将要为了荣耀和生存而战！

"大王，该众将军阻挡了商军一天一夜，终究寡不敌众，被商军杀了！"消息传来，履癸的眉头又皱了起来，此刻已经顾不上调查长夜宫的事情了。

商军东西两路大军都杀到了斟鄩城下，飘动着的大旗如同无边无际的大海，旗杆上挂着各种旗帜，昔日曾经朝拜过大夏的诸侯如今有一半都来到了这里。

旌旗林立中远远望过去最中间的一杆大旗比其他旗帜高出好几丈，十字形状的旗杆上垂下一面白色的大旗，随着风飘扬，上面两只巨大的眼睛一样的大字分外醒目。履癸倒吸一口冷气，什么时候这个商字变得如此恐怖了。履癸这才看明白了，那个商字就是一个巨大的立着的狰狞而恐怖的玄鸟。

而这只玄鸟要和自己这个不会灭亡的太阳来一场你死我活的较量。

如今四方诸侯没有一个能来驰援大夏。如今斟鄩城内所有的士兵加起来也不到两万，而城外此刻却有不下五万商国联军。

履癸有点儿恍惚："这一切都是真的吗？自己多年征战恢复了大夏的荣光，为什么此刻城下却有这么多商国的联军！"

推移和大牺站在左右说："大王，商军人多有什么用，斟鄩城高且坚固，商国就是攻十年也攻不下来！"

"就是，大王不必过虑，在鸣条时是商军凑巧遇到大雷雨，打了我们一个措手不及！若在平日，我一万大夏勇士，尽可横扫这些乌合之众！"

大牺将军说话的时候，除了嘴在微微地动之外，整个脸上没有任何表情，这个人似乎就没有喜怒哀乐，能够让大牺笑的事情只有一件，那就是上战场屠杀。

推移一脸威严，身材很高，说话的时候带着让人无法辩驳的压迫感："大王，推移和大牺先去灭一下商国的威风！"

履癸点了点头，看着二人的背影，想着失去了的熊、罴将军。当初履癸同时发出诏书召夏耕、推移、大牺回斟鄩，如今夏耕竟然被砍了头。

斟鄩城门开处，两支大军杀出城去，这两支大军中间有一排巨大的猛兽，前面伸出长长的獠牙，奔跑起来地动山摇。

天乙也看到了。就在这时候，那群巨兽已经冲到了眼前，商国的战车阵根本没法出击，战马看到怪兽都不敢动了。盾牌阵赶紧架起来，但是那些猛兽冲到跟前，长矛根本伤不了它们，反倒盾牌阵一下子就被踏平了。

"大王快走！"仲虺赶紧喊道。

天乙万万没想到自己几万大军包围了斟鄩，竟然还要逃跑。

"这到底是什么巨兽？"天乙边跑边问伊挚。

"应该是南方的象军到了！推移和大牺将军已经到斟鄩了！"伊挚说。

"推移和大牺，只听说过名字！"天乙说着，只听身后惨呼连连，天乙回头一看，惊叹道："天啊！那二人是神还是人？"

推移和大牺各自站在一头大象之上，手中抢着一个长着尖刺的铜球，就如蒺藜一样，看到敌人就一球扔过去，敌人顿时就被砸了个稀烂。蒺藜球连着铜链子，哗啦啦地在空中飞来飞去，铜球居高临下，商军根本没有还手招架的余地。

推移和大牺身下的大象，披着盔甲，象牙上都裹着青铜尖刺，长牙一晃就刺穿了商军的身体，长鼻子一卷，商军就腾空飞了出去，然后巨大的四蹄踩过来，人就真的成了肉饼。商军大部分人都没见过大象，大象身上还披着盔甲，看起来就像一个天上来的怪兽，不由得心生恐惧。

推移和大牺在商军中来回冲杀，这二人看准了天乙，就要来取天乙的性命。

天乙身边迅速围了无数商军，一层层的商军替天乙挡住了这些大象兵，天乙才逐渐逃离了大象兵的追击。

推移和大牺看到天乙跑远了，就收兵回了斟鄩。

履癸在城头看得清清楚楚，脸上不禁大喜。还好推移和大牺回来了，虎、豹、熊、罴，虽然勇猛，但都是武将，无法镇守和管理一方。但是扁、推移和大牺，不仅勇猛，又有治理一方的能力。这次商国大军大败了昆吾之后，推移和大牺就时刻关注着商国的动向。

"有二位将军在，斟鄩无忧矣！"履癸拍了拍二人的肩膀。

夜晚来临，履癸与推移和大牺一同饮酒。

"大王，今日我二人已经灭了商军的威风！商军虽然势大，但都是乌合之众，气势一没，在我的象军面前就不过是一群蚂蚁而已。"大牺说的时候竟然笑了，履癸看到后心说：大牺将军你还是绷着脸吧。

"时间一长，军心必然溃散！到时候我们就趁势缉拿天乙竖子！"推移说。

"如此甚好！"履癸心中的阴霾一扫而光，恢复了战无不胜的天子气概。

三个人喝得豪情万丈，就在太禹殿中睡着了。

深夜，斟鄩的西北角忽然燃起大火，霎时城中一片混乱，走水声、呼叫声、奔踏声响作一片，不时有人高呼："火神祝融降火啦！火神祝融降火啦！"

随即，斟鄩突然城门大开，商国大军破门而入，城内顿时杀声震天。

履癸听到慌张的禀报，脸上变色："啊？！"

第二十九章　再见伊人

商军大营一个连着一个,把整个斟鄩城都包围了起来,从斟鄩城望出去,到处都是商国军营的灯火。如今商国大军全部会师于此,足有五万人。

商军的中军大帐内此刻灯火通明,大帐门口的守卫都听到里面传出一阵阵咆哮之声。

"为什么我们有五万大军,却依旧被打得落荒而逃?"鸣条之后,天乙对斟鄩已经志在必得,白天一仗竟然又被打得到处逃窜,那可是几万商国联军都在看着,天乙心中这火气实在有点儿压不住了。

"大王!没想到夏军竟然有象军,我军从没见过,一时间被打了个措手不及。"仲虺说道,仲虺和天乙一样感觉也很恼火。

"大象那么庞大,为什么我们提前没有得到消息?"天乙怒火依旧没消。仲虺刚想说什么,庆辅赶紧拉了拉仲虺。伊挚面无表情,什么也没说。

大帐内此刻出奇安静,所有人都感觉很压抑,就在都快喘不过气的时候,一个轻松的声音打破了尴尬的气氛。

"大王!如今斟鄩城下五万大军,商国的粮食恐怕难以支撑半月!"湟里且说的事情虽然很严重,但脸上却依旧满是笑容,如果没仔细听以为湟里且说的是好消息呢。费昌大军兵发斟鄩,湟里且和费昌一起来到了斟鄩城下。

天乙听到军粮的问题,知道湟里且所说非假,五万大军,自古以来,从来没有如此大规模的征战,如果斟鄩之战不能速战速决,商国会因为军中无粮,不久就会土崩瓦解。

"斟鄩城履癸经营多年,坚固、高大不比昆吾城差,诸位有何破城良策?还有那个象兵?如此庞然大物恐怕非人力能够阻挡!不用说羽箭,就是长矛扔过去,估计也不能伤到它的筋骨!"天乙感觉自己刚才有点儿过分了。

"大王,不必着急,也许今日斟鄩城就可破!"伊挚突然说。

"今日?"天乙有点儿迷惑。

"就在今夜!大王准备军马悄悄守在南门之外!"费昌也说。

天乙率领手下精锐的商军,带着费昌、伊挚、仲虺、庆辅、北门侧和几千商军不点火把,战马笼头都把马嘴勒住,让战马不能发出嘶鸣之声,趁着夜色和微凉的夜风来到南门之外。

天乙将信将疑,凝神观察着斟鄩的动静。"斟鄩,天乙又回来了!一晃多年过去。上一次天乙都不知道自己能不能活着离开斟鄩,这一次,朕要攻下这座让朕恨到骨头深处的王城!"

此刻只有风吹过大地的声音,斟鄩城上火光来回移动着,那是守夜士兵来回走动的火把。

伊挚看了看夜空中的北斗星的位置对天乙说:"大王,子时就要到了!"

费昌掏出弓箭,点燃箭头上的松油,顿时火苗伴着黑烟就烧起来了。费昌接着双臂用力,对着天空放了三箭,费昌白发苍苍,这火箭放得却十分有力。

天乙朝着城门处和城上看,似乎没有什么动静。

"大王,城门已经开了!"费昌说道。

天乙朝着城门仔细看,城门似乎开了一条缝,天乙揉了揉眼睛,没错,斟鄩的城门有动静!

如今虽然淳维接管了斟鄩的城防,把很多人换成了自己的人,但守城的人中仍旧有很多是费昌的旧部。

费昌来到商国后,正愁如何建立功业。费昌的旧部联络费昌,愿意子时打开城门欢迎商军入城。费昌大喜,于是秘密商定好,当费昌大军到达城下,费昌以三支火箭为信号,城内的守军就悄悄打开斟鄩的城门。

第二十九章 再见伊人

斟鄩城门已开，吊桥也放了下来。天乙举起开山钺，大喊："杀进斟鄩城！"

斟鄩城外的商军，如同漆黑的大海上突然掀起了狂风巨浪，如潮水一样涌进斟鄩城。

斟鄩城上的守军还不知道城门被打开了，都在城上准备迎战商军攻城。弓箭却如雨点般射了过来，暗夜之中也不知道到底多少夏军被射中了。

商军却已经穿过斟鄩城门，从城内登上了城墙，和夏军在城墙上开始了厮杀。斟鄩城内一时间大乱，城墙上到处都燃起了熊熊的火光，照得斟鄩城内一片通红。

推移和大牺的大象都关在象棚中，此刻被火光和厮杀声惊到，没有了驯象兵的指挥，到处乱跑乱跳，毫无战斗力了。商军一旦入了城，履癸再勇猛，大象再不可阻挡，一切就都没有用了。

商军进入城中之后，庆辅和北门侧率领主力直奔王宫而来。高高的倾宫还亮着灯火，并不需要人来引路。

天乙看到庆辅和北门侧已经杀入城内，指挥大军也准备杀入城内，左右却没看到伊挚的身影，而且也没看到仲虺。天乙以为伊挚和仲虺立功心切，已经杀入城内。

伊挚的确已经在斟鄩城内了。伊挚在城门开的一瞬间，就随着第一批商军杀入了城内，白薇一身黑衣在身旁护卫着伊挚。

进入城内之后，伊挚并没有随着商军沿着大路去进攻王宫。

原来，离斟鄩越近，伊挚心里却越发忐忑，好几年没见到妹喜了，心上人还依旧吗？再见时还能有旧时的心情吗？

伊挚其实从心底也有点儿怕见到履癸，无论什么样，伊挚也曾在大夏为官多年。

如此太过平静的外表下，伊挚内心却是难以抑制的波澜："妹喜是否还留在了王宫中呢？"

伊挚进城之后，朝着王宫方向而去，白薇跟在身后，其他人也都跟着护卫着伊挚。

"白薇跟着我就行了！"此刻斟鄩城中一片混乱，商军虽然不扰民，但是战败的夏军却开始到处疯狂地抢掠。

伊挚进入小巷，东转西转，不一会儿就来到一堵高高的院墙之外。墙上有一个小门。

白薇拿出身上的短刀，插进门缝中，来回拨动，里面的门闩果然没有锁死，拨动了几下，门闩就开了，白薇推了推门还是没推开，仔细一看下面还有一道门闩，又用短刀继续拨开了另一道门闩。

这时候远远地已经能够听到王宫正门那边的喊杀声，商军已经杀到王宫正门了。

白薇推开这小门，里面的守卫都跑向了王宫的正门那边，里面是掩映在树木中的小径。

这就是妹喜时常出宫中去商国驿馆找伊挚的小门，伊挚以前想念妹喜的时候，就会到这个门外徘徊许久。

白薇对这个小门没什么好印象，不过此时也只能跟着伊挚悄悄走入了王宫，王宫内守卫都去了正门，所以二人没费多大力气就来到了容台。

白薇在容台门口叫门，阿离打开门一看，开始吓了一跳，借着手中的纱灯，看出来这个黑衣人是白薇，后面跟着的正是伊挚。

阿离经常陪妹喜出宫，自然认得白薇和伊挚。惊慌之下，掩上门赶紧去禀告妹喜。

妹喜一听："伊挚！让他等一下。"好久不见，妹喜自然不想让伊挚看到自己蓬头散发的样子。

阿离刚要转身，听到妹喜的声音。

"阿离，赶紧让他进来。"妹喜才明白，这是在宫中，如果让别人发现，伊挚就死无葬身之地了。

阿离领着伊挚和白薇走进妹喜寝宫的时候，妹喜正在梳着那如云般流淌的秀发。伊挚第一次看到妹喜刚睡醒的样子，借着温暖的烛光，妹喜一身轻纱睡服，宽松的睡服下是若隐若现的胴体，伊挚不由得心中热血激荡起来。

妹喜在镜子中看到伊挚，不由得脸上也晕红如少女一样羞涩起来，两人多年不见，多少纠缠恩怨，竟然在这样的情景下相见。但是此时的旖旎是多么弥足珍贵，伊挚怕妹喜在战乱中有危险，所以才来到容台接妹喜。

美好的重逢时刻之后，妹喜先开口了。

"伊挚先生！好久不见。"

"元妃娘娘……"伊挚此时当着阿离实在无法开口叫出"妹儿"两个字。

"有这样的元妃娘娘吗？"妹喜走到伊挚的面前，将头靠在伊挚的肩膀上，凝视着伊挚的目光。

"妹儿，如此多人。"

"我不管，我太想你了，我好久没感受到你胸膛的气息了。你知道吧，天下所有的香气都没有你胸上的气息让我沉醉。"

妹喜的身子突然一沉，就要倒下去，伊挚赶紧一把抱住妹喜。

妹喜不由得一笑，此时，伊挚软玉温香在怀，妹喜呼吸着伊挚的味道。

白薇和阿离站在远处，一动也不敢动，生怕打扰了二人，白薇脸上不由得有晶莹的泪珠滚动。

"先生果然和妹喜才是最般配的人。"

伊挚和妹喜多想时光就凝固在这一刻，两人沉沉睡去，永远不要再醒来。

但是此时远处的喊杀声已经传来，伊挚知道必须结束这美好的缠绵了。

"妹儿！商军已经攻破斟鄩了，恐怕天一亮商军就会占领整个斟鄩，履癸大势已去，你跟我走吧！"

"这么快，你果然要夺走履癸的江山？"妹喜直起身子。

"为了你，我只能如此。"

"你真的是为了我吗？"妹喜幽幽地说，话语中充满了伤感。

第三十章　子夜诀别

履癸在太禹殿中惊醒，这时守卫来报："大王，斟鄩城已经被商军攻破了，城内已经大乱！商军就要杀到王宫了！"

"啊！"履癸来到院中，斟鄩城内已经火光冲天，到处都是厮杀之声。

履癸的王宫周围本来就有几千近卫勇士，如今太禹殿的院中也守着很多推移和大牺的手下。

履癸迅速披上铠甲，打开宫门，此时大街上已经到处都是闪烁的火把，商军正好杀到宫门外。

"淳维在哪儿？到底是哪个城门放进来的商军，把城门封死！"此刻履癸看了看左右却没发现淳维的影子。履癸此刻也顾不上淳维了，商军已经迎面杀来。

"推移、大牺、虎、豹，先把这群商军杀光！"

履癸率先杀了出去，冲在最前面的商军就倒了一片，如今在城内，战车已经毫无用处，关在圈里的大象也来不及牵出。近身的厮杀，直接砍掉对方的脑袋。这是一场你死我活的战斗，没有人再有退路，已经退无可退，逃无可逃了。

北门侧和庆辅看到履癸竟然杀了出来，被打了一个措手不及，二人骁勇善战，今日要凭血气之勇和履癸直接拼死一战。

二人立功心切，心中热血上涌，各自抡着兵器冲上来就和履癸厮杀在一起。

履癸看这些商军就如同蚂蚁一样，肆意屠杀，发现这两人在自己的双钩下，闪展腾挪，一时间竟然毫发无损。履癸此刻杀退商军心切，哪有工夫和二人恋战，连连使出绝杀招，二人连连躲闪，哪里还有丝毫还手的机会。

推移、大牺一边和商军厮杀，一边观察履癸这边的情况，见履癸的勇猛简直如天神一样，不禁暗暗佩服。

这时候履癸听到远处传来如雷声一样的喊杀声。

今夜斟鄩城注定无眠，看似安静漆黑的百姓家里，一双双眼睛也紧贴在门缝和窗户后面，战战兢兢地观察着外面的动静。

商国大军已经进城来了，履癸突然担心起妹喜的安危。

"二位将军率军挡住商军！"履癸对推移、大牺二人喊道，飞身回宫中去了。

北门侧和庆辅终于长出一口气，总算逃出了履癸那双钩死神一样的锋利的钩刃。

"大王，尽管放心，我们一定等到大王回来！"

推移和大牺赶紧整顿混乱的手下，组织起来，就在斟鄩城内的大街上阻挡商军的进攻。

履癸率领虎、豹和身边勇士直奔容台。到了容台，手下都在外守候，履癸独自走进容台，院内一片漆黑，履癸内心一片紧张，心中感觉不到妹喜的存在。一脚踹开宫门大喊："妹儿！"

没有人回答。院子中依旧静悄悄的，所有的房间都漆黑一片，远处的厮杀声和这里显得格格不入，似乎从来没有人住在这里。履癸顿时头上青筋就暴突了出来，疾步奔向寝宫，突然看到院子树下有一个人影。

"什么人？"履癸伸过火把一照，正是妹喜。

妹喜此刻早就醒了，在容台的院子中静静地站着，妹喜此刻没有半分期待和慌张，却只有对履癸的内疚。无论心里多么想念伊挚，妹喜此刻却只能陪在履癸身边。

"妹儿，商军进城来了，我们暂时要出城避一避！"履癸看到妹喜，一把把妹喜抱在怀里，生怕再次失去妹喜。自从上一次妹喜被困长夜宫，履癸就时时刻刻都怕再次失去妹喜。

"什么人？"履癸已经闻到了有男人的味道。

这时候在院中海棠树的阴影后走出一个人，一身黑衣难掩俊逸潇洒的风度，正是伊挚。

"大王，好久不见。"伊挚的声音里听不到一丝慌乱，似乎就如当年在太禹殿中一样。

"伊挚？！"履癸竟然吃了一惊，不过随即狂怒，履癸终于证实了心中一直不愿承认的事情。"果然一直都是你在帮助天乙那竖子伺机篡夺大夏的江山！"

"这乃是天意如此，你我又能奈何？"伊挚说得如和自己一点儿关系都没有一样。

"哈哈！天意？你不过也是垂涎妹儿的美貌而已，简直色胆包天，竟然敢抢朕的女人。"履癸此刻都有点儿被伊挚气晕了。

履癸双钩已经握在了手中！

"大王，求你放过伊挚吧！都是妹儿不好。"妹喜突然紧紧抱住履癸，双眼中露出惊恐的神色。妹喜知道伊挚根本不是履癸的对手，履癸此时身上带着刚才杀戮的血气，妹喜感觉更加害怕了。

"还不赶紧逃！"妹喜大喊，死死地抱住履癸。

伊挚对着履癸一拱手，就要朝着门口走去。

"还想走？"履癸双目凸起，头上杀气升腾，对着伊挚就是一钩劈下去。

没想到伊挚就如同背后长了眼睛一样，提前闪身侧步，避开了这一钩。伊挚手中没有兵器，拿出怀中的陶埙对着履癸就砸了过来。

履癸一闪头躲过，扯开怀中的妹喜，脚步一点，身体弹射出去，窜向了伊挚。白薇一直在观察着履癸，看到伊挚有危险，手中的两柄短刀齐齐朝着履癸飞过来。

白薇的双刀锋利无声，带着寒夜的杀气飞向履癸的双眼，履癸感觉有杀气，双钩一挡，白薇双刀落地。

履癸冷笑起来："朕如果真的想杀谁，天下还没有谁能逃脱，你们俩还想活命吗？"

履癸再也不想和伊挚多说一句话，双钩就劈了下去，就在这时候，履癸只见一片刺眼的亮光在院子中闪过。

履癸双目一片白茫茫的，瞬间什么也看不到了，履癸下意识地扑向妹喜的位置，把妹喜抱在怀里，一手挥舞着长钩护住全身，过了好一会儿才重新看清院子中的情形。

再一看，哪里还有伊挚和白薇的影子？

履癸看着怀中的妹喜，叹气道："你如果真的离不开那个伊挚，你就随他去吧！"

妹喜抽泣："大王，你杀了我吧！"

"你真不怕朕杀了你？"履癸举起双钩。

妹喜抬起脖子，双目凝视着履癸，等着履癸的长钩砍下。

"妹儿，你就知道朕离不开你。"履癸无奈。

"大王，妹儿也离不开大王。"妹喜扑倒在履癸身上，大声哭了起来。

白薇在关键时刻，撒出了庆辅给她防身用的白磷，一片白光的瞬间，白薇带着伊挚逃出了容台，二人身形一晃，容台外的夏军还没明白怎么回事，白薇已经和伊挚出了王宫的小门。

第三十一章　夜半城破

商国大军已经攻入了大夏的王邑斟鄩。

商族这支发源自黄帝的古老部族，在漫长的岁月中，有了适应时代的农业技术，有了凝聚族群人心的祖先传说，有了足可容纳族群生活的疆土。商族人通过交换货物积累了大量财富，这一切仿佛都是为了有朝一日，王霸天下。

斟鄩城破，一波一波潮水一样的商军涌向了王宫。商国联军中很多是大夏的旧日部族，如今要攻打大夏的王宫，都有了一些犹豫。

天乙大喊："朕天乙，黄帝之后，今日要取代大禹的不肖竖子履癸，为天下苍生谋福！后退者诛灭九族！"

众人听到天乙的命令，哪里还敢退后？一个个争先冲向了前方。

履癸只能带着妹喜匆忙收拾了下，从后门先逃出王宫。

"琬、琰二位妹妹呢？！"就在走出王宫的一瞬间，妹喜突然停住了脚步，妹喜问的时候语气中有几分幽怨，也有几分试探。

"已经顾不上她们了！"履癸似乎也知道了些什么，履癸作为天下的王，粗犷的外表下，其实他什么都懂。

只有大难来临的时候，才能知道谁是对你不离不弃的人。但是此刻首先要杀出城去，才能保护自己爱人的安全。

王宫离着城门还有一段很远的距离，商军从南门而入，履癸最亲近的近卫勇士大营就在东门附近，那里应该还没被商军占领，如今履癸决定从东门杀出去。

履癸抬头，东方星光熠熠，于是护卫着妹喜朝着东门而去。

履癸的战车在前方开路，一群商军正迎面杀过来，正是东门虚和西门疵。商军四门将军本来亲如兄弟，互为手足，如今南门蜎战死，东门虚和西门疵以及北门侧心中都被悲愤填满。

北门侧一直冲在最前面，砍杀夏军为南门蜎报仇，东门虚和西门疵也已经憋了好久了。虽然天乙有令不能骚扰城中百姓，但二人进入斟鄩城内，在大街上见人就杀，已经杀红了眼！

斟鄩城虽大，如今几万商军涌入之后，已经没有一处安静的街道，到处都是杀戮巷战的景象。

所有人都在各自为战，士兵们已经找不到自己的主帅，只要能分清商军还是夏军，就要互相消灭对方。二人看前面来了一支队伍，正是夏军，冲上前去，发现竟然是履癸，正是仇人见面，分外眼红。

"履癸，来吧！今日我们要为南门蜎报仇！不要让他跑了！"

商军知道如果此刻抓住履癸，那肯定是大功一件，层层商军堵住了履癸的去路。

履癸和一直跟在身边的虎、豹互相交换一下眼神："我们杀过去！"

说罢三人就冲了过去，北门疵和东门虚一看履癸过来了，就要过来围攻履癸，这时候虎、豹却早已飞身过来。履癸双钩抡起来，商军就倒下了一片，后面的商军纷纷后退不敢靠近。

妹喜的车队在近卫勇士护卫下缓缓前行，妹喜的马车车窗紧闭，车上早已插上了无数支箭。有几支箭都透过车窗木棱，射透了帘布，进入到车内。

妹喜坐在车内，一言不发，似乎车外的血战和自己一点儿关系没有，阿离护在妹喜身边也不说话。

虎、豹被拖住之后，宽阔的斟鄩大街如今也显得如此拥挤。

履癸杀倒一片商军，又涌上来一片商军。履癸要是自己早就杀出城去了，没有人能够挡得住履癸，但是要带着妹喜和家眷的几辆马车出城，此刻就比登天还难，履癸第一次感到无奈。

履癸太好辨认了，商军都朝着履癸这边围拢过来，死亡的恐惧虽然可怕，但建功立业的机会就在眼前。

履癸和妹喜难道会被困死在这暗夜中吗？！

履癸和妹喜被困在通往东门的青龙大街上，就在这时候，商军的后面突然一片混乱，一人须发飘飘地杀了进来，一把大刀如闪电一样。

这人一直杀到履癸跟前："大王！你快走，无荒来断后！"

"王叔，还是你护送她们先走！朕来断后！"

无荒怒吼道："大王，你快走！只要你在，大夏就还在！"无荒的银发银须在混战中格外显眼。

无荒镇守瞿山，听说商军围城，就率军回到斟鄩附近，无荒也没有想到竟然会半夜城破，赶紧率军杀入斟鄩，增援履癸。

无荒和手下拦住了商军，这时候虎、豹也丢下东门虚和西门疵，来到履癸身边。

履癸催动手下护卫着马车，赶紧朝东门奔去。

无荒拦住商军，又是一场搏杀，东门虚和西门疵看履癸走了，大怒，两人朝着无荒这边冲过来。

无荒砍倒几十个商军之后看到二人，说道："你们商人只知道交换货物谋利，凭你们也能来抢大夏的江山？！"无荒的言语中充满了对二人的蔑视。

"无荒！如此年迈还不躲在家中！还出来找死！"西门疵眼睛都杀红了。

东门虚跳过来直接对着无荒就杀了起来，无荒颇有履癸的神勇，无荒以一打二，并不在下风。其他士兵都在互相厮杀，没人过来帮忙。

第三十二章　匈奴的始祖

斟鄩城内混战还在继续。

无荒瞥见履癸已经走远了，心中一宽，以一打二很被动，不能一直这样下去。

无荒对着西门疵快刀飞舞，西门疵连连后退，东门虚从后面追过来，举起长戈对着无荒后面就是一戈。东门虚的长戈没有西门疵那样伶俐，哪知道无荒在地上一滚躲开了东门虚的一戈，东门虚还没明白怎么回事，无荒的刀竟然如长矛一样刺出来，东门虚的长戈已经来不及收回了。

东门虚啊的一声，躲闪的瞬间，肩头已经中了无荒的刀，左边的胳膊齐着肩膀被砍了下来，东门虚摔倒在地上。西门疵一看，吃了一惊，顿时有一点儿出神，无荒这时跳了起来，一刀直接从面门砍下，西门疵只见一道闪电，然后就觉得风吹过了自己的身体，整个身体被无荒劈为了两半！无荒一下砍倒两员商国大将。"无用的商国人！哈哈！"

突然无荒的笑声戛然停住，一枚长戈的尖刺透了无荒的腹部！无荒回头看到被砍倒又站起来的东门虚，用右手举起长戈正刺过自己的身体！

东门虚的左边肩膀血流如注，刚想大笑，但是笑声没有出来，就倒了下去。可怜三人同时死在斟鄩的大街上！

此时履癸已经到了东门，与推移和大牺会合，履癸身边此刻也有几千近卫勇士和夏军了。

斟鄩城内街道纵横交错，夏军对道路又比商军熟悉，履癸没用多久就和身边的近卫勇士直接杀出了东门。

"怎么东门外竟然没有伏兵！"推移心中纳闷，不过也管不了那么多了。

履癸回望一眼斟鄩，看了一眼马车上的妹喜，远处商军火把如一条条火龙，随时就要包围过来。

履癸率军直奔东南而去，走了没多久，推移就发现情形似乎不对，周围商军的火龙越来越多。商军似乎在等着履癸自己闯进包围圈中。

此时城内商军团团围住了斟鄩城内最高的倾宫。

淳维正在倾宫之中与琬、琰嬉戏，听到呐喊厮杀声时，一切已经太晚了。

费昌和伊挚在斟鄩多年，对斟鄩比亳城还要熟悉。商国大军入城，直接把倾宫给包围了。王宫外面的宫门早就被攻破，商兵四面而入。

倾山足有几十丈高，易守难攻，商军一时间也攻不上去，淳维让人关闭大门登到倾宫之上，大声问道："汝等以下犯上意欲何为？！"

北门侧大喝："昏王履癸何在？"

"此刻父王恐怕早已出城而去了！"淳维大声回答，希望商军就此去追履癸。

庆辅继续朗声说："迷惑夏王杀戮天下百姓的妹喜，天下人皆说须斩！"

淳维竟然顺着庆辅说："父王不宠妹喜一人不致有今日。不过她不在这儿！"

庆辅冷笑道："给我进去搜！"

淳维哈哈大笑，这笑声让所有人不禁感到脊背发凉。随着笑声，淳维的身影已经从楼上飞了下来。淳维的大刀有一丈来长，刀身占了一半，刀背上有铜环，抡起来哗啦啦地直响。当初虎、豹就很不屑，声音这么大如何悄无声息地砍一刀？如今商军才明白，淳维根本不需要偷袭，没有人能躲过他的大刀。

当听到刀声的时候，一切已经结束。淳维刀上的铜环，就如同来自地狱的铃声，当铃声响起，地狱之门已经打开。

淳维的刀声总是伴随着血雾，以及惨不忍睹的四卸八块的肢体。别人是为了杀敌，淳维似乎是为了劈肉。淳维此刻抡起大刀下至宫门的外面，杀了商军几十人，这些人根本没有丝毫还手的机会。

北门侧和庆辅顿时头就大了，怎么履癸之外又出了一个战神？

商师无人能够挡之，淳维杀了一通之后，一个纵身重新进入倾宫之内。淳维自己并不怕，但是他心里惦记着琬、琰和履癸的其他妃子，淳维可舍不得这些女人都落到商国人的手中。

倾山后面是长长的廊桥连着的湖心亭，淳维趁着商军不敢贸然进攻的机会，带着琬、琰和众位妃子，趁着夜色来到湖心亭上。这些人坐上湖中的小船，淳维和手下奋力划船，很快就到了对岸，对岸就是妹喜的容台，琬、琰当然也知道妹喜平日里悄悄进出王宫的小门。一行人也悄悄地杀到了斟鄩的街上。城中守卫大多是淳维的手下，淳维很快集合了几千人，直接朝着北门杀了过去。北门外并没有商军。

此时城中依旧在混战，淳维手下也都是生猛的虎狼勇士，和淳维一起杀出城来。淳维一路上并没有遇到多少商军的人马。

天乙知道淳维不能有所作为，并没有派人去追，继续搜寻城中恶党，一一擒获，闭城厉兵，以防止履癸杀回来。

此刻履癸已经奔着三朡而去。淳维杀出了城门，一时间不知道去哪儿。

"父王等等我！"淳维大喊。

"我们不要跟着他了！商军不会放过他的，他到哪儿，商军就会追杀到哪儿，跟着他永远不得安宁！"琰说着，心里想着如果履癸知道妹喜是被自己给关在长夜宫之下的，履癸到底会如何对待自己，心里不由得一阵阵发冷。

"那我们去哪儿？"淳维几乎从来没有离开过斟鄩，出了城之后，后有商军的追击，前面却是天地茫茫，不知道要到哪里去。

"我们回岷山吧！"琬说。

"大夏西面已经被商国占领了，恐怕我们无法通过商国控制的区域。"淳维说。

"我们先往北走吧。"琰说。淳维率军一路向北杀了下去，北面都是荒蛮之地。淳维率领这些手下，直接逃到顾国以北的地方，淳维本来也是荤粥之后。后来，很多荤粥人来归附，淳维在茫茫草原上逐渐站稳了脚跟。

淳维一把大刀天下无双，草原那些部族根本无法抵挡，最后淳维成了荤粥之主，成了草原的霸主，这个部族以后有了一个新的名字——匈奴！

第三十三章　妹喜不见了

商国的大军和夏军依旧在斟鄩城内混战厮杀。上一次大夏的都城被攻破还是一百多年前后羿篡夏的时候，谁能想到天下共主大夏的王邑会在一夜之间被从内攻破。

履癸本想和商军在斟鄩城内决一死战，但万一被困，妹喜可能就会落到商国人手里，所以只好先忍耐，率军杀出了斟鄩。

斟鄩城内夏军大部分随着履癸和淳维逃出了城，剩下的夏军基本被绞杀殆尽，商军抓了上千的俘虏，准备胜利之后用来祭祀！

旌旗簇拥下，一辆巨大的战车驶入了斟鄩城内，直接驶入王宫的太禹殿前。

天乙重新踏入了斟鄩城，这一次不是臣子也不是囚徒，而是斟鄩的征服者。

这时候湟里且来到天乙跟前："大王，履癸已经逃出东门远去了！"

"履癸终于走了！"天乙大喜，天乙其实也并不想面对履癸，商国征伐大夏，虽然有履癸的十宗罪，毕竟是以下伐上，于仁德和道义不容。

天亮了，斟鄩城内已经平定了，天乙走进了太禹殿所在的院子，正中依旧是象征天下的大禹王铸造的九鼎。

天乙想起上次来这里的时候，自己还是一个囚犯，跪在这大殿上，不知是否能够活下来。

天乙缓步走上太禹殿中的台阶，台阶上就是履癸的王座，这个台阶以前只有履癸才能上来，如今天乙竟然走了上来。

天乙站在宝座前，看着椅子上方悬着的张牙舞爪的龙，以及椅子背和扶手上的龙的眼睛，心中充满了忐忑。天乙站在宝座前，回过头来看向大殿。殿中站满了商国的将士！

"大王！大王！"众人欢呼起来。

天乙恍惚有种错觉，似乎这是履癸当年的诸侯大会。仔细一看是身边的费昌、北门侧、庆辅以及有鬲氏、元长戎等。

众人发现伊挚和仲虺竟然都不在，问道："仲虺将军和伊挚先生去哪儿了？"

天乙对于攻打斟鄩一直惴惴不安：即使如当年的后羿夺了大夏的江山，天下诸侯会不会联合起来如当年一样恢复大夏的共主地位？

进城之前，伊挚对天乙说："大王如要顺利夺得斟鄩，必须让履癸只败而不死！要让天下人都看到大夏彻底败了，而不是大夏的王被商国杀了！"

"那怎么办？"

"攻下斟鄩，让履癸逃出城去！"

此时仲虺和伊挚率领手下大军正在追赶履癸，两人都知道他们追的不仅仅是履癸，还有妹喜。

仲虺的大军一直在城外等着履癸，履癸的大军杀出城外十里之后，发现已经陷入了商军的包围之中，妹喜就站在履癸身旁。

此时伊挚和白薇也已经赶到了，伊挚终于看到了妹喜的身影，虽然隔着遥远的距离，伊挚内心的狂躁终于平静下来。

仲虺的战车已经把履癸和妹喜包围了。仲虺没有第一时间杀入城内，内心本就万分焦急，生怕乱军之中，妹喜有什么不测。

仲虺得到少方之后，短暂地忘了妹喜，但是到斟鄩城外之后，仲虺每晚都会梦到自己和妹喜年少的时候。仲虺又开始从梦中哭醒，如今斟鄩就在眼前，自己真的就要彻底忘了妹喜吗？

"如果履癸不再是大夏的王，那为什么妹儿不能回到自己身边？妹儿，我一定不会放弃你！"仲虺望着斟鄩方向说道。对男人来说，喜新不一定厌旧，得不到的女人永远是心中最好的，魂牵梦绕一辈子也难以放下。

商军此刻竟然围困住了履癸，大家都知道这是因为履癸带着妹喜。

仲虺手下的正是商军四奇大军中最为精锐的一万人，履癸的近卫勇士此刻也就几千人。

仲虺的战车一字排开，挡住了履癸的去路。战车后面盾牌阵也已经严阵以待。大夏大军不用说战车，很多近卫勇士的盔甲都没有穿戴整齐，已经没有了当初鸣条之战时的威风。

不过履癸在大军正中，左右是推移、大牺、虎、豹将军，依旧是一派天下的王者风度。

履癸的身后站立着一个女子，在大军中犹如一朵海棠悠然绽放。在这混乱血腥充满杀戮的战场上，这个女人让所有人的心都平静下来。

第三十四章　咫尺天涯

履癸为了妹喜的安全，率军杀出了斟鄩。

暗夜的风已经很凉，吹得每一个大夏人心底茫然，到底发生了什么？为什么斟鄩城就破了？

"大王，我们去哪儿？"出城之后推移问履癸。

"如今，只有先去有仍！整理好军马，然后再杀回来！"履癸说。

"大王！可以先去妾的母国三朡！妾的兄长、三朡国君鬼臼骁勇善战，可助大王一臂之力！"

"三朡鬼臼？"履癸看着说话的女子，女子是履癸的一个妃子，长得端庄秀丽，比当年的洛元妃要柔美许多，在宫中多年一直柔软如水，履癸有时候都忽略了她的存在。

"如玉，朕这么多年冷落你了，此时朕才看出谁才真正是朕的女人。"女子的名字和她本人一样。

"如玉永远是大王的人，三朡也永远是大夏的三朡。"

"三朡正在有仍和有施之间，正好可以三国合兵一处！"推移将军说。

履癸的大军趁着夜色，就朝着东面杀过去，后面的商军一直在追赶，却一直追不上。

天光放亮的时候，夏军都感觉昨夜是一场梦，但是他们已经一夜没有睡觉了，现实远远比梦更残酷，因为他们不仅仅丢掉了斟鄩，前面还出现了大队的商军。

黎明的旷野，双方在对峙着，四下里一片漆黑，只有即将烧尽的火把迎着夜风发出呼呼的声音，人们的脸庞一边被风吹得麻木，一边被火把烤得隐隐发疼。

就在这时候，东方透出一丝红色的晕光，有什么在云的下面躁动着。

履癸已经看清了，商军的中间大旗下一人满头红发，浑身散发出一股杀气，以及让履癸远远就能感觉到的愤怒。

正是仲虺率领商军拦住了履癸的去路。

仲虺看到了妹喜，热血一下涌上了脑袋，他已多年没有见过妹喜了。

仲虺见到妹喜身前的履癸分外眼红："就是这个男人当年从有施把自己心爱的妹儿抢走！当年你是大夏的王，仲虺打不过你，如今你已经落魄而逃，仲虺岂会放过你？"

仲虺想冲上去和履癸拼命，但又怕伤到妹喜。

"妹儿，你到底是和履癸走，还是留下来？"仲虺大声问妹喜，此刻仲虺红发飘扬，如一头雄狮。

"就凭你们也想阻挡本王？"履癸虽然失去了斟鄩，此刻傲气依旧。履癸绝不会在妹喜面前减损自己一丝一毫的王者威严。

"履癸，妹儿必须留下！"仲虺望着履癸身后的妹喜。

"那朕就把你们都杀光！"履癸怒目而向！

仲虺看着妹喜，等着妹喜，履癸也没有说话，让妹喜自己做出选择。

妹喜看着眼前的两个男人，一个是从小就喜欢自己、对自己百般照顾的仲虺哥哥，一个是自己的夫君大夏的王，而自己心中的那个人却是伊挚。

这些年，这三个男人为了自己，竟然搅动得天下大变，战火纷飞。妹喜此刻内心中的痛苦已经无以复加。

而此刻妹喜只能是大夏的元妃，只能是最爱自己的履癸的大夏元妃，妹喜已经做了决定！

妹喜走到履癸的身边，履癸皱了皱眉说："妹儿，你躲在车中不要出来！"

"大王，让妹儿说几句！"履癸还没说话，妹喜的声音已经飘了出去。

"仲虺哥哥，你根本拦不住我家大王。妹喜一个弱女子，如果你们执意如此，妹喜也只好死在你们面前了！"

妹喜说话时的声音并不大，就如同往日唱歌时候，婉转悠扬，此时妹喜突然一支象牙簪在手，抵住了自己的喉咙。

仲虺没想到妹喜竟然宁愿死也要和履癸在一起。"妹儿，你……你变了。我知道你不喜欢我，但没想到你竟然真心喜欢履癸。"

此时妹喜心中的痛苦也到了极点，她心中突然对履癸充满了愧疚，如果履癸还是大夏的王，妹喜也许可以和伊挚远走天涯，但是如今履癸要远逃他国，这一切也许都是因为自己，妹喜就更不能离开履癸了。履癸的爱才是真的能够触摸得到的爱。"伊挚，我们之间也许只能做心中牵挂吧，注定不能在一起了。"妹喜心意已决。

"伊挚，你到底在哪儿？"妹喜四处也没看到伊挚的身影。

这时候所有人的目光都看向一方，此时东方一轮红日跳出，顿时朝霞满天，一人骑着白马，一身白衣，迎着朝霞温暖的光，脸上带着平静的微笑。

妹喜看到了伊挚。

商军和大夏大军都看傻了，这人周身没有盔甲，明显不是来打仗的，而大商和大夏的所有人都认出了这个人，这个人就是早就名满天下的元圣——伊挚。

"伊挚先生，你要做什么？"履癸看到伊挚一人一骑走了过来，就好像看一个恐怖的怪兽一样。

"我来看看她！"伊挚用手指了指履癸旁边的妹喜。

"伊挚，你也欺人太甚！我知道你才智过人，你夺了朕的江山，难道还要夺走朕的女人，你就不怕朕一钩把你劈为两段！"

"大王，你劈了伊挚容易，但你愿意她死在这乱军之中吗？"

"妹儿，你的伊挚先生来了，你们有什么话说，让朕也听听！"履癸看了看妹喜，又怒目看着伊挚。

妹喜的簪子依旧抵住自己的喉咙，如今嫣红一点儿，已经要刺出血来。

"伊挚，你放我们走吧！否则你什么也得不到。"

"难道就因为你觉得自己辜负了履癸，就要让我们这么多年所有的苦都白受了吗？"伊挚说。

"我不能因为我,让爱我的大王受到伤害,如果你们没有和大王交战,那该多好,也许这都是妹喜的错!"

伊挚怔怔地看着妹喜,似乎懂了妹喜的心意,对仲虺说:"让他们走吧!"

仲虺看着妹喜的簪子随时可能刺破喉咙,心中早已被刺穿了无数的洞。"放走了履癸,大王能答应吗?"

"大王命令必须放履癸走!"伊挚说。

"必须放走?"仲虺实在想不通了。

履癸看这俩人也不行动,哪有性子等着,催动战车就朝前走来,商军顿时严阵以待,伊挚下令:"全都不许动!让夏军走!"

伊挚的声音此刻听起来,完全不像是平时那个温文尔雅的伊挚。

妹喜看了一眼,转头跟着履癸渐渐走远,再也没有回头,伊挚的心头似乎在滴血。妹喜看着最喜欢自己的三个男人此刻心如刀割,她必须做出选择。

伊挚多年来的谋划不就是为了打败履癸,让妹喜回到自己身边吗?如今斟鄩城破,妹喜却随着履癸远走他国。

以前伊挚知道妹喜就在斟鄩,就在容台和长夜宫中,此一去,伊人到底何在,从此天涯茫茫,生死难料,是否还能相见?

伊挚望向天空,不让眼中的泪水掉下来,自己是大商的元圣,不可在上万将士面前失态。

不要问心情,那是灰色的天空。

不要问奔波,那是每天百里的路程。

不要问从容,那是戈矛溅血的距离。

你说你还爱我,那就继续爱我,爱会让人不迷失。

你说你还想我,那就继续想我,思念让人不那么绝望。

不要问是否爱你,那是想都不能想的痛。

不要问是否想你,那是午夜梦回的夜光杯。

不要问是否想见你,那是深秋无力抗拒的清冷。

第三十五章　欲擒故纵

　　仲虺无奈地看着履癸昂然而去，上万商军也只能怒目而视，望着夏军渐行渐远。夏军走远之后，仲虺和伊挚再也望不到妺喜的身影，个中滋味只有他们自己能够体会，二人率领大军回到斟鄩。

　　天乙仰望着太禹殿前石台上硕大的天下九鼎，每一只鼎上都刻着山川河流，分别代表着天下九州，分别是冀州、兖州、青州、徐州、扬州、荆州、豫州、梁州和雍州。

　　真的胜利了吗？！一切恍然如梦！

　　天乙从来没有仔细看过这九只鼎，于是他率领文武大臣对天下九鼎行了大礼，天乙恍惚间有了天下之王的感觉。

　　众诸侯恭请天乙坐到履癸的王座上，天乙不从。

　　这时从大殿外被商军推进来一个老头儿，浑身绑着一圈一圈的麻绳，这些麻绳的重量就足够压垮这个老头儿了。

　　"怎么抓了一个老头儿？"天乙正在思索这到底是谁。

　　"大王！大夏的奸臣姬辛抓住了！"

　　"姬辛？！哦，想起来了！那个建议把我送去夏台饿死的卿士。"

　　大夏的子民如今把怒火都发到了姬辛身上。妺喜是姬辛让抢来的，长夜宫、倾宫都是姬辛修建的。上千民夫因此累死，良田荒芜，百姓挨饿。

伊挚知道此时必须找出民众怒火的出口，天乙在太禹殿前斩了大夏的奸佞姬辛，陈尸于大街上。任由夏民踩蹋，抓了其余恶党，绑了到闹市之中，夏民蜂拥而上，自然是活不成了。

重回斟鄩，费昌心中五味杂陈。费昌朝着昔日家中走去，简直不敢相信自己的眼睛，自己的家只剩下一片灰烬。费昌再去查访当年没和自己一起走的伯益家族，大多被履癸和淳维给砍了头。

"这一切都是因为自己。"费昌突然感觉天旋地转，胸口憋得难受，哇的一声，一口鲜血吐了出来，费昌病了。

天乙把赵梁的府邸赐给了费昌，并赶来看望费昌："攻下斟鄩，费太宰劳苦功高，让多少士兵免于战火，一定要保重身体，一定不要想太多。"

天乙下令释放了王宫中的年轻女子，夏氏宗族维持田产不变，将其所聚财宝赏给有功之臣，将酒米谷粟赈济夏民，把王宫中的酒肴、米食、牛羊、豚彘分给将士们享用。

太禹殿中群臣议事，有鬲氏进言："大王，如今履癸远逃，天下归心，大王何不就天子位，以救天下苍生？"

天乙轻轻摇头，说道："大恶未殄，惧将复张。天下者，将推大德之人，寡人安敢处此？待天下平定，百姓安居，再推举大德之人为天下共主。"

天乙没有就天子位，大夏人民对商国似乎不那么排斥了。征战几个月，大商的军粮消耗殆尽，如今大夏的粮仓中几乎是空的，天乙实在养不起如此多人马了。

天乙先封赏遣散了远方诸侯，封陶唐、有虞、洪洞、耿侯、郇伯等数十国各复为诸侯。

天乙在军中吊死问伤，又收鸣条战骨，堆起高高的柴堆，燃起熊熊烈焰，举行大型的燎祭慰藉这些为了大商战死的亡魂，数百个大夏俘虏的脑袋被砍下为商国战士做了殉葬。

天乙还拜访了大夏的贤人，安抚四方，斟鄩城内一切逐渐恢复了正常。

仲虺心中一直有个疑问，当一切尘埃落定。仲虺问天乙："大王，当初我商国大军围城，直接可以困死履癸，为何要放履癸逃走呢？"

"你可记得后羿篡夏的事情吗？人心如果不到，我们杀了履癸，恐怕天下将视大商为后羿一样的谋逆，为天下所不容，总有一天共主之位会重新被大夏的子孙取代！我们放走了履癸，大夏的天子还在，只是被打败而已！"

"难道大商等着履癸再打回来吗？"仲虺更不明白了。

"等大商真正取得了人心，大夏的力量逐渐失去，人们会慢慢忘了大夏，这样天下才真正会属于大商！"伊挚说。

天乙点头："履癸当年都没有砍朕的头，如今我们商军占优，如果围困住履癸，恐怕天下有变，能有今天，全靠伊挚先生的九主素王之说，如今还不是称王的时候。"

伊挚说道："我们要等到瓜彻底熟了，到时候自然瓜熟蒂落。"

"如果现在杀了履癸，恐怕天下所有诸侯的矛头都会指向大商了。我们的江山就很难坐稳了。"天乙说。

仲虺听了之后，沉默了一会儿，说："果然大王和伊挚先生思虑深远！"

"鸣条之战商军也元气大伤，休整之后，安顿好斟鄩的民心，我们再去追击履癸，到时候天下才会真的大定！"天乙抚摸着心爱的胡子，目光飘向远方，天乙也是黄帝的后裔，天下的统治者依旧是炎黄的血脉。

冬天逐渐来临，天乙从商国运来很多棉衣，发给斟鄩的大夏子民。大夏的子民没有了履癸的徭役，穿上商国发的棉衣，逐渐也就适应了商国的统治。

斟鄩安顿下来，履癸随时可能会杀回来。

"旬范将军，率八国之师继续追击履癸，一定要跟住履癸的行踪！"天乙命旬范率八国之师继续追履癸。

"是！旬范定不辱使命！"旬范是商国老将，率军去追击履癸，十日之后，旬范终于发现了履癸的踪迹。

履癸已经到了三朡。三朡在有施和有仍中间，再往东面就是东夷。商军没有对履癸穷追猛打，履癸也没明白商军到底要干什么。大夏的宗亲，有仍、有施以及薄姑氏等集结大军来增援履癸，一时间人马汇聚了上万人，履癸在三朡逐渐重整大军，准备重新和商国决战。

商军已经到了三朡城外，旌旗猎猎，大战即将开始。

履癸大军杀出，旬范根本无法抵挡，直接败出去一百里，夏军不再追击，才重新稳住大军。

半夜时分，商军大帐周围喊杀声震天，夏军夜袭商军，商军大营被大火点燃，夏军带着复仇的怒火，四处砍杀商军，旬范奋死拼杀，趁着夜色杀出重围，几千大军损失殆尽，这几千大军都是各个诸侯国的联军，各国百姓心中对履癸的仇恨之火又熊熊燃烧起来。

旬范率领狼狈不堪的商军一路败回斟鄩。

"夏军就要杀来了！"一路上百姓都看到商军被打得落花流水，大商和大夏的大战依旧在继续。

天乙大怒："履癸，不是天乙不饶你，是你欺人太甚！"

伊挚微笑，说道："大王，我们不用再等了！不是商军对夏军赶尽杀绝，是夏军不放过商军！"

履癸击溃商军旬范的大军，旬范的任务已经完成，仇恨的怒火重新燃烧起来，商军只有被迫还击。

第三十六章　奇幻三嵕

战马嘶鸣，车轮滚滚，大军绵延数里，商军出征了，浩浩荡荡地直奔三嵕国。

"伊挚先生，这个三嵕神神秘秘的，国中据说有个上古神玉镇国！"天乙问。

"大王，据说没有一个看过三嵕神玉的人活着离开！"伊挚面色凝重。

"啊？不能活着离开？"天乙心头一沉。

三嵕是一个神秘的国度，国内有一样让周围国家不敢靠近的东西——上古神玉，履癸的王宫中有象征着至高无上权力的玉刀，天乙也有象征王权的玉钺，但这些都无法和三嵕的上古神玉相比。

凌晨大雾弥漫，商国大军进入三嵕境内，到处都是小池塘、湖泊和起起伏伏的小丘陵，空气中充满了白茫茫的仿佛能拧出水来的雾气，一个三嵕人竟然都没看见。

茅草屋顶的村落中空无一人，树木高大，混沌的大雾中飘荡着什么东西，这个地方好诡异。走近仔细看，原来房顶上和树枝上都悬挂着飘来飘去的黑色帆布，上面描绘着诡异的图案。

天空乌云变幻，树林中到处都是缥缈的烟雾。

商军走在这大雾中看不清前后的人，莫名产生了一种到陌生地方的心慌。

"什么声音？"

突然四周传来咚咚的脚步声，这不是人的脚步声，也不是战马奔跑的声音，更不是战车的车轮声,这声音让商国士兵的心里更慌了。

"那是什么?"一个士兵突然发出了声音。

突然树林中出现了无数的四足怪兽。

"这到底是人还是兽,怎么看也不像是人装的?"怪兽竟然长着人的头和手。

"这难道是梼杌?!"天乙大喊。

无数的梼杌跑了出来,梼杌上面还有一个巨大的人,这个人脸比夏耕的脸还要大,这哪里是人的脸,是一头怪兽啊,人脸怪兽长在梼杌身上,长长的双臂伸出巨大的爪子。

"哪里会有这么多的梼杌?!"伊挚也是一惊。

梼杌已经跳到一个士兵的面前,梼杌上的怪人长爪子一下子抓住了士兵,士兵瞬间被撕成了两半,惨叫声不绝于耳,这些久经沙场的勇士也都吓得面无血色。

梼杌发出一阵阵怪叫,嘴中喷出白色的烟雾,朝着商军冲了过来。此刻胆子小的已经抱着头趴倒在地上瑟瑟发抖了。梼杌冲了过来,更多人挂掉了。

"赶紧撤!"仲虺突然明白了什么。

商军如退潮的海水一样迅速朝后撤了下去。商军不停奔逃,直到撤出了三朡的地域,那些怪兽终于都不见了,众人看到天空中的月亮,感觉恍若隔世。

天乙头脑发晕,脑袋嗡嗡作响,好像要裂开一样,哇哇吐了半天。

三朡的国君叫鬼臼,听到这个名字就知道这不是一个好惹的人。鬼臼手下有两名大将,一个叫作敷盂,一个叫作疆俪,二人皆有勇力。三朡国并不大,但是多年来一直没人敢来招惹,就是因为传说三朡的巫术非常厉害。

鬼臼恨商国占了妹妹如玉的大夏,率领国中众人以助履癸。

三朡第一仗大胜,鬼臼在履癸面前不无得意。

"商国这次不管来多少人,都让他们有来无回!"鬼臼对履癸说。

"鬼臼不可轻敌!"推移说道。

商国大帐,天乙扶着头一言不发。

"那些梼杌应该都是幻象!三朡不可能有那么多梼杌!"伊挚说。

"大王，三嵕这是幻术而已，故意装神弄鬼！只要破了这幻术，贼不战自屈！"仲虺说。

天乙顿时来了精神，问道："可有破解之法？！"

"用朱砂和鸡血涂面，人粪涂在身上，就能破除这些幻象！"仲虺说的时候有点儿尴尬。

"啊，真的必须如此吗？"天乙也觉得很恶心。

转天，依旧白雾迷离，一群商军脸上涂满了红色的鲜血，大部分人都用手捏着鼻子，再次杀入三嵕境内。

梼杌又出来了。"这是昨天看到的梼杌吗？"

只见几个巫师戴着面具骑着几只黑色的怪兽，这怪兽甚是凶猛，骑着怪兽的人一手拿着大刀，一手拿着燃烧的似乎是艾草一样的东西，仔细看原来这些怪兽都是犀牛化装而成。

商军此时眼中的幻觉消失了，虽然依旧看到了怪兽，但却没有那么恐惧了。

"哈哈！原来是些犀牛。"天乙爱好打猎，对犀牛并不陌生。此时的气候温暖而潮湿，犀牛遍布中原大地。

犀牛粗壮异常，外面的皮又硬又厚，冲过来的时候，商军的盾牌阵根本阻挡不住。

周围的浓雾越来越浓，那些骑着犀牛的巫师在树林中来回跑动，不一会儿有的商军又开始出现幻觉了。犀牛又变成巨大的梼杌怪兽，上面的巫师成了可怕的巨人。

一个一个久经血战的无畏战士呆呆地站在那里等着被犀牛撞死或者被巫师一镰刀割掉了脑袋。

不管看到的是犀牛，还是怪兽，商军又是一阵混乱，随时就要全线崩溃。

"不必管那些犀牛，只需要射杀上面的巫师就可以破解这犀牛巫阵。"仲虺大声命令，率先冲上来，一狼牙棒就打掉了一个巫师。

转眼愤怒的商军冲上来，羽箭嗖嗖地把这些巫师射成了死巫师，没有人驾驭的犀牛乱冲乱撞，犀牛被战车困住之后被长矛扎成了刺猬，成了商国的军粮，商国人抬着回去用大鼎炖肉吃了。

鬼臼听说巫术阵被破了，暴跳如雷。

"鬼臼，不必生气，明日就让他们尝尝朕的厉害，上天不会总帮助商国人！"履癸说。此时履癸已经让人悄悄把妹喜送回有施了，履癸没有了后顾之忧，自然也就不会再忍了。

"大王，不必着急，真正的三嵏之神还没有出马。到时候，恐怕商军都会死于非命，天乙那竖子也会烟消云散。"

履癸大军依旧浩浩荡荡，虎、豹将前，鬼臼将后；敷盂将左，疆俪将右，大军足有万人。

第三十七章　御龙而飞

"大王外面有个老头儿求见?"

"带进来!"履癸疑惑到底是谁来见自己。

一个老头儿走了进来。

"梁相,你还活着?!"履癸看到赵梁,脸上露出喜色。

赵梁在鸣条之战的乱军中被打散,从一个做饭的老兵身上抢了一身衣服穿上,最后逃回了斟鄩。可是斟鄩已经城破,这次商军出征,赵梁尾随商军到了三崚。

赵梁终于见到了履癸,此时的赵梁已经没有了在斟鄩时候的飞扬神采,灰白的头发就如同一个普通的老人。

"大王,终于又见到大王了。"

履癸见到赵梁风尘仆仆的样子,心中有了一丝慰藉。赵梁也许有些贪财,但对履癸是最为忠心的。

"梁相,一路风尘辛苦了。"履癸走上去迎住赵梁。鬼臾也上来和赵梁见礼。众人继续商议战胜商国之法。

赵梁说:"大王,您要赶走商国人,必须让天下看到您大夏之王的神力!"

履癸仰天大笑:"天下虽大,天下还无人是朕的对手。"

"大王勇武自然天下无双,臣说的是天命。"赵梁说。

"朕身为大夏的王还不是天命的天子？"

"大王可听说了天乙那竖子的通天之梦？"鬼臼突然说。

"这你也信？"履癸的浓眉一挑，双眼中闪过一道让人恐惧的光芒。

"天乙观帝尧之坛，沈璧退立，黄鱼双踊，黑鸟随之止于坛，化为黑玉。又有黑龟，并赤文成字，言履癸无道，商当代之。"赵梁开始慢慢说起来，似自言自语一般。

"这些也都是吉兆？"推移禁不住问。

"梼杌之神，见于邳山。有神牵白狼衔钩而入商。商的金德将盛，银自山溢。"赵梁慢慢说来。履癸开始不以为意，听到后来不由得后背汗毛都竖起来。

履癸听完颇感诧异："天乙那竖子，竟会有这么多吉兆？"

"所以大王也要显示一下大王的天命，以安定大夏子民的心。"

"朕一向对这种鬼神祭祀不太重视，如今当如何？"履癸说。

夜晚来临，大夏联军的所有诸侯和士兵都集结到三峻祭祀土岗之下。天然的土岗逐次升高，在场的万人都能看到山顶的祭坛。

履癸敲拍着石制的乐器踏歌而舞。突然间天空中乌云滚滚，云中闪电纵横，雷声隆隆，大地上有冷风吹来。

"要下雨了吗？"黑压压的土岗之下，鸦雀无声的人群开始骚动起来。

这时候一道闪电划过，天空中出现了两条影子，这两道影子上下翻飞，头上有鹿一样的角，四只锋利的爪子闪烁着光芒。

"龙！龙！"人们兴奋起来，抬起头来看着天空。

两条巨大的龙在空中飞翔，借着闪电都能看清楚龙身上那青绿色的鳞片，两条龙在云雨中穿梭着。

"龙上还有神人！"

"是我们的大王。"

"大王！大王！"

果然是履癸乘坐着两条龙，上有云盖三层，左手操翳，右手操环，身佩玉璜，飞翔在空中。

鱼、龙一般是天神、天圣的坐骑，天神、天圣常乘鱼、龙巡游九天，如今履癸也能神游九天，自然是大夏的真命天子。

大夏联军所有的士兵都看到了履癸乘龙飞天，都伏在地上叩首："大王乃天神下凡。"

履癸祭祀祖先，祷告神灵，同时炫耀武力，威慑天下，一时间到三嵕驰援大夏的诸侯又来了很多。

履癸今晚御龙而飞的景象，让所有人都把履癸当成了上天的神人，认为履癸这个大夏天子的确不是普通人。

大夏联军都对未来的战斗充满了必胜的信心，鸣条之战输在遇到了大雷雨，夏军早就憋着一肚子火，斟鄩也是被内鬼打开了城门，更不是输在武力。那就在三嵕进行最后的决战吧！

此刻双方都对最后的决战有点儿迫不及待了。

商军破了三嵕的犀牛幻阵之后，次日抵达三嵕城外。

旬范匆匆赶来："大王，三嵕之人已经往结东夷及有施来会和，大王应该早做准备。"

转天云雾消散，北风猎猎，流云飞卷，正是大战的好天气。

商国人看到这种天气，心里的一块石头落了地，终于不再是那种阴森、雾气蒙蒙的鬼天气了。光天化日之下，一望无际的平原之上，三嵕人总不能再使用幻术了吧。

"大王可听说过三嵕宝玉？"伊挚对天乙说。

"传说三嵕有一块巨大的镇国宝玉，大夏天子对其垂涎不已，却一直没有得手。"

"这块玉据说拥有魔力，能够使任何靠近、想得到这块玉的人被魔鬼杀死！"

三嵕城外，双方列阵完毕。伊挚重新布阵，九伯为龙，胙伯为云，有鬲为风，黎侯为蛇，息侯为鸟，安侯为天，柏子为地，葛氏为虎，为八阵而周于外。

如今四门将军只有北门侧还在，东门虚、南门蜎、西门疵都已为商国捐躯了。

天乙自将中军，费昌亲自为天乙当御手驾车。伊挚和仲虺各在天乙左右。

天乙心中一直忌惮履癸之勇，天乙可不想当着几万人被履癸追得狼狈而逃。

"伊挚先生，此战如何？"

"大王，伊挚已有应对履癸之法。"

伊挚在鸣条被履癸打得接连溃逃的时候，终于想到了破解履癸无敌勇猛的方法——以柔克刚。伊挚瞬间醍醐灌顶，正是妹喜的绕指柔才让履癸对妹喜痴迷。若对付刚猛，必然要用阴柔。

"大王，可还记得连山、归藏的分别？"

"天乙如何会不记得？"

"大夏本就是遵循刚猛的连山之卦。大天之下，足堪睥睨万物，领导万物，非崇山莫属。雄壮威武之时，正当行则行，当止则止，去芜修荒，正值时也。连山之象，阴实于内，阳壮于外，内无所忧所虑，一心向外，强力可止可收，何物不可取。连山本象之外，又可引申出许多意义。概言之，崇威壮崇雄武是夏人精神。"伊挚娓娓道来。

"所以大夏强在刚猛！"天乙说。

"归藏之术，其卦首坤。坤之象为大地，坤卦，为水。无论水或地，都是山的一个对立意象。但就其义言，为水更正确。水势广大，虽然无成，却以其包容顷承之象承载万物，滋养万物，使物各呈其性、各得其所、各有其成。大地以万物归之而有成。因此坤为万物归藏之所。先迷而后就能得主，这里迷实则为有意地顺应。后得主，为于迷失之中有所甄别、发现，进而把握它。厚德是坤之义。因此，首卦坤所象征的精神是巨大、宽厚的包容性，容纳万有、滋养万有的道德情怀，这与连山崇尚雄健与强力是迥然相反的。正如大王所说，连山如山，归藏如水，山与水，貌似山高刚猛，但是水能包容一切，大海更是无边无际！"伊挚说到最后眼中放出光芒。

"所以先生已有了应对履癸之法了吗？"天乙看到了希望。

第三十八章 以柔克刚

商军和夏军在三嵕对峙。

西风猎猎，吹在每一个人身上，此时所有人都感觉不到冷，热血已经涌上胸膛，战斗一触即发。

这里不是鸣条也不是斟鄩，夏军已经退无可退。如果三嵕失守，有施和有仍也将一起被商国占领，大夏从此将会彻底亡国，这是一场谁都输不起的战争。

天乙心中忐忑，随时关注着履癸的动静，如果失败，大商这次夺取天下的士气一泄，后果不堪设想。

没等到商军冲锋，履癸一声咆哮，已经一车当先冲了上来，虎、豹等近卫勇士紧随左右，就如平地突然刮起了龙卷风一样，前面无论有什么都会被这狂风撕碎。商军看到冲过来的履癸和夏军，似乎被吓破了胆，直接朝后面撤退。

天乙看到这种情景，心头一紧："难道朕今天又要被履癸追着打吗？怎么盾牌阵、战车阵都没了？"天乙内心实在没底。

就在天乙忐忑不安的时候，天乙脸上出现了一片惊疑之色。

"那是什么？"夏军还来不及反应，有人已因躲闪不及，悬挂在尖利的木刺上。

夏军冲过来堵在了商军的阵前，只见商军的身后是一排一排粗大的木栅，无数大木头桩子被扎成一排排的木栅，放在商军的阵前。

伊挚令前军放置木栅，这些木栅立四柱为纵，五贯条为横，内有斜柱四根，商军四人抬着木栅防御于阵列之前。木栅伸出来的尖刺足有一丈多长，夏军虽然勇猛，但是这些木栅尖刺没有着力的地方，战车和战马都无可奈何。后面的士兵，则弓箭齐射，对着木栅前的夏军放箭。

两军接触之后，商军步卒立木栅之后，一栅只用二人守护，其他四个步卒都从栅中用长戈砍杀夏军的战马。夏军的战马受伤反窜，战车失控翻倒在阵前。

伊挚命令拨开木栅，麾军大进，三畯大败。

天乙大喜，天乙及诸侯前军都用伊挚之法，抬着木栅前进犹如一道行进的墙。

履癸率领手下的夏军冲向商军，履癸速度如离弦之箭，独步冲击于商国大军中。商军一看履癸出来，马上准备迎击履癸。履癸身子如大鸟一样，双钩一钩，木栅栏就已经飞了过去，接着履癸又从第一排的长矛和盾牌阵前跳了过去。

履癸跳入商军阵中，招招毙命。履癸此刻毫无保留，杀得兴起，回身奋起双臂的搬山神力，那些木栅栏就被履癸推到了一边。

夏军随着他们能够乘龙而飞的大王，杀了过来。商军顿时阵脚大乱，阵形随时会散。天乙心底又慌了，打过无论多少的胜仗，只要失败一次就会身死国灭，到底是什么支持着履癸？

时间一长，商军又有崩溃的趋势。伊挚赶紧命令商军用木栅四面围住履癸，商军围了过来，无数弓箭射出，履癸肩膀中二矢，履癸一钩砍断了弓箭的箭杆，大怒吼跳，奋力用长钩击砍木栅，脖子粗的木栅栏竟然被履癸砍断，瘫倒在地上。

"用更多的木栅围住他！"昔日清雅的伊挚此刻也变得凶悍，好像变了一个人。商军合二栅为一，继续用木栅围住履癸，不一会儿，履癸周围就堆了无数的木栅栏。

此时北门侧和庆辅的商军敢死队围了上来，分别拖住了虎、豹。鬼臼、推移和大牺一时间和商军陷入各自的混战，虎、豹拼死冲了几次都无法靠近履癸。

伊挚第一次亲自杀到了阵前，手中举着一柄长剑站在战车之上指挥作战。履癸找到了关键所在，木栅的木头连接处不过是一些麻绳捆住的卡槽，履癸双钩连连挥动，木栅就松散开来。履癸已经跳到木头之上，就要突围而出奔着伊挚而来。

"伊挚，朕今日就先砍下你的脑袋。"履癸此刻最恨的就是伊挚，天乙那竖子胆敢举兵犯夏，也都是伊挚给谋划的。

这时候履癸突然发现，伊挚身边的商军手中都拿着长绳。履癸没看明白这是要做什么。就在这时候，几十个商军已经抡起了手中的蚕丝绳，蚕丝绳一头绑着石头，越抡越快。

"哈哈，这是什么兵器？"履癸看着这群怪异的商军笑出声来。

"投！"伊挚一声命令。

商军一起松手，石头带着蚕丝绳向履癸飞过去，履癸用长钩去挡，这些蚕丝绳是柔软的，履癸的双钩一钩，蚕丝绳竟然反过来缠住了履癸的长钩。

履癸大惊，赶紧把长钩抽了出来。就在这时，更多的蚕丝绳飞了过来。

于是蚕丝绳缠绕长钩，如野藤缠树，履癸左右突击，用力撕扯着这些蚕丝绳，奈何一身屠龙的神力，竟然无所着力。

商军一看这一招有用，更多的蚕丝绳扔了过来，几十人围着履癸转圈。转眼，履癸的双钩被缠满了蚕丝绳，履癸奋力挣脱，奈何使不上力气。履癸用力撕扯，一群人被履癸拽得晃来晃去，但是没人松手。这时候外围的商军弓箭射来，履癸不能动弹，无法抵挡弓箭。

履癸大惊，这些蚕丝绳看起来毫无力量，但是却充满弹性，拉扯之下竟然不会断。履癸的双钩本来就长，此时这些蚕丝韧性极强，双钩刚猛异常，但是被这些柔软坚韧的蚕丝绳缠住了，此刻就如同落入了一个巨大的蜘蛛网中。

伊挚用多年时间编制一张网，这张网可以网住天下，网住天子履癸。

履癸晃动双钩，努力不让自己被这些蚕丝绳缠住，但绑着石块的蚕丝绳越来越多。履癸的双钩已经完全被蚕丝绳缠住了，周围的商军用力拽着蚕丝绳，每一根蚕丝绳后面都有好几个人在拼命拉扯着。所有人都知道履癸的勇猛，此刻都用上了吃奶的力气。

履癸双臂用力想抽出双钩，想用左钩去砍右钩上的蚕丝绳，但长钩的刃早就被蚕丝缠满了，毫无作用，那些蚕丝绳跟着履癸晃悠，双钩完全抽不出来了。

"放箭！"伊挚看到此刻，眼中杀气升腾。几十个弓箭手对着履癸就开始射箭，也不管这些弓箭是否会伤到后面的商军。

履癸双钩无法抵挡弓箭，一代战神，大夏天子，难道今日就要殒命在这三嵕城外吗？！

第三十九章　神玉下面有什么

宝玉泛着碧绿的幽光，巨大的神人兽面雕像双目深幽，表情似笑非笑，嘴中露出巨齿。传说三崚上古神玉是万玉之王，能通达上天，下面镇压着魔。

自古有一个神秘传说，如果谁敢染指宝玉，将会引起天下大变，宝玉镇压的魔会重现人间，天下将生灵涂炭。上一次这些魔出现还是在后羿篡夏的时候。

伊挚在三崚之战前，一直在思考到底如何能够战胜履癸。

履癸一双长钩在手，无论有几万人，有多少弓箭，履癸都会如入无人之境，来回杀个痛快，然后扬长而去。鸣条之战商军吃过大亏，幸亏大雨相助；斟鄩之战中履癸为要保护妹喜才弃城而去，真要硬拼，商军势必会被履癸击溃，一败涂地也未可知。

"妹儿，到底如何才能战胜履癸呢？如何以柔克刚？"伊挚思索着。

"以柔克刚！"伊挚突然想起当年带了几百个绣女为妹喜缝制舞服的时候，用来织造丝绸的蚕丝柔软坚韧，如果拧成一股绳子肯定更加坚韧。

"一定要让妹儿知道，伊挚不只是软弱的书生，伊挚也有血性男儿的一面！履癸，伊挚来了！"伊挚终于豁然开朗。

果然三崚城外的血战，伊挚用蚕丝绳困住了履癸的双钩。

伊挚命令商军放箭！履癸无法用双钩抵挡羽箭，危险就在瞬间。

电光石火之间，履癸只得松手丢了双钩，纵身跳上一个木栅，徒手从商军中夺过一支长戈，拨开飞来的箭，怒吼一声，挑开木栅抽身疾走。

此刻是商军和大夏的焦灼之战，商军人数众多，无边无际，履癸的大夏联军中，近卫勇士仍是战场主力，有施、有仍和三朡那些士兵根本没见过这样的阵势。

在商军连续突击下，夏军已经溃不成军，溃逃的夏军开始逃向三朡城，虎、豹看到履癸脱身，率领手下和履癸一起逃回三朡城。

履癸回归三朡城之后，与鬼臼协力守城。

仲虺率领手下一路追杀而来，三朡士兵为了守卫自己的家园，出城拼死和商军抵抗。

"真是一伙不通人性的顽物！"仲虺大笑。商军云蛇两军追击敷孟军，最终斩敷孟为三段。商军继续追击疆侴军，疆侴大怒，自恃勇猛转头和商军决战。商军之中息国国君一箭射出，疆侴洞目出脑，命丧当场，三朡士兵顿时溃散，败退回了三朡城。

三朡城门紧闭，商军攻城不下，夜长梦多，天乙又开始焦急起来，如今大夏还是天下共主，万一大夏其余诸侯联合攻商，可如何是好？

商军围困住三朡城，三朡城内困了上万大军，粮食转眼就吃光了，天乙率仁德之师，对三朡城转为围而不攻，双方就这样等待着。

伊挚和仲虺都在担心妹喜，妹喜自从随着履癸而去，似乎心意已决，伊挚再也没有见到妹喜的影子。

"妹儿，你真的要与我决绝吗？"伊挚仰天长叹。

三朡城上的士兵被饿得走路都没了力气。三朡人本来就不擅长打仗，此刻更是毫无斗志了。

时间一长，鬼臼实在坚持不住了，与其这样被活活饿死，还不如拼死一搏。

鬼臼对履癸说："大王，如今只有请出三朡的玉神了！"

"玉神？真的有玉神？不会又是你？"履癸将信将疑。

其实，不是这个宝玉有神灵，而是宝玉周围有一种奇怪的植物散发出的香气总是让人看到一些平日里看不到的东西，能让人看到内心的恐惧。

履癸此刻已经顾不上那么多，已然发现天下的一切原来不是自己的武力都能够解决的。此时传来斟鄩附近百姓已经接受了大商的统治，履癸怒火中烧，心中逐渐升起了恶念。

商军大营内。

"大王是时候了，如果再不攻城，恐怕三崚城内的百姓会饿死！那样就不是仁义之举了！"仲虺也不想继续等下去了。

"是的，明日攻城。"天乙一拍几案，他早就在等此刻了。

翌日，斜阳西垂，商军借着刺眼的夕阳迅速靠近了三崚城。商军突然从西方涌来，三崚城上的士兵在刺眼的夕阳下，根本看不清到底有多少商军。

仲虺的三层云梯很快就攀上了三崚的城墙，不到一个时辰的时间，三崚城破，商军如潮水涌入，四处寻找履癸和鬼臼。履癸和鬼臼此时正在祭祀台附近的鬼臼的国君府中，上古宝玉就在国君府中的神庙内。

"大王，城池已被商国人攻破了！"卫士仓皇来报。

"啊，怎么会那么快？！"鬼臼大吃一惊。

"鬼臼，就让那些魔都出来吧！"履癸冷冷地说。

"如今只有如此了。"鬼臼的声音就如同地狱中魔的声音。

夜幕降临，远处商军厮杀声已经传来，履癸此刻没有了双钩，好像勇气也减了几分，他终于明白武力不是一切，比武力更可怕的是悠悠天下的人心。

履癸和鬼臼来到神庙的神台下面，上古神玉足有一人来高，冰冷的傲然之气，让人不敢靠近。鬼臼缓步登上台阶，慢慢靠近神玉，神玉上的巨兽在瞪着鬼臼。

"上古神玉，万年之神，地下魔，此刻复活！"鬼臼念念有词，头戴着羽毛，此刻如同神玉上的神人附体一样。鬼臼用双手去转动神玉上的玉璧，用尽全身力气，玉璧却丝毫不动。

履癸看着鬼臼的样子，早已按捺不住，一纵身跳上去。

"朕是天子！让朕来！"履癸双臂一用力，身上疙瘩一样的肌肉透过盔甲都能感受到这神力的巨大。

"嘎吱嘎吱"的声音响彻四方，恍若天地即将变换。神台下的一块石块打开了，露出里面漆黑的一个大洞，洞里散发出一股腥臭之气。

洞中的这些魔难道还活着？魔就要出洞了！又将是多少生灵涂炭！

第四十章　召唤神魔

此刻，天乙和伊挚、仲虺已率商军杀到三嵕神庙之下。

神玉下面张开的黑洞中幽深漆黑，里面传来死亡的气息，洞中窸窸窣窣之声不断，腥臭味道扑鼻而来，越来越重，让人作呕！

鬼臼左手的权杖上昂然缠着一条头上长冠的毒蛇，红黑相间一环接着一环，锋利毒牙之间露出红色的信子，鬼臼吹响口中的骨笛。

这时候，一群不知是什么的东西从洞中爬了出来，天乙看得清楚，这不就是鬼臼权杖上的蛇吗？蛇的眼睛透着冷酷的光，都是黑红相间，三角脑袋上长着一个鸡冠一样的冠。活的毒蛇看到人丝毫不怕，竟然昂起头来，颈部撑开变得扁平，嘴中发出类似咯咯之声，这怪声有一点儿像公鸡的叫声，但比公鸡的声音难听恐怖得多。

见此情景，商军看得头皮开始发麻。

鬼臼继续吹响口中的骨笛，尖厉的声音刺得人要发疯，这些赤冠蛇听到笛声贴着地面如飞一样扑向商军。

"不就是蛇吗？有什么可怕的？"前面的几个商军抡着武器上前，准备把这些蛇打死，突然地上的蛇竟然倏地一下跳了起来，商军武器还没来得及挥出，空中的蛇已经咬住了商军的脖子。后面的人赶紧挥着武器上去解救，后面的蛇突然飞起来，在半空中对着这些商军喷出毒雾。

"啊——"这些士兵惨叫着,双手慌忙捂住流出鲜血的眼睛,不一会儿这些人就抽搐在地,手脚乱蹬,一会儿就不行了。

后面的士兵想去把前面的人收敛起来,一动那些士兵的身体,藏在这些人身体下面的毒蛇又窜了出来。

"这些蛇是恶灵,这些人肯定都中了巫术!"商军本来就相信巫术,此时人人心中自危。

鬼臼天生对蛇毒免疫,早已驯服了这些赤冠蛇。

这时候仲虺来到众人面前,对商军喝道:"怕什么!还是不是大商的勇士!"仲虺的红发、红胡子让人看起来不怒自威,一时间商军才止住了溃散而逃的态势,但是毒蛇慢慢逼近,生死就在咫尺毫厘之间,众人大气也不敢出。

这时候天乙和伊挚也到了近前,看到满地扭动的毒蛇。

"千万不能让这些毒蛇跑到城中伤害百姓,如果它们都藏了起来,三崚城将变成一座恐怖的鬼城!"仲虺命令。

仲虺指挥商军用盾牌阵形成一堵墙,但是盾牌毕竟中间有缝隙,高度也不够。不时有毒蛇跳起来喷雾,一时间,商军士兵又有好多中毒而死。

这些赤冠蛇虽然看起来不大,但是却比地狱里的恶魔还恐怖,世界上最可怕的不是死,而是对随时可能会死的恐惧。

神庙中一时间成了炼狱。鬼臼看到后,嘴角露出了笑容:"恶魔重现人间,天下将成为恶魔的世界!到时候你们谁也不要想好好活着!"鬼臼嘴中的骨笛继续吹响,尖厉刺耳的声音让这些毒蛇变得更加狂躁了。

赤冠蛇会主动攻击人,攻击时鸡冠状物会由红变为紫色,喷出毒液、毒雾,不明所以的人会误以为是烟。一旦被惹怒,它们就会跳起来对人展开攻击。民间相传对付赤冠蛇的办法就是赶紧脱下鞋往高空抛去,赤冠蛇就会去追逐鞋子,人就可以趁机逃走。一时间,商军人人色变,不由自主地向后退去。

仲虺突然哈哈大笑起来:"我说是什么上古的恶魔呢,不过是一群毒蛇而已。"仲虺脱掉上衣,露出健壮的肌肉,背后一条赤色的虺蛇好像在游走,那些赤冠蛇看到仲虺身上的虺蛇突然都停住了。

仲虺双眼上翻,口中念念有词,空中突然飞来不知道多少只乌鸟。

这些乌鸟在仲虺的指挥下，开始阻截那些毒蛇前进。

一场乌鸟和毒蛇的大战已经展开。毒蛇喷出的毒雾已经毒死了好几只乌鸟，而没有中毒的乌鸟也已经抓烂了数条毒蛇的头。

乌鸟盘旋啊啊叫着，越来越多，不时有乌鸟飞下来，去抓那些毒蛇的冠。那些毒蛇刚才还肆意喷洒毒雾，狂暴桀骜，此刻却都灰溜溜地趴在了地上。

鬼臼一看不好，说道："大王，快走！"牵着履癸的手就跑，转眼就消失在神庙后面。

仲虺继续让乌鸟驱赶着那些毒蛇，那些毒蛇不得不慢慢后退，最后都退回到了它们爬出来的洞中。仲虺赶紧让人把洞口的大石头推了回去，重新把洞口给封住了。

"这些地下的恶魔，还是让它们继续待在地下吧！"天乙长出了一口气。

天乙接着率人开始寻找履癸，本来神庙都已被商军包围了，天乙以为履癸只是藏了起来。

众人找了一圈却什么也没发现，伊挚突然喊："大王，履癸逃走了。"

天乙和仲虺过来一看，只见神庙后面的一面石墙有松动的痕迹。伊挚仔细观察着，右手边有一个蛇状的石头灯台上的尘土有被摸过的痕迹。

伊挚过去用力向下拉动那个灯台，果然听到"咔哒"一声。

"仲虺将军，推那面石墙！"伊挚说。

仲虺疑惑间突然明白了伊挚的意思，过去用力一推，那石墙果然能够推动，里面露出一个通往地下的通道。

"履癸看来是从地道跑了！"仲虺恍然大悟，想钻到地道中去追。

伊挚忙拦住仲虺，说道："里面情况复杂，不可追！万一有毒蛇就麻烦了！"

"履癸大势已去，先随他去吧！"天乙说。

仲虺检查了一番，那些毒蛇已经全被赶回了洞中。

"大王，没有危险了。"仲虺说。

天乙过来看着那巨大的上古神玉，古玉苍黄透着幽深的绿色，上面的图案古朴而庄严，顶端的白璧洁白无瑕，透着莹润的光泽。

"好漂亮的宝玉。"天乙不禁感叹出声。

"大王，此玉代表着天下大变，大王得了此玉，正好是顺应天命。"伊挚说道。

"天下！天下！"天乙嘴中说着，伸手去抚摸那宝玉，眼神中充满了渴望。

这时候从神庙后走过来两位老者，二人仙风道骨，一个一身青衣，一个一身白衣，正好映着神玉的颜色。

"什么人？难道也是巫师？"仲虺对着二人喊道。

第四十一章　邟河夜色

三峻神玉之旁突然出现了两位老者。

"难道这是从天上而来的神仙？"天乙梦到过天帝之后，现在也并不惊讶。

"大王，我二人是义伯、仲伯！"青衣老者开口了，语气宁静如坚硬的玉石。

"我二人负责守护这神玉！"白衣老者说，语气中带了一丝温润的气息。

"哦，鬼臼都逃走了，你二人为何不逃？"天乙看两位老者气度不凡，不像奸邪之辈，心中少了几分敌意。

"大王，我二人是神玉守护者，如今神玉等来了真正贤明的君主，大王是未来的天子，我二人等待大王多年了！"

"义伯、仲伯二位老人家，这神玉如果动了，就会天下大变！这可是真的？"天乙听二位夸自己，心中不禁多了几分得意之情。

"如今大王来了，这天下就要大变了！大夏的天下就要变成大商的天下了！"

"果真如此？！"天乙眼中闪过兴奋的光芒，但随即恢复了平静。

义伯、仲伯继续说道："大王，臣愿将宝玉之上的白璧，给大王做一典宝，作为大王为天下的天子的印信！"

"大王，如此甚好！"伊挚、仲虺纷纷点头。

天乙没有说话，心中已经默许。

湟里且奉命将国库中的粮食、布匹分发给城内百姓，安定民心。

伊挚对天乙说:"大王,如今天下民心已定,履癸定是逃往有施,有施多山,如果履癸进入蒙山,那样恐怕就难以寻觅踪迹了!"

"那就留下湟里且等在三嵕善后,大军连夜追击!"天乙说。商国大军主力没有进入三嵕城,浩浩荡荡地就沿着履癸留下的痕迹追了下去。

履癸和鬼臼顺着地道逃到了城外。商军此次攻城并没有把三嵕城包围,推移和大牺等也都逃出了城。夏军损失大半,但是履癸的几千近卫勇士还在,履癸心里安定了一些。

履癸仰天长叹:"难道朕要成为当年的太康帝了吗?"

"大王,这仗打得真憋屈,有力气用不上!"大牺气哼哼地说,履癸何尝不是这种心情。

"大王!天下永远是大夏的天下!大王是大禹王的后代,谁也不能取代!如今我们要先避一避商军的锋芒,积蓄力量以待时机!"推移说。

"大王,如今我们去哪儿?!"鬼臼说。

有施的施独大军本来就在城外,此刻见商军势大,施独对履癸说:"大王,如今不如先去有施,有施地处蒙山,山高林密,商军大军难以发挥作用,到时候以大王之勇,定能战胜商军!"

"嗯,到时候朕召集东夷之师,回来荡平商国!"此刻履癸依旧是大夏的王。

近卫勇士都是履癸的生死弟兄,履癸去哪儿,他们都誓死跟随!履癸此时也恨不得飞到有施去,因为妹喜在那里。

此刻的有施国君府中依旧湖光潋滟,湖边一个白衣女子对着湖水在发呆,头上一根象牙簪简单地挽着松散的秀发,皮肤细腻如雪,没有一丝岁月的痕迹。风起处,吹皱一池秋水,水面上柳叶随风起伏,水边伊人的衣袂飘起,欲要乘风而去。这个宛若天人的女子正是妹喜。妹喜此刻终于放下了自己大夏元妃的身份,此刻自己只是有施的王女,是母亲的女儿。妹喜回到有施之后,有施的老仆人见到妹喜回来都很高兴。妹喜每日陪伴着母亲,在宫内重温自己儿时的回忆,似乎对外面的大战并不关心。

大商的大军竟然占领了斟鄩,妹喜心底深深地被刺痛了,履癸那么爱自己,自己却让履癸丢了王都,丢了大半的大夏江山!

第四十一章 郲河夜色

"伊挚，你接近我难道只是利用我，为了你和商国的霸业吗？"妹喜心中开始对伊挚充满了恨！爱就是这样，开始也许有很多的甜蜜，最后也许恨的苦果更多一些。

履癸率军前往有施，大军肃然而行。赵梁担心商军追来，心中焦急，劝了履癸几次加快行军速度。履癸完全不为所动，最后瞪了赵梁一眼，赵梁不敢再说了。履癸不想让行军速度过快，这是行军而不是逃跑。

前方波光耀眼，一条大河出现在前方。

"大王这是郲河，我们已经到了郲国了。"施独说。

郲国有一条郲河，过了河往东就是有施国的蒙山山区了。只要大军过了郲河，进入有施境内的山区，商国的那些战车、盾牌阵、几万大军，就都失去优势了。

"大王，我们今日必须过了郲河扎营，这样夏军才会安全！"推移、大牺和施独了解了地形之后，也过来劝履癸。

"我们又不是逃跑，走那么快做什么？！不用多言！"履癸对推移已经很客气了。

当夏军远远看到郲河的波光时，夕阳已经只剩下最后一抹余晖，河水宁静而清澈，水底的小鱼悠闲地穿梭在水草之间。

"河边扎营取水做饭！明早渡河！"履癸命令。

如果无荒在此或者费昌在肯定会死劝履癸不能在河边这绝地扎营。但是此时只有推移看出来了，但他也只有干着急，没有办法。

履癸虽然一生征战无数，但从来就没考虑过有谁能困住大夏的大军。

夜幕降临，寒意袭来，此刻渡河肯定已经来不及。夏军支起帐篷，帐篷周围点起了篝火。鼎中煮着豆子、小米粥，肉干炖出的肉香味道飘散开来。

夏军听着河水潺潺，渐渐进入梦乡，在梦里才能暂时忘却现实中这些不可思议的狼狈。天空中星光熠熠，大地上漆黑一片，看不出远处的情形。

夜半时分，河滩上的碎石突然开始朝着河内滚落。

"商军来了！"推移第一个冲出帐篷。推移早就让夏军做好准备，如果商军来袭，这也是一个理想的战场，真要打起来谁能是大夏大军的对手？

推移和大牺冲出帐篷后看到的情形，使他们都傻眼了。

今天正是戊子日,没有月亮,周围漆黑一片,只有遥远的颗颗寒星。

履癸当然知道商军可能随时追来,此处地处河滩,到处都是碎石、斜坡,战车无法发挥作用。没有了双钩,履癸改用两根长矛。如果被蚕丝绳缠住,履癸双臂用力就可以把长矛拽出来。

"啊!那是什么怪物!!!"夏军惊呼起来。

第四十二章　推移大牺

郔河边，夜半时分，几十只喷火的怪物正沿着河滩，借着风势冲向夏军营地。

夏军看到如此景象都有点儿蒙了。水火无情，火的无情却更加直接。烈火扑面而来，夏军不由自主地后退，但人的速度根本跑不过这些火怪，情急之下，士兵赶紧朝两边躲闪。火焰喷出一丈来长，疯狂舔舐着夏军，夏军的头发、衣服顿时燃烧起来，惨叫之声四起。

夏军终于看清了这些怪兽，不是别的东西，是燃烧的战车，上面放满了呼呼燃烧的松枝。战车上没有战马也没有士兵，点燃之后，商军发力推动，燃烧的战车就顺着河堤冲了下来。

噼啪作响的烈火战车借着夜风越烧越大，黑烟升腾，成了张牙舞爪的怪兽。夏军帐篷上的皮毛毡子瞬间都着了，一时间营地变成了一片火海。履癸用长矛挑翻了几辆着火的战车。夏军在河滩上无处可退，只好下河躲避。河水冰冷刺骨，经历过鸣条之战，夏军一下水，心里就慌了，哪里还有士气作战。这些火战车冲下来之后，河堤上喊杀声震天，商军杀了下来。

履癸本想背水一战，彻底扭转战局，但奈何夏军被燃烧的战车弄乱了阵形，混乱一片，根本无法组织起有效的反击。很多被逼退到河水中三峻的士兵和夏军开始渡河而逃，纷纷向河对岸跑去。双方厮杀在一起，时间一长，商军人数的优势开始显现出来，夏军开始逐渐退到了河边。

履癸奋勇搏杀，此时虽然没有了让履癸忌惮的蚕丝绳，但履癸也没有了可以横扫一切的双钩，一双长矛虽然勇猛，终归没有双钩趁手。

推移一看形势不好，如果长久耗下去，恐怕夏军会全军覆灭于此。

"大王，先渡河！"大牺说。大牺的大刀抡起来，商军成片倒下，商军还以为这就是履癸，更多人围了过来。推移也挥动大刀抵挡住进攻的商军，大牺和推移的手下一起组成了一道坚不可摧的墙。

"有劳二位将军殿后了！"履癸看到今夜万难取胜了，再打下去也没有意义，如今只有先到有施，再做筹划。推移和大牺守在河边，为履癸断后。履癸率领手下深一脚浅一脚地在齐腰的河水中跋涉。看到履癸带着夏军渡河而去，推移和大牺顿时舒了一口气。此时，如乌云一样的商军包围了上来，仲虺派手下下河堵住了推移和大牺的后路。

"推移和大牺勇猛天下无双，又忠贞不贰！朕不忍杀之！给我活捉了！"天乙说道。推移和大牺身边的手下，慢慢地越来越少，到天色发白，推移和大牺预计履癸应该已经到有施了，二人准备杀出重围渡河。此时商军已经把二人围了个严严实实，想走哪有那么容易？二人虽猛，但是却没有履癸那迅雷不及掩耳的迅捷。伊挚没找到履癸，把蚕丝绳阵用到了这二人身上，大刀被绳索缠住，挥舞不动，最后二人被仲虺和北门侧生擒了。推移和大牺被推到天乙面前。

"二位将军，如今大夏大势已去，可愿归降商国？"

"我等二人，生为大夏之臣，死愿做大夏之鬼！"大牺啐了一口，不看天乙。

"朕知道你二人忠心，大商代夏之后，需二位协助朕一起平定四方！"天乙继续规劝。

"平定四方？我二人恨不能一刀砍了你这逆贼！"推移怒目瞪着天乙。

"好！那就成全你们二人！推到河边！"推移和大牺傲然不跪，天乙的开山钺抡起来，大喝一声，瞬间推移、大牺的人头已经落地。

"把尸体丢到河中去喂鱼！"天乙命令。

有施。

履癸强压愤怒，率领手下渡河而去，天亮时分进入有施境内，后面并没有商军追来，但是推移和大牺也没有跟上来。履癸心底竟然有一丝慌张，心底隐隐有不好的感觉。

"王女！大王和天子回来了！"妹喜正在出神，听到有人来报。

"啊，这么快就回来了！"妹喜心中咯噔了一下，只好先放下心中的伊挚回到现实中来。妹喜赶紧来到大堂，只见履癸坐在正中，父王和其他大臣都坐在两侧。

履癸看到妹喜，笑容浮现，赶紧走了过来："妹儿，好久没见你了！"

妹喜看到履癸精神依旧，心中的担忧就放下来了。但是瞥见父王的神色，却隐隐都是愁容。

郼河之边。

天乙听说履癸到了有施。如今大夏的势力就剩下有施、有仍和东夷了。

天乙问："下一步，大商该出兵何处？"

伊挚说："先有施氏，夏王必在有施氏。有施氏败，则东夷自败。且东夷散居，不便于攻也。"

"先生说得极是。"天乙说。

"有施地处蒙山，山高林密，履癸万一逃入深山，那就不好擒拿了。"仲虺突然说，仲虺对有施的熟悉绝对不比自己的薛国差。

"正是如此，所以我们必须先包围有施，切断履癸去山中的道路！"

履癸刚刚进入有施城内，商国大军就把有施城给围住了，湟里且率援军而来，天乙大喜。

"来得好快！"施独看到商国大军到了有施城外，心中不禁也忐忑起来。

履癸联合大夏和有施之师出城迎战。伊挚命令用此前三种战法，木栅堵进，蚕丝绳索萦绕，万矢交发。夏军大败归城。

履癸回到城内脸色很不好看，赵梁在一旁说："大王，在郼国我们被商军火攻，阵脚大乱，伊挚那个蚕丝绳阵，其实也可以用火破！"

"赵相说得对！"履癸拍了一下椅子扶手，蚕丝这东西最怕火了，自己怎么一直没有想到？当年火烧白桦林的时候都忘了吗？

履癸在长矛上涂上松油，身边紧紧跟着几十个配备火箭的弓箭手，履癸再次出城作战。

第四十三章　左右为难

有施城外，厮杀声震天，战斗依旧在继续。

"突击！"仲虺指挥商军发起了冲锋，在商军战车的迅猛冲突之下，夏军阵线被撕开了数个口子，商军潮水一样冲了进去，几个来回之后，夏军又被分割成了几部分，伊挚指挥精锐继续围攻履癸，无数蚕丝绳带着石块朝着履癸飞了过来。

"点火，保护大王！"履癸周围的勇士的长矛、长戈上都燃起熊熊烈火。履癸点燃长矛上的松油，那些抛过来的蚕丝绳一下子就燃烧了起来，瞬间如同火烧蜘蛛网。

夏军的箭头都在火上引燃，随着吱吱的破空之声，弓箭齐发，箭头上带着火苗飞向商军，商军手上的蚕丝绳不一会儿都着了火，火苗顺着蚕丝绳燃烧过去，身上缠着蚕丝绳的商军瞬间就成了火人，号叫着倒在地上翻滚。商军大惊，不知是进是退。

"哈哈！伊挚你这把戏也该换新的了。"履癸仰天大笑，吓得商军纷纷后退，履癸四处挑刺，几十个商军转眼就被扎成了刺猬，终于一解这些天来的心头之恨。

履癸杀了个痛快，夏军一看履癸这边占了优势，顿时都来了斗志，奋力杀向商国阵线。商军抵挡不住，节节败退，履癸四处寻找伊挚和天乙，但商军人数太多，天乙和伊挚的大旗都不见踪影。几个来回，商军溃败数里，履癸志得意满地回城了。

履癸好久没有打过这么痛快的仗了，在有施大堂与虎、豹、赵梁和鬼臼，一起喝酒吃肉，却没有邀请有施的人，完全没把施独放在眼里。

　　施独闷闷不乐地回到后堂，这时候雍和来了，雍和就是多年前劝施独献出妹喜给履癸的老臣。此时雍和已经百岁了，依旧思维清晰，好像越活越年轻。

　　"如今，妹儿身为大夏元妃，履癸依旧没把我施独放在眼中！"施独叹了口气。

　　雍和对施独说道："国君不必烦恼！如今看来履癸已亡夏国，履癸多残夏民，久已当亡。今到有施不要再残吾民！"

　　施独听到雍和如此说，大惊之下竟然不知如何应对。好一会儿施独才说："当初不是你让朕把妹儿嫁给履癸，如今又来如此说，雍和，你要害死朕啊！"

　　"大王，如果当初不把王女嫁出去，你我早就没有命了！此一时彼一时！如今大夏大势已去，履癸已经是困兽犹斗！再打下去只会连累有施！"

　　"那当如何？"施独王妃问道。

　　"酒中放入麻药，醉履癸鬼臼以酒，待其熟睡，缚之麻绳百道，献出而朝商国。国君不要忘了，差点成为您的爱婿的仲虺还在商国当左相！投奔商国才是有施如今的明路。"

　　"啊？！"施独大惊。

　　"老臣已经百岁了，没有什么可怕的了，这一切就都交给老臣办吧！如若失败，就说是老臣的主意。"

　　施独这才发现，有施真正说了算的人，不知道到底是自己还是雍和。施独一直以为雍和年纪大了，就对雍和没有了戒心，钱财和军队都由雍和统管。

　　如今雍和要杀履癸，他连阻止雍和的能力都没有。妹喜听到这些，赶紧跑去找履癸，刚一出门就被雍和的手下拦住了。

　　"王女，仲虺就在城外！如今除去履癸，不是正好成全你们二人！"雍和眼神中透露出的笑意让妹喜觉得恶心。

　　"反正都是雍和的主意！仲虺不也在大商做左相吗？母亲知道仲虺是不会忘了我家妹儿的！没有了履癸，妹儿你后半生才能过得更好！"有施王妃也说道。

　　"母亲，孩儿是大夏的元妃，岂能做出如此不义之事？"妹喜怒斥道。

　　"你如果还考虑你的父母，明天宴席就不要说话，否则父母和母国可能就会身死国灭。"雍和说。

妹喜突然怔住,她也无法出门了。

履癸忙于作战和将士们在一起,今日没来看望妹喜。

转天中午宴席,履癸准时前来。履癸看了看坐在施独王妃旁边的妹喜,妹喜也正在看着履癸。这个天下男人之中的男人,依旧浑身结实的肌肉,双目如电,扫视过大堂的时候,所有人的心里都打了个激灵。

施独坐在那里,神情如常,雍和赶紧过来笑脸相迎。

"大王,昨日大败商军,大王神勇果然天下无双!雍和代表我家国君敬大王一爵!"

履癸拿起酒爵,拿到嘴边正要一饮而尽。

"大王,这酒不能喝!"妹喜突然站了起来。人只有要失去的时候,才知道要珍惜,才会想起这个人所有的好。妹喜看着眼前这个男人,觉得再也不能因为自己伤害到他了。

履癸好似没有听到妹喜的话,不过爵里的酒却没有喝,而是举起酒爵走到雍和面前。

"雍大人,朕能娶到元妃,全靠雍大人的功劳,朕在这里谢过雍大人,还请雍大人饮了这爵酒!"

雍和本来笑着的脸上顿时僵住了。

"大王!雍和年岁大了,不胜酒力!"

履癸隔着长案,唠的一把抓住了雍和的领子。

"雍大人不必客气!"履癸揪着雍和的衣领,把酒给雍和灌了下去。

满堂文武一半是履癸的人,一半是有施的人,都瞪大了眼睛,有的舌头吐出来都没缩回去。

履癸把雍和放到地上,雍和不一会儿就浑身哆嗦,双脚站立不稳,然后就摔倒在地,身体不由自主地颤抖起来。

"嘿嘿!果然好酒!施独国君要不要来一尊?"

"大王,这都是雍和的主意,和施独无关!"施独赶紧给履癸叩头。

雍和勉力抬起头来,刚要开口继续说话,履癸一拳过去,雍和已经飞了出去,履癸接着就要去杀施独。

妹喜已经跪在大堂中:"大王,父王千错万错都是妾的父亲!如果大王要杀,妾也只有一死!"

"妹儿,也罢!先饶了那老匹夫。"履癸拉起妹喜就朝着大门口走去。

此时有施的士兵听说雍和被杀了,杀到有施王府门前。有施王府门前瞬间双方矛戈林立,弓箭都瞄准了对方的咽喉,血战一触即发。履癸不顾有施士兵的兵器,旁若无人地拉着妹喜而过,有施士兵不由自主地给二人让开了一条通道。

履癸一把抱起妹喜上了马车,妹喜说:"妹儿不愿母国受刀兵之灾,大王,我们走吧。"

"好,就依妹儿的。"履癸带着妹喜和夏军继续向东南而去。

施独不知所措,只好按兵不动。

赵梁是老于世故的人,最敏感的就是和他同样老而奸诈的人,所以他早就对雍和起疑心了。

"大王,雍和老而成精,那天我看他眼神,似乎心中有奸计,估计想要害大王,明日宴席万万不可去!"

"老东西活腻了。"履癸一听大怒,提着双矛就想去找雍和。

"大王不可打草惊蛇!"赵梁说。

履癸如今已经没有那么冲动了,听到赵梁的话问道:"梁相何意?"

"大王此去,那雍和对大王早有戒备,估计杀入他家里,雍和也早得到消息跑了!大王不如将计就计!"

"哦?!"履癸思索了一下,"梁相所言极是!"

第四十四章　高神焦门

天亮之后，商国大军继续兵临城下。

突然城门开了，商军人人心中一凛，进入战斗状态。城中军队缓缓而出，为首的战车上有一白发苍苍的老者，来到阵前，走下战车，伏拜在地。

天乙纳闷："这是谁？履癸呢？"

原来施独自知凭有施的国力无法和商军抗衡，打开城门，跪在城前投降。

履癸趁着夜色，率领手下和妹喜出城而去，商军刚刚大败，并没有围城，履癸没费多大力气就离开了有施，夜色混乱中，商国也不知履癸是不是走了。

天乙看到施独投降不知如何处置，看向伊挚。伊挚知是妹喜的父王，心中不忍，悄悄对天乙说："大王，让仲虺将军处置吧。"

天乙点头。

"有施国君，一别多年，别来无恙啊！"仲虺上前，多年之后，心中滋味难以言喻。

施独抬头看到一个巨大的身影，满头红发似曾相识。

"仲虺……将军……看在妹儿的面上，望大商能放过有施城中的百姓。"仲虺如今统领万人军马，身为大商的左相，风度气场早已不是当年那个看着妹喜被抢，却毫无办法的仲虺了。

"有施国君把大王的心胸看得太小了，我们进城。"仲虺搀扶起来施独。

天乙过来和施独相见，一起进入有施城中。仲虺在有施府中转了一圈，不知不觉走到了昔日和妹喜荡舟的大湖，不由得出神。湖水温柔依旧，伊人却已远。

如今天下大半已经臣服商国，天乙顾不上施独，连夜聚集商国群臣。

"如今履癸逃出了有施，此时天下归心，是否可以擒拿了？"天乙问伊挚。

伊挚说："大王，如今天下大定，人心归商。"

"履癸南下之后就进入南方蛮荒之地了，也就难以寻找其踪迹了，要想追拿履癸定是千难万难了。"仲虺说。

"如此三军全力追击，务必力擒履癸！"天乙已经没有一丝迟疑。

履癸带着妹喜从有施出来之后，茫茫然不知向何处去。履癸身边如今只剩下部分夏军，鬼臼早已不知所终，有仍离着有施很近却也无实力，已经不能去了，如今履癸只有去东夷的涂山氏，涂山氏是大夏的宗亲，也许能够收留履癸。

履癸率军朝着东南而下，夏军如今粮食都成了问题，开始抢掠沿途部族。天气越来越潮湿，已经接近蛮荒地带，四处都是沼泽沟渠。

已经进入深秋季节，四处一片萧瑟景象，天气潮湿阴冷，每天都是不见天日的大雾。这种天气下，人的心情都不会太好，履癸的脸色也越来越凝重，他实在有点儿累了。妹喜也是一句话不说，此刻唯有陪伴才是对履癸最大的支持。

"我们这到底到哪儿了？这鬼天气还能晴吗？"履癸有点儿暴躁了。

话音刚落，一阵大风吹过。天终于慢慢放晴了，一轮红日照在众人身上，有了阳光，众人心中的阴霾随之一扫而光。众人觉得四处明晃晃，有些刺眼睛，这是怎么回事？

周围波光激滟，全都是水，只有中间一条路通向远方。

"大王这里应是焦门，又称高神之门，中间这条路就是门。"赵梁已经抓了当地的向导，打听清楚了地形，但也没想到此处的景色如此震撼。

秋水映天色，雨后夕阳红。水漫前行路，天光共云影。此刻两边都是湖水，只有前面一条路通向天边，远处白云飘飘映在水中，水天一色，天上、人间似乎融在了一起，怪不得叫作高神之门，这条大路仿佛真的可以通往天上。

此刻，夏军突然没了欣赏风景的心情，前方远处旌旗招展，大旗上的玄鸟在这蓝天白云下异常刺眼，回头一看，玄鸟旗也在渐渐逼近。

履癸的前方后方都有商军，后方天乙率领的大军浩浩荡荡足有万人以上。前方的商军拦住了去路，为首大将红发、红髯、赤膊在阵前，身上一条虺蛇缠绕。此处离着仲虺的薛国并不远，仲虺熟悉道路，并已经赶到了履癸前面。

仲虺怒目而立，正是仇人见面分外眼红。

"履癸！当年你在有施抢走妹儿的时候，可知会有今天？"仲虺浑身就如同燃烧着火焰，他等这一天等了多年。

"仲虺，你不是我的对手！朕是大夏天子，你算什么？你身上有虺蛇又如何？"

天乙一直在后面追逐履癸，早就发现了履癸的踪迹，天乙就想冲上去追杀。

"大王，如果现在和履癸打，此处地形复杂，履癸如果战败躲了起来，我们恐怕再也难以抓住履癸，那样履癸就成了第二个少康了！我们就成了当年的后羿了！"伊挚道。

"那怎么办？让履癸一直跑到天涯海角，到涂山氏去请了援军回来？"

"前面就是焦门！焦门两面都是水，只有中间一条大路！我们就在此擒住履癸吧！"仲虺突然想起什么。

此处河道纵横，履癸只有杀退前面的仲虺才有一线生机，催动战车冲了上来。仲虺今日神勇异常，竟然一人和履癸打在一起，不分胜负。

时间一长，履癸越战越勇，仲虺一时间险象环生，天乙看到仲虺危险，命令道："北门侧、庆辅，快去协助仲虺！"

北门侧和庆辅率领手下就朝前杀去，但是夏军阻拦，虎、豹拦住了去路，一时间根本杀不过去。

天乙大怒："给我杀过去！"大喝一声，抡起开山钺杀了过去。

但是一时间根本到不了履癸身边。

"啊——"，仲虺肩头被履癸长矛刺穿，鲜血瞬间流了出来，履癸一用力就把仲虺挑在空中，冷笑一声把仲虺甩了出去，"扑通！"仲虺落入水中不见了踪影，只留下水面浮起的一片红色。

履癸率人继续朝前杀去，仲虺的手下看到仲虺被挑起落水，顿时大乱，履癸转眼就要杀过去了。

就在这时候一个声音飘过来:"履癸,你还要你的元妃不要?"

履癸猛然回头,发现妹喜的马车并没有跟上来,远远的天乙站在妹喜的马车车头,一手握住了妹喜的一只胳膊,单手举起的开山钺随时就要落下。

"大王,妹儿本就生无可恋,死无可惧!你走吧!"

履癸看到四周上万的商军,被团团包围,身边夏军所剩已不足千人,自己一人自然可以杀出重围,带着妹喜却是绝不可能了。

"也罢!天乙竖子,你放了妹儿!朕任由你处置便是!"履癸扔掉双矛,傲然而立,此时虎、豹将军也愣住了,后面的商军冲上来,长矛、长戈纷纷抵住夏军。

"大王不要——"妹喜声嘶力竭,但履癸一动不动,商军纷纷过来,无数条绳索扔过来就要捆住履癸!

第四十五章　南巢相依

天乙看到履癸就要杀出重围，却看到一辆马车上立着一个风姿绰约的美人。天乙突然想起来，这不就是大夏元妃妹喜吗？情急之下，天乙跳上马车就抓住了妹喜的胳膊，举起了开山钺！

商军一看履癸扔了长矛，蜂拥而上，用麻绳把履癸捆了起来，天乙看到履癸已经被捆住，赶紧放开了妹喜，跳下马车，不好意思去看伊挚和仲虺。

此时传来一阵歌声："蒹葭苍苍，白露为霜。所谓伊人，在水一方。溯洄从之，道阻且长。溯游从之，宛在水中央。蒹葭萋萋，白露未晞。所谓伊人，在水之湄。溯洄从之，道阻且跻。溯游从之，宛在水中坻。蒹葭采采，白露未已。所谓伊人，在水之涘。溯洄从之，道阻且右。溯游从之，宛在水中沚。"妹喜唱起歌来，歌声在空阔的水面飘荡起来。

妹喜挣脱天乙之后，看到履癸被俘，歌声依旧在回荡，马车正好临近水边，妹喜从车上纵身一跃，身姿在空中划过一道优美的弧线，朝着湖中飞去。水花溅起几朵涟漪，逐渐归于平静，岸上的人都看呆住了。

此处湖水正深，岸边蒹葭苍苍，随风摇曳，哪里还有妹喜的踪影？

突然，湖中嘭的一声，水花四溅，一个白色的身影也跃入了湖水之中，匆忙中所有人都没看清楚那个人是谁。

伊挚一直在观察着妹喜，妹喜刚落水，伊挚已经飞身入水。妹喜心意已决，朝着水底沉下去，伊挚焦急中循着影子潜了下去。

"我儿——"伊挚脑海中突然闪过自己母亲困死在沼泽中的情景。

"不！"伊挚奋力抱住了妺喜，妺喜看清了是伊挚，在水底混乱中竟然浮现一丝微笑，反手抱着伊挚继续向下沉。

"就这样陪你一起了此残生也好，免了人间许多苦痛。"伊挚也不再挣扎。

"吾儿救我！"伊挚突然又听到了母亲当年的求救声，一激灵，呛了一口水，痛苦的刺激之下，伊挚用力扯住妺喜的胳膊，用嘴堵住妺喜的嘴不让她继续喝水，拽着她奋力向水面游去。

"竖子，这些绳子是绑天子的吗！"履癸大怒，双臂用力，大喝一声，麻绳嘎吱嘎吱作响，突然一下子就绷断了。

"妺儿——"履癸就要冲过去救妺喜，奈何他并不会游泳，此刻无数长矛抵住履癸，盖世英雄也焦急无措得犹如笨重的狗熊。

这时候，岸边兼葭摇摆，一人怀里抱着一个女子，一步一步走上岸来，还有一人身上流着血跟在身后，眼光却一直盯着前面人怀中的女子。

前面的正是伊挚抱着已经奄奄一息的妺喜，后面跟着的是受伤落水的仲虺。

妺喜看到履癸说："大王，你去哪儿，妺儿就跟你去哪儿！我永远是你的元妃！"

履癸看了看伊挚，又看了看后面的仲虺，胸中气血翻涌。

天乙走上前来，对履癸说："大王，天乙早就为大王特意备好一车！"

天乙让身后之人，驾驭过来一车。青铜马车高大豪华，阳光下熠熠闪着金光，的确够得上天子气派，外面一层厚厚的铜柱子，每根都有大象腿粗细，由上百个士兵前后拉着推动。

履癸哈哈大笑："还是天乙国君想得周到！妺儿我们上车。"

履癸从伊挚手里接过了妺喜，抱着妺喜上了这个铜马车。

铜柱卡死，天乙长出了一口气。

商军收服了夏军，一行人反而继续向前，几天之后到了南巢国，南巢国在有荆国的东方，国中无论国君还是百姓都赤着脚，擅长驾舟打鱼。

南巢国君率领手下来迎接商军，国君是个皮肤黝黑的汉子，双目透着一股凛然正气："南巢国恭迎天乙大王！"

伊挚觉得面熟，问道："伊挚可是在哪里见过国君？"

"当于在斟鄩见过伊挚先生！"

"啊，对了，你是南方方伯长常国国君当于！"

"对，常国就是有巢氏，也叫南巢。"

天乙看到南巢国的态度，心里很是欣慰，押着履癸进入了南巢。

大军在南巢休整几日，天乙问众人："当如何处置夏王？"

众人都认为杀之而后快。

"不可！那样大商和大夏有何区别？"天乙知道如果履癸死了，恐怕就会立马出现一个新的夏王来和商作战。

伊挚说："欲全其命。须贬之。无所施其武，使不害人。"

天乙说："天下哪里适合关押履癸呢？"

当于说："大王，有巢之国有一地，昔人构巢而居。百年前四面皆陷成湖，水深数丈，此巢独存，广数里也，唯船可以通行。履癸在那儿就无所用其武也。"

天乙大喜："此地甚好！"

转天，履癸被层层勇士押着走出了地牢，身上是碗口粗细的铜锁链，妹喜跟在履癸身后，身上依旧一尘不染，二人上了铜马车。

履癸下了铜马车，看到远处一片大湖。"难道天乙那竖子要朕跳湖？"履癸问随行的仲虺。

"履癸，那样仲虺脸上的笑容你肯定能看出来！走吧！上船！"

仲虺没有看妹喜，妹喜也没有看仲虺，仿佛两个人从来就不曾相识。仲虺心里暗暗地叹了一口气。

履癸抬头看向前方，一艘木船等在湖边，仲虺押着履癸和妹喜坐上木船朝着湖心岛而去。

众人登上小岛，岛上几间茅屋，四周水面开阔，环境倒还算优美。

履癸和妹喜身边之人也被送上了小岛，准备了日常用品，还有数坛美酒。

仲虺没有说话，率人坐船离开了。

夜色来临，皓月当空，月影云影共徘徊，履癸喝了送来的酒之后，困意来袭，昏昏睡去了，妹喜静静看着履癸。妹喜这才知道履癸是真的爱自己的，自己不能离开履癸。

这时候妹喜发现门外站着一个人，依旧仙风道骨。妹喜独自走了出来，月光下那人正是伊挚，伊挚双目中充满让人无法猜透的深邃。

二人沿着岸边默默走着。

"妹儿，我们就要回中原了，如今你还不肯跟我走吗？"伊挚如今突然觉得自己从来没有离妹喜如此远。

"伊挚，我当年就不应该在容台见到你，是你让履癸失去了一切，从一开始你靠近我，就是为了抢夺履癸的江山。"妹喜望着伊挚，心中爱恨交加。

"我做的一切都是为了你！"伊挚这句话只有对着妹喜才能说出来。

"为了我？你只不过是为了你的野心！"妹喜依旧冷漠。

"我有什么野心？"伊挚追问。

"你不安心自己生来是一个奴隶，一直想证明自己，你爱着有莘王女，但不敢承认，最终失去了王女。你靠近我只不过因为我是王的女人，你想得到我来证明你自己！你一生都在不停地证明自己，所以你扰动天下，天下多少无辜的百姓因为你的野心而死去！你就是一个自私自利的妖魔！"妹喜越说越激动。

"不管我是不是妖魔，你心中最重要的人到底是我还是履癸？"伊挚只想在妹喜面前袒露自己心中的一切，至少是对妹喜的心意这一部分。

妹喜没有马上回答。良久，妹喜说："你若真的爱我，就让我陪着履癸吧，不要来打扰我们，就让我们在这个小岛上过完最后的日子。安安静静的，只有我和履癸，我再也不想见到你们任何人。"

此时远处的阴影中，一个人双眼盯着这边良久，最后那个人还是没有出来，伊挚回头只见到一个红色头发的背影。伊挚追了出去，那人却已经消失了。小岛并不大，岛上也没有守卫，除了履癸和妹喜居住的这几间草屋，根本没有可以藏身的地方，但是伊挚却没有看到人影。

伊挚的船就在不远的地方，白薇在船上等着伊挚。

"白薇，你看到还有别的人吗？"伊挚顾不上妹喜，回到船上。

"我好像看到一个人影！然后就消失了！"

"能够在水中消失的人大商只有一个。"伊挚已经知道那人是谁了。

第四十六章　卞随务光

大夏天子履癸被囚禁在南巢湖心岛，天乙留下上千看守履癸的商国士兵，返回斟鄩。

斟鄩的百姓依旧夹道欢迎凯旋的队伍，不过队伍中再也没有了大黑马上英姿勃发的履癸的影子。

天乙每日忙于安抚天下，今天又在太禹殿中和众臣议事。

"大王，殿外有二位老者求见。"内官禀报。

"哦？有请！"天乙疑惑。

众人只见两位老者走入大殿，前面老者一身白衣，后面老者一身青衣，青衣老者手中捧着一个朱漆木盒。

天乙此刻依旧没有坐在履癸的王座上，而是坐在旁边，此刻看到二位老者，恍然想起来："原来是义伯、仲伯二位老人家！"

"大王！这是大王即位天子的典宝！"正是三崚的义伯、仲伯来求见天乙。

"哦？朕何德何能当天下的天子？"天乙忙摆手。

"大王先请看过典宝！"义伯打开仲伯托着的木盒，义伯捧出来三崚宝玉做成的典宝，瞬间温润的白光照耀了整个太禹殿。

典宝上圆下方，造型古朴，上面一玄鸟盎然而立，闪着莹润的光芒，典宝让大殿中所有的眼睛都闪烁出期盼的光。

仲伯将准备的羊皮卷平放在旁边几案之上，对天乙说："这是我二人用数月为大王即天子之位准备的典宝，大王可以一试。"

天乙目光久久不能离开这个宝玉典宝，心中默念："三峻宝玉！传说得到它，天下就会大变！如今你到了天乙手里，天乙真的就可以当这天下的天子了吗？"

天乙双手不禁捧起了典宝，轻轻在羊皮卷上按下。

"大王请抬起一看！"义伯说。

天乙迟疑了一下，双手捧起了典宝，羊皮上出现了几个朱砂大字。

"大商天子典宝！"仲虺不禁脱口而出，整个太禹殿内的人都听到了。

太禹殿内离得近的大臣欢呼："天子！天子！"

天乙心中欢喜，脸上却是惊恐的表情，忙说道："天乙才疏德寡，哪配得上这天子之位！应选天下大德大才之人坐这天子之位。这典宝就由义伯、仲伯暂时负责保管。"

如今摆在众人面前的就是谁来继承天子的大位，大家想让天乙即位为天子，但是天乙总不能自己说朕要即位为天子吧，那样岂不是真的成了篡位的后羿了？

大夏王朝之前尧、舜、禹禅让天子之位深入人心，天乙也要学尧、舜，进行禅让之礼，首先要寻求天下配得上天子之位的贤人。

天乙想起天下的确有两个贤人，一个叫卞随，一个叫务光，天乙曾经去拜访过二人。卞随是务光的好友，以贤德名扬天下。

如今，卞随和务光的名望依旧天下皆知，天乙终于在伊挚等的协助下夺得了天下。天乙不辞辛劳，再次拜访卞随。

茅檐翠竹，清幽雅致的庭院，多年过去，卞随的容貌依旧和十几年前没什么变化。

天乙说："卞随先生，如今无道残酷的大夏已经被推翻，天下需要贤明的大材来当天子，卞随先生可愿即位为天子，为天下苍生谋福？"

卞随这次看着天乙说："君伐夏时要与我合谋，必以为我是喜欢杀人的贼；君战胜了夏要把天子之位让给我，必以为我是个贪心的人。吾生乎乱世，无德之人一再以其让人羞辱的行为来玷污我，我不忍再听下去了。"

天乙实在有点儿怒了："卞随先生如此说就有些不识大体了！"

卞随不再看天乙："如今大王要坐这天子之位，你来无非是想借助我的名气而已。"

"天乙倒是要看先生能躲到哪里去，如今天下初定，先生不愿做天子，也应该出来为天下做一些事情！"天乙说完拂袖而去，天乙并没有杀掉卞随，天下都看到了天乙包容的胸怀。

天乙又去拜访务光。刚走进院子就听到了悠悠琴声，务光的琴声能够绕梁三日，果然名不虚传，他礼貌地接待了天乙。

天乙和务光见礼之后说："有智谋的人进行策划，有军事才能的人进行攻夺，有仁义道德的人居天子之位，这是自古以来通行的法则。先生心怀仁义，道德高尚，我想立先生为天子，如何？"

务光听完之后，哈哈大笑，说道："废黜君主是不义的行为；攻战杀人是不仁的行为；别人冒险攻夺而我坐享其利，是不廉洁的行为。不是仁义的事，不做其官，不受其禄；不讲道德的世道，不践其土。现在大王竟要尊我为天子，我怎么会接受呢？务光也不忍再见到这污浊不堪的尘世了。"

天乙冷冷说道："难道务光先生也想步卞随先生的后尘？！"

"务光早有此意！"务光闭上双目不再看天乙。

天乙只好退了出来，回到了斟鄩。

不久之后天乙得到消息，卞随奔到椆水旁，投河而死。几天之后，务光知道了卞随投河的事情，抱着一块大石头沉没于庐水之中。

"抱住石头！卞随、务光的确是心志坚定之人，可惜！可叹！"天乙叹息道，语气之中没有丝毫哀伤。

第四十七章　仲虺之诰

　　天乙去请务光和卞随当天子，结果二人却都投河而死，这让天乙很难堪。天乙以臣伐上，最后流放了天子，卞随和务光对此的看法代表了天下一部分人。于是，天乙率军回了亳城，心事更重了。如今天下动荡不安，必须有人尽快继承天子之位，否则可能天下大乱，百姓重回到战火之中。

　　征战的时代过去了，以后要治理天下，仲虺当然知道天乙四处谦让是不得不如此，如今是千载难逢的时机。

　　冬日的暖阳透过窗棂，映出大殿内飘着的点点微尘。这天天乙在玄鸟堂议事，商国大臣全都到了。

　　天乙朗声说："诸位，如今天下平定，须学尧、舜，推举德才天下之人为天子。"

　　仲虺缓步走到大堂中央："关于推选天子，仲虺有话要说。"

　　天乙说："仲虺将军请讲！"

　　仲虺表情凝重起来，声震四方："呜呼，唯天生民有欲，无主乃乱，唯天生聪明时乂，有夏昏德，民坠涂炭，天乃锡王勇智，表正万邦，缵禹旧服。兹率厥典，奉若天命。夏王有罪，矫诬上天，以布命于下。帝用不臧，式商受命，用爽厥师。简贤附势，实繁有徒。肇我邦于有夏，若苗之有莠，若粟之有秕。小大战战，罔不惧于非辜。矧予之德，言足听闻。唯王不迩声色，不殖货利。德懋懋官，功懋懋赏。用人唯己，改过不吝。克宽克仁，彰信兆民。乃葛伯仇饷，初征自葛，东征，西夷怨；南征，北狄怨，曰：'奚独后予？'攸徂之民，室家相庆，曰：'徯予后，后来其苏。'民之戴商，厥唯旧哉！佑贤辅德，显忠遂良，兼弱攻昧，取乱侮亡，推亡固存，邦乃其昌。德日新，万邦唯怀；志自满，九族乃离。王懋昭大德，建中于民，以义制事，以礼制心，垂裕后昆。予闻曰：'能自得师者王，谓人莫己若者亡，好问则裕，自用则小。'呜呼，慎厥终，唯其始。殖有礼，覆昏暴。钦崇天道，永保天命。"

仲虺说完之后，玄鸟堂内所有人都被镇住了。伊挚和费昌等都不相信自己的耳朵。平日里大家都知道仲虺擅长祭祀、打仗、铸造青铜器，没想到竟然也有如此文采。

伊挚击掌上前："仲虺这篇文章写得甚好！"

仲虺躬身："仲虺不才，给众位和天下百姓详说下此文之意？"

天乙不动声色地望着众人，说道："如此甚好，仲虺将军请讲，朕也洗耳恭听！"

仲虺说："啊！上天生养人民，人人都有情欲，没有君主，人民就会乱，因此上天又生出聪明的人来治理他们。履癸行为昏聩，人民陷于泥涂、火炭一样的困境；上天于是赋予勇敢和智慧给大王，使您做万国的表率，继承大禹长久的事业。您现在要遵循大禹的常法，顺从上天的大命！夏王履癸有罪，假托上天的意旨，在下施行他的教命。上天因此认为他不善，要我商家承受天命，使我们教导他的众庶。简慢贤明依从权势的，这种人很多。从前大商立国于夏世，像苗中有莠草，像粟中有秕谷一样。小百姓和大人物都颤栗恐惧，无不害怕陷入非罪；何况我商家的品德和言行都值得听闻。大王不近声色，不聚货财；德盛的人用官职劝勉他，功大的人用奖赏劝勉他；用人之言像自己说的一样，改正过错毫不吝惜；能宽能仁，昭信于万民。从前葛伯与赐予食物的人为仇，我们的征伐从葛国开始。大王东征则西夷怨恨，南征则北狄怨恨。他们说为什么我们在后面？商军经过的地方，家家互相庆贺。他们说：等待我们的君主，君主来临，国家就能复苏！天下人民拥戴大商久矣！佑助贤德的诸侯，显扬忠良诸侯；兼并懦弱者，讨伐昏暗者，夺取荒乱的，轻慢走向灭亡的。推求灭亡的道理，以巩固生存，国家就将昌盛。兼弱攻昧，取乱侮亡，推亡固存，邦乃其昌！德行日日革新，天下万国就会怀念；志气自满自大，亲近的九族也会离散。大王要努力显扬大德，对人民建立中道，用义裁决事务，用礼制约思想，把宽裕之道传给后人。我听说能够自己求得老师的人就会为王，以为别人不及自己的人就会灭亡。爱好问，知识就充裕；只凭自己，闻见就狭小。啊！慎终的办法，在于善谋它的开始。扶植有礼之邦，灭亡昏暴之国；敬重上天这种规律，就可以长久保持天命了。"

仲虺看到众人没说话，继续说道："大王，为了天下苍生，大王应该早日即位为天子！"

仲虺这番话将流传千古，"仲虺之诰"解决了天乙最烦心的问题——天子之位更替的合法性。

政权的合法性来源于合理的制度，当年大禹来源于长久治水的事业奠定、来源于上天的天命、来源于人民的支持，而不是交接的手续。大商伐夏是最早的革命。

仲虺这篇文章不知准备了多久，一举奠定了仲虺在商朝立朝之后天下左相的地位。有了仲虺这篇文采斐然的诰，天下都明白了天乙为什么要伐夏。

伊挚、费昌、天下诸侯一起跪在玄鸟堂前。

"为了天下苍生，请大王即天子位！"

天乙依旧推托不肯，如此天下诸侯都来相劝，德高望重的有鬲氏国君和洛元妃也来相劝。天乙依旧摇头，不肯即天子位。

伊挚上前，说道："大王，天下必定要有天子，如今寒冬已去，春日即将来临，正是天子即位的好时节，不如举行天下诸侯大会，推选天子！"

费昌说："如此甚好，天下诸侯一起推选的天子，必定天下皆服！"

天乙说道："如此甚好！告知天下，三月在亳城举行诸侯大会，推选天子！"

斗转星移，冬去春来，转眼就到了三月，天下诸侯聚集到商国亳城，亳城中熙熙攘攘到处是天下各国的首领。

今日要举行天子推选即位大典，天下人皆可观礼。到底谁会被推选为天下的天子呢？

第四十八章　天子成汤

大商从征服葛国开始，接着天乙被履癸囚禁夏台，死里逃生，终于回到商国。历经十几年，先后经历九征，从一个不足百里的小国，逐渐征服了有荆国、温国、豕韦、顾国、昆吾国、大夏、三㟪、郦国，终于一统天下。

在南巢流放了履癸之后，天乙回到了亳城。天乙召集天下诸侯，推选能够治理天下的天子。

阳春三月，草长莺飞，万物复苏的时节即将萌发出一个新的时代，三千诸侯已经齐聚商国，天下诸侯都来了。

大商和大夏的大战搅动天下，诸侯被迫加入大商或者大夏的阵营，如今尘埃落定，大夏阵营从华夏大地上消失了。此次会盟超过了当年大禹的涂山大会，也超过了履癸的每一次诸侯大会，更是超过了当年出征昆吾时的景亳会盟。

大会设在玄鸟堂外面的祭祀台广场上。

天乙等坐在祭祀台上放眼望去，会场上人山人海，人们从来没有听说过的诸侯都来了。

正中是天子之位，天子之位旁边放着三㟪宝玉做成的典宝。

天乙对典宝两拜行礼，然后走到诸侯的位次上。几千人鸦雀无声，大家都等着天乙说话。

"这是天子之位，有道的人可以坐上去。"天乙开口了，浑厚的声音穿透了所有人的耳朵。

天下诸侯如同变成了雕像,没有一个人发出声音。

"天下,不是大夏独有的,而是有道的人所有的。有人愿坐这天子之位为天下苍生谋福吗?"

天下诸侯一个个都望着天乙,呼吸似乎都停止了,现场气氛压得所有人都喘不过气来,这天子之位岂是随便就能坐的?

"有人愿坐这天子之位为天下苍生谋福吗?"天乙再次朗声询问。

第二次,天子位依旧没人坐。

"天下应该由有道者治理,只有有道者才能坐这天子之位!"天乙说完目光继续扫视着众人。

三千诸侯没有人去坐这天子之位,有资格当天子和敢于阻止天乙的卞随和务光已经死了。

"有人愿坐这天子之位为天下苍生谋福吗?"天乙第三次朗声询问。

天子之位仍然空着。

这时候伊挚、费昌、仲虺、有鬲氏等突然跪倒在地。

"臣等跪求大王即天子位!"

天乙怒目而视:"你们这是做什么?"

整个广场之上所有诸侯一起跪倒在地,万人齐呼。

"臣等跪求大王即天子位!臣等跪求大王即天子位!臣等跪求大王即天子位!"

天乙叹道:"天乙德疏才寡,不配为天子!"

人们呼声依旧:"臣等跪求大王即天子位!"

天乙无奈,对着众人下跪。

"各位错爱,天乙只好暂为代之!"

"大商天乙天子!"众人欢呼。

天乙慢慢走向中央的天子座,坐到了天子的位置上。

即位典礼之后,天乙说:"阴胜阳,叫作变,一变上天就不佑助;雌胜雄叫作乱,一乱人们就不依从。治国理政,在于臣下的受治与顺从。"众人无不臣服。

天乙临政之后,改变了器物、服饰的颜色。大商色尚白,以白为徽号,服皂冠而衣缟。

天乙封伊挚、仲虺二人为右相和左相，尊伊挚为元圣，公告天下。封咎单为新任太史。

天乙还想换掉夏的社神，大夏社神是远古共工氏之子句龙，能平水土，还没有谁能比得上他，所以没有换成，于是写下《夏社》，说明夏社不可换的道理。

现在，天乙已经是天下的天子，号为武王。天乙即位，文武百官朝贺已毕。

天乙如今也已经进入花甲之年，从此天下不再是大夏，而是大商。

黄帝有两个儿子，玄嚣和昌意。黄帝死后，长子玄嚣继位成为华夏部落联盟的首领，史称少昊。玄嚣的儿子叫蟜（jiǎo）极，但在玄嚣之后继位的是他的侄子、昌意的儿子——颛顼（zhuān xū）。颛顼打败共工，之后继位者却是他的堂侄、蟜极的儿子——帝喾（kù）。帝喾以仁德治天下，深受拥戴。他有四个儿子，挚、弃、契（xiè）、尧。四百多年后，天乙就是契的十三世孙。

轩辕黄帝的第十七代子孙子氏天乙成了新的天子！

仲虺写的《仲虺之诰》帮天乙登上天子之位后，天乙非常看重仲虺，伊挚作了一篇《咸有一德》，说明君臣都应该有纯一的品德；太史咎单作了《明居》，颁布了大商的法典。

第四十九章　夏桀

夜半，皓月当空，碧波如镜。

湖水之边，一个白衣女子站在水边，夜风吹动她腮边的发丝，眼眸中映照着湖水中的熠熠星光。她站了很久了，只有湖水中的月亮的影子在陪着她。妹喜梦中醒来，伊挚又来折磨她的心了。

大夏已经不再是天下共主，天乙已经即位天子。履癸当年没有杀掉关在夏台的天乙，天乙为仁德之君，自然也不能杀了履癸，因而履癸在南巢的自由并没有人限制。

南巢湖心岛亭山之上只有几间茅草屋和天乙从斟鄩送来的愿意照顾履癸和妹喜的奴隶和侍女。妹喜每日茶饭之外，就是陪着履癸在岛上转来转去。一艘小船从岸边驶来，妹喜不由得望了过去，船上并没有伊挚的影子。岛上的几个老奴赶紧过去把船上的粮食、蔬菜以及众人的衣服搬了下来。

"娘娘，这是您的固颜汤。"老奴捧过精致的玉罐。

妹喜看到固颜汤，心中一暖，伊挚没有忘了自己，她已经好久没有见过伊挚了。

船上的人并不上岸，直接划船回去了。每日岸边都有一艘小船来岛上送食物、衣服等，其中就包括妹喜需要的固颜汤。每日都是不同的人来送东西，查看履癸和妹喜是否正常，然后回去报给天乙、仲虺和伊挚。每次运送补给的小船从湖心岛回去的时候，岸上的上千士兵就会列阵岸边，以防止履癸借着小船逃走，如果发现有异样，岸上就会万箭齐发，几百长矛掷出来，履癸就是再勇猛也难以活命。

履癸对着岸边凝着粗粗的剑眉看了很久，依旧没想出逃脱之法。

"可恼！"履癸也无可奈何。

履癸在南巢举目四望，只见四围皆水，中间一座亭山孤岛，不是酒池肉林，也没有倾宫和长夜宫。天乙知道履癸不识水性，不用担心履癸游水到岸边。除了每日来送食物的士兵、天上的飞鸟、偶尔跃出水面的鱼，这里简直是人间最为清净的地方。履癸昔日所拥有的一切如同一场梦。

如今岛上断荠切菜都用木刀，搜遍整个岛也找不到任何能当兵器的东西。履癸再也没有无复长钩在手，再也不能率百乘高车横击千军，挞伐四国。如今每日日供三餐不过是脱粟酱肉，再也见不到新声妙舞、上膳飞鲜、麻布丝絮，再也没有珠天宝地。

"吾悔不杀子履于夏台，致有今日也。"履癸抚膺长叹，伤心愤恨，对自己往年所作之过没有一丝悔过。履也是天乙的名，天乙姓子名履。

这句话传了出去，天下人说："履癸有万恶，仅有不杀天乙之一善耳！乃犹悔之，是耻一善之尚存，欲万恶之皆备也。悲夫！"

履癸抑郁愤懑难以排解，只有借酒浇愁，好在还有妹喜在身边，妹喜依旧每日为履癸跳一支舞，履癸终于慢慢平静下来。

时光流转，不知不觉三年已经过去了，大商的一切都进入了正轨。

今夜满月，但是月光周围有一圈红色的光晕，这是传说中的红月亮，还有一个名字——血月！

一支轻舟悄悄滑过水面，大商的守卫竟然没有一点儿动静。

船上的人长身玉立，衣袂如飞，正是大夏的右相伊挚。伊挚好久没见到妹喜了，纵使相见不如怀念，纵使再也回不到从前了，但是伊挚还是无法控制自己，他必须来看一看妹喜，即使一句话也不说，只是远远地看下那个熟悉的身影也好。伊挚和天乙请求去查看履癸近况，天乙自然明白伊挚的心意，点头允许。

伊挚悄悄来到岛上，不想打扰妹喜，却发现岛周围停了好多大船。

"谁能调动这么多船？"伊挚熟悉岛上情形，悄悄走近履癸和妹喜的院子。

一个时辰前。

月光下，院子中竟然有几十个人，为首一人红髯红发。原来仲虺也请求来到南巢岛上，天乙没有说话，点头应允。

"履癸，你再勇猛，看你如何？我带了五十匹马来，今夜就要把你分尸！"

履癸早已被捆了起来，几十个勇士用长矛抵着。妹喜依旧容颜未变，只是布衣、布裙，宛如邻家娘子。

"仲虺，你不是早就想杀了朕吗？那就来吧！朕当年在夏台都没杀了天乙那竖子！看天乙那竖子如何向天下交代！"

"我对你没有兴趣，我是来找妹儿的！"

"仲虺，你我早已恩怨两清！妹喜现在只是大王的妻子！"妹喜冷冷地说。

"我有话和你说。"仲虺拉着妹喜走进旁边的屋中。

"我这一生没有哪一天不想着你，你觉得我们之间清得了吗？"仲虺一把抓住妹喜的手腕。

"仲虺，我这一生不欠你的！如今你还想要什么？"

"我要你！"仲虺一把搂住了妹喜。

"仲虺，你这个畜生，你想做什么？"履癸在外面大喊，仲虺的手下，用破布堵住了履癸的嘴。

"我要在你的面前要了她！"仲虺的声音从屋中传来。

妹喜双眼冷冷地看着仲虺，没有一丝反抗。仲虺扯掉了妹喜的衣服，看到那日思夜想了几十年的肌肤，哪里还能控制得住自己？仲虺终于占有了妹喜。

"妹儿，我终于得到你了！""你什么也没得到！"

妹喜自始至终，没有发出一丝声音，如同一座没有生命的雕像。

妹喜整理好衣服，双目瞪着仲虺："仲虺，你满意了？"

仲虺突然双手捂住脸哭了起来："妹儿，我错了！"

"从此，你我的从前再也不存在了！我们只是仇人！"妹喜冷冷地说。

履癸大喊了一声，履癸的力气当然没有五十匹马的力气大，但是履癸的力气却足以大到拉断绳子。履癸跳了过来，把仲虺按倒在地。

仲虺大笑："履癸，你以为你还是以前的你吗？仲虺早就等今日了！"仲虺竟然翻身跳了起来，挣脱了履癸的束缚。

履癸之前被绑住，现在手脚还不太好使，而且履癸也已经六十多岁，不复当年之勇了。仲虺正当壮年，两个人扭打在一起。

"你们都不要过来，让他们打！"妹喜大喊，仲虺的手下竟然真的没有人过去。

仲虺虽然勇猛，一直想独自战胜这个抢走了妹儿的人，但是上次仲虺的肩膀被履癸的长矛刺穿，一条胳膊的力气没有以前那么大了。

仲虺被履癸扯住一条胳膊，履癸大喝一声，仲虺的左胳膊就被履癸拧断了。

仲虺带去的手下一时间都傻了。

"你们还不上！"仲虺此时也顾不上其他，命令道。

这些人赶紧一拥而上，履癸赤着双手，和这些人打在一起。缠斗半个时辰之后，这些人都倒在了地上，脏腑碎裂，缺胳膊少腿，没有几个能活了。但履癸也受了伤，浑身是血，摇摇晃晃，妹喜过去全力扶住履癸。

这时候院子外走进来一百士兵，牵着五十匹马！

"把履癸给我绑起来！"仲虺声嘶力竭地命令。

这一百士兵，用长矛抵住履癸，把履癸的手脚都绑了起来。

履癸看了一眼妹喜："妹儿，朕不再连累你了，你还是回到伊挚那儿去吧！"

"不！大王，你快跑啊！"妹喜跑过去抱住履癸。

"算了！朕这一生也够了，朕活着一天，天乙那竖子就会不安心一天！"履癸闭上了双眼。履癸没有动，绳子的一头都套在战马身上。

"裂！"仲虺命令道，几十匹战马一起用力。

"啊！"一代天子履癸被裂成了几块！履癸就这样崩了。

仲虺长出了一口气。"妹儿去哪儿了？！"仲虺发现妹喜已经不见了。

"履癸已经被群马裂身而崩！"受伤的仲虺回到天乙面前复命。

"履癸，后世就叫夏桀吧！罢朝三日，禁弦诵歌乐三月！"天乙慨叹一声。

仲虺后来发现伊挚那天也去了岛上，担心自己的所作所为被伊挚知道，从此，仲虺收起了在伊挚面前的狂傲之气，甘心位居伊挚之下。

天乙命人将履癸埋葬，向天下公布履癸谥号为桀。桀这个谥号很怪异，本身就有碎成几块的意思，似乎是天乙早就给履癸准备好了的谥号。没有人知道到底是不是天乙命令仲虺去杀了履癸。

天乙祭祀先祖，脸上的笑容明媚如春天的风吹过。

从此夏桀成了一代暴君、昏君的代名词，履癸泉下有知不知如何想！

此时洛元妃已薨。天乙命有洛厚葬，封其子惟坤于油，奉少康之祀。

伊挚的府中，一个女子打开伊挚送来的布帛：月是独自的孤单，洒下一抹月光去觊觎人间的团圆。年年春月，正是醉人时节。月月思君，唯有遥祝欢颜。人生几何，不过千次月圆。时光荏苒，切莫辜负华年。

"伊挚，我们经历了这么多，我们能忘掉这一切吗？"女子轻轻叹了一口气，在月光下跳起舞来。伊挚在旁边看得如痴如醉，脸上却是婴儿般纯真满意的笑容。

卷八 成汤江山

第一章　成汤江山

"天要塌了！地要崩陷了！大夏人要没有安身之处了！"杞老对族人讲出不祥的预感。

"天是积聚的气体，没有哪个地方没有空气。人的一举一动、一呼一吸都在天地气里活动，怎么还担心天会塌下来呢？"杞国其他的贵族们开导杞老，他们一直过着安逸的日子。

"天是气体，那太阳、月亮、星星不就会掉下来吗？"杞老问众人。

"太阳、月亮、星星是气中发光的东西，即使掉下来，也不会有什么伤害。大王履癸说大夏的江山就如同天上的太阳，怎会掉下来呢？"

"唉！太阳也许不会真的掉下来，但是如果脚下的大地陷下去怎么办？"

众人说："大地不过是堆积的石和土，填满了四处，没有什么地方没有石头和土，人行走、跳跃在大地上，怎会陷下去呢？"

"唉！这些我何尝不知道，但我总感觉大夏的天要塌了，大夏的地要陷落了。"

杞国是大夏的宗族国，老者杞老是宗族的首领，大商和大夏开战以来，他一直愁眉不展。

第二年，大夏的天果然塌了。大夏天子履癸这个不落的太阳落了下来，熄灭了，大夏的大地也彻底塌陷，天下没有土地属于大夏了。杞国人的安逸日子也彻底结束了。

大商伐夏大胜，天乙在亳城即位为天子，成为天下共主。

"伊挚先生，如今天下已定，朕将拜先生为大商的尹相！为大商三公！"天乙当然不会忘记伊挚的功劳。

伊挚谦让再三，接受了册封。"大王，商国在天下人眼里和东夷没有什么区别，大王如果要做天下共主，都城不能再是亳城了！"伊挚说。

"那大商要把都城迁到哪里？"天乙问。

伊挚指了指东北方。

"大商要把都城迁到斟鄩？"

"斟鄩乃亡国之邑，大商自然不能让斟鄩做天下的王城！"

"那都城应该在哪儿？"天乙有点儿困惑了。

伊挚微笑着摇了摇头，没有回答天乙这个问题。

"大王，如今大商虽战胜了大夏，但要说天下大定，恐怕为时尚早，请问大王，大商如何得到天下的？"

"与民同心，朕乃得其位！"天乙感叹。

"夏是自绝于天下，天子若不爱民，谁愿为其守城？履癸邪僻害民，众叛亲离，大商才能灭夏。今望大王引以为鉴！天要亡夏，大商万不能重蹈覆辙。"

"朕一定谨记先生教诲！"

"若真心助人，人就会以我为友，大商要与民同心，则天下归服。大夏是大禹后人，大王也是黄帝后裔，要让天下之民从心底臣服大商恐怕还需要时日。"

天乙心中一惊："哦？朕该怎样做，天下子民才会真心臣服大商？"

"大王，须如此才好……"

伊挚和天乙到底说了什么？

几天之后的子夜，斟鄩的百姓半夜从睡梦中惊醒，窗户外都有红色的光透了进来，打开窗户，一股热浪扑面而来，人们惊呆了。整个斟鄩都燃烧了起来，烈火比任何大军都凶猛，吞噬着斟鄩曾经象征着大夏荣耀的一切。

一群人趁着夜色闯入了昔日大夏的王宫，爬上倾宫，如今宫中早已经空无一人，只有履癸的宝物依旧在熠熠发光。长夜宫中也挤满了蒙着脸的人。

"这个地方真好！烧了真可惜！"

"别废话！再好这一切也不属于你我！赶紧搬完东西！"

众人中为首一人，在火把映照下，可以看出身材高大魁梧，一头红发卷曲着，走进了神秘的长夜宫。他看着长夜宫中的一切，爱恨在心中撕扯着。"这就是妺儿的长夜宫了！这就是妺儿和履癸一起纠缠的长夜宫！"

"长夜宫！哈哈哈！"红发人抢着火把点燃了妺喜曾经的寝帐。

"哈哈哈！履癸！履癸！"

"将军这是怎么了！赶紧把东西搬走，一会儿火就烧起来了。"

"快快快！"

太禹殿在火龙的上下游走间，挣扎呻吟着，最后轰然倒塌，大殿前的大禹像也轰然倒地。

太禹殿前却建起了一座座营帐，中间竖起了巨大的圆木栅栏，中间围困着什么东西。

容台、长夜宫、倾宫，都在熊熊烈火中随着履癸和妺喜的离去而烟消云散了。

斟鄩的人好像是做了一场梦。

"大夏去哪儿了？真的有过大夏吗？"

一座新的都城在斟鄩东面的洛水北岸附近拔地而起。城内的王宫比履癸的王宫还要宏伟，高大的外城墙南北有三里之长，东西有两里之长，城中还有一道内宫城墙，东西南北都有两里之长。中间是高大的宫殿和花园，昔日的太禹殿被今日的玄鸟殿取代了。大商特有的玄鸟图案点缀着朱红色的柱子，宫殿连接成片。后面的寝宫中，琳琅满目的珠宝熠熠生辉，履癸如果看到应该都会觉得似曾相识。天乙站在都城之上，俯瞰着曾经的斟鄩，双目中闪过令人生畏的光芒。

时光回到那日天乙问伊挚。

"朕该怎样做，天下子民才会真心臣服大商？"

"大王，首先要把履癸搜刮来的金玉分赐给众人；然后要废弃大夏都城斟鄩，让人们知道大夏彻底没有了，把斟鄩的子民都迁走；善言教导、安抚百姓。"

如今的伊挚再也不是那个白衣飘飘的少年了。

斟鄩城内的所有百姓和贵族都被召集到了城外，天乙站在城门之上。

"如今斟鄩失火，城内恐怕再也难以居住，众位就到夏的宗国杞国去住吧！"

随着哭号声，昔日大夏的宗族都被迁移到了杞国，很多人根本来不及收拾家里的财物。这些人明白，这一切都不再属于自己了，如今能够活着就已经是大商给的最大的恩赐了。

杞国一下子挤满了大夏的宗族，杞老的房子都被征用了，土地都被分给了其他的人，这些昔日的大夏贵族，如今都要依靠杞国这一点儿土地活下去。

"天还是塌了！地真的陷了！"杞老慨叹一声。

从此斟鄩成了一座废墟，残垣断壁，枯井老树间乌鸦的鸣叫都如此凄凉，履癸创建的大夏荣光仿佛就在昨天。从此故国只在梦中，大夏的宗族终于意识到大夏彻底完了。

新都城到处是洋溢着成功喜悦的商国人。

过去商族的都邑称亳，在商人的语言里，亳应有高台楼观，有祭祀之高台，如今大商取夏代之，建国必立宗庙。

"古之王者，择天下之中而立国，择国之中而立宫，择宫之中而立庙。"

大商的宗庙创立起来了，大商正式定都新的亳城。

新都城也称为亳，为了区别原先的亳城，天下逐渐称营立于伊水洛水之畔的王邑为西亳。

第二章 汤诰

阳光照在高大的鲜红的朱漆柱上发出耀眼的光芒，大殿巨大的影子提醒着人们这里是天下的新王城。

天乙即位之后，天下逐渐安定下来，西亳玄鸟殿虽然没有倾宫那么高，但比太禹殿的地基要高出很多，大臣们上殿都要经过高高的青石台阶。

天乙封伊挚为大商的尹相，从此伊挚正式成为天下的伊尹。天乙拜仲虺为大商的左相，权位仅在伊挚之后，但军权大部分握在仲虺手中，仲虺看着站在他前面的伊挚，心中不知在想着什么。

众人散去后，天乙留下伊挚、仲虺。

"大王！是时候召开诸侯大会了！"伊挚向天乙建议。

"朕正有此意！让天下诸侯知道如今天下的王都所在！"

"大王！此次诸侯大会，大王务必一举树立天子的威信！"伊挚说。

"如何？总不能让大王学大禹把防风氏给杀了！"仲虺一旁说。

天乙瞪了仲虺一眼，仲虺这才想起来，防风氏是大禹的岳父，伊挚就是天乙的岳父有莘国的人。

"仲虺失言了！"仲虺连忙道歉，好在本来他就脸色红润，看不出尴尬的表情。

伊挚面色如冰，说道："大王需要颁布三风十愆之刑！"

三月，天下诸侯聚集于西亳。

商国的战车和士兵如今都是天子天乙的王者之师，列阵于前，诸侯们都被如此气势震撼，全场安静下来。

天乙向各诸侯国君宣布："古禹、皋陶久劳于外，其有功乎民，民乃有安。东为江，北为济，西为河，南为淮，四渎已修，万民乃有居。后稷降播，农殖百谷。三公咸有功于民，故后有立。昔蚩尤与其大夫作乱百姓，帝乃弗予，有状。先王言不可不勉。"

天下诸侯鸦雀无声，新天子的脾气他们还摸不准，尤其有些诸侯以前参加过履癸的诸侯大会，很多人都曾看着天乙在大雨中的断头台上险些被砍掉脑袋。此时此刻，站在上面的天乙已经不再是当年的天乙了，会不会记恨当年他们不向履癸为大商求情呢？

大家听懂了天乙这几句的意思，过去大禹王、皋陶长期奔劳在外，为民众建立了功业，民众才得以安居乐业。当时他们东面治理了长江，北面治理了济河，西面治理了黄河，南面治理了淮河，这四条重要的河道治理好了，万民才得以定居下来。后稷教导民众播种五谷，民众才知道种植各种庄稼。这三位古人都对民众有功，他们的后人才能够建国。蚩尤和他的大臣们在百姓中发动骚乱，天帝就不降福于他们，这样的事在历史上是有过的。上古先王的教诲，可不能不努力照办！

天下诸侯稽首行礼："谨遵大王教诲！"

天乙望着天下诸侯继续宣布："今日朕封大商伊尹为大商的三公！尊伊挚先生为天下的元圣！"

天下诸侯听到对伊挚的册封，心中都松了一口气，不是惩罚我们就好。

"恭贺元圣，恭贺伊尹大人！恭贺三公大人！"祝贺之声此起彼伏。

伊挚一愣。

"元圣！还不过来接旨吗？"天乙微笑着看着伊挚。

天乙事前并没有对伊挚说过要在诸侯大会上册封，一时竟有点儿不知所措。他走到天乙身前躬身行礼，接受了天乙的旨意。天乙取过三公的朝服，这朝服的华美程度仅次于天乙的天子朝服。伊挚身披三公之服，望着天下诸侯对自己朝贺，心中感慨万分，此时伊挚终于不再为自己是奴隶出身而暗暗自卑。

有莘王女如今已是天下的王妃，对伊挚投来赞许的目光。伊挚此刻在人群中望着一个戴着纱巾和斗笠的身影，只有伊挚知道那个人是昔日大夏的元妃——妹喜！

天下诸侯在一派庆贺中放松了下来，心中一块石头都落了地。

鼓声响起，天子又要讲话了。

天乙正色朗声道："各位可不能不为民众谋立功业，要努力办好你们的事情。否则朕就对你们严加惩办！你们当中如果有谁干出违背道义的事，那就不许回国再当诸侯，那时你们不要怨恨朕！"

刚刚还是一片欢庆的场面，顿时又陷入一片死寂。看来该来的还是会来，众人凝神望着天乙。

"嗟！尔万方有众，明听予一人诰。唯皇上帝，降衷于下民。若有恒性，克绥厥猷唯后。夏王灭德作威，以敷虐于尔万方百姓。尔万方百姓，罹其凶害，弗忍荼毒，并告无辜于上下神祇。天道福善祸淫，降灾于夏，以彰厥罪。肆台小子，将天命明威，不敢赦。敢用玄牡，敢昭告于上天神后，请罪有夏。聿求元圣，与之勠力，以与尔有众请命。

"上天孚佑下民，罪人黜伏，天命弗僭，贲若草木，兆民允殖。俾予一人辑宁尔邦家，兹朕未知获戾于上下，栗栗危惧，若将陨于深渊。凡我造邦，无从匪彝，无即慆淫，各守尔典，以承天休。尔有善，朕弗敢蔽；罪当朕躬，弗敢自赦，唯简在上帝之心。其尔万方有罪，在予一人；予一人有罪，无以尔万方。

"呜呼！尚克时忱，乃亦有终。"

天乙讲完之后，众人一片寂静。天乙开始解释起来。

"你们万方众长，要听从朕的教导。天帝降善于下界人民。顺从人民的常性，能使他们安于教导的就是君主。夏王灭弃道德滥用威刑，向万方百姓施行虐政。万方百姓遭受他的残害，痛苦不堪，向神明申诉自己的无辜。天道福佑善人惩罚坏人，降灾于夏国，以显露他的罪过；所以朕奉行天命明法，不敢宽宥。用黑色牡牛向天神后土祷告，请求惩治夏桀，邀元圣伊尹与朕共同努力，为众长请命。

"上天真诚帮助天下人民，罪人夏桀被废黜了。天道不差，灿然如草木滋生繁荣，兆民真的乐于生活了。上天使我和睦安定你们的国家，这回伐桀朕不知道是否得罪了天地？惊恐畏惧，像要落到深渊里一样。凡大商疆域内的诸侯，不要施行非法，不要追求安乐；要各自遵守常法，以接受上天的福禄。你们有善行，朕不敢掩盖；罪过在朕自身，朕不敢自己宽恕，因为这些在上天心里都明明白白。你们有过失，原因都在于朕；朕有过失，不会连及万方诸侯。只有诚信不疑，才能有始有终！"

天下诸侯听完天乙的话，无不内心生出对天乙和大商的敬仰之情，这才是真正的天下共主，才配得上为天下苍生的天子之位。

"朕现在宣布大商的三风十愆（qiān）之刑！"天乙望着天下诸侯，如此才不会有人试图挑战大商的天下共主之位。

诸侯刚刚放下的心又提了起来，仔细听天乙下面的话。

天乙宣布完毕，天下诸侯有的差点瘫倒在地，要是大商秋后算账，这些刑罚难免落到在场的有些人身上，这到底是些什么样的刑罚？

第三章　黄帝女儿

西亳外的诸侯大会，天乙颁布了大商三风十愆刑罚。

"夏歌舞靡乱之风太盛，为惩罚犯罪之人，朕制定了新刑法，专门惩治三风十愆！"

台下曾经跟随大夏的诸侯顿时又紧张起来，喉咙不由自主地咽着唾沫。

"如今天下有三风，巫风、淫风和乱风。贵族和国君们夜以继日恒舞于宫，酣歌于室。舞与歌本是神巫之事，这是巫风。每日贪恋女色，好游猎，聚众斗鸡酗酒，这是淫风。狎侮圣人的语言，拒绝忠直人的规劝，疏远年老有德的人，亲近幼稚顽嚣的人，这就是乱风。舞、歌、货、色、游、畋、侮圣言、逆忠直、远耆德、比顽童，合而为十愆。如果贵族高官犯了这些罪，要取消他们的身份和特权。如果君王有这些行为，臣下不去帮助改正，要受到墨刑刺字的惩罚。"

天乙的声音虽然并不高亢，但在场的上万人都在凝神倾听，每一个字都清清楚楚。天乙讲完，望着下面的天下诸侯，胸前的长髯迎风飘动宛若天神，天子的气度让在场的每一个人臣服。

仲虺在一边也不由得感叹，当天子果然感觉不一样。

"大王所说的三风十愆之刑，如果有人触犯将会受到砍头、炮烙、剖腹、活埋、割鼻、刖足的刑罚。"仲虺补充道。

诸侯鸦雀无声，今日天乙会拿谁来实施新的刑罚呢？昔日与大夏比较亲近的诸侯都忐忑不安，不敢抬头去看上面的天乙。

天乙等了一会儿，宣布："今日大会到此，众位可以回国了，切记朕今日所言！"

诸侯心底石头终于落地了，赶紧回去收拾行装，第二天都散去了。

诸侯大会之后，天乙对人民极为宽厚，履癸当年那些征集天下珠宝、民女，四处征伐的举措都被废弃了。凡治民为政，尽用以宽厚，百姓心情舒畅，天下慢慢稳定下来。

伊挚最近一直在和太史咎单讨论什么，伊挚不说天乙也就没问。

这天伊挚主动来找天乙："大王！大商不能再用大夏的历法！伊挚和太史已经演算出最新的大商历法！"

"嗯？历法？"

"夏历本是太阳历，早就有所偏差！全靠太史每年修订！所以要有商历！"

"哦，商历！甚好！"天乙点头。

"商历将正月提前一个月，这样就感觉漫长的冬天会短一点，正月到了，春天就要来了！"

"如此甚好！一切就依伊挚先生！"

大朝之日，天乙面色凝重，群臣感觉今日要有大事。

"诸位公卿，朕今日颁布大商历法！有请伊尹大人！"天乙宣布。

伊挚宣布了大商最新的历法。自此，天下正式进入大商纪年。转眼几年过去了，天乙担心的天下诸侯的反抗并没有出现。

但有一个问题一直压在天乙的心头，天乙一直希望这件事情能够自己化解，接连几年过去了，这件事情终于再也不能等下去了。

自天乙元年，大旱七年。初旱的三四年，民田也有一半收成。到了六七年，草木尽凋，溪涧绝流，河床上都是沙土，天地间一片燥热。

大旱依旧在继续！这样下去，大商就成了当年的大夏了！天乙绝对不能重蹈当年履癸的覆辙！

天乙带着伊挚和仲虺在西亳附近考察，四处尘土飞扬，让人心里更加烦躁。

"你们看那边是不是一片乌云？"天乙突然兴奋地指着天空中的一片灰蒙蒙说。

"那云怎么会动？"仲虺看着看着警惕起来。

不一会儿那片乌云到了众人头上，这下大家都看清了，是一群鸟。

"这是什么鸟？怎么从来没见过？"天乙困惑又失落地嘟囔着。

"怎么越来越热了？"仲虺四处看着，远处的树木之后，好像有什么人在向这边看着。仲虺和天乙久经沙场，自然感觉到了这目光中的杀气。

"保护大王！"

众人看清了，树后面果然有个人，不过那真的是人吗？

那个人长二三尺，赤身裸体，两只大眼睛长在头顶上，行走如飞，周身散发着火一样的怒气。他走过时，阳光变得更热，好似火里一般。

天乙大为骇异，远处传来悠悠的若有若无的歌声。

"尔形类鸟，尔恶逾枭；尔半似人，尔全为妖。尔唳则满天红日，尔走则遍地皆焦。不是尔为祟，胡为而阳骄？不是尔为恶，胡为而焱翱？抛石击汝脑，掷瓦断汝腰。看汝安得飞？看汝安得跳？"

那声音飘飘忽忽，听得天乙心底更是烦躁，天乙知道当年斟鄩城内就总是出现歌谣，如今自己竟然也听到了。

"伊挚先生，朕的都城周围怎么会有如此怪物？！"

"大王，这怪鸟名为肥遗，传说见则大旱，天正将阴，它们便三五成群地飞起，那阴云便散，红日益赤了。但这是肥遗鸟，还有一种肥遗蛇，天下大旱时候会出现！三尺怪人名"魃"，其实本来是黄帝的女儿，所见之国赤地千里，都是大旱时作祟的怪物！"

"你说那个怪人，竟然是黄帝之女？"天乙不敢相信。

"魃女后来传说被犼怪附身，所以才会如此丑陋！"仲虺补充道。

"原来如此！如今人心惶惶，如何驱除？"天乙不禁也有点儿为魃女惋惜。

"大旱结束，怪物自然会销声匿迹！"

"大旱何时结束？"

"大王不要着急！怪物是来帮大王的！可以叫百姓驱赶怪物，让百姓把怒火先撒到怪物身上！"

"啊！"天乙无奈地摇了摇头。

第四章　女神逼婚

天下大旱了七年，却没有饿死一人，天下百姓终于知道大商还是比大夏好。

大商时时劝课农桑，刑罚虽然严苛，但那都是针对犯错的人，百姓的徭役比大夏少了很多。百姓勤力耕种一年，就有两年的粮食，民间尚有蓄积，乡邑里的首领协调周济，百姓都不至于饿死。

如今旱的年头太长了，谁也不知旱到什么时候，天下人心里开始发慌了。

洛水附近的民间逐渐有了传言："天子不是水德之君吗？如今当了天子，怎么天下还是大旱！水德之君不下雨，看来也不过是骗我们老百姓的！"

这些抱怨传到天乙那里，天乙犹如有鲠在喉，每日寝食不安，天乙知道如果失去天下百姓的信任，那天下诸侯人人都可以把自己的天子之位取而代之。自己已经老了，如何能保大商千秋基业呢？

天乙见这久旱民间，也数上祈祷，但就是不见雨下。

伊挚看到天乙来了，赶紧出来迎接。

"伊挚先生救朕！如今天下又在看朕这水德之君的笑话了！"天乙只得继续来求伊挚。

"大王！臣昨夜归藏贞卜似有一法？"

"什么方法？"

"西北方有贵人相助！"

"能下雨的贵人？除了天帝还有谁能呼风唤雨？大夏大旱那么多年，履癸不也是求不到雨，才去开挖的瞿山吗？！"

"天帝也不一定想下雨就能下雨！这位贵人大王也许还认识！"

"哦？你我这就去探访一下这位贵人！"天乙心中好奇到底这位贵人是谁。

清晨来临，晨风柔和地吹过白薇的发丝，天乙和伊挚穿了百姓的衣服，坐上马车朝着西北而去。午后时分，前方出现一座高山。

"大王，这就是黛眉山了！大王的贵人就在山上。"

天乙如今已经六十多了，伊挚也已经五十多了。二人都已经不再年轻。天乙的太子太丁最近病了，太丁的儿子子至跟在天乙身边，天乙很喜欢这个小孙子。

天乙望了望，一条石阶小路蜿蜒而上，山并不是很高。

"伊挚先生，你我步行上山吧！"

"大王，还是让人抬着步辇上去吧？"

"朕可不是夏桀！走！"

"祖上，如果你走不动，子至就背着你。"子至已经跃跃欲试。

天乙摸了摸子至的脑袋，说道："好！"

天乙和伊挚走到山下，眼前一条小河潺潺从山下流过。

"天下大旱，怎么这条小溪如此清澈，没有缺水的迹象！"天乙面露欣喜之色。

"所以山上的人才是大王的贵人！"

这座山，草木青翠，氤氤氲氲之间，似乎温暖而湿润，完全不像其他地方那样燥热。

天乙顿时精神抖擞，沿着石头小路朝山上走去，边走边四处看着山上的风景。太甲突然发现了什么："祖上，这山上石头颜色一片赤红，真是奇怪，这荆棘也很奇怪，怎么尖刺都是朝着一边长的？"天乙也注意到了。

此时，白薇在天乙和伊挚身前四处查看，确认山上有没有什么危险，听到子至发问，白薇回答："据说是山上的雨神骑虎上山，穿着红色的裙子，有一次裙子被山上的荆棘刺刮破了，雨神发怒，便让山上荆棘刺不得长倒钩，这荆棘的刺才长得如此奇怪！雨神把破了的红色裙子盖在山上，这山石才变成红色的！"

"红色裙子！难道这山上的雨神是和你一样的年轻爱美的女子吗？"天乙更加

好奇了。

"大王,到了山上就知道了!"伊挚继续卖着关子。

众人来到了山顶,黛眉山顶上一座别致的院落,绿藤环绕着篱笆墙,院内整齐雅致,里面传来悠悠琴声。

天乙和伊挚不想打断琴声,悄然走入院中。

只见一个女子正在院中抚琴,娴静淡雅,一对蛾眉甚是动人,天乙眉头动了一下,这女子似乎在哪里见过?

"你是小娥?!"天乙疑惑地看着这个女子。

"难得大王还记得我!"琴声戛然而止,女子抬眉看到天乙眼中闪过一丝跳跃的光。

时光恍然回到了二十多年前。

天乙还是王子时,小娥就经常随着父亲进入商王宫为主癸治病。小娥的父亲是桓族的首领,当初的小娥还是个几岁的孩子。

天乙抱着小娥去摘院子中的枣子,小娥在天乙的怀中,看着天乙那俊朗疏阔的面庞,以及那威风凛凛的长髯。小娥虽然还是个孩子,但也觉得天下最好的男子也不过就是天乙哥哥这样了。

"天乙!长大了,我一定要嫁给你!"

"好!那就等你长大了再说吧!"天乙呵呵一笑。

小娥从那时起就心中定下志向,非天乙不嫁。而当时天乙心中只充满野性魅力的有妊氏,哪里会把小娥放在心上,更何况是一个小孩子的童言无忌。

如今这么多年过去了,小娥竟然真的没有嫁人,一直在等着天乙。

"大王,只要娶了我,我就让上天下雨。"

小娥黛眉弯弯,双目如山间溪流一样的清澈。

天乙凝视着小娥,小娥不再是当年那个小女孩,如今是闻名天下的黛眉神女,神采间有一种让人心神向往的美。但小娥心中却只有天乙,所以这么多年,没有一个男子入过小娥的眼。

"好,如果小娥能让天降甘霖,朕就娶你!"天乙正色说。

"大王,要言而有信!"

"若要真的下雨,需要大王自焚!"小娥话一出口,众人一惊。

天乙从黛眉山上回来,就准备求雨,天乙命仲虺:"朕欲祈祷,先为朕贞卜。"
仲虺在龟甲上刻下卜辞:"何夕其雨?"
神龟的背甲裂出神秘的纹路,兆文出现了,仲虺贞卜结束了。
"大王!依臣所贞,若要天雨,应烹一人当作牺牲,祷乃有雨。"
祭祀台周围本来还有细细碎碎的人声,突然一下就变得异常安静了,所有人都如同僵住了一样。
"牺牲?!在场的不知谁要被牺牲了!"想着被放到大鼎中煮熟的感觉,所有人不禁都心中一紧。
"朕所为请雨者,正以为民。今必烹一人以祷,朕当自充之。"天乙说。
"大王,这个不可!"仲虺连忙阻止。
"大王一心爱民!大王可以断发代替牺牲!"伊挚说。
"对!朕要亲自向上天祈雨!"天乙斋戒沐浴,剪去头发,将指甲也修剪整齐。
桑林之中修建起了一座高高的祭台,周围准备好了几个巨大的柴草堆。小娥和伊挚在高台上准备了无数面铜镜,铜镜将万丈阳光反射回空中的云朵上。
"云中自然有雨,只是雨都下到山中和别的地方了,所以黄河洛水之间才一直大旱!我们只需要把云中的雨降下来!"
"小娥,你如何能让云中的雨降落下来呢?"天乙还是关心怎么样雨才会下来。
"空中只是缺少下雨的条件,只要我们……雨就可能会下来了。"
"可能?万一不下,那可怎么收场?本王可就要在天下人面前失信了!"

第五章　桑林求雨

天下大旱多年，天乙内心如天天被烈日烘烤。今日西亳玄鸟殿天子大朝，天乙望着群臣，突然体会到当年履癸因为大旱要挖开瞿山的心情。

"朕要为天下求雨，何处适合？"天乙问群臣。

"大王，桑林一片地面空阔，正是求雨的地方。"伊挚说。

"朕准备择吉日桑林祈雨！"

天乙沐浴斋戒三日，求雨的日子来临了。天乙乘素车白马，身上披着白茅，天乙今日要牺牲自己，为天下苍生求雨。

一片稀疏错落有致的桑林，周围很开阔。百姓站在其中，没有拥挤的感觉，桑林之中的祭台让人们和天乙之间有一种神秘感，却又能够真切地看到天乙。群臣和百姓都远远望着天乙。

天空日头依旧如火，空中有着一团一团棉花一样的白云，百姓都知道有这样的白云的天气根本不可能下雨。

天乙赤着背，阳光如同无数细针刺在身上。皮肤火辣辣地疼，汗水顺着额头，流到眼睛里，刺痛让天乙有些睁不开眼睛。天乙突然想到自己当年在断头台上的情景，当年一场大雨救了自己，今日大雨你一定要来救朕，否则真就失去天下民心了。

天乙仰卧于祭台之上。

"无以余一人之不敏，伤万民之命。"天乙开始对上天进行自责，"政不节欤？民失职欤？宫室崇欤？女谒盛欤？苞苴行欤？谗夫昌欤？"

天乙在问天帝，是朕治理政事不符合法度吗？是朕修建都城、宫殿，役使百姓过度吗？是朕的宫室太豪华吗？是朕后宫的得势嫔妃进言干政形成坏的风气了吗？是大商内贿赂盛行吗？是朝堂进谗言的人太多了吗？

周围静得让人心底发慌。

仲虺在祭台之上推动着一面由无数铜镜镶嵌而成的巨大镜墙旋转着，铜镜把光聚集成了一束强光，射向天空中的朵朵白云。

小娥此时也在祭台之上，她在天乙身后和仲虺一起转动着铜镜，铜镜墙沿着一个方向不停地旋转着。

百姓都隐隐约约地看到了那束天空中晃动的白光。

"天帝显灵了，天上有一道光！"

天乙因这六事对天帝自责，周围的百姓眼眶都湿润了，上了年纪的老者开始老泪纵横。

"大王在如此烈日下暴晒，都是为了我们，比履癸不知强了多少倍。"

就在这时候，桑林周围突然暗了下来，天空中的阳光被遮住了。

"难道大王的祈祷灵验了？这么快就来云彩了？"百姓开始躁动起来。

"这是黑烟，又不是下雨的云，难道大王骗我们吗？"

"哪里来的这么多烟？！"滚滚黑烟冲上了天空，遮住了天空中的太阳。

原来，桑林周围三里内，堆了无数的柴草堆。

"点火！"士兵们听到鼓声，开始点燃了柴草堆。

柴草本来就容易起黑烟，士兵又往上撒土。长戈伸进去不停挑动，控制火的烟气，不一会儿浓浓的黑烟冲上天空。在一旁观看的上万百姓，嘴里各种嘀咕着。

此时鼓声再次响起！天乙站在祭祀台上，朗声吟唱："猗与那欤！置我鞉鼓。奏鼓简简，衎我烈祖。鞉鼓渊渊，嘒嘒管声。既和且平，依我磬声。"

祭祀台下的乐手敲起小鼓和大鼓，接着笛声也插入了，磬声隐隐伴着笛声。渊渊和美的鼓声，嘒嘒清脆的笛声，既和乐又安平，配合着泛泛的磬声。

巫师穿起五彩花绣的衣服，手执牛尾，歌舞盘旋，娱乐鬼神。屠夫杀了许多牛羊牲畜，鲜血滴在器皿里面，把牲体摆列在俎上来祭祀上天。

天空昏暗一片分不清到底是乌云还是浓烟，但是依旧没有下雨的迹象。

祭祀台上，天乙的形象突然变了，天乙穿上一身祭祀的衣服，展开双臂，上臂下面垂下无数的长长的牛尾长毛，身后身前也有长长的牛尾垂下，天乙如同化身一只巨大的玄鸟，张开双臂随时就要飞上天去。

天乙手中举着的神杖顶端是一只玉石玄鸟，双眼闪着诡异的光芒。玄鸟下面有一个旋转的铜环，铜环上缀满牛尾，旋转起来。天乙此刻似天神附体，嘴中念念有词。

突然天空划过一道白光。

"打闪了！打闪了！是雷声！"人群欢呼起来。

天乙亲自歌舞祭神，等天乙祭祀求雨的舞蹈跳完了，天空中偶尔划过闪电和低沉的雷声，但是依旧没有半点雨下来。

"朕只有牺牲自己，为天下求雨了！点火！"天乙命令台下的巫师点燃祭祀台周围的柴火。

"大王，不可！"祭祀台周围的大臣纷纷跪倒。

"朕心意已决，点火！"天乙命令，祭祀台周围的柴火也被点燃了，熊熊烈火瞬间就把祭祀台给包围了。天乙周围都是浓烟和窜向天空的火焰。

"大王！大王！"百姓都跪倒在地，为天乙祈祷。

突然周围桑叶开始沙沙作响。起风了！黑烟和白云转眼都变成了滚滚乌云。天乙在火中被烤得燥热难耐，看到乌云精神为之一振，赶紧继续祈祷："愿天帝怜我天下苍生！降下甘霖！"

"咔嚓！"一道闪电划破天空，雷声如晴天霹雳！

有东西砸在地上，溅起来丝丝尘土！人们闻到了很久没闻到的湿润的泥土味儿。

"下雨了！"周围的百姓欢呼起来！天已油然作云，沛然作雨。百姓大哗，呼声扬数十里。

转眼大雨成了暴雨，如天空被撕开了一道口子，雨水从天倾泻而下，天乙周围的火也都被浇灭了。

大雨一连下了几天，每一处都下了个酣畅淋漓，数日之后，雨终于停了。

大地上本来旱得奄奄一息的庄稼，瞬间都喝饱了水，变得水灵，直立起来。小河中、池塘中，终于又有了清水，青蛙和小鱼不知从哪里冒出来，在水中嬉戏着。

天乙看着小娥，眼神就如同看着一个雨神。

"小娥，不，黛眉娘娘，你是真的雨神吗？"

"大王，你从小就见过小娥，你说呢？"

"那你如何让上天下雨的呢？"

"天上首先要有足够的白云，阳光也要足够强烈，温度足够高，用无数铜镜把阳光聚集在一起，光射向云朵，就会扰乱天空中白云的平衡，再配上地上点燃的黑烟，热浪上下滚动，和白云一接触，白云中的水汽就被激发出来，天就下雨了。"

"哦，如此神奇？"

"天时地利人和，缺一不可？"

"那万一不成功怎么办？"

"那就继续等下次这样的天气，让大王再晒一次，大王再忏悔一次！"

"呵呵！"天乙干咳了几声，"小娥你想要什么？"

"大王，我当然想要你。"说罢小娥就扑到了天乙怀中。

"小娥，你轻点，朕年纪大了。"

"谁让大王，让小娥等了那么多年。"

秋天来临，田野间一片大丰收景象。

天乙祈雨时候的音乐被定做《大濩之乐》，为什么叫《大濩之乐》，濩就是护，天乙之仁德能救护天下苍生子民。

从此天下大治，接下来天乙还有一件重要的事情要做！

第六章　黛眉娘娘

天乙求雨成功，带领一班近臣西行至黄河岸边，再次上黛眉山去迎娶小娥。

为了以示自己的诚心，天乙把所有近臣留在山外，一人进入黛眉山。雨后的黛眉山红日东升，朝霞满天，云蒸霞蔚，处处气象万千，宛然是到了仙山梦境。

黛眉山上的院落，大门紧闭着。

天乙在门外高声呼唤："小娥，天乙来迎娶你了，快开门吧！"

大门依旧紧闭着，门内传来小娥的声音。

"仁行百里，百里归心，是老爹的教诲。民女鄙陋，小娥在这小小黛眉山有点儿薄名，岂敢贪心为大王的妃子？"

天乙没想到，小娥竟和自己玩起了欲擒故纵的游戏。

天乙有些恼火："朕如果一定要迎娶呢！"

小娥在里面说："强人所难，还算是仁君吗？"

"小娥，朕不知道你以前喜欢朕，但那也不算朕不仁不义；朕现在要娶你回宫，弥补这些年对你的亏欠。"

"亏欠！大王可知道这水德之君的水怎么来的？每次还不是小娥求雨来解救大王！"天乙浑身颤动了一下，天乙这才明白自己在斟鄩时，每个关键时刻总能大雨滂沱，或者阴雨连绵，连自己都以为自己是水德之君了，原来是小娥一直在暗中帮助自己。

"小娥，朕真的错了，你开开门好吗？"

"大王，你可真心喜欢小娥？"

"自然真心喜欢，小娥容貌天下无双，尤其眉间黛痣更添绝世风情，自是让天下女子自叹不如。"

小娥听到心里动了一下，不过嘴里仍说着："过去的小娥已经死了，再不会有活回来的可能，回宫的事莫提了。现在大王已拥有天下，威震四海，民女只愿大王仁心不改，善待百姓，民女也就自然领受到大王的恩泽了。"

天乙不甘心，回头指着身后的大山发誓。

"你就是这座大山，我也要把你背进宫去！"

小娥毕竟还是女儿身，为打破面对面的尴尬，只好推托。

"感谢大王的盛情，请宽我三日，容民女与黛眉山父老乡亲作别如何？"

天乙说："王妃成名在乡里，与乡亲告别乃是情理中的事，朕答应你，三日后我定来迎你。"说罢出山，同一起来的大臣商量如何迎亲的事去了。

三日后，当天乙带领一班朝臣来到黛眉山，山顶院落中空空的，却不见小娥。

天乙没见到小娥，就朝着无边云海仰天大声呼叫。

"小娥，朕接你来了！朕说过，你就是这座大山，我也要把你背进宫去的！"

"大王，小娥在此，你来背吧！"小娥从院外盛装而入，眉间如黛，杏眼如波。天乙仿佛回到了最初见到有妊时候的场景，竟然一时口噎，涨红了脸。小娥终于成了天乙的妃子，虽然只是一个偏妃，但这是天子的婚礼。

天子的婚礼，诸侯的朝贺，小娥满足地看着身边的天乙，脸上是难以掩饰的笑容。

天乙和小娥婚后，共度了一段甜蜜的时光。

"小娥，多谢你为朕求雨，否则朕这天下共主的王位恐怕就要危险了！"

"大王，天有不测风云，不会一直总是干旱，也不会一直总下雨。小娥一直在民间为百姓治病，深知百姓的疾苦，大王要治理天下还要靠仁政！"小娥说。

"如今天下初定，民心涣散，需要天下归心，朕已颁布了三风十愆之刑！"

"大王，酷刑只能让人畏惧，却不能让人真心臣服，仁行百里，百里归心，仁行千里，千里归心，仁行天下，天下归心！"

"如何才能万民归心？"

"大王需要实行仁政！施行仁政需要更多的钱贝，如今海贝太过稀少，且容易破损，可以为天下铸造铜贝！"

"铜贝！好主意！"天乙顿时有种茅塞顿开的感觉，一下豁然开朗。

"朕如今是天下的天子，朕铸造的铜贝，天下人必定认可！"

天乙昭告天下，将铜贝发给民间那些贫苦吃不上饭、卖了子女为奴隶的人，让他们去赎回子女。民间那些卖了儿女的百姓拿到铜贝，去赎回自己的子女。多少奴隶的孩子最终和父母重新团聚。

"大王真是我天下百姓的大王！"百姓都在家里远远地给天乙磕头感谢。

民间穷困以至于要卖子女，除了多年的大旱，还有就是人们除了种地没有其他谋生的手段，天乙的铜贝让天下地方的粮食和货物都流动了起来，这样粮食多的地方就可以周济粮食少的地方，中原虽然大旱，但是彭祖所在的大彭国，却是风调雨顺，一直大丰收。西北多余的牛羊也可以运到中原。

大商之所以富庶强盛，就是因为在天下各国间交换货物，如今天下都是大商的了，所有交换货物的人都自称商人，交换货物被叫作经商。货物流通起来，天下人得到便利，商国百姓的日子也过得更加富裕殷实。

此时大商如日中天，天下太平。

天乙依旧如往日一样，经常自己驾着马车去见伊挚。天乙如今不能纵马驰骋疆场了，也许自己驾着马车悄悄在西亳的大街上跑一圈就当散心了。

"尹相，朕能够成为这天下的天子，总感觉和做梦一样。天乙被关在夏台，都没想到能活着回到商国，多亏元圣大人的才智，天乙才能有今天。"

"大王，如今您是天下的天子了，这样夸奖伊挚，伊挚都感觉脊背发凉了，自古功高盖主的臣子都不会有好下场的！"

"好吧！朕就是突然觉得没有事情做了，心里空得慌，想请教先生如何才能做一个好的天子，让大商的天下能够长久地世代传下去！"

"如今大王已经是天子，伊挚要去天子宫中对大王讲如何为天子之道！"

第七章　明主之法

如今天下的王邑是大商西亳，昔日大夏的都城斟鄩已经成为了一片废墟。

天乙如今只想治理好天下，让大商的江山能够长久昌盛。

王宫中，小娥刚给天乙准备了清茶，坐在对面静静地看着昔日的天乙哥哥。如今天乙已经白发苍苍，不过这个天乙哥哥也已经成了天下所有人的天子，小娥珍惜和天乙在一起的每一个清晨、每一个日落。只要在天乙身边就好，哪怕不说一句话。

"小娥，朕是不是老了？你这么看着朕，是不是后悔给朕做妃子了？"

"大王，小娥这一生就是为了陪伴你，也许这才是小娥此生的意义！"

"大王，伊挚先生求见！"

"终于来了，朕亲自去迎接！"天乙大步走了出去，小娥望着天乙伟岸的背影，心中似乎有点儿不舍。

伊挚正式来觐见天乙，天乙知道伊挚有话对自己说。

"伊挚先生，你我去湖边，边走边聊如何？"

王宫的湖边绿柳依依，君臣二人在湖边走着，天乙的身材也越来越壮硕了，如此更加有天下王者的风度了，伊挚却依旧清瘦，双眼清澈深邃。

"伊挚先生，天乙一直在等先生的良言，如何做好这天下的天子？如今朕治理的不只是一个商国，还要给天下万国做出表率，那样天下才能真正太平，百姓才能真正地安居乐业。"

"天下诸侯往往有罪过和灾亡之祸，这并不是这些国君的过错，而是因为臣子们利用了国君的不明，压制了天下的民众，违逆了天下百姓的民意，阻止了天下真实的下情被国君知道，蒙蔽了国君。臣子违反国法，扰乱了法度，最终危害到了他们的国君！这些罪过通常应归咎于臣子！"

"那朕作为国君该如何才好？"

天乙听得脊背直发凉，打江山不容易，要做这天下的天子也很难，稍有不慎就会重蹈夏桀的覆辙，夏桀本还是一个各方面都很强的君王。

"大王，请颁布明主之法！"说着伊挚呈上了奏简，竹简的封册上赫然写着"明主之法"几个商字，墨迹崭新，俨然是伊挚最近写成的。

天乙接过竹简，展开仔细看着。

"大王，这明主之法可以规范君主，让君主不犯错。"

"啊，你这明主之法，是用来约束朕的啊！"

"大商的王就要遵循明主之法，这和大王的典刑一样。大王遵从了明主之法，大臣和百姓遵从了典刑，大商自然朝堂清明，天下太平，这样才能保住大商千年基业。"伊挚正色道。

"好！朕就依先生，颁布这明主之法，大臣们知道了这明主之法，自然也就该知道如何做大臣了，否则朕就要惩罚他们了！"

明主之法颁布天下，天下诸侯无不肃然，在心底对天乙默默称赞，大商能够代替大夏，看来不是商国的侥幸。

伊挚府邸。

两个小男孩在院子中追逐打闹着，一个白衣女子在旁边逗着这两个孩子，脸上的笑容灿烂如春天的山花。伊挚站在旁边看着，脸上满是疼爱的微笑。

白薇早已成了伊挚的妻子，接连给伊挚生了两个儿子伊陟、伊奋，如今伊挚更多的时间用来陪着白薇和儿子。

伊挚有了白薇和儿子，还要照顾有莘王女，这些伊挚最爱的人都在身边，伊挚如同有了铠甲，同时也有了软肋。伊挚知道自己的名气太大了，更多时间则深居简出。

伊挚正在庭院中看着白薇和两个儿子玩耍，这时院外传来咚咚的脚步声。

"是谁敢在尹相府中如此走路？"白薇有点儿不高兴了。

"是仲虺将军到了！"伊挚无奈地让白薇带着孩子都到后堂去。白薇看看伊挚又看看孩子，还是带着孩子走了。

"尹相大人，仲虺朝堂上总见不到大人，只有登门来访了！"仲虺人未到，声音已经到了。

"仲虺将军客气了！不知有何见教？"伊挚把仲虺迎入侧厅。

"伊挚先生，妹儿到底在哪儿？你应该知道吧！"仲虺见四下无人，直接说明了来意。仲虺本来就是薛国的国君，来商国和天乙一起伐夏是为了夺回妹喜。如今战功赫赫的仲虺的风头都被伊挚抢走了，这还不是最重要的，仲虺心中最重要的妹喜，在履癸死的那一晚，就不知道去哪儿了。那一夜，仲虺在岛上只顾着对付履癸，再也没有找到妹喜。

仲虺思来想去，还是心里纠结，他悄悄找遍了南巢，也没发现妹喜的踪迹。他突然想到也许伊挚知道妹喜的去向。那夜杀死履癸的情形被伊挚看到眼里，仲虺实在不好意思和伊挚提起那夜的事。仲虺不甘心，派人监视着伊挚的府邸，却也没有发现妹喜出入的迹象。夜半时分，仲虺望着黑漆漆的夜空。"妹儿，你到底在哪儿？！"仲虺终于沉不住气了，当面来问伊挚。

仲虺看到伊挚眉间竟然突地跳了一下。

伊挚从来没有在仲虺面前有过一丝慌乱，此刻看到仲虺的眼神突然意识到自己的失态，瞬间恢复了平静。

"仲虺将军那夜带人上了南巢的湖心岛，我与将军一同离开的，伊挚也想问问将军，妹喜娘娘到底去哪儿了！"

伊挚语气如寒冰，如从来不认识妹喜，仲虺听不出一丝的喜怒。

仲虺想起那一夜的事情，心底冰凉一片，如果天下人知道是仲虺在南巢如此无耻地杀了履癸，天下人肯定饶不了仲虺！

仲虺如泄了气的蛤蟆，垂着头走出了伊挚的家。

第八章　九主之图

仲虺如今迎娶了少方，手中掌握着昆吾的兵力和大片地盘。

"伊挚，你是三公如何，元圣又如何？大商真正的实力还不是在我仲虺手中！"

但仲虺脑海中却总是浮现出当初和妹喜在一起荡舟的情形。

"难道妹儿已经不在人间了，随着履癸殉情了？难道她跳湖自尽了？！"仲虺喃喃自语。想到这里仲虺心中大恸，仿佛回到了当初妹喜被履癸从有施抢走时的情形。

往事并不如烟，二十多年前的旧事仿佛就在昨天。

"哈哈哈！"仲虺仰头大笑起来，这笑声比哭声不知要难听多少倍。

"妹儿，既然我得不到你，那就谁都不能得到你！你走了也好！"仲虺想骗自己已经放下，但是他的笑声依旧出卖了他。

谁能知道大商的左相，一人之下万人之上的仲虺大人，心中藏着如此无法诉说的伤痛。

仲虺离开之后，伊挚转身走向院落深处。伊挚的府邸中有一个院落是伊挚的书房，那里除了白薇任何人都不能进入。

一个女子一身墨绿色衣裙，在铜镜前左右看着，女子容颜让大多数男人看了心中顿时都会闪过一道闪电："天下竟然有如此美的女人！"如今这个女子眼神中更多的是繁华过后的平静，她依旧热爱跳舞，不过她的舞如今只跳给一个人看。

"妹儿,你真是天上派下来的,无论穿什么样的衣服都是那样美。"

"还不是因为有你,否则妹儿也早已经烟消云散了。"

伊挚就喜欢这样什么都不做,什么都不说,就这样静静地陪着妹喜,静静地看着她梳妆、喝茶、走路,或者坐在那里发呆,手指无意地卷着自己的头发。只是妹喜,如今四十多了依旧如少女一样纯净。

"刚才你的仲虺哥哥来找你了。"伊挚有意无意地说着。伊挚和妹喜两人从来不彼此隐藏什么,所以伊挚觉得还是应该告诉一下妹喜。

"仲虺!是他害死了大王!他怎么还不死!"妹喜瞬间柳眉竖起来,柔美的面容突现狰狞。伊挚吃惊地看着妹喜,这样的妹喜,伊挚还是第一次看到。妹喜突然意识到失态了,转过头去看着窗外。

"王女,该沐浴了!"这时候阿离走了进来。

"那我走了。"伊挚起身去了前院。妹喜望着伊挚远去的身影,心思飘远了。

伊挚还有更重要的事情要做,天乙给了伊挚一项重要的任务。

伊挚每日在书房中忙碌着。

"专授之君一,劳君一,寄一,破邦之主二,灭社之主二……"伊挚嘴中念叨着。

"先生,你这是在数什么呢?"白薇不禁好奇地问,当伊挚的身边没有妹喜或者有莘王女的时候,白薇总会默默陪在伊挚身边,为伊挚准备笔墨,铺好羊皮卷。

白薇这么多年一直如当年做伊挚侍女时候一样,照顾着伊挚的一切,虽然白薇是正式的尹相夫人,但白薇从来不对外人炫耀这一点。

让白薇欣慰和自豪的是自己为伊挚生了两个儿子,当伊挚和儿子们在一起的时候,白薇才感觉到伊挚和自己是真正的一家人。

伊挚似乎没听到白薇的话,继续在巨大的羊皮上勾画着。伊挚突然抓起羊皮,"刺啦"一声,羊皮卷被撕裂了。白薇第一次看到伊挚如此专注,不再说话,生怕打扰了伊挚的思路。

大朝。

朝中大臣都到了，尹相伊挚、左相仲虺、太宰湟里且、太史咎单，以及车正、牧正、庖正等分列左右，负责具体事务的众位卿士也都聚齐了站在台阶之下。

伊挚今天的朝服格外隆重，手中捧着一个羊皮卷轴，表情分外凝重。

伊挚上前一步，朗声启奏："伊尹受令于天子，乃论海内四邦图，智存亡若会符者，得八主。八主适恶。专授之君一，劳君一，半君一，寄君一，破邦之主二，灭社之主二，凡与法君为九主。九主成图，请效之天子。"伊挚双手把羊皮图卷呈给天乙，天乙走下王座，双手接过九主之图。

"众位大人，尹相大人绘就了九主图册，今日尹相大人要向朕和各位大人申明法君法臣之法！"

图册被慢慢展开，九主的形象赫然展现在图上。

"尹相大人？可否细说一下何为九主？"湟里且首先出列请教伊挚。

伊挚面露笑意对湟里且点点头，说道："湟里且大人，四海之内，天下万国，诸侯兴衰存亡与图中相符合的有八主，这八种类型的君主都有各种缺点，会犯下致命的错误。专授之君，会把权力交给臣子。劳君，总是事必躬亲，终生劳苦。半君，不知如何任用臣子，被臣下夺去一半权力。寄君，最终失去权力寄托于臣子。破邦之主有两类，导致身死国灭的君主也有两类。这八类君主和法君一起合称为九主。从古以来，存者亡者，就是这九主。"

"尹相真不愧天下的元圣，通晓天地之才华才能画出这九主之图！"太史咎单赞许道。

众人听了都豁然开朗，天下各国纷纷扰扰，有的国君虽然不是奢靡荒淫，却也是国家难以发展，原来有这九主的原因。

其实大臣心中想着："当年天乙的父王主癸，一生勤勤恳恳，最后商国却失去了方伯长的地位，商国的疆域也只剩了不到百里，应该算一个劳君吧。"

群臣心里想着却没人敢说出来，这时候汝鸠站出来说道："如今大王请了伊挚、仲虺、湟里且、庆辅等天下贤才，大商才能有今天！"

汝方也附和道："大王是自古未有之贤君，可以与尧、舜、禹的功业相媲美！"

第九章　法君天乙

玄鸟殿中，仲虺突然发问："伊挚先生，请问大王是这九主中的哪一种？"

伊挚正等着有人来问，马上说道："问得好！大王当然要做天下的法君！"

天乙将九主之图悬挂在玄鸟殿中。

"今日大商的王就要以这九主之图为鉴！伊挚先生，这九主之中，似只有法君才是真正的明君！伊挚先生请明示天乙如何成为法君！"

天乙在众臣面前，对伊挚深施一礼。伊挚没有谦让，受了天乙的一礼，群臣都望着伊挚。

"法君者，法天地之则者。志曰天，曰地，曰四时，覆生万物，神圣是则，以配天地。礼数四则，曰天纶，唯天不失乏范，四纶是则。"

群臣窃窃私语，只有仲虺一个人在频频点头。

"法天地之则？这个如何解？"天乙继续问。

"法君就是遵循天地法则的君主！古书上记载，天地四时，天地之下万物生长，神圣的君王遵循天地之间的法则，与天地之法相匹配。礼制中法天地成万物，以天地四时万物为法则，这就是天纶。只有天不失其法则，天地四时万物依此构成准则。"

仲虺听明白了伊挚所讲，说道："尹相大人天纶四时之法我等明白了，这和大王治理天下具体有何关系呢？"

"古今四纶，道数不代，圣王是法，法则明分。从古到今四纶的道数始终不变，圣明的君主以四纶的法则为法，国法分明，大臣职责清楚。"

天乙高声问道："天法具体如何？"

伊挚发声运用丹田之气，声音虽不高，但大殿内的每个人都听得如在耳边。

"天法无私，覆生万物，生物不物，莫不以名，不可为二名。此天企也。天覆大地生养万物，生养万物而不受制于万物，对万物都给予命名，任何事物都不可以有两种名，这就是天法。"

"大矣哉！大矣哉！"天乙不禁拍手称赞，继续追问，"天不失其规范，遵循四纶之法。如此法则明分，具体到大商该如何？"

"主法天，佐法地，辅臣法四时，民法万物，此谓法则。君主效法天，大王最大的辅佐之臣左相大人应当效法地！"说到这里，伊挚故意停了下来，双眼有意无意地看着仲虺。

仲虺感到阵阵寒意，思量自己刚才是否说了超越天乙的话，赶紧说："尹相大人说得极是，大王效法天，我等作为大商的臣子自然是效法地！在大王之下！"

伊挚满意地对仲虺点了点头，又转过来望着光洁青阶下面的群臣。

"辅弼君主的大臣效法四时，天下子民效法万物之法。这就是主、佐、臣、民效法四纶法则的次序，不可混乱。天覆地载，生长收藏，分四时。事分在职臣。是故受职臣分也。每个臣子都有自己的职责，接受并做好自己的分内之事是臣子的职责。有民，主分。以职并听有职，主分也。听敬诱分之谓明分。统治天下的百姓是君主的职责，居于无职之位来责求有职位之分的臣子也是君主的职责，臣下和子民顺从、恭敬遵循君主的命令，这样君主和臣下职责分明。"

"如此甚好！"天乙击掌大赞。

"分名既定，法君之佐主无声。谓天之命四则，四则当，天纶乃得。得道之君，邦出乎一道，制命在主，下不别党，邦口私门，争理皆塞。"伊挚说完望着天乙，天乙对着伊挚也是微笑回望。

"伊挚先生所讲，朕已经明了。君主、臣下名分职责确定下来，那么法君的左相辅臣各尽职责，这个朝堂就不会纷乱，无声无息，却能一切井井有条，上天之命为礼数四则，四则各当其位，天纶于是可得。朕要做一个得道之君，天下诸国听命于天子一人，朕掌握任命之权。臣下不得结党营私，堵塞天下豪族争权夺势的私门！"

伊挚对着天乙稽首行礼："大王如此，大商天下太平矣！"

群臣也都稽首行礼："大王如此，大商天下太平矣！"

天乙望着朝堂内的群臣，心中想着大商的千年基业，有了伊挚、仲虺这样的贤臣制定的法度，一切都充满了希望。

接下来，天乙和左相仲虺、尹相伊挚、太史咎单、太宰湟里且以及汝鸠、汝方一起梳理了大商的官职，以及每个官职对应的职责。

自古朝廷官职调整必然带来各种势力的倾轧斗争，但是这次却真的如伊挚所说的佐主无声，并没有出现多少震荡。

仲虺依旧是大商的左相，伊挚为大商的右相，但是伊挚还有一个大商独有的职务，这就是尹相。尹相的权力更加具体，在王左右，辅佐王治理国家。仲虺还是大商的贞人，负责祭祀和贞卜，所以二人的职权依旧互相制衡，这也许也是天乙希望的效果。

除了尹相，还有太宰和三公，三公是一个荣誉职务，而伊挚就是三公之一。

湟里且依旧是太宰，太史自从终古去世之后由咎单担任。

接下来是卿士，卿士基本等同于大夏的三正，分别负责各项具体事务。

大商最重要的职务之一就是师，各级军队都是以师为单位，仲虺和庆辅以及北门侧分别为太师和少师。庆辅负责西亳以及天乙的安全，仲虺负责大商四方边境的安全，北门侧协助仲虺。

而此时天乙又给了伊挚一个官职——师保，师保负责教导和管教大商的太子和子孙。

武官为亚，有大亚、多亚、马亚、射亚。统管战车的马亚地位最高，大亚、多亚在马亚之下。射亚，是管理射箭手的武官。

事，除卿事外，还有御事、我事、东事、南事、北事、西事、大事、小事等。事职数量较多，分散在朝廷的各个部门，办理具体行政事务。

大商自此成为大夏之后的第二个王朝，创造了华夏更加辉煌灿烂的文明。

第十章　太子太丁

正月时分，窗外寒风吹得干枯的树枝呼呼作响，寒冬迟迟不肯离去，依旧在肆虐着。

伊挚正在伏案忙碌，门帘挑起来，一个中年男子走了进来，清瘦的面容上带着谦和的笑容。

"元圣老师，我来帮你吧！"

"太丁，你来得正是时候，你帮我把这些官职再核对一遍，看职责有没有不合适的地方！"

太丁为人持重，做事严谨，伊挚颇为欣赏。

西亳王宫。

天乙在玄鸟殿前凛然而立，长髯轻轻飘动，伟岸的身躯让人知道这就是天下的王。

天乙志得意满地俯瞰着西亳的景色。站了一会儿，天乙感觉有点儿倦怠了，一个清丽的女子赶紧走过来。

"大王，我扶您坐下吧！"

天乙当了天子之后，终于不用每日提心吊胆地担心履癸来砍掉自己的脑袋了。天乙坐下的时候，胸前的王袍竟然有点儿撑开了。悠闲的时光多了，天乙壮硕的身材开始有点儿臃肿了，经常坐着坐着就开始打起了呼噜。天乙这些年太累了，天下安定之后，他整个人也一下子松弛下来，再也打不起当年的精神。

还好有小娥在天乙身边照顾，调理天乙的饮食，小娥本就是疾医。

"小娥这辈子就是为大王而生的。"

天乙睁开眼睛笑了笑，伸出手抚摸着小娥闪着青春光泽的头发。

"多亏你来照顾朕了！"

这时候一个男子从大门走了进来，朝着玄鸟殿走来，白衣飘飘，步履如风。

天乙恍惚看到了当年的伊挚，随即认出这是自己的长子太丁。太丁在伊挚的调教下，就连走路的姿势都和伊挚有几分像。

"太丁拜见父王！"太丁跪地行礼。

"太丁，你来何事？"

"大王，太丁最近两个月和牧正负责天下春播，如今大商大部分耕地都已经播种了粟米，禾苗都已经长出来了。农夫从伊水、洛水引水灌溉，今年的粮食收成应该会有保障了！"

"如此甚好，以前都是尹相大人和朕去四方查看春播，如今太丁也能为朕分忧了！"

"大王，如今天下大定，大王可以多让太子参与国事，您就不必这么累了！"

"嗯。你说得有理，太丁如今也已经长大成熟了，让他多处理些政务，朕就可以有更多精力思考如何治理天下了！"

太丁作为太子，随着年龄和阅历的增长也越来越有未来王者风度了，太丁颇有伊挚的儒雅俊逸。太丁越来越多地协助天乙处理朝政，天下百姓和朝中大臣都很喜欢他。

天乙有了小娥之后更加愿意在宫中待着了。天乙能感受到小娥对自己的爱，但是天乙再也不能像当年疯狂喜欢有妊氏那样爱一个女人了。

天乙突然想到自从小娥进宫，就很少见到有妊氏了。

有妊氏已经不再那么依赖天乙了，如今她心中更重要的是自己的儿子外丙和中壬。有妊氏血战保住了亳城，才让大商不至于功亏一篑，但有妊氏不是天乙的正妃，她要听命于有莘王女。

有妊氏心中忌恨有莘王女，自然也不喜欢伊挚。有妊氏一直对有莘王女嫁入商国成为大商的正妃心怀妒忌。明明自己和天乙两人相爱，中间却多出一个有莘王女，有莘王女什么也没做竟然做了天下的元妃。自己依旧是天乙的侧妃。

这一天外丙陪在有妊氏身边。

"外丙，母亲要让你当上商国未来的王！"有妊氏说这句话的时候云淡风轻。

"母亲，那又能如何，难道我们还能是伊尹的对手？"外丙听到母亲的想法吃了一惊。

"我们当然斗不过伊尹，但是我们根本不需要和伊尹斗！你过来我和你说。"

外丙当然也不甘心王位将来归了自己的哥哥太丁，大商王宫晴朗的天空中隐约有了些许乌云。

伊挚府邸。

一辆黑色的马车停在院子中，车上没有繁华的装饰，粗大的轮毂和厚重的车身已经显露出这不是一辆普通的马车，尤其那驾车的马更是神骏异常，都是西域良马。

这辆车的主人驾着这辆马车奔驰在西亳的中央大街上，还以为天下百姓认不出自己来。如今马车主人正盘坐在大堂中，案几上两个精致的陶杯带着一只耳朵状的把手，杯内飘出阵阵沁人心脾的馨香。

天乙继续来找伊挚探讨大商的治理之道。每次庆辅都派人在后面装作百姓，暗中保护着天乙。

白薇早已命人奉上清茶。

"还是先生这儿的茶香啊！看来这还是白薇姑娘的功劳！"天乙和伊挚寒暄着。

"大王看这陶杯如何？"

"单耳陶杯，似乎不太雅致！"天乙说。

伊挚单手端了起来，轻轻吹着飘在杯子上面的茶叶，说道："这单耳陶杯作为大王宫内的礼器肯定是简陋了些，但是在百姓家却很简单实用。这还是伊挚从斟鄩履癸那学来的！"

"哦！如此说来，的确轻便实用，重要的是不烫手，哈哈！"天乙也觉得这杯子好用了。

"这就和大王今天要问的问题比较相近了！"

"伊挚先生看来是知道天乙的来意了！上次朝堂内先生说到佐主无声，具体当如何解，有些地方天乙还不是完全明了，今日还需要和先生请教！"

"法君为官求人，弗自求也。为官者不以妄予人，故知臣者不敢诬能，主不妄予，以分听名。大王设置了官职来征求天下的人才为官，不是亲自去征求人才，设置官职的人不随意妄授官职，僭巧之臣就不敢夸饰自己的才能。大王不妄自授予官职，而是通过其职责来考察他的才能和名望。"

第十一章　佐主无声

伊挚府中，天乙和伊挚正在商讨治理天下的九主之道。

"臣不以妄进，曰以受也。自者先名，先名者自责。夫先名者自匡之命已。这样臣下就不妄自求增进官职，要受到考察责验，自求上进的人首先要证明自己的才能，声明自己有才能的人就要先责验证明自己的才能，这样才能承担名实一致的职责。先名者应当首先自正其事，才能名命相合。"

天乙若有所悟："自名者先自责，然后才能自命，那朕该如何做？自责之后给他这些官职吗？"

伊挚从白薇手中接过新沏好的热茶，给天乙换上。

"大王，名命者符节也，法君之所以也。名和实就如同大王的符节，要两相符合，名实一致。这就是大王作为法君设置官职求人，让臣下自求上进之道。法君执符以听，故自之臣莫敢伪会以当其君。大王只要执符名责验臣下的职务，那么自求上进的人就不敢弄虚作假欺骗大王。佐者无偏职，有分守也，谓之命，佐主之明，并列百官之职者也。辅佐大王的大臣没有偏私，有各自的职守，听从于大王的命令，辅佐君主的贤明统治，才能并列于百官的职务之中。是故法君执符以职，则伪会不可主。大王通过臣下之名来问责检验其分内的职务，臣下就不敢违逆欺诈大王。伪会不可主矣，则贱不事贵，远不事近，皆反其职，信在己心。臣下不敢违逆欺诈君主，国家中地位卑贱的人就不会依附权贵，远离大王的臣下就不会依附地位权势尊贵的重臣。是故不出其身，昼夕不离其职。最终所有的臣下都做好其分内的职务，朝夕不敢擅离职守，时刻把名实的问责考验牢记在心，这样就没人玩忽职守，分守着各自的职责。法君之邦若人。大王的国家就如同无人治理一样。"

"真的能够如同无人治理吗？当年履癸四处征战讨伐，依旧天下大乱，你我都知道治理天下绝对不是简单的事情！"天乙有点儿听明白了，但还有点儿将信将疑。

"大王，并不是真的没人治理，而是这些臣下恪尽职守，地位低下的人不攀附权贵，偏远的大臣不讨好朝中的重臣，那么作为权贵之臣就不能结交自己的党羽，就不会让朝廷空虚，不让臣子都奔赴权贵的门下，从而也就不能瓜分大王的权力，江山才会安全，才不会出现后羿那样的人。"

"呀！这果然厉害，确实不能让朝中有权势太大之人！"天乙终于顿悟。

"这就是法君之佐主无声！大王其实一直做得很好了，伊挚在朝中虽然声望很高，三公也好，元圣也好，都是些虚职，并没有多少实权。仲虺将军虽然手握兵权，但是对于具体的政务参与也不多，也没机会结交自己的党羽。"伊挚微笑着对天乙说。

天乙突然有点儿不好意思了："今日受教了，天色已晚，天乙不再叨扰了。"

伊挚和白薇把天乙送上了马车，马车隆隆而去。

天乙自从听了伊挚的佐主无声的道理，便开始只研究大商的治国策略，具体的事务都交代下去让臣子处理。

虽然佐主无声，但是大商毕竟治理着天下，事情实在太多。太丁每天要处理无数件事情。太丁最近变得越来越瘦，开始觉得可能是劳累所致，但今年太丁慢慢觉得力不从心了。太丁虽然身形很像伊挚，但是神采却和伊挚差了很多。伊挚常年修身练气，又精通医学修养之道，伊挚无论在什么年纪，眼中总是透着一股生命的光彩。太丁却一直在忙碌，他太累了，有时候让人觉得他比伊挚还要苍老。

仲虺的府邸。

一群奴隶搬着几个用青铜包着边角的木箱子，正往车上抬。院中有两个人，一个红发男子追着一个红发女子，男的刚猛威武，女的英气逼人。

男子拉住女子的胳膊不让女子走，二人正是仲虺和少方，这俩性格如火的人自从在一起，吵闹从来就没断过。

"少方，你就不能不走吗？"仲虺不得不开始央求少方。

"昆吾城才是我的家，那里是大王给我的封地！"少方斜眼瞪着仲虺。

"但是这里是我们的家！"仲虺又沉不住气了，语气变得强硬起来。

"你自己说，你梦中总是呼喊谁的名字？"少方听到仲虺的语气，怒火实在无法压制了。

"这么多年我不是一直只有你吗？"仲虺莫名其妙起来。

"妹儿！妹儿！你喊得好亲啊！"

"那不是做梦吗？当不了真的！你也知道当年我被履癸打得多惨，妹喜被抢走是我一辈子的痛。如今妹喜都不在了，你生这气有意思吗？"

"你梦里喊也就罢了，昨天晚上你喝多了，抱着我的时候，你又妹儿、妹儿地喊！你当我少方是什么？你妹儿的替身吗？"

"啊！有吗？"仲虺装作无辜的样子。

少方这下火更大了，仲虺这下要吃不了兜着走了。

"你还装！我少方是牟卢的女儿，是昆吾的城主！我回我的领地了！你继续在这儿做你的左相，想你的妹儿吧！"少方更加愤怒了，心中的愤怒如红色的头发都要燃烧起来了。

仲虺一下子愣住了。少方趁机挣脱了仲虺，跳上了马车。

"驾——驾——"一声呼唤，少方的马车快速出了仲虺的左相府邸。

仲虺在后面赶紧追了出来，红色的长发在身后飞扬起来，看起来如一头雄狮，但是雄狮离马车越来越远。

"哈哈哈！仲虺这次你追不上我了吧！"少方在马车上笑得前仰后合。

仲虺不一会儿就汗流浃背、气喘如牛了。仲虺想起自己当年如何在昆吾城追上的少方："难道我真的老了，不对那次是在水里！"

仲虺望着少方远去，无奈回头去看院子中那些能够真正让他忘记烦恼的东西。

第十二章　凡物有胜

大商左相的院子中摆着几辆战车，车身上的玄鸟凌厉展翅，让整个战车看起来杀气十足。仲虺正站在车轮旁边，仔细研究着车轴中藏着的狼牙刺。

这么多年过去了，除了红色的头发中掺杂了几根白发，仲虺依旧勇猛健壮。

一人大步走了进来，脚步矫健中透着几分稳重，厚实的肩膀和微微发粗的腰身让整个人显得更加壮硕，双目中透着自信的光芒，浓密的胡子让他多了几分内敛，仔细看却能看出他此时有几分急躁。

"仲虺将军，如今天下都归大商所有，你还研究战车做什么？难道还能有人是大商的对手？"仲虺听声音就知道是外丙。外丙如今已人到中年，但内心和当年并没有多少改变。

"如今中原已经没有大商的对手，但四方之外大商依旧有很多强敌，西方的荤粥、逐渐强大起来的羌人，大商不得不防啊！一旦大商战斗力衰弱，这些蛮族随时就会杀进中原。"

"仲虺将军，远方的敌人毕竟在远方，身边的对手才更加让人头疼！"

"身边的对手？我们根本不是人家的对手！还是乖乖俯首称臣吧！"仲虺没有抬头，继续研究战车上的装置。

"假如我们不和他们斗，他们就会对我们俯首称臣呢？"外丙脸上带着一丝挑逗。

"哦？王子有何高见？"仲虺有点儿被外丙的挑逗激怒了，转过身来，望着外丙。

"仲虺将军难道不想外丙当大商的王吗？"外丙低声对仲虺说。

"王子应该知道当今太子是太丁！"仲虺说。

"如果太丁没了呢？外丙成了太子，将军的对手还是对手吗？"

仲虺脑海中突然闪过一道闪电："对啊，如果外丙成了太子！伊挚转眼就要靠边站了！那以后大商的朝堂还不是我仲虺说了算！"

"哦？啊？！"外丙在仲虺耳边耳语着，仲虺大惊失色。

"仲虺将军不用慌！这件事情根本不会留下任何痕迹，因为所有的铜器中都有。"外丙继续说。

仲虺每天铸造铜器，当然知道外丙的意思。

太丁依旧忙于政务，天乙依旧在思索着治理天下之道，没有人知道将会发生什么。

天乙最近几乎每日都到伊挚府邸探讨九主之道。

"至哉！至哉！法君法臣。木直，绳弗能罪也。木其能侵绳乎？木材如果是直的，绳墨就不能量出不直，木材难道还能侵犯绳墨吗？"

"大王越来越圣明了！伊挚这还有八谪之图！"

"八谪之图？"

"大王，学习成功的人，总觉得他们的成功过程也不过如此，只有真正分析了那些很厉害的人为什么失败，大王才能真正明白成功的不易！"

"对，履癸如此神武，最终也丢掉了大夏江山，朕一直认为是运气好才遇到了伊挚先生！"天乙不忘了夸伊挚。

"大王不必自谦！履癸也待伊挚不薄，为什么伊挚一心辅助大商？"伊挚反问天乙。

"这个……请先生今日详说。"天乙本来想说因为有莘王女，但觉得肯定不是那么简单。

"古书上云唯天胜，凡物有胜。只有上天没有痕迹征兆，万物皆有形体！"

"天胜，上天没有征兆，为什么？"天乙虚心地问伊挚。

"胜者，物所以备也，所以得也。天不见端，故不可得原，是胜。征兆和形体是万物之所以成为物所具备的特性。天没有端倪形体，所以不能找到天的本原，这就是天胜，天没有征兆。"

天乙沉思了一会儿："仲虺将军擅长贞卜，伊挚先生精通归藏之术，难道也贞卜不到上天的痕迹吗？"天乙满怀期待地望着伊挚。

"大王，贞卜都不能自占，何况是天！故圣王法天，主不法则，乃反为物。端见必得，得有巨哉！得主之哉！所以大王要效法天则，如果君主不遵循天法，就会返还为物，显示出形体，最终必然被人控制，被控制之后那就会有巨大的危险了，成了被控制的君主！"

"呀——"天乙倒吸了一口凉气，伊挚却没有停。

"能用主，邦有二道，二道之邦，长争之理，辨党长争，争道得主者萌起，大干天纶，四则相侵，主轻臣重，邦多私门，挟主与失。君主被控制，天下就有了两个掌握权力的人，国家有了两个最高权力，就会造成混乱和纷争，国内私党林立互相争权夺利，也许还会有其他臣子想得到君主一样的权力，违逆天纶，四则的次序也就不能有序遵循，天下就会大乱，互相侵犯。君主权轻而臣下位重，国内贵族私门林立，控制君主权力的臣下就会挟持君主，国家就有可能灭亡。大王可知道为什么叫作破灭之主？"

天乙唰的一下站了起来，额头上全是冷汗，直直地看着伊挚，心中想着还好自己一直厚待伊挚先生，否则自己的一切岂不是都被伊挚控制了。

"大王，不用害怕！伊挚又没有私党，不是得主之人！"伊挚说。

"伊挚先生自然不是！这天胜朕要做到也的确不易，凡人皆有情欲，要不露痕迹，绝非易事！"

"所以大王，要明了这些君主如何犯错，大王才能避免犯同样的错误！"

"先生请继续讲！"

"那伊挚就来继续讲下这八谪之主！"

第十三章　汤妃有㜪

天乙和伊挚讨论八谪之主，每日如醍醐灌顶，不觉又是天色已晚。

"大王，你我君臣明日继续探讨这八谪之主如何？"伊挚起身。

"好，朕回去好好想想先生今日之言！明日再来打扰先生！"

天乙第二天却没有来，因为发生了一件大事。

这天，太丁在和牧正讨论今年粮食的收成，太丁突然听不到牧正说什么了。

"王子，你怎么了？"牧正发觉太丁有点儿不太对劲。

太丁面色苍白，晕倒在了朝堂上。众人赶紧把太丁送回府中。

太丁病了，伊挚和有莘王女都赶了过来。众人看到太丁的时候都吃了一惊，太丁躺在床上喘着粗气，每一次呼吸都很艰难，整个人都瘦得不成人形了。

伊挚给太丁把了脉，面色突然就变得很沉重。有莘王女就生了太丁这么一个儿子，看到伊挚阴沉的面容，就再也坚持不住了。

"伊挚，太丁到底怎么了？"

"王女，太丁可能等不到明年了，伊挚也无力回天！"伊挚无奈地摇了摇头。

小娥也赶紧过来给太丁把脉查看病情。

"太丁如何？"天乙神色黯然，一下子苍老了许多。

"大王，恐怕是难以回天了！"小娥也无奈地说。

"你胡说！你不过是个巫医！伊挚是天下疾医之首，赶紧把太丁的病治好！"

天乙怒吼。

"大王，伊挚恐怕也难以回天！"伊挚才发现自己好久没有见到过太丁了，没想到太丁已经病入膏肓。

"你不是天下的元圣吗？难道你也是浪得虚名！"天乙第一次对伊挚不客气地发脾气了。

"大王，生老病死乃是天命，人何以抗天命？"

众人都走了，只有有莘王女和伊挚留下。

"伊挚，太丁到底怎么了？"有莘王女已经全然不是往日沉静端庄的样子，关心则乱，尤其自己唯一的儿子病倒了，彻底打乱了母亲内心的平静。

"太丁看不出任何病因，但是身体气血却虚弱无力，如果是中了什么毒，这毒一定是经年累月才造成这样的后果的。"伊挚虽然起疑，但并没有证据。

"我的太丁，一向行事谨慎，怎么会中毒？"有莘王女用手抚摸着太丁的额头，太丁的额头此刻都有点儿冰凉。

"如果是中毒，那就应该在日常的吃食中！"伊挚四处查看太丁的房间，眼睛盯在太丁日常用的豆和青铜器盘上。

"太丁平时饮食和你我一样，只是他和外丙会一起吃打猎打来的鹿肉，难道出在鹿肉上？"

"鹿肉，伊挚检查过了，品尝之后也没查出异常来！"伊挚也有点儿不知道问题到底出在哪儿。

"那到底是怎么一回事，太丁！我就你这么一个儿子。"有莘王女彻底慌乱了。

"王女，此仇必然会报，我答应你。"伊挚眼底闪过一丝难以觉察的恨意。

太丁拉着有莘王女的手，王女感觉到太丁的生命正在消失。

"王女，一切已经来不及了！"伊挚摸着太丁的脉搏，脉象已经细若游丝，伊挚知道已经回天无力了。

"母亲，你一定要照顾好自己，恐怕他们也不会放过你！"太丁努力喘着气，紧紧拉住有莘王女的手。

"我儿，他们是谁？到底是谁把你害成这样？"有莘王女的眼泪已经止不住地流了出来。

太丁说完闭上了眼睛，太丁走了。

有莘王女恸哭，哭天抢地。有莘王女第一次感觉到自己的天塌了，一个孩子对一个女人的意义太大了。

人们看到温婉端庄的王妃也如乡间老妇一样哭号起来，无不恻然。

此恨此伤，怎么排解？

此刻天地变色，雷鸣电闪中，暴雨轰然而下，这暴雨如同有莘王女的泪水。

"母妃，不要哭了！太丁还给您留下一个孙子！"一个年轻女子说道。

伊挚转头看到一个女子，容貌清丽脱俗，一看就不是中原的女子，正是太丁的妃子雪玉。

"祖母！孙儿给你磕头了！"一个小男孩给有莘王女磕头。王女抱住小男孩哭得更加伤心了。

"子至，可怜的孩子，如今你父亲去了。我的儿，你怎么早于你父王去了！大商从此少了一个英明的王！"

"祖母，母亲，你们不要伤心，子至长大后一定不让你们失望！"子至虽然只是一个小孩子，却似乎了明白了母亲和祖母的伤痛。

天乙看着太丁离自己而去，突然感觉到死亡竟然离自己如此之近，自己做了天下的天子又如何，自己的儿子不也救不了吗？

天乙第一次感到如此的无力，天乙发现自己也老了，太丁走了，自己还能再活多少年呢？

天乙悠闲的天子日子如晴空中打了一个炸雷，头发一下全白了。天乙为太丁举行了天子规格的葬礼，整个大商的疆域内，一起举哀。

王墓有四条深达十丈的墓道。仲虺把各种巨大的铜鼎、礼器都放入了深深的墓道之中。

数百名在西方作战抓来的羌人奴隶，被埋在太丁王墓周围陪葬了。天乙听着那凄惨的声音，心中多了几分快意，失去太丁的伤痛似乎减轻了一些。当别人的痛苦比自己更多一些时，自己可能会好受一些。

天乙看着巨大的棺木，突然有一种感觉，自己百年之后，是不是也是这样的情景。

太丁的葬礼之后，天乙也病了。有妊氏和仲虺开始频繁地在朝堂出现，仲虺开始以大商第一重臣自居，一切事务都掌握在自己手里。伊挚何尝看不出来仲虺的心思，也只好不在朝堂上多说话。仲虺也更加得意了。

有莘王女如同老了十岁，有妊氏却如同年轻了十岁，那无限的精神，如闪电般犀利的眼神，让所有人不寒而栗。人们都意识到，以后这个女人要成为大商最有权力的女人了，因为她的儿子外丙应该就是新太子了。

有妊氏成了未来的王母，终于把有莘王女给比了下去。脸上得意的表情，天下人都看得出来。有莘王女只能躲在宫中默默哭泣。

"我本来就该是天乙的正妃，成为天下的元妃。"有妊氏终于等到了这一天。

"太史，你准备怎么记录我的言行？"

"汤妃有㜪者，有妊氏之女也。殷汤娶以为妃，生外丙中壬，亦明教训，致其功。有妊之妃汤也，统领九嫔，后宫有序，咸无妒媢逆理之人，卒致王功。"

第十四章　八谪之主

太丁走了，天乙沉寂了良久，不过天乙经历过夏台被困之后，已经没有什么能够让他一直消沉下去。

外丙被立为太子，外丙的身体比太丁要强壮许多，嘴角露出若隐若现的胜利的笑容。

"也许太丁就没有当天子的命吧！"天乙需要慢慢忘记太丁的死给他带来的伤痛。天乙开始有意锻炼外丙，带着小娥和伊挚外出狩猎，朝内的事情交给外丙去处理。

远山如画，层林尽染，天乙从失去太丁的悲痛中走了出来，又恢复了王者的豪情。白薇也难得和伊挚一起陪着天乙出来狩猎，只有这时候，伊挚才属于白薇一个人。

天乙坐在半山坡的一块大石头上。

"伊挚先生，你也来坐下！"

"好，伊挚就和大王一起欣赏这江山秀丽的秋色！"

伊挚和天乙并排坐在大石头上，望着远方。

"上次先生说到这八谪之主，专授之君、劳君、半君、寄君、破邦之主两种、灭社之主两种，其中过在主者四为专授之君、劳君和两种灭社之主，罪在臣者三为专授之君的专授之臣、半君、寄君，臣主同罪者二为破邦之主。四主之罪，具体为何？"

"大王，把权力给了臣子的君主，不是控制臣下，而是被臣下控制了。统治天下和国家，不能自己治理，而是依赖臣子治理。臣下得以在君主之前擅自专权，控制君主的邦国，就成了控制君主的臣下。"

天乙听到这里腰板挺直，就要站起身来。

伊挚微笑示意天乙放松，说道："大王不必紧张，大王不是这样的君主。把权力专授给臣子从而失去权力的君主，其过错在于君主，不过如果这种君主对专授的危害有所觉悟那就是犹君，那么仍然能控制臣下！"

天乙感叹道："天啊！这个专授之君实在是危险！君主还是很多事情要亲自处理！"

"大王，得主自然不可以做，但是如果君主什么都要自己做，那就成了下面的第二种君主了！"

"哦？"天乙的好奇心被勾了起来，等着伊挚接着说。

"对专授任臣有所觉悟的君主很容易成为劳君，劳君吸取了专授之君的教训，却不能遵守君主的无为天道，事事亲为，最后君主劳累而臣下安逸。作为君主不能很好地任用臣下，臣下的事情都去禀告君主，等待君主去处理，这就违反了君臣之道。"

"嗯。这劳君也不可取，如朕治理天下，所有事情都要朕处理，就是有十个身体也不够！再说放着伊挚先生这些大材不用，岂不是浪费？"

"大王说得对！劳君的危险在于君王不能为君王，臣主分职不明，臣下借机侵害君主权益，国家不免陷于危殆，劳君的过错也在于君主。虽然如此，劳君仍可以保住君主的地位，能够控制臣下，只是不能很好地任用臣下而已。"

天乙听完放松下来，说道："专君也好，劳君也好，只要君主有意不犯这种错误，就不会出大事。"

"嗯，伊挚接下来说说灭社之主！"

"灭社之主，就是身死国灭了？"天乙刚刚放松的身体又紧张起来，听伊挚接着说。

"灭社之主也知道专君的危害，他用严法威势去控制臣下，群臣只能俯首帖耳，凡事都听命于君主，心中充满恐惧不敢尽言。君主暴虐无道，把臣子和子民当成仇人一样，臣民无处申诉，就会一起共谋对付君主。其他有道的君王利用这一点，发出征伐的命令，征伐无道的君主，安抚灭社之主的臣民。此时仗还没有真正打起来，灭社之主的臣民就会自动献出城池，国家就灭亡了。灭社之主和专君过错不同，但是结局是一样的，因为君主的过错而导致国家灭亡。与专君和劳君相比，这灭社之主的过错就太大了。"

天乙叹了一声，说道："唉！夏桀不就是这样的灭社之主吗？朕无时无刻不担心夏桀来砍了朕的脑袋，朕只能去伐夏，才创立了大商的天下！"

"嗯，说了半天，终于说到夏桀的过错了！"伊挚看到天乙明白了夏桀的过错，点头表示赞许。

"嗯。不说夏桀了，专授之君，劳君、两种灭社之主，四种过在主者。还有三种罪过在于臣子的君主呢？"

"专授之君的臣下擅权于君主之前，欺上压下，使得下情不得上闻，蒙蔽君主，利用君主对专授权力的不能觉悟，侵害君主的权力，所以专授之君之所以产生，不只是因为君主专授权力给大臣，那些专权操纵君主的臣子罪过也很大。"

"没错，如果没有这些可恶的权臣，都是像先生这样的贤相，哪里会有专君这样的事情？"

"大王，不要夸伊挚了，伊挚也是个凡人，凡人就要通过法则来约束！"

"对，先生说得不错，朕这就是在向先生请教如何做好一个法君！第二种臣子呢？"

"半君是对专授权臣不觉悟的君主，半君之臣利用君主的不觉悟，指使君主对群臣进行杀戮，群臣恐惧，就会趋利避害，依附归从于权臣。这些擅主之臣就会形成自己的势力，与君主争夺国家的权力，所以臣下与君主各自控制着国家一半的权力，这样就非常危险了。臣下专横擅权，使得君主危殆。君主危险，国家就会灭亡。所以半君的产生，半君之臣的罪过更大！"

天乙此刻眼睛瞪得很大，半天才说话："呜呼，危哉，半君！最后一种臣子呢？"

"寄君是对专授的危害比半君还不能觉悟的君主，他的臣下利用君主，侵占君主的权力，国家陷入混乱，君主不遵循法度而被擅主之臣控制，权臣掌握生杀大权，最终会导致君主彻底失去权力，只能依托于大臣，成了寄君。有的君主能够遵循君主之道而对专权有所觉悟，有所觉悟就能控制臣下。寄君却是那种完全不能觉悟的，已经病入膏肓、不可救药了。"

天乙抚摸着长胡子说道："到了寄君这一步也就回天无力了，这寄君本身能力也是太弱了。专授之君、半君、寄君三种过在臣子。君主和臣下同时有罪又是什么呢？"

"破邦之主同样对专权不觉悟，君主与朝内重臣共同掌握君主的权力，欺压下面的子民，百姓对君主绝望，于是纷纷归依国内的亲贵大臣。周围贤明的君主利用这一点，趁机攻破其国家。破邦之主两种的罪过虽然有所不同，但都导致身死国灭的发生，君主和臣子都有过错，所以说破邦之主是君臣同罪！"

"身死国灭也不是一天的事情，所以君主不能犯错，否则国家就危险了！"天乙此时终于明白了。

伊挚站起身来："大王，只有法君能够分明职分，依照法君法臣的规则。八谪之主，伊挚也都给分析原因，定了名。希望大王能够明白伊挚的苦心！大商的典刑只是针对子民的，这法君和九主才是针对大王和臣子的，只有千秋后世都依照法君九主之法，大商的基业才能长久下去，才不会出现后羿那样的专权之人。"

天乙也站了起来："九主之图，所谓守备捣具、外内寇者，是大商重宝！"

天乙回到西亳，在朝堂之上重新宣讲了一遍九主之图，群臣无不振聋发聩。天乙请大商的重臣，共同将九主之图作为大商的国之重宝藏在重屋之中，以此作为国君的借鉴，君主和臣下各司其职，各守其分，不相抵牾。

从此大商开辟了天下新气象，多年未出现篡权的权臣。

第十五章 巡狩

太丁没了，天乙突然意识到时间已经成为宝贵的东西了。

"大王，太丁去了之后，看您一直高兴不起来，大王何不去天下走走？"

"是啊！朕不能再这样在西亳待着了！小娥提醒得对，朕现在是天下的天子了，天子应该巡狩天下！"

玄鸟殿大朝。

当天乙走进来的时候，群臣发现今日天乙神采奕奕，恢复了当年征伐大夏时候的风采，群臣也一个个抖擞起精神。"大王今日肯定有什么事情要宣布。"

天乙年少时一直随着父王主癸，隐忍小心，父王的方伯长被履癸废除后，商国的疆域也变成了只有方圆百里，成了随时可能灭国的小国，天乙不禁回望自己的一生。

"朕这一生有九征，从葛国和有荆国开始，朕受困于夏台九死一生，最终化险为夷。朕回到商国之后，奋发图强，先后又灭了温国、豕韦国、顾国，最后和昆吾决战，战胜昆吾之后，大商终于具备和大夏抗衡的实力了。大商正式和大夏开战，最终在鸣条大败了履癸，然后追着履癸大败了三崚，一直追到郲国的焦门才擒获了履癸，从此开创了大商王朝。朕也算不枉此生！"天乙在朝堂之上和群臣回顾着大商的艰险历程，往事历历在目，恍然如梦。

"大王开创大商的功业可与尧、舜、禹相媲美。"仲虺说。

"朕可比这三位圣贤差远了，哈哈！"

"大王身为天子应巡狩天下！"太史咎单上前建言。

"太史说得有理，朕该去好好看看大商的山河！"

天乙要巡狩就要有天子的马车，天乙的马车，六匹马一字排开，步伐整齐，丝毫不乱，隐隐然法度森严。六匹骏马都如训练好的士兵，脚步整齐，气宇轩昂，天子驾六的马车车厢比一般马车大出几倍。车身上布满玄鸟和祥云图案，神龙在云中穿梭。车上两个御手，正是费昌的儿子大木和侄子少廉。

"大王，这就是天子驾六吗？！"小娥说。

"对啊！从今天起，小娥，你就要陪着朕在这马车中去巡狩四方了！"

"小娥也想陪着大王去看看天下的风光！"

这次庆辅带着天子的护卫、小娥陪在天乙身边。有莘王女和有妊氏都没心思陪着天乙风餐露宿地四处逛。

天子的队伍从头到尾绵延数里，所过之处百姓都夹道欢迎，大家都想看看开创了大商的天子。

这是天乙即天子位之后的第一次巡狩。有了小娥的陪伴，傍晚的微风、夕阳的余晖、袅袅的炊烟都成了美丽的风景。

"小娥，天乙真想就这么一直陪着你，但是天乙老了！"

"大王，你不老！小娥也已经三十多了，你永远是小娥的天乙哥哥！"

"好，朕拥有这大商的江山，到头来也不过是过眼烟云，朕终有一天要随着这烟云而散去！后人也许能记住朕开创了大商，但是谁又能知道朕此生的喜怒哀乐呢！"

"大王，此刻小娥知道。"

"此刻有你足够了！"天乙拉小娥靠在身边。

"小娥，朕很想去大禹所说的壶口去看看！"

几日之后，天子队伍到达了壶口附近，远处有低沉的隆隆声传来。

"大王，这是什么声音，难道远方有大军在交战吗？"

"这应该是黄河壶口的水声！"

"真的吗？小娥也听说过壶口的景色壮美！大王！快下车！"

一向沉静如水、肌肤如雪的小娥，突然兴奋起来，连拖带拽地就把天乙拉下了马车。

"小娥，朕是天子，得注意威仪！"

"大王，你快走，否则小娥不等你了！"小娥咯咯的笑声传过来。

小娥回头对天乙边招手边朝壶口边上跑去。此时远处雾霭弥漫，阳光下，小娥周身竟然有一身光晕，恍若天上的仙女。天乙心中一动，突然也发力跑起来。

"小娥，你等等天乙哥哥！"

后面的庆辅听到天乙哥哥几个字，忍不住差点笑出声来，远远地和天乙、小娥保持着一段距离。

天乙发现自己已经好几年没有这样跑过了，恍惚回到了当年在树林中追着有妊氏奔跑的情景。

"朕还没有老啊！"天乙突然意识到，只不过是自己以为自己变老了，自己依旧能够如年轻时一样奔跑。

天乙追上小娥，一把抱了起来。

"大王，不可！"

壶口壮美的景色，引得小娥开始翩翩起舞，感觉随时都有可能飞入气吞山河的瀑布中去。

天乙望着小娥，眼中放出当年大战时候的光芒，如手中握着开山钺在千军万马中厮杀一样的神态。

"大王，那边好像有鬼！"

"鬼？！"天乙侧目去看。

远处几个人张着血盆大口，其中一个鬼突然一扬手，一个东西旋转着飞了出来，转着怪异的弧度，朝着天乙的脑袋就过来了。天乙手中什么也没有，怕伤着小娥，赶紧抱着小娥趴在了地上。

那个东西没打到天乙，竟然转了一个圈，又回到了那个鬼手中。

"这是什么鬼东西？"

"大王，那是回旋镖，快走！后面还有敌军！"庆辅本就是装鬼的人，才不信什么鬼。

就在这时候,西方出现一支队伍,这支队伍很奇怪,这些人头上插着锦鸡的翎毛,脸上涂着朱砂油彩,双眼漆黑如洞,嘴巴夸张如血洞。

"这附近是什么部族?"

"这附近可能是羌族和荤粥,但这些人明显不像是这两个部族的人啊!"庆辅也困惑了。

当年,履癸的儿子淳维来了之后,就带领荤粥向北方迁移了,所以这里崛起了一个新的部族。

"这些方族怎么和恶鬼一样,就叫他们鬼方吧!"

"大王,先不管他叫什么?不可恋战!"庆辅催着天乙的马车向东方撤下去。

第十六章　四方献令

壶口战场。

"朕如今已经为天子，如果为这小小鬼方而逃窜，天子尊严何在？拿朕的开山钺来！"天乙一纵身上了战车。

"大王，您这年纪，不可亲赴战阵了！"小娥忙过来阻拦。

"小娥，朕就是让你看看朕是否真的老了！"大木和少廉也已经跳上了天乙的战车，为天乙驾驭战车。战车后竖起了天子的玄鸟旗。

天乙身边带的两千人都是庆辅挑出来的勇士中的勇士，比当年履癸的近卫勇士的勇猛程度有过之而无不及。

那几个鬼魅一样的人退后消失不久，沿着开阔的黄河岸边，隆隆开过来上千人马。

"终于又有仗打了！朕这武王终于又可以出战了！"多年未有征战，天乙感觉自己都垂垂老矣，此时开山钺在手，自己依旧是当年的自己。

对方来得很快，前面的都是长矛手，竟然都在木头长矛头上绑着石头矛头。

"大王，当心长矛！盾牌阵保护大王！"

转眼天乙面前就被青铜盾牌围住了。盾牌刚刚合拢，就听到当当的长矛插在盾牌上的声音。

这些长矛头都是由锋利的石头打磨而成，有的竟然可以刺穿盾牌。

"对方好大的力气！"商军吃了一惊。

长矛手投完长矛呼啸着往回撤去。

"弓箭手，放箭！"庆辅指挥之下，盾牌阵后面的弓箭手拉满长弓，一排排的弓箭斜着射向远方的天空。

"放！"商军的弓箭如天空中的蝗虫一样飞上了天空，落下来的时候，正好如雨点般落到刚才扔长矛的那群鬼方人身上。

转眼就有几十个人被射下了马，原来这些鬼族人身上并没有铠甲，弓箭就能射伤他们。

"杀！"天乙在战车上挥动开山钺！这开山钺如今就是大商的王钺，是天乙的军令！

天乙抡起开山钺，催动战车冲了上去，商军开始了冲锋。

"大王，当了天子还这么拼命！"大木和少廉，那是天下最好的御手，天乙的战车也是天下最快的战车。那些鬼方人没有战车，转眼就被天乙的战车冲散了。天乙抡起开山钺，一下砍掉了几个敌军的脑袋。天乙舔了舔嘴角上敌人溅出的鲜血。"又尝到了鲜血的滋味！"此时天乙身后的商军冲了上来。双方犬牙交错，就是一场屠杀。

鬼方首领发现这次遇到了麻烦，西部部族之间打仗就是互相冲锋，打赢了就抢对方的东西，打败了就赶紧逃跑。这次鬼方首领发现自己的士兵被包围了。

"这难道是商王的大旗？"

双方一交战，对方看到天子的大旗，气势上顿时就萎靡了。鬼方这些人很快就被天乙的大军给包围了，商军没有进一步赶尽杀绝，双方停下了厮杀，陷入了僵持。

"你们首领是谁？到本王面前答话！"天乙朗声说道。

鬼方的首领昂然走到天乙面前，说道："你是哪里的王？今天败在你手里，心服口服！"

"难道天子你也不认识了吗？"商军怒斥。

"天子商王！"鬼方首领一怔。

"鬼方！为何偷袭天子车驾？！"天乙继续问。

"鬼方？大王，我们是鬼亲族！"

"大王说你们是鬼方，你们就是鬼方！难道还委屈你们了！"庆辅厉声说。

"大商要我们进贡良马，我们鬼亲从来不养马！不知怎么完成商王的任务！这不是看到车队中有好多战马，所以过来抢吗？"鬼方首领看来并没有什么敌意。

"竟有此事？"天乙突然大笑了起来。

"你们准备抢了朕的战马进贡给朕！哈哈哈哈！"

鬼方的首领也尴尬地陪天乙笑了。

"你们以后不用进贡战马了！有什么进贡什么就是了！"

天乙大战之后，大军回到了西亳。伊挚率队来迎接天乙回朝。

"大王，此次巡狩看来收获颇丰，大王气色又恢复从前了！"

"伊挚先生，朕此次和鬼方大战了一场！朕有一件事情要拜托先生去做！"

几天之后，天乙把伊挚叫到王宫的花园中。

"伊挚先生，我这花园比起履癸当年的如何？"

"当然大王这花园更好，秀美中透着清新！"

"那看来是不如履癸的花园了。那就对了，否则朕不成了夏桀了？"

"大王仁德广布天下，夏桀恶名天下皆知。"伊挚正色说。

天乙听了很受用："要说仁德，朕回来时说有一件事要拜托先生！"

"伊挚一直等大王训示！"

"伊挚先生，朕此次遇到鬼方，鬼方竟然要抢了朕的战马来进贡给大商！朕还和鬼方大战了一次，你说这是不是很好笑？"

"哈哈！这个伊挚听说了，大王又当了一次武王！"

"朕觉得这件事情没那么简单，天下诸侯来进贡，有没有国内根本没有马、牛，却要进贡的呢？有没有要进献的物品本国没有却要到远方去换取的呢？今朕欲因其地势有所献贡，必易得而不贵，称为四方令！"

"伊挚这就去调查四方物产，去制定四方令！"

伊尹接受命令，查看各国物产。伊挚回到府中，叫来了行走天下的湟里且。湟里且自然对天下物产都很清楚，和伊挚一一核对，哪国出产什么，一一列举。

几日后，伊挚呈交给天乙，于是天乙发布了天下诸侯进贡的《四方令》。

"大商要求正东的符娄、仇州、伊虑、沤深、东夷、十蛮、越、瓯及断发文身的部族，以鱼皮制的刀鞘、乌贼鱼酱、鲨鱼皮制的盾牌、利剑作为贡物；正南方的瓯骆、邓国、桂国、损子、产里、百濮、九菌等国，以珍珠、玳瑁、象牙、犀牛角、翠鸟羽毛、菌地的鹤、矮脚狗作为贡物；正西方的昆仑、犬戎、鬼方、枳巳、阀耳、贯胸、刺额、离身、黑齿等方国，以朱砂、白旄牛尾、毛毡、江历、龙角、神龟为贡物；正北方的崆峒、莎车、姑他、旦略、貊胡、代狄、匈奴、楼烦、月氏、新犁、其龙、东胡等方国，以骆驼、白玉、野马、驹赊、駃騠、良弓作为贡物。"

天乙大悦，说道："好！如此很好！这样天下百姓就不会抱怨朕了！"

四方令颁布天下后，天下诸侯国，再也不用担心凑不出给大商进贡的物品而去别国抢了。

第十七章　大禹的天下九鼎

斟鄩。

"啊——啊——"凄厉的叫声打破了沉寂，一只乌鸦在烧焦的树干上凄凉呼号。昔日繁华的都城如今一片荒芜，城墙上长满了荒草，没有一丝人烟。太禹殿已经坍塌了，再也没有昔日的辉煌。院子中却亮着篝火，这里驻扎着商国的几百名士兵，白天晚上都围着太禹殿巡逻。

"太禹殿已经变成了废墟，这里还有什么需要守护吗？"一群士兵围着篝火在闲聊。

"难道这里藏着大夏的幽灵？"守卫的士兵也不明白他们在守卫什么。

"那也应该在大夏的宗庙中，而不是这里吧？"另一个士兵嘀咕着。

"大夏的宗庙早就被迁移到杞国去了，那里整个被推倒了，什么都没有。"

这些士兵围着的太禹殿前的院子中，有一圈层层坚固的圆木做成的木头栅栏，他们守护的东西就在这个栅栏中。

天乙营造西亳的时候，斟鄩王宫中的大部分贵重物品都被悄悄搬到了西亳王宫，但是有一样最为贵重的铜器，天乙却没有动，不是不想搬，而是不能随便搬。这就是象征着天下的九鼎！

"大王，这九鼎现在还动不得！"当年伊挚没让天乙动天下九鼎。

斟鄩虽然荒废了，天下九鼎却一直在太禹殿前。天乙知道九鼎不是随便能迁移的，只好先派人保护起来。

今年的冬天不算特别冷，暖阳照在人们身上，大家都穿着厚厚的麻布衣服，有的人还穿着羊皮、狗皮坎肩，经常在外面的人则穿着羊皮的靴子和护腿。

大朝的时候，大殿中点着的火炉让大臣们感觉分外温暖，春天就要来临了。

"大王，大王正月将至，九鼎可迁！"伊挚向天乙启奏。

"朕正有此意！"天乙满意地对伊挚点了点头，天乙多年以来一直挂念着九鼎。

九鼎是天下的象征，真正的天子应该每天都能看到九鼎，这天下共主才名副其实。刚刚打败履癸的时候，伊挚没有让天乙迁移九鼎，是怕引起天下大夏宗族的共愤，如果他们联合起来伐商，那就天下大乱了。如今多年过去了，天下已然安定下来。

祭祀礼后，每个大鼎被九个肌肉虬结的汉子抬了起来，放到铺满了茅草的战车上。天乙亲自在前面引领九鼎队伍。大鼎进入都城，路边挤满了西亳的百姓，人人都想看一眼这天下的九鼎。

进入王宫之后，九鼎被安放在玄鸟殿前九鼎台之上，九鼎必须能够见到日月星辰。

天乙随即要举行迁移九鼎的祭天大礼，天下诸侯已经提前来到西亳。迁移九鼎是天下大事，天下诸侯都凝神静气，静静注视着九鼎，首先是祭天大礼。

天乙身穿绘有日、月、星辰图案的大裘以效法上天，头上戴冕，冕的前端垂着十二条贯有珠玉的流苏，这是取法天有十二象之数。

群臣知道这是天子祭祀天帝时候才戴的冕旒冠。旒用十二根五彩的缫丝绳制成，每旒贯十二块五彩玉，按朱、白、苍、黄、玄的顺次排列，每块玉之间距离各一寸，每旒长十二寸。

今日天乙乘的马车，周身素白，几乎没有任何装饰，质朴厚重。车上的旗子有十二根飘带，上面画着龙和日、月的图案，取法上天之义，上天垂示日月星辰等法象。

九鼎台下一头健壮的牛被牵了过来，这头牛没有一丝暴躁，祭天所用的牛必须在清洁的牛舍里精心饲养三个月，这头牛也许知道自己的使命。仲虺亲自用长矛刺进了牛的心脏，整头牛被放到了祭祀台上。天乙从此成为一言九鼎的天下共主。

群臣散去之后，小娥陪着天乙站在青石块堆砌而成的九鼎台上，仔细端详着九鼎。

天乙抬起头来，突然感觉天旋地转，小娥伸手去拉，用尽了全身力气，整个人却被天乙给拽了下去，九鼎台周围的卫士都来不及救护，天乙发出一声惊呼。

"大王小心！"砰的一声，众卫士心中一惊，心想大王如果摔倒了，庆辅将军也许会把我们的脑袋都砍了。

转眼天乙就要摔倒在地上，就在落地之前，天乙突然一个转身，身体立了起来，双脚着地，怀中也抱住了小娥。

小娥看着天乙，顿觉天乙神威凛凛，真是天下万千男人都不及天乙一人。

众人发现天乙竟然没有摔倒，怀中还抱着小娥，不禁为天乙喝彩："大王神勇！"

天乙却没说话，脸色很不自然，小娥看出天乙神情不好。

"大王，小娥扶您上辇回宫！"

履癸发明的人辇虽然是他的一大罪状，但是在宫里的确方便。

天乙走后，一个精瘦的人飞身上了九鼎台，趴在天乙摔下来的地方仔细查看，果然一块石块是活动的，平时看不出来，一旦有人站上去就会滑落。

"难道有人敢谋害大王？！"庆辅负责天乙的守卫，在心中起了疑问，九鼎台是伊挚亲自设计建造的。

"只是巧合吧！"庆辅就没把这事放心上。

回到寝宫之后，天乙再也坚持不住，喉咙发甜，一口鲜血吐出，倒在榻上。

天乙病了。伊挚、有莘王女、有妊氏、外丙、中壬，都赶了过来。

有莘王女问伊挚："大王没事吧？"

"大王没事，就是受了惊吓，不过大王年事已高，需要静心调理一段时间。"伊挚这么说，心底却知道，天乙恐怕很难恢复往日的神威了。

"父王，你要保重贵体，朝堂的事情有外丙为父王打理呢！"外丙说话的时候，竟然能够听出一丝兴奋。外丙终于可以在朝堂上大展身手了。

天乙一直心思倦怠，每日打不起精神来，命人把伊挚叫来。

"伊挚先生，朕恐怕得烦劳先生为朕修建陵寝了！"

"大王，天寿犹长。"伊挚一时间不知道怎么说。

"伊挚先生，你我就不必客套了，人终有生老病死！纵使为天子也不过是一个凡人，你我也没见到黄帝和尧、舜、禹等贤王活到今日！"

"朕知道先生和太丁亲近，奈何太丁早去，如今外丙、中壬和先生有些疏离，还望先生看在朕的面上，以后多多辅佐外丙。"

"大王，伊挚定为大商竭尽全力！"伊挚赶紧跪倒。

"伊挚先生你我不必如此。"天乙赶紧伸手去扶伊挚。

大朝，天乙上朝了，群臣都看着天乙，他们的大王并无大碍。

"众位卿相，没有伊挚先生何来这大商的天下，朕宣布，今日起，外丙都要尊先生为厚父，朕的儿子以后也都是先生儿子！"

外丙看了看伊挚走了过来，弯腰行礼："厚父！"

"外丙，你要行跪拜之礼！朕所有的子孙都过来！"

天乙慢慢站了起来，叫伊挚过来，说道："元圣，你坐在朕的位子边上！"

伊挚面露难色，但看到天乙面色凝重，心中知道天乙的良苦用心。

伊挚只好和天乙一起并肩坐在王座上。

外丙、中壬、太丁的儿子子至一起在前排站好，外丙和中壬的儿子都在后面。

"儿臣拜见父王、厚父！"

"从今日起，厚父的话就是父王的话，你等都记住了。"

"儿臣谨记！"

站在旁边的仲虺此刻心中妒火几乎要把他那红胡子都点燃了。

第十八章　武王成汤

两年后，天乙的陵寝修好了。天乙亲自查看，看到旁边还有一座宫殿。

"这里为什么还有宫殿？"

"大王，这是桐宫！是大商王族陪伴大王之处。"

"哈哈！和当年朕被困的夏台一样，也好！有人陪着朕也好。"

天乙已经八十多岁了，每天更多的时间在昏睡。这一天小娥早早起来梳洗完毕，准备服侍天乙起床。小娥走到天乙床边，突然觉得哪里不对劲——太安静了！竟然没有听到天乙的呼噜声。

小娥赶紧走到天乙床边，天乙面色安详。突然小娥的面容扭曲起来，仿佛看到了天下最恐怖的事情。

"大王陟了！"一向沉静如水的小娥发出歇斯底里的叫声，声音中充满了惊恐和绝望。小娥知道这一天早晚会到来，但是没有想到来得这么快。

顿时王宫内忙乱起来！有莘王女第一时间叫伊挚进宫主持大局。

仲虺和外丙也来了，两人不时地悄悄耳语。

"仲虺将军！"伊挚叫仲虺过来。"尹相大人！"仲虺不得不过来。

"仲虺将军，命你即刻率领五千大商将士开往大商西部疆域，以防止羌人趁着大王新陟侵犯大商疆域！"

"这……"仲虺有一丝犹豫。

"仲虺，大王面前，你敢抗命吗！"伊挚拿出天乙的三崚神玉做的天子典宝，九鼎虽然代表天下，但只有大商的玉印才是最高王权。

"厚父……"外丙过来想替仲虺求情。

"外丙，你如果想做未来的商王，如今就应该好好在大王灵前尽孝！"

如今伊挚是大商的厚父和三公，是天下的元圣。天乙不在了，除了新的商王，天下没有人比伊挚的权力和声望更大了。

外丙知道大商的王历来都不一定是由最大的儿子做的，都是由权力最大的族人和大臣共同推举，从已故商王的儿子或弟弟中选出来。

外丙赶紧跪着爬到天乙的灵前，高声哭泣起来。外丙知道，此时让天下都看到自己这个最大的儿子，父王去世时第一时间跪在灵前才是最重要的。

仲虺看了看外丙，外丙根本没有转头看仲虺。天乙和有妊氏两人彼此相爱多年，如今天乙去了，有妊氏一下子就像被夺走了灵魂，呆呆地看着天乙，也根本顾不上仲虺。

仲虺感觉到有一个人在注视着自己，回头一看，身后是庆辅冷冷的目光。

"大王，仲虺走了！"仲虺在天乙灵前哭号叩拜之后，大步而去，几个时辰之后仲虺的大军开往了大商西部。

伊挚终于松了一口气。仲虺兵权太大，伊挚担心外丙和仲虺会趁乱做出什么。如今仲虺走了，朝堂的格局就不会有大的震动。

天子陟的消息由车正传遍天下，天下举丧。

亳城王宫前的广场上，搭起了巨大的灵棚。白色的灵幡在空中飘舞，人们身披白衣，百姓都感念天乙，只有在商国，百姓才真正地不再担心挨饿。天乙的棺椁就被放置其中，供天下群臣和四方诸侯来吊唁。

有莘王女、有妊氏、小娥守在天乙灵柩的两侧。

"大王……你走了我可如何活？"有妊氏呼号了一声，身子一挺又晕了过去。外丙和中壬赶紧给有妊氏捶胸抚背，有妊氏终于苏醒了过来。

伊挚主持天乙的葬礼，对着天下诸侯和百姓朗声宣告。

"天命玄鸟，降而生商，宅亳土芒芒。帝命武汤，正域彼四方。天子成汤，自彼氐、羌，莫敢不来享，莫敢不来王！大王天乙一生仁德，五十而革夏命，其功德可与尧、舜、禹三位帝王比肩，谥号为成汤！"伊挚宣布了天乙的谥号。从此天乙成了成汤，不过天乙自己是听不到成汤这个名字了。

伊挚高声而歌："濬哲维商，长发其祥。洪水茫茫，禹敷下土方。外大国是疆，幅陨既长。有娀方将，帝立子生商。玄王桓拨，受小国是达，受大国是达。率履不越，遂视既发。相土烈烈。海外有截。帝命不违，至于汤齐。汤降不迟，圣敬日跻。昭假迟迟，上帝是祗，帝命式于九围。受小球大球，为下国缀旒，何天之休。不竞不絿，不刚不柔。敷政优优，百禄是遒。受小共大共，为下国骏厖。何天之龙，敷奏其勇。不震不动，不戁不竦，百禄是总。武王载旆，有虔秉钺。如火烈烈，则莫我敢曷。苞有三蘖，莫遂莫达。九有有截，韦顾既伐，昆吾夏桀。昔在中叶，有震且业。允也天子，降予卿士。"

群臣和天下诸侯纷纷落泪。伊挚在歌中叙述了大商的过去和大商创立的过程。

"拥有深远智慧的大商，永远发散无尽的福祉祥瑞。五百年前洪荒时代洪水茫茫，大禹治水施政于天下四方。大禹以周边各诸侯国为疆域，幅员辽阔。有娀氏族部落正在崛起，帝喾立有娀氏为妃生下契。先祖契玄王英姿天纵，授封治理小国政通人和，治理大国也能人和政通。契循礼守法从不逾越，巡视领土推行礼法。契的孙子相土英武烈烈，海外诸侯纷纷归顺。我大商不违天命，大商才到成汤这一代大兴。成汤顺应天时，圣敬恩德与日俱增。成汤光昭于上天久而不息，天命所归，天帝授命成汤治理天下。在三㠇得到镇国宝玉，为天下诸侯做出表率。不竞争不急躁，不刚硬也不柔弱。大王施政从容，百种福禄汇聚。大小法规他都秉承，是天下诸侯的庇护荫蒙，接受上天恩宠，施展大王神勇。不震骇不动摇，不畏怯不惊恐，不怯懦不惧怕，百种福禄聚拢。成汤的战车旌旗猎猎，诚敬持着王钺。王师如同烈火熊熊，无人能挡。夏这棵树有豕韦、顾、昆吾三根树干，决不能继续成长！九州天下要一统，先讨伐豕韦国和顾国，再讨伐昆吾国和夏桀！以前商国中世，国家危难重重。大王是上天之子，天降众位卿士作为大商的辅弼。高祖成汤一生功业，大商后世永远铭记于心。"

伊挚高歌完毕，群臣和天下诸侯前来见礼，终于到了曲终人散的时候。

"大王一路走好！"广场上的人都号啕出声，如滔天巨浪，人们的眼泪汇聚成了河流，天地呜咽，风云中都是悲伤的味道。

第十九章 外丙出征

西亳东门，白色的灵幡随风飘动，发丧的队伍迤逦而行，巨大的棺椁被六匹马拉着出城而去。马车周围是骑着战马、穿着崭新的盔甲的天乙的贴身侍卫，这些都是同天乙同生共死的勇士，为首一人面容刚毅。西亳城的百姓组成上万人的队伍一路护送。

"母亲，父亲还回来吗？"一个十来岁男孩穿着大商勇士服问身旁的女人。

"孩子，你父亲要去守卫大王，以后你就是大商的勇士了！"孩子的母亲说的时候，双眼一直看着甲一的背影远去。

西亳城外四方都有一座陵墓，四座陵墓从外面看是一模一样的。四个巨大的棺椁上刻着青铜镶嵌的大商的玄鸟图腾。众人抬着天乙的棺椁，走到墓道的正中间，甲一抬头向上望了望，感觉离地面好遥远。

"大王，这就是你要安歇的地方了，甲一会在不远的地方继续守卫着大王。"

墓道中心距离地面得有十来丈高，每隔一丈都放满宝物和各种铜器。十来位妙龄的女子也喝了毒酒随天乙而去。每个城外的陵墓前都有五百人被绑着双手，跪在地上，旁边的人举着大斧子站在一边。其中被绑着的人甩了一下卷曲的头发露出了脸，一看就不是中原人的模样，抬起头来想看一眼送自己走的人的样子。

一个即将要死的人眼中竟然现出震惊的表情，握着斧子的甲一皮肤黝黑，脸上是刚毅的线条，双眼有死神一样的杀气。这个人的额头竟然有个洞，看起来诡异恐怖，凹进去的部分有鹌鹑蛋大小。

"看到了吧，羌人！甲一的脑袋就是你们的长矛给刺的！今日甲一送你们走！"

这些到底是什么人？这些都是商国和羌人打仗抓获的俘虏。这些俘虏很多都成了奴隶，帮助贵族去种地，其中很多也用来陪葬或者杀了祭祀祖先。

一片寒光闪过，凄惨的叫声戛然而止，这些羌人都被丢弃到陪葬坑中，黄土转眼掩盖了这些曾经的生命。

大商无数战士自愿牺牲，在地下守卫大王。甲一保持着为天乙战斗的姿势，昂然而立，手握盾牌、长戈守卫在殉葬坑中，他要在另一个世界永远守卫着他的大王。

在古代，一个男人能够活到三十岁已经不容易，甲一愿意追随大王而去，家里的子孙因此都能获得封赏。

高大的封土堆堆了起来，甲一也消失在地面以下。天乙永远地去了另一个世界，成了大商以后祭祀的高祖成汤。

小娥的伤心是无声的，人们都走了，小娥依旧不起身。

"黛眉娘娘，该回宫了！"伊挚说。

"尹相大人，大王不在了！小娥也该走了！小娥要回黛眉山了。"小娥站起身来，脱掉了身上的白色麻布衣服。小娥又恢复了当初在黛眉山的模样。

"黛眉娘娘珍重！"

小娥回到了黛眉山。天乙早就在黛眉山上修建了行宫，并把这座山用她的名字命名了。小娥住进行宫，开始为天下百姓治病。

小娥仍每天食山果、采草药，还时不时地到方圆百里处去给那些穷苦的百姓行医送药。不管大人还是小孩儿，只要病了，一旦服用黛眉娘娘给的草药，就会药到病除。远近的百姓都感恩戴德，纷纷称她是上天派来的神医，人们开始把黛眉娘娘当成了上天派下来的神仙。

当太阳再次升起的时候，西亳已经是另一番景象了。

昔日勇猛的外丙，身穿天子朝服坐在王位上，瞬间就有了天子的威严。外丙即位为大商的王，成为新的天下共主。

群臣拜见了新的商王，群臣心中的王是天乙，未来的王早就是太丁，如今却换成了刚勇的外丙，群臣心中都有点儿打鼓。

"外丙当了天子，大商到底将走向何方？"

外丙并不知道群臣心里的想法，此刻他也不在乎任何人的想法。

"朕是大商的王了，朕是天下的共主了，朕是天下的天子了！"

外丙极力让自己显得谦恭和蔼一些，但是眼角中的得意却是每一个人都能看出来的。

太丁的府邸。

"大王来了！"仆人赶紧通报给太丁的妻子雪玉。

"雪玉迎接大王！"雪玉的声音不卑不亢。

"雪玉，你当初是不是以为跟了太丁就可以当大商未来的王妃了？"

"雪玉早已不是大商的王妃！"

"如果当初跟了我，如今你就是天下的元妃了！"

"雪玉恐怕没有当元妃的命！"雪玉依旧不看外丙。

"太丁兄长不在了，如果你肯改嫁给我，你依旧可以当大商的元妃。"

雪玉面色如雪，带着子至头也不回地回了后院。外丙看着雪玉依旧矫健迷人的背影，不由心中骂了一句。他刚刚当了天子，不好发作，只好回宫了。

外丙在王座上坐了一个月后，已经被烦琐的奏章弄得焦头烂额。

"得把左相仲虺赶紧召回来！"外丙想把仲虺召回来。

但是出了一件大事，外丙赶紧叫来伊挚。

"厚父，左相仲虺传来紧急军情，鬼方大军侵扰我大商边境！大商应该速速派兵增援左相！"

"鬼方近年来越来越强大，屡次侵扰我大商西部，百姓惨遭劫掠。大商需给鬼方一个教训，让其以后再也不敢侵扰！"

"厚父说得极是，朕准备亲自率领大军驰援仲虺将军，把鬼方彻底打服！"

外丙率领一万大军出征了。

外丙第一次亲征，心中豪情激荡。仲虺和鬼方边战边退，鬼方的飞镖和长矛实在厉害，仲虺的五千人马根本抵挡不住。

十天之后，外丙的大军到了。仲虺和外丙合兵一处。大商天子的一万大军，拥有天下最坚固的战车和盾牌。鬼方在大规模军阵面前立即就不是大商的对手了。

鬼方一路向西溃退，外丙率军一路追击。几天之后，已经离开大商边境上百里了。周围是茫茫的戈壁和草原，没有一丝人烟。

"大王，不可追击了，此地远离大商，是鬼方的地方，当心中了对方的埋伏！"仲虺觉得有点儿不对劲。

"我大商一万大军在此，仲虺将军有什么可怕的？！此处地势开阔，鬼方能奈朕何？继续追！"

外丙如果知道前方等待着他的是什么，他还会追吗？

第二十章　鬼沼

外丙和仲虺率军进入了西北鬼方疆域。

三天后，晴朗的天突然阴沉起来，下起了丝丝的雨。人们头上总有白雾笼罩着，再也见不到蓝天白云。将士们周身变得又湿又冷，脚下开始出现一滩一滩的水洼。

这时候一辆战车的轮子突然陷入了泥中，前面的战马两腿也陷了进去。十来个士兵赶紧上去拉，众人一用力发现脚底的草地也开始变软了，用了半天劲儿还是拉不出来。

外丙环顾四周，四面混沌一片，这个不可一世的天子突然有点儿迷惑，回头问身边的人："这是什么地方？"

"大王，这好像是鬼方的鬼沼！"对鬼方有所了解的一个老将军紧张地看着四周。

"鬼沼？"外丙陡然听到这个名字，一种不祥之感从心中升起。

此时，四周突然传来诡异的声音，飘忽忽地忽左忽右，一群飘忽的人影在远处闪现。商国的士兵浑身汗毛都竖了起来，感觉四周随时会有鬼冒出来。

"那不是鬼，是鬼方的人！"仲虺大喝一声。

一队鬼方人就在前方。

"给我追！"外丙赶紧命人去追。

一群士兵跑过去，膝盖没入了烂泥中。"拉我一把！救我——"后面的人赶紧去拽，但是前面的人却已经陷入了泥中，转眼口鼻都没入了泥水中，去拉的人也被拽了进去。

其他人大骇："这是吞人的地狱吗？"

脚底下的草地都是颤巍巍的，战马的蹄子已经陷入了草皮之下。四周又有了鬼方人凄厉的呼号，这些呼号让商军听得毛骨悚然。

"给我把这些装神弄鬼的鬼方人都抓住砍了脑袋！"外丙异常愤怒，瞪着双眼看起来让人感到恐怖。

"是！大王！"商军分散开来四处搜寻鬼方人。

人影刚刚消失，就听到四处传来声音。"救我！拉我！我陷进去了！"商军越来越多的人陷入了草皮之下的烂泥。

"商王！进入鬼沼，你们就再也别想出去了！哈哈哈！"远处传来鬼方人的笑声。

四周越发黝黑了。

"怎么这么黑？"仲虺抬头能看到天空中的云，望向四周却是黑幽幽的。

"鬼方你给我出来，你们这群胆小鬼！咳——咳——"外丙愤怒地寻找着鬼方人，突然咳嗽起来。

"大王，黑气有毒！"仲虺趴在地上仔细嗅着。

此时周围鬼方人的呼号之声又传来了，伴随着呼号声有破空之声传来。

仲虺发现形势不对："有箭！保护大王！"兽骨磨成的箭镞之声怪异凄厉。无数商军用盾牌把外丙围在中间，好在这些骨头箭镞很难射穿盾牌。

"扑！扑！"两个举着盾牌的商军被贯穿盾牌的石头长矛刺倒在地，这两根长矛离着外丙就差一个人的身体的距离。

鬼方已经知道了外丙的位置，仲虺想起当年天乙用流沙阵的陷人坑对付敌人的情景："大王，快撤！"

此时四周白雾茫茫，哪里还找得到来时的路？

"仲虺将军！哪里是东面？"外丙终于沉不住气了。

仲虺也晕了，四周都是白雾，没有太阳，更没有远方的山川地形。鬼方不停地在四处突然偷袭!

"仲虺将军!外丙才刚刚当了大商的王!朕不能死在这里!"

"大王,不必担忧!所有人把兵器连起来!彼此握住两端!"仲虺命令。

每个商军都前后左右握住兵器的两头,组成一张大网。

仲虺看到了一棵半人高的灌木,喜出望外,围着这棵灌木不停地转着。

"仲虺将军,你疯了吗?这又不是鬼方人,你围着它转什么!"

仲虺不说话,继续围着那灌木仔细看着。

"大王!那边是东!一直往那边走!"仲虺终于通过这棵灌木的长势区分出了方向。

大商大军长戈、长矛首尾相连,上万人组成了长长的队形,朝着东方撤了下去,白雾中不停地有长矛飞来,商军不断地有人如串蛤蟆一样被刺倒在地。

此时,商军就如同傻了一样,不停地朝着一个方向撤,丝毫无法反击,连盾牌都不举了。有人陷入了烂泥,后面的人就一起拉出来。实在拉不出来的,后面的就踩着前面的脑袋,什么战车、装备都被扔入了烂泥中。此时每一刻时间都是如此难熬,谁也不知道下一刻自己是否还能活着。

不知走了多久,众人脚下的土地终于变得坚实了,终于走出来了。

外丙回头看了一下,四周阳光明媚,大地之上一片荒凉,只有鬼沼中雾气飘忽。

"鬼方,大商他日定然把你荡平!"说完,外丙又咳嗽起来,咳了半天却什么也咳不出来,好像有什么东西粘在了喉咙里。

"大王!还是先回西亳吧!"仲虺在一旁劝外丙。

外丙环顾四周,大商的一万天子大军只剩下大约五千,战车、物资也都丢了,士兵们一个个都满身是泥,如今不用说打仗,就是晚上的露营和吃饭都成了问题。

"回军!"外丙气血上涌,喉头发甜,忍住了没让胸中的东西吐出来。

一路上外丙心中怒火,胸中感觉憋闷,外丙身为大商的王,只好强自忍住,维持住天子的威严。大军进入大商境内,外丙就感觉浑身发冷,上吐下泻。外丙实在坚持不住了,只得坐在马车中,大军缓缓回归西亳。

"外丙病了!"有妊氏早就得到车正的消息,亲自率军出了西亳百里来迎接。

远远地终于看到了商军玄鸟旗的影子，有妊氏纵马就迎了上来，但她并没看到外丙的影子，心中更加焦急。

"大王在车中！"仲虺看到了焦急的有妊氏。有妊氏也不理会仲虺，直接跳上了外丙的马车。

"母亲——"外丙看到有妊氏，整个人实在撑不住了，晕了过去。

外丙和商军终于回到了西亳。

外丙一病不起，无法上朝了，朝中的事情就由伊挚和仲虺代为处理。

西亳的疾医几乎都来了，却看不出外丙得了什么病。有妊氏让仲虺祭祀先祖，祈求上天和先祖早日让商王外丙康复。但是祭祀之后，外丙的病依旧没有起色。

有妊氏找遍了天下名医，外丙的病依旧不见好，依旧每日昏昏沉沉，睡的时候多，醒来的时候少。

有妊氏无奈，她知道伊挚是天下的元圣，精通医道。为了外丙，有妊氏再也顾不上面子，亲自去了伊挚的府邸。

"如今天下也只有元圣能够救大王了！有妊氏求厚父救救外丙！"

伊挚什么都没说，来到宫中为外丙把脉。

"厚父，大王这到底是怎么了？"有妊氏终于沉不住气了。

伊挚没有说话，过了良久。

"大王这是受了鬼沼的毒气，一般人吸入毒气后，过段时间毒气慢慢散出来就好了！"

第二十一章 美女有毒

西亳王宫。

一个清瘦的男子正在给外丙诊治病情。男子容颜清绝,双目清澈幽深却让人无法看透,虽然已有丝丝白发,腰身却依旧挺拔,看不出一点儿衰老之态,这就是天下的元圣伊挚。

"大王性格刚猛!毒气郁结在心中出不来,需要用药调理!"

伊挚说着在羊皮上用毛笔写下了药方,"按照此方煎药,早晚各服一次。"伊挚开了药就离开了。

外丙即位第一年出征鬼方,回来就病倒了,鬼方也元气大伤,短时间不会再侵扰大商了。

有妊氏亲自去找疾医抓来药材,亲自看着煎好,然后自己服用了几天,一切如常。

"大王,吃药吧!"有妊氏终于放心地把药给外丙端了过来。

"又是什么药?"外丙看到母亲如此用心,把药都喝了。

外丙吃了半月之后,竟然逐渐恢复了,一个月之后已经和往常没什么区别。但是有一点,就是伊挚开的药不能停,一停就会发作。外丙也不管那么多,开始享受自己作为天子的日子。

太丁的府邸。

今天阳光正好，照在身上如母亲的怀抱般温暖，雪玉带着子至正在读书，院子中不知什么时候出现一个人，注视着雪玉的一颦一笑，雪玉的每一个表情都印在了心底。

"雪玉，兄长不在了，你难道不想嫁给朕吗？"雪玉已经成了外丙放不下的人。

"大王，你不要想了，雪玉终身只是太丁的人。"

外丙只有在雪玉面前才能体会到无可奈何，他怕雪玉生气。自己如今身为大王，更不能做出出格的事情，这个近在咫尺的女人却是永远得不到的。

"西王母国如雪玉的女子何止百人，雪玉有一小妹还在西王母国，容貌胜过雪玉十倍，王母想许配给大王为妃，大王有了鲜嫩的花朵，自然就忘了雪玉了！"一个大臣说道。

"西王母国！"外丙神思飘向远方。

第二年春天。外丙也和天乙一样巡狩四方。天子的车驾一路西行，周围的随从和大臣都不知道天子到底要去哪儿。

众人来到一座大山之前，山上白雪皑皑，在阳光下熠熠发光。

"就是这里了。"外丙轻车熟路地通报之后，众人走进一条长长的山洞。

山洞之后别有洞天，是昔日外丙来过的西王母国。如今委望早就不在了，西王母却美颜依旧。

"外丙大王如今是中原的天子，还能来到我西王母国？！"

西王母一双绿色的眼睛依旧能够对男人勾魂摄魄，外丙当然知道西王母的厉害，传说这个女人有几百岁了。

"本王给西王母带来了礼物！"外丙带了无数精美的青铜器皿和各种中原的宝物来献给那个从来不会老的西王母。

西王母眼中顿时闪出绿色的光芒，说道："大王太客气了，我知道大王想要什么！"

一个妙龄女子从屏风后走出来，身姿曼妙，周身透着一股玲珑的青春之美。女子也看到了外丙，不说话，双目一直注视着外丙。外丙恍如看到了当年的雪玉，这个女子却更加青春,双目中闪烁着让男人无法自持的光芒。

"这就是小玉,大王可愿意娶为妃子?"西王母看到外丙的神情,心中已经有数了。

外丙看到小玉,果然心中就不再思念雪玉了,有些思念在青春和美丽面前,终究是不堪一击。

西王母给小玉陪嫁了十来个西域女子,每个人都是貌美如花、风情万种。如果仔细看,这些西域女子一个个都有点儿当年雪玉的影子。

外丙似乎真的已经忘了雪玉。欢乐的日子总是过得很快,转眼又是春天了。

已经是外丙大王坐上王座的第三年了。

外丙慢慢地咳嗽越来越厉害,整个人开始虚弱了下去,伊挚的药也不管用了。

"大王,到底怎么回事?"有妊氏也急了。

外丙的症状和太丁当年一样。

"外丙用的器皿都是仲虺亲自打造的,不应该有问题。"

"从明日起,所有的餐具,熬粥的缶都用陶器!"外丙依旧衰弱不止,有妊氏要疯了。

"这都是报应!"有莘王女看着有妊氏那绝望的面庞,突然笑了起来。

"有莘氏,你疯了!"有妊氏心中却更加慌张了。

有妊氏找来仲虺:"左相,大王这病怎么这么像当年的太丁,你可有什么办法让大王好起来!"

"王妃,如今大王不可以再吃尹相的药了!"仲虺说。

"本宫也在怀疑药有问题,那谁能医好大王呢?"

"王妃可还记得黛眉娘娘!"

"那个会求雨的女人?!"

"黛眉娘娘依旧在黛眉山上救助天下苍生。"仲虺说。

小娥的医术已经今非昔比了。有一年,黛眉山附近忽发瘟疫,患病的人们痛苦不堪,纷纷上山祈求黛眉娘娘治病救人,驱除瘟疫。黛眉娘娘见有限的草药对大面积的瘟疫无济于事,就在黛眉山顶掘泉,让含有百草汁液的泉水为民除疫,人们喝了泉水后,果然神清气爽,灾病全消。后来,人们把该泉叫作黛眉香泉,把泉中的水称为黛眉圣水。

每年有成千上万的人，历尽艰险，登上高耸入云的黛眉山，到黛眉山中行香，更重要的是掬一捧圣泉之水，恭敬地品尝。人们饮了圣水于是有了精神，马饮了圣水从此有了灵气。人们还把圣水装入瓦瓯中，请到家里供全家分享，以此保佑人们长命百岁，全家平安福康。

外丙不再吃伊挚的药，依旧消瘦虚弱，精神却反而好了一些。

有妊氏对外丙说了黛眉娘娘，外丙一听来了精神。有妊氏和外丙亲自到了黛眉山，见到了小娥。小娥容颜依旧，只是眉眼间更多了一份慈祥。

"黛眉母妃，外丙的病可还有救？"外丙放下天子架子，请求小娥。

黛眉慢慢听完了有妊氏和外丙的描述，用金针刺破了外丙的手指。

"黛眉你要做什么？"有妊氏就要发作，小玉赶紧拦住。

黛眉看了看外丙，又看了看小玉那细细的腰肢。小娥仔细检验了外丙的血，面色越来越凝重。

"元圣用的都是大补之药，这些药短期内能让大王恢复精神。但大王性格刚烈，又长期浸淫女色，长期下来，都是在消耗大王的元气，大王元气耗尽的那天，就是神仙也难以回天了！"

"啊！好你个伊挚！"有妊氏勃然大怒。

第二十二章　天子换人

有妊氏带着外丙去黛眉山。

"真的是那个伊挚害了外丙？！"有妊氏听到小娥说伊挚的药会消耗外丙的元气勃然大怒，满头银发根根都飘了起来。

小娥依旧平静如水，淡淡地说，"如果不是元圣的药，大王恐怕也坚持不到现在！"

"难道不是厚父？黛眉娘娘，那朕的病还有救吗？"外丙强打起精神。

"大王卧床静养数年，安心静气也许还有希望！"

"卧床静养数年，那朕活着还不如死了！"外丙一用力气又开始咳嗽起来，头上的青筋都涨了起来。

"大王是天下的天子，如何能够安心静养数年？"小玉一听到外丙要卧床静养也着急了。

"你们只有等了！"小娥语气平静如水。

"等什么？"有妊氏疑惑地问。

小娥什么也没有说。

有妊氏也不能把小娥如何，只好带着外丙悻悻地走了。

外丙回到西亳之后，依旧咳嗽，继续服用伊挚的药也还是咳嗽，但只是咳嗽，并没有其他的感觉，外丙逐渐习惯了自己的咳嗽，日子就这样又过去了几个月。

今日外面阳光很好，有妊氏正在房中端详着当年和天乙一起打猎时候的弓箭，想着年轻时候和天乙一起纵马林间的情景，真是人生如梦！温暖的阳光照在身上就如当年被天乙揽在怀中的感觉。

突然有妊氏感到心中突突直跳："这是怎么了？"有妊氏突然有一种不好的感觉。

"大王请王妃过去！"

有妊氏匆匆赶到了外丙的寝宫，有妊氏虽然年纪不小了，但步伐依旧矫健，身边的人都跟不上她。

"大王，外丙我儿，找母亲有什么事情吗？"有妊氏见到外丙匆匆地问。

"母亲，朕梦到太丁兄长了，他在召唤朕！"

"大王，不要乱说！"有妊氏过来抚摸着外丙的额头，仿佛外丙还是三十多年前那个孩子。

"母亲，外丙也要走了！"外丙已经感觉到自己的时间不多了。

"外丙！我的儿！"有妊氏握住外丙的手，好像这样就能给外丙力量。

"朕不要躺在这里，朕是大商的王！朕要去上朝！"外丙说着就坐了起来，转身下了床，周围的宫女赶紧过来服侍，外丙和有妊氏一样，最受不了的就是沉闷。

"你们都闪开！"外丙怒吼。

外丙说着就往外走，有妊氏看着外丙昔日那健壮的身体如今却变成了薄薄的一片，锁骨都突兀出来。有妊氏的眼中不禁已经热泪滚动。

外丙突然感觉喘不上气来，想用力咳嗽，却已经咳嗽不出来。双眼一翻，直直地摔在地上。

"外丙！我儿！"有妊氏扑了过来，外丙哪里还有一丝气息？

"上天，我这是什么命！"有妊氏大哭起来。

"太丁没了，我什么都没有了！外丙没了，你还有中壬！"有莘王女冷冷的声音传来，没有一丝悲伤。

外丙走了。

小玉哭着来找雪玉。

"雪玉姐姐，如今外丙也没有了，你我都是一样的苦命！"

"小玉，你可知道你是怎么来到大商的？！"

"你是什么意思?"小玉没明白雪玉的意思。

"是伊尹大人让我给母后写信的!没有你外丙怎么会死!"雪玉冷冷地说。

"我!"小玉满脸疑惑,脸上的泪痕还没有干,此刻的小玉再也看不出当年的妖娆,只有一种楚楚可怜的无助。

"外丙在鬼沼中了毒气之后,最忌讳的就是女色!女色只会加快毒性的发作!如果外丙修身养性,毒性也许一辈子都不会发作!"

"啊——"小玉脑袋嗡了一下子,"你为什么这么想外丙死?!"小玉双眼中满是恨。

"为什么?外丙害死了太丁才当上这个王!"

"太丁是外丙害死的?!"小玉并不知道太丁和外丙之间的事情。

"太丁,外丙死了,你的仇报了!"雪玉仰头对着空旷的天空呢喃着。

伊挚府邸。

"伊挚!外丙死了。"有莘王女跑来找伊挚。

"是吗?"伊挚平静得就如什么都没听到一样。

天下发丧!伊挚又主持了一次天子的葬礼。群臣并没有多少悲伤,所有人都在想着一个问题,接下来谁是天子?

"此时应该我的孙儿子至当王了!"有莘王女突然说,接着就把子至拉到身边。

朝中大臣看着有莘王女身边那个轻易不露面的男孩,依旧还是个贪玩的孩子,纷纷摇了摇头。

"子至未满十五岁,如何当天子?"有妊氏此刻顾不上悲伤了,抬起头来和有莘王女对峙着。

"那谁来当天子?"有莘王女对有妊氏怒目而视。

"当然是大王的儿子中壬!"有妊氏丝毫不让。

"就你那个中壬也想当天子,你觉得他像天子吗?"有莘王女不屑地看了看平时默默无闻的中壬。

"太丁当年辅佐汤王东征西杀,为大商建立立下了无数战功,如今大商的王自然该太丁的儿子子至来当!"有莘王女继续逼近有妊氏。

"鸣条之战中，中壬料敌决胜，火烧夏朝军队粮草，为大商的建立立下了特殊的功勋。只是因为他是三子，不能立为太子。如今外丙大王归去，自然是中壬为王！"仲虺走了上来。

此刻中壬就在当场，中壬走到众人面前。平日里，中壬在天乙这武王的光环下毫不起眼，同太丁和外丙的功劳也不可同日而语。所有人都不会想到中壬也有机会当大商的王。

"中壬虽然懦弱，坐在王座上自然就有了王的威严！"中壬突然发声，群臣突然注意到这个平日里没注意的王子，果然也有几分王者风度。

仲虺此刻上前一步："诸位大人都追随高祖成汤多年，如今高祖刚去了四年，自然该让成汤的三子中壬为商王！"

伊挚没有说话，看着下面的群臣和大商王族。

"伊挚，你如今到底怎么了？"有莘王女有点儿着急了。

"伊挚恭贺中壬大王！"伊挚已经开始给中壬行礼。

回到后宫，有莘王女等伊挚进来，抄起身边的一个烛台，就要砸向伊挚。

"伊挚，外丙好不容易死了，为什么还让那个中壬当大王？！"

"王女，伊挚也是无奈！太丁如果当过商王，子至自然有资格当商王，但是太丁根本没有当过商王，所以中壬自然更有资格当商王！你我是无力回天的！"

"那我的儿太丁就白死了？等中壬老死，我们也早就都老死了！"有莘王女神色黯然，她不过是一个失去丈夫和儿子的女人，如今她只有伊挚和孙儿子至了。

"王女，一切都来得及，此刻我们只能继续忍耐！"

第二十三章　天子中壬

"臣等恭贺大王！"

天下诸侯云集在玄鸟殿前，群臣朝拜完毕，中壬即位成为大商第三位天子。

中壬从小就知道外丙嫉妒太丁，做梦也没想到自己竟然也能有机会成为天下的王。三十多岁正是意气风发的年纪，一切来得刚刚好。代表天子威严的冕旒冠上垂下的五色珠串上的宝珠闪着耀眼的光，天子的脸色更加让人难以揣测。

中壬即位之后，有妊氏哪里也不让中壬去，生怕中壬重蹈了外丙的覆辙。如此平安地度过了两年，大商四方已经平定，中壬已经坐稳了天子的王座。

这天小玉陪着有妊氏在王宫湖边散步，湖中睡莲开得正艳，在夕阳的波光中宛如包裹了一层金色。"小玉，你怎么也没给外丙生个孩子？"有妊氏看到睡莲的叶子很像婴儿的摇篮，随口问小玉。

"小玉来大商之前喝了红花！"

"红花？为什么？"

"雪玉说，如果小玉怀了孩子，外丙就不会宠着小玉了！"

"雪玉怎么会如此想？"

"雪玉说这都是元圣的意思！元圣送了好多礼物给西王母。"

"果真还是那个伊挚！"有妊氏恨得直咬牙，她虽然年老，银牙却依然坚固。

时光只是遮盖了痛苦，一有风吹草动，有妊氏心中对外丙的思念就如同长了草，这种刻骨的思念最终化成了恨。女人的恨会让她不顾一切，一心只想着去复仇。

　　王宫的酒宴。
　　大商的宴会上虽然没有妹喜那样让人如痴如醉的歌舞，但是美酒佳肴是少不了的。有妊氏望着伊挚，目光如同融化青铜的炉火。
　　此时伊挚身边的女子一袭白衣、容颜清丽，白皙的脸庞上没有一丝褶皱和沧桑，目光清澈如水，此刻这美丽的双眸却透出阵阵的寒意。她在盯着有妊氏，白薇如今是伊挚的夫人，没有了少女的青涩，正是女人最好的年龄。
　　上首坐着的有莘王女看到白薇也不由得心中妒火中烧，举起酒爵。
　　"尹相大人！请！"有莘王女对伊挚敬酒。
　　"王女！请！"伊挚的目光看向有莘王女依旧是那么温暖。
　　有莘王女不由得看到自己那依然白皙的手，却不再有青年女子的弹性和光泽。女人都会老去！有莘王女咽下这爵苦酒。
　　白薇却丝毫没有管有莘王女，因为有妊氏一直在盯着伊挚，白薇感觉到不对劲儿了。
　　"先生，我看有妊氏最近对先生的敌意好像越来越强，先生一定要小心！"白薇凑到伊挚的耳边。
　　"该来的终究会来，你不必太过担心！"伊挚依旧面色平静和蔼，就当什么也没看到。
　　有妊氏的寝宫，中壬来给母亲请安。
　　"中壬，你兄长一定是伊挚害死的！你自己一定要小心，有机会要为外丙报仇。"有妊氏还是放不下外丙。
　　"母妃，伊挚先生是那样的人吗？"中壬如今已经不想再提起外丙了。
　　"你怎么知道他是哪种人？"有妊氏双目紧紧盯着中壬，虽然她的头发也花白了，脸上也有了皱纹，但是一双眼睛仍然精光四射，让人看了心中不禁一凛。
　　"伊挚先生素来光明磊落，外丙不过是自己放纵的结果！"
　　中壬坐上王位之后，已经尝到了权力的味道，此刻心中只恨外丙没有早死几年，那样他就可以早点当上天子了。

"都是母亲太宠着你了，如今如此无用！"有妊氏对中壬失望了。

"母亲，朕现在是大商的王！你竟然这样说朕！"中壬不禁怒了。

"就你也配当大商的王？"

"朕不配谁配，难道您还有儿子？"中壬早就不满有妊氏什么事都管着自己了。

"不要忘了，子至就要长大了，他更像你的父王！"有妊氏说。

"嗯？那个子至！"中壬双目中放出凶狠的光。

不过中壬顾不上子至了，一种低沉的声音从远方传来，像是远古的巨兽从沉睡中醒来。

"这是什么声音？又地震了吗？"中壬赶紧问。

"大地没有晃动，不像是地震！"有妊氏伏在地上听了听。

"洪水正奔着西亳而来！"

"什么？哪里来的洪水？西亳又没下暴雨！"

"大王，洪水已经到了西亳了！"

中壬跑到九鼎台上远眺，只见远处白花花一片，天地之间已经成了一片汪洋。大水进入了西亳，除了玄鸟殿的地基很高之外，整个西亳都被泡在了水中。百姓走在街道上，冲过来的洪水把街道当成了河道，纵使会水的人也站立不住，一下子被冲出去很远，身体弱的人就再也没有站起来。

整个西亳一下子成了水城，大部分百姓的房子都是泥土垒成的，在水里泡几天就会坍塌。

"母亲，这可如何是好？"中壬一下子就慌了。

"快请左相仲虺！"有妊氏也不知道怎么处理水患，只好去请仲虺。

"仲虺来了！"只见玄鸟殿前院子大门处，一艘木舟悠然而来，舟中坐的正是仲虺。

"大王须速造木筏、舟船去搜救受灾的百姓！"仲虺不愧为大商的左相，百姓的安危对仲虺才是最重要的。

仲虺去救灾了，洪水淹没了洛水以北的大片地方，到处都漂浮着死去的牛羊和人们。

夜色中，中壬站在九鼎台上望着西亳城，昔日的万家灯火如今都稀疏了不少，很多人家的房子都被大水泡得坍塌了。

"这些水什么时候才能退去呢？"中壬突然感到很无力，这时候远处有一个女子的声音传来，隐隐约约的是一个小女孩，好像在唱着什么。

"天上水，何汪汪？地下水，何洋洋？黑黑天，无青黄。百姓嗷嗷无食场，东西南北走忙忙。南北东西路渺茫，云雾迷天无日光。时日曷丧？予及尔皆亡？！"

漆黑的夜里，西亳又出现了悠悠的童谣声，中壬后背上瞬间起了一层鸡皮疙瘩。中壬和天乙一起伐夏时就听说斟鄩出现过这些童谣，如今这些童谣竟然又出现在西亳。

"什么意思？难道我大商要走后羿的路吗？大夏要卷土重来？！"

第二十四章　谁在害谁

西亳玄鸟殿外的院子中都是一片泥泞，散发着清虚虚的味道，朝堂上的气氛异常压抑。

"众位后伯卿士，如今西亳饱受水患，这洪水从何而来？"中壬第一次遇到了棘手的问题。

群臣低着头，没有人说话。

"大王，履癸用了十年去引黄河水到洛水，如今黄河水自己来了！"伊挚说。

"厚父，黄河水如何会到西亳？！"中壬不禁对伊挚投去期许的目光。

"定然是黄河决堤了！"此时的太史咎单恍然大悟。

"啊！黄河决堤？"群臣一片哗然。

"厚父，请问如何才能拯救天下苍生？"中壬问伊挚。

"当年大禹治水疏通河道，如今也只有如此！"伊挚说。

"还请厚父去灾区赈灾，解大商子民于水患之中！"中壬满眼殷切的目光。

"伊挚愿为天下苍生尽力！"伊挚低头领命。

"如此甚好！待厚父制服水患还朝之日，中壬必将出城远迎！！"

中壬的笑里似乎别有深意，如今中壬再也不是那个不谙世事的少年了，已经是难度君王心的天子了。

散朝之后，伊挚回到府邸开始收拾行装，准备去治水了。

"先生，此去恐有危险！白薇要陪你去！"白薇帮伊挚收拾好衣物，自己衣物也收拾好了，而且贴身藏了一对庆辅送的短刀。

"那我们的孩儿怎么办？"伊挚问。

"他们恨的人是先生，不是我们的孩儿！白薇把孩儿交到有莘王妃那里，王妃自然能照顾好他们！"

伊挚带着车正、牧正等上千人出发了。此时，另一辆马车从旁经过，伊挚好像瞥见了一个熟悉的身影，但是转眼就找不到了。

伊挚重新登上瞿山，昔日蜿蜒的黄河已经成了一片汪洋。万亩良田一去不复返了，家园也不存在了。瞿山缺口堆积的石块被河水不断冲击已经形成了一条宽阔的水路，履癸花费数年人力难以完成的工程，洪水一个月就完成了。

孩子们倒是高兴了，因为田地都成了鱼塘，不知从哪里生出了无数的小鱼苗，孩子们开始到处抓鱼。伊挚仔细观察水面，昔日的黄河河道反而成了一片高地，看来这黄河泥沙堆积得太高了。

"牧正，请你的人去水面上放上十个木筏！"

"尹相要运什么东西吗？"牧正不明白伊挚的意思。

"什么都不要放，就是空的木筏，放在水面空旷之处！"

木筏放好了，伊挚对着阳光在瞿山之上的大石头上做好了标记。

"先生，你这是做什么呢？"

伊挚没有说话，望着远方，心中却别有一番滋味，当年瞿山崩塌的时候，妹喜拉住自己，两人相拥着滚落的情景仿佛就在昨天。如今妹喜就在自己身边，但妹喜面对自己的时候似乎缺少了当年的热情，两个人中间依旧隔着什么东西。

一个时辰之后，伊挚再次站到石头之前，那十个木筏已经不在原来的位置。

伊挚在石头上画上新的标记，然后把两个点之间连成一条线。

"伊挚先生这是什么？"牧正问。

"这是新的黄河！"

"啊！先生竟然想让黄河改了河道！恐怕除了大禹王谁也没有如此功绩！"

伊挚心中想着当年，履癸耗费上万人力，也不过在瞿山挖了一条河道，以致后来葬送了大夏江山。

伊挚对牧正说道:"你速速带领人去这两边十里处,挖泥土堆积新的河堤,一直连接到黄河决堤之处。"

伊挚每日亲自指挥民夫去构筑河堤,水患地方的百姓听说尹相来为大家治水了,都纷纷自发来帮忙,转眼就形成了上万人的筑堤大军。如今的黄河水势早已变得很缓慢,水也就齐膝深,一个月后,一人高三丈宽的河堤就构筑好了。

"这是新的黄河!"伊挚伸手指向远方。

"元圣!元圣!元圣!"瞿山上万民夫齐声欢呼,声音响彻天地,纵使当年天乙也似乎没有如此声威。

一道大河的样子形成了,伊挚心中也不禁豪情万丈。黄河终于又有了河流的样子,开始向着东方流去,终于黄河水不再漫过瞿山的缺口。

"尹相大人不愧是天下的元圣,真是大禹再世啊!两个月就将黄河水收服了。"

"牧正大人不要夸伊挚了,如今黄河水势已退,只要找到水流的趋势,稍加引导,自然就能将水引走!如此宽的河堤只是暂时的,等到明年春天,黄河水少的时候,需要重新构建黄河的内堤。那时候才是真正的新河堤,现在这个只是外堤!"

就在这时候,四周的上万人中突然有一群人涌了上来。

"这些是什么人?"这些人身穿的是普通百姓的衣服,好像是灾区盗匪,这时候伊挚身后的人群中也走出了一批人。

"先生不好!他们要对先生不利!"白薇紧张起来,拔出双刀。

此时,伊挚身边还有白薇安排的几十个贴身护卫,但是没想到对方竟然有好几百人。

谁敢如此明目张胆!

时光回到伊挚出发前,中壬听到童谣之后,找有妊氏来和仲虺商议对策。

"母亲、左相,如今童谣再起,大商的江山是否也要不稳呢?难道我大商要如当年的后羿一样吗?天下要重新回到大夏手中吗?"

"大王不必惊慌,大王难道不知道,当年斟鄩那些童谣都是伊挚编出来的!"

"啊!如此说,此次又是厚父在作怪!"

"大王，在此就不要叫他什么厚父了，童谣再起，如今伊挚要对大王下手了！"

"那我们怎么应对？"中壬一时间没有思路。

"大王是天子，只需要让伊挚去治水就可以了！仲虺就让那个伊挚回不来就行了！"

"如何让他回不来？那个庆辅的人随时在厚……在尹相身边，人少了根本无法近尹相的身，要下毒就更不能够了，什么毒能逃过写出《汤液经法》的天下元圣的双眼呢？"

"人少了不行，那就用几百人！"有妊氏说。

"啊！那岂不是成了公开的挑战？尹相声望远播天下，天下人就是不要我这大王也会支持尹相的！"

"大王不用公开与他为敌，水患之地本就盗匪横行，只要有几百匪盗就够了！"仲虺用手做了一个砍头的动作。

"匪盗……"中壬思索着。

"厚父治水被匪盗所害！那真是大商的大不幸啊！"中壬的语气里怎么也听不出不幸的感觉来。

第二十五章 刺杀

瞿山。

水患之地本就多盗匪，如今匪盗果然来了，几百盗匪手腕上系着白布，举着刀棍，朝着伊挚杀了过来。

伊挚的侍卫杀出去拦住了前面的盗匪，双方厮杀在一起才发现这群盗匪异常凶悍，个个身手矫健，转眼这几十人就被团团围住，已经有人受伤倒地。

其余盗匪继续朝着伊挚冲了过来，白薇一咬牙，护在伊挚身前。

突然伊挚身后也传来喊杀的声音，身后的人群中也窜出了一群人，从背后抽出了利刃，朝着伊挚这边冲了过来。

伊挚心中一惊："看来今日难下瞿山了。"

白薇看到后面的人也是一惊，拉着伊挚就要冲下山去。此时后面那群人没有朝着伊挚冲过来，却每人拿出一条白布勒在头上。

"白薇，不要慌，我们的人来了！"伊挚已经看出来人是谁了。

"尹相，勿要慌张，庆辅来了！"人群中闪出一个精瘦的老头儿，正是伊挚的老友庆辅。

白薇喜出望外："庆辅师父！你来得真是时候，没想到他们竟然光天化日动用如此多人来刺杀先生！真是狼心狗肺！"

"你这小丫头见到师父高兴吧！"庆辅上来就要抚摸白薇的脑袋，突然觉得不对劲儿就把手抽了回来。

白薇虽然见到庆辅又开始蹦蹦跳跳，但如今白薇也已经是两个孩子的母亲，而且是元圣伊挚的夫人了，早已不是当年的小白薇了。

"有妊氏那老太婆的心思，庆辅早就看出来了！"庆辅除了鬓角多了些许白发，整个人和当年并没有什么两样，一直是这样黑黑瘦瘦的。

庆辅的手下冲了过去，盗匪虽然勇猛，但庆辅的这些手下都是百里挑一的高手，动作迅捷狠辣，双方顿时厮杀在一起。

杀来杀去却发现对方人数却越来越多，庆辅这几百人也无法全部阻拦住，有上百人依旧抽身朝着伊挚这边杀来。

庆辅和白薇一左一右护住伊挚，这些人都是亡命之徒，抱着必死的决心来刺杀伊挚。

"这些人疯了吗？怎么不怕死呢？"白薇刺死了几个冲上来的匪徒。

"他们肯定是被下了必死令！如果完不成任务，回到西亳他们全家都会被杀死！"

"那个老巫婆真是狠毒！"转眼，白薇一身白衣已经溅满了鲜血。

这时候杀过来的人却越来越多，形势万分危急！庆辅毕竟也将近六十了，体力已经有点儿跟不上。厮杀声淹没了其余所有的声音，瞬间就是生与死的距离。

人群中冒出越来越多的盗匪，乌泱乌泱地足有上千人。看来对方这次是做了充足的准备，不杀掉伊挚，他们根本不会罢休。

"白薇、庆辅，看来伊挚今日难以脱身了，他们要杀的人是我，你们二人赶紧杀出去吧！"伊挚内心竟然有了一丝绝望，只希望庆辅和白薇不要跟着自己一起死在这里。

"今天咱们就和他们拼个你死我活！"庆辅脸上竟然有了一丝笑容。

"嗯，我和师父一起和他们杀到底！"白薇竟然也对着伊挚笑了一下，满是鲜血的脸竟然看起来如此美。

伊挚看到如此，不禁心中豪气顿生："伊挚怎么也是个男人，怎么能让自己的女人为自己而死！"伊挚也从地上拾起石头，照准冲过来的人头上就砸了过去。

"咔嚓！"对方竟然被砸中了，仰面摔倒活不了了。

"杀人不过如此！"伊挚继续拾起石头砸出去。但是周围的人越围越多，庆辅的手下都被分割包围起来，对方哪里像乌合之众的盗匪？

伊挚几人被包围得越来越紧，随时都可能命丧当场。周围的百姓从惊慌中看明白了，原来这些人要刺杀伊挚，但是这些人平日里唯唯诺诺，哪里敢进行生死搏杀？

"他们要杀元圣，咱们用石头去砸死那帮匪徒！"一人看到伊挚拿石头砸死了一个匪徒，振臂高呼，百姓虽然是柔弱的绵羊，但是他们只是缺少一个带领的人。

几千名百姓捡起石头，涌了上来，手中拿着石头纷纷砸向那些匪徒，百姓远远地砸完就往后跑，继续去捡石头，不近距离搏杀就没有那么害怕，何况周围那么多人一起！

那些匪徒被砸得浑身是伤，逐渐有人倒在地上，百姓冲了上来，拳打脚踢，转眼，数百人都被活活打死了。

顿时这些匪徒就被打乱了，庆辅和手下看到机会来了，从里面奋力搏杀。

"全部杀光！"庆辅大喊！上万百姓涌了上来，这些人转眼被打了个稀巴烂。

"好多年没有仗打了，这也算过过瘾吧！"庆辅站在伊挚身边不无感慨地说。

"可惜这些人都是我商国的人啊！"伊挚无奈地叹气。

黄河水终于重新回到了河道中，一片汪洋朝着东方流去。河堤外的河水终于慢慢退了，只剩下一片黄沙覆盖的大地，被黄河水浸泡过的土地，变得比以前更加肥沃了，人们重新开垦种植。

一切安顿好之后，伊挚启程返回西亳。

中壬和仲虺出城远迎，伊挚整个人黑瘦了一圈。

"元圣受苦了！"仲虺看到伊挚迎了上来，话说得不阴不阳。

"大王、仲虺将军，这都是伊挚应该做的！"伊挚依旧和仲虺谈笑风生，就如什么都没有发生过一样，仲虺的心才慢慢放下来。

朝堂之上。

"厚父治水辛苦了！"中壬言语关切。

仲虺在朝中依旧权势熏天，但中壬和仲虺并不是那么密切，仲虺也收敛了许多。

"如今水患退去，大王应该去洪水灾区发放赈灾物资，亲自指导农耕，天下百姓一定都心归大王！"

中壬当然知道人心的重要性，如今自己即位不久，群臣和百姓都不服自己，这正是收服人心的好机会。这时候去正好可以把伊挚的功劳都算成自己这个大王的，那样必然天下归心。

"厚父所言极是，朕即日就去灾区赈灾！"

几天之后，中壬和仲虺带着粮食来到了受灾地区。

四望之下，黄河水已经退去了，四处依旧水汪汪的，当危险退去，如何活下去成了人们更大的问题。

百姓流离失所，都聚集在高地上，临时搭建的简易柴棚成了人们的家。

"大王来了！"人们发现了中壬，纷纷带着期盼的眼神围拢了过来。

人们纷纷跪倒，中壬把一小口袋的粮食分到人们手里。

"谢谢大王！"

"大王如果再不来，我们就饿死了。"这时候一个人突然趴在了地上。

仲虺走过去，想把那人扶起来，却发觉那人浑身滚烫，发着高烧，嘴角吐着泡沫。

周围的人都恐惧得四散开。

"他怎么了？"中壬为了自己爱民的形象没有躲开。

"大水之后很多人上吐下泻，最后肠子都要拉出来，虚脱高烧而死。"百姓中一个人说。

"大王快闪开！小心瘟疫！"中壬的侍卫赶紧拉起了中壬。

中壬看着死去的百姓，突然后背打了个冷战！中壬赶紧站起身来，不由自主地后退几步。

第二十六章　左相仲虺

时光回到几十年前的薛国，国君在房间外焦急地等待着。

窗外雷声滚滚，闪电照亮了黑夜，就像一条条长蛇飞舞，大雨倾盆，今夜注定是不平凡的一夜。

"哇——哇——"响亮的婴儿哭声传来。

"国君，是个王子，不过……"一个男婴诞生了。

"儿子！哈哈，不过什么？！"薛国国君不等回答，一步闯了进去。

"这是什么？"男婴背后赫然游移着一条红色的蛇，薛国国君大吃一惊。仔细查看之后，原来是胎记。

这场大雨解了薛国多年的旱灾，人们形容雷鸣声为"虺虺"。薛国国君于是给儿子起名叫"虺"，因排行老二所以叫仲虺。仲虺二十四岁继薛国国君之位，极具才华与远见。

仲虺居薛期间，发扬先祖的优良传统，带领薛地民众改进生产工具，号召各个村落在低洼地带打井取水，发展农耕。他还倡导人们饲养牲畜，大力发展畜牧业。仲虺设立农官，教人民用庄稼的秸秆饲养牲畜，用牲畜的粪便作为肥料，来提高土地的肥力。

仲虺从小喜欢各种机械手工，薛国铜器制造、手工艺品制造、皮革制造、酿酒、养蚕、织帛织造等技术，都发展到一定的水平和规模。在仲虺的带领下，薛国成为一个富有强大的国家。

仲虺志得意满,准备迎娶他心爱的邻国王女妹喜。这时候,天子履癸大军到来了,仲虺被彻底打败。妹喜被抢走了,仲虺的心也被带走了。

仲虺绝望痛苦之后,知道凭自己的力量无力回天,下定决心来到商国辅佐天乙完成伐夏的大业。仲虺与伊尹终于辅佐天乙完成伐夏的大业,并成为大商的左相。

如今大夏不存在了,履癸也早死了,仲虺实现当初到来商国的目标,妹喜却没能回到他身边。

昆吾城。

城内繁华依旧,少了往日的几分森严,人们的脸上更多了些笑容,昆吾的陶器生意做得更好了,天下人都可以通过商国的商队买到昆吾的瓦罐和水缸。

毕竟铜器都是贵族用的,百姓能够用上便宜的陶器那才是好日子。

昔日的王府中一个英气飒爽的女子正在翻看着竹简,如今昆吾虽然并入了大商,但是国内事务依旧繁多。这就是少方,大商当朝左相的夫人。

昆吾城周围的封地被分封给了少方,少方大部分时间都住在昆吾城中。

"左相仲虺病了,请夫人速速回去探望!"一名车正匆匆跑进了少方的大堂。

少方和仲虺成婚之后,两个人过了一段甜蜜的时光。之后,少方发现仲虺心中依旧忘不掉妹喜,一怒之下离开西亳,回到昆吾城中居住了。

"哪个男人心里只有一个女人呢?而且妹喜和仲虺是青梅竹马,又消失多年了,自己竟然会嫉妒一个不存在的人!"红发的少方此时才意识到自己和仲虺赌气是多么愚蠢,架上战车飞奔向西亳,昼夜兼程,两天后到了西亳。

少方跳下马车,直接冲进了仲虺的房间。昔日壮硕的仲虺,如今显得如此苍老。仲虺和中壬从灾区回来后都病了,大商的左相如今也不过是一个虚弱的老人。

"虺,我错了,我不该赌气离开你!"少方眼泪瞬间落了下来。

"少方,我不怪你!"仲虺抚摸着少方的红头发。

"还是你最好!"少方不禁哽咽出声。

当一个人能得到的都得到了,想得到的失去了希望,最后只有绝望了,仲虺终于失去了活下去的动力。

"虺，我去找元圣，我让他来治好你！"少方想到了伊挚。

"元圣是不会治我的病的，你请他来吧，我有话要和他说！"

伊挚来了，坐到了仲虺床前，并没有为仲虺把脉："仲虺将军，你找伊挚有什么事吗？"

"伊挚先生，你我一生互相合作，又互相竞争，最后我还是输了！我只想问你一句话！"

"其实伊挚也想问仲虺将军一句话！"伊挚探身到伊挚耳边轻声说。

仲虺突然大笑："元圣伊挚先生看来也有不明白的事情……"

"伊挚自愧不如将军！"

"仲虺在铸造时加了一种矿石，量极其微小，只有加热时才会溢出来，你们当然查不出来。"

"唉！太丁果然是中毒而死！"

仲虺突然坐了起来，伊挚吓了一跳，刚要闪开，仲虺一下子攥住了伊挚的手腕。

仲虺用尽全身力气凑到伊挚耳边，用若有若无的声音问道："妹儿是不是在你身边？！"

伊挚看着仲虺面露微笑："在，左相请放心吧！"

"那……就好……"仲虺用力站了起来。

"仲虺哥哥走了，你难道就不能来看一看我吗？！"仲虺的呼喊震得整个屋子嗡嗡作响。

仲虺的眼睛突然一亮，直直地盯着伊挚身后的一个人，这个人一身黑衣，身材纤细而挺拔，双目如水盯着仲虺，嘴唇紧闭着，努力不发出一丝声音。众人都齐齐地望向那个人，那人转身朝外走去，步履如蜻蜓点水，转眼走远了。

咣当一声！众人大惊，回过头来看，仲虺重重摔倒在床上，双目圆睁，已经气绝了，嘴角竟然有一丝笑意。

大商左相仲虺走了。

隆重的葬礼上，少方双眼通红，却没有哭。仲虺的葬礼上缺少了一个重要的人，天子中壬。

大商的王中壬从灾区回来后也病了，发起了高烧，好多天都不退。中壬依旧不停地腹泻，半个月后，整个人变得又干又瘦，身子一下子轻了很多。

有妊氏这次不再相信伊挚，中壬已经无法下床移动了。

"如今只有再去请黛眉了！"有妊氏只好派人去请小娥。

黛眉山。

这次瘟疫天下泛滥，很多百姓都感染了，成千上万的百姓都上黛眉山求黛眉娘娘救命。

小娥也是分身无术，于是就熬制了大量草药，然后放入泉水之中，人们坚持喝这圣泉水，肚子中咕噜噜响了几天，瘟疫就治好了。

"这么多人等着我救治，我无法下山，把这泉水带回去给大王喝了，希望大王能够好起来。"

去请小娥的人只好带回来圣泉水。有妊氏银丝飘动，说道："小娥竟敢不来？等我以后再和她算账！"

但中壬已经喝不进去水了，中壬全身脱水，灌进去的水都吐了出来。即使他喝到了泉水，但为时已晚。

小娥的圣泉水没有起作用，中壬一下子就彻底绝望了。中壬知道自己活不了了，如今中壬瘦骨嶙峋的样子和外丙很像。

"母亲，朕不想死！"中壬抓住有妊氏的手。

第二十七章　少年太甲

中壬的寝宫。

虚弱的中壬躺在巨大的床上，费力喘着气，胸口的肋骨跟着一起一伏。

"我儿你一定要撑住啊！你现在是母亲的全部！"有妊氏强作镇定，身上的玉佩却在晃动着，心里的慌乱也早已闪现在双眸中。

"儿撑不住了……"中壬在有妊氏这里不过是个孩子。

"你还年轻，一定会好起来的。"有妊氏无力地安慰着中壬。

"儿当初还盼着外丙早点儿死！没想到这么快就轮到朕了！"中壬用力吸着气，但是无论他怎么用力，总是感觉憋得喘不过气来。

"我儿，外丙已经走了，你不能再走了，母亲还怎么活？"有妊氏看着中壬感觉就要失去这个儿子了，双手攥住中壬的双手，希望能把自己的生命传递给中壬。

"母亲，你还有孙儿们！你一定要带着他们离开西亳，我们不是厚父的对手！"中壬的孩子都还小，欢快地在外面玩耍着，他们不知道父亲此刻正在承受的痛苦。

"你现在下旨，杀了那个伊尹！赶紧杀了那个伊尹！"有妊氏已经控制不住自己的情绪了。

此时有莘王女已经来了，站在后面静静地看着中壬和有妊氏，平静的脸上怎么看也没有一丝悲伤，却有一种若有若无的冷笑。

"母亲，没用的，没有证据，我们什么也做不了！"中壬望着外面的孩子在阳光里玩耍，突然他也恍惚回到了童年。

"母亲，我也想去院子中玩，你陪我去吧！"中壬就要起身。

"大王，你不可以动啊！"疾医跑了过来。

"好的，我儿，母亲陪着你！"有妊氏搀扶着中壬。

中壬似乎已经恢复如常，走到了院子中。院中松柏青青，阳光从树梢上洒下来，在地上形成梦幻般的光晕。

中壬颓然坐倒在院子中的榻上，享受着阳光。

"阳光好暖和啊！原来死去也没有那么痛苦！"中壬闭上了眼睛，安静地睡了，但是脸色却变得异常的冷静。

过了一会儿，有妊氏靠近他，轻轻呼唤："中壬我儿！"

中壬已经不再有一丝气息，中壬陟了。

中壬的葬礼上，有妊氏呆在那里，昔日矫健挺拔的身姿也有些佝偻了。有妊氏彻底老了，她再也没有儿子了。

"应当由我的孙儿继承大商的王位！"有妊氏此时虽然悲伤，但是王位的事情让她暂时放下了悲伤。

"中壬的女儿刚刚会走路，外丙的儿子也都不到十岁，如何做天下的王？太丁的儿子、我的孙儿子至已经十六岁，该即位为大商的王！"有莘王女此时言语掷地有声。

"谁该当天子？"一群大商老臣议论纷纷。

"众位大人！"伊挚一句就让众人安静了下来，"天乙的长孙子至刚刚成年，而有妊氏的孙子都尚在幼年。大商的王位规矩是兄终弟及，弟终传子，这个子自古就是兄的子，太丁虽未即位，但在宗庙中也是一位商王，所以该子至即位商王！"伊挚的话让子至无可争议地成了下一位商王。

太丁的长子，天乙的孙子子至即商王位，即商王太甲。

伊挚主持祭祀先王，侍奉嗣王恭敬地拜见祖先。诸侯都在祭祀行列，伊挚宣读高祖成汤的大德，来教导太甲。

这个少年天子有着当年天乙俊朗的外表，皮肤白皙，身体壮硕，充满了年轻人特有的活力，有莘王女为人谦和公正，朝内大臣们终于又看到了大商的希望。但不久，人们发现这个天子已经被有莘王女宠坏了。

太甲初登天子位，不知为王的艰难，以为终于可以放肆妄为了。太甲即位之后，开始还能准时上朝，后来看到伊挚把朝政处理得井井有条，干脆也不上朝了。

太甲喜欢四处游猎玩耍，夜夜酒宴歌舞，出去狩猎骚扰百姓，践踏百姓农田。大臣们经常不知道天子的行踪。这天，太甲终于回到西亳了。

"大王，不要忘了高祖成汤创业的艰辛！"伊挚劝告太甲。

太甲哼了一声："高祖所设立的典刑，生怕苦虐下民。如今天下大定，如果继续日夜担惊受怕，岂不枉为天子？"

伊挚看着这个少年天子实在无语，年轻人还是需要时间的历练才能成熟起来。

太甲把成汤所立的典刑都丢在一边，处置朝内赏罚全由着喜好，弄得朝内大臣们都战战兢兢，生怕一不小心得罪了天子。

"大王，如此下去大商恐怕就危险了！"伊挚开始只能忍着，规劝太甲要实行天乙的仁政。

太甲瞪着伊挚："厚父，祖上又不是后羿，你又不是寒浞！"

伊挚吓了一大跳，赶紧跪下："大王，伊挚可绝无寒浞之心！高祖也绝非后羿！"

太甲看到伊挚紧张的样子，得意地笑了："厚父，不要过于紧张，朕这个比方有失偏颇，不过外丙和中壬王叔的死和你有没有关系？"

伊挚缓过神来，说道："大王的父亲太丁之死和你外丙王叔有关系吗？！"伊挚恢复了坚定的目光，冷冷看着太甲。

"对，那个有妊氏还活着，朕一定要为父亲报仇！"

"大王想如何？！"伊挚声音中透着不容置疑，他根本不是在问太甲。

"这还不简单？直接在朝堂之上拖出去砍了脑袋不就行了！"

太甲没听到伊挚的回答，看向伊挚，伊挚目光中竟然有惊恐之色。

"哈哈！厚父，你不会害怕了吧！"太甲第一次看到伊挚脸上露出了惊恐的表情，大笑起来。

太甲依旧我行我素，继续在后宫夜夜欢歌。

西亳内大朝。群臣一进大殿就意识到今日将有大事发生,伊挚早已经站在王座旁边,冰冷的目光扫视着群臣,他在等太甲。

此时太甲睡眼惺忪地走了进来,坐上王座打着哈欠。太甲不习惯这么早起来上朝,平日里都是快天明才睡,醒来时已经中午了。

伊挚率领群臣行礼完毕,挚展开手中的竹简,朗声宣读:"众位,先王顾諟天之明命,以承上下神祇。社稷宗庙,罔不祇肃。天监厥德,用集大命,抚绥万方。唯尹躬克左右厥辟宅师,肆嗣王丕承基绪。唯尹躬先见于西邑夏,自周有终,相亦唯终;其后嗣王罔克有终,相亦罔终,嗣王戒哉!祇尔厥辟,辟不辟,忝厥祖。先王昧爽丕显,坐以待旦。旁求俊彦,启迪后人,无越厥命以自覆。慎乃俭德。唯怀永图。若虞机张,往省括于度则释。钦厥止,率乃祖攸行,唯朕以怿,万世有辞。"声音响彻大殿,群臣都为之一振。

太甲本来就没睡醒,伊挚又说的是正式的文辞,一下子没反应过来。

伊挚把手中的竹简卷呈给太甲。太甲接过伊挚的上书之后看了看,还是不知道伊挚说的是什么。

"厚父这写的都是什么啊?"太甲硬着头皮问伊挚。

"先王成汤顾念天的明命,供奉上下神祇,宗庙社稷无不恭敬肃穆。上天看到高祖成汤的善政,降下重大使命,使他抚安天下。伊挚亲身辅助君主安定人民,所以嗣王就承受了先王的基业。伊挚见到西方夏邑君主,忠信有始有终,辅相大臣也有始有终;后面的君主夏桀君臣灭先人之道德,不能终其业,以取亡。大王要引以为戒!当敬重君主的法则,做君主而不尽君道,将会羞辱大商的先祖!"

"厚父,朕哪里羞辱大商的先祖了?"太甲一头雾水。

伊挚没有理会太甲接着说:"先王在天将明未明的时刻,就思考国事,坐着等待天明。又遍求俊彦的臣子,开导后人,大王不要忘记先祖的教导,以自取灭亡。大王要慎行俭约的美德,怀着长久的计谋。好像虞人张开了弓,还要察看箭尾是否符合法度以后,才射出此箭;您要重视所要达到的目的,遵行祖先的措施!这样厚父就欣慰了,千秋万世,大王将会得到万世荣誉。"

太甲不知道,伊挚要向他下手了。

第二十八章　玲珑曲线

炎炎夏日，知了在王宫中的柳树上玩命地叫着："热啊——热啊——"听起来就如同在喊热。

太甲热得只好躲在宫中："朕知道夏桀为什么要住在长夜宫中了，那里面肯定凉爽啊！祖母，朕也想建造一座长夜宫！"

有莘王女听到太甲如此说大惊，惊呼："大王，不可乱说，你是大商的王！不可做损害大商的事！"

"好吧，长夜宫不让建，朕就只能去能去的地方了！"

西亳王宫中的湖也很漂亮，碧波荡漾，垂柳依依。一个男子赤裸着上身，周围围着十来个年轻的女子，女子用手撩起水来，水花飞向男子身上。

"凉快凉快！你们快点！朕要反击了！"太甲抡起双臂，水花朝着四处飞了过去，这些宫女本来就穿着轻纱做的衣服，如今早就都湿透了，一个个玲珑的曲线在夏日的阳光下一览无余。

"你别跑，朕要抓住你了！"太甲在水中追逐嬉戏，让人不禁想起长夜宫中的夏桀。宫中的守卫和大臣看得目瞪口呆，那些年轻的侍卫看得直咽口水。

此时湖边站着一个白衣、白发男子，静静地看着湖中嬉戏谑浪的太甲，无奈地摇了摇头。白衣男子就是伊挚，这情景让他想起了也许当年妺喜和履癸在长夜宫中的酒池中就是如此。

伊挚狠狠地拍了一下自己的额头，胸中突然涌起一种无法发泄的痛苦。

西亳玄鸟大殿，两层的屋檐让整个大殿看起来非常有气势，这是天子的大殿。

大殿内伊挚看着少年天子太甲微笑着说："大王，先王成汤顾念天的明命，供奉上下神祇，宗庙社稷无不恭敬严肃。"

伊挚解释之后，太甲终于听懂伊挚的劝诫。

"厚父，朕定当严于要求，做好这天下的天子。"太甲说着竟然打起了哈欠。

群臣纷纷摇头。

"大王，伊挚不仅是大王的厚父，伊挚还是大王的师保，大王如果有不合高祖所定的典刑的行为，屡次劝告不改正，伊挚可要行师保的管教职责了！"

太甲鼻子哼了一声，心里说道："又是那一套！朕是天子，你这老头儿还能怎么着朕！"

太甲依旧像往常一样随意妄为，很快惹得天怒人怨。

漫长又难熬的酷暑终于过去了，冬天人们还能围着火炉取暖，穿上厚厚的兽皮衣服就能去雪地中撒欢，酷暑可是没有地方可以躲避的。

金风送爽的季节真是世间最美好的时光。西亳郊外的一片一片疏落的树林间，枝叶间已经有斑驳的金黄和红色。

林中传来呼喊之声："别让它跑了，赶紧追！"

一个影子从树林间冲了出来，速度快得根本看不清是什么，不过能看出这绝不是人，后面传来一阵急促的马蹄和脚步声音。

这时，人们才看清，前面跑着的是一头野猪，这头野猪凶悍异常，后背上插着几支弓箭，不仔细看还以为是怪兽的角。

追逐的人群中，前面骑马的人皮肤白皙，双目如电，整个脸上洋溢着青春特有的无限活力。太甲又出都城游玩了，此刻纵马追着野猪。野猪虽然笨，但为了活着而疯狂奔跑，转眼野猪跑进了一大片农田中，农田中种着谷子，谷子如今都成了金黄色，沉甸甸的谷穗垂了下来。

"这么大一头野猪跑哪儿去了？"太甲在马上围着谷子地来回转了几圈，也没看到野猪的踪迹。

农田是西亳附近平民的庄稼地，每一块都不算大，中间阡陌交错，有很多小土路，所以野猪不知道跑到哪条路上，藏到谷子地中了。

太甲又在谷子地中纵马跑了几个来回，也没看到野猪的影子。

"大王，我们回去吧，这是农田！大商法典严禁踩踏粮食。"

"朕是天子，岂能被一只野猪给耍了？"

"大王，这野猪跑到了谷子地中，我们也找不到啊！"手下无奈地说，大商法典严厉，他们不敢踩踏农田。

太甲看着谷子地突然笑了，说道："把这里烧了，我就不信，那头野猪不出来！"

"大王，不可！大商典刑中破坏农田粮食者，可是砍头的死罪！"

"把你的火石给朕！"太甲从侍卫手中接过了火石。

"朕是天子，这些典刑，朕才不在乎！"太甲已经用火石敲打了起来，不一会儿，火石冒出火花，火绒布见火就着了。如今正是谷子成熟的季节，谷叶干枯，就等着收割了。转眼谷子地就开始冒烟，火苗借着秋风一下子就成燎原之势，浓浓的黑烟冲上了天空。

周围的百姓发现着火了，赶紧带着木桶和木铲来救火。火势凶猛，等到火灭之后，上百亩的庄稼已经沦为一片焦灰，农妇坐在田边哭天喊地的声音让太甲实在没有心情继续追那头野猪了。

"真扫兴！回营吧！"太甲看到火灭了，野猪也没出来，扫兴地回到营地。第二天，太甲继续带着手下去寻找新的猎物。

西亳玄鸟殿大朝，太甲依旧没在。

"尹相，百姓的愤怒已经到了极限，朝中无人不知道大王为了一只野猪烧了百姓几百亩的庄稼。似此嗣王，能不将国家败坏了？先王执中立贤之意，大王全然不顾，大王今日所作所为让我想起了夏桀暴戾荒淫之行。若要大王成个贤德的君主，必须晓得成汤高祖的自新明德之旨。"汝鸠、汝方已经沉不住气了，在朝堂说起太甲的事情。

第二十九章　天作孽犹可违

西亳玄鸟殿，大商的早朝。

王座空着，太甲没在，伊挚依旧主持大朝，如今仲虺不在了，伊挚在朝中是大王的厚父和师保，又是朝中的右相。

"尹相，该如何劝诫大王？"一位老者慈眉善目，虽然是说劝诫大王的事情，老者却依旧满脸笑意，满脸的皱纹看起来显得更加和蔼可亲。

"湟里且大人以为该如何？"伊挚看到湟里且的笑脸，顿时也有了笑意，湟里且就有这个能力，总能让人如沐春风。湟里且是如今朝中的太宰，湟里且掌握着整个大商的粮食和财物，如今能在朝中和伊挚平起平坐的也就是湟里且了。

"元圣不如放大王去桐宫思过？"湟里且说这句话的时候春风满面，群臣却如同听到艳阳天里突然打了一个炸雷。大殿内所有人都僵住了，望着湟里且。

"哪有臣子放大王的道理？"两位老者异口同声地站了出来，这二人从年轻时候就追随在天乙身边，是天乙最信赖的人。就是这二人当年敢质疑伊挚的能力。如今多年过去，天乙老的时候曾经托付二人照顾好大商的子孙，岁月变幻，二人更加明白自己肩头上对大商的责任。

"汝鸠、汝方大人！"湟里且先朝着二人行了礼。

"桐宫是先王坟墓所在，又有大训载在坟庙，看他能改过，然后迎他还国，复为天子，岂不为美？"湟里且依旧满脸微笑。

汝鸠、汝方一时间也不知道该说什么，大殿内群臣竟然没有人反对。

"元圣，放之何如？"湟里且望向伊挚，汝鸠、汝方和群臣也都望向伊挚。

"放大王去桐宫，日夕在高祖坟墓之旁，思先王所以得天下之故，料必能启过也。"伊挚语气波澜不惊却透着一种不容置疑的力量。

"哪有臣子放天子的道理？"一人声音响起，群臣一惊。

大殿的王座后环佩叮当，伊挚鼻中嗅到一种熟悉的香气，伊挚知道谁来了。一女子秀发如水，明眸皓齿。

"有莘王妃，如今越发秀丽了！"湟里且赶紧行礼。

"湟里且，还是你说话好听。"有莘王女本来秀眉倒竖，看到湟里且夸自己，气也消了一半。群臣看到有莘王女来了都纷纷低下了头。

群臣都在看着伊挚到底如何说服有莘王女。

"散朝！散朝！"湟里且不想让群臣看到伊挚被有莘王女训斥的尴尬。

大臣们听到后都如释重负，赶紧知趣地散去了。

"伊挚，你胆子越来越大了，竟然敢对大王不敬！"有莘王女怒喝一声。

伊挚赶忙赔笑，说道："王女……"

"你若敢对大王不敬，我就联合有妊氏一起罢了你这尹相的职务，让你回来继续给我做饭！"有莘王女依旧怒气不减。

"王女说得是啊，伊挚好久没有给王女做饭了，今日如何？"伊挚继续哄着有莘王女。

"你小点声，这么多侍臣呢？"王女本来雪白的脸上竟然有了一丝绯红。

"伊挚这就去给王女做饭！"伊挚赶紧过去扶住王女，从侧门去了王女的寝宫。王女恍惚回到当年在有莘国的时候，自己乱发脾气，伊挚哄着自己的情景，如今多年过去，有莘王女隐忍多年，成了大王的祖母之后，这脾气又开始大了起来。

到了王女的寝宫，伊挚问王女："王女要吃什么？"

"我今天要吃你。"有莘王女突然凑近伊挚，看着伊挚的眼睛说道，周围的宫女赶紧都退了出去。

"王女——"伊挚大惊，准备转身闪开，王女的双手已经搂住了伊挚的脖子。

"伊挚，当年我是大商的王妃、天下的元妃，如今天乙不在了，按照大商的习俗，我自然喜欢谁就可以和谁在一起，天下人谁也不能说什么。"

伊挚少年梦中出现过多次，白天却从未敢想的事情发生了，双手也不由自主地抱住了王女。

有莘王女和妹喜一样，一直喝伊挚熬制的固颜汤，如今依旧风韵不减当年，反而比少女时候多了几分成熟的魅力。王女每天能看到伊挚，绝对不允许自己有一丝苍老的样子，尤其还有那个被伊挚藏在府中、号称能覆灭天下的永远不老的天下第一美人妹喜在。

"我们本来就应该在一起的。"王女隐忍了一辈子，终于不用再隐忍了。几十年了，没想到还能等到这一天。

王宫一个院落中。一个小男孩正在院子中拿着石子抛打远处的树干，七八岁正是无忧无虑活泼的年龄，屋檐的廊上坐着一老一少两个贵妇。

"你赶紧带着孙儿走吧！"老妇人无奈地说。

"母妃，为什么要走？"小玉有点儿不明白。

"我怕我的孙儿留在西亳会和我的外丙和中壬一样！"

小玉和有妊氏在院中看着外丙唯一的儿子在玩耍，这个孩子是外丙和宫女的孩子，是有妊氏唯一的孙子，一直由小玉抚养。

"啊——不会有人连我们都不放过吧！"小玉脸上现出惊恐的表情，赶紧抱紧了怀中的孩子。小男孩不知道小玉怎么了，被小玉抱得太紧了，开始哭了起来。

"回到亳城，也许还能活下去！"有妊氏言语中满是无奈。

"母妃和我们一起走吗？"

"我要留在西亳，我不能让大王的江山落入别人的手中！"有妊氏望着远方。

"那我们回到亳城就安全了吗？"

"我有妊家族都在亳城，到那里他们会保护你们的！"

小玉带着外丙的儿子回到了亳城，亳城如今更像一个老人，城中的人过着悠闲的日子，小玉慢慢安定了下来。

有妊氏的孙子以及孙子的子孙名字前面都有一个汤字。虽然他们的子孙再也做不了商王了，但要让他们记住自己是成汤的子孙。

第三十章 桐宫

秋后的阳光透过窗纱照了进来。

"伊挚,你可不许放逐太甲!"有莘王女还是惦记着自己这个唯一的孙子——大商的天子太甲。

"王女,你不觉得大王如今像极了一个人?"

"像谁?"有莘王女心中一动。

"大夏的一位王。"伊挚依旧闭着眼睛享受着阳光,怕睁开眼睛,这一切美好的感觉会消失。

"你说履癸?"

王女从伊挚身上抬起头来,一头秀发垂到伊挚身上。伊挚享受着这种头发在脸上轻轻流动的感觉,几根头发丝跑到了伊挚的鼻孔中,突然想打喷嚏。

"履癸之才华……阿嚏!百年难有!"

"咯咯!百年难有。"有莘王女忍不住笑了起来。

"如今你我还在,等到我们都老了,大王和大商会走向何方?"伊挚一个喷嚏过后,不由得从昨夜的美梦中醒了过来。

"你说的是太康!"有莘王女突然知道伊挚说的是谁了。

"大商不能重蹈大夏的覆辙,大商不一定能有少康,大商却可能出现第二个后羿和寒浞。"伊挚的语气沉重,有莘王女沉默了。

次日大朝，殿内一片肃静，群臣知道今天一定有大事发生。

伊挚缓步沿着台阶走到王座旁，目光扫视着群臣，深吸了一口气，朝堂内瞬间如同结了冰。

"嗣王自作聪明，颠覆先王典刑。夫天下非一家之有也，唯有道者理之。今天子治理天下非所宜，理合放之。"

群臣心里都咯噔了一下，伊挚的权力太大了，竟然都能把大王给放逐了。

伊挚等群臣安静下来继续说道："嗣王如此放纵生性就是不义。伊挚受高祖成汤所托，不能轻视不顺教导的人。要在桐宫营造宫室，使他亲近先王的教训，莫让他终身迷误。嗣王去桐宫，处在忧伤的环境，才能够成就诚信的美德。"

通往西亳的大路上，数十辆大车组成的车队浩浩荡荡地走来，周围是身手矫健的卫士，身上带着弓箭，马背上驮着各种猎物，沿途村庄的小孩都躲在门后、树后偷偷地看着。

太甲四处巡狩了几个月，终于回西亳了。

西亳城外早早等候了庞大的人群，太甲心中得意："看来朕的臣子想念他们的王了，都出城来迎接了！"

为首的是伊挚和庆辅，二人来到太甲车驾前，群臣都在后面远远看着。

太甲感觉到气氛不对劲儿，但不知道哪里不对，反正他也不在乎。

"大王！"伊挚向太甲行礼。

"厚父，有劳远迎！"太甲也向伊挚行礼。

伊挚没接太甲的话，拿出一个羊皮卷轴轻轻展开，朗声宣读起来，伊挚常年练气，其声音远远地传了出去，周围人都听到了。

"商王太甲，兹乃不义，习与性成。予弗狎于弗顺，营于桐宫，密迩先王其训，无俾世迷。王徂桐宫居忧，克终允德。"

太甲听得云里雾里，满脸疑惑，只好问伊挚："厚父，你刚才读的是什么？"

伊挚把奏折给太甲："大王，请看！"

太甲一把拿过羊皮卷，仔细来回看上面的字："厚父，你来给朕讲一下到底什么意思？"

伊挚面色如水，对太甲叉手行礼，然后朗声说道："嗣王所作所为是不义。习惯同生性相结合，我不能轻视不顺教导的人。大商在桐宫营造了宫室，使大王亲近先王的教训，以免大王终身迷误！嗣王去桐宫，处在忧伤的环境，才能成为仁德的君主。"

"什么？！厚父，你要把朕放逐桐宫！"太甲顿时跳了起来。

"大王，请！"庆辅的手下已经把太甲的马车给包围了，太甲周围那些士兵大部分也是庆辅训练出来的护卫，此时都看着太甲，却没人敢上前。

"来人，你们都闪开，朕要回宫去见祖母！"太甲慌了。

"太甲，你还是去桐宫吧！"这时候有莘王女也走上前来。

群臣诧异："老王妃为什么也同意放逐大王了？"

"厚父，你就不怕朕杀了你！"太甲突然弯弓搭箭，瞄准了伊挚。

一个女子疾步挡在了伊挚身前，一身玉石珠宝震荡得叮叮当当，这浑身珠玉告诉大家这不是一个一般的女人，女子鼻梁笔挺，双目如高山上的湖水幽深，面颊的皮肤如雪山上的雪冰冷洁白。

"大王，子至我儿，不要无理！"正是太甲的母亲雪玉挡在伊挚前面，"成汤高祖当年让你们拜尹相为厚父，又封尹相为你们的师保，让你们待尹相位同高祖，尹相可以随时管教大王！"

"太甲，祖母的话你也不听了？"有莘王女也训斥太甲。

"祖母！你们怎么都听厚父的，太甲到底做错了什么？"太甲一脸委屈。

"太甲，如果你不是祖母唯一的孙子，恐怕此刻你早已不是大商的王了！"有莘王女说。

太甲看着周围，终于明白了，谁才真正拥有天下的权力。

在有莘王女和雪玉面前，太甲终究还是心虚，不管多大，在二人面前依旧是个孩子。

太甲无奈地上了马车。太甲到桐宫安顿了行李，十数间空阔房屋甚是冷清，出门闲游数步，便是天乙陵墓。

"啊——啊——"树林间传来乌鸦的叫声，太甲的心情瞬间更低落了。四处禽鸟悲呼，林木萧疏，太甲愈发感觉凄凉。

"居忧，克终允德。朕在这闭门思过几天就可以回去了。"太甲满不在乎地住进桐宫，想着住几天就可以回西亳了。几天之后，太甲发现自己想错了，桐宫大门紧闭，外面都是庆辅的人守卫着，没有人来探望，更没有人来接他回宫。

太甲已经在桐宫住了半载，怀恨的种子在心底慢慢发了芽，逐渐长大要刺穿太甲的胸膛。

如今伊挚代行王政，再也不用对任何人行礼了。仲虺不在了，太甲也被放逐到了桐宫，如今天下人只知道有元圣而不知道有天子。

伊挚府中，明月皎皎，美人如玉。两人庭中赏月，女子白衣如雪，朦胧的月光下女子的面容越发柔美。男子长身玉立，眉间带着一种傲视天下的气宇。

"妹儿，如今的伊挚是否成了你喜欢的样子？"

"你知道我喜欢你的才华，又不是你的权力！"女子举起酒爵露出纤细的皓腕。

"但作为男人，我必须胜过履癸，才能在你面前不自卑！"

"你是天下的元圣，为什么自卑？"

"你从出生就是有施的王女，后来是天下的元妃！伊挚从小就是一个失去父母的奴隶，后来不过是王女的陪嫁！遇到喜欢的人也只有无可奈何！我要真正得到你，就只有打败履癸得到这天下！"

"你现在和履癸有什么区别？你们说履癸是暴君，履癸要得到什么就光明正大地去争去抢，你们却要玩弄这些计谋！"

伊挚笑而不语。

第三十一章 太甲哭了

西亳王宫中如今竟然没有了天子，如今这里的主人是两个女人。

"有莘王女，你的伊挚对你不错啊！竟然把你的孙子给放逐到桐宫陪伴先王去了！"有妊氏不无揶揄地对有莘王女说。

"大王不过是到桐宫居忧，克终允德。不可对大王无理！"有莘王女没有再理有妊氏。

桐宫。

太甲白天只能在天乙陵前散步，行来走去，到处肃穆肃杀，心情更差了。

夜晚来临，妃子、宫女都不在身边，只有几个伊挚派来的老臣，教太甲研习成汤典刑。突然屋内的油灯摇曳，不知哪里来的一阵风，接着只见屋外树枝摇晃，借着月光映在窗户的麻布上，如同恶魔在张牙舞爪。几个老臣吓得一哆嗦，再也顾不上读什么典刑。

"一群没用的东西，你们都下去安歇吧！"风过去之后，太甲点燃了油灯。

几个老臣人老，容易困乏，行了礼，退出去了。此时宫内，只剩下了太甲，窗上竟然出现了一个人影。

"什么人？"太甲抄起了桌上的油灯。

窗外人已经推门而入，看身形依稀是个婀娜的女子。

"太甲，你要在这待上一辈子吗？"女子开口说话了。

"母妃会接朕回去的！"

"难道你还不明白？这才是你的厚父要的！权力对一个男人来说是欲罢不能的！他如今得到了天下怎会轻易还给你？你的祖母也已经要嫁给你的厚父了！"

"你说什么？厚父难道会谋逆？"太甲一惊。

"他还用谋逆吗？！"

"如今天下本来就在他手中，只要不放你回去，以后大商就姓伊了。或者大商就叫大莘了，哈哈哈！"女子笑了起来！

太甲噌地跳到女子面前，说道："你难道不是大商的人，你就那么想看到大商灭亡？！"太甲双目放出火来，双拳紧握，指头的关节嘎嘣嘎嘣地响着。在这暗夜里太甲如同一头猛兽，随时可以吞噬掉面前这个女子。

"你对我凶有什么用？我要不是想帮你，我来你这里做什么？！"

"哦？你有办法让我回去？"

"天作孽，犹可违；自作孽，不可活！"女子冷冷地说。

"你又来挖苦朕，这不是厚父经常劝谏朕的那几句话吗？"太甲有点儿失望了。

"你好好体会这几句话的意思吧？否则你就一辈子在这桐宫幽禁着吧！"女子消失在黑夜中。

太甲对着油灯发了半天呆，想着女子的话到底什么意思。

三天之后，再走出房间的时候，太甲如同变了一个人，不再暴躁和愤怒，就像一个闭门读书的人，此时服侍太甲的几位老臣过来拜见太甲。

太甲对几位老臣说道："高祖为天子时，终日谨慎，拯生民于涂炭，取天下若反掌。得了天下如何不要？为天子且再三推让，不得已乃践天位。朕从前所作不是，厚父将我谪来桐宫，不过要朕取法先王，厚父定然依旧把朕当先王一样辅佐。先王言的是仁言，行的是仁政。朕今须处仁迁义，再莫如前不循仁义了。"

太甲自怨自艾一番，回到桐宫，将成汤的汤誓、汤诰、大商的典刑仔细研读揣摩，包括仲虺当年那篇《仲虺之诰》都耐心研读，从中去揣摩做天下的王、做天子的道理。

桐宫的人见太甲如此幡然悔悟，悄悄禀告了伊挚。

"嗣王近日大不如前。"来人报知伊挚。

伊挚说:"再看一年,使他磨得惯熟,方成大用。"

伊挚写好了《伊训》《肆命》《徂后》等训词,派人送去给太甲,里面讲述如何为政,什么可以做,什么不可以做,以及如何继承成汤的法度等问题。太甲恭敬地接受了伊挚送来的竹简,仔细研读揣摩。

将近三年过去了,太甲只存圣贤心,在桐宫行仁义事,每日去成汤陵墓前忏悔。但是,西亳依旧没有任何消息传来,太甲有点儿沉不住气了,突然陷入一片恐惧:"难道朕一辈子就只能被关在这里了吗?难道我成汤江山真的要落入伊挚的手中吗?!"

太甲只能在心里想想,却不能表现出丝毫的不满,否则就真的回不去了。

夜半,窗外人影晃动。

"你还没明白吗?伊挚不会让大王回去了!"那个女子又来了。

"朕已经幡然悔悟,一心做一个和先祖成汤一样的好王,厚父还有什么理由不让朕回去?"

"如果你答应回到西亳之后,和我一条心对付那个伊挚,我就有办法让你回到西亳!"

"好!朕依你就是!"太甲突然发现,女子身后竟然多了一个老者,正对着太甲微笑。

西亳。

百官会聚于朝,今天又是大朝的日子,今天有莘王女、有妊氏和雪玉都在,群臣面面相觑,不知道到底会发生什么事。

"嗣王能迁善改过,增修厥德,可迎归朝,摄理政事。"有妊氏突然发话。

有莘王女听到有妊氏竟然如此说,不由得感激地看了有妊氏一眼,有妊氏回了一个善意的微笑。

有莘王女接着说道:"太甲这三年已经幡然悔过,尹相、太宰、众位卿家,我也觉得可以接大王回来了!"

雪玉也频频点头:"大王的确已经改过了!"

湟里且附和道："是的。"

伊挚一直沉默着，此时点头说道："既然众位大人都认为大王已经洗心革面，那我就去迎接大王回朝！"

太甲终于要回西亳了。

三年十二月朔日，伊挚率领群臣来到桐宫。

天乙的享堂，廊柱之间古朴厚重。此时太甲身穿冕服，站在享堂之前的台阶上，颔下三年间已经长出了长髯，有些老臣恍然间看到了当年的天乙。

伊尹戴着礼帽，穿着礼服迎接嗣王太甲回到西亳。

伊挚稽首对太甲行礼，朗声宣告："人民没有天下的后，不能互相匡正而生活；大王没有人民，就无法治理四方。上天顾念帮助大商，使嗣王能成就君德，大商将万代无疆！"

太甲赶紧奔下台阶，扑通一声，太甲竟然跪在地上给伊挚叩头行稽首礼。

"厚父、师保，朕小子不明于德行，招致不善。欲败度，纵败礼。多欲就败坏法度，放纵就败坏礼制，给自身招来了罪过。"

太甲说话间已经泪流满面，悔过之心溢于言表。在场的人无不动容，鼻中不禁开始发酸。

第三十二章　自作孽不可活

伊挚和众大臣身穿朝服祭拜天乙，商汤的陵墓，树木苍苍，众人不禁感叹，昔日一起征战的大王成了大商的高祖。众人接着来到桐宫，太甲看到伊挚等人走了进来，赶紧上前几步。

"厚父！"太甲突然跪倒在地对伊挚行稽首礼，泪水已经扑簌簌地滴落到地上。

"大王！"伊挚一惊，赶紧也跪倒在地。

其他人看到大王和尹相都跪下了，哪里还有人敢站着？瞬间一片跪倒之声，整个桐宫的院子内跪满了大商的大臣。

太甲痛哭流涕，言语哽咽："天作孽，犹可违；自作孽，不可活。当初朕违背师保的教训，不知自责；还望靠厚父恩德匡救，以使朕能够为大商厥终。"

太甲这句话一出口，大臣们无不感动，这句话是伊挚写给太甲的《太甲训》三篇中的话，群臣唏嘘："大王真的变了。"

伊挚听到太甲如此忏悔，心中动容，太甲是天乙和有莘王女的孙子，伊挚是太甲的师保和厚父，既是太甲的老师，又如同太甲的父亲，太甲如同伊挚的孩子，从前伊挚被太甲气得不行，此时觉得太甲真的已经成熟了。

伊挚赶紧扶起太甲，太甲也扶起了伊挚，群臣纷纷跟着起身。

众人望着这对君臣，一个知错悔改，一个用心教诲，此时俨然就是世间最亲的君臣和父子。伊挚凝视着太甲的双眼，想看出太甲双目后面的真实想法。

伊挚接着说:"大王,修厥身,用仁德让天下和谐,就是明后。高祖成汤慈爱穷困的百姓,所以人民服从他的教导,无不欢欣喜悦。大商的友邦和邻国也会说:我们的君主商王来了,我们将无祸患了。大王要增进德行,效法大商的烈祖,不可有顷刻的安乐懈怠。事奉先人,当思孝顺;接待臣下,当思恭敬。观察远方要眼明,顺从有德要耳聪。如此,伊挚和大商方可长久受到大王的恩惠。"

"厚父,太甲一定谨记您的教诲,以后努力做一个像高祖成汤一样贤德的王!"

"臣等恭迎大王回朝!"伊挚朗声宣告,率领群臣迎接太甲回到宫中。

太甲终于重新回到了西亳,三年过去了,太甲如同变了一个人,昔日的莽撞少年,变成了如今成熟稳重的君王。人不能两次踏进同一条河流,三年前后的人也早已经不是同一个人。昨日的一切如同一场幻梦,今天的太甲早已经不是当年的太甲了。太甲此时恭谨有礼,谦和有度,举手投足之间完全是一派贤德君王的风度。

桐宫三年,太甲果然已经成熟了,群臣看到太甲的转变,心中一块石头落了地。伊挚的心中却一直有些许疑惑,太甲的转变有点儿突然,伊挚本来在等待太甲托人来找自己,然后再去桐宫耐心劝解太甲如何做大商的王和怎样才能治理天下,如今太甲突然就脱胎换骨了。

"也许太甲真的是顿悟了吧,我写的《太甲训》三篇他真的都读懂了!"伊挚自言自语地说着,此时妹喜就在身边。

"江山易改,本性难移!一个人的本性很难改变,变的不过是处世的方式。"妹喜悠悠地说。

"呀,妹儿你提醒得对!我明日大朝再次劝谏太甲,不管他本性是不是变了,以后必须做好大商的王!"

"你们男人都能够演好自己的角色,就如当年那些男人见到我哪个不是心中慌乱,却还要装作一副正派的样子,好像没看见我一样,天下只有大王才算得上真性情的男人!"妹喜说的时候故意斜着眼看了下伊挚。

"你又想念履癸了?"伊挚声音冷静,仿佛在说一个毫不相干的人。

妹喜过来靠在伊挚的肩头,说道:"说你们男人会装吧,你生气就生气,还装作若无其事，妹儿在你面前本就是想什么就会说什么，我不会对你隐瞒任何心思。"

"嗯，我的妹儿永远是天下最美的女人，我的这句话也是真心的。"伊挚双目望着妹喜，恍若回到了当年。

"你不说我也知道。"妹喜竟然被伊挚看得有点儿害羞了。

"哈哈！你都多大了？"伊挚突然笑了。

"哼！你比我还老呢！"

"我是男人。"

"男人怎么了？妹儿穿上男子衣服，不输任何一个男人。"

"嗯，妹儿穿什么都好看，跳舞不跳舞也都好看。"

两人说着，身体却已经燥热起来，妹喜的身体依旧柔软如水。

当阳光再次照进西亳的王宫，太甲睁开双眼，都不确信自己是否真的已经回到了西亳。宫女赶紧过来服侍太甲洗漱，细致地给太甲穿上朝服。三年前太甲想起要上朝就头疼，对上朝从来没有过期待，没想到三年后再次上朝，心中竟然有了一丝忐忑。

太甲望着台阶上的王座，第一次觉得王座如此高，如此遥不可及。太甲慢慢地一步一步走上去，坐回王座上，面色沉静，隐隐有了一种王者之气。

"大王，今日回朝，伊挚有几句话要讲给大王和众位大人。"伊挚朗声启奏。

"厚父请讲！"太甲一个一个字地说，让声音听起来尽量平稳而浑厚。

伊挚双手展开竹简，朗声说道："呜呼！唯天无亲，克敬唯亲。民罔常怀，怀于有仁。鬼神无常享，享于克诚。天位艰哉！"

伊挚读到这里停了一下，以前太甲会一脸迷茫，此时太甲却在对着伊挚微笑。

"厚父是在说，上天没有亲人，能敬上天的上天就会亲近。人民不会一直归附谁，他们会归附仁爱的君主。鬼神不是一直有享食，享食于能克诚祭祀的人。朕明白处在天子位的艰难！"

群臣脸上都是不敢置信的表情，伊挚微笑点头。

"大王说得很对。治理天下之道，德唯治，否德乱。与治同道罔不兴，与乱同事罔不亡。终始慎厥与，唯明明后。"

伊挚说完不再解释，双目凝视着太甲。

"用德就治，不用德就乱。与治者同道，大商就兴盛；与乱者一起共事，大商就可能灭亡。谨慎抉择始终，努力成为英明的君主。"

太甲缓缓地说，没有任何多余的动作，这些内容他早已经烂熟于胸。

伊挚不敢相信自己的耳朵："到底是谁帮了太甲？"

伊挚在大殿上寻找着，发现太甲时不时望向人群中一个人："难道是你？！"

第三十三章　难道是他

西亳玄鸟殿，骄阳烤着大地，庄稼和草木都在烈日的炙烤下变蔫了。玄鸟殿中，伊挚也在考验着太甲，这次，太甲并没有在伊挚面前打蔫。

殿中的群臣听着这君臣的对答，一个个都有点儿汗流浃背了。

太甲应对自如，没有半分差错。太甲虽然穿着朝服，额头上却没有一滴汗。太甲才学的进步让伊挚有点儿无法相信，伊挚竟然也感觉有了些许烦躁。

伊挚继续说："先王唯时懋敬厥德，克配上帝。今王嗣有令绪，尚监兹哉。若升高，必自下，若陟遐，必自迩。无轻民事，唯难；无安厥位，唯危。慎终于始。有言逆于汝心，必求诸道；有言逊于汝志，必求诸非道。"

伊挚这一大段话说了出来，朝中有学问的老臣汝鸠、汝方都没完全听明白。

太甲微笑地看着伊挚，说道："厚父这是在考验太甲三年所学。先王勉力敬修自己的德行，因而能够与天子所需的德行相匹配，朕才能继续享有这大商的基业。厚父希望看到：如果升高，一定要从下面开始；如果行远，一定要从近处开始。不要轻视人民的事务，要想到它的难处；不要苟安君位，要想到它的危险。慎终要从开头做起！有些话不顺朕心意，一定要从天下之道考虑；有些话顺从朕的心意，一定要考虑下是否不符合天下之道。"

伊挚哈哈大笑，击掌相贺。伊挚已经不用再去考验太甲了，无论如何，太甲已经不是当年那个只知道四处打猎贪玩的太甲了。如今太甲的才华恐怕当年的天乙也不一定能达到。

"呜呼。弗虑胡获？弗为胡成？一人元良，万邦以贞。君罔以辩言乱旧政，臣罔以宠利居成功。邦其永孚于休。"

太甲也击掌出声接着说："不思考，怎么能收获见识？不做事，怎么能成就大业？天子大善，天下万邦才能清正。君主不要使用巧辩扰乱旧政，臣下不要凭仗恩宠和利禄而居功。这样，国家将永久保持在美好之中。"

伊挚最后的这一段话，从伊挚口中说出来是劝诫太甲，但是太甲解释之后，隐隐就成了太甲劝诫伊挚，臣下不要凭仗恩宠和利禄而居功。

群臣此时也都听明白了，发出一片喝彩之声。

"大王如此，大商有望！伊挚也放心了！"

伊挚心中疑惑，只是给了太甲三篇《太甲训》，但是并没有去教导他，太甲是从哪里学会这些的呢？

此时，太甲望着人群中的一人，伊挚猛然转头望向太甲望的方向。

"难道是他？"

此时太甲看到伊挚的反应，暗暗长出了一口气："厚父的这一关当朝大考终于算过关了，现在该太甲向群臣展现下作为大商的后、天下的天子的能力了。"

"厚父，太甲有些事情也要向厚父请教？"

"哦？伊挚不敢，大王请讲！"伊挚不知道太甲要说什么。

太甲让侍臣给伊挚搬了一把椅子，说道："厚父请坐下，太甲慢慢请教！"

"朝中湟里且大人等也都是老臣，大王有话，伊挚定当竭力。"伊挚并没有坐下，伊挚绝不可在太甲面前显出老态。

太甲看伊挚不坐也不勉强，说道："厚父，我闻禹川，乃降之民，建夏邦。启唯后，帝亦弗恐启之经德少，命咎繇下，为之卿事，兹咸有神，能格于上，知天之威哉，闻民之若否，唯天，乃永保夏邑。再夏之哲王，乃严寅畏皇天上帝之命，朝夕肆祀，不盘于康，以庶民，唯政之恭，天则弗斁，永保夏邦。其在时，后王之飨国，肆祀三后，永叙在服。唯如台？"

太甲此言一出，群臣被惊呆了，额头上的汗更多了。

如果太甲只是能够听懂伊挚的训诫，那也许是有人告诉他的，如今太甲自己说出的这些话，用词严谨有度，颇有大商天子的风范。

太甲看到群臣中有人一脸迷惑，尤其那些出生入死、血战沙场的将领，太甲继续娓娓道来："朕听说大禹因勤、俭、不骄、不争、疏浚大川而成为天子，开创了夏代。昔年启即王位，天帝并不担心启之义德不足，命皋陶再降而成为启的大臣，君臣配合而'感神'，能敬天，畏天威，敬民意，顺天从事，遂长保夏邦平安。再兴夏朝之少康也敬天法祖，生活检点，不放纵，爱民勤政，天不厌之，故也长保夏邦安定。在那时，要是后来的夏王能不忘祭拜大禹、启、少康，就能永有天下！厚父，朕的看法对吗？"

伊挚慢慢地叠扣双手于胸前，低头为礼："都鲁！天子！古，天降下民，设万邦，作之君，作之师，唯曰其勤上帝。乱下民，之匿，王乃竭，失其命，弗用先哲王。孔甲之典刑，颠覆厥德，沉湎于非彝，天乃弗若，乃坠厥命，亡厥邦。唯时下民鸿帝之子，感天，之臣民，乃沸，慎厥德，用叙在服。"

伊挚讲完了，看着太甲，心中说："这一段是伊挚现在构思出来的，如果你也能够应答如流，就能说明你的才华已经不在伊挚之下了。"

太甲用手轻轻摸着自己的黑色胡子，脸上依旧是和蔼的笑容，心中却在思索着，伊挚刚才说的每一个字的意思，想着如何说才能不在伊挚面前输了气势。

伊挚这一段听得大家云里雾里，群臣知道伊挚在回答太甲的问题。伊挚刚要解释，这时候一个声音响起，不是太甲，也不是伊挚，群臣纷纷侧目。

"尹相在说大王说的有的对，有的不是那样。天子！远古的时候，上天降下了百姓，设立万国，而能成为百姓万国之君、师，是因为其能配天。祸乱百姓，失德背道，就没人来朝拜，失去天命并非因为先圣祖不保佑子孙！孔甲以刑杀治国，胡作非为，天厌之，夏已注定终其命亡其国了。当时天下只有汤敬天爱民，其势蒸蒸日上，重德，于是就被选为天子。"

人群中站出一个人来，年龄也不小了，头发灰白，但是双目炯炯有神，透着一种智慧的光芒，颇有当年子棘的风度。

伊挚凝视这位老者，眼底透出阵阵寒意，心中闪电闪过。

"果然是你！"

第三十四章　太史咎单

时光回到两年之前。

太甲的寝宫中漆黑一片，如今宫中已经没有了大王。但是另一座寝宫中却是灯火辉煌，一个白衣男子头上束着白玉的发箍正在对着玉石棋盘思索。

对面雪白细长的手腕在转动，细长精致的指尖夹着一枚棋子，正在寻找着棋盘上落子的位置。棋盘对面的女子额头肌肤光洁如玉，散发着幸福的光泽，双耳的耳环在鱼膏的烛火下显得更加动人。如果仔细看女子如云的秀发，其中也已经有了根根银丝。

有莘王女黄昏时分叫伊挚进宫来陪着自己下棋，如今不知不觉间夜色已经深了。花叶图案的香炉中正散发出温馨甜腻的香气，有莘王女恍惚回到了少年时光，那时候伊挚经常在想，如果能够一辈子这样陪在王女身边下棋，没有任何人来打扰，那该多好。

此刻夜已经深了，却没有人来劝伊挚离开，伊挚也没有要走的意思，有莘王女本就没想让伊挚离开。

"伊挚，过了这么多年，你终于回到我身边了。"

"伊挚本来就一直在王女身边，从来没有离开过。"伊挚轻声说道。

"但是以前想和你说说话都很难，更别说我们这样一直在一起了。"王女有点儿娇嗔地说，女人总是会在自己最爱的男人面前抱怨些什么。

"至少现在我们在一起。"伊挚温柔地看着王女。

王女被伊挚看得有点儿害羞了,说道:"我是不是老了?不是当年你的王女了?"

"王女在伊挚心中永远是伊挚的主人。"

"哈!你还不过来服侍本王女。"

"夜深了,今夜需要伊挚服侍主人就寝吗?"

"你就不怕那个天下第一美人了?"

"当然怕,伊挚更怕主人,你们二人还是不要见面,也不要彼此提及才好。"

此时的伊挚大权在握,大商的王被关在桐宫思过。伊挚经常夜宿在有莘王女的宫中。

一个身材不高的男子趁着夜色走进了宫中。

"有妊王妃,如今的尹相和当年的后羿有什么区别?"男子说。

"但你我又能有什么办法?"有妊氏恨恨地说,有妊氏本来就比有莘王女大十来岁,如今多年过去,脸上更多了几分沧桑。

"我们得把大王迎回来!"男子继续说。

"那个不争气的太甲?太甲是有莘氏的孙子,你为什么不去找她?"

有妊氏对那个太甲实在没有什么好印象,而且那是有莘氏的孙子,又不是自己的,想起自己的两个儿子,有妊氏眉头皱了皱,额头和两腮的皱纹显得更深了,她的心又痛了一下。

"伊挚思虑太深,有莘王女从小就宠着这个王孙,要什么都给,做什么都行,而那个师保和厚父伊挚更是从来不严厉管教。"

"这一切都只有一个目的!就是让天下都认为大王的德行配不上天子的王座,让大王再也回不来!"男子继续说。

"师保不还写了三篇《太甲训》给大王去读了吗?"

"那三篇《太甲训》臣也读过,写得的确是好,但是如此深奥的文章,你觉得当今的大王能读得进去吗?"

"那大王就真的再也回不来了?"

"如今只有一个办法……"

"什么办法？"

有妊氏闪烁的眼神依然犀利如剑，仿佛能够直接刺入人的内心。

男子低声和有妊氏说着自己的计划，有妊氏紧锁的眉头终于舒展开来。

"太甲虽然不是我的孙子，但终究是天乙的血脉，天乙，我会把你的孙子给带回来！"

有妊氏趁着夜色带着咎单来到了桐宫，太甲在桐宫被困多日，终于明白自己可能回不去西亳了，心灰意冷，不知所措，长发也懒得洗，胡子长得满腮都是。昔日不可一世、意气风发的大王，如今成了笼中的野兽。

夜色中有妊氏出现了："太甲你还想回到西亳吗？"

"怎么回？难道你要朕带人杀回西亳，把厚父给抓起来？！"太甲反问。

"哈哈，如今西亳和桐宫周围都是尹相和庆辅的人，那样你就真的再也不用回西亳了！"

"那怎么回去？厚父根本就不想让朕回去！"

"只要变成像高祖成汤一样的王，你就可以名正言顺地回去了！"

"怎么变？厚父这三篇训诫，太甲都读不太懂。"

"臣愿意陪着大王，让大王变成一代明君。"此时门外出现一个男子。

"你是……朕好像知道，你是朝中的……"

"在下太史咎单，咎单自小就追随太祖成汤，如今咎单愿意为了大王重回西亳竭尽所能。"

咎单从此成了太甲夜夜伴读的老臣，从此太甲就如同变了一个人，从天乙的典刑，到伊挚的九主之说，全都理解得通透起来。

"这些枯燥的文章中原来藏着如此多的深意。"

"大王，你要读懂你厚父所有的文章，你要看透厚父这个人，才能真正成为大商的王。"

西亳玄鸟殿。

这个人是谁？是商国的老臣太史咎单。咎单一直为人低调，平时都闭门在家读书，很少出来，所以名声并不大。但是咎单写过大商的《明居》，里面规定了大商从天子到大臣的朝服要求，同时协助伊挚梳理了天下的土地。伊挚知道咎单的才能，但没想到咎单竟然背着他去协助太甲。

群臣看到咎单能够立即解出伊挚每一句话的意思，心中无不暗暗钦佩。

太甲走下王座，对着伊挚说："厚父，以咎单大人的才华，朕以为可以为大商的左相，厚父和众位大人以为如何？"

伊挚一时间不知道如何反驳，只能附和道："咎单大人才华出众，左相之职再合适不过！"伊挚从来不会有任何不合适的言语，如今也只有同意了。

太甲看伊挚同意了，怕伊挚又有什么反对意见，赶紧继续说道："大商左相之位一直空缺，咎单任大商左相之职！"

"咎单谢大王！"咎单上前跪拜行礼。

如今咎单身兼左相和太史之职，一下子就和伊挚这个尹相平起平坐了。

"厚父一心为国，时时都以我不离经叛道为念！您和我高祖克宪皇天，立德立功；您的德始终如一，作为重臣，辅佐了三代商王；您教导我的法言，哪怕一个字也不可擅改啊！"太甲继续称颂伊挚，伊挚被捧得越来越高。

第三十五章　厚父

一年前的西亳王宫，清晨的阳光照进有莘王女的寝宫，照在有莘王女依旧细长的睫毛上，形成七彩的光影。

有莘王女从昨夜的梦中醒来，伸手搂住靠在床头的伊挚。

"伊挚，如果我们能够一直这样多好！"

"王女，世间一切都不过是过眼烟云，伊挚恐怕以后不能经常进宫来陪王女了！"

"为什么？！"有莘王女听到伊挚这么说，也没有特别在意，继续沉浸在伊挚的体温中。

"难道你不想让大王回来了吗？"

"你不是说太甲还需要在桐宫思过修身吗？"

"你知道外面怎么说伊挚的吗？"

"天乙去了，按照大商的风俗，我和你一起也是合情合理的，谁又能说什么！"有莘王女并没有在意，天乙不在了，有莘王女自然可以再找一个男人。

"可是伊挚是大商的尹相，是大王的厚父，王女是高祖的王妃！"

"那又如何？"有莘王女不以为意。

"他们说伊挚是当年的后羿，霸占了高祖的王妃，赶走了商王，控制了大商的江山！"伊挚语气平静得好像在说别人。

"谁这么大胆？砍掉他的脑袋！"有莘王女怒斥道。

"天下悠悠之口，哪里能够堵得住？"伊挚充满了无奈。

"在你心里终究还是你的妺喜和白薇最重要！"有莘王女知道伊挚终究不能完全属于自己，伊挚属于大商，还属于妺喜和白薇。

"王女，你终究是伊挚的主人，是高祖的王妃！伊挚受高祖所托为大王的厚父，要协助大王治理好这成汤江山！"

有莘王女其实知道答案："你准备什么时候让太甲回来？"

伊挚站起身来，说道："伊挚当年辅佐高祖，劝高祖成就霸业，你可知高祖成汤如何下定决心伐夏的？"

"大王当年在斟鄩断头台上差点被砍了头，被困夏台差点饿死，经历了这些之后大王才无所畏惧了。"有莘王女幽幽地回忆起那段独自在商国担惊受怕的日子。

"太甲从小被王女惯坏了，不懂得失去的残酷，在桐宫三年，要让太甲明白如果不彻底悔改，可能再也回不来了，这样太甲才能真正地从心底去改变，真正地去成为一个天下的王。"

"三年？太甲回来也许你就不能这样陪着我了。"有莘王女若有所思。

"等到太甲真的变了，我就该去迎接大王回来了，否则伊挚岂不真成了后羿了！"伊挚笑了，笑容中带有只有有莘王女能看出的一丝苦涩。

如今三年过去，伊挚率领群臣迎回了太甲。经历了桐宫三年，太甲褪去了曾经的莽撞和青涩，气宇磅礴如海，坐在王座上渊渟岳峙，比起天乙当年，更有天子的风度。当年天乙起兵伐夏，经历九死一生，如今才有了孙子太甲坐在天子王座上的气势。

太史咎单多年辅导太甲，才有了今日太甲的才华，太甲在朝堂上任命咎单为左相。

"恭喜咎单太史！"伊挚上前恭贺咎单。

"尹相大人，咎单不负众位大人所托，把一个仁德的大王带回来了！"

"咎单大人这三年辛苦了。"伊挚对着群臣说。

太甲看着伊挚和咎单，心中难免疑惑："咎单大人辅导朕，难道是厚父授意的？厚父故意造成他要独握大权，不肯接我回来，以此来激励朕来奋发图强？"

不过如今太甲已经成为一个最好的大王，太甲此时已经不再和伊挚互相较劲，言语之间真的谦和起来。

"厚父，那夏桀为什么丢掉了大夏的江山？"

"夏桀之亡，在于其为人暴虐，而亲近奸邪之类，不顾民生，民于灾祸中哀号无告，官吏还大肆搜刮。而当今之天下，都说我们遵循了先圣王的教导，施行德政，以自新、自制为教。"

太甲若有所悟："民心看来真很重要，朕一定要做一个爱民的王，想起朕以前竟然还烧了百姓的庄稼，真的是朕的罪过！"

伊挚对着太甲微笑点头："想必大王在桐宫三年，早已明白了这个道理。民心唯本，厥作唯叶。引其能元良于友，人乃恒淑厥心。若山厥高，若水厥深，如玉之在石，如丹之在朱，乃寔唯人！"

太甲继续说："厚父说得好，人心决定着人的行为。法圣贤，人就能常葆纯善之心。刚容若山高水深，谦要如宝玉藏在石头中，丹色之在朱红的颜料中，与天下人心在一起就能成为真正的仁者。"

伊挚说："天监、司民。厥征如有之，服于人。民式克、敬德，毋耽于酒。桀曰唯酒用肆祀，亦唯酒用康乐。就是说上天明察，为民立君师，有仁者之德，就能尊于人。天子要克己、重德，不可滥饮。夏桀用酒祭祀，也用酒来淫逸放纵。"

天下也许伊挚最明白夏桀是如何丢掉江山的，酒绝对是其中一个原因。

"厚父，美人、美酒不是世界上最美好的两种东西吗？"太甲对美人、美酒深有体会。

伊挚正色道："酒非食，唯神之飨。桀亦唯酒用败威仪，亦唯酒用很狂。酒不是人的食物，是供神的。夏桀滥用酒，败坏了祭祀的严肃性，也因为酗酒变得暴戾疯狂。"

"太甲记住了，饮酒不可过量！"

"看来大王是离不开美酒了。"伊挚说完笑了。

太甲也不由得笑了，说道："厚父虽不喜美酒，但喜美人。"

伊挚不由得面色微红，正色道："大王，若山厥高，若水厥深，如玉之在石，如丹之在朱。"

"嗯，朕知道了，哈哈！"太甲和伊挚二人俨然已经是明君和无话不谈的贤臣，太甲眼露笑意，伊挚也微笑相对，如同太甲在桐宫被关多年，这一切都没有发生一样。

群臣中只有湟里且已经懂了伊挚的良苦用心，其他人大多是一头雾水，这大王和尹相大人说和好就真的和好了吗？还是真正的权力的争夺还在后面？

慢慢地伊挚只是指导一下太甲，在太甲的治理下，大商慢慢繁荣昌盛起来。

太甲很久没见到伊挚了，于是也学天乙当年的样子驾车到伊挚的府中去拜访伊挚。

"厚父，朕到底该做一个仁慈的君王，还是做一个严厉的君王呢？这两者之间朕还是没考虑好！"

……

伊挚继续和太甲讲治理天下的法君之道。

第三十六章　红袖添香

伊挚实在没有办法，才把太甲关到桐宫去思过，希望能够让他知道商王也不能为所欲为。但太甲的转变却超出了伊挚的预期，伊挚开始也不明白咎单是如何让太甲瞬间变得如此贤明的。终于有一天，伊挚明白了。

时光回到两年前。

桐宫中的院墙厚重斑驳，祖父天乙成汤的威名虽然让人肃然起敬，但是总看那些典刑实在让人觉得无聊。夜晚来临，太甲看到几案上的竹简，一把就全给推到了地上，桌上的油灯也跟着掉了下去，灯油洒在竹简上，转眼就要烧了起来。

太甲一看赶紧扑灭了灯火，心情更低落了。

一抹月光悄悄透过窗外，洒在太甲的几案上，如一层轻纱。太甲第一次发现月光如此好看，窗外花影婆娑，有一股淡淡的香气。太甲推开门走了出来，原来是桂花开了，微风摇曳中细小花枝招摇间，却释放出让人难以拒绝的馨香。在这如梦幻般的月色中，太甲浮躁的心静了下来。

太甲仰望空中一轮明月，突然想："当年那个能射日的后羿，他美丽的嫦娥真的在月宫中吗？"

太甲看得眼睛有些模糊了，也没想出月宫中到底有没有嫦娥，揉了一下眼睛，突然觉得香气袭人，眼前立着一个女子，正对着自己微笑，月光下美人如玉，花香袭人。

"你是……是月宫中的嫦娥吗?"太甲有点儿迷惑了,这难道是梦吗?若这不是梦,天下真的有如此美的女子吗?

太甲对女人并不觉得陌生,这是太甲第一次在一个女子面前有了自卑与紧张的感觉。

"我是馨儿。"

"嗯?馨儿,那你不是嫦娥。"太甲没那么紧张了,月色在女子周围洒了一层柔和的光,散发着梦一样的光芒。

"你就像这桂花一样好闻,馨儿这个名字真好听。你怎么会在这里,你是从月亮上下来的吗?"

"那馨儿得和嫦娥一样会飞才行啊!"

"那,你是……"

"我一直陪在大王身边啊!只不过白天馨儿是一个小书童而已。"

"啊——"太甲不敢相信自己的眼睛。馨儿说完就走了,太甲想追过去,但是馨儿做了一个禁止的手势,太甲竟然就乖乖地站在那里,看着馨儿秀美的背影消失在月色中。

第二天,太甲把桐宫内的书童找了一遍,也没发现馨儿。

夜晚,太甲正襟危坐,认真地看着竹简,耳朵却听着窗外,时不时地看看院子中。果然馨儿又来了,馨儿似乎知道太甲正在读的书,两人就在月色下,讨论太甲读过的文章的含义,馨儿不仅吐气如兰,说话的声音也很好听。太甲第一次觉得这些枯燥的竹简竟然变得如此动人心弦,原来读书也是这样美好的。馨儿于是每夜都来,太甲秉烛夜读,馨儿就在旁边红袖添香,几个月的时间,太甲就已经把伊挚交代的文章都融会贯通了。

能够彻底改变一个男人的通常是一个女人。伊挚起初也想不通答单是如何改变太甲的。但当馨儿一开口,对治理天下之道娓娓道来,伊挚终于明白太甲是怎么转变的了。

"大王,你想知道高祖成汤为什么能够成为天下的共主吗?"伊挚从重屋中取出九主之图。

"太甲愿意听厚父讲厚父和祖父的事。"

伊尹娓娓道来,往事仿佛就在昨天。

……

岁月静好的日子总是过得很快。太甲遵从成汤的典刑,哪里有灾祸就会去救济。如今西方的鬼方多年之内也没实力再进犯大商,天下诸侯也都不想再征战了,大商的贸易也天下畅通,天下一片繁荣,就像从来没有过征战。

"尹相大人,有莘王妃请您进宫!"

伊挚依旧步履轻盈,但是只有伊挚自己知道,自己的心也开始老了。有莘王女虽然依旧皮肤白皙,但已是满头白发,伊挚不由得望着有莘王女出神。

"你不用看我了,你自己的头发也都白了,你的固颜汤终究也不能让我们不老,听说你那个妹喜头发也白了。"

"王女,自古哪有不死的人呢?否则我们生了孩子做什么用的呢?他们就是来代替我们的!"

"是啊,伊挚,大商没什么值得我留恋的了!我想回到有莘去,我们一起回到伊水边过宁静的日子如何?"

"伊挚操劳一生,如今也只想清净几年,王女有意,那正好和大王请辞!"

伊尹已经把政权归还给太甲,将要告老回到他的私邑。

大朝。

太甲给伊挚准备了一把椅子,在自己下首边。

"伊挚老了,要休息去了。"伊挚对太甲说,语调平静,就像在说家常。

"祖母和太甲说了,她想和厚父回到伊水边去居住,厚父多年为大商操劳,也该享享清福了。"

"大王,伊挚还有话给大王!"

"厚父请讲!"太甲赶紧躬身倾听。

"呜呼!"伊挚站起身来,突然开口,大殿上回声不绝。群臣都一惊,尹相大人如此年纪,还有这中气,真是不得不佩服。

"天难谌,命靡常。常厥德,保厥位。厥德匪常,九有以亡。夏王弗克庸德,慢神虐民。皇天弗保，监于万方，启迪有命，眷求一德，俾做神主。唯尹躬暨汤，咸有一德，克享天心，受天明命，以有九有之师，爰革夏正。上天难以揣测，天命无常。大王要经常修德，可以保持君位；不经常修德，就会失去天下九州。夏桀不能经常修德，怠慢神明，虐待人民。皇天不会保护没有德行的君主，上天会观察万方，开导佑助天命之人，眷念寻求纯德的君，使他作为百神之主。伊挚一心一意辅佐高祖成汤，能合天心，接受上天的明教，因此拥有九州的民众，于是革除了夏王的虐政。"

"厚父和祖父一起创业，厚父对大商之功，大商将永远铭记！大商的宗庙中也必将有厚父的位置！"太甲听了之后，心中不禁惭愧。

第三十七章　咸有一德

玄鸟殿。

伊挚还在对太甲说着临别赠言。

"大王，非天私我有商，唯天佑于一德；非商求于下民，唯民归于一德。德唯一，动罔不吉；德二三，动罔不凶。唯吉凶不僭在人，唯天降灾祥在德。今嗣王服厥命，维新厥德。终始唯一，时乃日新。不是上天偏爱大商，而是上天佑助纯德的人；不是商家求请于民，而是人民归向纯德的人。大王如果道德纯一，行动起来无不吉利；德不纯一，行动起来无不凶险。吉和凶不出差错，虽然在人；上天降灾降福，却在于德啊！现在大王受天命，要更新自己的品德；始终如一而不间断，这样就能日日更新。"

"太甲知道了，高祖常说，苟日新，日日新，又日新。太甲如要达到厚父的期望，还要继续修行内心。"

"大王，任官要唯贤才，左右唯其人。臣为上为德，为下为民。其难其慎，唯和唯一。任命官吏当用贤才，任用左右大臣当考察其人品。大臣要能协助君上施行德政，协助下属治理人民；大王，这件事真正要做到很难，一定要慎之又慎，朝堂内当和谐，要把德行放在第一位。"

"厚父，太甲该如何做才能做到这一点呢？"

"德无常师，主善为师。善无常主，协于克一。德没有不变的榜样，以善为准则就是榜样；善没有不变的准则，协合于能够纯一的人就是准则。要使万姓都说：大哉王言！还要说：一哉王心。克绥先王之禄，永底烝民之生。大王这样就能安享先王的福禄，长久安定众民的生活。"

"厚父，朕曾经年少轻狂，以为天下的王就可以为所欲为，如今才明白这为天下的王，才是天下最累最难的事情！"

"大商的宗庙供奉七世祖先，可以看到功德；万夫的首长，可以看到行政才能。君主没有人民就无人任用，人民没有君主就无处尽力。不可自大而小视人，小视人就不能尽人的力量。平民百姓如果不得各尽其力，就没有人帮助人君建立功勋。这大商也不是大王一人的大商，这天下是天下苍生的天下，大王只要心中装着天下的万民，就一定能做好大商的王。厚父老了，不能一直管着大王，让大王嫌弃了。大商的重任就要落到大王肩上了。"

"太甲谨记！"太甲早已是泪流满面。

"厚父，祖母和你如果走了，大商就再也没人管着朕了。"

"哈哈！大王，伊挚如果真的要留下来，大王就要后悔了！"

"哈哈！"太甲也被伊挚说的话逗得笑了起来。

翌日。

西亳城外，队伍长达数里，队伍中央两辆巨大的马车，一辆是有莘王女的，一辆是天下元圣伊挚的。百姓倾城而出，大家也都舍不得让伊挚离开。

天子太甲亲自为有莘王女和伊挚送行。此时一个小男孩过来拉住伊挚的手。

"厚父，我不让你走，你走了父王打我屁股怎么办？"

"哈哈！子绚，你是未来大商的王，怎么能怕打屁股？！"

"但是很疼啊！"

"身体疼忍忍就过去了，子绚，你不好好读书，厚父心里就要疼了！"

"子绚要跟着曾祖母和厚父去有莘！绚才不要待在父王身边！"

"子绚，你再不听话，父王就要教训你了！"太甲走了过来，在众人之前实在不好发作。

"太甲，当着群臣你还要打绚儿不成，子绚生母早亡，我实在不放心子绚在你身边，就让子绚陪我去有莘吧，正好伊挚也可继续教导子绚读书！"有莘王女过来护住小男孩。

有莘王女是太甲唯一不敢违逆的人，赶紧面露谦和的微笑。

"祖母说得是，那就让子绚去有莘照顾祖母，陪伴在祖母身边吧。"

"嗯，子绚会照顾曾祖母的！"子绚一听可以去有莘，立即高兴得跳了起来，对着太甲直翻白眼。

太甲无奈地摇了摇头。

"大王，王妃最喜欢子绚，想让子绚一起去有莘，伊挚身为厚父也可继续教导王子。"伊挚说道。

"望厚父严加教导，绚儿以后就不用再去桐宫居住了！"

"大王言重了！"太甲这句说得伊挚心中一凛。

这时候另一个老妇人走了过来，说道："有莘氏，你走了，我也要走了！"伊挚和有莘王女要走了，有妊氏突然没了对手，觉得好孤独。她要回到亳城，去找小玉和她自己的孙儿去了。

"有妊氏，我们都老了。"有莘王女拉住有妊氏的手，繁华退去，两人终于释然了。

洛水悠悠，天上浮云缱绻，人生聚散两依依。有莘王女和伊挚踏上去有莘的行程。

几个月之后。

伊水河畔，夕阳照在伊水上，将伊水映成了一片温暖的红色。河边的草地上一群羊在悠闲地吃着青草。一个白衣男子在河边放羊，手中握着羊皮手卷，似乎忘记了周围的一切。

这时候一位女子沿着河岸走了过来，后面远远地有两个仆人跟着，生怕女子摔倒了。她无心欣赏这醉人的夕阳，即便是夕阳碧水，脚下踏着柔软的碧草。

"伊挚，我说了，你要假装没看到我，也不认识我，你一直看着我笑做什么！"

"王女，我们都老了！你还是别下来了！"

"你就不配合我！如今只剩下你我了哟！"

第三十七章 咸有一德

"厚父，你的羊都跑了！"子绚骑着一头公羊就追了上去，手里拿着鞭子，啪啪作响，几头不听话的羊被抽得咩咩乱跳。

"厚父，听说你做的羊肉特别好吃，我们今天晚上就吃这头最不听话的！"

"好！"

子绚已经用麻绳把那头调皮的公羊羔子捆住了。

奴隶赶紧过来，把羊接过去。子绚在伊水边玩耍，没有太甲管着，自由自在。

桃花红了，桃子熟了，叶子黄了，一晃十多年过去了。岁月悠悠，时光仿佛没在伊挚身上留下印记，有莘王女已经不能再到河边散步，出门只能靠辇车了。

白薇依旧步履如风，一直陪在伊挚身边，有莘王女看到也是羡慕，不过如今有莘王女已经没有了妒忌之心，有人陪着伊挚就好。

远处一个白衣女子，发白如雪，身上却是一身黑色衣裙，裙摆、衣袖随风飞扬，面色如玉，在望着天上的白云。

没有人知道，这个白发的女子就是当年的妹喜。

"伊挚，看来我不能陪你到最后了！回来之后，我就没有再修习练气之法，现在后悔也晚了！"有莘王女说道。

"王女，伊挚陪着您呢，树木荣枯，人哪有不老的呢？"

这时候妹喜也走了过来，对着有莘王女点头示意。

"伊挚，我们兜兜转转这么多年，最后又回到了有莘！大王为了大商，你是为了这天下第一美人啊！"

"王女，不要取笑妹喜了，如今我们都老了！"

"你再老也是他心中的美人，我和白薇不过是他的身边人！"

"你们都在伊挚心中，伊挚能陪在王女身边此生足矣。"伊挚说着就握住了王女的手。

第三十八章　我恨你

有莘。

子绚已经长成了少年，脾气有点儿当年太甲的影子，却长得玉树临风，有点儿太丁的样子。

相比于已经长大在朝中为官的儿子伊陟和伊奋，伊挚更喜欢子绚。伊陟和伊奋从小就觉得自己笨得不配当元圣的儿子，对伊挚能躲着就躲着，如今二人都成了太甲身边的大臣。

子绚这天带着一群手下出去了，红日偏西时候还没有回来。

有莘王女有点儿着急了："我的绚儿去哪儿了？他可是大商未来的王！"

"王女不要着急，如今天下太平，应该不会有人会想着谋害子绚。"伊挚也不知道子绚去哪儿了，只有先安慰王女。

王女放心不下，众人出城来等，当西方映着红色的晚霞时，远处传来了马蹄声，车轮咯吱咯吱地响着。

"王子回来了——"手下来报。子绚回来了，身后的战车上带回了好多粮食和羊，众人心底的石头这才落了地。

"这是哪儿来的？"伊挚不由得问子绚。

"我从昆吾抢的！"子绚一脸骄傲。

"王子，如今昆吾早已归属大商。"

"曾祖母总说小时候因为有莘被昆吾欺负，不得已才嫁给曾祖的，否则早和厚父在一起了，所以子绚要为曾祖母出这口气！"子绚继续说。

"好，绚儿就是厉害！"有莘王女竟然夸奖起子绚来，伊挚真是哭笑不得。

第二天，伊挚正准备派人把子绚抢来的东西送回去。一行人刚出城，蹄声杂沓，远处的路上来了一批人，当前一个女子骑着一匹红色战马，马鬃和女子的头发随风飘扬，如同流动的晚霞。

"小子，敢抢我们的粮食！"女子厉声喝道。

"少方打过来了！"伊挚说道，回头已经看不到子绚了。

子绚已经提着长戈冲了上去。

少方本来就怒火难以遏制，看到冲上来一个发狠少年，两人就打了起来。

"老女人还挺凶啊！"子绚第一次见少方。

少方一听，竟然有人喊自己老女人，银牙都要咬碎了，长戈直奔子绚。

伊挚大叫："少方，这是子绚王子！"

少方听到有人喊自己的名字一愣神。子绚趁机低头躲过戈头，战马不停直接冲到少方马前。子绚也不想杀女人，直接跳到少方身上，抱着少方滚落马下。

"你这疯女人，还挺凶！"子绚抱住少方想制服她。

"臭小子，你找死！"少方的拳头就对着子绚脑袋砸了过来。

"住手！"伊挚赶紧让人过来把两人拉开。

子绚虽然也是凶猛任性，但和当年的太甲不太一样，子绚冷静的时候还是听伊挚的话的，不像太甲当年油盐不进，谁也管不了。子绚气呼呼地放开了少方。

有莘王女看到少方，恍惚之间仿佛看到了有妊氏。

"你过来！"少方认识有莘王女，少方知道她是天乙的元妃，只好过来。

"哦，你为什么追打绚儿？"有莘王女脸色如冰。

"他昨日去抢了我们昆吾人的粮食！"

"胡说！如今天下都是大商的，哪里还有什么昆吾人？"有莘王女听到"昆吾"这两个字，心中的怒火就被激发了起来。

"那他也不能抢东西！"少方此时也只能克制心中的怒火。

"他是大商的王子，未来大商的天子，拿你们点粮食和羊又怎么了？"

"王子？"少方鄙夷地看了看子绚。

"王女，少方是牟卢的女儿，是左相仲虺的夫人，昆吾如今也是少方的封地，这一切都是误会！"伊挚示意周围的守卫不要拿兵器对着少方了。

"牟卢女儿？"有莘王女眼睛突然亮了，瞪着少方。

少方也看着伊挚："尹相大人，你们好清闲啊！都在有莘！"

少方突然看到伊挚身边的妹喜，妹喜的容颜即使老了，也无法让任何一个女人忽略："尹相大人，这位美人是？"

伊挚赶紧示意妹喜躲到自己身后。

少方突然如头上打了一个闪电，伊挚身边如此美丽之人，天下还会有谁？只能是那个天下第一美人——妹喜，那个让仲虺日思夜想的妹喜。

少方此生最恨的人就是妹喜："元圣，看来你果然把妹喜藏在身边！"

突然少方从身上抽出短刀，纵身就朝伊挚这边飞了过来。此时白薇一看，也赶紧抽出短刀，挡在伊挚身前。

哪知少方一转身，绕过伊挚和白薇，直接对着伊挚身后的妹喜，一刀刺了过去。妹喜猝不及防，虽然依旧面色如水，但心中一凉，双眼看着伊挚，想最后再看伊挚一眼，此刻妹喜已经来不及躲闪。就在少方的短刀就要刺到妹喜的时候，突然少方身子一颤动，一个戈尖从少方的肚子透了出来。

"妹喜，我恨你！"少方说着，嘴里已经吐出鲜血，回头一看，原来子绚一戈从少方背后刺入。

妹喜如同没有看到，依旧在看着伊挚，伊挚已经奔到妹喜身边，将妹喜揽入怀中。

"子绚，做得好！你杀了牟卢的女儿！哈哈！当年我有莘可是被牟卢害得好惨！"有莘王女站了起来，走过来要看看少方。

少方倒在地上，满嘴是血，嘴里似乎在说着什么。

"你还有什么话说？"有莘王女俯下身子，想听听少方最后说什么。

少方一张嘴，一口殷红的鲜血喷了有莘王女一脸，就此气绝。

有莘王女闻到血腥味，顿时天旋地转，身子一晃，身边的人来不及搀扶，有莘王女仰面摔倒在地，昏了过去。

子绚抱起有莘王女回到住所，王女却一直昏睡着。伊挚守在王女身边，每日为她吹埙，有莘王女好像听到了，嘴角露出了微笑，却再也没有醒来。三日后的清晨，有莘王女走了。

有莘人纷纷为王女举哀，有莘人明白正是有莘王女嫁给商王天乙，有莘才能没被昆吾吞掉，一直平安至今。

伊挚守在有莘王女身边，把王女的棺椁送回西亳，葬在天乙墓附近。

此刻太甲在朝中每日忙得不可开交，虽然咎单也是才华出众，但治理如此大的国家却也是有些吃力。太甲已经收到车正报来的消息，子绚竟然和少方打了起来，随即传来消息，有莘王女陟了。

太甲给子绚带来了信息："子绚，父王病了。"只有这几个字，太甲知道子绚从来不听自己的话，所以让子绚和伊挚看着办。

子绚心中疑惑，问道："父王身强体壮，怎么会病了呢？"

伊挚看着书信，说道："绚儿，我们回西亳吧，否则你父王不会放心的！"

太甲真的病了，桐宫三年，太甲虽然知道如何做一个好天子，如今他已经做了二十多年天子，以前都是伊挚处理朝政，如今商王太甲真的太累了。

第三十九章　五世商王沃丁

西亳王宫。

"厚父已经九十多了，怎么还是那么精神呢？"太甲望着伊挚不由得感叹。

"大王正当盛年，还望保重！"伊挚也不清楚太甲的病情。

人的命运根本就不掌握在自己手中，只有太甲知道如今自己已经虚弱得手无缚鸡之力了。

"厚父，听说你藏着履癸的天下第一美人妹喜？！"太甲突然问道。

"大王，这是谣言！妹喜纵使活着也已经垂垂老矣了，哪里还有什么天下第一美人？！"伊挚一愣，摇头否认。

"那朕得亲眼见过才能知道！"太甲微笑看着伊挚。

伊挚从太甲的笑容中，已经看不出太甲到底在想什么了。

"大王，已经做到天道无痕了！"伊挚不由得也笑了。

"这全靠厚父多年的教诲！"太甲说这句话的语气实在听不出半分感谢的味道。

"厚父心里很是宽慰！"伊挚为太甲治理大商二十来年的成就感到欣慰。

"我知道厚父舍不得妹喜，那厚父就留在太甲身边吧！"太甲留下了伊挚，心里感觉踏实一些。

伊挚走后，咎单求见，咎单已经为卿相之首，虽然伊挚名义上为大商的尹相，但朝中大权已经为咎单所掌握。仲虺之后，如今兵权掌握在太师北门侧手中。

"大王，您留元圣在西亳，这不一定是好事！"咎单说道。

"当年朕是看在祖母的面子上，如今祖母不在了，大商江山稳固，朕就没必要受制于厚父了！"太甲的话透着寒意。

"大王忘了当年外丙和中壬两位先王了吗？"咎单悄声说。

"太史，当年外丙和中壬两位先王害死我的父王太丁！他们死有余辜！"太甲当然知道。

"大王不让元圣出西亳，如同当年元圣放大王在桐宫！"咎单说。

"朕就是要让厚父尝尝朕当年在桐宫的滋味！"太甲的眼光中竟然露出了瞬间的恨意。

"大王不可对元圣心怀恨意！"咎单说。

"朕知道了。"太甲也发现自己失态了。

太甲病倒了，伊挚去探视。伊挚进来，太甲正头向着里面躺着，头上盖着麻布。

"大王，尹相大人到了！"

太甲转过身来，说道："厚父，快来救朕！"太甲看到伊挚，眼神中满是渴求。

"大王，这是什么病？"

"朕也不知道，就是烦躁难眠，身体发虚，心中烦乱。"

"大王是何时发病的？"

"昨日，哦，不对，前日。"

伊挚看着太甲，良久才在木简上写下药方："大王，伊挚开了药给大王。"

伊挚回到府中。

"大王怎么了？"白薇过来问伊挚。

"大王脉象不和，三言三止，脉如咽唾者，此乃诈病。"

"你说大王根本没病？"白薇吃了一惊，"那他这是何意？"

"大王还是忘不了桐宫的事！"

太甲拿到药方立刻找来疾医。疾医拿着药方仔细看了又看，说道："大王，尹相这药方不过是些调理的药物，无病吃了也并无坏处！"

太甲感觉力量正在离自己而去，太甲为了子绚不重走自己的老路，开始让子绚摄政。

三个月之后，太甲突然腹泻难止，已经无法再上朝，朝中大事都交给子绚处理。子绚把伊挚请到身边，伊挚耐心教导子绚如何处理朝堂的事务。

咎单本就心地纯正，并不为伊挚的回归而不高兴，虚心协助伊挚和子绚。

太甲逐渐变得越来越虚弱，太甲身边的宫女都知道太甲已经坚持不了多久了。

子绚从小就在有莘王女身边，伊挚和有莘王女陪着他在有莘长大，所以子绚对太甲的记忆除了小时候经常被太甲训斥之外，就没什么了。

太甲没有兄弟，王位只能传给长子子绚，太甲此刻也只好把子绚叫到身边。

"子绚，父王恐怕时日无多了，以后你就是大商的王了！希望你不要辜负父王和厚父的教诲，能够成为一个英明的天子，做一个天道无痕的法君！"

子绚点头："父王，子绚会做得比父王好，厚父不会把我关去桐宫的！"

"子绚，无礼！"这时候陪伴在太甲身边的大商元妃忍不住出声，正是咎单的女儿馨。

"你不是我的母亲，没资格教训我！"子绚直接顶了回去。馨王妃被气得无语，转身去照顾太甲。

"子绚，城外北山之下有一眼南泉，朕之后想在那南山之上守望着西亳。"

"子绚知道。"子绚此时看到虚弱的太甲，不由得变得恭顺起来。

太甲也走了，太甲在位二十三年，大商在太甲在位的时候度过了平稳发展的二十年。天下百姓已经彻底忘记了夏朝，只知道天下是大商的天下。

伊挚长出了一口气，白薇突然问："当初你探视太甲的时候就知道他病了，但是你不想给他医治，对吧？""难道这被监视的日子你还没过够？"伊挚冷冷看了白薇一眼。

太甲去世后，子绚即位了，这就是商王沃丁。

沃丁第一件事情就是修建太甲的陵墓。沃丁幡然悔悟，觉得愧对父王。

"父王活着的时候从没听过一次他的话，如今父王去了一定要遵循父王的意愿！父王一生，少年不羁放纵，中年后在伊挚和咎单辅佐下深知天位艰哉。天子一人元良，万邦以贞，诸侯归顺商王，百姓安宁，尊太甲为太宗。"

沃丁按照太甲所言，把太甲的陵墓修在了高高的北山之上。

北山之下三川汇流，是一片风水宝地，既有连山之象，又有归藏之势。太甲看中了这个三川汇流之地，想作为陵墓所在。太甲知道子绚一直和他对着干，所以故意说想把自己的坟墓建在山顶上，他想子绚肯定不想自己在山顶总是守望着西亳，那么陵墓肯定会在这三川汇流的山脚下的宝地，最终子绚还是没能让太甲达到目的。

沃丁身穿朝服坐在王座上，伊挚恍惚看到了当年的太丁。

如今天乙、太丁、外丙、有莘王女、太甲，都不在了，伊挚回头看朝中大臣，除了咎单和北门侧，朝中老臣基本已经故去，即使还在人间的也都已回家养老，朝中的这些大臣都已经不再是当年的那些面孔。

"老了，老了——"伊挚也不由得感叹自己真的老了。

伊挚年事已高，沃丁也不愿伊挚劳顿，依旧任用咎单主持朝政。

咎单有事也不敢擅自做主，每次必去请教伊挚，皆顺伊挚所行，一点儿不敢自专自为。

第四十章　曲终人散

沃丁扶着伊挚走在西亳城中，二人走着走着，沃丁突然用手遮住双眼。前方一片熠熠生辉，璀璨夺目的光芒在阳光下分外刺眼。

"厚父，这是大商的铜作坊。"沃丁扶着伊挚走近了，发现地上摆放的无数件金灿灿的铜器反射着阳光，每一件都精美绝伦。

"这都是仲虺将军的功劳！"伊挚感叹道。

沃丁点了点头，其实，他对仲虺没太多印象。

旁边的玉石作坊中，正在打磨着精美的玉器，一块块看起来普通的石头慢慢被雕琢成精美的环佩和各种配饰。

"今日阳光很好，子绚带厚父去田野间散散心。"沃丁建议。

"难得大王有空儿陪我。"伊挚点了点头。

二人坐上马车出了西亳。百姓正在田野间自己的土地上劳作，商王和贵族的土地中则是成百上千的奴隶挥舞着蚌壳或者石头做的铲子，在里面除草或者翻松泥土，场面颇为壮观。井田主要分布在都邑附近，由商王直接占有或分配给近亲贵族。其他贵族在封邑内也同样经营井田，商王还经常派臣民到比较边远的地方去开垦土地，增加国库中的粮食储备。

田地的主人坐在地头看着地里的奴隶劳动，奴隶不听话随时可能被主人惩罚。奴隶大部分是由氏族部落之间的掠夺战争中得到的俘虏转化而来，也有一部分氏族中贫苦的平民沦为奴隶。在奴隶主眼里奴隶只是会说话的牲畜，被成批地赶到农田里去种地、放牧，从事各种繁重的体力劳动。奴隶主可以随意地把奴隶关起来施以重刑或杀害。平民在交换中积累了大量财富，在战争中扩大了权力，也能成为奴隶主。

大路上长长的牛车队伍拉着从远方运来的货物，从事长途贩运和交换货物的商人给人们带来更多财富和需要的物品，湟里且不在了，大商的货物交换却依旧通达天下。

伊挚协助天乙创立了商汤王朝，如今已经几十年过去了，商国更加富足强大了。伊挚看着这一切很欣慰，天下百姓的日子比履癸时富足安定。

春天又来了。

伊挚院子中的海棠又开了。妹喜陪伊挚并肩坐在廊上看着海棠花，妹喜的头轻轻靠在伊挚的肩头。白薇看到如此情景，默默去了前院。

"这海棠花好美，让妹儿想起和先生在斟鄩的时候。"妹喜轻声说。

"这海棠就是我按照斟鄩的那棵种的，仿佛一切就在昨天。"

"可是几十年过去了，妹儿都老了。"

"妹儿永远是伊挚心中最美的，我能活到现在都是因为心中有你，让我觉得活着是一件多么美好的事情。"

妹喜不禁颤了一下："妹儿好久没给先生跳舞了。"

"你不跳舞也很美。"

"不，今日妹儿想跳。"

"好，那我为你奏琴。"

琴声悠扬，海棠树下，白衣白发的妹喜慢慢起舞。

妹喜跳着跳着，感觉自己回到了在斟鄩第一次为伊挚起舞的时候，那时的白衣伊挚是那样的才华无双，天下所有的男人也没有伊挚温文尔雅。

海棠花开了，如你纯洁的美，遥忆与你在梨花林中漫步，醉人的不知是花香还是你的发香。

月色如雾，你如海棠花，明眸皓齿，笑起来花枝乱颤。

伊人不在，见你只能是在梦中。

海棠花随风散落，如那美丽的忧伤，在没有阳光的记忆里独自清晰。

你微笑似梨花微凉淡淡花香残余。

月清如霜，夜寂如我，雨打梨花，点点滴滴融进心里。

我能想起谁？谁又会在谁的回忆里？

妹喜越转越快，脸上满是幸福的笑容。

"妹儿？"伊挚发现有些不对了。

妹喜转着转着突然仰面摔了下来，妹喜的头磕在青石地上，发出沉闷的一声。

伊挚踉跄着跑过去，抱起妹喜，手上竟然沾满了鲜血。

"妹儿，要走了，妹儿不想做一个不能跳舞的妹儿，也不想做一个垂垂等死的妹儿。"

"我知道，你走了，伊挚也要随你而去。"

"我等你！"妹喜的脸上露出了微笑。

白薇踏入后院的一刹那，发现伊挚一下成了垂垂老矣的老者，再也不是以前自己那个仙风道骨的伊挚先生了。

"妹儿你等我，妹儿你等我。"伊挚嘴里不停地嘟囔着。

"先生，你没事吧！"白薇发现伊挚满手的鲜血，白薇呆在那里，白薇的心也碎了，她不忍心自己的伊挚先生心碎成这样。

伊挚找了一个鲜花盛开的地方安葬了妹喜，伊挚从此变得有些蹒跚，步履不再轻盈，白薇在一旁搀扶着伊挚，生怕伊挚会摔倒了。

伊挚每日都会到妹喜的坟前，让人把周围打扫干净。

沃丁八年戊子日，万里无云的天空中突然出现一道白光斜斜穿过天空，大商的百姓纷纷出来观看。

"白气贯日，难道又有什么大事发生吗？"众人议论着。

"先生，那道白气感觉很奇怪，不会有什么事情发生吧？"白薇和伊挚并肩坐在藤椅上。

伊挚望着那道白气，往事恍然如梦，仿佛自己昨日还是陪着有莘王女一起下棋的少年，在最好的时光第一次见到了妹喜，协助天乙开创大商的成汤江山，数十年间辅佐了大商五位天子,这一生应该无憾了。

伊挚握着白薇的手,微笑着闭上眼睛,永远地睡着了。

伊挚卒,年百有余岁。

西亳开始下雾了。这浓稠的雾就如人们心中的哀愁,吹不散,躲不开,压得人们喘不过气来。

天乙不在了,大商如今已经是第五代天子,人们觉得天下的元圣伊挚还在,伊挚早已经成了人们心中大商的主人。

如今伊挚去了,伊挚和天乙亲手创建的大商也不再是原来的大商了。

天作大雾三日,沃丁亲为伊挚举丧,伊挚葬于西亳,就在妹喜墓旁边,尊以天子之礼,以太牢之礼祭祀。

咎单说:"大王,尹相虽然功劳卓著,但以天子之礼安葬,是否合适?"

"如果没有厚父,不一定有大商,理应为天子之礼,聊以报大德。后世子孙都要以天子之礼祭祀厚父。"沃丁正色说。

大商祭祀时,牛、羊、猪三牲全备为太牢;诸侯祭祀只备羊、猪,称少牢。所以有时太牢专指牛。天子除祭祀天地、社稷外,一些小的祭祀也可用少牢。沃丁对伊尹五朝右相的敬重,让伊挚以后和历代商王一样被大商的后世子孙祭祀。

鼓声响起,人们唱起伊挚在商汤的葬礼上写的《大濩乐舞》,只有天子才能享有的一切,如今伊挚都拥有了,伊挚的这一生应该没有什么遗憾了。

太牢之礼祭祀完毕,旗帜卷动,风来了,雾开云散。

伊挚的墓就在天乙的墓不远处,这一对倾覆天下的君臣从此千百年来一直互相陪伴着。

卷九　商朝往事

第一章　太庚和儿子小甲雍己

伊挚和妺喜走了，一个时代结束了。

咎单总结了伊尹和商汤的政策，写成一篇《沃丁》呈给沃丁，希望沃丁发扬祖制，以德治商。在咎单的辅佐下，沃丁继续节用宽民的政策，笃行汤法，天下清明，天下万邦都来朝贡，大商更加强盛富足。

时间如白驹过隙，转眼二十多年过去了，咎单早已不在了，白薇也已经去陪伴伊挚了。伊挚的儿子伊陟和伊奋辅佐完太甲继续辅佐沃丁。伊奋逐渐厌倦了生活在父亲的影子中，专心修心练气和研究医术。

伊陟的名字和伊挚发音相同，自小人们都叫他小伊尹，他的确颇有几分伊挚治理天下的才华，先后辅佐太甲和沃丁，沿用伊尹的治国之策。

沃丁还有个弟弟子辩，沃丁即位的时候，子辩还是个几岁的孩子，如今子辩已经成年。

这一天，沃丁召子辩进宫，沃丁看着如今的子辩，仿佛看到自己小时候的父王太甲。子辩也惊奇地发现，自己一向敬畏的王兄竟然如此苍老了。

"子辩，如今天下太平，但切不可忘了当年夏桀如何亡国，一定要守好这大夏江山。"沃丁此时须发皆白，当年意气风发的少年，如今也已是一个垂垂老人了，做天下的王从来就不是一件轻松的事情。

"王兄说得是，子辩定然好好辅佐王兄。"

"大商祖制，王位兄终弟及，弟终兄子即位。这王位早晚是你的！"

"何不直接传位给王子？"

"古时天下诸侯环伺，诸侯征伐，各国朝不保夕，王位当然要给更有能力和经验的弟弟，这样商国才确保能够活下来！"

"但如今天下太平，天下万邦谁敢不服大商？"

"祖制必须遵循，子辩，如果你做了这天子一定要遵循元圣和咎单治理天下之策！"沃丁说完不再说话了。

几日之后，沃丁安然而去，在位二十九年去世，子辩即位，即大商第六位商王太庚。一切都是最好的时候，太庚什么都不需要做，大商依旧如日中天，疆域从未如此广大，四方方国，万宾来朝。

时光如梭，年年岁岁花相似，岁岁年年人却已经不同。

太庚对伊尹没什么感情，更怀念自己的父王太甲。太庚的长子为子高，他的另一个儿子是子密，太庚老了又有了一个小儿子子伷。

白驹过隙，太庚也走了，挥一挥衣袖，没带走一片云彩。长子子高成了大商的王小甲。伊陟辅佐完太甲、沃丁和太庚，继续辅佐小甲。不过太庚和小甲都不怎么喜欢这个很像伊尹的伊陟。

阳光正好，院子中却传来凶恶的狗叫声，几条大狗抢着一个威仪赫赫的人丢过来的肉骨头。商王小甲在逗狗，小甲喜欢狗，尤其喜欢用肉逗弄那些凶狠的家伙。

这时候盘子中的肉骨头已经没有了，却还有一只狗没有抢到，狗看不到肉骨头，开始围着小甲跳着，狗的眼睛闪着饥饿的凶光，这只狗被其他狗排斥，已经好几天没吃到肉了。

"已经没有了，闪开！"小甲想一脚把这只狗踢开，谁知这只狗一甩头，正好咬住了小甲的脚脖子。狗咬住小甲之后就不松口，小甲一下子摔倒在地，身旁卫士过来就开始踢狗的肚子。狗吃痛，却越咬越紧。

"啊！疼！别踢了！"小甲疼痛出声，脚脖子已经流出血来，狗尝到血的味道，更加疯狂了。一个卫士搬起一个石凳，对着狗身子砸了下去，一下把狗砸瘫，狗惨叫一声，眼见不活了，小甲这才抽出腿来。

小甲休息了十天，伤口渐渐结了痂，还好没有伤到筋骨，小甲下令杀了王宫中所有的狗。

狗没了，众侍卫也都松了一口气。

宫女端来铜盆给小甲洗脸，小甲突然在水中看到了一只狗的影子。

"狗！狗！"小甲露出惊恐的表情，一把掀翻了铜盆。小甲从此再也不能见到任何水。小甲疯了，十日之后，一代天子小甲在恐惧中去了。

小甲的弟弟子密高高兴兴地即天子位，成了第八位商王雍己，继续像他父王和王兄一样享受生活。花开花落，岁月静好，但美好的日子总是过得很快。

雍己从小就胖，现在更胖了，雍己除了知道高祖是成汤，朝中有一个伊陟的老爸是辅佐高祖的伊尹，其他的真的没有什么印象。他只知道自己生来就是大商的王子，大商拥有万邦的朝贺和四方稀奇的贡品，王宫中有永远吃不完的粮食，永远也喝不完的酒，成汤的典刑那也只是管束下面人的。

这日，玄鸟殿大朝。

"大王，今年朝贡的诸侯国变少了，贡品也变少了！"伊陟进言道。伊陟举止端庄稳重，朝中老臣频频点头，仿佛看到了当年的伊挚。

"怎么可能，谁敢不对大商朝贡？你是不是数错了？"雍己昨夜的宿醉还没完全醒来，不过，他还不敢不上早朝。

"大王，如今鬼方等又开始侵扰大商边境。"伊陟巡视四方，发现四方诸侯已经蠢蠢欲动。

"不用担心，区区四方蛮夷谁也不敢真的侵扰大商！"雍己打了一个哈欠。

雍己越来越喜欢喝酒，也越来越胖，上朝的一个时辰，雍己如果喝不到酒就觉得嘴里发干，浑身不自在。

雍己的呼噜声越来越大，而恐怖的是雍己的呼噜会突然停止一会儿，宫女赶紧过来轻声喊："大王！大王！"雍己咳了一下，呼噜声继续打了起来。

一次，喝了太多酒，呼噜如雷，宫女早已经习惯了这种呼噜，突然呼噜又停了。宫女已经习惯，正好让耳朵清净一下，不过这次停的时间好像有点儿长，寝宫中寂静得有点儿诡异，宫女赶紧过来喊："大王！大王！大王！"

雍己的呼噜声没有继续响起，他睡着睡着，竟然再也没有醒来。

第二章　桑谷共生于朝的太戊

雍己走了，没有多少人悲伤，此时雍己的弟弟子伷已经成年了，成了新的商王太戊。

太戊从小生活在钟鸣鼎食的帝王之家，继承王位时还是一个愣小伙子，依旧整天只图安逸享受，不勤政事。

太戊七年，一夜雷雨，西亳城内的所有人都没睡好。黎明来临，温暖的阳光照耀着这个世界，一切清新而温润。

"大王，出怪事了，玄鸟殿前长出了一棵妖树！"太戊正想睡个懒觉，却被惊醒。

"哦？妖树？"太戊只好起身赶到玄鸟殿前，玄鸟殿前的草丛中，一棵大树枝叶婆娑。

"昨天这里并没有树啊！"太戊吃了一惊，大树蔚蔚，枝叶繁茂，竟然一夜之间长得有一人合抱那么粗。

"大王，这是棵妖树！你看这树叶，既有桑树的叶子，又有谷树的叶子！"

太戊有点儿摸不着头脑。

"桑谷共生于朝！看似大不吉！"群臣开始窃窃私语，面露惊恐之色。

太戊心底也咯噔一下子，他和伊陟同朝共事多年，知道伊陟是元圣伊尹的儿子，学识渊博，问道："伊陟先生，你怎么看这棵妖树，这是不是天帝的启示？"

"大王，此树的确不同寻常，不过臣闻妖不胜德，出现妖异之事，也许是大王在治理朝政时有所缺失的缘故。大王只要修德善政，怪异之事自然就会消失。"伊陟回道。

商王朝本就信鬼神，经伊陟这么一说，太戊深信不疑。看到商王朝开始衰落，伊陟用此事劝诫他，希望太戊发愤图强，成为有德之君。

小甲和雍己逍遥多年，如今大商诸侯已经有很多不来朝贡。太戊的心态可没有两个兄长那么好，深知当年大夏就是诸侯不来朝贡，诸侯纷纷反叛，最后亡国，如今大商也已经开始衰落，如此下去大商就危险了。

太戊也厌倦了醉生梦死的日子，为了成汤江山万代永继，自己要像祖父太甲一样，成为一个明君。

"以先生之才，应为大商的尹相！"太戊宣布。太戊任用伊陟为大商的尹相，伊陟重新整顿了朝中官员，让原来那些只知道陪着小甲和雍己享乐的都回家了。

太戊四方招募贤人，此后开始勤政厚德，治国抚民。

"大王，臣推荐一人。"

"哪位贤才？"

"巫咸！他擅长贞卜和观测天象，精通大商典刑！"

"好，如此甚好！"

巫咸果然不负众望，和伊陟一起成为太戊的左膀右臂。太戊后任用巫咸为太史，辅佐朝政，巫咸治理国家政事很有成绩，写作《咸艾》总结其辅佐政事的经验。

三年之后那株"桑谷共生"的树木就枯萎而死了，太戊松了一口气，以为是自己修德的结果。

太戊在伊陟和巫咸的辅佐之下，让本来开始衰落的商朝再度得以兴盛，各诸侯纷纷归顺大商。

"朕有了二位，就如高祖成汤有了伊尹和仲虺，大商如何会不兴盛？"

多年之后，祖庙中太戊在率领群臣祭祀先祖，大商已经恢复了昔日的昌盛。

"尹相，伊尹和大商各位先祖都居祖庙，尹相也不是朕的臣子，是朕的老师，朕的伊陟先生！来朕的身边和朕一起祭拜先祖！"

"大王，伊陟远不及先父！臣写了一篇《原命》。"伊陟谦让。

"朕洗耳恭听！"

"大王，严恭寅畏，天命自度，治民祗惧，不敢荒宁！……"伊陟娓娓道来，希望太戊能发扬高祖成汤的王道。

"尹相过奖了，朕一定谨记先祖典刑，不过，朕心中一直有一个疑问。"

"大王可是放不下桑谷共生之事？"

"当年桑谷之事到底如何？"太戊话锋一转。

"大王，那只不过是臣当年为了劝诫大王……"

"怎么会一夜之间长出合抱粗细的大树？"太戊依旧好奇。

"那不过是臣夜间在树上覆盖柴草，装在马车中运进宫中，连夜移植，上面覆盖好原先的草皮，几乎没有破绽！"

"哈哈！朕竟然被你骗了这么多年！不对那棵树可是桑谷共生？！"

"伊奋在山中修炼发现了这棵怪树，桑树下长出了谷树，其实两者同属，二木并生是一种并不奇怪的现象。世人学知贫乏，自然会认为那是不祥之兆，视之为怪异。"

"哈哈，也罢，没有这桑谷共生，朕也许早就像小甲和雍己那样了！"

如今大商复兴，诸侯归之，天下一片欣欣之象。

太戊心头总有一个阴影在徘徊，那就是自己的兄长小甲和雍己都是年纪轻轻就去世了。太戊总担心自己哪一天也会突然没了。

"尹相，听说彭祖能活几百岁，他是否有什么长生之法？"

"大王，彭祖根本就不是一个人，如今的彭祖已经不是高祖成汤时候的彭祖了！"

"啊！那据说先帝太丁和外丙去过西王母国，西王母能够长生。"

"哦？西王母之事，伊陟也不清楚，舜帝时候，西王母就来过中原，也许西王母真能长生不老！"

"那朕派人再去西王母国寻求这长生不老之方！"

第三章　中宗太戊的长生不老梦

　　人开始懵懂无知，经过多年奋斗终于尝到了成功的滋味，此时却发现自己已经老了，自古以来多少人都想向上天再借五百年。

　　太戊当然也想长生不老，可以一直坐天下的天子之位，于是派王孟到西王母处寻求长生不老之药。

　　王孟也想去见一见传说中的不老女神，如果能够得到长生不老药，自己也可以提前吃了，从此长生不老，想到这里，王孟嘴角不禁露出微笑，踌躇满志地出发了。

　　但是理想很丰满，现实总是很骨感，越往西走越荒凉，一路风沙蔽日，黄沙漫漫，如今已经没有人记得去西王母国的路。王孟迷路了，粮食也没了，王孟被困在半路，只能吃树上结的果实，穿树皮，住在荒山里。

　　传说王孟一辈子单身自处，天帝怜悯他无后代，在他睡梦中从背肋间跳出两个儿子。儿子出生以后，王孟便去世了。王孟的儿子也用这种办法生出下一代。后代都是男子，慢慢地这地方男子越来越多，这里就被称为丈夫国。

　　太戊一心治理大商，种植的农作物有粟、黍、稻、麦等。畜牧业发达，饲养六畜，祭祀用几百甚至上千头家畜。青铜器冶铸得更加精美，玉器和美酒无数。人们用海贝、骨贝、玉贝和铜贝等购买自己喜欢的东西，种田仍以石、骨及蚌制铲、斧、镰、刀等为主，富有的人家也用铜锸、铜铲。

广袤的原野上到处是整治得整齐规则的大片方块熟田，并配合有灌溉沟渠，田间耕牛按行垄犁耕往返转折，这些田地就是井田。

此时青铜冶炼技术和青铜器制造工艺高度发展，王室有专用的青铜器铸造作坊。在这些作坊中都有比较细致的分工，有世代从事生产、擅长专精技艺的工匠。生产规模之大和技艺水平之高，世所罕见。

花开花落，岁月无声，太戊一直等着王孟带回长生不老药，如今太戊都百岁了，王孟依旧没有回来。求药之事太过渺渺，王孟没有回来，太戊也就不再抱有希望，太戊没有得到长生不老之药，却一直活到了百岁。

巫咸写了《太戊》，记述太戊使大商重新兴盛的事迹，太戊甚为满意。

伊陟也已经百岁了，太戊看着伊陟不由得笑了。

"尹相，虽没有得到长生不老之药，你我活到百岁已经足矣。"太戊笑了。

"父王，儿臣也都已经老了！"太戊的大儿子子庄说。

太戊看着子庄满头白发，说道："庄你还年轻，将来你还要做大商的王！"

"王孟，我等不到你回来了！也许没有人能够长生不老。"太戊对伊陟说。

"大王，天道轮回，人都有天命，只有顺其自然，如人都长生不老，哪里还会轮到我们来到这世界。如果黄帝一直在，大王哪里还能当这天下的天子？"

"哈哈！尹相说得对，高祖成汤也不过八十多岁，你我都已百岁，该知足了！"

"子庄，你身为长子，你的兄弟们都要照顾好，切不可手足相残！"

"子庄谨记！"子庄此时也已经满头白发，太戊九十岁之后，子庄一直帮太戊处理朝政，满脸都是疲态。

太戊安详地走了。太戊在位七十五年，是商朝在位时间最长的帝王，大商复兴，诸侯归之，故称中宗。巫咸去世后，葬在一座山上，从此这座山被叫作巫山。

第四章　打败兰夷的仲丁和最早的瓷器

子庄即位了，成了商王仲丁，仲丁早已经没有了当商王的欣喜，因为有一个棘手的问题要处理。

"大王！兰夷进犯我大商东南边境！"

此时昔日豕韦所在的东南出现一支部族——兰夷，兰夷首领骁勇善战，势力范围越来越大。兰夷的野心是要入侵中原，取代大商，成为天下共主，想当这天下的天子。兰夷一直在等机会，太戊去世，仲丁刚刚即位，立足未稳，如今机会终于来了。

兰夷来势汹汹，突破大商边境之后长驱直入。大商已经多年没有打过大仗了，边防守将早就没有了当年商汤伐夏时候的军纪和战斗力。

几天之后，兰夷就快要逼近大商的中心，却没有丝毫要退却的意思。

此时伊陟也已经不在了，仲丁四顾茫然，只好整顿王邑周围的王师，让自己的弟弟子发和子整率领左右大军一起去阻击兰夷。王师受到重创，兰夷却越来越凶猛。回到西亳，仲丁发现子整的军队受损却很小，仲丁终于明白了，子整借助征伐兰夷的机会，四处招兵买马，壮大自己的军队。

一个阴影逐渐笼罩在仲丁心头："兰夷打到西亳怎么办？"仲丁跟在太戊身边多年，自然不想大商在自己手中被蛮夷攻破都城。

仲丁和子发走上西亳的城墙，城内郁郁葱葱，楼台亭阁掩映其中，果然是天下的王邑，高大的城墙环绕四周。仲丁突然眉头皱了起来。

"兰夷的威胁近在咫尺，这如何能够挡住兰夷的进攻？！"

子发也发现了，城墙看着高大，却早已经不是高祖成汤时候的样子，百年来一直就没怎么修过，城下长满了树木，城墙都成了土坡。

"大王，可让城内的王宫贵族出粮食和奴隶来修城墙！"子发建议道。

"子发，这事交给你，必须要快！"

太戊在位时间太长了，整个亳城内的大臣和贵族大多在中宗太戊时期形成了庞大的势力集团。仲丁发现，不仅子整不听自己指挥，西亳城内的贵族动不动就说："这么多年都是这样，兰夷打来有大商王师，不用修城墙！"

"这些贵族都不肯出粮、出人，子发根本指挥不动这些人！"子发垂头丧气地回来和仲丁复命。

"子发，你不用管这些人了！你去一个地方，把那里修好，万一西亳城守不住，你我好有退路！"

西亳城内的贵族们继续过着太戊时期醉生梦死的日子，没有人相信兰夷随时会攻破都城。半年时间过去了，春暖花开，兰夷也许又没有粮食了，大军又直逼西亳城。这次兰夷势如破竹，西亳城内的贵族这才慌了起来。

兰夷兵临城下，西亳城内的守军根本无法抵御，城墙根本不用云梯，直接跑着就能冲上来。兰夷军如潮水般冲入城内，开始到处抢铜器和各种稀罕东西，他们却没管城内的商国人都去哪儿了。

城外仲丁冷冷看着这一切，商王的大军包围了西亳城。身边的贵族们看着自己的家被抢，心中痛得都要滴血了。

"好东西都在王宫！"不知谁喊了一声，兰夷人都冲向了王宫。兰夷冲入天下共主的王宫，发现宫中竟然已经空空如也。

"不许让兰夷人跑了！"仲丁下令，商军的弓箭上竟然都带有火苗，火箭纷纷射入宫内。宫内到处都堆满了干柴，火箭射入之后，宫内顿时成了一片火海。

嚣张的兰夷人不管抢了多少东西，这次只能随着它们一起在大火中进入上天了，兰夷人奋力突围。

浓烟蔽日，四周到处都是商军！王宫被烧，激起了商军心底的仇恨。

"不许放走一个兰夷人！"仲丁的目中露出天下的王特有的光芒，大商的所有王族再也没人敢质疑仲丁。

兰夷主力在这次大火中几乎全军覆灭，兰夷和大商的仇恨从此深深结下。

兰夷被打败了，但是西亳城也几乎成了一片废墟，昔日的玄鸟殿已经只剩下烧黑的木梁。城内其他贵族的宅院也好不到哪儿去，很多都被兰夷人抢完东西后，一把火就都给烧了。

"大王！如今王宫已毁，我们该如何？！"众大臣现在都望着仲丁。

"众位公卿，如今西亳城已毁，大商要迁往新都！"

"新都？在哪儿啊？迁都哪这么容易？！"众人窃窃私语。

"不必多言，三日后一起迁都！"

三日后，西亳城外长长的车队看不到头尾，众人走了两天，一座高大的城出现在前方。

"大王，这是哪里？""这就是大商新的王邑——隞。"

隞城的城墙是用夯土垒砌的，高大而坚固。城内王宫已经修建好了，仲丁直接住了进去。

原来西亳城的那些贵族财力受损，有的人不肯过来，慢慢在亳城就没落了。

兰夷受到重创，四方方国一下都安静了，大商重新安定下来。如今的大商才真正属于仲丁了。

仲丁坐在新落成的玄鸟殿的王座上，满意地望着下面毕恭毕敬的臣子。

"大王，恭喜大王喜迁新都！子发献给大王一件新奇礼物！"子发出列，手中捧着一件光彩夺目的器物。

"哦？这个陶尊好漂亮，外面如此光亮是如何做到的？"

"大王，这叫作釉！"

"哦？如此这不应该叫作陶尊了，如此光洁那就叫作瓷尊吧！"

尊为大敞口，圆唇，束颈，折肩，深腹，腹下部内收，平底内凹。尊肩部饰席纹，腹部饰篮纹，内外施青色泛黄釉，釉色光亮晶莹，质地坚硬细腻，叩之有清脆之声，胎骨渗水性弱。

仲丁颇为喜爱，从此华夏大地进入烧制瓷器的时代。

第五章　第十一位商王外壬的烦恼

太戊活了百岁，仲丁即位已经将近七十了，如今多年过去了，仲丁逐渐虚弱下去，此刻他已经是一个垂垂老人，昔日的雄心壮志逐渐都已远去："子发，你以后要小心子整，我看他有野心！咳！咳！"

"弟谨记王兄教诲。"子发一直陪在仲丁身边。

仲丁不管舍不舍得这王位，他还是走了，不是所有人都能像太戊那样活到百岁，更不要奢望什么长生不老。

子发即位为天子，即第十一位商王外壬。

商王外壬的日子并不好过，太戊活了一百岁，外壬有无数的兄弟，其中子整势力最大。

兰夷入侵，让周围的方国看到如今大商的实力不过如此，那个外壬凭什么能做这天下的天子？外壬还没想到办法对付子整，更棘手的事情发生了。

有莘国和邳国两个侯国发动了叛变。有莘国是有莘氏的后代，商汤曾娶了有莘氏之王女为妃，伊尹就是作为媵臣来到商国的，有莘氏和大商朝一直关系密切。

邳是夏禹车正奚仲的后人，也就是说是仲虺的后代，初时也与商王室的关系很好，这时也起来叛商了。

有莘国和邳的祖先是商汤时的左丞右相，大商的天下都是伊尹和仲虺帮助打下的，如今为什么我们做不得天子？

外壬不敢出兵，他怕子整乘虚而入夺取了都城。

"子整速出兵平定莘邳叛军！"子整看着外壬的旨意笑了。

"子整抱恙，还望王兄亲率王师平定叛乱！"外壬看到子整的回复，头都大了。

外壬焦急地等着，等着叛军逼近王邑。几个月之后，却等来一支军队来到城外，其首领求见。

外壬不知其来意，在玄鸟殿召见了部族首领。

殿下之人须发皆白，白衣飘飘，红光满面。

"彭祖拜见天子！"

"彭祖？听说你有数百岁了？"

"这个……"彭祖笑而不语。

"你不在大彭国，如何来到这里？！"

大彭国是在彭氏部落首领彭祖的带领下建立的，是在夏朝时与豕韦政治关系比较密切的属国。

当年商汤征服豕韦，大彭国几乎没受什么影响，商汤是仁德之君，那彭祖就是宽厚之君，百姓慕名而来投奔，大彭国力殷实，人口越来越多。

最近大彭国南部的兰夷叛乱，大彭国也不得不防。大彭国悄悄也有了万人以上的士兵，战车百乘。

有莘、邳两国联军正好在大彭国北面，这两国叛乱之后，不敢贸然进攻大商，早就对南面鱼米之乡的大彭国垂涎欲滴。

"我们何不先吞掉那个胖老头儿彭祖的大彭国！"他们认为自己的实力如同祖先伊尹和仲虺在世。

两国联军刚进入大彭就被彭祖困在湖边，差点都给赶到湖中喂了鱼，两国国君死战终于逃出围困。

大彭大军一路追击，最后生擒了邳国君和有莘国君。

"啊？当真？带上来！"听说了这事，外壬喜出望外！邳国君和有莘国君真的被押了上来，昔日嚣张的气焰早已没有了。

"邳国君你煽动有莘国，以下犯上，罪不可恕！"外壬下令时候，邳国君才意识到外壬才是天下的天子。

"是有莘国煽动我邳国，望大王开恩！"邳国君开始求饶。

"有莘国伊尹在大商祖庙同先祖一起享受祭祀，有莘国君暂饶一死！"外壬语气如冰。

"我邳国先祖仲虺是高祖成汤左相，对大商也有大功！求大王开恩！"邳国君继续哀求。

"邳国并入大商，把邳国君拉出去枭首！有莘国君囚禁桐宫！"

邳国自此灭国，仲虺当年可能不会想到多年后自己子孙的封地会被商王夺走！

外壬重赏了彭祖，子整看到邳国和有莘国的叛乱竟然被彭祖灭掉了，只有继续隐忍。

第六章　河亶甲

外壬借助大彭国平定了邳国和有莘国的叛乱，但是四方诸侯都看出商王力量的柔弱。

外壬走了，他没有立太子，他知道谁是下一任商王他说了不算，就算立了也会被杀掉。

王宫内一片萧瑟，大臣们都躲得远远的。

一支大军很快到了隞城之下，一人望着高大的城墙和紧闭的城门，一言不发，浓眉下双眼中闪着炽热的光。子整虽然比他的两个哥哥仲丁和外壬年轻，但此时也已经须发皆白。他等这一天等得太久了。

大商子整的势力最大，如今再也没有谁能够阻挡他。

"还不打开城门，迎接商王！"子整对着城门一声低吼。

紧闭的城门竟然慢慢打开了。子整率领大军徐徐而入，子整在玄鸟殿即位为新的天子，即商王河亶（dǎn）甲。满朝大臣不敢去看这个不请自来的天子。

河亶甲多年没有来过王邑了。这里的一切对他来说都是那么陌生，睡觉的时候总是惊醒，他怕有人来抢他的王位。外壬的子孙都被远远发配了出去，但是他依旧难以安心。不能一直这样下去，于是河亶甲做了一个决定。

"众位公卿，即日起大商王邑迁到相城！"河亶甲上朝的时候宣布了这个决定，朝堂内一片寂静，没有人敢出来反对。河亶甲的嘴角渐渐浮起了笑容。

相是河亶甲的封地，这里的一切他都熟悉，大商的王城从此变成了相城。大商依旧人心浮躁，河亶甲需要证明自己配得上大商的王位。

河亶甲的名字和其他商王不太一样，相又处在西河，亶在甲骨上是两个戈的形状，所以才有河亶甲这个名字。但是由于河亶甲强迫人们迁都，人们苦不堪言，心中犹思故都，贵族们在喝酒、唱歌的时候总是会思念故都，这些带着思念的歌声慢慢成了一种音乐——西音，这成了最早的流行音乐。

兰夷这个仇家如今又蠢蠢欲动了，河亶甲四年，大商出兵征讨东方部族兰夷，大商第一次攻入了兰夷境内，兰夷节节败退，最后只好向大商彻底臣服。河亶甲班师回朝，他证明了自己，终于真正地成了大商的王，大商王族之间的矛盾也从此化解。

河亶甲五年，有莘人虽然不敢直接叛乱，却结交西方的班方。河亶甲于是命令彭伯、韦伯率军征讨班方。班方不过是西方一个不自量力的小国。

班方虽然平定了，但是东方的兰夷又开始侵扰边境。河亶甲带领儿子子滕要去彻底剿灭兰夷。

大军出发，旌旗遮天蔽日。

兰夷看到商王亲自率军前来兴奋起来，率领主力直接扑向河亶甲。商军人数虽多，但在兰夷迅猛的冲击之下，阵线很快就被冲垮了，兰夷四处寻找天子大旗，要生擒河亶甲。河亶甲吓了一大跳，身边王城卫军毕竟装备精良，战车和盾牌阵拦住了兰夷人，河亶甲赶紧后撤。

河亶甲到了一个山谷，谷中草木青翠，四处寂静无声，大军终于可以休息了，今年的天气格外炎热，河亶甲穿着厚重的盔甲都快喘不过气来了。卫士帮着河亶甲把盔甲脱了，坐在一棵大树下乘凉。

河亶甲却总觉得有人在看着自己，突然背后一阵破空之声，河亶甲忙一抱头。"啊！"一支冷箭正好射中了河亶甲的后背。原来，兰夷早已埋伏在山谷两侧的树上，商军赶紧弓箭还击。不一会儿，兰夷人都消失得无影无踪了。

好在距离较远，这一箭只是伤了河亶甲的皮肉。

子滕看到河亶甲危险，率军在兰夷后方追击，兰夷腹背受敌，进攻一下就慢了下来。

兰夷人纵然再勇猛也架不住商军人数众多，战斗消耗下去，虽然商军死伤惨重，河亶甲命令大军全力反击，总算击退了兰夷。

子滕护着河亶甲回军。天气炎热，河亶甲的伤口时好时坏，此时已经开始化脓。

河亶甲王师受到重创，回到相城，发现太子子滕的军队受损却很小，河亶甲终于明白了，子滕学自己借助征伐兰夷的机会四处招兵买马，壮大自己的军队。

此刻昔日的王族开始不听河亶甲的指挥，根本不来王宫觐见。河亶甲怒火攻心，伤口又开始溃烂。河亶甲日夜咳嗽，胸中总是感觉痒痒，却什么也咳不出来。宫女在暗夜中听着河亶甲的咳嗽，感到莫名的恐惧。

一天夜里，宫中再也没有了咳嗽声，宫女以为大王终于可以睡个好觉了，可是河亶甲睡去再也没有醒来。

第七章 祖乙的龙腾之地

河亶甲死了,他的儿子子滕手握重兵,太戊的其余儿子们都已经太老了,没有人敢和年富力强的子滕争夺王位。子滕即位成为商王祖乙。

祖乙元年,暴雨连绵,都城相地处黄河下游,河水时有暴涨,就会洪水泛滥,大量庄园被冲毁,黎民百姓难以定居,随时有被淹没的危险,王邑相城也朝不保夕,祖乙整日锁眉不展,寝食不安。

太戊时候巫咸的儿子巫贤如今是大商的大巫,负责传达天帝的旨意。巫贤早已估摸透祖乙的心事,向他启奏说:"大王,如今相城危矣,宜早迁都!"

祖乙听后甚是欢欣地说:"迁往何处?"

"耿城有王邑之气!"

洪水随时可能到来,祖乙于是迁都于耿城。

祖乙二年,巫贤以为只要到了黄河上游就不会有洪水了,哪知道黄河漫出,将耿城也冲毁了,百姓刚刚建好的房子都成了烂泥,哀鸿遍野。

"巫贤,这里根本不适合做王邑!你简直玷污了你父亲的威名!"

"大王,如此,这是臣贞卜的天帝之意!"

"天帝,天帝……"祖乙也不知说什么了。

大商的官职除了巫,还有卜官、太史、祝官。巫、卜、史、祝,势力很大,国家政事大小,都要征得他们的同意。如果他们不同意,即使商王同意了,事情也不好办。这是因为他们要卜问的至上神——天的权力太大,它可以支配人世间的一切。

"那该如何？"祖乙压住心中怒火。

"大王,臣最近得天帝和大商先祖暗示,北方先祖旧地有龙腾之地！"巫贤说。

"那就请大巫继续寻找吧！"祖乙哼了一声,拂袖而去。

巫贤无奈继续派人向北,到大商先祖居住的地方,寻找宜居之地。

几个月后巫贤回来了。"大王,臣在邢城发现一条龙！邢城就是大王要找的龙腾之地,大商迁都到此,必然重现大商盛世！"

"龙？朕只是听说过当年孔甲养过两条龙？"祖乙将信将疑。

祖乙亲自来到邢城,看到巫贤所说的龙——水池中趴着一条乌青的怪物,长长的尾巴,长满鳞片,向着祖乙游了过来,祖乙感受到了怪物双目中的杀气,祖乙突然感觉这眼神怎么有点儿像巫贤。

"啪！"一块猪肉被扔到水中,那怪物张开满是獠牙的大嘴一口咬住,打了个水花不见了。

巫贤认为这里必将成为龙腾之地,祖乙正缺一个迁都的理由,于是迁都于邢。

一部分大商贵族实在不想折腾了,没有跟随祖乙迁移,仍然留在了耿地,祖乙将他的弟弟祖丙封于耿地,建立耿国,并立祖丙为耿国国君。

祖乙派专人饲养龙鱼,对其朝夕礼拜。祖乙利用邢有利的条件发展农牧业,使大商得到恢复与发展,国运慢慢开始中兴。

突然有一天,巫贤急匆匆而来："大王,龙死了,水就要来了！大王需要趁早迁都！"

"啊？还要迁都？"

巫贤对祖乙说："大王,此地龙在则兴,龙亡则水淹。"

"还有这说法？你听谁说的？"

"大王,我是巫贤,当然是天帝说的！"

"又是天帝,他怎么没对朕说？！"祖乙早就受够巫贤打着天帝的名义和自己抗衡了。

巫贤面露冷笑,一言不发走了。

雨季到了，此地虽然没有大河，水却越来越多，成了一片汪洋。

邢城遭洪水淹没。祖乙仰天长叹，被迫迁走，这次迁到庇城。

祖乙再也不信什么龙兴之地，用心营建都城，立宗庙、筑社稷、造营室。多年之后，社会经济得到恢复和发展，商王朝再度兴盛起来。

第八章　万年历和春节的由来

　　成汤开创商朝时，开创了商历纪年，如今百年过去，祖乙发现商历已经出现了严重的误差。原来正月是在冬天最冷的时候，如今正月竟然变成了温暖的时节。

　　祖乙叫来负责历法的阿衡，问道："阿衡，大商历需要重新校订，能不能只把正月的日子改了，重新校订历法，确保百年之后子孙不会遇到一样的问题！"

　　"大王，这……阿衡先去准备。"修订历法这事情，除非有天纵之才，常人根本做不到。阿衡这下头大了。

　　苍山碧翠，树木阴阴，隐约有叮叮当当的声音传来，一个人抡着斧子，把树上干枯的枝杈砍下来回家做柴火。他砍完坐在树下休息，望着树影，想着现在到底是几时几刻了呢，可不要错过了和好友约定相会的时刻。不知不觉又过了大半个时辰，他才发现地上的树影已悄悄地移动，变化了位置。

　　这个人就是万年。万年灵机一动，何不利用日影的长短来计算时间呢？可是一遇上阴雨天，影子又失去了效用。

　　有一天，万年在泉边喝水，看见崖上的水很有节奏地往下滴，规律的滴水声又启发了他的灵感。回家后，万年就动手改造了一个五层的漏壶，利用漏水的方法来计时，叫作"滴漏"。这么一来，不管天气阴晴，都可以正确地掌握时间。有了计时的工具，万年更加用心地观察天时节令的变化。

　　经过长期的归纳，他发现，每隔三百六十多天，天时的长短就会重复一次。

万年觉得只要搞清楚日月运行的规律,就不用担心节令不准,但他自己做不到这一点,他需要商王的支持。

万年就带着自制的日晷仪及水漏壶去觐见祖乙,说明节令不准与天神毫不相干。

"万年,朕找的就是你,从此你去观天台负责修订历法!"祖乙觉得万年说得很有道理,把万年留下,在观星台前修起日晷台、漏壶亭,又派十二个童子供万年差遣。从此以后,万年得以专心致志地研究时令。

过了一段日子,祖乙派阿衡去了解万年制历的情况。万年拿出自己推算出的初步成果,说:"日出日落三百六,周而复始从头来。草木荣枯分四时,一岁月有十二圆。"

万年全心研究时令,几乎从不离开所住的观天台。

夜深了,四处一片寂静。突然嗖的一声,一支箭破空而来,万年下意识地抬起胳膊去挡,应声倒下。

万年身边守卫的兵士查看了万年的伤势,顺着箭射来的方向追去,果然抓住一人,将他扭送至祖乙处。祖乙亲自到观天台来探望万年。原来是阿衡担心万年制出准确的历法,会得到祖乙重用,威胁到他的地位,就像派人来杀万年。

万年把自己最新的研究成果报告给祖乙:现在申星追上百星蚕,星象复原,子时夜交,旧岁已完,时又始春,希望祖乙定个节气名!

祖乙欢喜地说:"春为岁首,就叫春节吧。"

当时祖乙见万年为了制历,日夜劳瘁,又受箭伤,心中不忍。

"万年,从此以后你就是大商的阿衡!"

万年忙跪在地上稽首:"多谢大王厚爱,只是目前的太阳历还是不够精确,要把岁末尾时也闰进去。否则,百年之后又会造成节令失常。万年需要时间继续把太阳历定准。"

祖乙点头允许。寒来暑往,岁月无声,年年岁岁花相似,岁岁年年人已经不同,万年耗尽毕生心血,太阳历终于修订完成。当万年把太阳历献给祖乙时,已白发苍苍。

祖乙深受感动,说道:"从此我们大商用的历法就是万年历。"

第九章　从祖辛到沃甲的侄子祖丁

大商的都城需要大量的水,都城一直选在黄河之边,但黄河经常泛滥,祖乙最后终于在庇城稳定下来。

万年重新帮祖乙定制了万年历,从此天下百姓按照万年历的节气春种秋收,再也不用担心误了时节,粮食丰收,大商的粮仓也逐渐充盈起来,祖乙创造了和太戊一样的盛世。

"子旦、子逾,你们一定要守好大商的成汤江山。"

祖乙的儿子子旦一直活在父王仰而弥高的光芒下。祖乙一生几次迁都,遭遇洪水,殚精竭虑,终于让大商恢复了昔日的昌盛。作为大商的王,他终于完成了他的使命。回首往事,仿佛一切就在昨天,他太累了,安详地闭上了眼睛。

子旦即位,即商王祖辛,祖辛守着祖乙的盛世。

祖辛很爱喝酒,他从精美的祖辛卣(yǒu)中取出美酒,望着卣上面漂亮的玄鸟,卣内部刻有"祖辛"的铭文。

祖辛手中摇着酒爵,爱怜地抚摸这些精美的花纹,欣赏着美人的歌舞,岁月静好。祖辛知道自己无法超越父王,岁月无声,历史的长河中没有掀起一丝波澜。

祖辛也许喝了太多的酒,一天,突然走了。儿子子新还年幼,祖辛的弟弟子逾终于等到了机会,当仁不让地登上王位,即商王沃甲。

沃甲没有祖乙那样的雄心壮志,每天纵情享乐。子新却一直等待机会,沃甲身边美女如云，夜夜酣饮，身体很快就不行了，沃甲终于病了。

王宫内传来急匆匆的脚步声："大王，子新！子新带人闯进了王宫！啊！"内官拼命跑了进来。

子新已经大步地走进了沃甲的王宫，一剑从报信的内官后腰插入。

"大王——"内官倒在了血泊中。子新早已率军包围了王宫，此时冷冷地看着沃甲，说道："大王，这些年你也玩够了，王位该还给我了吧！"

"哈哈哈！子新，这大商的王位本就是儿子也做得，兄弟也做得，如今朕已命不久矣，我儿子更年幼，以后这商王就你来做吧！希望你能如父王祖乙那样让大商一直强盛下去！"

"子新定然不会辱没先祖！"

"你必须答应，你以后要把王位传给我儿子更！否则你公开谋逆，大商的世族不会让你坐这个王位！"

"如此甚好！"子新望着沃甲露出满意的笑容。沃甲走了，子新即位，即商王祖丁。

祖丁到祖辛的墓前祭祀。

新铸造的蕉叶樽中装满了美酒。樽口沿下饰蕉叶纹，腰和底上部装饰饕餮纹，精美细腻。蕉叶樽很厚重，口部开阔，腰腹鼓起，底下四个圈足。透过米酒可以看到樽内壁上刻着"父己祖辛"。

祖丁举起手中的酒爵，说道："父王，子新终于当上这天下的天子！"祖丁的王位得来的确不易，大商的王位更迭越来越混乱，大商的"九世之乱"更乱了。

第十章　阳甲与叔叔南庚的九世之乱

岁月静好，祖丁每天看着日出日落，大商在他手中波澜不惊，没有风云激荡，也没有变得更加昌盛。

"父王！为天子应该让天下万民敬仰，有所作为！"一个十几岁的小男孩对正在瞌睡的祖丁说。

"子旬，等你当了天子就知道了，你的叔叔们群狼环伺，当年我已经答应沃甲帝，王位传给子更，即使我让王族答应以后王位传给我儿，那继承王位首先也应该是你兄长子和，你还年幼。你首先要活到你有实力当天子那天再说！我给你一块封地，去你的封地积攒实力吧！"祖丁看着朝气蓬勃的子旬，好像看到了大商未来的希望。

"儿臣当然懂得，如今大商的王位一直是谁势力大谁来做！"

"你明白就好，唉！"祖丁无奈地叹了口气。

"我一定要改变这一切！"子旬愤然离开，只留下一直在垂手站立的子和。

祖丁看着子和，如果你不去注意，可能都忘了他的存在，无奈地叹了口气。

"子和，也许你是对的，这样在子更当了王之后，你才能够活下去！"祖丁对子和说。

"儿臣不敢觊觎王位！"子和的声音柔和中听不出一点儿对王位的渴望。

子旬去了封地，人们逐渐忘记了这个小男孩。祖丁的日子过得平静而无奈，他终于完成了自己的使命。

沃甲的儿子子更早已等得头发都白了，子更终于如愿登上了王位，即商王南庚。南庚此刻发现，天下诸侯已经不来朝贡了。

大商日渐衰落，贵族们感觉连酿酒的粮食都不够了，外加上南庚和他父王沃甲的王位来得本来就有点儿名不正言不顺，王位本来应该是儿子年幼，才由弟弟继承，结果弟弟当王的越来越多。

南庚为了稳固王位，决定迁都。奄走入了南庚的视野，这里是当年有仍氏的故地，鱼米之乡，而且远离黄河，不用担心水患。

南庚把都城迁到了奄。南庚忘了奄根本不是商国的故地，大商贵族非常抵触，这次劳民伤财的迁都，大商贵族更是怨声载道。

南庚管不了那么多，至少他可以睡个安稳觉了，在这个新王邑中，没有人可以威胁他的王位。但是南庚的烦恼接着就来了，如今天下诸侯都已经不来朝贡，大商天下共主的地位名存实亡，南庚需要证明自己。

这时候北方的杞龙戎，竟然开始侵犯大商边境。南庚决定来一次远征。

生存与死亡的战场，光荣与荣耀的战争，南庚虽然胜利了，但是付出了惨重的代价。此时子旬回来了，子旬这次回来竟然带着上万精兵，南庚的王师早已损失殆尽，子旬大摇大摆地进了都城。

"大王年事已高，如今王兄子和已经成年，大王还是让位于子和，也可以享享清福。"子旬毫不客气。南庚的确不得人心，此时毫无办法，只得让位给子和。子和在子旬的帮助下即位，即商王阳甲。

阳甲即位后，大商依旧内外交困，西部的丹山戎又打了过来。阳甲希望子旬出兵。

"王兄，你身为天子，就要证明自己配得上这天子之位！"子旬冷冷地说。

阳甲感到一阵寒意，所谓高处不胜寒。阳甲只好自己出兵，迎战丹山戎。丹山戎虽然被击退了，但是阳甲到了高寒之地回来后，就病了。

大商王位继承制为"父子相传"和"兄终弟及"相结合的继承制度，这两种制度的混用，造成王位继承处于混乱状态。这一动乱历经仲丁、外壬、河亶甲、祖乙、祖辛、沃甲、祖丁、南庚、阳甲九王，故名"九世之乱"。

第十一章　大名鼎鼎的盘庚

阳甲生性柔弱，征伐丹山戎耗尽了他大部分精力，回来就病了。大商的王族各自为政，谁也不把商王放在眼中。

阳甲把子旬叫到宫中，说道："子旬，王兄自知能力不如你，王兄时日无多，如今大商内外交困，长期下去大商恐怕危矣！"

"子旬定不负王兄所托！"子旬看着虚弱的阳甲，心中升起了几分同情，王兄对自己还是不错的，这次征伐丹山戎没能帮王兄，心中不免有几分愧疚。

子旬愧疚了没有多久，阳甲走了，在位不到十年。

子旬凭借实力即位，即商王盘庚，此时的盘庚正当盛年，一切来得刚刚好。

盘庚站在宗庙祭台上望着凋落的都城，皱起了眉头。

奄城在大商东部，远离大商的中心，这里大商的贵族和大臣懒散多年，想要重新整顿朝纲，谈何容易？

要让大商重新复兴，必须回到大商的中心，盘庚准备借此来一次彻底的整顿！

盘庚决定把都城迁到他熟悉的北蒙，北蒙洹水清清，汛期也不会像黄河那样汹涌泛滥。但民众都不愿意搬迁，纷纷发出怨言，互相私下讨论，并放出话说："当年，先王选择这里作都城时，就是想让大商子民不被恶劣环境所害，不能再在原地匡扶众生，于是通过贞卜看上天的启示。所以先王治国，凡举手投足，总是敬畏和顺应天命，才会不贪图固定居所，不得不迁徙都城，到如今已经迁徙都邑五次了。现在不继承先王敬慎天命的传统，就不知道天帝所决定的命运，更何况说能继承先王的事业呢？好像倒了的树又长出了新枝、被砍伐的残余部分又发出嫩芽一样，好像老天将使我们的国运在这个都殷邑延续下去，就能继续复兴先王的大业，安定天下一样。"

盘庚开导臣民，又教导朝中大臣遵守旧制、正视法度。盘庚命令众人都来到王宫大殿前的广场，朝中的贵族大臣和民众站满了广场。

盘庚环视众人，不怒自威，众人安静了下来。

盘庚朗声说道："朕告知并训导你们，要克制私心，不要一味傲慢安逸。大商的先王，也是谋求任用旧臣共同管理政事。施行先王所修的法令，不隐瞒教指的意图，先王敬重执行这些法令，其中没有错误的言论，百姓们因此也大变了。如今你们喧闹吵嚷，说一些危险、肤浅的言论，朕不知道你们争辩的意图。并不是朕放弃了任用旧人的美德，而是你们包藏好意而不施给朕。朕对这一切像观火一样清楚，如果以为朕不善于谋划，不敢有所行动，那你们就大错特错了。好像织网时要把网结在纲上，才能有条理而不紊乱；好像农人从事田间劳作，只有勤力耕种，才会大有收成。你们能克制私心，把实际的好处施给百姓，以至于亲戚朋友，于是才敢扬言，你们有积德。如果你们不怕未来会出现大灾害，像懒惰的农民一样自求安逸，不努力操劳，不从事田间劳动，就会没有黍稷。"

众人此时已经安静了下来，都望着盘庚，盘庚知道众人听懂了，接着讲：

"你们不向老百姓宣布朕的善言，这是你们自生祸害，即是带来失败和灾祸的奸宄（guǐ）之人，最终自己害了自己。假若已经引导人们做了坏事，必须承受相应的痛苦，到时候悔恨就来不及了！那些审时度势的小人，他们尚且顾及规劝的箴言，如果随口乱说，不要忘了朕掌握着你们可短可长的命！你们如果不告诉朕，却想用些无稽之谈互相鼓动，借此恐吓煽动民众。若燎原野火，已经不能接近，还能够扑灭吗？那么你们众人做的错事，就不是朕的过错了。"

时间一分一秒地流淌着，众人额头开始冒出汗珠，盘庚却没有要停下的意思。

"迟任有言曰：'人唯求旧，器非求旧，唯新。'人们都喜欢与自己熟悉的旧人交往，用的器具却不会选择旧的而喜欢新的，过去我们的先王同你们的祖辈、父辈共同勤劳，共享安乐，朕怎么敢对你们动用非必要的刑罚呢？世世代代都会记得你们的功劳，朕不会掩盖你们的善行。现在朕要举行盛大的仪式来祭祀先王，你们的祖先也将跟着享受祭祀。无论上天赐福降灾，朕也不敢有违先王的仁德。朕告诉你们，在患难的时候，要像射箭一样有目标，做到矢志不移。你们不要轻视老成的人，也不要看不起年幼的人。你们个人住在自己的居所，努力使出你们的力量，听从朕一人的谋略。无论远近，朕用刑罚惩处那些犯了死罪的，赏赐表彰那些行善的人。国家要治理好，是你们众人的功劳；国家治理得不好，则是朕一人的过错，朕要自罚。"

众人都望着盘庚，目光中充满了敬畏，盘庚看火候差不多了，作为成汤的子孙，盘庚当然熟读过成汤出征讨伐夏桀的《汤誓》。突然厉声大喝："凡尔众，其唯致告：自今至于后日，各恭尔事，齐乃位，度乃口。罚及尔身，弗可悔。从今以后，各人认真地做好各自的事情，规范所在职位的行为，管好你们的言行。否则惩罚到你们自身时候，后悔可就来不及了！"

"我等遵从大王意愿！"众人不禁心中一颤，纷纷伏地行礼。

"如此甚好！哈哈哈！"盘庚满意地笑了。

盘庚学到了成汤《汤誓》中的精髓，这次只不过是迁都而已，又不是去征战。

第十二章　有条不紊、星火燎原

大商的第十九位商王盘庚想复兴大商，要把国都迁移到大商的中心北蒙去。

盘庚诚挚地宣讲了一次迁都的意义之后，众人依旧徘徊，不愿意迁都。盘庚再一次集合臣民，旗帜在王庭飘扬。盘庚登上高处，让臣民到近前来。

盘庚目光如炬扫视着人群，人群瞬间安静了下来，盘庚朗声说："要仔细听明白朕言，不要忽视朕的命令！我们的先王没有谁不想顺承和保护人民安定，君王和臣民都清楚我们必须顺应天时。从前上天盛降大灾，先王不安于所作的都邑，考察臣民的利益而进行迁徙。你们为什么不想想大商先王的事迹呢？朕顺从你们喜欢安乐和稳定的心愿，不想你们有灾难或陷入刑罚。朕呼吁你们迁居大商新都，也是为了你们，也是远遵先王的意愿！"

民众若有所思，有人在低声私语。

"现在朕打算率领你们迁都，使国家安定。你们不体谅朕内心的困苦，竟然都不和朕一心，朕念念不忘迁都的热忱，只有朕一人去推动宣讲。你们自己让自己走投无路，自寻苦恼，如要坐船，你们却不想过河，那船也无法承载你们过去。如果一心不合作，那就只有一起沉下去。不能与朕一致或者停留在原地，一味自己怨怒又有什么好处呢？你们要谋求长远思虑，你们不劝人们思虑忧患，有今天而没有明天，怎样才能长久活在世上？"

"大王说得对啊，我们不能只看眼前和自己！"人群中有人附和。

盘庚满意地点点头，继续说："现在朕命令你们不要传播谣言，弄臭名声，恐怕有人会利用你们身处的位置，使你们心思歪曲。朕向上天延续你们的性命，朕岂是威胁你们？朕是在帮助养育你们众人。"盘庚这几句话分量已经很重了。

"朕念在我神圣的先王曾经烦劳你们先祖，朕才克制不羞辱你们；用心关怀你们，然而如果政务失策，一味留在这里，先王就会降下重重的罪责和疾病给朕，问道：'为什么虐待朕的臣民？'尔等万民如果不去考虑长久生生不息，不和朕同思同心，先王也会对你们重重降下罪责和疾病，并问道：'为何不同朕的幼孙亲近友好？'因此，不符合德行，上天就将惩罚你们，你们被蒙蔽而不能明白。从前先王已经烦劳你们的先祖和父辈，你们都作为朕养育的臣民，你们自己伤害自己！先王将会告诉你们的祖先和父辈，你们的祖先和父辈就会断然抛弃你们，不救乃死。"盘庚又以祖先来教育众人。

"如今朕有乱政臣子，一心聚敛贝玉财物。你们的祖先和父辈于是就会告诉先王说：'对朕的子孙用大刑吧！'于是先王就会重重降下刑罚。"

以祖先的名义外加先王的刑罚，盘庚看着众人的反应，人群一片寂静。盘庚知道时机已经成熟了。

"一切都不容易，不要轻举妄动！要永远警惕大的忧患，不要和朕疏远！你们要筹划如何跟从朕，心中都要中正。假如有人不善良、不顺达，不走正道，违法不恭，欺诈奸邪，胡作非为，朕就要用劓殄之刑，连你们的后代一起消灭，不让这些坏人在这个新国都里延续种族。朕将率领你们迁徙，建立永久的家园。"

盘庚说完，此刻院子中臣民已经明了盘庚的决心，如果再不跟随大王迁都，恐怕大王的斧子就要落下来了！

"我等愿追随大王。"众人一起伏身在地。

盘庚看着众人已经臣服，嘴角露出了微笑。

第十三章　盘庚迁殷

浩浩荡荡的队伍见不到头尾，孩子、老人相互搀扶着蹒跚前行，牛羊成群地跟在身后，木轮车吱吱作响。人们来到黄河边，木筏铺满了黄河河面，用了三天队伍才通过了黄河。

盘庚在率领大商王邑的臣民迁移，一个月之后，众人终于来到北蒙。新的王城被一条洹水环绕，地势平坦开阔，土地肥沃。盘庚和所有人终于舒了一口气。盘庚终于把大商的王邑从奄迁到了北蒙，从此，这里成了新的王邑——殷。

众人安定好之后，大商的宗庙也已经修好。盘庚再一次把众人叫到王宫。

盘庚朗声说："不要贪图戏乐而变得懒惰，努力建设新都城！如今，朕把朕的志向诚心告诉各位：朕不会惩罚众人，你们也不要共怒，联合起来用谗言毁谤朕一人。从前先王想建立功业，将都城迁往山地高处，减少了洪水给我们的灾祸，大商因此有了很好的佳绩。现在大商的臣民受洪水动荡而离散被迫流离失所，没有固定的居所，你们问朕为什么要惊动万民而迁都！现在上帝要复兴高祖成汤之德，国家混乱将成为过去。朕笃敬恭谨地继承万民的使命，永远居住在大商的新都。朕虽然年轻，但不敢废弃谋划，遵行天帝天灵的旨意；不敢违背兆卜指示，并将其发扬光大。"

盘庚说完望着殷邑的众人，这些人目光中已经没有了对殷邑的怀疑。

"朕将要着重观察你们惦念敬重大商民众的情况，朕不是好货贪财的人，一心恭敬为了民生。无论是穷人还是有谋略的人，只要有让民众安居的方法，都可和朕说。现在朕已经把心里的好恶告诉你们了，你们不能有不顺从！不要总是聚敛货宝，自己成了普通苍生中的一个庸人！要把恩惠施给民众，永远与民众一心！"

此后，百姓们渐渐安定，殷商的国势又一次兴盛起来。大商的国力开始复兴，四方诸侯也纷纷前来朝见。

盘庚望着自己创建的殷都城，比以往任何一个都城都要壮丽繁荣，大商的疆域也比以往任何时候都要辽阔。盘庚对这一切很满意。

几年之后，盘庚病了，也许他为了大商太过操劳了，他和太戊一样多想自己能够长生不老，但是奈何韶华易逝，最是人间留不住。

盘庚感觉自己慢慢虚弱下去，他对弟弟子颂和子敛说："王兄阳甲没有完成的事情，朕完成了。你们一定要守好这大商的江山。"

第十四章　小辛和武丁的父王小乙

盘庚带着遗憾走了，盘庚的弟弟子颂即位，即商王小辛。小辛没有盘庚那样的雄心壮志，他享受着盘庚的成果。

慢慢地，盘庚时候的很多制度就没有人严格执行了，大商又开始变成一盘散沙。

子敛把这一切看到眼里，劝诫道："大王，王兄盘庚定下的制度一定要严格推行，我们不要辜负王兄的心血。"

"子敛，朕不过是普通人，我们不是成汤，也不是盘庚，如今这大商的贵族我们哪一个也惹不起。"

子敛还想接着劝谏，小辛打断了他："子敛，朕最近刚收到一批精美的海贝，赏你五百枚。"

一个妖娆的女奴走了过来，铜盘中是五百枚闪闪发亮的海贝，这些海贝已经被打上大商的标记，可以用来当作钱贝使用，这绝对是丰厚的赏赐。子敛却被女奴身上特有的香气吸引了，不由得多看了一眼，女奴身材窈窕而健美，走路都带有节奏感，不同于中原的女子。女奴也正望着他，一双明眸如同会说话。

"敛谢大王！不过盘庚之政……"子敛还想再劝谏一下。

"子敛，你看这个女奴如何？她是西羌王族，当年夏桀的琬、琰也不过如此吧，赐予你吧。"

羌女端着海贝已经站在了子敛身边，子敛摇了摇头，突然看到羌女晶亮的眸子中泪光闪烁，子敛知道，在商朝羌奴大多都会陪着商王殉葬，心中不忍，谢过小辛，带着羌女和海贝退下了。

小辛不关心也没有能力去整顿，就这样十年过去。当小辛老去，子敛也已经是一个垂垂老人了。

小辛走过了岁月静好，安详地走了，小辛的弟弟子敛即位即商王小乙。小乙的长子子昭天资聪颖，敏而好学。小乙仿佛看到了大商未来的希望。

小乙知道未来的商王不能像小辛那样只是一味贪图享乐，但是小乙当上商王的时候已经人到老年，无力去振兴大商了。小乙有一个更长远的打算，他要培养一个能够复兴大商的王。

朝中众臣，放眼望去，突然他看到一人一头浓密的银发，此人器宇轩昂，双目充满了睿智的光芒，一望就知道是一个值得信赖的人。"甘盘，子昭年幼，朕希望你帮朕好好辅导他。"

甘盘博古通今，为大商少有的智者。甘盘每日辅导子昭，从黄帝到大禹的《禹贡》，再到成汤的《汤誓》都教给了子昭。

子昭本就聪慧，五年之后，子昭已是翩翩少年，但是甘盘总觉得子昭还是缺了点什么。

"大王，成汤开创大商基业，是因为承受过夏台被困之苦，伊尹有盖世才华，是因为从小为奴，王子要成为有所作为的君王，必须到民间去，体验下民间疾苦！"

"哦？甘盘你提醒得对，那你就安排吧！"

"那就让王子到我的老家河内去耕种吧！"

"甚好！耕种是立国之本！为王者必须懂得春种秋收，可惜朕不能回到像子昭那样的少年时代了。"小乙对子昭竟然有了几分羡慕。

子昭却是恍若晴天霹雳："父王让我去耕种？！我做错了什么了吗？我以后不做大商的王就是了！"子昭想不明白。

子昭来到田间，顶着烈日，双手都磨出了血泡，每天晚上腰酸背疼，整个人都黑瘦了下来。但一段时间之后，子昭的双手长出了老茧，感觉种地也没有想象的那样不可承受，双脚踏着柔软的泥土，看着种下的谷子出苗生长，也是一种快乐。

子昭好像明白了父王的良苦用心，大商原来如此广阔，有如此众多的村落、城邑，河内的道路经常被洪水冲坏，所以经常需要很多人去做版筑修路。

子昭决定亲自去做版筑，子昭和奴隶们一起踩着刚铺上的泥土，用木桩把泥土夯结实。

"少年，我看你不像奴隶和平民，怎么也来筑路？！"一个中年人目光深邃，和子昭一起抬起木桩。

子昭看了看中年人，说道："看你目光中透着智慧，也不像普通人！"

"我叫说，我本是一平民，奈何世道生存艰难，只好卖身为奴隶求口饭吃。"

"啊？你活得怎会如此艰难？！"子昭开始感受到大商子民生活的艰辛了，二人就一起筑路，一起聊天吃饭。

说穷困，自卖自身为"赭衣者"，赭衣是古代囚犯穿的红褐色衣服，赭衣者就是囚徒，去当苦力，在傅岩筑城，所以说也叫傅说。

这天傅说做了一个梦，梦见自己腾云驾雾，绕着太阳飞行，醒来以后很纳闷儿。傅说也会归藏贞卜，贞卜得到屯卦的卦辞："元亨利贞，勿用，有攸往，利建侯。"这绝对是大吉大利。

傅说对子昭说："卦象说我要到一个地方去，有利于成为公侯。因为太阳代表君主，绕着太阳飞翔，就是说将来要为君王服务。"

"哈哈！如果我以后能成为商王，我就实现你的梦！"子昭说。

"我看你就不是普通人，你是？"

"我是子昭，当今商王小乙是我父！"子昭坦白了自己的身份。

说当即伏在地上行礼："说拜见子昭王子！"

这时候，甘盘匆匆赶来："王子，大王病了，你要赶紧回殷邑！"

第十五章　奴隶为相

子昭急匆匆奔回殷邑，刚到宫门口就见冢宰已经迎了出来，冢宰一身白色，子昭已经知道发生了什么。冢宰即太宰，位次于三公，是掌管王家财务及宫内事务的官。

"王子，大王崩了。"冢宰见到子昭，顿时伏在地上行稽首礼，肥胖的身躯趴在地上和跪着差不多都是一个球形。

子昭痛哭流涕，也对着宫内行了稽首礼，然后匆匆随着冢宰来到小乙的灵柩前。

冢宰拉起子昭，说道："依照大王遗命，王子子昭即位为商王武丁！"

子昭还想多看一眼小乙，可已经被冢宰安排穿上天子之服，在玄鸟殿接受群臣的朝拜。

子昭即位为商王武丁。武丁是个孝子，按照大商祖制他要为小乙守丧。

守在小乙灵前，武丁心中明白了小乙的用心，他要自己去体验民间的疾苦。武丁信任冢宰，对朝政不发一言。转眼三年过去，武丁结束了守丧。

武丁此时还是不论政事，群臣向武丁进谏："通晓事理的叫作明哲，明哲的人实可制作法则。天子统治万邦，百官承受法式。王的话就是教命，王不说，臣下就无从接受教命。"

武丁不是不想发言，他很想念一个人，但那人身份特殊，武丁不知道如何才能让他来到身边。武丁突然想到一个办法。

这一日，武丁作书告谕群臣："要朕做四方的表率，朕恐怕德行不好，所以不发言。朕恭敬沉默思考治国的办法，梦见天帝赐给朕一位贤良的辅佐之人，他将代替朕发言。"

武丁让画师详细画出了贤人的形象，使人拿着图像到天下寻找。众人来到傅岩修路的地方，看到一个人同图像相似，就把这个人带到王邑。

这人走进大殿，一身奴隶衣服又脏又破，跪在地上行稽首礼，大臣无不纷纷侧目："一个奴隶怎么到朝堂中来了？"

武丁却已经走下王座，围着这个奴隶转了几圈。

"对，这就是朕梦中梦到的贤人！你从哪里来？叫什么名字？"

这个奴隶听到声音很熟悉，悄悄抬眼看了下武丁："你……你……"他突然明白了什么："小人从傅岩来，名字是说。"

"哦，那你就叫作傅说吧，赶紧为贤人沐浴更衣。"

当傅说重新出来，一个智者出现在众人之前，言谈得体，见识渊博，和武丁相视而笑："没想到大王也做了一个梦！"

"傅说，朕梦到你，才能把你请来，朕封你为大商的左相，以后陪伴在朕身边。"

傅说行礼接受了册封。冢宰怎么也想不明白，怎么就来了一个奴隶，成了和自己平起平坐的左相。

武丁命令傅说："请朝夕进谏，以辅朕修德！比如制作金器，要用你作磨石；比如渡大河，要用你作船和桨；比如年岁大旱，要用你作霖雨。启乃心，沃朕心！如果药物不猛烈到瞑眩，疾病就不会好；如果赤脚而不看路，脚就会因此受伤。希望你和你的同僚，无人不同心来匡正你的君主，使朕依从先王，追随成汤，来安定天下的人民。重视朕的命令，才能取得最终的成功！"

傅说答复："木依从绳墨砍削就会正直，君主依从谏言行事就会圣明。君主能够圣明，臣下不用君王命令就承顺其意进谏，谁敢不恭敬地顺从英明的王命？"

有了傅说在身边，武丁终于要大展身手了。

第十六章　武丁的两大名臣甘盘和傅说

商王武丁的王妃妇妌来自井方，妇妌善于农业种植，尤其擅长种黍，也从事征伐、祭祀、先导、进贡等一系列王室活动。

但是武丁心中更惦念一个人，如今他当了商王，终于可以把她迎娶到身边了。她是商国北部方国的王女，有着非同一般的出身和见识。她十分聪明，也有着超乎寻常的勇气和智慧。当众人看到这个女子时，突然想到了商汤当年的有妊氏，女子周身散发着无尽的活力，眉宇间透着一股让男人着迷的英气。她并没有坐在婚车中，而是骑着一匹白马，长发在风中飘扬。婚礼之后，这个女子成了武丁的王妃，她就是妇好。

傅说接受王命担任左相，总理百官；甘盘担任右相，协助武丁统帅王师，甘盘有了一个新官职——师般。

傅说于是向王进言说："古代明王顺从天道，建立邦国，设置都城，树立侯王君公，又以大夫众长辅佐他们，这不是为了逸乐，而是用来治理人民。天子聪明，圣主适时地推行宪令，臣下恭敬执行，人民顺从王的治理。号令轻出会招致羞辱；甲胄轻用会引起战争；衣裳放在箱子，干戈藏在府库里，就不会伤害自身。大王应警诫这些！真正明白了这些，施政就无不正确了。治和乱在于众官，官职不可授予亲近，当授予那些能者；爵位不可赐给坏人，当赐给那些贤人。考虑妥善而后行动，行动当适合它的时机。夸自己美好，就会失掉其美好；夸自己能干，就会失去其成功。做事情，就要有准备，有备才能无患。不要开宠幸的途径而受侮辱；不要以改过为耻，而形成大非。这样思考所担任的事，政事就不会杂乱。轻慢对待祭祀，这叫不敬。礼神烦琐就会乱，侍奉鬼神就难了。国家治乱的关键在于各级官吏，任用百官不可以权谋私，要看他是否有才能；提拔官员不可涉及那些政绩恶劣的人，要看他是否贤德。事先谋划好，然后再行动，行动的时候必须掌握好时机。自以为是者，往往一事无成，自以为贤能者，往往功败垂成。做每一件事都要将预案准备好，事先有预备，就不会有过失和遗患。只有未雨绸缪，方能有备无患。不可宠幸小人，容忍轻慢，不可文过饰非，将错就错。唯有居安思危，德行醇备，为官理政才不会有过失。频繁地举行祭祀活动，是不敬的行为。礼仪烦琐，就会引起混乱，亵渎神明又祈求神明护佑，就是一件难乎其难的事了。"

武丁说："傅说，朕心悦诚服。你如果不善于进谏良言，朕就不知道如何去执行朝政了。"

傅说跪拜行稽首礼，说道："大王真心不畏实行的艰难，真正做到符合先王的盛德；傅说如果不说，就是大罪了。"

武丁遇见了傅说，就和当年成汤遇见了伊挚一样，武丁每日都向傅说请教治国之道。昔日武丁的老师甘盘却不见了踪影，难道他被冷落了？

武丁向傅说请教："朕旧时向甘盘学习后，躬身于荒野，入居于河洲，又从河洲回到王邑，没有显著进展。如今傅说你来了，要多方指正朕，不要抛弃朕；朕定当履行你的教导。"

傅说道："大王！人求多闻，抓住时机建立事业，学于古训则有收获。建立事业不效法古训而能永世安宁的，傅说从没听到过。"

武丁不陪伴心爱的王妃妇好，昔日的老师甘盘也不知所终，一心向傅说请教，傅说心中感动，把毕生所知，都向武丁倾囊相授。

"学习要心志谦逊，务必时刻努力，所学才能增长。相信和记住这些，道德在自己身上将积累增多。教人是学习的一半，念念不忘祖训一以贯之，坚持不懈地学习，道德的增长就会不知不觉了。借鉴先王的成法，将永久没有失误。我傅说因此能够敬承你的意旨，广求贤俊，把他们安排在各种职位上。"

武丁说:"傅说,四海之内,咸仰朕德,是你的教化所致。手足完备就是成人,良臣具备就是圣君。从前尹使朕的先王兴起,他这样说:我不能使我的君王做尧、舜,我的心惭愧耻辱,好比在闹市受到鞭打一样。一人不得其所,他就说:这是我的罪过。他辅助我的烈祖成汤受到皇天赞美。你要勉力扶持我,不要让大商不只有伊尹得到美名!君主得不到贤人就不会治理国家,贤人遇不到君主就不会被录用。傅说你要辅佐朕治理先王留下的大商,让人民长久安定。"

傅说稽首跪拜叩头,说:"臣辅佐大王,定至死方休!"

此后,甘盘和冢宰等大臣都对傅说的才华心悦诚服,大商的国力开始蒸蒸日上。数年之后,当数万威风凛凛的王师出现在武丁面前,大家才明白甘盘去做什么了,甘盘这几年训练商军,此时是率领商军的师般。

武丁对甘盘说:"师般,朕要远征巴方!贞人负责贞卜一下!"

第十七章　妇好和高宗肜日的太子祖己

　　祭祀台上高高的柴堆耸立着，武丁举起火把点燃柴堆，浓烟随着火焰冲天而起。这就是大商祭祀时候的燎祭，周围的群臣望着天空中飞舞的火苗和浓烟，仿佛天帝和祖先的神灵真的降临了。

　　武丁的长子祖己坐在祭祀台上，面无表情，一动不动，武丁和大商氏族群臣对着祖己行礼。难道祖己要被当作祭品牺牲了吗？

　　商王室祭祀祖先时，祀典是非常隆重的，武丁这次祭祀高祖成汤是大祭，用的是"尸祭"。要由生人充当祖先的"尸"，去接受百官的祭拜，这就是所谓的"尸祭"。"尸"一般由长子或长孙来当任。祖己充当"尸"受百官祭拜，他获得这样的资格实际上就相当于太子的地位了。

　　祭祀当天，被选为"尸"的皇子便会坐在祭祀台上，接受满朝文武百官以及大商族人的祭拜。整场祀典下来，只能食斋和行三急之便，其他任何事情都不能做。

　　武丁正准备再次行礼，突然听到一声叫声，武丁心中咯噔一下，抬头一看有一只美丽的大鸟在祭祀的大鼎的鼎耳上鸣叫，长长的尾巴在阳光中熠熠生辉。

　　这难道是传说的凤鸟吗？武丁大惊，这只神鸟是在告诉自己什么吗？难道高祖对自己的言行有不满意的地方？武丁祭祀完毕，心情一直不好。

祖己作为武丁的长子，当然看出了武丁的心事，说道："父王不要担忧，鼎上鸣叫的是一只雉鸡，父王要先修政事！只要大王做好了，就不会有什么灾祸。"

祖己继续说："天子君临天下，统治万民，要秉持大义之道。人生在世，寿命有长有短，并非上天加害于民，使老百姓不得长寿，是老百姓自己不顺乎道义，玩世不恭又不服其罪的结果。民众有不好的品德，有不顺从天命的罪过，上天已经发出命令纠正他们不好的品德，他们无可奈何只有遵循。王者继承帝位要敬重下民，不要违背天意，常规祭祀照礼的规定，不要背弃正道。"

祖己是一名孝子，被称为"孝己"。祖己的母亲王后妇妌身体不太好，晚上经常咳嗽，祖己每晚要起床五次，看母亲是否睡得安好。祖己的孝心深得武丁的宠爱。但是祖己的母亲妇妌还是去了，此时武丁把自己最心爱的妇好尊为王后。

第十八章 殷高宗武丁问了彭祖三寿星什么

王城内树木葱茏，屋宇重重，一派繁华，殷商王邑城墙高大坚固，外面洹水环绕，这里是天下的王邑。

武丁今日心情很好，沿着洹水之边的堤岸散步，身边陪着三位长寿的老人，其中一位就是天下最长寿的彭祖。

三位寿星白须飘飘，虽然都已是百岁年纪，却步履轻盈，大袖飘飘，随时若乘风而去。

武丁问少寿："你是修道人，生而有智慧，又知夏商两代之人情、历史。请问人间何谓长？何谓险？何谓厌？何谓恶？"

少寿想了想，说道："大王，我听说，路长，遭人嫉妒危险，让人满足的是地位高，人所不愿的是地位低。"

武丁点点头，又问中寿："请问人间何谓长？何谓险？何谓厌？何谓恶？"

中寿答："我听说，吾闻夫长莫长于风，吾闻夫险莫险于心，收藏财富让人满足，丢失和逝去为人所不喜。"

武丁听了之后也点点头，但是对这个答案也不太满意，转过头来望向三寿之长彭祖。

如今的大彭国和大商关系极好，彭祖经常住在殷邑，武丁也很喜欢和彭祖这个老者探讨问题。

彭祖的年龄一直就是一个谜，人们见到的彭祖永远仙风道骨。

武丁问于彭祖："彭祖可谓高文成祖，请问人间何谓长？何谓险？何谓厌？何谓恶？"

彭祖答："吾闻夫长莫长于水，吾闻夫险莫险于鬼，人厌兵戎相向，恶家国倾破。"

武丁说："鬼？难道彭祖见过？朕听闻：'傲慢之心可谓长，迷信武力最危险。我思天风，既回有止，君民同心，方可世代相继。'朕不敢懈怠，克己、爱民而敬天，以此统治天下。君子而不常读归藏蓍占以自新，则若小人。小人之纵、诳而不友善。"

三位老者听完，自叹不如，躬身行礼："吾等白白多活了这么多年岁，见识不及大王万一。"

武丁哈哈大笑："三寿不必过谦，今日景色正好，随朕到前面去看看。"

烈日炎炎，商国田地里的谷苗都低下了头，烈日之下正是除草的好时机，这时候拔下来的草扔在地上会被晒枯萎，再也不能重新扎根生长。

奴隶们正在地里薅草，汗珠子在草帽之下滚落到松软的泥土中。一个奴隶的小孩子在跑着玩耍，踩倒了一垄地的禾苗。看守冲了过来，小孩赶紧就跑，看守竟然一棍子打在孩子的后脑上。

小孩啊了一声，等大人跑过来看，小孩已经不行了。孩子的母亲号啕大哭，凄厉刺耳中透着绝望和仇恨，所有奴隶都停止劳作聚拢了过来，看守也害怕了，远远地躲在一边。

"大家一定要等到晚上！"奴隶中有人安抚大家，大家继续悄无声息地回去干活儿了，看守长出了一口气。

"着火了！着火了！"熊熊的烈焰伴着一股奇怪的香气。

"奴隶逃走了，还打死了看守！"

几个奴隶晚上暴动，打死了那个看守，放火点燃了粮仓，然后逃走了。

无数火把闪耀，战马嘶鸣，其他奴隶窃窃私语："看来他们一家都活不成了！"

消息传到武丁那里，武丁命贞人贞卜，贞人根据卦象在龟甲上刻上卜辞："王占曰，有祟，光其有来艰。迄至六日戊戌，允有来艰，烧三仓。"

武丁看到烧三仓那几个字，心事更重了，这可是大商的官仓，多少粮食毁之一炬，压倒骆驼的通常不只是最后一棵稻草，让武丁心烦的何止这一件。

"大王，逃跑的奴隶抓到了，要不要直接杀了？"卫士回来了。

"守卫打死了人家孩子才这样的，刖足吧！如果能活下来，就让他看守粮仓！"武丁命令。

大商境内怪异现象频发，政事、纲纪紊乱，严厉的禁令控制着人的视听言行，却越来越混乱，官员形同盗贼；天下随时会分崩离析，人心惶惶，四方诸侯争相造反，大路上到处可见兵车；贞卜不灵；五星变色，星月运行异常。

武丁心中担心，人心中有所畏惧则会反省。武丁把彭祖叫来，武丁看到经历多年风浪的彭祖总是那么气定神闲，心中的焦虑也减轻了一些。

武丁对彭祖说："彭祖！古时百姓重欲好争，乱象四起，表面上歌舞升平，夏桀却不知道国家将亡！请问先王之遗训：何谓祥？"

彭祖微笑着说道："大王果然有心事啊。闻天道之不爽，敬神之明察，仁慈、谨慎、诚信而关注百姓之德行，祭祀丰盛，治理乱象，是名为祥。"

"何谓义？"武丁追问。

"大王要远人来服则以礼相待，用感化之道治理四方，授之以历法，教之以定居而不流徙。传播文明，教化万民，民勤而不懒。叫作义。"

"何谓德？"武丁继续追问。

"大王要公平公正，不以力服人，奖惩分明。安良除暴，遵循天时地利之规律、爱惜民力。叫作德。"

"何谓音？"武丁继续追问。

"大王设官惠民，遵守伦常，遏制淫邪，推广礼乐，防微杜渐，如此四方劝善，人人毋交奸邪。叫作音。"

"何谓仁？"武丁继续追问。

"衣服端而好信，孝慈而哀鳏，恤远而谋亲，喜神而忧人，是名曰仁。大商子民要仪表端庄而言行一致，尊老爱幼而怜爱孤寡，悯远民而图复兴。敬天而爱民。"

"何谓圣？"武丁继续追问。

"恭神以敬，和民用正，留邦偃兵，四方达宁，元哲并进，谗谣则屏，是名曰圣。大王以敬事神，以正协和百姓，安抚四方，天下安定，任用贤能，摒弃奸佞，如此大王就可以为圣君了。"

"何谓知？"武丁继续追问。

"不居功自傲，精一不懈，公正无私，纳谏忍辱，天人皆赞，就可以为有知之人了。"

"朕懂了，朕一定努力做一个有知之君，何谓利？"武丁继续追问。

"大商内外稳固，上下同心，左右不结朋党，豪强清除，政事顺达，妒怨不作，而天下安定。叫作利。"

"何谓信？"武丁继续追问。

"感官灵敏，声音柔和，面容和悦，而文武兼备、理智清醒；效忠扬善，安民而教王；划定九州，闻名天下，这就叫信。信要付诸行动。"

"知而信，信而行！"武丁豁然开朗。

彭祖看到武丁听懂了，脸上露出欣慰的笑容，说道："当年商汤伐夏时天道运行加快，寅时已天亮，这是夏归附商的象征；怨声载道，任用奸佞——这预示着商王将有所成就，成汤代替夏桀治理天下。"

武丁又问彭祖："高文成祖，请问治民之道。为什么说以严刑峻法，民众反而悍不畏法、贤人远离而最终灭亡？为何内敛自制而能得天下？"

彭祖说："夏亡之时，民怨沸腾，天灾连连，残害有德之人，后又连日干旱，丢失了祖宗之典，天空中出现了两个太阳，而夏桀暴虐、沉迷酒色、自高自大而不反省改正。刚愎自用、沉溺于享乐而头脑昏聩，不顾民意而搜刮民财、侮神而不计后果，神人共愤，天怒人怨，天罚是至——因凶残而招致天谴。"

武丁插言说："对，彭祖说得是！"

彭祖接着说："民间有乱象，见乱象而反思，自省生出智慧，则小心翼翼，观察天下、检讨自身、夙夜勤勉、敬天重德，谨记兴衰之教训，尊老爱幼，敬神忧民，公正公平，自律和睦，济贫而纠错。天见之，予以善助，则转危为安。"

武丁听完思索良久，说道："原来如此！"

第十九章　当武丁爱上妇好

商王武丁的元妃妇妌是武丁的太子祖己子弓的生母，但是妇妌病了，变得越来越虚弱。尽管祖己尽心照料，妇妌还是走了。妇好生性刚烈，不喜欢柔柔弱弱的祖己。

武丁把祖己派到乡野之间，想让祖己和自己当年一样去体察下民间疾苦，以后成为一个更好的商王。

大商这次祭祀，武丁身边是一周身充满活力的女子，妇好的出现让武丁充满了活力。

此时武丁的王妃已经是妇好，此时大商国力已经恢复，但是北方和西方各方国却也已经变强，不停侵扰大商国土。

这一日武丁贞卜，"旬亡？"卜人灼烧龟甲，武丁看了看兆文，武丁自己本身就通晓贞卜，"有祟！"这不是一个好的兆头，武丁眉头紧锁。

果然五天之后，西方的沚国首领传来消息："土方侵犯了沚国的东部边境，占领了两座城邑，邛方侵犯了沚国西部边境！祈求大商赶紧发兵救援！"

武丁正需要一场胜利，邛方不过是土方的附属，武丁决定派大将沚戛征伐土方。这一仗从春天一直打到了夏天，双方相持不下。

前方传来消息："沚戛将军被困！"

武丁的头都大了，因为此刻西南方的巴方知道土方正在和大商打仗，也趁机出兵入侵大商，武丁要坐镇指挥迎战巴方。

"大王，让好领军去教训一下土方，迎接沚聝将军回来，我们再一起打败巴方！"妇好自告奋勇，要求率兵前往。

"好，打仗不是儿戏，你确定可以吗？"武丁犹豫不决。

"好可不是一个弱女子，定将沚聝将军接回来。"妇好目光如电，望向武丁。

武丁贞卜后，最终决定派妇好出兵。妇好率领手下三千精锐出发了，武丁忐忑不安，担心着妇好的安危，不停地贞卜。贞卜的结果时好时坏，武丁心里更乱了，但是他是大商的王，他必须撑住。

"大王，王妃妇好和沚聝将军内外夹击，土方被击溃，就要凯旋了！"前方终于传来消息。

武丁大喜，亲自出城百里迎接。从此武丁彻底爱上了妇好，他觉得自己再也离不开妇好了。

武丁还需要解决一个最大的敌人。东至鱼复，西至僰道，北接汉中，南极黔涪。此时的巴方已经占据了西南大片疆域，占据着蜀地这块天然粮仓，国力雄厚，是大商最大的劲敌。

"大王，沚聝愿率王师去平定巴方！"沚聝将军身材高大，说话却不是很利索，属于人狠话不多那种。沚聝将军征伐土方，后来有了妇好合击才取得胜利，心中憋了一肚子火。

武丁让甘盘去贞卜，甘盘当然明白武丁的心意，卜辞出来了："沚聝启巴，王唯之比。"

武丁很满意，接着问："沚聝启巴，帝不我其授佑？"

甘盘刻画好卜辞，开始贞卜，龟甲慢慢裂开了，甘盘说道："大王，是吉兆！"

武丁笑了，沚聝咧着嘴也笑了，没有了土方这个后顾之忧，此时不征巴方还待何时？

武丁决定这次亲自出征，务必一战彻底解决巴方。武丁准备百头牛随军出征，沚聝和奚将军率军作为先遣部队，武丁和妇好、甘盘率领主力在后。

半月之后，大军已经来到了边境。

"沚聝！奚！你二人前去诱敌，一定要把巴方的主力给我调出来！"

"啊，大王，只是诱敌？不能真打吗？"奚将军抢了沚戛的话，沚戛对奚将军点了点头。

"当然真打！二位将军如果能全歼巴方主力那是更好，朕的意思是你们如果打不过，就败出来，但是要把巴军引诱过来！"武丁说。

巴方的主力当然没有那么好全歼，沚戛和奚将军苦战之下，发现巴人越来越多，只好边打边撤，但是撤得又不是很快，巴人就一路追击出来。

此时地域开阔起来，巴人擅长山地和丛林作战。巴方首领突然发现前方沚戛和奚将军不见了，出现了一支新的商军。

大旗上玄鸟随风飞扬，旗面一个大大的红色的"王"字，分外醒目。

"商王？！"巴方首领看到武丁的大旗顿时来了精神，率领主力冲了上来，并认出了战车上的武丁。

"那就是商王，抓住商王，首领重赏！"巴人如潮水一样冲了上来。

武丁军一战之下，难以抵挡，开始迂回撤退。商军多年没有这样的大战了，此时似乎已经不能适应这样的大战，继续溃退。

追着追着，巴方首领突然发现后面远远出现了一支军队，大旗上一个"好"字，一个将领身披铠甲，手中举着王钺。王钺从成汤开始就代表着王。

"啊？难道还有一个商王？"巴人困惑了，这个举着王钺的正是妇好。妇好的身边还有一支军队，大旗上飘扬着一只"灵龟"，正是龟国首领龟伯，龟国给大商进贡贞卜用的灵龟。

武丁的大军也不再撤退了。巴人此时发现，沚戛和奚、妇好和龟伯、武丁和甘盘已经从四面把巴人围住了。

武丁一声令下，商军从四面冲了上来，巴人多年征战从未有败绩，抡着镰刀、长矛准备迎敌。

此处地势平坦，大商的战车终于重现了当年的雄风。血流如河，尸横遍野，大地上留下了无数巴人的身躯，巴方主力此战损失大半，巴方首领逃回巴国，大商乘势收复了大片领土，巴方再也不敢入侵大商。

胜利了，武丁终于有了这天下共主的感觉，他好像体验到了当年先祖成汤的感觉。

胜利的庆祝，篝火漫天，甘盘高声唱起："挞彼殷武，奋伐荆楚。深入其阻，裒荆之旅。有截其所，汤孙之绪。维女荆楚，居国南乡。昔有成汤，自彼氐羌，莫敢不来享，莫敢不来王。曰商是常。天命多辟，设都于禹之绩。岁事来辟，勿予祸适，稼穑匪解。天命降监，下民有严。不僭不滥，不敢怠荒。命于下国，封建厥福。商邑翼翼，四方之极。赫赫厥声，濯濯厥灵。寿考且宁，以保我后生。陟彼景山，松柏丸丸。是断是迁，方斫是虔。松桷有梴，旅楹有闲，寝成孔安。"

此后，武丁让妇好担任统帅。从此，她东征西讨，打败了周围二十多个方国，大商作战，出动的人数都不多，一般也就上千人，但妇好攻打羌方的时候一次带兵就有一万三千多人，也就是说当时商朝的一半军队都交给她了。

第二十章　武丁对妇好的深情和祖庚

武丁和妇好这一对伉俪，东征西讨让大商的疆域达到了创建以来的最大。

武丁给妇好无数赏赐，有妇好最喜欢的晶莹剔透的玉凤、各种各样可爱的鸟形玉佩等。最为贵重的是一个镶满宝石的象牙杯，妇好从来舍不得用，和一个憨态可掬的鸮尊放在一起很是搭配。这些宝物在妇好的房间中都无处安放了，武丁又送了妇好很多红漆宝盒，用来装妇好的玉簪和各种配饰。

妇好为武丁生了一个儿子，武丁更喜欢他和妇好的儿子子载。

武丁任用傅说这个毫无背景的奴隶做左相，治理朝政，把王族手中的权力逐渐收回到自己手中，这样武丁才会一呼百应，令出即行。

但是这一天，武丁心中突然慌慌的，妇好又要生了，这一次好像没有那么顺利。

武丁找来贞人贞卜："三旬又一日甲寅娩，不嘉，唯女！"

武丁气得一脚想把贞人踢开，他跑到妇好的房间，妇好生了一个女孩。武丁闻到房间中充满了血腥之气，妇好昔日红润的面庞此刻一片苍白。

"好，你怎么样？"武丁轻声问妇好，眼中的泪都要落下来了。

"大王，我恐怕不能再陪你骑马了。"妇好的声音虚弱下去。

妇好流了太多的血。妇好望着武丁已经说不出话来，武丁握着妇好的手，妇好平静地闭上了双眼。这个征战无数的王妃,在战场上从来没有输过。

武丁恸哭,武丁舍不得把妇好葬在王陵,就把妇好葬在自己的寝宫外,妇好房间中的宝物全部作为陪葬。

每日夜里,当明亮的月光照耀着摇曳的树影,武丁都会想起妇好陪在自己身边的情景。没有了妇好,武丁心中一片孤寂,他是肩负大商复兴重任的王,心中的柔弱和苦恼只能和自己心爱的妇好说说,武丁经常会在院子中陪着妇好说一会儿话才能去入睡。

夜里,武丁睡不着的时候也会来到妇好这里坐一会儿,此刻武丁开始相信神灵的存在。祭祀的时候武丁把妇好许配给先祖成汤,他怕妇好在那边寂寞,只有先祖成汤才能配得上他的妇好吧。

武丁把祖己外放到乡间,也是想避开祖己和妇好的矛盾。

但是一年之后,祖己竟然死在了乡间,武丁悲伤至极。其实,武丁没有明白,他是小乙的独子,没有人和他去竞争王位,而他的几个儿子都很强。尤其是祖己的弟弟子曜,一直就看不起祖己靠孝顺博得武丁好感的行为:"大商的王要由强者来当,光会孝顺、会说话有什么用?"

子载是妇好的孩子,祖己没了,武丁很喜欢子载,想让他继承王位。没有人知道祖己怎么死的,子载却好像知道了什么,躲到自己的封地之中去了。

武丁找傅说、甘盘和冢宰等大臣来商量。

"大王,大商王位继承从来都是兄终弟及,父终子及,长幼有序,先前的九世之乱就是大商衰落的原因,大王一定要深思!"甘盘劝诫武丁说。

武丁叹了口气:"祖己子弓应该是一个好的君王,可惜逝去得太早了。"

"所以如今子曜才是太子。"傅说幽幽地说了一句。

"你是说子弓的死和子曜有关系?"武丁把头转向傅说。

"大王,你我都曾在乡野,乡野之事谁又能说得确切。"

"唉,也许朕不该让子弓去学朕。"武丁语气中透着几丝遗憾。

但子载好像知道祖己是怎么死的,一直在妇好的封地中生活,远离王邑的风风雨雨。

在武丁的治理下，大商成为西起甘肃，东至海滨，北及大漠，南逾江、汉流域，包含众多部族的泱泱大国，功劳巨大的大将象雀被封为"雀侯"。

武丁在位五十九年，他一生没有什么遗憾，他终于可以去另一个世界见自己心爱的妇好去了，武丁被尊号高宗。

祖庚此时也已经人到花甲之年，他终于如愿登上王位，祖庚此刻发现在武丁强大的阴影下自己太渺小了，群臣开口闭口"高宗时……高宗时……"仿佛武丁依旧是大商的王，祖庚每天阴郁着脸，他病了。

此时子载回到了王邑，祖庚在榻上倚着靠枕，说道："子载，这王位坐着并没有在下面看着那么舒服。朕太累了，朕看来要把这王位还给你了。"

"大王是不是应该还给子弓？"

"子弓？"祖庚突然面露悲伤，"兄长，子曜对不起你。"

祖庚带着悲伤走了，子载即位，即商王祖甲。

祖甲觉得不能让大商重新回到九世之乱的衰微，即位后首先改革历法，将年终置闰月十三月改为无节之月。其次改革祀典，即将多种祀典简化为周祭制度：从每年第一旬甲日开始，按照商王及其法定配偶世次、庙号的天干顺序周祭，用五种祀典，对上古以来的祖先轮番地、周而复始地进行祭祀。规定王的直系子孙优先继承王位，而不是弟弟优先，侄子继承更是不允许了。武丁时候就发现贞卜不是每次都灵验，武丁早就厌倦了贞人打着神鬼的名义对王权的干涉。祖甲还规定将一些要贞卜的政事卜而不贞。贞人不是刻卜辞的人，而是王的卜官，或者巫、祝这一类的人，他们实际上替王提出决断意见。一般的情况下，是多人进行贞卜，然后讨论出他们认为正确的意见，然后才提供给王。而王也多半不会反对，而直接采纳。祖甲只是进行贞卜，不让这些贞人再分析了。

这些改革必然触动很多人的利益，有人想给祖甲一点儿颜色看看。

"大王！西戎入侵大商西部。"车正来报！

"来得正好！"祖甲并不感到惊讶，祖甲要亲率王师去平定西戎！

第二十一章　祖甲和儿子廪辛康丁的岁月

　　西戎气焰很嚣张，以为如今大商又是九世之乱，不堪一击。

　　祖甲从没打过仗，西戎常年作战，商军一上来被打了个措手不及，连连败退。商军虽然人多，但是武丁时候的猛将都已经不在了，祖甲大帐内的灯火一直亮着，祖甲对着地图发呆，这一带地形他并不熟悉，在彻夜研究。

　　"邰国君组绀前来求见！"大帐外来报。

　　"邰国！快请进！"祖甲大喜，他知道他等的人来了。

　　"大王，邰国组绀盼望王师多年了！组绀熟悉西戎将领和地形，愿为大王分忧！"邰国君进来就对祖甲行大礼，二人第一次见面，虽然语言口音互相听着都很吃力，但两人都从对方的眼神中看出对方是自己可以信赖的人。

　　"邰国君，来得正是时候，你我联军何愁西戎不败？"祖甲大笑出声。

　　邰国君常年受西戎之苦，祖甲让邰国君组绀统领一支商军，家仇、国恨之下，果然邰军作战异常勇猛，祖甲不是祖庚，商军直接把西戎打到了蜀地。

　　冬天诸侯大会，西戎首领也来归顺大商了，祖甲以礼相待，同时封邰国君组绀为邰侯，从此天下皆服。

　　祖甲重新修订了《汤刑》，成汤的律法不再只是形式，大商人人开始守法律己。大商国力重新恢复到武丁时期，祖甲真正体会到商王的快乐。

　　祖甲二十七年，岁月静好，转眼祖甲也已经须发皆白了。"大王，王妃给大王同时生了两个王子，请大王赐名！"内官来报。

"一个叫嚣，一个叫良吧。"祖甲大喜，原来他只有一个儿子子先，祖甲老来得子，一下子好像年轻了十岁。

祖甲三十二年，祖甲祭祀，作《盘盂》诸书二十六篇，以自警戒。祖甲和武丁一样生怕自己疏忽了什么让大商衰微，学高祖成汤，远察近览，俯仰有则，铭诸几杖，刻诸盘盂。

祖甲为了培养子先，让子先开始摄政，封子先为小王。祖甲带领大商进入了一个新时代。祖甲即位前，长期过着平民的生活。他即位后，非常清楚民众之苦，对他们施加恩惠，从不歧视孤寡之人。子先摄政六年，祖甲陟，在位三十三年。

子先正式即位为商王，即商王廪辛。商王廪辛继位初，羌方在今陕、甘一带重又崛起，屡犯商王朝，常使商军遭到很大损失，西方一些方国部落也不断攻扰商朝，廪辛发兵多次征伐，还征调卫、虎、受等几个部落出兵攻打，但是始终没有将方国部落征服。廪辛此时年事已高，严格遵守祖甲之政，廪辛也一直好好培养自己的弟弟子嚣和子良。

廪辛几年之后去追随祖甲了，子嚣即位为商王，即商王康丁。康丁开辟了以殷邑为中心的田猎场，用于田猎和军事演习。

康丁针对羌方武装力量强悍等特点，战前进行了全面的谋划和布置，一面命商军暂避敌锋，待机而动，一面组织精锐部队适时增援，抗击羌方进犯。

"大王，羌伯被抓住了！"王师来报。

"杀！"康丁下令。

此时康丁终于明白了身为大商的王的意义。他做了一件所有商王都没做到过的事情。大商的很多奴隶和祭祀时候的人牲都来自羌方，但是能够捉住并杀了羌方首领，这还是第一次。

康丁一举擒杀羌方伯，占领羌部分土地，并派出与王族关系密切的逐、何等五族戍守，对羝方、旨方等羌族部落进行多次讨伐。

岁月何曾饶过谁，康丁越来越老了。康丁开始信巫教，巫教势力从而大增，开始危及王权。

大商整体上依旧岁月静好，但是此时在西部一个部族正在崛起。

第二十二章　射天被雷劈的商王武乙

康丁的儿子子瞿孔武有力，对康丁尊崇巫术的行为十分不屑。

"父王，治理天下要靠能击败对手的力量！这些巫师能管什么用？天天求告天帝，天帝也没现身！"

"子瞿，天帝先祖都在天上看着我们，父王以后也将会和先祖一起在天上看着你们。"

"哦，好吧！"子瞿继续打猎去了。

康丁终于到天上去看着子瞿了，子瞿即位为商王，即商王武乙。

武乙刚刚即位，西部的犬戎又入侵边疆，武乙一下子兴奋起来，率军出征，彻底教训了一下犬戎。

武乙在位时期，商朝东方的部族东夷逐渐强盛起来，他们分别迁移到淮河、泰山一带，其势力更是威胁到商朝统治的中心地区。

武乙南北征伐，先是征伐旨方。旨方在大商的西部，势力比较强大，武乙在位时多次调动重兵加以征伐，参战军队常常在几千人以上。最后，武乙征服旨方，俘虏二千余人，多数作为奴隶带回了王都殷邑。

武乙接下来出兵讨伐并征服南方的诸侯国归国，归国的顽强抵抗让大商死伤无数，在付出无数商军的性命之后，武乙终于攻入了归国的都城。武乙一怒之下，屠杀无数归国百姓，从此商国人成了归国人梦中的恶魔。

武乙又准备征伐，但是要先贞卜吉凶。

熊熊火焰中，龟壳逐渐裂开。此时大商的权力依旧为巫师和贞卜的贞人控制着："大王，龟兆显示，天帝不同意大王征伐！"

"天帝？！"武乙怒目瞪着那些贞人，"好吧，既然你能知道天帝的意思，朕要和天帝博一下棋，朕应该不是天帝的对手？"

"和天帝博棋？"贞人差点惊掉了下巴。

"对，你身后不就是天帝吗？"武乙怒道。

贞人回头，只见身后一个天帝的神像。

石桌上黑白石做的棋子已经放好，武乙已经开始抓了几个棋子。

"该天帝猜朕这手中有几个棋子？如果一刻钟你猜不中，说明你就不能知道天帝旨意，朕就废掉你这贞人之职！"

贞人战战兢兢地只好开始，嘴中念念有词，不知道他到底和天帝沟通了什么。天帝神像依旧神色肃然，不知道到底有没有给贞人提示。最后贞人代表的天帝竟然输了。

武乙站起身来，指着天帝人像，说道："天帝，你也不过如此，博棋你都博不过武乙，看来也不用什么事情都通过这个贞人来问你了。"

老臣劝谏："大王，当年高祖成汤正是梦到天帝降临赐予金符帝箓，才开创了大商的成汤江山，大王不可对天帝不敬。"

"这你都信，那不过是当年高祖用来服众的。你们都随朕来！"

众人来到演武场，只见高高地吊着一个皮囊做的偶像，上面写着"天"字。众人赶紧下跪行礼。

"把朕的弓箭拿来！"武乙命令。

众人只见武乙，张弓如满月，一箭飞出，正中偶像，皮囊破裂，里面流出红色的鲜血。

众人惊得面如土色，嘴中不停祷告："天帝原谅，不要降灾祸于大商。"

武乙哈哈大笑："朕已经射天，天帝也没出现来惩罚朕！"

武乙这次惹到了朝中的老臣，老臣不停地劝谏，武乙一怒之下，把都城向南迁移到了淇水之边的朝歌。那些念旧的老臣自然没有跟着到新都城来，武乙终于不用被这些老臣束缚了。

殷邑和朝歌离着不过百里，所以也不算迁都，大臣们依旧很多住在殷邑，大商从此出现了两个都城，殷邑依旧是大商的王邑，而大商的大王却一直待在朝歌。

此时周族的新国君季历来朝，武乙看着这个西部周族首领。季历心中忐忑，武乙连天都敢射，万一惹恼了武乙，估计就不用回去了。

季历一表人才，谦卑恭和，对武乙毕恭毕敬："大王，我周族世世代代效忠大商，愿意为大商守候西部边境，如有不服大商的，季历一定追随大王征伐。"

"哈哈哈！季历，朕看你也是个可靠之人，朕就授予你周侯之位，可征伐叛逆部族！尤其是鬼方！"武乙性情中人，看到季历一表人才，比身边这些大臣强多了，心中起了惺惺相惜之感。

武乙授予季历以征伐之权，赐地三十里，玉十瑴，马十匹。季历走出殷邑的时候长出了一口气，这个殷邑还是少来为好。

鬼方是大商的宿仇，季历当然明白武乙的意思，征伐鬼方，俘获大小头目二十。武乙对季历甚为满意。

武乙三十五年，武乙在渭河平原上打猎。武乙当天什么大猎物也没打到，燥热的天气，让武乙心中更加烦躁。武乙将手中的长戈指向天空，怒吼："天帝，你赶紧让天气凉快下来！"

这时候突然咔嚓一声！青天白日里忽然来一个霹雳，不偏不倚正好击中武乙，武乙当场倒地身亡。

此种说法很有可能是仇恨武乙的巫师们编造出来贬低武乙的。武乙晚年经常用兵于渭水流域，他可能死于征伐西方方国部落的战斗中。

第二十三章　被囚禁的不止周文王还有他爹季历

西方的周部落逐渐强大。季历是周太王古公亶父的幼子，即位时候再三让位于长子太伯，太伯坚持不受，多次避让不成，太伯只好带着弟弟虞仲逃到荆蛮吴部落中。季历即位，武乙封季历为周侯。

子托是商王武乙之子。武乙突然去世后，子托紧急即位，即商王文丁。

文丁继位后，对西周采取怀柔政策。周侯季历毫不客气，看中央没动静，就征伐余吾戎，余吾戎败而降周。周侯季历向文丁报捷，献上俘虏和战利品。文丁嘉封季历，西周继续享有征伐权力。文丁希望季历帮他安定边陲。季历于是又征始呼戎，始呼戎败而降周。几年之后，季历再次打败翳徒戎，把三个翳徒戎大头目送给文丁。不仅一雪周部落多年受戎狄欺侮之耻，而且获得了大片土地和大批奴隶，使国力大大增强。

季历接着率兵西灭程部落、北伐义渠，生擒了义渠首领，此时的西周一下子庞大起来。

文丁突然看着季历不那么顺眼了，发旨意让季历来殷都受封。季历到殷都献俘报捷。

"季历，你为大商扫除了西部多年的心头之患，从此你就是西部的方伯！西伯还不受赏！"文丁赐以圭瓒、秬鬯，作为犒赏，加封季历为西伯。

季历大喜，周部落一直不过是一个西部小国，如今竟然成了大商的西伯，季历心中洋溢的自豪不经意间就流露了出来。

文丁望着季历的风采,突然朝堂内不知从哪吹来一阵冷风,文丁突然感觉脊背一阵发凉。

季历准备返周,来向文丁辞别。

"西伯,不必着急回去,朕还想经常和你聊聊天呢。"文丁的笑容让季历感到了一丝寒意。

"哦,那季历就再陪大王几日。"季历住了下来,发现有点儿不对劲儿。此时依旧是一阵风吹来,脊背发凉的却已经变成了季历。季历发现自己已经无法走出住处,数月过去了,季历依旧没有恢复自由。住处四周的士兵越来越多。

季历被软禁了,季历一气之下绝食抗争。文丁就当不知道这件事,季历最后死在朝歌。

季历到底怎么死的已经没有人知道了,季历死后他的儿子——姬昌即位。文丁杀季历的做法没能阻止周人力量的发展,周人与大商的矛盾加深了。

文丁当然知道西周这个威胁,但此时他却没有力量发兵去征伐西周了。

王畿地区的洹水一日三绝,没有了水,粮食收成就成了问题,大商又大旱了,商朝经济与国力日渐衰弱。

文丁渐渐感到有心无力,他并没有求到雨。文丁心力交瘁,身体一天不如一天,他把儿子子羡叫到跟前。

"子羡,以后你做了天子,一定要小心西周,西周可能是大商以后的心腹大患。"文丁的判断没有错。

第二十四章　帝乙被逼把妹妹嫁给周文王

文丁无奈地走了，子羡即位，即商王帝乙。帝乙有一个妹妹，大商王女，她是文丁的幼女，这位美丽的姑娘，长得就像天仙一样。

东夷的人方再次叛乱，周人看到机会来了，姬昌打着为父报仇的旗号，陈兵大商西部。帝乙一下子头大了，他没有文丁的魄力，也没有武乙的勇气。帝乙无奈叫来自己的妹妹大商王女。

"王兄，如果父王在，他会这么做吗？"王女含泪怒斥帝乙。

"可惜父王不在了，王兄没有父王那样的能力。"帝乙无奈。

"你可知道，我如果嫁入西周，我会安心辅佐我的夫君，那时候西周可能会变得更强大。"王女冷冷地看着帝乙。

"王妹同意就好！相信王妹不会对大商不利！大商东面有更大的麻烦！"为了不至于东西受敌，帝乙也是无奈。

王女含泪同意了帝乙的建议。

姬昌对于出兵大商心中也很忐忑，用周易贞卜一卦："上六，迷复，凶，有灾眚。用行师，终有大败，以其国君凶，至于十年不克征！"

姬昌险些坐在地上，正好这时候大商使臣来了："大商愿与西周前嫌尽释，愿与西周联姻。"

"联姻，好！好！"姬昌终于有了退兵的理由，赶紧准备迎娶大商王女。

渭水之上，聚集了越来越多的木船。

姬昌筹备婚礼，一派喜气洋洋，卜辞表明迎娶殷商王女的婚姻很吉祥，姬昌亲迎来到渭水旁。

渭水中木船相连成了浮桥，姬昌踏过浮桥渡河去迎接大商的王女。婚礼隆重而盛大，大商王女美丽端庄，西周也因能够和大商联姻获得无上荣光。大商王女嫁给了姬昌，这场隆重盛大的婚礼是天作之合。婚礼之后，帝乙松了口气，暂时缓和了与周人的矛盾后，帝乙发兵去平定东夷的叛乱。

帝乙出征前，带着儿子子受率军田猎练兵。子受天生勇猛，以一当十，帝乙很喜欢这个儿子。王邑外的山林中，帝乙正在打猎，帝乙突然感觉远处密林中有一双眼睛在盯着自己。

"白虎！"帝乙一惊，准备后撤。

"父王，莫怕！莫失了天子威严！"王子子受拉住了帝乙。

子受一人一矛走上前去，果然一只白虎冲了出来。子受面不改色，一人和白虎周旋。白虎虎啸一声扑了过来，子受扔掉长戈，左手用盾牌挡住虎爪，右手就给了白虎一拳。

"父王，抓活的！"子受拿出腰上的绳网扔了出去，正好网住白虎。商军在帝乙指挥下围住了白虎，又有绳网扔了出去，白虎最终被困网中。

帝乙在子受协助下捕获了白虎，意气风发，心情大畅，回来举行祭祀，让贞人贞卜，贞人在虎骨上刻下卜辞："辛酉，王田于鸡麓，获大白虎，在十月，唯王三祀。"

帝乙九年，帝乙出兵征伐岛夷和淮夷，途中受到孟方的截击，帝乙率领诸侯讨伐孟方，得胜而回。

帝乙长子是微子启，次子是微仲衍，子受是帝乙少子，微子启、微仲衍出生时，他们的母亲为妾，子受出生时母亲则为正妃。

帝乙因微子启年长，想立他为嗣，太史根据礼法认为微子启是庶出，子受是嫡出，有妻之子，不能立妾之子，所以立子受为嗣子。

多年之后，帝乙去世，子受即位即帝辛。

子受的即位不知在微子启心里留下多少阴影。

第二十五章　纣王的象牙筷子和西伯戡黎

子受就是帝辛，如果还不熟悉，他还有另一个名字——纣王。

帝辛天资聪颖，善于雄辩，行动迅速，很快能看清人和事。气力过人，能徒手与猛兽格斗。他的智慧足可以拒绝臣下的谏劝，他的话语足以掩饰自己的过错。他凭着才能在大臣面前夸耀，凭着声威到处抬高自己，认为天下所有的人都比不上他。

箕子，名胥余，殷商末期贵族，是商王帝辛的叔父，文丁的儿子，帝乙的弟弟，官太师，因其封地于箕，故称箕子，他与微子、比干齐名，史称"殷末三贤"。

这天帝辛正在吃饭，一双精致的筷子吸引了箕子的注意。

"王叔，你也喜欢象牙筷子吗？朕明天送你一双！"

箕子叹了口气："大王今天用象牙筷子，明天肯定得用玉杯，然后就得想着用天下四方珍奇的宝物，之后就会觉得车马和宫殿也需要更好才行，长此奢靡下去如何得了？"

果然后来帝辛暴虐无道，整天酗酒淫乐而不理政，建造鹿台、摘星楼，挥霍无度。箕子见帝辛这般无道，苦心谏阻，但屡谏帝辛都不听。

有人劝箕子离去，箕子说不能因为进谏了，君主不听就一走了之，那样不就成了为了讨好民众而说君王的坏话了，从箕子这句话可以看出箕子是通情达理之人。箕子见成汤所创六百年江山即将断送在帝辛手中，心痛如割，索性割发装疯，被发佯狂，每日里只弹唱"箕子操"曲，以发泄心中悲愤。帝辛以为箕子真疯了，将他囚禁起来，贬为奴隶。

这时候，西周的姬昌兵发黎国，西周战胜了黎国，把黎国整个吞并了，西周实力一下子壮大起来。

祖伊非常恐慌，急忙跑来告诉帝辛。

祖伊说："上天恐怕要断绝我们殷商的国运了！善知天命的人用大龟来贞卜，觉察不到一点儿吉兆。这不是先王不力助我们这些后人，而是因为大王嬉戏自绝于天。因此，上天抛弃了我们，不让我们安居饮食，大王不测度天性，不遵循常法。现在我们的臣民没有谁不希望殷商灭亡，说上天为什么还不降下威罚呢？天命不再属于我们了，大王，现在准备如何呢？"

帝辛说："我生不有命在天？"

这句话和夏桀的"吾有天下，如天之有日"是不是非常像，这种迷之自信就有点儿过了。

祖伊反问道："您的过错太多，上天已有所知，难道还能祈求上天的福佑吗？殷商行将灭亡，从大王的所作所为就看得出来，大王的国家能不被周国消灭吗！"

如果祖伊真的这么说话，那他脑子是否正常？这么说完，他还能继续活着吗？如果活着，那帝辛绝对是大大的度量啊！即使当年夏桀时候的关龙逄自求一死，也不过如此吧。

第二十六章　为什么说纣王时的微子是个汉奸

比干，封于比邑，故称比干，也称王子比干，商王文丁的儿子，商王帝乙的弟弟，商王帝辛的叔父，殷商王室的重臣。

比干幼年聪慧勤奋好学，成年授以少师，辅佐商王帝乙。之后接受托孤之重，辅佐商纣王帝辛，历经两朝，忠君爱国，为民请命，敢于直言劝谏。在朝四十多年，发展农牧业和冶炼铸造，富国强兵，一代亘古忠臣。帝辛二十九年，比干去世。没有任何记载显示比干有什么玲珑心，纣王也没有对比干如何。

不过做大王做成这样也是没谁了，当年敢公开于朝堂之上反对夏桀的也就关龙逢一人，帝辛给弄出了三剑客——箕子、微子、比干。其实箕子和比干至少心是向着大商的，但是这个微子就不好说了。

微子姓子名启，也叫微子启，帝乙的长子，帝辛的长兄，身为长子却不能当商王，可以求下微子启的心理阴影面积，所以后面很多事情是不是就好理解了。

这天，微子启的好友、朝中的重臣父师和少师到微子启家中做客，三人在一起把酒言欢，相谈甚欢。

酒樽里的酒越来越少，微子酒酣，说道："父师、少师！今日就你我三人好友，有些话在胸中不吐不快！"

"王子！有何见教？"

"殷商恐怕不能治理好天下了。我们的先祖成汤制定了常法在先，而大王沉醉在酒中，因酒色而败坏成汤的美德在后。殷商的大小臣民无不抢夺偷盗、犯法作乱。官员们也违反法度，有罪的人竟没有被刑法制裁，天下子民会一齐起来同大商为敌。如今我大商这六百年成汤江山恐怕要灭亡了，如同要渡过大河，却找不到渡口和河岸。殷商法度丧亡，竟到了这个地步！"

父师和少师听微子如此说，一时之间不知道如何回答，脸色也变得凝重起来。

微子见二人不说话，叹了口气，说："我说这样的话定被大王废弃，我是逃亡在外还是在留在大商避居于荒野呢？父师、少师，现在你们不指出大王的问题，殷商就会灭亡，如若真的这样那该如何是好？"

父师捋了捋银白若雪的胡子，说："王子！老天要降大灾，要灭亡我们殷商，而君臣上下依旧沉醉在酒中，不惧怕天帝之威，违背我们年高德劭的旧时大臣的劝谏。现在臣民竟然偷盗祭祀天地神灵的牺牲和祭器，把它们藏起来，或是饲养，或是吃掉，都没有罪。再向下看看殷民的处境，君臣用杀戮和重刑横征暴敛，招致民怨。众多的受害者却无处申诉。殷商如今有灾祸，人们都要受到灾难；殷商或许会灭亡，但我不做敌人的臣仆。我劝王子还是离开大商，王子假若不赶紧出走，我们就要彻底灭亡了。请王子自己定夺！你我各自只要对得起先王就可以了，我不再顾虑了，也要离开这朝歌城。"

也许帝辛真的是太过刚愎自用了，夏桀时的酒池肉林，又重新出现了。

无论帝辛再强再聪明，作为王和身边重臣一定要同心，否则关键时刻，真的有人会出问题。大商这次看来真的危险了！

第二十七章　卯其三卣和美人妲己

帝辛二年正月丙辰日，帝辛举行肜祭，今天是祭祀太乙配偶妣丙的日子。卯其作为负责祭祀的官员，将祭祀准备得井井有条。

帝辛对一直在左右的卯其很满意，此时秋色宜人，帝辛率领众人去雍地田猎。

卯其率众人驱赶野兽。突然一阵狂风吹得落叶纷飞，帝辛正前方出现一只斑斓猛虎，一双眼睛让众人仿佛看到了死神。帝辛用过人膂力拉满弓弦，一箭飞出正射中猛虎额头，箭头竟然透骨而过。

帝辛哈哈大笑。夜晚，王帐前篝火熊熊，众人吃着白天打到的鹿肉。

帝辛甚是开心，说道："卯其！去夆地发布政令，带上今天的虎皮，酋首一定喜欢！"

卯其到了夆地，酋首热情款待了卯其。

"多谢天子的赏赐！这些串贝还请卯其大人收下。"酋首收到兽皮很高兴，返赠卯其五串海贝。

卯其回家之后，铸造了一件酒卣，刻上铭文用来记录此事。

两年之后，帝辛四年，商历四月乙巳日，帝辛要在这天祭祀父王帝乙，正好也是祭祀商汤的日子。帝辛说："祭祀父王帝乙当在大庭之中！"第二天丙午结束祭祀。丁未日，晏飨百官。

空前盛大的场面，帝辛为祭奠者，卯其陪王行祭，这是卯其的无上荣光。

乙酉日，帝辛赐给切其很多贝壳，这些钱贝让切其变得更加富有。切其回家又铸造了一件酒卣，刻上铭文用来记录此事。

两年后，帝辛六年乙亥日，时值六年六月羽日之祭。

"切其，这次祭祀辛苦你了，朕赐你这两件玉器！"

"大王，这两件玉器可是在王室的收藏书册上记录的，切其何德何能受此？"

"朕早就看出你喜欢这两件玉器了，说给你就给你了！"帝辛早看出切其的心思。

"谢大王！"切其受赐于王宫内收藏于册的两种玉器，这是家族无上的荣耀。

切其回家铸造了第三件酒卣，刻上铭文用来记录此事，铭文中"亚獏"是切其族氏之名。

帝辛九年，帝辛发动大军攻打有苏氏部落。有苏部落抵挡不住强大的商军进攻，在灭亡和屈膝间，有苏部落首领选择屈膝，献出牛羊、马匹。

"听说你的女儿妲己美貌天下无双！"帝辛不过随口一问。

当妲己出现在他面前时，帝辛的心忽悠一下子，顿时觉得到处都明亮了起来，他卸下了所有的尊严和装甲。帝辛遇到了自己心爱的女人，她说的每一个要求帝辛都去满足，从此帝辛成了大家熟悉的纣王。

妹喜当年一歌天下无歌，一舞天下无舞。妲己歌舞水平如何不得而知，但是纣王就是爱她，这就是命中注定的那个人，也许这就是真爱。

帝辛如此荒淫无度，百姓们怨恨他，诸侯有的也背叛了他。于是他就加重刑罚，设置了炮烙的酷刑。帝辛又任用姬昌、九侯、鄂侯为三公。

九侯有个美丽的女儿，被献给了帝辛，她不喜欢帝辛的荒淫，多次劝谏帝辛，帝辛大怒，杀了她，同时把九侯剁成肉酱。鄂侯极力强谏，争辩激烈，结果鄂侯也被制成了肉干。

西周的姬昌听说了此事，暗暗叹息。崇侯虎得知，向帝辛去告发姬昌，帝辛就把姬昌招来囚禁在羑里。

姬昌的父亲季历就是不明不白死在了商国，姬昌觉得自己可能也回不去了。姬昌对于贞卜颇有心得，每天在狱中研究周易，算西周到底能否有一天可以飞龙在天。

三年过去了，姬昌衰老如垂垂老人了，姬昌的僚臣闳夭等人，找来了美女奇物和好马献给帝辛。帝辛不想和西周结下死仇，这样大商就会东西受敌，于是释放了姬昌。

姬昌获释后，向帝辛献出洛水以西的一片土地，请求废除炮烙之刑。

帝辛答允了他，并赐给他弓箭大斧，使他能够征伐其他诸侯，这样他就成了西部地区的诸侯之长，即西伯昌。

帝辛任用费仲管理国家政事。费仲善于阿谀，贪图财利，商国人都不愿和他亲近。帝辛又任用恶来，恶来善于毁谤，喜进谗言，诸侯们因此与商越发疏远了。

帝辛十年，东夷的人方又联合东夷各部落开始侵扰大商边境，帝辛决定出兵彻底解决人方。

商军进至淮水流域的攸国，与攸国攸侯喜合兵进攻，击败夷方军。帝辛十一年，返回商都附近。

帝辛十五年，帝辛复征夷方。帝辛二十五年，商历六月庚申日，帝辛在阑地，赏赐随从他的宰椃贝壳五朋。

帝辛嗜好喝酒，放荡作乐，宠爱女人。他特别宠爱妲己，一切都听从妲己的。他让乐师涓为他制作了新的俗乐，歌声如泣如诉，缠绵悱恻，这些音乐让昔日驰骋疆场的汉子都开始儿女情长起来。

帝辛加重赋税，把鹿台钱库的钱堆得满满的，把钜桥粮仓的粮食装得满满的。他得到了很多，却失去了天下的民心，他多方搜集新奇的玩物，填满了宫室，又扩建沙丘的园林楼台，捕捉大量的野兽、飞鸟放置在里面。和武乙一样，纣王对鬼神也是傲慢不敬。

帝辛招来大批戏乐之人，聚集在沙丘，用酒当作池水，把肉悬挂起来当作树林，让男女赤身裸体，在其间追逐戏闹，饮酒寻欢，通宵达旦。今朝有酒今朝醉，明日愁来明日愁。

难道纣王是当年夏桀的粉丝吗？

第二十八章　牧野之战的谜团

西伯昌死后，周武王姬发率军东征，到达盟津时，背叛殷纣的诸侯前来与武王会师的有八百国。

诸侯们都说："是讨伐帝辛的时候了！"

姬发说："你们不了解天命。"于是又班师回国了。

姜子牙不知道西周军和大商主力决战的后果，他们只能继续等，继续麻痹帝辛，等待机会。

帝辛派大将飞廉率大军远征东夷，飞廉带走了大商的精锐主力。没过多久，朝歌的空气中有了一种奇怪的气息，西周大军杀到了。

周武王在姜子牙等人辅佐下，以兵车三百乘，精锐武士三千人，东进突袭商朝，总兵力甲士四万五千人。

周军抵达孟津，与各方国部落部队会合，然后冒雨东进，直奔朝歌，几天后到了牧野。

帝辛惊闻周军来袭，此时大商的主力还在东边作战。

"大王，如今西周看准朝歌兵力空虚，大王不如先避其锋芒！"飞廉的儿子恶来劝帝辛。

"朕岂能怕了姬发小儿？"帝辛舍不得把朝歌和苦心修建的鹿台送给西周。

"费仲愿前往迎敌！"费仲请命，帝辛满意地点了点头。

为了不失气势，帝辛仓促召集大批奴隶、战俘，连同守卫国都的军队，总共十七万，开赴牧野迎战。

自古兵贵精，而不在多。如果是朝歌的几万精锐勇士，也许牧野之战就是另一种结局了。

牧野的清晨，天空乌云森森，对面是西周的军队，姬发的敢死队叫作虎贲。

帝辛突然意识到此时的西周已不是当年季历时候了，三分天下，周有其二。西周已经统一了西部大部分疆域。

自从帝乙嫁妹之后，西周和大商一直友好，姬昌一直在太庙供奉着大商的先王。大商就一直专注平定东南的夷族，如今飞廉依旧率领大商的主力在东方，恐怕没有一个月无法回军。

大战开始了！

周军先由姜子牙率数百名精兵上前挑战，震慑商军并冲乱其阵脚，然后周武王亲率主力跟进冲杀，将对方的阵型彻底打乱。商军中的奴隶和战俘全无斗志，纷纷倒戈。

帝辛既然强迫这些奴隶和战俘上战场，自然会在后方以亲信部队押送，防范他们反叛或逃跑。忠心的大商禁卫军，是帝辛手中最后的底牌。前方的徒众在周军的强大冲击下慌不择路地往回跑，遭到了后方精兵的阻拦。

好汉不敌人多，在人潮的冲击下，这些禁卫军武士也阵脚不稳。奴隶们为了逃命，加上被后面人潮推动，于是倒戈相向，乱打一气。再加上身后西周联军的战车、甲士、步兵一层层逼近，帝辛的最后一道阵线也守不住了，不得不快马加鞭，逃离战场。

费仲拼死搏杀，抵挡周军的攻击，最后战死在乱军中。

帝辛征战多年，从来没有遇到过这种情形。奈何飞廉不在身边，商军的残余抵抗仍然持续了一天，但已无力挽回局面。

朝歌城燃起熊熊烈火，周军的喊杀声已经越来越近了，一切恍然如梦，六百年成汤江山危在旦夕。

商国军队被打败后，帝辛仓皇逃进内城，登上鹿台，穿上宝玉衣。此时帝辛环顾四方，奢华的鹿台只剩下了自己，心爱的妲己也不知所终。

"也罢！朕无颜面对先王！"帝辛跳入烈火中自焚而死，大将飞廉听说帝辛已死，自杀殉国。

天命玄鸟，降而生商。汤、外丙、中壬、太甲、沃丁、太庚、小甲、雍己、太戊、仲丁、外壬、河亶甲、祖乙、祖辛、沃甲、祖丁、南庚、阳甲、盘庚、小辛、小乙、武丁、祖庚、祖甲、廪辛、康丁、武乙、文丁、帝乙、帝辛。

商朝始于商汤，六百年成汤江山终于商纣。

后记

笔者通过研读马王堆汉墓战国帛书、清华简等出土文献和《史记》《尚书》《竹书纪年》等传世文献以及相关论文，结合殷墟和二里头的考古成果，用文学手法再现了那段英雄纵横天下、美人为爱倾国的历史。

这本书除了是一本历史小说，还是一本武侠、言情和弱者逆袭的励志小说。小说再现了清华简中诸多的夏商历史故事，生动还原了《尹至》中商汤夏桀鸣条之战的宏大战场，宣扬了《汤处于汤丘》《汤在啻门》《厚父》中传达的商汤和伊尹的治国理念。

本书还参考了《逸周书》《淮南子》《孟子》《列子》等古籍中的只言片语，个别情况参考了百度百科等网络素材。此外，明清时期的说史小说《夏商野史》也为本书提供了启发和借鉴。

希望大家能够喜欢这本书，能够了解那段辉煌灿烂的历史，切身体会其中人们的爱恨情仇。

读本书您可能有如下收获：

第一，了解商汤伐夏和商朝历史，弘扬传统文化。本书对这一段重要的华夏文明历史进行了全场景的描写。

第二，体验弱者逆袭的成功快感。伊挚从奴隶到大商的尹相，得到自己心爱的女神，最后掌控天下，同时也成为道教和中医的鼻祖之一，做人如此也算牛到了极点。

第三，体会人生和爱情的美好。爱情无论何时都是美好的，也是一种奢侈品，在书中我们通过伊挚与妹喜、有莘王女、白薇之间的爱而不得的痛苦与快乐的纠缠，履癸与妹喜和琬、琰的王者之爱的征服与占有，天乙在青梅竹马的有妊氏和诸侯联姻的有莘王女之间的左右兼顾，触摸到每一个人内心深处的丝丝涟漪，与他们一起痛苦、一起忧伤、一起快乐，让我们体会到什么是爱和爱的意义。

第四，王霸天下的成就感。普通人的世界离王霸天下太远了，那些虚构出来的故事总是让人觉得那么不真实，本书中夏桀履癸率领千军万马征战天下，商汤天乙通过九征而创建商汤王朝，绝对是全新的王者体验。

中华世纪坛由圣火广场向北的青铜甬道上，从南向北镌刻了从距今300万年前人类出现到公元2000年的时间纪年，象征着中华民族经历的漫长历史岁月。对于中华五千年文明历程，大家所熟悉的也不过是从大约公元前1046年周武王伐纣开始至今三千年的历史，那三千年前的中国呢？

有确切文字记载的中华历史，我们如今可以从河南安阳的殷墟看到，再往前的历史则需要进一步去考证，通过对目前的考古成果和古籍、史书等的研究去梳理。

说起历史上最长的朝代，大家一定会说是周，虽然周朝号称有八百年历史，但是大家都知道东周的春秋和战国基本就没周天子什么事了。而六百年的成汤江山却一直都在商王统治之下，到纣王帝辛的时候也是强盛的，是被西周打了个措手不及才灭国。

殷墟的发现为我们打开了商朝世界的大门，但我们对于商朝的历史记忆一直是模糊的，那些青铜和甲骨背后到底是怎样一个商朝？笔者在搜集资料的过程中发现了一个人的名字——陈梦家。他的作品《殷虚卜辞综述》全面地总结了自甲骨文发现（1899年）至20世纪50年代中期的研究成果，是甲骨文研究领域的权威著作之一。从王国维到胡厚宣，众多大家陆续为我们打开了商朝世界的大门。我还有幸去聆听了殷墟考古队长唐际根教授的多场讲座。2019年初，清华简的主要研究者、夏商周断代工程的负责人李学勤老先生离我们而去。清华大学历史系博士生导师赵平安教授也是清华简的主要研究学者。正是这些大家的共同努力，才为我们打开了中国3000年前到3600年前的历史。

商汤为什么要伐夏？

商国通过贸易积累了足够多的财富，又有伊尹的人口和井田制等农业措施，商国实力逐渐强大起来。商汤被夏桀囚禁于夏台，经历了九死一生之后，人寿几何，商汤准备放手一搏了。

商汤为什么能够成功？

一、商汤的自强不息。"苟日新，日日新，又日新"这句话出自《礼记·大学》，是商朝的开国君主成汤刻在澡盆上的警词，旨在激励自己自强不息，创新不已。

二、素王以及九主法君思想。《史记·殷本纪》："伊尹处士，汤使人聘迎之，五反然后肯往从汤，言素王及九主之事。"马王堆帛书《伊尹·九主》："法君明分，法臣分定，以绳八商，八商毕名。……后曰：'九主之图，所谓守备捣具、外内寇者，此之谓也。'"天下的国君分为九主，其中法君要求法度严厉，百姓臣子都要严格遵守法度。而在做君主之前，必须做一个素王，不要出头，暗暗积攒自己的实力，后世朱元璋的"高筑墙，广积粮，缓称王"，把素王这一概念解释和运用到了极致。

三、仲虺之诰的对外战略。《尚书·仲虺之诰》中"兼弱攻昧，取乱侮亡，推亡固存，邦乃其昌"是商国对外的主要战略思想。弱小衰落的国家就收为附庸国，再慢慢让它消亡成为本国领地。衰败到了极点、势必要灭亡的国家，商国要抓住机会征服它。

四、商军出师的正义性。《宋书·符瑞志》记载："又有黑龟，并赤文成字，言夏桀无道，汤当代之。"商汤有了上天的支持，就有了人心的支持。《尚书·汤誓》：王曰："格尔众庶，悉听朕言。非台小子敢行称乱！有夏多罪，天命殛之！"夏朝的罪状也有了，一切准备就绪，大商伐夏之路开启。

五、清华简中的战略思想。清华简《汤处于汤丘》：汤有问于小臣："为君奚若？为臣奚若？"小臣答："为君爱民，为臣恭命。"伊尹帮商汤指出了做一个仁君的方法。清华简《尹至》："自西翦西邑，戡其有夏。夏料民，入于水，曰战。帝曰：'一勿遗。'"可见鸣条之战是发生在水中，战略上从西面进攻，并且一个也不放过，以绝后患。

六、商汤的治国之道。商汤成了天下共主之后，《尚书·汤诰》中颁布了严厉的三风十愆之刑，继续延续法君治国策略。清华简《厚父》阐明了伊尹的治国思想。"民心惟本，厥作惟叶。引其能元良于友，人乃恒淑厥心。若山厥高，若水厥深，如玉之在石，如丹之在朱，乃寔惟人！"厚父提出民心难测的观点。厚父对于民心保持怀疑的态度，但是正因为民心民意难以揣测，统治者难以洞悉，所以才要求统治者应当顺应民心，时刻听取民意，只有这样才能维护统治。

本书中的一些历史知识点。

一、龙。本书开篇"王者屠龙"讲述了夏王孔甲和童年履癸（即夏桀）的故事。对于《史记·夏本纪》中的孔甲豢龙，有人怀疑其真实性。笔者认为，夏朝的龙可能更像带冠的蛇。履癸所杀的那两条龙，如果说是鳄鱼也许更合理一些。

二、天帝。陈梦家先生的《殷虚卜辞综述》中指出，商代是上帝，天帝和天子是周代才有。本书考虑到阅读习惯，使用天帝而不是上帝。同样《尚书·夏书》中就有天子称谓，所以本书中天下共主也按习惯称为天子。

三、后和朕的称谓。夏王在古书中也称为后，我们熟悉的后羿的"后"就是王和首领的意思。朕在夏商时期不是皇帝专用，《尚书》中汤就自称朕。秦始皇之后才为皇帝专用。

四、鼎中的人头。殷墟出土的带人头骨的甗（yǎn），头骨断口整齐且灰白，说明这些头骨被割下后经高温煮过，据同位素分析得知，头骨的主人并非殷墟本地人，据推测应该是割取周边地区战败俘虏的头颅蒸煮以用于祭祀。

五、三易。夏有连山，商有归藏，周有周易，这是一个逐步发展演进的过程。

六、毛笔、朱砂。我们平时看到的甲骨文都是刀锋锐利的字体，那商朝存在毛笔字吗？商朝的毛笔当然很难保存到现在，殷墟出土的甲骨中，就发现了几片写有字体圆润如毛笔字的甲骨，考古专家推断这是当初给小孩练习毛笔字的字帖，所以推测出商朝已经有毛笔了。在妇好墓中发现了很多朱砂，所以朱砂等材料在当时已普及。

七、商字。关于商字的含义，说法最多的为商族的图腾玄鸟。在甲骨文的写法中，商字中间两只大眼睛，可能就是商国的图腾玄鸟——猫头鹰的形象。考古专家唐际根教授认为，商字最初被创造出来的时候，其实表示声音，将商理解成击打磬的声音。

八、通天美梦。《后汉书》载："言尧梦攀天而上，汤梦及天而舐之。斯皆圣王之前占，吉不可言。"

九、王杖。在二里头遗址中发现过绿松石的龙形器物，类似于王杖，同样三星堆遗址也出土过黄金权杖。

十、庙号。一般认为庙号起源于商朝，如太甲为太宗、太戊为中宗、武丁为高宗，成汤应是太祖。

十一、殉葬。在安阳殷墟中可以看到很多在地下守卫的商朝战士，殉葬在当时应该是卫士至高无上的荣耀，他们的子孙也会受到封赏。

十二、青釉瓷尊。郑州商城遗址出土了一件完整的原始青釉瓷尊，把我国的制瓷历史上溯到3000年前。

十三、西音。《吕氏春秋·音初》："殷整甲徙宅西河，犹思故处，实始作为西音。"谁能想到河亶甲还为中国的音乐做出了贡献，就像如今的粤语歌曲或者民谣，形成了一种潮流。

十四、九世之乱。商朝的王位继承制有"父子相传"和"兄终弟及"，这造成王位继承的混乱状态，历经仲丁、外壬、河亶甲、祖乙、祖辛、沃甲、祖丁、南庚、阳甲九王，故名"九世之乱"。九世之乱持续了近百年，直到盘庚即位才最终结束。

十五、"有条不紊"和"星火燎原"。《尚书·盘庚》："若网在纲，有条而不紊；若农服田，力穑乃亦有秋。""若火之燎于原，不可向迩，其犹可扑灭？"这就是"有条不紊"和"星火燎原"成语的由来。

十六、迁都。商朝建立后，都城有过数次迁徙，即仲丁自亳（今洛阳偃师）迁于隞（今河南郑州）；河亶甲自嚣（隞也称为嚣）迁于相（今河南濮阳北、内黄南，但是对相的具体位置存有争议，有说是河南汤阴，还有说是河南安阳附近的）；祖乙自相迁于耿（今山西河津），然后又迁到邢（今河南温县），也有人认为邢在今河北邢台，最后又迁到了庇（今山东郓城北、范县东南），也有人认为庇在河北省邢台市广宗县；南庚自庇迁于奄（今山东曲阜）；盘庚先是将都城从奄迁到亳（今洛阳偃师），但是没过多久，又将都城从亳迁到了殷（今河南安阳）。自此，大商再次兴盛，成了后来的殷商。

十七、季历。商朝早年的历史我们可以依赖《尚书》和清华简等古代文献去探寻，中期的历史我们能够根据殷墟出土的甲骨文进行梳理，晚期的历史我们可以从西周的故事中去探寻。我们都知道周文王被纣王囚禁在羑里，其实他爹季历也曾被囚禁在朝歌，并且死在了朝歌，这时应该已经种下了周对商仇恨的种子。

十八、纣王。故宫博物院所藏帝辛时代的二祀㠱其卣中铭文大意是："商纣王命令㠱其去夆地发布政令，在雍地田猎，并赠送夆地酉首一双兽皮。酉首返赠㠱其五串贝。时值商纣王二年正月丙辰日，举行肜祭，祭祀太乙的配偶妣丙的日子。㠱其对天上的上帝和地上的商王都做出了贡献。"这件铜器的铭文对研究商代晚期王室与周围方国的关系以及商王室的祭祀制度、殷国制度、历日制度等有十分重要的作用。武王伐纣的时间在陕西临潼出土的利簋的铭文中有记载："武王征商，唯甲子朝，岁鼎，克昏夙有商。"

感谢唐际根教授和清华大学历史系博士生导师赵平安教授的推荐，感谢在我写作路上一直给我鼓励的董慧智姐姐、挚友刘金刚和逯云松、马擒虎老师、东方出版社的张永俊老师以及北京出版社的侯天保老师等朋友无私的支持，如果没有你们的鼓励，我可能都坚持不下来，完成不了如此大体量的一部小说。

汤永辉
写于2024年新年